李鲁平 著

李鲁平文集

❶

武汉大学出版社

图书在版编目(CIP)数据

李鲁平文集:全三册/李鲁平著.—武汉:武汉大学出版社,2021.6
芳草文库
ISBN 978-7-307-22153-6

Ⅰ.李… Ⅱ.李… Ⅲ.中国文学—当代文学—作品综合集
Ⅳ.I217.2

中国版本图书馆 CIP 数据核字(2021)第 038062 号

责任编辑:杨　欢

出版发行：**武汉大学出版社**　（430072　武昌　珞珈山）
（电子邮箱：cbs22@whu.edu.cn　网址：www.wdp.com.cn）
印刷：武汉中科兴业印务有限公司
开本:720×1000　1/16　印张:56.75　字数:1046 千字　插页:9
版次:2021 年 6 月第 1 版　　2021 年 6 月第 1 次印刷
ISBN 978-7-307-22153-6　　定价:148.00 元(全 3 册)

版权所有,不得翻印;凡购我社的图书,如有质量问题,请与当地图书销售部门联系调换。

《芳草文库》序

刘醒龙

  武汉有一批年纪不算太老，但肯定不再年轻的作家，既往作品每出无不风行江汉，后来平淡了些。二〇一五年年初，恰逢一场小聚，其间有老朋友提议给这些在文学创作上颇有成就的作家出版文集，且当场做出关键决策。老朋友提及的作家也是我的朋友，他们的处境很有代表性。

  世事流逝到今天，说一点不残酷是不真实的，说太残酷似乎也不科学。值此宁翔雁前羞跟牛后世风，普天之下莫不借口追求日新月异，其实是乡下俗语说的，人人都想一锄头挖出一口井。宁肯臭名远播，哪管丑态百出。忘却不该忘却的，强化不该强化的，是世情中一大不敬。这几年为一位已故作家出版文集，好不容易才成，一来二往之间，见识了足够多的现世生态。似这等才华出众的作家，若非上苍失察，弃之英年，敢不是当今文坛大旗一帜？同理，那些在喧嚣背后悄然尘封的作品，谁能说不是日后人有所诵的典范？天地同根，不是没有高下之分，而是天有天的高度，地有地的厚重。

  常住武汉三镇之人，最能体会大江东去、流水落花深意。也是体恤的缘故，又于旷野之间留下高山流水千古知音，以为勉励，兼作念想。朋友提议，饱含诗情，深藏灵性。没有太多商量，三言两语之间，就达成共识，以《芳草》杂志名义，逐年排选，将这批作家的代表性作品编成文集出版。只是由于执业所限，本套书只能以《芳草文库》相称，名头虽小，相信分量不轻。

  哲学教会人们认知正确与错误，自然科学是要让人懂得成功与失败。然而，短短人生，包罗万象，其善其美，何止兴衰胜败！文学的存世与流传，其意义正是超然前二者，不以成败对错为目的，也不以卑微尊贵定价值。人非草木，却如同草木，这是文学理由之一，生命不能永恒，却绝对永恒，这是文学理由之二。文学根本理由是，协助芸芸众生在庞杂得无可把握的宇宙间，在神与鬼、灵与欲、虚与实等一切冲突与对立之间，寻找适合每一个体的美妙平衡。

二〇一五年十月十五日

李鲁平文集

①

目 录

第一辑 对话与访谈

行走于传说、历史与现实之间富有张力的神秘地带
　　——与蒋韵对话　　　　　　　　　　　　　　　　/3
写透中原大地
　　——与李佩甫对话　　　　　　　　　　　　　　/13
一个民族生活的叙事，多民族文学的繁荣
　　——与叶梅对话　　　　　　　　　　　　　　　/26
风景与自语
　　——与许辉对话　　　　　　　　　　　　　　　/37
从开荒的历史到现代化的历史
　　——与董立勃对话　　　　　　　　　　　　　　/49
在历史和时代中呈现工业的内涵和价值
　　——与肖克凡对话　　　　　　　　　　　　　　/60
"发狠"写出湖南味来
　　——与姜贻斌对话　　　　　　　　　　　　　　/70
从渤海湾到大平原
　　——与关仁山对话　　　　　　　　　　　　　　/80
小说创作和小说精神的对话
　　——与谈歌对话　　　　　　　　　　　　　　　/85
冷静面对工业题材创作
　　——与肖克凡对话　　　　　　　　　　　　　　/92
我的叙述越自然，就越逼近真实——关于小说叙述及其他
　　——与叶广芩对话　　　　　　　　　　　　　　/96
消解与建构：先锋派创作的启示和困境
　　——与储昭华对话　　　　　　　　　　　　　　/103

文化反思与文化忧歌——对"寻根文学"的询问
　　——与储昭华对话　　　　　　　　　　　　　/112
文学创作和文学批评的多元格局
　　——访黄曼君教授　　　　　　　　　　　　　/119
关注并忠实于社会生活的复杂性和丰富性
　　——与刘益善对话　　　　　　　　　　　　　/123

第二辑　叙事与伦理

生态在文学中的位置　　　　　　　　　　　　　　/135
从身体叙事中能读出什么　　　　　　　　　　　　/142
不同生态观与生态的多民族书写　　　　　　　　　/148
在"日常性"和"个人化"中追求超越　　　　　　/158
现代化背景下的风格塑造　　　　　　　　　　　　/163
从德里达到哈贝马斯的文艺伦理观　　　　　　　　/168
文学道德评价的呼唤与回归　　　　　　　　　　　/176
欲望叙事对文学道德理想的消解　　　　　　　　　/184
培养强大而自觉的文学创作主体　　　　　　　　　/191
文艺道德建设与和谐文化构建　　　　　　　　　　/196
关于文艺体制变革与文艺道德建设的若干思考　　　/206
应该理直气壮地提倡伦理批评　　　　　　　　　　/214

第三辑　经验与陈述

论观察语言　　　　　　　　　　　　　　　　　　/219
归纳方法在"实证精神"中的地位和作用　　　　　/255
从非经典物理学看认识的主体性和客观性原则　　　/259
浅谈《1844年经济学哲学手稿》对主体生成的论述　/265
简析认识过程的全息统一模式　　　　　　　　　　/269

第一辑　对话与访谈

行走于传说、历史与现实之间富有张力的神秘地带
——与蒋韵对话

李：您的大多数创作是以北方为背景，如《行走时代》《英雄血》《在传说中》《想象一个歌手》中呈现的背景，但在《心爱的树》和《绿灯笼》中，您都写到了重庆、嘉陵江，在《妹妹上花楼》中甚至写到了湖南、广西交界处的女书诞生地，《红色娘子军》的背景地更远。这一点我很诧异。在您的简历中，似乎没有在南方生活的经历。借此机会，能否介绍一下您的经历、游历与您的创作的关系？

蒋：我的经历很简单，出生在北方，生长在北方，如你所说，从没有在南方生活的经历。我游历的地方也不算很多，至少，我在小说《红色娘子军》中所描写的新加坡，就还没有去过。不过，一个人经历、游历的丰富，不能决定其小说世界的丰富。在想象中到达的地方，有时，比真实的抵达更有魅力。我想，这也是小说这种艺术门类所特有的魅力所在吧！

当然，从前，也有人说过，我的精神气息是南方的，我不知道这是不是客观的评价，但，我觉得这很神秘。

李：《心爱的树》评论界已经说得很多，因此，我首先想说说《英雄血》这部小说。无疑，这部小说很沉重。一个解放军的团长，因为复仇，枪杀了一个国际主义战士、一个日本共产党员，他自己也因此被枪毙。理智地想，一个经过抗日战争的老战士，一个从与日军作战已经转向与国民党军队作战的团长，应该明白所肩负的任务已经完全不同，应该明白国际主义战士和日本共产党员的含义。再退一步，即使时间仍然停留在抗日战争时期，即使"吉一刀"是战俘，鲍仇也应明白，他无权枪杀"吉一刀"，更何况，"吉一刀"在军中是著名的外科医生，是曾经挽回过无数人生命的医生。但悲剧依然发生了，这倒使我想到，悲剧是无法用理智来控制和思考的，正因为理智在此刻的无力，才有这一个令历史、令书写历史的人、令阅读历史的人，都深感痛惜的瞬间发生。这部作品让我第一次看到如此刻画一个军人、一个有团长身份的军人。英雄也好、军人也好，百姓也好、

敌人也好，人的局限性和真实性如此令人信服地一起立在文字之间。

蒋：谢谢您能这样理解《英雄血》，如您所说，我想写的，正是这种人的局限性，这种所谓"理性"的不可信任，以及人性本身的缺憾。"宽恕"是一个何其古老的命题，但，人类历史告诉我，人这种生物，其实，是没有"宽恕"的能力的，所以，他们才创造了神，让神来替我们完成宽恕。同时，我也想表达战争的残酷，以及它对人性最深刻的损害和蹂躏。任何廉价的宽恕，或者貌似公正的指责，对我的主人公是不公平的，也不是我的初衷。我只能说，鲍仇也罢，"吉一刀"也罢，他们都是牺牲品，既是战争的牺牲品，也是古老的人性的牺牲品。

李：《妹妹上花楼》是一篇很独特的短篇小说。这个故事的背景并不是您熟悉的黄河大地，而是湖南、广西交界地——江永的故事。对女书，我略有所知，因为最早发现女书的学者在武汉，较早研究女书以及研究成果丰硕的地方也是武汉。我有一个朋友在20世纪90年代初就写了一部关于女书的电视剧本，当然由于种种原因一直没有拍出来。我很好奇，您怎么想到了写这个故事？这篇小说的名字也被您用来作为小说集的名字，想来您对这篇小说是格外看重的。从作品中我能感受到您对江永这个地方的女性之间特有的情义（"结老同""结行客"）有一种同情甚至赞美，尽管这个故事的结局是凄婉的。当然，仔细想来，这种存在于女性之间的独特情感生活似乎也不完全是现代的同性恋，因为香巧与英秀的情感至少在香巧这方面，过于洁净、清澈，如同潇水。困惑的是香巧的自杀显然也属于殉情。这让这个故事更加朦胧、神秘，更加具有可解读的空间。

蒋：这个话题说起来有点长，我的老师——太原师范专科学校（如今的太原师范学院）中文系教授潘慎先生，说起来和女书颇有些渊源。20世纪50年代，他在北京的中国语言研究所工作期间，意外地收到了一个来自湖南省博物馆的包裹，里面有三本"天书"——女书最原始的资料。从那时起，他开始了对这种奇妙文字的研究，只不过，没有几年，他就成了"右派"，从此，发配、劳改，一耽搁就是二十几年。等到他能够重新研究女书的时候，已是我们都知道的80年代……尽管如此，他现在仍然被称为研究女书的"第一奇人"。我第一次看见女书，是在我们另外一个老师的家里，潘先生用女书书写了一副中堂送她补壁。初见那文字，我极好奇，也很感动，并且，有一种无端的亲切，仿佛似曾相识。

其实，最初，这篇小说还有另外一个名字，叫《迹》，是应法国人文科学研究院之邀所做。这个研究院有一个文学研究项目，叫"两仪文舍"，就是由他们拟定一个题目，比如《幸存》，比如《颜色》，比如《死亡》等，然后，邀请两位作家——一位法国作家，一位中国作家，各自就这个题目写一篇短篇小说，国内有好几位作家参与过"两仪文舍"的写作。2008年，我和另一位法国女作家得到的题目就是《迹》,我几乎是立刻就想到了女书,我想,还有比女书更切题的吗?于是,就有了现在这篇短篇小说。

其实,在江永"结老同"这古老的风俗中,我看到的更多的是悲悯。至今,我不知道是什么原因,让那一片神奇的土地孕育出了如此神秘决绝的女书,她们严守秘密的那种决绝,是旷古的大伤心。它超越了女性间的情义,我想,香巧的死,与其说是殉情,不如说是对生命对青春的无限珍惜。

李:说《妹妹上花楼》独特,还因为其中的人物香巧、英秀似乎不是具体的、历史中的人物,她们生活的时代也没有明显标记,一句话,她们更像是传奇、传说中的人物。其实,我很想说,您对于传奇、传说的叙述是别具一格的。《妹妹上花楼》有通常所见的传奇、传说的成分,比如开头关于"盘巧造字"的叙述,而后面关于香巧与英秀之间女性情义的叙述,以及对环境、人物心理细腻的描写和对人物命运的叙述,又是极其现代的小说手法。我在阅读《心爱的树》《英雄血》等作品时,在您娓娓叙述的过程中,也感觉到一种传奇的色彩,但显然您的讲述有别于真正的传奇。这种极具个性的叙述魅力让我在惊叹之余也备感疑惑,我的阅读经验告诉我,很少人能做到这样或者做得如此绝妙。

蒋:谢谢你这样说。关于传奇、传说,从前,在我很年轻时,几乎对它们很少关注。但是2002年,我和丈夫李锐去美国爱荷华大学参加了国际写作计划,回来后,我也不知道是什么原因,那些从前我漠视的本土的传奇、传说,突然之间具有了意义。2003年,我写了一篇中篇小说《在传说中》(你在前面也提到了它),那是我从美国回来后写的第一篇小说,也是我和家乡惊喜的相遇。或者说,是它借助传奇和传说在我身体里姹紫嫣红地觉醒。这感觉真好,我去了趟远处,去了趟美国,却在那里发现了自己的家。

以它为例,它当然不会是传统意义上真正的传奇,尽管我通篇写的都是传奇故事,传奇是密码,携带着某种基因,再由此而生成一个神秘奇异、生机勃勃的新生命,那才是我想要的东西。

李:另一篇有意思的短篇小说是《红色娘子军》。初看这个题目,我以为这是和革命历史有关的一个故事。无疑,这是一个关于一代人激昂珍贵却又无比脆弱的青春的故事,当然是过往而不能忘却的青春。故事中的"学长"在监狱中度过了11年的岁月,但没有哭过;在他深爱的学妹投海自杀后,他没有哭,却在看完当下的现代舞剧《红色娘子军》后号啕大哭起来。当然,我得承认,这篇小说,在如此短的篇幅里,涵括了太多的内涵:叙事人"我"的知青生活,排练斗笠舞时突然发生的跳楼事件,葛花对父亲之死的冷漠,学生、小黄先生、大黄先生、诗人骆先生等人的热血年代,同一部舞剧《红色娘子军》、不同时代的演员、带着不同成长经历和不同理解的表演……当然最令人百感交集的细节是学长看完《红色娘子军》后扶着灯柱大哭。关于学长这一代人激昂脆弱的青春以及很多年后这段历史在他们心灵上烙下的痕迹，很多小说都写过。但读《红色娘子军》总有一种说不清的感觉，它是小说？是散文？是纪实？或许更准确地说，是历史？也许都是。

　　蒋：应该是小说。只不过，小说中的主人公有真实人物的影子。有一年，我丈夫李锐去新加坡担任某小说奖的评委，回来后，给我讲了一个故事，就是一直陪同他的一位先生，看了中国某芭蕾舞团演出的《红色娘子军》后，在灯红酒绿深夜的街头号啕大哭的情景。我非常震动，几天来放不下，于是，就有了这篇小说。我像寻幽探秘一样，在那个我从没去过的城市、那个国度，小心翼翼地想走进它的深处，想从湮灭的历史中打捞出能够令一个汉子号啕大哭的秘密——这正是小说的使命，也是它的魅力所在。

　　当然，它也是历史。所以它才如此残酷。

　　李：您的这篇小说不同于我们已经习惯的小说作品，在新时期以来30多年的文学中还真的少见。它使我回忆起30多年前阅读台湾作家李黎的小说集《西江月》的感受。我很想与您分享我内心被勾起来的这一段记忆。李黎在大陆出生并居住了1年，但在台湾居住了21年，后来到了美国加州。《西江月》于1980年由中国青年出版社出版，收录了李黎自1971年到1980年所写的10篇小说。李黎自述"直到自己在那异国的中文图书馆里读到前所未有的书报，我才从自己熟悉的人身上，开始了对上一代和这一代中国人命运的思索和探讨"，因此，她也把她的小说题为"写给现在的、未来的和过去的中国青年"。李黎说："我写过去的中国青年，写他们所走过的漫长的道路，写他们在苦难中所坚持的信念，为的正是现在的、未来的中国青年。"她所有的作品其实都是围绕一组问题："在这些动荡和反复之后，这一代和下一代将用什么来肯定、来重建？在公元2000年的转角处，这一代中国青年将是地球上四分之一人口的主人。那时迎接着我们的会是什么？我们用以把中国带入21世纪的，又会是什么？"今天，李黎说的这个"转角处"已经过了，但回想起她30多年前写的文字，我深感这些文字的穿透力量。她的话似乎不是30多年前说的，而就在耳边。

　　蒋：确实，30多年前的问题，今天，仍然是我们要面对的问题。

　　李：我想，在某种程度上，您与她是一类作家。是那种把深邃的思想和思考不动声色地融入故事和文字之中的作家，如果阅读之中稍不留神，可能就会与您作品的主旨和您个人欲语且忍的世界擦肩而过。李黎的这个集子中有两篇小说：《童年》《天涯》，前者写的是为理想献身的父辈，后者写的是自己的朋友、同龄人，这些青年朋友"曾教会我识别勇者与懦夫、崇高与庸俗的差别，他们的胸襟和苦难，曾启发我去寻找一条希望之路"。这使我想到大黄先生、小黄先生、骆诗人、学长这些人物。李黎说她是含着热泪写《天涯》的，因为其中有些朋友已不在人世，有的还被困于有形或无形的牢狱之中。《天涯》写的是"我"以女友身份去监狱探望"树南"的过程。"树南"与"方宏""胖子""秦安"等热血青年一夜之间从住地或研究所被抓走，分别送到火烧岛、板桥土城。尽管所有的人都瞒着"我"，"我"还是打听到了"树南"的去向。小说在短短的篇幅里，从容地展开了"我"与"树南"的对话。"我"关心的是"树南"的处境和未来，"树南"则在安抚"我"的同时，介绍了监狱里的种种情况：12年来每天放学到监狱里妈妈的床铺上做作业的孩子，在吃饭时看见爸爸妈妈被抓走的小女孩，下飞机就被带到监狱的留学生……当然令我印象深刻的是两个青年之间对话的节奏以及背后的氛围。我愿意引用几段：

> 我们都沉默下来。树南握住我的手好一会儿，才说："这样热的天，你的手是冰冷的。"
>
> "你的话使我想到一张你喜爱的歌剧唱片《波西米亚人》，里面有一首歌就是《你冰冷的小手》。"
>
> 树南笑道："你的记性真好。现在回想起来，我只不过是为了喜欢《波西米亚人》这个剧名罢了！其实我懂什么呢？什么是真正的流浪、虚无，波西米亚亡国的悲剧，我有什么了解？我只不过是一个自认为患了流行症的青年罢了！我们坐在咖啡馆里谈失落、苍白……直到我认识了方宏他们……"
>
> ……
>
> 我说不出话来，只是握住他的手不放。夏日的阳光照着他的眼睛分外明亮。我怎能用泪眼看这双眼睛呢？我甩甩头发，向他一笑，再用力握一下他的手，便快步走开了。我想要自己头也不回地走，可是在水泥小径上，忍不住回首一望。树南挺立在那里，朝我挥挥手。
>
> ……
>
> 我搭上回台北的车……汽车进入台北市区时，已是黄昏时分，不少红红绿绿的霓虹灯已经点燃起来。这是最后一个星期日。我默默地向这个城市告别。

20世纪五六十年代，如同"学长"这样的热血青年，在很多地方都有，李黎写的"树南"也是其中的一个。在欧洲也有，比如在当时深受萨特影响的法国，萨特在《肮脏的手》中所刻画的"雨果"也算得上一个。富裕家庭出身的青年雨果背叛家庭、投身革命，决心献身崇高的事业。他被赋予刺杀贺德雷的重任，但雨果却为贺德雷的学识、气度和革命胸怀所征服，一直没有勇气下手。偶然目睹贺德雷与自己的年轻妻子接吻之后，雨果战胜了犹豫，终于完成了刺杀使命。没有了贺德雷，路易成了当然的革命领袖，但路易很快放弃了消灭资产阶级、夺取政权的策略，转而与资产阶级联合，这恰恰是被刺杀的贺德雷的路线。青年雨果于是又变成了组织中的罪犯。雨果的人生和命运太具有戏剧性了。尽管不少人习惯性地把关注焦点集中在雨果刺杀贺德雷的动机是否道德的问题上（因为他的确是出于嫉妒才下定了决心，完成了刺杀），但这些人忽略了路易的易帜，本来因为反对与资产阶级妥协才设计刺杀贺德雷的路易，却在成为领袖之后很快放弃了当初的追求，正是这一变化把雨果置于被清除的境地。雨果纵然再充满激情和慷慨也无法把握自己的命运。

对于那个时代地球上的很多地方而言，单纯、激情、浪漫、火热是青年的标志。一批又一批胸怀世界和人类的青年，慷慨激昂、前赴后继，他们壮志凌云地践行着自己热爱的理想。他们代表一个时代、一种时尚、一种哲学、一种人生。他们的命运无一不令人感叹和震撼。当然，这样的时代、这样的人生，也为文学提供了令人眩目的空间。从审美的角度看，这个特殊时代的特殊生活风貌，更具有张力。它让我们在历史的延续中，不断地回味和思考。与此相比，今天的时代，是为技术、市场、消费统治的时代，似乎很难有充满理想和追求的青春，青年人为生存如此地忙碌和疲惫，思想的从容和情感的浪漫已经显得无比奢侈。

我请您原谅，我拐了这么大一个弯，用了这么多的文字描述我的心情。我用这种特殊的方式相信您能理解，我很激动。您是一位有理想的作家。"理想"这个词已经被滥用或者污染了，但从您的作品里，我读到了一种简洁与复杂、纯粹与丰富、雍容与尖锐等完美交融的写作方式，一种与热血、与挚爱、与真理一样令人感动和信服的写作方式，或许这就是汉语写作的魅力。

蒋：我还是禁不住要说，谢谢您能这样解读我的作品。我从您的文字中读出了一个评论家很少有的难以抑制的激情和热血，我很意外，也很感动。那就让我们把这理解为汉语写作的魅力吧。我常常引用君特·格拉斯的一句话，他说，他用受伤的德语写作，大意如此，当初我读到这句话时也是非常感动。我想，汉语其实也是伤痕累累的啊！也许，能够体悟到母语的这种伤痛，才真正理解它的无穷魅力。

我想，任何时代，其实都有人性和生活之间、自由的灵魂和现实之间的巨大冲突，这种冲突，就是审美，就是为小说提供的空间，就是处理"叙事"与"抒情"之间的张力。尼采有一句话,大意如此,奇特的风景是为小画家预备的,而平凡的风景则是为大画家预备的。我很认同这句话。

李：读您的小说还有一个突出印象,您的不少小说在展开中使用小标题,当然,有些作家、有些小说作品,也有这样的情形,而您使用的频度似乎较高。如在《心爱的树》中用了"梅巧和大先生""来了席方平""凌香""花儿酒、柿子树和其他""大萍,还有山中岁月""告诉你一句话""传奇的结局""饥荒""心爱的树"九个标题,前三个都含有小说中的人物名字,这些章节都以小标题所指明的人物为中心展开故事;"花儿酒、柿子树和其他""大萍,还有山中岁月"其实都写的是"山中岁月",重点是后面出现了女人"大萍";"告诉你一句话"是写凌香寻找母亲,读者一定会琢磨是谁告诉谁、告诉的是哪"一句话";"传奇的结局"是从叙述者的角度出发的概括,写梅巧和席方平私奔的艰难及其付出的代价;"饥荒"是指天灾,是写凌香对母亲的搭救(在与大先生心照不宣的合作中);"心爱的树"才是故事真正的结局。这后面六个标题大多抒情意味浓厚。《英雄血》叙述的是宝生从寄人篱下的孤儿到参加八路军直至成为解放军团长,最终因为杀害"吉一刀"而被判处枪决的过程。而小说中用的"河边的宝生""下场""六月二十三""石湾村血案""鲍仇出世""奥州的耕夫""吉一刀""谁拾掇好了我""妩媚的微笑""别说对不起""草海"十一个标题,也基本对应着这一故事发展过程,每一个都标识着故事的进展和人物命运的发展方向。其他的,如《北方丽人》中用了"年家扬""他们在路上""还是年家扬""他们和银鱼""银鱼、红菱和莲蓬"五个标题,有人名、有状态、有事物;《完美的旅行》中用了"家乡在身体中的感觉""城市很冰冷""童话的由来""很多故事都是在火车站发生""自由的行程""谁是我们的敌人""玫瑰园""盛夏的激情"和"T城永别"九个抒情词句作为标题;《绿灯笼》中用了"苏锦""翠微""翠微和马茹""苏锦和翠微""翠微"五个标题,全部用的是人名;《想象一个歌手》中的标题"节日之夜,在柳林""回到多年前""快乐的伞头""后记和我的寻找"则似乎比较自由;《在传说中》中的标题"大头和尚刘翠妞""血眼龙与女香客""还是女香客"也用的是人名。我想,在一般情况下列这些标题主要是为了叙述的方便,但仔细品味,觉得您使用这些标题也不仅仅是为了展开叙事,似乎同时也在其中倾注了观点和情感,如"草海""家乡在身体中的感觉""心爱的树"等。

蒋：确实,我比较喜欢用小标题,怎么说呢,我是一个逻辑性很差的人,写小说,无论短篇、中篇还是长篇小说,从来没有拟过提纲,所以,写小标题,有路标的意思,指示给我一条深入的路径。当然,写下这些小标题,常常感觉到诗意,让我疼痛或者欢喜——所以,在某种意义上,我是把它们当作诗来写的。

李：用一部长篇小说来写20世纪80年代的大学生，并不多见。您的《行走的时代》为此做了很大努力，尽管对诗歌、诗人的热爱和崇拜并不是那一代大学生的全部生活，但由于诗歌在那个时代充当着启蒙的角色，所以诗人包括校园诗人都深受社会的尊敬，他们在社会上所受到的关注相当于今天一流的明星。我很幸运，也在20世纪80年代初走进了大学校园，因此，对《行走的时代》这部长篇小说中描述的生活很熟悉，尽管作品的背景地在北方。读完这部长篇小说，我有一种说不出来的感觉。陈香因为对诗人莽河的崇拜而怀上孩子，尽管这个诗人她从此再也没有见过，但她对自己的梦对自己的浪漫无怨无悔。她甚至把自己的自豪、骄傲以及独自承担这一切的决心都写进了给儿子的信中。她的直率、坦诚、坚定不是简单的"单纯""激情"可以涵盖的，她是出于一种纯洁、圣洁，一种对崇高精神的信仰。如果不是买到真正的诗人莽河的诗集，如果她不知道当年那个莽河并不是她热爱的莽河，也许即使生活艰难，她都能充满幸福地继续自己的生活。遗憾的是在诗集中她看到了真正的莽河的照片。这是一个毁灭一切的真相。如同诗歌在时代的精神生活中不再有过去那样神圣的地位，陈香这样的女性估计也很难再有。从不知道真相这一角度看，叶柔是幸运的，她在命悬一线之际，依然对莽河满怀深情。叶柔曾经是压抑、抵制自己的向往和浪漫的，但在与莽河一起走向四王子旗的田野考察中，在民歌和民俗营造的浪漫氛围中，在互相搀扶和照顾之中，她终于拆掉了防线。我也为作品中的学长"老周"的宽容和胸怀感动。他不仅从一开始把陈香从未婚先孕的尴尬中解救，而且真诚地接纳了陈香的儿子小船，在陈香遭到得知真相、失子的接连打击下，他再次给予她兄长和爱人般的温暖。在陈香的生活中，类似老周这样的力量源泉还有明翠。有时我想，这是多么伟大的一代人，他们不是伟人，不是财富和权力的巨人，但他们是有担当、有责任感的一代人，或者说他们是有尊严、有信仰的一代人，甚至连陈香也是如此，她备受折磨，但从未抱怨任何人、从未报复任何人，而是自己背负沉重的十字架，在山村教育的岗位上默默奉献。她毕竟成熟了。他们在中国当代社会进程中经历了灿烂辉煌的涅槃，这是这一代人最令人自豪的事，是中国现代化进程中值得铭记的事。无疑，也是作家应该去书写的事。作为在青春时代同样经历了那一历程的亲历者之一，我很感激您的这部作品。

蒋：王德威在评论《行走的年代》时说，蒋韵关心的是诗，写的却是小说。他还说，"我们警觉蒋韵有意无意地将她有关诗的故事化为隐喻，用以烘托出一个时代的感觉结构"。其实，很可能，我几乎所有的小说都有这样的倾向，就是将"诗"化为隐喻，这可能也是人们觉得我的小说和别人不同的原因。同时，也是我最大的困境。因为，"诗"和"叙事"是相互矛盾的。但我不甘心，还是想借用王德威先生的话，他说，"说穿了，她自己何尝不就是一个诗的地下工作者，就着写小说做掩护，发送讯号，寻找当年失散的同路人"。今天，我好像又找到了一个同路人，是吗？

李：在您的作品中，有很多是写传说的，这些小说不同于通常的小说，其中的人物、故事大多不是当代生活中的人物和故事，如《在传说中》；有一些本来就是传说，如《人间》（重述《白蛇传》）；有的是传说多于历史或者不是确切的历史，如《妹妹上花楼》。我是相信您这种艺术上的偏好是有某种支撑的，比如《人间》中所总结的，白蛇的功亏一篑在于它没有修炼出人的残忍。《在传说中》含有两个意味深长的真正的传说，一个是泥塑的金童玉女、大头和尚刘翠妞，这两个符号不仅萦绕在舅舅和城隍庙的日常光景中，也鲜活地存在于孩子们的成长时光中。另一个是画龙的杨三两和女人们用缠绵和爱意拯救血眼龙，杨三两用生命画龙，他画的不仅仅是龙，其中还有他自己与小寡妇的痛苦爱情，有对干旱的故土的热爱，有自己的精血、精神。女人们对带来救命雨的血眼龙感激，也为杨三两感动，龙的另一面是男人，是如杨三两一样的男人。女香客这个称呼，不如说是对一代女人以及爱情的注释。围绕城隍庙的还有一个女香客，即粉桃、团圆媳，这个本为大舅安排的媳妇，长大后却爱上了一起长大的小舅，也因此成了另一个爱情的祭品。与小寡妇一样，受尽磨难的粉桃没有得到爱情，却在关键时刻成为拯救城市的默默无闻的英雄。刘翠妞、小寡妇、粉桃三个女性人物，都与城隍庙相关，与祈祷相关，与故乡和黄河相关，在传说与历史的相互注释中呈现了黄河女性的一种特有的精神气质。《妹妹上花楼》写的是女性的另一种精神世界，女性相互之间的情感。联系到这些，我想您从传说和历史出发，似乎在刻意重建中国女性传统的一面和复杂的精神性格。

蒋：我在之前回答了您关于传奇的提问，我说到了我与传奇是如何相遇的。至于是否在刻意重建中国女性传统的一面和复杂的精神性格，我还没有认真想过。我在写这些人物时，关心的是她们每一个人的命运，她们和生活和环境的关系，以及作为一个人，她们是否真实、可信、血肉丰满，我在揣度她们各自在面对自己的命运时会做出什么样的举动，会说什么样的话，干什么样的事。于是，就有了现在这样一个个精神、性格复杂的人物。有时，我会有一种错觉，觉得根本不是我创造了她们，而是她们本来就在那里，我只不过是惊喜地发现了她们……对于一个创作者来说，这是最快乐的时刻。

李：我还想说，您的小说从语言到结构都别具一格，除了人们已经说到的语言和氛围的怀旧、细腻、优雅、纯粹，还有您在传说与现实之间（如《人间》中引入的由"母亲""琴师""结婚"以及"我"对《白蛇传》版本的考察等组成的特殊空间），传说与事实之间（如《在传说中》中的"刘翠妞"与"血眼龙"），歌谣与事实之间（如《想象一个歌手》中许凡在不同时期针对不同对象所唱出的内容），等等，都令人轻叹地穿梭自如，让读者进入一种恍惚和朦胧的空间，很难区分也忘记区分这些不同元素的性质和身份。除了如《北方丽人》《麦穗金黄》等作品是完全现实世界的映照，很多作品，都让我觉得界限朦胧。

我还要说《麦穗金黄》。这篇小说写到了青年人在城市打工的生活。一个理发师，一个小姑娘，两次给一个打工青年理发，一次是小伙子为了见女友，一次是小伙子遇到车祸身亡。小伙子从麦穗一样金黄的发型中获得的兴奋、信心、向往以及理发师为死后的小伙子再次打理出麦穗一样的发型，既让我疼痛，也让我慰藉。疼痛，是因为他们生活不易，又很容易满足，且仍怀理想；值得安慰的是他们能按他们这一代人的方式相互对待、支撑并呈现出一种可贵的朴实与坚持。我在这30年来关于打工或城市务工生活的文学作品中第一次读到这样令人疼痛的作品。

对我来说，阅读您的作品是一次美的享受，也是一种神奇的阅读体验。您的文字行走于传说、历史与现实之间富有张力的神秘地带，建构了一个丰富、复杂、温婉、动人的世界。非常感谢您给我以及《芳草》这一机会。

蒋：谢谢，谢谢我们可以有这样一场真诚的对话。也谢谢您对我的小说作如此深入的解读。

（《芳草》2013年第4期）

写透中原大地
——与李佩甫对话

李鲁平：我有一个冒失的观点，您的创作一直伴随着中国农村发展的步伐，伴随着中国乡村社会的变化，因此，只要是关心农村的读者，都应阅读您的作品；只要是从农村走出来的读者，也应该阅读您的作品。

当然，农村是一个太大、太复杂的话题，我们只能就作品聊农村。我想先谈谈您在20世纪90年代创作的几部小说。一部是中篇小说《无边无际的早晨》，这部小说的题目后来也成为您的一个小说集的书名，可见您对这部作品是有偏爱的。虽然我注意到了小说开头对"李治国"出生的那个早晨细致而富有感染力的描写，但作品主要写的是李治国的成长，尤其是李治国进入公社、县的基层政治生活之后的矛盾、紧张、焦虑。因此，我在想，"无边无际的早晨"在这个小说中有什么特指吗？

李佩甫：每个作家都有自己的写作领地。我的"领地"就是"平原"了。应该说，我从1978年开始发表作品，一直到1985年才找到了我的"写作方向"。这中间长达8年时间。这8年是我写作最痛苦、最熬煎的8年。这8年里，我几乎每晚都像狼一样四处游荡，苦苦思索，夜不能寐。

1986年年初，我发表了中篇系列小说《红蚂蚱、绿蚂蚱》。这部作品先后被当年的《新华文摘》《小说月报》《小说选刊》选载。由此，我暗暗松了一口气，终于找到了我的写作方向，也同时奠定了我的写作自信。这时候，我已看见我的"平原"了，但还是模模糊糊的、不太清晰的、罩在雾霾里的。

对于"平原"的认识是有过程的。"平原"与"我的平原"是有差别的。真实意义上的"豫中平原"是生我养我的地方，而文学意义上的"平原"需要再造。再造的过程，也是我在建构自己文学"领地"的过程中一次又一次重新认识的过程，这需要"第三只眼"。可以说，每一次都有新的发现，这也是我在"平原"上的"掘井"过程。

《无边无际的早晨》是我1990年的作品，也是我由单一乡村叙述进入大平原视野的作品。这时候，雾霾渐渐消散，"平原"就近在眼前了……所以说，这个

"早晨"是大时间中的、无边无际的。

李鲁平：《无边无际的早晨》涉及改革开放之前的农村中的饥饿、运动、集体劳动、集体食堂、造反批斗，等等，这些是这个时期农村生活的主要内容。在这个中国农村极为特殊的时期，孤儿李治国在乡亲们无私的哺育和关怀下，顺利成长起来。虽然在这期间，李治国走过不算重大的弯路，比如偷窃乡亲们的东西、在学校里当上造反司令，但在队长三叔和乡亲们及时而质朴的教训下，李治国迅速、幸运地回到了正轨，直至进入公社给书记当通讯员。尽管这个时期的农民都不富裕，但以三叔为代表的大李庄村的乡亲们还是尽可能地给予了李治国温饱生活。在李治国的成长过程中，除了偶尔跟在队长后面，"狐假虎威"地对农民指手画脚外（农民可以把这理解为孩子的调皮和不懂事），他与大李庄村的乡亲们基本没有直接的冲突，甚至李治国参加造反被三叔一巴掌打回大李庄村，都不能叫直接冲突。李治国还不懂得"革命""造反"这些词语的含义，他更多的是因为喜欢校花姜惠惠而走向街头。但踏入社会后，进入基层政府后，李治国逐渐被裹挟着进入一个全新的世界，这个世界是他必须面对的，也是不可避免会与大李庄村的乡亲们直接起冲突的。因此，这部作品的重心集中在20世纪六七十年代及80年代的农村。这是农村社会矛盾最为尖锐的阶段。计划生育、农民税负、农村基础建设、基层政府财政困难……这些复杂的形势对那个时代的乡镇干部都是一样严峻的，但对在家乡当官的李治国来说，却显得更加沉重，因为无论是催粮催款还是上环引产，他每时每刻都面对着抚育自己成长的亲人。这种尖锐的对立环境使得这部作品和这个人物具有了非凡的意义和价值。这种尖锐的疼痛感其实并不来自李治国本人与乡村的对立，它来自李治国的身份和李治国的职责，也来自农村政策等许多因素。但令我感动的是无论李治国做了什么，大李庄村的村民并未记恨他，并未抛弃他，当他结婚、调离的时候，乡亲们以最朴实的方式去祝贺或者看望，这些难以置信却很可能是真实的存在。您的创作从某种程度上来说改变了我对乡村的看法，尽管我也来自乡村。

李佩甫：《无边无际的早晨》是我进一步切入"平原"的作品。在大时间的概念里，"平原"就在我的眼前。在雾里，我看着它，既熟悉又陌生。我得穿过时间的迷雾重新认识它。

《无边无际的早晨》写的是一个县级干部的成长史。这部中篇小说是主写成长的作品，它的着力点是"成长"，不是"背景"。那时候，我的认知还是有局限的。而《无边无际的早晨》更多地写了"给予"，写了大地的滋养、恩惠。那时候的李治国与乡民有"对立"而没有"包袱"，因为他仍然是一个"黄土小儿"。在这部作品里，虽然有沉重，但我更多地表达了一种温情，是以热土、情义来写

"厚"的。至今我仍然记得《北京文学》的编辑专门跑到郑州来找我改稿的情景,当时,他们就认为这是一部可发头题的作品。但因为此作有一章专门写到了乡村的"计划生育"问题……那时候,这个问题不便触及,他们希望我删改,后来就压掉了。

总之,《无边无际的早晨》的写作较为自由。那时候,找到"平原"就等于占有了自己最熟悉的自然资源。眼界一下子开阔了,生活素材纷至沓来、俯拾皆是,我就像是掉在了生活堆里,细节是可以挑着使的。坐在书桌前,我眼前是一望无际的黄土地,它沉默着,有人在走动……

李鲁平:《豌豆偷树》这部中篇小说也是20世纪90年代的作品,但作品里面的生活是1985年的事情。那个艰难时代的农村教育对中国社会的贡献已经载入历史。理论上,现代社会的教育事业是政府的责任和义务,但在中国的现代化进程中,在相当长的时间里,农村教育似乎只是一群民办教师的事业,是农民供养的事业。这是令人难以理解的。这一代甚至几代民办教师对农村社会的文化启蒙,对把知识和文明的火种播撒到乡土社会所做出的巨大牺牲堪称民族丰碑。王文英就是这些教师中的一个代表,甚至曾经有理想、有浪漫,但不得不接受农村社会改变的校长郭海峰也堪称其中的一员。戴驼色围巾的郭海峰老师消失了,他变得跟农民一样粗俗、一样到处"赶情"、一样行复杂的大礼、一样对干部低头哈腰……但他知道王小丢是好学生,他既要满足村干部和大户的要求,这样学校才有钱,也要曲折地、暗暗地默许王文英老师的做法,因为他自己就曾经是一个知名的教师,是公办教师,是乡村社会都知晓的"右派",他不愿意违背自己的历史和出身。这部作品与您写农村的许多作品似乎很不相同。

李佩甫:应该说,自《豌豆偷树》始,我在作品里开始透出更多的对乡村的反思和批判意识。我过去一向习惯于用第三人称写作。这部中篇小说,是我进入"平原"写作后第一次使用日记体的笔法。使用"第一人称"有较自由的一面,也有局限性。但日记体有利于表现一个民办教师的内心情绪,所以我采用了日记体。

其实,这部小说的灵感最初来自生活中听来的两个细节。一个细节是一个村里的农民去找队长讨要卖树的钱,可队长不给,说没钱。他要了一年也没要回来。后来,他的儿子拿一根绳,当着众人的面说要把自己吊在树上……队长害怕了,马上就把钱给了。我要说,这就是"国民心理流氓化"的开始,是一次次逼出来的。另一个细节是从一个乡村民办教师那里听来的。他说,他教了一辈子书,最后年年来看望他、孝敬他的却是一个"小偷"。这孩子上学时很调皮,学习成绩也不好,后来就混成了"钳工"(小偷的别称)。可那些考上大学的孩子没一个来看他的。倒是这个"钳工",每到过年的时候,都会提着礼物来看望他。坦白地说,就是这两个细节触发了我写《豌豆偷树》的动机。这就是"教育"。

当然,一个作家一旦有了自己的地域,或者叫作根据地,就像有了发酵粉一样。任何构思,都可以放在自己最熟悉的领域里去表现。这样就可以左右逢源了。

李鲁平:《乡村蒙太奇》是一部很有意思的作品,我特别喜欢。作品用镜头的方式,呈现了一个乡村的各种人物。从技术上来说,小说没有如同传统的写法,沿着几个人物和几个线索循序发展下去,而是俯瞰着乡村,将一个乡村的每家每户的活动描述出来,呈现多个焦点、多个视角。用小说勾画出这样一幅乡村图景似乎很少见,里面涉及那个时代农村典型生活的全部,收粮、催款、修路、派饭、爱情……这是一幅全景画,是一部电影,其语言和叙述令人阅读起来格外舒服,这样的写法估计在您的创作中也是唯一或者极少的一次。

李佩甫:坦白地说,写《乡村蒙太奇》是我第一次使用电脑的练习之作。那时候,我刚刚买了一台初级版的286电脑,不会用。就看着一张报纸上介绍的"五笔字型"打字法,试着学打字。最初,一个一个学着打汉字很枯燥。于是,学了两天后,我就试着把脑海里积存的人物、细节等,一段一段打出来……这样有意思些。可打着打着,人物和细节不断地涌现出来,一个个活生生的,打都打不及。记得打了大约有一月的时间,我一看有近三万字了,再看,一个个场景都是我最熟悉的,情绪很一致,虽然只是一个个的片段,但他们都"活"在同一个生活氛围里。这就体现出特定地域和特定环境的重要性了。这时候就差一个"点"了,一个可以把整个作品统起来的东西。当然,最费心思的是要找到一个把整个散点(也就是你说的多焦点、多视角的乡村图画)集中统一起来的结尾。这个结尾十分重要,它要把整部作品统率起来,又必须是一个出人意料的、具有全局性的尾声。为这个结尾我花了很多心思,最后终于找到了。

这部中篇小说应该说是我写得最自由、最没有负担的一部。作品写完后,我打字的功夫也练出来了。

李鲁平:从以上几部中篇小说中我们读到了您不同的写法、不同的关注点。我很想说,它们可能都是为您后来的长篇小说创作做准备的。比如,《无边无际的早晨》中的人物、故事或者背景,在您后来的长篇小说中就出现过。又如《送你一束苦楝花》这部如书信一样的作品中表达的内涵,城市与乡村、知识分子与农民、哥哥与妹妹、梦想与现实、突围与束缚……这些后来都得以在长篇小说中充分叙述。还有许多这样的例子。我想,您很早就有一个大的梦想——写出中原大地,您一直在准备,在中短篇小说中不断准备,当然,最后您的艺术追求在三部长篇小说中得以实现。因此,您无疑是一个自觉的写作者。

李佩甫：写长篇小说是大活。这需要多年的积累,其中包括认识的积累、情绪的积累、生活素材的储备,是需要对生活认识、认识、再认识。我个人认为,只有认识才能照亮生活。生活是大量的泥沙,文学创作是要在沙中淘金。

尤其是我把"平原"作为写作领地后,就拥有了从不同角度一次次审视这块土地的全方位视角。一旦拉开了时间和空间的距离,反而看得更清楚了。且每一次都有不同的认知和新的解读方式。这也就使我的长篇小说创作有了更充分的准备时间。我的长篇小说是"泡"出来的,就像是泡豆芽一样,只是浸泡的时间更长。有时是一年、两年……有时是十年甚至更长。

李鲁平：《羊的门》是您的一部重要的长篇小说,这部作品的故事基本上是在豫中平原的政治生活中展开的,活跃其中的呼国庆、呼伯(呼天成)、范骡子、王华欣、李相义等大多数人物都是县市级领导干部或基层干部。因此,表面上,作品展现的是一幅官场权术的画面,但仔细体味起来,似乎作家并不在意这些人物的政治生活内容或价值。对这部作品,谢丽娟和呼国庆的争论或许是最好的解释。呼国庆在突然被改任县委书记并被要求与妻子复婚后,内心撕裂、纠结、痛苦,当然更加痛苦的是被伤害的谢丽娟,当呼国庆上门看望打算辞职离开的谢丽娟时,憔悴的谢丽娟对"平原"及其男人、女人有一番抨击,呼国庆对此也有一番辩护。这一男一女两个主角的谈话其实是作者在这部作品中力图要揭示的内容。所以我想,也许有很多人跟我一样,会被小说带来的酣畅淋漓的阅读快感误导。

李佩甫：《羊的门》的写作,是我长年准备的结果。这部长篇小说占有了我30年的储备。应该说,正是从这部长篇小说开始,才使我有了对"植物说"的认知。从这部长篇小说开始,我着意写"土壤与植物"的关系,也是我第一次把"人"当作大地上的植物看待。我要看一看,在这块土地上,最好的"植物"可以生长到什么形态、什么样子,它的高度在哪里?

在这部长篇小说里,我大约写了26种草(为写这部长篇小说,我曾专门到家乡的田野里去再次认草)。在平原,一般老百姓自谦的时候,都说自己是"草木之人"。说实话,我们这些人也的确是"草木之人"。"草木之人"大多是无法左右自己的命运的,他们的命运是跟着形势走的。这就是古人说的,大势决定着人的命和运。

在这部作品中,呼天成之所以被称为"草精",那就是说,他已经不是一般的"草木之人"了,他已经成了"精",他可以左右别人的生命了。难道这就是平原植物的高度吗?这正是我要问的。

说实话，写这部长篇小说时，我根本没有想过官场，我只是随着生活和人物走，甚至是生活中的人物在"牵"着我的笔在走。

李鲁平：这样，我们自然会谈到"平原"。这是一个很大的话题，我想也是您在多年创作中一直关注并难以释怀的一个话题。谢丽娟对平原有自己的理解，呼国庆也有自己的理解，而在我看来，呼天成才是平原人和平原精神的典型代表。

李佩甫：是的。平原人是"以气做骨"的（平原人最典型的一句话是："人争一口气。"），这是我对平原人"上限"的总结。"气"一旦凝集起来，能量是巨大的，就像是"万吨水压机"。

平原人又是在"败中求生""小中求活"的，这是我对平原人"下限"的总结。这里写的是一个"贱"字。"贱"是一种缺陷，是一种病象，也是一种含在母体中的毒素。但同时，千万不要轻看这个"贱"字。就是这个铺底的"贱"字，足可以滋养高贵，同时也会生生不息！

李鲁平：《生命册》是您的长篇小说新作。我开始读这部作品时有一种感同身受，特别是作品中的"我"经常接到家乡来的电话，电话那边经常传来的是祈求帮忙的声音，经常传来的是一句"你不是在省里吗"或者"你一个电话，事不就办了"（这些话很多年前也在我的生活中、在我的耳边频繁出现）。"你不是在省里吗"，这是发自乡村，可以令一个刚刚踏入城市社会的青年崩溃的观点。当然更重要的不是它对身处城市而毫无根基的青年人的折磨，而是生动呈现了城市和乡村两个世界的隔阂和两个世界之间的不可解释的天壤之别。在30年前，估计每一个乡村的农民对城市都持有这种观点，你进入了城市社会，你到了省城，那么，这个城市就是你的了，那么对诸如招生就业、生病住院、官司纠纷等问题，都可以用一个电话解决。要让一个土生土长的农民了解一个城市社会的运转机制不仅仅是痛苦和困难的，更是需要漫长的时间，有时候还需要生命的体验和代价。经过了30年的现代化进程，很多乡村人都走出了农村、进入了城市，很多农村都已经或正在城镇化，但广大农民真正了解和熟悉城市并融入城市的道路还很漫长。

李佩甫：《生命册》这部作品几乎动用了我50年的生活储备，也是我倾注心血最多的作品。

在《生命册》这部作品里，我花功夫最大的人物就是这个从乡村走向城市的当代知识分子吴志鹏。这是一部主人公吴志鹏的"思想流"，或者说是一部当代知识分子的"心灵史"。对于这个从乡村走出的、吃过百家饭的当代知识分子，我并没有着力去写他肉体的外在形态，主要写了他的背景（他的感觉、生活态度、精神走向及心理流程，或者说是精神成长的思维过程都来自"背景"）。写吴志鹏这个人，我是主写"气"的——气质、气场以及来源。文中所有的"人物"，都储存在他的精神记忆里。那些生命形态无时无刻不在他记忆里发酵，那是他的精神源泉。"以气做骨"的结构方式可能会让很多评论家不适应，所以各种评介都认为吴志鹏写得弱了，可我坚持认为，这是我自创作以来，内心世界写得最丰富的一个人物。

李鲁平：我发现您的很多作品中的人物和背景地是有连贯的，比如《生命册》中所写的"我"的故乡，无梁村或者吴梁村、颖平县，这些背景地也是《羊的门》的背景地。《生命册》中写到"我"是一个孤儿，母亲生下"我"便去世，父亲在煤矿中因瓦斯爆炸也去世，这个细节在中篇小说《无边无际的早晨》中也存在过，不过在中篇小说中"我"是另外一个人物"李治国"。中篇小说也好，长篇小说也好，我理解您一直在用小说表达自然的豫中平原、社会发展中的平原以及豫中人的平原。大致说来，外界读者对这一地域以及人文风情还是不太熟悉的，在我的印象中，这一地域比如"颖平县"真正所指的这一带，在三国时代是英雄辈出、人文荟萃的。后来，尤其在进入现代化进程之后，人们对这一地域似乎了解得不多。在小说之外，您能否向读者谈谈您的家乡、您了解的平原以及您的经历与创作？

李佩甫：平原是我的家乡，是生我养我的地方。我常年在平原上走，一般是五六个县的范围，只是想一次次地重新发现和认识它。这里一马平川、无山无水（有淮河的支流）、无依可凭、无险可守。但同时这里气候温和、四季分明，又是最适于植物生长的地方。可以说，插根棍子都可以发芽。由于这里处于汉文化腹地，是历代王朝征战之地，所以杀气重，古文化浸润很深，加上人口密度大，小活容易，大活就难了。

说实话，就我个人来说，我出身于工人家庭，童年生活在许昌——中原腹地的一个小城市。这个城市虽小，最早却是曹操建都"挟天子以令诸侯"的地方。同时，这个城市与乡村的联系非常紧密，可以说是半城半乡。早年骑着自行车向任何地方走十分钟就是田野了。那时候，我虽然出身于工人家庭，可我所有的亲戚都是农民。需要说的是，我自幼在乡下的姥姥家生活了很长时间，也跟乡下孩子一起到地里去割草。童年时，乡人对我的一致评价是：不像城里人。后来中学毕业后，我又作为"知识青年"下乡劳动，也曾经在知青中当过多年的生产队长。那时候，全国都在搞"文革"，会议多。我常年跟着一些乡村干部到公社去开会，由此结识了各个村庄的大队支书之类的干部。后来上学，到工厂当工人，再到文化部门工作……但乡村一直活在我的记忆中。这对我来说，就是一口"井"。我的每一次写作，都成了重新认识的掘进过程。

李鲁平：《生命册》中有一些与平原有关的自然元素，如风、沙、树（柳树、榆树、槐树、楝树、椿树、枣树，等等）、无梁的气味、植物（地龙花、翎子花、仙人花、小虫儿窝蛋），等等，这些都极有趣味，传达了许多知识，但也隐藏着极深的策略，因为写这些自然的元素并不是您的本意。比如，写了平原的树都很难成栋梁之才、离开土地很难成活之后，您主要写了一个边缘性的人物"梁五方"。梁五方不仅在建筑方面极有天赋，也能吃苦，更重要的是他有尊严，他力图不求人、不委曲求全，他努力靠自己的本事实现他与老婆的梦想。换到今天这个时代，梁五方堪称农村的能人、农村的希望。但随之而来的运动粉碎了他靠本事吃饭和创造生活的梦想。而且，由于他与无梁村的文化格格不入（类似于树脱离了土地），注定了他从此的命运异常艰难。他几十年的上访流浪和孤苦伶仃，验证了平原的树木的特性。又比如小虫儿窝蛋与虫嫂的关联。一个女人，一个被视为滑稽、贼的矮小女人，牺牲尊严、人格，任人讽刺、挖苦、辱骂、欺负，但以一种顽强的意志把三个子女抚养成人。她的生与死，都与平原的草一样，无声无息，但坚韧无比。

李佩甫：《生命册》是一部主写"背景"的长篇小说，同时这也是一部全方位抒写平原"大地"的全景小说。我把人当植物来说，写一个人成长的背景——环境、土壤、人物关系，都是至关重要的。我有一个观点：童年是至关重要的。一个人的童年，决定一个人的一生。只有把他的背景写深写透了，这个人才能真正站立起来。所以，这部长篇小说的核心是"背景"。在这里，"背景"就是土壤。也可以说，这是一部分析"土壤"的作品。

我说过，为写这部小说，我几乎动用了一生的生活储备。每一次动笔前，我都会闭上眼睛，动用全身的每一个器官去感受、品味这块土地上的一草一木、一颦一笑以及平原上各种植物的生长状态。如风的气味、沙的气味、虫儿的呢喃及各种植物的气息……当我闭上眼睛的时候，我就像是一股无形的风，在平原上刮来刮去，溜进田野、溜进每一间屋子，去偷窥乡人的生活。夜半时分，去偷听乡人的骂架声。我与乡人同呼吸共命运。在这里，"苦"是生活的常态，是背上扛着的"日子"。但这里也是有笑声的，那是日子里的"阳光"。尤其是远离乡村之后，在精神上我反而与他们越来越近了。拉开时间与空间的距离，反而看得更清楚了。当然，此后我每年都要到平原上走一走、看一看，却并不是要寻找素材，这是呼吸和感觉的需要。

李鲁平：我还想跟您聊聊《生命册》的叙述。这样一部大的作品，您叙述起来举重若轻，读者读起来也畅快无比，其中一个因素要归功于您独特的叙事艺术。其实，这部作品并没有一贯的线索和故事发展脉络，至少表面上是这样。而且，每一章与上一章不一定是连贯的、连续的，似乎很随意。写花、写草（其实，《羊的门》也写过平原的草）、写风、写气味、写芦苇，也写各种各样的人。整部作品看似从一个青年知识分子在城市的生活挣扎开始，事实上在其中穿插了从乡村到城市的各种人物。有些人物或者符号会在许多章节出现以便呼应，维护作品整体上的严谨。比如当村长的老姑父，就在许多章节出现，梁五方也是如此，他曾经被作为主要对象在写树的时候出现过，在后面或者其他地方，因为"我"的流浪、奋斗、寻找（梅村），必须有一个合适的人物传递信息，梁五方的算命、上访、流浪生活方式，使得他与"我"的偶尔相遇成为正常的、可以理解的，也是必要的。他带来了无梁村的信息，也带来许多关于命相和阴阳五行的神秘文化。蔡思凡这个人物也是如此，她在作品开始出现过，"我"在洗脚店遇到过，老姑父捎信让我寻找过，其间经常出现，梁五方也经常讲述蔡总的故事。在作品的最后，您从"筷子立起来"的乡村文化符号开始，叙述了一个隆重的迁坟仪式，让蔡思凡与"我"再次见面，当然也是让"我"与无梁村再次拥抱。其中当然有蔡思凡要"我"为她平反的目的，更重要的是要回答，这个曾经逼迫得"我"四处躲避的乡村，"我"是否还能、还要躲避？作品不断离开焦点，又不断回到焦点，并在这一叙述运动中穿插许多航标一样的标识，使得这种自由的叙述运动有一个整体的轨迹。因此，要从一个宏观或者抽象的角度来看，才发现作品中内在的逻辑和联系。这不能不说令人惊叹。

李佩甫：《生命册》这部长篇小说的结构是"以气做骨"的，就像是一棵树的主干。让一个人的"思想流"作为一部长篇小说的内在支撑，这对于我来说是第一次，也是一次挑战。在这里，我把所有的人物都作为"背景"，或者说是支脉，我是想写隐在一个人背后的东西。

同时，这部长篇小说采用第一人称，用"以气做骨"（指以一个当代知识分子的思维流程作为主干）的写法是有一定的难度和局限性的，而且主写"背景"，所以在过滤生活、裁剪内容诸方面是很费心思的。尤其是结构方式，我采用的是树状的结构，从一树一风一尘写起，有枝有杈，又怕写散了，这过程是很要命的。

在这方面，我着意地尝试着在一枝一杈上用一些"隐笔"，或者叫"草蛇灰线"，比如"见字如面"，比如"给口奶吃"，比如"白条"，比如"汗血石榴"，等等，这都是我特意设定的、解开这部长篇小说的"锁钥"。对我而言，最大的难度是语言方面的。我一直认为，文学语言不是语言本身，它是思维方式和认知方式的表达。

李鲁平：您的三部长篇小说——《羊的门》《城的灯》《生命册》，无疑都是非常独特的(不仅仅是作品的名字独特)。《羊的门》通过写呼天成的一生,反映了中原农村现代化进程中的一个独特模式的萌芽、发展与成熟,这就是呼家堡的集体管理模式,通过呼国庆的晋升和两次重大挫折,呈现了许田市以及颍平县的政治生态,而这一政治生态直接影响着一个地域的社会发展,呼天成在这一生态系统中的作用,很大一部分便是维护呼家堡朝着他理想中的农村模式发展。也因为此,他第二次挽救呼国庆之后,便决定把保持呼家堡发展局面和方向的担子交给呼国庆。很显然这是一部以呼家堡为核心为代表的农村发展史。

李佩甫: 我说过,"平原"是生我养我的地方,是我的精神家园,也是我的写作领地。在一段时间里,我的写作方向一直着力于"人与土地"的对话,或者说是写"土壤与植物"的关系。我是把人当作"植物"来写的。其实,我并没有着力去写史,我写的是本土植物的生命状态,是在这块土地上随着时间和时代变化成长中的"植物"——人。

在这个意义上说,《羊的门》是写"草"的,写的是原生态。主要写的是在一个特定时期里,本土"植物"的生长状况及高度,我要告诉人们,在这块土地上,最好的植物可以长成什么样子,也只能长成什么样子。而《城的灯》呢,就这部小说来说,它的不同,首先在于"城"的出现、"城"的诱惑。写的是"逃离",是对"光"的追逐。第三部的《生命册》是写"树"的。写了一个人五十年的历史,写的是"树"的背景及生长状态。同时也是一个人五十年的内心独白,是从一个人的记忆视角出发的。这里记录的是"我"五十年的内心生活,这五十年,社会生活有着翻天覆地的变化。每个人心中都有一面镜子,是镜子里的五十年。而"我"则是一个"背负着土地行走的人"。

如果将三部长篇小说相比较的话,《羊的门》写的是客观生活,诉说了土地的沉重,及植物(草)生长的向度。《城的灯》则写的是主观生活,是逃离,是对"灯"的向往。而《生命册》则写的是"树",是一个当代知识分子的精神成长史,是土壤的丰富性。同时也是五十年后对这片土地的重新再认识。将这三部作品相比较,是递进关系,是一次次的发问,是三部曲。所以《生命册》无论是从宽阔度、复杂度还是深刻度来说,都是最全面、最具代表性的,是一次关于"平原说"的总结。

所以,就这三部长篇小说来说,虽说是以现实的平原生活为基础,但又是我多年思考的结晶,不是一两个生活原型就可以囊括的。小说里的所有人物都是经过高度浓缩,是在脑海里经过多年浸泡后提炼出来的。一旦跟现实对上了号,就失去了小说的意义了。尤其是呼天成这个人物,他是经过数十年淘洗,由无数个人物集合、凝结而成的。是小说中的时代生活落在了他的头上,这才有了典型性。

李鲁平：与《羊的门》不同，《城的灯》的核心在城市与乡村之间，写一种处心积虑的逃离。当兵对那个时代以冯家昌为代表的一部分中国青年农民来说，是逃离乡村、走进城市的极少也极其宝贵的一条道路。冯家昌利用给首长服务的机会改变了自己，放弃了等待他八年的农村女人，他把自己的脸磨砺得能够经受任何捶打，因为他不仅想改变自己的命运，还要改变冯家四个蛋儿（他的四个兄弟）的命运。当然，他最终获得了成功，冯家一门五个儿子都逃离了土地，并且五个人都在都市社会中占有了相当的位置，或者是金钱的，或者是权力的。但在辉煌的成功面前，他们突然意识到巨大的失落和虚空，因为当他们再次想踏上家乡的土地时，已经很难了，他们的精神和心灵漂浮在家乡与都市之间。他们所经历的从乡村到城市的艰难历程丝毫没有减轻他们的道德负罪感，反而因为自己的蜕变将永远背负着对乡村的亏欠和不安。这里面隐藏着一个很令人疼痛的问题——农村的城市化，农民挣脱乡村和向城市的进入究竟如何才是光明的、道德的，这个问题类似于改革开放中曾经讨论过的市场经济中的原罪问题。当我们这样想的时候，就不仅仅是审视冯家昌这些逃离土地的农民，还要审视没有逃离土地的农民的命运，比如坚守乡村、建设乡村的刘汉香的死，刘汉香作为农村精神的守护者却被几个渴望致富的农民杀死。显然，在整个现代化进程中，城市和乡村，从物质层面到精神层面，都在变。

李佩甫：这是个悖论。《城的灯》是写逃离的。中国改革开放这三十多年（注：此文发表于2013年），可以说是一场逐渐发动的、近乎于"大迁徙"的农民进城运动，是极壮观的，也是可歌可泣的。甚至于如何看待这样的一场可以说是"自发式"的、又近乎于"运动版"的"大迁徙"，不是当下就能认识清楚的。也许，这种"连根拔起"本身就是一场"灾难"。

可是，当我写坚守时，又是非常吃力、迷茫的。《城的灯》原来后半部分是写刘汉香进城打败五兄弟的……可我思考了半年，还是让她留下来了。人类的生活是有光的，这一点我坚信不移。我曾试图想写一把真、善、美的标尺……也许我错了。

李鲁平：与《羊的门》《城的灯》都不同，《生命册》的核心在城市，尽管其中叙述的焦点不断回到乡村。与《城的灯》不同，在《生命册》中，对乡村的回避、躲避、逃离，不是空间上的，也不是因为要获得城市户口。"我"是有城市户口的，还是大学讲师。"我"的逃离是从精神和情感纽带上的逃离。"我"不能背负着一个几千人口的乡村在都市安静地享受都市带来的繁华和福祉。这使我想到费孝通在《乡土中国》中所描述的。在很长的时间里，中国的乡村是集全村之力，培养一个"士大夫",等到这个培养对象进入了官僚阶层,一个乡村便得到了依靠、得到了保护,也有了发展的便利。因此,当一个人走出乡村,进入城市,进入城市的管理阶层或者知识阶层,这个乡村所有的希望便被寄托在这个人身上。遗憾的是,现代化进程中人的身份的改变,与过去、与封建社会的科举取士,有了很大的不同。一个人进入城市之后往往只能确保自身,甚至自身难保。《生命册》中的"我"就是如此。一个大学的青年知识分子充其量只能解决自己的生存和发展问题,无法承担拯救一个乡村的重任。于是,"我"便不断逃跑。这是意味深长的。我自己,以及许多在三十多年前通过高考进入城市改变命运的"60后"人,也都有这样的体会。我甚至还没有冯家昌的本事,解决一家兄弟的户口、就业和生存问题。当然,这里面仍然有一个疑问,乡村真的企图从"我"的身上索取那么多吗?乡村真的就是"我"身上不堪承受、必须抛弃、反复躲避的重负吗?并且,作为从平原、从这块土地上走出来的"我",就真的能够摆脱乡村吗?在《生命册》的结尾,"我"再次回到乡村,不仅感到陌生,更感到一种恐惧,恐惧自己不能回到乡村、恐惧自己没有了根、恐惧自己真的被乡村抛弃和遗忘。这是令人震撼的。

李佩甫:说实话,当年(甚至可以一直延续到现在)中国农民的后代,要想改变命运,只有三条出路:一是就地做官(从最基层做起,这类人是凤毛麟角),呼天成是也;二是当兵;三是读书(读书也是为了做官。当然,当一个人拥有知识后,选择会更多一些)。呼天成应该说是在当地做官做得最好的,是最优秀的;冯家昌是农民子弟当兵后提干的,也是最优秀的;我写吴志鹏,是写从农村走出的当代知识分子,不管他教书或是经商,也应该说是最优秀的了。这三个人物,代表三个不同的人生方向和不同的命运轨迹。这同时也说明了一个地域的植物生长的高度和缺陷。

在这三个代表人物中,只有作为当代知识分子的吴志鹏是一个思考者。这是他与另外两个人物的最大不同,也是希望之所在。

李鲁平:我前面说过,您一直在追求写透中原大地。您写了中原的土壤、空气、植物,甚至不厌其烦地写了植根中原的那些历史、文化、风俗,比如《易经》、《易筋经》(还附了很多图)、命相术、领席、村规,等等,并把这些放在中国乡村现代化的进程中来写,与中原社会的发展和人的命运融合在一起,最终写出了中原乡村和人的气质秉性,这是非常令人敬佩的。我想,作为一个作家,一生没有比这更值得自豪和心安的成就了。再次感谢您对《芳草》和此次对话的支持!

李佩甫:从"根"上说,中华文明五千年,浸润最深的是"中原大地",这里也算是中华文明的发祥地。但五千年的文明史既是汉文化的发展史同时又像是五千条锁链，精华和糟粕共存。血脉里的毒液和乳汁混杂在一起，就像现实生活中含在奶粉里的"三聚氰胺"。我要说的是，我们在成长，可我们就是喝着这样的乳汁一天天被喂大的，且生生不息。这才是真实的生活。

同时，中原文化又是博大精深的，特别是其中的阴阳五行之说。这是中原文化中最古老的、最难破译的、甚至带有神秘色彩的部分。我对此也曾经涉猎过，也仅仅为写作涉猎和研究了这方面的书籍。

坦白地说，我还真认识一位朋友，他是常年练《易筋经》的。他练了二十多年，据我所知，二十多年来，他没有吃过一片药。这是绝对真实的。所以，古典文化中虽有糟粕，却又是不能轻易一概否定的。

谢谢鲁平兄厚爱。

（《芳草》2013 年第 5 期）

一个民族生活的叙事，多民族文学的繁荣
——与叶梅对话

李：今天，在大多数人的印象中，您是一位作家，一位少数民族文学工作者，但在到湖北作协工作之前，您曾在恩施州以及县里面从事职业的党务或行政工作。您在恩施从事行政工作时期，就开始创作了吗？恩施是您成长的土地。清江的山水，一个民族的生存、生活和发展，一方水土的沧海桑田，都沉淀在您的记忆中，也表现在您的创作中。但关于您，一个土家族的女儿，是如何走出清江这片土地的，很少有人知道或者清晰地知道，我也是不久之前才知道您原名房广兰。今天，您能否详细介绍一下这段历史？在我看来，了解一个作家的成长历史和过程，与了解作家的作品一样重要。

叶：其实我有一些小说和散文曾写到我的父母，也写到我成长中的恩施。我出生在巴东——三峡边的小县城。父亲早年从山东南下来到鄂西，母亲则是巴东人，从小当童工，随着一家被服厂辗转去过武汉、江西、广西等地，中华人民共和国成立之初回到巴东，后来与我父亲成为夫妻。用我母亲的话来说，这桩婚姻是她不情愿的，他们之间总是在一种紧张的状态中，母亲有许多经典的话来形容父亲，教导我们"宁愿没有当官的老子，不能没有叫花子娘"，所以在我的印象中，听母亲的话比较多。母亲说："人要有志气"，这表现在对我们从小的学习要求上，也表现在长大后的做人上。因为父母工作调动的关系，我们从小就习惯了搬迁，我曾经在汉口水塔小学上过小学，每天清早，从黄陂街穿过花楼街，约上一位女同学，然后走向校门。后来我还请董宏猷兄帮我问过这所小学，他是"汉口通"，但后来说是拆掉了，遗憾一直留在心里。"文革"中，父母双双都被批斗，我和两个妹妹是在凄凄惶惶中度过的。父亲姓房，山东老家在东阿县鱼山村，那个村子里的人大多姓房，村子旁有曹植墓，黄河绕村而过。父亲在"文革"中被说成是"双料货"——"走资派"加"土匪"，母亲为了保护儿女，让我改跟她姓叶，名字是她取的，只听她在电话里说了句："你从此以后就叫叶梅了啊。"那会儿我在巴东县里嘎嘎（三峡人将外婆叫嘎嘎）家的木楼里住着，接电话要到电话局，巴东有一条独街，会有人挨次传话过来，说某某人快去接电话哟！接完

母亲的电话,从格子笼似的电话间里走到街上,太阳明晃晃的,我突然就在一刹那间,觉得自己成大人了,那年我13岁。后来我插队下乡到恩施县鸦雀水幸福大队,人称"来到鸦雀水,见他妈的鬼,吃口苞谷饭,没有漱口水"。但这个幸福大队却有一口水龙潭,我喜欢这个地方,并没有因为劳动苦而心生厌倦,相比在城里父母挨斗的那种恐惧,劳动的辛苦并不算什么。长话短说,后来我被抽去演样板戏,参加了文工团工作,开始写一些小剧本,就这样走上了创作之路,发表小说是在1979年,第一篇处女作《香池》写的是插队期间听来的故事,发表在《长江文艺》上。幸福大队的乡亲与我们相处有了很深的感情,我前几年还去看过他们,跟当时在一块儿打花锣鼓的兄弟们坐在一个屋场里又打了一阵。过去的几十年经历了许多事情,难以言说,1993年我调到省文联工作,后来又到省作协,转来转去,似乎离不开文学。

李:恩施的生活经历无疑对您的创作有重要的影响。我注意到您的主要作品都观照的是这块土地及土家族人民。这些年,您在主持《民族文学》杂志的工作中,在其他民族地区常常组织大型的文学活动,我猜想,身处在您的位置,不仅对其他民族的文学比较了解,也应该对其他民族的人民有所了解。作为从土家族聚集地区走出来的作家,在多民族的视野下,您认为土家族最独特的性格特征、精神品质是什么?这些对您的创作有什么影响?

叶:去《民族文学》工作之前,坦率地说,我并没有特别多地考虑有关民族的话题。我曾经工作、生活过的恩施土家族苗族自治州是1983年才成立的,而土家族作为单一民族是在1957年才确定的。前年(2011年)在北京中华世纪坛的青铜甬道上,我看到上面刻写的中华大事记,其中刻上了1953年成立湖北土家族苗族自治州,后来我写过一篇博客文章,批评了这件事,照理来说这样的大事记是不能出现如此低级的错误的。湖南湘西土家族苗族自治州成立比较早,而恩施到了改革开放以后才重新登记少数民族。恩施受到很多外来文化的影响,远的不说,抗战期间,国民党省政府从武汉搬到恩施达七年之久,很多高校也同时搬到了鄂西的大山里,与当地的文化融汇到一起。土家人自称毕兹卡,土家文化在与其他文化相融之时,仍然保持了一定的独有文化,有很多民歌民谣在民间传唱,我在文工团工作期间,上山下乡、走家串户,曾做过多年的搜集,也从中受到了很多滋养。要说土家人独有的性格,我认为是包容豁达,土家族是处于内地的一个民族,古来就与苗族、汉族、侗族等多民族互通往来,土家人的土司常到武汉、宜昌等地上学堂,他们尊重文化人,喜爱山水,唱着来跳着去,从民族习俗哭嫁跳丧中就可以看出这些特征。我在小说《撒忧的龙船河》《花树花树》《青云衣》等作品里都比较鲜明地表达了我的这些感受。

李：曾经读到过您的一篇写母亲的散文，文章写道："母亲走了，按照土家人的观念，是从一个门槛跨入了另一个门槛"，我理解这是土家人对待生死的态度。据说土家人有"生时喜酒死时歌"的说法，在关于古代巴人的历史文献中有"巴人尚武，击鼓踏歌以兴丧……父母初丧，鼙鼓以道哀，其歌必狂，其众必跳"的记载，这种丧歌，土家语叫"撒尔嗬"，也就是今天在土家族聚集地区看到的"跳丧"。非清江流域人士、非土家人，对这些说法、对这一歌舞，无疑会觉得陌生或者困惑。就常识来讲，人都是惧怕死亡的。作为一种事件，死亡是令人感到悲伤的。但土家人的"撒尔嗬"是一种称得上"狂"的"跳歌"，这多少有一些超出我们的经验和常识。我对此一直不解。以欢乐的态度去对待生命的离去，这不仅是勇气的问题，也不仅是胸怀的问题，而是更深层次的对世界的看法、对人生的观念。

最近读到湖北土家族作家陈孝荣的中篇小说《生斋》，小说写了一个土家农民如何操办六十大寿的故事。他思来想去，最后决定办一次"跳活丧"，即把拜寿与葬礼一起办。据说这样可以更加长寿。在这个仪式中，活着的寿星居然还要穿着寿衣、躺进棺木，亲朋好友既是来祝寿，也是来参加葬礼。陈孝荣是土生土长的土家族作家，长期生活、工作在清江边上。我想这个令人震撼的仪式或者风俗应该来自他的真实的生活经验。我是第一次知道有这样的风俗，这也超出了我的常识和经验。这些都可能算是土家族独特的精神世界的一个侧面。每一个民族当然都有其独特的文化世界和价值世界，这也是一个民族区别另一个民族的主要尺度。作为一个土家族作家，无疑有表现出本民族独特精神世界的冲动和追求。我注意到，您创作了大量以土家族女性命运为题材的小说，就我的了解，关于土家族的文学创作，无论从题材的宽广度还是从作品数量来看，仍然存在有待进一步拓展和丰富的空间，尤其是在如何表达出本民族精神世界的独特性方面。

叶：是的，在土家人看来，人过五十岁以后离世，不是一件悲伤的事情，而是从一道门跨入了另一道门，也可以说是生命找到了另一种存在的方式。因此，活着的人不应以悲哀送亡人上路，而是载歌载舞，细说亡人并即兴咏叹，充满了人间烟火和人生哲理，少则三天三夜，多则七天七夜。我曾多次在乡间看到土家人的跳丧并为之深深感动。这不仅是一种习俗，更多的是表达了一个民族对世界和生命的看法。当然，还有许多其他民族也都有自己独特的人生观、世界观、价值观，它们是人类千百年来积累的精神财富，在越来越物质化的今天，我们对这些精神珠玑应倍加珍惜，或许这正是我们稀缺的、需要补充的。过去的人们为我们留下了那么多耐人寻味的东西，我常在想，我们能为后人留下什么呢？难道仅仅是一些高楼和立交桥、火箭飞船，或者被污染的环境吗？我们想让后代都成为机器人吗？显然不可以，我们还需要创造，在继承基础上的精神创造。

李：回顾一下您的小说创作，不管在恩施、武汉还是北京，您的创作无疑都是在党务工作、行政工作、文学组织工作之外利用业余时间进行的。不知您是否估计过，从创作数量来看，在恩施时期、武汉时期、北京时期中，哪一个时期的作品数量要更多一些？能否结合您的创作和您在恩施的生活经历，谈谈您对土家族生活和文化的了解？

叶：如果将我的创作分阶段的话，20世纪80年代以后为第一个阶段，90年代以后为第二个阶段，21世纪以后为第三个阶段。我的创作除了早年在恩施文化局的算得上是专业之外，以后都只能用业余时间。记得有一次我对醒龙说过，我特别羡慕做一个专业作家，但一直没有机会实现这个美好愿望。你的问话使我自己检视过去，也可以说我在第一个创作阶段是勤奋的，那时候每年都要写好多小说，在《长江文艺》《芳草》的刊物上出现，也深得那时候一些老编辑们的扶持和帮助。他们的帮助不光是帮你看作品，还关心你的成长、你的生活，像老师对学生，也像父母对子女，我自己当过编辑之后才感觉到怎么样才能算一个好编辑，才体会到过去那些老师们的不易。但我的创作应该说到了第二个阶段才有了真正的自觉，90年代初写的一批作品到现在仍然是被人关注的，比如中篇小说《最后的土司》，就在近年，评论家兴安还据此写过一篇文章。到北京工作之后，我的写作似乎以散文比较多一些，这是因为成块的时间少，加之有些刊物报纸的约稿，就用一些早晨、夜晚、周末的时间写了些小文章。最近作家出版社将出版我的散文集《穿过拉梦的河流》，拉梦在藏语里是多样化的意思，在我的书里，表达了民族多样化、文化多样化的感受。在北京期间，我也写了一些小说，如《玫瑰庄园的七个夜晚》《歌棒》等，这些作品都牵连着我的根。用评论家李建军的话来说，"叶梅是一个有根的作家"，他指的根，是我的三峡以及我从前的那些难忘的生活经历。过去的一切如影随行，渗透在我的作品里。

李：关于您的小说创作，几年前(2008年)我曾有过如此的认识，"叶梅小说的一个突出的艺术特征是，作家对本民族历史和文化的热爱之切、反思之深、关注之广，如从正面切入土家族历史的《最后的土司》《山上有洞》等，从家族叙事的角度侧面反映土家族地区的历史与现实的《回到恩施》等。《最后的土司》是这些作品中最具代表性的一部作品"，"叶梅小说创作的另一个突出的特征是，在《撒忧的龙船河》《花树花树》《五月飞蛾》等作品中，作家对少数民族地区的女性的命运表现出一种强烈的关注"，"叶梅对本民族的叙事，无论是关于土家人的历史生活、英雄传说、民族风俗，还是关于土家族的民族心理、民族性格、时代生活等，由于其所达到的艺术特色和艺术个性，由于其所触及的历史与现实生活面的广度和深度，已经成为当代文学中关于土家民族和鄂西山水极其重要的文本，进而，也是理解、了解这块土地及其之上所承载的文化、历史、生活的重要文本"。今天回过头来看，我依然坚持我的这些看法。

叶：非常谢谢鲁平，在这里也谢谢醒龙和《芳草》杂志，我想说的是，你的阅读和评价我以为不仅是对我个人的作品的评价，其实是在中国文学繁芜且不断变化的浪潮中，你们的视角里有着对多民族文学的一种热情关注。我知道近年来，《芳草》曾特别留意为一些少数民族作家开辟窗口，并多次以各种方式邀约他们的作品，这对许多身处边疆、有着明显文化差异的写作者无疑是一种动力，他们从中感到文学的善意，以及对不同民族文化的一种尊重。

我的写作一直是相对边缘的，这跟前面我说到的一些作家的写作有相同之处，虽然我出生并成长在湖北，但是在湖北的恩施，要知道过去从恩施来到武汉得走四天三夜，恩施是湖北的边缘地区，我写的也是远离都市话语之外的山寨底层人物，一时是很难走进主流文化的。但多年来我从来没有放弃过对这方土地的珍爱，我不太容易因为种种诱惑而改变自己的写作主张，即便现在生活的环境远离三峡，但在我心里一点也没有感觉遥远，他（她）们就在我跟前，无时不在跟我对话，我们互相倾诉，这些感觉使我自信踏实，也使我的文字不会成为空洞之物。当然，我知道我所熟悉的家园是在变化着的，变得让人吃惊、陌生，特别是当我将它们与其他地方和故事作一些比较之后，更让我浮想联翩。这些都将是文学写作取之不尽、用之不绝的源泉。

李：我留意了 2009 年 12 月在北京召开的"叶梅文学作品学术研讨会"，这个会议的综述总结了四个方面的内容，这里我将其中两个方面摘录出来，"作为三峡河畔的土家族作家，叶梅又拥有自觉的民族文化意识，把目光透视到社会生活背后的三峡文化、恩施地域文化、土家族文化等文化背景，反映了民族文化发展的激烈碰撞，立体地展示出土家人独特的民族精神与性格特质；作为女性作家，叶梅的小说充满浓郁的女性意识和女性叙事特征，着重从女性的立场和视角出发，侧重从情爱、家庭、婚姻中书写人生，面向社会，关注现实，沉思民族文化传统及女性的生存处境和命运遭际等诸多带有普适性的重大命题"。我摘录它们首先是因为综述总结得全面、准确，其次是这里面涉及一个与"女性"有关的话题。您在其他场合接受采访时也谈到过，记得有好几个报道、对话或者访谈都以"妹娃要过河"为基本主旨展开。其中有些访谈者对"过河"的解读我是赞同的，比如"过河"是一件令女人感到诱惑的事情，"过河"暗示着女性对命运改变的期许，等等。但，"过河"并不意味着对改变命运的清醒和自觉，正如您在答问中所说："社会需要进一步改变对妇女的看法，而更重要的是，妇女自身的理想和解放，需要每一位妇女的自醒自觉。"在我看来，《花树花树》中的昭女就是女性自醒自觉的一个代表。过河就是从此岸到彼岸，从一个世界进入另一个世界，它远远超过空间意义上的跨越。由此，我以为，您所写的那些女性有渴望冲破羁绊和束缚而走向新生活的一面，更重要的是，她们不仅仅有憧憬、向往、浪漫，其实更有牺牲、奉献、努力、信念，因而更有鲜明的自觉意识（比如《五月飞蛾》中的二妹就是一个坚定自己信念的女性）。这样，才可以在女性主义的视野下来审视您的创作。

叶：作为女性作家，在关注人物命运时肯定会更多地走进女性的世界，这是其一；其二是因为我觉得当下的社会更多的是以男性话语为中心，女性的地位以及尊严、价值，并没有得到足够的认可。就拿文学作品来说，细想一下，很多作品是以男性为中心展开的，甚至是以男性的好恶来取舍的。如果说中国改革开放以来出现了一些引人思考并亟待解决的问题，女性问题便是其中之一。我不是研究这类问题的专家，我只是一个关注妇女命运的写作者，我将自己的情感融入其中，表达对人生的看法。我希望女人不要甘于做一个弱者，要在这个光怪陆离的世界里站立着，勇敢地爱和被爱，勇敢地追求自己的理想。近来，中国出版集团翻译公司正在准备出版一套名叫"五彩霓裳"的丛书，是五位少数民族女作家的作品，其中有我的小说集《青云衣》，赵玫、金仁顺的作品集，叶尔克西·胡尔曼别克的散文集，娜夜的诗集，这套书我们几个人很喜欢，还兴致勃勃地由叶尔克西编了几句广告词，标榜这是一群爱美的女人，一群创造美的女人，或许潜意识里我们都有着彰显女性主义的期待。你说到我的小说《五月飞蛾》中的二妹，确实就是我理想中的聪明智慧的女性，虽然她只是一个再普通不过的山里妹子。

李：近几年，您及其《民族文学》策划、组织了一系列的评论、研讨活动。2011年《民族文学》杂志社、中国少数民族作家学会在湖南常德举办了全国少数民族文学中青年评论家交流会，在云南举办了全国人口较少民族重点作家研讨会。2012年，中国少数民族文学学会、《民族文学》等机构参与主办或承办了一系列研讨会，对当代少数民族文学创作进行深入研讨和推介。这些研讨会或关注文学成就较高的民族自治区的创作，或关注创作实力较强的少数民族作家，如内蒙古当代蒙古族诗人研讨会、云南少数民族文学研讨会、少数民族青年作家作品研讨会、新疆少数民族作家作品研讨会、藏族中青年作家作品研讨会。这一系列研讨和推介活动，从会议频度、重视程度、研讨阵容等各个方面来看，都是少见的。当然，这些研讨活动不仅在少数民族作家中间，也在整个文学界内外都引起巨大反响。这些研讨会在作家的选择、地域的选择、文学样式的选择上，既兼顾了各地民族文学的历史，又体现了对全国民族文学创作最新态势的准确把握。每一场研讨会各有侧重，关注的焦点也丰富多样。在蒙古族文学的历史中，诗歌创作特别是民族语言的诗歌创作有着源远流长的传统，因此，"内蒙古当代蒙古族诗人研讨会"在立足蒙古族诗歌创作历史和传统的基础之上，着重关注当代蒙古族诗人在使用民族语言，用文学保护和传承一个古老民族的珍贵记忆上的探索和奉献。云南是民族成分最多的省，"云南少数民族文学研讨会"通过对八位有代表性的少数民族作家的研讨，折射由多民族组成的文学滇军的创作现状。"新疆少数民族作家作品研讨会"着重关注新疆的双语作家群现象，从研讨新疆少数民族文学创作的地位、作用，延伸到如何创新机制，进一步推动少数民族文学作品的翻译、传播以及与汉语之间的互译。"藏族中青年作家作品研讨会"则选取西藏、青海、四川、甘肃四地的八位代表性藏族中青年作家进行研讨，既关注藏族作家作品表现出来的坚韧慈悲的民族精神，也探讨藏族文学对汉语创作提供的独特经验和宝贵借鉴。"少数民族青年作家作品研讨会"则是专为各民族青年作家举行的一次研讨会，被研讨的十位作家中既有"70后""80后"作家，也有正在求学的大学生、刚走下高考考场的中学生。这一系列活动对总结和分析少数民族创作、激励和引领少数民族作家无疑起到了重要作用。我有一种印象，少数民族文学界的评论活动似乎突然变得活跃起来。作为这些活动的当事人之一，您在策划、参与和完成这些活动的过程中有什么体会？

叶：鲁平，你将近年来少数民族文学的一些活动及理论研讨做了一些归纳，为此我感到一种喜悦，喜悦的是有越来越多的评论家走入了少数民族文学的研究领域；同时也说明近年来多民族文学确实有了一批批可圈可点的成果。在我从事民族文学工作的过程中，我体会到，少数民族文学应该纳入更大的范围里。首先中国有56个民族，不是两个民族，即汉族和少数民族，所以在更多的时候，我愿意用多民族这个概念，也就是说我们应该对所有的民族，无论人口多还是人口少，哪怕少到只有几千人，我们都应持以同样的尊重。事实上，有一些人口不足十万人的民族自古以来都有着丰富的传统文化，并在今天有了书面的写作者，他们充实了中华民族的文学版图，并使得中国文学更加绚丽多姿。同时，我们还应特别注意到，在中国不仅存有汉语这样一种伟大的文字，还有多种少数民族语言文字，这些民族母语的书写及翻译对于保留不同的文化记忆和交流沟通都极为珍贵。因此，我们筹划举办各种活动，旨在促进不同民族的文学原创。少数民族文学不能是自我欣赏，应该被更多的读者所了解，为了进一步促进精品的产生，也需要更多的评论家推介与批评。2012年有一个说法是中国少数民族文学年，中国作协主办了一系列相关活动，如你上面所提及的种种，分别得到了国家和社会的重视支持。《民族文学》作为国家级唯一的少数民族文学刊物，从这个平台上走出了一批批优秀的作家，近年来又出现了许多新人。我经常提到的一个话题是"不断崛起的中国多民族文学"，这个题目涉及很多年轻的作家及其作品，他们在我眼里都犹如珍宝。我希望他们今后会写得更好，也希望在他们需要支持时，不断有新的活力注入。

李：通过对上述系列研讨活动的回顾，大致可以梳理出评论界对当前少数民族作家创作比较关注的几个关键问题：一是充分肯定少数民族作家创作的巨大成就及其价值。参与研讨的评论家们对少数民族作家长期坚持贴近生活、坚守民族传统，在书写民族进步和社会发展的精神篇章中作出的贡献，给予高度评价。少数民族作家的创作往往植根于民族文化的土壤和聚集地域的历史，因此其作品表现出来的差异性、独特性、丰富性，正是我们应当珍视的文化价值。二是民族文学发展中的文化自信和文化自觉。面对现代化和全球化，少数民族作家一方面要对民族文化有清晰和理性的认识，继承和弘扬民族文化传统，用文学的方式保护和传承民族记忆和经验，为丰富中国当代文学不断作出努力；另一方面也要正视其他文化的影响，在更加广阔的背景下反思各种文化的冲击和影响，建立起文化自信和自觉，并更加紧密地贴近现代化进程中民族生活的发展和变化，书写出本民族的时代力作和精品。三是民族文学的生产方式和传播方式。在经济全球化的影响下，文化的生产和传播机制也发生了巨大的变化。母语创作可以促进民族文化的保护、继承和弘扬；双语交流和互译对各民族文化交流、扩大民族文学影响、增进民族团结，发挥着重要作用，因此，应当探讨和建立适应形势的繁荣母语创作和民族文学翻译交流的机制。这些问题当然是在全球化视野下，在现代化进程中民族文学繁荣和发展必须面对的重大问题。

作为一个编辑、一个职业读者，多年来，我觉得从文学生态的角度来看，我们或许还可以谈谈另外两个问题：一个是对少数民族文学这个概念的认识问题。在我看来，只要是用汉语创作的，不管是哪个民族的作家，都应该在中国当代文学的范畴中来讨论。事实上中国很多优秀的作家和作品，读者在阅读时并未注意作家或作品的民族身份。另外一个问题是，在现当代文学的发展中，少数民族作家及其作品在某种程度上更充满着汉语的神韵和风骨，更加纯粹和更具艺术魅力。换一句话说，汉族作家应该思考向少数民族作家学习。这两个问题其实是互相关联的。就文学历史和现实而言，少数民族作家的艺术成就并不逊色，且往往更有汉语文学的品质，因此理应在汉语文学或当代文学的范畴中总结和研究。您对民族文学的创作更加熟悉，我想针对这个问题，您可以给我们提供更多的见识和启发。

叶：在那年常德的会上，大家对少数民族文学的现状及方向作了一些探讨，并达成了很多共识,比如在全球化语境下,少数民族文学的意义价值。我很同意你上面说到的这些观点,如果有机会,我想今后再有一些研讨。简单地说,当下文化的差异,包括语言文字的差异给我们带来了更多的想象空间和审美意趣,汉语的形成及发展本来就是在中国多民族文化的基础上不断进行的,当代亦是如此。

李:一方面是活跃评论,加强理论建设;另一方面是组织形式多样的创作采风活动,深入生活、深入实际、深入群众,密切各民族作家的交流与友谊,促进多民族文学的共同繁荣。粗略梳理下近几年少数民族文学界的活动,就有中国多民族作家代表团赴内蒙古陈旗采风(2007年)、中国多民族作家苏力德文化采风活动(2007年)、中国多民族作家"宜万铁路"采风(2008年)、辉煌60年·中国多民族著名作家走进广西(2009年)、全国多民族作家看西藏(2010年)、全国多民族作家看新疆(2010年)、庆祝建党90周年多民族作家看常德(2011年)、全国多民族作家看延边(2011年)、中国多民族作家象山海洋文化体验之行(2011年)、百名作家德宏行(2011年)、百名作家走进黔东南采风(2011年),等等,活动的规模、活动的频度、活动的特色在文学界令人瞩目。这些活动都以"多民族作家看什么"或者"多民族作家走哪里"的形式开展,活动几乎涵盖了西部所有少数民族聚集区域,每次轮换不同民族的作家,尽量保证多民族的一线或实力作家都能参与。在这些活动中几乎都能见到您忙碌的身影,可以说您活跃在繁荣多民族文学的第一线、最前沿。

叶:我得再一次谢谢鲁平的归纳。要说我参与这些活动,是我的职业使然,确实是东奔西走,但这些年感到最有收获的是,认识和交往了遍布祖国各地不同民族的作家朋友,他们对文学的深情浇灌着我们,开出了友谊之花,又结出了文学之果,走到哪里,有不同的声调和语言,但有相同的笑脸和追求。辛苦之中体味这一切,滋味长久。我非常感谢这些参加过我们所组织活动的作家、翻译家、评论家,他们为民族文学的发展付出了真诚。

李:而且,我也注意到了,近年来,在少数民族文学作品翻译队伍培养和翻译事业繁荣上,有关部门做了很多工作,如鲁迅文学院专门举办了中青年少数民族文学翻译家班,2008年由中国作家协会、国家民委、中共云南省委宣传部共同主办了全国少数民族文学翻译会议,2010年中国作协创联部、西藏文联、西藏作协在拉萨召开了中国作协少数民族文学翻译座谈会,当然也包括《民族文学》杂志等机构举办的西藏作家翻译家座谈会(2010年)、新疆作家翻译家座谈会(2010年)。2009年《民族文学》杂志蒙古文、藏文、维吾尔文三种少数民族文字版本正式创刊,据说还要增加朝鲜文、哈萨克文版本,这当然也可以算作为少数民族文学作品翻译与传播开辟出的更加广阔的天地。在这样一个时代，不仅仅是文学作品，所有的精神和文化产品都面临着一个共同的问题，即有效的传播。就民族文学作品来说，当然首先需要优秀的翻译人才和翻译队伍，其次是载体或媒介。我个人的感受是，目前出版界做得还是很有成效的。在期刊中，《民族文学》的贡献不用多说。曾经有一个统计，目前我国期刊有9000多家，其中文学期刊占了10%左右，即800至900家。在接近上千家媒体中，除了《民族文学》，还有几家期刊发表国内少数民族文学的翻译作品？不知道是否有人做过这样的调查。

《芳草》曾经发表过朗顿·罗布次仁和次多翻译的西藏作家朗顿·班觉的藏文长篇小说《绿松石》，《绿松石》于20世纪80年代初发表时，曾引起强烈反响，被称为藏文现代文学创作的典范之作，也是西藏传统文学与现代文学的分水岭，具有里程碑式的意义，开辟了藏文现代文学创作的先河。从20世纪80年代开始，很多人渴望将其翻译成汉文并出版，但因受各种条件所限，未能实现。20世纪90年代，藏族作家次多对小说进行了较为完整的翻译，但也未能公开刊印。2007年，朗顿·罗布次仁和次多合作，在原有的译作的基础上进行了再次翻译，《芳草》发表了这个译本，西藏人民出版社于2009年出版了单行本并在拉萨举行了研讨会。我不厌其烦地讲述这样一部优秀的藏文长篇小说最终获得有效传播的过程，是想说，每一家文学期刊或媒介，其实都可以在少数民族文学作品的翻译与传播中有所作为，并且每一个文学媒介也应该有这样的使命感，共同为多民族的文学繁荣作出努力。

叶：《民族文学》去年(2012年)又创办了哈萨克文和朝鲜文版，目前已拥有汉、蒙、藏、维吾尔、哈萨克、朝鲜六种文字刊物，且每一种都是由国家新闻出版总署批准的独立刊号，这象征着中国文学的多样化更加进入了具体的实质性的阶段。这几种刊物不仅在国内少数民族地区产生了深刻的影响，并很快走向了周边相关国家和地区。我们在今年年初举办了《民族文学》年会及年度奖颁奖，蒙古国、哈萨克斯坦、韩国、朝鲜等国的驻华使馆分别派了文化参赞到会，对《民族文学》杂志的多语种版本表示了强烈兴趣。哈萨克斯坦的学者专家在阅读到哈萨克文版的《民族文学》之后，表示要将每期都转载，韩国还将朝鲜文版《民族文学》的作品选入了他们主办的刊物并进行评奖等。中国多民族文学走向世界是我们应该进一步努力的方向。我们在选择翻译作品时，不仅选了少数民族作家的作品，还选了大量当代汉族作家的优秀作品，在"名家新作"栏目里，我们不断介绍一些实力派作家的作品，引起用母语阅读的读者们的喜爱。我们与中央党校多届新疆班、西藏班学员座谈，他们谈到，能够用民族文字了解到其他不同民族的生活，不仅感到新鲜亲切，而且增进了民族之间的理解。

在国内不同民族地区，还有多家不同语种的刊物，如在新疆就有几十种母语刊物，将少数民族文学翻译成汉文的，各地也有民族出版社和部分刊物在做。但国家级的文学刊物目前只有《民族文学》担负。我非常同意你说到每一家文学期刊其实都可以做少数民族文学的传播，当然不同的刊物有不同的宗旨，不可格外地强求。但《芳草》近年来对藏族作品《绿松石》等的大力推介，使得这本刊物有了特别的芳香，也体现出办刊人对中国文学的一种宏观的关照和大家气派。

李：作为一个土家族作家，在自己的创作中，您力图在三峡文化、恩施地域文化、土家族文化等宏大背景下，表现出自觉的民族文化意识；在民族地区社会发展中展现土家族人独特的民族精神与性格特质；并追求朴素自然、委婉含蓄的诗意之美和不拘一格、灵活多样的艺术手法。您在多年的努力中，在一个民族的叙事中，取得了公认的成就。您在主编《民族文学》的岗位上，创办多语种的版本、举办丰富多彩的采风活动和评论研讨活动，为多民族文学的共同发展做出了为文学界同仁认可的成绩。有时我很难想象，这需要一种怎样的毅力和信念。记得您在散文集《我的西兰卡普》后记中说，将"关于鄂西的花絮连缀起来，那就是我的西兰卡普"，其实，您的西兰卡普又岂止是那些关于鄂西的花絮呢？

叶：鲁平的这些褒奖我理解为家乡朋友的一种关爱。在文学之路上的行为，我希望是人生的一种快乐，也有来自各地少数民族作家众多的期待，使我意识到得认真做好每一件事。我为新近将要出版的散文集取名"穿过拉梦的河流"，开始就是想表达多样化，这本书不仅是散文集，也是我近年来走入民族文学的一点结晶。但"多样化"一词显然成不了书名，为此我请教了好几位翻译家，我想让他们用母语说说"多样化"，后来就选择了藏语"拉梦"。我与这本书的责编郭汉睿在商量这个书名时，还没有想到梦想之类的意思，只是觉得要让"多样化"好听、好看、好懂。但当"拉梦"成为汉字出现在面前之后，我突然觉得它有了更为隐秘的意义，它或许就是深藏在内心的一个梦。我们朝着梦走去，梦是支撑前行的力量，这对于我来说，还真是如此。

(《芳草》2013年第3期)

风景与自语
——与许辉对话

李：我借用了你在小说集《人种》中用到的两个词来做我们对话的题目。一个来自代后记《风景谈》，一个来自自序的第二部分"自序"。其实自序第一部分的标题"一个画面"我也是想借用的，但权且就这样吧。你的思维方式往往别于一般，比如《人种》的自序和代后记。在自序中居然还有一个标题叫"自语"，后记居然叫"风景谈"。你在很短的自序中，用简练的文字谈了定远农村的一个画面———头牛、一个人，我想这简短的文字中包含了很多的东西，至少有你的创作态度和追求，即踏实地耕耘和实在的境界。在充当后记的《风景谈》中，你表明了自己认为的风景——一个人的生命。这姑且可以视为你想通过叙述构造的那个世界，而你在自序中的"自语"里表达的，永存地、不停地自己对自己述说，述说所见和亲历的，可以视作那是你对小说的理解。因此，在读完你的中短篇小说集之后，我想说，你似乎以自述的方式旁若无人地讲述了淮河两岸的风景（淮河的生命史：从草木、动物到人），构造出了一个魅力无比的淮河平原世界。我这样说，可能不甚(也借用你喜欢的一个字"甚")准确，因为激动。你同意这样一个粗糙的概括吗？

许："风景"和"自语"？您的归纳是十分准确的。"自语"，这是我创作时的心态，也经常是我叙事的方式，同时还表明了我写作的信心。"风景"确实看起来和土地、树木、堤坝、小麦、水塘、农人、枣树、黄牛、晨露等乡土元素有密切的关系，但它又不是一般意义上的"风景"。濉涡平原的风景，不仅是自然的，也是地域的，还是人文的。这是我能够"自语"的一个排他的食邑或领地。

李：你的小说集《人种》收录了二十部短篇小说、十部中篇小说，其中绝大多数作品是你熟悉的淮河平原题材，但有一点疑惑，你的短篇小说中收录了两部关于北京的、两部关于青藏高原的(准确地说是写青海湖)作品，我不知道你是否特别喜欢这四部小说，所以也把它们放进了这部关于淮河的小说集里。

许：这几篇小说都是我自己喜欢的，它们记录了我写作的一些特殊时刻。比如《十月一日的圆明园和颐和园》《游览北京》，是我在想改变生活空间和思考范围的时期写的;《尕海》是在关注民族、国家和文化冲突这样一些话题的时期写的,也和一种闲看世界的心境有关。这几篇小说都清清爽爽,它们突出的只是一些单纯的想法和追求。这些小说可能是没有"力度"的。我的中短篇小说差不多都没有"力度"。我很喜欢这样写,我这样写,自己觉得很轻松,不担当,不打算承载过多的"负荷"。但这样写下去要付出许多代价。我想获奖,可没有"力度"的作品怎么能获奖?我想改编成影视剧,可没有曲折的故事怎么能改编成影视剧?这是很矛盾的事情,也是兴趣使然。怎样能从中走出一条路子,是我期待的。

李:《人种》里面的作品的创作时间,除了《库库诺尔》写于1983年,其他的大致在20世纪80年代末到90年代末这十年之中,我猜测这十年是你创作的黄金期,后来很少写小说了吗?《库库诺尔》是不是可以算作你最早的小说作品?

许:《库库诺尔》是我的小说处女作。20世纪八九十年代我的中短篇小说写得多一些,但从1993年左右,很多精力就放在长篇小说上了,像《王》《乡村里的秀梅》(出版时改名为《尘世》),都是那时候写的。

李:你的《新观察五题》中有一段话:"太阳开始毒热起来,从我坐的那个地方俯视着原野,我不知道在这无边无际的大原野上,在那些庄稼地里头,在草地和庄稼地底下,还有多少我们所不知道的未曾谋面的动物以及其他生命体,它们是怎样按照自己的生活规律和程序在生活着,在每一分每一秒切切实实明确地生活着。"这段话虽然出现在《新观察五题》的第一题《圆形房》中,但我觉得这段话是你的小说精神,不仅可以用来解读这部作品的其他"四题",也可以拿来解读你的大部分关于平原的小说创作。你对你所见的世界保持着一种少有的克制,你力尽可能地叙述它们本来的面貌和节奏,你对你不曾谋面的平原世界保持着隐忍的渴望,充满想要洞见的欲望,并力尽可能地尊重它们固有的面貌和节奏,也就是说尽量不去干扰和打扰,犹如你面对一泓清水,你生怕惊动并引起些微的涟漪。我想说的是,这是你对平原世界的一种心态:敬畏、客观、平静、好奇……总之,你的视线兴趣盎然,悄悄地在淮河平原潜行,行走在平原的宽阔世界,也小心翼翼地深入一棵草或者一寸土的微观世界。这令我既惊奇,也钦佩。

许:《新观察五题》等小说写于二十年前,甚至近三十年前,编辑这本中短篇小说集的时候,我把它们都细读了一遍。让我惊讶的是,我并不觉得这些小说"过时"了,特别是它们的"世界观""文化观"和"价值观"。我们的视野甚至心灵所及,都应该是我们应该尊重的。这并不仅仅是中华传统锄耕文明培育出的下层意识,更多的倒是知识分子对中西方文明碰撞后产生的平民意识的认同和选择。虽然对自己作品的偏爱是每一个人都免不了的,但看到这一点之后,我对自己有了信心，我也知道自己今后该怎么做了，那就是一以贯之。这其实不是要面对社会的评价，而只是面对自己的一个追求。文学创作到底要达到什么目的？当然要影响社会、影响他人、塑造文化，这可以把文学做得很"大"。但也许有人只想、或只能把文学做得看起来很"小"，很"边缘"，很"固守"。如果这样的"只想"或"只能"，能面对一个评价多元、取向宽泛的氛围，那对作者来说，该是多么自在的一个心灵场。

李：短篇小说《花大姐》叙述了老实的宝义与同样踏实的胖妮几十年的人生。小说用十个标题、十个部分，简洁而迅捷地把宝义与胖妮从二十八九岁结婚到五十多岁儿子姑娘长大成人，二十多年的人生勾画了。对这篇小说我想要说的，一是各个章节的标题，如"原野背景前痉挛不安的旧土屋""垄沟把脚步引向杂乱的灌木丛""一个人抽搐地、疯狂地扎根足下的土地""锄地者被平原烧烤着的风景所淹没""笼罩着植物群的硫磺色的太阳""滞重起伏的孤独原野""在读者面前沸腾不息的大蜀黍地""不规则的大蜀黍地在迅疾地退远"等，这些描述准确且超出一般标题长度的句子在文本中很特别（在你的短篇小说《变形三题》中也有一个很长的标题"有敦厚体积感的土丘向无垠广阔的天穹猛然隆起"，在《新观察五题》中还有"宽广的河滩上哪个孩子是在玩耍吗"等类似的标题）。我理解为其中有些标题是对该章节的叙述内容、主题的提炼，如标题"一个人抽搐地、疯狂地扎根足下的土地"与该章节内容叙述胖妮生女儿的艰难，协调一致；又如标题"锄地者被平原烧烤着的风景所淹没"与该部分对烈日炙烤下的锄地等人的活动的叙述相关联。有的标题是对环境和空间的提示或暗示，如"不规则的大蜀黍地在迅疾地退远"。但有一个标题则更特别，如"在读者面前沸腾不息的大蜀黍地"。这些分节标题的创作有什么其他用意或者考虑吗？为什么突然要把"读者"牵扯到文本中、要强调是"在读者面前沸腾不息"？在读这部作品时，我有一个很深刻的印象，你对淮河平原的炎热有不同一般的记忆。这种生命记忆在后面其他作品中也经常浮现，是否与你个人的生活经历紧密相关？

许：写这些显得有点散文化的小说，的确受到季节和天气的影响，都是在炎热的夏天写的。对我个人来说，夏天里人很累、很重，夏天一般就是读书，写读书笔记，写短散文和短篇小说。但我也很喜欢夏天，如果清闲无事，我很喜欢盛夏到乡村去步行，走上一二十里，到处都是最旺盛最疯狂的生机。春天万物初长，秋天凉爽了，也收获了，冬天猫在屋里，天气很冷。夏天当然和其他三个季节都不一样，夏天很热，有时候湿度又极大，在没有空调的自然条件下，度过夏天很不容易。但夏天又是植物和农作物生长的好时期，热量充足，光照时间长，有些植物或农作物的生命周期就是夏天短短的两三个月，过时不候，不充分利用不行啊。于我的感觉来说，夏天的内容非常复杂，夏天传递的信息也异常丰富。夏天特别会对我们普通人的生活造成困扰，夏天对我们是很大的考验，酷夏中我们还要为秋天的收获和冬天的安享而努力、拼命。谁获得了夏天，谁就得到了秋天和冬天。把乡村中蝼蚁一样的人们安排在夏天，是想写他们普通得不能再普通的生活。他们的生活和生命过程也从不为人所知，在某种意义上只不过是自生自灭。但这就是生命的"原生态"，所有所谓豪华的东西都是从这些原生态中积攒出来的。我从心底里赞颂那种自生自灭，那种生命力。这是发自心底的惺惺相惜，这是认同。

您说得对，小标题是用来提示本段的内容或主题的，不过也常常题不对文，只是想从中提炼出震撼的意向或主要的主观感受。在使用小标题的时候，也会注意到文风的统一，即都是欧化意味较浓的长句。使用这些欧化的长句作为小标题，是期望这些小标题与中国乡土的内容，形成一种对比，一种反差，一种无缝对接。从传教士利玛窦来中国以后，特别是经过"五四"运动和改革开放两次激烈的中西方文化撞击，西风东渐、中西结合就成了中国社会主要的和实际的内容。在这种背景下，小说中的乡土也是一直在变化的。每个人都有自己抽象出的乡土，每个人抽象出的乡土也都是不一样的。我的这些乡土内容的小说，就是想用这种显得散文的、片段的、跳跃的欧式长句小标题（更能传递出中西方文化信息和差异）的形式，来附带表达我的写作特点，来附带表达我在写作中对中西交流、中西互鉴的感受和体会。当然这只是小说附带的一种信息，并不是小说本身。

李：短篇小说《变形三题》很有意思，其实这篇小说我感觉并没有传统意义上完整的故事，但三个部分的衔接很讲究，第一部分的结尾写女人在大风停息后看见一炷烟，都发出"那啥家伙"的疑问；第二部分的开始马上就说"那不是啥家伙，那是一个庄子"，而在第二部分的结尾宝义的女人午睡后坐起来又发出"那谁哩"的疑问；第三部分则让扛着半笆斗粮食的老女人自己答话是谁。这个有意味的衔接和推进，使得这篇小说更精致。当然，这篇小说中的主要人物宝义与茂华他娘，也就是《花大姐》中的人物，两部作品可以"互文"。但《变形三题》中更多的是宝义一家生活的剪影或者片段——突兀的大风、酷热、疲劳的午睡、炽热下的重负和奔波，让人难以忘怀的还是大平原的自然环境。由此，我再次想到了你后记所写的《风景谈》，在某种意义上，你更在乎的是你所看到的淮河平原的风景，当然包括被风景淹没以及活动在风景中的人。

许：这篇小说还是想写夏天乡人的生活，不过更想突出的是北方平原夏天因酷热而产生的变形，突出夏天特有的画面感。热浪汹涌上升，树也扭曲了，庄稼也扭曲了，河道也扭曲了，天空也融化了。这是风景的一部分。风景的另一部分、最核心的部分，是人生的转瞬即逝。人生像变形的夏天一样，弯曲着上升，很快就蒸腾掉了。虽然热浪汹涌上升，树也扭曲了，庄稼也扭曲了，河道也扭曲了，天空也融化了，但人竟还能活着，不起眼地活动着，顽强地延续着。

李：《麦月》《桑月》《槐月》三篇小说可以放在一起来读，按照你在作品中的注释，这三个名称其实都是农历四月的别称，三篇作品都写的是农历四月的黄淮平原。《麦月》充满了一种焦渴感。在干渴难耐的正午，一个戴眼镜的陌生男子来到小麦原野，在一所小学周围转来转去，终于看见一个卖食品和水的废窝棚。无论陌生男人怎么解释，窝棚的主人老顺就是不把水卖给干渴的陌生男人。这个故事给我的感受依然是平原的炎热。当然，老顺反复说那水外地人不能喝，只卖给学生，因为学生泼皮，喝什么水都没事。联想到后面陌生男人固执地要买水，并不愿意离开，这让老顺似乎要崩溃，我们可以猜测老顺的水似乎不是质量合格的山泉水或矿泉水，他因此担心外地人喝了出事。如果真是这样，那么我只能说作家叙述的节制和含蓄达到了极致。无论这一猜测是不是真实的老顺的心理，我在你的作品里，都感受到了一种无比强大的节制力量，这对阅读无疑是一种考验。

在《桑月》中出现了"老祖上"、小男孩"军军"、"军军他娘"、"黑脸壮汉"、"狗屠"几个人物。因为暴雨要来了，小男孩去田里喊爷爷回家，他的母亲跟在后面。小男孩的父亲、黑脸壮汉在电闪雷鸣中旋风一样从暴雨中穿过。暴雨过后，老祖上在麦草上安详地去世。屠夫历经千辛万苦偷走老祖上的老狗花花。这些便是这篇小说的脉络。有时候我得承认，我很难把这些情节或者镜头组织起来，组织成为一个我习惯的文本。但尽管如此，我依然被文本渲染的黄淮平原的麦子、暴雨、河流、村庄、偶尔闪现的人影感动。在这部作品中我注意到你穿插了很多平原上动物、植物之间的对话。这一独特的安排让炎热、寂寞、单调的平原乡村生活充满了温馨和丰富。我必须说，在当下的很多作品中都看不到自然了，看不到植物和土地上的虫鱼鸟兽了，不少作品都在纠结的欲望世界里纠缠不清、令人焦虑、琐碎、无聊。我相信呈现出平凡生活的诗意和美感一直是你的追求。

《槐月》写粗壮有力的男人、精瘦男人二官、少妇（粗壮有力的男人的妻子）三个人简单而微妙的一幕。在这篇作品里，有人物之间的冲突，粗壮有力的男人出远门打工时，与精瘦男人吵了一架。但有意味的是，你并不写他们争吵的事由，只是出门的一个警告另一个小心点。精瘦男人并不承认自己有什么错误，也不认为自己需要小心点，叫出门的男人不要瞎猜瞎说。即使你不写明，读者大约知道，两个男人是为了粗壮有力的男人的老婆——一个时尚并充满诱惑的女人而吵的。作品结尾写精瘦男人替女人挖了一个坑，让清水注满后便于女人洗脸，但女人却默默走了。这一细节会加深读者对精瘦男人与女人之间微妙关系的印象，同时也会让读者进一步走近两个男人吵架的真相。意味深长的是，粗壮有力的男人在警告精瘦男人的同时，发现对方要抽烟却没有火便扔过去一个打火机，而且男人出门前嘱咐自己的女人，请收割机出什么价钱跟着精瘦男人走。这些细节就让男人之间的争吵多了一些善良、少了一些仇恨，或许真的是粗壮有力的男人多疑，或许真的是他心胸宽广，但都不重要了。黄淮平原再一次在炎热的氛围中迎来收获的欣喜和对丰收的满足。我喜欢你的这部作品，精致而丰满，平实而温暖。

许：小说着力写人当然是传统和必需的，但写什么人，写什么历史背景下的人，怎样写人，写出人的什么质地，是明写物和景而暗写人还是明写人却暗写生命、自然法则、人类精神或所谓普世情怀，则可以有许多种可能。《麦月》写的是人的善良的天性，《桑月》写的是人与其他生命之间若有若无的关系，《槐月》写的是人与人之间既斗争又必须合作的状况。这是表面上看到的东西。表面下是什么呢？是完全不为人知的一隅，就像一片巨大无边的树林、莽原、河流组成的原野，打眼一望，浑浑沌沌的，难以分辨出什么细部来；但就在任意的一个细部，任意一片草丛下面，生命和生活，都在依"序"进行着，一丝不苟地进行着。如果我们认识到了这一点，我们就知道我们没有绝对的权力去任意改变那些生命的轨迹，更没有绝对的权力去放肆地做一些我们经常做和正在做的事情。

李：我把《吃米饭的人》《城里来的人》放在一起读，因为它们标题的造句方式类似。一个纯粹吃面、吃面饼子的老男人"文化"在散花湾打工，老板要给他介绍女人，他不愿意，他不愿意找吃米饭的女人，也不习惯吃米饭的散花湾的方言。在老板的鼓动下，傻男人"文化"最终与老板的妹妹结婚，并生育了一儿一女。吃面的人与吃饭的人相处得水乳交融。《吃米饭的人》虽然也是写黄淮平原的日常生活，但轻轻地暗示了不同地域、不同文化的人如何融合并被改变。《城里来的人》实际上写的是一对恋人的一次约会。城里的男青年晁若轻与平原乡村女孩靳楚楚同坐一辆长途汽车去女孩的家里，但装作不认识，女孩要男孩在村子外面等她父母的意见。沉不住气的男孩还是假装问路和闲逛走到了女孩家门前，他听见了女孩家里传出来的争吵声。男孩在河边最终等来的是女孩与父母谈崩了的消息。但女孩躺在男孩怀里玩头发以及两个人有一句无一句的情话，让置身平原之外的读者感到一丝轻松和幸福。作品最后一段只是交代下午和晚上的天气，以及到城里的长途汽车的收班时间。这一看似与两个年轻人约会无关的段落，使得作品弥漫一种怅然的气氛。有时候，我真不觉得你是在写小说，但你分明是在写小说。

许：《吃米饭的人》的确是写地域文化的交流和融合。你看，一个人从吃小麦的地方，跑到了吃米饭的地方，一切都不一样了。饮食、地物、风土、习性、言语、生产对象，甚至人的个头、体形、面目，都不一样了。历史上的不说，没有20世纪70年代后期开始的改革开放，这样的事情很难大规模发生，也就更不可能进入作家的视野了。可这样的题材和主题更应该出现在那些宏大的叙事里，出现在《吃米饭的人》这样数千字的短篇小说中，就不得不换个法儿写。但这篇小说的重心还不是社会政治，它的重心是文化，是文化交流。文化被人携带着，人们从哪里来？到哪里落脚？命运会怎样改变？整个人群会发生什么样的变化？都有很多想象的空间，也有很多激动人心的东西隐藏在背后。

《城里来的人》写的则是一种未知。

李：我们不能始终谈你的短篇小说，这样会不全面，我想我们还是把话题转移到你的中篇小说。《夏天的公事》是你在作者简介中提到的一部作品，无疑是你看重的一部作品。我反复读完之后，觉得它就是后来人们所说的官场、机关生活题材的小说，甚至也可以跟反腐题材牵连上。干部李中到达出差目的地后，基本的公事就是吃喝，参观和听取情况介绍都是快速而简洁的过场。在小说中，李中与会议代表从一个地方到另一个地方，从一个乡镇到另一个乡镇，从一个餐馆到另一个餐馆，其实所做的事情是很单调的。但小说却把单调的过程写得令人兴趣盎然，比如对河流、树木、物产的介绍，甚至对各地飞禽走兽的介绍，对餐馆及其菜肴加工的介绍，对天气、街道、城市观感的介绍，等等，可以说是细致入微、不厌其烦。这种叙述过程中呈现出的超常耐心和冷静洞察，令人惊讶。这是我在这部作品中获得的鲜明印象。

许：《夏天的公事》其实就是一部写官场的小说，是"公事小说"，但它又不是我们熟知的那种官场故事。这部小说里写的就是我们身边常见的一些人和事，从这个意义上，说它是"典型环境中的典型人物"也未尝不可。但这也不是一部传统的现实主义小说。它感兴趣的都是官场边缘的琐事杂物，像什么吃呀，喝呀，弹呀，唱呀，河呀，鸟呀，地形地貌呀，妇女呀，等等，用现实主义的标准是概括不了的。现实主义的创作方法怎么能这么不"现实"，不"典型"，不严肃认真，不庄重，这么鸡毛蒜皮？但你又怎么能说它是不"现实"的？它的人和事不都是我们常见的吗？不都是天天在进行的吗？这里面有许多矛盾相悖的东西。

李：当然，这部中篇小说的写法与你的短篇小说一样，也是超出我们平常的阅读体验的。写机关、写基层干部的中篇小说，一般都有明确的故事展开的线索和人物矛盾冲突的发展过程，比如提拔、晋升、房子、车子、美女、土地出售、房子拆迁、公路建设等，总之，把机关干部的生活和人生放在现代化进程的背景之下。但《夏天的公事》没有，你就那样很平静、客观、甚至是冷漠地叙述李中在出差的几天之中，反复经历的各种特色美食和乡村风物。而让读者自己问自己：李中出差的公事究竟是什么呢？你叙述那些干部如数家珍地介绍本地的种植、养殖、饮食，你描写那些会务人员的勤勉和辛苦，等等，你把态度和情感隐藏在无比淡然的水面之下。但最后，人们还是不明白这次会议、这次出差的主题到底是什么。这是很意外的。你的这一特色使我想到加缪的《局外人》。你的这种艺术追求在其他作品中也非常明显。

许：《夏天的公事》发表以后，我到上海去领奖，《上海文学》的主编周介人先生和我讨论这部小说的社会批评意义。我说我的本意并非要批评社会，也不想停留在生活真实的层面，更没想通过这部小说，来厘清是非道德的界限，来解决政治学和社会学要解决的事情，这是我写这部小说时的心态。这其实是一部文化小说。文化小说关注的还不就是文化的那些组成部分？生产方式，生活方式，怎样吃，怎样喝，怎样睡，怎样玩，怎样游，怎样看，怎样应付事务，怎样待人接物，还不就是这些？但文化还有一大不可或缺的部分，是价值判断系统，这是贯穿生产和生活方式始终的。比如怎样吃，怎样玩，怎样应付事务，怎样待人接物，都会隐含着价值和是非判断。所以虽然它是"文化小说"，写"吃喝走看"，它也可能隐含着社会价值、道德评判在里面。这大概就是创作初衷的一点副产品。

李：《幸福的王仁》也是在作者简介中列举的作品。小说虽然写的是计划经济时代小机关的干部生活，但仍然让人沉思，可能有些做人规则是不分时代的，在哪个时代都有效。王仁本来是个股长，是最底层的干部，但王仁的处事待人哲学看起来却是很高明的，高明得什么痕迹都没有，于无声处把什么事都办成了，什么人都不得罪，哪个都喜欢，这真是一个不得了的人物。机关干部的生存之道在传统文化中就是一门学问，这个学问不是专注于管理和做事的学问，是专注于如何做人的学问，这使得"机关""单位""干部"这些词语远远脱离了它们本来的含义，令人惊叹的是还成为了一种历史传统和文化传统。文学从来就没有远离这一题材和领域，但你的方式依然是奇特的，奇特得犹如王仁的做人方式，什么都看不出。他跟各个局里的朋友打麻将、在街头下象棋；他饮小酒、喝浓茶、睡躺椅、看《三国》；他下农村钓鱼、吃农家饭；他恰到好处地请假休息，还似乎认真地为一把手说话帮忙。他三教九流的朋友无所不交，各种人情世故处理得滴水不漏，但又低调谦虚得令人同情。就如同他与他老婆的对话："这日子虽过得单调,也还有过头唵?"也如同他自己的感叹:"家、老婆、孩子、头衔、社会关系,都溶在血液里了……日子虽过得不惊不险,倒真是一种幸福美满的日子,没说的,没说的。"这当然算得上幸福,也很难说这就是幸福,但如果这不是幸福,幸福又是怎样的模式?如此说来,王仁的这种生存之道自然也就有了合理的根据,千万个王仁的生存之道、一代一代的王仁的生存之道也就成为文化和传统。这样想下去,一种悲凉涌上心头,也就很不情愿承认你是在写官场或者写机关生活。

许:王仁其实就是农耕文明的产物,他在小农经济的幸福观里生活得很滋润。王仁又是底层的,是底层的官员,不是底层的布衣、底层的庶民。他有一定的社会地位,有一定的权力在手,有一定的物质保障,因此他过得很充实,很满足。他过的是一种有底线的生活,他的底线,就是当一个小官,这样就衣食无忧了,就幸福了。这的确是无可厚非的。社会的稳定也是因为有这么一个大大小小的王仁组成的王仁阶层,他们是超稳定结构的基石。这部小说的写作,牵涉到我在写作这部小说时对一段生活的回味:有一个时期我就生活在那种氛围中,也打心眼里喜欢小说中的那种生活方式,喜欢那种世俗生活的况味。那种生活虽然腐蚀人的斗志,却能获取特殊的安稳、享受和滋味,容易使人流连忘返。一部小说不是社会生活的全部,它只能以偏概全地放大和欣赏一种社会价值观。这也许正是我们容易受到小说感染的原因。

李:《飘荡的人儿》《十棵大树底下》《庄台》都写到了"记者刘康"。在《飘荡的人儿》中,刘康在泗水镇闲逛,遇见一个在街头卖艺的杂耍班子,由此弄清了卖艺班子的几个成员的身世,并出手帮助他们。小说从语言到叙述弥漫着一种古典的味道。《十棵大树底下》写记者刘康想去炉桥走一趟,但没有火车,只有汽车,有的地方只能坐小四轮车或者步行。这是一次有目的地却找不到目的地的旅途。刘康从火车站开始问路,问交通方式,直到小说结束,似乎也没有找到炉桥,他在无限接近炉桥,可炉桥总是到达不了。我疑心你根本不想让刘康到达炉桥,你要让他始终在途中,这样完成你的叙述目标。我初略统计了下,刘康从火车站开始,沿途至少问了二十多次路。被问的人也是各种各样,有锄绿豆的老人、耕地的壮汉、拔麦秆的娘们、逮鱼的大哥、拉硫酸渣的机子、养鸭子的老乡、割草的丫头、捞铁砂的师傅、吃饭的大婶、捞蚂蚁菜的老头、做生意的大嫂、炸油旋的、卖茶杯的……在刘康问路的过程中,小说完成了对沿途自然风景、风土人情、洪水灾害、被问人的个人生活和命运的叙述。我得承认这部小说的构思是堪称别具匠心的。在刘康不断的询问中,在刘康与别人之间反复的"麻烦你了""麻烦啥子"的对话中,我不仅没有感到厌倦,反而越来越兴奋。当我意识到小说最终完成了对洪水过后,沿途乡村面貌和农民生活状况的描述之后,我有一种五味杂陈的复杂情感。我想,这可能就是小说艺术。《庄台》中描述的蓄洪区的生活我比较熟悉。在这部小说中我印象最深的是那几个屠夫:宰牛的、宰驴的、宰狗的,以及陪同刘康的洪部长的口才。有了这种口才,你很难辨别你看到的现实的真假,你也很难不佩服、不被煽动和左右。洪部长这样的干部我也见过,一般情况下遇到这样的干部,你很快就会被笼罩和遮蔽。对于想到灾区看看情况的刘康,这当然是很痛苦的,但也是很难拒绝并说出口的,所以他只能悄悄地找蹬三轮的人带路去走马观花地浏览庄台。但你仍然采取你一贯的叙事策略,比如我们读不出作者是在讥讽洪部长,我们读不出刘康厌烦洪部长……总之,你还是一如既往的客观和冷静。

许: 我的小说中经常有重名的现象,好几部不相干的小说里有人叫刘康,好几部时代隔了几千年的小说里有人叫李中,这是有意如此的。我当时是想通过这种安排,来表达这样的意思:人生在本质上是类似的;姓名仅仅是符号,人与人之间没有根本的区别。既然如此,那么虽然人们有不同的长相,有不同的性格,有不同的口音,有不同的环境,有不同的遭遇,有不同的结局,但这都是外在的。我生活过的淮河流域,是老庄孔孟的家乡,老庄生活在淮河支流涡水边,孔孟生活在淮河支流泗水边,所以生活在那些地方的人,很容易受到这些大师思想的浸染。如果你认为所有的人在本质上都是雷同的,无区别的,你就很容易在实际生活中放弃对他人所谓那些小"错误"的追究,你就会有意无意地认为那些所谓的"错误""不足"等,都无关大局,甚至是转瞬即逝的,都一定有背后合乎情理的原因,也都会有一个恰当的力量适时纠正,没有必要揪住不放。这还不是老子的无为而治吗?这还不是庄子的顺其自然吗?我们能做的,也就是如实地描述他们表面的生活而已。这是我们的任务。

李: 你在《一棵树的淮北》里写了一个男人和一个女人的一生,我的脑海中反复浮现那一幕情景:在淮北的濉水大堤上,有一辆独轮车,和一个穿对襟黑棉袄、黑棉裤,扎摆布腰带的男人,一个头顶粗线方巾的女人。这辆独轮车在高高的濉水大堤上默默地往返,推车的人由青年变化为中年、老年,又变为稚嫩的毛头少年,坐车的女人也变为老太太。小说中的老大是一个穷苦的单身大男人,在战乱时代用独轮车推回自己的女人,并生育七八个子女,又依靠踏实和勤劳,把子女一个一个抚养到成人成家,最后,这个老实的只知道劳动的男人靠在一棵树上永远地定格自己的生命。小说中这个男人就是淮北的一棵树,一棵顽强的树,是淮北很多棵树中的一个代表。有时我想,"自强不息"对很多人来说似乎是难以体验和感受的,其实这个叫作"老大"的男人就是中国农民自强不息的一个缩影，这部小说也就是中国乡村叙事中一段经典的旋律。作品的魅力当然也表现在张弛有度的叙述节奏把握，以及对两位农民一生历程的准确剪辑上。

许：是的，是这样的。我刚才说到淮河流域和孔孟老庄的关系。在淮北的大平原上，传播不受阻隔，人们特别容易受到他们思想的影响，不知不觉就认同了他们的认同，不知不觉就认同了他们的否定，觉得那些认同和否定，就像大平原上有开阔的河流、无边的庄稼地、夏天午后的暴风雨一样，寻寻常常。《一棵树的淮北》大概就传达了这样一些不同的、甚至是相悖的出世入世的意思。老大们用顽强和自强不息来实践着自己的生命，承担着人生和社会的责任。但老大们对人生、对际遇又平淡如水，顺其自然，甘受天人关系定律的支配。这不是让我们想来就会唏嘘一番的状态吗？

李：最后，我想跟你聊聊《人种》这部中篇小说，你的小说集也用了这个名字。看来你是喜欢这部小说的。你用拟人的方式写了濉浍平原上一个动物部落的繁衍、迁徙、生存。有一个疑问，你怎么会写一部动物小说呢？但，毫无疑问，这部小说充分展示了你非凡的想象力、描述能力和叙述能力，更重要的是表达了你对"濉浍平原"（在我看来就是黄淮平原的代指）的理想构建，也是原始理想的构建。在你详尽描述了濉浍平原的乡村和小镇、河流和道路、树木和农耕、历史和现代之后，在你叙述了黄淮平原的农民、干部、艺人、老人、青年等之后，你构建的黄淮平原，已经显得自足和充实了。但或许还需要一个远古的、纯粹自然界的黄淮或者濉浍世界，《人种》于是承担了这一重任。在四季的交替轮回中，"噢""贝""唉""哦""川"这个由几代生命组成的家族在猎食与搏斗、生育与养育、逃难与迁徙的自然生存中，经受火灾、洪水、严冬、饥饿等的反复考验，演绎着濉浍大地的生命图景，这幅画有时候惊心动魄，有时候温情脉脉，有时候喧闹无比，有时候静谧得恐惧，山川、河流、森林、洞穴、花朵、冰雪、阳光……在这个没有人的世界里，自然界呈现着最初的法则，呈现着人类生活的基因的形成。我想你是把这部作品的世界作为你构造的濉浍平原的自然和历史背景。

许：是这样的，正如您所说，这本小说集"需要一个远古的、纯粹自然界的黄淮或者濉浍世界"，来拉伸"历史"的长度，来增加黄淮平原或濉浍平原的厚度，来增加黄淮平原或濉浍平原上的"品种"，使之看上去"多样化"。这一切似乎都是有计划、有预谋的。地球上和我们先后或同时生活的人们是我们的镜子，看到他们，就像看见了我们自己。

李：总的来说，你的小说显示出你不同寻常的叙述方式和表达方式，其中既有现代小说中杰出的经验，也有西方异质的文化影响，但你把二者结合得天衣无缝，我想这些影响已经深入你的创作理念和人生之中。你对汉语的尊敬，对汉语纯洁性的维护令人肃然起敬。阅读你的小说，似乎回到了 20 世纪三四十年代的文学世界，也似乎进入了西方现代文学的经典作品世界，当然，真正进入的是你塑造的黄淮平原世界。就我不多的见识来看，当代文学评论界对你似乎关注不够，这是不公平的。

许：哦，希望随着时间的推移，能逐渐有一部分明亮的眼光，从浮躁的闹场和政治化的语境中，转移到那些被认为边缘的场域，撩开浮萍，从中发现一些文学的原生体。

(《芳草》2012 年第 5 期)

从开荒的历史到现代化的历史
——与董立勃对话

李：我们先从你的新作谈起。《八月飞雪》是我读到的你的第三部长篇小说，其中很多生活是我熟悉的，这种熟悉当然主要来自包括你在内的新疆作家的创作，比如赵均海的散文《准噶尔之书》，等等。你在这部长篇小说中写到的一些生活或人物，如作品中提到"老魏"以及那张在井喷现场拍摄的抢险人员被冻住的冰塔照片，这些都已经成为新疆尤其是油田文化的符号和积淀。当然我注意到，你也曾经在油田工作过，并且与小说写到的李冬一样做过新闻记者，尽管如此，你正面直接写的油田题材似乎并不多。

董：《八月飞雪》是我新近完成的一部长篇小说。和以前写的所有长篇小说都不同，这部长篇小说是工业题材，也是我所有长篇小说中，用时最长的一部。差不多用了一整年的时间，写得也不顺畅，多次反复地重写改写，写作时遇到的这些困难，完全没有预料到。我想可能是因为工业题材确实不太好写，并且也不是我十分熟悉的生活层面，尽管我曾在石油行业中工作过几年。这部小说的完成，还是让我很高兴。离开克拉玛依，一直想写点什么，献给它，献给自己的那段青春岁月。这个心愿，到了今天总算是实现了。

李：在《八月飞雪》中，我个人比较喜欢的是你对自然的描写，对沙漠气候地貌的叙述，独特的自然风貌对于李冬、孙志、叶青三个青年人的爱情和成长具有特殊的意义。此外，在小说中，叶青与红狐的遭遇的细节也令人印象深刻，叶青在巡视油区的路途中救了红狐，没料到，在暴风雪中红狐为叶青带路，让迷茫的叶青和孙志得以回到油区。在特殊的地域环境里（比如西部、森林、草原），这种人与自然的和谐融洽其实是比较常见的，但在小说中很难见到。

董：在西部，在新疆，大自然对人类的生存影响很大。它的变化无常和极端气候的特征，经常会让身体和生命面临考验和挑战。在我二十三岁以前，没有坐过火车没有见过高楼，完全是在戈壁荒野上的风沙雨雪中长大的。不管什么东西，相处得时间长了，都会建立起一种情感。到目前为止我没有写过一部城市小说，大概一个重要原因就是对它爱不起来也恨不起来。总觉得高楼大厦、车水马龙、灯红酒绿和自己没有什么关系。写小说是需要情感的，所以我的小说几乎都有一个苍凉的自然背景。

李：我注意到你的长篇新作《八月飞雪》有一些变化，在叙述方式上。比如，小说叙述完孙志与奶奶关于胳膊受伤、需要纱布、要感谢姑娘之后，出现了这样一句话："本来这件事是可以到此结束的，但那个叫叶青的姑娘却有了点别的想法。这个想法让一些不可能发生的事情发生了。"在这句话之后，叙事的焦点转移到叶青身上了："同一个时刻，叶青躺在床上想起了大风中发生在车上的事……"在叶青的心理活动之后，紧接着又有一段："直到目前为止，我们还看不出这件事和那个叫李冬的年轻人有什么关系，尽管这个时候，他离叶青和孙志的实际距离没有超过三千米……"在这样上下文的关系中，我们感受到中间那些文字的作用，你就像在空中俯瞰，或者你似乎面对着一个沙盘，一个关于新疆、戈壁、油田、油城的立体沙盘，在空中向读者介绍这个故事以及故事中每一个人物的活动。它让小说呈现出明显的"说书"味道，作者充当着明显的"说书人"的角色。这种故意为之，这种方式，都是你过去作品中少见的。

董：莫言说他是个讲故事的人，我一直以为写小说的人，其实也就是说书人。只是不用嘴说，而是用笔用文字去说。怎么说，方式并不重要。重要的是让看书的人，能够不费力地看下去。让作者也走进故事中，站到虚构的人物和真实的读者之间，像是介绍人一样，拉近彼此的距离，以便尽快地熟悉。这只是一种叙述方式。这个方式并不传统，许多现代派小说家喜欢用这种方式让小说产生一种特别的效果。当然，对我来说，想法并不多。承上启下，直截了当，情节转化，更为快捷，方便了阅读。

李：就我的阅读来看，在你的小说创作中，似乎以油田为背景、以石油工人为题材的并不是最多的，你的大部分创作还是与兵团农场有关，这是否与你个人的成长有关？

董：我在兵团农场的一个连队长大，这个连队紧挨着一个石油泵站，相距不过一公里，但过的日子完全不同。连队有个小学，泵站的孩子也来读书，他们带的中午饭全是白面馒头，穿的衣服没有带补丁的。泵站有自来水，连队只有渠水，连队的人就去泵站挑水喝。连队的人住的是地窝子，用的是煤油灯；泵站的人住的是红砖房，用的是电灯。后来，到了20世纪70年代，可能是看农工太可怜，泵站的人就把一条电线扯到了连队，让连队的人也用上了电灯，虽然电压不够，灯泡发出的光是昏黄的，但还是让我们连队的人高兴得像过节一样。那会儿，就知道了种地很苦，想过好日子，就要去当工人，最好去当石油工人。大学分配时，把我分到了石油工地上。别人觉得不好，让我别去，却不知道我心里不知有多愿意。去报到时，我带了发表的一些作品去，得到了重视。没让我当老师，而是当了记者。小说中的李冬虽是虚构的，可多少也有我那时的影子。

李：垦荒生活是每个作家面对新疆这块土地时都不可忽视的，对你这样一位出生于垦荒时代、成长于戈壁滩上的作家，用手中的笔书写父辈的历史和垦荒生活，我想更是难以遏制的冲动。《马刀和萧》就是一部典型的垦荒题材的作品。小说中的营长从剿匪的解放军一夜之间转变为农民，从作战转变为垦荒种田，对他们来说，要重新开始面对一个更加复杂的世界。不仅有自然环境和生活内容的变化，还要面对更加复杂的人际关系，比如爱情、婚姻。

《马刀和萧》的焦点在女性身上。在西部剿匪战斗中，妓女雪儿被营长救了下来，并跟随营长成为开荒营中的一员。出于感激，雪儿想报答开荒营的战士，但被营长阻止，从此她明白自己开始了新的生活。在大量的女人来到开荒营之后，雪儿成为女人的中心和导师。一个个战士和姑娘结婚后，营长却依然不结婚，原来他有病。一个对男人对性有着丰富经验的女人——雪儿——本能地担当起唤醒营长的职责。她要给他欢乐，给他第二次做男人的自信。但重新找回男人雄性的营长最终没有跟雪儿结婚，反而让雪儿用身体接待自己的领导，从而导致雪儿自杀的悲剧。营长没有意识到，一个跟土匪睡过觉的妓女也是有尊严的，雪儿可以不跟营长结婚，但雪儿不能被营长作为待客的佳肴。营长在雪儿下葬后明白了一切，也用杀过无数土匪的马刀结束了自己的生命。《马刀和萧》叙述的悲剧证明，无论在何种特殊岁月和特殊环境中，人、性、爱都是尊严的。营长的自杀可以看作第一批开荒者自觉意识觉醒的象征。

董：理想总是美好的。我们革命，是要把受苦的人从水深火热中救出。我们斗争，为了幸福和尊严，还有自由和平等。但现实却总是有些不尽如人意。人民公社，没有实现按劳分配；反对"右派"，吓得人不敢再随便说话；大跃进，不但没有得到富强，反而有许多人被饿死；"文化大革命""革"的是文化的命，是国家精英的命。为什么会这样，到现在还是说不清。没有任何东西是完美的，社会的文明进程，总是伴随着血与火。关键不在于已经发生了，而在于发生了以后，该怎么对待。优点不去说，还会存在，起的作用不会坏；缺点不去说，看不到，继续存在，带来的后果肯定就不好，甚至是更坏。一个正常的社会，得有人批评，有人提醒，有人指责，得让反对者说话，有地方发表看法。有些事，是国家的事，国家会来管。有些事，小说也可以管，比如人性的一些问题，小说就有责任，至少让人读了后，会对人性的复杂认识更深一些，更多一些。大概文学就是人学，也就是这个意思。小说是面镜子，看进去，看到的不光是自己，不光是几个主要人物，看到的，还有身后一大群人，一个非常广大的社会。

李：在这些以开荒营、兵团、农场为题材的小说中，很多是集中表现你的父辈或者上一代人的生活和命运的，如中短篇小说《冻土》《暴雨》《野娘们》《兄弟》《老步枪》《马刀和萧》以及长篇小说《大路朝天》等。你对这一代人的命运格外关注，对这一代人的历史尤其重视，这仅仅是出自一种个人情感，还是有更复杂的考虑呢？

董：情感是重要的。人和动物不同，就是有感情。一个人能活下来，是个奇迹。每一个生命的长大，都和许多生命相关。相关最密切的，是家人，是亲人，是一个村子里的人，是一个地方的人。新疆人都知道一句话，叫"老乡见老乡，两眼泪汪汪"。作为一个人，对于自己的上辈人，不管他们的地位是多么低下，不管他们有多么无知，不管他们有什么样的缺点，都应该保持最大的敬意，并永远心怀感恩。因为没有他们，就没有我们。这样一种情感，让作家写作时不会滑向低俗。作家想写什么，要写什么，原因很多，但其中最重要的，一定是情感。情感也很复杂。我的父母亲是农民，连小组长都没有当过。他们活得很卑微，不知受了多少委屈，多少欺负。我曾不止一次幻想过，做个大侠，扶弱济贫，除暴安良。幻想破灭了，只好把这个梦放到小说里去做了。我的主人公多是平常百姓，生活再苦，善良不失，历经磨难，不肯放弃，就算是死，也要去争最后一口气。通过这些人物，表达了我对世界、对人类的看法。这个看法，也许就是所谓的思想观和价值观吧。

李：对第一代开荒营的兵团人来说，婚姻是真正的大事和难事，各种因素使得这一问题成为全局性的大问题，乃至需要政府和组织在全国动员力量来解决这一问题，所谓"八千湘女下新疆"便是各种措施中的一个典型例子。这一代人的爱情和婚姻无疑是独特的，也是新疆社会发展中难以忘怀的一章。你的不少作品涉及这一现象。《马刀和萧》和《兄弟》是代表，因为这两部作品是直接进入这一题材的。在《兄弟》中，马夫曹每次看中的女人都更加喜欢营长乔，而两个男人又是从战争中走过来的生死兄弟。这部小说中有几个层面的悲剧性令人难以释怀。一个是营长和马夫所处的社会地位不同，使得面对同一个女人时，马夫便天然地处于劣势，但马夫并未感觉到这一根本的致命差别，而是沉浸在战争岁月中积累的优越感以及战友情谊中。另一个是营长在曹发现他和肖老师有婚外情之后解决这一矛盾的方式，小说提供了两种可能，即游泳途中营长故意让马受惊，带着曹跳进河里淹死，或者以帮曹生米煮成熟饭的名义，让曹因为强奸并致死肖老师被枪毙。无论哪种方式，都使这一悲剧更加震撼，两个生死之交的战友因为女人而演变为谋杀，显示出友谊的脆弱，也显示出男人在女人和欲望面前的意志脆弱。尽管这种悲剧在其他时代、在其他地方也上演，但在战争刚刚平息的 20

世纪50年代、在女人极其稀少的边疆，这一故事的悲剧性更加令人沉重。与《马刀和萧》一样，我对这部写拓荒者的爱情、婚姻的作品也有着特殊的情感。

董：婚姻不管在什么时候都是重要的，都是一个人一生中很重要的事。只要说到新疆垦荒者，他们的婚姻就成了一个绕不开的话题。几乎每一部写到这个时期垦荒生活的文学作品，都会把这个话题当个重点去说，而读者似乎也总是对此充满了兴趣，并不完全是因为涉及了性这个敏感的问题。当战争结束，进入了和平年代，没有了生与死的选择，没有了饥寒交迫的折磨，剩下的大事就是结婚生子了。而新疆的荒原上，一下子集中了成千上万的青壮年男女，你说，除了开荒种地外，需要他们去做的还有什么事了？争夺配偶，是所有生物的本能，人也不能例外，偏偏又是男多女少的地方，偏偏这些男人又是打过仗的血性汉子，那么，这样一场争夺，实际就变成了一场战争。于是，人性中的真善美与假恶丑，都在这样一场战争中，得到了淋漓尽致的展示。我想，没有一个作家在面对这样一段历史时，会愿意转身错过。我生活在这片荒野上，我没有成为这场战争的士兵，但作为士兵的孩子，我也许比别人知道得更多、了解得更多。我只不过是做了一个作家应该做的事。既然让我生在了这里，又让我学会写作，我想我的一个责任和使命，就是让其中有价值的故事永远流传下去。

李：在你的拓荒者系列作品中，有几部分量很重的中篇小说，里面有一些令人印象深刻的人物，如《暴雨》中在勘探中牺牲的技术员，《野娘们》中五个来自不同省份的女人，《这个月亮并不太亮》中的王贵田和周凤兰，《冻土》中的叶子和老丑，这些人物在下野地这个地方开荒、种地、结婚、生子，他们让下野地变成良田，让下野地从荒野之地发展为乡村乃至城镇，同时，他们自己的人生从青春走向成熟、走向衰老。这些作品写就了一部下野地的发展历史。更值得注意的是你对山东女性的刻画，诚如你所说，很多人只知道新疆的湘女，而不知新疆的鲁女，你的小说丰富了新疆大地上的女性人物画廊，也使得读者对曾经为开荒戍边做出巨大牺牲和贡献的山东女性有了更丰富的了解。《冻土》中的叶子就是鲁女的代表之一。叶子开朗大方，丰满漂亮，她因对杜干部主动示好而被误认为是坏女人，当她因为身陷险境选择了老丑之后，却屡遭杜干部的刁难，最后，叶子在冰天雪地的修渠工地因为劳累和流产永远地倒在了冻土上。我注意到，你写的这些女性，命运大多极具悲剧性。我相信那个时代，那种艰苦的环境和繁重的体力劳动，很难有欢乐、快乐、幸福，这是极其特别的一代人的个人史。以你对这一代人的了解，他们曾经有过欢乐或者幸福吗？也许每一个鲁女的人生都蕴藏着感人的故事，都是一座创作的富矿。我相信，你会在这一创作题材领域有更大的收获。

董：我是山东人，是胶东人。我们那个地方在刚解放时，有许多女人当了兵，来到了新疆。我母亲的一个妹妹就是其中一个，她来到了石河子的下野地。这件事，改变了许多人的命运，其中也包括我的。母亲当时已结婚，不能与她妹妹一起当兵。可几年后，母亲的妹妹回去探亲，把母亲一家人都带进了新疆，带进了下野地，于是我也就成了荒原上的兵团第二代。我常常想，如果没有那次山东女人上天山，我会怎么样，我会在哪里？兵团很苦，可兵团的孩子没有不上学的。兵团里什么人都有，其中还有不少知识分子，所以那个时候的兵团不缺老师，不缺好老师。1979年我考上新疆师大，一个班里同学大部分是兵团二代。姨姨在下野地干农活，干到了排长，一直带着一群娘们，干到了退休。每次见了我，她都跟我说，要我把这些事好好写一写。如今我去石河子奎屯一带，经常会遇到说一口胶东话的山东老太太，不用问，她们都是20世纪50年代初的女兵。从我记事起，好像从来没有见过母亲躺在床上休息过，不管什么时候她都是在不停地干活。直到2009年1月12日，她79岁，说腿疼。我找了个医生，带她去看腿。车子停在楼下，看着母亲走过来，还有十几米时，她突然站不住了，坐到了地上。我跑过去，把她抱到了车上。她嘴唇动了动，什么话也没有说，就离开了这个世界。而这之前，她没有住过一天医院，没有打过一次针。母亲的离去，让我的心很疼。我有这样一个姨姨，这样一个母亲，大家也就不会奇怪，我为什么总是不停地写下野地，写荒原上的女人，写山东女人了。

李：在新的时代，当年的戍边农垦军人的身份变化了，"农工"这个词是最好的概括。他们不是军人，不是农民，也不是工人，而是"农工"。他们也就是曾经的兵团战士或者兵团战士的后代。他们不是通常所说的县、乡镇、村管理体制下的农民，也不是通常意义上的工业体制下的国家工人。正因为如此，"农工"在新疆这块土地上就有特殊的意义，这个群体在新疆的建设和发展中作出了巨大的贡献和牺牲，他们的人生命运已经与新疆大地的历史文化、社会经济的发展融合在一起。你的很多小说写到了农工，但《多年以前和多年以后》这部小说并不是正面写农工的生活，尽管小说写了农工铁子与草妹的爱情，但作品在人与人之间的关系中，插入了人与鹿的关系，人与大自然的关系，这使得小说立即焕发出了不同传统的意味。铁子在很多年前跟着父亲打柴时救过受伤的小鹿，并与鹿结下友谊，懂得鹿的语言，很多年后再次遇到跟当年一模一样的小鹿，而小鹿也似乎认识铁子，和铁子似乎很早就结下渊源。没有钱娶草妹的铁子，只能一次又一次用鹿换取草妹的身体，最终铁子因为贩卖野生动物被关进监狱，草妹离开了酒馆，而铁子再也没找着那群与他亲密无间的鹿。显然小说不是专注于铁子的贫穷以及他对爱情的渴望，也不是专门描述动物与人的关系，但似乎又都有所呈现,并以鹿与人的关系由亲密到疏远来象征铁子因为老实而无助的命运,回想起来令人唏嘘。这样的题材在你的作品如长篇小说《八月飞雪》中也出现过(小说中的红狐与叶青),但总的来说不是很常见。就我的阅读体验来说,我很欣赏这一手法。

董:我是兵团第二代,但在我的小说里,很少写到兵团第二代。这实在有些奇怪,也似乎有些不应该。我并没有刻意这么去做,也许因为兵团第二代虽然赶上了一个好时代,但却缺少了激动人心的生活。而融入时代大潮中的兵团农场,尽管许多方面还有些不一样,但总的来说,在生活方式、精神追求上,与别的地方没有了明显的不同。土地承包到了各家,没有了集体劳动的火热场面。亚军事化的管理模式不复存在,革命队伍中的相互关心帮助和爱护,被淡化得几乎不见了。新兴的农业技术和耕作方式以及轰隆的机器声,完全淹没了悠远的田园牧歌和回荡在寂静天地间的浪漫诗意。还是那个天,还是那个地,可当年的风景已经不在。兵团这个巨大的组织还在,但已经完全不是当年那个开荒屯垦的群体了。于是更多的时候,只有去回忆了。小说其实就是一种回忆的方式。如果有一天不愿意去回忆了,也就意味着不会再去写小说了。

李:《大路朝天》是一部西部社会变革和建设历史的革命叙事小说。作品刻画了以周子汉、郑其山、赵明义为代表的新中国第一批西部建设者为建设一个新西部所付出的奉献和牺牲。同一支部队的三名青年军官周子汉、郑其山、赵明义,不仅在战争岁月里结下深厚情谊,而且在清剿国民党残余部队的任务完成之后,同时分配到城市建设局,盖楼房、修马路,建设一个新的城市,在和平时代他们同时走进了一个机关。作为城建局长的赵明义,他想要建设一座新城市的梦想很快就被突如其来的变故所打破,他以国民党潜伏特务的名义被逮捕。周子汉也因长期为赵明义申诉、并拒绝承认赵明义是特务,而被怀疑,下放到边远的农场。周子汉不仅要忍受政治上的委屈,还要克服物质环境上的困难。他要在边境线附近开荒种地建房,在一个蛮荒贫瘠之地,开创戍边屯垦的新局面。

但《大路朝天》又不是一部简单叙述西部解放和建设乃至发展的作品,同时,它也是一部洞穿人性之恶、张扬人性之美的纯粹的生命史、精神史,它是一批以赵明义为代表的共和国缔造者、建设者的心灵史,是军垦人的生活史。周子汉、郑其山、赵明义,还有叶可楠、胡小兰、田老师,与其说是被历史误解,不如说是被历史中的小人陷害。在以西部戈壁、沙漠、草场为人类生存环境的背景下,吴乔的卑鄙和狭隘不仅断送了一个英雄的生活,也影响了一群人的命运。一个人的人性之恶有多大的能量,我们过去感觉这是很空洞的。但当我们看见在吴乔的静悄悄的、险恶的折磨中,赵明义等人的命运一步一步走向黑暗的深渊时,我们才发现这是多么令人震撼的事。这种恶就如一种慢性毒药,在历史的脚步中,漫不经心、悄无声息却令人疼痛、无可奈何,因为你始终不知道原因。赵明义等人最后仍然并不知道一切都是吴乔的所为,赵明义也是因为无可奈何才越狱出境,而一直到社会进入正常轨道,吴乔仍然不想放过这一群正直的英雄。这个阴险小人居然在历史和社会的动荡中,一直处于权力的中心,一直掌控着那些正直的人的命运,这是令人深思的。它用一群人的鲜血和生命作为代价说明我们社会赖以前进的机制不是完美无缺的,那些隐藏的小人、致命的痼疾甚至一直在侵蚀社会的肌体。《大路朝天》发现这一点,并提示发现这一历史和命运的秘密,需要生命、需要时间、需要付出牺牲,但我们必须意识到我们有责任肩负这一使命。这也许是在垦荒和戍边之外,作品更重要的贡献。

董:非常感谢你对《大路朝天》的认真阅读,现在的人很忙,能够把一本30万字的小说读完,并不是件容易的事。这部小说,是我写得最长的一部小说,写完了以后,就有些担心会不会有人把它读完。而你不但把它读完了,并且把它进行了准确深刻的解读。一部作品能遇到你这样的读者,是作品和作者的幸运。最初一想到这个故事就让我激动不已。一个20世纪50年代出生,几乎是与共和国同龄的人,在了解了历史上的"整风肃反"、"土改"合作化及"反右",并且亲身经历了人民公社大食堂、大炼钢铁"大跃进"、三年自然灾害,尤其是"文化大革命"以后,不可能不因为这个时代而长夜不眠。我不是政治家,不是哲学家,不是历史学家,我只是个讲故事的人,我只能用我的方式释放脑海深处的思绪。于是,三个男人走到了我的面前,他们三个人的故事,是1949年以后整个中国的故事。最初,我把它写成了一部小长篇小说,只十万字多一点,叫《暗红》,有一个评论家看了以后,说"你这是大故事,可你写得不够大,没有把它展开"。于是,三年之后,我又重新写了,写成了《大路朝天》。它对我的重要性,只有我知道。不过,现在你也知道了。确实我以为这是我的小说中最有分量的一部。

李:跟你的许多写垦荒的中短篇小说一样,这也是一个悲剧,一个穿越了几乎半个世纪的悲剧。赵明义长期被当作特务,尽管战友长期为他奔走呼吁,但始终得不到平反。这一悲剧当然有其历史的偶然性,比如逃亡的国民党军官故意把赵明义的名字写在潜伏特务的名单中;因为法制部门的官僚主义以及极"左"思维等,每次赵明义的申诉都被简单地搪塞和应付了事。

《大路朝天》令人信服地刻画了一个猥琐、卑鄙的男性形象,即吴乔。从一个角度看,赵明义、周子汉、郑其山的人生悲剧(他们基本上在战争岁月结束、和平时代开始就被剥夺了政治生命),赵明义与田老师短暂的爱情,周子汉与叶可楠的漫长相爱和短暂的婚姻,郑其山与胡小兰的无法表白的分手、与叶可楠的几十年的假夫妻……这一切的曲折与磨难的制造者都是吴乔。尽管我们可以说，这一切有着必然的历史原因，诸如中华人民共和国成立初期阶级斗争的复杂，后来的历次运动，当时的上级组织部门对赵明义、周子汉问题的疏忽，等等，但我依然相信，这一悲剧更深的根源在于吴乔人性的狭隘、自私、嫉妒、卑鄙等。在战争时代，吴乔并不懂得军事，但作为政治干部的他在抗日战争时期就差一点以肃反锄奸的名义，枪毙了周子汉。到了新疆后，吴乔尽管只是一个军部的干事，但依然掌管着下级军官的他一直充满着对权力的野心和对女人的欲望。他知道叶可楠深深爱着周子汉，也知道周子汉就在新疆，但他隐瞒了周子汉也在新疆这一消息，依然给叶可楠写情书并说周子汉很可能找不到了。他知道"只要周子汉和叶可楠见了面，他再想得到叶可楠就一点可能都没有了"。在保卫处当科长的时候，吴乔又挑拨郑其山与赵明义的关系，说周子汉是起义军官，居然当营长，而郑其山只是副营长。此种挑拨在很长时间内导致郑其山对赵明义不信任。吴乔利用国民党军队逃跑时遗留的一个名单陷害赵明义，导致赵明义被判无期徒刑。在周子汉与叶可楠重逢之后，吴乔开始追胡小兰，并说过去是看着叶可楠可怜，其实并不想追求她。当得知胡小兰喜欢的是郑其山之后，他以撤销郑其山的副局长职务相威胁，逼迫郑其山离开胡小兰。郑其山因为不同意对周子汉问题的定性被降职，又因为要跟叶可楠结婚被吴乔撤职。在叶可楠申请调到周子汉的边境农场的问题上，吴乔先是以没有结婚证为理由，在叶可楠与周子汉结婚后又以关心她、要对同志负责为理由，拒不办理叶可楠的调动。吴乔的百般阻扰，终于使得周子汉和叶可楠这一对夫妻在结婚之后就没有能够见面，在周子汉掉进山谷后吴乔感到十分兴奋。"文革"中，吴乔指使人把郑其山抓起来，叶可楠请求他放人，他不但猥亵叶可楠，而且在没有达到目的时还命令造反派把郑其山往死里整。吴乔这样一个阴险卑鄙的灾难制造者居然在整个社会拨乱反正之后，依然处于相当重要的权力位置上。这不能不说是历史的悲哀。

董：按说，在一个国家一个社会里，一个人的作用总是有限的。但如果这个国家这个社会，没有健全的法制，没有民主的秩序，没有权力的约束，那么一个人的能力和品格，就会显得尤其重要。中国的兴衰变迁，从来都会和一个人的名字连在一起。几千年以来，开明的君主、伟大的皇帝就是大救星。当今的中国人，不管是谁，在充分享受改革成果时，都不能不想到一个人，他就是邓小平。没有邓小平，历史会怎样，不敢去想。我向来认为，偶然性比必然性更重要，尤其是一个人或几个人的命运，仔细去探究形成结果的过程，会发现那些具有决定性的环节，往往都是些偶然的因素造成的。有时，就是因为在此地此时遇到了此人，便摊上了天大的灾祸，或者说得到了天大的幸福。为什么有些人被送上了绞刑架、审判台，永远被钉在国家的耻辱柱上，而有些人则被立起了纪念碑，编成了歌，被人们世代传颂，说明的正是这样一个道理。这世界上，好人多，坏人少。可坏人坏起来，一个坏人比几千个好人的能量大。文明不断进步，人们的日子越过越好，就又找到了越来越多的办法，把坏人关进了笼子，让他们没机会出来祸害。不要说这三个男人的悲剧是历史造成的，不能归罪于某个人。冤有头，债有主，这个"头"和"主"，一定是某个人。所以，有些历史上的账现在没有算，不等于就不算了。一个公平正义的社会，该算的账是一定要算的。我只不过是用小说，去算了一些人的账。于是，这部小说让我内心里的情绪多少有了些平复。

李：从某种角度看，《大路朝天》是一部很大的作品，它所写的是历史的人或者说是一代人的历史。故事从解放军1949年进入新疆开始，一直持续到改革开放时期；故事的主要人物从青年时期开始经历了复杂的人生，如从部队转业到地方、从作战转移到建设、从单身到恋爱到组建家庭，当然贯穿其中的还有1949年到改革开放这一曲折复杂的社会进程。因此，《大路朝天》是一部内涵丰富、有宏大气象的长篇小说。我相信，你自己会很看重这部作品。

董：确实，我很看重《大路朝天》。无论是其题材、写法，还是历史跨度、结构方式，都与我以往的作品有极大的不同。不过，这样写是不是成功，是不是会让读者喜欢，我并没有把握。所以你的肯定，对我是个很大的安慰。

李：但也许你不会同意，对你的长篇小说，我印象最深的还是《青树》。至今我仍然记得你塑造的那个在戈壁滩中开饭馆的女人"青树"，那个执着地寻找杀害丈夫凶手又嫁给了凶手的"青树"。《青树》是在当代背景下叙述一个西部女人的生存艰难、情感沧桑、伦理冲突。或许你并不知晓，《青树》发表后，有一些读者曾经在一些媒体讨论，为什么一个寻找凶手、要复仇的女人最终会嫁给自己的仇人？也就是说，这个要报杀夫之仇的女人如何能够宽容自己的仇人。这部作品发表已经有几年了，不知你是否还有兴趣回答读者的这一疑问。

董：你说的这个讨论，我真的不知道。在现实生活中，什么都有可能发生。在小说的虚构世界里，更是如此。小说家的本事，就是通过一件接一件的事情，让读者接受那个最终的结果。如果说，读者还有疑问，那么就是我的小说本身还有问题，我讲述的故事没有说服读者，让他们相信这个结果是可能的，是一定可能的。一个善良的人，也可能会杀人；同样，一个杀人犯，也可能会去做善事。没有永远的坏人，也没有完美无缺的好人。

李：你写过新疆的油田题材、开荒题材、现代化时期建设题材，你写过几代人在新疆的开拓、创业和发展，可以说，你以文学的方式书写着新疆半个多世纪的历史，这是令人敬佩的。在阅读中，我能感受到你的创作追求，我坚信，你的努力会大有所成。

董：谢谢你的表扬。我只是一个平常的书写者，和新疆大地上的每一个劳动者一样，做着自己应该做和喜欢做的事。能有多大收获我不知道，也不会太去在意这个事，但我一定会尽全力去做。

(《芳草》2012年第2期)

在历史和时代中呈现工业的内涵和价值
——与肖克凡对话

李：记得我们曾经有过一次对话，大约是在 1997 年，也是关于工业题材创作的，不过上一次我们主要谈的是你的中短篇创作。我注意到，这些年你主要的精力在长篇小说上，这次我们就聊聊你的长篇小说。你长期关注工业题材或者与工业有关的人及其生活，这或许和你的个人经历有关，但我从另一个角度看这个问题，比如工人阶级是最先进的力量、工人阶级是先锋队、工人阶级是领导力量等，这些判断和结论很早就深入我们的社会和历史，并一直与整个社会的脚步相伴，现在我们用"信念"这个范畴来思考和认识它们。它们对历史和社会的影响是巨大的，并深入人的内心，在《生铁开花》中，唱梆子戏的主角王云亭，本来身患肺癌已经到了弥留状态，但听说儿子加入了工人阶级队伍，奇迹般翻身爬起，提出全家吃喜面庆祝。这种对身份的向往，对被社会认可的向往，主宰着那个时代很多人的人生。可以说，工人、工人阶级是那个时代的主流价值观。这是特殊的历史现象。但从经济的视角看，它还不完全是某一历史阶段的特殊现象。应该说，推动社会前进，尤其是推动经济前进的主要力量，是企业，是产业阶级。自西方工业革命以来，自中国近代化以来，产业阶级就是历史前进的主力，在当今的任何一个国家，企业的发展、经济的繁荣，都是宏大而现实的主题，是一个社会日常生活的重要部分。因此，工业题材或者与工业有关的人与生活，理所当然也应该是文学的主题或母题之一。当然，在实际的创作现状中，我们看到，当代的小说，主要不是写企业或者工业的，这是很遗憾的事。正因为此，我对你的努力和创作产生由衷的钦佩。

肖：这几年我确实在写长篇小说，它的写作节奏比中短篇小说慢一些，比较适合我。谈到工业题材，1949 年以来就其作家与作品而言，数量并不是很多。这可能与我国是一个传统农业大国有关。

工业题材文学作品，它是晚生的。只有人类社会出现工业或者说人类进入工业社会，文学创作才可能出现规模化工业题材作品。工业题材文学作品的这种"晚生身份"，可能会使它先天具有某种程度的"现代性"。

中国是个有五千年文明历史的农业大国。中国进入工业化社会的脚步远远晚于西方世界。在以大城市为标志进入工业化社会的同时，中国地理版图上的绝大部分地区仍然处于农业经济状态，这就使得中国社会出现严重的不平衡状态。即使在近代的上海、天津以及沈阳这样的工业化城市，人们的文化心理仍然普遍植根于生生不息的农业文明王国，这种准工业化或亚工业化特征，就是所谓中国工业题材文学作品的"胎记"。

我们很多作家出身农村，他们的写作首先要选择自己熟悉的生活，因此出现了不少农村题材的优秀文学作品。新时期以来，涌现出了很多优秀的文学作品，文坛一派繁荣。那时候工人阶级是领导阶级，代表着社会主流力量，很光荣。然而，工业题材作品在数量上仍然少于其他题材。我想，可能是因为农村生活更能表现中国社会变迁吧。中国作家们对土地怀有天然情感，包括田园牧歌。工业生活对许多作家来说是陌生的，他们对钢铁与机器，不怀有天然情感。

我孤陋寡闻，不知西方国家文学作品里工业题材多不多，好像不多。如果全世界都是这样，那么只能说情况只能如此了。

李：《生铁开花》是你最新的长篇小说，据介绍，这部作品已经被买断改编权，将被拍成电视剧。我注意到这部作品的一个独特之处，就是你选取的主要人物王宪钢是戏曲工作者的后代，他的父亲王云亭、母亲魏紫兰都是旧艺人，一个是河北梆子的主角，一个是京戏旦角。时代变了，父亲由唱戏改为管理存车处，母亲干脆离开了社会生活，成了职业家庭妇女。父亲极力反对儿子唱戏，也不提过去的唱戏生活，一辈子对当配角不满的母亲虽然念念不忘戏台的生活，但已不能重返舞台，两个人都被时代重新回炉锻造了。尽管父亲反对，但父亲无力抵抗一个时代，儿子王宪钢从在学校演《沙家浜》开始，几经波折，最终被国有大企业特招，汇入了浩浩荡荡的工人阶级队伍，开始了锻造自己的人生。这是一个独特的切入人物世界的视角。我能想象即将展开的戏里戏外的人物命运一定令人兴趣盎然。

肖：中国工业题材文学作品中曾经出现过一些程式化的作品。它们以钢水奔流为背景，以机器轰鸣为旋律，以"社会人"为文学形象，人物从日出而作、日落而息的生活变成"三班工作制"，从春种秋收的农耕喜悦变为车间生产线的技术革新争论。与之相比，钢筋水泥的厂房没有乡土气息芬芳，动力锅炉的蒸汽没有村头的炊烟安详，锻锤的铿锵没有骡马的嘶鸣悦耳。工业题材文学作品里充满了车间厂房、机器设备等毫无情感的人造景观，缺少农村题材文学作品里的"原生态"风光。俗话说，触景生情。与传统的乡土田园风光相比，工业题材文学作品里的"景缺失"很可能导致"情难生"。

我没有农村生活的经历，反而没有什么负担了。20世纪70年代，我初中毕业有幸没有"上山下乡"，16岁就进厂当工人了。可以说我是个城市人，尤其生长生活在天津这座城市里，它是以市俗文化为基底的一座北方城市。我受到平民文化滋养，对市民生活也比较熟悉。所以，我写的工业题材长篇小说比如《机器》和《生铁开花》，其实首先是城市题材。工人是什么人呢？是工厂里的人，更是城市里的人。我写了城市人，当然离不开他们的日常生活。这也可能是我与其他工业题材作家不一样的地方。从写小说那天开始，我就不想跟他们一样，也不可能一样。因为我有自己的生活经历和对城市生活的认识。

李：独特的不仅于此，还有你对戏曲界那些俗语、江湖切口、专业语汇的介绍和使用，诸如"塌中""倒仓""唱灯晚儿""准头""钢口""治杵""龙音儿""虎音儿""喷口""箭衣""蟒袍玉带""夜隔""演员不入戏，一辈子西瓜皮""扁食""冻不死的青衫，热不死的花脸"……当然，这些词语出现的方式各有不同，有的是通过叙事人的角度，有的是作者自己的客观的介绍，有的是通过常常到王宪钢家蹭饭的水暖工丁德绍的视角，无论它们是出自哪个角度，都传达了丰富而生动的戏曲知识，并对增强读者对这一工业题材作品的本质的认识起到了不可忽视的作用，它们让读者切身地感受到工业离我们的生活并不远，产业阶级并不是一个神秘莫测的阶层。由此，我也由衷佩服你对戏曲的了解和熟悉，我疑心你就是戏曲界出身或者有过深受戏曲滋养的人生经验。

肖：天津这座城市其实跟武汉有近似的地方，戏曲和戏剧发达，比如武汉有汉剧和湖北大鼓。我自幼生活在天津这样的城市里，可能比生活在其他城市里的作家，有更多机会接触传统民间艺术，同时我也对京剧（那时候叫京戏）、曲艺（比如相声和鼓曲）等大众艺术样式怀有很强的好奇心。我与农村出身的作家们相比，在这方面可能知道得多一些。一个以写小说为主的作家，应当知道得多一些的。

李：进一步地看，你对戏曲的利用还不仅是一些常识或俗语的问题，而是把这些作为了叙述的手段或工具。以王宪钢为代表的七十四中文艺宣传队《沙家浜》剧组集体转入华北电机厂并被解散后，这些中学生被分配到不同的车间和岗位，跟随师傅劳动，接受工人阶级再教育。对高中学生来说，这意味着从学生到社会成员的角色转换，意味着进入一个全新的世界。但你在对这些青年学生的工厂劳动生活的叙述中，时刻注意到他们过去在《沙家浜》中扮演的角色，比如，"钱慧慧同志，你在《沙家浜》里扮演革命英雄人物，平时要起带头作用嘛。我们要先做革命人再演革命戏，对吧？"以这种方式来表现政治部主任史文竹教育钱慧慧，比单独、直接写史文竹批评钱慧慧更显示出史文竹的策略和水平。这样的例子还有很多，比如，"你经常跟钱慧慧同台演出，到底喜欢不喜欢她？操！那你吞吞吐吐的样子肯定演不好革命英雄人物，你就在沙家浜当一辈子伤病员吧"，这样的讽刺比纯粹说王宪钢缺乏勇气或男子汉味道更有说服力。又比如你在小说的叙述中，有时会直接使用这些人物在《沙家浜》中所扮演的角色的名字，来指代他们在现实生活中的角色："身穿华北电机厂工作服的王宪钢跨出等候班车的队列，走过来。略显邪气的庞汇强扭脸发现新四军指导员，笑了。""钱慧慧平静地笑了，好像她与他之间不曾发生任何事情——只是阿庆嫂与郭建光而已。""王宪钢表情尴尬，一下子从气壮山河的新四军指导员变为无米下锅的新四军炊事员。""卢丽虹再次将这只失而复得的西红柿塞到王宪钢手里，满不在乎地说：'新四军卫生员关心新四军伤病员怎么啦？'""不解风情的王宪钢遇到新四军指导员无法解答的问题，这比消灭胡传魁汉奸队伍难多了。""她落落大方地跟他握了握手说：'欢迎你归队啊，指导员同志'"……这些都增强了一部工业题材小说的人文氛围，缩小了工业与人的心灵及社会之间的距离，这是作品的艺术特色之一，也是作家个人修养的彰显。

肖：你看得很仔细，谢谢。我在写作《生铁开花》的时候，确实有所用心，就是想表现这群《沙家浜》的扮演者的成长环境和文化背景。小说里的钱慧慧和王宪钢还有郑卫星，尽管他们后来不再唱戏了，剧中角色却在他们身上打下牢牢的印记，他们甚至很难走出那个"沙家浜"了。于是，我在小说里有意使用了这样的手段，以形成一个人物两个身份的心理特征，这样他们在现实生活中便纠结起来了。尤其当时代变迁了，他们的心境有时候还留在"沙家浜"。于是便产生了人生的冲突。

李：请允许我再说一个跟戏曲有关的话题，小说中有一句"无论什么人被画上记号，兴许一辈子都抹不掉"，我觉得基本概括了我想说的。我认为你在《生铁开花》中，不仅在描述和叙述时，借用了这些青年学生在《沙家浜》中的身份，而且在刻画人物的性格和命运时，也巧妙、准确地借用了人物在《沙家浜》中的身份。

这一特色首先表现在，作品常常写出学生在戏中的角色与他们在现实生活中的反差。比如，钱慧慧在戏中扮演的阿庆嫂是具有应对各种复杂局面的智慧和能力的女性，而现实中的钱慧慧却软弱、犹豫、优柔，她不仅不能果断处理好与郑卫星、王宪钢、庞汇强这些男青年的恋爱关系，也未能鲜明地处理好与知青办主任武玉国的关系，对武玉国的纠缠基本上保持暧昧的态度。现实中的形象与在戏中扮演的角色大相径庭，这一反差已经预示了钱慧慧坎坷挫折的婚姻。小说在写钱慧慧的柔软时，也是用她扮演的阿庆嫂作对比，以强调戏里戏外的反差，如：

"钱慧慧同情地望着郑卫星写满委屈的背影,红了眼圈儿。卢丽虹在一旁小声提示说:'你在戏台上不是很坚强嘛,怎么动不动就雨打芭蕉呢?'"又如:"王宪钢……觉得自己既不了解工厂,也不了解工人阶级,确实停留在《沙家浜》养伤阶段,没有走出芦苇荡……这时不知是谁阴阳怪气地说:'崔列宁有了好徒弟,新四军指导员亲自去摘大裤衩啦。'"毫无疑问,王宪钢并不会认可这种反差,但他在戏里的角色与在戏外的行为,客观上呈现出了这一不协调的场景,并被人取笑、挖苦。还有,小说描写了郑卫星被分配给脾气粗暴、古怪的侯金泉当徒弟之后的窘境:"一表人才的郑卫星被侯金星骂得狗血淋头,暗暗咽着苦水:我在《沙家浜》控制着草包司令胡传魁,也给地下党员阿庆嫂制造了不少麻烦,还逼着老百姓下阳澄湖捕鱼捉蟹,枪毙了新四军家属刘老头儿和王福根,如今掉到侯金泉手里……"郑卫星在现实中的无奈与他扮演的刁德一在《沙家浜》中的强势形成极大的反差,不仅郑卫星自己会这样看,读者也会自然接受并认可郑卫星在戏外的失落和可怜。

肖:是啊,戏中人,人中戏,这是一群反差明显的人物,同时也是一群本质几乎从无改变的人物,我可以套用一句我们常说的话来形容他们,这就是"成亦沙家浜,败亦沙家浜"。另外我还要说,沙家浜是沙家浜,也是乌托邦。对于一群有理想的人来说,即便乌托邦也是有意义的,有乌托邦总比没有要好。

李:有时候,你也会强调存在于戏中角色与现实生活中的人物之间的一种同向的效应。学生因扮演戏中人物,而在现实生活中受到潜移默化的影响,这是同向的效果;人物在戏外自觉要求自己向戏中的人物学习、看齐,这也是同向的效应。比如崔万昌与徒弟王宪钢的对话:"'你演了一百多场郭建光吧?'崔列宁笑着发布关于王宪钢命运的谶言说,'我看你这辈子是离不开《沙家浜》啦!'吃着猪肉包子,师徒二人互相勉励,一个酷似列宁为世界革命领袖活着,一个身似青松为英雄人物活着,都显得挺有劲头的。"显然,对王宪钢来说,郭建光这个角色给他的是正面的道德影响,诚如崔列宁所说,这一影响将贯穿他的整个命运。又如,艾学习因为长期扮演沙奶奶而养成了精于算计、善于居家过日子的性格,他捡煤球、拾柴、种菜、存钱等,俨然一个家庭妇男形象,作品对这一人物形象的解释性叙述是:"艾学习每天都拎着菜篮子进厂上班,里面充满油盐柴米的浓烈气息。工人们说他唱了几年沙奶奶患了'角色后遗症',生生把自己唱成老太婆。于是他有了外号'奶奶'。这个外号不光模糊了艾学习的性别,同时增长了辈分,从小伙子跃身成为华北电机厂的'奶奶'。"我想这不仅是对艾学习扮演沙奶奶受到角色影响的描写,更暗示了人物性格和命运的发展。还有郭建光的正直、阳光与刁德一的阴险、狡猾被卢丽虹用来区别王宪钢与郑卫星:"'人的角色是改变不了了！'车间厂医卢丽虹咄咄逼人地说，'王宪钢这辈子就是郭建光了，什么东西他都摆在桌面上。你这辈子就是刁德一了，什么东西都藏在桌底下。这就叫阶级本性吧！'"在这里，卢丽虹毫不掩饰地认为郑卫星不仅是扮演了刁德一，而本身就跟刁德一一样，就是刁德一。她甚至偏激地认为郑卫星因为扮演刁德一而遗传了刁德一的阶级属性。

肖：我真的特别佩服你对《生铁开花》的解读，你的有些见解对我这个原作者都有启发。说什么呢？生活如戏，戏如生活，我的人物被生活塑造了，同时他们也塑造着生活。我这部长篇小说以一出戏来贯穿，可能是比较明智的构思选择吧。无论明示还是暗示，他们几十年都在一出大戏里。这就是人生。

此时，你和我难道不是在一出大戏里吗？你被"芳草"塑造着，思想里散发着"芳草"的芬芳。我呢？依然被自己写出的小说塑造着，长成今天这个样子。任何事物可能都会出现双向效应。

李：你有时也利用这些人物在戏中的身份冲突、矛盾来解释他们在现实生活中的冲突、矛盾。比如钱慧慧因为扮演阿庆嫂，在生活中她以阿庆嫂为榜样，试图成为一个跟阿庆嫂一样精明强干的女人，并且戏中的阿庆嫂与郭建光在同一阵营，理所当然在现实中钱慧慧只能喜欢王宪钢，无论郑卫星对钱慧慧多么好，钱慧慧也不能接受郑卫星的追求。理由很简单，在戏中郑卫星是刁德一。因此，在郑卫星悄悄拉过钱慧慧的手后，钱慧慧始终不能释怀，觉得这是一个污点，一个地下党员的手被汉奸拉过，这是不能原谅的。拉她手的人应该是新四军指导员郭建光，应该是郭建光的扮演者王宪钢。

诸如此类，这些戏里戏外纠缠紧密、混沌一体的叙述，使得这些青年学生在电机厂的人生锤炼表现出与该时代其他青年人的人生完全不同的面貌。他们既在戏中，又在戏外；既受戏的影响，又充满对戏的社会理解、历史理解；既要摆脱戏，又不断进入戏。这一复杂的状态极大丰富了故事情节的戏剧性，充实了人物命运发展的逻辑性，也让整部作品呈现出饶有趣味、异常繁复的艺术魅力。

肖：你对人物的分析很有见地。我在写作上是个比较自卑的人，总认为自己写得不好。然而这次我要说几句大话。我对《生铁开花》里的几个人物真的比较满意，比如崔列宁和艾学习，他俩不是主要人物，却还是生动而有文学含义的。这可能与我用一出大戏编织了一部长篇小说有关，这种结构产生的天然力量，使我把人物写得比较好。我写了这部小说，这部小说也写了我。谢谢它。

李：《生铁开花》从"文化大革命"前写到改革开放，展现了一个大企业几十年的历史进程，也书写了一代人几十年的成长，其中很多人物的命运让人感叹，比如郑卫星就是其中最典型的一个。他费尽手段摆脱学徒工身份成为干部，不但得到了扮演阿庆嫂的钱慧慧，还依靠史文竹一步一步地走上了企业领导的岗位。其间，他使用了诸多令人不齿的手段，比如为了讨好史文竹而学习小提琴，多次让王宪钢替自己背黑锅，与钱慧慧争指标，等等，总之不择手段。尽管他的投机钻营并不高尚，尽管在合资协议的问题上、在维护中方利益上，他并不糊涂，但随着时代的变化、企业体制的变化，郑卫星精心设计的仕途之路被改变了。他被钱慧慧识破、离婚，被合资企业外方排挤，不得已重新回到国有企业后又面临企业濒临倒闭、职工下岗等一系列问题……有意思的是，新婚第二天，郑卫星抓住钱慧慧的胸部说，在戏中是阿庆嫂俘虏了刁德一，在戏外是刁德一俘虏了阿庆嫂。这句话泄露了郑卫星多年处心积虑的动机。庞汇强尽管没有被分配到工厂，但无论是在农村插队当农民，在乡镇企业当工人，还是在私营企业当老板，从未放弃对钱慧慧的追求，并且在不同的时期，他都保持一种乐观和浪漫。离婚后的钱慧慧把投资中华电机作为跟庞汇强结婚的条件，钱慧慧很大程度上是借庞汇强的实力挽救企业，庞汇强一方面是为了得到追求了几十年的钱慧慧，另一方面是为了最后把整个国有企业变成自己的私营企业。更有意味的是，结婚的当晚，庞汇强拿出了几套戏服，有郭建光的戏服，也有刁德一的戏服，在无比的幸福中，他为穿哪套戏服而犹豫。显然，他的内心深处为自己战胜了两个不同战线的情敌而欣慰。他们每一个人的人生都无法抹去青年时代的心理痕迹，但时代的发展和人生的成长，又让他们每一个人更加丰富和成熟。这或许印证了小说中的许多标题，如青年幼稚时代对应上部"矿石们"，经历走出戏台走进人生舞台对应中部"冶炼着"，走出戏台理解人生的戏台对应下部"回炉了"。这三部曲就是一代产业阶级的成长历史。

肖：说句心里话，《生铁开花》是一部工业题材长篇小说，这没错。但是我在写作过程中，几乎忘记了这个"标签"，我始终是写人的，只不过这些人都生活在工厂里而已。写作《生铁开花》也是我的一个成长过程。当我完成第三稿的时候，我真的感觉自己走出"沙家浜"了。原来，我也有自己的"沙家浜"，它既是我的福地，也是我的精神看守所。我扮演了王宪钢、郑卫星、艾学习、朱则良一系列角色。我真的过足了"戏瘾"，不亦快哉。

有时候，我特别想说，我怀念《生铁开花》里的工厂生活和工业人物。又担心有人站出来指着我的鼻子说："那你就回工厂去吧。"是的，我肯定不会回去的。

这就是文学与生活的关系。这也是我与文学的关系。

李：《生铁开花》的结尾很有意味，当独资的阿德贝格工厂失火时，钱慧慧、王宪钢等人都着急救火、救人，但庞汇强立即发现大火烧的不是自己投资的中华电机制造公司，因此，他对郑卫星的号啕大哭毫不理解。或许郑卫星的大哭是因为简晓铜，但我更相信，此时，这群当年《沙家浜》剧组的成员，这些后来的华北电机厂职工，他们一定是怀着更复杂更丰富的情感在火场穿梭奔跑。王宪钢说得好："是工人就得救火，不管是谁的工厂。"这句话把一个时代的产业阶级的信念、胸怀、寄托、追求……全概括了。侯金泉与崔万昌给龙门吊加铆钉的过程体现了这一点，这些古怪的技术工人赤膊上阵，烧红的铆钉从崔万昌手中优美地飞上龙门吊，侯金泉在工厂"风雅颂"的号子声中完美地完成固定龙门吊的任务，其中喷涌的是一股激情，一代忠诚敬业的产业人的人生激情。侯金泉在完成了壮举并摔下后，又在龙门吊被卖出的现场离开他的企业和人世，这种悲壮或许再也不会重现了，但他们成为了中国工业的历史记忆。珍贵的还不止这些，庞汇强买走了龙门吊，事实上并没有毁掉龙门吊，他只是想在企业困难时出一笔钱帮助工友解决医疗和基本的生活问题。尽管郑卫星总是给人以精明算计的印象，但在涉及企业职工利益和国家利益的问题上，仍然能立场坚定、毫不含糊。他一开始就对合资的不平等协议不满，并试图扭转这一引资方向，在无可奈何只有接受外方条件后，他力尽可能地维护华北电机厂及其职工的利益。他说虽然在戏中他是刁德一，但在企业经营上他不是汉奸，不出卖职工和企业的利益。这些精神都令人感动，而我们的文学作品对这一世界表现得太少，以至于社会公众很少能感知或感受到。我可以冒昧地说，社会对产业阶级的认识还非常有限。今天，产业结构已经发生了很大变化，产业工人群体也发生了很大变化，但，产业阶级的这些精神财富是否还存在或者依然焕发着光芒呢？

肖：是的，我写《生铁开花》，觉得自己渐渐学会思考了，渐渐学会写人物了。这也是我的成长。在写作过程中，随着这部小说的进展，我好像不再驾驭人物，人物已经自己成长了。我记得写到这部小说的结尾时，人物就是自己行动的，我只是眼巴巴地看着他们，他们选择了自己的结局。这可能就是我曾经说过的那句话吧，生铁怎么能够开花呢？它果然开花了，它是自己开放的。花要开放，你让我怎么办呢？开放吧。这次开放，使得《生铁开花》获得了第七届北京市文学艺术奖，我有铁树开花的感觉。

李：评论界对《机器》的评述已经很多。18岁的老实巴交的庄户小子王金炳投奔私营华昌机器厂老东家白鸣岐，开始了一代产业工人的个人历史。他在历史的关键时刻，凭着本能助了翻院墙的地下党员李亦墩一臂之力，因而在一个新的时代开始后，被军管会领导李亦墩安排到国营企业工作，并被介绍给劳动模范、纱厂女工牟棉花做丈夫。他们领养的烈士子女王援朝，他们自己生育的子女王建设、王莹、王凤，两代人三男三女组成了一个有名气的劳模家庭。"大跃进"、社会主义教育运动、插队农村、"四清"、"文化大革命"、"三结合"、工宣队、经济体制改革、现代企业制度建立……在共和国的历史进程中，老一代劳模无论是红管家还是纺织战线的接头冠军，始终保持与生俱来的品质与操守；而他们的后代，在自己无法把握的风雨飘摇中，虽然历经无数的迷茫、挫折，但都顽强地生存下来并成熟起来。王援朝从插队农村当农民开始，从传统体制下的村领导成长为金水集团董事长；王建设成为安全维修行家，在纺织技术领域实现了多项技术革新；像妈妈一样即使怀孕也要当劳模的王莹从工人成长为东方制冷设备厂负责人，在企业破产后，大胆到东方小型锅炉厂做喷漆工。他们的成长历史既植根于传统的工业历史，也伴随着现代的企业发展，因此，与他们的父辈不同，他们的人生历史也就是共和国产业阶级的发展历史。从年龄来看，这一代产业工人在今天的现实生活中都已经退休或者接近退休，当然，或许在早些年的企业改制中早已下岗，但他们在历史进程中的精神风貌已经铭刻在工业历史的丰碑上，并成为民族的记忆和财富。我知道你对企业很熟悉，也很有感情。我相信，《机器》这部作品凝聚了你许多无法言说的情感和思考，甚至生命。

肖：《机器》出版五年了，已然被人们淡忘。你还记得而且提起它，我挺感动的。《机器》仿佛一个老朋友，站在远处望着我；它又好似一个熟悉的陌生人，使我一时说不出什么来。我必须承认，这部长篇小说的后半部分我没有写好，或者说我应当写得更好些。我对生活在城市工厂里的人和事，是很熟悉的。然而写自己熟悉的东西，可能更难写好。成亦机器，败亦机器。只是我变得结实了。

李：《机器》这部长篇小说在文坛的影响已经广为人知，不仅因为它是茅盾文学奖的入围作品，还因为作品题材的特殊性，小说从抗日战争、中国现代工业初期一直写到改革开放，在国家强盛与民族振兴的背景下，展现了半个世纪中国工人阶级的不屈奋斗和奉献精神。在工业题材创作中，这无疑是一部宏大的作品，也是少有的。在这部作品中有你的一段关于作品名称的文字："我为这部小说取名《机器》，认为人生就是一场运转。有谁愿意停止呢？尽管停止也是一种生命状态，然而我们还是选择运转。"你说的"运转"，我的理解就是"自强不息"。无论在哪个时代，无论在哪种经济体制下，产业工人的身上都充满这种精神，正是这种精神支撑着中国工业的进步和民族的振兴。这或许正是工业的内涵，工业的内涵就是这种一代又一代人为民族振兴而像机器一样不倦运转的精神动力。

肖：积极地说，"运转"表达着"自强不息"的精神，中性地说，"运转"代表着一种存在。我从16岁开始当工人，不敢说了解工人，只敢说这个阶级创造了生活和世界。即使下岗了，他们仍然存在着。这是一种传承，尽管如今他们走进历史深处了，他们被强大的财富集团给边缘化了，然而死亡，不属于工人，只要精神不死。

李：毋庸置疑，经过 30 年的现代化进程，随着传统工业向现代工业的转变、传统经济向市场经济的转变，产业阶级、产业工人这些词语的内涵已经有了很大的变化。比如，私营经济在一些地方的经济中占有很大的比例，在这些企业中，产业工人与以往的产业工人显然有很多不同；又如，今天许多从事与传统工人相同职业的工人，其实是打工的农民；再如，高新技术产业和信息产业的发展，吸纳了大批高技术打工人才，IT 行业的从事者与传统的工人区别很大。这些新的变化共同描述着新形势下的产业面貌。在这样的背景下，一方面我们倍加觉得你在多年工业题材创作中讲述的工业历史和刻画的产业工人形象的珍贵，另一方面，又觉得当下和今后的作家在书写工业题材方面会面临更多的挑战。对此，你作为一个在这一领域创作多年、经验丰富的作家，可以提出一些忠告和建议吗？

肖：主流的政治经济学教科书这样告诉我们：中国第一代工人主要来源于失去土地的破产农民。正统的文学史应当这样告诉我们：中国工业题材文学作品脱胎于古老农业文化土壤。从绝对意义上讲，无论近代还是当代的中国作家都是农民的儿子。中国工业题材文学作品，都孕育于有着五千年文明历史的农业大国的"精神子宫"。

一个农民进入城市做工，做了几十年了，他已经是一个工人了。从这个意义上讲，历史完成了它的轮回。我们回望近代历史，从 19 世纪以来，一个个失去土地的破产农民走进城市做工，他们就成为工人了。75 年前，《机器》里的王金炳也是这样，离开家乡从农村走进城市成了工人，跻身工人阶级队伍里成了劳模，成了先进分子。

那么今天呢？大量农民进城做工，已经做了 30 年，应当说他们已经是工人了。那么今天还有王金炳吗？工人阶级真的变成工薪阶层了吗？我不知道，但是我想知道。因此，我也在等待忠告和建议。

谢谢《芳草》和鲁平。

（《芳草》2013 年第 1 期）

"发狠"写出湖南味来
——与姜贻斌对话

李：首先请你原谅，我借用了你常用的一个词"发狠"。在我看来，你对写作的态度和追求与你写的那些挖煤的窑牯佬有某种相似之处——执着。我记得你说过，你来自窑山（煤矿），从小在那里生活过多年，而且你也写了不少关于窑山的作品。早期的小说集《窑祭》自不用说，基本是关于窑山的，最新的长篇小说《火鲤鱼》一开篇就写到了雷公山和窑山（关于这部长篇小说后面再谈）。因此，窑山在你的人生记忆中，在你的创作中，是不可磨灭的场景、痕迹或背影？离开作品，从作者的角度来看，你在我的印象中是非常勤奋和刻苦的作家，你的创作姿态就如一个踏实的劳动者。有一天，我突然想到这个"劳动者"可以具体化，那就是挖煤的。这两方面的原因，促使我写下了这个标题。我相信你会理解并同意的。尽管如此，我还是希望你简单介绍一下你过去的生活，特别是与挖煤有关的生活，它们是否真的在你的创作和人生中具有不同一般的意义呢？

姜：首先解释一下，窑山就是煤矿，很小，它不像北方的大煤矿，所以，我认为称作窑山更有地方色彩。我出生九个月就随父母来到湘中的一个煤矿，煤矿与农村是混在一起的，所以，我不仅认识很多煤矿的人，而且还认识很多农村的人，至今我还能叫出他们的名字。"文革"时，我读初中，父母由于出身地主，挨批斗，被关进牛棚，这对那时候的我来说，可以说是伤害我心灵的事情，到现在我还是记忆犹新。在这种成长的过程中，我认识了善良的人，也见识到了什么是凶恶，他们让我过早地尝到了世态炎凉以及人间真情。在读书的时候，因为那个时代的影响，学校对于我"这类人"的态度也比较严酷。有时候觉得自己就像是一个垃圾，被学校甩来甩去，随心安排，以至于在四十二年之后的一次初中同学会上，我居然不能确定自己到底是哪个班的。同学们说是九班的，我说我既在七班读过，还在十二班读过。初中毕业后，别的同学升高中，或进县办工厂，我这类人只有下乡。我当上矿工之后，目睹事故频发，一些朋友年纪轻轻地就走了，我心里很难过。矿工的吃苦耐劳对我影响很大，所以，培养了我一种比较坚韧的性格，后来学习写作之后，也就不再放弃。确实，生活给了我很多的磨砺，但是，也是从这些经历中我慢慢地走上了文学创作的道路。所以，对于我个人而言，这在我的创作和人生中具有很重要的意义。

李：你1982年开始发表作品，1994年出版小说集《窑祭》。这中间的十年，可以看作你创作的第一个阶段。你基本写的是与窑山有关的小说，集中体现在小说集《窑祭》的十五部中短篇小说上。而中篇小说《窑祭》似乎是你的代表作，这部作品是《窑祭》的十五部作品中最长的一部小说。小说写了一个女人"月"的悲惨命运，令人喟叹。《窑祭》无疑有一些文化小说的味道，比如对女人不能靠近煤窑的习惯的叙述，对窑祭的传统的叙述，等等。今天在某些行业，依然还保留着这些习俗，只是程度不同，有的大约只有象征的意味，例如渔民出海祈求海神的烧香叩拜仪式，而且，整个文本的文字风格也如散文一般。当然，我们关注的还是"月"的命运。不知道什么原因，读完这部小说，我对煤矿的那些煤牯佬倒不关心了，反而对这些煤牯佬的愚昧充满了同情，对他们的某些残忍行为充满了愤怒。我想，你肯定满意了，因为你达到了目的。当然，我仍有一些疑惑，比如，矿主"松"的自杀之突然、"棕"作为一个乡村知识分子却阴暗无比、"松"的无比虚伪。这些疑问也是"月"没有找到答案的。

姜：窑山是有很多禁忌的，过去更多。烧香拜菩萨，这是因为窑山太危险，性命没有保障，随时随地都有可能发生事故。我在挖煤时，老工人就对山上的麂子叫都很敏感，预感窑山要出事故，所以，都是提心吊胆的。当时，《窑祭》这部小说被一位来湖南看稿子的大刊的编辑看中，很激动，说它深刻得很，他激动得不断地拍我的肩膀。我也很高兴。而副主编看后，也说很不错啊，并从结构、语言、人物方面大夸了一通，说到最后，竟然说："小姜，这个稿子不能发，也不敢发。"我没有觉得心里冰冷，只是觉得很奇怪，我说我写的是陈年旧事，有什么不敢发的呢？他没有说不发的理由，可能是担心我嘴巴不牢，只说发了可能刊物会关门。我惊讶地说不至于吧？总之，两位编辑的意见很不统一，怎么办呢？两人相互妥协，商量把稿子拿回去传阅。不到一星期，编辑来信十分高兴地说，大家一致同意发，只是很巧妙地给我的小说加上一个副标题——一个年代久远的故事。其实，发表了也没有什么事情。至今，我还很怀念这两位编辑。至于"松"也罢，"棕"也罢，我是着重写"月"的善良和单纯，她找不到答案是符合常理的，也是我有意写的，世上有许多事都没有答案，至少是暂时还没有答案，所以，让我们感到疑惑，按编辑的话说，这部小说能给人有许多想象的空间。

李：用今天的话说，《枯黄色草茎》是一部煤矿子女的成长小说。"我"与张丽华之间那种朦胧而压抑的爱情令人窒息，文字也充满了强烈的个人情感。我不想猜测这部小说与你个人经历之间的关系，但我相信它是一代人一个时代的美好而遗憾的记忆。从《元八》开始，你小说的叙述风格就开始变化了，更加重视描写和刻画了，更加警惕个人角色和情感对作品的影响了。

姜：《枯黄色草茎》中张丽华这个名字是真实的，当时有评论家说这是"中国的《少年维特之烦恼》"，这当然是言重了。在"文革"中，我们班上出身好的同学，男的可跟男的坐，女的可跟女的坐，而出身不好的同学要被迫坐一起，我就跟一个姓肖的女同学坐，她也出身不好。在那时，这已是很受侮辱了的。后来，更不幸的是，张丽华来了，没有桌子了，于是我被迫夹在中间，三个人坐一起，那种感受是今天的学生难以理解的。张丽华长得很清秀，也很乖态。而令人难以置信的是，同坐几个月，我居然跟她没说过一句话，而我的确出于一种好奇或诱惑，曾经打伞(以此来遮掩自己)悄悄地跟随过她，看她住在哪里。接下来，她忽然又随父母调走了，不知调到哪里去了。不过，我至今还在打听她，却仍然没有打听到她的下落，也许一辈子也见不到了。这部小说我比较抒情，也正如你所说的，是充满了强烈的个人情感。后来，写《元八》一类的小说，我就有些变化了。这种变化也不是很刻意的，具体要看是写什么东西，所以，也不是循着一条路子走。

李：你写了很多教师的故事。在《元八》里，你刻画了一个做人极其高明的煤矿教师；在《路大》里，刻画了一个智慧高明、无所不懂的教师；《稀奇》则讲述了一个老牌大学生希琦如何适应窑山小学的故事；《三成》叙述的是一个迂腐却有点身体缺陷的青年教师；《媛秀》中的媛秀老师则因为自己的人生和心理挫折，导致侄女也走上不幸的人生道路；《二十四面风》里的浩无老师则是一个性格反差较大的老师，他从与世无争的老实人，演变为利用录音手段报复对手的高手，在看见对手的惨败后又极度谴责自己。你写的这些教师都是窑山的教师，是那个时代教师面貌的群体写生。有一点我比较奇怪，一般写山里的教师，都会涉及那个时代的教师的生存困境和学校的生存环境，你似乎很少关心。我的意思是说你写教师与通常的教师题材小说很不一样。

姜：我当矿工不久之后，在煤矿子弟学校教了六年书，跟老师们朝夕相处，所以，他们后来几乎都在我的小说中出现过，有的甚至是真实姓名。我写他们，肯定是由于有一个异化的人文环境，才会出现这类人物的悲剧，其实，更加悲哀的是那个可怕的群体。在这种情境之下，人失去了生活的信心和人成为"人"的自豪感，缺乏人性、没有意义的世界摧毁了人的基本信念，人类与社会始终处于分离状态和对抗关系，这当然是我们不愿意看到的。在我笔下的这一个特定的地域，千百年来的封闭、落后、愚昧，使人们对儒家思想的接受仅仅局限于"克己"地依附人群这一点上。其实，他们既无"修身齐家治国平天下"的雄心壮志，也失去了"天行健，君子以自强不息"的伟丈夫精神，生存的目的成为生存本身，使他们的"克己"以"顺俗"，或者只为了满足现实功利性的需求。再者，与儒家文化的命运一样，道家文化在窑山也已完全异化。道家最讲究精神自由解放，情感升华的实现，而窑山人离这种东西已是十万八千里远。应当说，儒道对黑土地的影响也是取一种互补的形式，人们在生存整体取向上是儒家的（依附人群），在生存手段上是道家的（知白守黑）。但是，由于依附人群是严峻的自然环境和沉重的现实景观的双重挤压下的无奈选择，而道家智慧也不过是生命的原始冲动和本能情欲宣泄排解的一个不具攻击性的出口，因此，儒道在黑土地上的互补，也失去了儒道互补本来意义上的那种自主性和独立性。所以，我更多的是写他们的人格异化和生存的智慧。也像评论家所说的，他们已不单单是窑山的老师形象了，他们已经跳出了窑山，让读者想到更多的人的悲剧。

李：从《我在那年冬天的故事》开始，你开始与窑山保持距离了。《我在那年冬天的故事》写的是知青生活。《瘦水》这篇小说很美，很伤感，令人想到关于湘西的那些诗一般的经典爱情故事。对这篇小说我更欣赏的是，你从一个男性的角度写了朦胧凄美的爱情。当这个叫恒恒的木材关卡的守护者，穿梭在密林深处、在通向两个女人的小路上徘徊的时候，我感觉你的叙事艺术真的升华了，这无疑是小说创作中一个没有引起注意的节点。

姜：由于我的生活经历，所以写了这些东西。下乡的小说我写了许多，奇怪的是，乡村的这些生活我写的都是短篇小说，竟无一部中篇小说，连我自己也不相信。《瘦水》这个故事是我听哥哥说的，男女主人公都是嫂子家的亲戚，其境况几乎是一样的，女的是个残疾人，男的很老实，不过，后来也发生了变化。写到这篇小说的结尾时，我也是很高兴的，因为它是一个发散性的结尾，你猜测不到男主人公究竟朝哪条路走去，这给读者留下了一个想象的空间。

李：我以为中篇小说集《追星家族》收录的作品，基本上代表了你创作的第二个阶段。这里面虽然依然有你熟悉的煤矿背景，如《洞穴》《追星家族》《十三号前锋》，但《到人民家里去》《有多少事可以重来》《婚姻大事》都不再是关于煤矿的。其实，《洞穴》主要写的并不是煤矿生活，只不过以煤矿为背景写了几个少年在"文革"中的抗争以及他们的命运。因此，中篇小说集《追星家族》是你创作的第二阶段的成果，意味着你的创作从煤窑转移到煤窑以外的世界，你的视野更宽广了。《到人民家里去》写的是几个街坊伙伴，从校园生活到知青岁月，一直到改革开放时代的交往；《有多少事可以重来》写的是"疤哥"的人生在改革开放中的起伏跌宕。

读完这些中篇小说，我有一个深刻的印象，你把幽默、一种湖南风格的幽默发挥到了极致。这一特点在你的中短篇小说集《窑祭》中也有萌芽般的显露，但还不是这般鲜明，而在《追星家族》这部中篇小说集中，你已经形成别具魅力的独特的说话方式。你个人是否这样看？《追星家族》在你的小说创作中，是否意味着一个里程碑或者转折点？

姜：我当然想形成自己的独特的说话方式，我想许多作家都会朝这方面这样努力的。至于是不是达到了，我还不敢肯定。你问这是不是我的创作的里程碑或转折点，我也不敢说。总之，按民间的说法是，我写东西是东扯葫芦西扯叶，想到什么写什么，很随意的，并没什么一定之规。

李：《到人民家里去》这部中篇小说的时间跨度比较长，从"我"、牛肉、燕妹子、陈三毛四个人的中学时代、知青生活，一直写到中年时代。从中学时代，陈三毛就表现出与"我们"或者与他自己那个年龄反差极大的性格和行为。他对"我们"的流里流气看不惯，他读书认真，他思考许多宏大、深远的问题，他洗冷水澡、锻炼身体、磨炼意志……在农村插队中，陈三毛因为无法忍受孤独，不惜跋山涉水去找燕妹子，出乎意料地强奸了燕妹子，又信守诺言，在返城后娶了燕妹子。返城后，"我"与牛肉都通过高考，脱离了工厂，但大家公认的最会读书的陈三毛却没有参加高考。你在小说里也提出了这是一个谜，但我还是想问你，作为作者，你是怎么理解陈三毛的这一不可理喻的行为的？

姜：概括起来，陈三毛这一个人物的性格大致经历了这一演变的过程：从孤僻到怪僻，从吝啬到残忍，从高傲到虚伪。这种性格的演变具有必然的趋势。至于他不参加高考，是因为他根本看不起高考，他认为自己早已是很有学问的人了，所以对高考不屑一顾，其实，这就是他自以为是的所谓的高傲，是很可笑的。有评论说，姜贻斌在《到人民家里去》这部小说中给我们创造了一个崭新的、半调子知识分子的形象。在他的身上综合了知识分子的高傲与怪僻、市民的痞俗与粗暴、商人的奸狡与吝啬、文化掮客的可笑与无聊。他的形象是一个不完全的知识分子，是"文革"时代与市场经济初期畸形发展的一个缩影。还说，小说塑造了一个叫陈三毛的人物，为中国当代文学画廊又增添了一个典型的艺术形象。

李：当然，你也提供了一个细节，陈三毛说，大学里那些书他五百年前就读过了。陈三毛显然不仅仅是只懂得书本知识的"书生"，在小说中，他也是一个懂得历史和社会的知识分子，更是一个善于实践的知识分子。比如，他在那个时代的青年对性知识都还懵懂无知时，就懂得避孕，直到结婚后才让燕妹子怀孕；他懂得发挥自己的特长，开办招牌店，甚至还懂得利用大众的愚昧，开办水泥厂（实际上是卖黄泥巴）。通俗地说，陈三毛算得上识时务的俊才、"智者"，比如他后来到海南岛后说过一句话："什么赚钱就搞什么"，这足以证明他很能适应时代，所以，他理应懂得通过高考这个门槛，进入社会体制或者进入科层结构，命运会更加顺畅。但他却以大学里的书都读过了而加以拒绝，从而走上了游离于体制之外的孤独的自我奋斗历程，成为了一个边缘人。合上小说集，我一直被这个疑问纠缠着。

姜：他的夜郎自大和自欺欺人，是一个不完全的、已经落伍的知识分子的一剂海洛因。他像大战风车的堂吉诃德一样可笑，但又没有堂吉诃德的可爱。这是一个假知识分子和伪劣商人综合孕育的怪胎。这个怪胎在中国市场经济初期是完全可能出现的，也许生活比故事更精彩、更真实。总之，陈三毛这个人物是畸形的，这种畸形是寄生在市场经济初期的浮躁与混乱中的。他不但没有脱离这个时代，反而体现了这个时代的某种特质。如果说少年时代的陈三毛是因书或知识这个情结而孤僻，那么，后来的陈三毛则是因书或知识这个情结而变得怪僻了。然而，这种变化又是必然的，从"文革"到改革开放到市场经济到知识经济，时代在发生着巨大的变化，陈三毛这个半调子知识分子已感到了落伍，但又不愿舍去其酸腐的面具，于是只好坠入到怪诞与荒谬中去。不知我这样说对不对？

李：陈三毛后来的命运则比较好理解了，他在海南岛开皮包公司、在岳麓山下租房子读书、帮人介绍工作、炒股、编名人辞典等，这些事情伴随陈三毛的出现而出现，也伴随他的消失而消失。也就是说他消失一段时间后再次出现，必有新的信息和动态，而这一新的动态往往也是瞬间就消失。陈三毛总是很敏感地学习最新的知识，很冲动地开始行动，但从未干成一件真正的事情。他不修边幅甚至称得上落魄的形象，始终让我不能释然。难道是因为他太聪明吗？难道因为他有智慧，命运就该如此戏弄他吗？在现实生活中，我也见过类似陈三毛的男人，他们对时代变化极其敏锐，吸收知识十分迅速，他们不断转换职业或活法，从不相对稳定地从事一项工作或者事业，他们不断寻求意义和价值，不断否定自己和现实，他们自命不凡、自信非凡，他们对身边的人不屑一顾甚至鄙视。但他们最终的命运都与陈三毛差不多，把人生与生活弄得一团糟。我想，我们不能因此说人不需要聪明和智慧，我们应该说人有时候可能真的需要一点愚钝或者坚持、踏实、本分、认命。

姜：是的，我赞成你这个看法。其实，陈三毛身上有一些致命的东西，那就是好高骛远、夸夸其谈、异想天开，他以为凭他的信息或者说知识，可以发一笔大财，所以，他并不是一个务实的人，天天生活在梦里。在小说中，他对"我"说有六亿美元要寻求投资，你说这可能吗？他凭什么能够取得别人的信任，让别人将六亿美元给他来操作呢？这部小说的人物是有原型的，许多的细节也是这样。现在，这个人还是像以前那样，一见面，手里还夹几本书，还是夸夸其谈。

当然，我并没有鄙视他的意思，只有同情，或者说，有时还羡慕他身上的某种浪漫主义色彩。

李：暂且把《到人民家里去》搁置起来，我们聊聊你的另一部中篇小说《有多少事可以重来》。我认为这部中篇小说是你所有中篇小说中的代表，最能代表你的叙事艺术，也充分体现了你的艺术水准。你的中篇小说的艺术特色虽然在早期的《窑祭》等作品，以及在《到人民家里去》中都有体现和展开，但在《有多少事可以重来》中达到了一种纯清的程度。不知道你是否这样看。

姜：哈哈，我倒没怎么看重这部小说啊，当然，看法不一致实属正常。

李：《有多少事可以重来》显然与你在海南短暂的生活有关，《到人民家里去》也写到了海南的生活。海南这一段生活对你的创作影响很大，是这样吗？

姜：是的，我也写过多篇关于海南的中篇小说，还没收到集子里来。在海南，天南地北的人都来了，什么人都有，这是我在长沙一辈子都得不到的收获，所以，认识很多人，也就写了这些小说。

李：《有多少事可以重来》是一部充满了湖南特色的作品，这部作品的地域魅力，首先是一些独特语言元素贡献的，这些语言现象对我有很大吸引力。这些艺术特征在你的中短篇小说集《窑祭》中还不是很明显，因此，可以看作是你创作成熟的一个标志。具体说来，首先"乖态"这个词在《有多少事可以重来》中使用的频率较高，只要写到漂亮女性，你就会使用。你不说女人漂亮，而是说女人"长相很乖态"。不知你是否也同意，漂亮这个词当下已经使用得很泛滥很俗气了，并且既没有新鲜感也没有力量感。"乖"常被用来描述孩子听话或者安静，因此一说"乖态"，我们马上就有一种感觉，这种感觉又很不容易清晰地表达出来，我理解大约是一种"淑静""美好"的样子，因此，似乎比"漂亮"更通俗也更雅致。你使用频率较高的还有"嘞"这个词，比如"他马上就来电话，很抱歉地说：'真是对不起，鬼脑壳事也太多了嘞'"，"我曾经劝过他，花钱不能像泼水一样的嘞"，"我每天有八万块的进项嘞"，"他苦涩地笑了笑，很理解地说：'这怪不得你嘞，你没有这种经历嘞'"，等等，这个词在你的其他小说中也常出现。听起来，这个词与一般所说的"呢""啦"等语气词的作用差不多，但经你使用，味道不同了，作品的湖南味浓了（当然有时候你也说"啰"，如"他一脸是笑，说：'你就不要臭我啰，我算老几'"）。类似的还有"什么卵"这样的句子，比如"狗脑壳是人雕的，怕什么卵"，"他却很大度地轻轻拍我一下，淡淡一笑，说：'你看什么卵？难道我还变了一个人吗'"，等等。其实，"怕什么""看什么"已经把要表达的说清楚了，如果仅仅这样说，就是标准的普通话了，就没有湖南味道了。

姜：是啊，我用了"乖态"之后，我看到有些人也开始这样用了，它的确比漂亮有味道。还有"斗榫子"（做爱）也是我首先用的，它很形象，所以，朋友们现在一见面就说"斗榫子"没有？其实，还有个"呷"字，我们南方作家尤其是湖南作家，喝酒、喝茶、吃饭等，一律都用"呷"。而我则是区别对待的，有个字在电脑上打不出来，我又不会造字，用笔写的时候就好写，这个字在字典上也有，就是左边一个"齿"，右边一个"可"，这个字有两个读音，一个读"课"音，一个读"掐"音，我用的是"掐"音，它就是咬的意思，而"呷"只限定于喝酒和喝茶。所以，这个"掐"音，我早已在长篇小说《左邻右舍》里就用了，还有一些刊物的编辑，他们都觉得这个字很有意思。

我认为方言很鲜活，富有生命力。像这样的例子还有很多。

李：其次，你还有一些独特的表述方式，如"娘送崽的话"，娘当然是不会把崽送给别人，因此，说娘要把崽送人肯定是骗人的。比如"'你小学有没有毕业嘞，'疤哥讥讽地说，'如今，有几个事情真正是三公的呢？那都是一些娘送崽的便宜话，只是说得好听罢了'"。又比如，你在说"容易"的时候用"喝稀饭"来形象化，"如果按疤哥说的，我觉得，除了需要一点胆量和冒险，发财就像喝稀饭一样容易"。当然，你在说很便宜、不值钱的时候，也采用这种说话方式，如"你不想想，这八十万，离那几百万还早着呢，省一碗稀饭没有什么意思"。你还有一个常用语"娘的脚"，如"疤哥爽快地说：'娘的脚，一把大火烧了个精打光'"。我想这大概是一句常见的骂人的口头禅，但仅从字面上看不出是一句骂人的或者不雅的口头禅，而众所周知的浙江话"娘马屁"一听就是不雅的口头禅，因此有时候觉得湖南地方语言的确有一些奇妙之处。我想这些都是湖南特色的思维方式。

姜：是的，它们更多的是我生活过的地方的语言，比如"娘卖肠子的"，我用得也比较多。你还想象不到，我家乡的方言中竟然还有"娘卖膣的"，我也照用不误。

李：此外，你还有一些语言特点，这些特点其实并不是湖南或者邵阳的地域文化，比如"唆烟"在湖北的孝感、黄冈都这样说，但当你这样说的时候，似乎用了很大的劲，使我想到一种湖南特有的生活风情，如"他记得起来，将烟猛唆了几口，唆得滋滋作响"。另外，你说读书刻苦叫"发狠"，"一个崽读书也非常发狠"，看见你这样说，我似乎看见了那个崽正在读书并且用了很大的劲的样子，似乎翻书都是恶狠狠的、写字把笔都恨不得写断。在另外一些地方，你也有类似的追求，就是说，在句子中赋予一种极大的力度和强度，一种狠劲。

姜：是这样的，我以为这很有味道，准确一些。

李：最后，说说你的幽默，在这部作品中，有几处我的印象十分深刻，比如

"她早就不是处女了,她在床上的表现,比我们这般老屁股还要熟练嘞","针对某件往事,我们都要凭着各自的记忆相互补充,相互修正,说到精彩之处时,两人就嘎嘎地大笑起来,像两只老鸭子,常常弄得邻桌的人莫名其妙地看我们","直直地从屋顶像鸟一样飞下来,那尸体摔落地上,瘪得就像一只大臭虫"。这三处中形容"我们"的"老屁股""老鸭子",形容人摔在地上的"瘪得就像一只大臭虫",都形象生动、准确,并带有鲜明的个性特色。我想这就是你作品湖南味的体现。还有你写疤哥突然出现的那一段:"三年后的某一天,疤哥突然打来电话,当时,我激动得眼泪都流出来了,我大声地叫着:'疤哥,你还活着吗'","疤哥哧哧地笑起来,那种笑居然有了一种金属般的声音,他说:'胖子,你怎么说蠢话呢?我这样的人不活着……也太不公平了'",你把"我"的惊喜(其实这种惊喜我品味还带有一种调侃)和疤哥风发的意气、满腹的情义以及岁月的淡然等在几句话中写得淋漓尽致。

姜:你的理解非常准确。

李:尽管你过去也写过《左邻右舍》这样的长篇小说,但你的长篇小说新作《火鲤鱼》可能称得上是你多年小说创作的一部极其重要的作品,关于这部长篇小说,我想还需要评论界系统而深入地阅读。不过,这里我们不妨先谈一谈,首先,你这部作品的章节以中国传统的节气来区分,这一独特的章节标识有什么特别意义吗?我觉得这一结构上的细节很有意味。

姜:有什么特别的意义不敢说,当时只是想写出有点特色的东西来,不论是形式上还是结构上,这种形式也可以算是我文学探索的一个尝试吧。当然,有人觉得这有四季轮回或人生轮回的感觉,可以说这与我后来渐渐形成的想法是相吻合的。其实,我的初衷不过是想尝试打破传统的写法,所以,采取了这种形式。

李:《火鲤鱼》也许是一部家族叙事或者说带有自传性质的长篇小说。但其中既涉及家族成员,也涉及儿时伙伴,而且在整个故事的展开中似乎又不是围绕某一个人、某一个家庭或者某一个群体的,我的意思是说,你在结构上显得无比自由随意,似乎是在回忆中展开,似乎是你的自言自语。这当然很大胆也很冒险。但我还是要说,很喜欢。

姜:我写这部小说的确是很自由很随意的,写只写了八个月吧,却断断续续删改了十年,当然,这只是一种时间上的巧合罢了。四十万字删到三十万字,只是排版出来还是四十万字。朋友们说,它既天马行空,又在某种定规之内,说它是一种幻想性写作。

李:《火鲤鱼》也是一部关于家乡的作品,其间很多人物的成长和命运的发展,都与家乡与河流(邵水)与大山紧密相连;《火鲤鱼》也是一部几十年中国社会发展历史或者进程的一个侧面，小说中人物的人生经历贯穿着历史进步的艰难曲折和恢弘时空。加上你充满深情的叙述，我相信它凝聚了你多年的积累、思考和酝酿，也相信这部作品在未来将要展现出来的价值，我希望评论界更多地关注你的这一重要收获。

姜：谢谢。

（《芳草》2012年第6期）

从渤海湾到大平原
——与关仁山对话

李：评论界有一种说法，即认为你是继邓刚之后20世纪90年代又一个海的歌者。就我个人而言，也曾为你写海湾的系列小说深深吸引。读了《九月还乡》后感到你有把创作所关注的焦点(雪莲湾风情)转移的可能，如果真是这样，无疑标志着你的又一个创作阶段的开始。这样，我便想到你能否就自己的创作大致划分几个阶段，以有利于评论界和关心你的读者对你的创作有比较准确的把握。

关：在我的100多万字的纯文学作品里，写海的确实占了相当的分量。1990年到1995年上半年，我一直从事雪莲湾系列创作。1995年下半年转到现实主义创作，作品依托的背景和观照的重心从渤海湾转向平原和城镇。最近的作品就是这种转向的产品。转向后我淡化了作品中的文化、风俗氛围，直面生活中的矛盾。前期的代表作是《红旱船》(1994年)，这部作品发表于《当代作家》，后被《小说月报》选载，并被改编成电视剧。雪莲湾系列小说的代表作是《苦雪》。雷达先生在一篇论及中国小说走向的文章里，对《红旱船》《苦雪》两部作品有一个评价，他认为这两部作品代表了当今农民深隐的历史性追求。我的后期代表作如《太极地》《闰年灯》《落魂天》，反响较好。张韧先生评及《落魂天》时说，小说中的老头是商品经济中复杂人物形象的一个代表。雪莲湾系列共有20多部中篇小说，其中《船祭》获《亚洲周刊》世界华文小说大赛冠军。评委们认为《船祭》深刻揭示了改革开放给中国大陆民众带来的心灵深层结构的振荡。

李：就你个人来看，哪些作品是你喜欢和满意的？

关：在这些作品中《太极地》我比较喜欢，短篇小说之中最喜欢的是《苦雪》。最近的作品《九月还乡》也比较喜欢，它揭示了农民与土地之间复杂而深刻的矛盾和二者间的相互关系的新的表现形式。

李：从《九月还乡》可以看出你试图"强化"现实精神，开始从写渤海湾转移到写大平原，从写渔村转移到写更广阔、更典型的农村。当然这也许不是最准确的标志，但你创作中的转变是很明显的事实。为什么要作如此的调整呢？

关：我接触过许多底层人，了解他们的生活，是这些人（如《破产》《大雪无乡》《九月还乡》中的人物)和这些人的生活迫使我暂时改变写海湾系列小说的创作态势。我觉得自己作品的干预力度不够，以前对风俗、人情、历史关注得多，但作为一个本土作家，深入农民中间是我必然的选择。因此，我认为作出这种调整是自然的，也是必然的。

李：就你小说所写的人物而言，我认为没有质上的变化。平原乡村的人物如《大雪无乡》《九月还乡》中的人物是底层或者说基层的人，雪莲湾系列中的人物也是底层、基层的人，不同的是，渔民是农民中的一部分，渔村是农村的一种形式。平原乡村是更原本意义上的农村，村民是更典型的农民。这种视角的转换还不能充分解释你创作的调整。就你的雪莲湾系列小说而言，我认为它们仍是现实主义的创作。《闰年灯》写单家父子两代人的价值观念在市场经济背景下的冲突，《太极地》是更直接地反映农村的改革以及人们思想观念的变化等，这些作品除《落魂天》在艺术手法上有较明显的变化(《落魂天》用了一些非传统或者一般意义上的现实主义手法)外，大多数作品我认为与你目前的创作在整体上仍是一致的，都是准现实主义的创作。那么，你的调整的实质表现在哪些方面呢？

关：如果追求文本不是我的优势，我就必须扎扎实实地生活，多听听农民的心里话，多了解农民关心的问题。我认为这样可以使我的视角保持一种平视的状态，不是从下往上看农民，也不是从上往下看农民。生活变迁的脚步无不闪烁着时代的精神。火热的现实生活激发着我、吸引着我写生活、体验生活。我说的体验生活不是古老的生活体验，而是一种发展到生命体验的生活体验，为体验生活而体验无法透视的生活的本质，而后向艺术体验迈进，这是一个逐步升华的过程，这是我的目标。1995年我了解到一家企业破产的过程。在这个过程中，一些农民的利益受到了损害，为了帮农民打官司，保护他们的合法利益，我尝遍了辛苦，一种强烈的责任感和良心意识驱使我用文学的形式来表达和呈现农民的命运，来认识乡土、认识社会。对生活不能粉饰，但我们要给予人们对生活的力量、信心、勇气。这样来写小说，虽然免不了揭露，但本意是善的。农民是满怀希望种田的，他们对他们脚下的土地永远充满着希望。更让我感动的是，底层人民命运的艰难，以及他们把苦难转化为劳动过程的美。我想，我们不仅要感受到这种美，而且要给予劳动者希望，这是劳动者的第二灵魂。文学应面对乡土而歌唱，文学有责任为之诉谈悲苦，将农民内心深处的希望、梦想、渴望直接揭示出来。这可能是一种警示，是关怀，是分享还是兼而有之，总之是一种复杂的热辣辣的情感。

李：这样看来，你的调整或者说转移，不仅仅是把笔触从渤海湾转移到大平原，更重要的是看待现实生活的视角的一种调整。这种调整无疑需要诸多技术上的配合，比如风土人情在小说中少了，对历史和文化的演绎和展示被直接的火热的现实生活代替，叙事话语的变化等。但作为读者，我们更鲜明的感受可能还是小说与现实生活的关系更近，所触及的问题和矛盾更敏感、更具普遍性。比较一下《闰年灯》中单家父子做灯的不同价值观念与《大雪无乡》中的乡镇经济工作的困境、《咀嚼疼痛》中的果农卖不出葡萄的痛苦、《九月还乡》中农民与土地的复杂关系，便更能感受到前后两个时期小说的不同。以《闰年灯》《落魂天》等为代表的海湾系列小说试图把现实生活以及现实生活与人们思想观念的冲突放在历史文化背景中加以阐释，用文学的手段阐释；在调整后，是直接而生动地呈现复杂的现实生活，在现实生活这张支撑网上展示人、社会、生活和互动关联，舍弃了以前支撑生活层面的历史文化层面，阐释工作更多地留给读者去做，小说只提供结构，不提供意义和逻辑解释。这样做的结果，当然是小说更贴近绝大多数读者和底层百姓的心灵，更感人，更易于亲近，但同时是否也失去了你以前小说中由历史文化氛围供给读者的审美意蕴。你对调整后的作品怎么看？

关：在作出我们已谈过的这种调整后，我写了《破产》《大雪无乡》《九月还乡》《咀嚼疼痛》等作品。《破产》我个人认为写得有些粗了。这些作品都是写底层生活的困境，写党性和人性的闪光，但不是迎合，是客观创作达到的效果，在悲剧中塑造了崇高。比如《大雪无乡》塑造了一个女镇长的形象，虽然也显得有点粗，但人物立起来了。《小说选刊》认为，小说把复杂而缺乏秩序的经济生活生动地表现出来了。读者看小说，往往觉得有亮色的人物显得干瘪，而沉沦的人物反倒写得活了。对《大雪无乡》中陈凤珍这个人物，我作了努力，力争使"她"是一个性格丰富、非概念的人物。《中国文学选刊》认为《大雪无乡》的价值很大程度上取决于"陈凤珍"这个人物立起来了，"她"是可信的。在现实生活中，只对上面负责而不对老百姓负责的干部大有人在。陈凤珍既讨厌彭老五这类人，但对"他"又显得无可奈何，并且"她"又利用"彭老五"整垮了"宋书记"。"她"整垮"宋书记"的目的是为了老百姓，而手段却是女人才有的手段。陈凤珍镇长的言行使得"陈凤珍"这个小说人物的可感性、可信性更加充分，"她"不是一个抽象的、概念的、文化的"符号"，而是一个鲜活的人物。

正如你所说，我过去的作品并非不是现实主义的作品，应该说，它们也是现实主义大家庭里的作品。比如《太极地》等作品，它们也反映了现实生活中人们某一方面的东西，如对土地既依附又背叛的复杂情感等，但它们的现实冲击力不够，没有后来的强。在现代经济生活中，作家凌驾于劳动者之上写不出好作品。如何搀扶、鼓励社会大众渡过眼前变革时代的难关，文学创作应负有责任。这一过程也是人民高贵品格的呈现过程，文学作品应该表现这些东西，它们推动着历史的前进步伐。

李：评论界有一种看法，即认为你的小说多了一些生活层面的东西，少了一点形而上的人生哲学层面的思考与对生活的超越，耐读和耐人咀嚼的东西还须强化。这显然是我们所谈的你创作上的调整所带来的一种客观效果。你对这种观点怎么看呢？

关：以前的作品是有思考的。《落魂天》近乎是一个关于时代转换期的寓言，小说中的鹰、女孩都是意象的。那么后来的一些作品，由于离现实生活较近，自然创作者要全身投入进去，这样很难从其中摆脱出来。既要对现实生活保持热情、亲近，又要保持距离，以利于看透生活的本质。在创作过程中，要很理想地把握这一点，是有难度的。当然，我们应该更理想地把握距离与亲近、理智与热情。

李：在你的前期作品中，《太极地》可能属于向目前创作态势转移的过渡期的作品，它既是雪莲湾风土人情系列作品中的一部，同时又具有目前作品中的直接关注社会现实生活的特点。而《风潮如诉》应该说是最具典型的海湾系列小说之一，它在前期作品中的分量，是由小说揭示的福林的悲剧所烘托的。福林的悲剧是福林自我的丧失所致，而自我的丧失则与社会用人的方式"赞美英勇和进步"有关，小说已经对福林个人地位的变化导致福林人性的泯灭作了深刻的批判。但我认为，福林的悲剧乃至人性的萎缩更重要的在于社会、文化对福林的左右，比如劳改局官员对福林的警告、暗示，社会舆论对福林的误解、歪曲等，福林表面上遗弃、玩弄其所爱的姑娘，正是为了获得自由并驳斥社会的误解，其实福林内心深处仍爱着他的姑娘。作为在一个特定文化和社会背景下的犯人，福林不敢承认自己所爱，这是可以理解的，而不应该归因于当了犯人村村长这一地位的变化。

关：福林有战胜自然的强悍力量，但当劳改部门要把他当典型培养时，社会给福林套上了枷锁，他变得沉重了。因此，人战胜不了自我。福林在狱中戴的是铁的镣铐，后来是一副纸镣铐，他不能挣脱。人不可能战胜自己，人类的命运是自己造成的。福林的悲剧是有警示意义的。许多人喜欢这部作品，大概也是因为其中体现的思想观念的东西。作品对人生、社会、自然之间复杂关系的拷问是有限的，并且也可能是极其偶然的，它受制于故事及人物命运的自然展开，不可能是如意识形态的东西，先有逻辑的轨迹，然后循着其行走。

李：对你的两类作品，一类是以重文化、历史、思考为主的作品，一类是以写现实生活现象事实为主的作品，你个人更喜欢哪类？

关：我以为两手都要抓，都要重视。作品既要写现实生活，又要重视其深度和艺术性。我从很早开始就在作品中关注现实生活，离现实较远的恐怕是《苦雪》，如你所言，《太极地》就更明显地贴近现实了。有的读者特别是文化程度较高的读者喜欢读我早期的作品，而大多数普通读者喜欢我现在的作品，因为这类作品更贴近他们所熟悉的生活。我个人认为好的作品应该是既有现实生活也有深入的思考，能给人以反思和艺术审美。我在自己的创作中也想很好地兼顾二者，比如吸收先锋派的叙事手段，丰富现实主义创作，加深现实主义创作题材的文本意识。到位不到位牵涉到对生活的认识和理解问题，思考不到位，自然也就落实不到位。

李：你从写渤海湾转移到写大平原，已有好些作品问世，这些作品也已引起反响，比如《九月还乡》等作品，你最近的作品《咀嚼疼痛》依然保持着对现实的强烈拥抱和关注，但与《九月还乡》等几部作品相比，在叙事和语言上显得更加从容和细腻，可见你是一边在写，仍然一边在调整自己。

关：从写雪莲湾风情系列到写大平原、写故乡的小城，我都处于不断写、不断调整和思索的状态之中。我的生活空间给我提供了许多新故事，我不为故事匮乏烦恼，但我一直在思考怎样讲好我的故事，如何完成对传统现实主义尤其是问题小说的超越。我最近的思考使我认为，解决这一问题的途径仍然是"现实精神"。哪一种创作都离不开"现实精神"的强化。现实主义作品不仅要有世相的真实，而且应尽力寻求优秀的艺术形式将现实推向精神的高度。而作家对现实精神的理解是融入作品中的，因而必然有个性化的体现，但我的理解，这种个性化是走向公共空间的具有普遍意义的个性。我在《咀嚼疼痛》这部中篇小说完成后，总结了我最近一段时间的思考，并把它们写入《寻找现实的家园》一文中。这篇文章应该说能够体现我从写渤海湾转移到写大平原，乃至可以包容我写雪莲湾风情系列时的一些思考。

（《芳草》1997 年第 3 期）

小说创作和小说精神的对话
——与谈歌对话

李：1997年上半年，我一直在杂志上寻找你的消息、动向和作品。我想许多关心你的读者同我一样，可能也在寻找与你有关的信息。但我的搜寻只获得到一点点成果。一是知道你的《大厂》在北京获奖，奖金5万元；二是知道你到上海参加了一个关于现实主义题材的讨论会；三是了解到你与广东签了合同制作家的协议；四是从《芙蓉》杂志上读到了你的两篇短篇小说。除此以外，我没有读到你的其他作品和文字。那么1997年上半年，你主要在干什么呢？除了已提到了两篇短篇小说和为《芳草》写的中篇小说《污染》外，还写了其他的东西吗？

谈：今年年初到现在，我一直在写长篇小说，写得很累心。其间也给包括《芳草》《中国作家》《啄木鸟》《北京文学》等在内的一些友情杂志写了一些中短篇小说和散文随笔什么的，但很少。应酬的事，我尽量躲着，不是怕什么，而是时间太紧。有些小稿子人家总用电话催，催得心神不宁的。有时做梦想着如果再能克隆出一个谈歌来，是不是能轻松一下？这个玩笑跟关仁山讲过，我说找人给咱们两个克隆两个就好了。小关挺认真地想了想，说不行。小关说如果克隆出的这个谈歌和关仁山好吃懒做，咱们两个在家埋头苦干，这两个克隆人跑出去坑蒙拐骗，真就把咱们给害了。挣几个稿费，还不够他们两个乱糟蹋的呢。细细想想也是，写作这职业，别人真是替不得。

上半年思考了些问题。关于文学的读者的问题，我仍在思考。在《文艺报》《人民日报》等报刊上写了一些关于这个问题的随笔，也讲了挺难听的话，友人常常打电话问讯，说别讲得太直了。我这个人直，于是讲话就直，这辈子大概就这样了。关于自己写完这部长篇小说再写什么，有题材方面的思考，也有写法方面的思考。总之零零碎碎想得很多，不太成形状，但对自己的写作，常想问题，总是一种推进吧。

李：上海的现实主义题材创作讨论会后，《文学报》刊发了几位与会作家的照片和简短的讲话。我注意到你仍然强调小说与读者的关系，认为作家和作品不能不在乎读者。其实你在1996年下半年参加《芳草》举办的"三峡笔会"时就谈到了这一点。记得你当时说,"作家……不要不在乎读者","小说应该写给众多的老百姓看","如果老百姓讨厌我们,我们就不好办了"。半年后你还在重申这一点,可见你在这一观念上的执着。

谈：5月在上海开的讨论会,是被《上海文学》的周介人同志喊了去的。在那次的会上,我把我关于重视读者的观点又讲了一遍。有时细想,也觉得自己是不是太固执了一点,太别扭了一点。但到了会上,还是讲心里想的。这几年,我参加过几次作品研讨会或者是一些别的什么文学会,凡是嘱咐我发言的场合,我都强调这个观点。我们这些年的创作,实在是太有些轻视读者了。有些作家走得越来越远。我不反对小说的多样化,但是,不管你用什么花样,搞什么技巧,总是要给读者看的。小说对读者的启蒙作用是不应该忽视的,我们大多是读着《红旗谱》《青春之歌》《林海雪原》什么的长大的。不能不说小说对我们这一代人的影响是很大的。如果我们不重视读者,我们的作品印数就不会很高。这里讲印数,我不是一味追求高印数,印数代表一个读者面。

关于重视读者这个观点,我会坚持到底的,我想作家关心读者,大抵是不会错的。我在《文艺报》写的《小说应该是野生的》(1997年6月12日)中再次强调了这个观点。这篇文章发表后,我和责任编辑张陵以及报社的严昭柱同志讨论过这个观点。他们告诉我,文章发表后,收到了很多同类的文章。看起来,持这种观点的不只是我谈歌一个了。我最近在广州和《作品》的杨羽仪同志以及陈志深、郭玉山等同志谈过这个观点,他们也深感认同。我们感觉到,其实这还是一个老话题。今天重新强调,是为了提醒我们不要昏了头。

李：许多读者知道你,很可能是因为你的工业题材小说。1996年我们见面时,你说过在你500多万字的作品中,你最喜欢的却是自己的笔记小说。我想这一点会令许多人感兴趣。一是在你的工业题材小说轰动全国后,人们把注意力都集中在这方面了;二是由于你过去的作品(我指的是那些反映风土人情方面的作品)没有造成《大厂》这类作品所达到的影响,读者们可能不了解或者忽视了你过去的那些创作。因此,我想有必要请你介绍一下那段时期的作品,比如数量、名篇,你自己喜欢的篇目,你为什么会喜欢那些小说,以及你如何比较地看待前段创作与目前的工业题材小说等。

谈：我写小说写了十几年了。中短篇小说在《大厂》之前也写了不少,有些作品也有争议,比如《天下荒年》(1995年)这一类。还有些中篇小说,当时也引起过一些评论家的注意,如《月儿船》(1988年)、《山毛榉》(1990年)、《狗头金》(1992年)、《空槐》(1993年)、《大忙年》(1994年)、《年底》(1995年)等一些跟踪社会现象的小说。十几年来,我用心写了《绝墨》《绝渡》等几十篇笔记类小说,也被评论过。但这一类小说是写燕赵传说的,距离时下生活很远,没有引起太大的关注。我生活的这块土地很有些古风,这地方的民风比较悍烈。古人说"燕赵多慷慨悲歌之士",就是指我生活的这个地方。这里出过一个荆轲,很多人知道(我现在正在写一个关于荆轲的故事)。中国的文学自古以来有一种英雄情结,燕赵更甚一些,这跟地域文化有关。

我写过的《绝唱》《绝居》《绝响》这类地域小说,就是写这种东西的。小说还是要有一点精神才好,不然写什么?都去写风花雪月?有人说《红楼梦》比《三国演义》《水浒传》好,我不敢苟同。在这里,我不评判这几部作品的优劣,我想,至少《三国演义》《水浒传》的小说精神是《红楼梦》不能取代的。这不是说《红楼梦》不好看,但不能以此类比。好比你爱吃苹果,你也不能反对别人吃梨子吧。这也是文学的多样化。

我说的和我理解的这种小说精神,我一直没有丢掉。比如《大厂》中的几个人物,他们身上也是有那种英雄的精神的。我不喜欢固执地从中国的文化里硬去找一些什么脏东西丑东西来讲。有人说这是批判精神,开始我相信,也曾被人唬得六神无主过。但是说久了,现在我不相信了。我感觉有些人有逐臭的偏好,总研究那些愚昧的东西,弄久了,让人泄气。我不喜欢那几部在国外得奖的作品,我就是不相信外国全是文明的,一点愚昧的东西也没有,不可能。人类进步都是从愚昧的原始中走出来的。最近读了房龙的几本书,更感觉外国人也曾经愚昧过,一点也不比我们强。中国和外国的月亮一样圆,我们太不自信了,太不自信是让人看不起的。

李:工业题材小说只是你小说的一部分。自1978年开始创作,几类小说你都尝试过,都写过,而写得最多的可能是关于保安这个题材的。你自己曾说这类小说有70多篇。但毫无疑问,在你的创作中,是工业小说产生了广泛影响和轰动效应,这是否意味着你找到了创作的根据地,并且将就这样写下去,还是另外一种回答,即依然只把工业题材创作视为创作的一个部分,其他的题材仍然要写?

谈:小说的题材,是评论家为了好区别而划定的疆域。约定俗成,姑且把《大厂》之类的作品叫作工业题材小说吧。这篇小说只是开了一个头,为这一类生活找到了一种言说方式。这种言说是不是最好的,这已经无关紧要,关键是《大厂》开了一个头。我写这类小说,主要是我这方面的生活经历很多。我当过几年由一个工业部门主管的行业报的记者,走过许多地方,看到了许多事情。于是就思考了一些我能感觉到的问题,也就写了一些这类小说,如《年底》《高山流水》等。至于你刚刚问我,今后是不是照这个路子写下去,我想最近可能不会了。

因为我的工业生活的思考几乎已经写完了，如果再写，只能是再思考出一些新的问题了。

当然，这类题材是很宽泛的，很容易找到一些故事。但是如何写得更好，那还是要费一些功夫的。我接到过几封信，说这样的故事在他（她）们那里一把一把的，说我讲得不大好。我回信也很直爽，我说关键是我讲了，你没有讲，你还有什么好说的。我有时不大明白，人们为什么总在题材上抢来抢去的。生活对每个人来说，都是有的。生活的经历、生活的方面不一样，但这不妨碍你写小说，写你感悟的东西。这才是最重要的啊。

李：在工业题材小说中，你写了许多老先进、老劳模在工厂面临困境时表现出来的精神境界；你也写了一些普通职工对企业的热爱，比如当工厂要把厂卫生科、子弟学校推向社会时，职工们表现出顽强的阻拦之情，当企业面临兼并、破产时，职工们依依不舍，等等。你个人对这些人身上表现出来的感情、言行如何作出价值评价？因为这二者之间存在一个明显的矛盾，即厂卫生科、子弟学校这种"企业办社会"的做法有悖于市场经济发展，企业的兼并、破产恰恰是企业走出困境的一种选择，但同时你对企业职工、劳动模范阻碍这些改革的行为又给予了深深的同情，甚至赞扬、讴歌，你是否觉得从工人身上体现出来的这些东西具有某种不可忽视的价值，抑或你从中看到了别的什么？

谈：《大厂》《年底》这一类小说，反映了一些当下的工业改革境况。但我是写小说，没有想得更多一些，更深一些，以我的思考力，有些问题是我想不透的。我只是写了在目前国有企业走出旧的经济模式的时候，自身带来的那种困难和自身转轨时那种不可避免的摩擦和痛苦。如果说这里面我倾注了感情，我不否认。我感觉在这场伟大的社会变革中，从企业工人、干部们身上迸发出的那种冲力和耐力，是伟大的、感人的。我没有考虑太多别的经济价值，我只感觉到了一种有关小说价值的一些冲击。如果我能真实地写出这种生活的冲力，我相信这种小说就有了它自身的价值。注意，我只是讲小说的价值，而不是讲使用价值和价格价值。那是商业家的事，这是小说家的事。

李：我想就你的著名作品《大厂》与你交换几点看法。这部作品可以说在当代工业题材作品中达到了少有的影响和轰动效应，其中的人物我想可能也如同当年的"乔厂长"一样家喻户晓了。我更希望的是，通过对这部作品的阅读、理解、探讨，能够洞察你的那些隐藏于作品背后的东西。

第一点，我现在仍记得当时读《大厂》时感受到的强烈震撼。冷静下来后我便发现厂长吕建国实际上像一条很会游泳的鱼，他在如杂草一样盘根错结的困境中游来游去。他的武器便是情感，他用情感化解一切，沟通一切。小说提供了许多细节可以说明这一点。《大厂》中的大厂的命运说明了吕建国无论多么努力地用情感去解决问题，但事实上他并没有解决工厂的问题，工厂依然免不了被兼并。相反，小说中的另一位厂长章厂长却用精明的经营管理战略兼并了吕建国的工厂，这正好说明吕厂长只会一听劳模的处境就流泪，或者吕厂长一流泪工人们就不扯皮了，这些都是在残酷的市场竞争中不够用的。作为作者，你对这一点如何看？

谈：吕建国这个人物其实是很理智的，否则他不可能当好这个厂长。如果你说他像一条会游泳的鱼，那么这就是目前一些国有企业干部的领导技术了（我这里只讲领导技术，不讲领导艺术。在企业里，许多问题来不得浪漫，只能是刻板地用一些纯技术手段去处理）。吕建国去保释那个进了局子的客户，是他理智的一面，是他技术的一面，而不是艺术的一面。相反，他只能把自己的情感埋下。这种生活中的实例我笔记本里有许多，不是坐在屋子里能编出来的。现在一些作家，反对生活——扯远了，打住。

吕建国也是一个悲剧人物。他不可能将这个"大厂"救活，市场经济有自身的规律。但从吕建国身上迸发出来的那种不屈不挠的精神，是可敬的。大厂到最后被兼并，他是痛苦的。我记得很清楚，当时写这篇小说（续篇）时，我感觉吕建国能让这个大厂摆脱困境，可是写到最后，我还是失败了。生活有生活的科学性，不是作家可以任意编排的。吕建国这个人物是不以谈歌的意志为转移的。

李：由此我想到了第二点，《大厂》讴歌了工人阶级许多美好的品格，他们艰苦奋斗、忍受挫折、爱厂如家，等等。进而，我们便想到这些东西是不是就能解决目前国有大中型企业的困难局面？作家和作品是不是更要歌颂、昭示一些对时代、对解决企业困难有价值的一些东西？因为我看到我们在呼吁分担艰难、克服困境的同时，似乎忘记了宣扬一些大家亟须学习和使用的东西，比如对企业来说，也有许多经营有方、改革成功的典范，他们是靠什么在同一个时代获得成功的？你以为呢？你在企业里工作过，更熟悉情况，也更有发言权。

谈：这个问题我不好回答。小说只是小说，如果你还想让作家能告诉你一些什么，我只能说，作家告诉读者的，除去故事，就应该是含在里面的小说精神。而这种小说精神是作家给读者讲述的故事中所包含的，不是作家写出来的。作家不好给生活开什么药方子，至少我是这样，思考力很低。关于企业改革，这是一篇国家作的大文章，我是说不好的。讲一个笑话：常常见马路边有人下棋，围上一帮人在那里叽叽喳喳地嚷嚷。如果有两个高手在那里对局，众人围在那里观看，绝对没有人乱支招，我见到过这种情况。我常常想，国有企业改革的大事，应该比一局棋大多了。偏偏有一些人就爱说三道四的，好像他比国务院都清楚，比一些企业的干部职工还清楚。一些作家更是爱犯这种毛病，不好。如果你思考过了，可以讲。不能听到风就是雨，乱讲，这样对谁都是不负责任的。

李：这样，我们便想到了第三点，即《大厂》中对吕建国和章厂长之间的竞争处理得有些简单化。当然也是为了你创作主题的需要，章厂长显然是个陪衬，你主要还是写吕建国。而我认为章厂长这类人物才是时代所需的，也是应该写的人物。他们的成功会对这个时代的企业家予以启发。但在作品中，吕建国并未认同和自觉意识到被章厂长的工厂兼并是一种必然，兼并这一笔显然有一些勉强。如果吕建国不是一味试图用感情化解一切矛盾，如果他真正能跳出局限思考工厂的出路，他会主动找章厂长商讨合并事宜，从经营和经济角度看，这才是一个明智企业家应该的选择，你说呢？

谈：生活是复杂的。你想到的是这样，可它往往是那样。这里可以讲明一点，《大厂》是我一部长篇小说中的几个章节，抽出来独立成篇的。其中章东民这个人物是个很有些笔墨的人物，但我没有在《大厂》中把章东民展开写。他和吕建国是两类不同的企业管理者，可以讲，他受的教育、自身的经历和吕建国是不同的。吕建国有吕建国的人生态度，你不可能要求吕建国去找章东民去说什么，如果生活是这样简单，那一些问题就好办多了。目前关于企业破产和企业兼并的事，都不是一件很轻松的事。吕建国那样办，就有他那样办的难处和道理。章东民也有章东民的难处和道理。

李：我们刚才谈了许多，都是关于工业的，关于你前期的创作，最近看了你的两篇短篇小说《绝章》《绝事》，当然，实事求是地说，虽然它们在你全部的作品中占的分量不是很大，但我读后有一种新鲜感，一种非常惬意的感觉。可能以前对你的阅读都局限在你的工业题材小说中，现在突然读到这种小说就有新鲜感。这两篇短篇小说告诉我两点，一是你正在休息、思考、换口味；二是如同大多数写现实题材的作家们所说，现实主义创作需要在艺术上更精致一些。这两篇短篇小说显得很精致。我想你正在为下一步的写作作准备。小说中的语言很美，在叙事之余对自然环境恰到好处地勾勒，在你过去的作品中很难看到人之外的自然界，读《大厂》之类的作品总是被人与事撞得喘不过气来，现在不同了，面貌变了。你以为这种感受对吗？

谈：刚刚说了，我写小说事先没有定下过什么题材。在我的脑海里，似乎也没有太多的界限。农村、企业、部队、社会、历史等小说我都写过。我想，这主要是写生活，写对生活的感觉。如果你有这方面的生活经历，有这方面的生活感悟，你就可以去写。《绝章》《绝事》这类东西我写过不少，因为这类生活我有过，至少我听人讲过这类的故事。我感觉到了那些能打动我的内涵，我就写了。这类东西，大多是写人生的情感，所以写得细一些，比那些写生活状态、生活事件的小说耐读一些。但是这几类小说写法不一样，效果也就不一样，所以常常有编辑朋友来信，要我写这类短篇小说。我想这类小说是有读者的吧，如果没有读者，编辑们是不会找我的，他们知道读者会读一些什么。

李：最后，我要感谢你对《芳草》的支持，也要真心地告诉你，我最喜欢你的《天下荒年》，我认为这是你的作品中最好的一部。很遗憾这次没有时间谈这部作品了，但它对我的冲击、感染、灼痛难以忘怀。

谈：《天下荒年》是一篇仁者见仁、智者见智的小说，已经发表两年了，现在仍然有读者来信。而且事隔两年，1997年第6期《作品与争鸣》又转载了，还有两篇观点截然相反的评论文章。总之这篇小说引起的争论很大。我也很奇怪，我自己耐不住又重新读了一遍，还是感觉没有什么刺激人的。但我想，不管怎么样，这篇作品应该算是我作品中比较重要的一篇。别人说好说坏，说轻说重，我都会心平气和地接受。

（《芳草》1997年第10期）

冷静面对工业题材创作
——与肖克凡对话

李：在你的前期作品中，《黑砂》可能是比较早的作品了，也可能是你早期作品的代表，今天看起来，我自己仍比较喜欢这部作品。但这部作品读起来有一些障碍，特别是在前部分。这部作品在当时无疑引起过许多评论，你认为它的主要特点是什么？

肖：《黑砂》是我早期的作品，通常情况下它被称为我的代表作，这令我尴尬。说明继《黑砂》之后，我迟迟没能写出"换代"作品。如今回头看它，已有面目全非之感。说起它的主要特点，记得当时鲍昌在世，称之为"红色幽默"，而雷达则认为"视点下沉"，滕云称它具有"新视界"，夏康达誉为"有根"。我本人则认为，《黑砂》的主要特点就是充分显示了作者的语言才能，在工业题材小说中，写出了"文化"。至于阅读障碍，我以为与作者过于追求语言韵味有关，造成阅读疲累。这是我应当注意的。

李：在越过前部分后，后面读起来就比较容易进入了，并逐渐对其中的一些人物有了各种感情，比如对又丑又有些狡猾的杨实强，比如对丁大铆、姜德力、侯师傅等。我自己认为，小说的障碍和特色是同一种东西，即浓郁的地方文化、企业文化和你个人的幽默、诙谐、调侃的叙事风格。这些东西在初接触时，并不觉得是优点，可能对阅读行为产生障碍，但在逐渐进入后，觉得味道愈来愈浓。这一特色在你的许多小说中都存在，比如在最新的作品《堡垒漂浮》中仍然可见。下面的一些句子是例证：蒋国政"朝着一百当挺进"，韩丽英"成了一只家禽：鸡"，黄玉发"一派一九九六新形象"，在"这个小酒馆喝酒的都是劳动人民"等。我承认这些幽默、诙谐、调侃的语言在叙事中确有其独特作用，并形成了你自己的风格，但你是否感觉到你的作品中这一特色有一点过了呢？我认为有一些过分。

肖：关于我小说之中幽默、调侃的语言，读者的评价还是比较一致的，即认为这是一种风格。但评论界也多次提出警示，告诫我不可走得太远，否则必将失之油滑。我想，在我的几百万字的小说创作中，肯定有"过火"的地方，对此我应有所察觉才是。

李：为了发挥你的这一语言上的风格，所以你不得不在叙事手段上迁就，《堡垒漂浮》中有几处就显示出明显的"传奇"或者说"演义"的叙事手法，比如第四节一开头一句"二楼会议室里，正在召开全厂中层干部紧急会议"，又如当大田枝子出现时，小说写道"这就是来自日本的大田枝子女士"，"瘸腿门卫不知道这是一位日本女士，名叫大田枝子；更不知道大田枝子女士的到来，使大中华日用化工厂一下就摆上吕大宝副市长的议事日程"。尽管这些语言孤立看起来可能并不支持我上述的说法，但联系到它们在小说中的位置和上下文并体会整个小说的味道，就能感受到小说的叙事借鉴了"说书""演义""传奇"的某些手法，而这些技术与当代小说，并且与这个极有寓意的题材并不十分协调。当然，我仍然喜欢《堡垒漂浮》，但喜欢的是它的思想，堡垒虽然是厂房，也是权力经济，漂浮既表示一个企业的崩溃，也表示权力经济的崩溃。

肖：你提的这个问题引起了我的极大兴趣。在此之前，我没有想到过"传奇"或"演义"，你的提醒令我沉思。我在写作之时，往往依靠"语感"而形成叙述趋势，写下去就是了。另外，我在小说中对"时间"概念并不敏感，我只想叙述得更好。除此之外，我考虑得不多。关于"传奇"或"演义"，如果存在于小说之中，或许是我无意之中所动用的手段，这不是出于我的自觉。至于你所提到的《堡垒漂浮》之中的权力经济，则是我有意批判的。

李：在你的新近创作中，《白日虚拟》似乎有些独特，它有些荒诞的味道。幽默、诙谐、调侃一直是你的作品的最大特点，为什么《白日虚拟》会走得这么远？

肖：其实在创作上，我本来就有多重面孔。《白日虚拟》这类小说我还是写过一些的，譬如说发表在《钟山》上的《人间消息》，发表在《青年文学》上的《旱地寓言》等。我不认为《白日虚拟》走得太远，因为它也是我小说创作之一种。至今我也说不清楚《白日虚拟》究竟讲述了一个什么故事，但有一点很清楚，那就是我表现了偶然世界之中的"不可知"与"人的被动"。

李：仔细阅读《白日虚拟》后，我觉得这部作品很有意思，最初阅读过程中的障碍所带来的不快已被饶有意味的体会代替。从表层上我们能感受到作品中有许多精巧的布置，如杀牛场面与牛肉炒河粉、《都市骑牛》这部小说，高科技黑板与小说中吴默英、侯一繁对时间乃至人生的困惑与感悟，《白日的罪恶》这部小说中的故事与丁媛、吴默英等人的生活、观念乃至命运的互为参照，等等。如要进一层，小说就不好把握了。侯一繁对光天化日下的都市杀牛感到震惊，而他自己的属相就是牛，这是否意味着侯一繁是一个惧怕白天的人物？侯一繁认为黑夜过得特快、白天漫长,并且由于妻子长年夜晚上班,侯一繁对夜晚的体会是单调的,往往以梦度过。这样在他看见广告牌上的一对男女时,自然感到那美好的一对是他和妻子,这只是一种理想。可到了白天,他才发现自己的想法是虚拟的。漫长的白天吞噬着侯一繁,侯一繁的白日生活完全是在虚拟中度过。而吴默英则相反,她惧怕黑夜。她在瘫痪之后,虽用不着夜晚上班,却又无法度过白天的时光,白天同样吞噬着她,所以只好作推理和小说创作。她的《白日的罪恶》在一定程度上反映了她自己的心理,何等的无聊,她必须靠"一年的内容"的一个个格子决定生活,这同样是她无聊的体现。这样看来,侯、吴二人都只能生存于时间的边缘,而时间很难说有"边缘"存在,哪里是白天、黑夜的边缘呢?现代人生存空间的困境便显得更加突出了。能否谈谈你个人的理解以及对我这种解读的看法?

肖:感谢你针对《白日虚拟》说了这么多话,尽管它可能不是一篇多么重要的小说。它的最大象征意义大概就是"黑夜与白天"。我同意你对这篇小说的解读。我写小说,有的时候越写越明白,有的时候越写越糊涂,而写《白日虚拟》之后,我关掉电脑便去睡了。

李:读了《最后一个工人》之后,我有些想法。在一段时期中,写改革中企业所遇到的困境的小说不在少数,有许多作品也已产生了不同程度的影响。比较起来,你的《最后一个工人》却有自己的特点。同样写了下岗工人(如崔才花)的生存困难,同样写了劳动模范(如江忆兰)的尴尬,同样写了改革中的厂长(如崔才焕),但你没有把下岗工人写得只有无奈、消极;没有把劳模写到医院里重病不起,然后当企业要破产或被兼并时,站出来捐款、流泪、抵制;没有把厂长写得整天陷入企业倒闭之前错综复杂、焦头烂额的应付之中。你显然很冷静且有节制,那么,你对这类题材的创作怎么看,你对企业所面临的现状又怎么看?

肖:《最后一个工人》属于反映现实生活的工业题材作品,中央实验话剧院已将其改编为话剧,近期搬上首都舞台,这是我始料不及的。我在这部小说中只想写出一种状态。当代生活转瞬即逝,我只想写出"状态"之中的"人",至于我为什么没有将下岗工人写得无奈与消极,这可能与我对生活的看法有关,生活本身如果就是一个巨大的无奈,那么下岗恐怕就不值得大惊小怪了。"下岗"只是一种人生状态,有时我甚至怀疑自己是个"下岗作家"。

李:你的《最后一个工人》中所表现出来的独特之处,与你一贯的创作风格是否有关?比如在冷静、幽默中讲述比较严峻的生活故事,展示复杂的人生。你自己似乎总是处于小说之外,并没有陷入小说人物的命运之中,你是否有意识地这样写作?

肖：我一直认为小说创作属于感性活动。所谓理性，只是盛开了读者心田中的花朵而已。我们往往在阅读之中得到理性，而小说是感性的。《最后一个工人》应当是我小说风格的延续，至于叙述之中表现出来的冷静，可能与年龄有关——我毕竟过了不惑之年，很难激动了。

李：回到小说中，虽然你写了企业及工人的困境与自救，但我认为不全然是这样，崔才花虽然走上了一条下岗职工可以效仿的自救之路，但一开始她并没有这种意识。她做"崔氏小菜"仅仅是为了糊口，当崔才焕想到请记者写"崔氏小菜"，并动员她办工厂时，她仍未有这种觉悟。虽然她后来办起了小厂，但可以说，崔才花的自救之路是逼出来的，也是由许多因素共同营造的环境（如新闻）创造出来的，这样的自救就不可能是真正个人的自救了。小说给人的启示更多的是超出了自救之外，比如下岗职工能否像崔才花一样发扬自身的价值（如有无做出"崔氏小菜"的能力），并且能否认识到自身的价值（如把"崔氏小菜"上升为一种名牌，不仅仅是一种家庭手工产品），继而走向真正的拯救、发展之路。崔才焕似乎是有自觉意识的一个厂长，他没有像其他厂长整天被三角债、医疗等问题纠缠不清，而是有清晰的思路。但崔才焕也是偶然被推上舞台的，他当生产副科长时，并没有显示出对振兴国有企业有任何兴趣，虽然在他被推上厂长的位子后，做了一些足以显示其才能的事情，但人们可能要问，难道崔才焕非得牺牲自己，才能拯救工厂？如果在这个特殊时期，必须有这种经营方式，那么我们牺牲的可能就不是一个"崔才焕"了，这是否太残酷了一些呢？

肖：你问得非常好。《最后一个工人》中无论工人还是厂长，都不是光辉高大的形象。他们关于自我价值的发现以及自救活动的开展，都显得那么平淡无奇。我认为这是一种真实。面对困境，我们只能一步步应对而已。从哲学意义上说，困境是永恒的，超越困境只是人类暂时的胜利。从这个意义上说，人类的一切胜利都将成为过去。我因此而冷静。

崔才焕是否有必要牺牲自己？我在小说中已经做了暗示，他是一个理想主义者。现实主义者永远懂得如何保护自己，而理想主义者就不同了，走向毁灭几乎成了他们最为常见的归宿。

由此我也想告诉读者，在一个物化的时代，为理想而毁灭是一种消费方式。

（《芳草》1997年第5期）

我的叙述越自然，
就越逼近真实——关于小说叙述及其他
——与叶广芩对话

李：由于想了解您的小说文本以外的东西，我阅读了数量很少的资料，其中有您在《作家通讯》1997年春季号上发表的《寂寞投阁》，《文学报》1997年11月13日刊登的对您的专访，以及您的创作谈《拉开距离》。当然，我并不期望通过这有限的资料对您创作背后的世界了解得十分详尽。从文学批评的角度看也并不是十分必要。但对读者可能就不一样，他们(也包括我)都有了解作家(不仅仅是作品)的渴求。

作家的经历对作家的创作很重要，这话我们经常听到，但很少认真对待它。初读《坎坷经历是一笔财富》这篇专访，我甚至认为它有些空洞，但当把该文与《风》《注意熊出没》联系起来，便感觉大不相同。就如您在《注意熊出没》中所说的"那样写出来将是一篇纪实文学"，有时候我真以为《注意熊出没》是纪实文学。您能谈谈您的经历与《风》和《注意熊出没》之间的关系吗？

叶：非常高兴能有这样的对话机会。与评论家谈创作对我来说还是第一次，我感觉我的创作当前正处在艰难的爬坡阶段，这个时候能得到《芳草》杂志和您的支持，实在是很感激的。如您所说，我的个人经历与小说《风》《注意熊出没》是有联系的。例如，作品《风》中的鬼子与汉奸都是确有其人的，我也确实为那个昔日的鬼子、今日某位日中交流友好人士到河北去寻找过汉奸，其结果当然可想而知。这件事到今天想来仍觉得很荒唐，让我常常发笑，我觉得那次寻找十分有意思，也纯属兴致所至。寻找的过程是一个对历史印证的过程，寻找使人内心的震撼和愤怒化为思考，站在今人的角度思索50多年前的战争，使我们有种历史的空间感，正是这种空间感为这篇小说增添了几分严峻与沉重。它与老一辈作家对那场战争金戈铁马、折戟沉沙的直接描述不同，它是隔了一层的，隔的究竟是什么，我想就是今人对人类文明文化的反顾，以文学的角度来揭示人性善恶的内涵，寻求阐释历史的新的可能。《注意熊出没》也是一样，它是我到日本群马山地调查残留孤儿回归日本以后生活状况的产物，应该说它是一篇不成功的调查报告。20世纪90年代初，我在日本千叶大学法经学部搞残留孤儿的问题研究，所接触的内容与文学几乎不搭界，那完全是一个陌生的领域。换一种角度看待世界，看待人生，这对作者来说不是一件坏事。那期间我和文学彻底划清了界限，整整五年时间，我没写过一篇小说。

　　回国后，我的工作发生了变动，从报社调到西安市文联从事专业创作，良好的创作条件使我有机会将那些思考变为文学作品，用调查报告以外的形式把它们展示给更多的人。于是写了《风》，写了《注意熊出没》等，算作一种尝试吧，能不能得到广大读者的认可和喜爱，我心里一点儿底也没有。它们是我的经历，又加上了文学的演绎，这种真真假假的手法是我在创作中常用的小伎俩，因为现实毕竟不是文学，文学也毕竟不等于现实。

　　李：我注意到《风》和《注意熊出没》不同于一般的留学生文学或者说留学人员的文学。印象中大多数留学人员的创作常着眼于海外学子的生活、经历、思想，而您虽然写的与留学生活有关，但看起来留学生活只是个引子或者说是背景舞台，您一下子切入了关于历史的真实性、历史的解释以及历史与现实的关系等视角。这是这两部中篇小说超然区别于一般留学文学的关键之处，它们引起国内和日本评论界的注意是件很自然的事情。您如何看待您的这一类创作？还会继续写这类题材吗？

　　叶：留学生文学实际上是在学习与生存这个特定的主题上，展现两种文化、两种观念的冲突。学习与生存是留学生特别是大量的自费留学生们在国外所面临的压倒一切的首要问题。遗憾的是我在国外缺少这种背水一战、孤立无援的可贵境况，这使我的文章与一般的留学文学有了很大不同。在国内我的职业是报社记者，在日本我是研究员，所以我关注得更多的是"冲突"，我的研究课题使我随时处于这种冲突之中。我研究"二战"时期的一些侵华资料和20世纪90年代日本经济的一些现实状况。这必然地要直接切入历史的真实，切入社会和生活的实质，这是不能回避也不可回避的。我是中国人，这注定了我与日本学者有着本质的差别，正如我阅读那些日本资料一样，只要读几行就会感觉到这不是中国人写的，便会感到差异的存在，这是两个民族站在不同的角度对历史的审视和反思，是打人的和被打的同时捂着脸的思考，尽管脸上都有伤，那滋味毕竟不同。日本文学评论家秋野修二教授谈到我写的这些反映中日题材的小说时说"作品贯穿着对这一历史细部的再检讨，作品对人物的刻画是内在的，对日本情况的描写是准确的，没有胡乱猜测，对中国情况的描写也是准确的。如果作品细节描写不准确，马上会使人感到不快，甚至怀疑内容的真实。总之，这是对日本态度严峻的小说"。写反映日本的小说,能够让其本国人说出"描写是准确"的评语,这使我感到欣慰,我很看重"准确"的评语,我认为它是对我海外生活的肯定。在那段时间里,虽然我没有进行文学创作,虽然我在文坛上销声匿迹地"消失"了很久,但我并没有停止对社会的关注。

经历给了我这样的机会,我很珍惜它,《风》《注意熊出没》以及在《芳草》发表的中篇小说《到家了》是这些积累的一部分。我想,在我写那些"家族小说"的时候,打开窗户吹进些海外的风也是件挺好的事情。我有两个家,中国北京东城老旧的四合院里至今还有我的亲人,那里是我的小说《祖坟》《黄连厚朴》们的发源地;日本广岛铃之峰的小山上也有我的亲人,那里是《风》《注意熊出没》们的产地。

李:对《风》和《注意熊出没》我有许多话想说,但显然不可能在这里全部说出来,可以先说说形式方面的。我想许多读者同我一样为作家的叙述技巧显现出来的魅力所感染、着迷。它们不像有些作品叙述得激烈、火爆、急躁,而是非常沉稳、冷静;也不像有些作品叙述得粗犷、粗糙,甚至如同故事轮廓,而是显得十分精细、讲究;也不似某些作品狂奔不止、一泻到底,而是很有节奏感和韵味。这种叙述风格使作品耐读,并且极富艺术感染力。您的其他作品如《黄连厚朴》也有这种魅力,能否谈谈您对这种叙事方式的体会和见解?

叶:您谈到小说的叙事方式问题,我认为我的作品严格来说采取的是传统的叙事方式,说白了就是"讲故事",把我知道的事情用最大众的语言讲给别人听,力图达到感染人的效果。当然叙述可以从历史的、心理的、社会的、文化的、美学的等方面去切入,去体现,但无论怎样它也不过是一种传达人生经验本质和意义的表现方式,换言之就是表现时间和空间中的人生履历。您提到我的作品"耐读,有感染力",实在是有些过奖,我在叙述时谈不上有任何技巧可言,它们之所以还让人看得下去,或依您所说还有些"魅力",大概就是叙述的口吻了。无论是《风》还是《注意熊出没》,我用的都是第一人称"我","我"既是当事者又是叙述者,这就必然会给读者造成一种客观记载的感觉,实际上也是一种审美上的幻觉。优秀的叙事文学一定要有叙述人的个性介入,在素材与作品之间,讲述口吻是至关重要的,读者在读这些作品的时候是把它们当作作者的人生经历来看待的,他们把作品中的"我"与作家的"我"混为一谈而让两者变得模糊不清,这种模糊不清正是我想达到的效果,因为它们来自真实的体验。相反,小说《到家了》就不是这样,我花了很多力气修改它,补充它,我为此花费的精力比前几篇都大,却总是不尽如人意,回过头来反思这篇作品,它的失败在于叙事的隔膜和意念化的参与,以及题材把握的困惑。它本应该是部长篇小说,是部全方位细细讲述的长篇小说,而不应如此的匆匆忙忙。有些跑题了。

李:还是说《风》和《注意熊出没》。读完后,觉得写得很美,如同优秀的散文。细读之后,发现语言文字实际上是朴实而没有多少修饰的,这样就觉得它们更有文本上的审美的价值。除了上面所说的叙事艺术外,我想还有其他因素的作用,比如作家心灵中律动的某种东西,一种积淀于作家精神世界深处而难以言表的东西。对于您的作品所产生的审美效果您怎么看呢?

叶:我崇尚行文的朴实,中国历来有"文以纪实,朴实明晓"的审美标准。曾国藩在他的文论中也多次谈到"冲淡之趣",谈到"平淡"与"疏淡"是文章的机制,"文章之境,莫佳于平淡,有若自然生成者,以为文家之正传也"。我很向往这种自然生成的平淡,这是一种生活真实和作者真情实感的双向交流。不真诚不足以感己,更不足以感人,叙述越自然,越逼近真,才能使读者获得身临其境的实感。在反映域外题材的作品中,尤其是历史跨度大、人物命运起伏跌宕的创作中,我想作者的目光更不能停留在简单的价值取向和习惯的思维上,而应该在新的社会文化背景中,重新认识和思考人性的沉沦与升华,把握心灵复杂变化的轨迹。在这些错综复杂中要把自己的意念表达清楚,实在是不敢玩弄任何花样的,我的头脑不是很灵光,笔头也很笨拙,所以一切只有老老实实从头道来。由于我的写作水平的限制、题材的限制、生活经验的限制等,许多重要的环节只能依靠主观想象或虚写来连接,这样的小说如果换了经历更丰富、更具现代色彩的作家们去写,我想他们会比我写得更出色,更活灵活现。

李:再说点不是形式的东西。首先有一个令人感兴趣的现象,在《风》中,"我"受鬼子之托去寻找一个汉奸,"我"的反复追寻实际上是为了印证一个历史过程,事实上这是一次事先就注定要失败的调查。在《注意熊出没》中"我"受研究室主任的派遣去熊之巢调查王立山的情况,结果"我"的调查也归于失败。对于实际的调查活动而言,其价值和目的都在于结果与意图的高度统一,没有调查者愿意调查活动没有结果,而对小说创作而言,调查者(同时也是作者)的结果就是已摆在读者面前的作品所描述、叙述的过程。这是最优秀的调查结果。作为作家没有必要提供关于王立山、史国章的调查结论,读者也不应要求作家这样做。但读者可能不会满足这一点,因为他们从文本中读到了历史。这就引出了第二个问题,即对历史的审视。《风》揭示了日本民族深层文化对该民族的深刻影响,这一审视是令人震撼的。一朵樱花必须与千万朵樱花一起才能形成灿烂的花海,我们今天或许缺乏这种团队精神。同时试想,如果"二战"期间的日本国人意识到了这一点,又会怎么样?"开拓团"还会不会有?为"圣战"而激昂参战的青年会不会有?历史能否允许这种清醒的认识和具有这种认识的个体存在?这或许是小说以外的一种思考，但小说却已经涉入了这个问题之中。

叶：我已经出汗了。这使平时惯以感性思维的我感到惶恐。涉及日本的民族性，当然，是站在中国人的立场上来审视日本的民族性，这实则已经超出了文学的范畴。我不知该如何回答您的这一提问，承您夸奖说"这是小说以外的一种思考，但小说已经涉入了这个问题之中"，所以只好硬着头皮、惴惴不安地说几句了。美国作家约翰·根室说过，"很少有比指出民族性格这种尝试更为冒险的了"，现在我就在干这种冒险的傻事，正所谓扬短避长。

日本是个岛国，岛国所处的自然环境较大陆而言相对艰难而恶劣，这便使日本人形成了坚韧的民族性格，正是因为有这种性格，他们才能在"二战"后在一片废墟上迅速建起了一个令世界瞩目的经济强国。这种坚韧的民族性格不是一般的坚强，它是一种顽强又持久的毅力加上一种相互合作的民族精神，这是只有日本民族才有的集体主义精神。以我们这些外国人来看就是极强的民族凝聚力和认同感。这种凝聚力和认同感，我在小说《到家了》及《注意熊出没》等作品中都有展示，这或许就是日本人自己说的"大和魂"了。它非武士道亦非宗教，更非天皇的感召，这种精神贯穿于日本各个历史时期而无处不在，这种精神也是每一个在日本的中国人都能深切感受到却又未必能说清的，那是一道外国人永远不能突破的坚韧。与坚韧同时并存的还有性格上的保守，这并不是我们通常理解的顽固不化，它是一种对本民族传统文化的珍惜和固守，而善于吸收外来文化又是日本民族的一大特点，使日本能够很好地完成了东西文化的交融结合。这是值得我们借鉴的。

作为研究日本社会问题的外国人，我想对于日本民族性的透视应该是社会的、文化的，更是历史的。当然，无论中国还是日本，似乎都有自己解不开的异化人性的死结。在走向世界、走向未来时，如果说日本必须对历史有痛苦的重新认识才能完善发展自身，那么，中国在对历史和现实的思考中又该悟出些什么来呢？

李：《注意熊出没》吸引人还在于其中散发的浓郁的北海道地域文化气氛，它给人的感觉是纯正的外国文学作品。就像"我"时常被当地的人误认为"日本人"一样，这篇作品也极易给人一种日本文学作品的味道。我甚至从中感受到了遥远的川端康成作品中的气味——一种清新、细腻、真实、略带忧伤的味道，但更重要的是它蕴涵了许多知识和文化。我最近读到一家刊物的读者调查报告，大多数读者抱着一种从文学作品中汲取文化、知识、思想从而丰富、充实自身的企图。在您的作品中可以达到这方面的愿望，《黄连厚朴》也是这样。丰富的知识、文化总是从作品中不断向人迎面扑来，如同走进图书馆一样的感觉。这使我回想起我们读过的许多作品，它们给读者提供的仅仅是关于现实的一幅写生，充满关于现象、事件、矛盾的描写、叙述，看不到一点儿知识性的东西，比如关于企业的作品看不出作者在企业管理、经济学等相关领域的文化积累和阐发。我认为要求作家成为专家可能苛刻了一点，但要求作家对所写的题材具有丰富的知识可能只是一个基本的阅读期望。就此，我对您说的"不是文学家的史学家，不是真正的史学家""文学是历史有力的补充"这两句话印象极深。没有对日军侵华有关历史的深入了解，我想不能写出这样优秀的作品，您以为呢？

叶：您说的作品应该有广泛的知识性，应该给读者以充实自身的满足，这是非常正确的，但是真正要在知识、文化、思想、生活方面给读者以新鲜的信息，却并非易事——这点我也没做到。如果说读者从我的作品中读出了一点意外的收获，恐怕就是我的经历和文化背景了。从经历来说，我在日本老老实实地生活过，不是作为作家，而是作为操心柴米油盐的主妇，深入日本社区家庭，深入平民百姓的日常生活，甚至常常被他们当成"自己人"而难分彼此。但我确确实实是中国人，是中国的知识分子，在心灵中，我和日本人的界限是永远难以逾越的，那是两个国家、两个民族的界限。从文化背景来说，我的家族在历史上、现实中与日本也有着许多的来往，对家族的体认不如我对中国的体认，它也许神秘地影响了我，使我在一段时间里成功地扮演了"日本人"，并非完全自觉地影响了我的文学。

李：说到《狗熊淑娟》，我就想到它是怎么的与时下的作品不一样，当然我能说出来的也只是表象。对这样一个不同于《风》《注意熊出没》的非历史题材，对这样一个典型的现实题材，怎么居然可以写出这样截然不同于时下大多数作品的面貌！它涉及了企业和企业的困境，也写到了企业中的人。但它的叙事节奏和风格，它的角度，它浸润的书卷气或说文化气息都是自成一格的。总之它仍保留着作家其他作品固有的特色。一个作家的文化素养和体验方式、表达方式是否会始终如一地贯穿在其任何题材的作品中呢？比如有的作家写历史题材、知识分子题材的时候，文化气息、叙述方式、体验等都能和谐一致而且到位，而一写到下岗和破产可能就苍白得如同白开水了。我想，我和读者们都想听听您的见解。

叶：在20世纪80年代中，我写过一些小说，以家族为背景的作品从未进入我创作视野的前台，这可能与我所受的社会教育有关，回避个人家族文化背景，成为我的无意识。90年代中期，我从国外回来后，许多情景都有了很大改变，1994年从小说《本是同根生》开始，这种无意识被冲破了，家族生活、个人体验及老北京的某些文化习俗，常常不由自主地进入我的笔端，这似乎不是我的主观意志所能左右的。您说的"书卷气和文化气息"是我视之甚高且从来不敢高攀的东西，如果说它在我的作品里偶然出现了，也只能是与题材同来，非刻意追求。《黄连厚朴》《狗熊淑娟》同《本是同根生》等家族小说不大一样，其中涉及了商潮和企业困境，但企业文学毕竟不是我之所长，只好将这种现实的关怀纳入一种文化，纳入传统的家族文化的背景，让它们形成一种反差而又共生互补。您的问题给我一种启示：作家个人的经历、文化习惯同影响我们的时代一样，是不能回避的，它在适合的土壤和空气中，总会自觉不自觉地走向笔端。

李：最后，我不谈具体的作品了，许多评论工作者可能正在关注您的作品。我想谈一点听起来没多大意义的话题，即作家对自己的定位和界定问题。您的作品充满了文化气息但它又不属于或者不同于我们已经看到的许多文化作品：写婚姻的《黄连厚朴》不像写实主义小说或新城市小说、市民小说，如其他作家的作品《不谈爱情》《爱又如何》等；《狗熊淑娟》也不同于大多数的现实主义作品。不知您在艺术上对自己有没有定位和界定？

叶：我没有想过对自己小说的定位和界定这个问题，因为我到现在还不太搞得清这是怎么回事。我认为，我想怎么写，就怎么写吧，写我熟悉的生活，写我熟悉的事物：其一是对与我自身经历密切相关的家族历史生活的反思，其二是旅居日本对日本当代生活的审视。如前所说，写前者也是近两年的事，因为这对我是一个排除各种心理隐患和情感障碍的艰难过程。应该说，当前的改革开放和相对宽松的文化环境给我提供了一个良好的创作契机。要说的是，这些对我烂熟于心却又尘封已久的人和事，令我提起笔来比较得心应手，不觉枯涩。后者系因今日国门洞开，使我常有机会往来于中国、日本之间，多少增添了一些不能不说的生活体验和感情积累。纵然写了些作品，在我看来，也不过是稍窥门径而已，常常面对手中的笔感到迷茫和惆怅。

18世纪法国启蒙思想家狄德罗说过："艺术所要争取的真正喝彩，不是一句漂亮诗句以后陡然发出的掌声，而是长时间静默压抑后发自心灵的一声深沉叹息……是使全国严肃思考问题而坐立不安。"我喜欢这段话，也希望自己能写出这样的东西。

（《芳草》1998年第3期）

消解与建构：先锋派创作的启示和困境
——与储昭华对话

李：先锋派在文学界曾经是一个比较热闹的话题，随着现实主义创作的再度回归和复兴，这个话题已经冷了下来，但在世纪末回顾反思先锋派的创作仍然是有意义的。

谈到先锋派首先要对其有个基本的描述和界定，当然这并不是件容易的事情。最近我读到一篇文章，该文把知青插队时白洋淀地区的诗歌运动，后来的朦胧诗、寻根文学都纳入先锋文学之中，甚至陈忠实的《白鹿原》、王安忆的《小鲍庄》都被列为先锋文学的代表性作品。

这样的描述似乎过于广泛，我们的看法可能简单一些。以马原1984年发表的《拉萨河女神》为代表，先锋小说创作正式在中国文坛登场亮相。马原、残雪可谓是早期的代表人物，其后格非、余华、苏童等作家将先锋小说创作推向一个高峰。在这三位的创作间歇或在他们稍微沉默的同时，新生代或晚生代的先锋小说家乘机登台，他们中有韩东、朱文、李冯等。

先锋派创作的基本特征我以为有几个层面：观念、思想主题上的启蒙主义、存在主义、结构主义；形式与内容地位上的文本中心主义或者说以形式为小说本体；当然更具体一点，从叙事方式方面看，消解、重复、迷宫、游戏、并置、空缺等都是先锋小说明显的特征。应该说，先锋小说创作对汉语言的使用和魅力发挥是达到了相当水准的，它们给读者造成阅读障碍不是语言而是语言背后的东西和结构形式所造成的。

这样说是不是太简单了呢？

储：我作为一个文学圈外的"外行"，加上所阅读的先锋派作品既不全面，也不系统，因而只能就我所读过的作品谈一点个人的感受，就算是在这个技术主宰一切的时代说几句简单的话吧。

正因为不专业，所以我在阅读过程中更多地只关注作品中的思想意蕴，而对具体的叙事方式没有也不可能去深究，如何具体地将作家或作家的某些作品归类，同样超出我的视界之外。

关于先锋文学如何界定和分类，恐怕有这样两个问题：第一，现在这样人为地划定是不是有些为时尚早？因为先锋派的许多作家仍然处于其创作的高峰期，其思想和叙事风格还将不断地变化，而且事实上即使是业已问世的作品也并不完全同类，因而硬性将不同的作家进行植物学式的分类既失之简单，也很冒险。第二，这种分类或界定，究竟是侧重于其思想，还是侧重于其表现手法、叙事风格？如果是侧重思想，确实有不少作品以传统的表现手法蕴涵着深远、新锐的思想；如果是侧重形式构建，实际上有太多的作品以其新奇的叙事方式掩盖着思想内涵上的陈旧、空虚与苍白。所以这样说来，将朦胧诗、寻根文学等纳入先锋文学可能有其道理，从这个意义上说，王安忆对"存在之根"的描述，张炜在《九月寓言》《融入野地》中对"存在之根"的追溯和对现代工业文明的批判以及残雪对世界与生活荒谬性的揭露等，似乎在思想上更具有先锋的意味。当然，如果将每一时期最新潮的文学样式都归为先锋派，那先锋派这一概念的外延便未免太宽泛了，那简直就成了一张奖状或锦旗了。这大概是真正的先锋派作家们最不愿看到的了。

至于先锋派文学的特征的概括，同样也是一个棘手的问题。正如下面将要谈到的那样，舍去具体的叙事方式不论，单是思想倾向上就有很大的差异，甚至是相互矛盾冲突的。其中前期的先锋派主要是受现代思潮的影响，体现的是现代思想精神，即如你所说的存在主义、结构主义等，其中最核心的是现代人本主义精神；而后期的先锋派则更多地受到后现代主义的影响，反映出后现代的解构意识与后现代解释方法。普通大众之所以产生阅读障碍，甚至产生抵触情绪，除了对叙事方式感到陌生难解之外，更多的是由于在我们这样一个传统深厚的后发展国家里，不可能有太多的人会产生和认同后现代主义意识。

李：结构与解构可能是谈及先锋派创作时不能回避的一个话题。先锋派作家们无疑对现实世界抱有自己的观点，结构主义的观点是这些作家看待世界的方式之一。先锋派作家主要通过小说虚构来表达他们的这种认识。格非的《半夜鸡叫》表达的是格非对"半夜鸡叫"这个故事的理解，也就是说我们过去已接受的故事或历史通过格非的重新建构有了新的不同的寓意，我们得到的启发无非是历史并不一定就是它曾经展现给我们的那个样子。在这个过程中，格非同时也试图消解我们原来的历史观点。格非的《青黄》、余华的《古典爱情》《此文献给少女杨柳》都有明显的这种倾向。先锋派作家要消解的很难说就是假象，他们所建构的也很难说就是本质，但有一点是没有疑问的：他们提供了对事件和历史的一种新的认识，而过去我们以为我们所认识的就是唯一的。

储：这实际上仍是现代解释学理论与方法在文学上的运用，所谓的结构乃是创作者有所发现、所理解的结构，建构即是一种意义的追寻，而解构则是一种具体的方法。无论是苏童的家庭史、身世系列，余华对成长的追忆还是格非的《半夜鸡叫》(它堪称巴塞尔姆《白雪公主》的中国版)，所揭示的都是解释的无限开放性与多样性；这样的解释在破除传统视角的封闭性、虚假性与绝对性的同时，还蕴涵着一种意义的追寻，它既是作者从其理解的前结构出发，对某一对象的再解释、再创造，即进行解构，其实质更有一种以该对象为酵母或参数进行像"六经注我"式的意义建构的意味。但在后先锋派作品中则更进一步，其一味注重形式的营构、叙事方式的创造，实质上，力求达到的是消弭解释者本身、消弭解释与解释对象的对立，通过展示"解释的游戏性"彻底将世界、历史与生活"游戏化"。正是在这一点上，堪称先锋这一称谓。

李：除了对历史和过去，包括对过去已有文本所提供的世界图景"回首眺望"外，先锋派作家对人的当下生存也有所触及，尤其是对人的命运的某种不确定性的感悟和叙述，比如《河边的错误》《现实一种》《褐色鸟群》《傻瓜的诗篇》等。当然与现实主义不同，先锋派作家们不正面触及现实生活，他们触及的是现实生活中的人的心灵和精神。这些作品应该说是写得非常好的，之所以不能引起广泛反响，我认为正是因为他们尽量避及与现实的正面相遇，而对人的心灵和精神的剖析又显得零星和散乱。先锋小说到目前为止还没有一部能较好地反映民族与世界困境的，比如，世纪之交共同的焦虑、忐忑、痛苦、忧愁等没能在这些作品中得到反映。余华的《河边的错误》、格非的《青黄》等都可以说与现实世界存在某种关联，或者说这些作品的所指是一个可能的现实世界，甚至是现实世界，至少按照现实世界的某种运行逻辑是可能演绎出来的。与《黄泥街》相比，这两部作品与现实世界的关系似乎更为现实和可能。

储：这确实是个问题。只是对先锋文学来说所谓"现实生活"远比在其他文学样式那里要复杂得多。应该说，先锋文学从总体上说，其实并没有像人们以为的，或如苏童所自称的那样远离现实，"只是梦想"，比起当代中国的哲学等其他文化形式来说，先锋文学以其特有的形式揭示出当下中国人的精神状况的特征，而且更为贴近和深入。所以对我来说，阅读一些好的文学作品远比读一堆理论论著更有启发。

事实上，本来就不存在完全客观普通的现实，现实永远是每个人所感受所理解的现实。你可以说先锋派文学远离了常识，但不能说它们远离了现实。无论是苏童、余华、格非抑或残雪，尽管在他们的叙事中，不再有传统故事式文学的中心人物、特定时空，但实际上他们所描述的正是他们眼中的现实。这是关于现实的一种澄清。

当然，在一些后先锋派作品中，比此更进一步，更多地呈现西方后现代解释学的倾向：即将传统叙事方式中始终存在的主体——自我完全消解，将自我本身看成理解的产物，通过特定的叙事方式重新发现自我；消解解释与解释对象之间的二元对立的区分。在他们那里，已经不存在传统文学所谓的明确的对象，如描写什么人物、什么事件、什么时空，没有这种确定的对象，唯一存在的只是解释活动本身。解释就是一切，对象是解释的产物。这是先锋派文学对现实的另外一种更深、更新的表达形式。

你刚才谈到，先锋小说到目前为止还没有一部能较好地反映民族与世界困境、反映全体中国人在世纪之交共同的痛苦、焦虑、忧虑的作品。当早期的先锋派作家听到这一希冀时，可能还会沉吟思考一番，但对于后先锋派作家来说，恐怕会有隔世之感。按照他们的理论，这本身就是一种假象，一种幻觉，一种权力的象征，不可能有反映所有人痛苦、焦虑的作品，一切所谓的史诗都只是人类的造作，写作只是一种生存方式，一种理解活动，一种游戏，怎么可能要求一种游戏达到某种既定的目标，如果那样，还是游戏吗？

如果先锋派作家中的一些人内心里还真有这样的抱负的话，那么，除了回首眺望，除了解构现实之外，是否还可以转过身来，有所展望，有所期待？除了站着透视自身的历史与现实，是否还可以俯下身子凝视大地，抬起目光远眺大海与天空(我一直认为中国的文化包括先锋派文学并不是远离现实，而是太囿于现实)？毕竟在浩瀚的宇宙中，地球只是一粒尘埃，一切形式最终都是为了表达，一切接受都离不开需求。

李：批评界有一种观点，是把早期的先锋派作家如马原、刘索拉、残雪等称为现代先锋作家，他们的创作则是现代先锋小说；而后来的余华、格非、孙甘露等则是后先锋作家，作品被纳入后先锋小说的范畴下。这样区分的目的不外乎便于分析这前后两批作家作品的特征，并且区分就暗示了现代先锋小说与后先锋小说在特征上的不同之处。持这种观点的批评家认为现代先锋小说的虚构在一定程度上是现实世界与经验的变形处理，因而仍然在不同层次上，以不同的方式映照着现实世界与经验。比如马原的《虚构》中所虚构的麻风病人住的玛曲村，便是对现实世界污浊的一种隐喻性表述。后先锋小说的虚构却不是这样。从小说的本体性质来看，后先锋小说的虚构不仅超越了现实世界和经验，而且其文本本身在指涉性方面完全与现实世界和经验断绝了关系，从而只指向一个在现实世界和经验看来绝对不能成立的虚幻世界。

你如何看待这种观点？我认为马原、残雪等人与后来的余华、格非等人的创作确实有不同之处，但上述对他们在虚构世界与经验世界关系上的认识似乎不能构成本质上的区别。诚然残雪的《黄泥街》是对现实与经验的变形或隐喻性表述，我们在现实世界中当然找不着"黄泥街"，但"黄泥街"却又以某种方式与经验世界联系着，比如小说中的一些人物都以"文革"时的思维和说话方式说话。这就使残雪虚构的那个非人性的世界，那个荒唐、污浊、腐蚀、丑恶的世界与现实世界建立了某种关系，至少有了某种指涉。这样分析并不能证明我同意某些评论家所说的，残雪他们仍以虚构的方式映照着现实世界，而对格非他们来说，现实世界和经验只是在某些方面为后先锋小说的写作提供契机和灵感。其实，在残雪、马原的某些作品中，现实世界和经验又何尝不是为创作提供了契机和灵感呢？残雪的《黄泥街》如果理解为对现实世界的隐喻性表述也很难满足我们的解读欲望，它更可能是一部魔幻现实主义的作品。

反过来看，后来的格非、余华等虽然更重视语言方式和叙述的结构，可能他们更倾向于把形式的营构当成小说的本体构成，不希望甚至阻止读者突破语言和形式来发现其背后应当存在的价值和意义，但如果因此而认为他们的文本只是"无所指的语词集合"，或者只指向一个在现实世界与经验世界看来绝对不能成立的虚幻世界，可能有一些不恰当。余华的《活着》在这方面做了一点努力，但仍不够。这样一个创作群体如果不能创作出这样一部有概括、有力度、有深度的作品，是不能被社会阅读接受的，也不能促使这个创作群体的发展。如果每个先锋派作家都只能撷取现实中的一个人物的阴暗、无聊、精神错乱等的心理，不能从一个高度写出一个民族处于某时代的心理和精神，这样的作品无论技术上多么先锋，可能只能归之为一种语言文字游戏，只供少数人把玩的游戏，这是先锋派面临的危机。

储：这样简单地归类恐怕是不太妥当，而且有些作家的不同时期作品具有不同的倾向与特征。从我读过的作品来看，似乎确有这样的分野。在早期的先锋派作品中，尽管它们也以其独特新颖的叙事方式突破了传统的"典型论""题材论""反映论"的束缚，从而与传统小说截然区别开来，但作为读者，如果不是仅仅囿于其形式的创新，而是认真地去回味，便会深切地感受到，在各种形式的背后，蕴含着作者的价值判断，甚至可以说是以文学特有的形式进行着一种深刻的文化批判。苏童的《一九三四年的逃亡》《南方的堕落》《米》《园艺》《舒农》《另一种妇女生活》，特别是《妻妾成群》与《我的帝王生涯》尤为典型，在那里苏童以高超的文学技巧透彻地揭露了中国传统文化仁义智勇之下的虚伪与残忍；还有格非的《蚌壳》、余华的《现实一种》《四月三日事件》以及《在细雨中呼喊》等无不蕴含着作者的价值判断。批评家们将这种现象称为"审父现象"，其实这里的"父亲"在我看来，更是一种象征，一种腐朽文化与腐朽现实的象征。在这些作品中，作者的叙事方法是解构，将笼罩在以"父亲"等为代表的腐朽事物上的神圣的、虚伪的外衣无情地消解，现出其残暴、非人性本质的原形，而作者的最终意图却是建构，通过否定而向阅读者揭示着一种新的价值、新的意义，正如余华作品名称所表明的那样，作者确实是在呼喊，呼喊人性的复归。在这里，形式当然是重要的，但最终服务于某种明确的意义。这是早期先锋派的最突出的特点，也是与后期先锋派的最大不同。

而后期先锋派或曰另一种先锋派则明显带有后现代派的"游戏"特征。在他们那里，已经不再有任何确定的价值意义。批评家们往往都非常注重剖析这些创作者们是如何只专注于叙事方式的建构，只着眼于文本形式或语词的革命，而不作任何判断和追求。其实如果仅仅是如此，就根本称不上先锋派或后先锋派了。更确切地说，他们还是通过这种形式的营构来表达这样一种判断：没有绝对的、普遍的是非、善恶、真理和现实，"真理是一种游戏"，即如德里达所说的，人类的历史与现实都只是在一个"无底的棋盘"上进行的游戏。对文学来说，形式就是一切，不可能在形式的后面还有某种既定的内容或意义。这就是他们不作判断的判断。说后先锋派没有思想，陷入一种文字游戏，恐怕会令他们备感委屈。他们当然强调游戏，这是因为他们认为生活本身，包括历史与现实都只是游戏，文学便是其中一种游戏形式。当然，其中有的作家中是东施效颦，而多数阅读者也感到难以认同，这是另外一个文化问题，另当别论。所以后现代主义的许多思想家都认定这种思潮在发展中国家不可能发展，恐怕就缘于此因。

李：一个明显的事实是：先锋小说已完全成了一种边缘化写作。我的意思是不仅仅从文本和艺术个性来看，它已成为回归个人和心灵的精神创造活动，而且从阅读者和创作群体来看，它与社会阅读之间的障碍越来越大，甚至可以说已没有社会阅读。如果说在20世纪80年代初，先锋小说曾经吸引过较为广泛的目光的话，那么今天我们已看到读者被迫放弃了对先锋小说的关注兴趣。阅读和创作差不多真正成了少数几个人的事情。这样，我们回到了这样一个话题：困境与出路。

我首先想到的是先锋派作家曾经关注过的创作题材。虽然大多数人认为先锋派的创作是要消解文本背后的价值和意义，但这并不等于说先锋小说创作没有任何价值判断和意义追求。相反，先锋小说创作无论是早期的与"庸俗化了的群体叙事"相对抗的个人化叙事，还是稍后的与"极'左'文化支配的政治叙事"相对抗的正义与民主的叙事，抑或是更后的以"民间、历史和心灵为时空载体的文化抒情与叙事"超越以当代生活表象为载体的社会性抒情与叙事，在每一个阶段上都体现出先锋派小说家的某种哲学追求，或存在主义或启蒙主义或结构主义。

在这样的创作观念支配下，马原以《双重生活》揭示了人性显露的一面和必须掩盖的另一面，马原以《窗口的孤独》叙述了少年记忆和经历对人成长的影响，余华也在《在细雨中呼喊》中触及过成长题材，不同的是，余华的这部长篇小说在文本上更有典型意义；格非的长篇小说《边缘》《敌人》、中篇小说《青黄》《风琴》等则倾向于对历史及其可能性的探讨，其寓言式的叙事让我们对历史和历史事件无穷多样性的可能充满感叹。当然这些作家对当代生活也同样涉足，格非的《镶嵌》、苏童的《肉联厂的春天》等都是典型的篇目。

浏览先锋派作家的创作之后，我们不难感受到这一点：这些作家虽然曾经深入地分析和叙述过人性和心灵，但他们并没有对这个时代绝大多数人的精神和心灵状态作出归纳、分析和描写。这可能是中国的先锋派作家们为什么不能像他们的西方导师那样引起广泛关注，成为中心的关键原因。到了20世纪90年代面临现实主义的复兴，先锋小说创作显得更加孤立无依。回想一下西方现代派创作中的名篇，比如《局外人》，一部中篇小说便把作家和小说创作所处的时代的某些基本特征和性格揭示得准确而生动，读了《局外人》，对法国当时人们的精神心理状态便有一种深刻的感受，它的发表引起整个西方的关注当然就是件很自然的事情。因此，先锋派作家在这方面的缺陷恐怕是先锋小说创作的重大困境。

其次，是形式的异质性与本土化。形式的地位问题也是一个较大的困境。无论是马原的"叙事困套"，格非的"叙事迷宫"，还是苏童、余华的叙述，这些从西方借鉴而来的艺术手法一开始总是以极强的异质性出现的。尽管这种技巧和方式在意识形态概念和政治话语、社会话语世界中能够开辟一条表达作家思想和观念的通道，但小说的技术和形式如果不能最大限度地与本土语言文化融合和重新生成，这种形式的文本就永远面临被本土读者远离的命运。当然这里面也存在不可调和的悖论，如果先锋小说的技术和方法完全本土化，又会遭到误读的命运，并为意识形态和政治话语世界拒绝。但无论如何，把形式作为小说本体肯定是先锋小说创作愈走愈窄的因素之一。原因很简单，读者并不是为了分析一个文本、学习一个文本而阅读小说。

你以为呢？

储：其实，这是一切真正的艺术所普遍面临的两难困境：民族与世界、个人与社会、创作者与阅读者的矛盾。一种没有本土文化根基的艺术不可能真正走向世界，而如果只限于本土文化，同样不可能具有世界意义。米兰·昆德拉、马尔克斯如果只是描述捷克民族、南美人民的苦难，而没有进一步揭示出人类普遍具有的"媚俗"弱点，以及幻想与现实的矛盾统一性，便不可能有那么大的影响。写作从本质上是一件"私己"的事情，是作家本人独特视角、独特感受的表达，他不可能主观上为社会写作，一切有意为他人、为社会的写作反而严重影响其价值，这一点已是众所周知的事实。但如果仅仅局限于个人的感受，而达不到应有的普遍性或高度，其价值同样大打折扣。只是这种普遍性的问题，对于从内容与形式上都力求创新的先锋派文学来说，体现得更为突出而已。

  处于中国这样一个国家之中，物质和文化都堪称是一个活生生的历史博物馆。中国的先锋派作家们从一开始就注定了只能处于一种边缘状态，一种被一些人称为前沿，被另一些人称为边沿或后沿的"边缘"状态，这是一种历史的宿命，而不是出于他们的选择。他们（特别是后先锋主义者）所面临的最尴尬的局面是：在我们这里被认为太过"先锋"，而在他们的先师们的眼中，又远远够不上"先锋"，他们当然清楚这一点，并试着在形式上向传统文学迁就附和一些。事实证明，这因此可能多占有了一些阅读者，而对先锋文学的发展无益。

  无论是谁，都不可能为别人指出困难中的出路，更何况是艺术创作。作为一个读者，我只是感到，如果真有困境的话，有一些是注定的，不要幻想去摆脱它们。而另外一些则是人为的，有可能找到解决之道。单纯形式上的迂回折中只是问题的表面，关键是如何在思想上超越西方后现代主义的现有水平，而不只是亦步亦趋效仿西方先师们。博物馆之所以为人类所设立，所珍视，除了追忆、怀念之外，应当还有一种启示。要么认定后发展民族一切落后，不可能超越先行者，要么坚信总有某方面可以贡献于世界，问题是如何去发现它。所谓个人化写作也是一样，个人的视角和感受不应该完全被动地等待他人与社会的选择，而应该通过提高自身的思想境界去引导接受者。这大概是中国先锋派作家们最值得努力的地方。一个真正的经济学家应该首先是一位思想家，其实，杰出的文学家又何尝不应该如此。

  李：把握历史的能力固然重要，但我以为先锋派的写作不能沉湎于对历史的解释之中。把握现实的能力可能更为重要，当然也更困难。一是现实是变动的、活跃的，不像面对已经静止的历史事件和事实；二是现实的范围和头绪纷纭，需要作家高度的抽象概括能力。应该说现实和先锋写作的现状对先锋派作家提出了更高的要求。先锋小说当然是关注人的，但先锋小说家往往把现实事件和关注视为一种表象或现象，他们认为这些现象只是触发他们感触、感觉的契机，真正的现实是他们概括这种感觉而虚构或建构的文本世界。这样写人往往就小气或虚幻了，失去震撼力。因而先锋派作家们如要取得更大的成功必须要从复杂活跃的现实事物中分析提炼人的心灵特征、民族的精神体征。

  储：对，这就是我刚刚提到的如何理解现实的问题。而要真正做到从复杂活跃的现实事物中分析提炼人的心灵特征、民族的精神体征，使之具有震撼力，那就不单单是纯粹形式的更新所能及的,它需要作者有更高的思想境界,在这一方面,恐怕还有很长的路要走,而且还必须随着整个民族一起走。

(《芳草》1999年第1期)

文化反思与文化忧歌——对"寻根文学"的询问
——与储昭华对话

李：在 1985 年前后，"寻根小说"渐成潮流，新时期文学走过"伤痕""反思""改革"三个阶段之后又步入一个新的令人兴奋的阶段，即"寻根文学"阶段，《棋王》《树王》《船长》《最后一个渔佬儿》《远村》《红高粱》《古船》《爸爸爸》等一大批优秀作品共同营构了一个强大的阅读市场。

小说潮流的更迭无疑离不开文学和文化自身的某些规定性因素的作用，小说家在艺术创新上的不断追求、小说创作总体水准的提升都会影响小说潮流的路径和方向。但有一些因素也许更为重要，比如"拨乱反正"对极"左"路线的批判直接导致了"伤痕文学"和"反思文学"的兴起和繁荣，经济体制改革的深入及所暴露出来的矛盾为"改革小说"提供了丰富的题材。对"寻根小说"，评论界归纳了许多外部的因素，诸如 20 世纪 80 年代本土文化与外来文化的激烈碰撞，80 年代"文化热"的兴起，中国社会的现代性转型等。

很明显，批评界更关注 80 年代的那次文化热潮对"寻根小说"兴起的影响。要全面透视创作界蔚然成风的"寻根"现象，恐怕还得全面审视改革开放初期错综复杂的时代面貌：社会的、经济的、文化思潮的、等等。我们试图厘清，在复杂因素的作用下，为什么偏偏是某种因素引导或影响了作家们的创作取向。

储：正如你所说的，原因是多层次、多方面的。当人们为改革和现代化事业的终于兴起而欢欣鼓舞之后，随之而来的是对种种阻力的困惑，这种困惑很自然地将人们的视野从当下的现实引向深层的文化因素：一个历史文化如此悠久深厚的民族在走向现代化的过程中必然伴随着精神的阵痛，人们既对未来充满憧憬，又不能不对自己传统的日益式微而心怀感伤、茫然失落，一些过去一直熟视无睹的东西一下子变得美丽、珍贵起来，像梦一样牵动着人们的心灵；人类文明的每一个进步都伴随着沉重的代价。当现代化踏着铿锵的步伐向我们逐渐走近时，一半是由于西方先哲的启迪，一半是由于自身的感悟，人们突然发现它并不是我们心目中想象的天堂，甚至更有点地狱的意味。人们被卷入物质欲望不断得到满足同时又愈加膨胀的恶性循环之中，与自然、大地日益疏离，乃至对立起来，生命丧失了应有的个性与原始冲创力，人正在失去安身立命之本。失去自己的存在之根，人是否应反省自己，折返回去重新寻找自己存在的本源？早在现代化之初，诸如华兹华斯、梭罗、柯律治等就已提出这样的疑问，随着历史场景的趋同，这样的疑问便在我们民族中日渐激起共鸣和响应；除此之外，还有文化建构本身的原因。一个民族要走向世界，在物质文明以及精神领域的制度文明等方面可以沿用别人已有的成果或模式，而在纯粹的精神文化特别是艺术创作上则必须从本民族文化出发，具有自己的民族特色，正如有人说过的"只有民族的，才是世界的"。严肃的作家们充分认识到这一点："若使中国小说能与世界文化对话，非要能浸出丰厚的中国文化"（阿城《话不在多》，1985年4月22日《文汇报》)，并自觉地融入自己的创作过程之中。当这几重既有普遍的又有特殊的因素在一个特定的历史时空中汇聚到一起，相互激发、氤氲化合时，"寻根"作为文学的一种特殊主题或样式，也就自然而然地产生发展起来。如果它不出现，那倒反而有些不可思议了。

李："寻根"从一开始便是"反思"。无论是自然科学界、科学哲学界对中国近代科学落后的探讨，还是史学界对中国近代为什么不能走上近代化道路继而与世界文明潮流一同踏上现代化进程的思考，或是文化界对中国传统文化的重新检视，都是"反思"的过程。既然如此，这一大批作品仍可被称为"寻根文学"。可见，西方文化的涌入是关键。正是因为有西方文化的强大冲击，对本土文化的"反思"才反映到文学创作中来。"寻根"二字在这里才有其特定的含义。虽然在这一大批以传统文化为题材的作品中有不少是弘扬传统文化的生命力和精华的，比如《树王》所张扬的自然意识，郑义的《远村》、李抗育的《船长》、莫言的《红高粱》等所表现的原始生命力等，但大多数作品实则对传统文化保持着一种鲜明的批判甚至否定，比如《小鲍庄》所揭示的传统文化对小鲍庄的制约，《爸爸爸》对国民性的批判等。

那么，"寻根"究竟落实在哪一点上呢？批判、失落、否定？如果事实就是如此，我们该如何理解这些作品所反映的作家的"寻根"历程呢？

储：确实，"寻根文学"的内涵与外延是相当丰富、复杂的。对于"寻根"，不同作家的基点和价值取向迥然不同，甚至是相互对立的。在汪曾祺的《受戒》《大淖记事》《故里杂记》等作品中，你可以透过作者对水光山色、民俗民情的渲染，感受到中国传统美学所特有的韵雅、空灵的审美意趣及作者本人内心里的崇尚神往，当然其间还隐含着失却之后的失落与感伤；在张承志的《北方的河》等系列作品、郑万隆的作品、冯骥才的作品（特别是《神鞭》），以及阿城的《棋王》中，你可以直接聆听到作者对民族精神的弘扬与呼唤；而在另一些作品中，"寻根"只是其表层，其中蕴涵的是对"根"——传统文化的揭露与批判。有时这种矛盾的心态交织在同一个作家身上乃至同一部作品中，如冯骥才，如果说《神鞭》与《三寸金莲》都是"寻根文学"的话，那么二者相比，后者显然更多的具有讽刺批判的意味。

问题的复杂性还不仅仅如此。其实，所谓的"根"只是一个笼统宽泛的说法，它在不同的作家或不同的作品中指向并不相同。在一些"寻根者"那里，它意味着传统文化、民族，而在另一些"寻根者"那里，已超出这一范畴，指向的是比文化更根本、更原始的人的"存在之根"——人的生命之本。这种层次上的差异往往体现在同一个作家的不同时期的作品中，如果说张炜的《古船》还停留在传统文化的层面上，而到了《九月寓言》（这部作品由于其叙事方式上的极端性而往往遭到误读）和《融入野地》，则已进入了对人的"存在之根"的追寻上。这个根就是大地，"泥土滋生一切"，是人"一生都探究不尽的一个源路，他的一切最初都来自这里"（《融入野地》《九月寓言》代后记，上海文艺出版社1993年版）。阿城的《棋王》堪称是"浸入中国文化"的经典之作，而在其后的作品《树王》中，则已越出文化的层次，也深入到对自然，即人的安身立命之本的探求上。我以为，对阿城来说，不加分析地将其名作《棋王》与《树王》并列而观之，归为一类，并不妥当。后者追问的是一个更深层次的问题，更具有普遍的意义。

正因为有如此之大的差别，所以我有时想将所有这些层次意蕴不同、立场倾向有别的作品全部归为一类统称为"寻根文学"是否有些冒险？会不会由于贪图研究上的便利而混淆了其固有的缺陷与应有的意义？

李：我并不认为因为叫"寻根"就一定得寻到"根"。面对西方观念、思潮的冲击，反思也好，追问也好，无可奈何、黯然神伤也罢，抑或还是批判否定，都大致可以视为"寻根"。不过，联系到这一切思维活动的起点和初衷，"寻根"就值得询问了。在"文化热"中出现的"寻根小说"，原本是部分作家在西方文化冲击下"文化民族主义情结"的表现。他们"寻根"的目的当然在于张扬传统文化，试图在许多人热衷接受各种西方观念、主义的同时，捍卫点什么并缓冲或抵御点什么。一些"寻根小说"作家在这方面的态度是十分鲜明的，比如李抗育对理性的批判："今天的中国人已经习惯于把理性当作唯一思维轨迹，沿着它用逻辑去达到目的，而将直觉的感知塞在了一个很不起眼的角落里，并且每每拿理性来抑制它、矫正它，直至萎缩了它。"还有郑万隆在1985年第5期《上海文学》上发表的《我的根》，张承志在1985年第9期《读书》上发表的《历史与心灵》，郑义在1985年7月13日的《文艺报》上发表的《跨越文化断裂带》，阿城在1985年7月6日的《文艺报》上发表的《文化制约着人类》，等等。在这些文章中，作家们流露的是对国人面对西方文化时所表现出来的如饥似渴的一种担忧,同时也流露出他们试图建立和开辟民族文化发展的某种新路径,"理一理我们的根","重铸和镀亮""民族的自我"。回到我们的话题,"寻根文学"的实践方式,即大多数作品表现出的批判、否定、失落等,这样的方式与寻根作家们的宣言之间是不是存在很大的差距呢?换句话说,这样能否达到寻根的初衷?

储:我刚才已经提到,"寻"只是一种活动,一个过程,问题的关键在于为什么寻根?寻什么根?如果仅仅只是出于对国人倒向西方文化的担忧与抗御,则是未免太过懒惰,即使不是保守被动的;如果是为了试图开辟民族文化的新路,重铸民族之魂,则令人崇敬之余,不免发出疑问:按照什么精神来开辟新路,重铸灵魂?这新的精神又来自何处?答案不言自明。这实质上乃是创作者以自己业已被熏陶后接受的现代意识和新的价值来重构传统文化而已。所以,如果只是停留、局限于文化的层面,则一方面将使"寻根"必然陷入逻辑的怪圈,落入近代以来许多先行者难以摆脱的窠臼;另一方面,也将使"寻根"的思想意义大打折扣,变成只是本民族的自言自语。

文化的"根"真的那么至上?而又那么脆弱吗?刚刚迈入现代社会大门的我们,真的失去了我们的文化之"根",以至迫切需要我们去追寻吗?我个人深怀疑问。其实,文化只是一种生存发展的方式,一段业已走过的路程而已,人的存在本身才是最根本的。如果某种文化在外来文化的冲击下如此不堪一击,其意义又何在?况且,这种文化之根早已融入我们的血脉之中,何曾真的丢失过?既未失去,又何谈追寻?

真要追寻,我个人以为,像张炜和阿城那样,沿着文化的路径,最后深入到对人的存在之"根"的追索上,也许更具有思想意义,这不仅是一个深入到生命本体的问题,而且是一个关系到整个人类何去何从的问题,因而具有普遍的人类学意义。海德格尔晚年对技术的批判、对诗意的呼唤蕴示的就是这一主题,它越来越引起一切负责任的思想者的深深的思索。在这一层面上,通过批判地清理、弘扬中国文化的天人合一思想(不能雾里看花,必须进行重构),真的可以实现与世界文化的对话。

李:我们没有忘记,"寻根小说"中还有一批对传统文化持认同态度的作品,《棋王》《树王》《古船》都表现出对传统文化的某些方面的认同。但这些东西是否就是传统文化的根?凭借这些我们是否可以唤起那些在现代文化冲击下日益衰弱的东西?《红高粱》里充满激情的生命力作为一种审美的对象,诚然是可以弘扬和渲染的,但脱离此点,将其视为作家或知识分子在西方文化冲击下、在现代文明潮流中,试图找回捍卫的什么"根",则就应该进一步反思了。人类愚昧和野蛮时代的许多东西在文明进程中都退化了，或者说被削弱了。现代文明诚然带来了诸多有待克服、解决的问题，但如果没有文明进程的演化，人类的原始的强大生命力又能将人类社会带向何方？如果可以这样提问，则"寻根小说"在"文化热"里表现出来的种种现象只能是一种忧伤和感喟，一曲忧歌。当然，毫无疑问，阅读者从中得到了艺术欣赏上的满足。

储：这种认同，表现上看起来是创作者的一种追寻和呼唤，体现着创作者的价值取向，但实质上，它是建立在用现代精神对传统文化进行审美升华的基础之上的，并借此表达出来的，正如同持批判态度的创作者将传统文化进行艺术上的丑化一样。在这个意义上毋宁说，他们是以"寻根"的形式，表达自身固有的既有传统的源流又具有现代意义的价值追求。《棋王》中超然物外的高远境界，《红高粱》中的生命意识莫不如此。当然，作为一种艺术创作，一种审美追求，不仅无可厚非，而且确有其艺术魅力。

只是从其阅读效果上看，当创作者们将这种业已升华、改铸的传统文化作为民族之根时，很容易导致混淆和误导，使人们为之喟叹，为之神往，其结果将是他们自己也意想不到的。

李：也许我还没有十分清晰地表达自己对"寻根文学"这一现象的观点。一方面，在中西文化交流并汇入现代化潮流的时候，作家们敏感地看到了科学和理性的负面效应：环境污染、拜金主义、奢华的物质享受、道德体系及人际关系的紊乱等，因此，这些作家肩负起弘扬传统文化的重任。而他们在寻找的过程中不断地批判否定传统文化，他们认同的那些部分如宁静淡泊、天人合一、自然无为等似乎并不能肩负起他们所期望的重任。他们既要捍卫、坚守传统文化，又要批判、反省它。另一方面，批判和反省传统文化当然是为了使之能够走向现代化，并肩负一定的重任，而在这个过程的开始，他们又否定了现代化，是为了否定和回避才要去寻根和批判。这些令人痛苦的矛盾的存在，使"寻根小说"在思想观念层次上的价值打了折扣。在审美领域里，它充其量只能视为一种怀念，感人的怀念。这样说也许不妥。

储：从思想的角度说，既这样，又那样，只能是一种审美理想。一种传统文化的新生，两种文化体系的完美融合，需要漫长而艰辛的历史过程。中西文化的差异不仅仅是空间的，更是时间的、历史性的。只有通过不断地冲撞、陶冶，才能最终走向融合。其间的精神裂变、痛苦是不言而喻的，不如此就不可能成为再生的凤凰。正如黑格尔所说的"真理是一个过程"，文化的新生更是如此。从中华民族面向世界以来，便开始了这一艰难历程，并将长时间延续下去，成为我们民族思想文化探求的长期主题。当然，它应该由所有的思想文化领域共同承担，而不能苛求文学艺术独自承担。文学不堪重负。

与精神文化的其他领域相比，文学确实有其得天独厚的优势：直接以艺术形象的形式表达自己的审美（而不是现实的）追求，而可以撇开理性或历史规律。

然而，也正是对这种优势的过分依恃，导致了"寻根文学"的一个重大缺陷：其理想过于完美，其实现缺乏过程，对现实超然虚化。《棋王》中的王一夫、《孩子王》中的"我"天生没有内心烦忧，超脱从容。这样一种漠视现实、自然天成的理想，在给读者以审美享受的同时，也极易将人们引向一种虚幻的梦境，令人陶醉于其中，而忘却现实中的痛苦与裂变。这不能不说是削弱了大多数"寻根文学"的应有价值。

李：正是从这一角度出发，我以为批评家们把"寻根小说"称为文化保守主义是颇有见地的。我宁愿从这个角度看待这些作品，说这些小说是"启蒙主义小说"可能有失分寸。"寻根小说"在倡导理性、民主方面可能还不如它之前的"伤痕小说"和"反思小说"。

"伤痕小说"和"反思小说"产生于拨乱反正、解放思想的年代，它们表达了人们对"文革"时期的愚昧、疯狂、荒谬、专制等的批判和思索，因而说它们是"启蒙主义小说"是名副其实的。但"寻根文学"不同，它本意是想超越社会政治层面进入历史深处而对中国的民族生存和民族性格进行文化学和人类学的思考。它是伴随西方文化的流入和现代化进程逐渐深入而出现的，在这样的时刻对传统文化进行反省和批判，其目的当然不是为了弘扬理性、民主等。当然如果说，它也对国民性、传统文化中落后愚昧的一面给予了批判，从这里出发，也可以认为它有启蒙作用。但我想，这绝不是作家和作品的出发点，很可能出乎他们创作的意料之外。不但没有寻找到什么"根"，反而将无从寻找的状态或找出的一些并不令他们自己满意的东西呈现在我们的面前。

储：不过话说回来，在这里，是否需要区分这样一个问题：即艺术作品的思想意义与其审美价值之间的差异与矛盾。在其他艺术门类中，这种差别是普遍存在的，一部好看、好听、令人愉悦的作品，也许并不具备很强的思想意义。那么，文学呢？是否也应该不做如此苛求？毕竟，思想意义与审美价值是两个不同的评判维度，二者的统一只是一种境界，而不是唯一的境界。上面所说的只是就思想意义而言。我怀疑作家们在他们创作之前并不一定先行预定了某一思想原则，甚至在创作过程中也不一定始终恪守这一原则，它毕竟不同于学术研究，非要始终保持历史的真实，否则，也就不成其为创作了，同时损害了作品的审美价值。这是批评者在评判一部作品、一个流派时必须注意的一个问题。

"寻根文学"也不例外。作家们的创作并不是为了图解某一确定的原则或理论,而只是表达自身的独特感悟。启蒙主义也罢,保守主义也罢,这是一种思想立场上的划分,硬性地以这种模式对某部作品进行定性也许并不妥当。如果非要做这种定性,那么,从其阅读效果上来划分,兴许更恰当一些。

李:尽管如此,就小说创作而言,"寻根小说"仍留给我们许多耐人寻味的思考,它改变了许多年以来小说创作的"面貌"。我说的面貌当然是指长期以来小说只注重社会政治叙事,只关注社会现象、社会问题,而脱离传统文化这块丰富的母亲大地。拉美小说在这方面做出了杰出的榜样。神话仪式、风俗、传奇等,从解释学角度看,它们本是与一个民族、一个地域的人群社会发展密切相关的,并且有许多东西是浸润在民族性格和国民性格中的。这本是应该重视的一块"故土",由于多年来意识形态受极"左"路线的影响,文学作品变成了一种干瘪的图解式的话语,或者公式化、教条化的人物性格、矛盾描写,等等。"寻根小说"在小说艺术上的成就远远高于其在思想领域里的贡献。《古船》《小鲍庄》《红高粱》这些"寻根小说"的经典作品或者说优秀代表作,它们在艺术上的成就即使放在当下的小说中也不逊色。与先锋派文学对外国文学的借鉴相比,"寻根小说"可以说是成功地引入或借鉴了西方文学的优秀技术。在新时期二十年文学中,在小说创作中,作家们几乎将西方文学手法都展示或操练过一次,总体看,"寻根文学"可能在这方面是最成功的,最有影响的。其他如意识流的借鉴等都没有取得过"寻根小说"所获得的辉煌。

这可能是"寻根小说"留给我们最大的启发。

储:"寻根文学"是由双重因素决定的。创作者有着坚实的基点和深厚的文化底蕴,因为其本身就是民族文化哺育出来的,对民族精神有着深切的感受和领悟。这种文化背景和素养为创作者提供了创作的本体,在此基础上,吸收借鉴别人的艺术手法为我所用,显得更得心应手。现代精神的熏陶也是不可或缺的因素之一,没有这一层,也就不可能对民族文化有着新的洞察与新的升华。这是创作主体本身特有的优势。除此之外,受众的广泛而热烈的响应也大大增强了其成功的效应。比起意识流、先锋派文学,它理所当然地最能引起本域读者的共鸣以及异域读者的好奇与企盼。从几部根据"寻根小说"改编的电影在东西方同受欢迎中,不难看出这一点。

总之,从思想意义上说,"寻根文学"只是也只能是提出了一个重大深远的问题,今天对这个问题的任何一种评判或回答都只是暂时的,有待未来漫长历史进程去矫正或检验,也许,只有到那个时候,才能真正地衡量出它的意义究竟何在。

(《芳草》1999 年第 5 期)

文学创作和文学批评的多元格局
——访黄曼君教授

李：中国当代文学经历了伤痕文学、反思文学、寻根文学、改革文学以及新潮文学、后新潮文学，到目前都认为进入了一个多元状态，新写实文学、新状态文学、新市民文学、城市文学等，旗帜林立，异彩纷呈；文学批评也由一统文学批评阵地的社会历史批评转向了有结构主义批评、接受美学批评、原型批评等各种模式并存的多元格局。正是在这一背景下，对目前文坛现状的各种观照也显得异常活跃。我想，讨论一下几种有代表性的热点话题是有意义的。一种观点是，文学在本质上流放了诗性的超越意向，表现出对世俗现实生活的趋向和认同，从而文学由解构现实变成了点缀现实，由诗意观照变成了沉溺日常生活，由理性思考变成了赞美世俗，如被众多人认为是俗文学的王朔的创作，以及最近的专注于叙述、结构、技巧的创作。对此，我觉得似乎不能这样看，一个时代的创作总要与这个时代联系起来审视，作品总是一个时代的作家对时代的认识和感受，他们有权根据自己对生活的体验进行创作，不管是专注于内容、故事、主题、意义，还是专注于形式、结构和技巧。

黄：我认为尽管文学创作是多元的，文学批评因而也是多格局的，但主流仍然是清晰的。这就是注重文艺和时代、和人民相结合，注重历史和现实的生活的深度和广度，但凡称得上优秀的作品都是如此。从创作方法上看，也是以客观再现为主，将客观再现与主观表现交融起来。从主体审美看，悲剧、崇高、和谐仍是主流，当然这种和谐是矛盾冲突充分展示之后的和谐。目前的文学创作视野开阔了，但没有脱离时代和时代生活。新写实、新体验、新状态都还是写实，如知青文学之所以力量很大，也因为上述原因，从中凸显出的悲剧及崇高是其震撼人心的美的力量所在。新历史小说不太注重重大历史事件的真实性，把历史过程中的特殊事件进行独特处理，同时雅俗共赏，也出现了好的作品。因此，对当前的文学创作不能仅从某一个方面来分析，这是形而上学的。正如你所说，文学是生活于一定时代下的作家的创作，对于现时代的作家和创作而言，由于转型期社会的巨变，各种矛盾的冲突与显现，作家对现实的体验与把握具有很大的个体差异,这是多元状态创作的根本原因。不论对这种多元创作如何评说,至少应该承认,这些创作观念表现出各自的缺陷和片面性,但从综观的角度看,这多元的创作所共同揭示出的正是这个时代发展变迁的脉络,所以文学批评对其也不能用某一种批评模式概括出有什么广泛意义的结论,一种批评模式或许对某部、某个作家的创作有效,但这些批评不能用来代指对整个文学创作的评估,对当代文学创作的整体评价也应该是全方位的、多角度、多层次的。

李:另外一种具有代表性的话题是文学批评界目前谈论较多的所谓人文精神。在这个话题下,有人通过对目前文化现象中的俗文化趋势分析得出了当代知识分子似乎只能在逃逸与入世二者之间做出命运选择的判断。一些关于当前文学创作的对话也陷入了理性与非理性争论。我觉得困惑的是,当代文学创作的趋向怎么能说明整个知识分子的价值趋向?难道就只有文学艺术界关心人文精神?

黄:我刚才说过,对目前文学创作的批评不能单从某个角度,单纯使用某一种批评模型,否则就会得出片面性的结论。一些批评人士之所以习惯从文学艺术界推及整个知识分子群体可能是因为一些思维定式,比如自"五四"以来,文学艺术家们如鲁迅等的确是思想文化界的先锋,他们高举人文精神的旗帜,代表知识阶层的良知和声音,科学与民主、人的解放与社会进步、思想启蒙与政治救亡、人性与党性等,既是他们思想的话题,也是他们创作的主题。这种精神在目前商品经济的冲击下确实有些削弱,也反映在一些文学艺术创作里。严格地说,文学艺术工作者并不能代表整个知识分子群体的价值趋向,但是由于他们的工作直接面向人的心灵、精神,在当代社会更由于迅猛发展的媒体及社会传播的影响,使得文学艺术家及其创作在影响社会大众方面比其他知识分子更有力量,所以尽管他们不能代表全体知识分子,但一些人士往往由于此种原因推及知识分子全部。虽然文学艺术界有俗化倾向,反映了这一部分文学艺术家的价值追求和取向,但不能说明其他知识分子也面临某种尴尬境地,甚至已经做出了选择。至于说到对人文精神的关心,仍然有上述原因存在。另外,整个知识界都关心人文精神问题,这是个时代话题。经济学家们正在讨论市场经济与人的发展,哲学家们正在思考人类学这门21世纪的显学,历史学家们正在思考讨论人的现代化与走向21世纪。社会发展离不了要谈人文,只不过文学艺术界的活动通过媒体作用能够很快与社会沟通,所以人们总以为只有文学艺术界在大谈人文精神。此外,文学艺术界特别是批评界目前在谈人文精神的过程中总显得缺乏点什么,因为大多数人毕竟是从文学艺术角度谈人,不可能像历史学家谈得那么深刻,像哲学家谈得那么富有理性和批评精神。说到创作的理性与非理性,这是个古老的话题。我认为目前看来,我们文学中的理性与非理性都缺乏,文学创作本来是意识形态的东西，总的来看是观念精神的，文学创作总体现出创作者对个人体验的总结和思考，这就是说它不完全是非理性的，但同时创作过程又是感情性的，不是纯理性的，当然也许人们讨论的是另一种意义上的理性、非理性。

李：批评界把目前的文化分为消费文化、主流文化和精英文化，这种区分有意义吗，您怎么看？

黄：这三者是并存的。不发展民族文化、提高大众文化水平是不可能抵御外来文化中的糟粕因素的。对我们当代社会而言，文学应该是多元的，因为人们的需要有不同的层次。随着社会的发展，文化的形态是互相融合的。比如现在的京剧、诗歌、散文都可与电子技术结合而产生京剧TV、诗歌TV、电视散文，那怎么界定这种文化的形态呢？对文化的作用和功能应该科学理解，比如对《纤夫的爱》有人持不同看法，但社会喜欢它，它是共时空的，雅俗结合的，你否认不了。问题在于文化品位的提高，但这有赖于整个社会文化素质的提高。

李：文学批评界这几年把西方哲学、西方文学批评理论都引进来了，从许多批评者的文章来看，很难说，这些人准确理解了西方哲学的一些概念，因而对是否在恰当地运用这些东西我有些怀疑。我以为这种做法虽然不乏益处，但这些新名词、新概念的到处泛滥，既可能把读者搞得昏头昏脑，也不一定有利于创作本身，只是理论家们吵得热闹。

黄：批评异彩纷呈是好事。多年来我们往往不愿意接受新东西，我认为对这些批评尝试不要过早地综合。文学批评应该从各种角度、用多种方法进行，这样可以达到对文学现象的深刻而全面的把握。但这些方法能否立脚和发展，要取决于传统和现实两方面结合的问题。但有一点必须指出，这些批评并不能代替社会文艺学、美学的批评。对马克思主义文艺观的社会历史批评方法我们理解得不够深刻，甚至是机械的、片面的。我个人认为，社会历史方法是个开放的体系，它可以包容这些批评。难道社会历史批评否认从作者、作品结构以及读者等多角度进行的批评？答案是显而易见的。并且结构主义、接受美学、原型批评都不能全面地分析文学现象，尽管它们在某一方面可能是深刻的。必须明白，文学作品、作家都是受历史制约的，是历史的产物，如果不能从历史的高度分析把握社会生活，怎么可能对作家及作品进行准确的批评？比如，不能对当代社会复杂裂变的社会生活做出分析、考察，就不能接受乃至分析多元创作的现状。当然，在这个大前提下，要多种方法交融渗透。优秀的作家，肯定对时代有着宏观的把握，既从生活出发反映时代和社会，又要发挥主体性和艺术风格，将理性与非理性相结合，只有这种结合才能适应时代发展，揭示和超越时代的人文价值，突出对人的关怀，探求人的价值和人的存在方式。

李：据说您在筹备一个 20 世纪中国文学与理论批评的国际学术讨论会，能否介绍一下您筹办这个会的想法？

黄：谈当前的批评，我认为重要的一点是要回顾批评历史，即对批评的批评，这是批评自觉的表现。历史总是阐释的历史，历史与现实总是互动的。在社会转型时期，通过对 20 世纪文学风格、文学观念、批评方法、审美意识和艺术品位的总结回顾，挖掘传统，对于 21 世纪的文学发展是有利的。没有新的批评理论，就没有新的文学历史。这是总的想法。

具体来说，这次会议要探讨在中西文化大碰撞的背景下，伴随中国社会历史转型与文化变迁所形成的文学和批判的主导化方向的多样化格局，总结 20 世纪中国文学和理论批评由古代向现代的转型和变化，以有助于人们体认中国文学与理论批评业已形成的现代品格并将其发扬光大。

(《建设银行报》1995 年 11 月 28 日)

关注并忠实于社会生活的复杂性和丰富性
——与刘益善对话

李：您是如何走上诗歌创作道路的？据我所知，您在20世纪70年代走进武汉接受高等教育的时候，整个社会包括文学艺术战线还处于非正常时期。

刘：我初中正遇上"文化大革命"，没书读，当了两年红卫兵，就回乡当知识青年，参加生产队的劳动。生产大队成立了毛泽东思想文艺宣传队，让我参加写小节目，如快板、对口词、渔鼓、朗诵诗等，我就是那时学写诗的。我自小喜欢民间文学，乡村里的说书艺人有时在村里说两个月的书，把《薛仁贵征东》《五虎平南》《小五义》《刘子英打虎》等成本成本地说完。我场场都赶去听，在乡下夜晚的说书场，我是最小的听众。乡下还唱楚戏，我当过跑龙套的演员，楚戏的唱词很美，那也是诗。我还当了一年民办教师，乡亲们对我还算满意吧！1970年年底，贫下中农推荐我上大学，几经周折，故事颇多，我曾写过《我上大学》的长文，发表在《北京文学》上。1971年2月，我终于来到武汉，进了华中师范学院（即现在的华中师范大学）中文系读书。那时真正的文学艺术被禁锢，只有几个革命现代戏和《艳阳天》《虹南作战史》等几本小说，诗歌有贺敬之的《放声歌唱》。我上大学后买过一本贺敬之的《放声歌唱》，而且很喜欢，至今还能背诵："在九曲黄河的上游，在西去列车的窗口……"

李：大学期间您就开始创作了吗？那个时代的大学教育是怎样的？有很多时间在参加劳动吗？那个时代学生的创作活动活跃吗？

刘：在华师中文系读了三年书，我在学校也写东西，写过短篇小说、散文诗、随笔、小戏剧等。1972年我在《湖北日报》《长江日报》各发表了一篇随笔，一篇谈鲁迅精神，一篇谈文风，是我们那一届学生中第一个在报刊上发表文章的人。我们毕业时，中文系编印了一本作品集《春苗茁壮》，选了我的一篇短篇小说、两篇随笔、一组散文诗，我是被选作品最多的人。我们那时的大学教育，由军宣队、工宣队、革委会领导，学生实行军事编制，分连、排、班，当时的口号是"工农兵上大学、管大学、改大学"，简称"上管改"。华师有南湖农场，我们也去劳动，但不太多。有社会实践课，我们到武汉国棉五厂、东湖中学、华师一附中、毛泽东主办的农民运动讲习所实习过。那时高校是试招生，我们是首届工农兵学员，人数也不多，加之学员来自工农兵，有的是两三个孩子的家长，还有只读过小学的十五六岁的少年，爱好文学创作的人不多。当时武汉大学倒有几个学员在创作上有点影响，后来都没成大气候，华师的学生中创作活动不是太活跃，这种状况到70年代后期才有变化。

李：您最早为人所知的诗歌是《我忆念的山村》，但我猜想这不是您的第一首诗歌或第一组诗歌，在《我忆念的山村》获奖之前，您写过哪些作品？您创作的第一首诗歌是什么呢？

刘：在《我忆念的山村》之前，我在《诗刊》《星星》《作品》等数十家报刊发表过不少诗歌，值得一提的是李瑛先生在《解放军文艺》1978年第12期上用两个页码发表了我的组诗《车城诗草》，其中我最得意的句子是："山里人第一次见到汽车，说吉普是卡车生的小犊。"这组诗是我参观当年建在十堰的二汽之后所写，这也是我第一次在中央级报刊发表的版块最大的组诗，李瑛先生还给我写过信。另外《人民日报》1981年发表了我的组诗《写在长江第一坝工地》，也算是我那几年比较重要的作品。现在要说我创作的第一首诗，我觉得应该是发表在武昌县文化馆编印的油印刊物《武昌文艺》上的《亿万人民庆国庆》，那是我有意识地为国庆20周年而创作并且投稿后发表出来的，那是1969年，我还在乡下。《武昌文艺》（现改为《江夏文艺》）虽说是油印的内部刊物，但我还是把它当作发表我处女作的杂志。

李：对您过去的诗歌创作，我粗略概括为，您通过三组诗歌写了三个时代，一是通过《我忆念的山村》写了极"左"时代的农村，二是通过《没有万元户的村庄》写了改革开放中期开始走向富裕的农村，三是通过《乡村的忧思》写了富裕后的农村。三组诗歌抓住了农村发展三个阶段的典型特征，令人印象深刻，获得了广泛影响。应该说，这是诗歌书写当代乡村的成功范例。当然，诗歌一贯是书写乡村的，诗歌从一开始就是书写乡村的。经过30年的发展，今天的乡村正被城市化、现代化进程席卷。结合您的观察和创作，您认为当下的乡土诗歌创作有什么新的贡献和特色？诗歌如何在书写乡村上开创新的局面？

刘：我写诗从写乡土诗开始，略微有些影响的也是乡土诗。你说的《我忆念的山村》《没有万元户的村庄》《乡村的忧思》三组诗，可以说是我的诗歌代表作，三组诗分别在《长江文艺》(《诗刊》转载)、《诗刊》、《人民文学》上发表，所占版面在当时是较大的，也产生了较大的影响。评论家张同吾称《我忆念的山村》"是刻画中国农民性格特征的力作"。随着城市化、现代化进程的发展，如今的乡村，如今的农民，如今乡村的景观和农民的观念，与20世纪和21世纪初几年相比，发生了颠覆性的变化。现在再写乡村的炊烟、绿色的稻浪、清凌凌的渠水、鸡鸣犬吠、牛哞牧笛的景观，再写缺衣少食、因贫困娶不上老婆、交公粮赋税，再写乡村的阶级斗争、批资本主义、割资本主义尾巴等，是既不典型真实，也是令人可笑的。乡村在改革开放后发展变化了，农民从单纯的土地种植中走出来，他们走向城市，走向非土地种植的劳动。中国几千年的乡村令人陌生了，随着2.6亿农民工的进城，农村凋敝衰落了，留下的是老人、妇女、儿童。现在乡村不穷，新楼房随处可见，村村有公路相通，通讯也发达，在外打工的人把财富及一些新的观念带回农村，但农村就是缺少了我们过去多少年诗歌中所表现的乡土味乡情感。我在新世纪之后，很少写乡村诗歌了，我对当下的乡村感觉不到位，即使强行去写，我也写不好如今的乡村，我毕竟离开乡村40多年了。对于今天的乡土诗，写得好的诗人还是有不少的。像我熟悉的诗人田禾和高凯，还有写《女工记》的郑小琼，他们写的一批反映农民进城打工生活的诗为乡土诗开拓了新的表现领域。田禾曾以诗集《喊故乡》获得鲁迅文学奖，他的《那个在工地挑红砖的人》《买早点的农民工》等诗作都是写的农民工。他有一首诗叫《打桩》：

　　　　村里来的兄弟
　　　　因为谋生存
　　　　所以，他们打桩。
　　　　把昼与夜砸进地基里
　　　　把全身的力气
　　　　砸进地基里。
　　　　砸进去五公尺
　　　　才算
　　　　打一个桩。
　　　　一个桩六十元
　　　　兄弟算了算
　　　　砸一榔头，五分钱。

　　这些诗，把环境移到城里，写的还是农民，骨子里还是乡土。诗人高凯有一首诗叫《大厦的出身》，其中有这样的句子：

　　　　挖土机是一个地地道道的农民
　　　　打夯机是一个地地道道的农民

　　　　吊车也是一个地地道道的农民
　　　　而挖土机特像进城打工的三叔
　　　　打夯机特像进城打工的二叔
　　　　吊车特像进城打工的父亲
　　　　三个亲兄弟都是地地道道的农民
　　　　所以　那个漂亮的摩天大厦
　　　　是农民出身　即使在城里拔地而起
　　　　归根结底是一个高大的农民。

　　同田禾的《打桩》一样，写农民工在城里的劳动，但诗中还是蕴含乡土的。我觉得一大批写农民工的诗歌，都可以算作乡土诗，这一批写农民工的诗人，无疑对新乡土诗作出了贡献，开创了乡土诗创作的新局面。

　　李：除了乡土题材的诗歌创作，我印象中您写过很多其他题材的诗歌，如大西北、长江、历史人物，等等，能否简单介绍下您的整个诗歌创作？哪些诗人曾经深深影响过您？

　　刘：我除写乡土诗外，其他题材的诗也写。诗人很少有只写一种题材的，只写一种题材，会很单调。我2004年出版的诗集《三色土》，编了"西部""长江""乡村"三辑，是我在所发表的千余首诗歌中就题材而选的三种。我1983年与1984年到张家口、新疆石河子和西安，结识了西部诗人杨牧、周涛、昌耀、章德益等人，西部的风光和豪放旷远的情怀及西部诗人的友谊激起了我写诗的冲动，我写了几十首西部诗歌，在各地刊物发表。长江是我身边的河流，我在长江边长大，读书工作都在长江边。长江是中国诗人世世代代都写不尽的诗的河流，作为一个中国诗人，特别是在长江边长大的诗人，不写长江，那将是个不完整、有重大缺陷的诗人。写长江是我的使命，长江边的小村、神女峰、大宁河诗船、西塞山、老水手、九八抗洪等，是我书写不尽的题材。1980年，我写过一首《浪尖上的阳光》，著名诗人徐迟对它评价不错，他在给我的第一本诗集写的序中说："我还特别喜欢《浪尖上的阳光》，写着：

　　　　江波浪
　　　　伸出无数的舌头，
　　　　在吞吃着阳光。
　　　　……
　　　　直到把最后一缕

> 吞进肚里，
> 黑暗便临降。
> 阳光是吃得完的吗？
> 黎明到来
> ……
> 阳光，是谁也吞不了的
> 与宇宙共存
> 在浪尖跳荡。

小诗概括的内容竟是这样宽广。"我写长江的诗有100余首。我一共出版过六部诗集，其中有童话诗集《飞在天上的人字》（海燕出版社）和爱情诗集《情在黄昏》（漓江出版社）。那些年里，我写诗近乎狂热，有时一年能发表百余首。诗歌是年轻人的事业，随着年岁的增长，现在写诗越来越少了，有时一年写不了几首诗。徐迟先生曾对我说，一年写四首诗，也是诗人。

影响我或者说我喜欢的古今中外的诗人有许多，李白、杜甫、苏东坡、普希金、叶赛宁、聂鲁达、艾青、臧克家、曾卓、陆棨等。

李：在我印象中，湖北新时期叙事长诗比较少，《向警予之歌》算得上是您诗歌作品中篇幅最长的，也是可以综合体现和代表您诗歌创作艺术的一部作品。《向警予之歌》在吸取中国古代叙事长诗的艺术营养的基础之上，发扬中国现代叙事长诗的艺术手法，向烈士向警予"捧出"了一份特别的敬意。我个人认为从叙事长诗的角度看，这是湖北叙事诗歌中不多的代表性作品。您如何看？您怎么想到了写这样一个英雄人物？应该说，湖北可以写的历史人物还有许多。

刘：其实湖北新时期的长篇叙事诗还是有不少的，像刘不朽的《金翅鸟》、郑定友的《铁牛传》、罗高林的《邓小平》等。写湖北当代诗歌史时，这些作品都应该提到。《向警予之歌》是我在1979年写的一部叙事长诗，三千余行。那年是向警予烈士牺牲51周年，我29岁。是向警予烈士的事迹感动了我，我躲在家乡的武昌县招待所里半个月写成的。向警予是中国共产党中第一个女中央委员，第一任妇女部长，1928年由于叛徒的出卖，被国民党反动派抓捕，于5月1日在武汉被杀害，烈士的墓在武汉龟山。我是一直感谢这个时代的，不仅从经济上、物质上改变了我们的生活，也为我们提供了丰富的精神生活和思想空间。但无论时代怎么变化，老一辈革命家为了今天所作出的牺牲我们应该永远记住。向警予烈士是千千万万个烈士中的一个，我将其生平写成一部诗，是为了让我们记住，让我们的后代记住。至于说这部诗是否是湖北当代叙事诗歌中的代表性作品，我没去想，也不去想。因为文学作品，诗也好小说也好，最终评价其优劣的是读者和时间。湖北还有许多历史人物可以让我们写成长诗，但如今写这类诗的人不多，因为吃力不讨好，既难出版，读者也静不下心来读。不论怎样，我们还是要写，用我们的诗笔，用我们的心血，留下英烈的忠魂之歌。

李：我注意到，有一个时期，您也从事纪实文学创作，比如汉正街及其商人、警察及其刑侦事业，您甚至还写过犯罪题材的纪实文学，如《吸毒者》，在这方面，您写过哪些作品？我一直认为纪实文学在20世纪90年代后就基本失去了影响力，湖北的纪实文学也一直没有在质和量上引起反响和关注。您个人如何看待自己的这一类创作？

刘：我出版与发表的长篇纪实文学作品有《万元户大世界》（江苏文艺出版社，与徐世立合著）、《迷失的魂灵》（群众出版社）、《窑工虎将》（湖北人民出版社）、《吸毒者》（中国城市出版社）、《老汉口奇案》（群众出版社，与范文琼合著）、《师路跋涉写人生》（武汉出版社）、《受贿的女人》（《今古传奇》杂志社），《营救簰洲湾》（群众出版社）。纪实文学即近几年又热起来的"非虚构写作"，与报告文学同类，只是与报告文学比较更多些合理的想象提炼与细节的虚构，在历史背景与人物事件环境方面，必须要真实。我觉得这是一种能非常及时反映现实生活的文体。纪实文学与小说相比，在20世纪90年代后失去了影响力，但一直还存在着，近几年有复苏的迹象。最近的《中国在梁庄》《中国橡胶的红色记忆》等作品，都产生了较大的反响。湖北的纪实文学作品确实在质与量上没有引起人们的注意，但像田天的《你是一座桥》和徐世立的《一个孩子的战争》也都是有影响的。最近有位叫徐力的作者，用了约八年时间写出150多万字的长篇纪实文学《保卫大武汉》，其精神可敬可贺。我对我自己已出版的纪实文学，还是较满意的，这些作品有的获过全国青年读物奖，有的获过刊物奖，有的被评书演员录播，在网上与电台播放。今后有合适的题材，我还会去写纪实文学。

李：近年来，您也发表了不少小说，如中篇小说《回家过年》《河东河西》《远逝的窑厂》《巫山》等，《向阳湖》发表后，更是接连被转载，获得了湖北文学奖和汉语女评委奖，并引起评论界关注。有的文章因此说您"近年来"开始了小说创作，是这样吗？

刘：1986年12月号的《北京文学》发表了我的第一篇短篇小说《怂哥儿的红领带》。这是我写诗十几年后，写的第一篇小说，小说题目与我的名字印上了刊物封面。那期《北京文学》只有三条稿上了封面。自此之后，我学写小说，连续十来年，有时一年能发表十多篇中短篇小说。由于没什么影响，别人总说我是诗人，直到现在还这样。其实我后来写诗写得很少了。1994年，中国文学出版社出版了我的第一部短篇小说集《母亲湖》，收录了25篇短篇小说。1997年秋，我担任了《长江文艺》杂志社的社长兼主编，需要用大量的精力来找经费、扩发行、组好稿、处理杂志社内的各种事务与人际关系。这社长兼主编一干就是15年，我没再写小说了，偶尔只能写点诗与小散文。新世纪之后，我发表了十来部中篇小说，北京的《十月》杂志发表了我的四部中篇小说。这些中篇小说曾被《小说选刊》《中华文学选刊》《中篇小说选刊》《小说月报》《北京文学中篇小说月报》转载，在《芳草》杂志发表的中篇小说《向阳湖》，还获得汉语女评委奖与湖北文学奖。我在选刊转载作品所附的后记中交代，这些小说都是在十几年甚至二十年前写的，放到今天还能发表，说明这些作品能够经受时间的考验，不是应景跟风赶时尚的东西。对于这点，我有些暗自高兴。

李：向阳湖在当代中国是一个值得纪念的地方。20世纪60年代到70年代，六千余名著名的文化人士曾经在这里劳动、改造自己的思想。它是中国当代知识分子坎坷命运的见证地。在当代历史上，向阳湖已经与知识界紧密地联系在一起，人们的焦点往往是关注哪个著名作家在这里养过猪、哪个著名的什么家在这里种过田，等等，人们忘记了这里还有过农民，更没有人会想要为这里的农民留下一星一点的记忆和历史。您的中篇小说《向阳湖》并没有直接叙述这一代知识文化精英在向阳湖的生活，准确地说，它叙述的是为大批知识分子来到向阳湖所做的准备工作，即几万农民围湖造田。它有一个鲜明的动机，就是为向阳湖周边的农民立传。这个视角超出我的阅读经验，我以为小说会直接去写向阳湖与知识分子之间的故事，其实小说根本没有写到知识分子及其思想改造的那段生活。因此，我常想，您骨子里最关心的还是农民及其土地，比如《向阳湖》中的老矮、泽林、桂桂这些人。似乎您曾说过，这部小说来源于亲身亲历，您是否参加过向阳湖的那一场浩大的劳动？

刘：湖北咸宁向阳湖，1969年迎来了京城几千名知识分子，他们中有著名的作家诗人、出版等各方面的大家，他们在咸宁向阳湖五七干校劳动，给历史留下了一段知识分子思想改造的记忆。但人们并不知道，在这些知识分子到来之前，曾有咸宁地区九个县的民工数万人大冬天在荒湖滩上挖淤泥围垦造田的事。我那年18岁，在当回乡知识青年，生产队曾两次派我到向阳湖参加围垦劳动，我们真正地在向阳湖流血流汗。中篇小说《向阳湖》写的是我第一次赴向阳湖的经历。那是冬天，数万人聚在荒湖滩上，搭芦席工棚，湖滩上铺层稻草，民工们的被子放在稻草上，挤着睡觉。白天挖湖滩上的泥巴，用箢箕装了往堤坝上倒，泥巴是稀的，倒一半被箢箕粘住一半。几万人像蚂蚁衔土一般，一点点地把那堤坝筑起来。民工们大部分没有长筒胶鞋，只有赤着脚踩在稀泥里。赤脚刚踩稀泥时，钻心地疼，但不一会儿就麻木没感觉了。每天挑泥筑坝，要完成土方，抢进度，还搞劳动竞赛，工地上红旗招展，大喇叭里播的是毛主席语录："下定决心，不怕牺牲，排除万难，去争取胜利。"有时白天拼死拼活垒的堤坝，遇到一场雨，渠水满涨，那堤坝即刻被冲倒，只好重来。谁的地段被冲垮就该谁倒霉，大家也只有同情，那倒霉的民工排或连就又去苦战了。我曾见过一位区委书记看着倒掉的堤坝流眼泪，流完眼泪又带着民工去挑泥巴。年关将近时，下起了大雪，道路断了，粮草运不进来，民工们困在湖滩，又冻又饿。我和同伴们曾去挖过老鼠洞，把老鼠藏在洞里过冬的谷粒弄出来充饥。附近生产队里有一个鱼塘，人家放干了水，准备捉了鱼分给社员过年，结果鱼被抢了。在向阳湖畔的那个冬天，是我一辈子都忘不了的经历，在那里吃的苦，给了我生命的营养与生存的意志，我后来在生活中遇到困难和挫折，只要想起向阳湖畔的那个冬天，就觉得都不在话下了。我写《向阳湖》的初衷，只是想记下我的那段人生经历，写完后放了好多年，2010年才整理出来发表在《芳草》杂志上，有几家选刊转载，能让更多的人知道向阳湖的前半段历史是咸宁九县数万民工在流血流汗，使得向阳湖这段历史更完整，我感到欣慰，因为那里也有我的血汗啊！

李： 去年曾读到您的短篇小说《冬天一朵云》。一个走乡串户的戏班子，借住在队长三叔家，因为丢了一块手表，害得三叔的还在读小学的女儿云失踪。这样的悲剧当然在今天很难发生。在当下，我想一个少女不会轻易因为被冤枉而出走，并且是永远地出走，家长也不会轻易地把责任推给一个未成年的女孩。这种乡村、农民的朴实到老实的品质可能很少见了。据说这也是一个基本接近真实的故事。由此，我相信评论家朱小如的观点，您对生活是绝对忠实的。

刘： 我写了四五十篇短篇小说，这些小说大多是以我们村子旁边的金水河为背景的，而且大多是写的乡村生活与乡村人物，都是我熟悉的生活与人物。写自己熟悉的东西，得心应手，生活的规律使得你的人物与故事自然而然地发展直至结局，不需要你去编造与挖空心思。忠实于自己的生活，这是一个作家最起码的要求。我的家乡民风淳朴，老百姓心地善良，我们那地方很少有刁民。比如我的祖父，比如我的母亲，一辈子做好事善事，我名字中的"善"字，肯定有他们的寄托。记得在我五六岁时，一个冬天，一个母亲带着与我差不多大的孩子到我家门口讨饭，我母亲给他们盛了饭，见那孩子赤着脚，就脱下我脚上的棉靴给那孩子穿上。我祖父在一个冬夜收留了三个借宿的武汉人，第二天还让他们吃了早饭上路，武汉人离开时千恩万谢。我祖父让他们带十斤粮票给我在武汉市三医院住院的父亲，结果是那十斤粮票当然地送不到我父亲的手上。《冬天一朵云》写的是我的乡亲们的善良与好意，结果阴错阳差，弄成了个悲剧，令人心里有一股隐痛。善良未必有好报，生活中什么都可能发生。但不论发生什么，我的乡亲，他们善良的人性不会改变。《东天一朵云》是我比较喜欢的一篇短篇小说，我正在编我的第二本短篇小说集，选的就是这个小说题目作为书名。

李：近几年，您在编辑《芳草·潮》，也接触到大量关于农村和农民的作品，最近您也写了一些关于农民工文学的随笔，参加了一些关于农民工的活动，您对当下的农民工精神生活现状有什么样的判断？关于打工文学有很多争议。这些争议最主要的是来自命名的，即"打工文学"这一概念是否具有科学性。尽管如此，我认为在一般意义上使用"农民工"这个概念是合理的。这个概念本身没有歧视的含义，反而准确概括了这一庞大社会群体的现状。"农民工"是中国城市化进程中的必然产物和客观现象，这一现象植根于中国的城乡二元化。也就是说，一天不完成城乡一体化，农民工这一社会群体、这一现象依然会存在。因此，"打工文学"也就是成立的。近几年来，文学界已经注意到，在打工者中间，涌现了不少优秀的作家和作品。相信这一趋势必将以更加饱满的热情发展下去，毕竟每一个打工者都有自己的梦想和抒发内心的渴望。

在文学界，一些职业作家和非职业作家，也写出了优秀的反映打工生活、打工题材的作品。您觉得当下农民工自身的创作水准如何？我个人感觉文学界对农民工阶层的书写，关注的焦点大多还局限于打工的艰辛和苦难这一点上，而不是更宽广地关注到一个社会群体的丰富性和复杂性。您的阅读体会是什么？

刘：我是在2011年2月《芳草·潮》创办时参与编辑工作的，2012年年初从《长江文艺》退休后，就全心参与了。《芳草·潮》是国内第一本大型农民工文学生活杂志，发表反映农民工生活题材的各类文学作品，农民工作者写，作家们写农民工。广大的农民工兄弟背井离乡，他们在城市打工，除了劳动挣钱外，他们还需要精神文化生活。他们看电视（在商店或公共场合蹭看），年轻些的可能去网吧上网（考虑到收费问题他们也不敢多去），最方便的是阅读纸质书，那些生活类、情感类、传奇武打类的杂志成了他们的首选。但这些阅读，对他们的精神素养提升作用不大，我们的《芳草·潮》杂志，就是要为农民工提升精神素养提供读本。中国城市化进程的漫长，使"农民工"这一称呼的使用也将是漫长的。我觉得对这个群类的称呼，并没加贬义字眼，只是一个符号，不存在歧视问题，就像我们被称为作家、老师、公务员一样。我倒是觉得将"打工文学"称为"农民工文学"更好。农民工在城市生活与工作，他们的理想，他们的追求，他们的生存状况，是文学作品表现的重要内容。农民工的文学创作早已存在，这一特定的写作类型，应该进入中国文坛，农民工文学在当代中国文坛应该占据一席之地。农民工文学，农民工写，写农民工（即非农民工作家诗人写农民工题材），内容反映的是农民工生存状况和农民工的内心世界。农民工文学写作者数量巨大,他们在劳动之余,用文学来表现自己的生活,他们中出现了一批优秀的诗人作家,写出了一批优秀的作品。农民工文学创作,在当代中国文坛很成气候,我们绝不能看低它的出身,而是要认识到它的重要意义。文学是时代的记录,我们从古往今来的文学作品中,都能够读出作者所处时代的气息,读出那个时代的政治经济文化的状态。而始于新旧世纪之交的农民工文学,记录了亿万农民从田野走向城市,由农民变为工人的历史,记下了他们的希望、理想、痛苦和辛酸。若干年后,当农民工这个群体不再存在,当下一代或下几代人不知农民工为何物时,他们会从这些农民工文学中知道这一特殊时代的特殊群体。这应该是农民工文学存在的重要意义,即历史意义。但当下的农民工文学创作水平,还有待提高,我们不能光看农民工在城市生活中的劳累苦难,更要看到他们的内心世界。新生代农民工,他们有理想有追求,而且还有创造的智慧与激情,还有农民工的坚韧奋斗与善良品行,都是我们的农民工文学要着重表现与展示的。前不久,国务院农民工办的一位负责同志在丰富农民工精神文化生活座谈会上说过,农民工文学创作是可以出大作家与大作品的,我十分赞同。

李:当然,您更主要的职业是编辑,您在《长江文艺》工作几十年,见证了湖北文学30多年的发展,见证了几代作家的成长。在这几十年的编辑和主编生涯中,您最值得骄傲的是什么?发现了哪些值得提及的作品、培养了哪些作家?

刘:是的,我这辈子都是当的文学编辑,从1973年10月15日开始,到今年的10月15日,我整整干了40年。我在《长江文艺》从诗歌编辑干起,后来又当了小说编辑、诗歌散文组组长、编辑部副主任、副主编,后来当了社长兼主编。我看到湖北文学这30多年是如何走过来的,也看到了几代作家,他们是怎么从业余作者开始,一步步走上文坛,写出了有影响的作品,登上各种领奖台,成为专业作家,当上作家协会主席、副主席的。40年的编辑生涯,我还没来得及梳理与思考,将来肯定是要回顾一下,给读者留下一点可供借鉴的文字的。几十年编辑工作,我值得骄傲的是,我帮助所有给我投稿的作者,我没害过人,我得了个比较好的人缘。要说发现了哪些值得提及的作品,培养了哪些作家,我真不好说,因为某一部作品的发表,不是我个人的功劳,编辑部都出了力,当然责任编辑和主编是关键。作家绝不是哪一个人培养的,对于编辑来说,只是在作家成长的过程中给予了无私的帮助,起过重要的作用。我们省里好多作家,在他们的成长过程中,我是帮助过他们的。我与他们成为了朋友与兄弟,他们喊我"老哥",我很欣慰。他们中还有几个人,在节假日给我发短信时,称我为"恩师",我想他们是真诚的,但我不敢当。

第二辑　叙事与伦理

生态在文学中的位置

在现代化进程中,"生态"一词已经成为热门词汇之一,预计未来会成为更加瞩目的词汇之一。人们通常根据自己强调的重点,赋予"生态"一词不同的外延与内涵。在最普通的意义上,它指一切生物的生存状态,生物之间、生物与环境之间的关系。有时人们在与"人"相对的位置上使用它,即指的是植物、动物、山川、河流等"自然";有时人们在与"污染"相对的位置即环境的意义上使用它,主要指的是空气、水源、土壤等。总之,"自然""环境""生态"在文化生活中往往不加严格限制地使用。我们是在更根本的意义上使用"生态"这个词,即在生物与环境之间的关系和状态上使用这个词,因此,它理所当然包含了"自然""环境"等词语的内涵。从人与自然、与环境的关系和状态上考察,"生态"不仅在中国文学中很早就有重要的位置,而且在不同的历史时期,其所处的位置、性质也是不相同的。

一、博物学和庇护所

人们很早就在文学中表现生态。在《诗经》中有丰富的描写植物的诗句,比如《关雎》中的"参差荇菜,左右流之"写"荇菜"的样子和采摘,又如《葛覃》中的"葛之覃兮……维叶萋萋""葛之覃兮……维叶莫莫"写葛草的茂盛。不仅如此,《诗经》中很多诗歌还直接以植物的名称作为诗歌的标题,如《卷耳》《芣苢》《樛木》等就是如此。据统计,在《诗经》中常见的植物有130多种。除了植物,在《诗经》中还有大量关于鸟兽的描写,如"鲂鱼赪尾""维鹊有巢""羔羊之皮""有狐绥绥"等,据研究,《诗经》中提到的有名的动物也达到100余种。众所周知,《楚辞》中关于"香草美人"的描写是极具成就的。当然,不仅仅是高洁幽香的"兰草"对屈原具有吸引力,事实上南方很多植物也是屈原描写的对象,据统计,《楚辞》中所写到的植物也有100多种。没有必要列举古代文学关于动物、植物书写的详细例证,在《诗经》研究中,古代有专门考证《诗经》所提及的动植物的专著《毛诗草木鸟兽虫鱼疏》，后世关于《诗经》与植物的研究成果更是数不胜数；《楚辞》之后，关于《楚辞》的考证注疏著作无一例外都充满了关于植物的考证和介绍，后世《楚辞》学成果中，诸如《楚辞植物图鉴》《楚辞里的植物》等由《楚辞》引申出来的植物学研究成果也很难一一列举。这些都强有力地证明，在文学史的开端，动物、植物等生态元素在文学创作中有很重要的位置，甚至可以说是文学作品中最常见的意象或者符号。无疑，我们需要认识到，这些关于动物和植物的描写，主要是出于艺术手法的需要，例如比和兴，作品的主要目的和作者的动机并非描写生态环境。而且，这些看似极其重视生态元素的作品，实质上是基于特定历史时期人们的生活与动物、植物的关系而创作，除了基本的物质生活外，巫术、早期医学等都与动物、植物有着紧密的关系。动物、植物在人们生活中的地位决定了它们在该时代精神生产中的地位。

因此，这一现象并不是说《诗经》和《楚辞》的时代，作家们就有自觉的生态文化意识，相反，在文学长河的源头，关于生态的意识和价值的认识，还是与人未能完全从自然界的束缚中摆脱出来的天地混沌的意识联系在一起的。由于生产力发展水平的局限，人类对自然的认识、利用、改造的能力还相当低下，人们还处于完全听命于自然界、无条件膜拜自然界的时代。也就是说，此时对生态或者环境的描写与赞美，并不是创作者自觉地认识到生态的重要，而是人类的生存和生活在事实上还极大地依赖着自然界，这些关于生态的书写更多的具有博物学或者医学的价值，它们总结和保存了文化源头关于自然界的认识和知识。

在中国文学长河里，源于陶渊明、谢灵运，集大成于王维、孟浩然、李白、杨万里等人的山水田园诗，开创了对自然生态书写的新阶段。在田园诗人的笔下，丰富的自然山川景物不再是博物学意义上的自然，不是知识学意义上被认识的对象，也不是单纯的被崇拜的神秘的力量或对象，也不是艺术手法上的工具，而是真正的独立的审美对象。但田园诗人所描写的生态，无论恬静淡雅，还是隽永优美，都隐含着诗人对现实的不满，对时代生活的回避，对政治生活的拒斥。诗人们试图在宁静的山川、闲适的田野中，创造出一个超越纷乱、烦恼、苦闷的现实世界的另一个世界，一个淡泊、和谐、真实，且更有价值的精神世界。这一对山川自然的书写追求实际上贯穿着田园诗人对历史、现实以及宇宙、人生的本体论的认识，田园诗只是表达这一哲学认识的艺术方式，在众多诗人的努力下，中国文学把自然或者生态构建成了一个萦绕优美牧歌的庇护所。

二、改造的客体、保护的对象、惩罚的主体

从对自然或者生态的顺从、膜拜到漠视并斗争，是伴随着生产力的发展和人类自身发展的需要而逐渐演变的。20世纪中期，随着民族矛盾和阶级矛盾的变化，刚刚成立的中华人民共和国面临的主要任务是发展经济建设、满足广大人民的基本物质生活需要。贫穷的现实生活、原始的生产力水平、落后的科学技术，使得解决吃饭穿衣问题的手段和方式极端野蛮和粗暴，人们只能以简单、粗放的方式向自然索取。加上意识形态上对生态自然的蔑视，在人定胜天等违背自然规律的理念影响下，人们对自然生态的服从、崇拜被战胜自然、征服自然的理想主义、英雄主义所取代。在《山乡巨变》《创业史》《李双双小传》等作品中都有不同程度的关于人与自然关系的思考和描写，陈残云的长篇小说《香飘四季》虽然也是农村合作化运动背景下的作品，但在表现人与自然的关系上更加典型，小说不仅生动地描绘了珠江三角洲丰富多彩的水乡风情，而且极富激情地刻画了一群以昂扬斗志改造大自然的青年农民形象。新的时代，到处是改天换地的劳动场面，小说也不例外地要表现这一特定农村发展阶段中农民的精神风貌。这一风貌，内在的是通过思想教育表现进步与落后的斗争，外在的是通过改造大自然的集体劳动，表现人对自然的雄心壮志。

到了20世纪80年代，经济领域的粗放经营和以产值、利润为唯一目的的简单工业所带来的环境恶果终于显现，并在20世纪末成为影响全局的社会问题。文学当然极其敏感地触摸到了生态在人类生活中所经历的这一历史性的变化，一批作家率先以文学的方式表达了对生态的担忧与批判，并因此掀起了一场关注生态的文学创作思潮，报告文学在这一潮流中充当了重要的角色。徐刚是这一领域的开拓性作家。从《伐木者，醒来!》《中国，另一种危机》《绿梦》《倾听大地》到《沉沦的国土》《江河并非万古流》《中国风沙线》《守望家园》《地球传》《长江传》《国难》等，从森林到沙漠，从河流到土地，从水土流失、沙漠化、滥占耕地到水质污染、滥用地下水，徐刚的创作几乎涉及环境领域的所有问题，作品所呈现的生态问题的严峻性令人震撼，文字间流淌的高度的责任感和忧患意识令人崇敬。其作品的数量、描写领域的广泛以及在文学界对环境问题的率先涉猎和一贯专注，使得徐刚成为中国环境生态文学领域最重要的代表性作家。除此之外，麦天枢、刘贵贤、马役军、王治安、哲夫、何建明、陈桂棣、李青松等人的《挽汾河》《黄土地，黑土地》《悲壮的森林》《国土的忧思》《人类生存三部曲》《共和国告

急》《淮河的警告》《长江生态报告》《黄河生态报告》《淮河生态报告》《遥远的虎啸》等报告文学共同写就了关于中国当代环境问题的报告文学史,这些作品的集中出现对于唤起时代的生态环境意识、对于让沉浸于迫切推进现代化进程中的人们思考更加和谐的发展方式,都发挥了重要的引导和启迪作用。当然,在这股生态题材创作热潮中,有些题材是作家们共同关注的,比如森林保护问题、河流及水资源污染问题、土地耕地问题,导致创作显得相对集中,如与淮河有关的作品就有多篇。其中也有作品虽然关注的同是生态环境问题,但作家切入题材的视角更加独特,视野更加宽广。例如何建明的《国土的忧思》不是从污染现状入手,不是从生态破坏现实进入,作家把视角定位于人口的增长与资源的有限之间的紧张矛盾,在现代化的背景下,从矿山资源、从矿难频发、从矿山开掘的泛滥,一层层切进,一步步深入,最后达到呼吁人们在索取资源与保护资源之间保持和谐与平衡的主旨。显然,所有关于生态的报告文学共同发出的声音是:保护。

值得注意的是,在这场以报告文学为主力的生态环境文学创作热潮中,小说家并没有沉默。20世纪80年代,梁晓声的《这是一片神奇的土地》把一个特殊年代青年的爱情与奋斗放在北大荒原始、野蛮、荒芜的背景上,放在人与大自然的激烈冲突与悲壮抗争的背景上,令人难忘地呈现出一代人的理想人格。尽管孔捷生的《大林莽》也并非写生态问题,但作家把知青的命运放在热带森林中来展现,客观上为一个时代的读者描绘了一幅壮观的原始莽林的面貌。与此类似的创作还有张承志的《黑骏马》、邓贤的《中国知青梦》。许多关于西部支边和垦荒的小说,也同样在人与恶劣的自然环境的抗争中书写人的命运。李杭育的《最后一个渔佬儿》虽然表现的是现代文明对传统生活方式的冲击,但渔佬儿柴福奎所习惯的打鱼生活恰恰因为工业污染对鱼类资源的破坏而受到威胁。尽管无鱼可打、鱼钩没人生产,柴福奎依然顽强地坚守沿袭传统的生活方式。作品流露的对柴福奎毫无希望的守望的尊重,恰好是对工业污染的无声批判、是对恶化的生态的担忧。郭雪波是一位在生态环境题材领域里创作成就突出的作家。他在20世纪80年代发表的《沙狐》以及进入新世纪后发表的《大漠魂》《大漠狼孩》等都有独特的视点,《沙狐》关注的是人与动物在草原世界中各自应遵守的秩序;《大漠魂》力图在人抵抗沙漠的命运中,呈现萨满文化对人与天地宇宙关系的独特理解;《大漠狼孩》在人与狼的冲突中折射人性与狼性随着生态环境的变化而发生的逆转和颠覆。这无疑是文学对建设草原生态文化的独特贡献。此外,哲夫的《天猎》《地猎》,杜光辉的《哦,我的可可西里》,陈应松的《豹子最后的舞蹈》《松鸦为什么鸣叫》,姜戎的《狼图腾》等,也都以各自独特的题材和艺术追求,为繁荣当代的生态文学创作作出了贡献。

小说有自身的创作规律，因而决定了小说进入生态环境领域与报告文学有很大的区别。在我们所提及的小说作品中，在我们没有提及的生态文学作品中，有一些作品的着眼点不一定是明显的生态现象或现实的环境问题，但这些作品或者是在人与环境的关系中叙述人的命运，或者是在叙述人的命运的同时凸显了生态环境对人的影响，或者是从人与自然的哲学思考上书写人的命运。不管从哪一个角度，作品的终极价值追求和思想指向都不同程度地与生态和自然相关联。与报告文学呈现具体的生态恶化、环境破坏的数字和现象相比，小说进入生态领域，赋予了生态文学更多的生动性、形象性以及文化内涵，小说以具体的人物和人物命运让生态成为有生命有呼吸的生态。不同作家、不同风格、不同题材的生态小说，共同昭示了生态环境与人的生存发展之间的息息相关的血肉联系，更令人深思的是，这些小说大致都表现了在与自然的相处中人的失败及其受到的惩罚。

三、伦理主体：尊重、友好、和谐

　　经过30年的快速发展，我国的社会主义现代化建设取得了巨大成就，经济快速发展，综合国力极大增强，人民生活水平明显提高，与此同时，发达国家上百年工业化过程中分阶段出现的环境问题，在我国这20多年来集中出现：主要污染物排放量超过环境承载能力，流经城市的河段普遍受到污染，城市空气污染严重，酸雨污染加重，土壤污染面积扩大，近岸海域污染加剧，以及水土流失，石漠化，草原退化，生物多样性减少，生态系统功能退化。环境污染和生态破坏不仅造成了巨大经济损失，也危害群众健康，影响社会稳定和环境安全。未来一段时间我国人口将继续增加，资源、能源消费持续增长。在当代中国，生态环境问题不仅成为严重制约经济的瓶颈，而且也已成为中国最大的不稳定因素之一。

　　正是在这样的背景下，建设生态文明被作为全面建设小康社会的重要要求之一提出来。在这一高度上，"生态"不是简单的环境，不是单纯的植物与动物，也不仅仅是环境保护、资源节约以及生态治理，它更重要的是一种关系，人与自然的伦理关系，是一种文化价值层面的状态，它的核心是人与自然之间的尊重、友好、和谐。也就是说，在生态文明的范畴下，应该把自然、把生态拟人化，把自然、环境视为一个与人平等的伦理主体。

　　从这一生态伦理的理念来看，近年来关于生态的小说创作发生了一些新的变化。如魏微的《沿河村纪事》（"2010年度中国小说排行榜"作品），通过三个大学生进入农村的过程，让读者看到传统的质朴的乡村如何在市场经济的冲击下瓦解并演变为令人陌生的复杂社会。关仁山的《麦河》("2010年度中国小说排行榜"作品)是一部"关于河流、土地、庄稼和新农民"的长篇小说,尽管作品写的不是环境、不是生态意义上的乡村,而是制度、体制意义上的乡村,但作品追求的核心却是传统乡村的死亡与新生。因此,在生态文明的范畴下,《麦河》依然具有生态层面的审美价值。在张庆国的中篇小说《如风》("2011年度中国小说排行榜"作品)中,大黑山由于退耕还林政策落实得好,导致野猪成灾并给当地农民的生产、生活造成极大困扰。于是小说的主人公陈刚——一个警察、一个猎户的后代,被派到大黑山负责引导进山的领导和客户打野猪。这是少有的关于生态环境变好反而成为一个问题的小说。曹寇的中篇小说《塘村概略》("2012年度中国小说排行榜"作品)以城乡结合部的一个村庄"塘村"为舞台,以一个刑事案件为切入点,让读者看到当下转型时期乡村生态环境的恶化和社会环境的颓废。李佩甫的《生命册》("2012年度中国小说排行榜"作品)也是一部关注城市化背景下乡村演变的长篇小说。在《生命册》中李佩甫"把人当植物来写",从中原的植物与土壤、与地理环境的关系来审视植物的生长、发育、成形,作家试图以此来映照平原人的精神成长过程,思考是什么样的环境滋养并形成了平原人,从而最终挖掘中原农村的精神性格。毫无疑问,这部关于乡村的力作也具有生态文化的意味,它穿越了从环境层面的生态到人的精神生长层面的生态。当然,在此之前,小说界就不乏从生态伦理的视角来处理生态题材的佳作,如铁凝的《孕妇和牛》就是一个代表,在这篇充满诗意和牧歌氛围的短篇小说中,孕妇与怀孕的牛在赶集回来的路上是有着温婉的对话的,孕妇叫牛"黑啊",牛也是能听懂孕妇的话的。又如张炜的《怀念黑潭中的黑鱼》(1995年),在这部小说中,黑鱼是可以与居住在水潭边的老夫妇对话的。小说中的黑鱼向老夫妇请求在水潭安身,并被老夫妇接纳,于是鱼与人和睦相处。只有从伦理的理念出发,牛与黑鱼才能与人展开对话。

因此,从生态伦理角度的小说创作来看,当代文学已经有了较好的开创性局面,作家们需要的是进一步打开视野,整合中国生态文化与历史发展中鲜活的生态现实,在人与作为伦理主体的自然的互动之间发掘更具审美价值的创作空间,奉献更多更有艺术力量的佳作。

历史地看,生态在文学的世界中,已经处于一个更加科学、更加合理的位置,它不再是博物学意义上的动物、植物百科全书,也不是逃避现实的庇护所,不再是被改造的对象,也不仅仅是被保护的对象,更不是惩罚人类的主体。生态是人类的家园,是人类的朋友,是人类应该尊重、和谐、友好待之的伦理主体。在这一位置上,文学如同塑造人一样,也可以平等地去塑造和刻画生态中每一个元素的性格和命运，也可以提供一个生态人物画廊。这是在建设生态文明背景下，作家可以大有作为的时代舞台。

(《文艺报》2013年2月6日)

从身体叙事中能读出什么

一、文艺视野下的身体伦理

近几年来，文艺界关于"身体伦理"的说法多了起来，甚至成为一个热点话题，有时可以说是时尚性的话题。仔细分析起来，虽然都是在"身体伦理"这一关键词之下展开的讨论，但各种说法的范围有宽窄之分、侧重各有不同。身体与欲望的关系是与生俱来的，身体是承载欲望的载体和实现欲望的必由途径。但身体叙事并不就是欲望叙事，因此，本文不主张把身体叙事的范围放大，仅仅指以裸体、身体、人体为表现工具，材料、对象为表现对象的艺术创作（如裸体雕像、人体艺术、行为艺术等），当然，也包括部分以关注身体的娱乐感受为中心、与身体密切相关的文学创作（如下半身写作）。同时，在身体伦理的讨论中，不少人关注的是哲学意义上的身体伦理问题，即从灵与肉、心与身的关系考察身体的伦理内涵、伦理价值，诸如身体的放纵与禁锢、身体自由与人类创造等。当然，在这一主题下，也有人从身体作为表达语言、叙事语言的角度，分析作为语言的身体所能表达的、突破的、达到的意义，从而分析身体伦理。这些也不是本文思考的中心。

众所周知，伦理与道德是调节和规范人的社会关系的规范、范畴，因此，我们首先必须严格限定"伦理"一词的使用范围，尽管当下这个词语已经被滥用。不管伦理学科如何发展，"伦理"始终是对人而言的，对人以外的世界比如自然界、动物界等，不可能使用"伦理"的范畴，对自然界我们使用了"生态伦理"，但这仅仅是指人如何对待自然、如何处理与自然的关系。所以，我们不可能对一部小说、一首诗歌、一部电影拷贝等来谈论"伦理"。所谓的小说伦理、文学伦理、叙事伦理，无疑都是针对"创作者"的伦理（这些都可以归之文艺伦理），文艺伦理调节文艺生产、文艺创作之中的伦理关系，而不是针对负载于物质媒介上的作品。

但是,"文艺伦理"的复杂之处在于,我们只有通过对作品、创作面貌和创作现象的分析,才能追溯到"人"。脱离具体的文艺作品,文艺伦理就是一句空话,从来没有、也不可能有脱离作品、脱离创作的文艺伦理。因此,当我们谈论文艺伦理的时候,我们总是把作品和作者视为了一个不可分割的整体。在这一意义上,"作品创作结束了就跟作者无关"、"作品的思想内涵与作者的思想境界是截然不同或者没有关系的两个领域"、"不应当从作品来分析作者的思想追求"、"文艺批评应当仅仅从文本出发"等说法,都是不科学的或者不全面的。如果这些说法都是成立的,那么,近几年文艺界对文艺伦理的孜孜探索便都是枉费心机。

在这一前提下,我们可以不很严格地界定,我们所说的身体叙事伦理,是指艺术家如何看待、如何处理作为题材的身体,如何在艺术创作中表现身体和作品中的身体表现的社会效果,以及在回答和解决这些问题时所应考虑和遵循的规范。

二、身体如何进入表现世界

就如"裸体"与"裸像"有所区别一样,"身体""人体"也并不就等同于以"身体""人体"为题材的艺术创作。当然,"身体""人体"在艺术表现中的地位也并不是始终如一的,而是有着复杂的历史过程。

从哲学的角度看,当人试图把自身与自然界、与动物界相区别的时候,人就开始在意识中构建主体的人、构建人自身。也就是说,当人意识到自己是作为人的人,而不是与自然界混沌一体、与动物界不相区分的人,这个时候,人也开始审视自己的身体,也是这个时候,人意识到要用动物皮毛和树叶制造最简陋的服装,遮蔽自己的身体。自我意识的萌芽、主客体关系的形成、类的概念的建立,是人有意识地审视自身身体的前提和基础。因此,人类用视线正面面对自己身体的历史是漫长的。但这一漫长的历程并不都是把身体作为表现对象的精神创造历史。换句话说,只有在人类进入文明社会后,我们才可能谈身体叙事的历史。

自人类进入文明社会后,身体、裸体进入人类的精神创作世界可以大致分为古希腊罗马时期、中世纪时期、文艺复兴时代,此后是200多年的纷繁面貌,20世纪后则是现代艺术时期。这种划分也许是准确的,但基本可以说明人类把身体作为表现题材的历史。雕刻,尤其是人体雕刻,是古希腊艺术的典范。人体进入雕刻的世界并不是因为艺术家非凡的想象和虚构,而是有着其必不可少的条件。

马克思说过，希腊神话是希腊艺术的土壤。古希腊神话是希腊人体雕刻的主要素材。但古希腊人体雕刻的流行不仅仅是因为对神、神性的爱和崇尚，英雄、战士、运动员、健美的人体、充满力量的肌肉等，这些现实生活中的意象与元素，同样是备受爱戴与崇敬的。在对神的歌颂中传达着对人的现实关怀和尊重，在对人的赞美中又包含着对人性的升华，把人看作神。简单地说，人体雕刻在古希腊的流行，一是因为悠久的神话传统，二是因为当时的社会风尚即是对现实生活和人的肯定。整个中世纪是黑暗的世纪，在禁欲主义的笼罩下，艺术不可能公然表现身体。文艺复兴的兴起释放了神权对人性的压抑、解除了教会对思想的束缚，对人的肯定、对个性自由的肯定，使得艺术对人体的表现出现了新的面貌，它不是简单的对古典艺术传统的重新肯定，而是充满了对人体美、对世俗生活、对人的日常生活的不可遏止的尽情宣泄。相比较而言，现代艺术以扭曲、变形为主要手段，生动反映了以机器文明为特征的资本主义发展对人的物质生活及其精神生活的影响。

　　艺术史表明，身体进入艺术表现领域有其特定的历史背景和条件。从来没有一个空洞无物、毫无根据也毫无艺术思想的身体叙事现象。那么，结合近几年来文艺作品中的诸如人体摄影、行为艺术、身体写作等身体叙事现象，我们是在表现力量、健美吗？是在通过身体表现对世俗生活的肯定吗？还是在表现时代的发展对人的压抑……我相信，很多人会回答：我们都没有看到。那么，我们看到了什么呢？看到了满目的身体、裸体，仅仅是身体、裸体，我们或许还可以说看到了身体叙事伦理的缺失。

三、身体进入文艺究竟有何伦理规范

　　那么，身体、裸体进入艺术表现领域，或者说身体叙事，究竟有无伦理规范、有什么伦理规范？回答这一问题是困难的，这里只是提出几个基本的原则和规范。

　　首先，一个显而易见的事实是，在社会生活中，无论是西方文化，还是东方文化，从历史传统、社会风俗到制度层面、法律层面，对身体的展示、袒露都是有所禁忌的。这里面有许多优秀的文艺伦理传统是今天文艺伦理建构应该继承和弘扬的。当然，这不等于说，我们可以把这些禁忌完全使用于文艺创作世界。在社会生活中，一个女性在大众场合展示和袒露身体可能是不适宜的，但同样是这个女性，作为裸体模特在画室展示或袒露身体却是可以接受的；同样一部身体裸露镜头较多的、对成年人可以放映的影视作品，对未成年人却是不合适的，等等，这些情况说明，对身体叙事的文艺伦理建构仅仅依据现有的道德传统和制度文化是不够的。但无论如何，民族的优秀道德传统是我们今天的身体叙事伦理应当吸收的宝贵资源。比如2006年北京宋庄五位画家在北京与河北交界的潮白河边一座沙山上裸体表演行为艺术，就遭到在当地劳动的村民的大骂，我们承认，不同的人群对行为艺术的理解和接受的程度不同，但是行为艺术的表演、裸体的展示是否也该考虑社会风俗因素、是否应该不干扰他人的生活和工作呢？从而是否应该对表演的地点、向外界开放的范围等环节加以斟酌呢？当然，我们也注意到，当代文艺的活跃不断涌现一些新的现象，比如四川画家李壮平以自己的女儿为裸体模特创作《东方神女山鬼系列》油画，这是一个超越油画界传统规范的案例，也是一个身体叙事的作品，而且从传统的伦理上也不容易被多数人接受。对这些新的现象，我们首先是倾听画家父女的声音，看到女儿对父亲事业的支持和热爱、父亲眼中女儿的神圣、纯洁。然后是审视画家的艺术创作，画家以屈原笔下的"山鬼"和郭沫若笔下的"巫山神女"为意向，并发现女儿与自己想象中的女神形象相近，于是通过女儿的身体塑造出了巫山神女美丽、纯洁、善良的艺术形象。从画家父女的创作过程、创作效果以及对这一合作的理解，我觉得是可以宽容地接受的。

其次，人体的展示和表现应当遵循一定的法律法规。在调节人类社会的关系中，伦理道德是较高的规范，不是强制性的规范，它受制于主体的自觉和觉悟，而法律法规是最低的、最基本的要求。文艺并不是让人体随处裸露的旗帜和豁免权，因此，在法律范围内表现人体可以理解为是对身体叙事的基本道德要求。在中国前卫艺术界以自虐、残暴、毁灭为手段，以生肉、尸体、动物、人体为材料，走火入魔、蔚然成风的2000年，上海国际双年展的外围展《不合作方式》上展出了一张行为艺术家朱昱吃婴儿尸体的照片。这种身体叙事，就已经超越了法律的界限，对尸体的侮辱与毁坏，既是对死者人格的亵渎，也是对人类尊严的毁损，是各国法律都不允许的。此外，文学作品中的性描写（曾经引起争议的《废都》）、影视作品中的激情戏（轰动一时的《色戒》），这些作品所产生的分歧足以说明亟须完善我国文艺法制，以适应文艺生产的新形势，从法律上界定一些特定作品的性质，以避免公众因为评论界的众说纷纭而对作品缺乏客观的判断。美国的最高法院对作品中性行为的描写、对将儿童作为性行为表现的对象的作品，都有严格的法律规定。

其三，对身体的表现、身体叙事应当遵守文明基本底线。文明的基本底线有许多范畴，比如羞耻，通俗地说，羞耻是一个人在自己的思想与行为和社会常态不一致时，而产生的一种痛苦的情绪体验。健康的羞耻观念是一个民族的基本文明素养，当然也是文艺创作和生产应当坚持的基本准则。前些年在以木子美为代表的身体写作热潮中，一部分女性作者用文学的方式、以自传的形式，毫无顾忌地暴露个人性生活，并且往往以个性张扬、大胆表达、观念解放、抗拒传统等为荣耀。这里面隐藏着巨大的认识分歧，比如人们是否需要隐私，隐私的暴露是否有底线，暴露隐私是否就是张扬个性、思想解放，等等。隐私以及隐私观念是一个人的人格尊严的体现，是个人权利与人身尊严的重要内容，当然对隐私的尊重和保护也体现着一个社会的文明程度。木子美等人公布自己的性生活隐私实际上也公布了他人的隐私，因此事实上也是对他人隐私的侵犯。当所有人都因为隐私的泄露而尴尬，美女作家却以此为荣时，这便是羞耻、廉耻观念的缺失。这其实与文学、与实验、与先锋等毫无关系。除羞耻外，还有诸如美丑、荣辱等范畴，都是文明的底线范畴。在行为艺术中的杀戮动物、玩弄尸体、自杀自残等，都是与人类文明底线相冲突的。不管对艺术如何理解、不管对前卫如何理解，艺术永远不可能脱离其基本的永恒的追求——美，而这些所谓的艺术无论它们吹嘘得多么玄妙和先锋，其实与美是背道而驰的。

其四，对身体的表现，或者说以身体、裸体为题材的叙事，应该尊重文艺的基本规范和本质规律。文艺当然是历史的、发展的，但是文艺的基本规范和本质规律是使文艺之所以成为文艺的保证，是文艺繁荣和发展的内在根据。对这一前提的突破和蔑视，使文艺的探索无论是身体叙事还是非身体叙事，都将是无本之木。比如北京曾经上演的"裸体京剧"就是对京剧这一国粹的充满性欲和色情的改编。诚然，时代的发展对京剧的生存和发展提出了许多挑战，京剧自身也在不断探索和改革。但京剧的改革应当是在尊重京剧艺术基本规范和规律的前提下的改革，绝对不是把演员的衣服剥光，用身体去吸引票房。2008年7月，在第三届中国北京国际美术双年展上，摆出了一尊宽衣解带、袒胸露乳的慈禧裸体雕塑。雕塑作者称，该雕塑以慈禧太后为原型创作，只为表达自己对历史的理解。对慈禧在历史中的所作所为，历史学家们有科学的、理性的分析和判断，而且在近几年来的历史电视剧热潮、宫廷电视剧热潮中，对慈禧的形象，不同的演员已经多次演绎，可以肯定地说，绝大多数观众、读者对慈禧的形象、对慈禧究竟是一个什么样的女性，已经有了判断。如果对这一人物的历史评价和判断有新的发现，首先是通过历史学家的严谨工作，而不是通过对其裸体的展示。试想，通过慈禧的裸体能够表达对历史的什么样的认识？是要通过她身体的丑陋凸现出她的阴险毒辣吗？还是要通过她身体的某种特征显示出她的专横跋扈？对慈禧的认识只能通过她在历史上的所作所为，而不是根据其袒露的身体，裸体并不能说明一个人的善良与反动，对慈禧这样一个复杂的政治人物，更不可能简单地通过其裸体达到对历史的认识。

最后，艺术家应当具有表现新世纪的人体的力量和勇气。在人类文明的历史发展中，人在改造客观世界的同时，也创造和改造着作为实践主体的自我。因此，不同时代的人、不同时代的身体的代表，总是体现着不同时代的精神面貌、精神力量，反映着人类在本质力量对象化过程中对"人"自身的提升。因此，我们能够在不同时代的身体叙事作品中，发现时代留在人体上的精神烙印；我们能够从丰富的身体叙事作品中，通过人体折射出来的光彩，追溯他们来自哪一个时代。原始艺术中的身体更多地是表现人类童年时代对自身的好奇、崇拜，比如出土雕像中大量的对女性髋骨、乳房、女阴三角等的夸张表现，是对女性生殖能力，从而是对人类自身再生产的崇拜和展示。在古希腊的裸体雕刻中，我们感受到的是人的巨大力量和无比健康。我们从文艺复兴的裸体艺术中读到了人类从禁锢的中世纪解放出来的欣喜和自信。那么今天，在以信息化、数字化和网络化为主要特征的21世纪，我们从身体叙事中能读到什么？自"二战"以来，尽管经历了许多的曲折，尽管世界的发展仍然面临许多问题，但在半个多世纪的进程中，人类的创造和贡献在世界文明史上毫无疑问是辉煌灿烂的。在这一过程中，人充分自由的发展无疑也存在和面临不少问题，但人类文明的脚步依然坚定地朝着未来在前进。那么，我们能通过近几十年的艺术中的身体、裸体，看到、感受到、读到什么？这是艺术家要思考的一个重要的身体叙事问题。可以回答的是，身体叙事、以身体为题材的艺术表现，应当准确展现21世纪男人、女人的性格、魅力、特征。要做到这一点，必须对我们这个时代的社会发展、社会的心理状况、人的精神风貌等，有高度而科学的概括和抽象，而不是简单地把人体、裸体、身体堆积在作品中或画面上。

（《文艺报》2010年7月21日）

不同生态观与生态的多民族书写

生态意识包含在宇宙观体系之中，不同民族的宇宙观蕴含着不同的生态观念或生态意识。生态意识在不同民族作家的创作中、在以不同文化为背景的创作中，有着不同的面貌，比如分量的轻重、篇幅的长短、所触及的生态世界的宽广与狭小、进入生态世界的视角，等等，这些不同虽然与作家关注的题材有关，但更深层的因素，是不同民族的作家在不同文化视野下，看待世界、看待生态的方式不同。植根于不同的文化土壤的生态书写，既互相区别、各有特色，又互相补充、共同丰富，从而建构起文学的生态世界，这是一个与自然的生态世界互相映照、互为启发的世界，从这个镜像的生态世界，人类得以更好地理解自己、理解自然以及理解人与自然的关系。

一、藏地文化：人对自然的神圣崇拜

尊重自然、爱护自然，是人与自然关系的一种基本状态和模式。但基于不同的自然哲学或者说不同的宇宙观，不同民族对自然的情感程度不尽相同，有一般的热爱和尊重，也有炽烈的热爱和尊重。藏民族对自然的情感可以称为达到了"极端"的程度，即对自然无比敬畏、绝对崇拜。学术界认为，藏民族的生态意识来自藏族传统的宇宙观、本教的万物有灵的观念以及佛教相关的思想。藏族传统的宇宙观，把宇宙看成自然、神与人三位一体的统一体。从这个宇宙观出发，人类必须将自身融于自然、爱惜自然、保护自然、顺应自然、依赖自然，做到人与自然和谐交融。这一宇宙观也是生态观，是宇宙观与生态意识的统一。流传于青藏高原、有一万多年历史的古老宗教（本教）认为，万物有灵，山有山神，水有水神，树有树神，家有家神。对山水树木、飞禽走兽、各种生灵不恭敬，甚至随意破坏捕杀，会遭到神灵的惩罚。爱护山水、敬畏自然、保护生灵、爱护自然界中的一切有生命的动植物，会得到神灵的保佑。佛教倡导慈悲为怀、利乐有情、禁止杀生、六道轮回、因果业报、普渡众生的大慈大悲理论，提倡人心净、众生净、环境净的宇宙美好境界，其包含的尊重自然、敬畏生命之意不言而喻。在长期的社会发展中，这些思想资源不断交融并互相作用，融会而成藏民族独特的宇宙观以及生态意识。

藏民族的宇宙观是藏民族宝贵的精神财富，至今仍对西藏人民的信仰和生活发挥着不可缺少的作用，而其中的生态意识，则规范和协调着藏民族与自然的关系，也是藏族作家处理自然、宇宙、生态题材的主要思想资源。蕴藏在藏民族宇宙观中的生态观念深深影响着藏族作家对生态的书写面貌。

如朗顿·罗布次仁对"破坏"与"惩罚"的书写。在朗顿·罗布次仁的小说《冬虫夏草》中，企图依靠挖虫草致富的亚培不断想到，把虫草挖光了会不会给草原带来灾难，会不会遭到惩罚。亚培因为目睹接连的不幸，因为对"惩罚"的相信，最终放弃了挖虫草的职业。相信有"惩罚"的背后，是相信万物有灵。又如阿来对"狩猎规则"的叙述。阿来的长篇小说《空山》写格桑旺堆用传统的规则，即试图用刀与老对手熊进行搏斗，这一细节传达出狩猎传统中独特的生态观念，即动物与猎人之间权利和地位的平等。再如次仁罗布对"生命轮回"这一佛教理念的讲述。在次仁罗布的《放生羊》中，年扎老人在转经途中偶然遇见了通人性的绵羊，只见它"全身战栗，眼睛里密布哀伤和惊惧"，老人被绵羊的恐惧所打动，一腔怜悯喷薄而出，也为了救赎妻子桑姆的罪孽，于是决定赎买这只即将要被宰杀的绵羊，并把它带回家悉心照顾。在日复一日地转经、拜佛、祈祷的过程中，放生羊使年扎重新感受到了久违的爱意与温暖，心境也发生了变化，由浮躁到安静，心中有了希望和寄托。虽然不少作品写过人与动物之间特殊的关系，但《放生羊》通过人与羊的相处和对话，企图使人获得超越现实世界、获得灵魂慰藉和心灵温暖的意图，是独特而少见的，应该说，这一特色来源于作家独特的地域文化和生态文化背景。

品味藏族作家对生态的书写，不难感受到，除了折射着藏民族生态意识的常见主题外，不少藏族作家对生态的书写充满着鲜明的自然神圣感，也就是说，从这些作品中，我们可以生动地体会到一种对自然或生态的宗教情感，神圣性、绝对性、权威性是这种情感的品质。例如，对于玉石，只有藏民族把绿松石视为神圣饰物，基本上每个藏民都拥有某种形式的绿松石。朗顿·班觉的《绿松石》就描述了这种对绿松石的神圣情感。当班旦的爷爷到冈仁波钦神山朝佛，在玛旁雍错神湖中舀圣水往头顶上浇时，从湖水的泥沙中舀出了一块精美的绿松石，在场的人看到后，都夸那块绿松石是世间难见的好玉，班旦的爷爷当时是这样想的："这块绿松石，可能是哪个朝湖的人从自己脖子上摘下来献给湖神的，现在被水冲到岸边来了……他想，别人拿这么贵重的绿松石献给湖神，我又怎能拿走？他对着圣湖大喊道:'神湖啊,我是个贫穷的人,没有任何东西献给你,我把这块捡到的绿松石,当作我的贡品还给你,请你收下吧!'"这一"捡"一"献",写出的是班旦的爷爷对圣湖的虔诚和心灵的无私。贯穿整部作品的绿松石几易其主,最终又回到原先的主人手中,也象征着一种冥冥注定的轮回。

从表面上看,藏民族的生态观念所指向的对象是神灵,但这并不表明对大自然的宗教情感也是纯粹虚构的。事实上,神灵在本质上就是各种自然力量和社会力量的化身,神灵的意志在本质上就是各种自然规律和社会法则的具体体现,神灵的行为方式在本质上就是各种自然现象和社会现象的表现方式,神灵对于人的行为所要求的禁忌在本质上就是各种自然力量和社会力量对于人的行为所形成的限制,神灵的约束和惩罚在本质上就是自然界和人类社会的约束和惩罚。正是由于这种独特的生态和自然观,使得我们阅读藏族作家的小说,总能感受到作家对自然的神圣之情。

二、草原文化:人与自然的生生不息

以"草原"为依托、以"游牧"为方式,草原上的先民们在长期的生活实践中,形成了"天地所生、日月所置""天似穹庐,笼盖四野""天父地母"等朴素的自然观思想,在天、地、人三者关系上,主张"天地合力""天人互助""有为于天下"。这些成为草原民族看待人与自然关系的基本框架。

以蒙古族为代表的北方草原游牧民族,其宇宙观来源于古老的萨满教、神话传说、英雄史诗,也来源于人们在认识自然、改造自然的实践基础上累积起来的制度文化(习惯、法律条例、行为准则等)。综合学术界对草原民族的宇宙观的研究,可以把蒙古族的宇宙观的思想渊源概括为几个主要的方面,一是来自萨满教的思想资源。萨满教是蒙古族古老的宗教,它伴随着蒙古民族的形成、发展而生成和发展,从旧石器时代、新石器时代,从氏族社会到奴隶社会,萨满教逐步从自然宗教形态演变为主神教形态,并在蒙古帝国时期繁荣昌盛。在萨满教宇宙观中,宇宙是天地万物生存的空间。天、地、人是世界的三个基本构成要素,天神掌管人世间的万事万物,地神掌握万物生长,敖包是天神、土地神、雨神、风神、羊神、牛神、马神等神灵居住的地方,在萨满教的自然观中,自然既是神性的,也是人性的观念体系,彰显的是自然崇拜的精神。二是来自蒙古民族在长期发展中不断积淀和丰富的制度文化。基于对构成世界的基本元素关系的认识(即相互依赖、缺一不可),蒙古民族认为,每个元素必须遵守一定的秩序和规则,才能确保整个世界的和谐。草原文化中有关善待自然、保护环境及生物多样性等方面的法律、条例、训令和准则，正是这一宇宙观的具体体现，如成吉思汗于1225年颁布的《札撒大全》中有关狩猎、草原保护、马匹保护、水源保护等法律条文。又如1640年颁布的《卫拉特法典》，这是蒙古游牧民族较完善的一部法典，涉及蒙古族社会、政治、经济、文化、军事、刑法和风俗习惯等各个领域，其中，从草原和牲畜两个重要的方面对草原生态保护制定了严格的措施，诸如禁止对海番鸭、麻雀、蛇等动物宰杀，等等。草原生态系统与农耕生态系统有着完全不同的特点，草原地区干旱少雨，以草本植物为主，啮齿目动物多，在某些季节和年份，由于雨量等原因，草原的生态极其脆弱，易于被破坏。草原不仅是畜牧业的生产基地，而且也是重要的生态屏障。所以，详细而具体地规定对影响生物链稳定的动物群落的保护，可以有效维护草原生态系统的完整性、稳定性和多样性。这一法典的生态内容至今仍然具有不可忽视的价值，因为它与当下可持续发展的环境伦理在价值追求上相一致。三是对社会实践经验的总结。在认识自然、改造自然的过程中，在家畜的繁殖和控制、草场的选择和品种培育、预防自然灾害、放牧方式等各方面，游牧民族积累了大量有效的经验。这一对自然的认识和改造过程，也是游牧先民对草原、生态、气候、天文、地理、动植物知识的系统化、规范化过程。

总之，草原游牧民族的宇宙观及其所包含的自然观、生态观，既来源于游牧生产或生活，来源于人与自然的依赖、斗争过程，也来源于长期生产实践和社会实践中知识和文化体系的不断构建过程；既包含对天地起源、天地万物、山川自然的解读，也包含对自然生态与人类社会关系的探索认识，即以自然为本，在尊重自然的基础上把人与自然统一起来。在统一中发掘人的本质力量、确立人的主体性，从而形成草原民族人文精神的独特个性。

总结游牧民族独特的自然观，不难发现，反对对草原、森林、湖泊、河流的滥垦、滥伐、污染，是游牧民族与生俱来的理念，游牧民族是自然而自觉的生态保护者。在长期的历史发展中，这一深厚的生态保护传统，不仅对保护蓝天白云、草原森林、湖泊河流，发挥了巨大作用，而且也成为蒙古民族的优秀文化财富，滋润着蒙古民族的文化繁荣和发展。以草原为背景的小说无疑也浸润着这一文化营养。草原生态文化作为营养，如同血液，一直流淌在蒙古族和其他草原游牧民族的文学长河里。在玛拉沁夫以《科尔沁草原的人们》《在茫茫的草原上》《第一道曙光》等作品描绘的草原生活画卷中，草原文化中强烈的自然意识、惜生观念、英雄气概，烘托出鲜明的民族性格和民族特色。

在新时期，以草原和游牧生活为题材的创作，对草原生态文化和自然文化的挖掘和表现，呈现出更加纷繁和开阔的形态。张承志并不是蒙古族作家，但青年时代的知青生活，使得以草原为背景的创作成为张承志的重要创作领域，《黑骏马》便是典型的例证。《黑骏马》对母性的叙述、对生殖力崇拜的叙述便是草原民族独特自然观的一个具体体现。关于小说《黑骏马》，一致的意见是它聚焦现代文明与草原传统的冲突、理想与现实的矛盾，叙述了草原传统生活方式与现代生活方式的悲剧性冲撞。当然，评论界也一致认为小说描绘了蒙古草原秀丽的风光，讴歌了伟大的母爱，赞扬了纯洁善良的人性，等等，这些无疑丰富了我们对小说的理解与感受。但，我们还可以进一步从草原生态文化的角度阐释这部作品。小说中有两个细节写到索米娅"母性"的袒露，一是当"我"看到了索米娅微微隆起的肚子，"我"冲了上去，索米娅像疯了似地咬"我"手臂，然后跑了。她怕"我"伤害她肚子里的孩子，一种母性的本能让她不顾一切保护她的幼崽。二是当"我"拖着伤痕疲惫的身子回到蒙古包希望得到安慰时，索米娅慌忙藏起一双红花绒布缝的婴儿鞋子，这是她为腹中即将出世的婴儿准备的小礼物。尽管她并不爱这个孩子的父亲，但这个圣洁的礼物不容任何人怀疑和玷污。在人与自然的层面上，《黑骏马》不仅呈现了以"奶奶和索米娅"为代表的草原儿女对生命自在状态的渴求，更呈现了他们对生命赖以存在的草原大地的眷恋、虔诚和崇拜。在小说中，索米娅结婚前生了一个孩子，有了丈夫达瓦仓后又生了三个儿子，并在小学里照料所有的孩子，她是所有孩子的母亲。尽管有这么多孩子需要照料，但和"我"离别时，她依然希望"我"将来有了孩子，还送给她养。"我已不能再生孩子啦……我受不了，要是没有那种吃奶的孩子，我就没法活下去……你以后结了婚，生了孩子送来吧，我养成个人再还给你……"索米亚对孩子的热爱和渴望，不仅是她对自己作为女人的天赋责任的认同——她是一个为爱而活着，为养育生命而情愿奉献自己的草原母亲，而且，也是作品隐含的另一个主题，即对草原上顽强旺盛的生命力的张扬。对生殖力的崇拜的本质是对自然力的崇拜，是自然力崇拜在人类社会生活中的反映，实际上显示的是人对自我再生产的重视与自信。《黑骏马》不仅是草原文明与现代文明冲突中的一曲爱情悲歌，更是天、地、人交融并生生不息的生命之歌、自然之歌。

随着改革开放的深入，现代化进程对传统的草原生活也产生了巨大的影响。开发与保护、现代文明与游牧生活、历史与当下、欲望与灵魂，各种矛盾与冲突充斥着辽阔草原的现代化进程。在这一宏大背景下，生态无疑成为关注草原的作家们急切表达和表现的题材。郭雪波的《沙狐》以及进入新世纪后发表的《大漠魂》《大漠狼孩》等都有独特的视点，《沙狐》关注的是人与动物在草原世界中各自应遵守的秩序；《大漠魂》力图在人抵抗沙漠的命运中，呈现萨满文化对人与天地宇宙关系的独特理解;《大漠狼孩》在人与狼的冲突中折射人性与狼性随着生态环境的变化而发生的逆转和颠覆。书写当代草原的还有曾经在草原插队的北京作家姜戎,他的代表作《狼图腾》被称为"世界上迄今为止唯一一部描绘、研究蒙古草原狼的旷世奇书"。尽管对这部作品的内涵评论界有不同的看法,但作品深入动物的世界,叙述和刻画狼的生活——狼的侦察、布阵、伏击、奇袭,狼对气象、地形的利用,狼的视死如归和不屈不挠,狼族中的友爱亲情,狼与草原万物的关系,总之通过对狼的世界的描绘,构建出蒙古人畏狼、敬狼,将狼视为图腾的逻辑基础,并试图通过这一努力启发对民族性格形成和民族精神发展的思考。《狼图腾》写出了草原生态一个重要领域:动物的世界。

在新的时代,这些创作一方面试图再现传统的草原生态文化魅力,启迪当下现代化进程中和谐处理人与生态的关系,另一方面,探索和勾画了在以科技和信息为代表的时代,人与草原环境之间表现出的不同以往的关系状态。总的来说,以草原和游牧为背景或题材的小说,无论是传统的歌颂、展示草原美好生活,还是后来的对生态破坏的批判,其主旨仍然是要彰显草原与人的唇齿相依,弘扬草原与人的生生不息。

三、儒家文化:人对自然的认识与改造

先秦诸子百家的思想,是中华文化的起源。《易经》中有"观乎天文,以察时变;观乎人文,以化成天下"的说法。《易传》在解释八卦的来源时说,"仰则观象于天,俯则观法于地,观鸟兽之文与地之宜,近取诸身,远取诸物,于是始作八卦,以通神明之德,以类万物之情"。这说明,早期的儒家思想家,都是从对自然的观察和分析来制定和解释人伦和社会秩序。通过人的"近取诸身,远取诸物"的观察与思考,从大自然来理解人伦社会的同构性和意义、来透视世界与人生。这是理解儒家生态思想的一个通道。儒家对生态文化的贡献大致可以归纳为以下几个方面:首先,传统的儒家文化提出了"天人合一"的生态自然观,强调人与自然和谐相处,尊重生命、兼爱万物。其次,提出了"制天命而用之"的认识自然的思想,即在对客观自然的科学认知的基础之上积极利用自然。荀子说:"天行有常,不为尧存,不为桀亡。应之以治,则吉;应之以乱,则凶。"(《荀子·天论》)既向人们揭示了大自然的发展变化具有永久性,并且不以任何人的意志为转移的客观规律,同时也明确昭示了能否顺应自然规律所带来的"吉""凶"两种截然不同的后果。人类只有认识了自然规律,才能控制和驾驭自然规

律，也只有顺应和控制了自然规律，才能利用大自然为人类造福，才能真正实现人与自然的和谐。其三，提倡节制欲望，合理有度地开发利用自然资源，使自然资源与人类的生产和消费良性循环。

无疑，传统的儒家生态哲学思想具有鲜明的"利用厚生"的现实主义的品格，并且儒家的生态思想并不总是独立、单纯的生态观，而是人生伦理、社会政治理论的一个组成部分。尽管如此，与其他民族的生态思想相比较，儒家文化的生态观依然有其值得注意的差别。首先，儒家文化强调的是"生态平衡"、是"度"、是"惜生"，而不是不杀生。孔子的"钓而不纲，弋不射宿"就典型地表现了这一观点，它要求人类对捕杀生物要有限度、有节制；捕鱼用钓鱼竿而不要用大绳网，不用箭射杀巢宿的鸟，以免破坏生态平衡和资源的再生，造成资源枯竭。孟子、荀子都把"时禁"作为仁政或圣王之制的内容，即动植物不到成熟之时，不得渔猎和砍伐，为的是"不夭其生，不绝其长"。这与"不杀生"的区别是明显的。其次，儒家文化是肯定利用自然资源的，只不过要有节制。其三，节制的前提是对自然规律的认识，即对天道的认识，认识的最终目的是达到平衡与和谐，即天人合一。儒家文化的核心是要解决宗法社会的伦常秩序和在这种制度下为人处世的态度和原则。因此，这一生态思想的出发点和落脚点并不完全是为了保护生态和尊重自然。乔清举认为，儒家生态哲学是基于农业经验而产生的顺应自然的生态自觉。而且，儒家哲学的主题不是生态，"斧斤以时入山林"在儒家首先是一项"仁政"措施。在儒家哲学中，与自然和谐不仅是仁政的基础，也是"与天地万物为一体"的精神境界的前提，没有对于自然的关爱，是达不到较高的精神境界的。[①] 总之，儒家提出了许多保护生态的思想，儒家的生态思想是其政治、伦理思想体系中的一环，提出这些生态规则的出发点并非单纯地为了保护生态平衡，更重要的是服务儒家的政治追求。

这是我们大多数汉族作家处理生态问题的文化背景。

文学并非一开始就把生态作为自觉的目标和直接的目标。从当代小说来看，有两种经典的对待生态的文本形态：一种是把自然作为改造对象，表现人的主体力量的形态，一种是把自然作为背景，烘托人的命运的形态。20世纪中期，随着民族矛盾和阶级矛盾的变化，刚刚成立的中华人民共和国面临的主要任务是发展经济建设、满足广大人民的基本物质生活需要。贫穷的现实生活、原始的生产力水平、落后的科学技术，使得解决吃饭穿衣问题的手段和方式极端野蛮和粗暴，人们只能以简单、粗放的方式向自然索取。加上意识形态上对生态自然的蔑

---

① 乔清举. 儒家生态哲学的基本原则与理论维度[J]. 哲学研究，2013(06).

视,在人定胜天等违背自然规律的理念影响下,人们对自然生态的服从、崇拜被战胜自然、征服自然的理想主义、英雄主义所取代。在《山乡巨变》《创业史》《李双双小传》等作品中都有不同程度的关于人与自然关系的思考和描写,陈残云的长篇小说《香飘四季》虽然也是农村合作化运动背景下的作品,但在表现人与自然的关系上更加典型,小说不仅生动地描绘了珠江三角洲丰富多彩的水乡风情,而且极富激情地刻画了一群以昂扬斗志改造大自然的青年农民形象。新的时代,到处是改天换地的劳动场面,小说也不例外地要表现这一特定农村发展阶段中农民的精神风貌。这一风貌,内在的是通过思想教育表现进步与落后的斗争,外在的是通过改造大自然的集体劳动,表现人对自然的雄心壮志。在新时期小说中,不少作品直接写到了生态、自然,比如知青文学中的小说《这是一片神圣的土地》《今夜有暴风雨》《雪城》《大林莽》等,尽管这些作品对生态和自然的描绘与叙述都极具艺术感染力,但进一步思考,不难发现,这些作品中的自然和生态并不是作品要正面面对或表现的,而只是被作为衬托知青命运的环境因素,以此加强读者对一代人命运的认识和感受。应该说,在很长时间,自然、环境、生态在不少作家的小说中,都只是表现人物命运的工具和手段,而不是作品的目的和作者的追求。

以上两种小说风貌,代表了传统的以人为中心的自然主义观,这从一个侧面印证了传统儒家文化的生态观,即自然并非目的,而是服务于人的需要的手段和工具(即资源),人类的任务只是要正确认识自然和利用自然。

经过几十年的快速发展,我国的社会主义现代化建设取得了巨大成就,经济快速发展,综合国力极大增强,人民生活水平明显提高,与此同时,发达国家上百年工业化过程中分阶段出现的环境问题,在我国这20多年来集中出现:主要污染物排放量超过环境承载能力,流经城市的河段普遍受到污染,城市空气污染严重,酸雨污染加重,土壤污染面积扩大,近岸海域污染加剧,以及水土流失,石漠化,草原退化,生物多样性减少,生态系统功能退化。环境污染和生态破坏不仅造成了巨大经济损失,也危害群众健康,影响社会稳定和环境安全。未来一段时间我国人口将继续增加,资源、能源消费持续增长。在当代中国,生态环境问题不仅成为严重制约经济的瓶颈,而且也已成为中国最大的不稳定因素之一。

在这一背景下,"生态"不再是简单的环境,不再是单纯的植物与动物;不仅仅是利用的工具,也不仅仅是生活和发展的手段。它更重要的是一种关系,人与自然的伦理关系,是一种文化价值层面的状态,它的核心是人与自然之间的尊重、友好、和谐。也就是说,在生态文明的范畴下,自然、生态应该被拟人化,应该把自然、环境视为一个与人平等的伦理主体。

由此，我们看到，与生态相关的小说呈现出了新的面貌和特征。在改革开放的前期，小说界就不乏从生态伦理的视角来处理生态题材的佳作，如铁凝的《孕妇和牛》就是一个代表，在这篇充满诗意和牧歌氛围的短篇小说中，孕妇与怀孕的牛在赶集回来的路上是有着温婉的对话的，孕妇叫牛"黑啊"，牛也是能听懂孕妇的话的。又如张炜的《怀念黑潭中的黑鱼》（1995 年），在这部小说中，黑鱼是可以与居住在水潭边的老夫妇对话的。小说中的黑鱼向老夫妇请求在水潭安身，并被老夫妇接纳，于是鱼与人和睦相处。只有从伦理的理念出发，牛与黑鱼才能与人展开对话。应该说，这几部作品中浓郁的人与自然和谐氛围，超越了传统儒家文化背景下对人与自然关系的叙述。

近几年来，小说对生态的书写更加深入。如魏微的《沿河村纪事》，通过三个大学生进入农村的过程，让读者看到传统的质朴的乡村如何在市场经济的冲击下瓦解并演变为令人陌生的复杂社会。关仁山的《麦河》对制度、体制意义上的乡村的死亡与新生进行了关注。曹寇的中篇小说《塘村概略》以城乡结合部的一个村庄"塘村"为舞台，以一个刑事案件为切入点，让读者看到当下转型时期乡村生态环境的恶化和社会环境的颓废。李佩甫的《生命册》写了很多平原上的植物，比如各种树木，诚如作家所说，写那些植物是为了寻平原人精神特质的根，从某种意义上说，平原人之所以如此，与平原的自然环境是相关的，也就是通常意义上所说的一方水土养一方人，强调的是人与环境的一致和相关。刘醒龙的长篇小说《弥天》讲述了"文化大革命"期间大别山几十万人修水库的战天斗地过程，最后因为水库远远超过地域的承雨面积而成为"废品"，巨大的人力、物力、财力被浪费。一个在设计和规划上存在错误的水库，在人们与自然斗争的豪情下终于竣工，但没有人为上万人顶酷暑、冒严寒、忍饥饿所付出的牺牲承担责任，更没有人对这一无视科学和规律的破坏大自然的壮举承担责任。

体味近年来关于生态的小说创作，不难发现几个突出的艺术特征，一是作家们试图通过人物命运唤醒人们对自然和生态有新的更加科学的认识，即生态和自然不能仅仅被看作资源、手段、工具，应该是与我们命运休戚相关的主体。二是不少作家和作品试图在新的形势和背景下，写出人与自然之间的紧张和张力，写出人与自然之间的动态关系。这种紧张是现代化进程中，人的欲望和发展与自然、生态的有限承载和容量之间不可超越的矛盾，当然也是必须妥善加以解决的矛盾。正是在这种矛盾中，人的命运显示出更加复杂的时代特点。

可以说，不同民族文化的生态意识都有独特之处，由此对生态的文学书写面貌也很不相同。藏族作家或以藏族生态文化为支撑的创作，以敬畏之心叙述了生态的神圣性。草原游牧民族作家或者以草原游牧民族生态文化为背景的创作，以天、地、人的水乳交融之情写出了环境与人的生生不息。儒家生态文化背景下的创作，则以人与社会发展的复杂关系写出了人与自然的动态关系。不同民族的创作、从不同文化背景出发的创作，表现出来的是一个更加全面、更加丰富的生态世界。多民族文化的共同书写，可以促进对生态更加深刻和宽广的理解。

（《当代作家评论》2014年第3期，本文系李鲁平与彭德金合著）

在"日常性"和"个人化"中追求超越

我个人非常认同鲁迅文学院此次学术论坛提出的话题,即20世纪90年代中国进入市场经济时代,文学则进入新写实的日常性书写……文学似乎也自动终结对于宏大整体社会经验的反思和内省,全方位进入中国社会最为个人化的生存图景。但这的确是一个无比复杂和重大的问题,需要宏观地把握和微观地考察,更需要时间,借此机会,我说一点感受。

一、日常生活世界的地位、比重

日常生活世界中包含了"有组织的社会活动和自觉的精神活动之外的个体的日常生活",即每个人都在从事的衣食住行、饮食男女、婚丧嫁娶、言谈交往等自在的、重复性的日常生活。日常生活世界在人类的进化中,其地位并不是始终如一的。在人的此生中,其比重也不是固定不变的。在生产力水平极其低下、没有形成社会分工的史前文明阶段,日常生活就是所有的生活,是生活的全部。与农业社会文明相伴,有组织的政治、经济、管理和各种公共活动所组成的社会实践开始真正地与日常生活世界分开,以分工为基础的科学、艺术、哲学等自觉的精神生产领域才得以发展,非日常生活得以真正进入人的世界。尽管如此,由于从事有组织的社会活动和自觉精神创造的社会成员只是极少数,从全社会的层面上审视,日常生活世界依然是主要的生活空间。工业文明的出现彻底改变了这一局面。生产力的快速发展,不断复杂、系统、精细的分工,使得非日常生活世界的空间跨越式拓展,而日常生活世界的空间却越来越小,并逐步走向隐私世界。

这正是我们当下人的生存图景。几亿农民被逐出乡村的日常生活世界,走进都市,在不断漂泊中,参与剧烈的生存竞争;成千上万的年轻人四处奔波、夜以继日,寻找机遇、机会。他们像机器一样运转,在梦想中失败,在失败中重新燃起梦想。在精神领域,"人们不能再仅仅凭经验、常识、传统、习俗而自在自发地生存,必须凭借创造性思维与创造性实践而自由自觉地生存"。

正是在这一背景下，在工业化和城市化进程中，人们呼唤自由、公平、平等、正义、解放等现代性价值。在现代性进程中，从所占比重看，非日常生活是一个人的主要生活内容，占据着每个人的人生中最主要的时间和空间。从每个体展现给我们(同时也是展现给时代和历史)的世界来看，更多的是非日常世界的与自然、与生存、与客体的博弈，人们终其一生都在适应或克服流动、单调、焦虑、紧张，一句话，都在努力创造、增加或积累财富，追求自我的发展。为什么在无比纷繁和巨大的非日常世界面前，文本表现出来的却是狭小的日常世界和个人的隐秘空间呢？这是一个有意味的现象。

二、对日常性、个人化书写的一点理解

作家把握世界的边界凸显。艺术、宗教等意识形式是我们把握世界的特殊方式，也就是我们概括、认识、解释、描述世界的能力及方式，具体到文学，则是我们"叙述""表达""呈现"世界的能力和方式。我们对世界的把握能力并不是无边的，这一能力在我们有限的人生和实践中受到许多因素的制约、限制，而生活世界特别是现代生活世界的深广却是无量的。阿尔弗雷德·许茨在谈到日常生活世界的特征时曾说日常生活世界是一个以"我"为中心的个体力所能及的熟悉的世界。这个概括包括两个至关重要的内涵，即"我"对世界的熟悉程度，"我"在空间上所能触及、感知、经验的范围。

当代生活，尤其是都市生活，不同于乡村或传统社会的生活世界，人口、资源、商品、货币、贸易频繁、密集地集中与流动，时间的程式化和空间的区域化，迅疾的节奏和速度，超强的压力，公共生活的多样，个人角色的多变，适应生活的逻辑复杂，个体遭遇的多端，这一切对同为都市个体之一的作家，在"熟悉程度"和"感知范围"上都提出了前所未有的挑战。在这一巨大的变革面前，与无数都市人一样，作家个人生活世界的局限和其对生活世界的"把握"局限同样明显。尽管如此，他们有自己可以把握的熟知的生活世界，即自我熟悉和感知的日常生活世界。这可以看作是部分作品往往呈现的是狭小的日常生活世界的原因之一。

心理、态度和价值选择的个人化。宏大叙事、集体叙事、公共性领域与公共话语等，共同的特征就是追求解释世界、解释历史。它们或说明因果，或"发现"规律，或概括历史，或预言未来。它们为人们的行为提供目标、绘制蓝图，为人类指出前进的方向。与此相应，我们曾经有过许多这样的作品。但自20世

纪90年代之后，市场经济深入社会的各个领域之后，这一崇高的审美追求已经渐渐退隐到文学格局的背后。过往的以理想、信任、意义、终极价值为核心的精神生活，被物质主义、消费主义、技术主义、利己主义等所代替。市场经济对生活方式深刻的改变必然会体现在文学的风貌上，反映到文本中便是对个人化空间的专注和对宏大叙事的回避。这是作家的创作心理、价值选择、看待世界的态度，在一个剧变的时代面前做出的自然调整。这一转换有其积极的一面，如对"假大空"、伪理想主义、虚假集体主义的拒斥，对主体自身的生命体验的探索、理解、表达；但也有其值得注意的一面，如对隐秘的个人化空间的狂热，对个人经验的复制，对自身体验的迷恋，对狭小的精神格局的追求。在一个宏大的空间话语中，淹没和遮蔽个人、主体，诚然不利于人的自由发展和价值实现，但在一个隐秘的空间里更不可能实现真正的"自我"和建构充盈的"自我"。

三、个人化与日常性的超越

显然，没有绝对的个人化书写，也没有绝对的日常性书写。个人化、日常性只是表达文本的偏好、旨趣、倾向以及人物活动空间、个人化细节的分量等，体现出了明显的个人化、日常性。"日常性"的局限在于忽略了广阔的非日常生活世界，"个人化"则是无视"自我"之外的世界，都表现出对世界的远离、淡漠、无奈。我们并不是否认文学创作与个人以及个人体验的特殊关系，也不否认表现日常生活的价值，而是提出一种可能：日常性和个人化能否有所超越？

在"日常性"书写之外，是无边的社会生活，是强大、众多的群体、集体。"日常性"书写获得超越性的意义，可以在思考个体与集体的关系中发现空间和舞台。

任何一个时代，所有的自我都是通过社会过程建构起来的，自我是社会过程的个体表达。因此，个人化、个体化话语，可以在重塑自我与集体或社会的关系中作出努力。

在传统社会，集体的合法性来源于血缘、传统、宗教、权威等因素，每一个个体通过集体实现自己的生存和保障，也同时把一生的价值实现、意义实现寄托给集体，集体代表个体表达诉求，规范个体的人生实践。随着传统社会的转型，个体和集体再也无法从传统和权威中寻找认同的基础，他们必须自己为自己建立同一性。在哈贝马斯看来，我们不能仅仅停留于对集体的解中心化，我们还应共同努力建构新的集体认同。这一建构是个体"共同参与文化与集体意志的形成过程"，在这个过程中，人们共同塑造了集体认同，从而解决了传统的集体认同危机。"现代性卷入的变革比以往时代的绝大多数变迁特性都更加意义深远。它们正在改变我们日常生活中最熟悉和最带个人色彩的领域。"这一点也适用于观察今天的个体与集体。在市场经济深刻影响了就业模式、企业组织形式、行政事业单位的改革后，我们会发现，当下个体与集体的关系发生了巨大变化。个体的利益诉求、基本保障不再仅仅依赖单位和集体，而是依靠法律和专业组织；理想和价值的实现途径也具有了更多的可能性；个体之间的交往模式不再局限于传统的单位、集体，而是突破熟人社会，以更加丰富的形式呈现，比如精神和心理的需要，职业和兴趣、爱好的需要，等等，网络交往以及新的通信工具、社交平台也带来了新的集体或社群……这一切都表明，传统的以生存依赖为主的个体组合正向以功能性需要为主的组合转换。可以预见，未来的集体面貌和集体形式将与过去的大为不同，我们理应适应和接受这一现实，因为它是现代性带来的必然结果，是现代化对生活结构的重构。在这一视野下，"个人化"书写可以在新型、丰富的个体交往和集合、集体模式中，开拓文学所能触及的时间和空间范围，从而获得超越性的效果，使得个人化写作并不"个人"。

"日常性"书写应该意识到一个常常被忽略却很重要的使命，就是对这个被认为理所当然的日常生活的基本意义给予揭示和呈现，对这个具有常识的人尚未意识到的世俗存在的根本基础进行批判阐释，即关注日常经验如何超越自身。许茨指出，在持自然态度的同时，生活世界中的行动者还必须突破他的自然态度，因为生活世界本身中存在着超越性和能动性的维度。因此，我们关注日常生活的同时，应该努力发掘日常生活中隐藏的"超越性"和"能动性"，而不是止步于对日常生活的自在、自明的表现，实现这一追求当然只有坚持对日常生活的各种结构不断进行反思和批判。这样，日常性书写可以通过对日常生活世界意义结构的描述和揭示，使人超越自在的日常存在状态，成为自由的、创造性的个体，从而使得日常性书写并不"日常"。

现代社会与传统社会相比具有质的不同，如在价值层面，工具理性的过度扩张对于价值理性的消解，从而带来人与人、人与自然、人与社会关系的异化；市场经济带来的"金钱至上"观念及人与人之间的复杂的利益关系对公平、正义的消解，等等，这些都是我们在建设现代化过程中所必须看到的。但现代性是衡量历史进步的一个重要尺度，它标志着一个与以往不同的时代，这个新时代的特征是理性精神和人的主体性，自由、解放、民主、公平、正义的价值观，以及确保这些价值得以实现的社会发展模式和种种制度，如经济制度、法律制度和民主制度等。从我们的现实看，这一目标远未实现。因此，可以确定地说，我们依然要追求理想、信仰、意义等宏大或终极的价值。

　　总之，面对现代性世界带来的复杂，甚至矛盾的现实，我们应该有理想，意识到这既是一个不可逆转的过程，也是一项期待人们共同努力去完成的过程。我们也应该有勇气，面对恢弘而纷繁的现实，大胆去描述、概括、刻画。我们更应该有思想，自觉意识到把握这一重要历史过程的工具和手段。

（《湖南文学》2016年第3期）

现代化背景下的风格塑造

"风格"并不是一个新话题。在历史上，有文学自觉的时候，"风格"就已经成为一个理论范畴。简单而言，风格是作品体现出来的具有代表性的独特面貌，如在题材选择、人物塑造、语言个性、情感倾向等方面表现出来的稳定特征。风格的背后，蕴含的是时代、民族或个人的思想观念、审美理想、精神气质等内在特性。作家所处的时代环境和作家个人的人生实践、修养、心理、趣味等，是影响作家和作品艺术风格的内在和外在因素。

之所以今天风格又成为讨论的话题，重要的原因无疑是因为文学发展的客观现实和时代环境的巨大变化，正如有的论者所说："这些年来，我国文学创作状况总体上是令人欣喜的，不仅创作数量有很大增长，创作质量也不断提升，直令从事文学研究、文学评论的学者目不暇接，也使众多读者眼花缭乱。同时也应该看到，我们的精品力作还不够多，还不能让人满意。特别不能不引起注意的是，有相当数量的作家和作品缺乏自己的独创性和鲜明风格，平庸化、雷同化、浅表化似乎成为顽症，自然更见不到新的有影响的流派。"（《文学创作风格都去哪儿了》，《人民日报》2014 年 7 月 18 日）显然，对范畴的认识和丰富是在文学的自身发展和社会进步中不断实现的。在经过高歌猛进的三十多年的现代化发展之后，重新审视当下文学的风格面貌是必要的。

一、社会生活的纷繁与风格的外在塑造

对我们所处的时代有多种描述方式。从侧重经济的角度看，这是一个从计划体制、国家控制改革到市场体制后的一个特殊阶段，在这个阶段，市场和权力双重控制着资源，其中权力与市场的结合滋生的各种权贵和利益集团在垄断资源和机会的同时，也破坏社会向往的公平、法制、秩序。与此同时，社会分化加速、生态剧烈恶化。从技术的层面看，这是一个以网络信息技术为基础，以各种新传播方式、新媒体形式等，不断塑造大众日常生活和精神生活的时代。我们之所以

常常会对许多信息充满怀疑或者迷茫,一个重要的原因便是海量和迅疾的信息传播,而这些信息的准确性和真理性并未得到证实。这一时代特点对大众的心灵和谐所造成的纷扰是显而易见的。从社会的层面看,城市化进程、户籍改革、农民向城市的转移、乡村的重建与城市的融合,是正在急剧演进的社会结构变化。从政治的角度看,我们所处的时代,是历史新的起点,即在经济全球化的时代背景下实现中国梦,这是一场新的时代条件下的伟大革命。经过三十多年的改革开放,我们创造了中国奇迹,取得了历史性成就,开创了新的局面,但现在又到了一个新的重要关头。从某种意义上说,当前矛盾问题更加突出、利益关系更加复杂,中国道路未来仍然会面临各种风险和挑战。经济发展方式粗放、贫富差距扩大、一些领域腐败易发高发等问题,使民族复兴事业充满巨大挑战。因此,这也是一个令人激动的时代,它需要每个人都充满强烈的历史担当精神,需要发扬以改革创新为核心的时代精神,使我们永远保持开拓创新的斗志,永不停息、永不止步。

在如此纷繁的时代巨变之下,文学如何塑造自己的风格?在琐碎的日常生活成为多数人的生活实相之后,在人们的生活越来越由集体趋向个体、由固态趋向动荡、由秩序趋向无序、由确定趋向迷茫、由简单趋向复杂后,文学中习惯的"伟岸""恢弘""昂扬""壮美""深沉""清新""静谧"等风格和价值向度如何继续在文本中得到有效表达?

显然这不是一个简单的小问题,这是在现代化背景下文学风格塑造的一个关键问题,回答这一问题依赖许多细节的解决。首先是作家对当下生活的体验。很显然,当下的时代生活改变了作家接触生活、了解生活的方式,不能说所有的作家都是通过信息、媒体、饭桌、闲聊来了解生活,但我们能说的是,的确有不少作家并不了解他们所写的生活。在这样一个时代,如何对生动而纷繁的现代化进程感同身受地获得他人的体验,没有任何秘方。我想有一点可以帮助我们更有效地了解和体验生活,即我们可以问自己,对所处的时代和生活是否有热情和信心?其次,是作家超越经验的途径和模式。有一点是我们必须承认的,无论乡村的城市化多么深刻,无论都市的现代化多么迅速,我们对历史和现实的经验方式似乎是停滞的,至少不是鲜活、生动的。这正是大多数作品同质化、平庸化的根本原因。也就是说,我们看到的是21世纪中国现代化的种种现象、世相、面貌,但我们表达的却很可能是很久以前的历史中的一种感受,而且是人人都有的感受。

我们读过很多书写打工生活的作品,无非是写打工者在城市中被歧视、被欺负、受到的不公平,或者写他们对都市的向往、对繁华的梦想,但蒋韵的《麦穗金黄》不是。这部小说只写了三个在城市打工的青年人的简单相遇和对话。一个理发师是一个小姑娘,两次给一个打工青年理发。第一次是小伙子为了见女友,剪了一个像麦穗样的发型,染成金黄色的头发,小伙子很兴奋。第二次是小伙子遇到车祸身亡,他的同伴请小姑娘出店去理发。小姑娘再次给小伙子剪了一个麦穗样的发型,也染成金黄色。小说中弥漫着从麦穗一样金黄的发型中飘荡出来的兴奋、信心、向往,让每一个读者都在感动中获得了力量。小说写的是一个悲剧,但没有哀怨、抱怨、愤懑。三个年轻人打工谋生不易,但又很容易满足,从一个发型便能获得幸福、便能放飞理想,而且他们能按他们这一代人的方式相互对待、相互支撑并呈现出一种可贵的朴实与坚持。我以为这便是时代生活对风格的外在塑造,它体现了作家不凡的经验生活的方式。这种经验只属于当代,属于现代化进程中的某个街道上的某个店面,但它又是超越性的,它让读者在打工题材小说中感受到了疼痛和温暖。在这里,我仍想提及另外一部作品,即铁凝的《告别语》。《告别语》叙述的是一个小故事:不辞而别地逃婚到舅舅家的朱丽,不经意间注意到邻居院子里的大人们常常提醒一个叫小宝的小男孩跟客人说再见,小男孩不但不合作,反而一心想的是要保姆陪着他去捉蜗牛。随着时间的流逝,邻居家的客人来来往往,终于有一天,朱丽听见小宝对一个来做客的小朋友说再见了。朱丽通过对一个孩子成长变化的偶然发现,由此反省到自己与社会的交往,从而醒悟自己并不一定比一个孩子更加丰富和成熟,自己在某种程度上可能还是一个孩子。朱丽决定打开手机,要与外界联系。《告别语》对风格塑造的价值在于,它从人的交往行动考察人的现实生活及其困境,由此为当代人提供强大的精神动力和支撑。时代生活变化的复杂性和深刻性,对每一个人的生活产生着巨大的影响,对每一个人处理与世界交往的方式都是巨大的挑战。很多当代性的问题,需要我们从不同的角度来审视,由此提供更多的解决问题的可能性。这便是《告别语》对时代生活的独特经验,当然也是超越了传统或习惯模式的经验。

二、思想观念的复杂与风格的内在塑造

风格当然包括许多技巧的成分,如具有个性的语言、造句方式、叙述方式,等等,但风格不仅仅是一个技巧问题,更重要的是一个精神问题。在当下的环境中,讨论风格的塑造自然需要洞察时代的精神状况。一方面,我们所处的经济社会转型时期,时代精神状况的典型特征是各种社会思潮相互激荡、思想观念纷杂、社会意识多样。市场经济的深入发展带来了消费主义、个人主义,对全社会

的思想和价值准则造成了极大的破坏,有着千年义利之辨传统的民族令人惊奇地处处以功利为标准。另一方面,在大众的日常生活中,虚无主义、犬儒主义盛行,对历史不相信、对现实没有信心、对未来没有热情,神圣、崇高、意义均已不存在,剩下的只有养生、无为、超然。更值得注意的是,在复杂的思想和观念激荡中,不少知识分子丧失自己的良知和立场,不断发出令人不解的声音,如"强奸陪酒女比强奸良家妇女危害性要小","除夕不放假是隐形福利","房价越低的城市越丢人"之类。这些专家教授当然不是没有知识,而是理智地说着谎话,为某种利益服务。在复杂的精神状况下,社会生活的情感世界流露出的是苦闷、虚无、虚伪、不满、愤世等各种负面情绪,社会精神生活亟须壮大的是对民族的自豪、对现实的勇气、对自我的自信、对价值和意义的追求、对正义和未来的向往等各种正能量。

  在此环境下,作家更应该自觉地认识到真诚、真实对塑造风格的重要性。风格应该是从一个人自己内心深处鲜活地生长出来的创作特色。塑造自我的风格意味着给予自我充分的和自由的表达。塑造风格必须忠于自我,遵循"你自己真实自我的基本原则"。作家必须坚定地相信自己的思想,而不能为功利、利益左右。要相信在自己内心深处对自己是真的东西对所有人也是真的。没有比我们的心灵更诚实、更神圣的东西。唯有此,才可能发出让读者尊重和共鸣的声音,才能塑造出让读者相信的人物,才能讲述让读者感动的故事。

  在知识界、文化界充满浮躁、急功近利、虚伪欺骗等的现状下,刘醒龙的《蟠虺》恰如一记重锤敲打在知识界许多迷失、堕落的心灵上,也鲜明地彰显出作家自我的风格。《蟠虺》以青铜器的发掘、复制、研究为线索,叙述了一个曲折、神秘、耐人寻味的故事。小说从青铜器学界的泰斗曾本之在一个黄昏突然收到了20年前跳楼自尽的同事郝嘉写给他的一封信开始,随后,楚学院副院长郝嘉跳楼自尽的真相,前途无量的青年教授郝文章被捕入狱的真相,曾侯乙尊盘的真假、曾侯乙复制技术的真假,青铜器研究权威的争夺,高官富商怀着各种欲望对曾侯乙尊盘的垂涎,随着细节和故事的推移,一一浮现。这个故事既充满对历史的深刻反思,又充满对现实无比尖锐的审视,更充满对当代知识界某些丑陋和污浊之事的无情揭露和批判。庄严恢弘的远古礼器,在21世纪的现代化进程中,沦为欲望和名利的道具;国之重器也似一面铜镜,照出怀有各种功利和野心的人物的灵魂。小说在对中国知识分子丧失独立人格、一味追逐金钱与名利进行批判的同时,也发出了令人警醒的追问,即今天我们精神世界的"国之重器"是什么?作品呼唤当下的知识分子在各种诱惑下,依然要挺直脊梁、傲骨,依然要坚守灵魂、良心。

我们很容易感受到《蟠虺》所折射的作家对内心、真诚、真实的信任与遵从。我们不难感受到作家对价值、意义、崇高的相信与追求。正是这些构成了《蟠虺》艺术风格的根源，这些来自作家心灵深处的品质是作品风格内在塑造的一个范例。

无论是考察风格的外在塑造，还是内在塑造，都还有很多因素值得重视和探讨。现代化背景下文学风格的内在塑造诚然不仅仅依赖于作家对内心的坚守和对真实的真诚，外在塑造也不仅仅依赖于超越固有、僵化的经验模式。但如何认识和感受当下纷繁、现代化的生活，如何在被现代化裹挟的人生中坚守真诚和自我，无疑是形成"你自己"、彰显有独特个性的艺术表达应该思考的。

(《文艺报》2014年9月10日)

从德里达到哈贝马斯的文艺伦理观

在第二次世界大战之后,当代西方的文艺理论有两个明显的走向,一个走向是在对以语言学为基础建立起来的结构主义,及其种种与结构主义相近的文艺理论的批判中产生的后结构主义批评理论,如解构主义(德里达)、新历史主义(福柯)、精神分析学(拉康)等;另一个走向是把文学与文化、文学与人类学、文学与社会科学联系起来的所谓泛文化研究的后现代主义潮流,如詹姆逊、哈贝马斯等。这些思想和潮流对全球化环境下的当代文学艺术的影响是巨大的。当然,对后结构主义、后现代主义这些概念向来就没有一致的看法,本文只是为了方便大致这样归类,并且也不系统探讨这些代表人物的学术思想,只是就他们思想中与文艺和道德相关的看法作大致的梳理。

一、结构主义、后结构主义的观点

结构主义批评流派把语言学的成果引入文艺研究,把传统的文学作品用语言学的范畴和观点划分为结构单位并分析它们在文本中的意义和作用。结构主义文论认为,文艺作品是文学艺术家那个具有"先天构造能力"的心灵或者大脑的产物;文艺作品具有内在结构和层次,没有结构就不成其为文艺作品;文艺作品离不开语言,而语言就是符号。文艺作品就是一种符号的排列组合。文学艺术家把不同的符号系列当作手段,表现深埋在心灵中的信息;文艺作品的价值在于它的内部结构和蕴含的信息。信息的质量越高,内涵的意义越多,文艺作品的价值和意义就越大。而文艺研究和批评的任务是对文艺作品的结构及其形成过程进行分析。在进行结构分析时,引进了语言学概念和方法。例如,使用语言学方法中的"语句句法模型"来分析一部文学作品的结构,把作品内部的各种构成关系在一部文学作品中所起的作用,对应于语句中的名词、动词和形容词;运用语言模型,建构起由文学作品的规范和规则组合成的深层系统;根据话语手段的组合变化,提出叙事的多种类型,等等。在对文本语言单位功能的研究中,结构主义文论基本上抛弃了主体，因而也都否定作品的社会价值。

阐释学或解构主义理论大师德里达的学说非常复杂艰涩，但其中心是反对传统哲学特别是结构主义所信奉的"逻各斯中心主义"，即总是认为在事物的背后存在一个终极本体，人类认识的目的就是通过理性、通过对一些对立和矛盾的范畴去认识、接近这种真理。德里达认为这种思维方式是把存在视为一个静止的封闭体，它具有某种结构和中心并可以被命名为实体、理念等，而这些词语能够再现和把握存在。解构的目的就是要消解传统思维方式中的结构和中心。"文字学必须消解将科学性的概念、规范，与本体—神学、逻各斯中心主义和语音中心主义联结起来的一切东西"①。而之所以要消解，是因为逻各斯中心主义、语音中心主义是一种"逻各斯的霸道"②。

那么，把这种理论运用于文学艺术，就是要解构传统以哲学方式强加给文学的那些概念比如意义或价值，从而使得"文学"这个概念真正回到文学领域，因为在德里达看来，文学通常"一直按哲学提供的模式被阅读：将文本简化为一种语境、一种寓意、一种传记的或历史的来由，一种形式的图解，一种心理分析的样板，一件政治事务"③。显然，德里达的焦点不是否定文学的价值，而是对传统的对待文学的方式不满，是强调应该对那些我们通常用来解释和评论文学的概念和规则要反思。

在德里达对文学作品的评论中、在他关于文学与哲学的讨论中，德里达认为文学和作家必须有一种责任。德里达把文学置于政治、法律和历史的环境下，认为文学作为一种历史建制有自己的惯例和规则，并在虚构的名义下被允许讲述一切，被允许摆脱规则、置换规则，"因而去制定、创造，甚而去怀疑自然与制度、自然与传统法、自然与历史之间的传统的差别"④，但在特定的政治和法律环境下比如审查制度和权力机关等，文学的这种看似十分有力的武器却顷刻失效。因此，德里达要求作家应该有一种责任，这种责任就是有时候要对权力机关或意识

---

① [法]德里达. 德里达访谈录——一种疯狂守护着思想[M]. 何佩群，译. 上海：上海人民出版社，1997：84.
② [法]德里达. 德里达访谈录——一种疯狂守护着思想[M]. 何佩群，译. 上海：上海人民出版社，1997：83.
③ [法]德里达. 文学行动[M]. 赵兴国，等，译. 北京：中国社会科学出版社，1998：43.
④ [法]德里达. 文学行动[M]. 赵兴国，等，译. 北京：中国社会科学出版社，1998：4.

形态机关"不负责任",作家有"拒绝就自己的思想式创作向权力机构作出回答的职责"①。在德里达看来,这种不负责任的责任就是责任感的最高形式,因为文学、作家的这种责任与未来的民主相关,西方文学的历史建制是与民主思想联系在一起的,但德里达认为,文学的这种建制更与唤起民主、最大限度的民主不可分割。德里达关于文学和作家要有这种最高形式的责任的思想与其个人的成长和生活的历史背景相关。在阿尔及利亚出生的德里达经历了 20 世纪 40 年代的排犹主义、阿尔及利亚战争以及反抗殖民主义运动,但是在这一成长历程中,德里达从对文学的热情转移到对文学作为一种力量和武器的怀疑。在德里达对文学"软弱"和"天真"等思考中,他认为研究"书与写的关系"的哲学机制问题是解释文学无能、天真、软弱的关键,因为哲学更能够从政治的角度把文学问题同文学要求的政治严肃性结合起来加以解决。要实现从哲学的角度来解释文学问题,德里达认为必然要采取解构的方式,对文学建制解构。

总之,我们认为德里达所信奉的并不是学术界笼统认为的相对主义和虚无主义,至少德里达对文学的解构并不是简单地摧毁文学的价值和意义,相反,德里达是强烈要求文学和作家要有批判精神和责任感,他希望通过解构现存文学机制中的固定模式和意义机制,从而恢复文学对政治、民主、法律的力量。这不仅不是虚无主义,而是一种令人尊敬的道德责任感,具有不可忽视的伦理意义。

众所周知,福柯与德里达一样,认为不存在某种根源性、超验性的主体,因此解构的任务是消解深度与表面之间的区别,而造成这种区别存在的正是话语的权力运作。所以解构的具体策略便是对话语权力运作方式的解码。福柯对文本的话语解构就是在过去人们视为整体性、连续性、统一性、起源性、主体性的领域寻找不连续性、差异性、断裂、界限等,以展示"转换原则和结果","重新提出目的论和整体化的问题"②。

福柯对传统的本质主义的主体概念十分反感,他认为传统的主体概念是话语实践规范和形成的主体,包括文学艺术的主体也是如此,"我们不能把各种陈述过程的方式归结于主体的单位"③,"今后,文学分析……甚至不是在将作者的生活和他的创作结合起来的交换手法中以作者所塑造的人物作为单位"④。在福柯看来,传统的主体被话语实践规范和压抑,被权力和禁忌所压抑。在引导人们去

---

① [法]德里达. 文学行动[M]. 赵兴国,等,译. 北京:中国社会科学出版社,1998:5.
② [法]福柯. 知识考古学[M]. 谢强,马月,译. 北京:三联书店,1998:19.
③ [法]福柯. 知识考古学[M]. 谢强,马月,译. 北京:三联书店,1998:67.
④ [法]福柯. 知识考古学[M]. 谢强,马月,译. 北京:三联书店,1998:4.

追问现代社会的合理性和人的主体性等问题的过程中,他提出,我们必须把自己创造成一种艺术品。这句话充分体现出了后现代主义的思想旨趣,这是追求一种感性化和差异化的自由生活,差异和感性正是福柯所消解的传统的主体生活所缺乏的特征。在福柯看来,自由是伦理的先决性条件,而伦理则是自由所采取的一种自我培养和自我创造的形式。我们要反抗各种各样的统治和压迫,就必须摒弃那些以禁律和规训为定向的道德体系,代之以立足于自我实践基础之上的"游戏伦理"。这种源于古希腊的"游戏伦理"代表了一种自我创造和自我构成的生活实践,体现了一种风格化的"生存美学"。而把人类创造成艺术品这一命题由于体现了福柯对艺术中自由、差异、感性等品质的道德评价,所以也可以理解为福柯对艺术与道德的看法。

由此我们可以看到,后结构主义的两个代表人物的一些相似之处,他们都对传统的概念、模式、原则加以解构,认为这些机制性的东西遮蔽了真正的价值和意义,在他们重建的努力中对文学的伦理价值、社会功利给予了肯定。

二、后现代主义的观点

在后现代主义潮流中,詹姆逊一般被认为是西方马克思主义文化理论专家。他认为在第二次世界大战之后,由于现代文学艺术的危机,即大量私人语言和不同文体的产生,彻底改变了传统批判所面对的客体,马克思主义在寻求一种更贴切的文化和意识形态概念,而所有的后结构主义的问题都来自对这一问题的探讨,因此,他的文艺批评与意识形态理论以及文化理论是兼容在文本中同时展开。詹姆逊从审美开始,在政治的层面上作出最终的判断,"人们应该从审美开始,关注纯粹美学的、形式的,然后在这些分析的终点与政治相遇"[①]。因此,詹姆逊认为,马克思主义的框架可以解决结构主义对主体的攻击。

从社会和历史的视角出发,詹姆逊认为对作家作品的审美批评必须与历史评价相结合。"小说始终是协调作家和读者的意识同一般客观世界的一种尝试;因而情况是,我们对伟大小说家所作的判断,并没有落在他们身上,而落到那个历史时刻上,小说家反映这一历史时刻,他们的结构也对它作出宣判"[②]。由此可

---

① [美]詹明信. 晚期资本主义文化的逻辑[M]. 陈清侨,等,译. 北京:三联书店,1997:7.
② [美]弗雷德里克·詹姆逊. 语言的牢笼:马克思主义与形式[M]. 钱佼汝,李自修,译. 南昌:百花洲文艺出版社,1995:33.

以洞察，詹姆逊的文艺批评的目的最终是落实到政治上，即通过作品文本分析他们所折射的社会现实并揭示作品所提供的思想借鉴，以利于人们更好地面对他们的现实境遇。从这个意义上詹姆逊把"叙事"界定为社会的象征行为，即文学的本质是一种社会的象征性行为，而批评则是透过对于文学文本的阐释去揭示社会的本质。"继续对比内部和外部、生存和历史，继续对现在生活的抽象质量作出判断，使一种具体未来的观念充满活力，便落在文学批评的肩头"①。对詹姆逊来说，在我们面对资本主义的发展以及全球化所带来的一系列问题，而思想却没有能力想象和解决这些问题时，批评是创造思想的最好方式。

詹姆逊的这一批评策略在其后的文化批判中得到了充分体现。文学文本显然不应是显现社会本质的唯一载体，所以越出文学文本进入更大的文化文本来全方位地揭示社会本质就成为詹姆逊探寻社会本质的逻辑必然。在《政治无意识》《时间的种子》《晚期资本主义文化的逻辑》等著作中，詹姆逊用所谓马克思主义阐释学的方法，即运用社会集团、阶级的观点解读和阐述叙事文本中潜在的欲望和幻想，分析了文学史上著名的和有特色的叙事作品如巴尔扎克、吉辛和康拉德的小说，充分揭示了前资本主义时期和资本主义时期不同历史阶段叙事作品中所蕴含的意识形态的异质和矛盾。詹姆逊大量的批评实践仍然是要寻求用什么方式介入现实生活中的矛盾，从而赋予马克思主义批评在政治实践中的作用。而我们可以从詹姆逊批评活动的宗旨中，反观他对文本的价值的判断，这就是，资本主义文化中生产的文学文本、泛文学的文本揭示了后现代社会的危机和矛盾，有助于我们想象未来，为构建未来美好和谐的社会提供资源。这也许就是詹姆逊对文学文本的价值批评和道德评价。

哈贝马斯因为对现代性的拯救而被当作后现代主义思想家的一员。在《公共领域的结构转型》这本重要著作中，哈贝马斯论述了文学在资产阶级公共领域中的地位和作用，从而也一般地表达了他的文学观。在哈贝马斯对资产阶级公共领域的基本轮廓的勾画中，文学公共领域是非政治形式的公共领域，但它与宫廷文化政治对立，其机制体现为咖啡馆、沙龙和宴会，这一机制的公开批评功能会成为没落的宫廷公共领域向新兴的资产阶级公共领域过渡的桥梁。② 从哈贝马斯所给出的资产阶级公共领域结构图中，我们可以看到，文学在其中占据着中介地位。它不仅是私人领域与公共领域之间的中间地带，也是政治公共领域的前身，

---

① [美]弗雷德里克·詹姆逊. 语言的牢笼：马克思主义与形式[M]. 钱佼汝，李自修，译. 南昌：百花洲文艺出版社，1995：353.
② [德]哈贝马斯. 公共领域的结构转型[M]. 曹卫东，等，译. 上海：学林出版社，1999：35.

更是代表型公共领域向资产阶级公共领域过渡的一个中介。

哈贝马斯认为沙龙在资产阶级公共领域的形成中起着重要的作用。在沙龙中，毫无经济生产能力和具有政治影响能力的城市贵族和文学艺术家、科学家共同讨论所关心的问题，包括社会问题和思想问题。这样的沙龙先是成为文学批评中心，继而是文学兼政治批判中心；先是打破了宫廷对文学和艺术的垄断，使得文学艺术由国王的专有品变成了公众的共有物，继而是打破了对思想和观念的垄断。在这个批评过程中形成了一个中间阶层。咖啡馆同样也是这样一个现代文化机制。文学在沙龙和咖啡馆中获得了合法性，也就标志着资产阶级公共领域取得了合法性。在沙龙和咖啡馆里，知识分子和贵族走到了一起，这也就表明贵族已经走出他们的庄园，进入新兴社会，成为社会的组成部分。文学和艺术在沙龙和咖啡馆中所引发的思想革命和观念革新很快就会成为社会革命的导火索。因此，哈贝马斯指出，"公众一旦建立起有伙伴组成的稳定的团体，那么，它就不是这个公众自身，而是要求充当其代言人，甚至充当其教育者，要以它的名义出现，要代表它——这是一种新的市民代表形式"①。

在说明了文学公共领域文化机制形成之后，哈贝马斯指出文学作为公共领域文化机制具有重要的主体建构价值，即作为公众启蒙的中介，"通过对哲学、文学和艺术的批评领悟，公众也达到了自我启蒙的目的，甚至将自身理解为充满活力的启蒙过程"②。很显然，哈贝马斯不是在一般审美、鉴赏的意义上谈论文学艺术的作用，而是把文学放在整个社会、历史的进程中，在促进现代性的过程中，论述文学的作用，而且在论述文学的价值时他关注的不是文学的审美，而是文学的社会本质，即文学在现代性进程中在社会各共同体之间的"转换功能"。用哈贝马斯的话来说，就是"以文学公共领域为中介，与公众相关的私人性的经验也进入了政治公共领域"③，哈贝马斯这一对文学在公共领域中的作用的界定，是对文学在现代性背景下的社会本质的认识。

在哈贝马斯看来，组成公共领域的私人具有双重角色，既是财产和人格的所有者也是众人之中的一人，既是资产者也是个人，既是物主也是人。这样一对矛盾的解决需要一个能在二者之间发挥影响作用的中介。"私人领域的这样一对矛

---

① ［德］哈贝马斯. 公共领域的结构转型［M］. 曹卫东，等，译. 上海：学林出版社，1999：42.

② ［德］哈贝马斯. 公共领域的结构转型［M］. 曹卫东，等，译. 上海：学林出版社，1999：46.

③ ［德］哈贝马斯. 公共领域的结构转型［M］. 曹卫东，等，译. 上海：学林出版社，1999：55.

盾，在公共领域也同样存在；关键要看，在文学讨论中作为人的私人是否会就其主体性经验达成共识；或者说，在政治讨论中作为物主的私人是否会就其私人领域的管理达成共识"①。文学作为一种中介形式，在个体之间建立起主体间性关系，使得个体能够在相互之间达成共识和认同，"如果私人不仅想作为人就其主体性达成共识，而且想作为物主确立他们关心的公共权力，那么文学公共领域中的人性就会成为政治公共领域发挥影响的中介"，最终使得公共领域建立在"作为物主和人的虚构统一性基础之上"②。

  文学之所以能够担当这一职责，当然是因为文学的独特中介作用。哈贝马斯分析了17世纪的书信、18世纪的书信和日记体文学以及后来文学的发展，说明私人领域的主体性及其经验如何因为文学的变化而与公共领域发生关联。比如，书信、日记从早期的报平安、冰冷的信息到叙事再到心灵的倾诉，关涉自己也关涉别人；书信的公开发表、日记体小说的流行，把私人主体性直接或间接与公众相关，因此，私人领域并不是独立的、纯粹的，内在的私人主体性与公众是联系在一起的。小说艺术的出现和发展，把小说置于与公众相关的场景中；心理小说实现了每个人的心理补偿，把人物、读者、作者之间的关系作为现实的补偿关系……总之，文学活动把"作者、作品以及读者之间的关系变成了内心对'人性'、自我认识以及同情深感兴趣的私人相互之间的亲密关系"，"一边的私人性与另一边的公共性相互依赖，私人个体的主体性和公共性一开始就密切相关，那么同样，它们在'虚构'文学中也是联系在一起的"③。哈贝马斯创作《公共领域的结构转型》的目的是要说明资产阶级公共领域的发生与发展，区分资产阶级发展过程中两种不同的公共领域的不同政治功能。其中，一种是缺乏文学的公共领域，是靠投票维持的高度专制的公共领域，一种是有文学的公共领域。在后一种公共领域，作为物主的公众和作为人的公众是统一的，政治公共领域的客观功能与其从文学公共领域中获得的自我理解是一致的，私人物主的旨趣与个体自由的旨趣是一致的，"因此，政治解放与'人的解放'——按照青年马克思的划分——在当时是很容易统一起来的"④。

---

  ① [德]哈贝马斯.公共领域的结构转型[M].曹卫东,等,译.上海：学林出版社,1999：59.

  ② [德]哈贝马斯.公共领域的结构转型[M].曹卫东,等,译.上海：学林出版社,1999：59.

  ③ [德]哈贝马斯.公共领域的结构转型[M].曹卫东,等,译.上海：学林出版社,1999：54.

  ④ [德]哈贝马斯.公共领域的结构转型[M].曹卫东,等,译.上海：学林出版社,1999：60.

总之，哈贝马斯在批判否定主体性的后现代主义潮流、构造公共领域的结构理论中，肯定了文学在资产阶级的启蒙和主体构成中的重要作用，并把文学与人的最终解放联系起来。

(《湖南文学》2015年第4期)

文学道德评价的呼唤与回归

文学的道德评价,是文艺学中一个古老的话题。在中国的文论史上,从孔子开始就有了关于善与美的关系的自觉意识,柏拉图则开启了西方文论关于道德与文艺关系的探索的长河。在改革开放之初,在社会主义有计划的商品经济阶段,文艺界开始对文艺生产秩序产生影响时,学术界对文艺道德、文学的道德评价又开始了新的探讨;随着改革开放向包括文学艺术领域在内的社会各个方面的深入发展,在社会主义市场经济全面而深刻地影响整个中国社会的20世纪末和21世纪初,在学习和树立社会主义荣辱观的过程中,进一步认识和探讨文学的道德的必要性和价值,更加成为文艺理论界刻不容缓的责任和义务。

一、文学道德评价的根据及价值

在中国的文学传统中,儒家文艺思想的主流是用"文"与"道"的关系来评价文学,"文"是否含有一定的"道"、是否"明"了"道"、"明"的或者"载"的是什么"道"直接决定"文"是否可以被认定及其价值。无论"载道"还是"明道",无论是"风化"还是"教化",在儒家思想视野之下,文学道德评价的基本依据是,文学是为社会政治服务的,在封建社会主要是为"礼教"政治服务。把文学视为致用的工具,把文学看成承载礼教的媒介,把文学定位于为实现儒家现实理想而培养符合儒家礼仪的合格人才的途径,因而要求对文学施与道德评价,是中国文学的一个悠久传统。朱光潜认为,中国人尚文不是注重文的美而是注重文的效用,即要有益于世道人心,"全部中国文学后面都有中国人看重实用和道德的这个偏向做骨子"(朱光潜《文艺心理学》,三联书店2005年10月,第92页)。这是中国文学批评中道德评价的根据。

在西方的文学传统里,尽管柏拉图将诗人和艺术家驱逐出了理想国,但他仍然是从政治和道德的角度来看待诗人和艺术家的,他认为诗歌和其他艺术蛊惑人心,危害国家,因而是不道德的。这实际上也是一种对文学的道德评价或者说政治评价。柏拉图认为，模仿坏人会玷污模仿者的灵魂。同样，如果作品中描述英雄的不得体行为，这样的作品就是有害的。这实际上是假定文学作品中不道德的内容直接造成不道德的社会影响。关于道德内容与道德效果的这一假设也就是对文学道德评价的依据。从柏拉图开始，道德评价作为文学批评的一种传统而经典的模式开始形成。

无论是在中国文学批评传统中还是在西方文学批评长河里，都不约而同表现出了对文学与道德关系的关注，重视文学的道德评价，以致在中西批评传统中，道德模式都是具有悠久历史的批评模式。人是具有理智和道德观念的动物。作为具有自由意志的实体，人又易于受动物性和自私心理的驱使，但人有责任抑制这一倾向的驱使，因此，如何在理智的支配下培养自己的个性，从而在摆脱环境束缚和遵守内心道德自律的双重条件下获得自由，是人实现价值的途径。这样，文学在形成和实现人的价值中就凸显出其"作用于人的"影响，无论是培养符合儒家礼教规则的人还是符合"理想国"保卫者的标准的人，文学在培植人的个性中都具有同样的地位和影响。因此，道德评价也是视文学为人生的批评方式。在道德评价模式中，文学是一件高尚而具有严肃性的事情，因此，批评的重点不是形式而是作品的思想内容。文学要真切地描写人及人的社会生活就必须要反映社会的道德生活和人们的道德面貌；文学作品是作家写的，文学作品中的道德内容也就体现着作家的倾向；文学作品供人阅读，潜移默化，容易形成读者的自我意识。

二、文学道德评价在文学中的实践及其经验教训

尽管严格意义上的社会主义文学事业开始于20世纪50年代，但是党领导的的文艺实践却开始于20世纪30年代。毛泽东的《在延安文艺座谈会上的讲话》标志着我党领导文艺的政策和思想基本成熟。在这篇对此后中国文艺产生重要影响的著作里，毛泽东在分析党的文艺工作和党的整个工作的关系时，提出"文艺服从于政治"，并指出在对文艺的政治评价和艺术评价两个标准中，政治标准是第一位的。对这个标准的理解，首先是一切文艺要有利于抗日和抗日统一战线；其次是对反科学、反民族、反大众、反共的文艺必须批判和驳斥；第三，评价一部文艺作品，要看文艺作品在历史上是否有进步意义，看它们对人民的态度如何。由此看来，毛泽东同志的文艺评价标准思想并不是简单地要求文艺服从"当下的""现实的"政治，而是一个现实与历史相结合、党性与人

民性相统一的有着丰富内涵的综合性标准。但是在相当长的时间里，在对党的文艺政策的贯彻落实中、在文艺批评实践中，流行着对这一标准的庸俗社会学的理解和认识。

首先是机械、教条、简单地把文学的道德评价与政治评价混为一体，把对文学的道德评价等同于政治评价。一般来说，道德批评主张将文学与人生结合起来，坚持用道德的观点看待文学现象，主要采用道德的尺度评价文学作品。其基本特征是强调文学的道德作用；注重文学作品道德内容的阐释和评价；对人物形象的褒贬、对作品主题的价值判断；重视作家道德与创作的关系，认为作家道德与具有道德内容的作品有一种必然的联系。中国古代文人的创作往往体现出作者的道德情操甚至高尚的道德人格。西方主要强调作家应有公正的创作道德，如实地描写，给人以正确的引导。中国文学往往赞颂品德高尚的作家，非议品德不那么高尚的作家。而政治评价标准侧重考察文学作品与社会生活的关系，重视作家的思想倾向和文学作品的社会作用。要求文学作品以文学形象影响人们的思想感情和世界观，从而维护或破坏某种意识形态。从意识形态的观点看，道德评价和政治评价可以说都是意识形态评价，但即使在意识形式的范围内，政治意识形式与道德这种意识形式仍然是有区别的。把道德批评等同于政治评价的结果是取消了作为中西文艺批评模式之一的道德批评模式，导致文学创作成为政策方针的宣传文本、文学创作演变为政治口号。

其次是把作品的思想道德倾向与作家的政治命运甚至人身权利联系到一起。客观地说，文学作品作为作家根据生活和经验的提炼并融入个人情感和意志的精神创造产品，其创作过程包括了不能完全用理性分析、诠释的主体因素，作品带有作家个人的思想道德倾向以及判断都是极其正常的现象。事实上，这正是文艺本身固有的内在的规律。对作品的思想道德倾向应该通过正常的文艺批评来讨论、争鸣，以丰富人们对作品的认识和欣赏。尽管在中国文学批评传统中"知人论世"之说早已有之，孔子说过"有德者必有言"、扬雄提出过通过诗文区分君子小人的诗书画均为作者的"心声"观点，诚然，联系作家作者的性格气质以及生活成长等背景可以有效帮助读者认识作品的内涵，但是把对作品的道德评价与对作者作家的道德评价相联系、把作品的道德倾向与作家的政治命运挂钩，则是绝对而简单机械的。作者的道德状况与作品的思想内涵和道德评价之间的关系是复杂而微妙的，至今仍然可以说是需要文学理论界进一步探讨的理论课题。但文品不是人品的一一对应，二者也不能绝对的等同，这是为文学发展历史所证明了的。我们过去因为作品的思想道德倾向而涉及对作者个人的判断并由此影响作者人身命运的悲剧是非常惨痛的。比如中华人民共和国成立之初在批评肖也牧小说

《我们夫妇之间》的思想道德倾向时，把属于文学批评活动的文学评价问题上升到毛泽东文艺方向与资产阶级文艺倾向的斗争；又如对胡风文艺思想的批评而导致许多人被判刑甚至付出生命。诸如此类的现象在从中华人民共和国成立之初到"文革"的文学评价活动中还有很多，这种批评方式的直接后果是剥夺了作家的创作权利（有时候也包括人身权利），恣意践踏文艺自身的规律，把文学的道德评价演变成了对作家的政治审查。

再次是把对文学的道德评价绝对化、理想化，割裂文学的道德评价与历史评价的有机统一，以道德理想主义的旗帜在文学审美和评价过程中将历史道德化。一定的社会历史和该社会的道德生活总是以复杂多样的方式存在于文学作品中，所以马克思主义经典作家总是将文学的历史评价与道德评价相结合。比如在对欧仁·苏的《巴黎的秘密》、拉萨尔的《济金根》以及对歌德、托尔斯泰等作家的作品的评价中，贯彻始终的精神和宗旨是，道德是历史的现象和产物，是由历史决定的，因此对作家作品的道德评价是历史视野和历史范畴下的评价，而不是脱离历史评价的空洞的道德评价；不能简单、片面和绝对地对待作家的道德责任、道德意识，而应该历史唯物主义地分析；同时，既反对历史非道德化又批判历史道德化倾向。脱离历史评价和历史视野的道德评价必然走向历史道德化、道德理想主义，把道德情感的尺度置于历史评价尺度之上，在历史进步中无条件地拔高道德的地位和作用。这种唯道德主义、道德优先原则的文学评价在我们的文艺实践中曾经深刻地影响了文学评价的健康、科学发展。比如，1949—1976年的文学历程，有学者就认为基本上是在革命道德形而上主义的主导下走过来的。其结果我们今天已经看到，人物形象一律是概念化的道德力量强大的英雄人物，在这些作品和题材中除了革命叙事，基本上看不见普通的人生和真实的人性情感。就中国的综合国力和整个社会的物质生活水平来看，发展科技、促进经济和社会发展，从而提高全体中国人民的生活水准，增进人民群众的幸福，是整个民族的利益和目标。但在由计划经济向市场经济转型、由农村和近代化向城市化和现代化转型的过程中，文学界一些道德理想主义者对经济发展中的道德和人文状况提出极端的批评，认为正是现代化、城市化和市场经济的发展导致了这种状况，要求回到道德淳朴、生活简单的社会。这种要求首先是从文学评价和文学创作的实践角度提出来的，也就是说是以文学的方式出现的。文学史已经说明，极端的道德至上只能扼杀文学创作的多样性和审美的丰富性，不能真正让文学承担和履行文学的责任。

三、道德评价的呼唤与回归

在 20 世纪相当长的一段时期，在西方文学理论界中俄国形式主义、新批评、结构主义、符号学、结构批评与后结构主义等种种形式主义的批评理论占了主导地位。这些理论大多是以理论为导向，注重文本内部因素的批评理论，持该理论的批评家一般都不关注文本与外界的联系，忽视作品的伦理观念和道德教益。对文学的道德评价陷入尴尬的境地，造成这一局面的原因是，形式主义的文学理论都主张"事实与价值"分离、"形式与内容"分离，重"形式"和"事实"、轻"价值"和"内容"。持该理论的批评家认为人们只能获得关于事实的知识而不能获得关于价值的知识，艺术真正的价值在于与内容分离的形式，于是对内容的批评包括对内容的道德评价都失去了原有的地位和价值。在中国，由于上述所说的过去把道德评价绝对化、唯道德主义、道德理想主义把历史评价与道德评价的割裂，片面放大了道德评价的副作用，导致道德评价作为一种文学评价模式在文学评价中的形象、地位和价值的失落。

但无论在西方批评界还是在中国文学批评界，毫无疑问的是谁也不可能剥离文学与道德的关联，最终当然也不可能逃避文学的道德评价。从文学与社会、生活的关系看，无论是认为文学是社会生活的反映还是个人生活经验的叙述，都不可能剥离道德生活（道德关系、道德情感、道德意志），因为道德生活与社会生活以及个人的经验是浑然一体的；从作品与社会的关系看，文学作品作为一种向大众传播的精神产品，任何作家都不可能否认它们将对读者产生这样那样的影响（包括对阅读个体的精神、心灵世界的影响），因此，作为文学产品的生产者，作家无论是对一个民族的精神文明建设还是对读者的个体精神健康都负有一定的责任和义务。对现代西方流行的摈弃对文本内容评价的批评观点来说，也有一些根本的问题是很难回避的，比如，对文学的纯粹的形式审美是否可能？这种与人类丰富多样的精神生活方式（道德、宗教、政治、爱恨情仇等）隔绝的形式审美是否真的对人类更有意义和价值？因此，所谓纯粹的形式审美、无功利审美在人类的审美生活和审美经验中是难以实现的一种理想，换句话说，完全放弃道德评价是不可能的。关键在于如何对文学道德评价。事实上，在后现代的文学观念中，已经开始重新审视文学道德评价的地位和作用。

从近二十年的文学变革看，文学创作界在对过去政治叙事、革命叙事中政治伦理价值至上的倾向矫正的同时，走向了另外一个极端即完全排斥对文学的道德评价。新时期文学用十年时间把现代西方文学的创作观点、潮流,学习、探索、模仿、实践了一遍。无论先锋文学还是其他口号或流派的文学,大多数还是着重于形式上的探索,比如叙述方式、叙事技巧、语言风格、文本结构等,追求文本形式上的审美价值。这些借鉴和探索无疑对拓宽我们的审美视野、丰富我们的审美生活是有价值和意义的。同时,也应该看到,这种创作导向的基本特征是颠覆中国汉语文学的传统审美习惯,远离时代社会生活,疏离人民熟悉的生活和情感经验,也就是说文学成了作者作家个人游戏娱乐的方式,而不是要对大多数读者提供精神产品。近几年,随着市场经济规则从单纯的经济领域越来越广泛地深入文化领域,文学创作界所呈现出来的以女人、欲望、身体为诉求对象的"下半身写作""美女写作""身体写作",以"酒店与酒吧""别墅与汽车""金钱与权力""美女与时尚"为诉求对象的消费主义写作、享乐主义写作,以"嗨曲""摇头丸""酷爽晕""郁闷""一夜情""网恋"等为符号的"青春写作""情色写作"等,已经发展到充斥整个出版和阅读市场。这些作品描述大众的浅层欲望,以满足大众的窥探心理而赢得更大的市场份额。这些作品不仅解构了文学的价值与意义,而且对整个社会的道德观、价值观、人生观都起着不可低估的销蚀作用。在这一创作现象的滋生和蔓延中,文学道德评价的缺席有不可推卸的作用。因此,对文学的道德评价也是当下创作现状的呼唤。

四、重塑文学道德评价的地位和作用

从批评现状看,道德评价活动不能继续缺席;创作现状也迫切需要道德评价活动发挥其作为批评模式之一的正常功能;而最根本的是,无论从何种角度都不能割裂文学与道德的密切联系。因此,问题的关键不是要不要文学的道德评价,而是如何在新的形势下重塑文学道德评价模式的形象。

首先,重新认识文学道德评价的内涵和意义,坚持文学历史评价与道德评价的统一。文学的道德评价理所当然要对作品内容所体现出来的道德生活、人物的道德形象、道德情感等作出梳理、概括、分析和评论,同时也包括根据作品的思想道德倾向分析作家的创作和世界观的道德感、责任感。根据历史教训,必须厘清文学的道德评价与现实世界的伦理之间的关系。文学的道德评价主要是对文学作品这个文本世界里的道德内容的描述与分析,这种评价的结论与现实世界并不必然对应,也就是说,文本中的道德关系、道德倾向是作家通过作品虚构的可能的道德世界,并不必然与现实世界的道德关系同一,其结论不能贸然移植到现实世界，更不能因此而推及作家个人的道德品质和人格。我们过去的文学批评中曾经把作品的道德倾向直接对应现实世界，因此给作家戴上丑化英雄人物、攻击社会主义之类的帽子，甚至直接以此作为对作家进行政治审查和道德审查的证据。重新认识文学道德评价的内涵更应强调，文学的道德评价总是在一定历史条件下的道德评价，因为道德本身是一定历史的产物，所以，道德评价的过程是在历史阶段、历史过程、历史内容中进行的，而不是在虚空或纯粹的道德世界里展开的。因此，说文学的道德评价，实质上也就意味着历史评价与道德评价的相互渗透和和谐统一。而且，在马克思主义经典作家的批评视野里，历史评价是"历史的美"的评价，也就是说，历史评价与道德评价并不排斥或忽视"美"的尺度。我们在注重对作品思想内容的道德评价的同时，也必须同时关注作品的形式的审美。

其次，在发扬传统道德评价的优点的同时，应发掘、丰富道德评价的具体形式。在形式主义审美危及道德评价的地位和作用，同时道德评价在文学批评实践中走向极端和庸俗的不利环境下，不少学者为开辟道德评价的生存空间，提出了一些有益的见解，比如对叙事的各种要素如何构成文本的伦理框架的探讨，对阅读、讨论和教授文学过程中的伦理责任的思考，对文学作品语言涉及的伦理责任的语言伦理学的开拓等，这些新的理论课题的提出必将丰富道德评价的具体形式，为文学的道德评价拓展出更加广阔的空间。对于我们当下的文学评价，对这些新的课题的探讨所带来的启示是意味深长的。比如，我们过去说文艺为什么人的问题是文艺的一个根本性的问题，其实换一个说法，这个问题就是一个文艺伦理的问题，也是文学道德评价范畴的问题，这就是美国学者布思在《小说伦理学》中所说的作者对读者的责任、对隐含读者的责任。两种说法的实质是一样的，但前者似乎更类似一种需要思想觉悟才能实现的要求，而后者是每个写作者都容易理解和认可的道德责任。同样，对语言伦理学的探讨使过去我们对作品语言的评价和要求更加规范，让作者很容易接受哪种对语言的使用方式是有违道德的，哪种使用方式又是合乎伦理规范的。

最后，避免将文学的道德评价在批评实践中拔高到唯道德化和道德主义，反对历史道德化倾向和历史非道德化倾向。对文学的道德评价有助于对作品思想内涵的理解与把握，在今天也有助于对文学创作中不良倾向的反拨，从而引导文学创作的健康和繁荣，但是，将道德评价绝对化、道德标准至上则将伤害文学创作的自主性和审美品质。文学作品有助于教化人和熏陶人的品行，但文学作品同时也应该给人以美和愉悦。把文学的道德评价过分强调到不恰当的地位，无异于把文学变成单纯的道德教化文本。而且还应该看到，道德理想主义通过文学作品的传播与影响，对现实社会中人们向往社会经济发展和追求生活水准提高的热情和创造性具有销蚀作用。因此，对历史进程中的道德必须用历史唯物主义的观点去分析，不能简单地夸大其在历史进步中的作用，走向历史非道德化，也不能脱离历史现实，虚构道德理想，走向历史道德化。历史非道德化和历史道德化都不利于历史的发展和完善。文学的道德评价应该在历史的范畴里，考察作品的道德意识对历史进步和社会发展的作用和意义。对于反腐败题材创作，对于反映国有企业改制等重大题材的创作，对于反映在现代化进程中受到强烈冲击的爱情、婚姻、家庭、人际关系等题材的作品，把握道德评价尺度对准确解读作品是非常重要的。

如何发挥道德评价的功能，挖掘道德评价的新的手段和形式，从而有效推动文学创作的繁荣，这是时代和文学对文学批评提出的挑战，也是文学批评必须面对的艰巨任务。我们的民族和国家正在经历前所未有的变革，我们的社会正在急剧向富裕、和谐、创新型社会迈进，每个人的生活和心灵都在不断经历巨大的震荡，因此这也注定了文学面貌的变动不定。历史在我们面前呈现出复杂纷繁的画面，道德生活也比任何时候更加难以把握，传统道德与时代精神的结合塑造着道德的新的面貌和时代内涵，文学的道德评价应当吸收社会主义道德建设的成果，把社会主义荣辱观精髓有机融入对文学作品的道德评价之中。

(《文艺报》2006年6月24日)

欲望叙事对文学道德理想的消解

从物质生活领域到精神生活领域，消费主义潮流的影响力之大是令人震惊的，今天我们社会的阅读和审美方式、趣味的变化是对这一影响的明显佐证，人们沉迷于以媚俗、戏说、情色、隐私、感官冲动和时尚欢娱为特征的日常生活审美，是这一影响的典型反映。信息技术和以其为基础的传媒技术的影响力也同样惊人。我们这个时代文学的生产方式和文学产品面貌也是这一影响的直接后果，欲望叙事是这一面貌的一个具象或缩影。审美和创作领域的这一重要变化再次促使我们思考什么是文学，也再次促使我们思考文学与道德的关系等古老的话题。

对于文艺的本质，尽管在几千年的探索中中西学者都有过深刻的真知灼见，但最经典的界定无疑是马克思主义关于文艺是人类掌握世界的一种特殊方式的论述，这已经为世界文学艺术的发展历史所证明。中国从"五四"新文学到中华人民共和国成立后的十七年文学，再到改革开放后的三十多年的文学发展，虽然有过各种实验、探索、争论，有过许多潮流和主义，最终还是回到了文学自身，即文学是人类用艺术形象、以审美方式把握世界的一种特殊方式。因此，文学是作用于人的心灵和精神的，是关怀人生价值和提升精神境界的，不是满足感官刺激和排泄身体欲望的。正是在这一前提下，文学的道德理想成为新的形势下文学创作健康和繁荣必须正视的一个问题。和文学是什么一样，关于文学与道德的关系的争论和探索也一直伴随着文学的历史，但即使最强调审美无功利性的学者也不能否认文学创作及审美活动与道德之间的复杂关系，对这一关系本文不作赘述。基于文学的精神和价值在于对人类心灵和精神的终极关怀、在于提升人类的幸福和精神生活质量，因此文学必然肩负一定的道德理想。文学的道德理想是一个涉及文学生产主体、文学产品、文学产品传播多个层面的综合性范畴。从文学生产主体来说，是指作为精神文明的建设者，文学的生产主体必须树立道德理想，并把自身的道德理想与审美理想有机统一，从而体现在精神产品的面貌和品位之上。从文学产品来看，尽管文学生产是相对自由的精神创造活动，尽管文学的消费群体及其消费需要是丰富的，但是文学产品作为社会精神文明产品必须体现出一定的道德理想，即应该是追求真善美相统一的，既有审美趣味也有思想艺术性的作品。从文学产品传播和消费来看,文学的道德理想体现在始终把社会效益、把文学消费者的精神健康放在首位,拒绝把不健康的文学产品引入消费市场,履行纯洁文学市场环境的道德责任和义务。

以"身体写作"为代表的欲望叙事对社会主义的文学道德理想的颠覆和消解是一个不容忽视的现象,欲望叙事是当前文学作品市场感官化、物欲化的一个主要源动力。欲望叙事与媒体和出版传播渠道的迎合是精神产品环境媚俗化、商品化的机制内核。

"身体写作""美女写作""隐私写作""下半身写作""人体摄影""人体绘画"等等,这些五花八门的新术语、新词汇尽管各有侧重及所指,但它们却不约而同地涉入一个共同的领域和话题,即欲望的书写、叙事、表现。对欲望的书写与表现并不是一个新的文艺现象,"五四"新文学运动中就不乏探索和表现"女性意识"的作品,其后现代著名作家郁达夫以欲望为主题创作过多部著名小说。在当代,张贤亮的《男人的一半是女人》堪称表现人的欲望由压抑到解放的佳作。近二十年中,以《废都》《丰乳肥臀》为代表开始了另一个书写欲望的阶段,这一阶段是与整个中国社会逐步由乡村向城市化转变,由封闭向开放转型,由计划经济及其单一生活方式向市场经济及其复杂纷繁的生活方式变革相联系的。中国社会的急剧变革,所冲击和震荡的不仅仅是整个经济的运行方式,同时对人们的生活、情感道德等整个精神世界也带来极为深刻的影响。"性""欲望"的被压抑以及公开书写和表达,使人们对待"性""欲望""隐私"这些在过去不公开讨论和叙述的话题的态度也急剧变化。流行一时的"身体写作""美女写作""欲望写作"以及艺术领域里的沸沸扬扬的"人体绘画、摄影"等便是这一背景下的文艺现象。

近年来,这一欲望叙事现象达到了蔚为壮观的程度。《上海宝贝》《乌鸦》《糖》《孔雀的叫喊》《情爱画廊》《遗情书》《欲望的旗杆》等作品面世,在这场主要以女作家、美女作家为主角的文学舞蹈里,也不乏男性作家的"声援"与"配合",上海某出版社就推出了"美男作家",并且在大胆程度上丝毫不逊色于"美女作家"。

应该说,这场欲望叙事潮流与现当代文学历史上的以"欲望"为题材的创作是有区别的。"五四"新文学及其后的现代文学中,丁玲、庐隐等女作家的创作标志着女性书写意识的新生和女性意识的觉醒,而郁达夫对欲望的书写是在"写真"的文学思想驱使下,力求写出人生的悲苦,特别是爱欲之情的悲苦;20世纪70年代末到80年代,张洁、张辛欣等人的创作,开始有性别的觉醒,针对有史以来存在的两性间的不平等状况,开始真正关注性别的历史状况,审视其文化形式,争取性别权益。

而20世纪90年代以来的当代女性书写是在解构与颠覆中求发展,强调个性,抨击以男性为中心的逻辑,性别鲜明而理直气壮地书写女性个体的心理与经验,显示女性的卓然独立,标示着女性解放的进程。但同样是在这样一个大致的背景和旗帜下,一些作者、作家把这一在文学创作中本属正常的艺术追求推向极致,直接呈现个人隐私并且以下半身与性体验、裸体展示、欲望与性高潮等为题材,直接"书写身体",直接提供给读者感官刺激。面对这样一股欲望叙事潮流,文艺界有不同的看法。总的来说,有两种占主要的论点,其中一种认为,这种书写、叙事潮流是值得肯定的,它们承担着一个异常艰巨的任务,这就是建立真正的女性话语权,表达女性的内在诉求,突破女性的个体生存经验、情感经验和生命经验。持这种观点的学者,把当代文学中的这股女性书写潮流与女性主义、女性批评、女性解放等相联系,认为这是继"五四"新文学运动、改革开放之初两次"女性书写"之后的女性解放的"第三次浪潮"。

在这样一种理论视角下,不少人对以"书写身体"为典型特征的"美女写作""隐私写作""下半身写作"等表示了理解和宽容。有人将近几年来出现的"美女作家""用身体写作""用器官写作"以及《丰乳肥臀》《有了快感你就喊》等文学创作,理解为对作家身上的重压、负担的一种情绪化本能的矫正。认为"好几十年来,公众对作家的理解是趋于狭隘的,过于强调作家的社会责任和道德义务,而忽略作家及其作品的娱乐层面,更鄙视作家的明星意味",这就是上述所述的"重压"和"负担","书写身体"就是对过于强调作家及文学的道德义务的一种矫正。有人认为,在市场反复炒作的"身体写作"中,这些"书写身体"的文本,并非出于反抗某种对于身体的压迫,也就是说,"书写身体"和所谓的女性解放,与"矫正"所谓社会加于作家和文学之上的"重负"并没有直接的关系,而是"身体本身在本文中成为一个新的文化力量,它被认为可以提供一种新的生活的可能性"。持这种观点的读者认为,这是一种身体的自恋现象,并认为"身体的自恋是与强烈的'物'的欲望相联系的,这传达了一种新中产阶级对于自我的物质生活的高度迷恋,也混合了一种新的自我想象的方式"。

无论女性作家的动机和初衷是纯洁还是肮脏,也无论"身体写作"对女性解放的文化价值建设有多大贡献,总之,这一文学现象已经成为近几年来的一个值得重视和关注的课题。一是因为这些作品无疑都是畅销书,其销售量均是其他文学作品不能比拟的;二是这些文学作品和作家本身已经成为一个超越文学范围的话题,以"身体写作"为特征的欲望叙事为这些作家赢得了一般作家没有的明星效应;三是这类创作与当下的整个文化环境中的消费文化、物质主义、拜金主义、快餐文化等互为呼应,并与人体绘画、人体摄影等其他艺术现象,共同营造了一股颇有气势的时尚文化潮流,其影响面、传播面之大,频度之高是传统文学所没有的。正因为如此,文艺界、文化界必须正视这一现象所带来的影响。

尽管对新生代女作家的"身体写作"有不尽一致的评论,但综观文艺界的种种说法,持否定和批判态度的仍然是主流。从文学应该肩负的道德理想来审视,欲望叙事的主体们由于未能树立自身的道德理想,更不能在作品中将道德理想与审美理想有机融合体现在作品中,导致"下半身写作"越来越走向低俗化和无耻化。从卫慧、九丹、春树到木子美,人们看到的不是一部部态度严肃、格调健康的艺术创作,而是伴随对文学道德理想消解过程的一场"场面热烈的脱裤子竞赛"。

在天涯虚拟社区上,因将自己的裸照附在作品后面,创造一个月点击率达13万多次纪录的竹影青瞳,在接受记者采访,谈到自己的作品造成的影响时,认为自己的行为并没有突破道德底线,说"我在文字中挑逗,在照片中展示挑逗,因为我知道这样的挑逗不会真正地伤害人"。竹影青瞳的态度是有代表性的,从事"身体写作"的女作家尽管相互之间并不一定承认对方的成功和价值,但无一例外地都声明,自己的创作方式和作品不但没有对社会公德造成影响,而且更重要的是,恰恰是自己的作品写出了女人的真实。《乌鸦》的作者九丹,就公然对《长恨歌》等被文学界认可的作品不满,认为它们不是虚伪就是杜撰,对同为"身体写作"的作家卫慧也不满,她认为自己的作品才写出了这个时代的女人的真实。九丹的《乌鸦》一经出版,就在华文世界引起强烈的争议,引起众多的批评和咒骂。这部小说的副标题为"我的另类留学生活",小说把赴新加坡留学的女学生比喻为"乌鸦",在书的封面上有一首解题的诗:"我的乌鸦/你们从何方飞来/弥拥于海天之际/顽强地生存,并令此地的人们不安";这部作品的封底上印着这样的介绍文字:"作品较多地涉及性,但在作家笔下,它是这群女子谋生的一种手段,如同吃饭穿衣,是生活的一部分,无所谓淫秽、罪恶或沌洁、崇高。"小说所写的两个女人——中国大陆女子"海伦"和"芬"就是为了生存和长期居留而不择手段,互相倾轧,甚至去卖淫,这两个女人的人生正印证了《乌鸦》封面上的长诗和封底的介绍文字。

以体验式性爱写作而闻名的木子美,不断更换男人,并将她与这些男人的床上体验都写入一部叫《遗情书》的日记里。木子美对公开自己的隐私毫无顾忌,认为自己想说的事情就不是隐私,比如床笫之欢;并声称自己喜欢的词就是褒义词,比如淫荡、放荡,自己不喜欢的词就是贬义词,比如忠贞(她认为这个词充满虚伪)。棉棉认为自己写的不是不健康的,只是非主流、非常规的,声称自己写性不是主要目的,不是为了刺激,只是把自己的生活自然而然地写出来,因为这些事自己都经历过，所以就把它写出来。卫慧认为，把狂欢、迷茫、冲动、阴暗地浮在城市的生活充分表达出来是件令人骄傲的事情。当然这些狂欢、迷茫、冲动等无一不跟身体与性相关。至于《天不亮就分手》《长达半天的欢乐》等则是贩卖快餐式性生活的文学商品。

总之，以"身体写作""书写身体"而进行的文学创作，其题材和内容无一例外都是描述女人的身体与性的疯狂与迷茫，并且大多数"身体写作"的女作家宣称自己写的是真实的，是亲身经历的，因而这些作品又都是女性隐私的宣泄。这些作家都认为这就是真实的中国女性的内心和生活，并且这些生活对作家个人来说无所谓道德不道德，同时，展示这些生活也不违背社会公德。这些作品对中国传统的对于性的道德观念是一个巨大的挑战，对于中国文学乃至世界文学表现身体与性的准则和传统也是一种颠覆，对于社会公认的关于真善美的判断更是一种少有的混淆。

诚如部分学者的分析，20世纪70年代出生的作家们形成价值观和世界观之时，恰逢中国社会由计划经济向市场经济转型，"计划"被"市场"所代替的最直接最深刻的影响便是价值观的多元化。这些作家在接受正规的九年义务制教育和良好的高等教育时，"个性化""自由化""崇尚金钱""自我实现"已经成为一代青年人的共同口号，而市场化的就业方式彻底改变了这代人的生存方式，本来道德信仰就不甚牢固，而以物质、金钱为符号的市场化社会和都市化生活将部分作家仅有的一点信仰和价值观取向彻底荡涤。总之，社会的巨变让这代人形成了新的生活观，作为"身体写作"代表性人物的卫慧就对自己的价值观和生存哲学坦陈无遗："我们的生活哲学由此而得以体现，那就是简简单单的物质消费，无拘无束的精神游戏，任何时候都相信内心冲动，服从灵魂深处的燃烧，对即兴的疯狂不作抵抗，对各种欲望顶礼膜拜，尽兴地交流各种生命狂喜包括性高潮的奥秘，同时对媚俗肤浅、小市民、地痞作风敬而远之。"这不仅仅是卫慧的生存哲学，更可以理解为70年代出生的某些女性作家的人生哲学，当然也是指导她们创作的艺术哲学。以这样的价值观为基础，以文学为实践这一价值观的手段和过程，其结果是对传统文学价值的解构和颠覆。"女性—作家—身体"这三个词组正是在这一价值观的背景下连接在一起，所有关于文学的想象远远超越了性别本身、写作本身、作家本身的内涵。部分新生代女性作家的价值观的核心是充满物欲的，是物质主义的，正是由于这一价值观的偏离，便其创作仅仅成为一种物质欲望的表达，"书写身体"成为身体的实验和隐私、私欲的展现，而并不能真正建立所谓的女性话语空间。同样作为大胆张扬身体和私欲的女性作家的一员，竹影青瞳的自我表白很有代表性："我的回归身体不是倡导女权，更不是对传统男性价值的回归和献媚,为了避免陷入这两种不同的价值观,我倡导身体的觉醒,首先是让身体回归物体,也就是把身体当作自在的物体来对待。"这段话虽然只是作家接受采访时的不太正式的声明,但足以说明,部分新生代女性作家并没有意识到文学真正的价值和职责,并没有意识到在解构传统的文学观点之后还应建设什么,而只是将"书写身体"视为了一种个人生活方式、生存方式,一个新的表达工具的实验场所(美学实验)。

丧失道德理想的当然不仅仅是生产主体,在批评作家的同时,也不能把所有的责任都归依到作家的肩头,而应该看到当下的出版业、文化商人、媒体,在利益和市场的导向作用下,利用了女性作家试图建立女性话语空间的这一初衷,同时也迎合了读者市场,满足了读者的"窥私"欲望和社会群体的"意淫"心理。由于这些商业环节的大肆宣传、炒作和传播,欲望叙事对整个社会的文化环境造成的污染是令人深思的。一些青少年为阅读《遗情书》而夜以继日地上网,部分中学生们的书包里、口袋里随身携带着大量少女作家们的自传体小说以及所谓残酷青春、迷茫青春、疯狂青春之类的口袋书。还有书名的暧昧和煽情,这几乎是"身体书写""身体写作"的作品的共同特征,以致有了所谓"书名不坏,书商不卖,读者不爱"的流行歌谣。粗略看看这些书名,就能体会到它们堆积在一起会营造出一种什么样的文化环境。《有了快感你就喊》《孔雀的叫喊》《丰乳肥臀》《妻妾成群》《欲火黑天鹅》《大浴女》《作女》《非常猎艳》《暧昧》《女人床》《我这里一丝不挂》《不想上床》《我把你放在玫瑰床上》《再见小处女》《泡哥哥》《偷尝禁果》《恋上小亲亲》《出卖男色》《在床上撒野》《拯救乳房》《沙床》《天亮以后说分手——19位都市女性一夜情口述实录》《天不亮就分手》《天亮以后不分手》《北京娃娃》《长达半天的欢乐》《我把男人弄丢了》《盐酸情人》《像卫慧那样疯狂》《水中的处女》《蝴蝶的尖叫》……如果我们继续罗列下去,这个书单还可以延伸很长很长。作家、作者出于传播自己作品的目的,精心构思作品名称,出版商出于销售的目的,要求作品名称响亮,都是可以理解的。即使不考虑市场的因素,作家和出版商会对自己创作或出版的作品的名称提出这样或那样的要求。而我们现在所看到的是在市场和利益的驱动下,出版商、作者、作家为了竞争和利益,竞相不惜破坏社会环境和文化环境,尽量把书名起得具有诱惑性,具有煽情力量,因而往往在书名中赤裸裸地传达一种"情欲""女色""挑逗",从而把文学和作品变成了一种此起彼伏的"叫卖声"。更令人不可思议的是在这些作品中,有一些原本不叫现在的名字,有一些则是书名与内容大相径庭。既然可以不叫这样"暧昧"的名字,既然内容与名字扯不上什么关系,那么为什么要取这样的书名?答案只有一个,为了诱惑和迎合,为了市场和利益。《拯救乳房》原名为《癌症小组》,

由于出版社担心"癌"这个字会让一些读者对其拒之门外,所以作者不得不妥协,把小说改成现在的名字,也就是说出版机构单纯追求市场和世俗取向,把一部严肃的小说作品逼得改一个媚俗的名字。

传播和媒体是创作主体与消费者之间的桥梁,在引导读者消费、建设先进文化方面起着其他环节不可替代的作用。在传播文化、满足市场需要的过程中,传播和媒体行业本应该以社会效益为价值主导,增强社会责任感和历史使命感,自觉将传播健康向上的精神产品作为己任。一旦市场和利益价值超越道德责任和理想追求,社会文化环境的净化、文化的社会价值实现就会由对精神的超越和提升演变成单纯的满足肤浅的感官刺激。

总之,欲望叙事及其对社会文化环境的污染、对社会精神文明建设进程的销蚀,说明文学的道德理想丧失对文学创作事业的健康发展构成的负面效果是不容忽视的,也从侧面说明了社会主义文艺道德建设的重要性。在市场经济条件下,在技术主义和消费主义对审美方式影响日益深入的当下,更应该重视文艺道德在影响作品生产、作品传播中的作用,更应该重视文学道德理想对文学作品内涵和格调的影响作用。当然,强调文学的道德理想重在强调作家和作品生产所应该担负的责任和应该具备的理想品格,重在引起作家对作品的社会影响、作用的重视,从而增强对消费者、对社会负责的自觉意识,并不是说要强调道德至上,也不是说文学必须宣传道德准则,成为道德说教的工具。

(《文艺报》2005 年 12 月 22 日)

培养强大而自觉的文学创作主体

2013年9月召开的第七次全国青年作家创作会议（以下简称"青创会"），是对新世纪处于承前启后地位的创作力量的一次检阅，当然，这也是中国作协关心青年作家成长的传统的再次弘扬。中国作协高度关心重视青年作家的成长，多年来在团结、引导、发现、培训、扶持、推介青年作家等诸多方面做了大量卓有成效的工作。在本次青创会上，中国作协党组书记李冰号召青年作家"修身立德"，"树立正确的世界观、人生观、价值观"，强调"作家的品德修养……决定着作品的品位"。我理解，这些观点实质上谈的是创作主体的自身建设问题。毫无疑问，无论是就文学的繁荣还是青年作家队伍的建设来说，我们都需要一支强大而自觉的创作主体。

一

我们说的"自觉"是指，创作主体对世界、对社会、对人生具有科学的认知体系，对文学的目的和意义具有正确的判断，对创作实践具有健康、积极的审美追求意识。一个创作主体在"自觉"的三个层面的自身建设中越是接近充盈和完善，越是能更好处理对生活的分析、对真善美的判断、对责任的认识和担当、对艺术境界的尽善尽美等问题。因此，创作主体的建构面貌和水准，直接影响到主体与创作、作品与生活、创作与社会之间复杂关系的解决。

当我们强调创作主体，强调作家的思想意识面貌影响，甚至决定着作品的品位的时候，无疑会面对很多挑战，其中最主要的一种观点可能就是，创作是一种主体高度自由的创造活动，同时也是一种复杂的心理活动，作者和作家自己决定着创作和作品。

我们并不否认文学创作的这一特殊品格。强调创作主体的自身建设，其本质是强调作者和作家不是孤立、超然和纯粹的主体，不是突然从真空世界来到创作世界，而是说作者和作家都是在社会关系中生活和成长的，是具体的、历史中的创作主体。因此，不能绝对认为是作者天才地、主观地创作了作品，作者和作家是在一个复杂的社会结构和意识形态系统内"生产"作品，我们不能回避作者和作家作为主体的人是如何被构成主体的。

如果我们把文学放在整个社会的精神生产视野下，我们自然要承认，作者是在历史进程中被构成的实体，既不是非创造的、原始的，也不是抽象的、与历史无关的实体，而是在社会关系和意识形态中被构成的创作主体。在这一前提下，强调作品是作者的自由创作更具有全面性和合理性。当代西方马克思主义美学的代表人物伊格尔顿认为，一般意识形态是一定社会中占主导地位的意识形态；作者的意识形态是一般意识形态在个人身上的独特体现；审美意识形态是一般意识形态中的特殊领域，是一般意识形态中的文化意识形态，包括文学艺术以及文艺理论和审美价值、审美意义、审美功能等。在伊格尔顿看来，文学就是审美意识形态的生产，是在一般生产最终决定下、在有相对独立性的文学生产方式之中、在处于一般意识形态总体结构中的作者意识形态操作下，生产出来的审美意识形态。伊格尔顿抛弃了传统的艺术纯粹是个人创造、是没有任何社会性的作者主观创作的观念。其根本原因是，作者的心理是社会产物、是意识形态在艺术上的特殊转化和体现。当然，伊格尔顿并不否认作者在文本生产中的地位和意义。他努力阐释的是，在作者之前，一般意识形态就以话语的方式已经存在，作者进入创作就进入了一般意识形态。通俗地说，一个人在成为作家之前，在成为一部作品的作者之前，就已经是被社会和历史建构的创作主体。

马克思主义的经典作家则从唯物史观的角度揭示了包括文艺在内的精神生产的一般规律。在历史唯物主义看来，意识的各种形式包括文学艺术没有自己的历史、没有独立的历史；随着社会分工的出现，各种文化、艺术生产才开始脱离物质生产，获得表面独立的外观；精神生产从一开始就与社会的物质生产相联系，并且只有从社会的经济结构上意识的各种生产才能得以最终的理解。而且，马克思主义的经典作家也提醒我们认识到，每一个时代的精神生产都不同程度要从历史上吸取遗传下来的思想资源。因此，历史唯物主义视野下的创作主体是历史的主体，诚如马克思所说，环境创造了人，而人又改变了环境并且人也在社会实践中接受教育和改造。人作为文艺创作的主体正是在文艺实践中、在与历史环境的相互制约与超越中被建构的。"一方面，意识形态创造人，制约人；另一方面是，人创造意识形态，超越意识形态。"（俞吾金《意识形态论》，上海人民出版社1993年4月第1版，第361页）

既然文学艺术的作者和生产者并不是天然、超然的创作者，而是被意识形态建构而成的主体，那么就有必要强调用包括社会主义核心价值观在内的社会主义意识形态构建文学艺术创作的主体。

二

　　从文学艺术创作规律和文学艺术家成长的规律来看，文学艺术家的创作、文学艺术家的成长，都深受创作主体世界观、价值观的影响。尽管文艺创作的机制十分复杂，但是谁也不能否认文学艺术家的世界观对创作的影响。在创作过程中，创作主体对生活的分析判断，对题材、人物选择的态度，对艺术手法的运用，甚至对语言风格的追求，等等，都深受世界观、价值观的影响。不同时代，不管东方还是西方的文艺批评历史中已经提供了诸多这方面的经典例证。

　　从文学艺术家群体的社会影响来看，他们的思想风貌对社会其他群体有着不可忽视的影响。尽管目前法律界、新闻界对"公众人物"的定义和范围界定都有争议，但争议的各方都认为这些人具有广泛的知名度和社会影响力，都同意这些人里面包括艺术家。因此文学艺术家不管其名气大小，都是一定范围内的公众知名人物，他们在不同范围内为大众知晓和关注，他们也在一定程度上影响一定范围的民众，他们的号召力和示范作用是不能否认的客观存在。文学艺术家必须因此而承担对社会的不可推卸的道德义务，加强自身修养就是社会要求文学艺术家承担的义务和责任之一。从文学艺术家所肩负的义务和责任来看，不论文学艺术家如何强调他们的创作具有多鲜明的个人性，广大文学艺术家的创作事实上都是一个时代文化的一部分，它们既是一个时代一个民族文化水平、文化实力、文化面貌的体现，同时又在该民族的精神文明建设中担当着重要角色。文学、艺术，以语言、色彩、旋律等艺术手段，以丰富的情节和形象潜移默化地熏陶感染着大众，特别是青少年。对文学艺术作品的阅读、欣赏在青少年的文化精神生活中占有重要地位，其获得的不仅仅是简单的快乐、愉悦、消遣，除了表层的对作品提供的新鲜经验的感受、体验之外，还有深层的包含对人物形象的审美评价、对作品主题的思索、对新鲜知识的学习、对作品世界的解释、对自我认知世界的建构等较为复杂的过程。文艺学特别是接受美学以及文艺心理学已经在这方面提供许多有说服力的论证。这一机制从侧面警示着文学艺术家自身建设的责任。

　　总之，在全面深化改革、奋力推进中国特色社会主义建设的新环境、新形势下，加强文学艺术家的思想建设，既是文学艺术家自身职责、创作规律的需要，也是我国社会主义精神文明建设的必然要求，是社会主义文艺方向的根本保证。

三

经过三十多年的改革开放,特别是自 1982 年提出建设中国特色社会主义、1986 年提出建设社会主义精神文明以来,我们对建构文艺创作主体积累了许多创造性的经验,总的说来,可以概括为:

其一,与时俱进,不断提出丰富文艺伦理建设的思想资源,并以此作为文学艺术家思想境界追求的理想。改革开放之初,在第四次文代会上,邓小平指出,"文艺工作者……在意识形态领域中,同各种妨害四个现代化的思想习惯进行长期的、有效的斗争。要批判剥削阶级思想和小生产守旧狭隘心理的影响,批判无政府主义、极端个人主义,克服官僚主义。要恢复和发扬我们党和人民的革命传统,培养和树立优良的道德风尚,为建设高度发展的社会主义精神文明做出积极的贡献。"(《邓小平文选》第二卷,人民出版社 1994 年 10 月第 2 版,第 209 页)这是一个承上启下的时代对文学艺术家作为精神生产主体提出的素养目标。随着改革开放的深入发展,市场经济对文化建设的影响日益深远。在第五次作代会上,江泽民提出,文艺工作者要努力在自己的作品和表演中,贯注爱国主义、集体主义、社会主义的崇高精神,鞭挞拜金主义、享乐主义、个人主义和一切消极腐败现象。这一要求充分折射了市场经济对整个社会道德、理想、信念的冲击和瓦解,预示着文学艺术家在重建文化价值中必将肩负更艰巨的任务。此后,在第六次作代会上,江泽民指出,发展和繁荣先进文化的一个极为重要的任务,就是要使我们的民族和人民在建设有中国特色社会主义事业的征程上,始终保持奋发有为、昂扬向上的精神状态。在中共十六届六中全会通过的《中共中央关于构建社会主义和谐社会若干重大问题的决定》中,提出了"社会主义核心价值体系"的基本内容,即"马克思主义指导思想,中国特色社会主义共同理想,以爱国主义为核心的民族精神和以改革创新为核心的时代精神,社会主义荣辱观,是社会主义核心价值体系的基本内容"(《十六大以来重要文献选编》下册,人民出版社 2008 年 4 月第 1 版,第 661 页)。胡锦涛在十七大报告中提出"建设社会主义核心价值体系,增强社会主义意识形态的吸引力和凝聚力"的重大战略任务,既明确了文化建设的当务之急是消解市场经济对民族价值观的负面作用,也凸显在全球化和文化一体化的复杂国际环境下文化作为综合国力的体现,在凝聚民族精神、传承优秀文化、构建先进文化中的地位和作用。因此,这是文学艺术家作为文化建设主体在新的形势下必须清醒意识并自觉认同的道德义务和主体职责。2013 年 8 月习近平总书记在全国宣传思想工作会议上强调要"弘扬中国精神，凝聚中国力量"，"牢固树立实现中华民族伟大复兴的中国梦这一共同理想"，"阐释好中国特色，讲好中国故事，传播好中国声音"。这一系列观点和思想无疑对进一步推进文艺创作主体自身建设具有重大理论意义和实践价值。

其二，成熟的、自觉的主体意识并不仅仅意味着创作主体自觉高扬艺术精神和艺术理想追求，而且意味着主体的现代化和先进性，其中包括如何对待民族文化遗产的价值判断、如何对待不断渗透的西方现代思潮对文艺创作的影响、文化建设中的创新等。从"五四"新文化运动开始，文艺界就面临着如何对待本土文化和西方文化的问题。关于科学与玄学、古今之辨，关于文化建设中的体与用、旧儒学与新儒学等的争论一直萦绕着整个中国文化的建设以及现代化过程。在这一过程中曾经有过盲目引进和接受西方文化、笼统否定中国传统文化的价值取向，从而使得中国的文艺创作主体的精神世界出现了价值空缺的倾向。在改革开放以来中国特色社会主义文化建设的过程中，对这一主体价值倾向有过纠正。综合来看，这仍是一个文化价值的选择和判断问题，因而也是文艺主体建设要思考和解决的问题。

每一代青年作家的成长环境都不相同。目前正以朝气蓬勃的姿态活跃在文学舞台的青年创作群体，是改革开放后成长起来的一支文学新军。市场经济的理念深入、经济发展中的全球化趋势、文化领域里的中西碰撞、社会发展中的城市化进程、网络载体的信息交流，等等，构成了这一代青年作家成长和创作的社会及历史环境。这是一个复杂纷繁的历史环境，对创作主体的自身建设提出了前所未有的困难和挑战。同时，这一代青年作家也面临着讲述中国梦、为实现中华民族伟大复兴提供和凝聚正能量的重任。因此，构建这支传播中国好声音的创作主体是文学界光明正大的全局性工程，把自己建设成为自觉的创作者也是每一位青年作家自我的光荣责任。

(《文艺报》2013年10月25日)

文艺道德建设与和谐文化构建

党的十六届六中全会深刻总结历史经验，科学分析当前形势，明确提出建设和谐文化的重大任务，这反映了我们党对中国特色社会主义事业的新的文化自觉。当前，文艺战线的首要任务，就是以胡锦涛总书记的重要讲话为指导，认真学习贯彻六中全会精神，把繁荣社会主义先进文化、建设和谐文化，为构建社会主义和谐社会作出贡献，作为现阶段我国文化工作的主题，作为我国广大文化工作者的庄严使命，充分发挥文艺反映时代生活、团结鼓舞人民、推动社会进步的巨大作用，为全面建设小康社会、实现中华民族的伟大复兴提供强大精神动力。

构建社会主义和谐社会，是我们党从中国特色社会主义事业总体布局和全面建设小康社会全局出发提出的重大战略任务，反映了建设富强、民主、文明、和谐的社会主义现代化国家的内在要求，体现了全党全国各族人民的共同愿望。建设和谐文化的基本内容，就是要以中国化的马克思主义为指导，继承发扬中华民族"和合"文化等优良传统，吸收和借鉴世界文明的优秀成果，紧密联系和谐社会建设的实践，利用丰富多彩的文化形式，创造更多更好的文化产品，培育共同理想，倡导和谐精神，营造和谐的舆论环境和文化氛围，引导人们树立和谐的思想观念和思维方式，使和谐的理念成为全社会的价值取向，增强中华民族的凝聚力和创造力，促进社会主义和谐社会的建设。文艺如何在和谐文化的建设中发挥重要作用既是文艺界关注的焦点，也是马克思主义理论界要探索的问题。本文认为，文艺道德建设是促进文艺健康发展，从而推动和谐文化构建的有效手段。

一、当前文艺界关于文艺与构建和谐文化的论述

自和谐文化建设的提出以来，文化界、文艺界纷纷发表了许多有建设意义的建议，这些观点涉及和谐文化建设的方方面面。何西来把文艺的和谐分为外部的和谐与内部的和谐。他指出文艺内部的和谐是文艺自身的和谐，包括文艺的领导与被领导、文艺各门类之间、文艺工作之间、不同的风格流派之间、文艺理论批

评与文艺创作之间等重要关系的和谐。在《论文艺批评的和谐》中，何西来认为，文艺批评和谐的关键在于转换文艺批评的出发点和归宿点，即树立一种构建和谐文化的自觉意识，把文艺批评从审判角色、斗争哲学、专政工具的思维方式转换到让文艺批评成为和谐文化建设的一个有机组成部分。在这一前提下，何西来主张"强化文艺批评的道德伦理"维度(《文艺报》2007年4月3日)。陆贵山在《高举和谐文化的旗帜》中，以矛盾的对立统一规律为准则，分析了我国不同历史时期的矛盾形态、解决方式以及文艺产品对社会矛盾的反映。他指出，建设和谐文化是基于和承认社会矛盾。只有反映、解决和协调社会矛盾才有利于创造和谐文化，促进和谐社会的构建和发展。和谐既是解决矛盾的动机，又是结果；既是解决矛盾的出发点，又是归宿点(《文艺报》2007年3月3日)。不难发现，《高举和谐文化的旗帜》也论述的是文艺内部的和谐关系。范垂功在《论和谐美的灵魂》一文中，从美学范畴的"和谐美"出发，从美学史关于"和谐"的论述谈到哲学史上关于矛盾与和谐的讨论，最后联系具体的文艺作品，他认为，美学的和谐规律的要义是，和谐不是没有矛盾的和谐，而是矛盾因素运作融合为一个新范畴的和谐(《文艺报》2007年4月5日)。该文实际上是从文艺内部的和谐来论述审美与和谐文化的构建。

与此同时，不少学者也从文艺的外部和谐来论述文艺与和谐文化的构建。张炯在《文学艺术与社会主义核心价值体系》一文中，从文艺社会学的角度，分析了一定社会的核心价值体系与该社会的文学艺术之间的关系，认为作为文化的载体和传播手段，文学艺术理应为社会主义的核心价值体系的体现和传播作出贡献(《文艺报》2007年4月24日)。于平在《文艺创作的良知与核心价值的守望》一文中，依据马克思主义有关价值论的理论，提出从事文艺创作实践活动的主体必然有一定的价值追求，而价值追求的境界反映着主体的精神境界。创作主体的价值追求就是价值最优化，而价值的最优化总是与创作主体所处的时代和社会相联系的。在当前，文学艺术创作价值最优化即是坚持以社会主义核心价值体系引领文艺创作，为构建和谐社会发挥文艺的重要作用。文章涉及创作主体的道德涵养和价值追求，但文章从价值哲学的视野主要探讨了文学艺术创作价值的实现与社会主义核心价值体系之间以及与和谐社会构建之间的关系，因此，仍可以看作讨论文艺的外部和谐关系。

尽管文艺内部和谐关系的探讨涉及很多具体问题，比如文艺如何表现和谐，文艺批评如何和谐，文艺的不同流派和风格如何和谐，等等，但是解决和探讨这些问题都将不可避免地涉及价值取向的问题。处理传统与现代、中国文化与西方文化的矛盾与交融需要价值选择，处理不同流派与风格之间的协调需要价值准则主导，对表现题材、表现方式和表现效果的思考也需要一定的价值观作为指导。而文艺外部的和谐关系的探讨，无论是从文艺社会学角度对文艺与社会主义核心价值体系之间关系的探讨，还是从价值哲学角度对文艺家价值实现与社会主义核心价值体系之间关系的探讨，抑或是从中国特色社会主义理论出发，对文艺与社会主义精神文明建设、与社会主义和谐社会构建之间关系的探讨，都不可能离开对文艺与价值体系关系的分析。文艺与社会主义核心价值体系之间的关系，是社会主义文艺与社会主义和谐文化构建之间的核心问题。建设和谐文化，最根本的就是要坚持社会主义核心价值体系。价值体系的本质是伦理道德体系，而社会主义核心价值体系是社会主义伦理道德也是社会主义文艺道德的核心。因此，社会主义文艺道德建设就成为建设和谐文化的重要内容。

二、文艺家思想道德建设与和谐文化构建

尽管学术界对文艺道德建设的内涵理解不尽一致，但是，毫无疑问，文艺家的思想道德建设应该是文艺道德建设的内容之一。重视思想道德建设是社会主义精神文明建设的重要特征，是我党领导和建设有中国特色社会主义的重要经验之一。在革命斗争时期，我党就开始致力于包括文艺家在内的知识分子的思想道德建设，从某个角度看，具有历史意义的延安文艺座谈会就是一次经典的文艺界的思想道德建设会议，因为这个会议的主要目的是解决包括"文艺是为什么人的"在内的当时文艺界存在的一系列思想问题。在中华人民共和国成立初期的社会主义改造时期，党针对大部分知识分子来自过去的国统区，而新生的共和国自己培养的知识分子才刚刚起步这样一种现实，在整个知识界开展了大规模的思想道德建设运动。在改革开放近三十年的历程中，1986年9月28日，在中共十二届六中全会上，通过了《中共中央关于社会主义精神文明建设指导方针的决议》，把加强精神文明建设纳入我国社会主义现代化建设的总布局。1996年10月7日至10日，中共十四届六中全会通过《中共中央关于加强社会主义精神文明建设若干重要问题的决议》(以下简称《决议》)，强调在新形势下加强精神文明建设，是对全党同志的一个重要考验。《决议》首次提出，以科学的理论武装人，以正确的舆论引导人，以高尚的精神塑造人，以优秀的作品鼓舞人。胡锦涛同志说，一个社会是否和谐，一个国家能否实现长治久安，很大程度上取决于全体社会成员的思想道德素质(《在省部级主要领导干部提高构建社会主义和谐社会能力专题研讨班上的讲话》2005年2月19日)。

不容置疑，加强思想道德建设是我党领导建设社会主义文化的一个宝贵传统，也是我党领导文学艺术工作的一个传统。在当前，重新提出加强文艺家思想道德建设，首先是因为改革开放近三十年来，在人民的物质生活水平发生巨大变化的同时，其思想观念和道德行为也随着生活方式和社会变革发生了变革。传统道德文化在现代社会变革的冲击下被瓦解了，而与社会主义市场经济体系相适应的道德伦理观念体系还没有完全建立和发挥主导作用，因此，导致了目前我国社会普遍存在的、可以归之为拜金主义、利己主义、享乐主义的一系列道德滑坡现象。当前中国社会正处于剧烈变化之中，政治民主化和经济市场化是一个社会基本结构的转变，其间既要打破原有的政治经济秩序，也要出现群体利益和个人利益的重新分配，更会产生道德观念的混乱和重建。

其次，一个重要原因是中西思想文化的交流碰撞给整个思想界文化界带来的震荡和混乱。从近代开始，每次发生大的中西文化碰撞，在不同文化的学习、借鉴和融合的同时，伴随热烈的争论而来的，还有文化思想界的巨大的震动、迷茫和混乱。在文化的选择、继承和构建过程中，价值观的冲突从来没有停止过。思想道德观念和价值观念的多样性以及新旧之间的碰撞交替会在一段相当长的时期内存在并造成一定的混乱。

再次，由市场经济向文化领域延伸而带来了文化产业和市场经济规则向文化生产传播等环节的渗透。在文艺生产中不注重社会效益、不考虑社会责任，而以低俗、媚俗等各种方式迎合读者、追求经济效益，或者以耸人听闻、哗众取宠等方式吸引读者观众的注意，这些现象已经不是个别现象或单个事件，比如风靡一时的"美女写作""身体写作"，以及艺术领域中的"人体摄影""人体绘画"等。

这些都说明，加强和重视文艺家的思想道德建设具有非常现实的意义，从净化文化环境、提供健康向上的精神食粮、为民族培养优秀的文艺人才层面来看，也必将产生深远的历史意义。

当然，思想道德建设也是一个历史的范畴，在不同的历史时期，思想道德建设有不同的历史背景和历史使命。《在延安文艺座谈会上的讲话》的背景是，当时的陕北知识分子大多来自敌占区、国统区，大多出身小资产阶级等非无产阶级，也大多受过资产阶级教育，成分复杂、立场不一、人数众多的文化大军面临着一个共同的问题，即立场问题。

中华人民共和国成立后，文艺界的思想道德建设的主要任务是，对旧社会过来的知识分子教育和改造并在教育和改造过程中培养新的知识分子，对旧文艺和旧文艺人教育和改造并建设新文艺。由于复杂的因素的影响，这场思想道德教育运动最后发展为无产阶级文艺思想与资产阶级文艺思想的斗争。思想改造演变为对文艺家人身的迫害和对文艺事业的摧残，全国大批作家、艺术家受到批斗、劳改和监禁，有的被迫害致死。对文学家、艺术家的属于人民内部矛盾范畴的思想政治工作、思想教育工作上升为敌我矛盾范畴的阶级斗争。这一运动的历史演变已经成为我党在文艺战线里开展思想政治工作的过程中应该吸取的惨痛教训。

在我国文艺界走出极"左"路线的影响之后，党吸取这段沉重的历史教训，党对文艺的领导不断得到改善，1979年10月，在全国第四次文代会上，邓小平同志代表党中央宣布，今后不再提"文艺从属于政治"的口号。我国社会主义建设进入一个崭新的时期，文艺领域里的拨乱反正工作使得文艺战线重新焕发新的生机。十一届三中全会以后，随着对外开放的提出和市场经济的深入，中国与西方思想文化交流的大门打开，西方各种文学和艺术观念对我国社会主义文艺的繁荣和发展，对我国年轻作家、艺术家的成长、成熟，产生着越来越大的影响。因此，文学家、艺术家的思想道德建设面临着新的形势、新的环境，新的挑战。近二十年来，党中央在建设社会主义精神文明的过程中，强调用马克思主义、毛泽东思想占领社会主义意识形态阵地，提出了建设社会主义先进文化、繁荣社会主义文艺事业的一系列方针、政策，与此同时，党对文学家、艺术家的思想道德建设也创造性地提出了新的要求。

江泽民在全国第六次文代会、第五次作代会上指出，在文艺工作中坚持党的基本理论、基本路线和方针政策，坚持正确的创作思想，多出精品，把美好的精神食粮奉献给人民，郑重考虑作品的社会效果，旗帜鲜明地反对资本主义和一切剥削阶级腐朽文化的侵蚀、反对"一切向钱看"，旗帜鲜明地鼓舞人们为壮丽的社会主义现代化建设事业而奋发进取，这就是马克思主义政治对文艺工作者的基本要求。

胡锦涛在全国第八次文代会、第七次作代会上的讲话指出，一切有理想有抱负的文艺工作者，都要做到德艺双馨，积极履行人类灵魂工程师的职责。广大文艺工作者必须加强思想道德修养，积累丰富知识，提高精神境界，培养高尚人格，始终牢记艺术工作的社会责任。广大文艺工作者一定要加强学习、加强修养，忠诚于祖国，忠诚于人民，坚定社会主义信念，自觉实践社会主义荣辱观，倡导真善美，鞭挞假恶丑，恪守职业道德，弘扬职业精神，专心致志，孜孜以求，努力攀登人生和艺术的高峰。要严肃认真地考虑自己作品的社会效果，传播先进文化，弘扬人间正气，塑造美好心灵，风成化习，果行育德，为人民奉献最好的精神食粮，努力以自己的作品丰富人民群众的精神生活、提高人民群众的精神世界。

以上党的第三代领导人对文艺工作者的要求是今天加强文艺家的思想道德建

设的总要求和总目标。

三、党员文艺家应该在和谐文化构建中发挥表率作用

强调党员文艺家在和谐文化构建中的重要作用，把加强党员文学家、艺术家的思想道德建设作为和谐文化构建中的重要环节，是因为党员文学家、艺术家作为中国工人阶级先锋队的成员之一，理应义不容辞地执行党的文艺方针，带头学习马克思列宁主义、毛泽东思想、邓小平理论，树立科学的人生观、价值观。应该带头坚持党性原则，同党的路线、方针保持一致。在今天就是要在文艺创作和文艺传播中，坚持正确的舆论导向，积极同各种错误思想倾向作斗争，高扬主旋律，用优秀的作品鼓舞人，并为中国社会主义文艺"走向世界和屹立于世界文化之林"，提高民族自尊心、自信心作出应有的表率作用。

马克思主义经典作家和党的三代领导人对党与文艺、党员文学艺术家与文艺事业有着非常丰富的论述。众所周知，早在20世纪初，列宁就详尽论述过党的文艺事业与整个无产阶级总的事业的关系，指出"写作事业不能是个人或集团的赚钱工具，而且根本不能是与无产阶级总的事业无关的个人事业。无党性的写作者滚开！超人的写作者滚开！"通常理解这段话论述的是文艺的党性与人民性的关系，事实上我们可以理解为，写作事业是无产阶级事业的一部分，因此首先要把写作事业作为服务人民、服务无产阶级事业的一个方式，坚持社会效益至上。对党员文艺家来说，坚持这一点就是坚持党性，也就是坚持了党性与人民性的统一。

在20世纪40年代党领导的延安文艺整风中，毛泽东就批评许多党员虽然在组织上入了党，但在思想上并没有完全入党，因此他号召延安的文艺家要从思想上认真整顿一番，真正统一起来。其后，在1943年3月召开的党的文艺工作者会议上，陈云同志专门就"党员作家与党的关系"作了讲话。陈云指出，作家里的党员有三种人：一种基本上是文化人，附带是党员；第二种基本上是党员，文化工作只是党内的分工；第三种则是可以向前两种过渡的各占一半的人。陈云说："毫无疑问，党是要求第二种看法，反对第一种看法的，因为只有这样党才能成其为统一的、无产阶级的、战斗的党。"这就是说，党员作家、艺术家首先是党的一分子，首先是党员，文艺创作只是分工不同，但并不能因此可以说党员作家、艺术家在思想上、身份上还有什么其他不同。所以党员作家、艺术家首先必须发挥先锋队作用，遵守党章和党的纪律，带头学习马列主义，"学习实际的政

治"。在《关于文艺工作者下乡的问题》一文中,陈云说:"没有党员文艺工作者自己的进步,不断地克服自己的弱点,党的新文艺运动的方针是不可能实现的。党的新的文艺运动方针,只有经过党员文艺工作者与非党员文艺工作者共同努力合作才能实现。"经过延安文艺整风许多党员文艺工作者的思想和认识都得到了提高。经过自我反省、自我批评后的党员文艺工作者随后为党领导的革命文艺事业,为新民主主义文化建设作出了巨大贡献,这一点为中国现代文学历史所证明,而且,为中华人民共和国成立后的社会主义文艺事业准备了一支强大的作家、艺术家队伍。

在社会主义革命和建设时期,周恩来在谈到党如何领导戏剧电影工作时,说:"党员应该听取意见,不能自视过高,居于领导地位。"(《对在京的话剧、歌剧、儿童剧作家的讲话》1962年2月)邓小平代表党中央在中国文学艺术工作者第四次代表大会上所作的祝词中指出:"党员作家应当以自己的创作成就起模范作用,团结和吸引广大文艺工作者一道前进。"20世纪80年代,邓小平针对当时思想战线的一些现象,曾经尖锐提出,思想战线的共产党员应该站在斗争前列,"所有共产党都要增强党性,遵守党的章程和纪律。不管是什么专家、学者、作家、艺术家,只要是党员,都不允许自视特殊,认为自己在政治上比党高明,可以自行其是。"他要求党员作家、艺术家既要严以律己,遵守党的纪律,以自身的创作发挥模范作用,又要站在思想斗争的前列,并团结、带领非党员作家、艺术家共同为社会主义建设服务。

可以看出,在党领导建设社会主义文化的各个历史时期,始终强调党员文艺家在整个文艺事业成败中的地位和作用,也始终强调党员作家、艺术家的理论学习、自我改造和修养提高。历史地看,在党领导文艺事业的各个时期,广大党员文学家、艺术家在贯彻执行党的文艺方针、坚持社会主义文艺方向、努力提高个人思想道德修养和艺术修养方面都发挥了先锋模范作用。他们在不同时期为社会主义文艺建设付出了艰辛的劳动,赢得了党和人民群众的信任。

在近二十年的社会主义市场经济建设中,党在领导文艺事业的过程中,根据国际国内意识形态形势变化和发展,在号召党员作家、艺术家认真学习马列主义、毛泽东思想、邓小平理论,提高自己的思想和艺术修养的同时,更注重在强调党员文学家、艺术家带头增强民族文化自豪感,抵制西方享乐主义、拜金主义、个人主义思想侵蚀方面,在带头坚持弘扬主旋律,更加贴近生活、贴近时代、贴近群众,多出精品方面,发挥党员的模范作用。

在1986年9月党的十二届六中全会通过的《中共中央关于社会主义精神文明建设指导方针的决议》和1996年10月党的十四届六中全会通过的《中共中央关于

加强社会主义精神文明建设若干重要问题的决议》中，都把"党组织的领导和党员在精神文明建设中的责任"作为精神文明建设中的新课题提出来，指出党员的责任不仅是自身要搞好精神文明建设，而且要组织和推动全社会的精神文明建设。党员文艺家作为党在文艺战线的先进分子，在带头坚持共产主义的理想和道德规范，弘扬集体主义、爱国主义精神，抵制腐朽思想和丑恶现象的滋长蔓延，消除文化垃圾的传播，抵御敌对势力对我"西化""分化"的图谋等文化和意识形态的建设和斗争中，负有不可推卸的责任和义务。党的十六大要求全党在世界多极化和经济全球化趋势的发展中，在世界上各种思想相互激荡，有吸纳又有排斥、有融合又有斗争、有渗透又有抵御的形势下，坚持用马列主义、毛泽东思想、邓小平理论和"三个代表"重要思想统领社会主义文化建设。在先进文化的建设中，党员文学家、艺术家更应该以人类灵魂工程师的标准要求自己，严肃对待自己所从事的高尚职业，在弘扬和培育民族精神、努力改造落后文化、坚决抵制腐朽文化方面肩负更加神圣的责任，在文艺活动中，自觉倡导爱国主义、集体主义、社会主义思想和精神，自觉倡导一切有利于民族团结、社会进步、人民幸福的思想和精神，大力倡导一切用劳动争取美好生活的思想和精神。

　　党员文学家、艺术家的先锋模范作用，是党领导社会主义文艺事业、建设社会主义先进文化的能力的基础。党员文学家、艺术家的以身作则和率先垂范将对整个文学家、艺术家群体的思想道德建设起到至为关键的作用，最终，也将对和谐文化的构建起到至为关键的作用。

四、健康的文艺批评与和谐文化构建

　　文艺的发展，离不开文艺理论和文艺批评的指导和促进，文学艺术家的思想道德建设也离不开文艺批评的繁荣和健康发展。批评与自我批评是党处理人民内部矛盾特别是思想领域斗争的重要方法，在文学艺术领域，批评的方式主要是文艺批评。文艺批评作为一门专业性极强的工作，有其丰富的功能、作用，其理论方法和哲学基础也复杂多样。我党在领导社会主义文艺事业的过程中，始终重视发挥文艺批评在构建社会主义先进文化中的导向作用。胡锦涛总书记在全国第八次文代会、第七次作代会上指出，要积极推进马克思主义文艺理论研究，充分发挥文艺评论的作用，为繁荣社会主义文艺营造良好氛围。社会主义的文艺批评工作要真正成为社会主义文艺的"两翼之一翼"，就必须首先坚持以马列主义、毛泽东思想、邓小平理论为指导，用科学的理论武装评论工作者，在各种思想文化相互激荡的文化环境中,始终坚持正确的导向,努力通过科学而严肃的评论工作为文艺的和谐与繁荣,为文艺家的成长培育健康的舆论环境。

其次,把社会主义核心价值观贯彻在文艺批评工作始终。文艺批评作为一种以一定的文艺观念、文艺理论为指导,以各种具体文艺现象为对象的评价和研究活动,必须也必然有其一定的哲学和价值观作为基础。经过"五四"时期、改革开放初期以及近几年全球化席卷下的文化一体化进程,在文艺批评中我国传统的文艺价值观占中心地位的现象已经基本不存在。在对西方哲学、美学、文学理论的借鉴、学习和尝试过程中,我们的文艺批评已经建立起一套既有中国传统文化又融会了西方各种哲学和文艺观念在一起的复杂话语体系。构建和谐文化主张在坚持核心价值体系的基础上,尊重文化的多样性,推动不同文化相互学习、取长补短。因此,在建设中国当代文艺批评体系和话语的过程中,尤其在面临如何引导多样化的思想观念和社会思潮,如何对待传统文化的继承与创新以及对世界其他文化的学习与借鉴等问题上,我们要旗帜鲜明地坚持社会主义核心价值体系的主导地位。以社会主义核心价值观作为基础,我们的文艺批评在面对文艺创作中的各种不健康现象、各种偏离社会主义先进文化方向的现象时,就能实施有力的批评和有效的抵制。

最后,强化文艺批评的道德维度,通过健康有力的批评,增强文艺工作者的社会责任感和构建和谐文化的使命感。胡锦涛总书记在全国第八次文代会、第七次作代会的讲话中指出"文艺工作,是党和人民事业的重要组成部分","要实现我国社会主义现代化建设和中华民族伟大复兴的宏伟目标,必须大力加强文化建设,坚持用社会主义先进文化引领全国各族人民奋勇前进",这既是对文艺在社会主义和谐社会建设中的地位的肯定,同时,也是对广大文艺工作者的一种社会责任的期待。文艺批评是促进文艺健康繁荣、和谐进步,发展社会主义先进文化的重要而有效的手段。鉴于过去在文艺批评过程中对道德维度的过度追求和极端化做法,这些年的文艺批评不再强调对文艺的道德评价。而抛弃道德评价的后果是最近几年在文艺创作中屡见不鲜的挑战社会公德和传统道德文明的现象,比如以暴力犯罪为诉求点的各种动漫作品,以美女、别墅、酒店为符号的充满各种物质欲望刺激的现代都市生活小说,以公布隐私和诉诸身体为特征的"隐私写作""下半身写作",以"一夜情""二奶""乳房""赤裸""人体"等符号煽动读者好奇心和引起轰动效应的各类文艺现象等。这些现象不仅是对优秀的道德文明的污染、对先进文化建设的消解,也是对真正审美价值的颠覆。因此,文艺批评应该坚持社会主义核心价值观,旗帜鲜明地加强道德维度,发挥文艺批评在评价和研究文艺现象中应有的作用,实事求是地指出文艺创作和文艺作品中存在的问题和倾向，对文艺发展中的不健康现象要旗帜鲜明地斗争，引导社会的文艺消费，增强文艺工作者的社会责任感，从而真正发挥文艺批评在构建和谐文化中的价值。同时，文艺批评也要杜绝吹捧、虚假、浮夸、炒作等不正风气，对青年作家创作中存在的缺点要真诚地指出、以理服人。近几年来文艺界诸多不健康作品的出现乃至泛滥，尽管有众多因素，但与文艺工作中重创作轻评论的现状、与批评工作自身的缺位不无关系。

健康活跃的文艺批评不但有助于文艺创作的繁荣，也可以极大地促进作家、艺术家的思想道德修养的提高。文艺的健康繁荣和文艺家思想道德修养的提高，正是文化和谐的表征，同时也是和谐文化构建的手段之一。

(《湖北经济学院学报(人文社会科学版)》，2007年第8期)

关于文艺体制变革与文艺道德建设的若干思考

文艺体制是基于一定的文化价值观念所建立的文艺组织和文艺规范的总和，是文艺生产及其管理得以运转的保障。文艺体制涉及文艺机构功能、责任的划分，文艺机构的设置与人员配备，文艺政策法规的完善与健全，文艺队伍的培养与发展，文艺生产具体部门的管理等方方面面。培养社会主义文艺队伍的一个重要原则是用马列主义、毛泽东思想武装文艺工作者，提高文艺工作者的思想道德素质，因此，文艺体制改革与文艺道德建设密切相关，社会主义文艺体制的改革和发展应该与文艺道德建设有机统一。

一、我国的文艺体制及其特点

（一）文艺团体的行政化、干部化、统一化

多年来，主导我国文艺生产的机构是作为"人民团体"的"文联""作协"，以及作为政府组成单位的"文化部门"。中国文联的章程对文联的性质是这样规定的："中国文学艺术界联合会，是由全国性文学艺术家协会，各省、自治区、直辖市文学艺术界联合会和全国性的产业文学艺术工作者联合会组成的人民团体"，中国作家协会的性质界定则是"中国共产党领导的，中国各民族作家自愿结合的专业性人民团体"。二者的区别在于中国文联没有个人会员，中国作协既有个人会员，也有团体会员。各省、市、自治区的文联、作协体制大多按这个模式建构。

那么，"人民团体"究竟是一种什么性质的机构呢？对一概念的认识直接关系到对我国文艺体制的理解。

"人民团体"看是一个不言自明的概念，实则是一个极容易引发争论的概念。

随着政治体制改革的深入和市场经济的快速发展,对这个概念更有必要进一步梳理和廓清。在《现代汉语词典》里,"人民团体"是指"民间的群众性组织",如红十字会、中华医学会、中国人民外交学会等。实际上,我国的作协、文联并不完全是民间的群众组织。也有人根据国务院颁布的《社会团体登记管理条例》,把作协、文联视为"社会团体"中的一部分,事实上我国的作协、文联也不完全等同于社会团体。社会团体是一个范围相对广泛的概念,它包括"人民团体"(如共青团、工会、妇联、工商联等),"社会公益团体"(如中国福利会、残疾人基金会等),文艺工作者团体,学术研究团体和宗教团体。事实上,中国作协、中国文联不仅在其章程中声明其为"人民团体",而且从我国的历史和现实来看,作协、文联一直就是"人民团体",比如在《国务院工资制度改革小组关于各种人民团体和学术组织的工作人员如何实行职务工资问题的通知》(1985年8月1日)中,国务院就明确"中国作协""中国文联"是"部一级"的人民团体;在国家财政部、税务局《关于房产税若干具体问题的解释和暂行规定》(1986年9月25日)关于税务政策的解释中,对"人民团体"有专门的解释,即"经国务院授权的政府部门批准设立或登记备案并由国家拨付行政事业费的各种社会团体"就是"人民团体"。按照以上解释,"中国作协""中国文联"及各省、市的作协、文联均是"人民团体"。

在人民团体、社会团体之外,还有"群众团体机关"之说,新华社2000年4月17日发布消息说,由中央机构编制管理部门直接管理机构编制的21个群众团体机关机构改革工作"将全面展开",而所列出的21个群众团体机关就有"中国作协""中国文联",也有上述被称为民间的群众性组织的"红十字会""中国人民外交学会"等。

由此看来,中国作协、中国文联从党务工作、专业工作的角度讲,可以称为"人民团体";从政务管理、机构编制、经费来源的层面看,又是"群众团体";从"社会团体"的角度看,也有人把它们看作"社会团体"中的一部分。这些说法的差异,其实也都不同程度地反映了文艺机构的本质属性。总的来说,中国作协、中国文联并不是完全的如同《现代汉语词典》里所定义的"民间的群众性组织",如同作协、文联的章程所说,它们是"党领导"的专业性"人民团体",因而具有贯彻实施党的文艺方针、政策的组织工作性质,同时,由于其机构编制、人员经费都由国家制定和保障,因此也具有机关性质的特征。

在相当长的一段时间里,以"作协""文联"为重要架构的文艺体制,其基本工作就是制定、发布有关文艺的方针政策,总结文学艺术创作工作,分析文艺战线的成绩和问题,领导文学艺术运动,促进社会主义精神文明建设。

(二)文艺家的身份

所谓身份,在某种程度上是由社会群体或是一个人归属或希望归属的那个群体的成员所构成的。在计划经济模式下,所有的社会成员都被整合在四个身份框架下:干部、工人、群众、农民,文艺工作者与教师同时被归入"干部"行列。在实行经济体制改革后,这种情况并没有改变,文艺战线和教育战线的工作人员依然使用"干部考核表格"以及干部考核方式。作家、艺术家创作的前提是他必须有"单位",并被单位认可,文艺家的住房、医疗等问题同样也服从于单位的制度规范,依据个人所属的干部级别享受国家的待遇、津贴。这些都是文艺家所必须了解和掌握的"规范"。

中国作家获得身份认可的一个重要方式是加入作家协会,2001年12月召开中国作协第六次全国代表大会时,中国作协共有6442名会员,加上地方各级作协会员,总数达到5万多人,这个阵容强大的作家队伍构成相当复杂,有省、市作协的作家、干部,有行业作家协会(如铁路、煤炭等)和大型企事业单位的作家、干部,有新闻出版、政府机关、教育战线的作家、艺术家等。在这样的构成模式中,最能体现文艺体制,也最代表一个国家文学艺术创作实力的当然是各省、市作协、文联机构中的专业作家、专业艺术家,当然,这也是随着市场经济深入发展最受社会关注的一个群体。

中国的专业作家制度和专业艺术家制度,始于中华人民共和国成立之初,随着从老解放区、城市、农村几个方向来的文艺大军的会师,组织管理作家、艺术家队伍的工作被提上了中国共产党的议事日程。在1949年7月召开的全国第一次文代会上,郭沫若在报告中告诉所有代表,很快就要成立"专管文化艺术部门"的组织机构,这个机构就是在全国第一次文代会上成立的中华全国文学艺术界联合会,全国文联下属的其他协会也先后成立,包括1953年9月成立的中华全国文学工作者协会(中国作家协会前身)。

这些机构成立后,过去有着自由职业者身份的作家们纷纷被纳入了体制框架下的各个文学艺术单位,作家从靠稿费生活转变为靠工资生活,并拥有干部编制及相应的行政级别、工资待遇、住房标准、公费医疗待遇等,还享有根据行政级别而定的其他政治待遇,比如参加会议、查阅文件等。完整的以福利为特征的专业作家体制建立起来了,其他门类的艺术战线也和作家体制一样建立起了专业艺术家制度。

(三)文艺媒体的管理

20世纪50年代初,随着文联、作协的成立,作为对文艺界进行思想领导、培养文艺创作人才、繁荣文艺工作的权威媒体纷纷创刊。目前,中国文联及其所属的11个协会拥有18家报纸、杂志单位,7家图书、音像出版机构,1家影视中心。这些阵地出版的都是某个艺术门类的权威出版物,如中国电影家协会的《电影艺术》《大众电影》,中国戏剧家协会的《中国戏剧》《剧本》,中国美术家协会的《美术》,中国音乐家协会的《人民音乐》《歌曲》等。中国作家协会则有《文艺报》《人民文学》等9家刊物及1家出版社(作家出版社),这些阵地同样在文艺界有着举足轻重的影响。

在计划经济模式下,能发表作品是一种身份的象征,能在这些"国家"级的刊物上发表作品同样也是一种身份属性。这些协会机构不仅拥有着权威媒体,同时也垄断着文学艺术类的各类国家级奖项的评选、组织,如鲁迅文学奖、少数民族文学奖、中国电视金鹰奖、大众电影百花奖、中国电影金鸡奖、戏剧界的梅花奖等。能否登上这些奖项的领奖台是对文艺家创作成就的价值标准的估量。

依据以上所述,可以对中国的文艺体制作如下不完整的描述:一是组织机构上的行政化。文艺战线上的人民团体虽然是非政府或者说非行政组织,但它们的编制是由政府确定,经费来源是财政拨款,代表一级党委行使对文艺事业的管理职能。二是机构人员的干部化。文艺团体的主要领导都是党委任命,对一般干部和专业创作人员都参考干部考核形式进行考核,在工资、住房、医疗、职称、级别等各种福利上都视同干部对待。三是事业管理上的统一化。文艺团体充分利用自己所拥有的文艺资源,特别是载体资源(刊物、报纸、出版机构、评奖组织),引导和管理文艺发展。

二、文艺体制改革与文艺道德建设

从我国的文艺体制的表现形式看,似乎与文艺道德建设并无多大关涉,事实上,作为联系广大作家、艺术家的桥梁,作协、文联在文艺道德建设中有着广大的空间。

《中国作家协会章程》总则第二条规定:"中国作家协会以马列主义、毛泽东思想、邓小平理论和'三个代表'重要思想为指导,贯彻执行党的基本路线,坚持文艺为人民服务、为社会主义服务的方向，实行百花齐放、百家争鸣的方针，弘扬主旋律，提倡多样化，尊重文学规律，发扬艺术民主，团结和组织全国各民族作家，发展和繁荣社会主义文学事业，满足人民群众日益增长的精神文化需求，提高全民族的思想道德素质和科学文化素质，加强社会主义物质文明建设和精神文明建设，为把我国建设成为富强、民主、文明的社会主义现代化国家而努力奋斗。"

在中国文联的章程里也有类似的规定。可见，作协和文联的宗旨与社会主义文艺道德建设的原则、要求高度一致，作协、文联必然需要在自己的工作中贯穿对文艺道德建设的追求。

具体来说，我国的文艺体制可以从以下几个方面在文艺道德建设中发挥作用。

（一）在发展会员、培养作家中注重文艺道德的考察

发展会员是作协、文联的基本任务之一。中国作家协会有6000余名会员，这些会员都是全国各地在文学艺术创作上有成就的作家。中国文联下属的团体会员中，每个协会都有数千名会员，比如中国电影家协会有6000余名会员、中国戏剧家协会有1.2万余名会员、中国影视艺术家协会有5000余名会员等。这些文学艺术工作者都是各门类艺术战线中的骨干和中坚力量。可以说，作协、文联这两个群众团体集中了全国的文学艺术精英。

这样一支庞大的队伍不仅仅是文学艺术创作力量的集体，同样也是强大的文艺道德建设阵地。文艺道德建设体现在文学艺术的作品文本中，同时也体现在文学艺术创作主体的非创作活动，即人生实践、人生活动、艺术实践中。在社会生活中，文学艺术家主体往往可以产生比文艺作品更强大的影响力，知名作家、艺术家更是如此。比如濮存昕在社会大众都谈"艾滋病"而色变的现状下，勇敢担任宣传关爱艾滋病患者的形象大使，拍摄与艾滋病患者接触的公益广告宣传片。诚然，濮存昕在话剧、影视剧等表演领域有着有目共睹的成就，但他对艾滋病患者尊重、关爱的形象对广大群众产生的冲击、震撼，达到甚至超越了他在艺术表演领域所取得的影响力，正因为此，他被评为"感动中国"十大人物之一。许多文艺家不仅以他们的作品，更是以他们的人格、以德艺双馨的形象传播着文艺道德的理念。所以，作协、文联应在发展会员、培养文艺工作者队伍的工作中贯彻文艺道德的规范和要求。

目前，在作协的章程"会员"部分，有对入会的要求和违反章程的处罚内容，

比如"凡赞成本会章程，发表或出版过具有一定水平的文学创作、理论研究、翻译作品者，或从事文学的编辑、教学、组织工作有显著成绩者，由本人申请，各省、自治区、直辖市等作家协会推荐，或本会会员二人介绍经本会书记处征求申请人所在省、自治区、直辖市等作家协会的意见，由本会书记处会议审议批准，即为本会会员"（《中国作家协会章程》第十七条）。在这一条里看不到对入会申请者道德品质方面的要求。在《中国作家协会章程》第二十二条有关处罚的条款里规定："本会会员如严重违反本会章程或有严重违法行为、触犯刑律，经本会书记处通过，停止或取消其会籍"，在这一条里同样也看不到有关会员违反道德规范应该如何处理的内容。

中国作家协会是全国性的文艺团体，中国文联下属多个全国性团体会员，从机构的地位、从现实的运作看，对机构中的每一个会员都是一种荣誉，它们不仅仅应该是衡量作家、艺术家创作成就的标杆，同时也应该成为对作家、艺术家的道德素养进行考核与认可的机构。各省、市、自治区的作协和文联同样也应该是该省、市、自治区对作家、艺术家的创作与人品进行双重检验与认同的机构。

因此，中国作家协会和各级作家协会、中国文联及各省市的分支机构应该在其章程中鲜明地提出文艺道德建设的相关要求，规定在发展会员，培养作家、艺术家的过程中，如何对作家、艺术家的道德进行评价，如何对违反文艺道德要求的会员进行处分。

（二）在各级各类评奖中把握文艺道德建设导向

对作家、艺术家的创作成果和文学艺术人才的表彰及奖励是作协、文联的规定任务，文艺评奖是作协、文联的常规工作。中国作协设有全国性大奖4个，加上其下属刊物的奖项，超过10项；中国文联设有全国性、专业性的文艺奖项13个；各省、市、自治区的作协、文联也设有各种奖项。能否得奖、得什么级别的奖，对作家、艺术家个人的创作成就和艺术成就是一个检验，同时在中国的文艺实践中，获奖与作家、艺术家的地位、级别、待遇、经济收入都紧密相关。更为重要的是，如同高考是高中教育的指挥棒一样，文艺评奖也在很大程度上影响着创作的导向和作家、艺术家个人价值的取向。

自新时期文学以来，中国的文艺评奖已经进行了20多年，应该说，许多思想性、艺术性兼具的优秀作品，既为广大群众认可，同样也被评委们认可，获得了应有的奖励。文艺评奖对调动作家、艺术家的积极性、创造性，对繁荣我国文学艺术创作起到了巨大的推动作用，其重要意义和价值不可忽视。

同时，也应该看到，这些评价体制的运作与今天的时代形势，与广大读者的要求有着差距，也与广大作家的要求存在差距。

首先，评委的产生和组织过程缺乏公平。目前全国性的奖励都由"国家级"的协会主持评定，评委往往自然而然的就是协会机关的主要领导。这一现状的存在导致了某些作家、艺术家把精力用于如何与协会、协会领导处理关系。与协会、协会领导关系好、交情深的作家往往如鱼得水，四处逢"奖"；而不善于处理关系的作家、艺术家，即使读者、专家都认为其作品不错，却就是不能得奖。这种现象尽管不是普遍现象，但也极大伤害了作家、艺术家的创作热情，损害了作协、文联机构的形象、声誉。

其次，在评奖中如何体现群众与评委意见的一致，是评奖机构应着力解决的重要问题。一些读者喜欢、叫好的作品往往不能得奖，而一些读者没有听说或者不怎么看好的作品却得了奖，其结果为，评奖是评出了评委喜欢的作品，而不是读者喜欢的作品。因此，对一部作品在什么情况下可能获奖，应该探讨既能体现专家的眼光，也能反映读者心声的更加科学合理的评价机制。毕竟文艺最终是为人民服务，文艺生存发展的基础是广大人民群众的需求。

再次，在评奖工作中，应该贯彻文艺道德建设的相关要求，对作家、作品的价值倾向应该作出科学的判断；同时，应该真正实施对"优秀人才"的表彰，不仅仅只是注重对"作品"的表彰。中国文联在表彰作品的同时，近年来也开展了对"德艺双馨"文艺家的表彰，这应该成为文艺评奖的一种极有推广价值的尝试。

（三）完善文艺法制建设，促进文艺道德面貌的整体提升

法律规范是一种调节文艺领域里各种矛盾和冲突的强制性规范，可以有力促进文艺道德建设。文艺体制的改革不仅是文艺机构的性质和文学艺术工作者身份的变革，文艺法制建设也是文艺体制改革的重要内容。从改革开放开始，许多文学艺术家就呼吁尽快推进文艺法制建设，经过20多年的历程，虽然在著作权、文艺市场监管（包括音像、互联网等）、艺术品展览、文艺团体表演、文艺经济政策等相关领域，已经制定了初步的管理法规（大多数是行政性法规），但总的来说，我国的文艺法规仍然亟须完善和健全。

尤其是在市场经济极大左右文学艺术产业，同时文化多元化剧烈影响文艺工作者的生活方式、创作方式、价值实现方式的当前，完善和健全文艺法制尤为紧迫。比如，在互联网上展示裸体或以作品展示隐私尤其是"性生活"的"竹影青瞳""流氓燕""木子美"，她们的作品吸引了大量的青少年读者，特别是中小学

生；比如，各地蜂拥而起的"人体绘画""人体摄影"；又如，美术界以行为艺术为名进行的集体裸体、玩弄尸体等行为，对这些在文学艺术的旗帜下所进行的"创作行为"究竟应该如何认定？如何进行管理？对这些现象的管理，从目前的文艺法规来看，还是空白。更深层次的则涉及电影电视的分级和播放时段频道的管理，文学艺术创作中的色情、暴力等儿童不宜或不健康内容的界定，文学艺术作品中的虚构与诽谤的界限，文学艺术作品的改编、拍卖，等等。文艺法制的建设不仅是社会主义法制建设的重要内容，同时也是社会主义文艺道德建设的内容。诚然，文艺道德是文艺工作者的自律要求，它依靠社会舆论的监督和文艺工作者自身的思想道德追求，而文艺法制是对文艺生产实践的一种起码的强制性的要求，但正因为文艺法制是针对全体文艺工作者的一种强制的基本要求，所以，完善、健全文艺法制对规范文学艺术实践活动，提高文艺工作者的整体思想道德水平必将发挥极大的促进作用。

总之，我们应该在文艺体制改革的过程中，把如何推进文艺建设与文艺机制改革有机结合起来，培养一支既有较高艺术水平又有较高思想道德境界的文学艺术队伍。从而确保社会主义文艺在培养"四有"新人、在推进社会主义先进文化建设、在建设社会主义精神文明中履行和发挥其重要职能。

(《湖北社会科学》2006年第1期)

应该理直气壮地提倡伦理批评

伦理批评是文艺批评中一个重要的传统。一般认为最有影响的是五种批评模式：伦理批评、心理批评、社会批评(或者说社会历史批评)、形式主义批评和原型批评。除此之外，还有所谓印象主义批评、文化学批评、文体学批评、新批评、结构主义批评、解构批评、读者批评、女权主义批评、新历史主义批评等。而在这些批评流派中，伦理批评无疑是历史最悠久的。伦理批评的实质如同批评流派的纷繁一样，也众说不一。简单地说，伦理批评是以作品为纽带，考察作者与作品、作品与社会、作品内部等的伦理内涵、道德效果、道德境界的文学研究活动。

但是，在我国的文艺批评实践中，伦理批评一直承受着来自各个方面的批评压力并走过一条坎坷曲折的道路。造成伦理批评备受攻击的原因之一是我国文艺实践中在相当一段时间内把伦理批评庸俗化、机械化，极大损害了其声誉和形象，直接导致在新时期的文学艺术发展中，批评界对伦理批评保持沉默。伦理批评在批评活动中一度"销声匿迹"的另外一个原因是近几十年来文艺思潮的兴起与活跃。在伦理批评模式之后，西方文艺理论在超越古典主义批评传统的过程中不断涌现新思潮新流派，现代主义批评以表现主义、象征主义和唯美主义为先导，以形式主义和结构主义为主体，开始占领批评阵地。文学批评的中心从内容转移到形式和技巧、语言。由此，传统的伦理批评自动退出了批评舞台的中心位置。

当然，文艺批评模式的转换也有批评活动自身的规律的作用和影响。文学批评理论是一个历史的知识体系，在这个体系中，新的批评模式出现与旧的批评模式是多元并存的关系。各种批评模式在解释文艺现象时都有各自的优势和合理性，并且存在必然的竞争与比较，批评家可以根据趣味和客观对象的要求选择批评模式，但试图以一种模式取代其他模式以完美解释文艺现象是非历史的观点。在当代，批评模式转换的大背景主要是市场经济条件。

从近二十年的文学变革看，文学创作界在对过去政治叙事、革命叙事中政治伦理价值至上的倾向矫正的同时，走向了另外一个极端，即完全排斥对文学的道德评价。对新时期文学大多数还是着重于形式上的探索，比如叙述方式、叙事技巧、语言风格、文本结构等，追求文本形式上的审美价值。这些借鉴和探索无疑对拓宽我们的审美视野、丰富我们的审美生活是有价值和意义的。同时，也应该看到，这种创作导向的基本特征是颠覆中国汉语文学的传统审美习惯，远离时代社会生活，疏离人民熟悉的生活和情感经验，也就是说文学成了作者、作家个人游戏娱乐的方式，而不是要对大多数读者提供精神产品。随着市场经济规则从单纯的经济领域越来越广泛地深入文化领域，文学创作界所呈现出来的以女人、欲望、身体为诉求对象的"下半身写作""美女写作""身体写作"，以"酒店与酒吧""别墅与汽车""金钱与权力""美女与时尚"为诉求对象的消费主义写作、享乐主义写作，以"嗨曲""摇头丸""酷爽晕""郁闷""一夜情""网恋"等为符号的"青春写作""情色写作"等，已经发展到充斥整个出版和阅读市场。这些作品描述大众的浅层欲望，以满足大众的窥探心理而赢得更大的市场份额。这些作品不仅解构了文学的价值与意义，而且对整个社会的道德观、价值观、人生观都起着不可低估的销蚀作用。在这一创作现象的滋生和蔓延中，伦理批评的缺席有不可推卸的责任。

在伦理批评视野下，当下文化毋庸置疑存在着一些不尽如人意的现象。在当下最有代表性、最突出的现象是，消费文化以及在消费主义影响下产生的文学商业化、时尚化、娱乐化现象对主流文化的冲击。消费文化是20世纪后半叶出现在欧美社会的物质文化的一种特殊形式。消费构成当下资本主义社会的内在逻辑；在消费社会里，生活中的一切都成了消费品。消费品的普遍存在意在证明资本主义的合理，比如平等之类的价值神话。消费文化的前提是资本主义商品生产的扩张，生产扩张的结果是闲暇和消费活动的增长。资本主义文化研究中的消费主义，其实就是已然成为资本主义社会生活方式的消费价值取向。在这种生活方式中，人们所消费的不是商品和服务的使用价值，而是它们的符号象征意义。

消费主义观念从20世纪80年代中期开始渗透到文化的生产和消费过程。接踵而至的是主流文化、高雅文化、精英文化或者悄然退出或者被挤出了文化市场的主导位置。通俗文化、快餐文化、美女文化、情色文化、时尚文化几乎垄断了中国的文化市场，张扬欲望和享乐、以宣泄和释放为目的的消费文化铺天盖地，"创造、风格、艺术被策划、工艺、操作所代替，中国文化进入了一个大众文化的时代"，它意味着"中国主流文化开始酝酿着一个巨大的历史转折"（尹鸿：《为人文精神守望——大众文化批评导论》，《天津社会科学》，1996年第2期，第76页），即从政治、启蒙文化向娱乐文化的转变。

从伦理批评的角度来看，消费主义对文艺的一个突出的影响是抹平精英文化与大众文化、高雅与通俗、价值与娱乐之间的界限。为消费文化以及随之而来的通俗文化辩护的学者们的一个基本观点是，这种文化是文化民主的反映，是对精英知识分子话语霸权的一种反拨。"在一种受到严格限定的社会等级制中，文化标准和鉴赏力仲裁的产生与保护，都要由精英知识分子们来进行"，而以消费主义为特征的大众文化使民众能够"获得一种大众文化、不依赖知识分子们对这种文化的鉴赏和对它的乐趣进行界定"的文化（[美]多米尼克·斯特里纳蒂：《通俗文化理论导论》，商务印书馆，2001年3月第1版，第54页）。因此，通俗文化对传统文化的价值、意义等都是怀疑和否定的，因为其判断标准是精英知识分子制定的，而不是大众的价值观的反映。在我国当下的文化界，一批人对鲁迅等现代作家的否定，一些文学娱乐现象的出现以及对现代诗歌终结的狂妄宣言等，都可以看作是对上述通俗文化理论的一种创作上的印证。这一现象中暗含的是文学、文艺如何面对大众，文艺的价值和意义究竟如何体现这样一些具有伦理意味的问题。

因此，无论是从当下复杂环境中繁荣文学和文学批评的角度来看，还是从文学的健康发展、文学良好生态的建立等角度来看，伦理批评都不应该遮遮掩掩或是无所作为，而是应该理直气壮、科学理性地发挥应有的作用。

（《文艺报》2013年1月23日）

第三辑　经验与陈述

论观察语言

一、前　言

科学理论是概念和陈述的集合。在逻辑经验主义者看来，概念之间和陈述之间的有关系统的联系即理论的结构是科学哲学的中心问题。关于经验科学理论的结构问题，逻辑经验主义者（卡尔纳普等人）提出了演绎的两种语言模型，认为在科学理论中存在着观察语言和理论语言这两种语言的区别。

两种语言模型在西方科学哲学界居于统治地位达四十年之久。它关于理论结构的分析，一度成为被一致接受的标准看法。它对若干元科学概念的逻辑分析，澄清了一些混乱，阐明了一些问题，对科学哲学有不可忽视的贡献。但随着证例主义、多元主义、拉卡托斯的合理性理论、夏皮尔关联主义的兴起，科学哲学界认为它的两种语言理论结构已被证明是错误的。

逻辑经验主义在科学哲学界占统治地位的时期已一去不复返，科学哲学的中心和重心问题已不是逻辑经验主义所强调的科学理论的结构问题。最重要的是，科学哲学界对逻辑经验主义的批评和评价似乎已成定论，即它对科学知识、科学理论的根本看法，它的基础主义的认识论和两种语言的理论结构，已被证明是错误的。它的确认逻辑或归纳方法论是对科学方法论的过度简化的甚至是歪曲的说明。持这一评价的学者们对逻辑经验主义，唯一较为肯定之处是：它对若干元科学概念的逻辑分析确实澄清了一些混乱，阐明了一些问题，对科学哲学有一定贡献。问题是作为在科学哲学史上曾经居于统治地位达四十年之久的逻辑经验主义的贡献是否就局限于这一点呢？也就是说，应该如何认识和评价该学派的理论观点在科学方法论发展中的地位？进而又该如何理解科学哲学史上其他学派关于观察语言的论点的合理性及局限性？换言之，我们面临重新认识和评价逻辑经验主义的两种语言模型理论以及重新审视科学哲学界其他学派关于观察语言的观点这一任务。

现代科学方法论的演变，经历着一个从预设主义的逻辑模型到相对主义的历史模型，又从相对主义的历史模型到逻辑与历史结合的模型的基本过程。逻辑经验主义和证伪主义都坚持预设主义的逻辑模型，历史主义则坚持用相对主义的历史模型解释科学的发展。鉴于这两种方法论所面临的各种困难，夏皮尔等人提出了逻辑与历史结合的模型。

预设主义的逻辑模型以科学方法论不变性为基础，预设了三大区分：科学概念与元科学概念的严格区分，观察语言与理论语言的严格区分以及发现范围与辩护范围的严格区分。由于这一模型严重偏离了科学史的实际，因此，这种过分理想化、简单化的模型受到了激烈的批评。

历史模型强调历史，力图使自己的科学观符合科学史实际，但他们在强调历史的同时抛弃了理性，完全否定规范的方法论，甚至完全否认科学理论的评价具有客观的和合理的标准。

逻辑模型和历史模型都不能辩证地说明科学活动。只有将二者结合起来，科学方法论才能走出困境，才能更加客观地说明人类的科学事业，科学方法论的发展才会有更加广阔的前景。

恩格斯说："历史从哪里开始，思想进程也应当从哪里开始，而思想进程的进一步发展不过是历史过程在抽象的、理论上前后一贯的形式上的反映；这种反映是经过修正的，然而是按照现实的历史过程本身的规律修正的。"[①]科学方法论的演变历史表明，逻辑模型有其错误的一面，历史模型也有其错误的一面，同时，逻辑模型和历史模型又都有其正确、合理的一面。要比较完备地解释科学，既不能单独地依赖逻辑模型，也不能单独地依赖历史模型。这样，虽然逻辑经验主义的逻辑模型受到过科学哲学界的严厉批评，逻辑经验主义者提出的两种语言模型也已不为科学哲学界关注和重视，但在科学方法论历史演变的视角下，我们就不能因为其方法论中存在着错误而忽视其在方法论发展中的地位和作用。如果逻辑模型是说明科学不可缺少的一种方法论，我们就应该客观地承认其价值和它在方法论发展中的地位和作用。

本文正是立足于上述基本思想，试图在对逻辑经验主义观察语言的提出、发展变化和科学哲学界关于观察语言批评的历史考察的基础上，重新审视逻辑经验主义的观察语言理论，廓清各学派对观察语言批评的得失，反思观察语言在各学派理论中的地位和作用，从而达到对观察语言性质、地位和作用的进一步理解，全面地认识观察语言在方法论嬗变中的价值和地位。

---

① 马克思恩格斯选集(第2卷)[M].北京：人民出版社，1995：122.

二、逻辑经验主义的观察语言理论

逻辑经验主义继承古典经验论的经验主义传统,把寻求科学知识的确实性以及寻求这种确实性的合理标准,作为其方法论的中心问题。从这个原则出发,逻辑经验主义力图解释科学理论和直接经验之间的联系。

坎贝尔在20世纪20年代明确提出,理论包含表示不可直接观察的对象的语词,观察命题属于独立于科学理论的观察语言(约翰·洛西:《科学哲学历史导论》,华中工学院出版社1982年版,第140页)。坎贝尔认为,一个理论包含两种不同的陈述,一组陈述是理论的"假说",另一组陈述是假说的一本"词典"。词典中的陈述把假说中的术语与其经验真理性能够确定的陈述联系起来。这样,坎贝尔指出,为了获得作为整体的一个理论的经验意义并不需要把每个假说的项与实验中可检验的断言联系起来。

亨普尔在《经验科学中概念形成的基本原则》(1952)一文中发展了"假说加词典"的观点,他的观点被称为科学理论的"安全网"结构的观点。他指出,公理系统包括公理和未定义词项,它是一个由固定在科学语言观察层次上的一些杆从下面支撑的网。在理论层次上每个网结在观察层次的语句当中不一定都有一个支撑点。但由于有些网结是通过与观察层次相联系的语义规则支撑的,而网结相互之间是有联系的,这样理论层次中的有些项直接获得了解释,有些项间接获得了经验解释。可以看出亨普尔的拯救工作主要是企图说明不同的理论陈述在取得意义的过程中,与观察陈述的联系有的是直接的、有的是间接的,并未就观察语言的性质和区分作出什么改进。他的安全网理论"极大地模糊了有意义命题和无意义命题的严格区别,也极大地模糊了理论陈述和观察陈述的严格区别"[①]。

亨普尔的"安全网"结构观点与两种语言模型并没有实质的不同。面对各种批评,亨普尔在其后来的著作《物理学的哲学基础》(1966)中,开始对原来的正统观点进行全面批评并发表新看法即所谓内在原理和连接原理。他认为,科学理论包含两种陈述:内在原理说明理论方案的特征,详述事物、过程及其支配规律;连接原理指出该方案与被考察现象的联系(竹尾治一郎:《科学哲学》,上海译文出版社1994年版)。

---

① 张巨青,吴寅华. 逻辑与历史——现代科学方法论的嬗变[M]. 杭州:浙江科学技术出版社,1990:46.

亨普尔的这一新观点既与他过去的观点不同，也与正统的两种语言模型有区别。在这一新观点中，与正统观点的对应规则不同的是，连接原理不只限于使不可观察的东西与直接可观察的东西连接起来，也可以使不可观察的东西与已经确立的理论名词所表述的现象连接起来。正统观点把科学理论看作起初没有解释的公理系统，只有观察名词、观察语言才赋予其经验意义；亨普尔的新观点则认为科学理论实际上大多数是既包含未解释的新概念，也包含先前理论解释过的旧概念。

另外一些哲学家，如艾耶尔、内格尔、卡尔纳普等人则对科学理论的结构提出了如下的观点。艾耶尔在1946年的《语言、真理与逻辑》一书中指出，观察陈述或者与观察陈述相合取可导致一个观察陈述的陈述，是直接可证实的。这种观察命题或者说经验命题是超然独立的，可以被独立地理解和信赖，整个科学理论体系就是以此逻辑构造起来的（艾耶尔：《语言、真理与逻辑》，上海译文出版社1981年版）。内格尔在《科学的结构》（1961年）中指出：为了分析，在理论中区分出三种成分是有益的，即抽象的推演、一组规则和抽象推演的解释。抽象的推演实际是由理论的基本假定或公设构成的。在理论的假定、公设中"隐含地规定"着理论的基本术语。规则把抽象推演与具体的观察联系起来，并将经验内容赋予抽象推演。抽象推演的阐释或模型则用多少有些熟悉的概念或形象化材料使主干结构有血有肉（内格尔：《理论的三个主要成分》，见《自然科学哲学问题》1987年第1期）。他们的基本论点是：观察名词、观察语言的意义是直接获得的，固定不变的；理论名词、理论语言通过对应规则从观察名词、观察语言中获得意义。

卡尔纳普系统提出了科学理论结构的观点，他的"两种语言模型"被认为是逻辑经验主义关于科学理论结构的一种正统观点。他认为：全部科学语言 L 被看作包含两个部分，即观察语言 LO 和理论语言 LT。观察语言 LO 由观察语词 VO 和一些逻辑常词组成。观察语词 VO 是用来描述事物或事件的可观察属性，以及它们之间的可观察关系的谓词。理论语言 LT 由理论语词 VT 和数学语言（包括一些逻辑常词）组成。理论语词 VT 用来标示一般是不可观察的或非观察的对象。观察语言 LO 中的语句是能够被经验直接验证的，理论语言 LT 必须借助于对应规则 C 得到解释。

这一正统观点提出后，遭到了包括来自逻辑经验主义内部的多方面的批评。这些批评的共同点指出了：其一，观察名词和理论名词的严格区分是不可能的；其二，观察陈述和理论陈述的严格区分更加困难。

玛丽·赫西和奎因批评了两种语言模型，并在杜恒的理论基础上，提出了网络模型。杜恒在其《物理学理论的目的和结构》(1906年)中指出,一个科学理论是由一个公理系统和对应规则所组成的,这些对应规则把公理系统的一些术语与某些实验测定的量值关联起来。关于公理系统的解释或模型不是理论逻辑结构的一部分。观察和实验只有与其含义的解释相结合时才具有价值,而科学家总是借助某个理论来解释观察和实验结果(约翰·洛西:《科学哲学历史导论》,华中工学院出版社1982年版)。

玛丽·赫西指出,没有任何观察名词的集合,它们的互相关联的规律对于规律网络的其余部分的改变是绝对保持不变的。赫西实际上强调的是,观察谓词及其相互联结要服从规律网络的其余部分而改变,也就是说描述谓词有其理论负荷性。

奎因加强了赫西这一看法,他认为科学是一个由许多互相联系、彼此影响的命题和原理组成的经纬交错的整体性的大网络,这个网络的四周与经验事实直接接壤。处于网络边缘的是政治、历史、医学、工程学等具体科学和应用科学,它们与经验事实直接联系着,灵敏地随经验事实的变化而迅速变化。处于这个网络内层的是物理、化学等理论科学,它们不与经验事实直接接壤,但通过应用科学的中介,受经验事实的间接影响。在这一见解的前提下,他认为,知识的意义的最小单位,不是命题或句子,而是整个科学理论系统。因此,在任何观察证据面前,任何理论陈述通过部分调整都能够被认为是真的(洪谦:《逻辑经验主义》下卷,商务印书馆1984年版,第694页)。这就是说,观察名词本质上是从语言的网络取得它们的意义的。

关于什么是观察语言,逻辑经验主义及与其对立的哲学家们都没有给予确切的说明。艾耶尔的观点是观察陈述标示那"记录一个实际的或可能的观察的陈述"[1]。卡尔纳普说"观察语言使用标示可观察的属性和关系的名词,以描述可观察的事物或事件"[2]。内格尔认为关于观察陈述的"直接实验证据",或观察名词的"可以实验地辨别的例子"是毫无问题的[3]。事实上,在逻辑经验主义的理论中,经验命题、基本命题、基本陈述、记录陈述、观察语句、观察命题等说法往往与"观察陈述"替换使用,同样,经验基础、经验证据、经验语言等往往与"观察语言"替换使用,观察语词、观察谓词、观察词汇、经验名词等说法也往往与"观察名词"在同一领域里替换使用。逻辑经验主义在"观察语言"概念上的含糊

---

[1] [英]艾耶尔. 语言、真理与逻辑[M]. 尹大贻,译. 上海:上海译文出版社,1981:38.
[2] 江天骥. 当代西方科学哲学[M]. 北京:中国社会科学出版社,1984:33.
[3] 江天骥. 当代西方科学哲学[M]. 北京:中国社会科学出版社,1984:33.

和混乱给各种批评提供了诸多机会和空间。

观察语言的基础是观察，它是对观察结果和观察活动的记录、陈述。因此，有关观察语言的理论如果不是建立在对"观察"的充分说明之上，无疑它将是不牢固的。什么是观察，观察与感官知觉的区别何在，观察者、观察对象、观察活动的关系又是怎样的，等等，这些问题直接影响到"观察语言"的基础和性质。逻辑经验主义在这方面并没有作系统有力的论述，从而给各种批评提供了一个更大的空间。

三、对逻辑经验主义的观察语言理论的重新审视

总的来说，逻辑经验主义的观察语言理论是不符合科学实际的，是一种简单化、片面化的见解。科学史和科学方法论的历史发展都证明了这一点。具体的说，对逻辑经验主义观察语言理论的错误可以从下面三个大的方面审视。

（一）从意义理论审视观察语言理论

逻辑经验主义在理论的结构问题上孜孜以求，其目的是要在概念和理论两方面寻找科学知识的基础，以此表明理论概念依赖观察语词获得意义，理论陈述则由于同观察陈述的联系而得到辩护。在概念形成和理论辩护两方面，逻辑经验主义都提供了基础主义的说明。按照这种说明，观察陈述或证据既是理论语言有意义的唯一源泉，也是理论陈述得以辩护的唯一根据，而理论不起任何真正的认识作用。

那么，究竟有没有逻辑经验主义者所追求的这种纯粹的观察基础呢？答案是没有。无论是在概念形成还是在理论辩护方面都没有这种中立的纯粹的观察基础。然而关于概念形成即理论名词的意义问题是一个非常复杂的问题，它必然涉及词的指称、意义等语言哲学的研究。这里仅结合语言哲学界有代表性的几种观点对概念的意义问题作一些说明。从语言哲学的角度看，在语言的意义理论研究中，除逻辑经验主义的意义证实理论外，还有众多较有影响的意义理论。

第一种理论是所谓的意义指示论。它认为，词有意义就因为它们标示了外部事物。它有两种不同的说法。一种主张是，语词的意义就是它所指称的对象。另一种表达方式是，语词的意义就在于语词与其所指称的对象之间的关系。意义指示论虽然受到各种批评，比如人们可以从口袋中掏出手帕，但掏出的绝不是手帕

的意义；又如可以说"亚里士多德"死了，不可以说"亚里士多德的意义死了"，但学术界认为可以合理地把语词和外部事物的关系当成考虑意义问题的一个角度。

第二种理论是意义的整体论。它主张，承载意义的最小单位既不是语词，也不是语句，而是一个或大或小的语言系统。在自然科学中这个整体可以表现为一种科学理论。前面所述玛丽·赫西、奎因均持有这种看法。学术界认为后期亨普尔的内在原理与连接原理的观点倾向于这种看法。这种意义论对逻辑经验主义者的观察语言理论是一个沉重的打击。

第三种理论是意义的用法论。它是维特根斯坦后期所持的思想，即一个词的意义就是它在语言中的使用。按照这种观点，阐明一个词的意义，就是说明人们是如何使用这个词的。知道一个表达式意指什么就是知道可以或者不可以使用它，知道一个语句的意义就是知道如何使用它，就是知道在哪种情况下它的用法是正确的或不正确的。玛丽·赫西和希拉里·普特南在批评逻辑经验主义者的语言理论时都指出了一个词的意义与其使用规律的关系。实际上他们所强调的正是词的意义与用法的关系。

第四种理论是意义的意向性理论。其基本观点是：言语行为表现世界上的对象和事态的能力是心灵通过诸如信念和意愿这样的精神状态，特别是通过行为和知觉，把有机体和世界相联系的在生物学意义上更为基本的能力的扩充。因此，语言符号自身并没有固定的表达力，它们的表达力源自心灵的意向性。心灵的意向性不仅创造了意义的可能性，而且语句由于获得意向性而获得表达力量。逻辑经验主义者认为，有经验意义的语词必须能够用观察语词来定义。这个要求在应用于意向语词时，则遇到了严重困难。意向语词如"易脆的""可溶的"，它们刻画了某类物质的内在特性，这种特性在遇到合适条件时才会显示出来，平时却是隐蔽着的。如果要用语词来定义这类语词，显然得出的只是一个意向性陈述，即带有假说和猜测成分。这一结果意味着逻辑经验主义者追求语词的经验意义的失败。

除此之外，语言哲学关于意义的理论观点还有诸如意义的行为反应论、意义的言语行为论等。意义理论的繁多，一方面说明意义问题的复杂性，另一方面说明语言用途的多样性。语言哲学界一致的看法是，没有一种意义理论是对于所有语言现象都具有普适性的，寻找这种普遍适用的意义理论是不可能的。但上述每一种意义理论都从一个侧面或者角度分析了意义问题。逻辑经验主义者的意义证实理论即要求用语词的经验意义说明语词的意义只是这众多侧面和角度中的一个。回到本文的主题，这些意义理论给我们的启发是：一个语词可以从多个角度获得意义和解释。理论语词可以从观察词汇中获得意义，观察语词可以从直接观察中获得意义和解释，既可以从其指称的对象和与对象的关系中获得意义和解释，也可以从整个语境、语言获得意义规定；既可以从语词的使用规则中获得意义和解释，也可以从语词使用产生的反应、效果、使用行为等方面获得解释和意义。这就是说，理论词语、科学语言有意义的源泉并不是唯一的，理论语词并没有独立的纯粹的经验基础。

在理论的辩护逻辑方面，逻辑经验主义者同样也犯了简单化的错误。事实上，观察证据并不是辩护理论的唯一证据，一个理论、假说的证据，不仅包括用观察语言表达出来的证据，而且也包括不能用观察语言表述的证据，甚至还包括其他科学定律和理论。科学史表明，理论辩护是错综复杂的。观察、实验、逻辑自恰性、简单性、美学标准、科学家个人的意识形态和生活方式等许多因素在科学辩护过程中，都起着作用。一个理论的辩护往往是多种标准、因素的综合作用，而不仅仅是观察证据起着作用。对一个科学理论的辩护必须具体分析，不能期望寻求一个普遍适用的标准而一劳永逸。既然观察语词、观察陈述并不是理论语词、理论陈述意义的唯一来源，那么逻辑经验主义者为什么要把语词的意义归结为由观察名词定义？也就是说，逻辑经验主义的意义理论的实质何在？

众所周知，逻辑经验主义的纲领是要在有意义的语句和无意义的语句之间划界，从而把形而上学从科学中清除出去。这一点在其纲领性文件《科学的世界观：维也纳学派》(见《自然科学哲学问题》1989年第1期)中表露无遗。从此观点出发，逻辑实证主义者提出了证实原则，它规定，知识必须依据经验，任何命题只有表述经验内容即只有能被经验证实或证伪才有意义，否则就没有意义。遵循这一原则，就只有分析命题和经验命题是有意义的，就必须要求理论名词从观察名词中获得意义和解释，理论陈述从观察陈述中获得意义和解释，否则，理论名词、理论陈述就是没有意义的。由此看出，证实原则既是区分科学与非科学的标准，同时也是语句、语词有无意义的标准。逻辑经验主义的意义标准和证实原则是一致的。这样，逻辑经验主义关于语句、语词意义的理论就包含有两层内容，它既含有语言哲学所研究的意义标准，还含有该学派独有的用以区分科学与非科学、科学与形而上学的标准。在逻辑经验主义者谈论什么是意义、有无意义时，同时更重要的是，他们也在有意义的语词和无意义的语词、有意义的语句和无意义的语句、科学与非科学之间划界。其目的是清除形而上学和无意义的语句，为科学奠定确实的经验基础。从这一角度出发，便不难理解为什么逻辑经验主义者主张理论名词的意义必须从观察名词中获得，理论必须从观察证据中得到辩护。

但是，证实原则无论是证明还是证伪，所遇到的困难和局限性是显而易见的。自从逻辑经验主义提出证实原则以来，不仅遭到学派内部的批评并不断修正，而且也受到其他学派广泛而严厉的批评，我们没有必要为了批判它而再增添新的论证，只需强调指出下面这一点就足够了，即逻辑经验主义的基础主义认识论——排除形而上学，为科学寻求稳定的经验基础，从而提出观察名词、观察语言是理论名词意义的唯一源泉和辩护的唯一根据——是过于简化和片面化的，它与科学史和科学实际相距得太远。

（二）从归纳确证方法审视观察语言理论

逻辑经验主义的观察语言理论与其归纳主义方法论是有密切联系的。逻辑经验主义的科学方法论以追求科学知识的确定性为目标，用事实对科学理论的支持或者说观察陈述对理论陈述的支持来说明科学理论的确实性程度。卡尔纳普和赖欣巴哈都认为，观察材料构成确实的知识，而通过观察事实证明一个理论的正确是归纳理论的主题。一方面，之所以把理论分为理论陈述和观察陈述，把科学名词分为理论名词和观察名词，是为了检验哪些名词、哪些语句是有意义的，而哪些是无意义的；另一方面，处理理论体系中理论陈述和观察陈述二者的关系就必须用归纳法，决定观察陈述对理论陈述的支持确证程度。一方面，观察语言的提出为证实原则，为归纳方法论提供了基础；另一方面，归纳法的实质就是用从经验事实中归纳出来的前提——观察陈述证实假说或理论陈述。归纳确认意味着观察语言、理论语言的区分与理论证实检验的统一。所以，归纳主义方法论绝对证实的不可能也就表征着观察语言与理论语言绝对区分的不可能。

对这种归纳方法科学哲学界早就作出了批评，这些批评的正确性和深刻性是科学哲学界皆知的。

第一，休谟的"归纳疑难"说明了归纳原理既不能逻辑地加以证明，又不能经验地加以证明。古典归纳主义从经验事实到科学理论可以归纳地完全证实的理想，是建立于对归纳原理的合理性信念之上的。但休谟的理论指出，运用归纳法从真实的前提出发，一定能够得出真实的结论，只不过是古典归纳主义的一种幻想。

第二，现代归纳主义抛弃了完全证实的幻想，用确证代替证实，用概率的真代替完全的真。为了论证这种方法的有效和切实可行，逻辑经验主义者运用现代逻辑手段对归纳逻辑倾注了大量心血予以研究，先后提出了概率1(即确证程度)、概率2(经验概率)、相关变量法等概念和方法，但是科学哲学界和逻辑学界仍然指出了这些方法的弱点和弊病。由于本质上任何观察证据都是由有限数目的观察陈述组成的，而全称陈述则是对无限数目的可能情况的概括，因此，无论如何改进逻辑技术，一个全称陈述为真的概率就等于有限数除以无限数，不管构成证据的观察陈述的有限数增加到多少，概率仍为零。这是单独依靠发展逻辑技术和手段避免不了的结局。

第三，因此，就涉及对归纳方法实质的评价。通过不断发展逻辑技术而发展归纳法，所得到的结果是越来越高的概率和确证度，这是逻辑经验主义所追求的，但科学所追求的究竟是更高的确证度还是更多的经验内容？如果科学追求的是前者那么运用归纳法只会使科学的经验内容愈来愈少。比如"明天会下雨"比"明天下午五点钟会下雨"的概率高，但经验内容却少了，这就意味着应当放弃归纳方法。这里所表现出来的矛盾是深刻的。科学以认识物质世界为其目标，因而科学总是要追求确证性、概率性愈来愈高的知识，同时作为对物质世界的探索和认识，科学理论总是不断解开愈来愈多的奥秘，说明越来越多的现象，亦即追求更丰富的内容。确证性和丰富性都是科学理论所需要的，抽象地说科学是追求哪一方面都是片面的。人们可以用一个一般定律不断解释经验现象，在解释了大量经验事实的基础上将定律上升到理论，也就是说，从追求丰富的经验内容到追求更高的确实性；同时，人们也可以先提出一个具有高概率的假说，而在实践中不断地去解释经验现象，比如爱因斯坦的相对论与许多理论相比较，即是从高概率的理论提出，然后去解释宇宙时空中的现象，并且，这一理论的经验内容比许多理论的经验内容要少，因为它预言的许多现象还没有得到证实，人们只有寄希望于未来的实践检验。科学史的这些现象无疑向我们指出，科学理论没有必要在高的概率和丰富的经验之间作出选择。要反思的倒是逻辑经验主义的方法论。恩格斯在批评归纳万能者时曾说："我们用世界上的一切归纳法永远都不能把归纳过程弄清楚。"归纳和演绎，正如分析和综合一样是必然互相联系着的。正是因为逻辑经验主义片面强调了归纳法的地位和作用才导致如此深刻的矛盾。逻辑经验主义追求确实性，就必然强调归纳法，就必然要用从经验事实中归纳出来的前提即观察陈述证实理论陈述，也就是说，强调归纳法就必然要求作出两种语言的划分，而不恰当地强调归纳法就必然导致上述困难和矛盾。

这里的分析显示出逻辑经验主义归纳确证方法论的失败。归纳确证的失败意味着理论体系中被视为理论陈述意义来源和辩护根据的观察陈述并不具有绝对的地位和作用，也就是说，理论陈述的意义和辩护并不仅仅只依赖于观察语言，因而这一失败同时也反映出观察语言理论的失败。

(三) 从观察的本质审视观察语言理论

除了上述的局限和缺陷外,逻辑经验主义的观察语言理论还有下列两方面的错误和局限性。

第一个方面是对观察的看法。大致说,逻辑经验主义对观察的看法是:观察是个人直接的纯粹的感觉经验,其中没有理论的因素和作用,并且这种观察是绝对可靠的。这一错误的实质是夸大了感性认识在认识过程中的作用,这一错误已被科学哲学界一致认识到。科学哲学界指出了观察之中有背景知识的作用、与课题有关的理论的作用、与工具仪器有关的理论的作用、科学家个人受意识形态的影响,以及科学家个人信仰习惯等文化因素的作用等。对这一错误已没有必要作进一步的批评。结论是显然的,观察绝不是直接、纯粹的个人感觉体验。

第二个方面与上述第一个错误表现密切相关。既然个人的直接、纯粹的感觉经验是可靠的,那么,记录这种感觉经验内容的命题即观察语言就是证实的根据,是理论意义的来源。这一观点被称为现象主义。后来由于认识到直接经验具有主观性或私人性,将记录这种内容的观察语言用以证实理论缺乏客观性,逻辑经验主义放弃了现象主义的观点,而改为以共同语言作为证实的标准,即认为观察语言是共同的观察记录陈述。这种观点被称为物理主义或约定主义。不言而喻,对观察语言的现象主义的看法是错误的,那么,逻辑经验主义对观察语言的物理主义的看法是否就是正确的呢?回答是否定的。首先,物理主义的基本观点是所有的心理语句都是描述物理事件的。因此,每个心理语句都可以用物理语言表达,物理主义对观察语言的看法正是建立在这一基础之上。但是这里涉及两个基本问题:人们关于心理状态的句子是否始终都能翻译成物理语言?心理状态与物理状态是否是一回事?这是心灵哲学和语言哲学中艰难而争论不休的问题。哲学家们对这两个问题提出了许多不同而且都非常深刻的见解,并且都没有取得一致看法。举一个简单例子,物理主义的观点很难解释内省状态与内省陈述的关系。哲学界、科学界的共同看法是,尽管对二者的关系很难处理,但有一点是共同的,即对内省陈述不能给予物理主义的解释。还有对激动、生气等都不能给予物理主义的解释。这说明,逻辑经验主义认为心理状态、物理状态是同一的,并且心理语句都可以翻译为物理语句的看法是缺乏充分证明的。这样就不能保证把经验内容翻译成观察语言。

逻辑经验主义者也认识到了这种完全翻译的困难,所以他们放弃了这一要求,仅仅要求一个陈述有在观察基础上加以确认的可能性。这样,就从严格意义上的观察语言退却到比较宽容意义上的观察语言。严格意义上的观察语言要求以一定的观察概念作为基础,现在则比较宽容地认为并不要求一切陈述都能翻译成观察术语,只要具有一定确认度的经验语言都可以作为观察语言,这样逻辑经验主义者又遇到了上述所讨论的归纳确证方法论所遇到的困难,因为只具有一定确证度的观察语言对理论陈述不具有唯一的辩护根据的作用和地位。

此外,逻辑经验主义者还面临如何充分描述"观察谓词"的困难。一个观察陈述 Pa 断定对象 a 有观察属性 P,只需要在逻辑上可能发生这一陈述所包含的经验,这样陈述 Pa 以及如同 Pa 一样的观察陈述都是偶然陈述。如何在这些陈述中区分有意义的和无意义的就必须依赖于对观察谓词给予进一步的解释,否则就不能作出这种区分,而逻辑经验主义的观察语言理论对观察谓词缺乏充分有力的说明。

当然逻辑经验主义观察语言理论的错误和局限性还有许多,诸如把观察语言视作固定不变的、中立的等,这些错误都与上述逻辑经验主义在观察语言问题上的基本认识有关。

(四)对逻辑经验主义观察语言理论中的合理因素的审视

虽然,逻辑经验主义的观察语言总的来说是错误的,但这并不能说明逻辑经验主义对观察语言的看法就是一块铁板。在逻辑经验主义的发展中某些代表人物的观点不断在修正和改进,而且事实上某些逻辑经验主义者从一开始或者在提出众所周知的正统观点的同时对观察语言的看法仍然包含某些合理的因素。

这表现在,逻辑经验主义的观察语言理论把科学理论看作一个明确陈述出来的语句系统,他们对理论语句系统所作的逻辑分析,对于深刻理解科学理论的系统结构、在系统中观察语句和理论语句的某种逻辑关系是不无价值的。他们的分析阐明了科学理论的某个侧面,所揭示的逻辑关系对于我们理解科学理论的性质,特别是作为一种理论语句系统的性质是有帮助的。

还表现在下面这一点,无论在早期代表人物石里克的著作里,还是在后期亨普尔的著作里,抑或是在卡尔纳普提出正统观点的同一时期的某些著作里,都闪烁着某些合理的思想的光芒。

关于科学研究的过程,有一种理想的观点,即该过程可以分为四个阶段:第一,观察和记录全部事实;第二,对这些事实进行分析和分类;第三,从这些事实中用归纳推导出普遍结论;第四,进一步检验这些普遍性结论。其中前两个阶段被认为不使用关于观察到的事实如何相互联系的任何猜测和假说,因为先入之见会引起偏见并危害科学研究的客观性。

亨普尔认为这种科学研究的狭隘归纳主义概念是"站不住脚的"。因为按此设想"收集全部事实不得不等到世界的末日",甚至可以说"我们也不可能收集到直到现在为止的全部事实"。因此,只有参照一定的假说,才能确定哪些资料和事实是有关或无关的。亨普尔说:"假说决定在科学研究中在一定的时刻应该收集什么样的资料。"①这意味着,观察不是盲目的、随意的,更不是纯粹的、直接的,它受有关假说的牵制和影响。

亨普尔在其内在原理与连接原理的理论中,进一步阐述了他对观察的看法。在亨普尔的理论中,连接原理可以说是把一定的在理论上假定的不能直接观察到和测量到的实体(如分子、质量、动量、能量)与中等大小的物理系统的或多或少可以直接测量或观察的方面(如用温度计和压力表测量气体的温度和压力)联系起来。但是,亨普尔及时指出:"连接原理将一个理论所假定的基本实体和过程联结起来的那些现象并不需要是'直接'可观察的或可测量的,完全可以根据以前建立起来的理论来表征这些现象,并且它们的观察或测量可预先假定有这些理论原理。"②

有理由说,亨普尔对观察(包括观察语言)给予了较充分的说明。亨普尔的观点包括:①观察依赖一定的理论;②"可观察的"并非指感官知觉的直接观察,依赖一定的理论可测量的也就是"可观察的";③在连接原理中与理论名词相对的、相连接的不一定要是直接观察的。也就是说,"观察名词"也可以是"理论名词",只不过这些"理论名词"的意义已经依赖先前的理论获得了解释,因为"这些术语的采用先于这个理论而引进并能独立于这个理论"。总之,亨普尔的观察是建立在诸多必需的预先理论基础之上的。观察是相对的,随着理论的增长,一些不可观察的也可以成为可观察的。观察名词并不全是直接从经验中获得解释,亦即观察名词可以指称理论实体,理论陈述中也包含有观察名词。

亨普尔的上述思想体现在其写于 1964 年的《自然科学的哲学》一书中,人们可以说由于他"对波普学派、历史学派都采取宽容的态度","从中发现本学派观点的问题和缺陷","不懈地作出修正,以适应新的思想潮流"③,所以上述思想不能说明逻辑经验主义在之前的观察观。正因为如此,考察逻辑经验主义早期对观察的看法是必要的。

---

① [美]亨普尔. 自然科学的哲学[M]. 张华夏,等,译. 北京:三联书店,1987:73.
② [美]亨普尔. 自然科学的哲学[M]. 张华夏,等,译. 北京:三联书店,1987:137-138.
③ [美]亨普尔. 自然科学的哲学[M]. 张华夏,等,译. 北京:三联书店,1987.

石里克是维也纳学派的创始人,是逻辑经验主义的代表人物,所以他对观察的看法应该是有代表性的。众所周知,石里克在20世纪30年代就饮弹身亡,来不及针对后来的批评修改自己的观点,所以其观点的"原貌"更能体现逻辑经验主义未作各种修改辩护之前的观点。

石里克认为要想说明自然并获得一幅想象中可以实现的世界图像,第一步就在于要构造宏观宇宙和微观宇宙的模型。要构造一个这种样子的模型,首先就需要对宇宙空间的度量。这样,石里克认为,我们将不得不把度量的哲学看作理解自然的重要前提。

我们看到,石里克并不认为"度量"是纯粹经验或者观察的,而是依赖于假设或者理论的。石里克说,所有度量的基础在于应用一把刚性的尺,并在这把尺子的基础上量出各部分的长度。在处理更大的或无法可以接近的长度或距离时必须运用光学仪器及光线。"度量的结果则只能通过计算来获得,而这种计算又是以几何学的命题为基础的。因此,在所有空间度量中都包含着某些数学的和物理的假设。"[①]离开这些假设,石里克认为,度量的结果和意义的解释将变得极端困难,并且如果没有一定的必要的假设或理论,度量从根本上说是不可能的。

在讨论宏观宇宙的图像式模型时,有必要探讨宇宙是在膨胀还是在收敛。当时,有人把物理学关于恒星的全部知识和实际观察结合起来,得出了宇宙由于辐射而收缩、减小的结论。但石里克指出,"近来对于最遥远的旋涡星云的观察提供了另一类完全不同的时间估计,而且还提供了关于宇宙命运的最惊人的结论",即这些观察指出,旋涡星云正以极大的速度远离我们,而且根据哈勃定律,这一退离速度同它离我们的距离成正比。石里克慎重强调,这种测量是根据多普勒定律通过观察光谱线的位移而进行的。

这里的观察结论并不是直接观察旋涡星云得出的,而是通过观察光谱线的位移作出的。光谱线向波长较长的一端位移即红移,表明天体离观测者而去。而根据光谱线的位移之所以能断定天体的这种运动,又"取决于把光谱线位移看作多普勒效应这一看法的合理性"。多普勒效应指出,如果天体离我们而去,它发射的光到达地球所走的路程、所花的时间比静止时要远、要多。因此,它的波长比静止时发出的光的波长要长一些。在光谱线上则表现为向波长较长的一端红移。

石里克在此明确表明的是,他引用的观察结论是在一系列理论和假说的前提下得出的。没有多普勒效应、多普勒效应与光谱线位移间的关系,上述关于宇宙在膨胀的观察结论是得不出的,并且如果能得出也是没有根据和合理性解释的。

---

① [德]石里克.自然哲学[M].陈维杭,译.北京:商务印书馆,1984:9.

观察的复杂性在这里表现得非常充分。观察既不是直接的，它需要运用仪器，也不是纯粹的，它依赖诸多理论和假说。

许多批评者从感觉的不可靠近而指出逻辑经验主义者的观察和观察语言理论都应该被抛弃。石里克说，虽然"观察"依赖于观察者的感官知觉，感官体验是知识的起点、知识的"原料"，但"知识并不因之成了体验，体验亦不因这成了知识"，"所谓意义有根本不同的两种：一种主观所寓的意义是指示的、体验的，一种客观的形式的意义是说明的、认识的。"①在这里石里克指出了体验的东西不能成为知识，它是主观的。观察的东西虽然与体验有关，但并不就是体验的，它能用于说明和认识。"纯粹体验的内容"，在石里克看来是不能"当作一种知识去表达的"。而逻辑经验主义从来没有把观察、观察语言当作一种不能表达的知识。维也纳学派成员洪谦更明白地表达了这一思想："纯粹体验内容是无法传达的……因此，一切实际知识，必须以能思想的能说出的以及有一定说法的为对象。"②这样，把逻辑经验主义的"直接观察""观察"等同于感官体验、感官经验，无异于说逻辑经验主义的"观察"是既不能传达和表达，也不能称之为知识的东西。这显然不是逻辑经验主义者想表达的思想。

作为两种语言模型的主要提出者，卡尔纳普虽然主张观察名词是直接得到解释，理论名词通过与观察名词的联系而间接地得到解释，但同时卡尔纳普并不否认一个词的使用也依赖该词的使用规律、涉及或包含它在历史和传统中积淀下来的有关内涵。

德国哲学家、杰出的生物学家汉斯·德赖施曾用"隐德来希"一词指称一种特殊的力。这种力引起生命物质"按它们所做的方式行动"，比如受到伤害的某部分组织会自动生长出来，但它们不能被设想为引力或磁力那样的物理力。

卡尔纳普批评了德赖施使用的这个词，说它"不是富有成果的概念，它没有引导到发现更一般的生物学规律"。卡尔纳普认为，如果一个概念真的有用，那么运用了它，我们能表述出比以前所能表述的更为一般的规律。例如，在物理学中"能"用的概念就能起到这样的作用。19世纪的物理学家作出这样的推理，也许某些现象，诸如力学中的动能与位能、热能、磁场能量等，可能是一种基本的能量的表现。这就引导到表明机械能可以转变为热能，而热能又可以转变为机械能而能量保持不变的实验。因此，"能"乃是成果累累的概念，因为它引导到更一般的规律，如能量守恒定律便是。"能"为什么是成果累累的概念，而"隐德来

---

① 洪谦. 维也纳学派哲学[M]. 北京：商务印书馆，1989：8.
② 洪谦. 维也纳学派哲学[M]. 北京：商务印书馆，1989：118.

希"却不是？表面上看是因为"能"可以引导到发现更一般的规律，而"隐德来希"不行。如果进一步问，"能"何以能引导发现更一般的规律？恐怕就得分析"能"这个词的"规律"和"传统"。"能"是从诸如动能、位能、热能、磁场能量等各种不同能量形式中抽象出来的本质性的属性，它是对一切能量现象的概括，它包含有一个观察、概括、实践和理论的传统。

德赖施可以"抱怨"卡尔纳普"心地狭隘"，既然物理学家可以用谁也看不到的"磁力"来解释一个钉子突然向铁棒运动，为什么不允许生物学家用看不见的"隐德来希"来解释有机体的某种行为？对此，卡尔纳普的回答是，"一个物理学家并不是简单地用引进'磁力'一词来解释铁钉向铁棒的运动"。物理学家"首先回答你说，这是由于磁力；但如果你逼他作出进一步解释，他会给你规律"。为了充分说明卡尔纳普对"磁力"一词使用的规律和传统的解释，详细摘引下面这段话是必要的：

"物理学家可以说，'一切含铁的钉子为磁化了的棒子所吸引'。他可以给出其他非定量的规律继续解释被磁化的状态，他会告诉你来自马格纳斯亚城的铁矿石具有这种性质（你可以想起"磁性"magnetic一词起源于希腊城镇马格纳斯亚Magnesia，那里首次发现这种类型的铁矿）。他可以解释道，如果用天然磁铁矿石以一定的方法来摩擦铁棒，铁棒就会磁化。他可以提供给你关于一定物质能够磁化所需条件的规律以及有关磁性的现象的规律。他会告诉你，如果你磁化一根针，在针的中央将它悬挂起来使其自由移动，其一端将指向北方；如果你有一根磁针，你可将两个北极放在一起，会观察到它们并不吸引而且彼此排斥。他可以解释道，如果你加热磁化铁棒或者反复锤打它，它就会丧失磁力……我在这里强调的一点是，用给出一个新名词来简单地引进一个新动因，对于解释的目的来说是不充分的，它必须给出规律。"①

卡尔纳普这段话至少传达了以下信息：其一，"磁力"一词与天然磁铁矿首次发现地马格纳斯亚城存在不可分割的联系，这是该词的文化及历史之来源。其二，"磁力"一词如果被使用时，它概括和指称的现象的范围。这是该词的使用规律，即可以在哪些条件下使用该词，它有哪些含义。其三，"磁力"不是简单地引进的一个新名词，它有使之所以成为科学名词的历史传统和使用规律。

而且，如同石里克曾经详细探讨"空间测量"一样，卡尔纳普也广泛而深入地讨论了定量概念的测量问题。在这些讨论中，卡尔纳普对"温度""相等""同

---

① ［美］卡尔纳普. 科学哲学导论［M］. 张华夏，等，译. 广州：中山大学出版社，1987：15.

时""长度"等概念所做的研究，充分表明他并没有忽视一个词、一个概念与其使用规律和历史传统的关联和渊源，而是给予了足够的重视。

卡尔纳普的这些思想体现于其1958年的《科学哲学导论》讲座中(见《科学哲学导论》序言，中山大学出版社1987年版)，而本文前面引用的卡尔纳普提出的被科学哲学界称为正统观点的两种语言模型出自卡尔纳普1956年的《理论概念的方法论性质》和1958年的《观察语言和理论语言》(江天骥：《当代西方科学哲学》，第33页)。这说明上述两种观点是卡尔纳普同一时期的思想。这至少在一定程度上表明，卡尔纳普并没有将观察名词、理论名词的区分和获取意义的途径绝对化。即使它不能代表卡尔纳普思想的主体，但如果要全面评价和认识逻辑经验主义的观察语言理论就应重视这一点。

当然，也应该承认逻辑经验主义者没有从正面系统而有力地阐述他们对观察的看法。这些合理思想只是闪烁于个别代表人物的著作里，并且仅仅是在论述其他问题时不很正式地论及了这些观点。

四、反思科学哲学界其他学派关于观察语言的论点

关于观察语言的争论和批评主要集中在以下三个方面：第一，有没有作为科学语言基础的观察名词，直接得到解释的独立的观察名词存不存在；第二，区分观察语言和理论语言的合理标准是什么；第三，对观察语言的地位和作用究竟如何评价。逻辑经验主义关于观察语言的观点是广为人知的：观察语言是理论的基础和意义来源，同时也是理论得以证实的根据。大多数科学哲学家认为这一看法过于绝对和片面，并且不符合科学史。

(一) 对朴素证伪主义批评的反思

波普从两个方面有力地批评了逻辑经验主义的"观察"观。波普认为，首先，观察是有目的、有计划的实践活动，它需要理论指导。"观察总是有选择的。它需要选定的对象、确定的任务、兴趣、观点和问题。它还需要以相似和分类为前提，分类又以兴趣、观点和问题为前提。"[①]其次，对观察材料结果的整理、组

---

① [英]波普. 科学知识进化论[M]. 纪树立，译. 北京：三联书店，1987：74.

织、解释也离不开理论。"一切观察都包含按我们的理论知识所作的解释"①，没有理论指导的整理和解释，观察就会毫无意义，虽然可以把甲壳虫很有效地收集起来，但观察是收集不起来的。所以波普认为，我们的观察是极其复杂的，并非始终可靠的。波普正是从这一点出发，否定了逻辑经验主义的观察语言理论。他认为一切描述都要使用普遍概念，一切陈述都具有一个理论、一个假说的性质。既然观察依赖于一个概念的结构，一切名词都是受理论污染的，都是充满理论的，所以，中立的观察语言就不存在了，观察语言和理论语言的划分也就不成立了。

接着，波普批评了逻辑经验主义对观察语言的地位和作用的观点。既然"一切观察都包含按我们的理论知识所作的解释"，"纯粹观察知识"是"极其贫乏和毫无用处的"②，并且一切观察陈述都是理论性的，因此说观察是知识的基础和来源、观察语言是理论的基础和意义来源就是没有道理的。波普的回答是，我们的知识有无数个源泉，但不存在终极的知识源泉。同时，波普又认为我们知识的源泉大多是传统，"量上和质上都重要的知识源泉——除了先天知识以外——是传统"③。这不等于说波普就把"传统"视为知识的"终极源泉"了。对"传统"也可以加以批判考察甚至推翻它。所以只要坚持批判考察的态度就不可能存在终极的知识源泉，任何一个被当作这种源泉的猜测都可以批判和反驳。这是波普强调证伪反驳的方法论所导致的必然结论。尽管如此，观察仍是知识的源泉之一，但观察语言并不是理论陈述的意义来源，因为波普否认有区分两种语言的可能性。

波普上述的看法并不妨碍他承认观察语言的证伪作用。波普认为科学与非科学的分界不在于理论能否被证实，因为在证实原则中存在所谓逻辑上的不对称性。科学理论是全称陈述，而用以证实的观察命题都是单称陈述。人们无法通过全部列举这种理论陈述所涉及的过去、现在和将来的无数事实来证实这一时空上无限的全称陈述。但用一个单称陈述的假却可以推断全称陈述的假，从而使理论得到检验，这里不存在逻辑上的不对称，所以对划界的看法实际上演变成了反对归纳方法。

波普的上述批评总的来说都是正确的，这些批评获得了大多数科学哲学家的赞同。波普对逻辑经验主义的观察和观察语言性质的看法，在正统的逻辑主义的方法论框架上打开了一个缺口，为科学方法论的进一步发展作出了贡献。

---

① [英]波普. 猜想与反驳[M]. 傅季重，等，译. 上海：上海译文出版社，1986：32.
② [英]波普. 猜想与反驳[M]. 傅季重，等，译. 上海：上海译文出版社，1986：32.
③ [英]波普. 猜想与反驳[M]. 傅季重，等，译. 上海：上海译文出版社，1986：52.

但对波普的批评加以辩证和分析,我们便看到他并没有完全否定观察语言的作用,当波普说观察语言不能用于证明只能用于证伪时,他并不在乎这个单称陈述是具有理论性的单称陈述还是纯粹的观察陈述。事实上,波普的证伪演绎法虽然避免了逻辑上的不对称,但如果我们把波普关于观察语言具有理论、猜测性质的观点贯彻到底,那么他用于证伪的单称陈述就是很不可靠的了。从一个不可靠的单称陈述、一个需要进一步检验的(因为它是理论性的)单称陈述的否定推出一个全称陈述的假就是值得怀疑的。所以在观察语言的作用问题上波普并没有突破逻辑主义模型的局限性。

另外,波普从意向词理论的角度对观察语言的批评也包含有诸多不合理之处。波普认为:其一,一切全称项都是意向的,因而观察名词都是意向的。如"红的",一个事物如果能反射一种光,如果在某些条件下"看上去是红的",那么这事物就是红的。甚至"看上去是红的"也是意向的,它描述了一个事物的意向,"想使目击者同意它看上去是红的"①。"可断的""碎了"都是意向的。其二,"每个描述都使用……全称项,每个陈述都具有一个理论、一个假说的性质。陈述'这里是一杯水'不可能(完全地)为任何感觉经验所证实,因为其中出现的全称项不可能同任何特殊的感觉经验联系起来。如'玻璃杯'这个语词,我们用以指称表现出某种规律行为的物体,'水'这个语词同样如此"②。波普从两个角度表述的思想在其实质方面是统一的,即全称项具有理论性质,因此没有所谓的观察名词。这里要指出的是波普对"意向"的看法,波普在批判工具主义时阐明了他对意向词的看法。在工具主义看来,"理论只不过是工具",工具主义否定理论描述像实在世界这样的东西的主张,即"理论的不确定性,也即理论的假说或猜测性质总是削弱了它所隐含的描述实在东西的主张"③。波普认为,工具主义者实际上相信事件、事变或"事故"(直接可观察的)必定比意向(不可直接观察的)更实在"。这样,工具主义的错误在波普看来便在于否定了抽象语言和意向语词的描述功能。波普的理论与工具主义的不同在于他认为:理论的不确定性、猜测和假说性质只能表明,我们关于它们所描述的实在的知识是不确定的或猜测性的,但并非不是对实在的描述。一个猜测可能是真的,从而描述一个实在的事态。此外,如果它是假的,那么它同某些实在的事态相矛盾。这样,波普不仅认为抽象语词和意向语词具有描述功能,而且认为一切全称项都是意向的,不同的

---

① [英]波普. 猜想与反驳[M]. 傅季重,等,译. 上海:上海译文出版社,1986:167.
② [英]波普. 猜想与反驳[M]. 傅季重,等,译. 上海:上海译文出版社,1986:167-168.
③ [英]波普. 猜想与反驳[M]. 傅季重,等,译. 上海:上海译文出版社,1986:164.

是意向的程度不同。"能导电"比"正在导电"的意向程度更高,尽管后者的意向程度已经很高。这种意向程度和理论的猜测性或假说性的程度密切相对应。之所以把一切全称项都纳入"意向词"领域,波普说这是因为全称项的应用要求我们判定,从而(至少)猜测意向的实在性——尽管不是终极的和不可解释的实在性,即不是本质的实在性。很显然波普说一切全称项都是意向的正是说一切全称项是猜测或假说的,一切陈述也是猜测或假说的。这样,观察词项和理论词项的区别便是模糊的,或者仅仅是猜测、假说程度上的区别。

现代西方心灵哲学中的倾向理论认为,意向词不描述存在和发生着的事件,"它描述的是能力、倾向、爱好等",意向陈述大意是指所谈的对象有某种能力、倾向或者容易受某种可能性的影响。① 赖尔提出倾向理论的目的在于批评心身问题上的传统观点。他认为,传统的观点陷入错误的一个根本原因就是犯了"范畴错误",即把语词、概念的种类弄错了,即把意向词和描述现象词或发生词混淆了。这种混淆的结果即是认为意向词可表示事件或状态,并且存在着"与之相应的认识或理解的行为和状态"②。可以说波普对这种倾向理论进行了改造:把意向词的作用功能扩大了,即它可以用以描述;并且把意向词的范围即外延拓宽了,所有的全称词即谓词都是意向词。这样做的后果是模糊了意向陈述和事实陈述之间的界线,亦即一切陈述都是意向的,没有什么事实陈述。它们的区别仅在于程度的不同。

虽然观察活动离不开理论,观察名词也隐含着理论性的假说、假设,但波普的上述论点显然把观察、观察名词的这一特性夸大到了一种毫无任何限定性和确定性可言的程度了。按照波普的观点,陈述"容器里气体的温度是 100 度"就应该是一个理论性的陈述,因为它涉及什么是 1 度,"温度"一词的规律性以及测量温度的技术、原理等知识。因而它是猜测性的、假说性的陈述,而不是一个事实陈述。实际上人们在观察到温度计上的读数后都会承认这是一个事实,除非有某种特殊原因人们才会怀疑读数的错误,并去检查测量温度的仪器、设备是不是出了故障或毛病。波普的观点不仅与常识和科学活动不相符合,而且与他自己的观点也不能一致。比如他说:"描述可观察事实的非意向陈述(如"这条腿断了")可以说是有现钞价值;科学规律所属的意向陈述则不像现钞,而倒像法定的授予兑现权的证券。"③说这句话的波普似乎不那么绝对了。他承认了两种陈述的区分,即描述科学规律的意向陈述以及描述观察事实的非意向陈述。这与他的"一切陈述

---

① 高新民. 现代西方心灵哲学[M]. 武汉:武汉出版社,1994:353.
② 高新民. 现代西方心灵哲学[M]. 武汉:武汉出版社,1994:352.
③ [英]波普. 猜想与反驳[M]. 傅季重,等,译. 上海:上海译文出版社,1986:154.

都是意向的"观点形成鲜明对比。"我们用意向词所描述的是一个事物所可能发生的情况(在某些环境条件下)"①,当这些环境条件充分具备时,事实就发生了,就不再是一种可能。"可打破"就发展为"破了","证券"就兑换成了"现钞",对"意向的实在性"的描述就成了对"本质的实在性"的描述。这无疑存在着质的区别,而非程度的区别。将"普遍概念""全称项"赋予意向性质,无疑会使假说、猜测事实、观察失去应有的界线,理解和表达也将陷入更加严重的混乱之中。这样人们不仅很难理解波普在说一句话时究竟是在陈述事实还是在陈述一个假说和猜测,而且在诸如物理学的科学的陈述体系中,人们如何一般地区别一个陈述是事实还是猜测和假说就很成问题了。

对波普关于观察词项的批评的反思说明,波普试图从词的意向性、陈述的意向性角度否定观察词项与理论词项,对观察语言与理论语言的划分是不成功的,也是不可能的。一切谓词都具有理论性、一切陈述都是理论,因而观察语言与理论语言划分是不可能,这一批评实质与前一个角度的批评一样,没有更多建设性的新东西。并且波普的观点如果被接受,不但无助于观察语言问题的解决,反而会制造更多的混乱。当然,必须承认波普的"意向词具有描述功能、意向陈述也描述了一种实在的观点"不无合理之处。波普的批评之所以会导致如此的结局,根源在于他过分强调其方法论的一贯主题:猜测。

(二)对其他经验论者批评的反思

网络模型名称的提出者玛丽·赫西从另外一个角度批评了逻辑经验主义的两种语言观。她不是孤立地分析观察名词、理论名词的特征,而是在其使用的环境中考察其独立性。她指出,观察语言没有任何谓词能够脱离任何规律而单独借助于直接的经验联系起作用。以描述性谓词"红的"为例,它的使用既与经验情况有关,同时又依赖于制约着这个词的使用的规律,"否则在我反映错误的时候,就不能诉诸把这个词与其他谓词相关联的规律而得到改正"②。因此,一切描述性谓词包括观察谓词和理论谓词必定借助于在一些物理情况中的直接经验联系,或者借助于先已被引进、学习、了解和使用的包含其他描述性谓词的语句,或者同时借助两者而被引进、学习、了解和使用。这即是赫西所说的描述性谓词的"理论依赖性"或"理论负载性"。在赫西看来,不仅观察名词不能独立存在和使

---

① [英]波普. 猜想与反驳[M]. 傅季重,等,译. 上海:上海译文出版社,1986:154.
② 江天骥. 当代西方科学哲学[M]. 北京:中国社会科学出版社,1984:37.

用，理论名词也是如此，它们既与直接经验相关联，也与该词被学习、了解和使用的"历史"相关，这二者构成了一个词的使用规律。同时，理论名词不仅可以从直接观察中获得意义和理解，而且也可以从该词的"历史"和规律中获得意义和理解。因此，所谓观察名词和理论名词的区别在于：理论名词从观察名词获得意义和解释，观察名词和观察语言相对于理论名词和理论语言来说具有基础的地位和某种独立性、纯粹性。

希拉里·普特南认为观察名词有指称不可观察的东西的可能性，观察报告也能够含有理论名词。例如人们可以说下面的话："我们也观察到两对电子——阳电子偶的产生"以及"红光是由红微粒组成的"。普特南只不过强调了观察名词和理论名词的相对性而已，即不排除一个名词有时被当作观察名词使用，而有时又被视为理论名词。这并不表明他要抛弃"观察名词"这个概念。此外，普特南认为没有必要为了解决理论名词从何处获得意义和解释的问题而提出两种语言的区别。这是批评逻辑经验主义两种语言理论的一个新角度。他说，"在实际的科学史中，指称不可观察者的名词，是不变地借助于谈到不可观察者的已有惯用语来解释的"①。理论名词的解释不是从观察名词获得意义和解释，而是从它的"已有惯用语"获得说明。"已有惯用语"又是指什么呢？普特南解释说我们在确定科学名词的指称时，不是根据我们关于这些名词所指的对象的知识和信念，而是根据我们和这些对象之间历史地、社会地形成的传递链条。比如我们不是根据玻尔关于电子的描述来确定"电子"这个科学名词的指称，我们现在之所以把那种与玻尔所说的"电子"大致相似的东西称为"电子"，就是由于有一条历史的、社会的传递链条把不同的研究者与这个名词的所指的对象连到一起。普特南提出的这个"传递链条"与赫西提出的"一个词的引进、学习、使用的历史和规律"在某种程度上是同一性质的东西。

对上述二者的批评，本文认为：第一，它们指出了科学语言中一个名词并不仅仅局限于从直接观察和经验内容中获得意义和解释，这无疑是正确的。第二，赫西的批评只是表明她对观察名词、理论名词的意义和性质提出了合理的思想，以及对两种语言划分的依据表示反对，但她并没有提出更科学的划分依据。第三，普特南的观点是片面的，他强调了一个词历史性的传递链条，却忽视了链条上每一个词在共时条件下是如何获得理解的。比如"氧"一词，在其历史性上有多种说法："脱燃素空气""高度可呼吸空气""火空气""生命空气""纯粹空气""苍天空气"等。在拉瓦锡发起化学命名法改革后，对于18世纪末19世纪初的化

---

① 江天骥. 当代西方科学哲学[M]. 北京：中国社会科学出版社，1984：41.

学家们来说，当言及"氧"时，他们丝毫不会陌生这个词在化学史上的传递链条，即人们可以从这个传递链条上获得"氧"一词的意义和解释。但从共时性角度有充分的理由问如下的问题：在瑞典化学家舍勒1775年出版的《论空气与火的化学》一书中"火空气"一词（在当时）的意义和解释的基础是什么？在1775年3月15日普利斯特里写给英国皇家学会的信中"脱燃素空气"一词（在当时）的意义和解释的基础是什么？1789年拉瓦锡在其《初等化学概论》中提到的"氧"一词的意义和解释的基础存在于何处？对最后一个问题可以回答："氧"从"脱燃素空气""火空气"得到解释。对"火空气"，可以说从"脱燃素空气"得到解释。不过这仍是从历史性角度作出的回答。一个词总可以从它之前的演变历史中"提炼"出其意义和解释。但问题是：对"脱燃素空气"（它比另两个概念早）如何解释？按普特南的方法，只能从比"脱燃素空气"更早一些的关于空气燃烧的理论中寻找其传递链条，如此可以追寻到化学史上第一个研究空气和燃烧的科学家那里。如果可以这样的话，那么在第一个研究空气和燃烧的化学家的理论里，有关空气的理论名词仍然有必要依靠从观察和实验中寻求意义和解释。对于具体而明确的研究对象来说，这个起点是存在的。困难的是，如何解释"氧"这个概念中包含的多出"火空气"和"脱燃素空气"的部分？科学概念无疑存在着历史的继承，通过先前概念的积累和沉淀，后来的概念具有更丰富的内涵和意义，这反映了科学认识活动的深化。但把先前有关"氧"的概念加起来并不就等于今天或后来人们认识的"氧"。舍勒把氧称为"火空气"是因为实验表明它是在大气中使火维持并增强的气体。普利斯特里之所以把氧称为"脱燃素空气"是因为它丝毫不包含燃素，这是纯燃素说的解释。拉瓦锡把上述两位科学家所说的那种气体称为"氧"是因为"这要素即生命空气的主要成分的性质是改变许多种物质，同它们化合而成酸态，或者更确切地说，因为它看来是酸性所必不可少的一个要素"①。"氧"即源于希腊词"酸"和"生成"。很明显，虽然这三个名词都指称"氧"这种东西，它们相互之间也不乏历史的链条式的联系，但"氧"的意义和解释如果仅仅根据"火空气"和"脱燃素空气"便不能得到完全的解释，因为"氧"包含的内容比"火空气"和"脱燃素空气"二者的内容要丰富得多、深刻得多。拉瓦锡的实验对呼吸和燃烧给出了正确的解释，并且对氧的化合性质（生成酸）给予了研究和说明，较之他人更进步的还在于他力图以定量的方法研究化学过程和元素。拉瓦锡的"氧"所体现的对化学过程的说明、对元素性质认识的深化、结果的精确性等多方面的进

---

① ［英］亚·沃尔夫. 十八世纪科学、技术和哲学史[M]. 周昌忠，等，译. 北京：商务印书馆，1995：440.

步是另外两个概念所没有的。"氧"一词必须从拉瓦锡的观察和实验以及关于"氧"研究的历史这两方面中寻求意义和解释。

因此,普特南企图从历史的传递链条中解决理论名词的意义和解释问题。普特南和赫西都力图解决一个词的意义和解释问题,但比较地看,赫西的观点比普特南的更全面。赫西在强调一个词可以从"历史"中获取意义和解释时,同时指出一个词包括理论名词也可以借助于与直接经验的联系获得意义和解释。普特南强调理论名词是从"传递链条"上取得解释的。这反映了二者的目的不同。普特南认为如能像他这样解决理论名词的解释问题便能取消两种语言的区别,而赫西没有这一目的。她只不过想表明一个名词可以是观察的也可以是理论的。

(三)对历史主义批评的反思

库恩批评观察语言的基本观点是,科学理论中的词语的含义和解释依赖于使用该词语的理论、范式,不同的理论和范式对词语的含义的解释不同。因此,当一个新理论被接受时,不仅现象"被重新思考"一番,而且一切的描述词也都被重新解释过。人们借以观察世界的整个概念结构都改变了。"语言中的革命变化的特异之处就在于:不仅改变术语用以附着自然的法则,而且也大规模地改变这些术语所附着的客体或情境的集合。"这一特点即"语言本身内部所固有的自然知识"的改变,库恩认为这是科学革命的基本特点。① 这里丝毫不存在普特南所谓的"传递链条"和赫西所说的词的使用、学习的历史和规律。库恩同时利用格式塔心理学的鸭兔实验和汉诺威学院实验作为"新论据",指出在不同的心理条件下,对同一外部对象的观察结果却可以不同。这不仅表明感性经验的主观性决定了它只能反映事物和现象或假象,而且表明不同的范式对观察方式和结果的影响。所以,一个对理论中立的观察语言的存在是一个幻想。②

库恩对观察语言的地位和作用的看法依据科学理论所处的发展阶段不同而不同。在从前科学到常规科学的过渡阶段中,观察陈述在判断、检验一个理论是否成熟、是否发展到常规科学阶段起着重要作用。库恩说,一个理论满足四个条件即可以说成熟了:第一,满足波普的可检验性标准,"因为没有一个在原则上不可检验的理论能胜任解疑难的任务";第二,对于这些现象的某个子类,可以称为预测成功的东西,必须能够一贯地实现;第三,预测的技术必须植根于一个理

---

① [美]库恩. 科学革命是什么[J]. 自然科学哲学问题,1989(02,03).
② 涂纪亮. 分析哲学及其在美国的发展[M]. 北京:中国社会科学出版社,1987:709.

论中；第四，预测的技术的改进是一项需要才能和热心的工作。① 这个标准的关键在于预测和预测技术的改进。很显然，预测的成功必须由观察陈述和预测的比较才能决定。

  在从一个常规科学向另一个常规科学的过渡阶段中，由于涉及竞争理论的选择，库恩认为此时观察和逻辑的力量是不能令人信服的。一个科学理论一旦上升到范式的地位，它就绝不能被"经验"所废弃，只能被另一个范式所推翻。新范式不仅改变了旧范式里的词汇的意义和用法，而且改变了观察世界的整个概念结构。因此，观察陈述在这里是不能发挥其决定性作用的。库恩指出，衡量新理论只能够以关于下列问题的某些标准为依据：什么问题是科学应当处理的？何种答案是合适的？运用何种实验技术和方法论将是合理的？对这些问题的争论是缺乏共同的逻辑标准和价值标准的。因此，辩论的模式最终是主观的。库恩对这种选择的结果的解释是科学家的信仰、献身精神等。可以看出，库恩在科学革命阶段完全否定了观察语言的地位和作用，其结果是科学理论的选择和评价只能依赖价值和信仰这些非理性因素。

  库恩对观察语言批评的正确性在于，他指出了科学的发展不是逻辑经验主义所描述的静态的逻辑结构，而是动态发展的，其中的术语、语词的意义也是变化的，不是固定不变的。这一批评对科学方法论的贡献是巨大的，它打破了逻辑经验主义正统观点在科学哲学界占统治地位的格局，开创了从另一个角度即历史的角度研究科学方法论的新局面。但对库恩批评的另一面进行审视也是有必要而且有意义的。正如夏皮尔所说，历史主义者库恩和法伊尔阿本德对观察语言的批评，不在于要抛弃观察语言和理论语言，"而只是在于简单地颠倒一下二者各自的角色：现在是理论（高层背景理论或范式）决定着观察的意义和可接受性，而不是相反"②。夏皮尔的评价是轮廓性的，要具体评价库恩对观察语言的批评，必须注意到这一前提：新旧两个范式究竟可不可以比较或者说"通约"。如果两个范式如库恩所说完全不可比，那么库恩对观察语言的批判就将难以驳击，因为隶属不可比的两个范式的概念和名词无疑也是不可比的，由此它们不具有共同的观察语言（暂且不论观察语言究竟是否具有中立的性质）。但如果库恩的范式不可通约是错的，那么结局就不同了。他对观察语言的批评也是站不住脚的，因为批评的基础建立在"范式的革命"这个前提下。正是范式革命导致必须接受新的

---

  ① ［英］拉卡托斯. 批判与知识的增长［M］. 周寄中，译. 北京：华夏出版社，1989：114-115.

  ② ［美］夏皮尔. 评实证主义以后的科学观［J］. 自然科学哲学问题，1988(03).

范式，而这一革命又以概念革命为基本特点。科学哲学界对库恩的范式不可比的观点大多采取批评态度，认为它是错误的。科学理论虽然处于变化发展中，但是先后相继的科学理论都是对同一客观世界的不同程度的认识或反映。一般来说，后继理论是对先前理论的扬弃，它对后者既有否定，又有继承，因而两者不是彼此隔绝不可比较，而是充满内在联系，可以互相比较的。库恩的不可通约原则的根本错误在于否认科学知识的客观性。如果否认前后相继理论间的联系，诚如普特南所说："我们就不能利用前辈科学家的任何理论，然而这是违背科学发展的历史和科学家研究活动的。"①这样必须承认前后相继的两个范式的概念、名词存在着联系，而不是库恩所说的两个范式的概念完全不可通约。当然这并不是说因此中立的观察语言就是正确的，只是说，库恩从对中立的观察语言的批评走到了另一个极端。

库恩对观察语言的地位、作用的完全否定，其积极的因素在于他看到了非理性因素在选择、评价理论中的作用，这有利于将科学方法论关于理论评价、检验问题的研究推向一个更广、更全面的范围内；其错误之处在于他将非理性因素强调到了一种不恰当的程度，完全否定了客观评价的存在。这种在理论选择和评价上的相对主义和非理性主义倾向对科学的客观性无疑是一种讽刺和挑战。

在科学哲学界，法伊尔阿本德对观察语言的看法是别具一格的，遗憾的是他的这些新颖的观点被其无政府主义认识论掩盖了。我们认为法伊尔阿本德对观察语言的态度是，承认观察语言不是纯粹的，但力图拯救它。

法伊尔阿本德把攻击目标直接对准观察背后的理论而不是观察本身，他认为正是隐藏在观察背后的原理"侵犯了观察语言本身"。考虑到哥白尼假说的情形，他认为如果要用观察来检验这个假设，观察背后的辅助科学包括：描述地球大气性质和影响的定律（气象学），关于眼睛和望远镜的结构以及关于光的作用情况的光学定律，描述运动系统中的运动的动力学定律。然而，最为重要的是，这些辅助科学包含一个认识理论，它假定知觉和物体之间存在某种简单关系。这些辅助科学……大多同观察语言相结合，这样必然导致证据是已被玷污了的。由于理论的影响，对同一个事实，在不同背景理论的指导下，可以得出不同的观察结果。法伊尔阿本德由此得出结论，观察语言的力量是脆弱的。

法伊尔阿本德把观察语言受"旧的意识形态""认识论偏见""较早层次的思辨""不知道的原理"等东西的"侵犯""玷污"这一特征叫作观察语言的"历史—生理特征"。比如，人们观察到从塔顶落下来的石头不是落在塔脚的左边或右边，

---

① 涂纪亮. 分析哲学及其在美国的发展[M]. 北京：中国社会科学出版社，1987：708.

而是刚好落在塔脚，所以认为地球是不动的。上述观察陈述即是受亚里士多德等旧的关于运动的见解的影响而得出的。指出这一点是正确的，但这并不是法伊尔阿本德的独特贡献，他的独特之处是提出了修正这一观察语言的方法。

法伊尔阿本德建议用一个不同的解释取代"特定的自然解释"，即引入"一种新的观察语言"。就上面的例子而言，他认为伽利略引进了新的观察语言，即"在同一运动的事物中间"，该运动是"非操作性的"，也就是说，"它依然是不可感觉、不可知觉的，也不产生任何效应"。伽利略以对话的方式举了两个生动的例子用以说明上述引进的"新的观察语言"。一个例子是，在航行的船上，画家可在与船静止不动的情况下一样创作，因为画家、纸笔与船都在运动。第二个例子是，在航行的船上可以瞄准桅杆上的某一点，没有必要因为船的运动而移动眼睛。这与船在静止时的情况也一样。由此伽利略推论，由于地球运动，石头落下时应该划出一条弧线，但由于观察者、塔、石头都参与了运动，那部分共同参与的运动觉察不出来，只有石头落地时"以之量度塔的那部分运动才是可观察的"，或者，由于地球的运动，你觉察不出放在塔顶的石头做的圆周运动，因为人与石头共同从地球获得为追随塔所必需的运动。现在让石头落下去，石头、眼睛共同所做的圆周运动仍觉察不出来，只有直线运动可以觉察出来。在上述两种情况下，石头都将落在塔脚，而不是偏离塔脚，但前提却承认了地球在运动。哥白尼学说的反对者正是这样认为的，如果地球在动，石头就不会刚好落在塔脚。伽利略引进的"新的观察语言"的结果是，即使承认地球在运动，一切地上的事件在我们看来仍然还是原来那个样子。

法伊尔阿本德认为，伽利略引进的自然解释，等于是部分地修正我们的观察语言或我们的经验。但他同时提醒人们，这些新的自然解释构成了一种新的高度抽象的观察语言，它们被引入但被掩蔽了起来，因此人们未能注意到已经发生的变化。它们包含着这样的思想：一切运动的相对性和圆周惯性定律。[①] 也就是说，伽利略"发明了一种新的经验，比起亚里士多德或常识的经验，它不仅更加复杂，而且更加思辨"。可以说，这是"一种具有形而上学构成的经验"[②]。实质上，他说的这种新的观察语言、新的经验即是他所谓的"特设性假说"。这样，法伊尔阿本德所持的观察语言的概念离科学哲学界大多数人所谈论的观察语言概念就相距甚远了，因为他事实上是把观察陈述和与之相关的"特设性假说"所构成的整体作为观察语言。虽然大多数科学哲学家认为观察陈述背后有其理论的负

[①] [美]法伊尔阿本德. 反对方法[M]. 周昌忠，译. 上海：上海译文出版社，1992：57.
[②] [美]法伊尔阿本德. 反对方法[M]. 周昌忠，译. 上海：上海译文出版社，1992：68.

载，但并没有把这种所负载的理论与观察陈述作为一个陈述体系视为观察语言。

法伊尔阿本德的这一观点与他对观察语言的认识是紧密相连的。正因为观察语言具有所谓"历史—生理性质"，所以观察陈述不能被视为理所当然的，必须加以分析。但这种分析工作是复杂而艰难的，并且容易陷入无限循环之中，所以没有必要彻底驱逐一切自然解释之后从零开始。摆脱这种循环只有一条途径，即"应用一个外部的比较尺度，包括新的使概念和知觉相关联的方式"①。一个新的特设性假说正是这样一种途径，它使观察者的知觉与概念相关联的方式更新了。实际上，他所谓的这种新途径只是一种解释观察语言的新的背景理论，这也正是这种新的观察语言抽象、思辨的原因。严格地说，法伊尔阿本德并未引进新的观察语言，而是一种把原来不利于理论的观察语言加以重新解释，使之支持理论的假说。

上述考察表明，法伊尔阿本德不但没有否定观察语言存在的合理性，相反为了观察语言的可靠性，他做了许多修正和拯救观察语言的工作。

同许多科学哲学家一样，法伊尔阿本德也认为理论不能由观察陈述证实，也没有作为理论基础和意义来源的观察语言存在。甚至对波普的观察陈述可以证伪理论的观点，他都表示反对。这并不能说明他的方法论没有给观察语言一点地位，相反，我们看到，他的方法论对观察语言的地位和作用给予了足够重视，在某种程度上可以说，他的重视程度丝毫不比逻辑经验主义者逊色。

法伊尔阿本德认为当观察陈述与理论不一致时，不能像逻辑经验主义者所说的抛弃理论，而应该保留理论，审查观察陈述背后隐藏的"历史—生理性质"，肃清观察陈述中渗透的各种影响和污染，以加强、提高观察陈述的可信性、可靠性和纯洁性。这只是问题的一个方面。我们还应该追问法伊尔阿本德这样做的实质。他解释了为什么要引进一个新的特设性假说重新解释观察陈述，之所以这样，他说是要抛弃"把实验结果和观察看作当然的，把证明重荷加于理论"的传统证实模式，使那些"仅仅因一些思想不适合某个旧的宇宙学框架的理论"免遭被排除的命运。就此而论，法伊尔阿本德的思想不仅具有合理因素而且极富新意，更重要的是这样做的目的最终仍是为了支持、证明理论，使观察陈述与理论保持一致。法伊尔阿本德建议通过引进新的假说，使得观察陈述在不改变的情况下，能够与理论一致，而未引进这个假说以前观察陈述与理论是相冲突的。比如哥白尼的"地球运动学说"与"石头落在塔脚"的观察陈述就不一致，法伊尔阿本德说伽利略引进了新的假说后，"石头落在塔脚"与"地球运动学说"不再矛盾了。

---

① [美]法伊尔阿本德. 反对方法[M]. 周昌忠, 译. 上海：上海译文出版社, 1992：68.

我们看到，法伊尔阿本德改造观察陈述的本质的做法，其实质仍是证实理论，但将证实的负担和中心转移到了观察命题这一点，它与逻辑经验主义的证实有着本质的区别。法伊尔阿本德的证实，是用观察陈述和一个特设性假说证实理论陈述，而不是单纯用观察陈述来证实理论。也就是说，法伊尔阿本德对观察语言的看法的正确性不仅在于他指出了观察语言的历史—生理特征，没有纯粹的观察语言，而且还在于他指出了观察陈述并不具有证实理论的绝对性的作用，必须与一个新的假说、理论一起才能证实理论陈述。

法伊尔阿本德与逻辑经验主义者一样，要求用观察陈述与理论一致来证实理论。不同的是，后者假定了观察陈述是没有疑问的，而法伊尔阿本德则认为观察陈述之所以与理论相冲突，不是观察命题本身有问题，而是解释它的假说是错误的。引进假说后，与原来同样的观察陈述和理论不再矛盾了，从而证实至少加强了理论的真理性。两种方法论的目的相同，但这并非意味着法伊尔阿本德关于观察语言的看法没有缺陷。法伊尔阿本德辅之以特设性假说后的观察陈述虽然能与理论保持一致，但按照波普的方法论理论只能证伪，所以它仍不能说明理论就是正确的，只能说得到了部分的确证。同时，这个引入的特设性假说或者新的自然解释为什么是合理的也需要回答。法伊尔阿本德意识到了这一点，他说对于新的自然解释"独立的证据尚一无所有"，"这一切都还潜藏于未来"。就本文涉及的伽利略所作的石头落在塔脚的解释，法伊尔阿本德说这新的自然解释"部分地从它们给予哥白尼的支持得到确证，部分地从可信性考虑和特设性假说得到确证"①。这里流露出来的观点使得法伊尔阿本德为之努力的加强观察语言可靠性的目标大打折扣。

（四）对精致证伪主义批评的反思

精致证伪主义者拉卡托斯从朴素证伪主义的缺陷入手批判观察语言。波普给拉卡托斯留下的空当是观察语言可用于证伪。在拉卡托斯看来，一切关于科学的命题都是理论的，而且不可避免地都是可错的，因而不存在纯粹的非理论的观察命题，中性经验事实是找不到的，任何事实都具有理论负载。所以观察命题与理论命题之间不存在自然的（即心理的）分界。既然观察语言或多或少具有理论性，那么也就具有可错性，因此在证伪理论时，如何确定是理论错了抑或是观察陈述错了对波普学说而言便是一件十分困难的事情。拉卡托斯的策略是保全理论，向

---

① [美]法伊尔阿本德. 反对方法[M]. 周昌忠，译. 上海：上海译文出版社，1992：75.

观察命题"上诉",揭示观察和实验背后的错误,而这样的上诉并非一次一步即可大功告成,它必然导致无穷循环。所以拉卡托斯对观察命题的上诉并不是一个理想的方法。

更应看到的是,拉卡托斯只是要审查观察命题,揭示其背后隐藏的错误,因为他也相信观察依赖理论、观察陈述具有理论性质。由此看来,他的目的是要批判观察语言所负载的理论中的错误,而不是否定和抛弃观察语言。更意味深长的是,虽然拉卡托斯反对观察语言和理论语言的二分法,而他所谓的"挖掘"观察和事实背后的错误,向观察命题"上诉",却仍不得不用方法论决定的办法把"理论命题"与"观察命题"区分开。没有这种区分,他的上诉、挖掘工作便失去了前提。因此,拉卡托斯并不反对两种语言的区分。与波普不同的仅在于:波普不加分析地把观察命题用于证伪,拉卡托斯则认为这样做过于冒险,应该先审查一下观察命题的正确性。

对于精致证伪主义来说,用以证伪理论的不是观察陈述,而是一个比它更进步的理论。因此,拉卡托斯反对逻辑经验主义关于观察语言作用的观点。当然他同波普一样也反对逻辑经验主义关于观察语言的基础地位和意义来源的说法。

但在以下几个方面,拉卡托斯明确地阐述了观察语言的地位和作用:

(1)当实验事实与科学理论不一致时,拉卡托斯认为有可能是背景知识有错误。如何检验背景知识的正确与否必须用观察命题去检验。

(2)拉卡托斯认为权衡一个理论的进化和退化的客观标准在于它的经验内容。如果它的经验内容增加了,或者说它能对经验事实作出更多的预言和解释,那么它就是一个进步的研究纲领。在这里,预言和解释的证实需要借助观察陈述。

(3)一个理论 T 作为被证伪的,并且仅当另一个理论 T′具有比 T 更多的经验内容,并部分地被确证。① 要实现拉卡托斯的这一不同于朴素证伪主义的证伪步骤,仍需要借助观察陈述。

因此,在拉卡托斯的方法论里,确定一个理论的真伪、权衡理论的进步与退化都必须依赖于观察陈述这一工具。不同的是,观察陈述在拉卡托斯的方法论中发挥作用的方式与朴素证伪主义的作用方式有别。拉卡托斯认为,一个单个观察、一个单独的基本陈述并不能证伪理论。科学史却表明检验是(至少是)竞争理论双方和实验之间的三方战斗。证伪不是简单的二元因素,而是竞争理论、原

---

① [英]拉卡托斯. 批判与知识的增长[M]. 周寄中, 译. 北京:华夏出版社, 1989:151.

来的经验基础和出自竞争的那种经验增长之间的一种多元的关系。这就是说，观察和实验结果绝对不应当直接被解释为反证，用于检验的观察陈述必须能够被吸收、归并入一个理论，并且这个理论能够满意解释被检验理论所能解释的现象，此时可以说被检验理论被证伪了，但不是说它被观察陈述证伪了。"除非是我们具有一个更好的理论"，否则"不论你有成百上千个已知的反常"，都不能说原来的那个理论被证伪了。① 因此，观察陈述的作用是不是孤立地发挥的，不仅取决于它能否用于证伪，更主要地取决于它能否被纳入另一个理论（即竞争理论），被视为另一个理论的"确证事例"。

总之，拉卡托斯在以下两方面是正确的：第一，观察语言具有可错性、理论；第二，观察语言不是孤立地发挥作用。但拉卡托斯向观察命题"上诉"的策略并不是切实可行的。

（五）对新历史主义关于观察语言观点的反思

新历史主义者夏皮尔与库恩、法伊尔阿本德一样，在观察语言的基础地位问题上，认为背景理论是决定性的。夏皮尔认为：观察语言"特别是在先进的科学中，是建立于原有的根据充足的信念的大量贮备之上的"②。这样，对夏皮尔而言，观察语言不是固定不变的，并且由于其依赖于背景知识因而也是可错的。不过，他没有要求保全理论，向观察命题上诉，因为在他看来理论的任何一个部分都是可怀疑的。他也没有要求引进特设性假说，如果是错的，则可以根据具体情况和标准决定抛弃错误的哪个部分。无论怎样，没有证据显示夏皮尔否认了观察语言存在的合理性。

尽管夏皮尔认为观察语言不是固定的，而且它也不构成知识的基础，但他对观察语言的性质、特征以及地位和作用仍是肯定的。他认为对假说的检验总是要根据观察语言进行，只是这种观察语言是建立在所谓高层背景理论之上的。正是由于这个原因，夏皮尔认为，在具体的检验过程中，不仅是对这个假说进行评价，和检验过程有关的一切已被接受的信念和信息，都可能或先或后地被评价、被怀疑和被修改。

这就是说，夏皮尔认为观察陈述及背景知识都是可怀疑的，但他试图以是否有可以怀疑的明确理由来决定该接受或否定理论和观察及背景知识中的哪一部

---

① 兰征. 拉卡托斯的科学哲学[M]. 武汉：湖北人民出版社，1987：86.
② 江天骥. 当代西方科学哲学[M]. 北京：中国社会科学出版社，1984：275.

分。这样，确定"怀疑"的程度、"明确理由"对夏皮尔的方法论就是一个需要明确加以解决的问题。事实证明，这并不是一件简单易行的事情。试想，在伽利略时代，"我们观察到石头从塔顶落到塔脚"对哥白尼的学说是个不利的观察陈述，那么，如何确定在什么情况下和按照什么次序我们使已被接受思想的各个成分受怀疑？巨大的困难部分在于对于疑难情况的某一个成分是否可疑和在多大程度上可疑，常常是完全不清楚的，部分也因为这个假说和把它检验的实验所包含的基本假定也许是不明显的，而且也许事实上从来未曾加以明确陈述。因此，夏皮尔没有提出理想的审查观察语言的方案。

综上所述，逻辑经验主义以后的科学哲学界对其两种语言的理论进行了尖锐的批评，对观察语言提出了各种不同的看法。他们都不承认观察语言是理论的唯一的基础和唯一的意义来源，都认识到观察语言由于其隐含的理论或依赖的背景知识而不可靠，并且要对观察语言的作用具体分析，不能绝对地把它视为评价、检验理论的依据。这些不同角度和侧面的认识使科学哲学界对观察语言理论的看法得到了极大的丰富。这些丰富的新的观点就是：观察语言及其依赖的背景知识、理论包括传统等构成科学理论的基础；观察语言并不是固定不变的；科学理论的检验、选择是多层次标准、多种标准的综合作用，包括理论内部与外部的标准、理性标准与非理性标准等。在科学理论内部，观察陈述仍是重要的决定性的检验工具。但这已不是逻辑经验主义对观察语言的认识了，而是整个科学哲学界对一个问题领域认识活动的集中体现，这是各派学者在批评逻辑经验主义观察理论的基础上对科学方法论共同作出的贡献。但在这些批评之中各派观点都存在不足之处，使他们对逻辑经验主义观察语言理论的批评的力量受到了影响，也使他们的方法论自身受到了局限。这些局限和错误为科学方法论进一步发展提供了宝贵的经验教训，科学方法论要进一步发展就必须正视这些缺点和错误。

五、结　　论

本文的考察说明，在逻辑经验主义提出观察语言与理论语言理论之后，各学派学者都对此给了了各种批评。这些批评对观察语言的性质和地位的认识大多是正确的、合理的，在不同程度上削弱了逻辑经验主义两种语言学说在科学哲学界的地位和影响，推动了科学方法论向新的阶段发展，但对这些批评活动和批评观点应该分析对待。各种批评观点只是说明批评者不同意逻辑经验主义所定义的那种观察语言。在这一前提下用他们的观点改造了逻辑经验主义关于观察语言的性质、特征和地位的观点。由于各种各样的缺陷，批评者的观察语言观仍不是完全科学的，因此单就某一学派对逻辑经验主义观察语言理论的批评而言成果仍是有限的，但综合各学派批评中的合理因素，我们对科学哲学界关于观察语言的认识会获得更加全面的理解。可以从两个方面总结本文所作的历史考察：

第一，关于观察语言的性质。批评者都不同意逻辑经验主义关于观察语言性质的说法，认为观察中渗透着理论、观察依赖着理论，所以观察语言依赖背景知识、范式、高层背景知识，或者说它具有"历史—生理性质"，"是理论性、假说性"的。所谓纯粹、直接、中立的观察语言是不存在的。本文在指出这些批评的正确性的同时，也指出了这些批评的缺陷。波普的一切陈述都具有倾向性的观点，不仅模糊了理论和观察陈述的一般区别，与科学活动中存在着观察和观察陈述不相符合，而且与其自身前后的观点也不相一致。库恩否认范式间的可通约性，目的是否认有固定的观察语言存在，但这与科学史中存在理论的继承和传统这一不可否认的事实相矛盾。拉卡托斯声言要对观察语言上诉、逐步审查其背后的错误，却必然导致不能避免的恶性循环。这是一个失败的主张。法伊尔阿本德引入特设性解释的做法并没有改变观察命题，所改变的观察命题的解释——特设性假说是一个仍待未来证明的理论。至于夏皮尔在这一方面只是告诉我们：观察命题及其背景知识是可怀疑的，除此之外没有提出更好的解决办法。

第二，观察语言的基础地位和作用。所有的批评者都否认观察语言是理论的基础和意义来源，只有背景知识、传统和观察陈述一起才构成理论的基础。应该说这一批评是各派批评者的观点中最有力的一点，应该承认逻辑经验主义关于观察语言基础地位的看法是错误的。但各派的批评意见也应该分析对待。波普的方法论同样"预设了背景知识为真"，"是免受检验的"，科学史表明"理论的证伪并无逻辑必然性。波普的证伪演绎法和逻辑实证主义的归纳法一样，都是极端片面的和不符合科学实际的"①。

历史主义者都否认理论的检验和评价不是理论陈述和观察陈述之间的关系，而是理论之间的关系。他们的批评拓宽了理论评价检验的范围，这是合理的一方面。另一方面，用来检验理论的竞争理论需不需要检验、如何检验仍是一个不能回避的问题，所以对竞争理论的检验和评价仍需要用观察陈述检验。拉卡托斯的观点是，只有当一个观察陈述能够看作另一个理论的确证事例（实质上这个理论得到了观察陈述的证实）时，才能说这"另一个理论"可以用来证实一个理论。法

---

① 张巨青，吴寅华. 逻辑与历史——现代科学方法论的嬗变[M]. 杭州：浙江科学技术出版社，1990：106.

伊尔阿本德的方法论实质是用一个观察陈述和一个理论联合起来去证实一个理论，而这个新的特设性假说（理论）却是有待于未来检验和证实的。库恩对观察语言证实作用的否认导致了更多的批评。库恩要避免走非理性主义和相对主义的道路，就必须在承认理论的检验、评价是由许多复杂因素共同作用而带来的结果的同时，承认不同的范式之间可以比较和评价，亦即有相对客观的标准，有稳定可通约的内容和概念，这样他就必须承认观察陈述具有一定证实作用。至于夏皮尔，我们已指出，除了肯定假说仍需要用观察陈述检验并且这个陈述也可怀疑之外，没有说更多的东西，不同的是这个观察陈述建立在高层背景知识之上。

从这里可以看出关于观察语言的检验、评价作用问题是个复杂的问题，这是因为对理论的检验和评价单纯运用逻辑标准、形式标准固然不是科学的态度，同样单纯强调非理性的标准也不是科学的态度。只有将历史和逻辑相结合才能较为合理地解决理论的检验、评价问题。

所以，结论是：一方面，逻辑经验主义对观察语言性质的认识是错误的，尽管该学派内部对这点已有些许认识，但仍不是很充分或者说这些正确的认识在该学派的思想理论中并不是主流，并不占据中心地位。因此，如果固守逻辑经验主义的观察语言理论，如果不深入揭示其片面性和简单化的方法论，科学方法论就会因循静态的逻辑模式，而与科学实际格格不入。另一方面，各种批评指出了逻辑经验主义的错误，为科学方法论的蓬勃发展起了推动作用，并在批评的基础上，从不同的侧面丰富了科学哲学界关于观察语言的认识。这一意义是深远的。但这些批评自身也存在诸多缺点，不能因为这些批评而抹灭逻辑经验主义理论中的某些合理因素，回避对逻辑经验主义的全面认识。观察语言渗透着理论，有其依赖的背景知识，因此观察与理论的关系是复杂的。只要我们认识到观察的复杂机制和观察主体及其知识结构的复杂性，在这一前提下，仍然可以说科学、理论始于并依赖于观察。不同的是我们对观察有了更科学的理解。

一方面，观察词语与理论词语的区分是相对的，先前理论中已获解释的理论词语可以是后来理论的观察词语，观察名词也可用于指称不可观察的对象和关系。另一方面，在具体的科学研究和科学交流中，人们如果不能一般地区分观察名词和理论名词，把一切名词都看作理论名词，也将是不可能和不现实的。

一方面，完全固定的观察语言并不存在，但在理论的继承和发展中仍可以找到比较客观的判据，以此来比较、检验、评价理论，因而一般地说观察语言的稳定总是可能的。理论名词获取意义和解释的途径是多样化的，构成科学理论基础的不仅是观察语言，还包括背景知识、历史和传统等。另一方面，人们所谈论的科学理论，总是一定历史和传统下的科学理论，总是具有一定背景知识的理论，我们不可能抽象地谈论一个不处于任何时空、没有任何思想渊源的科学理论的基础。因此，实际上讨论一个科学理论的基础，总是在这一前提下进行的讨论。所以，说科学理论的基础是观察和观察语言并不意味着否认科学理论背后的背景知识、历史和传统，只是意味着人们在讨论中一般省略了这些因素，而且在实践中，这并不影响科学家的研究和交流。

科学理论的证实是多层次多种因素的共同作用，而不仅仅是观察和观察陈述的作用。恩格斯说："单凭观察的经验，是绝不能充分证明必然性的。"①科学理论内部的检验和证实仍要凭借观察陈述。应该看到科学家个人的信仰、价值，一个社会的社会心理、价值标准等多种非逻辑判据，以及理论体系外部的判据，对理论的评价和选择都有不可忽视的作用和影响。在这一点上，无论是逻辑经验主义者或历史主义者、证伪主义者都只看到了、强调了某一方面，都具有片面性。

各种批评者对逻辑经验主义观察语言的批评，其合理之处在于指出了：单独的观察语言不能构成科学理论的基础，观察语言具有背景理论，观察词项与理论词项区分的相对性。但是逻辑经验主义的方法论毕竟是科学方法论不可缺少的一个方面，要坚持朝逻辑与历史相结合的方向发展方法论，就不能将逻辑模型全盘抛弃，因此，不能因为各种批评而完全否定逻辑模型和逻辑经验主义的观察语言理论，仍要承认逻辑经验主义者所提出的两种语言模型所具有的价值和作用。

参考文献

[1] 马克思恩格斯选集(第2卷)[M]. 北京：人民出版社，1995.
[2] 张巨青，吴寅华. 逻辑与历史——现代科学方法论的嬗变[M]. 杭州：浙江科学技术出版社，1990.
[3] 张巨青. 科学逻辑[M]. 长春：吉林人民出版社，1987.
[4] 江天骥. 当代西方科学哲学[M]. 北京：中国社会科学出版社，1984.
[5] 夏基松. 现化西方哲学教程[M]. 上海：上海人民出版社，1981.
[6] 高新民. 现代西方心灵哲学[M]. 武汉：武汉出版社，1994.
[7] 徐友渔. "哥白尼式"的革命[M]. 北京：三联书店，1994.
[8] 涂纪亮. 分析哲学及其在美国的发展[M]. 北京：中国社会科学出版社，1987.
[9] [德]石里克. 自然哲学[M]. 陈维杭，译. 北京：商务印书馆，1984.

---

① 马克思恩格斯选集(第2卷)[M]. 北京：人民出版社，1995：549.

[10] [美]亨普尔. 自然科学的哲学[M]. 张华夏, 等, 译. 北京: 三联书店, 1987.

[11] [美]卡尔纳普. 科学哲学导论[M]. 张华夏, 等, 译. 广州: 中山大学出版社, 1987.

[12] [美]艾耶尔. 语言、真理与逻辑[M]. 尹大贻, 译. 上海: 上海译文出版社, 1981.

[13] 洪谦. 维也纳学派哲学[M]. 北京: 商务印书馆, 1989.

[14] [英]波普. 科学知识进化论[M]. 纪树立, 译. 北京: 三联书店, 1987.

[15] [英]波普. 猜想与反驳[M]. 傅季重, 等, 译. 上海: 上海译文出版社, 1986.

[16] [美]法伊尔阿本德. 反对方法[M]. 周昌忠, 译. 上海: 上海译文出版社, 1992.

[17] [英]拉卡托斯. 科学研究纲领方法论[M]. 兰征, 译. 上海: 上海译文出版社, 1986.

[18] [英]拉卡托斯. 批判与知识的增长[M]. 周寄中, 译. 北京: 华夏出版社, 1989.

[19] [英]亚·沃尔夫. 十八世纪科学、技术和哲学史[M]. 周昌忠, 等, 译. 北京: 商务印书馆, 1995.

[20] [美]约翰·洛西. 科学哲学历史导论[M]. 邱仁宗, 等, 译. 武汉: 华中工学院出版社, 1982.

[21] 洪谦. 逻辑经验主义(上、下)[M]. 北京: 商务印书馆, 1984.

归纳方法在"实证精神"中的地位和作用

科学方法对科学精神的形成具有重要的作用。本文把实证主义所追求的实证性视为一种科学精神,即所谓"实证精神",进而探讨归纳方法在这种科学精神形成、发展中的作用和地位。学术界认为实证主义自19世纪30年代产生后,经历了三代,孔德的实证主义是第一代,马赫主义是第二代,逻辑实证主义是第三代。三代实证主义者的观点并不完全相同,但其本质特征上存在着继承和遗传的关系,并被认为是现代西方科学主义思潮的一个重要哲学流派,因而把实证精神作为科学精神之一种而研究是具有典型意义的。

一、"实证精神"的内涵和实质

"实证"(positive)一词来源于拉丁文 positives,其原意是肯定、明确、确实。16世纪以来的自然科学强调观察和实验,要求知识的"确实性"或"实证性",与空洞、荒诞的中世纪经院哲学形成鲜明的对立。因此当时有人称实验的自然科学为"实证科学",并称16世纪以来推崇实验科学反对经院哲学的时代为"实证的时代"。实证主义的创始人孔德称自己的哲学为"实证哲学",其目的在于表明他的哲学是以近代实验科学为根据的一种"科学的哲学"。

孔德认为,一切科学知识建立在来自观察和实验的经验事实的基础上,经验是唯一源泉和基础。虽然孔德将知识局限在经验范围内是片面和错误的,但孔德对知识的这种认识对中世纪的经院哲学无疑是一个沉重的打击。他的观点有助于人们在观察和实验的基础上去认识自然,而不是从封建神学的某些教旨和经院哲学的某些荒诞、空洞的观点出发去认识自然。这样,在孔德所处的具体历史环境中,其实证哲学的科学精神便凸显出来了。

约翰、穆勒的实证主义同孔德的实证主义一样,把自己的哲学同以德国古典唯心主义为代表的思辨哲学对立起来,反对一切从概念出发的、先验的认识论,强调一切人类知识均起源于经验。虽然穆勒也认为,建立关于超经验的知识体系，寻求经验之外的世界的本质、基础，既是不可能的，又是不必要的，哲学以及人类的一切知识均应以经验范围为界线，但穆勒的这种观点与休谟的经验主义和不可知论仍有所区别。穆勒仍然承认外部世界的存在，但这种存在是经验的存在。他认为，所谓外部对象物质无非是指这样的东西：它的存在不以人们是否想到它为转移，即使人们关于它的感觉改变了，它也仍存在，而且它对许多观察者来说是共同的。既如此，那构成关于外部对象的概念的，不可能是眼前的感觉，因为这种感觉总是特殊的、不规则的、变化不定的，它们往往以个别的感觉者、观察者为转移；而只可能是具有固定不变的、有规则的特征的东西，即不管情况发生什么变化，它总会引起相应的感觉，它不以个别感觉者、观察者为转移。穆勒把这种东西叫作恒久地引起感觉的可能性的信念，即所谓感觉的恒久可能性。穆勒用感觉的恒久可能性代替眼前的感觉来说明外部对象，是为了表明，尽管我们的认识只能以感觉经验为限，但仍能形成个人的意识以外的对象的概念。但穆勒并不承认感觉的恒久可能性的基础是不以人的意识为转移的客观存在，相反，他借助于人的记忆、期待以及心理联想来说明恒久可能性的形成。这是穆勒实证主义的一大缺陷和错误。尽管如此，穆勒认为哲学的任务是寻求经验之间的因果关系对于近代自然科学而言仍是具有积极意义的。

赫伯特·斯宾塞是继穆勒之后的另一名著名实证主义哲学家，可以理解为，他也强调感觉和经验的重要性。他认为科学的任务是记录、整理感觉、经验，使它们条理化、系统化，从而找出它们的先后和相似的联系。这些相似性的联系中最恒久的联系，我们称之为定律。应该说，斯宾塞的观点从一个侧面揭示了科学认识活动的特征和实质，尽管他否认在现象的相似性联系背后存在着与之对应的客观规律。

从以上对实证主义相关的几个著名人物观点的简要梳理中，可以看出实证主义都以不同的方式否认客观存在和客观规律，都认为认识只能认识感觉和现象、现象的实际规律。但实证主义者也提出了有利于推动科学发展的具有积极意义的观点，即感觉和经验在认识中具有重要地位，应该从感觉和经验着手认识自然及其规律性，经验体现出的因果联系是科学认识的主要任务，感觉和经验是知识的基础和来源，等等。这些即是实证主义科学精神的内涵和实质。

而体现这一内涵和实质的具体领域正是归纳方法，归纳方法是贯彻上述实证精神、实现上述认识思想的手段和工具。反过来，归纳方法的运用和在自然科学中所取得的成功又加强了实证主义者所倡导的实证哲学，为实证精神的形成、发展、巩固发挥了重要的作用。

二、归纳方法在实证精神中的地位和作用

归纳方法早在亚里士多德时期就已提出,不过,亚里士多德的归纳方法只是根据简单列举来进行归纳。培根认为这种归纳方法是产生错误的根源和一切科学的祸害。培根的归纳法的特点是:在没有对经验材料进行归纳之前,先要做适当的拒绝和排斥的工作,以排除可能影响结论的似是而非的各种例证。然后制定"三表",最后依据留下来的例证归纳出所要寻求的某一性质的"形式"。简而言之,培根的归纳方法即是在观察和实验的基础之上,对收集到的感性材料运用理性分析的方法和比较的方法加以整理,并用归纳即综合的方法得出结论。对培根的归纳法的实质和内容,马克思曾予以总结,指出,"科学是实验的科学,科学就在于用理性方法去整理感性材料。归纳、分析、比较、观察和实验是理性方法的主要条件"。

归纳方法的提出对于后来作为一种科学主义思潮的实证主义的形成具有重要的作用。首先,从归纳方法提出的历史背景看,在思想领域,影响和阻碍认识和科学技术发展的主要障碍是经院哲学。培根从审视当时知识界不景气的状况出发,对经院哲学进行了声讨。他指出,经院哲学完全是空洞无用的东西——它"只能谈说,但它不能生产","只富于争辩,而没有实际效果"。就是说,经院哲学仅仅是玩弄概念,搞诡辩,无益于人们的认识,无益于人们改造世界的生产活动。经院哲学不但不能给人们对自然事物的认识指明道路,提供科学的方法,而且为着神学的目的,还竭力阻挠自然科学的发展。在批判经院哲学的基础上,培根提出了科学的认识方法,即归纳方法,强调感觉和经验是认识的来源,认识是对经验材料的分析和整理。如前所述,实证主义也正是在批判经院哲学的基础上提出其实证原则的,即科学认识不是玩弄概念,也不是为神学服务,而是观察和实验,以及对经验材料的整理。归纳方法的提出是对经院哲学的批判和否定。它把人们从经院哲学的繁琐、无聊的文字游戏中解放出来,面向自然,重视收集材料和实验,并提倡以对实验材料的归纳、分析代替以抽象概念认识自然的方式。这无疑培养了人们对科学精神的追求,推动了科学精神的形成。实证精神正是在这一基础之上的深化和发展。只不过,它把感觉经验强调到了一个不恰当的程度。

其次,从归纳方法的认识论思想来看,培根的归纳法把外部自然界确定为认识的对象。他认为,在过去漫长的历史中,人们认识缓慢的根本原因即在于认识脱离了自然。因此,人的认识的起源只能来自感官对外部世界的感觉。同时,培

根又认为经验的取得并不是盲目的，而应得到正确方法的指导，并且需要上升到理性的高度。强调在进行观察、实验时，要进行理性分析、比较和归纳。如前所述，实证精神的实质和内涵正是要求在观察、实验和分析整理的基础上获得知识的可靠性、确定性。因此，归纳方法是实证精神在科学认识中的具体体现，而归纳方法的成功运用反过来又为实证精神提供了充分合理的证据。这就是说，归纳方法既是科学发展的方法，又是为科学合理性及科学理论、科学认识进行辩护的成功根据。无论归纳方法如何发展——从古典归纳主义到现代归纳主义，归纳方法的这一特征都被认为是不可动摇和确凿无疑的，这是科学主义思潮的一个重要的方法论特色。

再次，从归纳方法的实质和内容来看，正如我们已经看到的，归纳方法的实质和内容在于其尊重和重视观察、实验，并认为科学就在于用归纳、分析、比较的方法对感性材料进行整理。这一实质充分体现了实证主义的科学精神。实证精神即是认为观察、实验、经验是认识的基础和源泉，科学认识则是对感性材料的整理。归纳方法的实质与实证精神的实质的一致性，体现了实证主义的原则与方法的一致性。这种逻辑上的一致和协调是实证主义得以对科学认识和自然科学发展产生影响的有力保障。

最后，从归纳方法的历史发展看，自培根提出归纳方法和实证主义产生，其间几百年中，自然科学由于受归纳方法的影响，开始了一个新的世纪。正因为如此，培根被称为近代实验科学的始祖。自然科学的成功不仅说明了归纳方法在认识中的巨大作用，而且为实证主义的产生和实证精神的形成提供了丰富的活生生的历史素材。而实证主义代表人物之一穆勒对归纳方法所做的完善和改进工作，不仅使归纳方法本身更加科学和系统化，而且为实证精神在科学认识中的成功运用拓宽了领域和增加了使用的深度。这种完善工作，反过来又加强了人们对实证精神的崇敬和信仰。

虽然实证主义有各种各样的错误和缺陷，并且在科学发展的今天，在科学认识中，还出现了各种各样的科学主义思潮和非科学主义思潮，但观察、实验在认识中的作用，归纳整理感性材料等基本观点仍是各种思潮所不能反对和忽视的。从某种程度上说，这正是由于人们不能否定归纳方法在科学认识中的地位和作用。在科学认识中有多种方法，而归纳方法却是基本方法之一。承认这一点，就必须承认认识要以自然界为对象，并以感觉经验作为重要的认识以及用归纳方法对材料加工整理。这样也就不同程度地认可了实证精神。

因此，实证精神以归纳方法为其认识方法和辩护根据。离开归纳方法，不但实证精神的合理性得不到说明，实证精神也将成为一种毫无方法论的口号。

从非经典物理学看认识的主体性和客观性原则

主客体问题是现代各哲学流派的共同课题。20 世纪 80 年代以来，随着我国马克思主义哲学研究工作的深入开展，主体、客体、主体性、主体性原则、客体性原则等问题成为哲学研究中的热点话题。哲学界对主客体问题的关注和探讨，无疑为当代中国哲学的发展注入了一股新鲜活力，使这一研究领域"众说"纷呈、新论不断。

在主客体研究热潮中，哲学研究工作者都不同程度地注意到了认识主体性所带来的思想困惑，换句话说，由于对认识的主体性的考察，引起了人们对认识活动客观性的怀疑。造成这一思想困惑的典型证据是现代原子物理学和量子力学发展所提出的一些"非经典物理学"结论。比如，现代原子物理学和量子力学认为，我们对微观客体的观察和认识不能排除作为认识主体的"观察者"（人和仪器），亦即，认识主体与认识客体之间存在不可忽视的相互作用，这一现象直接影响了认识活动的客观性。对这一困惑，哲学界提出了各种解释。本文试图依据关于主客体关系的一般原理对这些解释作一些概括和评析。

一

在主体性问题研究领域被称为当代中国哲学四大思潮之一的"实践本体论"认为，作为主体，首先必须是人，这里的人是指所有形态存在的有机统一；其次，主体必须具备自我意识，把自己从对象中分裂出来；最后，人即使有自我意识，如果不从事现实的实践活动也不能算是主体。所以，主体是具有自我意识且有一定目的、从事实践活动的人。对于客体的把握，实践本体论认为，必须在实践的坐标上，在人类的现实活动中，在与主体的现实关系中使客体获得现实的规定。因此，客体应该包括"实体性客体"，指纳入人的活动过程，同从事实际活动的人构成现实的、对象性关系的非人化自然物、人化自然物以及作为自然界一部分的人工自然的自然;"关系性客体",指人类在连续不断的劳动和实践过程中形成并纳入主体的实践活动过程中,同主体构成一定的对象性关系的物质的和思想的社会关系,主要指的是人们的经济关系;"精神性客体",包括人类在实践过程中形成并纳入主体活动结构的思维成果,如风俗、习惯等内容。实践本体论不同意用主观能动性来界定主体性的做法,也不赞同把人的自然性、社会性等一切属性都叫主体性的观点,因此,在实践本体论看来,主体性应该理解为从事实践活动的主体的本质力量的自觉性、自由性和超越性。其中,自觉性表现在人的活动有明确的目标,即人的活动具有自主性,人的实践活动本质上是人追求自身解放的活动,因而也是人的自由活动。超越性是自觉性、自由性的派生,主体的实践活动虽然受到对象世界的制约,但主体总是从自身需要出发,力图在把握外部对象的基础上超越外部对象,人的实践活动并不满足于对现有世界的简单再复制,而总是力图对世界的改造和重塑。此外,实践本体论把主体性上升到主体性原则,进而提出客体性原则。它认为,主体性原则是人们从事一切活动的价值原则,也是思考与把握现实感性的原则。同时,人的活动必须遵循双重尺度,即作为主体性的存在物,人的活动有合目的性、唯物性的特征;作为对象性的存在物,人的活动又具有受动性的特点。这样,实践本体论便在实践基础上主客体对立统一的关系中界定了客体性原则。

我们概括实践本体论关系主客体问题的一般观点的目的,是试图了解这些观点在原子物理学和量子力学发展背景上对其提出的哲学问题的解释力。

在原子水平上,"物体"只能理解为准备过程与测量过程的相互作用,而这个过程的终端总是在人们的意识之中。原子物理学的关键性特点就是观察者不能就物体的性质谈论它,只有建立在物体与观察者相互作用的关系上的谈论,才是有意义的。科学家们已经无法扮演独立、客观的观察者的角色,而是被卷入到了他所观察的世界中,从而影响到被观察物体的性质。海森伯说过,"自然科学并不是简单地描述自然,解释自然;它也是自然与我们相互作用的一部分",他同时也说过,"我们所观察到的并不是自然本身,而是用我们的提问方法所提示的自然"。也就是说,观察者如何测量,在某种程度上决定了被观察物体的性质。比如在测量亚原子粒子的位置和动量时,这两个量无法同时精确测定,或者说我们对于两个量都只有一种粗略而不精确的知识。痛苦的是这并不是因为测量技术不完善,而是这种客体所固有的根本限制。因此,观察方式直接影响了物体的性质。

如果我们把客观性限定为认识与客观对象的一致,即真理性,那么,在原子物理学和量子力学的背景下,主体认识的客观性何以体现?如果我们把客观性理解为客观实在性,由于我们的观察方式使观察到的结果已经不是客体本身,那么,从认识论的角度思索,对象的客观实在性又如何才能得到理解?

依据实践本体论关于主客体的观点,主体必须具备自我意识并把自己从对象分裂出来,客体必须同从事实际活动的人构成现实的、对象性关系。就科学认识本身而言,我们很容易把握科学家与被观察对象间的主客体关系,但是在现代物理学研究中,科学家对粒子对象的认识实质上是对粒子与科学家相互关系的"观察"和"认识"。一方面,认识活动的客体是"粒子与科学家";另一方面,认识活动的主体的某些方面又外化成为与对象粒子不可分割的客体(值得注意的是,这种情形与心理精神专家研究自己的心理和精神状态有别)。因此,在这里,客体不是纯粹的客体,主体也并非纯粹的主体。主客体似乎分明但从认识过程和认识结果看,二者实际上是融为一体的。显然,在量子力学研究中无法像在经典物理学研究中那样把握主客体,因而也很难在此过程中进一步认识主体性机制。实践本体论虽不赞成用主观能动性解说主体性,但并不反对主体性包括主观能动性。因此,我们可以认为,实践本体论可以用诸如"主体并不是直观被动地接受外界刺激所引起的,而是主体能动性作用于客体的基础之上"、"认识不再是主体与客体的绝对统一、直接统一,而是主体与客体的辩证统一"等观点来解释上述问题。但这些观点突出的是在对客体的认识过程中主体的建构作用,它们的前提仍是必须界定主客体及其对象性关系。所以,我们不能直接用主体的自觉性、自由性、超越性来考察科学家观察亚原子粒子行为的主体性。在这一特定的认识领域里,客体性原则、主体性原则至少不能直接回答我们提出的"客观性"困惑。我们不得不这样理解,实践唯物主义向认识论领域的拓展即实践唯物主义的认识论,可能会提供具体的进一步的对主体认识结构、认识主体存在方式的考察。

二

在主客体研究中,也有论者把理性的触角延伸到主体认识结构和认识主体、客体的存在方式领域,最有代表性的是周文彰的"认识图式论"。

"认识图式论"明确地把主体先存意识状态当作认识的能动性、主体性的主观根源。从这一基本视角出发,认识图式论认为,主体认识图式是认识活动中主体先存的各种意识状态的综合统一体,是主体观念上把握客观对象的精神器官,是认识能动性、主体性的主观根源。在构成主体认识图式的意识状态中,有论者认为,重要的是对象意识、自我意识和实践意识。由于这些先存的复杂的意识状态对于认识活动都有影响，那么如何保证认识的客观性呢？亦即，我们如何相信，这些先存的意识状态在我们的认识活动中不会把我们引向歧途、走向偏见？

于是，有论者进一步指出，主体认识图式的功能也具有二重性——既有积极的一面，又有消极的一面。从主体认识图式的积极功能来看，主体认识图式能够使人从现象见本质，从偶然见必然，从个别见一般，从而把握对象的规律性；同时，主体认识图式还能够使人的实践活动既合目的性又合规律性地发展，从而实现人对客观世界的合理改造。从主体认识图式的消极功能来看，它有可能导致认识上的主观性、思想上的封闭性和思维方式上的僵化性。

应该说，主体认识图式理论在解释认识的主体性对认识的客观性的影响中有其独到的价值，但它考察的仍是一般情况下认识的客观性问题。比如，在认识对象的选择、认识过程的建构、认识结果的体现等方面都凝结、渗透着主体属性和主体因素，因此，按照客观事物的本来面目去反映事物的古老理想有可能破灭了。显然认识图式论所关注的是认识主体性在整个认识过程中的渗透、对认识结果客观性的影响。

而我们在本文中提出的疑惑是，在量子力学研究中主客体对象性关系的混沌导致了对观察结果的难以确定，从某种角度上分析，造成这一现象的原因是因为主体(仪器、手段)的参与，而实质上这并非认识图式论所分析的各种主体性因素、意识状态，等等。

认识图式论并不放弃消除微观粒子认识中主体因素的努力。它认为，在微观粒子研究中，主体因素明显加入了认识过程并实际影响着认识结果，这并不意味着客观性原则的破灭。它只是证明，微观粒子具有不同于低速宏观物体的运动特性和规律，对它也许需要使用不同于经典测量的测量手段、测量方式和测量项目。"测不准关系"以及测量仪器和被测量者的"不可控的相互作用"，也许就是不适用于微观粒子的运动特性和规律的经典测量手段及测量方式所致。

由此可见，认识图式论仍然没有提供令人满意的哲学解释。我们同意认识图式论关于微观粒子独有的特性和规律，也承认对它的研究应该有特殊的测量手段和技术。首先，量子力学作为一门有坚实基础的物理科学，它有其自身的研究方法、概念体系及发展规律。对微观粒子的观察和测量方式绝不是某一个物理学家的偏好和选择，而是科学内在的要求和科学家的集体信念。对这种方式和手段的选择是全体科学家以及这门科学积极发展的结晶和体现。否则，我们只能理解为所有的物理学家都犯了一个共同的错误：偏要选择一种不科学的方式和手段研究微观粒子，或者说，量子力学这门科学在微观粒子问题上犯了致命错误。显然，这种理解是难以令人接受的。其次，即使对微观粒子的观察手段需要不断改进，但如同上述我们已经指出的,原子物理学已经证明,对微观粒子的认识结果取决于观察手段,手段的进步和不同将导致对其性质的不同认识,那么仍然存在"微观粒子的客观本性究竟存在于何处"的问题。同时,哲学应对微观粒子现阶段、发展到目前阶段所提出的疑问进行解释,而不能把责任推到物理学家身上。应告诫他们不断寻找合理的方法,等待他们找到了能认识微观粒子的观察手段后,再提出认识的客观性永恒存在的结论。

三

本文认为,解决问题的关键仍然必须回到主客体关系上。实践本体论、主体认识图式论之所以无法对量子力学研究中的客观性提出合理解释,根本原因在于人与对象的"二项式"模式,即把实践基础上的认识活动绝对地区分为:谁是认识活动的承担者,认识活动的对象指向谁。这种区分显然忽视了作为认识者与被认识者之间的中介。

马克思主义哲学把实践纳入关于人同周围世界关系的说明中去,从而克服了把主客体关系"二项式"地解释为直接关系的局限性。人的物质实践活动是人同实践对象的直接相互作用,总是要使用一定的工具和手段,即在实践活动中必须正视工具、手段与实践对象的相互作用。

因此,对于主体来说,客体不是单纯地作为外在对象出现,也不仅仅是直接地表现出与主体的对象性关系。确切地说,客体是在与加入主体实践活动范围内的工具、手段的相互作用(当然也包括主体)中获得规定的,是在人的活动对象——工具和劳动对象的相互作用中凸显的客观的对象性的关系。这种主客体关系模式,在对主体和客体关系作直观解释的"二项式"公式中是没有的,那里只有主体同对象的直接关系。

因此,依据这种解释,"客体"一词实质上是指加入人的实践活动中的物质对象相互作用的复杂系统。即客体不仅是某种与主体对立的东西,而且是主体物质能动性的工具,是主体作用于另外客体的手段。

黑格尔曾经指出,手段是直接客体,在手段中包含着客观因素的规定性。而通常人们仅仅把工具、手段算在主体方面,而把客体只解释为劳动对象。马克思在分析人同周围世界的特殊物质关系即实践过程时,使用了"工具"和"劳动对象"范畴。这就克服了客体与主体的机械对立、简单直接的对象性关系。

按照马克思对人与周围世界关系的理解,量子力学中的"测不准关系"便可得到理解。在科学家借助一定的手段(仪器)对微观粒子认识的过程中,我们不能简单地把人与粒子设定为对象性关系,而去分析认识的主体性、认识的客观性。在这一复杂的认识过程中,加入科学家认识中的不仅只有微观粒子,而且还有工具、仪器,客体随之加入实践过程才成为对象,同时工具、仪器也在这种实践活动中获得了对象性规定。所以,对于科学家来说,粒子和工具手段都应该是客体、对象。因此,测量运算、观察方式不能理解为包含在主体性之中(如果这样,认识的客观性就得不到保证),而应该把它们与原子客体联系在一起。正如玻恩所说,不论在经典力学的范围内,还是在量子力学的范围内,物理学的"一次观测或测量所涉及的并非自然现象本身,而是它在一个参考系中的面貌或射影,参考系其实就是所用的全部仪器"(《我们这一代的物理学》,商务印书馆1964年版)。

综上所述,在量子力学领域里,科学家所获得的认识,是对粒子和粒子与工具间作用的认识。粒子是客观存在的,粒子与工具间的相互作用也是客观存在的,粒子在与工具间的相互作用中获得规定性的描述。虽然这种认识描述依据不同的工具从而有了不同的内容,但就每一种具体的测量工具、手段来说,我们对它的认识可以获得客观性。而且对每一种工具与粒子的互相作用来说,我们对它的认识也是客观的。我们对粒子的认识必须建立在与工具的相互作用之上来建构和理解,离开测量工具谈论粒子的运动特性则缺乏真实可靠的意义。因此,粒子的这种独特的性质并不能影响认识的客观性原则。关键在于我们如何把握这一认识过程中的主客体关系、客体的存在方式以及认识成果的表现方式。

浅谈《1844年经济学哲学手稿》对主体生成的论述

历史活动中主体、客体及主客体的关系，乃是马克思主义历史哲学的极为重要的范畴，而在讨论这些范畴时首先不得不涉及历史活动主体的生成及特征。马克思在《1844年经济学哲学手稿》（以下简称"手稿"）中对主体的生成及特征问题作了深刻的论述，全面理解这些论述具有极重要的意义。

一、历史主体的生成

现代科学技术的产生和发展，以及人类社会实践的不断发展，都使人们的主体意识极大地增强，对于自身作用的认识更加深化，从而要求把对于人的主体性的认识提高到一个新的水平，人的主体性问题成为现代各派哲学的共同课题。对于主体，学术界认为各派争论的焦点在于是否把它看作社会的主体、历史的主体。尽管现代西方人本主义哲学标榜重视和高扬人的问题和主体性问题的研究，实际上却并非如此。马克思主义哲学在人的主体性问题上的优势恰恰在于它肯定并科学地论证了主体应该也只能是社会主体、历史主体。在手稿中马克思指出："人类的特性恰恰就是自由的自觉的活动"，即劳动；作为主体的人，一方面是能动的，另一方面也是受动的；一切作为客体的对象都是作为主体的本质力量的对象化，是人的本质力量的确证；主体对象化为客体，客体又主体化，人类社会的历史就在这种相互转化的实践中发展。这说明马克思不仅重视人的主体性问题，而且把主体科学地规定为社会主体、历史主体。

那么作为社会主体、历史主体的人的主体性是如何形成的？手稿对此作了论述。马克思认为，要理解人的主体性必须从人与自然的关系以及生产劳动中着手。

在人与自然的关系中，首先必须承认人是自然界的一部分，人的一切都是自然界发展的结果。这是人属自然的存在。马克思说："人（和动物一样）赖无机自然界来生活，而人较之动物越是万能，那么，人赖以生活的那个无机自然界的范围就越广阔。从理论方面来说，植物、动物、石头、空气、光等，或者作为自然界的对象，或者作为艺术的对象，都是人的意识的一部分，都是人的精神的无机自然界，是人为了宴乐和消化而事先准备好的精神食粮；同样地，从实践方面来说，这些东西也是人的生活和人的活动的一部分。人在肉体上只有依靠这些自然物——不管是表现为食粮、燃料、衣着还是居室等——才能生活。实际上，人的万能正是表现在他把整个自然界——首先就它是人的直接的生活资料而言，其次就它是人的生命活动的材料、对象和工具而言——变成人的无机的身体。"（手稿第219页）这就是说，人同自然界是不可分离的，因为人是自然界的一部分。

其次，又必须承认自然界是属人的自然界。马克思指出："正像社会本身创造着作为人的人一样，人也创造着社会"，"自然界的属人的本质只有对社会的人来说才是存在着的"，"只有在社会中，自然界才表现为它自己的属人的存在的基础"。也就是说，人的本质力量的外在结果即是自然的人化，自然中凝结着人的本质力量，因而自然界是属人的自然界。在马克思看来，这种人的本质力量不仅凝结在自然中，也体现在历史中，"全部所谓世界史不外是人通过人的劳动的诞生，是自然界对人来说的生成"。正是在这种意义上，马克思认为人和自然界的实在性具有"实践的、感性的、直观的性质"。

因此人与自然的关系是人的自然化和自然的人化的统一，这种统一的结果是社会的运动和发展，所以马克思说："运动的社会、社会的发展是人同自然界的完成了的、本质的统一，是自然界的真正复活，是人的实现了的自然主义和自然界的实现了的人本主义。"（手稿第25页）

在上述关于人与自然界的关系的论述中，马克思明确指出了人创造着社会和世界历史。人是历史的主体，但同时，必须注意到人之所以创造着社会，自然界之所以是属人的自然界，都是因为人的本质力量的外化。要说明人的本质力量的外化，就必须说明劳动、社会实践。

人同自然界是一体的，人是自然界的产物，但同时，人区别于动物的正是人能够把人从自身和自然界中区别出来、异化出来、独立出来，"在实践的、现实的世界中，自我异化只有通过同其他人的实践的、现实的关系才能表现出来。异化借以实现的那个手段本身就是实践的"（手稿第53页）。人的本质力量正是人凭借实践的手段把自己从自身和自然界中分离出来，"他的生命的表现就是他的生命的外化"。只有在实践的基础上才能说明人的本质，又只能依据人的本质力量才能说明劳动和实践。

人的本质的对象化、外化为什么是必要的？马克思认为，只有当对象对人来说成为属人的对象，人才不致在自己的对象里面丧失自身。因此，一方面，随着对象性的现实在社会中对人来说到处成为人的本质力量的现实，成为属人的现实，因而成为人固有的本质力量的现实，一切对象也对他来说成为他自身的对象化，成为确证和实现他的个性的对象。这样，人才不仅在思维中，而且以全部感觉在对象世界中肯定自己。这是从客体一方面得出的必要性。另一方面，从主体来说，人的对象只能是人的本质力量之一的确证，它只能像人的本质力量作为一种主体能力而自我地存在着那样对人来说存在着，因为对主体而言任何一个对象的意义都以主体的感觉所能感知的程度为限。只能由属人的本质客观地展开的丰富性，主体的属人的感情的丰富，那些能感受的快乐和确证自己是属人的本质力量的感觉，才或者发展起来，或者产生出来。这就是说，人的感觉只是由于相应对象的存在，由于存在着人化的自然界，才产生出来。

所以，马克思说，"一方面为了使人之感觉变成人的感觉，而另一方面为了创造与人的本质和自然本质的全部丰富性相适应的人的感觉，无论从理论方面，还是实践方面来说，人的本质力量的外化、对象化都是必要的。"（手稿第80页）

本质力量的对象化即是劳动。马克思从主体、客体两方面说明了人必须将本质力量对象化即通过劳动、实践才不致丧失自身，才能在感性的世界里肯定自己，才能发展与自然和人的本质力量相适应的感觉。总之，才能确立和发展人作为主体的地位和本质力量。很显然，人正是在本质力量外化的必要性前提下，确立了自己与自然界、客体相对立的地位，并通过劳动实现、确证了自己的这一地位。作为历史主体的人正是这样从自然和历史中异化出来。而工业正是这种本质力量的公开的展示，全部人的活动即劳动正是实践这种感性的、外在的、有用的对象的形式。

二、历史主体的两种意识特征

马克思在手稿中，还论述了作为历史主体的人不可缺少的两种意识特征，即自我意识和需求意识。

所谓自我意识是主体在历史活动中对自身不同于客体的地位与作用的认识。马克思不仅指出，人在对对象的改造中确证自己，而且进一步指出："人不仅像在意识中所发生的那样在精神上把自己化分为二，而且通过活动，在实际上把自己化分为二，并且在他所创造的世界中直观自身"，"人则把自己的生活活动本身变成自己的意志和意识的对象"，"动物只是按照它所属的那个物种的尺度和需要来进行塑造,而人则懂得按照任何物种的尺度来进行生产","人无论在实践还是在理论上都把类——既把自己本身的类,也把其他物的类——当作自己的对象,而且是说(这只是同一件事情的另一种说法),人把自己本身当作现有的、活生生的类来对待"。这些论述说明,在马克思看来,主体的自我意识不仅将自我与客体区分开,而且自我意识也以主体自身作为意识的客体。主体的自我意识能使主体客观地认识到自身在社会历史中所处的主体地位,并自觉地、有意识地而不是盲目地调整自我与社会的地位和联系,历史主体自我意识的存在及其追求的自我和谐统一,是人的内在自主性的趋势之一,只有这样,历史活动才是真正的历史进步活动。

所谓主体的需求意识,即指主体对客体改造的需求,也是对客体发展规律认识基础之上产生的紧迫感。人的最基本的需求是与人的生理属性相关的。马克思说:"人同世界的任何一种属人的关系——视觉、听觉、嗅觉、味觉、触觉、思维、直观、愿望、活动、爱——总之,他的个体的一切官能,……是属人的现实的实际的实现。"随着人类实践的发展,人的需求意识也逐渐丰富,马克思把十分完满的生命表现定义为"需要丰富","丰富的人同时也是需要人的十分完满的生命表现的人,是他自身的实现在自己身上表现为内在的必然性即需要的人"。因此,历史主体的需求意识丰富与否,直接决定他是否是历史活动的强者、是否体现出主体的地位和作用。一个全面发展的人,首先必须是一个需求丰富的人,他们成为历史活动的主体,就能使历史活动充满生机和内驱力。马克思同时也指出要区别人的和非人的、真实的和虚假的、有益的和有害的需求。"每个人千方百计在别人身上唤取某种新的需要,以便迫使他做出新的牺牲……从而使他陷于经济上的破产。每个人都力图创造出一种支配其他人的、异己的本质力量,以便从这里找到自己本身利己需要的满足……",马克思对这些需要是持严厉批评态度的。历史主体的健康需求意识的深化,有助于人类全面发展,激发人们从事进步的历史活动。

总之,马克思在手稿中从人与自然的关系引出主客体的关系,并在劳动、本质力量外化的基础上论述主体的生成,进而对主体的特征的某些方面比如自我意识和需求意识作了精辟的论述。这些观念堪称历史哲学的思想源泉和重要遗产,可以说,手稿中的这些思想,为当代历史哲学的展开和研究开启了一扇睿智的窗口。

简析认识过程的全息统一模式

这里的所谓认识过程既非传统所说的由表入里、由感性到理性的认识过程，也不是指哪种区别于各种不同类型、各种不同领域里的认识的特殊认识模式。实际上它指一般的认识中有哪些因素介入，整个认识过程在各种因素的参与下呈现出一幅什么样的景象。也就是说，它是对认识发生、发展中各种因素产生作用过程的一种描述。

认识过程机制无疑是复杂的，其间主体、客体、工具手段三者之间存在着十分复杂的作用和联系，正因此，认识过程对哲学研究有着强烈的魅力。对认识过程复杂机制的科学描述直接导致对认识论领域许多重大问题的解决。也因为如此，不同的哲学思潮都提出了自己对认识过程机制的描述。

本文在审视、反思各种认识模式的基础上，试图简略描述全息统一的认识模式的轮廓。

一、科学主义的认识过程模式

实证主义是典型的科学主义思潮。但无论是孔德的实证主义还是马赫的实证主义，都把认识仅仅看作对感觉经验的整理。这种认识过程模式在主体方面忽视了主体认识结构中的背景知识、先天图式以及既有的理论积累。在客体方面，强调了客体的超越性，导致认识的相对性。因而其结果是客体本身是不能认识的，所认识的只是由感觉经验提供的表象。第三代实证主义即逻辑实证主义实质上仍与传统的实证主义没有区别。不同的是，逻辑实证主义从另一个角度对其认识过程进行了描述，即从认识结果的表达——命题区分出所谓有意义、无意义的命题。表达经验事实的命题是有意义的，而哲学、文学艺术等领域里的命题由于不能以经验检验而被排斥在有意义命题之外。其实质仍然是以感觉经验作为认识的中心以及衡量是否有意义的标准，目的是企图将文学艺术、伦理学、哲学的认识功能、作用磨灭。逻辑实证主义这一错误的根源在于对认识系统中的性质、作用和地位的错误认识。因此，实证主义的认识过程模式是不全面的，并且存在许多致命的缺点。

以波普为代表的批判理性主义在逻辑实证主义的基础上看到了主体所具有的背景知识以及相关理论对认识的影响，指出了感觉经验的不可靠性。但波普对认识过程机制的描述仍然与逻辑实证主义相同，区别仅在于二者对经验与理论哪个在先、哪个更具有决定意义的认识不同。波普认为理论决定观察，实验亦即认识，而经验并不具有直接可靠性。当然也应指出波普承认认识之外的客观世界，但他所讨论的仍是主体、主体的认识活动与表象（即感觉经验）之间的关系，在他看来，承认客观世界仅是一种必需的假设。

与批判理性主义和逻辑实证主义不同，以库恩和拉卡托斯为代表的历史主义学派在向非理性主义和相对主义的道路上走得更远。库恩认为，范式不是对客观世界的认识，更不是对客观世界规律性的反映，它是在不同社会历史条件下形成的科学共同体的共同的心理上的信念。范式的变化，不是认识的深化，范式的不同也不表明对同一世界的认识的方面或认识的深度不同，而是心理上的信念的变化。科学家们认识的世界并不是客观外在的世界，而只是约定的世界。对库恩来说，要解决的问题是，主体所获得的认识究竟是否反映了客观世界？主体所具有的信念、心理、价值等因素有没有客观的基础？它们在认识中的地位如何？因此，仍然是一个如何描述、界定认识过程复杂系统中主体的某些特征的问题。

结构主义理论是建立在唯心主义哲学基础之上的。一般来说，结构主义者都是先验主义者。在认识论上，他们过分强调了主体内蕴的先天的结构，提出人的心灵的构造能力是第一性的，社会生活的内在结构或秩序是第二性的。但同时，结构主义又强调认识现象中的内在结构，因而反对逻辑实证主义单凭观察、实验方法，而主张采用所谓"重新构造"即"重构""重建"的方法。这一思想是不无价值的。因此可以说结构主义强调了主体的先天结构，忽视了主体的能动性及其他因素，同时对认识过程机制的方法、工具、手段环节提出了有建设意义的意见。

二、人本主义的认识过程模式

大多数人本主义流派也反对传统哲学的本体论和形而上学，但所得结果与科学主义不同。他们只是反对传统哲学以认识对象（物质、自然）为本体或以认识手段（感觉经验或概念、观念）为本体的本体论，主张以可直接把握体验的认识对象为主体，即以人为本体，以人的非理性心理意识为本体。从这种本体论出发，在认识论上他们探讨了然而过分夸大了人的意志、情感、情绪、本能、无意识等非理性因素的作用。例如，唯意志主义者尼采认为人的感觉、思维都不过是意志的表现，是受意志支配的，因而人的认识应作为权力意志的工具使用，所谓真理不过是人为的、伪造的、虚构的，最虚妄的东西同最真实的东西一样可以成为真理。不仅如此，叔本华认为整个世界不过是生存意志的表象，因而认识首先是对生存意志的认识，这样叔本华的认识就只有"内省"了，因为对生存意志的认识显然是不能运用理性思维的，它是自由的而不是服从充足理由的。

生命哲学的代表人物柏格森的观点与此类似，不同的是，在他的认识论中，"直觉"代替了"内省"。他认为，只有直觉才能达到绵延运动的实在，而一切理智的方法都是静止的、停留于事物外部的，因而不能达到实在。

海德格尔的存在主义哲学更直截了当地反对认识中对主客体的划分。他认为真理并不植根在命题上，谈真理应把实在本身当成真与假来评价，而所谓实在即是人的存在本身，这样，海德格尔认为，真理实质上仍是个人心理状态的一种形式，它是受人的心理、情感所支配的。人的心理、情感所表现出来的那种不可言传的个人意识的"主观性"才是真正的可靠见证。很显然，海德格尔的存在主义认识论仍是一种对人内心主观世界的认识。

由此可见，人本主义思潮对认识过程模式的描述的共同特征是不承认主客体的划分，或者认为客体即是主体的表象，认识的主要方法和途径是内省、直觉等非理性手段，并且这种认识是受主观世界所控制的。显然这种描述是更为片面和非科学的。

三、认识过程的全息统一模式

认识过程的全息统一模式的基础是马克思主义认识论。马克思主义认识论认为认识是主体对客体的主观能动的反映。这里的主体是社会的人与个体的人的统一，是具有知、情、意及理性能力的主体。主体对客体的认识既受制于客体又有主观能动性。主体的能动认识既使用物质工具手段，也使用概念、语言等非物质工具手段；除观察、实验等基本认识方式外，也包括直觉、内省等非理性方式。同时，作为主体的认识对象也可以是人自身。主体对客体的认识包括对感性材料的整理，同时也含有主体对认识的加工、重构。

从马克思主义认识论的基本观点中可以看出，对认识过程机制的科学描述依然围绕着主体、客体和工具手段三个方面。认识论史上各种非科学的认识论思想都只关注了这三者复杂关系的某一个方面，而缺乏全息统一的观点。正确描述认识过程模式必须对认识过程中三个环节之间的复杂特征作出全息统一的描述。

这一描述应该坚持以下几个基本原则：

第一，认识是主体借助手段对客体的认识。不坚持这一点，便很容易把认识仅仅限制于主体内省活动范围之内，仅仅局限于主体对内心世界的认识。必须认识到认识是主体、客体、工具手段三者或三者间的联系。

第二，主体对客体的认识是多种手段共同作用的结果。

第三，客体是客观存在的。客体对主体的刺激制约着主体的认识，客体本质和特征展现的深度和广度也限制着主体认识的深度和广度。但随着认识的发展，纳入主体对象性关系范围的客体及其特征、属性也是不断增加的。所以，认识是相对的、近似的，但同时又是绝对的、无限的。坚持这一原则就应抛弃诸如"主体认识的客体是观念世界的客体，不是客观存在的客体"，"主体的认识是表象的客体而非真实的客体"等错误看法。

在以上原则下，可先对主体进行描述。对主体的复杂特性缺乏科学的认识必然陷入各种错误认识论的泥坑。我们所面对的主体是一个多层次多侧面的主体。作为具体的人，他具有先天遗传的各种认识结构，这是不容置疑的。结构主义注意到并夸大了这一点。作为生命体的人又具有知、情、意等非理性的心理特征。作为社会的人在其成长和生活历程中，必然也将不断学习和积累背景知识，如文化、习惯、知识遗产，等等，同时掌握各种理性手段，如分析、比较、归纳、演绎。在具体的认识活动中，主体还具备与认识客体相关的专业理论知识等。主体自身的某些特征同时又是认识活动中的手段，如语言、直觉、内省、比较、分析诸种能力。主体实质上是主体与工具、手段的统一体。

在工具、手段中，除了主体自身的物质手段如感觉器官、手、臂等和非物质手段如上述的语言、内省、分析能力等之外，还包括人类改造世界的物质成果，如仪器、设备等。在手段领域由于主体自身的某些属性如语言、内省等作为工具被运用于认识，因而使认识变得极其复杂。另外，由于物质手段——仪器、设备都是主体观念的外化，应该注意到在运用这些物质工具认识客体时，我们指导制造工具的理论也对认识活动有一定的影响。在以前的认识论研究中，大多数人都把工具视为绝对可靠的，没有充分重视指导、设计、制造工具的理论的可错性也直接影响到认识结果。

基于以上认识，如图 1-1 所示，可形象地将认识过程模式表示如下：

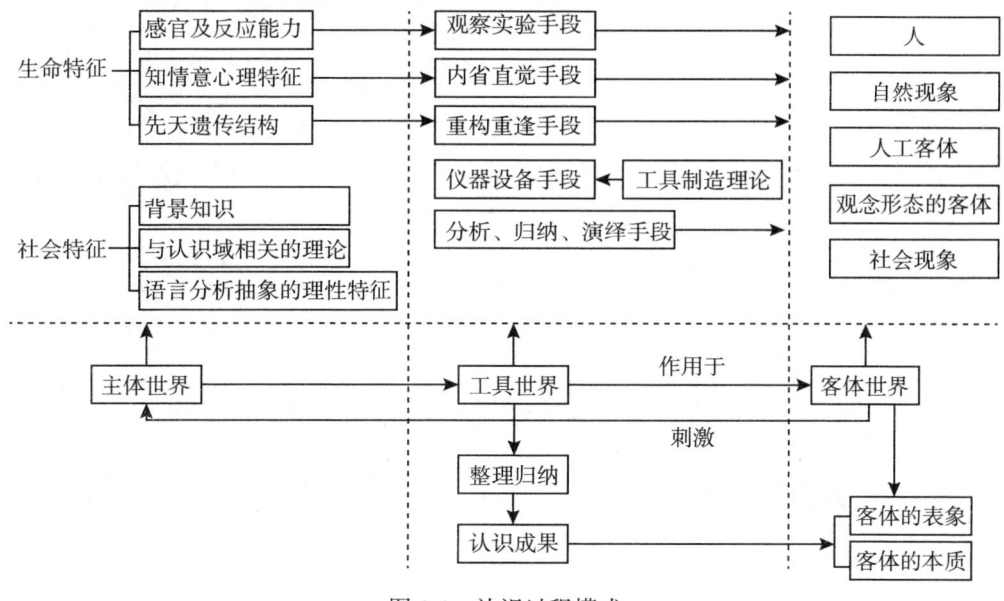

图 1-1 认识过程模式

从中我们得到如下启示：

第一，主体世界除了某些特征与工具世界存在单一对应的关系外，其他特征是放射性与工具世界联系并影响工具世界。整个工具世界与客体世界不存在单一对应作用，而是发散式地作用于客体世界。因此，工具世界与客体世界、工具世界与主体世界的关系全息相关、纷繁复杂。

第二，主体借助工具世界作用于客体世界，同时也借助工具世界分析整理得出认识成果。这就使认识成果的正确性考察检验变得异常复杂，任何相关因素的影响都会从认识结果上得到反映。

第三，正因为认识活动中的工具具有作用客体、整理认识结果的双重性质，所以主体对客体的刺激的认识就不仅仅是整理收集经验事实，不仅仅是内省、直觉所把握的东西，不仅仅是重建、重构的结果，也不仅仅是纯粹抽象的产物，而是诸种认识手段全息相关、共同参与作用的结果。

当然从中得出的启示不仅仅就这几点。依据这个模式，才能更加充分说明认识的复杂性。从这个模式可以看出，与认识的全息模式相比较，很容易发现科学主义、人本主义思潮只注意到了这个模式中的某一或某几个方面、层次的关系和作用，从而也就很容易理解为什么科学主义和人本主义都未能对认识过程作出科学的说明。自然对这个模式也有待于进一步深化、完善和科学化，使之更充分更深刻体现认识过程的本质。

李鲁平 著

李鲁平文集 ❷

武汉大学出版社

图书在版编目(CIP)数据

李鲁平文集:全三册/李鲁平著.—武汉:武汉大学出版社,2021.6
芳草文库
ISBN 978-7-307-22153-6

Ⅰ.李… Ⅱ.李… Ⅲ.中国文学—当代文学—作品综合集
Ⅳ.I217.2

中国版本图书馆 CIP 数据核字(2021)第 038062 号

责任编辑:杨 欢

出版发行:**武汉大学出版社** (430072 武昌 珞珈山)
(电子邮箱:cbs22@whu.edu.cn 网址:www.wdp.com.cn)
印刷:武汉中科兴业印务有限公司
开本:720×1000 1/16 印张:56.75 字数:1046 千字 插页:9
版次:2021 年 6 月第 1 版 2021 年 6 月第 1 次印刷
ISBN 978-7-307-22153-6 定价:148.00 元(全 3 册)

版权所有,不得翻印;凡购我社的图书,如有质量问题,请与当地图书销售部门联系调换。

《芳草文库》序

刘醒龙

  武汉有一批年纪不算太老,但肯定不再年轻的作家,既往作品每出无不风行江汉,后来平淡了些。二〇一五年年初,恰逢一场小聚,其间有老朋友提议给这些在文学创作上颇有成就的作家出版文集,且当场做出关键决策。老朋友提及的作家也是我的朋友,他们的处境很有代表性。

  世事流逝到今天,说一点不残酷是不真实的,说太残酷似乎也不科学。值此宁翔雁前羞跟牛后世风,普天之下莫不借口追求日新月异,其实是乡下俗语说的,人人都想一锄头挖出一口井。宁肯臭名远播,哪管丑态百出。忘却不该忘却的,强化不该强化的,是世情中一大不敬。这几年为一位已故作家出版文集,好不容易才成,一来二往之间,见识了足够多的现世生态。似这等才华出众的作家,若非上苍失察,弃之英年,敢不是当今文坛大旗一帜?同理,那些在喧嚣背后悄然尘封的作品,谁能说不是日后人有所诵的典范?天地同根,不是没有高下之分,而是天有天的高度,地有地的厚重。

  常住武汉三镇之人,最能体会大江东去、流水落花深意。也是体恤的缘故,又于旷野之间留下高山流水千古知音,以为勉励,兼作念想。朋友提议,饱含诗情,深藏灵性。没有太多商量,三言两语之间,就达成共识,以《芳草》杂志名义,逐年排选,将这批作家的代表性作品编成文集出版。只是由于执业所限,本套书只能以《芳草文库》相称,名头虽小,相信分量不轻。

  哲学教会人们认知正确与错误,自然科学是要让人懂得成功与失败。然而,短短人生,包罗万象,其善其美,何止兴衰胜败!文学的存世与流传,其意义正是超然前二者,不以成败对错为目的,也不以卑微尊贵定价值。人非草木,却如同草木,这是文学理由之一,生命不能永恒,却绝对永恒,这是文学理由之二。文学根本理由是,协助芸芸众生在庞杂得无可把握的宇宙间,在神与鬼、灵与欲、虚与实等一切冲突与对立之间,寻找适合每一个体的美妙平衡。

二〇一五年十月十五日

李鲁平文集

②

目 录

第一辑　专论与年评

新时代诗歌可以做的，应该做的	/277
弥合都市与诗歌之间的隔膜	/280
地域、文化与气质：兼说荆楚特色和长江元素	/285
精准扶贫背景下的乡村书写	/289
当代的乡土与当代的叙述	/292
城市化进程与打工文学	/296
当代民族文学创作的强化与介入策略	/300
坚守与创新：当前少数民族文学创作印象	/303
边界的模糊和生动的城市	
——关于城市文学创作的思考	/305
呈现与建构：湖北五年来的长篇小说创作略谈	/308
《湖北网络文学精选（2015年）》"散文卷"综述	/311
《湖北网络文学精选（2015年）》"短篇小说卷"综述	/313
历史的锣鼓与现实的芬芳	
——2014年湖北散文创作述评	/315
讲述真切地进入过心灵的人物与生活	
——2015年湖北中短篇小说创作述评	/324
以更大的勇气书写更加复杂的生活	
——2016年湖北中篇小说印象	/334
情怀、精神与风姿	
——2017年湖北诗歌创作综述	/340
2016、2017、2018年的武汉小说现场	/347

如何把握和书写当代农村
　　——兼谈湖北近年来农村题材的长篇小说创作　　/351
改革开放三十年武汉文学的发展历程　　/354
武汉作家群的崛起及其发展　　/369
新时期湖北诗歌创作印象　　/375
2012年湖北中篇小说创作印象　　/388
2012年湖北长篇小说创作印象　　/391

第二辑　看小说

作为交往之始的告别
　　——评铁凝的短篇小说《告别语》　　/397
生命的意义源泉及对劳动的审美
　　——评刘醒龙的长篇小说《生命是劳动与仁慈》　　/401
社会历史视野下一种开放的英雄主义
　　——评邓一光的长篇小说《我是我的神》　　/410
"漂泊"情结和"无根"意识
　　——评陈应松的小说集《大街上的水手》　　/419
无法言说的神秘经验
　　——读赵兰振的长篇小说《夜长梦多》　　/422
从自然的资水到文化的资水
　　——读廖静仁的小说　　/426
光芒而清香的历史
　　——读文曙的长篇小说《宜红》　　/432
个体的精神需求的寻求与障碍
　　——读曹军庆的近作　　/437
每一个农民的乡村现代化记忆
　　——读刘诗伟的《南方的秘密》　　/440
情感和家庭在脱贫中的价值
　　——读韩永明的《酒是个鬼》　　/443
封闭世界的生活奥义
　　——评冉正万的长篇小说《银鱼来》　　/447
女性主义创作的可贵尝试
　　——我看阿满的小说　　/452

对现代都市生活有温度的阐释
  ——以赵燕飞的《春晚》为例 /455
充满理想主义色彩的都市
  ——评杨帆的长篇小说《锦绣的城》 /458
平凡人物及其人生价值的真诚书写
  ——评赵剑云的创作 /462
甘南草原诗篇
  ——读《达珍》《五只羊》《多吉的赛马》 /469
精神的飞天与生命的飞天
  ——评鲁娃的小说《爱的最后舞蹈》 /476
一个听得见生活心跳的文本
  ——读熊湘鄂的《蓝色四叶草》 /480
城市化进程中的"乡长"
  ——读江长深的中篇小说新作《水乡长》 /484
自然、历史、人文在儿童文学创作中的转化
  ——读彭绪洛的探险冒险系列小说 /487
历史焦虑感与独特的叙述
  ——读党益民的长篇小说《石羊里的西夏》 /492
传统社会与网络时代之间的过渡性叙事
  ——陈克海小说创作印象 /495
看小说三十七则 /499

第三辑 读 诗 文

叶梅对云南民族文化基因的洞察与书写
  ——读叶梅的散文集《根河之恋》 /525
为每一个人生加持力量
  ——读李修文的散文集《山河袈裟》 /528
大厂内外的情感世界
  ——读孟大鸣的散文 /532
对自我的现实世界的非虚构
  ——兼评江子的散文《田园将芜：后乡村时代纪事》 /536
山水入梦，江流无声
  ——评何述强的散文创作 /539

久而远的准噶尔
——评赵钧海的散文集《准噶尔之书》　　　　　　/541

喀纳斯的听众
——读康剑的散文　　　　　　　　　　　　　　/545

以文字安抚心灵和灵魂
——读周芳的系列散文《我谈论的不过是死亡》　/548

繁复与深沉：湖北诗歌创作的新收获
——读车延高的诗集《向往温暖》　　　　　　　/552

对乡村的一种道德意味的呼喊
——评田禾的《喊故乡》　　　　　　　　　　　/554

从乡土抒情到人生沉思
——读梁必文的诗歌　　　　　　　　　　　　　/557

王新民的诗歌主张及其实践
——评王新民的诗歌创作　　　　　　　　　　　/560

一个人的洪湖
——评哨兵的湖泊诗歌创作　　　　　　　　　　/566

诗人的山湖在山湖以外
——读《山湖集》　　　　　　　　　　　　　　/569

姿势与面貌
——读四位青年诗人的诗歌　　　　　　　　　　/573

武汉报告文学创作的突破
——评田天的长篇报告文学《你是一座桥》　　　/577

在艺术审美与思想内涵之间保持张力
——评任蒙的散文创作　　　　　　　　　　　　/581

重建父母权威和家庭伦理
——读彭晓玲的报告文学《空巢》　　　　　　　/584

一部反映中小河流治理历史的开创性文本
——读刘抗美的报告文学《中国有条黄柏河》　　/588

第一辑　专论与年评

新时代诗歌可以做的，应该做的

说到新时代诗歌的发展，就会自然联想到新诗的发生和起源。自"五四"新文化运动以来，关于"新诗"的特征和属性的讨论就没有停止过。百年来，讨论来讨论去，核心的问题还是什么是"新诗"？它的规范性特征是什么？这其实也关系着对诗歌发展的思考。

无论从汉语诗歌的历史还是英语诗歌的历史来看，音乐性、韵律、声调、格律，都是诗歌的规范性特征，但这些已经不是当代汉语诗歌的特征。中国古诗使用的并非自然语言，需要借助朗读、吟诵、歌咏等各种手段，传达和体会作品的气韵、精神，从而实现情、辞、声的统一。朱自清先生说，大约汉朝以后士大夫已经不会唱歌，而用讽咏或吟诵代替唱歌。而在白话文兴起之后，对诗歌的消费主要是依赖看、阅读。尽管在新诗的发展中，有过坚持诗歌的音乐属性的尝试，如朗诵诗运动、政治抒情诗运动、新民歌运动，但最终都未能形成新诗的本质属性，新诗更多地依赖于视觉，而不是听觉。当然，新诗无论怎么写，不可否认仍然有内在的韵律和节奏，而且，在当下新媒体的助推下，各地开展的诗歌朗诵再次凸显了诗歌对听觉的青睐，但从作品的形式来看，新诗追求的是根源于诗人内心和情感的韵律，而不是格律、音节、押韵和声调。现代生活的快节奏、高紧张和个体追求的自主、丰富，决定了当代的诗歌不可能仰仗于广场和集会上的群体响应，它更专注于每个个体的阅读和感受，并从具体的阅读者的内心获得情感共鸣。如果说历史上的诗歌是向不特定的许多人发出号召，当代的诗歌则是诗人对具体的个人的倾诉，是"对歌"。因此，新时代的诗歌毫无疑问需要鲜明的节奏，不管是铿锵抑扬的，还是溪流淙淙的，它必须是能引起读者心灵翕动的。也就是说，诗歌依然需要情、辞、声统一的品质，不同的是"声"已经演变为读者个人的内心阅读或有声阅读。所以，无论如何，诗歌不会把读者的沉思冥想作为诉求对象，它是倾诉而不是传道解惑或辩论讲学，它是心灵的感受而不是关于生活的语录、警句或关于世界的真理、断言。

在文字上，新诗不再拘泥于用典、排偶、谐调，也不用文言，口语、自然语言、生活语言、散文化的语言成为新诗百年来的重要成就和共识。废名先生曾经比较新诗与旧诗,他认为温庭筠的长短句具有"诗体的解放"性质,这是白话新诗的一个重要发生学的根据,其实质就是用散文的文字自由写诗。他强调的是符合散文的句法规范,而不是把诗歌写成散文,但正如诗坛内外都意识到的,在当下的诗歌写作中,很多诗歌就是不同程度的分行和分段的散文,诗歌的散文化倾向已经成为让人怀疑新诗的一个重要因素。这一现象既与近几十年来对欧美诗歌的学习借鉴有关,也与写作者自身的语言文字素养有关。毫无疑问,新时期文学以来,对欧美诗歌的翻译、传播的规模和速度超过以往任何时期。在互联网时代,欧美诗歌对中国诗歌写作者而言不存在时间上的隔膜,中西诗歌交流基本上同步,许多诗歌写作者可以在第一时间了解欧美诗歌的面貌。但这一学习借鉴的过程大多数仍然是间接的,而不是直接的,大多数写作者仍然是凭借翻译来阅读、感受和学习西方一流诗人的作品。换句话说,我们学习借鉴的不是欧美诗人的原作,而是翻译者理解后用汉语转述的作品。影响当代诗歌写作者的不仅仅是翻译者的外语水平,更重要的是翻译者的文学素养尤其是诗歌素养。以英语为例,在阅读翻译诗歌的过程中,读者无法感受诗歌原文的音节、重音、音步、韵脚,也无法感受原作者对不同时代英语词汇的修辞上的选择和使用,读者吸取的更多的是欧美诗人看待生活、看待世界的态度以及汉语转述出来的表现效果。因此,借鉴和学习的其实是哲学和逻辑,这样的学习反过来推动和加强了中国当代诗歌的叙事和散文化特色,在强大的逻辑秩序中对生活世界的精确描述,充斥在许多诗歌作品中。这是当代诗歌的一个鲜明的现象,并为大多数写作者接受,但它是否是新诗的规范性特征和未来的发展方向呢?我想不是。因为诗歌作为文体的独立价值更在于语言的精练、简洁、跳跃以及非日常生活思维习惯的表现方式。

我们正在经历的前所未有的大变局,对人类的文明史将产生无比深远的影响。值此时刻,诗歌的精练、敏锐、生动,使其具有不可替代的文体优势,诗人无疑可以在现代化、全球化的浩荡席卷中,触摸每一个个体的脉搏,走在书写人的精神和心灵的前列。当然履行这一使命需要诗人建构新时代的话语形式,发现和创新我们理解、感受当下世界的途径。新时代诗歌的发展和成就,很大程度上将取决于诗人和诗歌为读者对当代世界和当代生活的理解是否提供了有效、有价值的感受方式。由此它要求诗人具有现代视野,学习欧美诗歌的表达方式,更新传统的思维方式。对当代诗歌的发展而言,仍然需要处理好情、辞、声的统一。无论痛苦或欢乐,无论恐惧或愉悦,不能"切己",不能"情生文",也不能"及人",同时,"切己"还得"设身处地",还得有情怀,比如对着留守老人赞美乡村的美丽,虽然赞美之情"切己",但总得想想面前的空巢老人的感受。"真实""真诚"也要"真挚",如此,自有韵律。以现代意识构建的新的话语,以情、辞、声的统一,为置身现代化潮流的渺小生命提供心灵的抚慰、诗意的精神空间,让每个人对自己、对世界有情有义,我想,这是诗人可以做的,是新时代诗歌应该做的。

(《文艺报》2018年12月24日)

弥合都市与诗歌之间的隔膜

当我们从文学样式上审视，把诗歌与小说、散文、报告文学等相比较，我们会发现，无论是作品数量，还是作品影响，诗歌对都市的书写明显逊色于关于乡村的书写。当走进一条街道、走进一家饭馆，或住进一家宾馆、一间公寓；当面对一扇窗、一栋楼、一座桥、一盏路灯、一辆公交车、一个工厂或者厂房内的一个车床，等等时，当代诗人似乎犹豫了，甚至迟钝了，而在面对乡村事物、自然山水时，他们曾经是无比的娴熟和练达。这种茫然和不知所措，折射出诗歌与都市之间的隔膜。

新时期文学以来，从朦胧诗到当下的诗歌，并非没有触及都市，事实上很多诗歌写了都市。比如1979年查干的《北京，你好！》："耕种者关注的是新出的禾苗/哦，我的北京古老而年轻/时时警惕着天旱水涝/云横海啸……"在这里，诗歌并非告诉读者具体的都市生活，而是把一座大都市隐喻为机关、单位，把对是否风调雨顺、天下平安的牵挂与一个城市的名称联系在一起。作品在本质上是以都市符号延伸展开的宏大叙事。又如1984年商子秦以都市末班车为题材创作了《深夜，延点车……》，这首诗分四个章节，由"司机""乘客甲""乘客乙""乘客丁"四个角色的自我倾述组成。在末班车上，深夜从黑暗中出发的司机"从没有行人的街道上开过/从没有灯光的大楼下开过/从都市的梦境开过/收容着守候在孤零零的站牌下/和我一样孤独的晚行者"，当公交车经过零点这个标志性时刻，司机突然发现"离黎明还有一段长长的路/我们依然是孤独的/但我们毕竟最早行驶进今天的王国"。诗人写道，"我自豪，虽然昨天我出发最晚/今天，我却是出发最早的车"。这是一首典型的以都市生活为题材的作品，介入了都市社会最基本的服务体系公共交通以及不同身份的"乘客"所映照的都市生活。虽然诗歌中充满了都市符号，但仔细品味不难感受到，诗歌所表达的是进入改革开放时代后，对时间、对光明、对未来的思考和歌颂。这是当时整个社会的集体记忆和集体情感。可以说改革开放之初的诗歌对都市的书写大致都属于公共话语和宏大叙事，它们并非严格意义上的都市叙事。

20世纪90年代以后，中国当代诗歌进入了一个关于都市的集中书写时期。

随着乡镇企业的异军突起、国有企业的改革、工业化进程加快以及对人口流动的放开，一些背井离乡的打工青年写了大量以都市、街道、工厂、机器等都市元素为背景的诗歌。这些作品因为深入具体的都市生活以及个人命运，在一段时间成为农民工生存境遇和精神生活现状的代言。这些作品集中体现了两个方面：对身份确认的书写和对精神归宿寻找的书写。

早期郑小琼的诗歌创作是这一类诗歌写作的代表之一。"我说，烧尽这些纸上诗句，这内心的激情/我，只愿把自己熔进铸铁中/既不思考也不怀念的铁/抛弃一个流浪者的乡愁、回忆和奔波的宿命/但是那块淬火的铁掉在地上，又被浇上冷水/细小而绝望的声音。"诗人在这首叫《炉火》的诗作里，决心摒弃内心深处关于自我、身份、故乡等种种执念，面对熊熊大火，她要把"乡愁""回忆""奔波"连同自己融化。事实上，在千万人奔赴南方的那些年，他们的人生已经与南方的繁荣熔铸在一起了，包括他们的乡愁、回忆。但即使如此，诗人也要抛弃，并且诗人的坚决在于不仅仅要抛弃乡愁与回忆，还要抛弃不断奔波的命运。如何才能真正告别不断奔波？只有在法律和身份上成为南方这个都市的市民，才可能最终安居乐业，流浪和颠沛才可能不是宿命。郑小琼触及了当代诗人书写都市最为核心的一个部分，即身份问题。在这些诗歌中，充满着对"都市是谁的都市"，"我"是否属于都市等的不断追问和思考。

精神归宿的困惑，是 20 世纪 90 年代诗歌书写都市的另一个主题。如果说郑小琼更多的是向内，拷问因为身份而带来的命运不确定性，郭金牛则更多的是向外，反思都市与乡村的冲突与对立。郭金牛的《662 大巴车》写一辆公交车与一个打工少年之间的车祸。"662 大巴车不是起点也不是终点/它经过罗租工业区，石岩镇，和高尔夫球场/就像我经过小学、初中和大学……662 大巴车没有装载水稻/662 大巴车也没运载高粱/662 大巴车丢下了十几人，开走了"。在诗人看来，这辆公汽并不行驶在深圳，而行驶在他的家乡。这并非诗人个人的感受，而是大多数打工青年的感受。无数打工青年都会乘坐都市里的公共交通工具，但他们往往恍如穿行在故乡，在他们的精神中，公汽与自己的生活和人生并没有肌理上的联系。在《662 大巴车》里，诗人并不是以一个深圳市民的身份经历了 662 大巴车与打工少年的相撞，而是作为一个异乡客恰巧撞见了这场车祸。在作品中，诗人不断强化都市与乡村的对立，不断强化对自己精神归宿的指向。"站台上，一个离乡少年/被 662 大巴车撞倒，塑料桶滚出老远/天，突然黑下来。金子，撒了一地，无人来捡/662 大巴车没有受伤……我好像一个受伤的穷人，刚刚苏醒，真叫人心烦"，天黑下来，既是对自然天象的客观描述，同时，也是被撞少年人生际遇的象征，被撞少年的人生坍塌了。夕阳洒下的碎光，无人注意，也象征少年的命运无人关切。诗人对水稻和高粱这两个事物的敬重,对大巴车扔下乘客一走了之的鄙视,强烈地凸显出乡村与都市的尖锐冲突。在这一类作品中,诗人从视线所及的每一个都市元素都会本能地延伸到家乡和乡村。例如郑小琼的《黄昏》:"卖苹果的河南人在黄昏的光线中微笑,五金厂的铁砧声/制衣厂绸质的丝巾光芒闪烁、跳动,像女工光鲜明亮的青春/她们的美丽挽起了黄麻岭的忧伤和眺望/我站在窗台上看见风中舞动的树叶,一只滑向远方的鸟。我体内的潮水涌动。我想/这时候,在远方一定有一个人将与我相爱/他此刻也站在楼台,和我一同倾听黄昏。"诗人在窗台看见的不是都市,她看见的是和自己一样从中原来到南方的谋生者,她看见的是远离都市的故乡——黄麻岭。诗人眺望的也不是眼前的都市,而是远方,是未来,是爱情。这些作品借助都市符号,书写的是都市与乡村之间的冲突、对立、矛盾,实质上触及了当代诗歌书写都市的另一个核心,即精神归宿问题。

  以上两个特征——身份确认的困难、精神归宿确立的困惑,是当代诗歌书写都市的主要指向。这两个问题事实上也是紧密相连的,正是身份的尴尬、模糊、不确定,导致在都市世界精神无所归依,而对精神归宿的寻找反过来会扩大人与都市的隔膜。在大多数以都市为背景的诗歌中,我们可以或明或暗地感觉到,诗人本质上仍然是把都市当作对立的世界来书写,即都市既不是诗人法律上的身份属性,也不是诗人情感上的栖息地,更不是命运的归宿地。他们不断在诗歌中辨别自己的身份——自己到底是不是此座都市的市民,他们也不断确认自己与都市的关系——这座都市究竟是谁的都市,但结论往往令人失望。如同诗人所说,"它的繁华是别人的,它的工厂、街道、服装商铺是别人的/它的春天是别人的,只有消瘦的影子是自己的"(郑小琼《疼痛》)。对于许多打工者而言,不仅都市是他人的都市,繁华是他人的繁华,而且命运也无所寄托,"我不知道的命运,像纵横交错的铁栅栏/却找不到它到底要往哪一个方向"(郑小琼《铁》)。

  户口制度,自由迁徙的限制,使得很多人从一出生就认定了自己的身份和精神归宿。很多20世纪80年代初从乡村走进校园,然后定居都市的创作者,尽管都获得了都市户口以及户口背后的制度性安排,但我们发现他们中的大多数并未在精神和灵魂上成为一个都市市民。他们只是生活在都市,以都市为谋生之地。其根本原因仍然在于出生之初所认定的身份属性和精神故乡,这一印记并未因为他们的市民身份获得了法律上、制度上的认可而被磨灭,他们永远有家乡,有乡村,他们书写的也往往是乡村和故乡。对真正栖身城市的更多写作者而言,一方面要追求从法律上完成身份的转变,要被都市体制所接受;另一方面,要从情感和精神上完成与都市的血肉相融。这当然就是诗人面对都市时的困惑以及艰难,这些困难也塑造了当代诗歌对都市书写的面貌。

以都市为题材的诗歌创作显然不能停留于此，因此，我们还需要另外一种意义上的都市书写。在这种意义上，都市不是法律上与自我相对的都市。在这种意义上，谁都不是外人，都是同样、同等的都市人。在这个意义上，街道、路灯、公园、住宅区等与乡村的田埂、池塘、竹林等一样亲切，都市也即是家乡和归宿之地。一句话，都市是属我的都市，我是属都市的我。

许多欧美诗人关于都市的创作提供了丰富的借鉴，尽管他们写的不是中国的都市，智利诗人罗贝托·波拉尼奥是其中的一位。他的诗歌大多从都市的街头出发，抵达都市生活的核心，咖啡馆、小旅馆、廉价餐馆、电影院、公寓、街道……这些都市符号在他的诗歌中，如同草木、乡村、山丘在我们的大多数诗歌中一样亲切、自然、深情、抒情，让人毫无察觉。面对这样的诗歌，读者不会有意识地去提醒自己"这是写都市的""这不是写乡村的"。"雪落下时/但那是什么时候？/你不记得，那时候你在街上/雪落在你的警察制服上/但你还是能看见/一个美丽的姑娘跨上/黑摩托车/在街道尽头"（《巴塞罗那街道》），这里没有任何乡村的元素，但我们感受到的都市，就如我们曾经感受到的乡村的农田、河流、树木一样，自然而然。我们的自我意识没有突然警觉"这是都市"。一个女孩跨上摩托车消失在街道的另一头，就如我们在另外一些诗歌中读到的，一个女孩和她的背篓或者羊群消失在村口、山梁。

本雅明曾经写过著名的《拱廊计划》，他穿梭在巴黎的拱廊建筑之中，观察琳琅满目的商品和熙熙攘攘的购物人群，试图通过都市空间构造与都市生活纹理梳理现代经济、商品世界、消费主义对人的幻觉和乌托邦的养成。波拉尼奥的诗歌中也有自己的"拱廊"，他试图通过"窗户"揭示美洲都市生活世界的纹理。"窗户"是美洲生活方式中有独特价值的空间形式之一，它不仅仅是房屋建筑和结构的一部分，更是都市精神和生活的一部分，当然也是波拉尼奥的诗歌充分挖掘和反复书写的一部分。例如，"我在等待下雨/喝着咖啡望着窗外的美景"（《天亮》），"当你靠在公寓窗边/穿着背心，观看墨西哥的/黄昏"（《给埃夫拉因》），"那对警察穿过/文具店的橱窗然后/是餐馆和仓库/接下来另一家餐馆的大窗户还有服装店/和钟表店直到消失/在纯蓝的地平线"（《读霍华德·弗兰克尔》），"那时我终于能笑起来/打开窗户/让假发进来/让颜色进来"（《巴塞罗那的假发》）……这些不断出现的"窗口""窗户"并非贴上去的标签，而是都市的细胞和血液。波拉尼奥写的不是词语"窗户"，不是都市符号"窗户"，他写的是都市生活深层结构的纹理。源于文化的不同，在我们的都市生活中，坐在窗户边观看都市的风景，坐在窗户边喝咖啡，等等，都是少见的景象。在我们的都市，窗户更多的是为了通风、采光而设,而不是生活场所,因此窗户不是被防盗网封锁,就是被窗帘遮蔽。大多数人的室内活动必须远离窗户。

显然,在波拉尼奥等欧美诗人的诗歌中,都市不是自己身份的对立物,也不是自己精神的对立世界,都市就是他们生命和精神的出发点和归宿点。他们诗歌中的都市就如我们诗歌中的乡村,诗歌与都市之间没有隔膜,没有冲突。这并非说欧美诗歌不对都市文明持有批判态度。无论都市生活还是乡村生活,都会有生存困惑或生活困难,但他们的都市之中不会有根源于户口的迷茫感和漂泊感,他们的困惑在于如何让都市人生更加美好,实现作为人的目的的全面发展。他们无须反问自己,自己向何处去,灵魂安放在哪里,是回到乡村还是栖息在城市。他们无疑也面对住房、教育、空气、交通等种种都市问题,但当他们批判都市时,他们不是以乡村和打工者的身份来批判;当他们热爱都市时,也不是以乡村和打工者的身份来爱,他们的身份和精神归宿地始终是统一的。当然,如何对待都市和现代化,是另外一个问题。

随着中国都市化的进程的加速推进,未来将有超过百分之七十的人口居住在都市,都市将成为大多数人的不可逃离之地,诗歌如何书写都市将成为诗人创作的重大课题。在经历了以都市符号表达启蒙话语,以都市符号表达都市化进程中的身份困惑和精神归宿问题之后,新时代的诗歌理所当然要直面都市社会,自觉深入都市的日常生活世界,把都市作为身份之地和命运归宿之地来书写,把都市当作精神故乡来书写,如此不断弥合当代诗歌与时代、与人民、与世界之间的距离与隔膜,才能呈现新时代诗歌的新气象、新风貌。

(《长江文艺评论》2019年第4期)

地域、文化与气质：
兼说荆楚特色和长江元素

地域文化在文学的创作活动中向来是重要而难以梳理的话题，当然，它的魅力也正在于困难。

一个显而易见的层面是作品的面貌。在新时期文学的初期，不少作品出于文化的理由，把地域文化的表现当作作品的重要追求，如《老井》《最后一个渔佬儿》等。《老井》当然写的是人，是旺泉和巧英的爱情悲剧，但这个悲剧的感染力来源于太行山区老井村的传统文化对人的命运的规定、裹挟、束缚。祈雨的传统、兄弟共娶女人的习俗、庙里的大戏、盲人演唱、神婆、山歌、传说，等等，独特的地域文化元素，与山村恶劣的生存环境、人的梦想和挣扎交织在一起，从而在历史的进程中，凸显出命运的严酷、人的坚韧、理想的崇高。显然，没有太行山以及老井村的地域文化，历史前行的艰难以及人的命运的悲壮便无从感受。《最后一个渔佬儿》面对的是传统的打鱼与现代文明之间的冲突，只有把"传统"丰满呈现，才能足以让人感受到一种生活方式的凋零及其伤感，而地域文化元素恰好可以承担展现传统的重任。葛川江独特的自然风光、渔民的日常生产生活、鱼类知识、滚钩的工艺、渔家风俗，没有这些地域文化的烘托，福奎的凄凉和边缘化便难以凸显，最后一个渔佬儿的挽歌便不足以被喧嚣的时代听见。作为对全球化尤其是对西方文化的一种反应，作为一种文化自觉的态度，许多新时期文学的作品，不约而同把对地域文化的表现视为一种叙事的策略，《红高粱》《商州》《爸爸爸》等，都是如此并由此形成了影响广泛的"寻根文学"潮流。

当然，在当代文学的进程中，地域文化并非仅仅是一种叙事策略。在后来的创作中，地域文化不再是动机分明地表达一种文化态度，而是人物生存、生活和命运展开的有机组成部分，是人物之所以如此的说明，是作家之所以叙事的根据之一，是虚构世界得以成立、自洽的天然逻辑。比如大多数藏地作家的作品展现了鲜明的高原地域文化、自然特征、社会风貌，如《水乳大地》漫长生活中的坚韧、《绿松石》历史螺旋前行的善良、《放生羊》日常生活轮回中的慈悲，都是藏地高原地域文化与人物命运交融一体的具体呈现；大多数草原作家的作品，都描述了与农耕种植生产方式完全不同的牧业生活以及草原文化和自然环境,如《狼图腾》《狼孩》等在草原文化的背景下,对人与自然、传统与现代种种复杂关系的表现;而《敦煌本纪》则以八十万字的篇幅无比丰富地呈现了大漠戈壁世界,这是过去读者并不熟悉的世界。该作品以一个个地理坐标:甘州、沙州、凉州、玉门关、莫高窟、嘉峪关、乌鞘岭、祁连山,展开以敦煌为中心的河西大地;以开窟、守窟、争水、伐冰、文武和事老协会、马帮等一个个地域生活细节、地域文化事件,描绘出一幅西域大地上前赴后继、义气澎湃的恢弘画卷。藏地也好,草原也好,大漠也好,在这些作品中,地域文化不再是与另一种文化冲撞的反应或策略,而是确凿的建筑结构,是作品不可分解的精神气质。

另一个层面是主体的层面,是作家与地域文化的关系。尽管作家的主体世界构建受先天禀赋、教育学习、生活阅历、训练实践等因素的影响,但作家成长或长期浸润的文化环境,即地域文化,起着至为重要的作用,深刻影响作家的文学观念、题材选择和把握、思维乃至语言习惯。在这个层面上可以把地域文化看作作家血管里的文化基因,它对作家的影响是终极的、毕生的,不会因为作家生活地域的迁徙而变化,比如生活在北京的沈从文,写出的是湘西世界,同样生活在北京的废名往往把鄂东大山作为创作的背景地。地域文化基因在不同作家的创作中,在同一个作家的不同作品中的表现是如此的常见、纷繁和不同,以至于我们往往把它视为了日常,不去专门关注,或者简单地一眼带过,也或者孜孜以求,也未能梳理出它影响一个作家、一部作品的轨迹。《四世同堂》既体现了地域文化对作家语言风格的影响,因为它的对话使用了典型的有代表性的北京话,如"小两口儿""甭忙""一门子""赶明儿""一程子""敢情",等等,又鲜明地体现了地域文化对作品题材、审美的影响,如普通人物、市井胡同生活以及地理符号、日常世态,等等,这些细节和元素营造出的雍容、庄重、博大的古都风情也正是作品的独特艺术个性和审美特征。地域文化对创作主体的影响也可以潜藏在更深的诸如世界观或哲学的层面,如沈从文创作中表现出来的被称为"天人合一"的审美哲学,事实上是荆楚文化中以"老庄"为代表的自然无为的自由精神。学界多年来的一个基本的共识是,荆楚文化的审美旨趣如阴柔之美、素淡之美、自然之美、天地大美等观念,在整体思维方式和具体文体的创作实践上,都深刻影响了后来的文学以及艺术。沈从文对湘西神秘世界的展示,对闭塞、原始、古朴的地域风情的描绘,对楚地文化、自然地理乃至诗意生活的呈现,就是地域文化对创作主体建构和影响的具有标志性意义的例证。

一方水土孕育一方文化,荆楚文化是中华大地上不同地域文化的一部分,它有鲜明的特质和独特的内涵。在倡导突出荆楚特色和长江元素的当下,有必要进一步梳理它的内涵、表现形式以及它对创作曾经的影响。在谈到荆楚文化时，人们自然首先联想到的是楚国先民筚路蓝缕的精神、屈原的诗歌、浪漫主义、巫术以及漆器、编钟等器物、工艺的文化。这些无疑是荆楚文化的一部分，但在一个更广阔的视野下，还有老子的《道德经》、庄子的散文、长江文明、江汉平原复杂的人与水之间的关系，以及因为水而积累的各种文化元素，比如江汉平原的三棒鼓、花鼓戏、楚戏，这些文化在很大程度上蕴含着人在水的包围中生产、生活、生存的智慧、观念、情感。三棒鼓就是洪水泛滥后走乡串户谋取生存的常用道具和表演形式。

总的来说，荆楚特色大致上有：以楚辞为代表的浪漫主义抒情传统，充满热情和奇特的想象；以老庄思想为主体的文化哲学，这是荆楚文化中带有系统性、整体性意味的本体论思想，在美学追求上它强调自然、直觉、意境、气韵、体悟、想象，等等，这些今天人们论及艺术仍然不断探讨的话题，其源头正是荆楚文化的老庄思想；围绕水而衍生的水文化以及水社会，在河流密布的荆楚大地，人与水的关系是人与自然关系的重要或主要部分，在长期的历史积淀中，人们不仅思考着堵、疏这些基本的治水策略，也有诸如围垸、挽堤、造田、养殖、造船、航运、织网、捕捞、抗洪、防汛等复杂而系统的生产方式、生活方式以及社会风俗；荆楚地域有影响的戏曲文化；历史文化、革命文化以及改革开放四十年进程中产生的地域性现象，如建筑之乡、小龙虾第一县、世界一流的桥梁大坝建设队伍，等等。

这些不算严谨的归纳，包括了地域文化的各个层面，如哲学的、文艺的、社会的、经济的、技术的，等等，它们在当代文学中的呈现当然是不平衡的，有的表现得充分，有的没有得到呈现或者很少被关照到。鄢国培的《长江三部曲》把国内革命、抗日战争、解放战争不同时期的社会生活，通过轮船公司和航运事业展现在千里长江之上，集浓郁的地域风情和长江元素为一体，堪称一部磅礴的表现长江元素的宏大叙事作品。映泉的三卷本《楚王》涵盖从楚国的创业到灭国的过程，作为一部书写楚国兴衰的历史叙事作品，作家比较系统地展现了早期荆楚大地的地域文化和长江文明。在他们之后，刘醒龙的《圣天门口》等多部长篇小说，对大别山的自然地理、社会风情、民间风俗、革命历史给予了立体的观照和书写，从某种角度说，这些作品健全和丰富了社会对大别山的认识。池莉的《来来往往》《汉口情景》也从未有过地扩大了外界对汉口城市风貌和地域文化的了解，传达了一座城市的气质。而近年来李修文在散文创作中对荆楚地方戏曲元素的重视，以艺术实践阐释了创造性转化的魅力。

在新时代的文学发展中，无论是自觉把地域文化变成艺术表达的语言，还是进一步凸显荆楚特色和长江文化，都有很多的工作待做，还有待真正扎根于人民，吸取地域文化的营养，把优秀的地域文化转化为艺术血液和本能，贯穿于字里行间，彰显出有根有基因的艺术魅力。

(《文艺报》2019 年 5 月 10 日)

精准扶贫背景下的乡村书写

　　精准扶贫是我们当代面临的一个重大的社会经济发展的问题，当然它也是一个政治问题。现在提出到 2020 年要全部脱贫，根据 2013 年公布的数据，我们的绝对贫困人口有 8000 多万人，这几年每年脱贫 1000 万人，2016 年还有 4000 多万人，要在剩下不到两年的时间里，解决 2000 多万人的脱贫。无疑，这是中国社会当代社会进程中一个具有重大影响的事件，文学不可能忽视这样恢弘的社会进程，作家更不会忽视，作家们一直在思考如何书写农民的脱贫人生。

　　其实丰衣足食、摆脱贫困一直是中国农民的梦想，不是今天才有，不是提出和实施扶贫工程后才有，自古以来农民就渴望摆脱贫困。我们的减贫事业也不是从今天才有，减贫事业从很早就有。摆脱贫困是中国农民祖祖辈辈奋斗的源动力，也是中国作家不断书写的一个主题。在当代，对农村摆脱贫困的书写有鲜明的几个阶段。在 30 多年前的 20 世纪 80 年代，对农民摆脱贫困的书写有一个集中的主题，即农民和土地的关系。比如，写他们对土地的珍惜、热爱、渴望，尤凤伟《山地》中的"五爷"觉得，即使是一块巴掌大的地，他也可以实现一个家族的梦想。《种苞谷的老人》中的"刘三老汉"认为只要别人给他土地，他就做一个体面的父亲，就能为女儿置办像样的嫁妆。在这个阶段，作家对乡村的书写，或者对农民摆脱贫困、追求幸福的书写，都集中在农民对土地的关注上，能否拥有一块土地、能否安全稳定地耕种一块土地，关乎着他们的生存和梦想。

　　在 20 世纪 90 年代，中国农村改革进入了最为艰难的阶段，这个阶段突出的社会矛盾是干群关系复杂、剩余劳动力没有出路、农业成本过高、化肥农药等生产资料缺乏，计划生育、各种税费等负担压得农民喘不过气来。在这样一个矛盾交织的阶段，农民摆脱贫困的梦想，不再寄托在土地之上，而是寄托在自由迁徙、乡镇企业，寄托在工业之上，比如渴望进城务工，渴望在城市居住、发展。在这个阶段，农民对富裕的追求与农民实际的生存现状纠缠在一起，交织成当时农村和农民普遍的焦虑面貌。《分享艰难》堪称书写当时农村复杂交织的矛盾以及农民焦虑的代表性作品。总之，这个阶段的农民把梦想都寄托在乡镇企业和工业之上，而事实上就是今天中国的农民对工业也不是很熟悉，但他们本能地认为工业和工厂，能够比农业、比土地更能解决幸福和生存问题。

　　在当代，在21世纪精准扶贫的背景之下，中国的农民已经实现大规模的向城市迁徙，基本上可以自由流动——虽然户口和身份问题还不能完全从法律上解决，但与过去被土地捆绑的时代不同，人可以走动。在这样一个时代，大多数的农民把自己的梦想和幸福寄托在城市，寄托在都市。书写农民摆脱贫困的文本，演变成书写农民在城市生存的文本。一方面，写他们对繁华富裕的渴望，写他们在都市里尊严受到的践踏，写他们为脱胎换骨所付出的千辛万苦以及微薄的所得；另一方面，写他们背后的乡村，写乡村的寂寞、荒芜、萧条，写留守儿童、留守妇女、空巢老人，等等。在这个阶段，土地已不是被珍惜的对象，他们的梦想也不在农村那块土地之上。他们对土地已经没有兴趣，除非这块土地能够与开发商、房地产、铁路、征地能够联系起来。他们更多的兴趣在资本、产业、开发、科技，乃至今天的互联网上。这些书写农民的文本当然也是关于农民实现富裕和梦想的文本，但实现富裕和梦想的过程已经与城市化、城乡一体化紧密连在一起，是城市化进程的一部分。因此，它们不再是关于劳动和土地的文本，就像《生命是劳动与仁慈》中所写的陈东峰他们一样，他们对那种基本的劳动丧失热情，对朴实劳动的价值高度怀疑。这些文本不是与户口、流动、身份、房屋、饥饿有关的文本，或者说即使有，其内涵也与过去完全不同。当年邵振国写的《麦客》中，一对父子在外面为别人打短工、割麦子，盘算着把一块地的麦子割完，就可以回去建一栋房屋，儿子就可以把媳妇娶回来。今天一个农民、一对父子不会这样思考，他们想的是能否在县城买房，是在三线、四线城市买房，还是在一线、二线城市为儿子买房。作家所写的贫困是另一种贫困，比如子女在城市谋生存，父母在家乡成为扶贫对象。有物质层面的贫困，更有精神层面的贫困。种种复杂的情形表明，当下对扶贫、对乡村的书写不仅是一个乡土题材、一个农村题材，更多的是一个复杂的城市化题材、一个现代化进程的题材。

　　但是我们不少作家在书写时把这样一个复杂的题材简约化了，仍然局限在农村、农业、农民的背景上来书写农民对摆脱贫困和富裕的追求。由于社会层面对这一主题的重视和组织，今天的扶贫不是一个人的事情，也不是一个村的事情，它实际上是整个社会层面的事情。因此不少作家就局限于把扶贫集中在工作层面上来写，写一个扶贫工作队长、一个扶贫工作队、一个扶贫工作队员，写怎么完成一个项目、实施一个计划，关注扶贫工作怎么做、怎么完成、怎么考核、怎么验收，写扶贫的进度、扶贫的艰难。这样的书写显然是表面的，甚至是非文学的，扶贫工作要精准识别扶贫对象，扶贫的书写也必须精准。

　　在当下精准扶贫的背景下，我们的作者、作家应该深入贫困地区贫困户的内部，从历史、文化、传统和心理方面出发，思考贫困更深层次的原因。精准扶贫最根本的是搞清楚贫困对象是谁？为什么会贫？对这类问题，我们往往停留在技术层面、现象层面，比如贫困是因为残疾或者疾病，是因为丧失了劳动力，等等，我相信贫困一定有贫困的历史、文化、心理因素。不能简单地从生产技能、市场、体力等来思考，而要从人的生活方式、文化传统来挖掘思考一个村、一个农民如何在现代化的潮流中被抛弃，如何沦落到如此的境地。我们需要深入农民的内心和历史。同样是一个村里的农民，面对现代化潮流，面对改革，为什么有的农民走出去了，富裕了，而有的农民从他的爷爷、父亲到他这一辈还在这个地方，还处于这样一种状态。当然也需要深入扶贫工作一线中扶贫工作者的内心和生活，不要停留在书写修路、打井、送米、送油，而是要写出他们对贫困的感同身受，写出他们为贫困所感动，写他们真诚地参与减贫脱贫事业，而不是为完成一项任务、指标，作为一个局外人参与扶贫。如此，向时代、向读者提供更加真实可信、更有艺术感染力的乡村文本。

(《芳草》2019 年第 1 期)

当代的乡土与当代的叙述

具有独立、自觉品格的文学早已不被历史束缚，文学也不再担负记录和叙述历史的责任，严格意义上人们也不必从文学中去获得历史知识和认识历史规律。但"历史"依然是文学和作家要面对和思考的重要范畴。历史的主体是人类、群众和个人，最终是每一个具体的个人，是每一个具体个人能力的发展和自由的逐步实现，也就是通常所说的人的本质力量的发展、实现的过程。文学所面对的正是现实的、活生生的人。

以此为引领，我们可以对近40年中国乡土的变革和叙述再度梳理和思考。人是进行创造性活动的历史的人，这既是人类历史的前提，也是其结果。人类自身的生成过程也就是人类历史的过程，人与历史在人的实践活动基础上实现了统一。30多年的中国农村改革和发展是中国农民创造性实践的30多年，也是中国农民自身生成和发展的30多年。从安徽小岗村到全国的土地承包，揭开了中国农民从物质极度贫乏的饥饿年代向温饱时代的转折。在《犯人李铜钟的故事》(张一弓，1979年)中，李铜钟正是为了解决紧迫的饥饿问题而成为了"犯人"。渴望土地并对土地拥有支配权是温饱的前提，当然也是中国农民亘古的梦想。《山地》(尤凤伟，1985年)中五爷对土地的"贪婪"就是一个代表。通过《种苞谷的老人》(何士光，1982年)我们看见了实现温饱的曙光。此时的刘三伯不是担心吃不饱，而是担心有人来追究。而在《李顺大造屋》(高晓声，1979年)中，李顺大终于可以建房了，为此他梦寐以求了40年。严格地说，此时的中国农民还是与他们的祖先一样的传统农民，他们追求实现的温饱是千百年来中国农民仍未实现的生存权利。

从20世纪90年代开始，农村工业化悄然兴起，乡镇企业蔚然成风，中国农村的农业产业化经营发展开始，而且一开始就进入一个异常艰难曲折的发展过程，至今我们还可以从《分享艰难》(刘醒龙，1996年)中体味到当时乡镇财政的窘迫和乡镇干部的无奈。这一时期中国乡村的复杂问题远远不是基层财政体制问题，广大农民巨大热情的释放，使得农产品的流通成为问题，剩余劳动力成为问题，农村市场体系的缺乏很快导致高额的农民负担和粮食问题。《抢劫即将发生》(楚良，1983年)叙述了一个农民密谋抢劫运输化肥的车辆的故事，它无疑较早地触及了农资价格和供应中的双轨制问题。《虾战》(邓刚，1990年)中整个故事的发生和推进充满了国营、集体、个体养虾户之间复杂的利益纠葛。《乡长》(林和平，1989年)中的乔乡长面对的是矛盾交织的农村工作局面，作品正是在这复杂的矛盾中塑造出工作经验丰富却不受上级欢迎的乔乡长形象。在乡镇工业兴起之后，随之而来的是恶性竞争、破产倒闭、大规模的污染。《癫花村的变迁》(星竹，1987年)、《九月还乡》(关仁山，1996年)、《年前年后》(何申，1995年)等作品不同程度地呈现了当时乡村经济和农民生存问题的复杂性。《村支书》(刘醒龙，1992年)、《沂蒙九章》(李存葆、王光明，1991年)以不同的方式折射出当时中国农村基础建设和设施的贫乏问题。《我的天堂》(何建明，2009年)以报告文学的形式呈现了20世纪90年代苏州乡镇企业的繁荣与衰败及其带来的污染和破坏。这是中国乡村从传统乡村走向现代乡村的一段艰难的历程，是中国农民从传统农民转向现代农民的一次涅槃，无疑，无数的农民、广大的乡村为此作出了巨大的牺牲。

随着20世纪90年代开始的农产品流通体制改革，农村公共事业投入机制的改变，农村税费以及基层财政体制的改革，中国乡村的现代化发展进入了一个新时期，广大农民在追求富裕与幸福的道路上迈入了如何与城市一体化发展的阶段，传统的干群关系演变成农民与社会职能、社会公共服务部门之间的关系，农民传统的生活方式面临与现代都市文明的冲突，农民的梦想的实现不再仅仅依赖于土地，而是更紧密地依赖于整个社会特别是城市的发展与机遇。

在《陈奂生上城》(高晓声，1980年)中，乡村与城市的边界还是非常清晰的，上城是一次光荣而兴奋的旅行。当然对都市的向往和都市对乡村的吸引一直存在于乡村与城市的交往之间。《哦，香雪》(铁凝，1982年)、《人生》(路遥，1982年)以不同风格描述了乡村的精神世界在城市影响下所产生的变动。10年后，陈奂生上城已经不是一个人的旅行了，而是千百万农民的迁徙、谋生、发展。在《癫花村的变迁》《九月还乡》等作品中，农民还在坚守土地，把乡村作为实现价值和梦想的唯一手段，转眼间，大规模的土地征用和开发席卷了乡村的每一个角落。那种原始的对饥荒和漂泊的恐惧已经淡去。城乡统筹发展、城镇化的潮流势不可挡地把农民卷向城市，但几亿人同时走向城市注定是一段不平凡的历史。《麻钱》(宋剑挺，2004年)的重点不是叙述农民讨薪历史，但以讨薪的形式出现。《马嘶岭血案》(陈应松，2004年)中的农民因为不断变化工钱而未得到满足，同时又目睹了勘探技术人员的富裕，最终杀害了勘探队队员。城乡冲突、贫富矛盾以一种极端方式出现，血腥地描述了农民工的生存境遇。《好日子就要来了》(东紫,2011年)通过一个农村女孩在城市的打拼和奋斗,艺术地展现了农民进入城市的艰难。主人公王小丫的人生似乎告诉我们,尽管中国城市化的速度异乎寻常,但农民真正被城市接纳还有很多阻力,有体制的,也有文化和心理的。而另一面是乡村的衰败和空心。《漫水》(王跃文,2012年)虽然写的是两个家庭的两个老人慧娘娘、余公公之间的特殊情感,试图说明乡村依然有蓬勃而充盈的幸福,但毫无疑问,《漫水》中的乡村是一个孤独的乡村,是一个以老人为主角的乡村。林白的《妇女闲聊录》(2005年)是当下留守妇女的心灵史,梁鸿的《中国在梁庄》(2010年)则是关于当代乡村溃败与疼痛的田野样本。当然面对同样的乡村大势,李佩甫的《生命册》(2012年)试图挖掘乡村的生生不息的根源,为乡村的拯救提供审美的资源和力量。

经过30多年的现代化历史,当代农民的自我生成,必然走向自我实现、自我完善、自我升华,完成最终从传统农民向现代农民和城市新市民的转型。这一转型的前提是人对自我的发现和肯定。对于数亿农民来说,完成对自我的发现只是最近30多年的事情。在计划经济体制下,具体的、个体的人,往往被强大的外在力量笼罩和遮蔽着。在《玉米》(毕飞宇,2001年)中,在权力的笼罩下,柳粉香没有自我;在对权势的需要中,鄙视柳粉香的王玉米一样丧失了自我。具体的、个体的人的发现,自我的呈现,只有在人的外在束缚被解放之后、只有在打破禁锢人的心灵枷锁之后,而打破这一禁锢是一个过程。在当代乡村,这一过程的起点是联产承包责任制的逐步推广。《乡场上》(何士光,1979年)中的冯幺爸就是一个处于这个过程的起点并且表现出了自我发现的农民形象。在计划经济时代,冯幺爸是梨花屯的一个酒鬼,是一个毫无价值的农民,是谁也不会注意的人。在实行承包责任制之后,用冯幺爸的话来说就是"国家放开了庄稼人的手脚",他"有的是力气"。这股强大的"力气"一直潜藏在他的体内,只是现在才成为改变他命运和实现他梦想的合法力量。

当下乡村社会正在经历的变革,是一场更加深刻的变化,这是全球化背景下中国的现代化进程中至为重要的一个阶段。几亿农民不仅要与传统的生产方式告别,也需要与传统的生活方式、传统的乡村社会告别。刻画和表达当下农民的生活,需要更加深刻理解和把握城市与乡村之间越来越模糊的关系和越来越模糊的距离。

尽管实行城乡统筹发展,让每个农民都能分享改革和发展的成果,是城市化进程的基本价值追求,但经历了30多年的城市化进程,农民被城市的接受或者说农民融入城市,依然是一个艰难的过程。就业和收入、教育和保障、住房和身份、征地和发展等,是当下农民和农村题材创作所面对的复杂矛盾,近几年来有不少小说敏感地触及这一农民命运轨迹的变化，但与农村发生的革命性变化相比仍然显得不够恢弘和深刻。

在30多年中国乡村的发展历程中，不同阶段的乡村世界面临着不同的任务和目标，不同阶段的农民有着不同的生活内容、生活风貌和具体的命运。更重要的是，在这一乡村发展轨迹中，铭刻着广大农民的梦想与实践，即从渴望温饱到富裕到分享社会发展成果，从传统到现代，从混沌、失范到公平、正义。其间，乡村社会经历了从计划经济向市场经济、从传统农业向现代农业、从单纯的乡村社会向城乡一体的新型乡村的历史性巨变，农民的身份主体经历了从纯粹的种植耕耘主体向亦农亦商、个体经营、乡镇工人的转变，并逐步向城市劳动者、现代化农业主体、产业化农业主体的转变。这是一个见证亿万农民本质力量的过程，是亿万农民真实具体、血肉丰满的开拓奋斗历史，也是广大农民心灵和精神世界的自我建构过程，是广大作家道德良知、艺术才华充分而淋漓的张扬和创造过程。30多年乡村的梦想与实践，农民铸就了乡村30多年的现代化发展进程，文学呼应、引领、书写了乡村30多年的精神历史，这是一段关于梦想和实践过程的历史。

（《文艺报》2015年3月6日）

城市化进程与打工文学

关于打工文学有很多争议。这些争议最主要的是来自命名的,即"打工文学"这一概念是否具有科学性。讨论"打工文学"不能不谈"农民工"这个称谓或者概念,因为不管作者的身份如何,我们所说的"打工文学"的内容、题材都涉及"打工""务工",这一点恐怕没有异议,而打工、务工的主体是"农民工"。

但"农民工"这个概念在字面上就是矛盾的。是"农民"?不是。是"工人"?也不是。这个概念用来指称那些在户籍上仍然是农业户口,但大多数时间在城市从事非农业生产,或者在工厂、企业从事生产的农民。据统计,可以纳入这个群体的人口数目前接近3亿人。

近几年,围绕天生就有矛盾的"农民工"称谓不断引发争议。从政府官员、学者、政协委员、人大代表到"农民工"自己,都以不同的方式,对这一称谓提出异议。一种观点认为,"农民工"这个称谓带有身份歧视,呼吁取消这个称呼。持这一看法的人认为,农村劳动力转移到城市当了工人,他就是工人,而且与其他工人一样,都是合同工、临时工。农民当了工人还称其为农民工就不合理,工人就是工人,怎么能叫农民工人呢?因此,可以直接称呼农民工为水泥工、电工、建筑工,等等,也就是按照他们从事职业的种类和系列来称呼他们。有的地方把农民工叫外来青工、外来务工人员、进城务工人员。另一种看法是,"农民工"这个称呼没有歧视意味。这些人认为,农民工是我国特有的城乡二元体制的产物,也是我国在特殊的历史时期出现的一个特殊的社会群体。可以说"农民工"三个字准确概括了这个群体的身份特征,"农民"指的是身份,"工"则是谋生的手段,没有什么褒贬含义。在这对立的两极之间,还有一种观点,既认为这个称呼不妥,也认为没有更合适的称呼可以取代。但同时,他们承认,农民工在现实生活中的确受到了不公平的待遇。例如,农民工在住房、医疗、教育等方面没能和城市居民享受同等的待遇;又如,农民工从事的是最苦最脏最累的工作,却同工不同酬、同伤不同赔等。"农民工"成了低收入、低福利、低保障、低权益的社会底层的代称。因此,"农民工"这一称谓的背后隐含着不公平。

尽管如此,我认为,在一般意义上使用"农民工"这个概念是合理的。如同上述有的人士认为,这个概念本身没有歧视的含义,相反准确概括了这一庞大社会群体的现状。"农民工"是中国城市化进程中的必然产物和客观现象,这一现象植根于中国的城乡二元化体制。也就是说,一天不完成城乡一体化,农民工这一社会群体、这一现象依然会存在。

回顾全球现代化的历程,18世纪从英国发端的工业革命,开启了西方城市化的进程。在第一次产业革命的推动下,1851年英国的城市化水平超过了50%,率先进入城市化阶段。到1950年,经过约200年的发展,英国达到了79%的城市化水平。19世纪40年代到20世纪50年代,第二次产业革命在美、德、法等主要资本主义国家兴起,西方国家的城市化进程明显加速,美国当时的城市化水平为64.2%,德国为64.7%,加拿大为60.9%,法国为55.2%,瑞典为65.7%。也就是说,城市化进程不是一蹴而就的。我们经过30多年的发展,有关专家估计目前的城市化率是47%,显然这是一个突飞猛进的过程。按照这个速度,达到60%的城市化水平,至少也还需要20~30年。换一句话说,要实现中国几亿农民工在基本社会保障制度、就业制度、劳动福利、工资报酬、子女就学等方面享受与城镇居民同等的待遇,实现一体化,还有漫长的道路要走。农民工这一现象在相当长的时期内依然会存在。

在这一背景下来看打工文学,我们就有了比较宽阔的视野和胸怀。一个几亿人的社会群体的半个多世纪的历史,难道文学不应该关注吗?显然人们不会反对。人们难以接受的,或者说有疑惑的,是在文学的世界里出现了一个"打工文学"的分类,用另外一种方式表达这一疑惑,就是"打工文学"何以成立。对比一下"知青文学"的情形。"知青"作为一个特殊的社会现象在中国的现代历史中,持续过接近30年的时间长度(当然,其社会影响远远超出这一时间长度),而农民工现象在当代的历史进程中注定将要持续更长的时间跨度,其社会影响也不言而喻。既然知青文学是可以接受的,打工文学何以不能接受?或许有人会以作者身份来质疑,毕竟从事知青文学的绝大多数作者是知青群体,而农民工这个庞大群体还没有自己的代言人。但我们显然不能仅仅用作者的社会类别和阶层来界定文学现象。一个数量足够大的人群,在中国现代化历史中作出巨大贡献的人群,他们的生活、生存、梦想、奋斗、痛苦、欢乐,一句话,他们的精神世界和精神生活,既是文学无法漠视和拒绝的,也是全社会应该关注和关心的。

从这个意义上讲,以关注几亿农民工的打工生涯和生活、反映和丰富他们的精神世界为己任的打工文学,就是可以光明正大成立的,无论其作者是打工者自己还是职业的作家。因为这是当代中国精神生活史的一个重要部分,是中国城市化进程的重要部分。从这个角度看,把打工文学称为"底层叙事",看似是美化了这一文学现象，看似让这一文学现象变得更文学，而实质上，这一概念更有歧视之嫌。打工者也好，老板也好，官员也好，在制度和法律上理应平等，谁是底层？谁是贵族？这一区分恰好违背了社会发展的逻辑。城市化的最终目的是让每个人享受同等的市民或国民待遇。

近几年来，文学界已经注意到，在打工者中间，涌现了不少优秀的作家和作品。相信这一趋势必将延续下去，毕竟每一个打工者都有自己的梦想和抒发内心的渴望。在文学界，一些职业作家和非职业作家，也写出了优秀的反映打工生活、打工题材的作品。值得注意的是，在所谓"底层叙事"的号召下，不少作品关注的焦点还局限于打工的艰辛和苦难这一点上，而不是更宽广地关注到一个社会群体的丰富性和复杂性。

但同时，我们也读到不少优秀的、视野宽广的作品。这里仅举几个例子。一个是山西作家蒋韵的《麦穗金黄》。在这部小说中，一个农村小姑娘在城市里租了一个门面当上了理发师，过着平淡无奇的生活。有一天打烊的时候来了一个小青年要理发，要做一个像麦穗一样昂扬、金黄的发型，原来他要相亲。不久之后，又来了一个小伙子，请小姑娘出店理发，小姑娘开始拒绝，后来小伙子解释，是给自己的朋友理发，他曾经在这里做过一个发型，但遭遇车祸死了。就这样，小姑娘两次给同一个打工青年理发，一次是小伙子为了见女友，一次是小伙子遇到车祸身亡。每一次，小姑娘都做得极其认真，她要让小伙子从发型上获得精神、获得自信、获得满足。小伙子从麦穗一样金黄的发型中获得的兴奋、信心、向往以及理发师为死后的小伙子再次打理出麦穗一样的发型，既让人疼痛，也让人慰藉。疼痛，是因为他们生活不易，又很容易满足，且仍怀理想；欣慰的是他们能按他们这一代人的方式相互对待、支撑并呈现出一种可贵的朴实与坚持。这是我在30年来关于打工或城市务工生活题材中读到的极其少见的作品。作品没有写打工生活的艰难、挫折、苦闷，等等，但让每一个人看到了希望，感受到了温暖。宋剑挺的《麻钱》也是值得一提的作品。它写到了苦难——讨薪的苦难。三对夫妻在一个砖厂打工，运送砖坯，把晒干的砖坯装窑，把烧好的砖运出砖窑，不分白天黑夜，一个月仅能得到几百元报酬。这仅仅的几百元，整数只能用古老的铜板代替，只有零数可以以现金的方式兑现。尽管每个月他们都祈求老板把铜板换成现金，但直到年关将近，手中捏着的仍然是铜板。作品将砖厂超负荷的劳动与恶劣的劳动环境进行对比，并力图展示在这一环境下打工者的生存策略与人生理想。三对夫妻共睡一个炕，尴尬的夫妻生活，恶劣的饮食，低廉的报酬……即使如此，朴实的农民工每个月都在计算他们离各自的目标还有多远。购买一台彩电、把茅草房改造成砖瓦房、买一辆电三轮车，这就是三对夫妻分别的理想。作品的这一交叉叙述,丰富了讨薪题材的内涵,立体描述了农民工的生存境遇。正因为作品不仅仅是关注农民工的讨薪历程和打工艰难,这部作品才具有了如此的超越性。

另外一部值得一提的作品是山东作家东紫的《好日子就要来了》。农村女孩王小丫为了在都市找到立足之地,先后买过三个假文凭,从端盘子、打小工发展到自己开店,经济上一步一步摆脱贫困,但她希望做一个真正的城市人。她想到了通过婚姻来搭建进入都市生活的桥梁,于是走进了婚姻介绍所。都市男青年王安南出身知识分子家庭,母亲自命不凡、清高独断、说话刻薄。作为大学教师的王安南一直没有得到晋升、没有分到住房,但他没有特别高的追求,只想找一个让自己幸福的老婆。在母亲的逼迫下,他也走进了婚姻介绍所。王小丫与王安南从认识迅速走向恋爱、结婚。但一个假文凭案件的侦破,把王小丫的过去暴露了。王小丫多年的人生努力以及未来理想面临瞬间付诸东流的危机。作品把一个农村女孩的苦心经营和脱胎换骨叙述得极富质感,没有渲染农村或者底层的苦难,而是尽量展现王小丫追求城市生活并用智慧和勤奋去实现理想的一面。王小丫需要文凭不是因为她没有能力,事实证明她有极大的创造力,而是社会需要文凭,是王安南母亲这样瞧不起农村的知识女性需要文凭。王小丫的人生告诉我们,尽管中国城市化的速度异乎寻常,但农民真正被城市接纳还有很多阻力,这种阻力既有体制的,也有文化和心理的。《好日子就要来了》再次证明了,农民工要获得市民待遇、获得城市的接受是一个漫长而艰巨的过程。

农民工不是改变称谓就可以消失的现象,它需要在城市化的过程中,从户籍管理开始,直到再没有由户籍规定的待遇区别,直到每一个人的身份都是国民,都享受同等的待遇。打工文学也不是底层叙事可以概括的。打工文学面对的是整个中国城市化过程。这是一个复杂而宏大的世界,作家既可以大有作为,也应该有所作为。无论是打工者自己书写自己,还是职业、业余作家来书写,打工群体、打工生活、打工世界,必将是中国现代化历史中极为鲜明的一部分,是值得大书特书的一部分。

(《文艺报》2013年8月14日)

当代民族文学创作的强化与介入策略

全球化是对我们正在经历的人类社会发展重要阶段或状态的一种描述，对这个概念，有诸多理解，但人们通常从经济、贸易、社会发展、交往联系的层面来理解，即指全球联系不断增强，人类生活在全球规模的基础上发展及全球意识的崛起。国家之间在政治、经济贸易上互相依存。这种相互联系、相互依赖、相互影响的趋势使得社会向整体化、一体化方向发展。

无疑我们也可以从文化层面来审视这一趋势。一般认为，全球化在文化领域的表现，即是世界观、产品、概念及其他文化元素在全球范围内的交换、互相影响及其整合。在无线通信、电子商务、互联网社会、流行文化、国际旅行的推动下，日常生活的经验受商品流通和思想传播影响，最终使世界各地的人类经验基本上相同，在世界范围内呈现一种文化表达的范式化、同一性特征。

全球化背景下的文学创作，也即是，立足于全球范围内的文化、宗教、政治制度、生活方式等相互影响和吸收的趋势，生活于具体地域范围和文化环境下的作家，以更加开阔的视野和更加敏锐的体验及观察，形象而准确地叙述置身于这一重要历史进程中的当代人的命运。这一背景，当然也是民族作家的创作不仅不能回避，而且应该加以重视和思考的时代环境。结合藏族作家近几年的作品，我以为"强化"和"介入"或许是值得参考的一种策略。

"强化"是强化民族特色，如地域特色、日常生活的独特风貌、宗教生活、历史传说，乃至独特的对汉语言的使用方式，等等。提出这一点，是基于两点理由。第一，文化全球化不可能消除不同民族的文化差异，这是全球化趋势内在的固有的矛盾。因此，各种民族文化应当秉持对民族文化的自信和热爱，自觉弘扬本民族的优秀文化。民族文学作为民族文化的重要内容和传播、建设、发扬民族文化的重要手段，也应自觉肩负起这一责任，这是全球化背景下民族文学创作的叙事伦理。在这一叙事伦理层面上提出的"强化"，也是作家自身的使命和责任。民族作家的创作，对民族作家而言，应该是具有自我认同、自我确证价值的艺术实践。民族作家作为民族的一员，理应通过自己的文本表达对民族的归宿感，表达对自己所归属群体的认知及其与其他群体的差异性的认知，表达由自我民族身份所带来的情感体验和价值。

  第二，文化的发展与经济的发展一样，本来就存在不同地区、不同民族、不同历史条件下的不平衡，全球化对不同的文化带来的影响和结果，并不是均衡和一致的，不同民族文化在影响力和辐射范围等多方面都有差异，强势文化和弱势文化在文化发展中一直存在。在全球化进程中，个体和民族的文化在与他人或他民族的文化的互动交往中，会使原有的民族特色变化、迷失，甚至消解、同化，因此，维护民族自我特质、身份特征和民族特色，关系到民族文化的生存和发展。在多种文化的交流碰撞、影响、融合中，只有更好地彰显了民族文化特色，才可能赢得与其他文化的竞争。文学也是如此。对民族文学创作来说，这是一项义不容辞的义务，只有坚持强化特色和魅力，在全球化进程中才能彰显民族的命运、性格、情感，才能与其他民族文学一同发展。万玛才旦的《乌金的牙齿》为我们提供了一个"强化"的例子。小说写"我"的儿时伙伴乌金，虽然成绩不好，小学未能毕业，但有一天成了活佛，并在二十岁的时候圆寂了。为纪念乌金，寺院为乌金建造了佛塔，并收集了与乌金有关的东西，包括五十八颗牙齿。显然一个人不可能有五十八颗牙齿，其中有许多儿时伙伴扔在乌金家屋顶的乳牙。小说写的当然不是牙齿，而是真诚。小说通过三个细节抵达民族文化的深处：第一个是乌金抄"我"的作业，当"我"做作业的时候，乌金无比耐心地等候在旁边，当"我"做完作业出去玩耍的时候，乌金开始一丝不苟地抄作业。他因为抄得认真、工整，经常受到老师表扬。第二个是乌金在沙地里发现一条鱼，固执地跑很远的路程，把鱼放回黄河。我们都劝他，路途太远，即使送到河里，鱼也活不了，但他依然不放弃。第三个是多年以后，"我"问乌金为什么不上学，数学作业不会做可以抄"我"的，但乌金说，每当抄"我"的作业时都有一种罪恶感，他不想让罪恶感持续下去，因此干脆不上学了。从这三个细节折射出的乌金的真诚，是一个民族的性格，是亘古流淌在一个民族血管中的信仰。小说的结尾，作家简单而不经意地介绍，尽管佛塔里的牙齿有一部分不是乌金的，但并不妨碍信众的膜拜，让读者再次感受到一种阔大的信仰。尽管"我"一直怀疑人的牙齿数量，一直在思考这么多牙齿的来历，但无数的信众从来没有怀疑，也没有在膜拜的时候犹豫。这些都共同强化了作品的民族文化氛围、民族特色，也传达着一种基于身份认同的价值和意义。与此类似的还有扎西才让的《消失的阿旺》。

  "介入"是指直面全球化进程中民族文化、民族文学面临的挑战。汤因比认为，每个民族的文化就是该民族对其所生成环境所面对的挑战的一种回应。也就是说，每个民族的生存环境对其文化的产生与发展有重大的作用。换一句话说，一个民族的文化便是该民族长期应对挑战的历史积淀。我们现在所认识、感知、接受的民族文化，是该民族在历史发展中不断应对生存环境对其提出的挑战的结果。从未来向当下反观，今天，各个民族面对生存环境所作出的回应，也会成为民族文化系列的一环或者一部分。因此，敢于面对多元文化的挑战，积极介入多元文化的影响、交流、竞争，是既合乎历史发展理性也遵循文化发展内在逻辑的选择。

在强大的全球化潮流中，每个民族都不可能置身之外，都必须正面面对这一挑战，介入、参与是最好的回应。在多元文化的挑战中，盲目的固守和被动的同化，都不是积极的介入姿态。对民族文学创作而言，积极介入意味着在宏观的视野下，理性客观地认识本民族在现代化背景下所经历的挑战、变化、发展；在细微的尺度下，则意味着聚焦单个的民族成员在当下的实践、创造和丰富多彩的生活，书写他们的冷暖人生；在更深入的思考和体验中，书写一个民族在文化环境剧烈变化的时代所凸显的矛盾与彷徨、坚韧与自信、撕裂与重构、梦想与现实等复杂、纷繁的精神历程。扎西才让的《欢喜》在当下背景中刻画了一个渴望走进寺院的"父亲"形象，这是一个典型的积极介入的尝试。在现代化进程中，小说所写的村子已经发生了巨大的变化，有的人建了三层楼房，有的人买了液晶彩电，"父亲"的大儿子当了干部，村子里的生活像藏金莲一样热烈开放，但此时的"父亲"突然提出不想在家里了，要去寺院当"阿克"（和尚），原因是过去当队长时作恶很多，心里苦、难受、想赎罪。作品把现代化发展给村子带来的变化与给"父亲"带来的心理影响微妙地交织叙述。在通常的思维中，既然生活越来越红火，"父亲"应该越来越幸福和安宁，但意味深长的是"他"为过去的所作所为不安，他坚持要赎罪。通过对"父亲"排除阻力出家的过程的描写，呈现出现代化进程中一个普通藏民的良知、信仰和诚恳。这是在全球化背景下，一个具体的民族成员的精神和心路历程。严英秀的中篇小说《雨一直下》，借助藏区泥石流灾难，医生"龙珠旺姆"在失去亲人之后参与救灾，并申请援藏，最后在医患冲突中意外身亡，将北京大都市生活与藏区生活，将"龙珠旺姆"的事业与爱情同"龙珠旺姆"父母的婚姻与爱情穿插叙述，既有藏民族的民族心理和文化，也有现代化、国际化的元素，成功地介入了当代生活及其对藏民族传统生活的影响。

当然，全球化背景下的民族文学创作是一个复杂的话题，由于所处地域的差异，由于历史条件的不同，各个民族的经济发展水平和文化发展水平不一，不同的民族受现代化进程的影响不同，因此，在不同的民族文化基因中生活和成长起来的作家，所面临的叙事挑战不一定相同。每个民族都有独自的生存智慧和应对环境的策略，每个民族作家也有自己独立的书写当代生活的创作理念。但如何坚持写出民族特色特质、弘扬民族文化魅力，积极正面参与多种文化的竞争发展、融合创新，共同繁荣多民族的文学世界，是每个民族作家都应不断探索和思考的。

(《文艺报》2015年8月26日)

坚守与创新：当前少数民族文学创作印象

近几年来，在当代文学的繁荣和发展进程里，不断涌现出优秀的少数民族作家和作品，比如次仁罗布（藏族）的短篇小说《放生羊》、鲁若迪基（普米族）的诗歌《没有比泪水更干净的水》、阿满（满族）的中篇小说《陈黎竺的两场麦子》、肖勤（仡佬族）的《霜晨月》、田耳（土家族）的小说《一个人张灯结彩》，等等，这些作品以其独特的文化背景、自然背景，更以其独特的经验和表达，散发着迷人的艺术魅力，彰显出民族文学在现代化和全球化潮流中的强大生命力。这一活跃的创作态势吸引着创作界的目光，也成为评论界的焦点。

从2012年5月开始，中国作协先后召开了一系列研讨会，对当代少数民族文学创作进行深入研讨和推介。目前已经召开的五场系列研讨活动分别是：内蒙古当代蒙古族诗人研讨会、云南少数民族文学研讨会、少数民族青年作家作品研讨会、新疆少数民族作家作品研讨会、藏族中青年作家作品研讨会。上述系列研讨活动，从会议频度、重视程度、研讨阵容等各个方面来看，都是少见的，因此，这些研讨活动不仅在少数民族作家中间，还在整个文学界内外都引起了巨大反响。五次研讨会在作家的选择、地域的选择、文学样式的选择上，既兼顾了各地民族文学的历史，又体现了对全国民族文学创作最新态势的准确把握。每一场研讨会各有侧重，关注的焦点也丰富多样。在蒙古族文学的历史中，诗歌创作特别是民族语言的诗歌创作有着源远流长的传统，因此，内蒙古当代蒙古族诗人研讨会立足蒙古族诗歌创作历史和传统的基础之上，着重关注当代蒙古族诗人在使用民族语言，用文学保护和传承一个古老民族的珍贵记忆上的探索和奉献。云南是民族成分最多的省，云南少数民族文学研讨会通过对八位有代表性的少数民族作家的研讨，折射出由多民族组成的文学滇军的创作现状。新疆少数民族作家作品研讨会着重关注新疆的双语作家群现象，从研讨新疆少数民族文学创作的地位、作用，延伸到如何创新机制，进一步推动少数民族文学作品的翻译、传播以及与汉语之间的互译。藏族中青年作家作品研讨会则选取西藏、青海、四川、甘肃四地的八位代表性藏族中青年作家进行研讨，既关注藏族作家作品表现出来的坚韧慈悲的民族精神，也探讨藏族文学对汉语创作提供的独特经验和宝贵借鉴。

少数民族青年作家作品研讨会则是专为各民族青年作家举行的一次研讨会,被研讨的十位作家中既有"70后""80后"作家,也有正在求学的大学生、刚走下高考考场的中学生。

通过一系列的研讨活动,大致可以梳理出评论界对当前少数民族作家创作比较关注的几个关键问题:一是充分肯定少数民族作家创作的巨大成就及其价值。参与研讨的评论家们对少数民族作家长期坚持贴近生活、坚守民族传统,在书写民族进步和社会发展的精神篇章中作出的贡献,给予高度评价。少数民族作家的创作往往植根于民族文化的土壤和聚集地域的历史,因此其作品表现出来的差异性、独特性、丰富性,正是我们应当珍视的文化价值。二是民族文学发展中的文化自觉和文化自信。面对现代化和全球化,少数民族作家一方面要对民族文化有清晰和理性的认识,继承和弘扬民族文化传统,用文学的方式保护和传承民族记忆和经验,为丰富中国当代文学不断作出努力;另一方面也要正视其他文化的影响,在更加广阔的背景下反思各种文化的冲击和影响,建立起文化自觉和文化自信,并更加紧密地贴近现代化进程中民族生活的发展和变化,书写出本民族的时代力作和精品。三是民族文学的生产方式和传播方式。在经济全球化的影响下,文化的生产和传播机制也发生了巨大的变化。母语创作可以促进民族文化的保护、继承和弘扬;双语交流和互译对各民族文化交流、扩大民族文学影响、增进民族团结,发挥着重要作用,因此,应当探讨和建立适应形势的繁荣母语创作和民族文学翻译交流的机制。

新时期以来,湖北的民族文学创作在各个领域都有独具艺术特色的成就,如邓一光(现居深圳)、叶梅(现居北京)、王月圣、陈孝荣、吕金华等的小说创作,李传锋的动物小说创作,刘小平、杨秀武的诗歌创作,温新阶、甘茂华、唐敦权、邓斌等的散文创作,彭绪洛的儿童文学创作,田天的报告文学创作……但与当下全国的民族文学创作相比,无疑存在差距。推动湖北的民族文学创作需要从机制上解决人才问题,培养领军人物和发现文学新人是毫无新意却无比重要的问题。更重要的是湖北的少数民族作家自身要在当下的全球化、一体化进程中建立起文化自觉和文化自信,并清醒地认识到与其他省少数民族作家的差距,在弘扬民族文化传统、融合其他文化精髓与贴近民族生活上作出创造性的探索和努力。

(《湖北日报》2012年9月2日)

边界的模糊和生动的城市
——关于城市文学创作的思考

谈论城市文学，首要的是梳理一个观点，即，城市文学的内涵及其与当下城市化实践之间的关系。传统的观点认为，城市文学以城市生活和城市市民为对象，以表现城市特点、勾勒城市风貌、书写城市印象、展现其与乡村不同的生活形态、彰显物质欲望、描写个体都市经验、刻画各类市民形象为主要任务。以此为观照，湖北过去当然有比较成功的城市文学，比如彭建新的《红尘》三部曲（《孕城》《招魂》《娩世》）对近代汉口城市历史和风貌的描绘、邓一光的《窄街》对码头文化的书写、姜燕鸣的《汉口的风花雪月》《汉口之春》对现代汉口城市的情感世界特别是商业生活形态的描述、鲍红志的《楚生》对武汉市民文化的再现，等等。当然，在这个文本序列里，谢络绎以《昏以为期》《鸟道》《丁字出头》为代表的系列作品也是不能忽视的，它们对当下武汉市民的生存状态的刻画，反映着武汉复兴进程中的精神风貌。《丁字出头》以一个丁字路口为背景，在没有丝毫乡村元素的叙述中，把何满冬与陆丽两个都市年轻人的交往和生存刻画得极有质感。何满冬为了成全生活没有着落的邻居陆丽，背着老婆，重新租房，把生意兴隆的"满师傅臭干子"摊子关了，取而代之的是陆丽的烧烤摊子。这一让位瞬间增强了一座城市的温暖和爱意。

但城市是发展着的城市，乡村也是变化着的乡村，在近40年的现代化建设中，无论是城市还是乡村都发生了沧桑巨变，那么，什么是城市生活？哪些人是城市市民？比如，在城市打工的打工者的生活是否是城市生活，他们是否是城市市民，进而他们是否也是城市文学的对象，就是值得思考的。从这一思考出发，我们对城市、城市生活应该有更加宽广的认识和更加丰富的表达。城市不仅仅是里弄，也不仅仅是高大的写字楼。事实上，在整个城市化进程中，城市与乡村的边界就一直在变化着，而且常年在城市生活、工作的居民的身份也在不断变化着。据统计，目前有接近3亿从乡村转移到城市的农民工，虽然他们的户口身份仍然是农民，但他们很少或根本不再从事传统的农业生产，而是常年定居城市谋生。随着农业现代化的发展，以及都市工业化的不断发展，越来越多的资本和技术在向乡村转移,越来越多的城市居民,带着资本和技术在山林和农田上从事现代化养殖、种植以及农产品加工、销售,并带动大量的传统农民创业和就业。这种城市与乡村、市民与农民界限的模糊,是当下城市化进程的生动现实,在乡村与城市的边界和身份变化的同时,人的情感、命运也相应地在发生着重大的变化,这一变化无疑与城市和城市化紧密相关。对这一牵动亿万人命运的历史性转变,城市文学创作理应义不容辞地担当起自己的使命。

令人欣慰的是,一批青年作家敏锐地感受到了城市化进程中城乡边界和人的命运发生的意味深长的变化,宋小词、周芳、肖静等以各具特色的创作呈现了这一鲜明的变化。宋小词的《太阳照在镜子上》写了一对同父异母姐妹陶平、陶安的故事。陶安虽然嫁给了农民,但时刻想逃离农村,她有自己的理想和爱情追求。姐姐陶平对逃到省城的妹妹不但不理解,而且不断加以反对、劝阻。作品表达的陶平对陶安都市生活追求的冷漠,正是由钢筋水泥组成的城市社会对人的态度的折射。在《开屏》中,秦玉朵为了落户城市找了副区长的儿子南翔结婚,但秦玉朵的农村出身一直备受丈夫一家歧视。秦玉朵为了生存而出轨,为了尊严而离婚、辞职,总之,一个美丽的女人因为城市梦想而不断被城市塑造。宋小词有丰富而可靠的乡村经验,对于一个20世纪80年代出生的作家来说,不是非要有乡村经验,而是因为当下的现代化进程与乡村的发展密不可分,是城乡二元社会逐步解体、消融并进入一体化的现代化过程,离开了乡村经验难以准确和充分解读今天的城市化进程,也难以书写今天的都市社会。周芳的小说《完美舞伴》关注投靠城市养老的苏老汉的精神生活。苏老汉在街心公园结识了跳舞的孙翠玉,他以为在这个憋屈、陌生的城市找到了知己和慰藉,但孙翠玉的目的是通过苏老汉在女婿面前说情,从而捞出坐牢的丈夫。觉醒的苏老汉四处寻找孙翠玉还钱,却在追赶孙翠玉的途中遇车祸而死。小说中,苏老汉认识孙翠玉并学会跳舞的兴奋、充实、幸福,与女儿的担心、女婿的警惕、孙翠玉深不可测的动机,形成鲜明的对比,揭示出城市社会人际交往与乡村社会人际交往的不同机制和内涵。肖静的《老街》呈现了同一个城市里不同户籍的男女之间的隔膜。《老街》所写的"老街"并不是通常的有里弄历史的街道,而是处在城乡结合部的一条街道,街道的社会由一个大厂和大厂周围的菜农组成。水果商秋子最羡慕的便是菜地被征用后,进工厂、吃商品粮,而大厂的处长老关羡慕的是秋子的健康和生育能力。菜农出身的秋子不由自主地爱上了老关,但她不知道,老关仅仅是为了哄她代孕。小说的最后,秋子与丈夫重归于好,生活照样延续。在整个城市化进程中,身份带来的差别和壁垒,无疑不断被打破,但传统的身份差别制造的心理和精神隔膜根深蒂固,弥合这一沟壑或许还需要漫长的时间,而文学对这一都市隔膜的讲述，正是希望帮助人们获得更深刻的感受和认识。

　　城市和城市化是生动的，城市生活也是生动的。我们从今天有关城市的创作中所读到的乡村经验，并不是我们30年前小说中的单纯的乡村经验，也不是20年前的乡村与城市矛盾对立的乡村经验，而是乡村现代化意义上的乡村经验，是乡村和城市的界限逐渐模糊、互相冲撞并互相融合的乡村经验。乡村不是过去的乡村，城市也不是过去乡村所敬仰的城市，而是互相渗透的城市化进程。这种对界限消失和边界模糊的城市书写，使得当下关于城市的创作可以勃发更大的气象，从而成为一种可以与时代、与潮流沟通和对话的写作。因此，对城市文学的内涵及其与当下城市生活的关系，我们应该具有更加开放、更加鲜活的把握方式。创作实践表明，把城市看作"城市化过程中"的城市，而不是静止的、绝对的、孤立的城市，或许是一种合理的把握和理解方式。

（《湖北日报》2015年7月6日）

呈现与建构：
湖北五年来的长篇小说创作略谈

近五年来，湖北的长篇小说创作成就斐然，作品数量可观、题材领域广泛、艺术特色丰富。在保持农村题材和历史题材创作的传统优势基础上，同时也涌现出不少书写知识分子题材、都市题材以及儿童和少年题材的长篇小说，如《蟠虺》、《红尘》三部曲、《罗布泊的孩子》，等等。这一局面是文学组织工作和作家辛勤创作的共同结果。近几年湖北作协的长篇小说扶持项目、湖北农民作家扶持项目、湖北工人作家扶持项目以及定点生活项目等各种措施，对繁荣湖北长篇小说创作发挥了不可忽视的作用。

浏览五年来的长篇小说文本，农村题材和历史题材依然是本省作家的优势。40年的农村变革为作家提供了取之不尽的创作素材，也催生了众多书写农村的长篇小说作品。比如宏观反映当代农村社会进程的《南方的秘密》，关注乡村衰败的《还魂记》，叙述鄂南农民顽强承受能力及生命力的《土地》，聚焦农村干群关系和社会转型的《风雨缪家庄》，以跨文体方式讲述乡村民间历史的《风马牛》，写当代农民工生活的《南来北往》，关注农村妇女命运的《折不断的炊烟》，以家族叙事反映乡村社会血缘群体、利益矛盾、发展进步之间多维关系的《荒湖》，等等，它们丰富了我们对乡村的厚重历史与复杂现实的感受与认识；《大金王朝》(第一卷)在金国崛起的历史过程中探寻宋朝丧失的英雄之气，《白虎寨》第一次把土家族的民族历史置于宏大叙事中……这些历史题材长篇小说再次见证了湖北作家的历史观、使命感以及对历史题材的独特把握。

在这些作品中，以表现江汉平原地域特色的作品越来越多，《还魂记》《南方的秘密》《贫困时代》《草根》等一批作品集中讲述江汉平原的乡村故事，尤其引人注目。江汉平原平均海拔只有27米左右，河流纵横交错，湖泊星罗棋布，面积约4.6万平方千米，是长江中下游平原的重要组成部分。这样一块独特而重要的土地，过去很少进入长篇小说的视野。《南方的秘密》等长篇小说不仅从历史的角度呈现了近40年甚至更长时间的农村的社会变革，如计划经济、承包责任制、双轨制、家庭副业、乡村作坊、小商品加工与乡镇企业、农产品市场与流通市场改革、土地入股与流转、房地产与城镇化，等等，还充分展示了江汉平原的河流、沟渠、渡口、莲藕、水稻、棉花等自然风物、农业养殖生产方式，以及方言俚语、婚丧嫁娶等人文风情。这种对平原的书写如此集中，折射出平原的重要性得以被文学重新认识。更重要的是，这些作品在书写江汉平原农民几十年命运的同时，对平原人性格、品质的形成作了可贵而富有成效的探索。密集的水网、湖泊、河流，锻造了平原人与水同样灵活的思维，平原人的狡黠、聪明、智慧来自水的滋润，同样，平原人的韧性、勤劳、朴实也来自水。

近五年湖北长篇小说创作的另一个特点，是产生了一批以武汉这座城市为创作背景或题材的作品，如《红尘》三部曲、《铁血首义路》、《楚生》、《汉口之春》、《倾城》、《恐婚》、《卡奴》、《大智门车站》、《老通城曾家创业》、《转身》、《父亲的红钢城》、《深秋》等。这些作品或者从宏观视野再现汉口的兴起，及现代中国纷繁芜杂的社会图景——商业贸易的发展、码头帮会的争斗、租界外商与买办的合谋、里弄的平凡人生，等等；或者从个人、家族出发，呈现普通市民、商人、工人的爱情、婚姻、事业；或者以这座城市标志性的事件为背景，叙述城市与人在历史中的曲折命运，写出了武汉人与武汉这座城市的关系。无论采用了哪种方式，它们都在不同程度上塑造了这座城市的性格，展现了这座城市独特的市井风情，共同丰富了这座城市的文化积淀。东方芝加哥、大汉口、英雄城、茶都、钢都、重工业、泼辣与柔情、粗俗与豪爽，等等，这些从不同侧面建立起来的对武汉近现代化的文学想象，使这座城市在文化上凸显出与众不同的气象和气魄，开辟了书写这座城市的新局面，体现了武汉作家把握都市生活的非凡能力，具有开拓性意义。

当然，无论是对平原的书写还是对城市的书写，都还有值得提炼和完善之处。从文本上看，类似《还魂记》的荒诞讲述不多，类似《黑屋子》《鼎里的南楚》这样专注心灵和精神世界的叙述也不多。从内容上看，仅仅客观、如实、真实呈现近40年、乃至半个多世纪以来农民的艰难、追求、幸福，并不能充分表现广大农村所发生的深刻变革，及其对千万农民的性格和命运的塑造。在时代巨大力量的裹挟下，广大农民不仅有被动、坚韧的承担，同时也有自觉推动历史和时代前进的发明、创造。因此需要作家在贴近历史和现实的同时，去发现和重构，艺术地讲述时代与农民命运的互相塑造。同样，作为一种文明形态和生活模式，城市与乡村有着不同的思维方式与社会系统，仅仅呈现发生在城市的事件和事实，并不足以彰显城市文明的独特价值；仅仅把人物置于城市背景下，也不足以深入表现城市与人的互动。市民在都市中的人生及其命运，并非单纯的生活与生存，而是蕴含市民对城市价值的自觉思考和自觉建构。在城市化、现代化进程中，关于武汉这座城市产生过无数的社会性想象,东方芝加哥、万里茶道起点、重工业之城、中部枢纽、百湖之城、大学之城、国际化都市,等等,这些想象体现出一座城市不断的自我建构意识,它们同时也隐藏在广大市民的日常生活和精神意识之中,广大市民也是城市现代化的自觉建设者,他们以不同方式自觉地参与着这座城市的梦想、规划、管理、改革、发展。这是有待于以城市为背景的长篇小说书写继续挖掘和发现的壮阔空间。

长篇小说创作一直是衡量一个地方文学影响的重要标志,也是对一个作家把握题材、重构生活、艺术素养等综合实力的检验。五年来,湖北作家直面现实、贴近生活,并力求客观、真实再现生活,在农村题材、历史题材的创作中不乏产生有全国影响的优秀之作,在都市题材包括当代都市题材和工人题材的创作中取得了突破。与全国或兄弟省的长篇小说创作相比,还有待于在坚持现实主义传统的同时,不断提高艺术素养,以丰富而有力的手段加工素材、题材,进一步增强作品空间的复杂性,增强作品的创新意识、文本意识,从而实现由呈现到重构的转换。无论是平原、山地还是都市,在宏大的现代化进程中都经历着前所未有的革新,这一过程是亿万中国人历史理性与价值理性统一下的伟大实践。这是时代留给长篇小说创作的广阔舞台,也是湖北作家的历史使命。

(《长江文艺评论》2017年第6期)

《湖北网络文学精选(2015年)》"散文卷"综述

《湖北网络文学精选(2015年)》"散文卷"收录了从应征作品中评选出的38篇作品,这些作品题材广泛,风格各异,有写山水自然的,如《天赐的山水》《秀美天堂湖》《平芜尽处有灵山》《逍遥若水鬼谷洞》;有写亲情的,如《父亲 母亲》《孤苦的姨妈》《老舅》《内弟》《与妻抗癌记》《别样的孝敬》;有写乡村风物的,如《奶奶的纺车》《乡村腊月》《家乡的红萝卜》《秋天的洋姜花》《民谣里的湖北年俗》《碓臼》《农家肥》;有写乡村与生命记忆的,如《童年时的趣事》《梦里水乡》《逃离陌生的故乡》《拂去尘沙觅皇村》《一个因鹿神秘绝美的村庄》,等等。我们不能绝对地说,这些作品准确、全面地反映了湖北2015年网络文学中散文创作的水平,但从作者面、作品涉及的题材领域和艺术水准上审视,可以说这些作品在一定程度上代表了湖北网络文学散文创作的面貌。

山水是散文的母题之一,在散文的历史中,描写山水的精品力作浩如烟海,因此自然山水也是很难出新的一个题材领域。但山水相对人类而被认知,人类依山水而生存发展,不同时代的山水有不同的变化和内涵,也因为此,山水得以不断被描写,同一条河、同一座山,不同的水、不同的山,被不同时代的作家书写着。《天赐的山水》写兴山,从山水的红色历史、人文历史到当代的社会发展,有着令人舒适的叙述层次和简洁的语言;《渔泛峰短歌五章》以"老屋·杉木·天井""银杏·树皮·黑炭""潭口·莲叶·荷花""河滩·老牛·白鹭""米茶·海碗·酒盅"五组十五种元素,勾画出一种清新而玲珑的江汉平原风光;而《平芜尽处有灵山》《逍遥若水鬼谷洞》则试图通过融入山川的神秘文化,传达信仰的力量。

在亲情散文中,《孤苦的姨妈》的篇幅是较长的,但这并不是作品突出的特点,作品的突出之处在于,写出一个乡村女性在半个多世纪的人生中所经历的苦难与坚守。失去父母、第一个丈夫去世、第二个丈夫带着孩子逃走,战争与洪水、人灾与天灾,一个人在历史长河中颠沛流离,时间塑造了一个女人的命运与性格。《老舅》在简短的篇幅里,刻画出了一个坚韧的男性形象,无论是疾病、繁重的劳动还是妻子早逝或者受到不公平待遇,老舅都顽强地生存着,竭尽所能支撑起一片希望的天空。《别样的孝敬》以出其不意的构思令人印象深刻。晚辈为让老人不喝酒、不打鼾、不痴呆，使用不近人情的方式表达着对长辈的孝敬。

风物是乡村的元素和符号，更是乡村的生命、传统和历史。对风情、风俗、物事的描写容易沉浸于其中的物事而看不见"人"的存在和"我"的呈现。在《奶奶的纺车》中，作者没有把笔墨集中在纺车上，而是放在介绍奶奶纺线生活的过程中，放在奶奶与"我"的对话中。两个谜语，奶奶说，孙辈猜。简单的对话穿越几十年，直到纺车消失在乡村的世界。淡淡的文字背后凸显的是乡村对人生影响的深远。《秋天的洋姜花》以洋姜花在枯黄的秋天绽放出的亮丽光彩，激励自己调整对人生的态度和看法。《碓臼》在详尽介绍与农民息息相关的石臼和碓臼的各种讲究之外，更注意碓臼与乡村社会之间的关系，如碓臼与男性力量、与挑选女婿之间的关联。

对写作者来说，乡村是一个巨大的世界，乡村有历史、有文化、有人的命运史；乡村也有经济的发展、生活方式的变化，也有梦想、追求、痛苦、欢乐。思考、观察和表现乡村一直是写作者的习惯和日常。散文卷中不少作品关注的是人与乡村之间的关系。《拂去尘沙觅皇村》探访刘秀出生的村庄，挖掘刘秀与故乡之间的点滴细节，但作品的文字间流淌着一块土地厚德载物的源泉。《一个因鹿神秘绝美的村庄》中的鹿指引人找到生存之地，不仅描述了村庄的历史及其魅力，还传达了人与自然和谐相处的理想与现实。在这些书写乡村的散文中，《逃离陌生的故乡》尤其值得提及，作品写的不是过去的乡村，不是记忆中的乡村，作品也并非想寻觅故乡与个人成长和人生道路之间的联系，而是在记忆中的乡村与当下的乡村的对比中，描述当下乡村的衰败、失落、陌生，记忆中充满温暖、温情、万物茂盛、生态优美的故乡似乎一夜之间消失了，取而代之的是荒芜的田野、遗弃的房子、污染的河流、高大的楼房……正因为这一巨变带来的冰冷和陌生，所以"我"渴望尽快回到打工的南方。对家乡的情感，大多数人表达的是歌颂、赞美和怀念，很少人用"逃离"。当然，仔细领会作者的用心，不难理解，作者所说的"逃离"，与其说是对家乡的厌恶和反感，不如说是对城市化和工业化带来的某些负面效应的抗拒。

当然，综观本作品集中的散文作品，无论是写自然山水、亲情，还是写风物、乡村，无论它们的主旨追求还是它们的艺术特色，都给人较为传统的印象，在语言、构思、艺术探索上令人耳目一新的作品并不多见，特别是对当下生活的书写还显得欠缺。但我们相信，随着这一活动的持续开展和影响的扩大，作品的质量和作品集的代表性会更加接近网络文学散文创作的实际，并会为推动湖北网络文学和散文创作的繁荣发挥应有的作用。

《湖北网络文学精选(2015年)》
"短篇小说卷"综述

  《湖北网络文学精选(2015年)》"短篇小说卷"收录了本年度的26部作品。综观全书，基本体现了参选作品的质量水准，在一定程度上代表了本省网络文学发展中短篇小说创作的客观实际。在26部作品中，有的紧密贴近当下现实生活，如《山贩子老严》《卖柴的大婶》；有的切入社会历史，如《陈善书与何川甫》《末代更夫》；有的侧重关注时代发展中心灵和情感的微妙变化，如《爱情，有没有来过》《流年不再》；有的则侧重关注社会宏观变化对人物命运的影响，如《人道、官道、狗道》《家道》。总之，凸显出作家们在艺术敏感、叙述方式、把握现实和历史方面不同的特色和面貌。

  乡村题材一直是小说创作的主要领域。尽管我们是在2015年、是在城市化和现代化进程走过了30多年的当下来编选这部作品集，但我们看到，本卷所选作品大多仍是以乡村为背景的，城市题材，或者以城市为背景的作品依然是少数。当然眼下的乡村生活与过去已有很大的不同。《山贩子老严》中的老严虽然是真正的农民、山里的农民，但他的生活并不仅仅是耕种土地，他是从城里进货，在山里走村串户的贩子。尽管他欠批发商老关2000元，但他并非一穷二白，因为还有很多人欠他的钱。这个勤劳、踏实的山民因为救人摔下了山崖，从而给老关留下了躲债、失踪的错觉。进山收账的老关没有见到老严，只见到了老严的母亲，老关怀着猜疑和不安等到了天亮，老母亲把用塑料袋包好的2000元还给他。作品并非想通过一位老母亲替儿子还债，表达诸如诚信之类的意蕴。老关在离开山村时从村里的小商店知道，几个月前老严为救人掉下悬崖了，于是老关再次返回，把2000元悄悄留给了孤单的老母亲。作品没有渲染老关为过去对老严的误解而突然产生的愧疚，也没有想象老严救人的英雄事迹，仅仅交代老关替老严的母亲换完坏掉的灯泡、放下2000元钱后，就下山了。这种朴实无华、直接客观的转折和结束，为读者留下了巨大的品味空间。吕先觉的《关于血场垭加油站鬼事的调查报告》叙述了一个离奇惊悚的偷油事件。里外勾结盗窃财物的事情并不新鲜，新鲜的是故事发生在人迹罕至的大山深处，离奇的是加油站员工收到的钱是冥币。作品令人耳目一新的是以调查报告的形式揭示了这一离奇事件的发生和结局。叙事者是参与调查偷油事件的调查组成员,文本结构完全用调查报告的结构,但在调查报告的各个部分,巧妙叙述了加油站所处大山深处的自然环境和历史、风俗,乃至历史上发生的各种神秘怪事。随着调查的不断深入,调查报告也不断地塑造了加油站几个当事人的性格和形象,并在调查报告的结论部分交代故事的结局。这一别出心裁的构思,让一件盗窃案的发生和解密,承担和完成了小说的功能及使命。吕先觉在创作中一贯热爱对艺术技巧的探索和尝试,这个以调查报告方式完成的小说叙事无疑是作家多年探索精神的又一次成功展示。在乡村叙事中,《卖柴的大婶》是一部直面当下现实生活的作品。小说中卖柴的大婶是当下"空心"的乡村中常见的人物,她不依赖儿女,常年靠砍柴卖柴为生。业余文人帮卖柴的大婶写了多次申请、找了多次干部,终于可以办低保了,她却拒绝了,原来大婶不能抢残疾儿子的低保指标、不能丢了孙子贫困生的补助。作品最后,作者用了一大段笔墨议论当下村庄的衰弱、孤寡老人的境遇以及政策、机制的欠缺等,这种一吐为快、毫不顾忌的叙述,正说明了作者对当下乡村现实的痛心。

  网络小说留给我们的印象,当然不仅是以网络作为载体和传播媒介,还有它自身的某些特点,比如类型化,比如对语言的某些改造,比如灵活自由的叙述方式,等等。在此次应征的短篇小说中,真正有这些"网络创作"特点的并不多。在入选的短篇小说作品中,《彩化》《日食》《铜心佩》《惊蛰》《碎片》《铁西青年》以及方言小说《美女借钱》《那山的幺姨妹》,不同程度地散发着网络写作的色彩。《彩化》中简洁、概括、跳跃式的叙述,《日食》中萦绕的神秘氛围,一句一段的推进,以及诸如"来之前我问过火锅里的鱼儿,问过墙头的芦草,问过坐台的小姐,也问过墓坑里的兵马俑,在想生一个孩子的那天晚上,还问过体内的星星和神秘的月宫。他们对我说,我就是村落,我老了的时候村落就老,反之亦然,大家一起与祖坟同在与麦田同在与江水同在与诗意同在与根脉同在……"的对话,更具有鲜明的不同于传统写作的特色。《惊蛰》对一个少女畸形爱情悲剧的构思,《铁西青年》对少女青春期懵懂心理的刻画,《美女借钱》《那山的幺姨妹》用方言叙述的乡村日常生活,等等,都各有闪光之处,体现出网络小说创作的多样化和丰富性。

  当然,由于应征参评作品的数量和范围的局限,可能不少优秀网络创作中的短篇小说被遗漏了,同时,为了保证本卷作品集的基本规模,收录的作品也不一定达到了读者的期望,但这是第一次在全省范围征集和编选网络文学的短篇小说作品集,其开创意义是首要的,其带动和号召作用是毋庸置疑的。随着这项编选工作的继续,相信会有更多更优秀的作品入选并被推荐给广大读者。

历史的锣鼓与现实的芬芳
——2014 年湖北散文创作述评

散文越来越难写,这估计是文学界的一致感受。我想造成如此的原因,一个是因为散文这种文体自身的难度,在传统的观念里,只要不是韵文、骈文,都可以称作散文,这种宽阔的空间让人难以把握。宽阔的另一面实际上是模糊,对文体界定的模糊,不能准确界定的东西总是更难把握。尽管如此,古人的散文成就依然是今天我们很难企及的。这是当代散文创作面临的挑战。另一个原因是今天散文的写作正在走向"全民"写作时代。以互联网为代表的信息化技术使得每个人都可以方便地对世界表达生活、抒发情感、发表意见,并往往把自己的这些随意文字称作散文。在这种广泛参与中,很多人没有把散文当作艺术来对待,没有自觉地意识到这是一种需要认真思考、精心构思、反复锤炼的艺术实践活动。一句话,散文是严谨的艺术实践活动,不是即兴的聊天、倾诉、感慨等作为日常方式的文字记录。在这样一种背景下,审视湖北 2014 年的散文创作,我们发现,不少作家以不同的风格,保持了对散文艺术品质的难能可贵的尊重与弘扬,既能让我们听到历史的锣鼓,也能让我们嗅到现实的芬芳。

一、舞蹈的与漫步的

舒虹是一个急切而跳跃的叙述者。她的散文不是没有个人的隐秘世界,不是没有当下的时尚和小资氛围,不是没有民族、家、国元素,而是都有,并且都交融在一起,如同精灵的舞蹈,急切地旋转、跳跃,长袖在轻盈的挥舞中姿态万千。《风雅颂》就是这样一部充分展现舒虹散文特色的作品。《风雅颂》由"琴""棋""书""画"四章组成,这是一部结构讲究的作品。作品从我们通常所理解的艺术形式意义上的"琴棋书画"进入,从历史和人物中展开,而在超越琴棋书画的人生和生命领域里扎根,演绎一段思想和情感的舞蹈过程。其中,"琴"从嵇康及《广陵散》开始,写到音律,写到三国吴将周瑜对音乐的热爱,写到夏天的蝉用身体弹奏的音乐，写到希特勒对音乐的另一种偏爱，总之，凭借舞蹈般跳跃的叙述，作家穿行于不同身份、不同气质、不同品格的历史人物与音乐的复杂关系之中，探寻音乐对人、对人的命运和情感的影响。《风雅颂》中的"棋"从表外婆的气质写起，瞬间便跳跃到了东汉，身陷兄弟情感的刘璋面对刘备的入川"举棋不定"，继而闪回到当代都市精英阶层疲倦的勾心斗角与街头农民工的面红耳赤的棋盘厮杀，再写到武林英雄和林中隐士的对垒，最后在"人生如棋"中结束。人生如棋、棋如人生，并非新的发现和创见，无非提醒一种思考和看待人生的智慧、态度。对人生这一盘不可预料的棋，每个人毕生都在绞尽脑汁博弈，不同的方式体现着不同的视野、胆量、勇气、能力等，更重要的是，不同的方式有不同的审美评价，是犹豫不决还是大刀阔斧，是从谏如流还是刚愎自用，是举重若轻的优雅，还是斤斤计较的庸俗，等等，我想，这是作家所在意的。但这样一章关于棋和人生的文字为什么要从表外婆写起，我们或许需要再次审视。表外婆的谈吐不俗和有别于本地人的穿着、气质，证明着她的出身和教养，但命运却让她在一个大山里落户生根，这种反差正是因为命运难以掌控，无论你具有什么样的素质和能力。作家饱含着一种悲观的宿命情感，企图说明在命运的棋盘上，谁都不能保证自己一定会赢。但毫无疑问，在命运的棋局上，一部分人比另一部分人赢的机会更多。如同对摆在大街上的一盘残局，有的人对博弈的步骤和策略更为精通和熟练。因此，我们或许更应该相信，对棋风的审美，犹如对人生的审美，既需要胸有成竹、明智决断、气定神闲等价值，同时，也需要对历史、社会、人生的深刻洞察与领悟，如此，人与命运的博弈及其历史才是工具理性与价值理性相统一的，既合目的、也合规律的历史。

《风雅颂》中的"书"当然是一章讲究起合的叙述，从父亲的书法对"我"的影响开始到猜想父亲正在练字并试图给父亲打电话结束，自然流淌出对汉字之美的崇敬和热爱，当然其中无一例外是天马一样的穿行，从王献之、王羲之与书法的故事，到当代书法的乱象，到黄鼠狼与毛笔之间的关系，以及键盘代替笔之后情感和美的丧失，等等。与"书"相比，"画"一章更具有作家自身的性别意识，有一种淡淡的女性主义色彩渲染在作品的叙述之中。作品从自己画的哈代笔下的"苔丝"被老师批评，到对"蒙娜丽莎"魅力的猜度，到古时候苏州一个字画店卖画的故事，以及著名画家潘玉良的人生，都离不开女性，如同作家自己所说，女人是绘画的最大受益者。如同蒙娜丽莎的微笑永远令人无法猜透，潘玉良从妓女到著名画家的人生留给世界的同样是一幅神秘的背影画。在现实世界中，社会对女性的价值和地位的认识和尊重，或许存在不少偏见、歧视、狭隘等不尽如人意之处，但在绘画中，她们是美的象征，是女神，是神秘且至高无上的，这种巨大的反差恰好是对女性地位的一种映射。也即是说，女性只是在审美的领域被认识和尊重，这是未被作品表达而需要加以明晰的。女性对自己的认识不能满足或停留于被视为审美对象这一层次，如果是这样，女性的自我觉醒就依然道路漫长。如果作品最后说，"什么样的笔墨能画出最美的画卷，在生命的纷繁里我努力为之"，这一努力必须是敢于面对真实生命的人生，而不是只有背影和神秘外表的人生，因为这一努力已经超出了女性作为审美对象的认识，这是一种女性写作自觉的标志，没有这一句话作为"注释"，《风雅颂》中的"画"这一章将流于一般的散文写作。舒虹同样可以视为具有女性主义色彩的作品还有《马嵬坡上草青青》《珠落玉盘》《二胡声声》等。

值得注意的是，舒虹的舞蹈般的叙述，虽然富于轻盈、节奏、空灵、想象，但这种过于急切的跳跃常常打乱作品的叙述逻辑和情感旋律，作家如在文本的整体、一致、协调上有更进一步的追求，其散文创作或许会有臻于至善的艺术境界。从这一角度看，《马嵬坡上草青青》和《二胡声声》在艺术上更加成熟。在《马嵬坡上草青青》中，作家站在杨贵妃墓前回忆了这个奇特女性大起大落的短暂人生，充满对"贵妃姐姐"的劝谕与同情。《二胡声声》也是一篇与乐器有关的散文，似可以作为对《风雅颂》中"琴"的补充或扩展，作品显得更加集中、一致和协调，通过二胡书写了音乐与自己的成长、成熟，尤其把自己对父亲的隐忍的爱写得令人疼痛。舞蹈纵然是一种美的姿态，淡定却是更难企及的境界。叙述的沉稳来源于内心的坚实、练达、自信。

任蒙的散文创作成果已经遮蔽了他的诗人身份。多年来，他"漫步"在历史长河中，潜心于以历史和文化为题材的散文创作，以独特的艺术魅力和艺术特色为读者喜爱。2014年，任蒙的《莫高窟三题》《辨识泰山》《渐远的马蹄声》等作品依然保持着作家一贯的风格，在对历史人物和历史事件的挖掘、梳理中，发挥新的思考和认识，并以艺术的手段使这一过程和努力获得不同凡响的感染力，最终达到与读者心灵的沟通与互动。以历史为对象是散文的一个深厚传统，先秦散文中有诸多经典的以历史为题材的作品。尽管这与早期的文学还部分承担着书写历史的责任有关，但无疑对散文创作和传统的形成产生了重大影响。在散文的文体自觉意识形成之后，在散文作为文学样式之一的独特功能被认识之后，历史对于散文便是纯粹的创作题材或素材，散文作家不再充当历史的书写主体，尽管以历史为对象的散文创作，必然需要历史素养和准确的历史知识。以莫高窟的挖掘、以敦煌壁画的创作、以敦煌文献的遗失和保护为对象创作散文，没有对莫高窟以及敦煌文献发现、被盗等相关历史知识的准确了解，是不可能完成的。在《莫高窟三题》中，我们能感知作家对这些历史细节的全面而深入的掌握。比如莫高窟的开凿时间，最初开凿以及持续千年的开凿是靠什么支撑的，存放经书和文献的洞窟是怎么被道士王圆箓发现的，王圆箓是在什么情况下卖掉了部分经书和文献……这些与敦煌有关的历史细节必须准确，否则，散文的传播过程便是谬误的制造过程。因此，以历史和历史文化为题材创作，需要作家有历史学家的某些品格，比如对事实和细节的真实性的追求与尊重、对结论和判断的严谨。通过《莫高窟三题》我们了解到，第一个在鸣沙山开凿洞窟的是和尚乐僔，他挖掘洞窟的理由是当他在此打坐时曾见到对面三危山的万道金光，此后绵延不断的开凿也不是为了观光和创造一个人文奇迹，同样是因为信仰。王圆箓则是因为点烟发现了藏有大量经卷和文献的第十七洞窟，在多次向官府报告而没有音信、没有着落的情况下，王圆箓才变卖了部分经卷。由此，我们应该感谢任蒙以及如任蒙一般严谨的作家们的劳动和贡献。很多年以来，我和大多数人一样，对王圆箓这个湖北老乡没有好感，认为他对宝贵的敦煌文献流落到国外负有责任。《莫高窟三题》改变了我对这个道士的印象。叙述这些细节诚然重要，但这不是一部散文作品的全部或主要任务。对《莫高窟三题》而言，更重要的是作家需要抵达王圆箓悲剧性命运的根源以及作家对这一历史人物和事件的感受。无疑作家做到了，作品叙述了王圆箓多次徒步五十里报告知县，一次跋涉八百里赶赴酒泉报告道台大人，两任知县对这批敦煌文献毫无兴趣，道台大人则认为经卷上的书法还不如自己的。最后甘肃省府说无法筹集把经卷运输到兰州的六千两银子的路费，而斯坦因仅以个人之力，通过雇佣牛车就卷走了莫高窟二十九箱文物。这是大多数人并不了解的历史细节。这是作品的贡献之一。作品的另一个贡献便是对王圆箓命运的探寻。自敦煌悲剧以来，世人无不把文物的被盗归因于王圆箓的私欲。但《莫高窟三题》用令人驯服的叙述，证明敦煌文物的悲剧最终根源于封建国家的无能和制度的腐败。1907年斯坦因到达敦煌时，王圆箓已经守护敦煌文物七年，但七年之中，政府毫无作为。这些流失的文物甚至在京城装裱和展出过，整个西方世界都在疯狂掠夺敦煌文物，但整个封建王朝却视而不见，没有任何人对此有所作为。因此，把敦煌文物流失的责任推卸给王圆箓这样一个当时社会底层的普通一员，是极其不公平的。试想，在王圆箓之后，甚至当代，古墓被挖、文物被盗，又岂止是偶然事件。作品在对敦煌悲剧的根源思考的同时，也穿插对历史和现实中其他与文物有关的事件的反思，充满浩荡之气、深切惋惜、善意批评等交织的复杂情感，彰显了当代作家的良知。

二、信手的与坚守的

曾经读过席星荃关于乡村的长篇散文，写当代历史进程中的乡村及其所养育的乡民的命运：饥饿、贫穷、背叛、疯狂……联系席星荃2014年的散文《习家池的气息》《古城墙的时光轴》《归来的梦》，很容易想到"信手"二字。《习家池的气息》写的是一座千年园林，《古城墙的时光轴》中的"古城墙"是千年古城襄阳的一段，《归来的梦》写的是当代人口的迁徙和谋生。园林、城墙、漂泊与团聚、乡村的艰难与农民的困境、历史风云与沧海桑田……这些不同性质或相距较远的素材在作家的作品中洒脱穿行、如风飘逸、别有意趣。信手拈来一直是散文作家们向往的境界，在现实中，比如网络上，的确也有不少写作者什么都可以拈来，但拈来是一回事，把拈来的材料加工成艺术品是另一回事。《习家池的气息》写的是一座晋代的私家园林，叙述了园林的历史、园林的建筑特色、园林内外的自然环境，等等，这些公共的知识也许是不少写作者可以"拈来"或者通过一番努力可以"拈来的"，但如何写出这座园林的"气息"，却不是随便可以"拈来"的。作品从竹林七贤之一山涛之子山简对习家池的欣赏，历史学家习凿齿在习家池的读书写作，写到唐代诗人李白在习家池的放歌，并穿插历史典籍中对习家池的评价和描述，圆满营造和烘托了习家池吸摄灵魂的力量或气息，从而超出一般的园林描述。《归来的梦》从自然的物候写到人类的迁徙，从元旦到春节，从古代的原始徒步跋涉到现代的火车飞机……这些与回归、团圆、等待、期盼相关的细节，我们都无比熟悉，信手可以拈来，但罗列这些并不是艺术，使得它们被视为艺术的是，流淌于文字中的对路途上的人的内心世界的叙述。梦在远方，亲人在家乡。走出家乡是人生的一部分，是人生的必然；回归是精神的一部分，是心灵的驱使。这是人生不可逃避的困境和悖论。人生的两端被一个特殊的时间紧密地联系在一起——元旦或者春节。这种精神上的连接使得背井离乡与归心似箭、离乡与回归这种两端点之间的往返奔波有了文化上的内涵，也正是这一运动使得迁徙、奔波、返乡、回归成为有意味的人生。席星荃的创作善于从信手拈来的题材中阐发出令人启发的新意和感悟，这是作家长期艺术实践所养成的艺术修养和把握能力。

朱朝敏是一位有实力的青年散文家，也是一位固执地"坚守"题材的作家。多年来，她在散文中反复书写她的家乡"孤洲"或者"孤岛"。她的《追鱼》《1954，母亲的孤洲》《虚构舅舅在高丽的若干切片》等新作，依然聚焦于"孤洲"这个作家多年来一直在书写的对象。以如此长的时间跨度写一个"孤洲"，需要的不仅是毅力、坚韧、技巧，更需要作家对"孤洲"这片土地的历史、人文、社会生活的不断挖掘和新的理解。在过去的创作中，作家对家族历史，对"孤洲"的一年四季和生活在其中的各种人物的生老病死，对"孤洲"的作物、耕种、树木、道路、房屋以及风土人情，其实已经描写得无比丰富了，但我们依然在《追鱼》《1954，母亲的孤洲》中读到了别有新意的"孤洲"。

《追鱼》围绕鱼与水、鱼与人、鱼与孤岛，将孤岛的生成传说、孤岛祖先的故事（楚怀王隐居、逃难）、屈原的《九歌》《招魂》、民间年画和三外婆的鱼形器物、与鱼有关的美食、江豚与日军舰艇、神秘消失的白吉、跑船人动荡的婚姻、无忧潭的传说……全部交融起来，在有阻滞的跳跃叙述中，充满无法言说的氛围：怪诞的想象、真实的历史记载、现实的残酷命运、经典古籍的引用、淡淡的伤感与忧伤。这一独特的叙述特色，使得作家笔下的"孤洲"成为一块异常奇特的土地，一块有清水有绿色植物，但回忆起来却沉郁、灰色的土地；一块无论色彩多么丰富，审视起来却仍然只有一块冷色的悲怆的土地。《1954，母亲的孤洲》所叙述的故事并非全是第一次出现在作家的笔下，其中部分内容在作家其他的作品中也有过呈现，比如关于大舅的爱情、婚姻。现在，作家以"母亲"为焦点，将一个家族的一段历史浓缩在"1954"这样一段时间里。从初春的雪和大舅的婚礼到洪水退去、冬天再次来临，一个家庭和孤洲共同经历了在孤洲历史上具有里程碑意义的一年。1954年由于梅雨期延长，且雨量巨大，长江中下游地区出现了近100年间最大的洪水，造成了严重的洪涝灾害。作为分洪区的孤洲为了确保武汉及下游地区的防洪安全，主动扒口分洪蓄洪，付出了巨大牺牲。在这一年里，"我"的三外公被枪毙，大舅因拒绝与三外公脱离关系被禁止入党并被发配到西南一个工厂，大舅妈因为大舅拒绝包办婚姻成为"寡妇"，"我"的母亲因为大哥的逃婚不断指责大嫂，在孤洲上一个普通家庭的无常与日常中，洪水悄悄酝酿并毫无征兆地来了。在惊慌失措的逃命途中，一直被"我"母亲仇视的大舅妈却表现出了令人肃然起敬的责任和担当，她把奄奄一息的"我"母亲抱进医院。在灾后饥荒的日子里，她甚至送来粮食和肉，在长江的冰面断裂时她拽着"我"母亲逃命……这个一直不被"我"母亲承认的嫂子，在六十岁的时候终于同意跟"我"大舅离婚了。1954年是孤洲人记忆中永远抹不去的一年，无数孤洲人倾家荡产，甚至付出生命，但也挽救了无数生命，这种姿态正是对"我"母亲与大舅妈和解的注释。对"我"大舅与大舅妈、"我"母亲与大舅妈之间的恩怨、纠葛，无论作家过去以何种方式叙述过，我以为《1954，母亲的孤洲》的叙述是最具说服力和感染力的一次。它在一块土地的历史和命运中，完成了对一个家庭及其成员的个人命运的说明。这无疑是大气而成熟的一种变化，它使得作家多年来对"孤洲"题材的坚守和书写获得了超越性的飞跃。

三、当代性的细微空间

  对当下的生活书写，困难源于生活的超乎寻常的快节奏和超乎常识的纷繁复杂。当然，一切都取决于作家的内心是否有感知当代性的敏感，恢弘尺度的巨变往往容易被感知，但秋毫尺度的变化未必人人都有察觉。周芳是近几年涌现出的一个青年散文作家，其作品折射出作家具有不同一般的把握毫芒之变的潜质。周芳的散文大多关注着当代性的现象，并试图考察当代精神世界的变化，当下人们的精神世界的宽广与狭窄、丰富与单调、健康与非健康，等等。她2014年的作品《既不向左，也不向右》《我在》《城市书》《重症监护室》等，急切地向世界倾诉着自己的态度，也迅速地向我们展现了她的艺术才华。在城市扩张迅猛的当下，一畦地能存在多久？这并不是《我在》要回答或能回答的问题。《我在》从高楼的缝隙中去寻找都市人的生存空间和精神空间。从母亲刻在土地上的形象，从一栋栋大楼走出来饥渴一样扑向土地和绿色的都市人，作品以细腻和轻巧的文字，描述了城市楼群中仅存的一畦地的生机，以及它带给世界的光彩、慰藉，传达着当下都市人的无奈与向往：一畦地能否长久，有一畦地就有一个世界。因此《我在》是这一肯定性的断言，是土地在城市化进程中的呐喊，是当下快速城市化进程中人们突然惊醒后的惊叫，是当代人还未泯灭的一丝真诚的自白。《既不向左，也不向右》尽管写的是街头戏摊，尽管作品生动描述了演戏人和听戏人的幸福，尤其是沉浸在戏曲中的老人们的宁静，但实际上作品关注的是老人的梦想与现实。戏曲演绎着他们的梦想与美好，现实呈现着他们的衰老与丧失。这是一部充满禅意的作品，戏曲的舞台与人生的舞台互相交融，戏里的故事与现实的人生互相解释与互相充实，纷繁的人生过往与尘埃落定的结局互相映衬，而演戏、听戏便平衡着这亘古的冲突，以至于人生不会坠入无法挽回的极端和绝境。《重症监护室》充满了医疗专业技术术语和词汇，无疑，没有这些专业知识，我们无法理解周芳所要深入的那些千疮百孔的身体或濒临边缘的生命。《重症监护室》由两章组成，在《谁来拔管》中，作家写出了决定的艰难。面对医治无效、处于脑死亡的亲人，是继续保持各种医疗设施的连接和费用的支出，还是拔管、中止各种设备的运转，放弃治疗。作品描述了一个个家属的反复询问、一个个家庭成员的反复犹豫，以及担心、恐惧，他们咬着牙齿、双手无休止地折着被子，谁都不敢说出"拔"字，但每个人都在无限逼近"拔"字。这一处于悬崖边缘的内心，便是

"秋毫"尺度的状态,一丝一毫的波动便是惊天动地的两个世界的跨越。《我赞美的不过是一碗面条》描写的是生命的复苏和重新绽放。一个在工地上摔了的男孩,医生在其身上到处钻洞,插满管子,经过修修补补,他十一天后醒来,然后是手指可以轻轻地动弹,接着是可以眨眼,后来是想要喝水、想要吃炒饭、想要吃冰淇淋,十五天后鼻饲管拆掉,男孩终于等来了"吃"。在男孩心满意足的一口一口的吞咽中,生命回到了青春状态。作品通过护理过程,通过护士的心理状态,通过护士与男孩的交流,令人惊奇地呈现了生命从恶到美的"毫芒"尺度的变化。周芳对当代性细微空间的深入和书写,无疑为这个钢铁和混凝土世界增添了温暖,为置身其中的每个人注入了信心和希望。

四、乡情与乡愁

在2014年的湖北散文创作中,还应提到黄明山的《黄明山散文五题》、望见蓉的《我乐呵呵的母亲》《早恋如蕊》、吉方君的《水中娘》、谢群山的《佛光普照栗子坪》等作品,这些作家的创作大致可以视为对乡村、乡情、乡亲、乡愁的书写。黄明山的"五题"写了五个不同的领域,《鼠》从汉字文化出发,写到"文革"岁月中父亲的"鼠样",写到现实生活中人们对老鼠的痛恨,再写到自己的属相是"鼠"。当历史和文化将一种动物的形象附加于人时,你不得不从文化中去寻找另外一种逻辑来解脱。《水之惑》是对"水利"的议论。水利水利,取水之利。因此作品从最早的水利开发(鲧、大禹、李冰)开始梳理,提出对水利机构更名为"水务机构"的质疑。在《黑暗夜空》中,作者感叹夜空不复存在,呼吁还夜空以黑暗。在现代化的高速发展中,我们已经很难见到真正的夜空,更不用说见到美丽沉静的夜空。我们所见的,是人为的、充满工业元素的夜空。《废墟之上》记录的是三次显陵之行,生发废墟的幽深和博大。《腊嘎菜》写家乡的野菜,从野菜的顽强品质写到饥荒岁月的风土人情,是一篇有滋有味的小品。望见蓉的《我乐呵呵的母亲》刻画了一位感情粗粝、性格乐观、能干勤劳的母亲。其中,母亲蹬三轮车送女儿、母亲为村民讨回污染补偿、母亲组织村民跳舞等几个细节让一个朴实、真实的母亲形象牢不可摧。吉方君的《水中娘》同样刻画的是母亲,与望见蓉作品中的母亲不同,这是一位在作品中很少说话的母亲。在极端困难的岁月里,母亲为了孩子,偷扒生产队的苕种,因此被批斗、被鄙视。为了不影响丈夫一家的荣誉,母亲离婚并出走他乡。但母子之间与生俱来的联系并未中断,作品叙述了母亲带三岁的儿子照相、母亲去看望读中学的儿子、母亲给当兵的儿子写信并为儿子未来的出路四处找人说情、母亲为儿子借钱转为公办教师……直到母亲在生命尽头握着儿子的手，这最后一握，是母子血缘和情感的贯穿和联通，并因此成为儿子铭记终生的记忆和温暖。客观地说，这是近年来少见的书写母亲的优秀之作。谢群山的《不仅仅是一条柔美的河》《佛光普照栗子坪》《红红红，映山红》等系列散文以饱满的热情勾画了美丽的鄂西大山风光，让"五峰"这样一个地名真正地散发出山川秀美的含义，"五峰"不仅是一座山峰的名字，它还含有丰富的山川文化。

  无疑，我们遗漏了一些还应该提及的作品和作家，但理想地、全面地浏览2014年的湖北散文是一个不可能实现的目标。我们只能如此地以几个人的作品作为代表，并以此作为2014年湖北散文创作面貌和状态的象征。这一简略综述的最终目的无非是期望2015年湖北散文创作有更加精彩和优秀的作品问世。

（《长江丛刊》2015年第5期）

讲述真切地进入过心灵的人物与生活
——2015年湖北中短篇小说创作述评

中短篇小说创作的质量向来是衡量一个地方文学创作实力和水准的重要标志。从20世纪90年代以来，湖北省的中短篇小说一直在全国有着显著的地位。以《挑担茶叶上北京》《心比身先老》《父亲是个兵》《琴断口》《松鸦为什么鸣叫》等为代表的中短篇作品树立了湖北中短篇小说创作的标杆。也许我们可以说，从作品的影响和作品的数量上看，近几年湖北的中短篇小说创作在总体上似乎没有保持和延续这一湖北的文学优势。造成这一现状的原因自然是复杂多样的，既有文学创作自身的因素，比如作家的心态、生存现状以及综合素养，等等；也有外部因素的影响，比如现实生活在纵深和宽广维度上的巨大变化、生活节奏的紧张、社会矛盾的纷繁、社会心理的异常复杂以及精神文化生活的手段和形式更加丰富、文学生产和传播方式的变化，等等。

尽管如此，2015年湖北的中短篇小说创作仍然有诸多亮点，林白的短篇小说《汉阳的蝴蝶》、晓苏的短篇小说《三个乞丐》(《天涯》2015年第2期)、普玄的中篇小说《酒席上的颜色》、曹军庆的中篇小说《云端之上》四部来自湖北的中短篇小说同时进入中国小说学会主办的2015年度中国小说排行榜，这无疑是2015年湖北小说创作令人欣喜的成就。除此之外，在2015年湖北的中短篇小说创作中，还有一些未进入排行榜的作品也表现出了鲜明的审美特征和艺术魅力，同样值得关注，如林白的中篇小说《西北偏北之二三》(《收获》2015年第4期)呈现出高超的对当下复杂而零乱的生活的整合能力，以诗意的叙述呈现当代人的迷茫、惶恐以及自我确立的努力。

一、当下的与现实的焦点

热情关注现实，反映当下社会生活，是湖北中短篇小说的传统品格。在2015年湖北的中短篇小说中，深海的《每个人的黄昏》关注老年社会问题，赵丽的《桃花源记》切入美丽乡村建设,马竹的《南水北往》直击事关全局的重大工程,都不同程度地呈现了现实主义创作的艺术特色,体现了当下湖北作家把握现实的能力。

深海的中篇小说《每个人的黄昏》(《湖南文学》2015年10月增刊)讲述了"钟宛晴"的退休生活以及老父亲与弟弟的境遇。钟宛晴退休后被返聘,到58岁成为自由人,本以为可以自由了的她很快便感觉横竖不舒服。曾经的钟宛晴无所不能,解决亲友困难,协调朋友同事间的矛盾,照顾90岁的婆婆和快90岁的父亲,电脑打字聊天,等等,在所有人眼中她是解决问题的高手、生活中的能人。但随着一次心脏手术和抑郁症的发现,钟宛晴急需考虑的不再是过往的强者的生活,而是如何养老以及父亲的生活、弟弟的生存等迫在眉睫的事情。作品以细腻、沉着的叙述,表现了钟宛晴退休前后两种不同的心态和精神面貌。当钟宛晴觉悟到自己不再是风风火火、无所不能的女强人的时候,没有强烈的心理上的震荡与翻腾,没有明显的焦虑和不安,而是淡淡地计划自己的未来。写出一个女性处于人生重大转折关头的"隐忍于心"和"不露于形",这是作品的一个鲜明的特色,充分展现了作家超乎寻常的刻画和叙述能力。

钟宛晴不想在家里养老,因为她不想死在家里。当然她也不愿意跟着女儿住,因为成都离父亲和弟弟太远。但在她生活的武汉,也没有找到合适的养老公寓。在此种纠结和寻找中,老父亲与弟弟闹矛盾了。50多岁的弟弟从不安心工作,即使做一个门卫,也不能恪尽职守,还需要90岁的父亲代替值班。她不得不回去看望父亲并处理家庭矛盾。此次探亲之行既让钟宛晴看到了父亲、邱叔叔等老人的不同处境,也让她对父亲与弟弟之间的关系有了新的理解。父亲一生对不争气的儿子心存怨气,但他甘于帮儿子当门卫、处处迁就儿子,因为父亲渴望与儿子一家居住相处,即使有争吵、即使有不满。而曾经被自己视为父亲的邱叔叔则没有这一环境,他住进了养老院,成为一个不能动弹的发霉的废人。钟宛晴终于明白,无论弟弟多么失败与颓废,年迈的父亲只是不想如邱叔叔一样,孤独地住在养老院,像牲口一样任人摆布。钟宛晴放弃了去养老院养老的想法。很显然,《每个人的黄昏》中瘫痪、生活不能自理、甚至失去说话能力的邱叔叔的老年遭遇,以及护工把老人当猪一样对待的看护模式,加深了我们对养老院的怀疑和警惕,也让钟宛晴对养老院产生了畏惧和戒备。

尽管并非每一个老人的老年都如同邱叔叔那样无助和毫无尊严,尽管无论多么优秀的护工也不可能把每一个老人视为自己的父母,而且也并非每一个在家养老的老人都得到了子女的细心照顾,但钟宛晴最终决定,放弃寻找养老院。因此,与其说是家战胜了养老院,不如说是亲情和家庭氛围战胜了养老院。对于正在步入老年社会的中国，社会养老机构、机制、服务水准等都离现实的需求存在巨大距离。一对夫妇生育一个孩子的计划生育政策带来的人口结构的特殊性，使得家庭养老更不可能成为普遍的模式。是留在子女身边养老，还是居住在养老院，无疑是眼下和未来无数老人要思考和选择的。空间距离、食宿水平、硬件条件、服务态度等，并非选择养老方式的最根本的指标，诚如《每个人的黄昏》中所揭示的，养老最人性化的方式，是和谐、温暖的氛围，更重要的是，无论你衰老之前多么荣光，在你衰老之后，你与每一个老人都没有区别。而且，如果你希望有尊严和体面的老年生活，你首先必须承认你并不是高官、富翁或者知识分子，你就是一个老人，一个老父亲或者老母亲。这是每一个人的黄昏。

马竹不属于那种高产类型的作家，但每一次的写作都极其慎重和认真。《南水北往》(《湖南文学》2015年第12期)通过"奶奶"的失踪和对其寻找，切进一个跨时代的巨大水利工程。作品在展开寻找的过程中，交代和叙述了引水工程的历史和移民过程，并通过移民的视角，讲述了历代移民背井离乡的苦难，从而使作品具有了一种宏大的氛围。当然，从小说角度而言，作品的意蕴在于父母自搬迁后无名的不断争吵、父母对韩姓晚辈韩兴水的误解，以及父母与韩兴水最后的和解。父亲自韩家洲移民到随县之后，不断为鸡毛蒜皮的琐事与母亲争吵，对水田的抱怨、对土地转让的分歧、对一点点不顺利都要寻找出气口，这些极不安宁、极其焦虑和暴躁的氛围终于导致奶奶出走。究其根本原因，在于父亲的心没有跟着家移民，他的魂魄还在韩家洲。显然，父亲并没有认可南水北调给自己的命运带来的转折，他的暴躁是一种抗争。韩兴水作为新当选的村主任并非就不牵挂和怀念故土，但他的方式是从韩家洲运来一块巨大的石头，刻上移民的姓名。这块石头象征着故土，但这一给移民心理安慰的石头被父亲和母亲理解成为个人捞取的利益。当然，这一切都在寻找奶奶的过程中，在韩兴水酒后的解释和倾诉中，得以释然。父亲和母亲以及韩燕玲都由此获得了对自己、对他人复杂情感的重新理解。南水北调对几十万移民的影响不是新的生活环境和生产方式，更重要的是对几十万人文化心理的颠覆、瓦解、拆分。他们必须重建一个使得自己可以安身立命的心理和文化世界。因此，可以说奶奶的出走正是因为失去了一个支撑自己的精神世界，对奶奶的寻找正是对这一还未构建成功的精神世界的寻找。

赵丽的《桃花源记》(《长江丛刊》2015年第12期)以摄影家梅芸的视角深入当下的生态现实。"我"应邀去茅湖县拍摄风光摄影集，却发现如同桃花源般美丽的风光里弥漫着死亡般的气息，即一个中学建设在一个有辐射的废弃工厂厂址上，而周围的村子里已经有一半的人因为癌症去世。这一发现让梅芸不再有拍摄风光摄影集的激情，反而不断去揭穿这一内幕。但梅芸和丈夫，与县长曲平一家有20多年的友情，梅芸的想法不仅遭到丈夫夏辉的反对、县长老婆丽慧的冷漠，连她尊敬的作家老吴、资深记者郭主任等都退避三舍。在她最孤立无助的时候，欣赏她、与她相爱过的男人杨泽莫名地消失了。与此关联的每个人，或者为了仕途、或者为了友情、或者为了生存，都逃跑了。梅芸觉得自己无比可笑地面对着这个世界，一个人面对着一颗威力无比的炸弹，一个威胁着无数学生和村民生命的辐射污染源。在她揭穿内幕的一次次失败中，那些桃花源般的景象依然遮蔽着丑陋和可怕的真相。这是一部关于环境的作品，但同时又楔入了县城政治生态的盘根错节。在一个人口不多的县域世界，一件小事、一个官员的沉浮，似乎牵扯着所有的人，因此，成就一件事与破解一个局面同样困难。乡村环境的腐败、恶化早已不是新闻，但以小说的形式表现这一主题的作品并不多。因此，这是一部具有勇气的作品，而且它比较成功地刻画了"我"的正直、无奈与痛楚，也尖锐地批判了以夏辉为代表的一部分男人的虚伪、软弱，他们可以理直气壮地质问梅芸为什么不顾朋友的前途和友情，而漠视无数普通人的健康隐患和生命安全。无数的人正是以高尚的道德为理由，污染和破坏着整个社会的生态。这或许是《桃花源记》所要努力表达而未能充分表达的。

城市化一个最直观的表象就是大规模的拆迁和建设。韩永明的《发展大道》（《当代》2015年第2期）围绕一条主干道的修建，描述了当下如火如荼的城市化建设过程。其中，建设资金的不足、筹措与拆迁安置中的矛盾诉求，强拆导致事故的处理，违建"种"房、上访闹事以及维稳协调等，让城市化过程中的投机、焦虑、急躁、无奈、疼痛、牺牲得以以感性形象再现。作品在大量生动、鲜活的对话中，把政府干部、企业家、银行人员、普通市民等多个阶层集合在一个项目上，一条令所有人爱恨交织的道路上，让人深切地感受到"发展"的大道上从来就不是只有"高歌"和笑语，也有悲伤、痛楚和讨价还价。

二、复杂的与无序的困境

在湖北小说创作中，谢络绎对题材的选择总是出其不意，而且故事推进的跳跃性、叙述语言与时代生活的关系更为紧密。她2015年的新作《旧新堤》和《倒立的条件》充分显示了作家创作的这一艺术特征。《旧新堤》（《中国作家》2015年第8期）所写的"石翠花"是一个极为典型的当代青年女性形象。石翠花在去见客户签合同的路途中突然放弃合约而回到公司周年庆的场面；同样，在即将要和水果商结婚的时候，她突然改变主意，离家出走，与大学时代的男友幽会；她根据自己的心情来确定染发的颜色，根据自己的意见决定工作方式和时间，无视公司规定和领导权威，甚至说辞职就辞职……总之，在石翠花身上充满了不确定性。石翠花的同学毛毛，却是一个精于计划、心思缜密的女性。她不露声色地就业、不露声色地结婚、不露声色地辞职，并开办自己的公司，而且这个公司的业务与石翠花存在着竞争，石翠花暗恋的男人正是这个公司的核心人物。那么，石翠花是因为自己的容貌不美而无所顾忌吗？是因为暗恋的男人与自己的同学结婚了而辞职吗？是因为初恋男友结婚了而对自己即将面临的婚姻没有信心了吗……对石翠花的"闹腾"、不确定性，可以设想出很多的疑问，但对此却很难找到满意的答案。这正是我们正在经历的生存困境的一种表象。在全球化背景下，审视现代人的生存境遇，我们自然会感受到现代化的惊涛骇浪对既有世界的冲击、席卷。一夜之间，似乎我们的世界不再有秩序和稳定，更没有整体感。这是令人惊恐的。更为遗憾的是，我们没有时间等待被打乱的世界重建。对这个让人无能为力的社会进程，我们更多的可能是无奈和"折腾"，当然你可以换一个词叫"奋斗"。但我们也可以用一种方式重述、创造与此相对应的虚拟世界，比如自由、游戏、非理性、戏拟、反讽、等等，如此，我们可以更加形象和感性地体验这个世界的荒谬，人生的孤独，理性、理想的失败。这或许是一种姿态，是如同石翠花一样的无数人在失望之中唯一可以采取的姿态。其实，在石翠花喜怒无常、放肆大胆的背后，何尝没有痛苦、心酸、忧伤。只是，这些对改变这个世界无济于事。

《倒立的条件》触及的是一个特殊题材——监狱生活。肖云彤因遭遇强奸，失手杀害了徐副院长被判重刑。在监狱中，她既要与案犯魏兰的性骚扰周旋，又要在刻板的监规、监管中寻找希望。在无望的改造中，肖云彤以表现换减刑的努力，又因为其他案犯的自杀被勾销。当然小说的奇诡不在于女子监狱的生活世相，而在于本没有亲人探望的肖云彤突然有了探视的亲人，而且还是过去帮助她找工作、后来因公牺牲了的警察武扬，一个她自己都记不起来的高中同学。在开始的犹豫和怀疑之后，她便接受了一个陌生人的探监，而且还得说服自己，这个陌生人就是自己的亲人和希望，她得与这个人建立信任甚至是某种幻想的情感。这样一个与监狱有关的"非常态"的故事当然超出了我们大多数人的经验。当肖云彤无数次的申诉被拒绝或漠视，当老实改造就是认罪、就是前途这样的真理摆在你面前，你是相信一个陌生人带来的惊喜或希望，还是愿意日复一日地忍受冤屈继续沉默，等到刑满释放？在一个法治照耀不到的地方，一种不可相信的假死复生或许就是唯一你可以相信的出路。与其说肖云彤关注的是武扬的动机，不如说她是寻找或呼唤自由的出口。这样读来，作品所写的并不是一个监狱题材的故事，而是一个有关身处困境的现代人的解放和逃逸的故事。我们身处的这个世界自启蒙理性获得巨大成功之后，我们习惯用实证、真理、知识代替想象，我们的精神世界已不再具有理想主义色彩，也丧失了批判、反思、质疑的精神。"武扬"第一次出现在探监的现场，肖云彤就认为这是不可能的。死人不能复生，这是知识和真理。但肖云彤后来说服了自己：警察可以因工作需要假装牺牲了，然后改换身份再次出现在生活之中。她相信这个自称"武扬"的人是来拯救自己的，并隔着玻璃要握住对方的手，她害怕失去好不容易建立起来的信任。这不是她与武扬间的信任，是人对生活和生存的理想建立起来的信任。这样写来，现代人生存境况中的那种深入骨髓的疼痛就令人欲哭无泪。我们以生命的形式存在于这个星球和世界，既无奈，也可怜。这部作品看似漫不经心的构思对作者对当下的创作都具有不可忽视的超越性。

2015年《湖南文学》以增刊的方式刊出了武汉第十三届长篇小说笔会作品。除上面已经提及的深海的《每个人的黄昏》外，肖静的《静水深流》、张慧兰的《离婚》等也都有值得注意的艺术特色。《静水深流》以典雅的语言，通过一个企业的危机应对过程，触及了一个现代性话题，即当代公共生活危机及其整合。从事英语培训和出国留学服务的红枫集团发生一连串变局，董事长程全被排挤出领导层，副总顾慕青携款出逃，副总余文昊一边悄悄与其他公司合作，一边幸灾乐祸坐看风云变幻。妥协的结果是把不懂经营的费天歌推上董事长位置。领导层还没稳定，集团便遇到了美国考试服务中心的起诉，同时法院上门查封了账目和财产，教师一个个离职、学生纷纷要求退款。这样一盘看似无法解开的死棋，在董事会秘书林子樱的努力下，竟然奇迹般出现了转机。林子樱请庄士诚出面疏通与教育主管部门、大使馆、领事的关系，她出面协调媒体，及时通知并请程全回到公司，找到"激情英语"培训机构，承接激情英语的培训业务，与此同时，费天歌主动请程全担任董事长。一场看似不可扭转的危机化险为夷。小说在叙述这一系列的企业运作中，极有节制地叙述了林子樱与三个男人的情感：与庄士诚的覆水难收，与程全的介乎兄妹和情人之间的复杂情感，杜子轩对林子樱单向的爱慕之情。当代公共生活的危机主要表现为个人与集体、单位、公司、企业、团体之间的价值和认同危机。程全的被排挤、顾慕青的携款出逃、余文昊的吃里扒外、教师离职、学生退学等，表面上是权力、利益冲突，其实质都是个体不再认同红枫集团。因此，当代公共生活更需要的是主体间的交往理性，即，通过主体间的沟通、融合，为复杂的社会整合提供有正当性、普遍性的规范，引导人际关系合乎理性地发展。这种重建的本质当然就是价值认同。激情英语的杜子轩如果不认同与红枫集团合作的价值，即使再爱慕林子樱，也不会在红枫集团摇摇欲坠之际出手。程全如果不认同红枫集团的价值，即使他与林子樱之间有复杂情感，也不必然会返回董事会。尽管作品触及了这些现代性极具敏感的话题，但显然作者没有自觉地开掘这一令人无法抗拒的领域，而是坚持传统的格局，在企业复杂的人际和利益纷争中书写企业人的情感。无疑，这些关于情感的描写是优美动人和从容雅致的，但一个企业的重建和发展，必须超出当事人的情感才最终有稳固的秩序和基础。张慧兰的《离婚》虽然写的是常见的家庭婚姻题材，仍然有可贵的发现，即写出了一个离婚的女人如何走出前夫的笼罩和对未来的恐惧。

在近几年的湖北中短篇小说创作中，普玄算得上高产的作家，而且其艺术技巧愈来愈成熟和老道。普玄的《酒席上的颜色》(《小说月报原创版》2015年第5期)以一个刚满月的孩子的口吻叙述了一个非婚生孩子的成长史。整个故事浓缩在满月酒的过程中。刘蝌蚪自满月就目睹了母亲的屈辱、刘背头的软弱、刘背头老婆的霸蛮。这个刘背头在婚外生育的孩子，由于不能获得法律上的承认和保护，也由于自己的母亲得不到尊重，不断想要杀死自己的父亲。这个念头从满月一直持续到成年，当然他始终没有成功。更令他困惑的是，自己的母亲想要与刘背头结婚，未来还要埋在一起。小说触及的显然不仅是婚外孩子的尊严问题，而且还有如何看待刘背头与"我母亲"的爱情。当然，与刘背头、"我母亲"相似的还有矿老板、酒厂厂长等人。矿老板的老婆不能生育，也不准许矿老板有任何想婚外生育的念头，否则老婆的堂哥会用枪顶着威胁他。酒厂厂长的前妻要夺回酒厂的所有权。这些男人很难从道德上评判对错。渴望养育一个儿子，渴望有一个子女，是再正常不过的文化心理。这一深远的驱动力必然带来对已有的婚姻、家庭的冲击。道德可以规范人类的行为，但不足以解释人类丰富的情感和命运。刘背头的老婆可以谴责刘背头和"我母亲"，但可以歧视"我"吗？矿老板老婆的堂兄可以以道德审判矿老板，但可以用枪威胁矿老板并把矿老板关进监狱吗？酒厂厂长的前妻能因为离婚把酒厂夺走并把厂长关进监狱吗？这些以道德审判对方的人中哪一个又不是充满强烈的自私和邪恶的复仇心理？人生的丰富正在于其情感和命运并不是按照程序设计的轨道运转的，这也正是人类生活的魅力和价值之一。每一个具体的人都应当对各自人生中不可预知和超出"规划"的情形报以宽容和仁慈，至少要表示出努力理解的姿态，把"无常"看作"日常"。如此，人人都渴望的和谐才有可能性。

三、个体的与历史的荒唐

曹军庆多年来把视线聚焦在县城生活的不变与变化上，他善于在传统的习以为常的题材和故事中发掘新意。其中篇小说《我们曾经山盟海誓》(《作家》2015年第2期)所写的是一个熟悉的离婚故事。丈夫赵文华的公司破产了,在审查专班进驻公司后,赵文华说服"我"与他假离婚,目的是保护"我"。可当"我"再次回到县城时,假离婚变成了真离婚,赵文华不仅没出事,而且收购了破产的国有企业,正准备他的新婚。但这个离婚题材之所以不同于常见的家庭婚姻故事,在于作家将一个企业的发展、破产、改制与一个地方风俗文化的包装、一个企业管理干部的成长融合在一起,使得赵文华的离婚与结婚来自一个预谋已久的计划,而"我"却始终未能觉察这一点,一直把婚姻的变故视为一个偶然的事件。赵文华因为做司机称职,被林局长重用,以办公室副主任身份到下属公司任职,林局长当县长后,赵文华大展拳脚,公司迅猛壮大,但林县长在即将升任县委书记的关口却出了事并进了监狱。赵文华一边对妻子渲染此事的复杂和严重性,一边制造会计吴艳艳在背后整人的恐怖气氛。这一切,"我"都信了。"我"甚至躲在"蛊村",回味"我"与赵文华请皂婆"做蛊"的甜蜜往事,"我"深信"我"与赵文华的山盟海誓,我们的生死已经被皂婆用神秘的"蛊"术绑在一起。然而事实上"蛊"村及其"蛊"文化根本就不存在,是林县长在该地担任乡镇书记时,请民俗专家和一帮演员为发展旅游包装出来的一个民俗风情,而且"蛊"村文化旅游最大的投资商居然是赵文华,当初向"我"宣传"蛊"村、马上就要嫁给赵文华的吴艳艳曾经是林县长当乡镇领导时的情人……如此看来,吴艳艳煽动"我"去"蛊"村旅游,不是偶然的,她是一名优秀的"托"。赵文华在"蛊"村,睡在棺材边上并不害怕,而且还想着升官发财的事情,也不是偶然的。他知道公司的变故是假的,并了解他自己投资的项目的前景。林局长从局长到县长一直关照赵文华,也不是偶然的,赵文华的忠诚和执行力,足以让他相信和放心。赵文华在家里每天骂吴艳艳也不是偶然的,他要表现得自己并不喜欢这个妖冶并善于做假账的女人……这一切最让人称奇的是,居然都那么真实。小说让我们看到,客观展开的社会进程、客观呈现在我们面前的现象和面貌,并不完全如我们所想象的那么"自然"或"必然",历史和事物的逻辑中包含有太多"人为"的力量,只是大多数时候,我们并没有去追寻对真相的揭秘,或者我们看到的是另一种真相,是对事物逻辑的另一种解释。这是《我们曾经山盟海誓》从日常生活中、从我们熟悉的中国经验中,发现和呈现的现代性智慧。这一带有"启蒙理性"意味的揭示包裹在诸如"蛊"文化、婚姻变故、官场世相的传统氛围中。

胡雪梅的《团头鲂》(《山花》2015年第4期)是一个与鱼有关的故事,与历史有关的故事,当然也是与人有关的故事。作品把历史中文人关于"团头鲂"的诗词、传说作为引子,以鱼类专家到鄂城研究"团头鲂"的培育、养殖为线索,叙述了极"左"时代鄂城一群渔民的辛酸、曲折、惨痛的命运。红旗与母亲"美"在卖鱼途中巧遇鱼类专家，因为获知鱼类专家将到樊口研究"武昌鱼"（团头鲂），红旗与"美"都希望为研究人员当后勤和助手，但政治觉悟极高、充满阶级斗争热情的村支书张新红，担心毛主席安排的这一伟大研究会被阶级敌人破坏，她对"美"这个地主老财的三姨太的一举一动时刻保持着警惕。对张新红处处歧视、怀疑、刁难、侮辱自己的母亲，红旗一直想要报复。在一个暴风雨席卷养殖基地的夜晚，在抢险过程中充满怨恨的红旗故意拖延搭救水中的张新红，不想张新红因此被洪水冲走。"美"不愿意案件牵扯到他人而主动自首，红旗连夜逃跑。"美"的被判刑和枪毙成为樊口的一个节日，成千上万的人为目睹一个漂亮的地主姨太太而聚集，也为武昌鱼人工养殖获得成功而庆祝。在20世纪50年代到70年代，这样因为成分、出身而与屈辱相伴的命运故事，不胜枚举。它之所以值得被再次书写，我想是因为其独特的元素——武昌鱼。武昌鱼本来就是无数鱼中的一类，尽管有众多的诗词曾经赞扬过它，但它仍然是鱼。在毛主席的诗词写到武昌鱼之后，它不仅仅是鱼了，它具有神性的一面，它的神圣、伟大来自人们和那个时代对一个人的迷信和崇拜。正因此，以张新红等人为代表的干部群体才把养殖场、科研团队以及围绕科研工作的其他工作上升到极端和荒唐的高度，才会对有丝毫疑点的人秉持怀疑和警觉，乃至歧视、跟踪、侮辱。在极端的政治环境赋予武昌鱼的神性之外，我们也可以看到一种来自俗世、来自日常生活、来自百姓命运对武昌鱼神性的提炼。比如"得五"的娘，因为团头鲂拯救了儿子得五的生命，她立下遗愿放生团头鲂。在得五的人生中，他为实现母亲的遗愿放生。红旗的母亲"美"为祈祷儿子死里逃生，委托得五放生武昌鱼。逃到美国的红旗为自己的母亲请求得五帮忙放生武昌鱼。最后，红旗决定把一生的积蓄用于放生武昌鱼。得五在六十年的人生中，每年的放生节都履行这些普通百姓的坚定誓言，一群小人物在卑微的人生中谱写着超度万事万物万人的宏大意愿。这是更有生命力、更有温度的神性。

《团头鲂》在一个过往的悲剧和荒唐的历史中，讲述了真正的神性何以产生，何以进入每个人的人生，并与他们的命运相慰藉。当然，个体的心灵和命运历史也具有特殊的审美力量。朱朝敏的创作一贯专注于内心隐秘的世界及其复杂性。其中篇小说《烤蓝》（《芙蓉》2015年第5期）对女性创伤的形成、其在命运展开中的影响以及抚慰有着别具一格的讲述，弥漫着清晰、细腻的女性主义特色。

2015年湖北中短篇小说创作无论是对当前现实生活中重大主题的关注和切入，还是对纷繁无序的现代性现象的感知和叙述，抑或是对历史中的集体记忆和个人命运的重述，都表现出作家们对现实的敏感与热情，对当代人所面对的困境的独特把握，以及对历史的思考与拷问。这些可贵的艺术品质让我们对湖北的小说创作充满了信心。在今天极度个性化、碎片化的生活形态中，渴望塑造和刻画代表、影响一个时代的人物形象，或许是更加困难的挑战。我们讲述的或许不那么典型，但它们的确是真实地进入了我们心灵世界的人物和生活，因而是可以折射这个时代的人物和生活。离心灵更近、离生活更近，由此可以获得更深刻的感知与体悟、创造更宽广的艺术世界。

（《湖北日报》2016年2月28日，《长江丛刊》2016年第13期）

以更大的勇气书写更加复杂的生活
——2016年湖北中篇小说印象

在2016年湖北的中篇小说创作中，马竹、曹军庆、普玄、刘诗伟、朱朝敏、胡雪梅、喻之之等人都有不同凡响的新作。这些作品的题材涉及更加宽广的社会生活，作品表现出来的艺术风格更加丰富多彩，凸显出来的作家对生活、社会、历史的思考更加深邃。

A. 创伤叙事与历史叙事

现代社会在其高速发展中，对人的心灵世界、精神世界带来的困惑以及日常生活中的伤害，无疑正成为社会性的问题。情感表达、日常沟通、矛盾化解、情绪排遣、愤懑的发泄，处处都有障碍。这些障碍的形成以及解决，都是具体的人生图景，也是小说家讲述的对象。普玄的《一片飘在空中的羽毛》(《人民文学》2016年第1期)讲述的并非很新鲜的故事，但作家在讲述方式上颇费心思。作品的讲述用了三个视角，儿子陈胖三、母亲常五姐以及通常的第三人称，三个视角交叉叙述了母子之间的心理隔阂、斗争，以及和解的过程。母亲常五姐与儿子陈胖三的矛盾，其实也并非看得见、摸得着的矛盾，而是由来已久的沟通障碍和爱的障碍。常五姐望子成龙，对陈胖三寄予了无限期望。但陈胖三有意或无意，都让常五姐失望，母亲与儿子同时陷入焦虑之中，并因此埋下隔阂、冷漠。陈胖三努力读书并考上大学的目的，就是为了摆脱母亲的无形压力。但母亲对儿子的心理世界一无所知，相反报以指责。当然，陈胖三自己婚姻和家庭生活的不幸福，也无疑强化了儿子对母亲的敌视程度。这一切直到常五姐去世才得以化解，当然，当陈胖三想与母亲融为一体，认识到母亲的话虽然刺人，但也无比温暖和贴心的时候，这一化解的结局其实也就遗憾。作品成功刻画了一个乡村母亲的形象，常五姐是广大乡村母亲的一个代表，她们的一生都寄托在儿子身上，她们压抑、坚韧、焦虑、急躁，也因儿子出息而自豪。但她们的粗粝，也往往会伤害儿子的成长，并酿成伤痛乃至悲剧。作品主要以儿子、母亲的口吻，充分呈现了两个人物的内心世界，并使得叙述充满强烈的个人情感色彩。朱朝敏的《烤蓝》（《小说月报》2016年中篇小说专号）与她过去的某些作品一样，表面写的是夫妻和家庭生活，关注的却是人物内心的隐秘、伤害以及这些不堪回首的记忆对人物未来命运的影响。妗蓉十二岁时被老师王振海性侵，带着屈辱成长，但无法正常去爱。命运让她再次遇到当年伤害自己的王振海，她居然毫不犹豫嫁给了他。但这一婚姻或多或少带有不合逻辑的冲动，她的身体本能地拒绝丈夫。这一心理上的痼疾，恰好是王振海不断寻求身体满足的逻辑，他在危险的道路上越走越远，最终因再次性侵学生而自食其果。小说用"烤蓝"这一金属加工术语作为标题，强调对过去和历史必须清除干净，然后才能新生并焕发光彩。这当然是妗蓉的觉悟，她意识到这一点，是在王振海一而再地故伎重施、不可救药之后。而更重要的是妗蓉从未反思自己嫁给王振海的动机和目的，是报复，还是因为过去失身于他，抑或是真的动心？或许多种因素都有。总之，妗蓉是在下决心报警并看见警察把王振海带走之后，才真正为自己的人生建立起合理性。但无论如何，作品强化了读者对性侵造成的不可平复的伤害和影响的感受、认识，这种伤害和影响有可能需要当事人用一生的努力来消除，他们的人生就是消除伤害的人生，一生只做一件事——消除、磨灭。这是极其残酷而悲剧性的人生。它是对生命的浪费，但又不得不浪费。

B. 家庭生活与家族历史

家庭是小说的母题。看似平淡、稳定、惯常的家庭生活，实际上都在不断变化，与时代生活、社会发展、经济生活交织在一起，只要精心去体会，细致去感觉，认真去发现，总会有新的创造。马竹向来擅长从不引人注目的现象和故事中，生发出细腻、真切的人生感受和智慧，《巢林一枝》（《长江文艺》2016年第4期）即是如此。作品把故事的展开放在小年夜，把空间放在返家相聚的路途中。在家庭团聚的时刻，书写亲情的重新获得和家庭的温暖，正如鸟对巢的巩固和坚守，让读者看到了普通人和普通生活的价值。胡雪梅的《天下第一香》（《山花》2016年第3期）在一部中篇小说的篇幅中，讲述了一个家族三代厨师在历史进程中，多舛、诡谲的命运。曾祖父德生爷，给日本人做聚仙大蒸，被游击队马队长锄奸。祖奶奶带着全家投奔地主张富仁继续做主厨，并把手艺传给祖父朱传宗。在随后的"土改"中，祖奶奶为了儿子免遭杀身之祸，违心参与揭发批斗张富仁，张富仁求祖奶奶做一次"上路蒸",并以此为证据揭发祖奶奶,祖奶奶与地主张富仁都被枪毙。在公私合营中,祖母李铜梅在家里开店,为往来的领导干部做长伙,而人民公社迅速为每个食堂培养做长伙的师傅,祖母、祖父的生意凄凉。在饥荒时代,祖父被叫到镇上悄悄做了一顿长伙,胀死了镇长和书记,被以盗窃粮食的罪名判处死刑。父亲望店十岁做野菜粑,十四岁做长伙,但因为接待一个想吃长伙的逃犯,被判刑十年。这是一个奇特的故事,一个家庭三代男人或被枪毙或被判刑;但又是一个平常的故事,因为他们都是朴实的农民,他们专心致志的不过是天沔地方的特色饮食——蒸菜。作家在艰难而曲折的历史进程中,讲述朱家三代人对地方饮食文化的热爱、奉献、创新,他们把长伙当作荣誉、当作快乐、当作生命和事业,他们把这一寻常的吃的事情,做得无比神圣和庄严,为此,他们不惜冒着杀头的危险。在这一过程中,我们看到了祖奶奶面对日本人、伪县长、游击队长等各种力量时的镇定、泰然,以及她的善良、大义,看到了祖父的固执、倔强,看到了铜奶奶的乐观、坚韧、执着。尽管作品中被判刑或丧命的是男性人物,但就人物塑造而言,这显然是一部塑造女性形象的作品。这些女性人物,懂得江汉平原的藕、鱼、肉、菜,懂得每一种绿色植物的用处,即使在最困难的时代,她们都能就地取材,妙手生花,发挥每种物产的作用,度过饥荒。作品对人物置身的宏大历史的叙述,举重若轻。抗日战争时期,中华人民共和国成立初期,困难时期,"文革"时期,这些不同时代的不同身份的人物,都需要吃饭,特别是需要吃长伙。锄奸的游击队长去世后,其儿子仍然要请朱家去做长伙。省里的、市里的、县里的、乡里的,来来往往的干部都是如此,一方水土打下的烙印从不因信念、地位而改变。这是江汉平原遗传给他们的基因,但正是这一点,决定了做长伙的师傅可能会丢掉性命,虽然长伙只是一种饮食,但吃长伙的人政治立场不同、阶级立场不同、性格心胸不同,他们吃完了长伙,赞美了长伙,继续按照自己的信念和理想操持平原上做长伙的普通农民的命运。作品对长伙与人、家族命运与历史进程之间的紧密关联的揭示,令这一故事折射出巨大的力量、悲痛、无奈。

C. 沧桑的中年与不堪的往事

20世纪70年代末80年代初的大学生,曾经是时代的骄子,也是几十年改革开放、社会进步的栋梁。这一代人如今都已年过半百,他们如何看待自己的人生以及过往,不仅是他们自己的事情,也是小说家关注的事情。曹军庆的《落雁岛》(《十月》2016年第5期)写的是一场游戏,但其意蕴远远超出了一个孤岛内同学之间的游戏。一群20世纪70年代末的大学生每年在落雁岛聚会。尽管他们的社会地位不同,职业不同,经济状况不同,但在聚会游戏中都是平等的,聚会活动由"岛主"操办,但"岛主"的产生却是神秘的。在这个"岛"上看似快乐、民主、平等的同学聚会活动中,其实隐藏着与"岛"外世界一样的社会结构。"岛主"不仅对所有活动有安排支配权力,对违规的同学也有调查和处置权力,在下一届"岛主"产生之前,对"岛"上的资产有经营、建设、管理的权力。这使有的同学对"岛主"的位置格外在意,汪新忠就是其一。但汪新忠的"岛主"梦,被沈旺秋的一句玩笑话搅得诚惶诚恐。在汪新忠当上"岛主"之后,反对他的女同学郝晓影,男同学曾凡伟、张亚雄都受到了调查,包括告密者沈旺秋。当初正是沈旺秋开玩笑说郝晓影、曾凡伟、张亚雄反对汪新忠当"岛主"。小说的核心在于,一群同学聚会的临时组织,居然有调查权,而且,掌握着被调查人的所有隐私。被调查的对象,面对查案一样的格局和形势,坦白了远远超出调查者想要知道的内情。尽管郝晓影、曾凡伟、张亚雄反对汪新忠,只是一个玩笑,但汪新忠还是利用"岛主"的特权,威胁、恐吓、逼供每个被调查者说出了自己的隐私,达到了报复每个反对者的目的。甚至利用打猎的机会,试图让另一个患精神疾病的同学误杀沈旺秋。这是一个令人惊心而恐惧的游戏,道出了存在于社会生活中的某种机制。即,一个群体,无论由什么方式组成,都存在某种权力结构和治理模式。这篇小说尽管阅读起来并不舒畅,但它表明作家对生活、对存在、对人的困境的思考,超越了现实的表象,作家试图在具体的现实与抽象的理性之间建立起一致。这一理想超越了小说家对故事的沉迷。

刘诗伟的《不知去向的别先生》(《天津文学》2016年第12期)是一部比较"另类"的小说。说另类,是因为小说的复杂面貌,古文字(小学)专家,企业家,养鹿场,房地产开发,书法家,大学教师,鹿场饲养员……这些很多看起来没有紧密联系的,甚至毫无关联可能的事物,天衣无缝地联系在一起,通过别不改的人生痕迹联系在一起。当然另类的还有作品的叙述语言,刘诗伟的语言一贯不会顺着人的阅读期待和感受延伸,而是常常出现令人意外的、不适应的古汉语或者说"雅语",这些当下很少使用的语言,在刘诗伟的作品中刚一出现会令人觉得别扭,但静下来琢磨或者再次阅读,就会发现这些有别于习惯或流行风格的文字,其实,不但合适、恰当,而且也富有极具意味的独特艺术个性。《不知去向的别先生》从叙述一个大学同学聚会开始,其实没有花费很多笔墨介绍这次聚会,而是转而叙述别不改的大学生活、读硕士博士期间的逸闻趣事,以及他与古兰未成功的爱情、与满枝未坚持到底的婚姻。单从这些细节看,别不改无疑是一个失败的男人，基础扎实但没有做学问，爱情很幸运但没有得到，生意很顺利但没有兴趣，婚姻不期而遇但半途散伙，最关键的是他最终不辞而别，不知去向。作品没有讲述别不改与满枝的婚姻矛盾，也不讲他和女儿，甚至也没有特地刻画别不改对社会现象的意见。但作品毕竟塑造了一个钟情于文字但未能实现自己理想的知识分子的形象，他看似成功、有钱，但似乎完全不在乎自己的所得；他不在乎自己的现状，但又未能去改变自己的现状，比如重新研究文字；他既能经营企业，又看不出他对此有多大热情；他既无热爱，但又一直做着这些事：养鹿、酿酒、开发商住楼和购物广场。这正是很多知识分子的真实写照，他们有知识、良知，但一直过着不情愿的生活和人生，并且还无力改变。别不改最后留下的话"我回不去了"，是对他们人生最准确的注释。尽管他们也赚钱，也慈善，但很难说，他们真正实现了应有的人生，或者说，他们的此种也算成功的人生可能毫无价值。他们真的已经不知去向。

D. 融入都市的晚年与留守家乡的成长

三十多年，随着城市化的进程，越来越多的农民不断融入城市，成为新都市人。他们或者通过艰苦的拼搏，在城市获得立足之地，或者经由其他方式进入城市，比如跟随子女，他们的迁移、融入、新生，是城市化进程的写照。喻之之的《秋风别》(《长江文艺》2016 年第 11 期)写的白亚洲、邝美云，是最早进入城市谋生并得以在城市安居的代表。白亚洲凭借聪明才智在汉口站住了脚跟，但却突然带着小儿子与小保姆私奔。邝美云历经多年找到了小儿子，却得知白亚洲早已投水自尽，当年的小保姆在临死之前又将与白亚洲所生的女儿托付给她……邝美云带着仇恨、愤怒继续生活，白亚洲竟然还魂般回到家里，并解释了自己几十年的生活。作品试图对白亚洲的作"恶"、所受的"惩罚"做出合乎逻辑的诠释。白亚洲从还未走出山村前，就开始不走正道，并在此后几十年不断出走、逃避，但最终他明白无法回避应该承受的生活。作品以细腻、入微的刻画，讲述了底层百姓获得觉悟的艰难和代价的巨大。

青年作家王倩茜的《如果这里有月光》(《小说界》2016 年第 4 期)讲述的是另一种新都市人的生活。老人戚大娘、邢发信进入城市是为了投靠子女度过晚年，但陌生的环境和人群使得他们的养老生活并非想象的美好。戚大娘在城市里看月亮，帮物业公司管理小区，他们并不了解都市人及其生活，也不理解都市人的人生，但他们始终秉承诚信、善良、朴实，面对陌生和变化的城市，从而让我们看到乡村与城市之间的相互影响和相互融合。

一直以来,当我们谈武汉文学的时候,往往忽略少儿文学。事实上,武汉堪称少儿文学的强市。几代作家耕耘不辍,为武汉少儿文学的繁荣作出了有目共睹的贡献。近几年,李伟的创作主要以留守学生为背景,《云朵上的礼物》(《中国校园文学》2016年第4期)同样写的是留守学生的故事。小柱子以为自己的努力学习和进步,会赢得年底爸爸带来的惊喜,但他失望了。他想要的不是红包,不是钱,而是自己的一份心愿、一个念想。作品在清新的叙述中,提出一个常见而不被重视的沉重话题:当下外出务工父母与孩子的隔膜,对孩子的疏忽、误解。

当然2016年湖北的中篇小说创作并不仅仅局限在上述提及的作家和作品。彭丽丽、周娴、张慧兰、舒位峰、邓运华、张奇志、肖静等众多作家,都在各自的题材领域里有所发现和独特的表达。他们立足时代,贴近城市发展和乡村进步的生动实践,在讲好中国故事的艺术实践中作出了可贵的尝试。这些作家的努力使得湖北的中篇小说创作在艺术上呈现出更加复杂和独特的面貌。

(《湖北日报》2017年5月14日,《长江丛刊》2017年第13期)

情怀、精神与风姿
——2017年湖北诗歌创作综述

湖北堪称诗歌大省和强省,尤其是新时期文学之初,在老一辈诗人积淀的基础上,诗歌开启了湖北文学的新进程。当下的小说家方方、熊召正、陈应松等在新时期文学之初都是诗歌创作的中坚力量。车延高、田禾的诗歌获得鲁迅文学奖,《芳草》举办的"汉语诗歌双年十佳"评选,湖北作协实施的武汉地铁公共空间诗歌展示活动,第五届中国诗歌节,《汉诗》《中国诗歌》等阵地的建设,以及各种自媒体的诗歌推广和朗诵活动,等等,对繁荣湖北的诗歌创作起到了极大的推动作用。湖北的诗歌创作群体不断壮大、诗歌活动形式多样、诗歌展示手段和传播平台不断丰富,同时,诗歌创作质量也取得了长足进步。2017年以张执浩、田禾、剑男等为代表的中年诗人群体的创作炉火纯青,以哨兵、杨章池、袁磊等为代表的青年诗人新作不断,以阿毛、黍不语等为代表的女诗人的作品风采缤纷,以谢克强等为代表的老诗人仍坚持创作并尝试新的变化。

一、情怀:大慈、大悲、大爱

粗略地看,湖北的诗歌传统过去有两大主流,一是主要由各地诗人共同致力的乡土书写,二是由在校学生、校外青年共同努力的青春书写。文变染乎世情,随着时代的变化尤其是精神生活的巨大变化,湖北的诗歌创作很难再梳理出枝叶脉派,异乡打工与故乡记忆、现代化与都市乡愁、历史与当下、宏大故事与日常生活、现实世界与精神世界,等等,都有诗人集中书写。在2017年的湖北诗歌中,剑男、田禾、张执浩、柳宗宣、毛子、小引、川上、何炳阳、余述平、沉河、向天笑、谷未黄、余笑中、李建春、刘洁岷、李强等诗人的作品都表现出共同的情怀:对民间疾苦、对飘摇的命运、对一丝一缕的人间烟火怀有大慈、大悲、大爱。张执浩的创作状态一直稳定,在总结自己2017年的创作时他认为有43首作品自己比较满意。这些诗歌以诗人从容的速度、略带沙哑的嗓音,抒发着浓郁的大慈、大悲、大爱，这是人生迈过中年后特有的情绪和思想，不是诗人刻意寻找或体味出来的感受，而是人生感概自己涌上心头，如同张执浩在《被词语找到的人》中所写"但我曾在凌晨时分咬着被角抽泣/为我们不可避免的命运/为这些曾经以为遥不可及的词语/一个一个找上门来/填满了我/替代了我"。作品中的"平静""浑浊的眼睛""健忘"鲜明地标记着人生所处的正走向衰老的阶段，"默片""呢喃""慢慢扩展""融化"描述着这个阶段人生流淌的姿态，"慈祥""悲伤"则是迈过中年的情怀。这种情怀也是遍及一切的，不单只是因为一事一物，所以张执浩说"我对所有的丘陵都怀有莫名的爱意"（《丘陵之爱》）。他在"梨花"中看到了"花圈"，"开阔的星空下猛然出现了几树梨花/我以为那是花圈，我以为/所有的花圈摆在一起就能满足/你说的百花盛开"（《听说你那里的梨花开了》），这个年龄段甚至"身边无可燃之物"，"我已经活到了欲哭无泪之年……从前是一个少年，现在什么也不是……唯有写下这首诗/折断身体里的一根根枯枝"。在这样的人生阶段，诗歌已经远离所有的技巧、技术、流派、哲学、美学，它就是生命的自述，就是情怀的自觉流淌和自言自语。田禾过去以《喊故乡》为代表的乡土诗歌确实写出了乡村的疼痛记忆，这种锐利的疼痛来自他对穷困、苦难、悲悯、温暖等的集中而强烈的表达。乡村仍然是田禾2017年创作的对象。他的《父亲的油灯》《我的乳娘》《柴火灶》《村庄的屋顶》等作品也是个人的乡村记忆与乡村经验，但与过去鲜明、锐利的疼痛不同，现在田禾的诗歌中多了一份隐忍与节制，如，诗人写自己在村庄的屋顶所见，"这些烂房子连在一起/像村里那年从河南来的丐帮/三叔家的老屋，像他身上穿的/那件旧长衫/从头破到了脚跟"，"河水低流，山峦起伏。河堤上/摘棉花的妇女/像赶着一群风雪"，从屋顶像乞丐挤在一起，像破烂的长衫，我们分明感受到了诗人内心的痛楚，但，是节制和隐忍的。从妇女赶着风雪，我们同样感受到诗人对农民命运的书写保持着节制和隐忍。而诗歌的最后在"当暮色扑棱棱覆盖村庄的屋顶/也迎来了一个渐渐凉下去的夜晚"中结束，诗人爬上屋顶看到这一切是冬季的景象，但诗人省略了关于寒冷和夜晚的叙述，如此破烂的屋顶如何抵御寒冷则留给读者去想象。田禾2017年的乡村写作在隐忍和节制中其实饱含着一腔大慈、大悲、大爱。这一特征也是许多诗人共有的艺术特征。

剑男近几年来的作品如火山爆发，喷涌而出，而且从容、深沉、顽强。2017年剑男的诗歌中有《失眠记》《腰疼》《我还是听出了母亲心中的悲伤》这样记录个人生活的，有《乡村傍晚的苦楝树》《乡村的早晨》《半边猪》这样的乡村题材，也有《牛筋草》《蜂窝》《鹅卵石》这样的自然事物。他写《蜂窝》："出于难以安身立命的肉身/我们终于把自己囚禁在蜂窝般的土地上"，他写《失眠记》："我睡不着的痛苦是否和草虫一样/我的焦虑是否也与此有关——/黑暗难以安度,而夜晚却越来越长",他写一个中年男人的辛酸:"一半在新年前的集市,一半在山中的家乡/一半在妻儿的身边,一半在父母床前/一半在余岁,一半在新年/单薄的身子分割得不再有多余的东西/但他的口哨吹得多么欢快"(《半边猪》),这些可以视为剑男三类诗作的三个原型:无奈之中虚构道德,夜晚之中安度焦虑,辛酸之中吹着口哨,其实都是大慈、大悲、大爱。毛子2017年的诗集《我的乡愁与你们不同》是湖北诗歌创作的重要收获之一。《咏叹调》在一定程度上代表着毛子对人生、世界的看法,诗作写到了女人、书籍、鞋子、衣服、日子,但最后,"昨天,我又一次去了墓地/那儿除了安静,什么也不能给我/它们告诉我:死亡,只是生命里的事情……"这种对人生的领悟或多或少带有宿命、绝望的情绪,但未尝不是大悲。从江汉平原走出来的柳宗宣并不以写平原瞩目,他擅长的是在日常生活中发现诗意,他写女儿的男友与父亲来家中提亲:"女儿早起把滚筒洗衣机内的衣物/拿到楼顶晾晒——冬日的阳光/终于露脸。我们的日子有了盼头"(《提亲》),在《缓慢》中写陪怀孕的女儿散步:"哦,这时光中的急迫与忍耐/你活着,为了守候它们的诞生",无不充满浓厚的爱意。何炳阳2017年的创作试图压抑内心强烈的愤懑,表达出对命运接受、平和的态度,如在季节转换时感悟到的慈爱,"藕被人挖走了/风雨在替盛夏卸妆/从指缝中落地的莲子/不说为谁,转世"(《打坐的秋天》),又如从经文的唱诵中感受到的心甘情愿,"我看见自己/三生,都是/一粒含泪的浮尘"(《听大悲咒》)。

车延高、刘益善、谢克强、梁必文等也都不断坚持创作,重要的是,也在不断变化。车延高的诗歌在一个阶段一直保持着机智、智慧,重视对词汇的活用以及出人意料的比兴和转折,但我们注意到车延高的诗歌也有以叙事、叙述为主要手段的一面。2017年的《哑妹》是诗人与去世的哑巴的对话,"我发现/能说会道的人太多/我还发现/太阳、月亮不说话/观音菩萨不说话/圣母不说话/有一对翅膀的天使也不说话/所以你不要难过/下一世我去找你,找一个干净地方/把所有的声音赶走/只剩一块条石,还有你我/对坐,我闭口/就听你一个人说/先说说有口难言的痛/再说那个把爱挂在嘴边的人/是怎样欺骗了你",整个作品都是叙述,但悲伤之情、愤懑溢于行间。谢克强坚持诗歌创作四十多年,他过去的诗歌如《三峡交响曲》《孤旅》等以抒情见长,他2017年的《世界名画》《游踪》《中国诗人》等作品却显现出一种变化。《中国诗人》《世界名画》分别以李商隐、杜牧、白居易、苏轼四位中国古代诗人,凡·高的《向日葵》、毕加索的《和平鸽》、莫奈的《睡莲》、米勒的《汲水的妇女》、米勒的《晚钟》五幅画作为主题,在叙述诗人命运、解读画作含义的同时,也表达了当代诗人对历史和命运的感悟。"你布衣芒鞋/走进长安/长安,此时正是天寒地裂……你的《卖炭翁》《长恨歌》/教人们,也教历史深刻认识了/比冬还凛冽的长安"(《白居易》),"也不知为什么/我对这幅《向日葵》一见倾心……这一朵朵怒放的太阳花/骤使我忆起那久远的故乡/那长在田头地角的向日葵"(《凡·高:向日葵》),与过去的创作相比,这些作品更注重写实、叙事,诗人的情感隐匿于客观描写和客观过程之后。梁必文过去的乡土诗歌创作也是以抒情见长,但新作《异域印象》以简洁的语言描述涅瓦河的早晨、圣彼得堡风光、普希金雕像、高尔基故居,波罗的海的风,俄罗斯的历史、文学——穿越诗人的心灵,过去江南乡村世界湿漉漉的情绪被大理石般冷峻的叙述取代,充满质感和力量。

二、精神:智慧、勇气、理想

　　青年的心最能感受到时代和社会的呼吸,人生境遇、事业理想、爱情幸福、未来前途,这些都背负在每个年轻人的肩上,充塞着每个青年紧张忙碌的心,因而也烙印在青年诗人的作品中。以黄斌、哨兵、卢圣虎、杨章池、湖北青蛙、袁磊等为代表的青年诗人在2017年的创作中,对人的精神世界给予了特色鲜明的关注,复杂生存环境下的人生智慧、艰难成长中的勇气、坎坷前行中的理想,等等,都得到了诗意的表达。黄斌的诗歌往往在不经意之间,流露需要冥思苦想的智慧,《黄梅四祖村下》《禅意》《咏神农架冷杉》等作品都具有如此的特征。"阳光来了/它就辉煌/风要来了/它就响"(《禅意》),诗人写的是一片树叶与风与阳光的关系,将季节、冷暖与生命之间的关系表达得如一段偈语。他在神农架的冷杉上发现了艺术,生是往上,死则一节节往下,把生的路再走一次。他在欣赏摩崖的时候,发现村妇在溪水边,在石刻的书法上搓洗内衣。这些充满悖论、矛盾、荒谬的细节经过诗意的表达,智慧之光顿时辉煌如炬照亮读者的世界。哨兵无疑是湖北最具现代性特征的一位诗人,虽然他凭借的依然是洪湖及其事物。在形式上,哨兵常常使用两句一段的排列,而且上一段的最后一句话实际上与下一段的第一句话本来是连贯着的。这种方式显然是深受当代西方诗歌的影响。当然,他的诗歌现代性更明显的特征在于对叙事的重视和隐喻的使用。比如对逃避的表达,"要是我也能忍受/这些:漂泊,孤独……我肯定选择/不做人,做座船/或洪湖的隐士,被世界遗忘/却已安身立命";比如对移民命运的担忧,"我想,她肯定知道那些移民该如何/回去。……我记得昨夜……整晚/她都在向风哀求:风/风……别把我吹出洪湖";比如对儿子的担心,"我望见薄雾/还有虚无……我发现世界/并没有什么变化。床前/明月光,怎么看都是一场/霜。……不知怎么/我却想起了儿子。那小子,在北方会遇上麻烦的";比如通过甲鱼的命运,表达对人生的怀疑,"亦如没有人是我/怎么懂得我悲欣。我想学她/爱这个世界,却从这个世界/消失,从不在乎落得如此下场/是被红烧,还是清蒸";比如通过汽艇和波浪,表达洞察到的更深入的世界,"感谢汽艇/让我在平原/见识过波澜壮阔的生活/透过逝浪,我几乎看穿/一生的荒诞和虚妄";比如借助"鸟"对自我和世界关系的叙述,"要多少年我才能轻如大鸟不为人知/要多少年我才能爱惜这些:语言,羽毛,翅膀","谁撞上了乌鸦/沉默,谁就遭遇了这些/命运,鬼祟",等等,我们都可以发现哨兵借用洪湖的意象来思考和表达对世界、社会,以及人生命运的思考。如何评价当代诗歌创作对以英语或其他语言创作的诗歌的借鉴、学习、转化,是一个复杂的话题,就哨兵近几年的创作,我们明显感受到他的探索正在形成自己独特的风格,特别是从他的作品中涌现出来的强大的力量。在近几年湖北诗人的创作中,卢圣虎的创作数量是位列前茅的。卢圣虎 2017 年的诗歌写出了人到中年所感受到的驳杂世界,"都在路上跑着/跑着跑着就散了……终点并不都是鲜花/必有一次痛哭在等你"(《人到中年》),这种决绝的意识,是需要强大勇气的。幸好,卢圣虎拥有人到中年的宝贵自觉,"我不习惯言之无物/我厌恶多谋不决/对不起,这事别通知我/有很多苦恼需要我立即决断/爱、病痛和归宿"(《对不起》)。这是对喧闹、杂乱、无聊的青年时代的告别,诗人需要有人倾听孤独、渴望拥抱诚实、需要懂得珍惜透明的朋友(《找一个人对饮》)。卢圣虎的诗歌中当然也有焦虑,比如,对一条上班路径的全过程的记录,学校、医院、过早、贩卖、擦鞋、办公室窗台的花,而诗人的寄托则在往事、故土、老友、读书、喝茶上(《大隐》)。杨章池在"70 后"诗人中,有独特的个性,用近乎石头一样坚硬的语言表达有温度的人生智慧,"放松,再放松/他用语言消解我的肌肉……疼痛哲学家,悲悯地窥探着/透过西服里的残损青春/他卷入我疲沓的、难以启齿的每一天"(《盲人理疗师》)。湖北青蛙 2017 年的诗集《蛙鸣十三省》是对诗人漂泊与游历的抒情记录,交织着广阔的地域、驳杂的意向、雅致的审美,其中也回荡着悲悯和伤感,如对平原"哭腔"的书写,过去"人间最好的音乐/和人类情感的光辉神殿",在时代的变化中,"人们大约已肉身倦怠,审美疲劳/情感深度也不配/这种动荡肺腑的记忆",而现在"一两处鬼火/火舌翻滚,没有一丁点声音",人们与离去的人们就结束了告别。这种伤感虽然怀有批判、抱怨,但更多的是一种文化理想,一种立于传统和民间,可以安慰灵魂的理想。"80 后"诗人袁磊无疑不会被传统束缚,他的冗长的句式营造出的繁复易于让人误入歧途,但我们能感受到一个青年在都市打拼谋生的矛盾、痛苦以及不灭的理想,

"我更喜欢光着脚,像小时候在乡下那样的/背着膀子,学古代高士/在卧室和客厅间来回踱步",而都市的困境却是"仿佛搬进这栋还建房后/我就成了城里人,只做高雅的事/但房租偏高,还有物业费和网费……早已压得我喘不过气来……每次缴完租子,我就像贫农被刮了油"(《楼》)。袁磊很多的诗歌都写到了异乡谋生的不安,"直至凌晨,有运货车打破寂静/粗暴之声碾过头顶,使我不自觉地抓紧被单/如拱桥下的流浪汉,担心被拖走",但诗人从来就不缺乏理想,"前瞻江湖可明耳目,我便甘愿在此/扎下根来……/如求道者清修,以语词为圣物/……我可在阳台倚两小时,望长江奔涌/看朝霞是如何温暖世界的。而每晚我可独坐飘窗前/叹黄昏易逝,只与鸟禽和植物为伍"(《担心》)。

三、女诗人群体:通达、温暖、禅意

湖北的诗歌界活跃着以鲁西西、阿毛、苏瓷瓷、黍不语、余秀华、懒懒、夜鱼、范小雅、许玲琴、鲍秋菊、十五岚等为代表的女诗人群体,这是一支不容忽视的实力强大的创作队伍。她们以不同的年龄梯次,不同的职业和阅历,不同的艺术风格,丰富了湖北的诗歌创作。与过去的创作相比,阿毛当下的诗歌发生了一些变化,贯穿着通达之气,透着岁月洗礼后的淡泊,如《视域》对人生不同年龄看到的范围的描写,"现在,我坐在椅子上阅读/发呆、打盹/头左右摇晃、抬起低下的/范围有限"。这一肢体活动空间变化的感受,并不沮丧和痛苦,回荡着深沉的热爱和自信。如对爱的观点,"回忆天真的童年、安抚迟钝的晚年……是的/如果你爱我/不但要爱我的眼神/还要爱我怀抱里的阳光和夜色"(《冬天里》)。"怀抱里的阳光和夜色"是岁月的馈赠,是时光的流逝与沉淀。与过去的诗歌相比,阿毛依然保持着女性独有的立场,如"我就想有这样一个小女儿/在紫光中奔跑/可我年事已高,不敢生育/我想借一个年轻的子宫/生一个小女儿/建一个小王国"(《童话》),当然建一个女儿国不单单是有女性主义色彩的梦想,更浸透着岁月无情的流逝。夜鱼的诗歌夹杂一些禅意,在考察现代人的境遇中,把"我"置于冥想的对象,比如通过湄南河边寺庙的描写,表达对世界的虚幻与内心的虚幻的顿悟,"内心全是现世金粉般的泡沫/和泡沫般活在此刻的幸福"。巧的是诗人同时也写了内地一座寺庙的生活,表达得更多的是内心的自责、惭愧,"在山下我似是而非/在山上我也似是而非"(《老祖寺的黄昏》)。甚至在没有任何庙宇环境的都市街道上,也能从其诗歌中散发出参悟的味道,"允许自己迷路、走神、虚掷、游离/譬如他们在正确的方向争分夺秒的时候/我正和某段路基下的麦子和鱼,重叠着魂魄和颤栗"(《迷路》)。"80后"诗人黍不语对汉语诗歌传统有着令人欣喜的继承和创新,如"那麦地多广阔。好像可以/供我们走很久/那绿色多蓬勃,像世上/所有的好,都来到了这里","我想跟你说话,像小羊/不停地咩咩/我想长久地和你拥抱,像两棵/长到一起的树"(《这世间所有的好》)。《树》《我的母亲坐在那里》等篇章都有类似的精神气质,这种立足于传统的创新在未来无疑会绽放出巨大的潜力和魅力。懒懒的诗歌善于发现难以承受和接受的世相,"灵柩里他安详、身体柔软/突然想起那晚……你我拥抱/就此别过/后你又折回来告诉我/你的身体那么柔软"(《无题》),我看见他的身体柔软与他过去发现我的身体柔软,两个好友对身体柔软的观察与感受处在不同的时空、不相通的时空,这里面饱含难以接受的事实和难以忍受的沉痛。《所见》《海边的录音师》《树在每个夜晚都小心翼翼地》都有类似的细小而深刻的洞察。范小雅在2017年写了不少与"怀念"相关的作品,如《感激》《所有的痛苦都是神圣的》《怀念》等,在痛苦乃至绝望之中,发现星星点点的爱、温暖和支撑,正是其诗歌写作的理由之一。许玲琴在2017年以二十四节气为对象创作的24首诗歌,是一次有意思的尝试。这些诗作不是对自然节令的文字解释,如"大多数时候我们在爬坡/与倾斜的日子保持平衡"(《秋分》),"河流刀刃一样薄/就像你我之间/慢慢开始凉透"(《处暑》),而是更注重从人的内心感受和个人际遇出发,把自然界的冷暖与人的情感起伏关联起来,如此使得人的命运有了宽阔扎实的依托。鲍秋菊是一位创作勤奋的青年诗人,她敏于捕捉日常生活中的琐碎事物和内心的纤细微澜,如她看芦苇,"你冬天的末端,依然生动"(《芦苇》);如她对孤独的心理描写,"现在蜷缩一团,反过来,被床单抚,被夜晚抚/抚摸的夜晚走掉,又回来/……抚摸和她之间,建立了陌生进入另一种陌生的关系/迷迷糊糊美好的关系"(《深秋》)。可以发现,鲍秋菊的诗歌在更大的程度上依赖于瞬间的感觉和灵光,而乏于对感觉的开掘和用心打磨。

2017年湖北的诗歌创作表现出诗人对生活、对世界、对民众的博大情怀,凸显出对时代与生活的巨大勇气和不屈的理想,并在艺术探索上取得了令人信服的进步。无论老诗人、青年诗人还是女诗人,他们用创作证明,湖北的诗人群体是一支有责任和担当的创作队伍。

(《湖北日报》2018年4月30日,《长江丛刊》2018年第20期)

2016、2017、2018年的武汉小说现场

2016年：以更精湛的艺术，讲好中国故事

武汉的小说、武汉的小说家一直秉承关注现实、反映现实的传统。与生活同行，与时代同行，是文学内在的要求，也是文学历史和实践的总结。池莉、刘醒龙、林白、李修文等都是弘扬这一传统并有独特艺术贡献的代表。韩永明、马竹、谢络绎等人的创作则为当下的武汉小说现场增添了更加丰富的色彩、更加浓厚的氛围。

韩永明的小说创作一直关注现代化进程中的乡村，他对乡村的发现，往往平实而新颖。《望烟》（《长江文艺》2016年第9期）写的是山村的年景。炊烟向来是祥和、幸福的象征，而李铁匠家的屋顶没有冒烟。由此，通过一个一辈子没嫁人的妇女的视角，回望一个丧偶男人的不堪生活，以此启发每个不幸的人思考命运的根源。马竹向来擅长从不引人注目的现象和故事中，生发出细腻、真切的人生感受和智慧，《巢林一枝》（《长江文艺》2016年第4期）即是如此。作品把故事的展开放在小年夜，把空间放在返家相聚的路途上。在家庭团聚的时刻，书写亲情的重新获得和家庭的温暖，正如鸟对巢的巩固和坚守，让读者看到了普通人和普通生活的价值。谢络绎的艺术个性在于其独特的敏锐、自如的叙述节奏，以及语言与时代生活的紧密关系。她的《他的怀仁堂》（《花城》2016年第2期）同样写的是亲情，但与同类作品相比，显示了对日常生活和家庭关系更极端和犀利的剖析。小说所写的父子之间情感表达的障碍及其解除，其实也是现代化背景下愈来愈普遍的心理和精神问题。对此种生活疼痛的叙述和展示，正是因为作家对大众满怀同情和真诚。侯国龙是一位小说新人，《梅雨纷飞》（《湖南文学》2016年增刊）写的是警察的生活。同一种职业生活在不同时代有不同的内容和特点。侯国龙写的是他这个时代的警察生活，在他灵动的叙述中，一个外界陌生的职业及其生活，呈现出更加亲切和无间隙的熟悉感。这正是小说所需要的。

一直以来，当我们谈武汉文学的时候，往往忽略少儿文学。事实上，武汉堪称少儿文学的强市。几代作家耕耘不辍，为武汉少儿文学的繁荣作出了有目共睹的贡献。近几年，李伟的创作主要以留守学生为背景，《云朵上的礼物》(《中国校园文学》2016年第4期)同样写的是留守学生的故事。小柱子以为自己的努力学习和进步，会赢得年底爸爸带来的惊喜，但他失望了。他想要的不是红包，不是钱，而是自己的一份心愿、一个念想。作品在清新的叙述中，提出一个常见而不被重视的沉重话题：当下外出务工父母与孩子的隔膜，对孩子的疏忽、误解。

　　当然武汉的小说创作的成就和新气象并不仅仅局限在上述提及的作家和作品。近年来，喻之之、彭丽丽、周娴、张慧兰、舒位峰、邓云华、张奇志、肖静等众多作家，都在各自的题材领域里勤奋创作。他们立足武汉，贴近城市发展和进步的生动实践，为讲好武汉故事作出了可贵的尝试。

(《长江日报》2017年4月15日)

2017年：对武汉的文学想象

　　在武汉的文学中，曾经产生过一批以武汉这座城市为创作背景或题材的作品，如中篇小说《养命的儿子》《风景》《汉口的沧桑往事》《太阳出世》《生活秀》《来来往往》《她的城》《夏家客栈的女人》《胭脂路》，等等；长篇小说《红尘》三部曲、《铁血首义路》、《楚生》、《恐婚》、《大智门车站》、《老通城曾家创业》、《转身》、《父亲的红钢城》、《深秋》，等等。这些作品或者从宏观视野再现汉口的兴起，展现纷繁芜杂的社会图景，诸如商业贸易的发展、码头帮会的争斗、租界外商与买办的合谋、里弄的平凡人生，等等；或者从个人、家族出发，呈现普通市民的爱情、婚姻、事业；或者以这座城市标志性的事件为背景，叙述城市与人在历史中的曲折命运，写出了武汉人与武汉这座城市的关系。无论哪种方式，它们都在不同程度上塑造了这座城市的性格，展现了这座城市独特的市井风情，共同丰富了这座城市的文化积淀。东方芝加哥、大汉口、英雄城、茶都、钢都、重工业、泼辣与柔情、粗俗与豪爽，等等，这些从不同侧面建立起来的对武汉的文学想象，使这座城市在文化上凸显出与众不同的气象和气魄，开辟了书写这座城市的新局面，体现了武汉作家把握都市生活的非凡能力，具有开拓性意义。

　　2017年武汉小说现场所提供的几部作品，或来自武汉长篇小说笔会的成果，或来自签约作家的创作。《金水一梦》是作家王体文以金水河为背景的一部作品。金水是武汉一条有代表性的河流，金口更是一个重要的商贸古镇。在河流与古镇中上演着20世纪90年代改革开放中个人命运的沉浮。《小相山》是以汉阳为背景的一部家族叙事小说,细腻、密实。《江风浩荡》是一部以企业改制为题材的作品,企业的命运与个人的命运交织。《群生沸腾》是冯慧深入百步亭社区生活的收获。与许多关于武汉的小说不同,这是一部直面当代武汉都市生活的小说。作品的笔墨虽然主要集中在荟萃苑这个廉租房小区,但这些人物也穿行在武汉三镇,洞庭街、咸安坊、同仁里、江滩,这些武汉的标志性地名无不营造着浓厚的武汉味道。小区是城市的细胞,作品从小区切入都市,通过形形色色的人物,更能生动反映当代都市生活,从这些普通市民的人生命运中我们看到的是一座城市脱胎换骨的艰难。无论是写企业还是社区,无论是写中心城区还是新城区,无论是写历史还是当下,这些想象都体现出一座城市不断的自我建构意识,它们隐藏在广大市民的日常生活和精神意识之中,折射着广大市民以自我人生的实现,自觉参与城市追梦、圆梦的现代化进程。当然这些作品并非都完美无瑕,毫无疑问对武汉的书写还有待于作家不断提高艺术素养,以丰富而有力的手段加工素材、题材,进一步增强作品空间的复杂性,增强作品的创新意识、文本意识。武汉这座城市在宏大的现代化进程中经历着前所未有的变革,这一过程是历史理性与价值理性统一下的伟大实践,如何在这一历史的重要节点,写出一座城市独特的性格和气质,写出一个城市市民对历史和时代自觉的创造和思考,这是有待武汉作家继续挖掘、发现、想象的壮阔空间。

(《长江日报》2018年4月2日)

2018年:不断丰富现实感,努力描绘时代的精神图谱

习近平总书记看望参加全国政协十三届二次会议的文化艺术界、社会科学界委员时强调,要坚持与时代同步伐,从当代中国的伟大创造中发现创作的主题、捕捉创新的灵感,深刻反映我们这个时代的历史巨变,描绘我们这个时代的精神图谱。这一论述对当下的文学创作既有现实针对性也有历史前瞻性。

时代精神显然不是某一个、某几个人身上体现出来的气质,它是超越个人的,是一种具有普遍性的精神,是共同的集体意识。只有全社会崇尚并践行,才成为集体意识,成为时代的气质。时代精神无疑也具有鲜明的时代特征,比如近四十年来在中国大地上呈现的波澜壮阔的"改革精神"。但同时,每一个民族每一个时代都毫无例外地从历史中继承和吸取优秀的思想文化资源。比如《周易》强调的"易""变""忧患意识""自强不息"等,作为一种精神基因,一直植根在中

华民族的精神深处。因此,我们既需要立足时代、面向现实,观察、了解、思考新时代生活方式的独特性,发掘新时代特有的普遍精神实质,与此同时,也需要深入民族精神的历史,探索精神成长和心灵历史的轨迹。当代中国正经历着广泛而深刻的社会变革,也正进行着人类历史上最宏大而独特的实践创新,火热的生活为文学提供了空前丰富的创作资源。但在创作实践中,不少作品也反映出作家的现实感,或苍白,或单调,或片面。这些隔膜、局限都折射出作家需要进一步提高"脚力""眼力""脑力""笔力"的紧迫性。

2018年的武汉文学现场,既有晓苏、曹军庆、韩永明、刘诗伟等实力作家不断推出的新作,也有许多骨干作家不断努力前行的脚步,比如《栾树栾树》《水晶年华》《我来安排》《对手》《一朵雨做的云》。喻之之的《栾树栾树》把青年的幸福、爱情,邻里之间的摩擦与融合,紧急关头的爱与舍,置于一场洪灾酝酿与暴发的过程之中,在舒缓的乡村叙事中伴随紧张与不安,甜蜜的爱情时时处于洪水的威胁中,令人牵肠挂肚。周娴的《水晶年华》是一个常见的成长故事。高中学生马晓茹、雷子辉、陈雨欣,是一群青春飞扬的高中生,在梦想、多彩、浪漫的成长期,他们与各自父母曲折、复杂的中年生活交织在一起。两代人既有自我的历史和理想,又有需要共同维护的传统和价值。这就注定了"水晶"般的青春时刻面临破碎瓦解的危机。肖静的《我来安排》是一部都市题材作品。职业女性李梅云的企业账款收不回,贷款要还,资金链随时都会断裂,每件事都必须使出吃奶的劲去处置、应对;母亲住院做手术,三个妹妹一个弟弟居然都不能担当,还得自己去"安排"、去陪护;与此同时李梅云的女儿却闹着离婚。三代女性同一时间面对不同的人生课题。李梅云的人生既是解决自己问题的人生,也是解决母亲和女儿问题的人生。作品对诸如李梅云的女性的独特困境有巧妙、细致的观察与描写。刘怀远的《对手》写了两个同龄人的竞争。朱格亮抢了刘贤德的老婆,刘贤德抢了朱格亮的生意。尽管如此,在生死关头,刘贤德掏空家底救了朱格亮。竞争是朱家、刘家得以生存的动力,没有对手也就没有自我的进步和发展。侯国龙的《一朵雨做的云》在貌似缥缈的叙述中,呈现出生活的非逻辑的一面。小河镇浓郁的地域风情以及时代氛围,跑滴滴的"我"与叶丽莎、王小军等各种人物日常而不流行的生活,一切都那么现代、纷纭,看似正常而难以一目了然。五部作品各有特点,基本代表了当下武汉作家的创作状态和面貌。

(《长江日报》2019年3月25日)

如何把握和书写当代农村
——兼谈湖北近年来农村题材的长篇小说创作

"农村"一直是长篇小说创作的主要题材领域，多年来湖北的农村题材长篇小说创作也取得了有目共睹的成就。但进入21世纪以来，如何把握和书写当下的农村，似乎成了作家们反复思考和追问的重要问题。对照一下当下的农村现实生活和当下的农村题材长篇小说，便能理解这一问题的合理性。

回顾文学的历史，在不同的时期，关于"农村"的小说创作都有经典的、代表性的长篇文本。20世纪50年代有《创业史》《山乡巨变》《三里湾》，六七十年代有《艳阳天》《金光大道》，"拨乱反正"后有《许茂和他的女儿们》，近年来则有《秦腔》《麦河》《农民帝国》等，尽管对这些作品评论界、理论界的评价不尽一致，但它们的代表性是毋庸置疑的。历史地看，这些作品都具有一些共同的堪称"经典文本"的特点。由于对这些作品既往的评论已经很丰富，因此在这里我们不必详尽分析这些作品，但我想有三个方面也许值得再次评论。首先是它们对一个时代横向的观照所达到的宽广度。比如，《金光大道》通过一百多个农村人物的活动、两百多万字的篇幅，再现社会主义改造运动中的中国农村，作品世界的空间之宽阔令人惊叹。其次是它们纵向切入一个时代所达到的深度。还是以《金光大道》为例，尽管人们认为小说充满了当时的意识形态观念，但它对亿万农民参与一种新的社会制度建设的热情的呈现，它对亿万农民被组织起来并在各种思想观念的矛盾冲突中走向新生的揭示，难道不是真实而深刻的吗？它写出了中国农村真实的历史进程，因而它是堪称经典的作品。再次是它们所折射出来的作家的创作态度和职业精神。浩然曾经当过八年农村基层干部，《金光大道》写了七年，他是小说作者，也是农村合作化运动的参与者、亲历者、推动者。浩然等作家对他们所处时代的农村的了解、对农村和农民的热爱、对创作的认真，恐怕是今天任何从事农村题材创作的作家不能比的。

经过三十多年的改革，中国农村已经完成了制度转型，以社会主义市场经济取代了计划经济，以家庭承包经营为基础的双层经营制度取代了人民公社制度，建立了适应发展社会主义市场经济要求的农村新经济体制框架；经历了体制转型，解放和发展了农村生产力，使得农业发展越过了长期短缺阶段；经历了发展方式和产业结构的农村转型，开创了一条有中国特色的农村工业化和城镇化道路。未来中国农村即将进行的农村基本公共服务制度改革、农村土地制度改革以及农村户籍制度改革，必将给中国农村带来更大的变化。与三十多年前中国乡村的变革相比，当下农村的城市化变革，是一场更加深刻的变化。这是在全球化背景下，中国的现代化进程中至为重要的一个阶段。几亿农民不仅要与传统的生产方式告别，也需要与传统的生活方式、传统的乡村社会告别，并与城市、与世界融为一体。

  这一历史性的进程对如此众多的农民所产生的影响毫无疑问是震撼性的、颠覆性的、革命性的。因此，也是广大农民个人人生和命运的一次洗礼，既为当下的文学提供了丰富的素材和叙述的空间，也为农村题材的长篇小说创作提供了史无前例的机遇。遗憾的是近几年的农村题材长篇小说在表现这一震撼性的农村变革面前显得力不从心。宏观上未能描绘出这一改变中国80%版图面貌的历史进程的磅礴气势，微观上也未能描写出这场变革中数亿农民心灵的剧烈震撼和命运的波诡云谲，更未能从思想内涵上揭示出一进程中的历史审美与道德审美的逻辑发展。

  当然，必须承认不少作家们一直在努力把握和叙述当下的农村。值得关注的是这些作家中很多就是农民，湖北的农民作家群体在试图把握和书写当下的农村上更是作出了令人欣喜的探索。比如《断碑》对农民在当下农村发展中精神世界的变与不变的探索，《梅花塘》对小山村梅花塘艰难蜕变的叙述，《折不断的炊烟》对当下农民的苦难与信仰的书写，《南来北往》对青年农民在南下打工与回乡创业之间的命运颠沛的描述，等等，都有独特之处，而更值得一提的是《流过村庄的山泉》。《流过村庄的山泉》通过一个村庄一代青年人的成长、奋斗、成熟，勾画出一个村庄三十年的轨迹。小说从表兄妹何妙生和凌福艳的相爱而不能结婚进入，通过何妙生的热情追求、理想破灭到迫切实现价值、沦落犯罪，呈现何妙生的焦虑无比、四面冲撞的人生，折射出农村男青年既试图确立男性的力量、承担男性的责任和使命，而又无法把握命运方向的悲剧性。从另一个视角，通过凌福艳无可奈何的婚姻、对爱情的等待和追求，通过她不断适应农村变化、不断改变自己和山村面貌的智慧和奋斗，呈现农村女性在时代潮流和生活跌宕中的坚忍、信念、胆识、勤劳等品质。作者谷春华长年在农村担任村干部，心系三十年来农民的命运，所以他能够真诚地书写出三十年中农民有着如何的追求、如何实现梦想；他对三十年的农村改革进程脉络清晰、对三十年的农村面貌和农民生活烂熟于心，因而能够真实勾画中国农村的缩影、一个山村的发展历程。作为乡村知识分子，谷春华也在《流过村庄的山泉》中融进了自己的理想、浪漫、痛切、批判、期冀。在近几年的湖北农村长篇小说中，这样既能写出时代变革的恢宏又能深刻揭示乡村命运和情感，而且也具有很高艺术审美价值的文本并不多见。可以说，谷春华写的"三股泉"村是一个被忽视了的中国农村三十年发展的样本，他的《流过村庄的山泉》对如何把握和书写当代农村是具有借鉴价值的。

　　回到我们的问题，关于农村的创作实践证明，三十年农村的改革和三十年农村长篇小说的创作之间的不对称，既需要作家弥补与农村发展和农民生活的隔膜，进一步熟悉和了解农村外在内在的变化，也需要作家表达出对农村发展和农民命运有力量的思考，更需要作家对农村有真情、对农民有真爱、对创作有非凡的耐心、对艺术有真诚的追求。

(《湖北日报》2012年4月2日)

改革开放三十年武汉文学的发展历程

  本文把武汉的文学大致分成三个相互联系的阶段，即从"拨乱反正"到20世纪80年代末，80年代末到90年代中期，90年代中期到当下。在三个阶段中，分别提出该阶段的武汉文学特色并简要分析代表性的作家作品——既分析他们的创作在湖北乃至全国文学界的艺术特色，也从个人的阅读和观点出发一般地指出他们的创作引起文学发展应该关注的焦点；既描述武汉文学的已有成就，也大致指出未来作家个人创作和武汉文学整体发展存在的危机。

一、武汉文学创作的复兴：以诗歌为标志

  从十一届三中全会开始到20世纪80年代末，可以视为武汉新时期文学的第一个时期。这一时期以曾卓等人为代表，以诗歌为主要样式，标志武汉文学的全面复兴。这一时期在武汉诗坛比较活跃的诗人有曾卓、高伐林、胡发云、董宏量、李道林等。曾卓是"文革"后老诗人重拾诗笔并创造出极高艺术水平作品的代表人物，高伐林则是武汉新时期诗歌创作的艺术水准的一个代表。他们的作品《老水手的歌》《答》分别获全国第二届优秀新诗作品奖、全国第一届中青年诗人优秀新诗作品奖。

  20世纪70年代末到整个80年代是诗歌的年代。新时期文学的崛起以朦胧诗的兴起和从"文革"中解放出来的一批著名诗人的诗歌创作为标志。武汉也不例外。曾卓是现代著名诗人，因胡风案件受牵连，从1955年到1979年在下放、改造中度过了20多个春秋。1979年平反后，曾卓重新开始创作，写出了许多流传甚广的名篇，比如《我遥望》《老水手的歌》《有赠》《悬崖边的树》等。曾卓这一时期的创作大多数是对所经历的风风雨雨的总结、回忆，但这不是个人的狭隘的幽怨般的回忆，而是充满强大的勇气、坚韧的力量和博大胸怀的回忆，诗作中始终萦绕着对生活、对历史、对世界的深沉和真挚的热爱之情。总的来说，曾卓的诗歌都是在一种平缓、宁静、沉稳的叙述中开始，而在诗人对诗歌的创作中达到一

种精心的构造，并在最后让读者在表面平静的文字中间感受到一种撞击胸怀的强烈而澎湃的情感。

> 老水手坐在岩石上
> 敞开衣襟
> 像敞开他的心
> 面向大海

这是《老水手的歌》的开篇，是向读者娓娓道来对空间和状态的描述。

> 他的银发在海风中飘
> 他呼吸着海的气息
> 他倾听着海的涛声
> 他凝望：
> 无际的远天
> 灿烂的晚霞
> 点点的帆影
> 飞翔的海燕……
> 他的昏花的眼中
> 渐渐浮闪着泪光

从银发到晚霞，从帆影到海燕，老水手从眼前回到历史，从自然的海景到历史的惊涛骇浪，都在无声而平静的泪光中再现。

> 他低声地唱起了
> 一支古老的水手的歌
> "……海风使我心伤
> 波涛使我愁
> 看晚星引来乡梦上心头……"
> 当年漂泊在大海上
> 在星光下
> 他在歌声中听到了
> 故乡的小溪潺潺流

而今，老年在故乡
　　他却又路远迢迢地
　　来看望大海
　　他怀念大海，向往大海：
　　风暴、巨浪、暗礁、漩涡
　　和死亡搏斗而战胜死亡……
　　壮丽的日出日落
　　黑暗中灯塔的光芒
　　新的港口新的梦想……
　　——啊，闪光的青春
　　无畏的斗争
　　生死同心的伙伴
　　梦境似的大海
　　"……看晚星引来乡梦上心头"
　　像老战马悲壮地长啸着
　　怀念旧战场
　　老水手在歌声中
　　怀念他真正的故乡

　　从故乡到海边，从歌声中老水手想象故乡，而在海边，老水手在对大海的回忆中，在与风暴和死亡的搏斗中，在战马的长啸中，老水手怀念的不再是歌声中的故乡，而是"真正的故乡"。什么是真正的故乡？是充满漩涡和暗礁，但是同时又有壮丽、光芒和梦想的故乡，而这一故乡却在历史之中，在老水手的精神深处。

　　夜来了
　　海上星星闪烁
　　涛声应和着歌声
　　白发的老水手坐在岩石上
　　面向大海，敞开衣襟
　　像敞开他的心

　　最后诗人再次从容而平静地回到老水手敞开衣襟与大海对话的时间和空间，

既意味一场精神深处的风暴在回忆中已经结束，同时也是对老水手此刻平静的一种无声的升华。经历历史风雨的老水手的平静是对动荡历史过程充满博大宽容和理解的平静，是对战友之情、对光明与梦想充满珍惜和倾诉的平静。曾卓的诗歌没有华丽和喧噪的语言，都是在朴实的文字中揭示出对历史的反思，对人性中的善良、刚毅、同情、热爱、宽厚品格的张扬，并且也有在一个新的时代试图重新与历史和解和拥抱的热烈之情，展示出一种渴望重新飞翔的姿态。

如果说曾卓在新时期的创作着重对人生历史的反思的话，高伐林作为新时期的过渡性诗人，既有一种对自己经历的短暂"文革"的记忆与反思，更多的是对当下、对新时期新生活的关注，并把这两个时代在比较中给予诗歌的表现。高伐林在上大学前开始文学创作，1980年参加《诗刊》的首届"青春诗会"。正是由于他们这代人上大学之前的人生经历，使得他们的创作与后来的学生创作特别是与20世纪90年代的大学生的创作有着截然不同的面貌。比如高伐林的组诗《彩色的工地》就是鲜明的代表。诗人把"文革"时期铺天盖地的红色——红色的标语、红色的袖章、红色的语录等红色的海洋一样泛滥的红色，与"文革"后经济建设中比如工地上红色的铅笔、红色的三角旗、安全帽下的红色蝴蝶结、工人新婚门窗上的红色喜字以及庆功会上的红色的酒和灯笼等作对比，从而揭示出从一种"受过亵渎和侮辱的红"回归到"真正的生活之中"的红的历史变迁。诗作中有跳动的时代生活的脉搏，有诗人对过去疯狂时代的批判，更有诗人对一个火红的时代的真正的拥抱和歌颂。

> 红呵，红呵，
> ……
> 属于军号长长的流苏
> 属于建设者热血的红呵
> 你该是多么光荣

这是那个时代所有的青年知识分子的共同精神的写照。由此可以感受到高伐林的诗歌更具备当代品格。

虽然没有普遍的评判标准，但毫无疑问，曾卓和高伐林的诗歌代表了武汉新时期诗歌创作的一个高度，在改革开放30间，武汉的诗歌创作虽然不断有新人新作涌现，但是从历史的角度审视，在武汉市的文学创作中，真正达到或超越曾卓和高伐林诗歌创作的还没有（从湖北省的角度看当然还有熊召政和后来田禾的创作）。

尽管这一时期，无论从社会影响还是从作品的数量和作家队伍（此一时期，作家基本都从事诗歌创作）来看，诗歌是主要的文学样式，但是武汉文学界的小说创作也开始复兴并有在全国产生巨大影响的作家和作品。周翼南、杨书案、王振武、姜天民、唐镇等都是新时期武汉文学复兴过程中的主要小说作家，后来成名的邓一光也是在20世纪80年代初开始小说创作。尽管从1976年就开始探索写作历史小说，但杨书案最初产生影响的并不是小说，而是童话创作。他的童话《小马驹和小叫驴》获全国第二届（1954年至1978年）少儿文艺创作奖，小说《剑仇》获中国新时期十年（1978年至1988年）优秀少儿文艺读物奖，长篇历史小说《隋炀帝遗事》获全国第二届（1985年至1987年）报刊连载小说奖。在20世纪90年代之前，杨书案创作了以黄巢起义等历史背景为素材的《九月菊》《秦娥忆》《长安恨》《隋炀帝遗事》《剑仇》《风流武媚娘》《几曾识干戈》《丁亥青春祭》《李后主浮生记》等10多部具有广泛读者群的长篇历史小说。可以说，杨书案的历史长篇小说此时虽然还没有获得后来的《庄子》（获台湾首届罗贯中历史小说奖首奖）、《老子》（获湖北屈原文艺奖）那样的影响，但杨书案的创作在武汉文学界开创了新时期历史题材长篇小说创作的先河。孔子、老子、庄子等诸子都是春秋战国时期的思想家，他们的著作不仅反映春秋战国时期的中国文化面貌，也是中华民族文化的渊源。杨书案以开放现实主义为创作方法，把历史的真实以及小说的虚构交织在一起，从历史文化氛围、人性的基本特性以及思想家智慧的形象化表现等方面，塑造出活生生的孔、孙、老、庄形象，让人从不同人物的命运和思想中感受到民族文化的无比深邃和难以尽言的魅力。在当时的历史条件下，这种创作无疑是艺术的冒险和大胆尝试。

王振武和20世纪80年代中期调入武汉市文联从事专业创作的姜天民无疑是这一时期小说创作成就斐然的两位作家。王振武可谓是真正从武汉市民阶层成长起来的本土小说家。1981年他的第二部小说作品《最后一篓春茶》就获得全国优秀短篇小说奖，胡发云在《小屋和最后一批送行者》中把他称为"在伟大的转折时期成长起来的中年作家"，他应该是改革开放后武汉文学界第一个获得全国最高奖项的小说家。王振武虽然是汉正街走出的作家，但其作品离武汉这个都市，离现实的都市生活都是很遥远的。《最后一篓春茶》写的是改革开放中，不可阻挡的时代气息与鄂西山区闭塞、原始的生活之间的碰撞，从中折射风土人情和精神心灵的微妙变化。而他最有影响的作品却是一部关于原始社会生存图景的小说《生命闪过刃口》。这种对蛮荒时代的爱情、繁殖、生命与文化的叙述无疑需要非凡的想象力和语言能力。《生命闪过刃口》同样把背景置于鄂西"清江"，通过两个部落"水部落"与"陶部落"的一女一男即"水"与"陶"的爱情、部落冲突、生命繁衍,试图解释今天我们看到的不同地域文化之间的相互联系和影响在远古时代究竟是如何奠定的。作家在想象性地叙述这一可能的联系是通过爱情、性乃至生命的毁灭与生产而完成的同时,极富审美地构造了一种自我的造句方式。这一语言风格与小说的文化诉求水乳交融,使得这一作品至今仍然被认为是湖北新时期小说中不可多得的佳作。

姜天民在进入武汉之前的1982年就以《第九个售货亭》获得全国优秀短篇小说奖。《第九个售货亭》所表现的"我们"的纯洁情感应该说是改革开放初期人们内心普遍向上的一种道德风貌的反映。"我"爱上了卖瓜子的女孩"玉吉"并决定要给她做一个售货亭,而当售货亭将要做好时却发现"玉吉"已经结婚,在经过痛苦的斗争之后,"我"还是决定把售货亭做完,最终把售货亭摆在了街上并交给了"玉吉"。小说既侧面叙述了"玉吉"的纯洁高尚,也正面刻画了"我们"这群男青年在无所事事和颓废消沉中的觉醒和努力。可以说,这部作品所透露的几个男女青年的生活状态和精神状态,是"拨乱反正"之初许多被耽误的青年人从迷惑、彷徨到觉悟的缩影,但是文学界普遍认为他的最好的小说却是进入武汉之后所写的"白门楼印象系列"。"白门楼印象系列"在姜天民生前发表过十五篇短篇小说,讲述的都是发生在北方平原上的"白门楼镇"的故事。"白门楼印象系列"之一的《黄昏》叙述了北方小镇上形形色色的人物如卖铁器的"鲁黑牛"、卖陶器的窑匠后代"李建业"、盲艺人王瞎子等与一个神秘女人和日本军人之间的怪诞故事。小说在语言上、叙事技术上的实验性质使得作品在充满神秘、怪异氛围的同时,又因为其北方地域文化和历史环境而显得荒凉、沉重,在荒诞中凸现出真实。并且尽管这些小说的整体气氛是凝重而略带悲伤的,但是我们也可以从"鲁黑牛"等人物身上感受到他们的坚韧、力量乃至从发自生命本能的冲动到精神意识层面的坚定追求。

遗憾的是王振武、姜天民这两位作家都英年早逝,他们都有雄伟的创作计划没有完成,比如姜天民的"白门楼印象系列",王振武的关于原始社会的文化、原始社会部落之间、男人女人之间的雄浑粗犷的长篇小说创作计划《荼儿》。我们有理由相信如果生命给他们更多一些时间和机会,他们会为中国文学的进步作出更多的贡献。

周翼南1978年发表的《西班牙母亲》以及后来的《珊妹子》等小说,唐镇的《不能远行》,管用和的散文创作,董宏量的工业题材创作,李道林的长江题材诗歌创作都具有一定的艺术水准和影响,他们共同营造了武汉文学复兴的时代氛围。

二、武汉文学创作的收获期：以中篇小说的成熟为标志

从20世纪80年代末到90年代中期，可以称为当代武汉文学发展的第二个阶段。这个阶段是中国改革的攻坚阶段，改革进程在深入各个领域的过程中，对过去的利益格局和机制产生了前所未有的震荡，整个社会的心理和精神表现出错综复杂的变化格局。这样一种现实环境，使得诗歌作为启蒙代言人的地位和作用受到了冲击。在这个阶段之前，报告文学是中国文学中最受关注的文学样式，田天的报告文学如《你是一座桥》，在描写普通人的普通事迹的过程中明显表现出一种对语言和叙述艺术的追求，因而是应该在这30年的武汉文学历程中留下痕迹的。

在这个阶段之后小说已经成为在全国文学界影响最大的文学样式。武汉文学界在此阶段最突出的特征是大量的中篇小说出现，并且其中不少都产生了全国性的影响，与此同时，一些在前一个阶段开始写作或还没有成熟的作家，在这个阶段都以自己的独具特色的创作证明了自己，一个被冠名为"武汉作家群"的实力强大的创作队伍基本形成并产生整体性的影响，广受全国文学批评界关注。池莉、刘醒龙、邓一光、胡发云、陈应松（后调入省作协）等实力派作家的中篇小说创作取得了令全国文学界瞩目的成就，武汉的中篇小说成为武汉文化的一张骄傲的名片。

池莉从早期的中篇小说《烦恼人生》《太阳出世》开始，就把目光聚焦在都市的日常生活中。对武汉文学乃至湖北、全国文学来说，这是一种比较新的视角。对都市的叙事在现代文学中当然不乏有许多历史的积淀，比如京派和海派的许多文学作品，但是对刚刚迈开改革开放步伐的20世纪80年代而言，城市化、都市化的特征都还不是很鲜明（我们今天才见到真正的都市化和城市化面貌），因此，在这样一个时刻选择叙述武汉这样一个并不现代化和都市化的城市，这是需要敏感的，也是需要很特别的艺术才能的。池莉小说的销售量引起批评界对她小说反差极大的评论。尽管对池莉小说的市民意识、世俗关怀有不同的看法，但是大家都承认池莉的作品在重现都市生活中的努力和创造，分歧在于如何看待作品的这种价值选择。实事求是地说，如果我们不是偏激地反对世俗生活和世俗价值的话，我们就应该承认并肯定池莉作品在对世俗生活的表达中，也一直在不懈地发现和再现日常生活的美感价值。比如《烦恼人生》中印家厚，虽然生活在狭窄的房子里，虽然生活拮据、琐碎和艰苦，这是许多都市人的平常生活，但是在这样

的日复一日的生活中，印家厚也是有理想的，比如带老婆儿子吃西餐；印家厚也是有幻想的，比如他对两个年轻漂亮女人雅丽和晓芬的想象；印家厚也是有追求的，比如他对儿子的教育，他教育儿子不要说"胚子货"，他看到儿子拉尿时显得很有教养便觉得再苦也是值得的，并感到内心深处的温暖和欣慰。当然，在他想在房子变得更加拥挤之前与老婆温存一番，而老婆不理解时，他在低沉的愤怒中也有过失望；在马上就要天亮、老婆准备牺牲剩下不多的睡眠时间来解衣满足他时，他却阻止了老婆并要她安心睡觉，天亮时他准备叫醒老婆。这样平常夫妻的平常的情感生活是很难发现美感和感染力量的，作家却在夫妻二人的互相宽容、互相理解、互相牺牲中，发现了令人感动的价值。印家厚的老婆在感叹了丈夫的"真好"之后想到房子马上要拆迁，连他们目前这样狭窄的房子都即将化为乌有，因而泪流满面。印家厚不敢在老婆眼前流泪，在关掉台灯后却也禁不住流泪，但他不但握住老婆粗糙的手安慰老婆"会有办法"，而且他也坚信自己能让老婆吃一顿西餐。他相信目前自己所经历的都是梦、都不是真的，一旦醒来这一切都会改变。如果我们的日常生活中没有这些感人的细节、没有这些平凡的令人热爱之处、没有这些在平淡之中所萌发的美丽憧憬，那么我们的生活有什么意义？我们用什么支撑我们不得不过的单调和琐碎的日常生活？很显然，如果我们不能避免琐碎的日常生活，那么我们就必须发现世俗和日常生活的价值和意义。除中篇小说《烦恼人生》获全国优秀中篇小说奖和《小说月报》第三届百花奖、《太阳出世》获《小说月报》第四届百花奖外，池莉的中篇小说《你是一条河》、短篇小说《冷也好 热也好 活着就好》获《小说月报》第五届百花奖，《你以为你是谁》获《小说月报》第七届百花奖。在这些不断被读者热捧的都市日常生活叙事中，池莉坚持对日常生活、对我们天天身处其中的"日子"自觉珍视和发现，坚持对世俗人生进行深切关怀和意义挖掘。她以自己的写作把生活中那些微妙复杂的人际交往、那些无法言表的细枝末节惟妙惟肖地表现了出来，以一种日常审美立场来书写普通大众酸甜苦辣的生活，将平民日子从体验、经验上升到温情、温暖、宽爱、追求等，使沉于芸芸众生的人们从中获得强烈的认同感。

  在当代文学的历史进程中，刘醒龙可以说是乡土书写的代表性作家。他的绝大多数作品，从早期的短篇小说到后来的中篇小说以及近十年来的长篇小说创作，基本都是以乡土、以大别山为背景的乡村叙事。无疑，刘醒龙的乡土叙事与"五四"及其之后的乡土叙事是有区别的。他笔下的乡土是改革开放后中国农村剧烈嬗变的乡土，其间不仅充满了传统与现代的价值、生活方式、思想观念的冲突与斗争，也充满了城市与乡村、城市人与农村人、干部与农民、商人企业家与干部农民等之间利益的、道德的、文化的等各种层面的冲突与调整。当然刘醒龙笔下的乡土与过去作家作品中的乡土也是有联系的，因为这些乡村本身是从历史中、从过去作品中面对当下的变革的。这就注定了刘醒龙的乡土叙事是在乡土的历史与现实之间进行并要力图有所突破。在《凤凰琴》《村支书》之后，《秋风醉了》《暮时课诵》《分享艰难》可以说是刘醒龙的中篇小说力作，这些作品都是对改革进程中县城或乡镇生活的解读。《秋风醉了》在对文化馆不谙官场游戏规则的冷馆长的刻画中，生动再现了中国传统官场文化在改革背景下的变化以及对知识、对人才的压抑。《暮时课诵》把寺庙经费不足与寺庙的变革、财政局改革、林场改革、林场与寺庙相互依存的关系等复杂关系通过一个和尚的要款过程与财政局办事员办理拨款的过程展示出来，由此让读者感受改革的强大冲击以及由此对世俗生活和寺庙生活带来的影响。刘醒龙习惯在作品中巧妙地把生活和社会中的枝枝蔓蔓与生活世界的主干缠绕起来，从而在清新的叙述中营造一种纷繁的氛围，制造出一种既清晰又朦胧的意味无穷的审美世界。在《暮时课诵》中，作家就把现实世界中的财政局干部小柳的个人婚姻情感、单位的改革与和尚慧明要钱修庙联系起来。慧明的要钱过程打开了了解寺庙这个神秘的世界的窗口。与此同时，作家把寺庙的命运与林场的经济改革联系起来，林场的局面则通过职工高大全与老婆在信佛问题上的争吵打架透视出来。高大全把对妻子信佛的不满转移到寺庙并把功德箱里的钱卷走，而妻子烧香拜佛却是因为老人久治不愈的疾病和经济状况的窘迫，从而微妙地揭示出世俗生活的混乱、纷乱对清静寺庙的扰动。在纠缠不清的纷争中，最终导致寺庙显光师傅决定改革、精简人员、投资林场的制药厂。如此，暮时的课诵是否能真正的宁静以达到精神和心灵的平静呢？在课诵之中是否能真正找到纷繁矛盾的解决之道呢？这也正是作品留给读者的思考。至于《分享艰难》则是当代文学不可忽视的一部作品。这部作品在改革最艰难的阶段发出"分享艰难"的口号成了当时全社会的一种共同道德呼吁，这部作品因此也成为现实主义回归中具有冲击波的代表性作品。作品把乡级财政的艰难、干部之间的矛盾、企业家与社会之间的冲突、家庭亲情与政治责任乃至法律与利益之间的多元复杂的矛盾冲突融入镇委书记孔太平的干部生活之中。这部作品引起争论的在于孔太平为了乡镇经济的发展和解困，没有把企业家洪塔山以强奸罪移送法治机关惩罚。如果洪塔山被以强奸罪起诉，乡镇财政将无法摆脱困境并将影响孔太平的政治前途；而要保住洪塔山，孔太平必须面对自己的表妹所受到的身心伤害并要做舅舅的工作。因此，困难的乡镇经济、痛苦的舅舅、伤心的表妹、暴发的企业家等各个互相关联的主体必须共同理解、宽容、承担并"分享"这一艰难的处境。这一理解与当时理论界所热烈讨论的经济改革是否应该以道德滑坡为代价不期而遇，因而使这一作品成为当时乃至今后都不可能绕过的重要作品。

邓一光虽然过去也写过部队题材，如《大院》《孽犬阿格龙》等，当然20世纪90年代之前，他也写了都市题材，如《窄街》，还写了青年题材，但他真正树立自己在文坛上的位置是从《父亲是个兵》开始，其后的《远离稼穑》《大妈》《遍地菽麦》等中篇小说基本形成了邓一光的小说艺术特色。可以说《父亲是个兵》是邓一光中篇小说创作的代表作。这部作品与他此后类似题材的作品都不相同。《父亲是个兵》塑造了一个在战争时代叱咤风云的军队干部关山林的形象。关山林虽然有许多缺点，但是在战场上却是不畏牺牲、奋勇直前的人，但是在和平时代，关山林的缺点就表现出与社会和生活的隔膜。这种两个世界的沟通上的障碍造就了关山林的英雄与无奈。在艺术上，《父亲是个兵》的叙述从容不迫，情感深沉而内敛、节制而有张力，与他后来的长篇小说习惯性的澎湃汹涌的叙述明显有别。在《远离稼穑》里，邓一光讲述了一个被战争摧残的生命——简四爷的回乡之路。简四爷三次被俘虏但是每次都强烈要求回家，家乡的田野就是一种召唤，"像女人召唤他们的儿女，像大地召唤着黑夜"。然而现实的种种利益却使他远离了稼穑。作品在简四爷的回乡梦中追问了许多在历史过程中不得不追问的问题，例如生命所遭受的苦难与真正的荣誉、与真正的利益、与生命的尊严之间所表现出来的目的与价值的关系。邓一光不仅仅塑造枪林弹雨中的男性，也关注战争中被硝烟弥漫遮蔽的女性的命运，比如《大妈》中的女性形象，由于战争和生活纷乱，"大妈"的婚姻不幸并因为阶级斗争的框架而使这一不幸极其具有戏剧性，还因此带来了传统道德舆论上的压力，这一切使得读者在一个女人的命运中看到了战争，不是那种战火纷飞的战争，而是人与人、人与自己的战争。这一转折是令人震颤的、惊心动魄的。

胡发云的创作数量相对较少，但《老海失踪》《死于合唱》等中篇小说都是武汉文学当代进程中的佳作。同阶段的吕幼安的以教师和学校为题材的中篇小说创作，唐镇、巴兰兰、叶大春等人的一些创作，都是武汉中篇小说创作成熟的共同收获。

三、武汉文学当下的多元格局：
以长篇小说、电视剧、新生力量为标志

从20世纪90年代开始，武汉文学创作的一个重要转向是作家纷纷出版长篇小说。池莉先后出版了《来来往往》《有了快感你就喊》《所以》等，刘醒龙先后出版了《威风凛凛》《痛失》《生命是劳动与仁慈》《弥天》《爱到永远》《圣天门口》等，

邓一光先后出版了《家在三峡》《走出西草地》《我是太阳》《红雾》《组织》《想起草原》《我是我的神》等，胡发云出版了《如焉》，彭建新出版了《红尘》三部曲《孕城》《招魂》《娩城》，李修文出版了《滴泪痣》《捆绑上天堂》。这些长篇小说在文学界内外引起了巨大的反响，从而使批评界的注意力从过去对武汉作家的中篇小说的关注转移到对长篇小说的关注，而且，这些作家也一般不再创作中短篇小说。

我们可以把池莉的长篇小说与她的中篇小说创作一样称为"日常生活叙事"。《来来往往》讲述成功男人康伟业与知青时代的女友戴晓蕾、军队干部子女段丽娜、企业高管林珠三个女人的情感经历。尽管在这个变革的时代，情感、婚姻变化得甚至比技术的进步还要快，以至于情感要么成了奢侈品，要么就已经是赤裸裸的商品，但池莉的作品力图把小说故事与每天充斥媒体的情感展览相区别。作家通过作品把经济力量对家庭和情感结构的渗入乃至瓦解，现实中男人女人的困境与迷茫等重新予以感性的解读。该作品一如她的中篇小说充满了普通老百姓身上的那种平民化的、积极向上的感人精神，并以此证明，人最重要、最可贵的东西是生命力，是人在对抗和接受命运中所表现出来的尊严和勇气。《所以》对知识女性叶紫命运的叙述是池莉试图超越日常男女情感体验、确证个人生命尊严和价值的最具有代表性的作品。

而刘醒龙的长篇小说，其中一部分是典型的宏大叙事，如《圣天门口》等，也有一部分是典型的乡村叙事，如《生命是劳动与仁慈》等。当然，刘醒龙习惯交替或融合这些叙事风格，比如《弥天》所揭示的极"左"时代的水利工程建设过程，既有展现那个时代的宏观政治生活的一面，同时也是很具体的大别山乡村事件；《生命是劳动与仁慈》虽然是叙述小县城在改革进程中的价值观念和生活方式的变化，但作者对变革时代人们对劳动、享受、幸福等基本价值观念的冲突的展示却是当时整个社会关注和讨论的宏大课题。在把乡村叙事放在政治话语、政治生活的结构中的同时，刘醒龙也有意识地追求把乡村、农村乃至整个社会放在历史活动的背景下来叙述，乡村叙事、政治叙事与历史叙事在社会的发展和历史的进步轨迹中有机结合。被批评界认为是对现实主义写作力量证明的《圣天门口》就是如此。作家在近百万字的篇幅里，通过大别山小乡村"天门口"这个舞台，通过革命者、农民、说书人、资本家、日本人、知识分子、传教士、地方武装、红军、国民党武装等各种各样的历史人物在这个舞台上的历史活动，通过这个小乡村与大城市的联系、与时代风云的交汇，构建了一幅20世纪中国社会的恢宏图画。不同人物在历史不同阶段的丰富人生和命运发展，为我们理解各种力量、各种人物、各种因素在历史进程中作用的复杂性、丰富性提供了不可多得的感性视角。

邓一光的长篇小说则具有绝然不同的艺术个性，人们通常把邓一光的长篇小说纳入"英雄主义"的范畴里来审视。也许《我是太阳》的确表明了作家力图在当下社会里弘扬英雄主义、英雄气概、阳刚、力量等的追求，在一个以金钱为中心、被金钱左右的社会里，人们也的确需要张扬自身的力量，需要证明人具有自己主宰自己理性意志乃至道德理想的能力。我们也注意到，尽管邓一光的许多长篇小说涉及战争和军队，但是邓一光并不仅仅是为了英雄而叙述战争，也不会在战争的叙述中停滞不前，邓一光更多的是从战争写到战争后的和平时代。在《想起草原》《我是太阳》中，他是把战争年代那一代人的命运放在战争岁月与和平岁月的对照中来叙述；在《我是我的神》中，他则是叙述战争岁月那一代人的后代在成长过程中与时代、与父辈的矛盾与冲突、合谋与和解等。在《我是我的神》这部80万字的长篇小说中，解放军高级将领乌力图古拉自己的孩子莫力扎、乌力天健、乌力天时、乌力天赫、乌力天扬以及他收养的战友的孩子葛军机、安禾、童稚非总共八个孩子，他们在父辈的教育和规则中长大，但先后踏上了不同的人生轨迹，最重要的是这些孩子的人生道路基本都是违背乌力图古拉的思想轨迹的，他们的理想不仅与父辈的想法相冲突，有时甚至是敌对的。作为战争时代的英雄，乌力图古拉不仅不能主宰他的孩子们的人生，在和平岁月中，他也不能主宰自己的命运。尽管在最开始的时候，他不相信他这个司令员、他这个曾经指挥千军万马的将领的命运，会被和平时代没有经过枪林弹雨、没有经过生死搏斗的群众、普通干部、年轻人、小战士等所左右，随着"文革"的发展，他的命运恰恰不再属于他可以掌握的范围。他所有的与战争有关的智慧在政治运动中不堪一击。当然，乌力图古拉在主宰自己的军队、主宰自己的孩子，在孩子们不断挣脱他的主宰，在命运不断摆脱他的主观意志的过程中，一直在努力坚持、坚守自己的信念、价值和风格，直到生命的最后一刻。乌力图古拉临终前，命令两个儿子剃光他的头发，并要拉最后一泡尿，然后命令儿子们离开房间，暗示了这个军人在生命的最后一刻依然要维护军人和英雄的气概。那么，我们可以说，英雄在历史和时代的宏大空间里，其实有时只属于自己。自己是自己的英雄，自己是自己的神。这句话对乌力图古拉的纷纷叛逆的孩子们适用，对乌力图古拉个人也适用。因此，我们对邓一光的英雄叙事或许应该有更宽广的理解。

与其他作家不同，胡发云的长篇小说关注的是知识分子的命运。在集中笔墨塑造工农兵形象的过去，作家对知识分子的塑造不多。在当代文学中，小说创作对1949年之后的中国知识分子的关注也是不够的。著名学者谢冕曾经在"当代文学中的中国经验全国研讨会"上呼吁作家应对1949年后的知识分子给予更多的关注。《如焉》把知识分子的半个世纪的命运走向放在互联网空间来架构，这无疑是很现代的并从艺术上有所创新，而胡发云的叙事语言的冷静、简洁、洗练、准确，又给这部作品增添了独特的艺术魅力。作品把几个知识分子的生活、思想、历史与现实社会的不断变革相交错，在历史、社会的变化中塑造知识分子自身的追求，在知识分子与现实世界的矛盾、共谋、批判、和解等关系中展开知识分子的命运交响，从而表现了作家从中篇小说创作到长篇小说创作一贯的思想偏好。这是武汉文学中别具一格的一种艺术倾向。彭建新的《红尘》三部曲是武汉文学历程中第一次宏观地书写武汉的城市历史，可以视为一部武汉的都市风俗史。作品把城市的发展与活动在城市中的地痞流氓、军阀、商人、政客、买办等形形色色的人物的命运交叉叙述，并在文本中翔实生动地融进武汉的风俗习惯、方言俚语，从而勾勒出城市面貌的形成与城市格局的奠定。

李修文是武汉青年作家中比较成熟、比较自觉的写作者。《滴泪痣》不仅是李修文自己创作中的一个里程碑，也可以被看作是当下武汉这个年龄的创作群体的长篇小说创作的一个标高。作品把背景放在日本，放在繁华的高度现代化的大都市东京，放在具有独特风情的北海道，两个来自中国大陆的年轻人在海外演绎了一场让人伤痛欲绝的爱情悲剧。在异域漂泊的求学生活中，"我"与"扣子"疯狂地相爱，"扣子"也近乎疯狂地自残。"扣子"的自残和自杀，不是因为"她"不相信"我"对"她"的爱情，而是"扣子"内心深处认为"她"不应该得到这样的爱情。在物质生活极其现代化的东京，在全球化背景下一切关于道德、纯洁、爱情的概念都被金钱和物质纳入"交易"规则的当下，"扣子"对爱情的纯洁性的追求、对道德的高尚价值和神圣意义的捍卫，既令我们感动，也令所有把爱情、道德置于虚伪、怀疑、金钱和功利怀抱的人感到汗颜和惭愧。在有关留学生和海外中国人的爱情叙事中、在当代青年情爱题材的创作中，《滴泪痣》都是独特的，它厚重、浓郁的东方文化氛围，浪漫的青春气息，诗化般的叙述语言，音乐般的行进节奏都是令人记忆深刻并难以释怀的。

在武汉作家近几年的长篇作品纷纷被改编成电影电视的同时，作家们也不同程度地被电影电视卷入。我们可以预料在最近几年将很难读到上述著名作家的中短篇小说。这样，我们不得不期望武汉文学的新生力量的成长和成熟。近几年来，以姜燕鸣、梅子、千里烟、杨中标等为代表的武汉新一代女性创作力量逐渐显露头角。杨中标的长篇小说《青春是条地下狗》在貌似另类、现代却又十足地吸收、兼顾中国文学优秀传统的前提下，流畅叙述了当代都市青年人的情感和心理困境。在当下的青年作家中，能够这样娴熟地营造都市氛围和意境的文本并不多见。姜燕鸣以20世纪初的武汉、以历史中的汉口洋场为背景的女性系列创作如《汉口往事》《蝴蝶杯》《徽香梦》《百年之约》《富芩的花园》等中篇小说已经开始引起文学界关注；梅子的长篇小说《祸水女人》《请别这样爱我》《我是谁的灰姑娘》女人系列，长篇官场小说《陷阱》，以及中篇小说《嫣红》等都显示出了作家的创作潜力；千里烟的长篇小说《爱情豆豆》《期货爱情》《爱情出口》《章若素的爱情质量》《我和母亲的情人》等在青年读者特别在网络媒介上引起过反响。梅子与千里烟的写作有许多相似的共同点，她们与过去的作家相比，倾向于大胆突破传统的限制，正面直击当代青年人的生活特别是隐秘的生活，对潜意识和本能深处的体验她们都有较生动的洞察和叙述，但是她们忽略的却是文学之所以存在，并不是文学能够表达生命的本能和浅层次的体验，她们更多的需要把人及其人的生活包括情感经验置于社会和历史的范畴中来表达。值得欣慰的是梅子新近的中篇小说《扁担墙》较之于作者过去的创作有了明显的进步。武春花因为暴雨淋湿了床而跑进了哥哥二狗子的房，虽然二狗子为了证明自己的清白在床的中间隔了一条扁担，但是弟弟三狗子还是认为哥哥欺负了自己的老婆武春花。后来弟弟三狗子因为诈骗被判刑，哥哥二狗子与弟媳共同维持一个家庭的完整，包括抚养弟弟的孩子。在长年的一男一女的家庭生活中，哥哥与弟媳都没有抽掉床中间的扁担，尽管弟媳无数次坦诚地面对哥哥的感情和冲动，二狗子没有动摇而且还要在扁担上刻上"扁担墙"三个字，留给弟弟刑满释放后看。作品的可贵之处在于作者发现了二狗子心灵深处坚守的某种美好品质，这种纯洁的高尚的也许是传统的品质，正是一个家庭、一个民族赖以完整和延续的支柱。当然与作者过去的创作相比，这或许只是一次跨越和尝试，虽然还不是很成熟，但已经与过去的创作相比有了明显的变化。千里烟的《我和母亲的情人》也表明作者开始在社会和历史的语境中来看待人的情感和命运。不足的是作者在叙述"我"不断努力报复母亲的情人时，从来没有付出努力去理解、接受母亲的爱情和婚姻的不幸，这不仅显示出"我"与母亲对爱情的理解不同，也显示出作者在叙述和构思作品的过程中，还不能自觉地去发掘每个具体的个人在爱情中所承担的超越纯粹个人体验的东西。

经过武汉作家30年的努力，武汉文学的大厦已经积累了基本的发展资源。在30年的积累基础之上，武汉文学的未来发展必须有超越性的作品，必须有不断涌现的新人的成长，必须有各种文学样式的和谐发展。但是客观现实是，在20世纪50年代出生的这批作家之后，武汉目前还没有可以乘势而上的青年作家。作为文学重要样式的小说领域更是如此。在诗歌创作中，张执浩、阿毛等人在武汉乃至全国的诗歌创作界目前还保持着一定的优势，特别是在最近两年，武汉的诗坛涌现了车延高这样出手不凡的诗人，而在更加年轻的诗歌写作者中，仍然很难见到繁荣和成熟的景象。在儿童文学创作中，除董宏猷(《一百个中国孩子的梦》)、张年军(《男子汉宣言》)外，其他新人还没有取得全国性的影响。在散文创作领域里，在老一代作家管用和之后，在诗歌创作之余兼写散文的任蒙、长期从事业余散文写作的傅炯叶等都为繁荣武汉的散文创作贡献了力量，但仍然缺乏年轻的散文创作人才。除上述人才培养、文学样式的危机外，武汉文学未来的发展还应该真正地重视文学批评的价值和地位，既要重视文学批评人才的培养，更应该对文学批评工作给予各种条件的支持。

(《湖北日报》2009年1月1日)

武汉作家群的崛起及其发展

A. 武汉作家群：说法上的梳理

武汉作家群、江汉作家群、汉派作家、文坛鄂军、汉军、湖北作家群，这些不尽相同却又极其相似、容易混淆的说法经常出现在我们面前。在许多时候和场合，我们没有在意这些说法的含义和差别，我们自己在表达中也没有仔细斟酌，从中固定一个或者大家约定一个说法，以至于今天当我们来回顾武汉文学近20年的历史时已经不知道这些说法最初的源头。因此，对这些说法的梳理一开始就注定是困难的。

1994年12月10日，於可训教授在《文艺报》上发表《在迭起的新潮中沉稳求变——武汉作家群创作精神述评》，这篇文章的重点虽然不是讨论"武汉作家群"这个概念，但这可能是"武汉作家群"的最早的出处。在该文中於可训教授说："在新时期文学中，武汉地区的作家作为一个群体……"这是一种提法，在这篇文章中於教授还有"武汉地区的作家群"的提法。这是武汉的专家首次把生活、居住在武汉的作家作为一个整体研究，因此，这篇文章在"武汉作家群"概念的诞生过程中有着重要的意义和价值。在此文之后，"武汉作家群"的提法似乎并没有得到广泛认同，对武汉作家的种种提法反而更杂乱了。

20世纪90年代中期，著名编辑家周介人先生首先在《上海文学》上以"江汉作家群"来指代池莉、刘醒龙、邓一光等这样一个为中国文学界注目且集中于武汉的作家群体。之后，武汉本地的刊物《芳草》立即推出"江汉作家群"的栏目，配照片、简历甚至评论，集中推介了一批武汉以及湖北其他地市州的实力作家。这一栏目没能坚持下去，个中原因虽然很多，但与这些说法在武汉及湖北文坛所引起的争论也不无关系。

当时大家认为，"江汉作家群"的范围太大并且所指很含混，这一说法更易被认为是对江汉平原作家的指代。但这一说法很快便以极高的频率出现在涉及武汉作家及作品的评论中，并且由于此后以武汉的历史或现实为题材的作品的数量和影响逐渐多了、大了，比如池莉以武汉为对象的《汉口永远的浪漫》《你以为你是谁》，何祚欢以武汉市民生活为题材的《养命的儿子》《失踪的儿子》，彭建新以汉口历史为对象的《孕城》《招魂》，董宏量以武钢为题材的《遍地黄金》等（包括电视剧《汉正街》），所谓"汉派作家""汉味小说"的说法也流行起来。但评论界同样感觉到这些说法仍不能全面概括武汉地区的文学现实。"文坛鄂军""湖北作家群"同样也是范围很大，限定不严（实际上湖北的绝大多数知名作家都居住在武汉市）。

　　武汉地区文艺理论界和批评界的许多专家和学者一直在努力寻找一个范围和含义都比较准确的说法，以便服务于武汉的文学批评事业，在此过程中他们对过去纷繁的名目做了大量极富建设性的廓清工作。1998年3月，武汉地区召开了一个有十多位作家、评论家参加的小型座谈会，就究竟用哪一个说法来概括武汉地区文学的整体发展状况展开了讨论（见《长江日报》1998年3月4日"江花"文学周刊），与会的大多数人都同意这一基本判断，即武汉作家的整体形象和武汉地区文学的整体发展状况已经得到了树立和承认，倾向于用"武汉作家群"这一"概念"来指代这一创作群体。此后，武汉大学的於可训教授在《论"武汉作家群"》（见1998年第8期《芳草》）一文中较为详尽地探讨了这一概念。

　　现在，武汉地区文艺理论界可以说在以下几点之上达成了一致：第一，不用"汉派""汉味"来指称整个武汉地区的作家及其创作，因为"派"和"味"毫无疑问地要求作家在风格乃至其他特色上的一致和相近。不排除在对少数确有共同风格的作家和作品研究时使用"汉派""汉味"的合理性。第二，承认"武汉作家群"包括"湖北作家群"这样的概念不是严格意义上的文学流派或派别概念。第三，"武汉作家群"是一个不甚严格的地域文学概念。於可训教授认为，仅从字面上理解，凡在武汉工作和生活并从事文学创作的作家都有资格成为这个群体的成员。我个人认为可以这样理解这个概念："武汉作家群"是一个地域文学概念，同时它也是一个历史性的概念。它出现之初是特指以池莉、刘醒龙、邓一光等为代表的一批在全国颇具实力和影响的20世纪50年代出生的武汉作家，但这个概念也同样可以用来指代和描述在现在和未来武汉地区文学发展中涌现出来的其他年龄层的作家包括新生代作家，只要他们具有了全国性的影响和实力。第四，这个概念也可以描述武汉文学的历史，"作家群"的形成无疑要有传统和经验的积累，要有对上代作家的学习和传承，不同年龄层的作家群之间肯定存在明显的紧密的提携、帮助、渗透等人际之间的关系。因此，虽然"武汉作家群"的形成是20世纪90年的事，但我们在描述武汉文学的历史发展时也可以用此概念指代武汉地区一个由几代作家构成的梯次作家队伍。

B. "四世同堂",一个与"武汉作家群"相关的话题

在涉及整个新时期武汉文学的发展时,我们发现上述对"武汉作家群"概念的理解非常有意义,否则,我们便很难在这一话题下探寻新时期之初武汉文学的发端。1998年6月,在湖北大学人文学院召开了一个主题为"世纪之交的湖北文学"的学术讨论会。武汉大学的陈美兰教授认为,"经过近20年的发展,湖北已形成了4代作家","徐迟、碧野、曾卓等"是第一代作家,"鄢国培、杨书案、刘富道等"为第二代作家,"池莉、刘醒龙、邓一光等"为第三代作家,"晓苏、李鲁平、马竹、阿毛等"为第四代作家(见《湖北作家论丛》第七辑42—43页)。这一观点被很多学者接受,在论及湖北文学20年的发展历程时,大家基本上以这种划分分段扫描。在我们描述"武汉作家群"的梯次结构队伍时也完全可以借用这一划分。

第一代作家在"拨乱反正"之后,为武汉新时期文学的局面打开以及向后发展开辟了道路,奠定了基础。曾卓的诗歌创作就起到了这样的作用。被称为新时期"归来的歌"的代表作的《悬崖边的树》《老水手的歌》曾经是那一时期青年诗人从事文学创作的动力之一,武汉一批青年诗人如董宏猷、胡发云、王新民、董宏量等都可以说受到过曾卓及其《悬崖边的树》《老水手的歌》的鼓舞和昭示。在某种意义上,曾卓及其《悬崖边的树》《老水手的歌》就像一面旗帜集合了当时的武汉文学青年。

杨书案、李绍六、周翼南、王振武、姜天民等可以算作武汉作家群第二代的代表。这些作家在20世纪80年代初期到中期为开创武汉文学的新局面作出了自己的努力。王振武和姜天民的小说获奖可以说是武汉小说创作历史上具有划时代意义的文学事件。20世纪80年代初期,中国当代文学还处于复苏期,在经历了"伤痕文学"之后,"反思文学"和"改革文学"的热潮正汹涌澎湃。武汉作家群第二代作家的积极努力使得武汉文学在当代文学大潮中跟上了时代脚步,这一点对此后武汉文学事业的发展至关重要。因此,不少专家指出,正是从这时起,武汉地区的作家群体才开始引起人们的注意。

在第二代作家在当代文坛上引起关注的时候,第三代作家中的不少人其实已经开始发表作品了,这个群体的构成已经显示出其雏形了。池莉、董宏猷、刘醒龙、邓一光、胡发云、董宏量、王新民、高伐林、吕幼安、任蒙、钱鹏喜、叶大

春、胡大楚、唐镇、彭建新、罗高林、魏光焰、刘爱平等以及两位创作业绩不凡的新闻界人士王石、巴兰兰都属于这个群体。专家们认为，这个群体是"湖北文学的中坚和支柱"，当然也可以说是武汉文学的中坚和支柱。他们共同奠定了武汉文学在当代文学中的位置和影响，也共同构建了武汉文学和武汉作家群的整体形象。

其实，第四代作家中有许多在 20 世纪 80 年代中后期就已经开始发表作品了，比如田天、徐鲁、晓苏、华姿、谷未黄、胡鸿、马竹、李鲁平等，但他们以一个集体(不是整体)的面貌出现则是在 90 年代中后期。张执浩、阿毛、袁毅、鲍根喜、陈冰、冯慧、李文、丁伯慧、刘建农等都可以说是第四代作家。这个群体不像第三代作家以小说创作为主，而是呈现一种"纷杂"的状态，比如田天以报告文学创作为主，徐鲁、华姿以写散文为主，阿毛、谷未黄以诗歌创作为主，鲍根喜以评论为主兼写散文，李鲁平以小说为主兼写评论，袁毅以写诗为主兼写评论等。这个群体不仅在文学样式上多样化，而且在题材和艺术风格上也表现出多样性，没有形成比较一致的特征和特点，但他们是武汉文学未来发展的有生力量。

C. 武汉作家群的个性与总体特征

20 世纪 80 年代初期到中期，中国新时期文学正经历从"伤痕文学"到"反思文学"到"改革文学"的过程，在 90 年代中后期成为武汉文学中坚力量的第三代作家那时还是刚刚亮相文坛的文学新人。80 年代后期，第三代作家在经历了文学艺术思潮的洗礼和自身的不断探索之后，作为一个整体逐渐走向成熟并引起人们的广泛注意。90 年代他们开始走向创作的鼎盛时期，但同时他们也保持着各自的鲜明艺术个性。

池莉对世俗生活的琐碎、艰辛、无奈甚至无聊的充满诗意与柔情的关注，刘醒龙及其作品对社会转型过程中道德准则、人际关系、价值观念等的冲突与变异的关注、对崇高的道德理想的弘扬和呼唤，邓一光对时代精神缺失的关注和对英雄主义的张扬，胡发云对人性与命运的思考等使得这些作家在价值追求上各具特点，而池莉的细腻、刘醒龙的浪漫情怀、邓一光的激情叙述、胡发云的冷静等又使得他们各自在艺术上特色分明。董宏猷在儿童文学领域里孤独地耕耘，使得武汉文学的儿童文学样式始终与全国儿童文学创作保持着同步。王石富有哲理的叙述、叶大春的笔记体和小小说、魏光焰对女性尤其是平民女性的倾情等都显示出了成熟的个性和风格。

　　武汉作家群虽然不是一个以风格和审美等艺术特色相近为主要特征的准文学流派，但这个群体无疑会因为所处的地域及其文化的影响表现出某些共同的或者说总体的特征。比如，於可训教授所说的"杂糅"和"复调的现实主义"就是其一。王先霈教授将武汉作家群的现实主义特点概括为平民的英雄主义、现实的理想主义、开放的现实主义（见《长江日报》1998年3月4日）。可以说，强烈的忧患意识，沉重的责任感，崇高的道德理想和精神理想，深厚的现实主义传统，以现实主义为主兼容其他艺术思潮的表现方式是武汉作家群的一种整体特征。

D. 一代新人在成长

　　尽管第四代作家目前仍没有形成一个有影响力和冲击力的整体形象，但他们其实一直在努力突破出土的坚冰和冻土。在诗歌创作领域里，1999年武汉出版社推出的由武汉几位青年诗人自选集组成的《金黄鹤诗丛》试图打破武汉诗歌创作的沉寂。此后，武汉市文艺理论研究所在华中师范大学专门召开了一个振兴诗歌创作的研讨会。在小说创作中，马竹继《芦苇花》之后写出了《荷花赋》，其在传统与现代的叙述方式的矛盾中寻找着协调和结合点，在现代背景下理解和表达农村现实上寻找着新的意义轨迹。阿毛在诗歌之外，同时创作了不少小说，并且体现出在小说文体上的追求。李鲁平在尝试过农村、知识分子、都市生活等题材后还在摸索自己最理想的题材和领域。晓苏多年来一直保持着旺盛的创作势头，并且也反复在校园题材、农村（山地）题材、知识分子题材之间转移。徐鲁对经典的重读和华姿与虚幻的文化性对象的低语交流在湖北乃至全国基本上奠定了自己的位置、影响，形成了自己的风格。不仅如此，华姿最近的散文也显示出了她在传统题材（如故乡）上的把握能力。在武汉一批知名学者和批评家的呵护下，鲍根喜等青年评论工作者也成长起来。冯慧等几位生活在企业的作家一直坚守着自己熟悉的根据地，即产业工人、企业变革。

　　在第四代作家中，20世纪60年代出生的作家大多有了10多年甚至接近20年的创作经历，并且大多数人已经快要跨入40岁的门槛了，但我们意识到我们这支青年作家队伍还没有成熟。其中有许多因素的影响，一些缺点正是上面所列举的这个群体的优势，比如，同时兼顾几种文学样式的创作，创作题材和关注领域的不断改变，艺术表现手法的不纯粹等；还有一些则是武汉文学大的生态环境应该重视和解决的，比如，武汉的媒体（报纸、杂志、电视、出版社）能否向青年作家作一些倾斜，评论家对青年作家的创作能否多一些关注，作家所在的单位以及文学组织部门应该更加重视青年作家队伍的建设等。为了尽快培养一支颇具实力的青年作家队伍，有关方面近年来做了大量的工作，比如武汉作家协会的合同制作家制度，武汉市文联的大型笔会，都以培养和造就青年作家队伍为宗旨。

现在我们都已经意识到武汉作家群的崛起、成长和壮大为提升武汉市的文化品位、为促进武汉市的两个文明的建设作出了不可低估的贡献。在刚刚结束的武汉作家协会第三次会员代表大会上，市委常委、宣传部长叶金生代表市委提出要求时说："要积极发现和努力培养优秀的文学人才，鼓励和支持他们潜心创作，为他们营造宽松的环境和提供必要的创作条件。"而正在成长的第四代作家的各方面的环境都是值得研究、关注和解决的，这一工作关系到武汉作家群代与代之间的"链条"能否成功衔接，从长远看也关系到武汉文学能否不断繁荣，武汉文学在全国的地位和影响能否得到巩固和加强。

(《武汉晚报》2001年8月11日)

新时期湖北诗歌创作印象

本文把湖北的诗歌创作分成三个相互联系的阶段,即从"拨乱反正"到 20 世纪 80 年代末,80 年代末到 90 年代中期,90 年代中期到当下。三个阶段也并不是截然分明的,其间是交错重叠的,在复兴湖北诗歌的创作队伍中,既有重新走上诗歌创作舞台的老一代诗人,比如曾卓,也有随着朦胧诗兴起而诞生的大学生诗歌创作团体,还有当时湖北青年诗歌学会、平原诗会、南方诗派等社会诗歌团体。在此后的湖北诗歌创作发展中,已经从大学走向社会的校园诗人和各地诗歌团体成为主要力量。在当下的诗歌创作中,既有新生力量的成长和加入,也有前两个阶段一直坚持诗歌创作的诗人。各个阶段大致有自己的代表性诗人和较为共同的艺术特征。

一、湖北诗歌创作的复兴

从十一届三中全会开始到 20 世纪 80 年代末,可以视为武汉新时期文学的第一个时期。这一时期以曾卓等人为代表,以诗歌为主要样式,标志武汉文学的全面复兴。这一时期在武汉诗坛比较活跃的诗人有曾卓、高伐林、胡发云、王新民、董宏量、李道林等。曾卓是"文革"后老诗人重拾诗笔并创造出极高艺术水平作品的代表人物,高伐林则是武汉新时期诗歌创作的艺术水准的一个代表。他们的作品《老水手的歌》《答》分别获全国第二届优秀新诗作品奖、全国第一届中青年诗人优秀新诗作品奖。

20 世纪 70 年代末到整个 80 年代是诗歌的年代。新时期文学的崛起以朦胧诗的兴起和从"文革"中解放出来的一批著名诗人的诗歌创作为标志。武汉也不例外。曾卓是现代著名诗人,因胡风案件受牵连,从 1955 年到 1979 年在下放、改造中度过了 20 多个春秋。1979 年平反后,曾卓重新开始创作,写出了许多流传甚广的名篇,比如《我遥望》《老水手的歌》《有赠》《悬崖边的树》等。曾卓这一时期的创作大多数是对所经历的风风雨雨的总结、回忆,但这不是个人的狭隘的幽怨般的回忆，而是充满强大的勇气、坚韧的力量和博大胸怀的回忆，诗作中始终萦绕着对生活、对历史、对世界的深沉和真挚的热爱之情。总的来说，曾卓的诗歌都是在一种平缓、宁静、沉稳的叙述中开始，而在诗人对诗歌的创作中达到一种精心的构造，并在最后让读者在表面平静的文字中间感受到一种撞击胸怀的强烈而澎湃的情感。

"老水手坐在岩石上/敞开衣襟/像敞开他的心面向大海"，这是《老水手的歌》的开篇，是向读者娓娓道来对空间和状态的描述。"他的银发在海风中飘/他呼吸着海的气息/他倾听着海的涛声　他凝望：/无际的远天/灿烂的晚霞/点点的帆影/飞翔的海燕……/他的昏花的眼中/渐渐浮闪着泪光"，从银发到晚霞，从帆影到海燕，老水手从眼前回到历史，从自然的海景到历史的惊涛骇浪，都在无声而平静的泪光中再现。"他低声地唱起了/一支古老的水手的歌/'……海风使我心伤/波涛使我愁/看晚星引来乡梦上心头……'/当年漂泊在大海上/在星光下/他在歌声中听到了/故乡的小溪潺潺流/而今，老年在故乡/他却又路远迢迢地/来看望大海/他怀念大海，向往大海：/风暴、巨浪、暗礁、漩涡/和死亡搏斗而战胜死亡……/壮丽的日出日落/黑暗中灯塔的光芒/新的港口新的梦想……/——啊，闪光的青春/无畏的斗争/生死同心的伙伴/梦境似的大海/'……看晚星引来乡梦上心头'/像老战马悲壮地长啸着/怀念旧战场/老水手在歌声中/怀念他真正的故乡"，从故乡到海边，从歌声中老水手想象故乡，而在海边，老水手在对大海的回忆中，在与风暴和死亡的搏斗中，在战马的长啸中，老水手怀念的不再是歌声中的故乡，而是"真正的故乡"。什么是真正的故乡？是充满漩涡和暗礁，但是同时又有壮丽、光芒和梦想的故乡，而这一故乡却在历史之中，在老水手的精神深处。

"夜来了/海上星星闪烁/涛声应和着歌声/白发的老水手坐在岩石上/面向大海，敞开衣襟/像敞开他的心"，最后诗人再次从容而平静地回到老水手敞开衣襟与大海对话的时间和空间，既意味一场精神深处的风暴在回忆中已经结束，同时也是对老水手此刻平静的一种无声的升华。经历历史风雨的老水手的平静是对动荡历史过程充满博大宽容和理解的平静，是对战友之情、对光明与梦想充满珍惜和倾诉的平静。曾卓的诗歌没有华丽和喧嚣的语言，都是在朴实的文字中揭示出对历史的反思，对人性中的善良、刚毅、同情、热爱、宽厚品格的张扬，并且也有在一个新的时代试图重新与历史和解和拥抱的热烈之情，展示出一种渴望重新飞翔的姿态。

如果说曾卓在新时期的创作着重对人生历史的反思的话，高伐林作为新时期的过渡性诗人，既有一种对自己经历的短暂"文革"的记忆与反思，更多的是对当下、对新时期新生活的关注，并把这两个时代在比较中给予诗歌的表现。高伐林在上大学前开始文学创作，1980年参加《诗刊》的首届"青春诗会"。正是由于他们这代人上大学之前的人生经历，使得他们的创作与后来的学生创作特别是与20世纪90年代的大学生的创作有着截然不同的面貌。比如高伐林的组诗《彩色的工地》就是鲜明的代表。诗人把"文革"时期铺天盖地的红色——红色的标语、红色的袖章、红色的语录等红色的海洋一样泛滥的红色，与"文革"后经济建设中比如工地上红色的铅笔、红色的三角旗、安全帽下的红色蝴蝶结、工人新婚门窗上的红色喜字以及庆功会上的红色的酒和灯笼等作对比，从而揭示出从一种"受过亵渎和侮辱的红"回归到"真正的生活之中"的红的历史变迁。诗作中有跳动的时代生活的脉搏，有诗人对过去疯狂时代的批判，更有诗人对一个火红的时代的真正的拥抱和歌颂。

"红呵，红呵……/属于军号长长的流苏/属于建设者热血的红呵/你该是多么光荣"，这是那个时代所有的青年知识分子的共同精神的写照。由此可以感受到高伐林的诗歌更具备当代品格。

刘不朽是在20世纪60年代就成名的当代著名诗人，后来的黄声笑的码头工人诗歌、习久兰的新民歌、齐克的水电题材诗歌等都有很大影响，他们的创作及其文学活动无疑已经写入湖北的文学历史。刘不朽著有《山寨水乡集》《歌满山乡》《三峡之恋》等诗集。他有许多诗作堪称写三峡的经典，比如《仰望悬棺》，诗人先用朴实的语言形象地再现巴人以悬棺作为解脱的过程，"因披荆斩棘而劳累了的神经/因开山凿河而焦碎了的骨骼/因驱狼斗虎而破裂了的肝胆/和你那戴上沉重枷锁的灵魂一道/艰难地跋涉到这高高的山岩……/你在这里得到解脱/你在这里获得永生/清风明月，伴你幸福地安眠……"；然后诗人在古代巴人与现实的三峡人之间架起对话的桥梁，今天巴山蜀水的子民们仰望峭壁上的悬棺，就是与他们的祖先进行一种没有语言的交谈，"尽管日夜奔忙，行色匆匆/我总看见他们在悬棺前伫立翘首/默默地，仰望自己的祖先/一个开拓这片山林的古老民族/一个耕耘巴山蜀水的古老部落/在高岩峭壁上与我们侃侃而谈"，千百年来，巴山蜀水的百姓就与悬棺里的祖先进行着这样无声的交谈。这种跨越时空的对话维系着三峡人的历史与文化传承。诗人说悬棺是"悬着的千古之谜"，正是这一千古之谜才使得我们永远只有"仰望"和尊重那些峭壁以及从峭壁上生存下来的三峡历史文化。刘不朽先生的这首关于悬棺的短诗，在简单的结构、朴实的语言背后，有着深远的意蕴。

新时期的文学复兴基本上从诗歌开始，由于高考的恢复和以舒婷、顾城为代表的朦胧诗歌的兴起，大量的诗歌创作人才开始在高等院校出现，因此，高校的诗歌创作也是湖北文学复兴的一支重要的力量。王家新、舟恒划、鄢元平、尹平、鲍勋、熊红、马竹、易建新、李鲁平、张执浩、王慧轩、剑南、杨增能、朱江、胡玥、黄佳君等,其中一些诗人一直坚持诗歌创作。湖北青年诗歌协会曾经编辑出版了"南方青年诗丛",基本反映了当时的诗歌创作面貌,其中有郭良原的《男中音》,陈应松的《窗口》,徐鲁的《鸽子树》,华姿的《一切都会成为亲切的怀念》,马竹的《南方的爱》,易建新、李鲁平的《那一年深秋》。这些校园诗人中的很多人后来改为创作小说,如马竹,有的一直坚持诗歌创作并成为湖北诗歌创作的中坚力量,如张执浩等。创作人数众多、诗歌社团林立、旗帜口号纷繁,是复兴阶段湖北诗坛的主要特征。

二、湖北诗歌的稳定发展

在这一时期,刘益善、饶庆年、谢克强、陈应松、董宏亮、王新民、熊民泽、谷未黄、梁必文、王建渐、胡鸿、郭良原等人,是诗歌创作的主力军。其中,刘益善、谢克强、陈应松的诗歌创作尤为突出。

刘益善是新时期湖北诗歌走向全国的代表性人物。在湖北文学的历史发展中,他在以曾卓为代表的上一代诗人与以田禾等为代表的"60后"诗人群体之间有着承上启下的重要作用。一般情况下,可以把他视为新时期湖北乡土诗歌创作的开拓者之一。当然,组诗《我忆念的山村》也是湖北新时期乡土诗歌的标志性作品,这是不容置疑的。

很长时间里,人们只是把刘益善当作乡土诗人来看待,值得注意的是刘益善不仅写山村,他也创作过许多以西部为背景的诗歌,如《高原印象》《漠地》《天山》《车向大戈壁》等。这些作品大多是20世纪80年代初的作品,因此它们是那个时代民族精神的记录,今天当我们再次阅读这些诗作时,我们仍然可以感受到那个时代奔腾在每一个心灵中的振奋和向往。诗人在历史的流淌中,感受桑干河对个人成长的灌溉(《桑干河上》)、想象烽火台下一个民族的紧急集合(《烽火台》)、与兵马俑叙话儿女情长和人世沧桑(《题一座武士俑》);在西部的游历中,在风沙、高原、雪峰、绿洲、戈壁这些独特的自然背景中,回响着驼队的铃声、手鼓和冬不拉的演奏,点缀着洁白的羊群和善良的骏马,伫立着胡杨,跋涉着开拓者坚强的身影,挥动着诗人、膜拜者激动的手臂,这是诗人在20世纪80年代勾画的西部,一个令他向往也催人向上的西部。比如《戈壁在等待》中洋溢的开拓西部的豪情,"一个崭新的时代/一群开拓的子孙,迎着漠风/坚定地走来,拥有多少豪迈/根子扎进来了，扎进/浩瀚戈壁的心底"；比如《大漠红柳》《塞外矮杨树》中对西部植物的品质的由衷钦佩，"因为不停掘进，掘进/得深，才牢牢站住脚根……生活贫困，却有不死的生命/我抚摸着你低矮的家族/慨叹你倔强的子孙"（《大漠红柳》），诗人把红柳的精神上升为激励自己人生的旗帜；比如《天山一条路》《手鼓响了》《天池》《羊群撒欢的时候》《姑娘追》等作品对纯洁的友谊、欢乐的生活的描绘，"走在故乡的小路上/江南田埂与天山之路遥遥相连/我们走向一个百花呈艳的春"，"一只纯白纯白的羔羊/羊上面凝结着吉祥平安……追逐如流星划过/争抢如迅雷闪电……获得也许只有一刹那/失败促使你再去追赶"，"姑娘紧追着骑手而去/我愿人们在千金的路上/身后都有爱的鞭子"，"一面晶莹的镜子/照出了纯洁和专一/在天池里沐浴吧/没有柔情也会有柔情"……这些诗句是 20 世纪 80 年代人们绽放在脸上、回荡在心里的精神律动的真实反映，那是一个有追求、有理想、有纯洁友谊、有爱的梦想的火热年代。

　　作为长期在湖北生活和创作的刘益善，也创作了不少以长江为背景的诗歌，《标灯》《趸船》《老水手》《泊船的早晨》《归航》《昭君台上北望》《远了！白帝城》等是其中的代表。标灯的温柔的眼睛、趸船以及守船人的忠诚、归航途中热烈的期盼、老水手"在波涛里颠簸摇晃"的"五十年的岁月"，从三峡到荆江、从船工生活到江边历史遗迹，都被绘入诗人的长江抒情长卷。尽管我们从这些诗句中看到了迅疾和紧张的描述，比如"打开，夔门！快打开/让我出去！出去！……我苏醒了的生命/再也不愿意窒息/冲过去！撞过去/用我的生命和血"，"在无数的奔驰的脚步声里/在无数的默默的爆发里/沉下去！沉下去！沉下去/堵口，机械人流风雨/信念和意志。/而犹豫和胆怯/早已不属这里，怎能属于这里/在那一刹那，在那倒口的时候/我看见了激流中的你高举的手臂"，等等，总的来说，正如诗人的一首诗歌的标题《冷静些，长江》，刘益善对长江的书写与其对西部的书写一样，一以贯之地坚持一种内秀的情感铺张。在欢乐的歌舞与千钧一发的堵口中，我们都能感受到诗人深沉于心底而喷薄欲出的激情，但同时我们也能清晰地感受到诗人在语言选择和表达上的节制与内敛，这一情感与表达之间紧张和张力，构成了诗人创作的艺术个性和艺术魅力。

　　当然，刘益善主要还是中国乡村的书写者，特别是在用诗歌表达 20 世纪 70 年代末 80 年代初的中国乡村中，刘益善对中国乡村的变化、变革有着非凡的敏感，对中国乡村广大农民的生存境遇保持着鲜明的良知，而且在这一领域他的创作成是显著而丰硕的。20 世纪 70 年代末到 80 年代是一个值得记录的时代，农村体制改革的小心翼翼的迈步，工业经济的渐渐复苏，对历史的反思与对真理的探索，对知识的渴望与对世界的好奇，等等，一切都意味着这是一个转折的时代、一个过渡的时代、一个裂变的时代。组诗《我忆念的山村》是刘益善乡土题材创作中的代表作之一，由《房东》《派饭》《大妮子》组成，其中《房东》和《大妮子》塑造的是20世纪70年代中国乡村两个普通的人物形象。作为一个特殊时期的词语，"派饭"具有一定时代的政治生活的含义，即从"派饭"可以感受到那个时代干部下基层、促进工作的特殊方式：由上级组织抽调来自不同单位的干部组成工作队，下到农村与农民吃住在一起并对该乡村的日常运转行使一定的领导权；当然"派饭"也有其日常生活的具体所指，即大队或生产队指定农民家庭轮流安排驻队干部的生活。该组诗对20世纪80年代的乡村倾注了深厚的感情。其中《派饭》并不是书写的当时的乡村，而是在80年代初这样一个思想活跃时期再现诗人在80年代之前的乡村经历的记忆。诗中接待工作队的农民，提前倒出准备过节的大米、到孩子的舅舅家借面、拿出积攒的鸡蛋，为工作队烙饼、熬粥。吃饭的时候，男人、女人、孩子都不上桌子，在工作队的同志吃饭时，男人赔着笑脸夹菜、女人在旁边做针线活、孩子们在离桌子很远的地方望着。对一顿饭的叙述，既有朴实的农民对干部的尊重，也有刚刚走出旧时代的农村的贫穷现实。但20世纪80年代的《派饭》与今天诗人对乡村的叙述有着重大的区别。《派饭》对乡村窘迫的描写其背后的话语并不仅仅是为了唤起我们对苦难的同情，而是为了让我们正视极"左"政策带来的灾难，并反思"我"作为工作队的成员的良知的觉醒，"在这深山小村/派饭是一场灾难/这是社会主义？/这样的大寨县？/而我还要割尾巴/我还要批资本主义/我还是个人？/我还有心肝？"。众所周知，即使在农村开始实行家庭承包责任制之后，对计划经济体制以及这个体制之下的一些做法，并没有从理论上进行反思。对探索社会主义道路的历程的反思，开始于十一届三中全会，而《我忆念的山村》记于1977年，写于1980年10月。由此，可以想象，《派饭》对"派饭"以及随之而来的怀疑、质问，在作品创作和作品发表的时代，都是具有震撼力量的。

  谢克强1972年开始发表作品，1990年加入中国作家协会。著有诗集《放歌山水间》《黑眼睛的少女》《爱的竖琴》《青春雕像》《绿韵》《孤旅》等，抒情长诗《三峡交响曲》出版后引起诗坛的广泛关注。谢克强的诗歌创作阅历很长，基本上贯穿在他创作的始终；其作品所涉及的题材领域宽广，从军营生活到山水抒情到重大工程。他的军旅诗歌清新，抒情诗歌精致，工业叙事诗歌厚重。

  在20世纪80年代的诗歌运动中，鄂南活跃着一个诗人群体，这个群体后来都被纳入"南方诗派"的旗帜之下。蒲圻纺织总厂的饶庆年、王建渐，咸宁地区文联的鄢元平，咸宁县的刘明恒，蒲圻县的梁必文等都是这个诗歌群体的骨干。这些人或多或少都受了来往大都市与咸宁之间的咸宁籍诗人叶文福的影响，而后来饶庆年《山雀子衔来的江南》的得奖又直接鼓舞了这个诗人群体的每个成员，使得鄂南的诗歌风气更盛，以至于嘉鱼县一个棉纺厂居然也涌现出一个纺织女工诗人群体。

鄂南诗风在湖北新时期的诗歌潮流中是有独特的审美特征的，首先是诗歌的意向，鄂南诗人大多对南方的河流、小溪，南方的树，南方的天空等自然风貌给予了无比细致的描写；其次是句式的排比、叠沓和反复，比如"南方的天空是被树撑起来的/树上总是无止无休地滴落着雨/南方的雨把南方下得湿淋淋迷蒙蒙的/迷蒙蒙中的人老在迷蒙蒙的街巷穿来穿去"（鄢元平《南方印象》），这是典型的鄂南诗歌的句式；再次是语言追求极度的细腻、亮丽、水灵与淡雅。在鄂南诗风的影响下，作为鄂南诗歌群体的一员，梁必文早期的诗歌作品无疑也具有这些审美特点。在长江文艺出版社最近出版的《梁必文诗选》中，我们可以发现，在2002年之前，梁必文写的、关注的是《小镇》《小舟》《江南，夏日雨后的黄昏》《三月雨》《村井》《野渡》《六月乡村》《古井》《麦黄时候》《插秧时节》等，这些意向的组合就是湿淋淋雾蒙蒙的鄂南，是鄂南的山村、小镇，是鄂南的四季，是鄂南的劳作……总之，就是诗人不能割舍的家乡。因此，早期梁必文的诗歌创作是对故乡对鄂南的诗歌重构，是典型的乡土抒情。这可能是每个诗人的必要阶段，因为它是每个诗人的生命成长和人生成熟的必需过程。不同的是，许多人在口述和唠叨中重构故乡，许多人在梦中建构故乡，许多人在画纸和色彩中描绘故乡，而诗人在抒情的句式中以吟诵的方式重构故乡。2002年后，梁必文的诗歌的确有一种变化，邹建军先生认为其后期的诗歌有更丰富与深厚的生命意识、有叙事成分、更加简朴有力（邹建军《梁必文前后期诗歌的对读》）。我更愿意把他2002年后的诗歌看作是诗人对人生的沉思。当然有生命意识，但是不仅仅局限在生命意识范畴中，或者说，生命意识与人生沉思相互渗透、共生互文。

在20世纪80年代之后，以姚永标、张永久等为代表的新一代三峡诗人成长起来。他们的创作与整个新时期文学中诗歌运动的勃兴是联系在一起的。之后，刘小平、熊福林等则是近些年或当下比较活跃的三峡诗人。

姚永标的诗歌无论是放在过去，还是放在当下，都是值得留意的诗歌作品。1991年他以抒情组诗《在古老的河边》获得萌芽文学奖，出版有《陌生的城》《在古老的河边》等诗集。他的不被注意或不被重视，与他后来远离文学圈相关。姚永标对清江、对三峡应该是非常熟悉的，但是翻开他的《在古老的河边》（陕西旅游出版社，1997年），你看到的是《明晃晃的锄头》《麦子问题》《冬天不是收获的季节》《守望者》《打桩》《顺着河流》《需要泥土》《手持扁担的人》《抚摸水》等这样的标题。在这本有50多首诗歌的集子里，看不到一首作品的标题有"三峡""清江"的字眼，这50多首诗歌也没有一首的内容里出现过三峡、清江地域的意向。这就是说，姚永标有意识地不给自己贴上"三峡"的标签，他有一种超越清江、三峡地域的自觉意识。这不等于说姚永标没有写过三峡或者清江，他当然写过，但他没有被一种"三峡情结"所束缚。因此，我们必须承认，他的诗歌具有一种宽广和大气的品质。从他的诗歌中流淌出来的对土地、河流、田野、季节、劳动的热爱与忠诚，浑厚而苍凉、辽远而高旷，已经穿越了峡江峭壁构成的狭隘空间，是我们在大江南北的土地、河流、田野上都可以感受到的共同体验。

这一时期，无论是写江南的还是写工业的，无论是写乡土的还是写都市的，湖北的诗坛都涌现出高质量的诗歌作品，不少诗人都形成了比较成熟的美学风格。

三、湖北诗歌创作的收获期

在当下，湖北的诗歌主要是以车延高、田禾、张执浩、阿毛、邹平、哨兵、阎志等为代表的群体。尽管当下湖北诗歌的艺术风貌、美学风格、题材素材等都有很大的不同，但田禾与车延高先后获得鲁迅文学奖，充分显示了湖北诗歌创作的实力，也再次证明了湖北是一块诗歌的土壤。

车延高是一位在全国有影响的诗人，他的诗歌创作饱含对生活对世界的难以抑制的深情，并充满复杂的艺术和审美特色。他早期的诗歌如《丰姿》呈现一种鲜明的对现代性的批判，并试图对身处现代性困境中的精神苦闷提出一种建议。现代人的精神和心灵真正意义地解放并不完全取决于现代性步伐的速度和现代性的深度。因此，现代人免不了焦虑与痛苦，诗歌的温暖至为重要。另外，他的早期作品还写出了对西部、对都市的不同态度，是一种非集体话语的西部观、一种优雅与热情的都市观。

车延高的《向往温暖》比较全面地反映了诗人近年来的创作和艺术风格。其中有诗人对历史文化的诗歌想象（第一辑），比如《一瓣荷花》《你是天上的水》是关于洪湖的，《华山有太多的傲骨》《把你劈开的石头缝上》是与华山有关的，《琴断口》《踏响音符的脚印》都是对子期与伯牙琴台知音传说的重新解读，《西安，闯进诗歌的帝国》《人坐在酒香里》是对李白游历松滋的传说的想象……这些与历史、与历史中的人的对话，这些对历史传说的重新发现，呈现了诗人独特的视角与独特的叙述。有对故土的爱及母爱、女性之爱（第二辑），不同的"母亲"、不同的"姐姐"构成了中国当代女性人物画廊，她们是千千万万女性的代表。可以说,这是诗人集中对当代中国女性性格品质的抒写,在诗人的笔下,她们的坚韧、悲欢、宽广等,都是美丽的风韵。有关于西部的抒情(第三辑),从大草原、纳木错、贡嘎到珠穆朗玛,从雪莲、雪花到虫草,从塔尔寺到西藏等,前赴后继的膜拜、温暖洁白的雪花、一生低垂着头颅的牛羊、雪山与草地的天堂,以及藏羚羊和虫草遭受的血淋淋的罪恶,诗人醉心于西部独特的地域、独特的环境、独特的文化,诗人以雪花一样冰清玉洁的语言渲染雪山一样高耸的神性和圣洁,同时也把现代化背景下这些神圣的高度所面临的摇摇欲坠、接近轰然倒下的危机传达给每一个聆听的人。有对底层生活的关注(第四辑),传统品格的乡村与不断变化的农村之间的紧张气息、农民的不断追求与不能摆脱的悲苦之间的矛盾,充分彰显了诗人的人文情怀。总之,《向往温暖》全面体现了诗人的诗歌风格、价值取向,准确反映了诗人的创作面貌和艺术水平,在当代诗坛是极其富有代表意义的诗歌专集,也是一部代表湖北近年来诗歌创作水平的诗歌选集。

田禾1985年开始发表作品,著有诗集《温柔的倾诉》《在阳光下》《抒情与怀念》《竹林中的家园》《大风口》等8部,曾获省级以上报刊诗歌奖10多次,是当下湖北的代表性诗人。虽然田禾很早就开始诗歌创作,但在他的《喊故乡》获得鲁迅文学奖之前,评论家并未注意和关注他。许多人以为他热爱的是市场经济,当然现在人们明白了,他更热爱的是诗歌和故乡,《喊故乡》就是证明。可以说,田禾是一个极端的故土歌唱者。因为,他似乎只有一个主题——故乡;而这唯一的主题,光写不行、仅仅吟诵不行、没有声音的回忆和梦见也不行、有声音的没有紧张感的呼唤也不行,必须"喊"、声嘶力竭地"喊"。我想,只有"喊"字才能足以表达诗人对故乡的思念、热爱,正如诗人自己所说:"别人唱故乡,我不会唱/我只能写,写不出来,就喊/……用心喊,用笔喊,用我的破嗓子喊/只有喊出声、喊出泪、喊出血/故乡才能听见我颤抖的声音",这是一种朴实、真诚到极致才能发出的声音,是一种近乎歇斯底里和疯狂的情感。

田禾在诗歌中是重视和偏好描述和叙述的。对于诗歌这种极其讲究语言和抒情并且在篇幅上也极度精练的文学样式,叙述无疑是一种挑战。比如诗人对老邻居"黑土"的叙述,"黑土,我的老邻居。不到半老/门牙就掉光了。他背着柴火/我经常在村庄的矮墙边碰见他/黑土。一个穷单身,长年抽土烟/咳嗽。吐浓痰。多年的支气管和哮喘/那天,他扛着缺了角的铁锹往南走/到园里铲土,种过冬的白菜/园子的草都长荒了/他蹲着身子一棵一棵把它们拔掉/黑土。黑土。村庄的孩子也这么喊他",诗人不厌其烦、很详尽地描述了单身汉"黑土"的外貌特征、身体状况、生活习性并叙述"他"种菜这样一个细节。总共10行100多字,田禾用小说的叙述方式,把"黑土"这样一个农村老单身汉的生存境遇呈现给我们。

但是诗歌肯定不能停留于描述和叙述,否则就是对诗歌存在的价值的漠视,诗歌肯定有独特于小说的描述和叙述之外的艺术元素。在《黑土》中诗人最后用"黑土戴顶草帽:像个黑锅盖/他的家,穷得只要搬动一口铁锅/也就从前村搬到了后村",把"黑土"的生活境遇形容到极端的程度,最终使这首诗歌超出了纯粹的描述和叙述过程。在描述和叙述中,超越描述和叙述过程,从而达到一种感染、感动、震撼心灵的艺术效果,这是田禾《喊故乡》的一个艺术特色。

《喊故乡》另一个突出的特色是诗人关注的领域都是贫穷、简陋、压抑的生活,是艰辛的劳动、沉重的命运、被忽视的人生价值等相对冷酷、黯淡的主题。在《喊故乡》中,诗人基本上没有写纯粹的乡村颂歌,而充满了沉重的、嘶哑的忧伤甚至痛苦的"哭喊",这种喊声萦绕在字里行间,并经过读者的阅读而被读者真切地"听"到。第一辑"火车从村庄经过"是一些关于乡村的回忆,流淌着温暖的贫困岁月的回忆。在第二辑"偏僻的青草地"中,诗人通过一些典型的乡村风物如"稻草""木屋""芦苇荡"等重新构建了一个记忆中的乡村,当然这个乡村依然不是幸福的、快乐的。在第三辑"夜晚的工地"中,诗人比较集中地反映了乡村人在土地以外、在流浪打工生涯中的生存状况。第四辑"弯曲的树枝"可以视为诗人对乡村日常生活的一种关注和表达。第五辑"表哥从乡下来",写的是乡村普通百姓的苦难。

可以说,《喊故乡》不是过去通常我们所读到的,对宁静、美好的田园诗式的乡村的诗歌书写,而是对贫穷苦难的乡村的诗歌书写。这种对苦难的书写在中国现代诗歌中也曾经有丰富的作品出现,但是《喊故乡》写的是乡村当代的苦难,在现代化进程中的苦难。一方面有现代化直接带来的灾难,如矿难、脚手架事故等;另一方面,也有在现代化进程中,乡村的被遗忘、乡村发展迟缓而给村民带来的生活的艰辛,如生活的拮据、孤寡老人的无助等。这些是现代化进程中的双重苦难,发展与不发展(落后)的苦难。因此,《喊故乡》在当代乡土诗歌创作中因为其关注的主题而从传统的乡土诗歌中凸现出独特的艺术特色。

从这个意义上说,《喊故乡》不仅仅是诗人对乡村的记忆书写,不仅仅是游子对故乡的思念,更是诗人对当下乡村境况的一种呼吁。在改革开放和现代化建设中,广大的城市在全球化、城市化潮流中,获得了迅猛的发展,但是还有许多乡村的现状是令人堪忧的,还有广大的乡村百姓的生活(无论是在乡村的土地上,还是在城市的工地上、工厂里)是值得关注的。他们的物质待遇、精神生活、人格尊严、社会保障等,都需要在整个社会发展的进程中,给予关注和重视。让每个人享受平等的发展机遇、分享改革和发展成就,是现代化建设中要始终追求的伦理目标。建设社会主义和谐社会和社会主义新农村是发展中国当下乡村具有前瞻性意义的战略目标。这一目标的提出，正是《喊故乡》所真正喊出的呼声。诗人在《喊故乡》中声嘶力竭所喊出的正是苦难落后的乡村要发展这一热切的、带血的心声。《喊故乡》由此可以理解为诗人对现实乡村建设的一种道德意义上的呼喊。

在当下湖北的诗歌创作中，女诗人阿毛的创作是独具特色的。阿毛从大学时代开始诗歌创作，先后出版诗集《为水所伤》《至上的星星》《我的时光俪歌》《变奏》等，其诗歌创作具有稳定的艺术风格，比如她对题材的选择、对细节的关注、对意向的创造、对语言的锤炼等，但阿毛对女性命运的关注是独特的。她从女性的视角出发，对女性的性别、爱情、婚姻都表达出一种鲜明的怀疑、质疑，甚至批判。早期的女性主义诗歌以舒婷的《致橡树》为代表，"我必须是你近旁的一株木棉/作为树的形象和你站在一起"，即从男女平等、妇女解放的意识形态视角出发，表达女性主义话语。这些诗歌在新时期担当着启蒙话语的使命。中期女性主义诗歌创作比较纷繁，这些作品中大多没有鲜明的女性主体，而是把女性置于广阔的社会进程和当代生活中，从咖啡馆、歌厅的休闲生活到步行街、专卖店的时尚生活，到不断变化、急迫匆忙、单调混乱的职业生涯等。这些诗歌构建了一个迅速变化的时代的女性轮廓，这是改革和发展中的女性主义诗歌。阿毛的诗歌与这两类女性主义诗歌不同，她诗歌中的女性既不是意识形态话语中的女性，也不是完全的当代都市或改革进程中的女性，而是在历史和社会进步中思考的女性，所以她的诗歌大多远离火热的现实，而从性别、爱情、婚姻出发，阐发对女性从生命到命运的怀疑、质疑和批判。这一怀疑、质疑由一个递进的过程组成。最初的质疑是对生命有机体意义上的男女分别的质疑。诗人期望人生来就没有性别的区分，因为女人的悲剧根源在于一开始的生命意义上的男女区分，"这自发的游戏成为公开的暗示/从此，我们生活在由性别派生的多种身份中"，因此，诗人希望回到童年，回到没有男女性别区分的天真无邪的时代，回到性别的"圆"中，"如果我迟钝，你也白痴/那么我们的老年就会成为童年/两个性别就会成为一个"（《性别的圆》）。诗人之所以对男女最初的性别之分充满怀疑，是因为作了这一区分之后，女性就拥有了多种身份的社会角色，走进了不稳定的悲剧性的生命历史，由此诗人开始对女性社会身份产生怀疑，"仅止一个女儿身，却过着多种身份的生活"，因此，她希望女性"不是情人，不是妻子/不是母亲，甚至不是女儿"（《女人词典》）。女性的社会身份是复杂的，其一是作为女人生儿育女，作为妻子承担义务，也作为女性，面对男性世界，但对这一切，诗人基本是怀疑的，比如在诗人笔下，爱是不可靠的，"如此醉心地爱一首诗/比爱一个人更可靠/更幸运"（《爱》），这不仅仅是对爱的态度，也表明了在爱之外的另一种选择——诗歌或者文字。她的爱是诗，也是"词"，"相爱，结婚/又生成了成堆的词……你只需要一个词，和它全部的能量/那就是——爱"（《词》）。同时，在诗人的笔下婚姻不仅是脆弱的，"多么脆弱的爱人，通过性生活/流汗，治愈感冒和流汗"（《夏娃》），而且男女的性别之分一开始就暗藏着杀机，"世界还是太无聊，太贪婪/至少使更多的人，生而为敌"（《夏娃》）。诗人在《女人辞典》中，从生命的花朵和种子开始，叙述了女人从萌芽、性别觉醒、女性的社会生活到人生晚年这一时间和历史过程，这是一次对诗人的女性主义视角的完整表达，是对诗人质疑从生命出发的女性命运的概括。相比诗人的其他诗作，这首诗的视野更加开阔，少了一些宿命的情绪，多了一些更加积极和深沉的意义。

张执浩的诗歌在湖北当代诗歌中是别具一格的。他大学时代开始诗歌创作，并一开始就表现出与众不同的艺术追求。在早期的诗歌创作中，张执浩呈现的是一种鲜明的机智和冷静，他习惯在平静的文字背后隐藏不平静的思想和情感。张执浩新近出版的诗集《撞身取暖》充分体现了诗人当下的诗歌艺术面貌。首先，《撞身取暖》呈现了一个成熟练达的诗人应该具备的把握世界的能力。"野花""父亲""母亲""曾用名""汉阳门""日记""盆景""记梦""牧鸭女""释怀""这样写""不道德的春天""青黄"等，单看这些词语，足以知晓从精神现象到物质现象，从日常生活到体制生活，从自然世界到伦理世界等，只要是诗人面对的一切，所思的一切，都可以进入诗歌的世界。诗歌是一种独特的艺术表达方式，对于很多人来说，它是有极限和边界的，不是每一个诗人都可以用诗歌表达他想要表达的一切。其次，张执浩已经形成一个以思辨和分析看待世界的思维体系。比如以"终结者"来指代爱过的女人，以"我们推"这一没有宾语的词语来指代一次与农民之间的对话，以"反向"叙述一个特殊的时代在诗人心灵上烙下的痕迹，以"搬动"一词叙述了从话语的轻到躯壳的重、从搬动真理到搬动石头的常见而复杂的瞬间，以"大悲咒"书写活的残忍，以"无限道德的一夜"叙述诗人与歌厅小姐不带偏见的畅谈……这些诗歌的标题造句独特，但在奇特的标题之后却是每个人可以理解和熟悉的日常生活。这是一种独特的思维方式，它折射的是诗人看待世界的方式，它证明诗人不再留念于日常生活的表面现象。日常生活的表面是宏大的、波澜壮阔的，但也是破碎的、零碎的、琐碎的，诗人不是描绘生活的宽度和广度，也不是细致重建生活的零碎片段，而是透过宏大的表面或林林总总的残片，抽象析出生活的本质、核心。这几乎是诗人的一个习惯，《撞身取暖》的每一首诗歌都表现出这一特点。再次，张执浩近年来的诗歌创作，语言更加简练干净，体现出一种强大的叙述、描述、概括能力。复杂的思想、精神过程，日常生活的繁杂过程，人生的各种情感、意志，等等，诗人都惯常在几句话或一句话之中表现完整，读者很少发现诗人啰嗦不清的生活或者拖沓冗长才能表达清楚的生活。这是一种反复锤炼出来的高度成熟的艺术技巧，并充满令人钦佩的魅力。比如《杂感》用 8 行诗句把被"真理""悲伤""谎言""虚无""自作自爱"分裂撕扯的人生感受描述殆尽；《唏嘘》用 7 行诗句把在闪电的忽明忽暗中，人也在人与鬼两种形象之间交替闪现，这人和鬼其实同为一个主体，表述得清晰完全……《撞身取暖》的诗歌篇幅都不长，都凸显出诗人对生活的这一高度概括和表现的能力。

在当下的湖北诗歌中，邹平、哨兵等对江汉平原和湖泊水乡的书写，刘小平对鄂西历史、地理、人文的书写，等等，都是具有一定艺术特色和艺术水准的。这些诗人的诗歌共同建构着湖北诗歌的大厦。

（《汉诗》第 15 辑《湖北诗选 2001—2011》2011 年 10 月）

2012年湖北中篇小说创作印象

中篇小说创作是湖北文学一直以来的优势。几乎每年,湖北不同年龄层的作家都会创作不少中篇小说,其中,当然也不乏在年度被列入优秀之作的中篇小说。2012年陈应松等著名作家依然保持着旺盛的创作热情,陈应松的《无鼠之家》入列当年的小说排行榜,刘继明的《启蒙》也引起了文坛的普遍关注。

多年来,刘继明就如坚守阵地一样,一直坚持把自己的创作聚焦在知识分子的命运上。作家的新作《启蒙》是一部独特的作品。作品刻画了一个知识界似曾相识的形象——蘘伯安,一位青年学生尊奉的"文化明星""青年导师""思想者""文化英雄",在时代的发展变化中,不断否定自己,不断变化自己的价值观。在市场经济大潮的席卷下,蘘伯安发泄欲望、钻营商业,在各种游戏规则和价值观中左右逢源,他放弃曾经坚持和宣扬的,他拥抱曾经批判和不满的。《启蒙》要拷问的是知识分子曾经引以为傲的品格到哪里去了,或者说,当代的知识分子的品格和精神是什么。这一尖锐和大胆的质问令人如芒在背。联系到近些年来知识界各种超越常识和逻辑的现象,便能感受到《启蒙》中的蘘伯安并不是个例,也不是单纯的虚构人物,而是当代知识界一部分人的抽象和缩影。这或许是《启蒙》带来的启蒙。

陈应松的《无鼠之家》表现的是普通农民的生活和命运。《无鼠之家》写的是一个当代的乡村悲剧。农民阎国立获知儿子阎孝文不能生育后,为了传宗接代,他与儿媳燕桂兰私通并生下阎圣武,这一隐秘本来不为任何人所知,但随着燕桂兰患上宫颈癌并生命垂危,这一被冰封的秘密开始融化。由于阎国立并不想掏钱为儿媳治病,燕桂兰终于坦白了隐藏了十几年的私情,阎国立乱伦秘密的公开预示着一个表面光鲜的家庭的分崩离析。燕桂兰当然是无法拯救,阎国立也未能逃脱儿子阎孝文的谋杀。无论是乱伦,还是杀父,与当下无限多样的现实相比,都算不上一个新奇。但一旦深入到这个婚姻、家庭题材的内部,这个并不新奇的故事背后有着复杂而深刻的内涵。阎孝文不能生育是因为所谓的浓精症,他的精子都充满农药的气味,是平原多年滥用农药对环境带来的恶果的一个具体体现。而他的父亲,一个善于制造鼠药的农民,正是因为恶化的环境使得猫绝迹,才得以发家致富，也因此才得以讨得美丽的燕桂兰的倾心，一个没有老鼠的家庭正是燕桂兰的梦想。阎国立本来可以将乱伦的秘密一直隐藏下去，但他无所顾忌地与燕桂兰偷情，让燕桂兰在不断的打胎中走向毁灭，精明的阎国立在关键的时刻并不想花费钱财去挽救绝望的燕桂兰，这一狭隘、自私、功利的行为最终逼迫燕桂兰不再愿意付出牺牲。应该说，是多年急功近利的发展导致农民的生存环境的变化，并直接造成了农民的肌体异化，但畸形的肌体的核心依然是传统的文化和思维，阎国立的虚荣心、传宗接代思想、"扒灰"行为等都是明证，阎孝文的复仇、阎孝文的母亲和姐妹对邪教的信奉也是明证。由此，以阎国立为中心的这个无鼠之家还是有"鼠"的，农民的心里是有"鼠"的。燕桂兰只是羡慕一个没有老鼠的家庭，但在当代农村，要寻找一个真正内心"无鼠"的家庭恐怕还是有难度的。我想，这便是这个并不新奇的故事别有深意的新奇之处。

曹军庆的《工厂村》是一个富有时代气息的题材，招商引资、工业污染、传统乡村的毁灭、新农村建设、基层社会的治理，等等，都融汇在一个乡村的发展与变革之中。自从镇政府引进一个化工厂之后，山清水秀的白龙村一切都变了——空气臭了，井水臭了，农作物枯萎了，粮食减产了，家畜和人开始生病。化工厂带来的污染及其危害显而易见，但化工厂为政府带来的税收同样明显。以孙德福、王大根为代表的村民希望工厂搬迁，以镇长黄有亮为代表的基层干部不顾一切要把工厂留在白龙村，于是，双方的博弈开始了。工厂不断投入资金，为村民提供补偿、修路、建设乡村公共设施等；村民则不断盗窃工厂物质、破坏生产、乃至上访。结局是黄有亮不断晋升，孙德福、王大根等渐渐丧失斗志，只能在无奈和伤感中眼见白龙村越来越发达、越来越现代。在曹军庆多年的小说创作中，《工厂村》可能是一次大胆的尝试，因为曹军庆过去所写的都是传统意义上的题材，都是自己熟悉的题材，而直接将视角触及正在如火如荼进行的城镇化过程，无疑是一次冒险和超越。显然，作家对白龙村在当下新农村建设中、在农村城镇化建设中所遇到的矛盾冲突，从利益冲突到价值冲突，都是有所认识的。但也得承认，当下农村中诸如孙德福、王大根一样的农民的情感和命运，与过去的农民是不完全相同的。在《工厂村》中，有两处充分体现了城镇化背景下的农民典型的思维方式和行为方式，一处是村长去找小偷高三金并伙同高三金盗窃化工厂的物质，另一处是高三金不希望化工厂搬迁，这样他可以靠不断偷盗把日子过得滋润且没有风险。这些细节不仅具有讽刺和幽默的意味，更重要的是凸显了当下农民的精神世界的变化。因此，对当下剧烈变化的农民生活的叙述，除了对时代发展格局的宏观把握外，更需要对他们内心和精神世界的微观细节的准确感知。与《工厂村》不同，《精神》则显示了曹军庆叙述的娴熟和自如。小说表面上是一个富有黑色幽默色彩的故事。作家王海波应导演之邀到海边简陋的宾馆改编电视剧。亢奋的导演每天对开头都有新的想法，王海波每天都根据导演的要求重写，乃至一个月后王海波还在写开头。但作品的内部蕴含了另一个故事，这就是导演看中了王海波的小说《精神》。作为读者，我们并不知道王海波的《精神》的确切内容，但通过王海波与导演不断设计、不断推倒、不断重现的电视剧开头，我们实际上对王海波的《精神》已经了如指掌。这是一部讲究结构和技术的小说，当然也是一部充满悲剧氛围的小说。在经济大潮的席卷中一个剧团走向倒闭，几代艺人或疯狂或潦倒或重生，除了留下一丝浪漫或执着或伤感的回忆之外，一切都将不再。当然留给我们的还有一个疑问：为什么文化的、精神的世界在这个时代会如此不堪一击？

此外，韩永明的《马克要来》深入当下社会最关注的征地纠纷和维稳事件，李榕的《水晶时间》以几位青年20年的人生为素材寻找主宰和改变生活的力量，姜燕鸣的《流金岁月》对战争和动乱时代中普通市民女性的微妙内心进行了细腻刻画，等等，也都在本年度的小说创作中给人留下了深刻印象。

2012 年湖北长篇小说创作印象

就作品数量和从事创作的队伍来看，长篇小说可能并不是湖北文学的优势，但湖北的长篇小说三次获得过茅盾文学奖，因此，在全国的文学版图上，湖北的长篇作品仍然是有显著地位的。近年来，我省的长篇小说创作不断繁荣起来，并且每年都有值得注意的变化。

浏览 2012 年湖北的长篇小说创作，我们可以梳理出几个比较清晰的印象。一是长篇小说创作队伍发生了较大的变化。新时期以来，刘醒龙、方方、邓一光等作家在较长的时间跨度里活跃在长篇小说创作领域，他们是长篇小说创作的核心力量。从 2012 年的长篇小说来看，长篇小说创作队伍已经扩大了。不同地域、不同身份、不同年龄、不同艺术经历的作者，纷纷进入了长篇小说创作领域。其中有创作多年的作家，如刘明恒；有势头旺盛的新锐作家，如宋小词、欧曼；有大学未毕业的学生，如张磊誉；有创作系统的干部，如望见蓉；有种地、打工的农民，如周春兰、朱雪、李俊勇等；有从事业余创作多年的作家，如姜燕鸣、叶向阳。作者除了创作和生活在武汉的作家，还有黄冈、咸宁、恩施、荆州、潜江等其他地市州县的作家，如陈敬黎、邓运华、陈雄、杨光兰、吴柏松、刘耀兰……总之，长篇小说创作队伍更加多元化、更加广泛。这一队伍的变化有力地预示着长篇小说创作已经超越了专业作家队伍阵容，也预示着更多更优秀的长篇小说在未来或许会出现。

二是长篇小说题材的广泛性。2012 年湖北的长篇作品题材覆盖从农业到商业、工业，从乡村到城市，从反腐到青春成长、爱情婚姻，从历史风云到日常生活，等等，都有所涉及和探索。如宋小词以家族历史为背景的《声声慢》；陈敬黎以石膏、岩盐开采和经营为题材的《大洞商》，取材于应城石膏、岩盐开采史；姜燕鸣以汉口市民生活为题材的《汉口之春》；望见蓉以反腐为题材的《如影相随》；刘明恒以乡村生活为题材的《土地》；吴柏松以少数民族地区爱情婚姻生活为题材的《女儿会》；张磊誉以当代大学生生活为题材的青春系列长篇小说《碎裂在手心里的阳光》《夏殇》《刺痛灵魂的爱》，以及周春兰、朱雪、熊衍锟、李旭斌、王能明、熊章友、张开宇、李俊勇、肖吉芳、余书林等以农村社会进程演变为题材的《折不断的炊烟》《梅花塘》《古河潮》《布袋沟》《郝家祠》《断碑》《马庄的风云人物》《南来北往》《风雨缪家庄》《荒湖》；必须提到的是，在这些丰富的题材创作中，还有叶向阳以青年知识分子生活为题材的《鼎里的南楚》。如此广泛的题材充分展现了湖北作家的创作热情以及对历史、现实的敏感素养。

三是作品艺术特色的鲜明和独特。首先值得一提的是 2012 年首发的 10 部"湖北农民作家丛书"。湖北省作协的扶持农民作家创作计划终于在 2012 年年初结出硕果，10 位农民作家的长篇小说终于出版并在北京举行首发式。其中，周春兰《折不断的炊烟》语言的沉稳、朱雪《梅花塘》叙述的诗意都给人留下深刻的印象。这些农民作家的长篇小说的出版，是当代农民精神面貌变化的一个表征，他们的创作充分再现了当代农民的理想与追求。更值得关注的是，在农村城市化进程中，在建设新农村的背景下来看，这些作品的出现再一次告诉我们，他们不仅是文化的消费者，也是文化的建设者。

陈敬黎的创作是一种老实、方正的创作。《大洞商》取材于几百年的应城膏盐历史文化，在较大的历史时空里，展现了民族企业和企业家跌宕起伏的命运。姜燕鸣一贯专注于汉口街巷里弄的市民生活世界，相比作者关于汉口的中短篇小说，其长篇小说《汉口之春》更加恢宏，作品描写了汉口普通家庭几代女性半个世纪的悲剧性命运。对汉口这个在历史上有重要地位、有丰富历史人文内涵的地区，文学的书写是不够的。姜燕鸣一直在努力塑造文学的汉口，她对汉口里弄人情风貌和普通大众的日常生活的书写，无疑是湖北长篇小说创作的重要收获之一。叶向阳是湖北文学界一位沉默的写作者，多年来，他一直在潜心地刻画着他精神世界的"南楚"。其长篇小说《从未出城的人》以精心的构思、强烈的反思得到文学界关注。新作《鼎里的南楚》保持了作家的一贯风格——神秘、怪诞、荒唐，作品以刚踏入社会的当代大学生生活为切入点，揭示出当代年轻人对社会、对人生、对南楚的迷茫，从而让读者看到一个与《从未出城的人》里描写的不同的"南楚"世界。当然，陈雄描写江汉平原风土人情的《暗夜莲心》的优美与压抑，望见蓉叙述反腐的《如影相随》的尖锐，邓运华描写乡镇干部生活的《疤痕》的繁复，杨光兰以自己打工生活为背景的《萋萋芳草》的清纯，刘明恒《土地》的雍容与敦厚，吴柏松《女儿会》的民族特色，刘耀兰《逢君又见杨花落》的伦理意味，张磊誉《碎裂在手心里的阳光》《夏殇》《刺痛灵魂的爱》中的浪漫忧伤……都有各自的题材特点和艺术特色。

四是 2012 年湖北的长篇小说创作中出现了令人欣喜的现象，这就是新锐作家的长篇小说出手不凡。宋小词的长篇小说处女作《声声慢》是一部家族叙事小说。作品在两个村庄、三个家族的兴衰中，讲述了千奇百怪的人生际遇，人物命途多舛，家族命运或明或暗，时代变迁悲壮而不可逆转。但作家对家族和乡村悲壮历史的叙述始终保持着昂扬的姿态，使得作品洋洋洒洒铺陈的一切充满信念与希望。欧曼的《天爱》以"80后"青年人的视角去观察并讲述残疾孩子家长的社会生活和内心世界。一个年轻、漂亮、事业有成的白领所拥有的幸福的小家庭，因为孩子的脑瘫开始四分五裂，成功、漂亮、幸福等社会评价与女性痛苦、压抑、焦虑的自我心理评价互相冲撞，一群同样有残疾孩子的父母亲之间的交往、情感与鼓励……作品所构建的如此复杂的世界最终试图呈现一种大爱。轻快、准确的叙述让读者真正深入女性的内心世界，并懂得，女人除了谋生活还要谋爱。这两部作品真实地反映了湖北新生代作家中有一些已经具有较高的创作水准和把握生活的能力。

应该说，无论是从整个文学创作还是从全国的长篇小说创作来看，2012年湖北的长篇小说创作形势是稳定的，而且有令人鼓舞的变化，但无疑也缺乏有力度和更大影响的作品。展望未来，湖北的长篇小说创作面临两个危机：一个是当代生活的复杂性需要作家更大的思考力量和叙述能力；另一个是一批在长篇小说中取得过巨大成就、艺术上相当成熟的著名作家走过了创作的高产期，或者正处于调整期，因而会在一定程度上影响湖北长篇小说创作在全国的整体面貌。

第二辑　看小说

作为交往之始的告别
——评铁凝的短篇小说《告别语》

铁凝是一位短篇小说创作的艺术大师。从早期的《哦，香雪》《六月的话题》《春风夜》到后来的《伊琳娜的礼帽》《秀色》《安德烈的晚上》《孕妇和牛》《1956年的债务》，等等，都堪称当代短篇小说的精品。她的小说常以普通人的普通生活为表现对象，通过对平凡的日常事物的描写，来揭示人物的心灵世界，并借助人物心灵深处的触动传达具有时代特征的情绪。

作家的新作《告别语》(《芳草》2011年第5期)叙述的是一个小故事，但这是一个精心编织的故事。故事从朱丽由中原小城逃婚到北京的舅舅家开始，然后顺着两条平行而交错的叙述轨道展开。躲在舅舅别墅里的朱丽不经意间注意到邻居院子里的大人们常常提醒一个叫小宝的小男孩跟客人说再见，小男孩却不合作，一心想的是要保姆陪着他去捉蜗牛。随着时间的流逝，邻居家的客人来来往往，终于有一天，朱丽听见小宝对一个来做客的小朋友说再见了。他不仅说了再见，而且还拖着嗓子说再见，一遍又一遍不断重复地说再见。即使大人制止，他依然停不了嘴地、急迫地说着"再见"。

朱丽由这一意外发现突然想到了自己。朱丽常常到舅舅家吃、住、玩，不但花费全是舅舅的，而且回去的礼物都是舅舅、舅妈准备的，但朱丽每次回去时除了说"我走了"，没有任何多余的客气话。在朱丽的家里，父母吵架、打架直到离婚，离婚后的父亲也常来看朱丽，但朱丽从来不跟父亲说再见。母亲经过一番精心打扮后来参加自己的婚礼，但朱丽还是没有说声再见就从婚礼上逃跑了。还有，公司里的同事们因为赞许他们的爱情都来祝福，朱丽也没有说声再见。

孩子在进入成人的世界之前，都是满怀好奇和热情地把精力和注意力集中在游戏、玩具、动物、植物等之上。从对客人的来与去毫不在意、一心沉浸于自己的世界，到向客人打招呼、说再见，意味着一个孩子迈出了进入成人社会的步伐。这是一个孩子成长的必经过程，是一个孩子自我意识的觉醒，是一个孩子成长的标志。无疑，也是人的心理、经验、知识世界巨大的跨越。这是一个人向世界打开的一扇窗，也是世界向人的主体意识的敞开。从此时起，人才真正把他人看成客体，看成自己的对象世界。

正是由于瞬间的顿悟，朱丽猛然意识到在过去的来来往往中对舅舅、舅妈多余的客气话都没有说过，实际上不仅是因为自己的语言短、不善言辞，而且还因为自己根本没有意识到对舅舅、舅妈说声再见；不仅是因为不懂客气和礼貌，而且还因为自己没有把舅舅等视为平等的客体世界来尊重、来认识、来对待。对自己的父亲和母亲，朱丽也没有把他们放在应该尊重的客体位置。同样，自己从婚礼上不辞而别，也没有把同事和公司所处的世界看成客观存在的客体世界，这个世界既与自己对立，是自己的客体，又与自己统一，因为没有这个世界，作为主体的朱丽自己便无法存在。

《告别语》实际上是通过朱丽对一个孩子成长变化的偶然发现，由此反省到自己与社会的交往，从而醒悟自己并不一定比一个孩子更加丰富和成熟，自己在某种程度上可能还是一个孩子。在明白这一秘密之后，朱丽决定打开手机，要与外界联系。我们可以想象，她会走出一直躲藏的世界，向不辞而别的亲人、同事解释或说点什么，说出未能说的"再见"，或者"再见"背后的话。一个从婚礼上逃出来的，对亲人、朋友的世界从不在乎的女孩，一个从来只有自己的世界的女孩，看到了自己以外的、与自己相对相依的世界，她真正开始成熟了。这是《告别语》想要与读者分享的深意。

《告别语》依旧保持了作家一贯的艺术追求。比如含蓄，作品在写到朱丽突然听见小宝说"再见"之后叙述道："朱丽退后一步，让窗帘挡住自己，犹如挡住了某种冲动。"短短的一句话，把朱丽的猛然醒悟，形象地再现出来，并暗示了朱丽的"冲动"，即"是不是应该把关掉了那么多天的手机打开呢？继而想到，她应该先找舅舅借一个手机充电器"。但作品写到"手机充电器"便戛然而止，把朱丽真正的醒悟及其即将要做的事，留给读者去想象和思考。又如语言的清新、隽永、秀丽，"入伏后的一个下午，朱丽在迷迷糊糊之中，窗外的声音再一次飘进房间"，这样诗意的语言贯穿在作品叙述的始终，并且营造出一种从容的节奏和韵律。"朱丽常在这时闭眼假寐，有时真的睡着了；有时，邻居一些喧闹的声音从窗外传来，异常清晰，如响在耳边，这让她意识到，敢情声音是向上走的"，"一连许多天，邻居的院子总是很热闹。……一忽儿客人来了，一忽儿客人走了，那句她已经熟悉了的大人的提醒句源源不断飘进窗口落入房间……然后照例是短暂的安静，家人和客人等待小宝的发言……照例是令人尴尬的沉默。直到客人离去"。用这种诗意语言叙述现代都市生活，把现代人和现代世界的躁动和焦虑降低到细无声的静流般的状态，是铁凝叙事的独特策略。

在铁凝的短篇小说创作中，《哦，香雪》叙述的是火车（或者说现代化）给一向宁静的山村生活带来的波澜；《春风夜》叙述的是普通打工者、谋生者为实现一个普通的愿望而终究未能如愿的遗憾；《秀色》刻画女性为了生存之水所作出的奉献，是一曲围绕生存与伦理、向往与现实、精神与环境的美好而壮烈的悲歌；《孕妇和牛》通过乡村田野上一头怀孕的母牛与怀孕的少妇的默默行走和心理活动，彰显出人与人、人与自然、生命与生命之间的和谐、温暖、充实、美好；《1956年的债务》讲述万宝山代病故的父亲偿还53年前5元钱借债的故事，其中，贫穷时代人格的猥琐、节俭到吝啬程度的品质、富裕时代的奢华、履行还债诺言的沉重等，交织在极小的篇幅里，呈现出对人性深刻的洞察力……总之，她的创作总是与时代脉搏的跳动保持一致，从现代化进入乡村世界，到现代化进程中普通人物的日常生活，到在现代化背景下思考历史和乡村，以细腻平实的语言描写乡村和都市的微妙变化，始终充满人性的温暖和关怀。

与过去的这些创作相比，《告别语》同样构思精巧、细腻含蓄，《告别语》描绘的也是普通人的平凡生活场景，也没有曲折离奇的情节，但明显不同的是，《告别语》体现出作家进入当下世界、进入普通人生活世界的视角变化了。与《告别语》相比较，应该说，作家过去的短篇小说创作证明的是作家感受和把握现实世界的能力，而《告别语》呈现的是作家思辨和分析人的交往模式的能力。打招呼、告别等无疑是人的交往活动，这是人从自然人到社会人的实质性变化。男孩小宝在学会主动跟客人说"再见"之前，与自己的父母和家人自然也有交往，比如哭、笑、说等，但这只是一种本能的自然的人的行为方式，只是一种借助语言等媒介的身体运动，而不是社会交往意义上的行动，因为这些身体运动之中还没有"有意"的社会规则，这些活动因此也不考虑真实性、效用性、正确性等，也不涉及社会世界。但，当孩子明白客人离开时需要说再见，并每次在客人离开时都自觉运用这一礼貌告别语时，这一行动就已经成为一种社会交往行动，其中暗含着一种用规范调节的行动机制。这是孩子成长的一个重要变化——向社会人的变化，意识到自我面前还有一个相对的客体世界的变化。当然，作家并不是要局限于探讨孩子的这一变化。作品的目的是让作为成年人的"朱丽"意识到自我意识的不成熟，并透过朱丽的反思和变化解决一个当代世界的日常生活困境：逃婚。这样，作品从孩子交往行动的进步深入到现代人情感危机的核心，并从这一视角启发朱丽采取合乎社会人、成年人交往机制的行动。

这正是《告别语》与作家以往短篇小说创作的区别，它表现出作家从人的交往活动模式进入人的生活世界。这是一种令人耳目一新的视角。当代世界变化的复杂性和深刻性，对每一个人的生活产生着巨大的影响，对每一个人处理与世界交往的方式都是巨大的挑战。很多当代性的问题，从精神到情感问题，往往折射出当代人的心理和精神的不成熟,《告别语》中的朱丽只是无数个面对困境的当代人的一个代表。因此,需要我们从不同的角度来审视,由此提供更多的解决问题的可能性。小说家也完全可以从人的交往行动考察人的现实生活及其困境,由此为当代人提供强大的精神动力和支撑。正因为此,《告别语》的尝试,对作家对读者都具有值得重视的意义。

(《人民日报》2011年11月18日)

生命的意义源泉及对劳动的审美
——评刘醒龙的长篇小说《生命是劳动与仁慈》

一

在当代小说创作中，刘醒龙以其颇具分量的中篇小说备受文坛关注。

其实，刘醒龙近几年的长篇小说创作也同样引人注目。《威风凛凛》《往事温柔》《寂寞歌唱》等长篇小说一部接一部地问世，其中《生命是劳动与仁慈》在刘醒龙的长篇小说中是篇幅最长的一部，洋洋三十余万字。同时由于这部作品所涉及的主题——在市场经济大潮下如何对待普通劳动者，如何评价基本劳动的价值和意义——而使它在刘醒龙的长篇小说创作中占有相当的地位。

《生命是劳动与仁慈》（以下简称《生命》）从突击坡青年农民陈东风在父亲陈老小去世后，经过反复考虑决定进城开篇，到陈东风回到突击坡与农村女青年翠结婚收笔。整部长篇小说分"黑夜守望""燕子红""铁屑湛蓝""小城温柔""花开无季""翱翔""生命放牧"七章，企图简明扼要地概括这部长篇小说的内容是一种徒劳。但我们可以从多个维度审视这部长篇小说所描绘的当代农村和小县城史诗式的画卷。

第一个维度：农民进城。文学创作涉足农民进城问题自改革开放初期就开始了。但《生命》没有停留在一般地反映农民对进城的期望，农民在城市中的流浪、挣扎、沉沦，农民进城所带来的社会问题等表面现象上，而是深入到人的精神深处。

陈东风并不想进城，他对在盘整得像镜面一样的秧田里挥撒谷种，对在金黄的麦田里挥镰割麦这些原本意义的劳动有着深深的热爱。这些劳动中的舒适、愉悦和酣畅是在城市文明中难以体会到的。但陈东风终究还是抱着一箱子燕子红进了城，他纯粹是因为割舍不掉对方月的痴恋。赵家喜进城有着更远大的目标，他试图通过找一个干部的女儿结婚而改变人生道路。玉儿、小英等青年进城的初衷仅仅是打工挣钱，后来也只是想转个户口，改变一下农民的身份，当一个城市人。赵家喜不仅想改变农民身份,而且不想做一个平庸的城市人。他希望能成为一个有身份、有地位的城市人。对他的这种动机和方式,陈东风及其他人都不可理解,并表示了强烈的鄙视。但赵家喜认为自己不是冒险,也不是拿一生开玩笑。如果人生是场玩笑,赵家喜选择了自己来开这场玩笑,不愿让别人摆布、开玩笑。段飞机、方豹子等属于另一种类型。段飞机不愿给城里人打工。他对农民打工仔在企业里的地位、权利等方面与正式工人存在的质的差别,有着清醒的认识,他要办自己的工厂,并且要"吃"掉国营的阀门厂。方豹子属于那种对自身角色认识模糊的农民。陈二伯的进城全然是出于一种道德力量的态度。一是他认为城市里的邪气太重,需要有正气与之搏斗;二是对儿子陈西风的工厂的生死、婚姻的稳定,他认为都需要他在其中充当一种平衡和稳定的角色。他不仅要求自己担负起这样一种道德义务,而且也对陈东风赋予了同样的道德责任,希望他能发扬父亲陈老小的劳动精神,为陈西风的工厂及陈西风的发展尽力。虽然小说最后叙述了陈二伯的进城与陈东风的母亲的死有关,但在整部小说所构织的历史画面中,陈二伯依然是一种宏大的传统道德精神的化身。

第二个维度:城里人,特别是正式工人面对进城农民表现出来的文化心理和价值观受到的冲击、振荡。总的来说,大多数城里人对农民的进城有着一种十分复杂的心理,既谨慎、警惕、甚至仇恨,又切身体会到农民进城给他们带来的方便与利益。小说中地区团委书记的一句话可以反映一部分人的心理:农民进城处理不好会把整个城市毁掉。这是一种谨慎的态度,但并不是积极的态度。汤小铁对农民工的态度是典型的敌视和仇恨。第一次与陈东风打乒乓球赌博输了后,汤小铁就愤恨地说:"真有一场火烧死你们就好了!"当然汤小铁这样的心理还不仅仅是赵家喜所说的,是由于农民进城抢了城里人的饭碗的缘故。一部分人既爱农民工身上的勤奋好学、踏实苦干,又担心农民工的壮大成长威胁到他们自身的利益。李师傅是这种人中的典型代表。她喜欢陈东风,并希望把他介绍给自己的哑巴外甥女,但当陈东风当上车间主任,提出让农民工与正式工同工同酬时,她便旗帜鲜明地站出来反对,认为陈东风是进城打土豪,还没有听说过农民可以同工人一样做事、拿报酬的。李师傅的这种心理同时也折射出其把陈东风介绍给自己的外甥女所饱含的功利性。诚如陈东风自己所说,城里人以为不管是城里的丑女人、残女人还是呆傻女人,乡下人见了都会像仙女一样对待。毫无疑问,黄毛、墨水爱陈东风是真诚的,之所以陈东风没有选择她们其中的任何一个,除了方月这个偶像盘踞在其心中外,主要因素还在于,她们都以为如果陈东风和她们结婚,今后再用不着"双拖"了,并且还可以转户口,若工厂垮了台,还可以依靠父母的帮助做生意或者做其他事。这种附加在爱情之上的功利性是陈东风接受不了的,这是对他父亲以及他所信仰的原本的劳动精神的一种侮辱。高天白喜欢陈东风这种类型的农民工,并且认为离开了这批不怕苦、不怕累的农民,阀门厂将步入更加艰难的境地。但高天白同时也感到他的这种喜欢和厚爱并不能拯救阀门厂,也不能改变农民工的前途,因为他并不能主宰工厂。肖爱桥不仅对大多数农民工没有好感,而且认为阀门厂的工人都是农民工,他们没有知识,没有技术素质。他的理想是工厂倒闭,全部换上高素质的人,这显然是一种不切实际的理想。他曾经对陈东风寄予厚望,但陈东风看不进书,并且认为原本意义的劳动更加重要。后来肖爱桥转而培养读过技校的黄毛,但一心只想过舒适生活、炫耀修长大腿的黄毛认为读书太浪费青春,于是肖爱桥仅有的一点希望全部化为泡影。对段飞机,一心投入权力和地位之争的陈西风开始并没有把他放在眼里。大多数城里人对这个常常坐一辆破吉普车四处折腾的农民都抱着鄙视的态度。

第三个维度:企业精神氛围。《生命》显然不是一部写企业改革的长篇小说,但它借用了企业这个舞台。作者积极寻求的是这个以经济为主题的社会正在丧失的某些品格和品质,但它事实上是以两个企业的生存竞争和各自的经营活动为媒介的。在国营阀门厂里,厂长陈西风和书记徐快一直以各自的手段试图升为副局级,而把工厂的命运置于一边。虽然在小说的尾部,陈西风和徐快双双出动,为企业渡过年关拿回了一批订货合同,卖出了许多积压产品,并在回厂的路上为保护贷款都身负重伤,但这一行为却是在田如意、方月等人策划的一场骗局下发生的。尽管骗局后来成为现实,二人都晋升为副局级,但留给读者的启发仍是深刻的。国营企业改革发展到今天,企业经营者和企业法人代表仍然没有独立的人格地位,他们仍然一半是企业管理者、一半是政府干部。他们的追求不是想成为一个职业的企业家,而是想升官。

责任感淡漠是企业中缺乏强烈的企业精神的另一种表现。阀门厂从厂长陈西风、书记徐快到车间主任徐富、老马、老万等都缺乏应有的责任感和敬业精神。从一开始,陈西风和徐快便陷入复杂的斗争中,斗争主要围绕陈西风和徐快的个人前途展开。在具体操作上,一方面陈西风和徐快分别为是提拔徐富还是提拔肖爱桥而各施计谋;另一方面,徐快利用到省城办事处检查工作的机会,与表妹马明梅幽会,后又借看病之机为其做处女膜修复手术并用公款报销。陈西风与田如意在感情中愈陷愈深。陈西风与徐快二人分别利用对方的弱点和把柄互相牵制。中层干部文科长、老万、老马则分别以转户口和转正式工诱惑占有农民女工。普通工人则用开水瓶或其他手段把厂里的东西往外提,或者明目张胆地接私活。很明显,这样一个几乎没有凝聚力、没有正常经营和生产秩序、没有团队精神的企业,是不能迎接市场经济的残酷竞争和挑战的。段飞机正是在阀门厂的这种混乱状态下，乘机占领市场并建起了自己的工厂。

对人的地位和价值的忽视是企业缺乏企业精神氛围的又一种表现。现代企业的经营管理潮流和最新管理思想是企业文化。企业文化的内容丰富而广泛，而其中之一便是通过对人的关心和尊重而营造积极向上、团结一致的企业精神。在国营阀门厂，以方豹子为代表的一百多号农民工住的是潮湿炎热的大仓库，买饭要让正式工先买，评先进、劳模、发奖金沾不上边，最累最重的活首先给农民工做，在分工、报酬、生活待遇等方面都没有体现出对农民工应有的尊重。

在现代文明的进程中，特别在城乡差别仍然存在并在局部地区拉得更大时，都市无疑是文明的集中体现者。农民渴望城市生活是自然而且正当的。当农民试图通过勤奋和劳动获得与城市人一样的权利和尊严，而得不到城市人的认同时，结果只可能是：其一，如赵家喜或玉儿等人一样，通过婚姻方式改变人生道路；其二，如段飞机、冯铁山等人的方式，开拓出一片事业的天空，兼并、"吃"掉城市人的企业；其三，如拖拉机驾驶员所建议的方式——"能吃的东西往肚子里吃，能搞的城里女人管她什么模样都坚决地搞，搞不到手的，也要用眼睛将她们身上的嫩肉剜几口下来"，在阀门厂的农民工中间持有这种心理的人无疑是存在的，方豹子有几分像这种人；其四，如陈东风一类的人，既不承认人格上比城里人低下一等，同时也不想去主宰城里人的生活，更不想去偷工厂的东西、搞城里的女人，那么陈东风只有避开这一切，回到突击坡，去过那种自然的有几分纯粹的劳动生活，并坚定地捍卫劳动和仁慈这面道德理想主义的大旗。企业缺乏对人的关心和尊重，企业因而丧失应有的精神血液，走向衰败。企业是城市的缩影和细胞。各行各业的产业工人是城市市民的主体。所以，宽广地说，整个城市也存在这些问题。陈二伯对陈东风说过："为什么有'吃了树上的枣，忘了树的恩'一说？因为城里人吃的穿的都是我们乡下人种出来的。可城里人自恃有机器，总将这些丢到脑后去了。"陈二伯的话对于我们理解现代化进程中城乡冲突和如何对待二者的关系是有启发的。在文明进程中，农村和农民所作出的贡献是巨大的。忘记或不能正视这一点，必将使城市在社会经济发展中遇到更多棘手的问题。

以上我们从几个方面初步评价了《生命》的主要核心，这里没涉及陈东风复杂的爱情历程。我们所涉及的还只是《生命》这部长篇小说所描述的现象、事实，而不是其要表达的和已表达的思想内涵。

二

《生命》不是一部写企业改革或农村改革的长篇小说，也不是一部写改革开放中小县城里的工人和农民的价值观,以及他们的利益如何冲突和耦合的长篇小说。《生命》表达的是一种对基本道德原则的关注。作品通过写农民进城,写企业里的农民工与正式工的心理、观念上的冲突,写农民自己办厂,揭示出我们这个正在向现代文明迈进的社会正在丧失某些基本的东西:劳动、仁慈。作品切入的是现实生活,是鲜活的改革开放中的生活。从这个角度讲,作品是关注现实、反映现实的。作品中饱含着对社会基本道德丧失的担忧,以及对寻找这种道德品质作出的努力,并且鲜明地流露出对这种基本道德品质的赞美和企图回到那种没有受到污染的道德社会的渴望。从这一角度看,《生命》是一部浪漫主义的作品。作者不仅怀有对充满原本意义的劳动的社会的向往,而且以优美的语言、巧妙的构思、独特的艺术手法达到了浪漫加理想主义的效果。

  首先,《生命》浓墨重彩地讴歌了农业劳动的美丽,勾画了一幅劳动者、大自然以及劳动者心灵三者之间的和谐的关系图。作品的这一特点主要是通过陈东风等人对父亲陈老小的回忆,陈东风的个人感受、体验以及其他人物在劳动、大自然中心灵的袒露、行为的演变来体现的。

  在小说第一章中,作品通过陈东风对父亲的回忆,与弥留之际的父亲的对话(事实上陈老小已经不能说话),陈东风关于劳动的心理和行动,着重渲染了农业劳动和大自然的美好,并且让读者清晰地洞察到,这种对劳动的观念已经在陈东风的心灵上打下了深深的烙印。

  对劳动的赞美不仅体现在陈东风的言行和他人对陈老小的回忆介绍之中,而且也体现于众多的人物角色的言行之中。剃头匠在给陈老小理发时,不停地和陈老小说着话。实际上是剃头匠通过自言自语,批评了社会生活中劳动精神的丧失,从侧面表达了对陈老小身上劳动品质的赞美。在陈老小死后,老年人担忧,陈老小一去,谁还会真正劳动。这种状态并不是个别人的、偶发的议论,而是整个作品感情倾向的一种体现。方月的母亲教方月,秧田似剃刀,只要在里面走一走,谁的腿都会漂亮。由此,方月也赞叹劳动是件好事,可以让人变美。后来脱离了体力劳动的赵家喜仍然信仰劳动,他说劳动虽苦,却不会使人堕落。因为多次流产而怀不上孩子的明梅,在农村里生活了几个月后终于怀孕。方月的母亲的解释是,不能像城里人那样把孕妇当菩萨供起来。小说在字里行间充满对劳动的歌颂,在小说尾声达到了一种可以称为宗教情感的程度。在陈西风带领一班人到省城开订货会期间,小英和玉儿先后两次请不同的客人到"回老家茶馆"喝茶。"回老家茶馆"事实上就是一个缩小的镶嵌在城市文明里的村庄。这里有山、有水、有草、有田,一群群羊、牛、鸡、鸭、猪自由自在地散布在草地上。乡间的火粪、水车、石磨、茶香以及乡下人用旧的桌椅,一切都给人以住在田野村庄的感受。在没有任何装饰和现代文明痕迹的时空中，老太太的歌谣和关于劳动即是宝贝的故事代替了小说中陈老小、陈二伯、高天白的角色，对劳动和自然的赞美和歌颂是在宁静和古朴的空气中由歌谣、故事和客人自己的心灵所阐发的。在城市文明中放牧生命的商人、农民、干部等在这里都得到了升华和洗礼。茶馆充当了教堂，老太太的歌谣和故事充当着神父及其布道的神圣的声音。

其次，《生命》通过另一个视角，把人物置于工业文明的背景下，对工业社会最基本的劳动给予了独特的评价。工业社会的发展、企业及经济的正常运行无疑要以分工为基础。并且，随着技术进步和现代化程度的提高，分工必然地愈来愈细。劳动分工的直接后果是从事不同岗位的劳动者的地位和价值的差别。在社会主义市场经济体制下，分工及其产生的劳动者的报酬差异是毫无疑问的事实，但所有劳动者及其职业在社会价值体系中都处于同等的地位。《生命》把最基本的劳动者例如车工、翻砂造型工置于特殊的位置，这是整部小说的价值取向和审美倾向的要求，同时，也是作者创作意识外化的必然结果。作者强调的是整个社会，无论个人从事何职业和身处什么样的岗位，都呈现出对基本劳动的漠视和鄙视。这种劳动品质和精神的淡化、丧失已成为许多社会现象和社会问题的症结、根源。因此，必须重塑基本劳动在社会和人们精神道德领域中的地位。

如果说陈老小是农业社会中崇尚劳动和仁慈的一面旗帜，那么，高天白则是工业社会中热爱并忠诚于基本劳动的代表。陈二伯对他有一个评价：阀门厂从厂长到工人，除了高师傅以外，都不懂劳动。相信这句话也代表了作者的态度。高天白勤勤恳恳、兢兢业业地在车床前工作了几十个春秋，带出了一代又一代年轻的车工。他总是提前上班；打扫工作环境，准时开机干满工作时间，最后一个下班。在夜班中，他的车床孤独的轰鸣曾经成为阀门厂夜间正常生产的一种象征。即使在退休后，他仍在不停地劳动。他没有去段飞机的工厂当顾问，而是去帮陈二伯挑石头筑堤坝。其实，高天白对劳动精神的维护和发扬更体现于他对有悖于劳动精神的现象的批评。他批评过车间里的工人下班不关车床总电源，说现在的人不知哪儿出了毛病，连腰都不愿意弯一下。他告诫陈东风当干部不是为了不劳动，而是为了多劳动。当他参观了段飞机的工厂，为热火朝天、灯火辉煌的劳动场面感动后，立即找到陈西风希望给他一个副厂长当，他要使阀门厂恢复生机。可以想象，当他这种在陈西风看来极为幼稚的要求被拒绝后，这位把一生献给阀门厂，把全部希望寄托于阀门厂身上的老工人的心里该是多么的凄凉！他只有默默地找起扁担去挑石头，以另一种方式高举生命的旗帜——劳动。

陈东风既受到父亲陈老小的劳动观念教育，进城后又受到陈二伯的时时告诫。进工厂后，尽管许多人提醒他不要被高天白培养成了第二个高天白，但事实上陈东风在车工技术、敬业精神、对人的仁慈品格以及对劳动的热爱方面都俨然是高天白第二。陈东风对车工的劳动有着美丽的想象。在第三章"铁屑湛蓝"里，陈东风由铁屑溅落地面的沙沙声联想到乡下养蚕的情景；由车刀联想到犁，把车床想象成一只只张挂彩色风帆的船，至于操纵车刀则有如甩响牛鞭的耕耘者。劳动的声音是神圣的声音，车间的沙沙声也很神圣。陈东风对车间劳动的痴迷逐渐发展到一种"衷情"的程度。

再次，《生命》在分别讴歌和赞美乡村劳动和城市劳动的同时，阐发了劳动这一重大主题的深刻内涵。

陈二伯在陈东风进城后不久就说，劳动不是为了钱，而是为了人。陈二伯住在当厂长的儿子陈西风家里，却成年累月从山上挑石头到河边垒坝。陈二伯并没有意识到他的劳动会在小说结尾的一场洪水之中显示出价值，也从来没有人对他的劳动付酬。他把这种艰苦的劳动视为生命中不可缺少的一部分。他不相信劳动能累死人，他只相信吃饱了可以胀死人。所以陈二伯的话题既是自己生命和生活的写照，也是对陈东风这个当代少有的继承了劳动本色的青年代表的一种鞭策和勉励。陈二伯对劳动的看法还不仅局限于此，他在劳动和做事之间作了明确的界定。劳动是为了子孙万代，做事只是为了自己的贪欲。在这里，劳动是一种纯粹的生命活动和过程，从中积淀和升华出来的既是一种品质和精神，也是一种现实的可见的劳动成果，但这种成果绝不能与仅供满足劳动者自身贪欲的成果相提并论。这种成果是属于历史和大众的。陈二伯对劳动的内涵所作的另一点解释是，劳动者及其使用的工具都可以驱邪扶正。虽然陈二伯是针对大蛇的出现说这句话的，但显然陈二伯更主要的是想把劳动精神和劳动工具的这一作用扩大到整个城市生活。高天白是积极为劳动一词赋予内涵的另一位道德传播者和宣讲者，他的一个基本观点是，现在的人把最简单最基本的东西丢在一边不闻不问，而去追求那些华而不实的东西。至于他的关于劳动不能投机取巧，幸福是用勤恳诚实换来的，只有最勤奋的畜生才能找到水等议论都是对这个基本观点的补充或者扩展，即勤奋并且热爱基本的劳动是一个人从而也是一个社会至为宝贵的精神财富。雪花，这个在小说结尾才出现的人物针对劳动说了一句简练而深邃的话："劳动着才是生命。"在小说结尾部分出现的一个神秘的放牛老头对陈东风说了一句话："并非所有的劳动都有用处，并非所有的劳动都有收获，劳动是一个生命证明。"放牛老人近乎哲学命题式的这句话可算是对劳动在《生命》这部作品中的含义作了最后的完善和丰富。

总之，通过以上三个方面的阅读体验，我们可以得出几条较为清晰的脉络：《生命》这部长篇小说歌颂的是人类最基本的劳动精神，虽然劳动一词随着社会文明的进步已有非常广泛的内涵，几乎人类的实践活动都可以称为劳动，但在

《生命》里,作者赞美的是田间劳动、车床劳动、挑石头一类的原本意义上的基础性的劳动。在工业文明中,这种劳动就是一线工人从事的一线岗位的工作。因此,作者对劳动的内涵有如下理解:它是生命的证明,是一个人的生活的必不可少的一部分。它是一种高尚的品质,它可以创造价值,也可以创造美和许多不能用使用价值衡量的东西,亦即劳动可以创造另一种精神或者说道德风尚等。随着市场经济的发展,人们对财富、现代文明及生活方式的追求,整个社会对基本的劳动愈来愈忽视,对从事基本劳动的劳动者愈来愈淡漠,人们身上的优良的热爱基本劳动的精神逐渐丧失。这既是作者和作品所感到担忧和关注的,也是作者和作品力图唤醒和拯救的。

三

《生命》所触及的题材是一个既宏大、独特又深刻、紧迫的领域,小说力图表达的思想是极富价值和现实意义的。它抓住了城市和乡村在急剧动荡的改革岁月里价值观的嬗变这一敏感而必须正视的问题,走出了近几年农村题材创作的一般模式。小说所达到的艺术水准是有目共睹的。

或许正因为它涉及的是一个敏感而难以把握的题材,所以才使得我们有可能就《生命》所涉及的一些关键问题进行进一步探讨。

在社会主义市场经济条件下,劳动资料和劳动成果与劳动者之间的关系同历史上其他所有制关系相比,已发生了质变,即它们是统一的关系。劳动虽然是人的主体力量的外化和体现,但它们不再是对抗的,这只是理论的说法。在脑力劳动、体力劳动的分工依然存在,城乡差别依然存在,社会物质仍未能充分流通的前提下,在相当长的时期内,劳动对我们而言,依然是谋生的手段。

陈老小的劳动、陈二伯的劳动,都是谋生的手段,而不是生活和生命的目的。对陈老小而言,诚然在劳动过程中有某种愉悦和酣畅,但收获的多少、天气状况、自然灾害、生产资料的价格、农民负担等许多因素都是不得不考虑的。他并不是过着一种自给自足的生活,似乎既不必关心种子、化肥从哪儿来,也不关心收获的粮食除上交之后能否度过一年,只需要播种、管理、收获,然后做一顿新鲜麦面馍馍。如果一个中国农民省去了上述这些忧虑与牵挂,那么我相信热爱乡村劳动的就不止陈老小和陈东风,而会有更多。因为那时,农民的劳动已经不是一种生计手段,而是一种类似于锻炼身体、体验情趣的习惯。对高天白更是如此,高天白在车床上肯定体验过湛蓝铁屑有如蓝色的飘带一样腾起舞动时所带来的美感,他绝对也欣赏过自己亲手车出来的高标准的有如工艺品一样的产品,但小说已经告诉我们,女儿的一句"好久没吃肉了"就让高天白窘迫得眼眶潮湿。那么对高天白而言,劳动是为了谋生,抑或仅仅是一种生理或心理上的需要呢?高天白在工厂临倒闭时,表现出极强的责任心,自然是出于一个老工人对企业和职业的情感,但同时,他也想到了工厂的倒闭意味着退休金没有保障,因而不能不说,高天白也从这一角度希望工厂能够恢复生气。高天白曾经为段飞机的劳动气氛感动,但他拒绝了段飞机的邀请,这一方面说明高天白的劳动不仅仅是为了报酬,另一方面说明他的劳动也不仅仅是一种纯粹的劳动。

陈西风身为厂长公开嘲讽高天白等人勤扒苦做,他的价值观,他对劳动的态度,足以说明一个国营企业何以会垮掉。赵家喜身上有勤劳的品质,对普通劳动者不乏同情、仁慈,但其对基本劳动的价值仍是否定的。他通过婚姻改变自己一个基本劳动者身份的做法,已证明了这一点。玉儿、小英这些来自乡村的姑娘同赵家喜一样,为了改变命运、身份,不惜牺牲贞洁。价值观的丧失,必然导致心灵的漂泊。他们在漂泊中逐渐感到空虚和痛苦,不得不在"回老家茶馆"中寻找慰藉。

社会发展的必然结果是分工更加细致和就业人口的充分流动。从这一点看,农村人涌向城市是自然的、正常的。陈东风、赵家喜等人能够在城里找到一份称心的工作,发挥自己的才能,开辟更大的发展空间,这是一种进步。值得拷问的是,这些把生命放牧于城市的众多的农村青年,究竟是出于一种什么样的价值追求?这一选择是建立在何种信念之上?又是使用何种手段实现的?

社会的发展和进步,同时也带来了生活方式的多样化和生活质量的提高,这是每个城里人、乡里人都渴望的。正是这种渴望产生了许多的矛盾:现实与理想的矛盾、贫穷与富裕的矛盾等,也产生了一些冲突:农民与工人的冲突、乡村与城市的冲突等。在这些剧烈动荡中,价值观的冲突和嬗变是引人注目和至关重要的。玉儿、小英所付出的牺牲是沉重的,但她们对这种代价的补偿仅仅是要求转户口。一个普通劳动者的价值、勤劳精神、对劳动者的尊重与认同等这些东西都已无关紧要了。赵家喜宁可找一个患有精神病的女孩结婚,其痛苦是可以想象的。如果不采取这种方式,他就不可能改变自己的命运,社会似乎没有提供更加公平的机会给他。赵家喜既要背叛自身的普通劳动者的身份,以求充分发展自己,又力图保留劳动精神和对普通劳动价值的认可,以此报答、扶助更多的仍过着他过去生活的农民兄弟、姐妹。这可能是许多如同赵家喜一样有文化、有能力的农村青年较为妥当的一种选择。如果赵家喜像陈东风一样回到农村,固守自身的身份和价值,则意味着广大农村青年又少了一份希望和关心。

(《小说评论》1997年第3期)

社会历史视野下一种开放的英雄主义
——评邓一光的长篇小说《我是我的神》

这些年，邓一光把时间和精力基本上投入在电视剧的创作上了，因此，我们很少看见他的小说作品面世。最近北京出版社(2008年1月)出版了邓一光的长篇小说《我是我的神》。这部上下卷共80万字的作品可以说是邓一光近六年来对小说创作的一种交代，在多元生活中，在各种俗事的纠缠和纷扰中，如何依然保持对小说的热爱，的确是一件难事。我能想象邓一光在六年之中、在时断时续的写作中要坚持完成这部巨制所面对的困难和取得的超越。当然，对今天的许多读者来说，要读完这样一部大部头的长篇小说，同样也要面对考验和超越。

一、为20世纪50年代人建构精神成长史

我曾经在我的《改革开放三十年武汉文学的发展历程》一文中这样评介邓一光的创作："邓一光的长篇小说则具有绝然不同的艺术个性，评论界通常把邓一光的长篇小说纳入'英雄主义'的范畴里来审视。也许《我是太阳》的确表明了作家力图在当下社会里弘扬英雄主义、英雄气概、阳刚、力量等的追求，在一个以金钱为中心、被金钱左右的社会里，人们也的确需要张扬自身的力量，需要证明人具有自己主宰自己理性意志乃至道德理想的能力。我们也注意到，尽管邓一光的许多长篇小说都涉及战争和军队，但是邓一光并不仅仅是为了英雄而叙述战争，也不会在战争的叙述中停滞不前，邓一光更多的是从战争写到战争后的和平时代。在《想起草原》《我是太阳》中，他是把战争年代那一代人的命运放在战争岁月与和平岁月的对照中来叙述；在《我是我的神》中，他则是叙述战争岁月那一代人的后代在成长过程中与时代、与父辈的矛盾与冲突、合谋与和解等。在《我是我的神》这部80万字的长篇小说中，解放军高级将领乌力图古拉自己的孩子莫力扎、乌力天健、乌力天时、乌力天赫、乌力天扬以及他收养的战友的孩子葛军机、安禾、童稚非总共八个孩子，他们在父辈的教育和规则中长大，但先后

踏上了不同的人生轨迹，最重要的是这些孩子的人生道路基本都是违背乌力图古拉的思想轨迹的，他们的理想不仅与父辈的想法相冲突，有时甚至是敌对的。"现在回头看，这只能视为这部长篇小说的一个层面。需要补充的是，师长乌力图古拉在南下途中，在武汉及其周围地区的战事中认识了南下干部团支队长、国际战士萨雷·萨努娅，他们结婚后不久，乌力图古拉便上了朝鲜战场。这个时候妻子萨雷·萨努娅才知道乌力图古拉在北方草原残酷的斗争环境下因为前妻的牺牲，还留下一个儿子莫力扎。副军长乌力图古拉从战场上回到家里时，他的第二个儿子、萨雷·萨努娅生的第一个孩子乌力天健已经蹒跚学步了。在战争中一直与乌力图古拉搭班子的政委葛昌南在南方的剿匪中已经牺牲，留下一个儿子葛军机。乌力图古拉在战争结束后四处寻找战友留下的孤儿，并收养了三个孩子与自己的五个孩子组成了有八个孩子的大家庭。这些孩子的成长、人生道路、爱情婚姻在时代的动荡不定中互相冲突、与父辈冲突，从而构成一幅恢宏的1949年后军队子女的成长历史画面。而这些孩子的命运是作家在这部小说中倾注心血和笔墨要叙述和塑造的。

　　小说的另一个层面是，从草原上驰骋出来的蒙古英雄乌力图古拉与鞑靼人萨雷·萨努娅的爱情婚姻。因为苏联政府对鞑靼人驱逐，萨雷·萨努娅随着由第三国际派到中国的哥哥来到中国并成为一名国际战士。乌力图古拉对萨雷·萨努娅的一见钟情既有同是草原民族的天然亲近感，也有文化上的比如爱情歌谣的相互熟悉的背景，当然也有英雄征服美女的传统原型框架。但是，草原民族出身的女性不仅有天然的美丽也有与生俱来的坦荡、倔强和野性，这一性格加上复杂的家庭背景，使萨雷·萨努娅的个人命运在1949年后不断的政治运动中注定成为一幕悲剧。同样是草原民族直率坦荡、桀骜不逊的性格，同样只懂得战争艺术的基地司令员乌力图古拉，在1949年后的政治运动中极为不适应，他在自己的部下、跟随他多年并在基地任政治委员的简先民的政治艺术面前，基本上是手足无措。而乌力图古拉的几个儿子与简先民的两个女儿简雨槐、简雨蝉之间，乌力图古拉收养的女儿与简先民的儿子简小川之间，以及这些孩子与基地大院其他干部子女之间的友情、爱情、事业、家庭等更加错综复杂。这是因为，一方面因为时代和社会的原因，这些军队干部子女自身与当时的同龄青年一样被深深卷入运动；另一方面因为父辈之间的历史在政治运动中不断被挖掘、被歪曲、被放大、被利用，使得这些子女无法辨别真相，只能本能地按照自己的判断（因此就有误会和不解）去看待与处理年轻人之间的相处和交往问题。小说集中塑造了以乌力天赫、乌力天扬为代表的20世纪50年代出生的人物群体，呈现了他们从迷茫、混乱到觉悟、抗争以至最后走向成熟的过程，以及从这一复杂的精神成长过程中表现出来的理想主义和英雄主义的光芒。

英雄主义不是战争的专有产物和代名词，英雄主义也不仅仅是只有战争中的军人才有的精神气质。英雄主义应该是一个历史范畴的概念，在不同的历史进程中，在社会的变革中，人们在社会历史中创造自己的生活和历史，改变和掌握自己的命运，不断地吸取英雄主义的力量，同时也不断地在丰富英雄主义的内涵和边界。如果说邓一光过去的作品是在硝烟弥漫和枪林弹雨的战场中，张扬一种英雄主义的话，那么《我是我的神》则可以说是在动荡的历史进程和难以掌控的命运沉浮中，建构一种抗争与不屈的英雄主义，是一种在迷茫中冲撞、在沉沦中崛起、在彷徨中觉醒、在毁灭中涅槃的英雄主义。

二、乌力天赫：与理想相伴的诗人以及英雄主义情怀

乌力天赫是体现作品意图的一个重要人物。从这个人物身上表现出来的具有理想主义色彩的英雄主义情怀是作品的内涵的重要部分。通俗地说，理想主义的特征是追求事物完美善良的设想与愿望，充满善意且易动情，相信直觉、追求浪漫、看重荣誉感。当然理想主义者一般也具有大公无私的特征，一般是为了社会的共同利益去设想与思考。乌力天赫基本上是一个表面冷漠、内心热烈的理想主义者。1953年出生的乌力天赫（当时他的父亲还在苏联伏龙芝军事学院学习）是20世纪50年代出生的人的一个代表，也是小说重点塑造的人物之一。如果说这一代人有许多真正的英雄，那么乌力天赫就是他们的缩影。乌力天赫从小体弱多病，吃不得冰棍、闻不得油菜花香、淋不得雨，敏感、孤独、忧郁，不仅被院子里的朋友瞧不起和忽视（除了懂事的葛军机和同他一样敏感、内向的简雨槐外），就连自己的父亲，连自己的弟弟乌力天扬也说他是病夫。因此，乌力天赫并不是天生就是英雄，但严厉甚至野蛮的父亲，用蒙古人的思维和方式，一次次逼着乌力天赫摔打，这一过程居然把脆弱的乌力天赫锻炼成了院子里最能打架的干部子弟。

撇开身体、性格上许多与生俱来的弱点，乌力天赫仍然是与生俱来的战士和英雄。他酷爱兵器，从小便收集许多与兵器有关的报纸杂志，熟知许多兵器知识。他带领乌力天扬改造弹弓的射程和精度，而这需要一定的弹道、修正量、标准气象等知识。最终，他们把弹弓改造成了真正的武器，而不是玩具。乌力天赫从小具有的这一天分给他进入特种部队后的职业生涯带来了极大的帮助。同时，他有一种倔强，在他打伤简明了之后，父亲要他给简明了道歉，他的答复是"除

非我死"。他的这一倔强曾经给他带来很多苦头,比如被父亲用皮带吊起来,比如被罚吃忆苦思甜饭等,但是他从不屈服。乌力天赫也有同龄人没有的胆量。在他父亲因为老二参军的事情与母亲争吵打架时,乌力天赫拿着刀冲出来保护母亲。乌力天赫这一对女性的保护意识后来在战争中,被升华和放大为"为全世界被侮辱和损害的母亲去战斗"。在乌力天时参军后,13岁的乌力天赫就敢偷偷跑出去要参军,要到越南打鬼子的飞机。单纯的倔强、胆量并不能造就英雄,但是乌力天赫并非盲目地倔强和冲动,而是建立在充分的逻辑分析和思考基础之上,建立在广泛的阅读和对世界形势的了解之上。比如他阅读他心中的英雄切·格瓦拉的《枷锁和星星》《游击战:一种手段》等,他认真阅读《解放军报》,对非洲和东南亚人民如火如荼的斗争形势了如指掌并因此而心潮澎湃。当然,乌力天赫也一直在为自己未来的人生寻找哲学上的支撑。比如在内部批判用书里,他吸取了"人人平等的观念",并深受震撼;在毛主席像前被罚跪的时候,他渴望像毛主席一样自由走动、没有人阻止;他要做一只鸟儿(这是乌力天赫理想主义的萌芽)。因此勤于独立思考的乌力天赫在15岁不到的时候便得出结论,他恨自己的家庭,因为家庭不关心他在想什么。他对家庭的暴力、专制、教育的不满程度远远超过其他兄弟。在经常的独处中,他下定决心要战胜看得见与看不见的对手。而家庭则是他的第一个对手,因为革命者最初的情怀都是从家庭叛逆开始酝酿,革命者走出家庭之后则是为美好而单纯的世界作战。应该说,在15岁之前,乌力天赫后来的人生道路就已经确定。这是一条有理想主义色彩而以知识、毅力、技巧、品质作为支撑的理想主义道路。

而紧接而来的"文革"使乌力天赫更加坚定了自己的选择。在自己的父母亲被审查之前,年少的乌力天赫在天安门广场上也跳跃过、呼喊过、狂热过,甚至视线都被激动的泪水淹没过。但父母亲的遭遇很快让乌力天赫明白这是一场混乱的革命。在乌力天健、乌力天时相继牺牲、瘫痪之后,在经历一场无所谓胜负的武斗之后,乌力天赫看到的是在这场混乱的外围,整个国家面临的危机。因此,他认为自己的家庭应该不断有人为国家效力,而现在轮到他自己了。他有丰富的知识,足以确保他判断出机会在哪里,因此1967年失踪的乌力天赫最后到了珍宝岛。在这里他第一次经历枪林弹雨并表现得非常出色。

他后来到了越南,当然也到过许多有战事的地方,如阿富汗、非洲、美洲丛林等,他经历了许多人无法承受的经历,比如经常与队友失散或队友牺牲,独自一人长期在丛林生活战斗。他积累了许多战士没有的知识和经验,比如,在深入敌后能从容地在丛林中用炸药烧开水;不需要卫生员,能够自己给自己处理伤口甚至可以自己做手术取出子弹;能够准确判断方位、时间、天气等。他完成了许多难以完成的艰巨重任,比如营救关键人员。但他并不是战争机器,他无时无刻不在思考一些战争、和平、人类的重大主题。在非洲,他在给简雨槐的信中就开始讨论古代文明问题。在阿富汗,他在给简雨槐的信中明确讨论战争的根源,人类的灵性、差异、冲撞、欲望,以及苦难的根源。他关心苦难,关心一切在苦难中的人,等等。

他身上的这一品质,至今在许多20世纪50年代人的身上我们仍然可以看到。这正是理想主义者的基本品质。因此,我们不能根据乌力天赫的成长、成熟过程而把他视为一个逃避家庭的自私的叛逆者。他对自己的父亲、母亲怀着一种深沉的感情。在他第一次在边境上与弟弟乌力天扬见面时,他提到父亲那个民族以及那些令人激动的警戒令,并且问到母亲好不好,他的这一出乎意料的言行让乌力天扬热血沸腾。他对他过去一直认为是乱冲乱撞的"虫子"的弟弟乌力天扬怀着深厚的兄弟情谊。在战争开始前,他教育乌力天扬如何有效保护自己并杀死敌人,还给了他一个紧急时刻使用的包裹。在战争结束后,当乌力天扬在医院里对乌力天赫兴奋地谈论战场上的各种情况时,乌力天赫只是用一种温情的目光静静地看着弟弟,他对弟弟谈论的那些都没有兴趣,以至于弟弟愤怒至极,乌力天赫依然如此。在乌力天赫看来,最欣慰的是乌力天扬平安地回来了。他对简雨槐的爱情更证明他不是一个冷漠的战争工具。在从一个战场到另一个战场,从亚洲到非洲、美洲的神秘的旅途中,他不断地给简雨槐写信,从战争、苦难、人类、历史、文明到宇宙无一不谈,无一不充满了浪漫深情的倾诉,尽管这些信有许多根本无法或没有投递出去。但他一直坚持写,直到他准备重新回到祖国,回到那些他熟悉的亲人的身边。从某种角度看,乌力天赫更像哲学家和诗人。因此,乌力天赫有其无比宽广和深沉的一面。他可以忍耐个人的痛苦,不能漠视人类和亲人及祖国的痛苦。今天,在20世纪50年代人的身上我们依然可以看到这种胸怀和情怀。乌力天赫既不是一个简单的、冷酷无情的英雄,也不是一个单纯的、远离现实的理想主义英雄,他是有理智、有激情的理想主义者和英雄主义者。中国传统文化对英雄的要求,是既"英"亦"雄",也就是说既要有智慧和谋略,也要有勇气和力量,按照这一传统的观念,可以说,乌力天赫就是理想的英雄、完美的英雄。

三、乌力天扬:与命运抗争的英雄以及理想主义品质

乌力天扬是小说中的另一个重要人物形象。乌力天扬在与命运的抗争中体现

出的责任感具有强烈的英雄色彩,而乌力天扬试图完美地拯救生活、朋友和亲人又具有一种博大的理想主义意味甚至是普世主义意味。这一宗教般的情感色彩是作品的另一重要内涵。乌力天扬是一个很复杂的人物,并不是他哥哥乌力天赫所说的到处乱撞的"虫子",可以说,乌力天扬是一个不断想证明自己的人物。1956年,乌力图古拉到武汉基地当司令后出生的乌力天扬,从小被认为是丑孩子、坏孩子,从幼儿园时期就因长不高而遭受挫折(他羡慕简明了的身高)。乌力天扬从小便在一次次尝试证明自己,比如他想征服调皮、活泼、大胆、疯狂的简雨蝉,当然都是以失败告终;他也尝试制造炸药炸废料场的日本海军96式陆基攻击机,证明自己不是同伴们眼中只能挨打、而是可以做一番大事的孩子。但是与哥哥乌力天赫相比,乌力天扬是一个缺乏思考和判断的瞎冲瞎撞的弟弟,哥哥乌力天赫的这一判断一直压抑着乌力天扬(直到在战场上再次见到哥哥,乌力天扬依然对乌力天赫的优秀不服,对哥哥给自己带来的压抑不满)。乌力天扬在参军之前,的确在关键时刻表现出六神无主,甚至满不在乎、任人摆布的姿态。在自己家被抄之后,在一家人走的走、被抓的被抓之后,面对瘫痪的乌力天时,乌力天扬只有哭泣,因为他不知道该如何生活下去,更不知道该如何照顾乌力天时。一些基本的生活手段他从未学过,一些基本的生活常识他也从不知道,比如褥疮。但是在哭过之后,他马上可以睡着,在醒来之后又可以批斗自己的父亲。他骂过父亲,并给父亲剃过阴阳头。他可以把留给哥哥的饭吃掉,也可以把送给父亲的饭送给别人吃掉。总之,乌力天扬在很长时间里,是迷茫的、彷徨的,直至因为抢劫被送进少管所。而从少管所出来后,他又开始四处流浪。可以说这一时期的乌力天扬对人生基本上是茫然的,没有任何清晰的人生观念。

但就是这样一个在别人看来无可救药的浪子乌力天扬,在进部队之后,开始了真正的人生思考和成熟。其实在参军之前,乌力图古拉带着乌力天扬去监狱看望萨努娅时,乌力天扬就与过去不一样了。他看见母亲被折磨得精神分裂后,感到胸闷、鼻子发紧。他也同三哥说了一番很长的话,虽然有很多看似蛮横的话,其实含有复杂的感情。其中有一句话是"老子不伺候谁,老子当兵去"。这些发自本能的冲动和变化预示着乌力天扬对自己、对现实、对未来自觉思考的开始。在新兵初期,乌力天扬依然是流浪汉、小兔崽子、不服管理的捣蛋兵,但是一个老水手关于蛾子的生命的三个阶段的寓言给了他启发。他知道他不努力就会被当作跳蚤捏死。于是他开始做出惊人的改变,比如他通过狼吞虎咽的表演争取连队伙食的改善,在训练中、在处理与故意刁难他的连队干部的关系上,他都有意识地思考如何表现。这些转变不仅仅是适者生存哲学的淘汰机制的逼迫,而是充实了一种主动精神、主动思考的结果。

乌力天扬在战场上表现出了如人们期待的英勇、智慧、责任、牺牲精神等，当作为英雄凯旋后，乌力天扬本来可以按照命运的安排上军校、晋升，一步一步在军队里开始相对稳定顺利的人生。但是乌力天扬又是脆弱的，他无法承担战争带来的心理创伤——倒下去的战友、缺胳膊少腿的战友、贫困潦倒的战友家属、逃跑的战友、自伤的战友等，因此，他必须开始新的生活，开始重新证明自己。而一开始乌力天扬并不适应所谓的新生活，他发现新生活都是旧生活的延续。他需要对生活的重新理解，要像高尔基说的学会热爱生活。生活被打倒了缺损了才需要学会。这事实上就是与生活抗争，与混乱的、被污染的生活抗争。在反复的抗争与尝试中，乌力天扬发出了"不能让生活干掉任何人"这一句具有英雄主义色彩的誓言。这是需要付出巨大努力的，罗曲直、高东风、汪百团等这一群当年的朋友的颓废，还有其他一些因素对乌力天扬的理想无时无刻不在消解。因此乌力天扬不得不接受另一场战争，一场拯救朋友、战友、亲人的战争。为此他放弃了公安学校教员的工作，再次置身动荡之中。他几乎在委屈自己的条件下，答应到鲁红军的公司上班，并最终把绝望的鲁红军从枪口下救出来。他不惜一切代价为卢美丽治病、把卢美丽安葬、安置丫丫的生活。他学会了如何照顾乌力天时，抚养简雨蝉的孩子。在大洪水来临时，乌力天扬不是简单地想放弃蔬菜基地，而是想到蔬菜基地背后黄陂整个县的损失，因此他坚决要防洪到底直至受伤。他帮助汪百团戒毒，抢救高东风自杀的老婆汪大庆，解决妹妹童稚非的婚事。他为弥留的父亲理发。最后他计划去找段人贵，看看还能为这个战友做点什么。

总之，他一件一件地做事情，从一个家到另一个家、从一个人到另一个人、从一个地方到另一个地方，他从来没有放弃过，没有停下来，没有想找一个单位、找一份事情安逸到退休。在和平时期，乌力天扬所做的这些都在证明，一个胡乱冲撞、什么都不在乎的20世纪50年代出生的少年如何经过"文革"的混乱、战争和其带来的伤痛、改革开放时期的浮躁等，一步步最终找回自己的生活和人生，成为一个敢于承担责任、承担生活的成熟男人。其间经历的挫折、徘徊、痛苦和最后的自觉，是另一种含义的英雄主义精神，并且也是一种极其纯洁的理想主义。这就是20世纪50年代出生的人。

四、为"70后""80后"的价值建构提供启迪

关于"70后""80后"乃至"90后"的精神状况的表述，时下非常混乱。"70后""80后"乃至"90后"，他们各自以自己的时代为中心划圆，相互戒备甚至相

互敌视。"60后"称"70后"为"迷惘的一代","70后"称"80后"为"新新人类",是"颓废的一代"。一代又一代就这样传承着对时代变迁的迷惘,也传递着相互之间的不解与误解。一边狂骂"80后""90后",一边炫耀自己的名车、名包的兰董姐姐是"70后"的典型代表。张狂至极的显摆,刻薄至极的谩骂,在极尽渲染自己贵族与富裕身份的背后,却是苍白乏力的人生观乃至道德观。而在"80后""90后"看来,"70后"上身是尚未成熟的理想主义火苗,下身已经埋没于铜臭。无论是理想主义还是物质欲望,无论是坚守还是放弃,"70后"都不能彻底。"80后"对自己这代人的看法是,作为大部分是独生子女的他们因为完整经历了市场经济的变革,所以能更好地处理人生观、世界观。并且他们是拥有丰富物质生活的一代——从黑白电视机到等离子纯平彩电,从最早的世嘉八位插卡游戏机到现在的 XBOX、PSP,从酸梅粉到乐事,从葫芦娃、黑猫警长到高达 SEED、死神等,而且"80后"认为在高科技行业"80后"渐渐成为主流,因此,"80后"已经适应了严酷的市场规律。而在"70后""80后"眼里,"90后"没有温饱之忧,头脑里只有网吧、电脑、游戏、劲舞、火星文字、非主流打扮等生活方式,"90后"在学历、工作能力、责任心、心理素质等方面,远远落后于"70后""80后"。无论这些说法是否客观、是否全面,有一点是很明显的,在"70后""80后""90后"三代人之间互相攻击、谩骂、鄙视,而又极力为本代人的优势、优点进行贴金、粉饰、辩护的背后,其实都折射出自我的空虚、苍白。一代人的形象不可能依靠自我美化、自我粉饰,也不可能依靠语言的力量来完成,一代人的形象只有在历史的进步中,依靠一代人表现出来的理想信念、在理想昭示下的艰苦创造,而被辛勤地刻画出来。也就是说,在推动历史前进中的实践活动中刻画自己一代人的形象。

那么,20世纪50年代出生的"50后"是一代什么样的人呢?《我是我的神》可以说,为"70后""80后""90后"提供了崇高而真实的精神构建的历史资源。比如爱情,像乌力天赫那样对待简雨槐的爱情,在"70后""80后""90后"身上有吗?即使知道简雨槐已经结婚,乌力天赫依然深深地爱着简雨槐。当简雨槐知道乌力天赫还活着后,近乎残酷地拒绝她身边的一切关爱。这样的爱情不是"70后""80后""90后"可以理解和想象的。《山楂树之恋》在"70后""80后""90后"中所引起的争论已经说明"爱情"这个词在这几代人的词典里已经变得面目全非。像乌力天扬那样不断放弃自己的前途和生活,为朋友、为亲人、为战友不断迎接挑战、承担责任的英雄,在"70后""80后""90后"中有多少?像乌力天赫那样充满理想并不断用知识技能去实现艰巨而危险的目标的英雄,在"70后""80后""90后"中有多少?虽然他们都曾经对家庭对父亲充满敌意,但是最后他们以自己的方式依然表达着对父辈的尊敬、深情和宽容，这样的自我反思和醒悟，今天的以时尚为荣、以自我为中心的年轻人有多少能做到？

不可否认，"70后""80后""90后"有着"50后"不可比拟的优势，比如现代的科技、与全球化接轨的自觉意识等，但是一个民族立于世界民族之林最重要的恐怕是一代人身上表现出来的价值观。从乌力天赫、乌力天扬身上表现出来的"50后"的对理想坚持不懈的追求，在错综复杂、不可预料的命运轨迹中表现出来的毅力、责任、救赎等最终汇聚成"英雄"一词的品质，应该是今天"80后""90后"精神建构的重要资源，也是"70后"可以从中获益匪浅的启示录。

关于"50后"这一代人的形象，曾经在当代文学史的知青文学、伤痕文学等不同的文学潮流中都有过大量的塑造，与以往不同的是，《我是我的神》不是为了倾诉十年动乱给"50后"带来的伤痛。比如简雨槐的命运就与知青文学中的人物有很大不同，她的下放及其悲惨的命运不能简单地与知青下放农村相联系，她的悲剧性在于，她的父亲把她的下放当作政治生命的救命稻草。也就是说，她和她的下放是她父亲政治上的一次赌博。《我是我的神》也不是为了表现"50后"在某一段历史岁月中的彷徨、失落和疯狂，而是为了系统地书写一代人的精神成长，从"文革"前写到"文革"，写到"文革"后，直至改革开放岁月。作品从这些"50后"的出生、幼年开始写起，直到他们以不同的方式成熟为社会的合格公民、合格军人、合格母亲、合格父亲……由此让我们看到一代人如何从蹒跚学步开始到迈着成熟稳健的步伐走向人生的中年。由此，作家以一种激情和豪迈甚至带有一些沧桑，展开了一部一代人的精神历史。这是"50后"向历史、向当代的一种自信的坦白。

（《扬子江评论》2008-04，《当代作家评论》2009年第6期）

"漂泊"情结和"无根"意识
——评陈应松的小说集《大街上的水手》

应松把他刚刚出版的小说集《大街上的水手》(见《跨世纪文丛》第六辑，长江文艺出版社)寄给我，给了我一个深入了解他的机会。应松过去的集子我大多读过，从诗集《窗口》《梦游的歌手》到小说集《黑艄楼》《大寒立碑》《苍颜》，但应该说《大街上的水手》更能体现应松的追求和他已经达到的艺术水准。

我私下曾经认为，应松的诗歌在湖北当代诗歌创作中是有相当地位的，而对应松的小说，过去我只是觉得他在语言上的追求及其成就是应该得到重视的，如果还要说点别的，那就是他对江汉平原那些普通人物准确生动而又入木三分的刻画。

今天再读《大街上的水手》感觉大不相同。《大街上的水手》收入应松的11篇中短篇小说，除《沉住气!》《承受》《大街上的水手》外，其余8篇中短篇小说仍然是以作家所熟悉的江汉平原为背景的，准确地说，是以公安这块为洪水困扰的洼地为背景的。在这本小说集的后面附有樊星先生与应松的一次对话，应松说："我的作品如果有什么特色的话，那就是不顾一切书写心中的悲愤。"诚然，应松的许多作品都表现出了这一点，但应松为什么会有这种近乎迷狂乃至偏执的追求呢？

我以为应松在这个新集子里充分表现出了一种"漂泊"情结和"无根"意识。这些东西在应松过去的作品里一直存在，只是现在他把这些表达得更加完美和令人震撼。

海德格尔说："只要我们生存着，我们就总已处在形而上学之中。"换句话说，人的生存与人对存在论的追问是密切相关的。对生活在公安、生活在北纬30°的黄金口小镇的许多人来说，这种追问可能既不必要也无意义。但对于应松而言，这一点却非常重要。应松的父亲从江西流浪到公安这个洞庭湖的边缘洼地，从此，黄金口这个地方便增加了一个说一口谁也听不懂的江西话的外乡人。因此，这块土地给应松带来的苦难、压抑、悲愤等是与生俱来的。在《大寒立碑》《归去来兮》《愤羊》等作品中，应松对那块潮湿、长满野草、充满各种禁忌与习俗以及鬼魂的土地倾注了极浓的笔墨和沉重的情感，而它们表现出来的共同特征是作家的"漂泊"情结和"无根"意识。在《大寒立碑》中，"父亲"一生的苦难、不幸和"我们"的压抑、挫折都与"我们"是外乡人相关，生活在异乡的"我们"都曾经向往回到故乡，但在心中的故乡里"我们"仍然什么也没有。在《归去来兮》中，"爹"如同朝圣一般坚定地寻找他的圣地——南投山，最后客死他乡。似乎有些浪漫的"大哥"始终沉浸在制造永动机的梦想之中，而他骨子里的思想却是希望借此赢得人们的尊重，可以使满宗族的人"跷二郎腿"，还可以修一部庞大的族谱。"二哥"的悲剧是乡亲们剥夺了他作为一个孝子的尊严，乡亲们用对"母亲"的宽容和关爱逼迫"二哥"杀死了"母亲"。《愤羊》的表象是极富神秘感和象征意义的，其实质依然是一个外乡人在北纬30°的小镇的精神游历，他寻找愤羊是为了躲避鬼魂的追赶。在应松的作品里，公安正是一块鬼魂弥漫的土地，这个地方过去是湖泽，发生过许多战争，也遭遇过无数次洪水，鬼魂气息浓厚。因此，不仅姓"吴"的国家干部要躲避鬼魂，包括作家在内的每一个外乡人也未尝不需要躲避。外乡人需要寻找安顿精神的家园，作家也在作品里构筑精神的"蜃景"。可以说《大街上的水手》体现出来的痛苦、悲愤、焦虑是一种"无根"的"漂泊"者的痛苦、悲愤、焦虑。就公安这块土地而言，每一个人都是外乡人，因为这地方过去没有土著。但并不是每一个人都能感受到这种"无根"的生存状态。

  应松写城市题材时同样也流露出与城市之间的隔阂，这种隔阂通过城市和时代生活的荒诞表现出来。《沉住气！》是这方面的一个代表。把人推下水的薛羔不但没有受到任何处罚，而且照样出去参观考察，而见义勇为的人却被审查。当"我"不愿揭发的时候，警察来调查"我"；当"我"想揭发的时候，警察却不相信"我"。城市的冷漠、无序、荒诞使人难以找到支持自己生活下去的理由。可以理解樊星先生在与应松的对话里说应松写出了一种宿命的力量，应松自己也说自己是一个宿命论者，对人类命运很悲观。我以为这里面的根源仍在于"漂泊"情结和"无根"意识。

  人并非芸芸存在者中的一种。我们就人对存在的领会谈人，就存在于人身上展开的情况谈人，而不是就人作为有理性的动物或社会动物或作为任何一种特定存在者谈人。应松的《大街上的水手》实质上表达了应松对人及其存在的形而上学的思考。作为一个漂泊者（对公安、对武汉都是如此），应松试图在小说中寻找和构筑自己的生存的精神体系，并且，如同我们看到的，他的努力已经取得了较大的成功，但应松对人之生存的许多方面还需思考。正如人们明白死亡不可避免，但却安慰临终者会逃脱死亡，重返日常生活一样，人们就是通过沉陷于日常生活的种种活动展开其存在。"在世总已沉沦"，沉沦其实就是在世的全部。当然，在海德格尔那里，沉沦并不是堕落。

在与樊星的对话中，应松引用了维特根斯坦的一句话："我的语言的界限就意味着我的世界的界限。"我想这句话说的是，我们用语言不能表达时就应当沉默，这也就是我们世界的界限。这是维特根斯坦的一贯主张。因此，就应松的小说文本来看，其表现的世界仍然是有局限的，这不是世界的局限，是应松认识和表达的局限。我愿以此与他共勉。

(《武汉晚报》2000年2月22日)

无法言说的神秘经验
——读赵兰振的长篇小说《夜长梦多》

赵兰振的长篇小说《夜长梦多》是一部关于村庄的文本，也是一部充满神秘氛围的文本。小说中所有的人物和故事都起源并展开于豫东平原一个叫嘘水的村子。嘘水村是一个神秘、诡异、充满传说的村庄。南塘是嘘水村的中心，这个普通的才开挖四年的池塘，从来没有人养殖鱼类，却突然冒出40斤重的红鲤鱼，并且还生活着数不清的来历不明的各种鱼类；南塘边上突然出现指缝间结着冰碴、穿着棉袄的无头鬼；小小的南塘的湖底，暗藏着深不可测的洞穴；猫群彻夜嚎叫、四处捣乱，搅得嘘水村不得安宁；南塘的夜空中有神出鬼没的绿莹莹的灯笼……这些丰富的神秘经验构成了嘘水村的精神世界，也转化为嘘水村人的日常生活。

《夜长梦多》向我们呈现了这些绝非捕风捉影的神秘经验，如何渗透到人的生活及其命运的转折与变故，从而最终构成嘘水村的日常生活世界。在嘘水村，偷懒耍滑的"水拖车"并非好吃懒做，相反，他热爱逮鱼。正是"水拖车"对南塘是否长出了鱼的好奇，开启了嘘水村接连不断的神秘现象。"水拖车"第一次用网逮住巨大的红鲤鱼后，深感震惊和恐惧，他让红鲤鱼回到了南塘。11年后，在每年一次的年终捕鱼中，他再次网住了红鲤鱼，不过这一次红鲤鱼在嘘水村村民狂热的兴奋中被抬上了岸。"水拖车"从此病倒并在儿子上大学后去世。嘘水村的民兵营长"老鹰"是嘘水村权力的象征，他对红鲤鱼的传说不屑一顾，把红鲤鱼的鱼鳞踩在脚底下，正是在踩鱼鳞的地方，"老鹰"遇见了无头鬼，从此一病不起并私下相信起迷信来。嘘水村最聪明的男人楼蜂和他的同伴项雨，在看守砖窑的夜晚同样被无头鬼吓得躲进窑洞而被烧死。"水拖车"的儿子"翅膀"则因为在看守鱼的夜晚，被发现抱着红鲤鱼亲吻，被安上"社会主义淡水鱼强奸犯"的罪名绑缚至公社派出所。这一幼年的经历梦魇般纠缠并影响着"翅膀"的人生，直到几十年后，人到中年的"翅膀"才得以从阴影中摆脱。在"水拖车"第一次网住红鲤鱼之后，南塘如同被打开的魔盒，飘出一缕缕神秘的烟雾，笼罩着嘘水村的世界。南塘以自己的思维方式和行为方式，如影随形地融入嘘水村的社会生活，成为嘘水人的重要人生经验。比如，从自然气候的异常干旱、树木的异常死亡或茁壮生长、农田的歉收，到个人的生病、女人在夜空中响亮的笑声、哑巴突然开口说话、牲畜突然不安、家庭的不幸，等等，都无疑有着神秘的南塘的影子。这是《夜长梦多》的独特文本特色。

《夜长梦多》里纷繁、细密的神秘经验令人惊叹，它们是那样地贴近四十多年前的中国乡村世界，甚至是植根于千年的乡村文化，同时又是那样的自然与融洽。在你阅读并思考嘘水村人的命运和人生时，在你审视嘘水村岁月的每一个脚步时，很难发出质疑和诘问，就如同那些神秘的事物和现象就是真实的现实。也就是说，《夜长梦多》在这些神秘现象与嘘水村世界之间建立起了逻辑上的一致，使其获得了坚实的权威性。比如，曾经让张牙舞爪的"老鹰"感到恐惧的无头鬼，曾经让聪明绝顶的楼蜂钻进窑洞并被烧死的无头鬼，尽管作品在叙述这些人物与无头鬼的遭遇时，并未做任何解释，但作品讲述了寒冬腊月开挖南塘时，一位民工因疲倦至极倒在往来运土的通道上被碾死。天亮后当人们发现这个不幸的民工时，他已经没有了头颅。这个为赶工期迎接领导视察的民工，把无辜的生命献给了南塘，而他的媳妇在领到一点粮油和现金后就很快成了别的男人的媳妇。这是一个找不到责任主体，也没有责任主体的悲剧。这个在嘘水村忽隐忽现的指缝间有着冰碴的无头鬼正是那个时代无数农民卑微生命的缩影和变形。又如，关于"正义"的血手病的起源与好转的叙述。"正义"的手先是生冻疮，再是溃烂、结痂，在即将愈合的时候，"正义"梦见他的玉米秸秆被人放火，而他的玉米秸秆就堆放在不断生事的南塘边。出于对南塘的恐惧，"正义"决定把玉米秸秆运回自己的院子。离奇的是他用来捆绑玉米秸秆的绳子怎么也不听使唤，握在他手里的绳子似乎被另一个灵魂支配着。这根跳来跳去的绳子像鞭子一样，抽打掉了他手背上的痂皮。更离奇的是，当"正义"在南塘的水中想要洗掉手背上的血腥时，波浪像被磁铁吸引一样向"正义"扑来。此后，"正义"用尽了办法，都未能洗掉手背上的血腥，并且手糜烂得愈发频繁而严重。医生"王老师"揭穿"正义"当年有过杀人之心，不过没有杀死想要杀死的人。这一内心隐秘正是"正义"的血手病的根源，需要用当年他想要杀死之人的血才能洗去血灾。"正义"在向当年欲杀之人——自己的侄儿——"翅膀"道歉之后，血手病终于很快康复。应该说，《夜长梦多》里的每一个神奇事物和现象都隐藏着现实世界与神秘世界之间的逻辑联系。作品所叙述的嘘水村的历史，所刻画的嘘水村的人物，正是在讲述这些神秘事件、神奇现象的合法性、合理性中完成的。建构神秘世界权威性的过程，也就是嘘水村的历史和嘘水村人命运的展开过程。现实世界中人的命运与神秘世界的展开是同一性的。

这是《夜长梦多》魔幻般的艺术魅力的隐秘机制。当然，我们也应该注意到《夜长梦多》所虚构的世界的人文情怀。在这样一个处处神秘、事事神奇、神秘成为日常生活的嘘水村，人们何以能够安居乐业？人们为什么没有逃走？人们的心灵和精神的价值何在？在魔力无边的南塘的笼罩下，人们当然是有压抑和恐惧情感的。比如，曾经说批斗谁就批斗谁的民兵营长不再嚣张，比如二流子"水拖车"自从见到红鲤鱼后就萎靡不振，比如项雨时刻找机会与婶子有身体接触并抱着猫释放压抑，比如扛着土枪幽灵般地打绿灯笼的楼蜂最终被无头鬼赶进窑洞……在南塘象征的强大的神秘世界面前，嘘水村的每个人都是渺小的、无助的。这是一种孤立无援、备感压迫的处境，但是没有人想要抛弃或逃离嘘水村世界。作品无比巧妙地用不着痕迹的叙述，证明这些身处南塘神秘阴影笼罩下的每一个人实际上都明白自己做了什么。"老鹰"在南塘边休息，就回想起挖塘时曾经有一个农民被碾死；"正义"因为要求进步、想要入团并当大队干部，进而讨好"老鹰"，陷害自己的侄儿"翅膀"，许多年他一直心虚、不敢面对自己的婶子——"翅膀"的奶奶；"正义"的老婆一直害怕被发现她克扣"翅膀"寄给奶奶的孝敬钱……正因为每个人都知道自己做过什么、什么不该做，由此，嘘水村人在南塘的神秘氛围中，继续着豫东平原的日常生活，他们都心存侥幸，小心翼翼地保护自己的内心隐秘。因此他们的世界与南塘的神秘世界是紧密的、熟悉的，并非我们想象的那样疏离和陌生。他们清楚南塘时时刻刻盯着他们，每一件神奇的事件发生都有理由，他们好奇乃至习惯地观察南塘的每一次行动，他们暗自请求南塘没有发现自己、不要惩罚自己。超越嘘水村，其实这样一种心态从来就广泛地存在于历史和现实之中。这种处境其实已经是我们都再熟悉和亲切不过的处境，我们已经把这种处境视为了家乡或者故乡，因此，我们从未想过要改变或者逃离。但，有一个人思考过嘘水村人生活世界的处境及其价值，这便是在老楝树下突然出现的来历不明的医生"王老师"。只是，我们从未思考过这一处境的价值和意义。这个既像少女又像太婆的王医生没有开过一张处方，但她如同精通周易的高手，从嘘水村的现实，追溯了以往嘘水村的种种稀奇古怪，并挖出了埋藏在嘘水村人内心的秘密。由于王医生的高明，"正义"承认了当年对侄子的陷害，"正义"的老婆承认了截留侄子"翅膀"寄给奶奶的钱……在每个人都把内心积郁多年的包袱卸下后，嘘水村变了。"正义"的手开始愈合了；刘大姐不需要拐杖而且和蔼可亲了，甚至更加孝顺了；莲叶的哑巴弟弟习武能讲话了……嘘水村不再是恐怖阴森的神秘世界，这才是乡村应有的价值。作品通过王医生在南塘边对远古历史的讲述，含蓄地表达了对乡村世界堕落、无序、崩溃的批评。南塘曾经是人类母亲女娲生活过的地方，她在这里造人，千百年来就生活在这片底层土地下,但嘘水村人开挖水塘、烧窑造砖,捣毁了祖先的家园,扰乱了祖先的宁静。嘘水村人所遭遇的一切都是自己所为所致,都是自己所得的报应。关注乡村世界在现代进程中人类盲目的实践及其教训,启迪人类与土地、与自然、与人类自己和谐共处,鼓励人们勇敢担当自己应负的责任,正是《夜长梦多》的人文情怀。

"夜长梦多"是嘘水村很多人的心理感受,更是"翅膀"的感受。对"翅膀"而言,他与鱼的亲吻,这一幼年经验是不能言说的"痛苦",是没有合理解释的神秘经验,是需要保持沉默的。"翅膀"对幼年经验保持沉默直到大学毕业后回到嘘水村,正面面对伤害他的亲人并勇敢说出这一经历,这是一个重大的转折。这一转折便是"翅膀"个人的成长历史。他与所有嘘水村人一样,重新打量南塘这块神奇的土地,并对这块土地感到从未有过的亲切和依恋。"正义"面对侄子"翅膀"真诚道歉,"正义"和侄子"翅膀"的手握在一起,这一瞬间,也是"正义"和嘘水村历史的转变。这一说出和化解的瞬间,是一段历史的结束和另一段历史的开始。总之,《夜长梦多》重塑了个人经验的权威性,通过一个乡村的历史,建立起现实世界与神秘世界的内在逻辑联系,并挖掘神秘世界在现实世界中的根源,让我们对人类自己的行为保持警惕,在迷离、绵密的叙述中,呈现出绮丽无比的中国乡村经验,让我们在城市化和现代化背景下,再次领略到乡村叙事的魅力。

(《长江丛刊》2016年第9期)

从自然的资水到文化的资水
——读廖静仁的小说

廖静仁过去是从事散文创作的。他在散文领域的成就令人瞩目,并为文学界认可。我对资水的认识,便来自廖静仁的散文。他对资水岸边普通民众的生活和命运的关注,他散文中风情浓郁的吊脚楼,以及在渡口、船只与吊脚楼之间来来往往的各种人物,各种人物的生活世相、他们之间的恩怨情仇,等等,都曾经给我留下深刻的印象。现在又读到廖静仁关于资水的小说创作,我强烈意识到,廖静仁有一种鲜明的自觉,那就是用文字再现资水世界,用文字再造一个资水世界,用文字虚构一个资水世界,一句话,用文字为生养他的资水写一本资水传记。

这是一个平凡的梦想,每一条河流的儿子都可能曾经萌发过这样的激情与冲动。但这也是一个伟大的梦想,因为这个梦想的实现或许会让资水像酉水、沅水一样,变成一条文化的河流;还因为实现这一梦想的难度,把一条自然的河流艺术化并非易事,它需要超凡的艺术勇气、把握能力以及独到的观念视野。就我对廖静仁散文的阅读和目前接触到的小说作品来看,实现这一艺术理想不是不可能。

据廖静仁先生自己说,他是从 2013 年开始小说创作的。短短一年多的时间里,我们读到了他的多部中篇小说——《圆满》《铜锣》《残烟》《红了桃花,白了梨花》《资水船歌》等,总字数接近 20 万字。这无疑是丰硕的成绩,而且每一部都独具特色,闪烁着令人炫目的光芒。《圆满》中萦绕的大爱与大善,《铜锣》中高耸的朴实与正直,《残烟》中的压抑、荒唐与真实,《红了桃花,白了梨花》中的欢娱、野性与悲剧,《资江船歌》中简单而温暖的幸福、平凡而伟大的奉献……让人对一条叫资水的河流油然升起神往、热爱、拥抱之情。

廖静仁的题材领域十分宽广,资水两岸的世界他都可以涉足、都可以把握、都可以书写。《圆满》的背景地不仅有作家熟悉的资水、唐市镇,也有一般人不易把握的场所和地域,即寺庙。作品的焦点有慈善山的慈善寺、唐市镇的青石板街巷,慈善寺的圆满和尚一直梦想将慈善山变成葱绿的花果山,青石板街上曾经秀发飘逸、身段窈窕的大夫慕容白一直在小诊所里，不声不响地做着悬壶济世的小事。作家的笔端在圆满和尚和慕容白医生的亮点之间来回穿梭。但世事诡谲，慕容白的丈夫在"文革"中被冤枉致死，而在一个新的时代到来之后，郁郁葱葱的慈善山被开发商看中，面临被毁灭的厄运。在时代风云捉摸不定的变幻中，清晰而坚定的是，圆满和尚默默地开荒浇灌树苗，慕容白一如既往地在唐市镇治病救人，更为温暖的是，圆满和尚在上街化缘途中总忘不掉对慕容白的探视和关怀，慕容白定期上山烧香祈福。圆满和尚用钟声传递对慕容白的鼓励，慕容白用上香、捐助表示对慈善寺和圆满大师的感激。他们有共同的信念，就是大爱与大善，他们不断给予对方的也是大爱与大善。这是一种"圆满"的交往，避免了一切俗套与猜忌，乃至亵渎，也是一种"圆满"的结局。慈善山保住了，圆满和尚完成了师傅和自己的梦想，慕容白的丈夫也恢复了名誉，她享受着小镇上所有人的尊重，她依然上山上香，并且只有她懂得慈善山和慈善寺。在作品充满诗意的叙述中，我们最终看到，一个和尚与一个大夫达到了圆满的交流，神圣世界与俗世世界达到了圆满的沟通。在这最后一刻，读者会幡然觉悟，如果不是如此构思，如何把一个寺庙与一个小镇、一个诊所，如何把一个和尚与一个女性医生，叙述得如此含蓄、丰沛、唯美、自然。我们不难感受到作家在叙述中所坚持的隐忍和节制，是一种精确至极的尺度、一种不急不缓的节奏、一种淡定与激动。

廖静仁当然不只是会写青石板小街与寺庙，他也擅长刻画资水岸边的基层干部，《铜锣》和《红了桃花，白了梨花》都是典型的代表。《铜锣》中的"黄铜锣"从教师、宣传部干部、教育局长等一步一步成长为县长，与中国很多干部的成长轨迹没有多大的区别。这样的干部的职业生活并不容易写出艺术感和艺术特色。《铜锣》的引人注目便在于，作品并不把注意力集中在"黄铜锣"的职业生活上，而是在黄铜锣与妻子雪红梅不冷不热的婚姻生活中，穿插叙述"黄铜锣"的职业生活，并反复将祖先传下来的铜锣作为符号和象征不断强化。因此使得一个以刻画基层干部为开端的作品，演绎得更像一个带有地域文化特色的婚姻题材类作品，更令人惊奇的是，作品中没有婚外情、没有"二奶""三奶"、没有三角恋等常见的虚构。"黄铜锣"与雪红梅婚姻破裂的根本原因，不是因为"黄铜锣"地位的变化，不是因为家长里短的家庭矛盾，不是因为"黄铜锣"贪污腐败，也不是因为雪红梅年老色衰，而仅仅是因为无论"黄铜锣"的职务怎么升迁，在雪红梅的眼里，他永远是一个"老土"，如同他的那面祖先留下的铜锣。雪红梅的强势和高傲不会因为"黄铜锣"当了县长而改变，"黄铜锣"不会因为当了县长而放弃铜锣，而铜锣代表的是"黄铜锣"的血液，代表的是从井湾遗传的本分、善良、朴实、正直。因此，可以说，是两种不同人生观和世界观的冲突，导致"黄铜锣"与雪红梅的矛盾始终不可调节。把"黄铜锣",把一个县长,置于一个井湾男人,一个永远不会放弃铜锣、不会背叛铜锣的农民的位置上来刻画,是《铜锣》超出一般基层干部题材作品的关键之处。同样,在《红了桃花,白了梨花》中,作家把女县长陶花红也放在井湾社会里来写,把陶花红当作井湾的一个女人来写。尽管作品花费了不少篇幅描写陶花红在政治进步上的努力,作品在事实上也写了陶花红对官场语言和套路的老练和熟络,但人们更多地感受到陶花红是一个有欲望的女人,与井湾的普通女人一样,她渴望疯狂地做爱、渴望被郭阉匠一次次征服,她也会像普通女人一样温存和柔情似水。这是真实的人性,但却很少被真实地描写和刻画。

也许廖静仁更熟悉或更擅长讲述的,是资水两岸普通人的世界。《残烟》和《资水船歌》就是这一类作品的代表。《残烟》讲述了一个家庭悲剧,一场火灾夺去了岩爹一家三口的生命,但外人很难明白火灾的缘由,很难知晓火灾发生前到底发生了什么,也很难彻底辨别三个被烧死的人的姿态和身份。这个从头到尾充满压抑氛围的作品,极其隐晦地暗示,在群山莽莽的老山界,人们有着一种只可意会不可言传的关系,比如岩爹与他的儿媳山伯母、岩保队长与他的儿媳。少女枣花看出了这一可能被冠以"不伦"的习俗并认为"龌龊",但正如岩爹所说"一地一乡俗",这种公公儿媳之间暧昧的关系也许是山村接受、认可并延续了无数代人的习俗。从作品中看不出儿子的警惕和不满,比如山宝是否知晓父亲与自己老婆之间的暧昧、是否充满警惕或不满,岩保的儿子是否知晓父亲与自己年轻老婆之间的关系,等等。岩爹担心这一古老或不伦的习俗为外界不解或不接受,所以特地提醒篾匠"就怕你们平地人在我们这山高皇帝远的地方也有少见多怪的时候哩"。意味深长的是,岩爹提醒篾匠是以德高望重的长辈身份,是以大山里学识渊博的知识分子身份开场的。他的威严、深奥、锐利,让平地来的篾匠毕恭毕敬,同时也让我们明白,在老山界公爹与儿媳之间的关系是公开的或正当的或被默认的,不是一个家庭如此,是一座山都是如此。这一叙述逻辑发展,突然让我们陷入空白、不知所措、无可奈何,并疼痛无比。所幸廖静仁并不总是讲述令人压抑的资水世界。《资水船歌》就是一个阳光、温暖、酣畅的资水世界。一个依靠摆渡的驼子,一个不敢奢望爱情和婚姻的男人,一个只能用资水浇灭滚烫欲火的男人,却意外因为救人获得了寡妇王翠娥的爱情。王翠娥的性感、年轻,让资水岸边、让井湾所有的男人都充满羡慕、嫉妒。贫穷得只有一条船的桂驼子与老婆在船上随着波浪做爱,在无人偷窥的江水中裸泳嬉戏,他们以船为床、以天为被,过着简单而幸福的摆渡生活。但在挽救一条被山洪冲走的货船的过程中,桂驼子与老婆双双被洪水卷走。两个从不被人重视和注意的普通人,在危急时刻义无反顾地牺牲，让井湾和资水获得了更加丰富的内涵。

这是我能读到的廖静仁小说的概貌，这是一条河流的概貌。对资水，我相信，很多人与我知道得一样少、一样有限。对自然的河流，有一套规范、准确的科学语言来描述；对与人类息息相关的生命意义的河流，每个人都可以有自己的描述，从成长、从记忆、从情感、从人生、从命运等角度来叙述，因此让我们对河流与人之间的复杂关系获得更加深刻的理解。自古以来，人类逐水而居，人类依赖河流生息繁衍，生存发展，因此，从小说的角度书写一条河流，无疑要刻画生活在河流两岸的人民，无疑要深入河流两岸人民的命运和社会生活。在这个意义上审视廖静仁的小说创作，我们可以鲜明地感受到作家的追求和努力。

首先，廖静仁的小说建构了一个资水人物画廊。在我所读到的几部作品中，有技术精湛、身材魁梧、面宽额阔、双目有神的阉匠，有在女性与女性领导双重角色之间压抑挣扎的基层干部，有由农民脱胎而成长为县长的"黄铜锣"，有美丽而不幸的小镇医生，有善良执着的和尚，有残疾的船夫，有风韵火辣的寡妇……这一个个资水岸边不同时代不同命运的人物，行走在资水两岸的山间小路或青石板小巷，让在他们身后亘古湍流的资水成为有生命的河流、有意义和价值的河流。这些人物中的大多数带有资水的烙印，有鲜明的地域特征。郭阉匠的闻名不仅因为他的阉割手艺和长相，更因为驯服女人的手段和功夫。郭阉匠经不住陶主任和干部体制的诱惑，一步一步被陶花红束缚走上机关和干部的人生轨道，但此种改变命运或身份的方式因为建立在陶花红对欲望的贪念上，因而注定会酿成悲剧。这样的人物在山村或农村并不鲜见，他们比一般男人精明能干，但在面对命运的重要时刻又表现出特有的老实和憨厚。郭阉匠是井湾的能人，是井湾女人眼里的英雄，面对要阉割的动物，他胸有成竹，是个训练有素的艺术家，但对井湾以外的世界和生活，他就是一个不及格的小学生。公社干部陶花红也是作家刻画得较为成功的女干部。对女性干部的塑造，作家们要么回避她们有着欲望和本能的那个世界，要么把她们作为更为强势的男性干部的附属品来描写。而在廖静仁的笔下，陶花红既不是某个领导的相好，也不是为了事业而拼命压抑自己的女强人。她是既追求事业又保持着旺盛欲望的真实女人。她默默倾听山村妇女对郭阉匠的议论，想象郭阉匠是一个什么样的男人；她悄悄观看郭阉匠艺术表演式的阉割；她利用握手的机会勾郭阉匠的手心；她主动支开周围的人安排与郭阉匠的幽会；她把郭阉匠调进单位，控制郭阉匠的社交……无论是规划人生进步还是满足欲望冲动，陶花红都做得周密、隐秘，不露丝毫痕迹。这是一个内心丰富而真实的女性干部，如果这样的女性干部穿梭在平原或城市或郊区，你难以相信的话，那么说她行走在资水，也许你会打消疑虑，因为资水是独特的，资水的女人也是独特的。"黄铜锣"这个县长也不同于其他地方的县长,他是资水养育出来的县长。"黄铜锣"一出生就刻上了资水的历史和姓名。他的父辈祖辈世代在资水岸边的山村里履行着值更的职责。铜锣与他有着与生俱来的渊源。他的名字记录着家族的职业和命运,也铭记着母亲的品行和遗嘱。母亲以铜锣为镜梳妆打扮并教育他常常对着铜锣照照自己,这一常年累月的潜移默化最终雕塑了"黄铜锣"的秉性,成为影响他命运的决定性依据。当然,桂驼子更是资水的驼子。他的人生和命运与资水融为了一体。他依靠资水的渡口谋生,资水给他送来美艳的寡妇和儿子,最后资水也带走了他的生命。其他的人物,如风情、野性、大胆的少妇吉冠英,懵懂的光弟,村支书光先,倔强的少女枣花,队长岩保,等等,都带着资水的波光闪烁在作品的文字之间。这些人物共同托举出一条性格鲜明、血肉丰满的河流——资水。

其次,廖静仁在探索影响资水人民命运的历史逻辑和现实困境方面进行了有意义的尝试。廖静仁所写的人物诚然都生活在资水两岸,但影响这些人一代又一代生存发展的并不是资水,或者说不仅仅是资水。在《红了桃花,白了梨花》中,无论有多少女人喜欢,无论自己在井湾活得多么滋润,郭阉匠都难以克制自己对成为机关干部的冲动。这一心理正是陶花红可以成功控制郭阉匠的奥秘。尽管最终郭阉匠的命运以悲剧结束,但一直以来,渴望走出山村、走出农村,渴望摆脱农民身份的,岂止是一个郭阉匠?农民改变自己的命运,希望进入、分享、把握更大的世界,这是一个千百年来就存在的梦想,但历史和社会为此提供的方式、手段和机遇几乎没有,或者说微乎其微。这是农民的宿命。从某个角度讲,中国社会的近代化和现代化发展,正是为了向包括农民在内的每一个人提供更加公平和更加丰富的机会和手段,而不是像郭阉匠那样只有凭着身体的原始本能。在《圆满》中,欧阳青因为曾经接触过被打成"现行反革命"的地下党负责人李正,而被抓走,并被错误地枪毙。这一发生在20世纪70年代的突然变故,改变了年轻的慕容白的一生,也让唐市镇失去了一位医术高明的大夫。从而让慕容白不仅仅是一个继承和完成丈夫职责的女人,更是一个试图普度众生的虔诚的居士。在《铜锣》中,"黄铜锣"因为被诬陷,不仅住进了医院,而且错过了当选县长的机会。但他也因此获得了反思自己人生的机会,并做出与雪红梅离婚、回到井湾的决定。"黄铜锣"看似顿悟的选择,其实是对官场不健康生态的无可奈何。超越官场生态困境远远不是凭"黄铜锣"的个人努力能够企及的,它需要政治文明的进步和成熟。这些人物所遭遇的历史和现实的理性和非理性因素,虽然在资水以外的世界也存在,但一旦它们与生活在资水的具体的人物相联系,便成为了资水的历史细节和社会内容。

再次，廖静仁的小说成功地创造了资水地域符号。在上述所提及的作品中，都涉及唐市镇、井湾。作品对唐市镇和井湾的地形地貌、气候物产、社会风情，等等，都给予了细腻而丰富的描写。这些地域背景是"黄铜锣"、郭阄匠等资水人物活动其中的空间舞台，20世纪以来的中国社会进程是他们活动的时间轴，由此得以构造出资水社会的立体空间。可以想象，唐市镇、井湾这些资水符号将随着廖静仁的不断创作、不断丰富和深化，最终成为寻找、阅读、理解资水的文化符号，如同我们今天理解湘西与沈从文创作之间的关联。这是一个小说家最大的贡献和荣耀。

廖静仁有自己熟悉的资水，他出生和成长在资水，并与资水一直往来；他有自己的艺术理想和追求，就是写出资水的前世今生；他也有不可否认的对生活的把握能力以及讲述资水世界的实力。目前廖静仁的小说作品已经向我们证明了他的艺术实践是极有成效的，因此，我有理由相信，他能写出一部引人注目的资水传记；我也相信资水会超出它在河流层面的价值和地位，而成为一条文化的河流。

（《创作与评论》2014年第7期）

光芒而清香的历史
——读文曙的长篇小说《宜红》

几年前，在常德一个文学界的座谈会上，我与湖南作家文曙见过一面。当时来去匆匆，并没有细谈，对他的创作也未作深入了解。今年春天文曙说写了一部长篇小说，这无疑令我欣喜、好奇。欣喜的是几年没有消息的朋友又有联系了；好奇的是我不知道文曙会写出一部什么样的长篇小说，因为当下的长篇小说的确太多，多得读不过来。读完了文曙的长篇小说《宜红》，我同样欣喜，且惊奇。欣喜的是《宜红》带给我一种久违的审美感受，它温润、清香、典雅、磅礴；惊奇的是文曙驾驭历史的能力以及具有独特个性的语言风格。

《宜红》讲述的是一个与茶叶有关的故事。19世纪末20世纪初广东青年卢次伦在孙中山、郑观应的影响上，扎根湖南宜市，苦心研制红茶，并通过汉口销售到欧洲市场。他试图开辟一条以茶叶贸易造福一方民生的救国之路。他将人生中宝贵的25年浇灌在了宜市和红茶上，但最终因为国家和社会的动荡，以及国际红茶市场的激烈竞争，不得不关闭茶厂，回到广东老家。

《宜红》无疑是一部用艺术的方式叙述的茶文化史。在20万字的篇幅中，虽然卢次伦是作品聚焦的中心，但茶也是作品的中心。卢次伦是宜市人群的中心，茶是宜市社会的中心，而茶叶种植、生产和销售活动则把二者统一起来。在卢次伦的人生命运中贯穿着茶叶的生长和茶香的四溢。作品对南方茶叶，尤其是红茶的产地、土壤、气候、地理、种植、采摘、加工、品质、贸易，乃至不同茶的口感、颜色、香气，等等，都有准确而生动的描写。比如中国茶叶分有多个树种，福建为铁观音及大、小乌龙，江西为柳叶茶、竹叶茶，安徽为楮树种，浙江为红芽，湘鄂西北一带茶树则多为大叶种。而大叶种茶树的茶叶，叶肉肥厚，香味绵远丰厚，更宜制作好的红茶。又如作品对茶叶制作过程的描述，初制以萎凋、揉捻、发酵、烘干，制成成品毛茶，其中发酵这道步骤至为关键，温度、时差必得掌控火候，茶叶由绿转红至紫铜色，香气透发；精制分毛筛、抖筛、分筛、紧门、撩筛、切断、拣剔、补火、清风、精炼等，工序繁缛，不一而足。还有，茶叶的香气，分为真香、清香、纯香、含香、漏香、浮香等，而宜红的香型是幽香、醇香、婉香、深香、秘香,等等;茶叶的交易过程,则有与秤头、记账清点交接,然后是看茶、观形、辨色、闻香、定级。而对品茶的细腻描写更凸显出作家精湛的表达能力,作品从触、视、辨、意、兴、会、感、知等多角度、全方位展开饮茶者对宜红的感觉,形容宜红的芳香有"兰蕙的清雅深致","如入春梦,只可意会,妙处难与说";或者吸取中国传统诗词文化,借用苏东坡《次韵曹辅寄壑源试焙新芽》中的诗句"从来佳茗似佳人",来传达宜红的魅力;或者用诸如"宜红的馥郁从每一只青花小瓷碗中飘逸而出,萦绕漫布整个会议大厅,飘逸如水中月影,轻曼似青萍来风",这样一种立足空间、环境并对有香气参与的新的空间、环境的描绘来传达。无论是比物、喻情、拟人、赋比,都极富想象力。对茶叶的生产过程,作品则描写得更加细致,涵养、炼制、规避、提升,这些围绕茶而展开的叙述,因为建立在广博翔实的历史知识之上,所以准确;又因为作家充满了对这一题材和故事的激情,或者因为长期的酝酿,近代万里茶道上各种人物的命运深深盘桓于心,所以作品对茶文化的叙述又充满了想象力和感染力。

《宜红》也是一部近代民族资本家和民族企业的成长历史。鸦片战争之后,无数有识之士对国家和民族的前途处于深切的忧虑中,提出了各种道路、选择、设想。卢次伦与表弟孙文,正是两种不同道路的实践者。他们的人生都从珠江码头开始,孙文坐上轮船去了香港,继而去海外,走上了一条社会革命的道路。在孙文看来,极权腐朽的封建帝制再也不能继续下去了,必须推翻它,并创建一个崭新的社会制度。卢次伦则跟着郑观应上了轮船,驶往汉口。卢次伦在汉口的洋行接触并学习了现代的经济、贸易知识,本来准备采办冶矿的他偶尔接触到宜市的茶叶,萌发了从茶叶入手,实业兴邦、富国强国的念头。这是一条与社会革命同样艰难的道路。中国民族资本主义企业的成长遇到的首要困难是市场的不完善、不独立。在几千年的封建制度下,以农耕为主的社会,并没有形成完善的商品经济市场。如果仅仅依靠当时的中国消费阶层,卢次伦的红茶企业不可能生存和发展,他只能像传统的茶商一样,小规模地以作坊式的生产成就自己一个小商人的人生。但这不是卢次伦的追求。卢次伦的理想是"以通商为大径,以制造为本务,畅通货殖,发达经济,开启民智,淳化风俗"。在近代通商开埠之后,商品经济的市场掌握在西方各国手中,比如货物的运输和流通主导权不在我们国家手中。1866年,美国旗昌公司通过激烈竞争,垄断了长江航运权,20年共获利338万两白银。卢次伦开始茶叶生产和销售的时候,长江的航运权完全被太古、怡和两家英国轮船公司垄断,每天,悬挂米字旗的汽轮穿梭于这条中国内陆最长的水道,茶叶、皮革、桐油、棉纱,无数中国内陆物产被它们廉价运走,运往印度洋、大西洋、太平洋的彼岸。又如货物的定价权不在中国商人手中。卢次伦与以都白尼为代表的西方商人的茶叶贸易,从一开始就充满着价格的争夺以及国内市场的残酷竞争,在卢次伦的宜红运到汉口时,湘、鄂、皖、赣、川五省的茶叶也汇聚到了汉口,300余家茶商栈行在东方茶港同台竞价。第一次交易,都白尼就粗暴地规定每担茶叶的价格为白银15两3钱,不允许讨价还价;而最后一次正是因为都白尼联合西方商人打压卢次伦的宜红的价格,一场旷日持久的价格战延伸到茶叶产地的争夺,最终使得卢次伦放弃了在宜市经营20多年的茶叶事业。初涉市场经济的中国民族企业家面对掌握强大话语权和市场网络的西方商人,步履维艰。卢次伦同样面临的还有在传统的农耕社会和文化背景下,小农经济的顽固和抵抗。在茶叶工厂的选址、白茶改红茶、茶叶收购以及茶厂与宜市社会的关系上,卢次伦处处遇到小农经济的阻碍,甚至破坏。比如,宜市当地富裕乡绅易载厚见利忘义,开办德大生茶庄,利用"亲缘乡土",不动声色地使宜市周边方圆数十里茶园归属自己旗下;集地方军政大权于一身的水南渡司张由俭,变换名目对卢次伦巧取豪夺,等等。同许多致力于实业救国的企业家一样,卢次伦的实业救国注定也是一条异常艰难的路。

但正是在这条艰难的道路上,卢次伦呈现了中国民族资本家或企业家的优秀品质。他锲而不舍,在湖南北部的大山里研究如何实现茶叶的渥堆,开创性地把白茶改为红茶。他策马上千公里,告诉都白尼茶叶包装过程中的失误,这一诚信行为让高傲、狡猾的都白尼心悦诚服。他以微薄的力量,炸毁礁石,疏浚河道。在宜市,他不仅挽救过吴习斋的姐姐的生命,同时常年扶危济困,倡导教育。在自己的对手易载厚经营茶庄失败后,他出手替易载厚处理残局、兑现承诺。20多年中,可以说,卢次伦一直在践行着他在珠江码头与孙文分别时怀抱的理想。卢次伦身上体现出的对国家和社会的担当,对事业的忠诚和热爱,对外部世界的自信和客观等品质和气质,对当下现代化进程中的企业家和实业家依然有着夺目的启示。

《宜红》还是一部书写万里茶道历史的长篇小说。作为东方神奇的植物,种茶、饮茶在中国有悠久的历史,而"茶道"则是这条历史长河中不可分割的一部分。中国自古主要有三条茶道:一为海路,由荷兰茶商和英国东印度公司开辟,茶船由闽粤沿海航出,经由南洋西抵欧美;二为高原茶马古道,由滇藏、川藏两线,依靠马帮,延伸进入不丹、尼泊尔、印度,一直到西非红海海岸;三为草原万里茶路,1638年,俄驻华使臣斯达尔可夫从中国带回64千克茶叶晋见沙皇,从此,从贵族到民间,饮茶风行俄罗斯。中俄万里茶路,以汉口为起点,从汉水北上,经洛阳,过黄河,越大漠,至中俄边塞口岸恰克图,继而从伊尔库茨克西行,穿越西伯利亚,抵至莫斯科、圣彼得堡,贯通北欧诸国。第二次鸦片战争后,清政府与俄罗斯沙皇签订了《中俄天津条约》《中俄北京条约》和《中俄陆路通商章程》等条约,使得俄商有了在华直接购茶经商的权利。J. K. 巴诺夫 1869 年来汉口,5 年后,创办阜昌砖茶厂,他在鄂西羊楼洞一带直接收购茶叶鲜叶,机械加工制作砖茶,其时,与巴诺夫一同在汉口开办砖茶厂的另有顺丰、新泰两家。以上三家在 19 世纪 90 年代前拥有资本 400 万两白银,15 台蒸汽动力砖茶机,7 架茶饼机,数千名中国雇工,年产值近 5000 万两白银。1878 年,三厂在汉口生产砖茶 15.3 万担,年贸易出口额为 2300 万—4200 万两白银。巴诺夫实行的是"购、制、销"一条龙经营模式,他直接在鄂西羊楼洞一带收购鲜叶,自行制作成砖茶,而后,运往俄罗斯本土销售。

《宜红》把大部分笔墨放在汉口,这个万里茶道的起点,围绕卢次伦与以都白尼、巴诺夫等为代表的外国茶商的商业贸易,生动地勾画出 20 世纪初汉口租界万商云集的繁荣和市井生活。其间,茶叶是媒介,汉口以及租界是舞台,卢次伦、都白尼等是舞台上的主角。在这场汉口最初的现代化交响乐中,一艘艘巨型汽轮犁开江水,汽笛似自江心地底发出,沉郁,浑厚,汽轮高处洋人的国旗飘扬飞展;歆生路上茶商云集,汉正街一带沿江码头从宗三庙、杨家河、武圣庙、老官庙到集家嘴、万安港挤满了大小茶船;来自闽、浙、皖、赣、湘、鄂的 100 多家茶铺围绕汉口茶市鳞次栉比;双轮马车载着商人、买办、代办,在花楼街青龙巷与江汉关之间往来穿梭;洋人伙伴兼利益对手——巴诺夫与都白尼坐在各自的租界里构思着各自的商业帝国梦想……在江边那些一排排的茶船中,就有来自宜市的卢次伦的茶船;在沿江匆忙奔波的背影中,也有卢次伦焦急、愤懑的身影;在租界那些奢华的办公室里,也有卢次伦据理力争或不卑不亢的声音……从长江到码头到岸上,从租界的异国风情建筑里的谈判到汉正街茶铺里的闲聊和拉家常,从洋人到江汉关的官僚到买办到船夫和茶农,《宜红》都历历再现,细腻如生。作品对近代汉口商业繁荣的细致了解、掌握以及再度清晰描绘,不仅让我们再一次领略近代商业大都会汉口的景象,更让我们体会到茶叶贸易在这个东方芝加哥的规模、分量以及它与世界的紧密联系,从而也让我们得以更深刻地理解以卢次伦为代表的民族企业家的开创性及其面对的挑战。

《宜红》的叙述文字典雅,但并非华丽;叙述节奏从容,张弛有致。作品巧妙而有节制地引用了大量的诗词、民歌、民谣、戏曲、地方志、商业贸易资料,如屈原在《九歌》中对湘鄂边地的描写,《石门县志》对黄虎港的记载,《唐氏杂钞》中清代著名诗人田光锡的诗歌《黄虎港》,艾伦·麦克法在《绿色黄金·茶叶帝国》中对中国茶叶的介绍……这些细节的插入与小说人物的活动和故事的发展融为一体,为整个小说世界增添了知识性、丰富性、文化特色。

《宜红》中的卢次伦带着失望离开了宜市,他本期望宜红强大,湘鄂边地茶叶形成巨大产业,利惠民生,从而为华茶的前途命运开拓出光明大道。卢次伦对自己的失败、对时代的局势,其实有清醒的认识,"官不仅不以护商开源,反以病商为务……而在当今腐败官权,丝毫不谙商战要害,反以恃权巧取豪夺",汉口茶市沦为洋人操纵,都白尼在背后操纵 J. K. 巴诺夫、李凡诺夫、托克马可夫、莫洛托可夫等 7 家俄罗斯人的砖茶厂采用联手杀价的方式,垄断了羊楼洞的鲜茶。中国茶商携起手来,合纵拒夷的计划最终破产。而卢次伦远在宜市的儿子和家人,在地方官僚、恶霸的阴谋中,又深陷危险。四面楚歌在湘鄂边地的宜市唱响,这与作品中引用屈原的《九歌》内在地呼应,卢次伦的离开与无奈,与屈子在湘鄂边地的心境有惊人的相似。

　　但卢次伦写就的宜红历史,依然是清香的;卢次伦在宜市 20 多年的茶叶人生,是光彩照人的。如同宜红的茶香,小说《宜红》在对茶的历史叙述与对人的命运刻画中,向我们升腾起一阵阵浓郁的醇香,这是历史的气味,是近代中国走向世界的脚步带起的风,是近代有识之士代表发自肺腑的呼唤。

(《湖北日报》2018 年 1 月 2 日,《湖南日报》2018 年 1 月 5 日)

个体的精神需求的寻求与障碍
——读曹军庆的近作

  曹军庆给文坛的印象是他成熟的中篇小说创作，对他的短篇小说文坛关注不多。近段时间，曹军庆的一系列短篇创作闯入了我们的视线，如《胆小如鼠的那个人》《风水宝地》《和平之夜》《请你去钓鱼》《时光证言》，每一篇与他的中篇小说一样，取材于乡村和小城镇，写的都是小人物的平常生活。曹军庆这一代作家是伴随四十年的现代化进程成长起来的。中国社会四十年的发展历程奠定了他们的经验、记忆以及知识背景、价值观和审美旨趣，他们本能地把四十年的社会转型纳入自己的认识世界和表现世界。固守乡村的农民，在乡村与城市之间往来谋生的非农民非市民，在城市漂泊流浪、回不了家乡的边缘人，小城镇的职员和干部，这些人的日常生活、性格命运、情感婚姻，是曹军庆的作品着力关注的。曹军庆的这些短篇小说以及故事，对我们理解四十年的现代化历史以及其中普通人的命运情感而言，是一扇感性而明亮的窗户。

  曹军庆最近的短篇创作都很有特色。《风水宝地》写"我"在柳树村的见闻，柳树村是一个空心村，作品的独特在于对空心村的现状和未来的叙述。作品通过与孙素芬的对话，叙述了柳树村的荒芜。因为水质、因为草皮虫，柳树村村民都逃离了村庄。同时通过毛支书的讲述，描绘了柳树村可见的光明前景。柳树村有闹新房的奇特婚俗，柳树村有山有水，只要有资金、有政策，就可以打造成为乡村旅游的基地。但提供柳树村这些素材的讲述人孙素芬、毛支书却早已不在人世。孙素芬在儿子去世后就上吊了，毛支书也溺水了。因此，当"我"就柳树村的情况再次与当年的萧镇长交谈时，萧镇长十分吃惊。这一讲述也让作为读者的我们同样吃惊。叙述者似乎穿越时空，与两个不在人世的当事人进行了一番对话，完成了对柳树村的叙述。《和平之夜》是一个关于成长的故事。林之前是一个与爷爷奶奶一起生活的留守孩子，对父母之爱的渴望甚至让他诅咒爷爷奶奶生病，因为只有这样，父母才会回家。这个毫无关爱和温暖的初中生最终觉得当黑道人物是人生最有意义的事情。他打听黑道人物的传奇，观察江湖世界的变故，旁观黑道冲突，并渴望在黑道混战中赢得黑道大佬的赏识，从而成为其中的一员。一事无成的林之前气愤地把怀揣的刀插在了商铺的门上，第二天街上到处传说黑道人物昨晚来收保护费了。这个无聊的随意的动作居然被当作了黑道人物来过的证据，这与林之前想象的刀光剑影的黑道生活完全不同，他再次陷于失望的深渊。作品的巧妙，在于通过学生的各种见闻，把一个小镇的社会状况传达给读者，并把一个留守学生的空虚和无聊推向少见的极端，让林之前满怀的英雄激情归于虚无。这是一个完全不同于通常成长小说的作品，也不同于常见的描写留守学生的作品。《请你去钓鱼》《时光证言》都与婚外情有关。《请你去钓鱼》中的瞿光辉包养方小惠，梦想再生个儿子，未料方小惠突然失踪。疑惑不解的瞿光辉只好把钓鱼作为无聊的消遣。《时光证言》写了四个女人在同一个咖啡厅的对话。第一场对话的主角是何思凡的两个情人——戴墨镜的和戴口罩的。两个女人一个出生于平民之家，一个出生于干部之家，两个女人为确认何思凡到底爱谁而争论、打架。在这一场对话中，两个女人讲述自己的生活以及她们与何思凡的情感经历。第二场对话的主角是何思凡的女儿与宋惠琴。对于何思凡到底是突发疾病还是被人毒害这个问题，女儿不断追问、质询，宋惠琴则处处辩护、解释。这是一场没有结论的对话，但可以作为女儿与父亲之间关系、第二任妻子宋惠琴与何思凡之间关系的补充叙述，从中可以读出女儿对父亲的态度、女儿的婚姻状态，也可以读出宋惠琴的情感经历。空心村、留守少年的成长、婚外情，作品所讲述的都是当下社会的寻常现实，呈现出一种冷静与焦虑的复杂意味，叙述冷静，而折射出作家对社会生活乱象的焦虑。

在曹军庆新近的短篇创作中，《胆小如鼠的那个人》是一部更有魅力的作品。小说中的杨光标做过杂货铺，担心生意做大了惹事，终被雨后春笋般出现的超市逼入绝境。杨光标也做过鱼贩子，因讲信誉，被同样卖鱼的不良小贩挤走。杨光标还开过理发店，在理发店里摆麻将桌，但担心赢了钱被怀疑作弊，又把钱退给输家，杨光标的胆小，反而成了做贼心虚。不断变换谋生方式的杨光标看起来是个失败者，甚至是可笑者，但他身上的拘谨、胆怯、羞涩、恐惧，其实是许多普通人都有的，他们大多胆小怕事、谨慎小心地度过自己的一生。他们害怕山洪一夜之间席卷了村庄，他们害怕干旱，土地一片焦枯。除了对自然力量的畏惧，他们还有许多害怕。在饥饿的岁月，他们生怕仅有的几斤口粮一夜之间被偷或者仅有的一点财产一夜之间被剥夺。在另一个时代，他们生怕说错了一句话而身陷囹圄。他们甚至可能没有说话，也会因为自己的出身和血统而遭不测。在下一个时代，他们害怕土地被收回，害怕吃饱穿暖富裕也是一种罪。他们害怕哪一天因为疾病缠身而倾家荡产……杨光标只是无数个担惊受怕的普通人中的一个，他们从来并一直就在乡村、在小城镇中小心翼翼地生活着。

杨光标的人生际遇凸显的是一个值得重视的话题，即人的内在精神需求。人的内在精神需求涉及许多方面，其中安全感是最重要的需求之一。情感、身体、社会关系、法律、收入、福利保障、不动产、生活环境等的安全、稳定、可靠是每个个体基本而重要的精神需求。缺乏安全感并不仅仅是个体内在缺乏解决困难的力量和能力，它还受制于诸多个体以外的外在因素，如社会秩序的和谐稳定、法制的健全完善，等等。

　　全球化和市场经济是当下中国人精神需求的现实基础。在这样一个转型时期，面对市场经济的强大潮流，每个具体的个体都面临或多或少的力量欠缺。市场经济强化了与物质需求紧密相关的精神需求，但并非每个人都能适应市场经济带来的全面革命，并非每个人都能感知和把握市场的本质和规律，因而导致不同的个体在满足基本物质需要程度上的不平等乃至巨大的层级分化。因此，无疑，很多个体因为不能得到基本的物质需求而缺乏安全感。市场经济对转型社会提出的前所未有的挑战是重建社会秩序，和谐有序的社会秩序，平等健康的市场秩序，公平公正的法律秩序，都是个体建立安全感的前提。但这一艰巨的任务对当下的社会进程来说，正处于进行之中。同时，随着社会的发展进步，当下社会个体的精神需求不但呈现出明显的层次性，也出现了诸多变化和新特征。社会交往的需求和尊重、自我素质提升和自我价值实现、人的和谐全面发展，等等，已成为广大民众的迫切精神需求。

　　这些是当下社会每个个体面对的主题，也可以说，是当下社会的宏大叙事。这与二十世纪八十年代、九十年代全社会的主题有着极大的不同。在这样的时代，无论是对乡村，还是对城镇来说，都很难像过去那样，在社会发展和矛盾中轻而易举地建立和提炼引人注目的故事主题。这也是曹军庆这一代作家所面对的挑战，即，在一个更加纷繁、更加碎片化的世界，在强大的全球化洪流和市场经济潮流的席卷下，置身其中的每个具体的个体如何获得充盈的精神需求，从而构建更加强大的精神个体，以面对更加复杂的世界和承担更加繁重的人生。在此，我祝愿曹军庆以《胆小如鼠的那个人》为契机，不断开掘这一关涉每个个体自身的精神世界，写出更多的优秀之作。

（《长江丛刊》2017年第1期）

每一个农民的乡村现代化记忆
——读刘诗伟的《南方的秘密》

中国乡村的现代化进程在当代,既是无比深刻、更是无比广阔的事件。它影响和改变了绝大多数中国农民的命运,比如《南方的秘密》中的顺哥。顺哥只是南方无数被改变的农民之一,在东南沿海、珠江三角洲、长江三角洲、大西北、大西南以及广大的华北、东北平原,类似顺哥的农民到处都有。在纵深的方面,无疑是土地制度、税费制度、农村经济形态以及农民身份、农民生活方式等的变化。历史从来就不是抽象的历史,而是由人创造的具体的历史,尤其是成千上万的普通人,更是历史的主要作者。顺哥便是其中的一个。要具体地理解每一个个体在历史发展中的智慧和创造,小说,尤其是力图涵盖时代,解释时代,对于人类历史发展进程有伟大理想、独特构想、孜孜求证的宏大叙事,在形象地解释个体在历史进步中的价值方面具有不可忽视、不可替代的作用。

《南方的秘密》便是这样一部作品。小说以西流河边一个名叫红旗大队的村庄为核心,讲述一个村庄自1975年开始的发展历程。但红旗大队并不是西流河的孤岛,而是联系着五星区、联系着县、联系着省城,从而使得这一历程有了更宽广和壮观的背景,成为一幅江汉平原的改革发展画卷。小说的主要人物顺哥从一个初中毕业生,经历了小学教师、赤脚医生、记工员、看瓜看田人员的职业道路,到自己偷偷做胸罩、大规模加工、有品牌地生产,并一发不可收地涉足乡镇工业、城市出租车乃至融资等多个行业,成为一个时代的符号。他的成与败、荣与辱、爱与恨、善良与狡黠,既展现了一个农民脱胎换骨的过程,也极其深刻地呈现了近四十年中国社会的政治、经济、社会发展轨迹和特征,折射出作家对乡村现代化进程的价值审美和历史审美的统一。因此,《南方的秘密》无疑是一部对历史发展有理想、有构想的宏大叙事。

首先当然是作品对当代农村近四十年发展变化的观照。当代农村近四十年的发展是当代中国现代化进程中极为壮阔和深刻的一部分,这一进程不仅改变了数亿农民的生活水准,也改变了当代农村的自然和社会面貌。众所周知,中国农村的改革起步于农村基本经营制度的变革,成长于农村市场化的发育,兴盛于农村全面向社会主义市场经济体制的转轨。农村家庭联产承包制、农产品流通体制、农产品市场、"双轨制"、批发市场、农贸市场、乡镇企业、"民工潮"、取消农业税费、土地入股、联耕联种、代耕代种、种粮大户、农机大户、合作社、家庭农场、农民合作社、农业企业、社会化服务组织,等等,每一个概念或术语,都是农村改革宏大画卷中的一章。《南方的秘密》中的以红旗大队为代表的江汉平原农村,都一一经历了这一历史性的进程。顺哥开始做胸罩,只是为了给自己的妹妹,后来逐渐发展为给周围的乡亲和熟人做胸罩。这是改革开放前夕,少数农民悄悄开展副业的阶段。到叶春梅、叶秋收等人分别为顺哥介绍业务,对每副胸罩收取一定的加工费的时候,顺哥的行为意味着乡村小加工业的兴起。与此同时,生产队墙上的标语从"阶级斗争"换成了"抓纲治国,以粮为纲"。中国农村即将迎来转型。顺哥增加了缝纫机,一年收入过万元。养鱼、养鸡、养鸭、养猪纷纷出现。顺哥在汉正街租门面卖胸罩,意味着中国社会的变革进入了一个实质性的阶段。顺哥到省城一年后,开始做"秋收"品牌,而红旗大队开始分田到户,顺哥租下生产队的队屋,开办残疾人服装厂。乡镇企业、责任制、小商品市场化、前店后厂,基本一同席卷平原与都市,劳动力开始从土地上转移,农村经济不再是单一的种植业,在传统的一家一户的种植方式之外,多种耕种经营方式出现。尽管有关顺哥乡村办厂的性质仍然伴有争论,但随着新闻报道和领导视察一一化解。顺哥进入市县、省和全国残联领导的视线,一个做胸罩的企业家就这样走到了时代的前列,这也意味着顺哥不可能仅仅是一个服装企业家,他的命运注定要与随之而来的整个改革大潮紧紧地绑在一起。这是时代恢弘的一面。

其次是《南方的秘密》在对江汉平原乡村生活的描写,对江汉平原农民形象的把握、塑造上,显示了看似平实却不同凡响的艺术功底。西流河及其两岸的雾、雨、渡口、鱼、藕、竹林等自然风情与小说人物的成长、爱情、劳作等人间烟火有机融合;马大菊、李四六、黄二五、别连长、张良臣、半文、跛区长,或泼皮、或狡猾、或有小聪明、或有大智慧、或固执、或灵活、或刻薄、或宽容,他们在旧体制下为生存而散发的各种伎俩,在新时代面前的困惑、接受、改变,折射出时代的巨大力量,没有人可以摆脱这一无形之手对命运的掌控。小说尤其对集个体户、乡镇企业家、大型企业集团负责人多个身份于一体的顺哥的命运和性格倾注了精心的刻画。顺哥善良、聪明、机智,情商极高,能够适应、把握和改变各种环境,但顺哥内心最大的秘密无疑有两部分,一部分是一个女性与残疾人的特殊心理世界。顺哥在事业上一直得到了女人的支持和爱。叶春梅第一次给他组织业务;护士叶秋收第一次带给他关于胸罩的资料,甚至放弃了上大学;在汉正街开餐馆的二姐给他带来新的胸罩知识和时尚理念,甚至把香港以及西方对胸罩的审美观带给他；在湖南打货的柳成荫给他带来顾客的反馈意见和其他品牌的特色。作为残疾人，顺哥的内心世界有着外人不知的隐秘的自卑和羞辱，而女人的爱为他建立起了自信。叶春梅的大度让顺哥第一次感到女人的宽广无私；叶秋收的完美令关于她的谣言不攻自破，也超乎顺哥的想象；二姐的思想和视野让顺哥不断得到洗礼；柳成荫在极为特殊的时期抚平过顺哥内心的伤痕。顺哥对胸罩的执着本只是因为自己的妹妹没有胸罩，而这个起点则意味着顺哥会对胸罩着迷，不仅仅是因为事业，也是因为他特殊的心理世界。这个世界是可以支撑顺哥的世界。另外一部分，是顺哥对环境和时代特有的敏感和反应，他对政策的运用、对人脉的利用令人惊叹。"春江水暖鸭先知"，这种江汉平原特有的性格也预示着极大的风险，他的运用和获利建立在短期的投机之上。如果说在胸罩和制衣领域顺哥有话语权，那么超出这个范围，顺哥的事业走向就只能听从另一个更有话语权的人。这也是顺哥注定的悲剧性根源。

在近四十年的现代化历史中，顺哥这样的人物并非独一，而有许多。也可以说，每一个人都是。顺哥在近四十年的现代化进程中的人生，也是每一个农民的人生记忆。秘密并非只存在南方，秘密在历史之中，每个人其实也是构造秘密的参与者，只是《南方的秘密》解释了它。

(《湖北日报》2017 年 3 月 12 日)

情感和家庭在脱贫中的价值
——读韩永明的《酒是个鬼》

韩永明的中篇小说《酒是个鬼》探讨了两个人的变化，一个是机关内勤老王从酒鬼变成扶贫先进人物，一个是被扶贫对象老谢（石头）从酒鬼逐渐走向正常生活——搬新居、养猪、种茶叶。但是两个人的戒酒都不太顺利，都有特殊的困难。解决困难的过程便构成了小说。

老王大名王大用，单位的人称"老埧"，村里的人喊王干部。就是为了村民的这份尊重，为了改变在单位的形象，老埧下决心戒酒。但村子里的酒坊及酒坊的香气时不时会唤醒老埧的酒虫。这倒不是主要的。送老埧下去扶贫，局长要请客。下到了村里，为激将石头写下保证书，跟石头喝酒。回县里向局长汇报扶贫方案，局长要敬酒。请派出所找石头的老婆，派出所要请客。年底老埧的扶贫工作获得了先进表彰，回到单位，局里又祝贺老埧而喝酒。老埧在不断地戒酒，又不断地开戒。每当戒酒一段时间，生活总逼着老埧在矛盾和煎熬中重新端起酒杯。尽管如此，老埧的戒酒终究有所成效，毕竟没有回到过去的贪酒状态，至少不再依赖酒。石头在老婆带着女儿跑了之后，成为重度酒精中毒患者。为了喝酒，石头可以把家里的东西卖光，可以厚着脸皮到村民家里蹭酒席，可以到庙里偷香客祭祀的酒，在雨村石头已经不被当成人，不如一条狗。石头的戒酒是老埧逼迫下的被动戒酒，也经历了一段反复的过程。石头答应老埧戒酒，去茶叶合作社制茶，却因为喝醉，导致茶叶一次烘煳了，另一次炒枯了。老埧时而担心石头把为贫困户改造房屋的建材偷去换酒，时而担心为石头筹集的家具被他拿去换酒，总之，从村民、村干部到扶贫组长，都对石头戒酒毫无信心。但在石头的新房建成之后，老婆回来之后，石头从酒鬼变成了正常人。

当然，老埧、石头的变化都是在"扶贫"的事件中发生和完成的，因此，《酒是个鬼》也是一个扶贫题材的作品。近几年，关于扶贫的作品多了，对于一件在时间和空间上有如此大影响的事件，对于一件影响成千上万人的事件，文学或小说当然不能置身事外。但是很显然，不少作品仍然关注的是"扶贫"的事实、现象，或者说概念、计划、方案及其实施过程，而非关注这一事件中的"人"。如我们所见，韩永明的《酒是个鬼》则深入到了人的内心、人与人之间的关系，从而让读者看到的是，人与自我的抗争，人如何重塑自己。当然，这是一个无比复杂的心理与社会过程。下乡扶贫，对老埧，对老埧的单位，其实都是一个无可奈何的安排。一个曾经的司机、现在的后勤人员，无所事事，只能喝酒，既无干部身份，更无领导或管理经历，这样一个多余的闲人，似乎放到乡下更合适，说不定还能做出点事来。对老埧而言，与其在单位厚着脸皮混，不如换一个环境，尝试一种新的生活，说不定也有新的可能。老埧无疑对自己的处境、形象、地位，都是有自知之明的。因此，他也渴望借此机会证明自己或改变自己。老埧戒酒遇到的心理上的困扰一次次被老埧内心深处要做人的毅力克服，之所以能克服，是因为他必须说服石头戒酒，说服石头建房、搬家，说服石头重拾信心。不能做到这些，老埧的扶贫是失败的，老埧的做人更是失败的。所以老埧不得不一边戒酒一边在说服和帮助石头的过程中喝酒。正如雨村做酒的农民所说，问题不在喝酒，天下喝酒的人多，并没有都喝成石头的状态，关键在于尺度和控制，在于知道喝酒之外还得做人、做事，还得有人的尊严。

石头重塑自己的过程更加不易，对酒的严重依赖只是原因之一，石头对人生的绝望与对酒的热爱，更因为老婆与女儿的离家出走。诚然，这个世界上有独身主义，有把孑孓当成诗意人生的，但不是每个人都能如此坦然领受。对石头而言，老婆与女儿的离家出走，就是压倒他人生的最后一根稻草。石头的戒酒与人生恢复正常，与女人、婚姻、家庭的找回，是同一个故事。对石头而言，在酗酒中享受人生就是在和谐的家庭中享受人生。如此，老埧要帮助石头戒酒、建房、就业，从而脱贫的工作，就变成了帮石头找回老婆。当然，这些也是老埧在与石头反复的交往中，慢慢领悟的。这个过程对老埧而言，也是从一个贪酒的勤杂工转变为关心世界的有情怀的脱贫干部的过程。

两个人，扶贫的与被扶贫的，各自找回了自己，找回了做人的道理，扶贫的完成了重任，被扶贫的实现了脱贫。这是小说《酒是个鬼》的奇妙之处。从人的生活及其困境出发，不是从单纯的脱贫任务和工作出发，从而揭示了贫困的深层根源，解释了扶贫与脱贫的生活层面的内涵。

从最早的典型的三峡生活：滑坡、移民、矿难，到城镇化建设中的拆迁、新理想与旧传统，到后来乡村的空心化、留守妇女、留守儿童、空巢老人，到偏僻山村里的患病青年欲望与伦理上的挣扎，当下山村民间风俗与风气的变化，一直到新世纪的农村，韩永明的创作一直植根于三峡地区，尤其是西陵峡口山村的历史、现实与发展，他的"峡口叙事"是湖北当代小说创作中独特的一部分。

《酒是个鬼》是韩永明"峡口叙事"在今天的继续。就我个人了解，韩永明并不善饮酒，因此在一部中篇小说中要写两个人极度贪酒，并且以此作为主要线索，就有可能是一种冒险。但不喝酒的韩永明成功刻画了两个酒鬼及其变化。老塆在雨村闻到酒作坊气味后的反应，没有酒吃饭吃菜的感受，戒酒后强烈的心理反应和身体不适，一次次久不喝酒后又因为办事不得不喝酒的矛盾，都描写得真实、形象、生动。石头蜷缩于灶膛、厕所、屋檐下的醉态；喝醉后到处呕吐，被人扔进阴沟的狼狈；在山神庙看着老塆手里的酒，石头祈求的眼光和可怜的神态，这些细节把丧失尊严、人格、灵魂的石头刻画得淋漓尽致。

当然同样成功的是，作家刻画出了一个称职、合格的扶贫干部老塆，以及一个希望未灭的石头的形象。老塆其实根本不懂得如何做干部，但正因为老塆不懂得，所以他只能从一个普通人的心理、视角出发与扶贫对象打交道，他找到石头失踪的老婆，联系上石头的女儿，帮石头筹办新的家具，替石头赔偿茶老板的损失，反复跟茶老板说好话以安排石头就业，掀开一番新生活的气象。他对局长、对村干部、对村民没有一句虚话，全是真实的想法、务实的行动。他在雨村找到了自己的位置和角色，并从而改变了自己的形象。过去被认为穿着不合适的老塆，在扶贫完回到单位之后，被同事认为穿着很得体、很有气质，他为单位挣得了荣誉，为自己找回了价值。曾经被视为不可救药的石头，在老塆的眼里却有着一丝希望的火苗，并非一无是处。女儿的一个电话让这丝火苗燃烧起来，老婆重回家里，让燃烧的火苗旺盛起来。当老塆希望石头借搬家请乡亲、亲戚、朋友喝酒时，石头拒绝了，他觉得没有面子，不好意思。这一细节再次印证了石头真实自我的呈现。他并非不要羞耻，不要尊严，这些宝贵的品质他一直就有，只是为失去老婆女儿的巨大的困扰所遮蔽。这是一个失望、失败，但对美好生活仍葆有期望的农民形象。

关于贫困的原因，从社会学的层面已经探讨过很多，智力的因素、身体的障碍、疾病的拖累、资源的匮乏，等等，都被深入分析并采取制度层面的安排，不少关于扶贫的文学作品也对这些原因有过客观的叙述。但从人的品质、品行、心理、情感、态度、信念出发，讲述人不是因为智力问题，不是因为缺乏劳动技能，不是因为资源不足，不是因为肢体残缺，也不是因为重病，而是因为对未来丧失信心、对生活失去热爱而堕入贫困，这样的作品并不多。《酒是个鬼》就是这些不多的作品之一，其中的石头就是无数贫困者之中一个少见的因为情感态度的问题而致贫的人。在通常的意义上，人们并不把家庭的不完整当成贫困的直接原因。一个身体、智力、技能都不存在问题的农民如果贫穷，通常被认为是因为好逸恶劳，因为懒惰。

但韩永明的小说通过石头的人生向我们展示了这个问题的另一面，即，懒惰的原因在于失去了信心和热情,在于失去了完整的家庭,由此也让我们体会到家庭和情感的价值。在传统的意义上,文学作品都是从社会学的层面理解家庭,从婚姻、血缘、繁衍的角度分析、解释这一特殊的共同群体,分析这一社会经济合作的基本单位,解释这个生育、抚育、赡养、教育的特殊单位,很少注意到家庭与个人精神面貌之间的关系、家庭与个人价值实现之间的关系。健全的家庭、美好的情感可以把一个人引向富裕、幸福的人生,失去它,一个人也可以坠入黑暗、穷困、潦倒、绝望的境地。《酒是个鬼》及其"石头"就是一个例证。

(《芳草》2019年第6期)

封闭世界的生活奥义
——评冉正万的长篇小说《银鱼来》

冉正万最近几年不仅创作、发表的作品数量突出，而且作品的质量和影响也格外突出。他的不少中短篇小说视觉独特，如《大哥》《纸摩托》等，对黔北山区的历史与现实的艺术再现令人难忘。他的第一部长篇小说《洗骨记》就引起评论界关注，其后的长篇小说《进城》获得"全国青年产业工人文学"大奖，而长篇新作《银鱼来》则以崭新的面貌让评论界为之一惊。这些成绩证明了冉正万的创作实力和潜力，可以说，冉正万的小说创作正在走向成熟和自觉。

毫无疑问，《银鱼来》是一部奇特的作品。作品里面的确有一些巴蜀文化的元素，一些细节与巫文化密切相关。比如，孙国帮在范若昌的大老婆坟上插三根竹签，又如作品中对蟒蛇的死、土地庙的由来等的描写。但在我的阅读感受中，《银鱼来》不是一部表现地域文化的作品，或者说不是一部完全聚焦地域文化的作品。我认为，这个作品表现的核心是，一个民族的日常生活智慧。作品观照的地域是贵州北部绵延的崇山峻岭，在小说中，这是一个相对封闭的世界。作家的目光敏锐而细腻地深入这个世界中的村落社会和家族宗祠，通过极富表现力的叙述，我们发现，作家在探究一个血缘家族是靠什么维持的，它在历史的风云诡谲中是如何支撑自己以致稳定和谐地发展的。这正是《银鱼来》的魅力，即揭示一个封闭世界的生活奥义。

对于一个传统乡村社会的生存和发展，维持、支撑它的基础当然是血缘，但，除血缘以外还需要什么？我认为可能还需要一种不可言传只能意会的智慧，这是一种独特的表面看似平淡、内藏深意的智慧，堪称"奥义"。《银鱼来》便再现了相对封闭的西南深山村寨中的日常生活智慧和处世哲学，也就是四牙坝男人都懂得的奥义。因为这种奥义、这种智慧过于微妙，都深藏在日常的交往、生活背后，与乡村社会的生活方式和思维方式有机融汇，所以要表现奥义是很难的，但我觉得作家做得非常成功。

比如，范若奎在暗杀红军的途中，诱骗孙国帮留下银鱼，并要他帮忙，许诺用八块大洋买下他的银鱼，但事后范若奎却要孙国帮还回八块大洋。在范若奎找孙国帮讨要八个大洋失败后，他打死了孙国帮家里的鸡和鹅。孙国帮对这件事的处理就体现了这一奥义。他把鸡肉做好后，以家里不清净、咨询范若昌请哪位先生来安神的名义（此处的安神当然有巫文化的意味），把范若昌接到家里来，然后把范若奎阻止他去贵阳，许诺买下银鱼，威逼他杀害红军，反过来又强迫还钱的过程全部告诉了既是兄长又是族长的范若昌。意味深长的是，孙国帮既没有批评范若奎，也没有要求范若昌去教训范若奎。这个细节是四牙坝人日常生活智慧的典型体现。孙国帮不是告状和申诉，他公开的理由是为了安神、是咨询范若昌，是一副谦虚、内敛、卑微的姿态。孙国帮没有直接地批评和辱骂，而是满脸的悲哀和满腹的懊丧。但孙国帮的行为的内涵，孙国帮和范若昌都明白，孙国帮既告了状、也申了诉，还羞辱了作为范若奎兄长的范若昌，并暗示他做族长不称职。这个咨询和请客所达到的目的是多重的、多义的，请客和咨询只是一个借口。

孙国帮这种迂回、曲折的表达，正是四牙坝的生活奥义。它远远超越了一般的交流和沟通技巧，而是一种深厚的传统和习惯。稍微回顾一下历史，就能发现这种思维方式源远流长。在春秋战国这个社会急剧动荡的时期，为适应邦国之间的复杂斗争，最早的以游说为职业的说客便诞生了。这些集智谋、思想、手段、策略于一身的纵横家，或以布衣之身庭说诸侯，或以三寸之舌退百万雄师，或以纵横之术解不测之危，鬼谷子、张仪、苏秦……一个接一个，英雄辈出，智慧和风采都令人叹为观止。这些风云时代的游说大师的技巧虽然令人眼花缭乱，但含蓄、曲折、婉转的表达方式是他们的共同特点。不仅仅是因为这样的方式容易被人接受，更重要的是，游说君王是风险极高的职业，君王的喜怒无常会让出言不慎的说客瞬间丧失性命。这种迂回曲折的交流方式因为诗歌的繁荣而更加深入社会的思维方式。在历史中，不直接陈述自己的观点，而是用诗歌来表达诉求的例子不胜枚举。古代对诗歌表现手法的总结，如赋、比、兴，实际上也是对整个社会和民族迂回曲折表达观点的思维习惯的总结。这种不直接表达思想观念、不正面沟通和交流，依赖主体在多重意义和价值中的选择和猜测的经验，在《易经》中被发挥到极致，对《易经》的解读而形成的浩瀚思想长河，更是点点滴滴注入一个民族的血液。这种思维方式作为一种定式一直存在并影响着一个民族的生存和发展。在四牙坝的社会和生活中，这一思维方式和行为方式无处不在。例如，孙国帮真诚地向范若昌介绍贵阳的教会医院，动员他带儿子去看病。一方面表明他对家族的后代的关心和重视，另一方面，他的真实用意是要消耗范若昌的钱财。这两者都是真实的、客观的，很难对孙国帮的这一行为作出真诚或虚伪的评判。这是这种行事方式精致之处。

那么这种精妙的生活奥义带给四牙坝乡村社会的是幸福、快乐、和谐吗？也就是说，这种生活奥义的价值究竟何在？就历史和我们自身的感受来说，这种思维方式和行为方式的确曾经制造过幸福、快乐和和谐，但它带给我们的并不始终是这些正面的价值。《银鱼来》对此是持谨慎、怀疑，甚至批判态度的。

在《银鱼来》虚构的历史时空中，范若昌与孙国帮之间并没有深仇大恨和算作恩怨的东西。他们不谋害对方的生命、不贪图对方的财产和女人，他们不会成为仇人和敌人，但也不会成为真正的血肉兄弟。准确地说，他们之间只是存在着一种隔膜、隔阂、芥蒂。这是乡村社会成年男人之间常有的现象。每个人都希望对方对自己真诚、对自己和盘托出，但每个人又对对方保留。两个男人之间永远不可能达到推心置腹的交流和沟通。因此，每个男人都渴望洞察对方内心深处的想法和动机。

因此，我们可以说，范若昌和孙国帮之间的微妙关系和他们相处的方式，是对传统社会血缘宗族价值的怀疑。在四牙坝这一封闭的大山深处，血缘宗法纽带是非常强大的。小说中很多人物都说过，"我们是一个祖婆婆的后代"，这句话概括了四牙坝的宗族凝聚力。孙国帮最先知道，虽然姓范的是族长，但姓范的也可能姓孙，姓孙的也可能姓范。范孙两族其实是你中有我、我中有你。但了解了这一血缘深处的秘密，并未增加血缘的紧密关系，相反，孙国帮对族长范若昌更加怀疑，一方面族长的地位是祖先制定的，另一方面他觉得自己也应该是族长，而不是长工，他更有能力当族长。他在每件事上都希望族长难堪，然后自己出面来处理，在显示自己的能力的同时，也体现自己对范若昌兄长的维护。于是，我们看到了一个内心和性格都无比强大的孙国帮，一个似乎仁义、公正、善良的范若昌。仁义善良的范若昌处在族长的地位上，行使族长的权力，但他并没有成为四牙坝真正的楷模和权威，他经营的其实是自己以及范家。而强大的孙国帮本可以更好地率领四牙坝在历史中前进，但他没有族长的地位和权力，因此，他孤独、勤奋、力大，也麻木、冷漠，他只顾自己的生活。他们用一种只能意会的处世哲学维持着两个男人、两个家族以及四牙坝的稳定。比如，范若昌敲锣的威信犹如军号，男女老少都要去拉鱼，连女人都不能例外，尽管范若昌的第一个老婆、尽管孙国帮的女儿花容都因为拉鱼而染病，悲惨地去世，范若昌、孙国帮都深知这一生产方式对女人的危害，但这两个极有权威的男人都没有改革、废除这一规矩，也没有女人抗拒。又如银鱼的分配方式的公平，范若昌在四牙坝山民之间的调解人角色，四牙坝公共的山林的神圣，在战争来临时的高效的全民动员，等等，都凸显出这是一个血缘宗族的社会，而且看起来是纪律、宗法分明，社会秩序和谐的。但，在美丽和谐的背后，在深入四牙坝的人际交往和日常生活时，很快我们就发现，牢固的血缘纽带经常被撕扯、被动摇、被怀疑。范若昌与孙国帮之间充满智慧的争斗充分说明了这一点。

不仅如此，作家通过对孙国帮、范若昌几个宗族代表人物的刻画，淋漓地衬托出四牙坝生活奥义的虚伪的一面。比如，表面公正、正直、仁义的范若昌冷漠地对待杨玉环。与打女人的男人比，他是最好的男人，但他在儿子出生之后便不再搭理甚至不看一眼青春年少的杨玉环。他抄写《地藏经》，却冷酷地把杨玉环和孩子赶到一个山洞居住。又如，范若昌想要把唢呐匠赶出四牙坝，但唢呐匠的七个傻儿子的生活却是个问题。因此，他觉得也许不赶出去更好。他两次找孙国帮商量处置唢呐匠的事情，但孙国帮没有在家，于是他庆幸自己没有结恶缘。作为族长，他表明了态度和立场，但又表现出了善良。这也是奥义的一个典型例子，但其中的关键是，范若昌的善良，居然是几次没有遇到孙国帮，没有找到可以商量的人而促成的。

范若昌的虚伪不仅表现在这里，还表现在处理范若奎暗杀红军的事上。他质问孙国帮为什么不阻止范若奎，显得无比严肃而沉重。事实上范若昌自己从没有责问过范若奎。面对质问，孙国帮也无比智慧，他一方面指责范若奎是谁也阻止不了的，另一方面说红军是官家剿灭的，不必担心。他替自己开脱，也隐藏了自己的心思，他帮助范若奎看似被迫，其实他也想得到八块大洋，想要买下黄滩那块地，为此他连女儿病危都舍不得花钱。两个人都极其虚伪，但都通过一种生活奥义，把虚伪掩饰了。

对四牙坝社会传统的奥义的负面价值并非没有人觉察，杨玉环就是自觉批判和抗拒四牙坝虚伪的生活奥义的人物之一。这个充满朝气、活力四射的女人，敢爱敢恨，她对四牙坝的感受最为理性。四牙坝在作品中是一个世外桃源一般的深山村寨，但在杨玉环看来，这个地方的人文氛围却阴森、沉闷，还有，一切都依靠暗示。比如杨玉环需要具有理解暗示的能力，才能领悟范若昌在布置什么劳动；又如杨玉环"听见范若昌问胡大娘红薯栽完没有"，就明白范若昌在安排自己做什么农活。杨玉环敢于挑战孙国帮，并无情地揭露范若昌、孙国帮的虚伪、冷漠。她勇敢地走出范家大院，独自承担生活，而且也用生命捍卫了自己的尊严。她的存在和爱情是对四牙坝美好的注释，她的上吊是对四牙坝这个世外桃源的无情讽刺。

《银鱼来》也让我们看到了作家令人欣喜的艺术才华，比如对自然界的敏感，作品写到孙佑能跟父亲去贵阳卖银鱼时的兴奋，"我要去贵阳了"，他对树梢上的小鸟都说了，小鸟回答"吁吁——噫，吱嘎吱嘎，几个蛋儿几个蛋儿"，湿漉漉的晨雾里飘荡着青草和野花的香味，树林、鸟雀、昆虫，全都高高兴兴。作品也表现出对汉语魅力的张扬,比如写溪流"宽阔出一条浩浩荡荡的大河",写大嘴巴洞的水"大水彻骨的冰凉",等等。

总之,《银鱼来》细腻生动地揭示了山寨血缘社会各个成员之间的外在交往和内心交流,并以此演绎各个成员如何微妙地维持家族社会的稳定与和谐,再现了封闭世界中农耕条件下复杂的生存智慧和处世哲学。无疑,小说中的很多生活智慧和生存智慧并不需要道德审视,比如鱼篓、刀法、草鞋、扁担等日常生活事物,这些描写丰富了黔北大山的社会风貌。但四牙坝人用于人与人之间、家庭与家庭之间的生活奥义,这种来源于传统文化的思维方式和行为方式,虽然表面委婉、曲折、低调、自谦,但却暗藏极大的虚伪性,更重要的是这种需要领会暗示和曲意的方式,并不总是科学的、进步的、有效的方式。这种奥义所带有的含混、暗示、歧义、摇摆等特质,对社会的现代性发展的阻滞一直存在,而且在深层次的拷问中,这种奥义折射出一个民族判断和价值的模糊和犹豫,折射出一个民族面对矛盾冲突时的回避与胆怯。

从来就不存在一种独立的不受挑战的生存哲学,在历史的潮流中,没有一种生活智慧和生活哲学能够坚定不移,能够独立地保全自己。走出封闭自我自足的世界,面向更大更复杂的世界,并与之建立起沟通,建立起适应范围更广泛的处世哲学和生活智慧,不仅是孙国帮和范若昌所需要的,也是四牙坝和大山深处山民都需要的,更是整个社会需要的。

(《燕赵都市报》2013 年 12 月 7 日)

女性主义创作的可贵尝试
——我看阿满的小说

很多年前在湖南石门由常德市文联组织的一次笔会上见过阿满一次，没有说话、没有交流，只是远远地看见她与几个朋友在说笑。在那次笔会的作品中第一次读到阿满的小说《玫瑰黄昏》。这样便知道湖南常德有一个充满才情的女作家叫阿满。此后，因为当编辑，又读过几篇阿满的作品，尽管我们从来没有就她的创作进行交谈，但对她的作品我已经很熟悉了。

在我看来，阿满是一个关注内心的作家。当然她首要关注的是婚姻爱情中女性的内心，《双花祭》《三个女兵》《火车站睡在老地方》《花蕊》基本上可以说是女性题材的创作。短篇小说《双花祭》是阿满女性题材的一个代表作。两个形影不离、亲密无间的女孩"慧"与"敏"，在特殊的历史环境下产生了超越姐妹友谊的情感，尽管如此，这种情感也不似明晰的同性恋，而是一种既朦胧又清澈、既简单又复杂的情感。但这一关系因为一个男性的闯入而被搅乱，以致两个人既仇恨对方又拯救对方。当然，随着时间的流逝，两个女孩最终都各自走上了自己的人生道路。饶有余味的是，很多年后两个人能够接受一种淡淡的、踏实的友谊，这是一种不需要语言，单凭感觉就能接受和信任的友谊。这样的结局最终也使我们相信，作家对女性与女性之间的交往不仅寄予了深厚的同情，更是充满了隐含的赞赏。《阴阳会》则是一个诗化的女性悲剧。蓝老师与文清有着淡淡的、没有结果的婚姻，寂寞中蓝老师又与学生建毛产生了不伦的、错乱的爱，最终酿成三个人的悲剧命运。文清在车祸中身亡，建毛死于药物中毒，蓝老师则因为杀人罪被枪决。《花蕊》是阿满的作品中从语言、叙事技巧到艺术魅力都较为突出的一部中篇小说。在《花蕊》中，妇产科医生刘利因为帮女主持人乔曼治疗妇科疾病，两个人逐渐从开始的陌生、戒备而发展成为私密的朋友。这一过程是十分微妙的。刘利不仅对妇科疾病见多不怪，而且对每一个有妇科疾病的女人，她习惯性地要寻找导致女人疾病的男人。具有讽刺意味的是作为单身女人，刘利不断思考女人背后的男人，分析女人在情感中的可笑的迷失，自己却对男人并无兴趣。这样一个冷静、清醒的女人最后居然与自己的病人、与另一个女人乔曼产生了深入的交流和交往，她要乔曼给自己带果脯回来，教乔曼如何走出困境，乔曼不仅向她坦白长期困扰自己的身体上的隐私，也向她述说最隐秘的情感。在小说的结尾，刘利邮寄给乔曼一个自慰工具并说跟男人相比，这是最可靠也是最卫生的。这最后的结局凸显了阿满鲜明的女性主义立场。

  阿满对精神和内心世界的关注也表现在她对机关生活的叙述中。阿满长期在机关工作和生活，对机关的运转以及机关的生态有着不一般的熟悉，因此她的小说中有很多是对当下机关生活的再现。《老陈和他的青花瓷瓶》讲述了一个退休档案局副局长老陈的故事。老陈是一个收藏迷，几十年收藏了不少古董，老陈也是一个几十年都没有绯闻的副局长，他的生活非常简单，上班、收藏，收藏、上班。老陈退休后本来安安静静地经营着自己的家庭博物馆，但一只青花瓷瓶的摔碎，打破了整个生活的宁静。走出收藏世界的老陈突然发现，在收藏之外还有更加丰富和充满活力的生活。于是，六十多岁的老陈把古董变成了与女人亲热的门票或者说敲门砖。过去孩子上大学都舍不得拿古董换钱，现在为了交换女人的欢心和身体，老陈毫不吝啬地拿出了一件件古董。这是一个干部的退休生活的巨大转变。当然这一变化往往是不可逆转的，正如青花瓷瓶，打碎了就很难黏合。老陈的生活和命运彻底碎裂了，当老婆去世后、当两个女儿把家产和古董分割之后，老陈便消失了。青花瓷瓶经不起碰、容易碎，情感和婚姻是这样，人生何尝又不是这样？小说中，老陈在不断用古董更换女人的时候，更准确地说是不断更新自己千篇一律的生活的时候，他的老婆也在不断地粘贴那只打碎了的青花瓷瓶。一边是充满热情的、亢奋的破坏，一边耐心的、坚韧的弥合，这是作家设计得很有象征意味的细节，但我想这不仅仅是退休干部老陈的生活所显示的寓意，而是更具有普遍意义的一种现象。《带爱相的女人》《一室两人》《玫瑰黄昏》《花样女人》写的都是在职干部的生活。《带爱相的女人》试图表现女干部如何在自己的升迁、与上级男性领导的关系、与丈夫的关系三者之间寻找一个稳定的平衡点。既要做上级领导的情人，从而获得提拔，又不想让丈夫发现并维持和谐的家庭，事实证明这一理想的空间很狭小。在这一过程中，女人往往是领导的玩物，是游戏的受害者。既然如此，在机关这个舞台、在干部这个阵营，她们为什么会前赴后继地演绎同一个故事？很显然，我们不能简单地用觉悟、用纪律、用道德来评断这一现象。这里面除了人固有的人性缺陷外，还隐藏着很深的文化和体制、环境的因素。当然我们注意到，在小说中秦小琴对命运中那些异己的主宰自己的因素始终是乐观的，因此可以说作家对身陷领导案件的女干部秦小琴毫不保留地倾注了同情。秦小琴尽管偶尔会沮丧和憔悴，但总的来说，她对生活是充满热情和希望的，不仅如此，她还是善良的。在上司入狱后，她依然悄悄帮助曾经侮辱她的上司的老婆,这一宽容的胸襟来自对生活的信念,也折射了作家对女性、对生活的态度。《花样女人》在鲜活的语言与逼人的青春气息中,通过两个年轻女干部之间的友谊、戒备、猜忌,以及她们与同一个领导之间的暧昧关系的叙述,再现了两个年轻女干部成熟过程中的代价、无奈、困惑,正如小说中最后黄鹃子所说,好在肥水没有流入外人的田,两个女人总算有一个提拔了。许多如同黄鹃子、乔娜娜一样的花样女人,都经历了同样的尴尬、无奈、牺牲等,这已经成为女性干部生存的一种常见的生态,与其说是现代化带来的进步,还不如说女性在自由、解放的征途中又进入了另一个屏障,抑或说是另一种意义的倒退。《玫瑰黄昏》通过一个县委书记马书记的悲剧再次强化了一种古老的信念,即人生中冥冥存在着作用于命运的必然因果。马书记偶然的一次浪漫居然是与自己的亲身女儿、一个自己从未谋面的许多年前风流留下的私生女儿。这一不经意的相遇注定了马书记无法摆脱的困境。《机关花》用近乎素描的方式勾画了从科长到副市长等构成的一个女性干部群体。《一室两人》把一个女干部对职业和成长的思考浓缩在一间办公室里。

  由此,我觉得,不管阿满是刻意写女性,还是写机关生活,她的焦点是人物的精神和内心世界,比如退休的副局长老陈和文清老师。而不管她写什么生活,其实她更加关注的还是生活中的女性——不同职业、不同时代、不同物质环境下的女性,她们在体制下的生存状态。这种体制可能是诸如干部成长和晋升之类的社会体制,也可能是职业和机构本身对女性构成的局限和制约,当然也包括传统和文化的因素。近年来,以女性为题材、着眼于女性命运、专注于女性权利诉求的小说创作已经蔚为气候。比较起来看,阿满的女性题材创作具有自己独特的艺术特色。在对女性命运和心理的这一探索过程中,我们注意到,阿满并不追求在作品的世界中贯穿什么女性主义的解放策略以及向男权社会争取什么的宣言,她力图要达到的是用语言、用女性的命运表现她们的生存状态。她希望我们从当代女性的生活生态中感受到我们的责任、义务和使命。

  当然,我们已经看到,阿满的创作,无论是主题,还是语言、叙述,都正在走向成熟,这无疑是令人欣喜的。在此,我祝愿阿满更加注意对经典和传统的小说艺术特别是现当代小说中的"中国经验"的学习和借鉴,对自己创作中的散漫和随意适当加以约束。

(《常德晚报》2010 年 5 月 12 日)

对现代都市生活有温度的阐释
——以赵燕飞的《春晚》为例

书写当代都市生活是有难度的,因为现代化意义上的都市对于中国文学和作家而言是陌生的。从历史主义的立场来审视,作为文明进程无法回避的阶段,都市化或城市化是现代化、全球化的必然结果。尽管大多数作家习惯和钟爱以乡村经验为内涵的题材,但对现代都市文明的拒斥既是可疑的,也是无力的,而且,随着时间的推移,伴随着新一代作家的成长,他们会更多地将目光转向这一陌生的领域。他们中有部分人可能完全没有乡村经验,他们从少年或青春时代便踏入都市,都市是他们人生的第一个舞台,也是唯一的舞台。这一与过去作家不同的成长历程注定了他们拿起笔之后唯一的书写世界便是都市生活。赵燕飞或许是这一代作家中的一个代表,她的中篇小说《春晚》(《小说月报·原创版》2015年第3期,《小说选刊》2015年第5期,《中华文学选刊》2015年第5期)可以看作他们通过文学对都市生活有温度地阐释的一个例证。

《春晚》以淡淡的笔触,描述了两个都市青年从认识到相爱的淡淡的过程,这一爱情故事以买房子、卖房子为纽带。叶子在售楼处遇到了安平,并在安平的怂恿下购买了两套小户型,从此开始了带有赌博意味的倒房,先是租出一套房子,减轻月供压力,后来用两套房作抵押,借高利贷买下一个门面;赌的是即将宣布的地铁线路会在门面附近设一个站。煎熬过后,叶子赢了,她卖掉门面和小房子,买了一套大房子、一个车位和一辆汽车。金钱理性是大都市智力活动的来源和表达,无疑,小户型也好,门面也好,大房子也好,车位和汽车也好,都只是表象而已,其实质仍然是金钱、货币的交换运动。

这一连串的冒险、投资、置业,并不是金钱理性或都市理性的全部表达,穿插在其中的还有叶子和安平两个人的交往,从偶遇到熟悉到相爱的过程,即都市中社会交往关系的呈现和表达。与传统社会相比,都市社会最为作家和文学所诟病的便是它造成的人与人关系的疏离、冷漠以及由此而来的孤独、寂寞、压抑、无奈等各种精神心理状态。对都市社会人际关系的把握,我们当然首先要承认其中的历史逻辑。大规模人群聚集和无比精细的社会分工,注定了都市社会的社会交往不同于传统社会,以情感、宗族、熟人社会等为特征的,高度紧密和直接依赖的传统交往关系被更注重个体、个性,相对松散、独立、异质的交往关系代替。借用一句通常所说的话,便是更加碎片化。这种状态是都市人不适应的,也是文学审美陌生的。那么,在此背景下,小说可以有所作为吗?回答是肯定的。在《春晚》中,叶子与安平的交往从在售楼处认识到安平请叶子到家里吃饭、做爱,两个人的关系顺理成章、自然而然地延续着。但叶子从未试图去想要嫁给安平,而安平也从未与叶子谈过任何关于婚恋的话题,并且两个人分开后都互不主动去联系对方。这种断断续续、若即若离、各怀心事的淡淡的关系正如徐志摩的诗歌所写:"轻轻地我走了,正如我轻轻地来",很难确定这是爱情,还是友谊,或者仅仅是熟人。这种交往状态在当下都市生活中已经成为常态,也就是说,在每个个体的自由空间相对扩大、每个人的个性相对强化的同时,人与人交往关系中的情感成分和依赖程度相对减弱。每个人必须是自己的支撑,你不能指望任何人。叶子从第一天走进大都市就明白,她必须像过去在家乡小城一样"孤军奋战",因此,她拒绝父母的安排和支持,拒绝找大姐、二姐寻求帮助,同时也拒绝了同事介绍的一个个对象,即使其中不乏富裕的王老五;而安平曾经有过失败婚姻,是一只逃离婚姻囚笼的"惊弓之鸟"。尽管如此,此种状态并不意味着叶子和安平从未有过丝毫的对对方的猜测与试探。这正是"人"的复杂性,无论在传统社会还是都市社会,都是如此。叶子在借高利贷之前,考验过安平一次,在散步途中,她借故系鞋带,然后关掉手机,突然消失。如果说这种恶作剧式的考验只能算作都市生活中青年男女的平常游戏的话,那么叶子自作主张借高利贷买门面就不是女孩子的任性和好玩了。对叶子而言,这一疯狂计划是生存考验,一旦失败就是倾家荡产,但叶子习惯了把自己逼上绝境的那种体验。她已做好准备,把一切都用于偿还高利贷,一切归零,从头开始。对安平,则不然。本来他与叶子之间没有义务关系,没有承诺,没有责任,但现在叶子已经跳进了火坑,如果他不理不顾,叶子很可能会被高利贷压垮;如果他要伸出援助之手,就得考虑两个人的关系。出手或者不出手,意味着两个人关系本质的变化和定位。出乎叶子的意料,安平在痛骂叶子不知道高利贷的险恶并宣讲一番金融知识后,悄悄筹集了几十万元资金打入了叶子的银行卡,让叶子从深渊脱身。这当然不仅仅是一个资金运作过程,而是情感的表达和对交往关系的肯定。它让叶子从铤而走险中感受到了与另一个人的牵连,让叶子从一个个陌生人中找到了一个相对固定的依赖对象。都市不再是茫然大海,个人不再是无依无助的。这是对当代都市的人文生态的建设和肯定,亦即,都市社会在高楼大厦的物理空间之外,在金钱、货币的交换运动之外,还有丰富、生动的情感空间和精神运动。

当然,《春晚》在艺术上还有诸多可以剖析的地方,比如作品开始部分所描述的叶子的梦幻,一个与男人有关、与三叶草有关的梦幻。男人赶走水蛇、给了她止血的三叶草,而她却在追逐三叶草的途中掉入悬崖。这个短暂的梦幻对作品后面展开的叶子差点陷入高利贷陷阱,安平在关键时刻帮她还债,从而走出一系列惊心动魄的置业计划,无疑具有一种互文或暗喻的作用。而作品的结尾是大年三十晚上,叶子喝醉了,问自己是不是在做梦,安平回答:"你一般是白天做梦",这一无心的细节,既呼应了作品开始部分的做梦,又呈现了叶子对眼前幸福氛围的沉醉、怀疑、担心。这种担心为叶子的思绪所证实,看着眼前热热闹闹准备看春晚的场面,叶子的疑问是明年后年大后年"谁陪我看"春晚,当安平回答"你说了算"时,叶子哭了,她希望的是"我要和你们一起看春晚"。这个结尾意味深长,它以除夕和看春晚为黏合剂,把一个个家庭成员从大都市茫茫人海中拉回到传统的家族氛围中,让孤独、碎片的现代生活得以弥合和整体化,同时,折射出大都市幸福生活获得之艰难,以至于让人很难相信和肯定。无数都市人的幸福常常失去又获得、获得又失去,在循环反复中走完喧嚣繁华而琐碎紧张的一生。又如,安平第一次跟随叶子的父母去云谷村时下起了大雨,他们准备启程回长沙时却天晴了,母亲说:"老天都看好你们呢",这一句简单的概叹包含着长辈对安平的认可、对二人婚姻的催促,让两个在大都市奔波忙碌的年轻人暂时忘记那些与房子、车子、股市等有关的都市话语,重回情感和心灵世界。

尽管中国有上千年的城市历史,但现代意义上的都市仍然处于生成和发展之中,成熟的都市文化还没有完全形成。都市文明对有着丰富积淀的乡村经验的每个人都是冲击,在这一过程中,每个人都面临着精神和心灵的转型。而首要的是对以市场、货币为代表的经济生活,以分工和规模化聚集为特征的社会活动,以个人、个性、自由为特征的精神活动等的认识、认可、完善,从而进一步思考和建设都市的"人文生态"。小说在这一转型中不但可以充实和丰富每个碎片化、冷漠化的个体的精神空间,也可以弥合、黏合被都市粉碎的传统梦想和审美理想,小说可以通过对都市个体生活有温度的阐释,使得都市人不至于被窒息和被异化为经济人、机器人、单向度的人。赵燕飞的《春晚》是这一小说理想的一次成功尝试。

充满理想主义色彩的都市
——评杨帆的长篇小说《锦绣的城》

青年作家杨帆的长篇处女作《锦绣的城》（作家出版社2017年2月）是一部充满浓郁而纯粹都市生活氛围的作品，一部以诗意的方式抵近当下都市生活的作品。作品的人物既有毫无生活保障的底层百姓、富裕的私营企业主，也有才华横溢、孤傲高冷的大学教授，青春年少的大学生。中心的与边缘的、精英的与草根的、艺术的与江湖的，这些人自然而真实地缠绕在一起，编织着都市的日常景象。

《锦绣的城》的语言空间里展现的是一座城市里四个年轻人的相爱、矛盾、冲突，而隐藏在爱情叙事之下的是人与都市之间水乳交融的关系。音乐系教师春上，家境殷实、年轻有才、理性冷静，同时又谙于世道、熟于人情、精于计谋。春上以多重心理身份爱着大学生锦绣。在纯粹的情感上，他与锦绣在一条街上长大，是传说中的青梅竹马。在这个经典的爱情模式里，春上也充当兄长，时刻保护着锦绣、照顾着锦绣，这种情感的纯粹甚至达到了发乎情、止乎礼的程度。尽管有无数次单独相处的机会，春上却从未超越与锦绣的界限。春上也以父亲、以监护人的身份，管理锦绣的日常生活，甚至掌控锦绣的社会交往、思想行为。在这个层面上，春上把锦绣垄断为私人物品，不容任何人靠近和染指。春上与牛丽的交往起始于一次欲望冒险，春上以为一次露水交往很快会被阳光蒸发，牛丽却不可自拔。牛丽与老根的情感，很难纳入正常的爱情范畴。对牛丽来说，老根是一个依靠，他有钱、有房、有年轻人缺乏的沉稳。对老根来说，牛丽年轻、有活力，还有机会生儿子。更让老根感动的是，牛丽从不要求老根离婚。这四个人物的情感构成了作品的核心，并由此蔓延而至都市更加复杂和广阔的世界。他们在出租屋里忍受孤独或享受暂时的欢娱；在公汽上观察各种人的表情，分析不同人的社会地位、财富状况或内心的隐秘；他们在大学教室、校园里，洗礼心灵、追求知识、憧憬理想；他们也出入茶馆、宾馆、派出所等地谈判、争执、斗殴；他们在老街道与高档住宅区播种爱与恨、恩与怨。这些切入都市血肉，散发都市烟火的生活图景，如此亲切而真实地深入我们的内心，以至于我们突然觉得都市与人原来如此融洽、自然、畅达。因此,《锦绣的城》有别于仅仅用都市符号来指代都市生活的伪都市文学,它是一部骨子里浸透着当代都市气息的作品,而且从情与爱出发,阐释都市生活的价值以及当代都市人的追求。

《锦绣的城》寄托了对都市精英的批判、期待。作为社会交往的一种,情感关系从来不是简单的爱与被爱、追求与拒绝;情感生活也不仅仅是花前月下、卿卿我我;情感历程也并非一定循着恋爱、婚姻,或者结婚、离婚的轨道,情感从来就刻录着日常世界的秘密。《锦绣的城》以四个人物的三组情感关系为纽带,把读者引导到"都城"的复杂内部,窥见以春上为代表的精英人物的虚伪。从家庭、教育背景、经济上来说,春上都算得上都市的精英。他有家族遗传的别墅,有钢琴,母亲在国外,本人在音乐系是业务骨干,开办三个培训班。他严谨、理性,同时也世故、圆滑。但春上也有不可告人的内心。他在公共汽车上用敏锐的目光搜寻他人内心的真实冲动。仅仅在公交车上几次与牛丽的目光交流,他读懂了牛丽的内心,他相信牛丽也理解他传递的信息。就这样,牛丽跟着他走进了酒店,开始了他意料不到的难以摆脱的交往。正是牛丽,让春上暴露了他不为人知的一面。他在面对异性时的隐忍、压抑、激动、克制,折射出他母亲的刚愎自用、偏执暴露对整个家庭的影响,折射出他成长的家庭氛围:母亲与姑姑、外公与父亲、母亲与邻居之间无止境的争吵与战争。正是这种环境,逼迫春上在清教徒般的生活中锻造自己的艺术专业,并深刻领会了在艺术与社会之间如何保持合理的尺度。他明知女学生刺死性侵疑犯是正当防卫,但他既不在学生的声援书上签字,也反对锦绣参与类似的声援活动,因为疑犯是系主任的堂弟。他固执地认为,钱是解决人与人矛盾的唯一有效工具。与派出所打交道、与地痞流氓打交道、与牛丽打交道,他的第一手段是钱。春上既以沉迷于艺术的方式,对现实报以质疑和对抗,又以世俗的方式与现实同流合污。这样一个堪称完美的男性,从未意识到自己最脆弱的地方,在于如何面对爱和真实的情感。如果说,春上无数次猎艳的冒险,都以自己的规则和方式顺利解决,但牛丽和锦绣却对春上的人生理念提出了挑战。作为一个最需要钱的底层女性,牛丽拒绝了他的规则和方式;一个他无比热爱的女性——锦绣,却因为失身不断躲避他的表达。春上既无法摆脱牛丽,也无法如愿得到锦绣。两个女性以完全相反的方式见证着春上的失败。作品对春上的胆怯、懦弱,又自以为是、傲慢固执的复杂性格的塑造,鲜明地表达了对以春上为代表的知识分子在当下都市化进程中姿态的失望、批判,他们本应该更加真实、真诚,更具有良知,更有勇气。

《锦绣的城》呈现了当代都市人不断向上的曲折追求。在《锦绣的城》营建的"都城"内部,我们还能发现作品的另一个自我蕴含,即人在社会阶层中的流动面貌。人不断地向上流动既是每个个体实现人生价值、超越个体局限的必然，也是构建公平正义、充满活力的和谐社会的基本条件。《锦绣的城》以对牛丽的性格塑造和命运叙述，具体描绘了一个女性从一个阶层向另一个阶层流动的可能与付出。牛丽一开始并没有意识到要做一个城市的市民，城市对她而言，就是逃避家庭和谋生的场所。她以公交车为舞台，与一群男人为伍，每天居无定所地漂泊。即使老根主动要给她买房，要求她搬到一起住，她都没有想要努力成为"都城"的一员。与口腔科医生产生痛苦的婚外情，并在一次重病，又经历一场重大刑事案件之后，牛丽迫切感受到了要有自己的房子，有自己的职业和身份。而成就她个人梦想的关键人物恰好是与自己有过鱼水之欢的春上。对于牛丽要参加超级人声比赛，春上从不相信，他理解这是牛丽要纠缠自己。但随着比赛的进程，牛丽不可思议地不断晋级，无比紧张和恐惧的春上利用自己对比赛的主导权，扼杀了牛丽的梦想。一个以扒窃为职业的女性试图以歌唱天赋成就人生的梦想，却被春上的狭隘和虚伪断送了。每个人都希望向上流动而不是向下流动，但只有那些具备一定条件的人才有可能上升，这个条件就是知识、才能和机会。牛丽已经把握住了机会，并具有歌唱实力，她本可以靠自己的努力赢得一套房子和都市市民身份，从而摆脱扒手的身份和阶层。她的不能，在于春上作为一个权威、一个教授，并不具有推动社会进步应当具有的宽容和担当。尽管如此，我们依然感受到了牛丽对艺术和美好的真诚和向往，只要有一丝可能，她可以放弃老根的房子和财富，放弃对春上的怨恨，她愿意凭借自己的努力，光明地赢得比赛，从而完成自我流动和阶层转换。在现实的都市生活中有许多当代女性与牛丽一样，她们努力坚守最后的尊严、良知，以自己对时代和社会的认识和把握，尽可能保持向上的姿态，书写着自己平凡而丰富的人生。

因此，《锦绣的城》又是一部充满理想主义色彩的作品。理想主义色彩不仅仅体现在作品对牛丽的刻画上，也体现在作品对锦绣的刻画上。知识女性锦绣聪明、瘦弱、正直、善良、宽容，但她与春上一样，一直把自己的过去埋在心底。她清楚春上不会接受她的过去，一直在虚幻的世界对阳光灿烂的青藏高原的小伙子倾诉自己的内心，并私自出走到青藏高原寻求对内心的洗礼。但，她不知道在网上冒充青藏高原小伙子的正是春上，她更未意识到对心灵创伤的抚平首先是自我面对和接受。这就注定了她的理想必然是忧伤的颜色。当然，在作品自我蕴含的世界中，还可以看见一个常常被忽视的群体，这就是以油条为代表的底层人物的世界。他们永远没有可能向社会的上层流动，只能做着为社会不耻的勾当，他们对春上及其优越感往往嗤之以鼻，但他们爽朗、直率、真实、侠义、敢当。在家庭、人格、道德、职业荣誉都支离破碎的都市化进程中，牛丽、油条身上的真实、朴实、甚至感人的品质，的确已成为隐藏的秘密，如果不是《锦绣的城》打开的通道，我们很难真切感受到时代庞大的身躯遮蔽的人与人之间、人与自我之间复杂、亲密、深刻的关系。

《锦绣的城》所揭示的这些潜藏的品质，是构建现代都市文明的资源和财富。作家的使命就是在呈现人生中把不可言说、隐藏至深的秘密揭示并艺术地表现出来，从而让我们在审美中，从人物的命运和性格中，去审视都市生活的品质并召唤我们每个人加入提升都市文明的行列。从这个意义上说，杨帆的《锦绣的城》以优美的叙述呈现了当代都市人最普遍的困惑、出路以及他们孜孜不倦所付出的努力，因此，它也是一部呈现都市温暖和向上力量的作品。

(《九江日报·长江文学》2018年2月25日)

平凡人物及其人生价值的真诚书写
——评赵剑云的创作

尽管每个人都有不平凡的梦想,但客观上大多数人摆脱不了平凡的命运。尽管大多数人乐于倾听不平凡的故事,沉浸在对成功的想象中,但事实上大多数人一生的故事都没有他们所听见的那么精彩和灿烂。由此,平凡人和平凡人的命运就更值得关注和思考。但当下的小说在阐释普通百姓生活、艺术建构平凡人物和平凡生活价值上,显然做得很不够。以我们所见的生活,谈感动、温暖,谈荒谬、悖论,谈鼓舞、励志……总之,无论谈什么,都远比小说要更有质地、更接近平凡的人生和平凡的世界。但赵剑云的小说却别开生面,她更多的是关注平凡人物和平凡的生活,努力焕发平凡人物及其生活的价值,从而支撑更多的平凡人物继续平凡的生活。

一、对平凡人生温暖之爱的感受与讲述

绝大多数普通人对自己的人生、对自己的生活,都怀有一份梦想、一份憧憬,简单地说,就是美满圆满的生活,成功的人生。但大多数普通人的人生离这个理想有距离,他们一方面无比平凡,不断遭遇挫折,另一方面又深陷在对权力、财富、荣耀的向往之中。借助现代传播和媒体的平台,不少小说文本也充满这些细节,一个个关于财富和富裕的故事,一幕幕荣华富贵的生活场景,一件件奢华生活道具,无疑不断营造着普通人的人生乌托邦,并加剧他们对平凡生活价值的怀疑和否定。

但赵剑云的小说却别有旨趣。赵剑云的小说中塑造的人物,都是极其平凡的人物,是芸芸众生的具体的一个个代表。《北京夜色》中的桃桃与刘东子,分别是留在家乡陕西种田和离开陕西外出打工的农民;《排队》中的吴飞、苏小可是在城市打拼的工薪族;《好好说话》中的冬梅、建东是在城市打零工的农民;《雨天戴墨镜的女人》中的潇扬和"戴墨镜的女人"都是城市普通的市民;《太阳真幸

福》中的黄耀辉、玉茹也都是普通市民。

作品塑造的人物是普通平凡的人，这只是表面的，仅有这一点并不能成就作品独特的艺术品格，更重要的在于作品的追求。在赵剑云的作品中，我们能通过作品对普通人日常生活的叙述，鲜明地感受到作品的追求，即对平凡和日常生活价值的肯定。《排队》中的吴飞从小喜欢吃烧鸡，老婆苏小可怀孕后也变成了肉食动物，为了买到特价烧鸡，一对年轻夫妻决定加入排队的行列。这样一个平凡常见的生活细节如何写出价值，是作家面临的挑战。作品在对一个多小时排队的叙述中，通过吴飞与大妈关于生儿育女的对话、年轻情侣的嬉闹、吴飞与苏小可的恋爱回忆、6岁小男孩的哭闹等几个简单的情节，在燥热、喧闹的超市中营造出温馨、平静、快乐的氛围，让冗长、疲惫的排队成为一种美滋滋的享受。

《排队》是一篇短篇小说，但作家的构思是精巧的。排队买特价烧鸡，不是一种精致的生活，是普通人、是家境拮据群体的生活，是为了节俭而精打细算的生活。与收摊之后在菜市场捡菜叶的困难阶层相似，处于排队之中的吴飞也会有愧疚、自责、羞愧、酸楚等复杂的心理，比如吴飞因为天热、因为苏小可的脚浮肿，就假设过自己有钱多好，有钱就不会到商场乘凉，就不会排队去买特价烧鸡。在与大妈聊到孩子出生，伺候月子和婆媳关系以及孩子成长之类的话题时，吴飞在心里也承认自己有点恍惚，没有做好当爸爸的准备。沿着这个话题下去，吴飞甚至觉得心里有点沉重，有点复杂，他从大妈的脸上还看到了落寞、空洞、无奈。这是艺术呈现的真实的人生感受，如果没有这些复杂的心理，作品表现的生活就是虚伪的，但此种情感在排队的时候渗透出来，如何让读者相信平凡的生活有其自身的价值，则需要作家的艺术匠心。作品在排队的行列中，描写了一个日理万机、电话不断的小老板，描写小老板不给服务员让道，描写吴飞为自己也没让道而自责。作品也描写了一个担心带孩子上厕所而丢失买烧鸡机会的母亲。孩子憋尿大哭，她只有不断安慰孩子。一旦去厕所，回来就得重新排队，就不一定买得到烧鸡，因为烧鸡是限量的，而等待的队伍很长。但队伍中终于有人让她放心带孩子上厕所，回来后还是站原来的位置。这两个细节意味深长，小老板出现在贫民阶层的排队行列中买特价烧鸡，让吴飞这些真正的贫民阶层在心理上获得了一种平衡，即买特价烧鸡的并不一定就是收入拮据的人。大家都同意保留带孩子上厕所的母亲的位置，则显示出同一个阶层在心理上的认同、宽容、理解，并与不让道的傲慢的小老板形成鲜明对比。同时，作品反复讲述吴飞与苏小可之间的点滴之爱：两人共同喜欢听的歌在商场播放，吴飞对苏小可的耐心提醒，苏小可给吴飞擦汗，苏小可在花瓣中旋转的记忆，苏小可与吴飞互相阅读对方的目光，苏小可挽着吴飞的胳膊在队伍中移动，吴飞心疼地抚摸苏小可的肚子、拍苏小可的头、捏苏小可的鼻子，苏小可令人心动的可爱和美好……这一切慢慢融化了吴飞的心，也消解了"贫贱夫妻百事哀"的判断。当吴飞提着一斤多的小鸡，感觉一个多小时的排队值得，并肯定当晚吃的烧鸡最美味的时候，读者已经在内心深处与吴飞达成了一致，也与作家达成了一致，即平凡并不富裕的生活同样有着令人感动的价值和品质。

二、对平凡人生坚韧之爱的感受与讲述

平民百姓的人生不仅仅只有苦难、贫穷，以及致力于摆脱悲苦、实现幸福的努力，平民百姓的命运更值得关注的是在承担挫折、不幸、艰苦人生中表现出来的坚韧。正是坚韧，才使得广大的普通百姓生生不息，人间烟火旺盛不灭。但在财富神话、成功传说、消费享乐叙事的泛滥中，最朴实、最有力量的坚韧品质往往被忽略，即使被讲述，不但不能打动读者，反而显得矫情、做作，原因在于不少讲述者已丧失对坚韧的感受与讲述能力。

赵剑云分明有对坚韧的感受与表达能力。《好好说话》讲述的是一个普通得不能再普通的故事。冬梅与建东收养了一个聋哑孩子，夫妻俩不愿意放弃，他们相信孩子总有一天会说话，于是一边打工赚钱一边给孩子治病。冬梅与建东首先要承受的是巨大的经济压力。给孩子做手术，装耳蜗，尽管有扶持政策，仍需要几万元。他们所有的积蓄就是建东打工赚来的两万元，其中公公的胆结石手术花了五千元，夫妻二人在省城租房、为孩子治病花去几千元。作品花费不少笔墨描写夫妻二人为解决经济问题付出的努力：为了节省，他们选择在棚户区租房；冬梅四点起床帮包子店做包子，每个月赚六百元；建东帮人安装洗脸池、马桶，活儿多一天挣三四百元；冬梅帮花圈店做纸花一个一角钱，一个月挣两百多元……但具体的人生并不是数字，不是算账，而是有质感、有温度的元素，需要作家敏感地感受和真诚地表现。

《好好说话》很多细节证明了这一点。小说写冬梅早上做完包子回家："走到一个巷口，冬梅看到有两个空的饮料瓶，顺手拾起来，这些都是可以换钱的。冬梅不觉得拾这些难堪，她早已习惯了各种眼神。"读者会注意到，作家对冬梅拾饮料瓶的描写并非心血来潮，而是精心设计。在故事的展开中，作品两次强化了这一细节。一次是冬梅进门前，"把塑料瓶装进门口一个面袋子里，这个袋子马上就满了，改天得去废品收购站卖掉"。另一次是建东受伤后作品写到："冬梅趁空去周围几个小区转转，拾些饮料瓶、废报纸什么的。回来的时候，路过废品

站,顺手卖了,用钱买了点牛骨头,建东伤了筋骨,得补补。"这些自然、真实的描写不仅让我们看到,在环境的逼迫下普通百姓的穷则思变,更让我们相信,此种勤俭是一种习惯和品质。因为是习惯,就"不觉得拾这些难堪";因为是习惯,才会经常性地把饮料瓶拾回家,而习惯正是一种坚韧的品质,是普通百姓抗拒命运的基本支撑。

作品对冬梅帮花圈店做纸花的几处描写也有类似的艺术效果。作品第一次写到冬梅去花圈店结账,她看见有人往车上搬花圈,心里难受,并放慢了脚步。看似轻描淡写的一笔,写出了冬梅做纸花赚家用补贴的复杂心理。第二次写冬梅去花圈店结账,等老板布置新活,则更加细致深入:

"老板居然摆摆手,叹口气说:'最近附近没死人,生意不好,花圈都积压了几十个。等有了生意再给你打电话'。

冬梅站在那里愣了一下,不知说什么好,她心想,谁都不希望花圈店有生意,谁都希望自己的亲人好好活着。"

冬梅帮花圈店做纸花可以顶一个月的房租,因此希望不断有活做,但她内心深处又对兴旺的花圈生意拒绝、恐惧,因此每次到花圈店取活、结账,都要经历一次悲伤,即使在家里做纸花,心里也不好受。通过对冬梅经济的拮据,同时打几份零工,以及她所经历和承受的情感、心理的纠结、煎熬、挫伤等的细腻讲述,一个坚韧、善良的女性形象树立在读者面前。不仅如此,冬梅身上还保持着一种难得的乐观和勇气,她相信,只要有时间,只要不懒惰,永远有活干。即使不做纸花,也可以做别的。作为一个普通女性,她知道生活的真相,却依然相信生活。

《好好说话》讲述的坚韧之爱,还存在于作品中冬梅与建东的婚姻。在未能生育的八年之中,冬梅到处寻医问药,同时面对来自自己的母亲,以及公公婆婆拆散婚姻的压力。但冬梅与建东都没有动摇,而是互相信任、相依为命,冬梅甚至用再不需要吃药解嘲。在得知收养的女儿不会说话时,冬梅与建东也没有动摇,他们把女儿当宝贝,竭尽全力带着女儿到省城治疗。

对于普通百姓而言,不一定是对巨大的跌宕起伏的承受,不一定是对巨大经济指标的追求,也不一定是对巨额投资风险和压力的承担,他们要承受的可能就是日常生活的正常运转,就是重复过千百次的衣食住行、婚丧嫁娶、生老病死。但这看似平常的人生,由于环境、教育、机会、历史等种种因素的影响,变得充满艰难、坎坷、挫折、失败,因此需要每一个个体在日常生活和平凡命运中自强不息、坚韧不拔的品质。这也是植根于悠久历史的中华民族的品质之一。

三、对宽容理解之爱的感受与讲述

普通百姓的生活更具有日常性。日常生活的琐碎在于其单调、乏味、重复、平常，它似乎离价值、荣耀、神圣、诗意、艺术等概念很远。因此，日常生活也是最容易消磨生命个体激情和想象的生活。不仅如此，它也时常充满不可预知的意外和一念之间的戏剧性，比如一场车祸、一场争吵、一个误会，都会在日常平庸的生活轨道上扔下一块石头，从而扭转生活的轨迹。当然，这些不可知的扭转并非把日常生活变成了非日常生活，而恰恰是这些因素使得生活更符合日常生活的特征。

因此，每个具体的个体，都需要对日常生活有更深刻的理解，以使平凡的人生不至于被无限的琐碎淹没。小说当然也可以为普通百姓理解自己的琐碎人生提供一面镜子。赵剑云的创作对此有可贵的探索，《北京夜色》《雨天戴墨镜的女人》《太阳真幸福》都是作家对普通百姓宽容理解之爱的感受与讲述。

《北京夜色》中的桃桃听说在北京打工的丈夫刘东子喜欢上了别的女人，从陕西跑到北京找真相。她在刘东子的宿舍中遇到了刘东子在城里的女人，两个女人还说了话，真相很简单就得到了。但，读者关心的是，刘东子与桃桃如何解决这一生活中的"意外"。从打工的学校食堂开始，桃桃就在前面走，刘东子在后面追。两个人从食堂走到大街走到天桥，直到走不动，直到天黑，直到宿舍关门，最后两个人不得不在街上坐到天亮。一路上，刘东子做过很多努力，他惊喜，他笑，他想拉桃桃的手，他问桃桃是怎么来的，问儿子好不好、长高没有，他要桃桃先喝一口奶茶，他带桃桃上饭馆，他告诉桃桃涨了工资，他带桃桃去天安门……这一切，都未能触及问题的核心，显然，要化解桃桃心中的愤怒是困难的。

作品的成功在于对解决夫妻矛盾关键之处的发现与叙述。首先，化解桃桃心中的困惑需要刘东子自我坦白。尽管刘东子的忏悔是真诚、真实的，但桃桃并不接受，更不能宽容和理解。其次，还需要找到让桃桃接受刘东子自我坦白和道歉的理由。直到刘东子颤抖地说排了两天的队却买不到票，桃桃才放下了抗拒，她咬男人的肩膀，她恨男人，也恨拥挤的火车和遥远的返乡路途。这是宽容和理解的开始，并不是全部。因此，最后，需要将桃桃紧闭的胸怀打开，完全释怀。所以，在桃桃接受刘东子拥抱的一刻，这场危机才得以真正化解。他们讨论儿子的照片，讨论家里还欠多少债务。此刻宽容才抵达爱，理解才抵达对方的心坎。

不同的家庭有不同的困惑，《太阳真幸福》所写的家庭矛盾是婆媳之间的隔阂并导致夫妻冷战。黄耀辉的老婆玉茹，结婚前就与婆婆有隔阂，婆婆看不起她是农村姑娘，还是中专生。结婚后，玉茹与婆婆的矛盾越来越深。但黄耀辉与母亲之间的感情很深，尤其在父亲去世后，作为儿子的黄耀辉不愿意母亲受到丝毫委屈。母亲的风吹草动都会牵动黄耀辉的精力和心思，甚至对儿子丁丁生病和上学的接送都心不在焉，这些直接导致黄耀辉与玉茹之间八年的裂痕扩大为明显的沟壑。

叙述玉茹与婆婆之间的宽容和理解无疑是有难度的，在小说中，玉茹是个内向的女人，而婆婆是个高傲、好强的女性。没有对话，没有沟通，就很难说有宽容和理解。因此，作家把主要焦点放在黄耀辉的身上。黄耀辉在门前偷听母亲与父亲的对话，与小狗的对话；黄耀辉回忆小时候母亲因为找不到自己而伤心，因为找到自己而抱住自己大哭；黄耀辉在睡梦中常常哭喊妈。这些细节让沉默寡言的玉茹深刻地理解了，一个好强的老太太，即使老了、走不动了，也要装着没事，装着很幸福。但她确实老了，并且可怜，但她不会承认。这一领悟让玉茹双眼湿润。一个知识女性的倔强、好强，并非针对自己的儿子、儿媳，而是针对自己的人生、自己面对的世界。这才是婆婆真实的精神世界。

《太阳真幸福》通过对黄耀辉母子情感的理解，最终启迪玉茹得以真正认识一个知识老人的内心世界，并改正自己与婆婆的交往和沟通方式。作品因而实现了对一个家庭矛盾的宽容与理解之爱的感受、讲述。

《雨天戴墨镜的女人》是一个表面上与《北京夜色》《太阳真幸福》完全不同的作品。上班时潇扬是公司白领，下班后潇扬是滴滴快车司机；潇扬车上的顾客——戴墨镜的女人也是都市普通市民。他们的苦恼与来自农村的桃桃、刘东子的苦恼不一样。潇扬的苦恼是股票被套牢了，股市跌到三千点了，结婚及度蜜月的钱都泡汤了，还得当快车司机赚油钱；戴墨镜的女人是一个因为固执己见、一意孤行而失败的女人，她无数次的努力都失败了，希望成为泡影，她已经厌倦了生活，甚至想要自杀。还有一点不同的是，潇扬与戴墨镜的女人之间是陌生的，是司机与乘客的关系。在潇扬与戴墨镜的女人之间并不存在矛盾、冲突、误会，并不需要向对方解释，也不需要相互之间的沟通。

但在本质上，他们依然存在宽容、理解的责任与义务。戴墨镜的女人需要理解自己的失败、挫折，需要理解自己的生活，并与自我达成宽容。潇扬也需要表达自己对生活的理解，以便为戴墨镜的女人提供一个参考、借鉴。即使不提供自己的理解作为参考和借鉴，也需要参与戴墨镜的女人的理解行为，从而使得戴墨镜的女人乘坐滴滴快车不是一个人的行程，而是两个人共同完成的行程。

而且,《雨天戴墨镜的女人》所叙述的宽容、理解,主要是通过司机潇扬完成的,这一切都是在汽车行驶的途中完成的。潇扬对戴墨镜的女人到底是情感挫折、炒股失败,还是疾病折磨,进行了一系列猜测,并针对每一种猜测讲述自己的故事,比如讲述自己的恋爱,讲述自己的炒股,讲述母亲的去世以及自己的失败,其中还有自己朋友的失败。他希望自己的讲述能够唤起戴墨镜的女人的回应,增进她对自己生活的理解与接受。当然,最后我们看到了戴墨镜的女人的回应。她像个孩子一样天真地微笑,冲潇扬挥手,并表示要继续努力,绝不随波逐流。尽管我们不知道女人到底要努力做成什么,但我们可以相信,她对生活和自我的理解得以提升,正如她自己所说,无论是草,还是树,都不能避免风雨,人生永远都不知道会遭遇什么。这正是普通百姓日常生活的真谛。

《雨天戴墨镜的女人》叙述的对自我以及自我人生的宽容和理解,对我们是极有启发的。我们曾经关注得更多的是利益关系主体相互之间的矛盾与化解、隔阂与理解,而缺乏关注自我理解。宽容生活对自己的回报,理解自己的失败,并与生活达成和解,心平气和、无怨无悔,对每个普通百姓的人生具有不可忽视的治愈性价值。

赵剑云的创作无疑还有其他值得注意和分析的艺术特色,但她对普通百姓的平凡生活的叙事,在琐碎的日常生活中对人生的温暖、人生的坚韧、宽容理解的叙述,态度真诚、真实、平等,文字之间洋溢着对平凡人物的尊敬、热爱、鼓舞,充满着对平凡人物和日常生活价值的肯定、弘扬。人民是历史创造的主角,在历史的进步中,塑造平凡人物和书写普通百姓,慰藉广大而平凡的人生、激励平凡而不平庸的创造,应该成为当下小说创作的自觉追求。赵剑云以自己的小说创作实践着以人民为中心的创作导向,这是一个成熟的自觉写作者的标志。

(《兰州文理学院学报(社会科学版)》2018年第2期)

甘南草原诗篇
——读《达珍》《五只羊》《多吉的赛马》

牧业经济形态的草原就是种植农业范畴的耕地。草原的生活离不开牛、羊、马，如同平原的乡村离不开水稻、麦子、玉米，等等。新时期文学以来的大多数乡土题材创作中，我们已经习惯了耕种劳动如何与农民的生活和命运相关联，比如《种包谷的老人》中包谷的收成与老人梦想的关系，《麦客》中割麦子的人与父子对未来生活的打算，《生命是劳动与仁慈》中陈东风对传统劳动价值的坚守与时代变迁中劳动方式的变化，等等，但对于畜牧生活如何进入人的命运世界，牧区以外的读者还是相当陌生的。

几年前，《放生羊》产生的广泛影响，极大地扩宽了内地读者对藏地生活的想象，尤其增进了对羊、牛、马等动物与人的关系的了解。一个老人与一只羊不断地唠叨，就像对自己的妻子，其间充满了现实世界与非现实世界的沟通、对话、道歉、交代、安慰……让读者对温暖、善良、平静的人生态度有耳目一新的感受与体认。这并非说，汉族作家就没有在创作中切入动物世界与人的世界，在平原的稻田或者麦田中，我们常常听见农民骂牛不听话，骂牛懒惰，农民的口令与牛固执的动作往往大相径庭，农民与牛的耐心交谈弥漫在新翻起的土地之上。在新时代文学的散文创新探索中，李修文的《羞于说话之时》通过祁连山脚下一群羊羔的哀鸣和眼光，切入对生死紧要关头的审美发现，在寂静、纯粹的自然背景下，凸显生命的可能与不可能。

当然，我们终究要说的是三位甘南作家的短篇新作。

一、羊 与 人

扎西才让的《达珍》以诗意的语言，讲述了一个女子的不幸命运。达珍并非生来不幸，而是因为与"我"做了一次"过家家"的游戏，因此被认为"没有教养"，第一次订婚就失败。其后达珍退学，十八岁时嫁给了"我的同学"旺秀。后来，因为旺秀的移情别恋,达珍变得疯疯癫癫,并在"我"读大学时去世。

这是一个很平凡的故事,既无起伏,也不繁复,但却令人欲说不能,回味无穷。按照通常的理解,小说中的达珍和"我"并没有真正的恋爱经历。在整个小说中,"我"与达珍仅仅有过一次类似于恋爱的接触,即初中还未毕业时,十五岁的"我"想离家出走,到桑多镇以外的地方转转,正好十七岁的达珍骑着摩托车要去县城。这是"过家家"事件之后两个人第一次单独见面。十七岁的少女,胸脯高挺,眼睛黑亮,嘴唇红润,少年抱着少女的腰,骑着摩托车冲进县城。这是他们真正感觉对方美好的同行经历,而且两个人在桑多河边进行了一次意味深长的关于羊与人的谈话。除此之外,两个人没有其他的愉快的接触。其后,虽然"我"几次遇上达珍,但她显然已经思维混乱。

这样一个故事为什么会令人不忍释怀?就具体的个人阅读体验而言,我觉得有几个因素,其中之一是作品所抵达的"真"。十岁的时候,"我和达珍约定好",要做一回两口子。这是游戏,也并非游戏。说是游戏,是因为孩子过家家的事不必当真;说并非游戏,是因为在整个过程中,两个人逼真地扮演了两口子的角色,更重要的是,在两个孩子的内心深处,的确是把对方当成了自己的另一半。比如,当"我"听说达珍订婚的消息,出现一系列反常:憋得慌、恶心想吐、哇哇大哭,后来变成哈哈大笑。在十五岁与达珍唯一的一次外出中,"我"再次问达珍是否"还当我是你的男人"。听到达珍嫁人的消息后,"我"的心立即有了荒凉感。显然从十岁开始,一直到达珍出嫁前,"我"并没有把过家家当作儿戏,而是非常在意达珍在游戏以外,到底属于谁。对达珍同样如此,尽管她之前从未表白,对"我"的试探也躲避再三,嫌"我"太小,还需要长高,还需要看缘分,但在她发疯之后,依然能记得"我"是她的男人,依然记得"草房"和"过家家"。可见,从游戏里到游戏外,"我"与达珍的角色和关系都已经根深蒂固。"我们"没有把两个人的关系简单地视为天真的游戏,或者说游戏早已从种子萌芽、开花,演变为真实的现实。从游戏的天真,到现实的真诚,两个世界的交错与缠绵,构成小说《达珍》的重要艺术特质,也是小说让人难以释怀的因素之一。

另一个重要的因素是坦荡直率。旺秀与拉姆草的私情被发现之后,拉姆草的丈夫木匠不是通常生活中常见的一上来就你死我活地打架,而是从蛇皮口袋中先后拿出锤子、锯子、凿子、刨子、斧子、墨斗,每一样工具都带有一个威胁的后果——砸头、锯脑袋、凿眼睛、刨脸皮……但旺秀没有躲避,也不说话,木匠哭了半天,又将工具收拾好走了。这一最令人揪心的冲突就这样结束了。这样的处理矛盾方式并不多见,也许只有在藏族作家的作品中可以见到。显然,不是木匠不会打架,更不是旺秀不敢面对打架,而是打与不打二人都知道如何面对、如何处理。果然，木匠没有用带来的工具报复，旺秀和拉姆草也断了来往，旺秀虽然没有得到惩罚，但是也自然知道如何继续自己的人生，况且达珍的去世也未尝不可以理解为一种惩罚。令人感动的坦诚之处还有旺秀对"我"讲述是如何娶到达珍的。"我"一直认为达珍并不喜欢"我"，否则不会嫁给旺秀，但在达珍病重期间，旺秀打电话请"我"回去看看达珍，承认达珍一直喜欢的是"我"，当年他因为家穷，先设法把生米煮成熟饭，然后娶了达珍。同时，旺秀也坦白了当年找拉姆草正是因为达珍口口声声说喜欢"我"。这种坦诚需要无比的勇气，没有为自己辩护，没有推卸和责怪。达珍去世后，旺秀再次打电话请"我"帮忙埋葬，他再次说达珍把"我"当她男人看。旺秀的表达没有虚情假意，也不是讲礼貌，更不含仇恨、嫉妒、反感，而是一种彻底放下的平静、坦荡、甚至忏悔。小说《达珍》讲述的无疑是一个悲剧，年轻漂亮的达珍没能嫁给自己喜欢的男人，而与旺秀成为夫妻，最终因为精神失常而去世。三个人都不是情感的胜利者，但都是坦荡面对命运的勇士，达珍从不否认爱的是"我"，旺秀也不否认自己曾经用不光彩的手段得到了达珍，"我"一直想娶达珍并因未能实现而怪罪达珍与旺秀。至少在作品的最后，我们看到了三个人的磊落和坦诚。这是这样一个很普通的爱情故事的诱人之处。它促使我们反复思考，达珍的爱情和命运为什么会感人。

  《达珍》当然没有直接写到牧羊生活，但小说在诗意的叙述中，不经意地讨论了"羊与人"的关系。在桑多河边，达珍觉得自己有时是部落首领，有时是乞丐，而"我"觉得桑多镇、学校都是羊圈，但如果羊圈的主人是达珍，"我"愿意是羊。在小说的最后，"我"再次表达了对桑多镇几百年一成不变的生活的厌倦。因此我们有理由认为，作家试图以达珍的不幸、"我"与达珍爱情的失败，表达对古老的传统思维、固有习俗、生活方式等的批判与不满。在小说中，"我"的内心一直充满对变化、变革、发展的渴望，"我"在初中未毕业时就已经萌生了离家出走的想法，读高中时"我"不断思考"我"是谁、从哪里来、到哪里去的问题，而达珍更是一个积极拥抱外部世界、向往自由的、热情奔放的姑娘，在"我"询问达珍能否带"我"走的时候，十七岁的达珍就说出了"想走就走，别婆婆妈妈的"这样豪情万丈的话。但在现实面前，无论是达珍还是"我"，都成为了羊。

  命运永远是牧羊人，是羊圈的主人。这是最令人沮丧的，也是《达珍》这个作品令人伤感的源泉所在。正是因为命运弄人，一个美丽而年轻的生命消失了，她曾经那样健康、向上、坚定、坦荡。这样一个故事，无疑是诗意的甘南草原令人忧伤的一章。

二、也 是 羊

　　王小忠的短篇小说《五只羊》直接以"羊"为线索，讲述人的情感和命运，看起来是一个典型的草原生活、牧区生活题材。"五只羊"是哪五只？刀智次旦为了买拖拉机，卖掉了最大最肥的五只羊。张三坤请刀智次旦拉羊到小镇去卖，一次拉五只。拖拉机陷进泥坑，把张三坤甩了出去，人没抢救过来，刀智次旦用五只羊赔了丧葬费。可事情并没有结束，张三坤家还要人命的赔偿费，刀智次旦被警察抓走判刑，又卖掉多半牛羊。刀智次旦再次回到班玛草原，最好的朋友道吉草赶着五只羊来到了牧场。而阿妈要去寺院请阿克金巴念经，又要卖掉五只羊。因此，"五只羊"不是确切的五只羊，是不断变化的羊的数量单位。以"五"为单位，可能刚好五只羊的价钱在班玛草原是办一件事通常的价码。假如一辆三轮拖拉机一万元，每只羊大约是两千元，那么，刀智次旦赔偿的丧葬费是一万元，阿妈去寺院请人念经也是花了一万元，道吉草送来的羊也价值一万元，当然，刀智次旦对于人命的赔偿费就无法计算了。

　　因为来来往往的五只羊，刀智次旦的故事得以展开，每一次羊出现后，人物形象及其命运必然向纵深发展。第一次出现五只羊的背景，是草原上的人都搬走定居，人越来越少，刀智次旦喜欢的道吉草也要搬走，他的媳妇梦泡汤，他渴望改变自己的生活，并找一个媳妇。果然在卖掉五只羊买了拖拉机之后，刀智次旦的生活很快得到了改善。刀智次旦从草原的寂寞、安静、冷清中解脱出来，对未来增添了信心。第二次出现五只羊，是在叙述张三坤贩羊遇到无数困难时，路途遥远，时间漫长，卖不出好价，羊市嫌樊湾村太远，羊太少，划不来，也不愿意上门。但张三坤做梦都在羊市上走动，看得见的钱却赚不到手。这是贫穷的无比尴尬的深层次原因，也是逼迫张三坤鼓足勇气上门，找刀智次旦用拖拉机运羊的原因。张三坤反复安慰自己做最后一次，但就在这一次张三坤丢了性命。刀智次旦赔偿的五只羊不仅仅是丧葬费，也是一个牧民追求富裕、摆脱窘境的梦想破灭的象征。第三次、第四次出现五只羊是刀智次旦回到草原之后，通过阿妈请人念经需要卖掉五只羊、道吉草赶来五只羊，叙述车祸之后，阿妈以及阿克金巴等人在化解矛盾，赢得张三坤家人谅解以及维持阿妈生活方面付出的努力，呈现出在这一事件中草原人的善良、坚韧、羞愧。道吉草赶来五只羊以及后来骑着马返回草原，不仅仅是对困难中的刀智次旦物质上的支持，也意味着刀智次旦新的一页的开始，是刀智次旦重新面对草原生活的强大力量支撑。

无论如何，在《五只羊》中，作家并没有去描写真正的放羊生活，羊只是在赶来赶去、卖来卖去，在人物的生活中成为不可缺少的元素，在人物的命运中成为至关重要的内核。刀智次旦、张三坤、道吉草、阿妈、阿克金巴，这些或主要或次要的人物，围绕着羊的运动而运动。因为少了五只羊，有了拖拉机，刀智次旦既自信也伤感；因为多了五只羊，刀智次旦和阿妈充满感激；因为卖出去五只羊，张三坤欢乐、踏实……但也因为五只羊，张三坤丧失生命并因此导致刀智次旦的人生发生重大变故。

羊在小说里，既是真实的羊，也是一个建立起虚构的班玛草原世界的符号。作品最终展现的是班玛草原上，几个牧民为改变生活面貌付出的努力，为实现梦想承受的代价，以及在应对突发变故中呈现出来的高贵品质。这同样是一部诗篇，一部班玛草原向往美好的诗篇。

三、现在是马

与《达珍》《五只羊》不同，完玛央金的《多吉的赛马》写的是赛马和马的主人。更不同的是，《达珍》所触及的"羊"，是意念上的"羊"，是反思人的生活状态时找出来的一个草原意象；《五只羊》中的羊是现实的"羊"，是推动小说故事情节发展、凝聚虚构世界的核心元素；而《多吉的赛马》中的马则与人平等，是故事的聚焦点，是与人物的生活相交织的马。

在纯粹的意义上，小说叙述了丰富的养马知识，如关于母马和配种；又如，一般牧民的马吃草料、豆子、玉米、红萝卜，配种站的马吃鸡蛋，喝糖浆，毛油光水亮，体重可以达到五百多斤；以及诸如给马加料、打扫马圈等与喂马有关的劳作。这些细节营造出浓厚的草原生活氛围，也自然地成为烘托热爱放马生活的多吉的背景。一个纯真的把马看得无比重要，把获得赛马名次看得无比重要的小伙子，他给自己的马取名"扎西"，寄托吉祥；他不让扎西给长得很差的母马配种；他担心扎西的饮食和健康；他希望自己的小母马能配种成功，生一匹和扎西一样的赛马……这些围绕马而生发出的枝枝蔓蔓，让多吉的形象生动鲜明地树立在草原上，也树立在读者的面前。

《多吉的赛马》也是一个轻盈如行歌般的作品，小说中没有复杂的人物矛盾冲突，甚至就没有冲突，整个作品包括多吉在内，出现过四个人物，除多吉之外，就是阿妈、云次力以及收奶员。多吉与云次力之间并没有实质的冲突，无非是多吉不喜欢云次力，因为云次力到处传播多吉收钱就会让赛马配种。这充其量属于一个伙伴不遵守承诺,给另一个伙伴带来了麻烦,是一种不快,不是纷争、不是争斗、不是仇恨。多吉与阿妈之间同样如此,多吉除了责怪自己的阿妈糊涂,没有其他的意见。在多吉看来,阿妈的糊涂在于,一是让自己找不到亲生阿爸,二是不让自己用扎西配种赚钱。在其他问题上,多吉不仅对阿妈没有任何意见,反而十分尊重甚至依赖阿妈的意见。比如,多吉害怕出门遇见过去因为配种收过钱的人,阿妈则告诉他过去小,不懂事,不知道羞。又如,多吉担忧扎西生病,小母马还没有长大,阿妈则安慰他说扎西老了,是老天爷让扎西休息,小母马长大了再说,不要急。这些建议和安慰,多吉都愉快地接受了。这些只能算作草原世界上一对母子平常得不能再平常的交流,当然不是分歧、不是争论、不是矛盾。而且,自始至终,阿妈没有一句对来自河南的收奶员的意见。作为多吉的父亲,收奶员在收完牛奶离开草原之后就再没有出现过。尽管多吉多次询问阿妈关于自己的父亲的事,但阿妈没有回答,而是数念珠。多吉自己也没有表现出对不负责任的收奶员的怨言和怨恨。

  既然如此,《多吉的赛马》的魅力在哪里?是来自赛马扎西,还是多吉?仁者见仁,我想答案是多种的。但有几个特点也许是多数读者会承认的。首先是作品中以阿妈为代表的人物身上体现出来的宽宏大量。阿妈对河南收奶员就是如此,对收奶员窗前的叫声,阿妈心知肚明,所以她慈善地说进来吧,并用手指着男人的头说离开阿妈阿爸的娃娃没人管没人疼,孽障得很,随后还念了唵嘛呢叭咪吽。作品对阿妈与收奶员的描写虽然简短,却有着耐人寻味的复杂和韵味。阿妈主动让收奶员进屋,饱含着一种宽厚的慈悲;阿妈接受收奶员上炕,是一种母性自发的疼爱;最后才是阿妈与收奶员之间的男女之情。显然,她不是因为糊涂而怀上了多吉,也不是因为冲动而有了多吉。她对将要发生的事及其后果十分清醒,但她没有犹豫与斗争,而是以一种无边的大爱包容了这个夜晚及其以后的生活。在扎西获得赛马冠军之后,配种的人络绎不绝,阿妈劝告多吉不要收乡亲们的钱,并警告这样下去,会把扎西累垮。但多吉并不接受阿妈的建议,阿妈低头数她的念珠去了。在多吉问自己的父亲时,阿妈同样是低头数她的念珠。她不回答,不坚持,不反驳,用数念珠代替对一切的回答。她当然可以构造无数的道理,也可以叙述自己的心路,更可以挖掘各种借口,但她没有这样做。不是心虚,不是气短,而是她有自己相信的世界,她沉浸其中并充满力量。因此,对阿妈这样一个普通的草原女性,说宽宏大量并不够准确,宽宏大量暗含着对世事曾经有过抱怨,暗含着世事有确凿的错误和缺陷,她的身上真正体现出了无上之爱。

  另外一个特点是小说呈现的新时代的变化与草原生活的相互关系。云次力介绍配种站的马吃鸡蛋、喝糖浆，而且是通过互联网从外国买回来的。这一介绍虽然轻描淡写，类似于少年的吹牛聊天，但把互联网购物和先进的养马信息带到了草原。同时，小说肯定地写出了牧民对现代世界的态度。多吉和阿妈确信云次力不是撒谎，多吉决定去县城看看，也让自己的小母马到配种站配种。从依赖一匹好马配种的传统方式进入到接受配种站的现代繁育方式，一种草原生产方式悄悄发生了变化。但这一切都是在不经意之间完成的，比如阿妈的一句话"你去县上看看吧，看看啥就知道了"，这种举重若轻非得仔细品味，不然难以察觉。

如此说来，《多吉的赛马》显然是通过一个关于马匹配种方式转变的故事，塑造了一个热爱草原和马的纯真的少年形象，通过多吉与阿妈的养马生活，传达出草原阔大的仁慈和爱，也在草原生活描写中融进了时代最前沿的变化。清澈、慈祥、单纯，又富于变化，这无疑也是一部草原诗篇。

《达珍》讲述的爱情叙事，所表达的是对草原上羊与人角色的思考，对新的草原生活方式的期盼，在忧伤中，夹杂着沉郁的呼唤，是忧伤之歌；《五只羊》叙述草原牧民对幸福和富裕的渴望，他们为之受伤的理想必然又在爱情的鼓舞下重新展翅，是美好之歌；《多吉的赛马》平静地讲述人对马的热爱，人对人的厚爱，人对时代的拥抱，是大爱之歌。三部作品，都来自甘南草原，充满浓郁的草原风貌，但题材侧重各异；既有相似的诗意般的叙述风格，也有或伤感或深沉或平静的不同艺术气质；而且三位作家都显示出纯熟的以平凡生活和日常细节托举重大关切的艺术水平。正因为如此，三部短篇小说得以如同诗歌一般，描绘出美丽仁慈的甘南。

(《芳草》2019 年第 2 期)

精神的飞天与生命的飞天
——评鲁娃的小说《爱的最后舞蹈》

多年来,在我的视野中,是不太重视海外汉语言文学创作的,我印象中最深刻的比较好的华人创作便是20世纪80年代初成名的旅美作家李黎的《西江月》。《西江月》于1980年由中国青年出版社出版、茅盾题写书名、丁玲作序。在我看来李黎是较好继承了中国文学传统的,她对中国文化的了解和对汉语言的熟练使用是许多海外汉语写作者不可相比的。很多海外华人的创作给我的印象是不仅对中国文化没有多少了解,对汉语的美丽没有什么表现,对汉语言的使用更是缺乏基本的语言修养。

但是,或许我现在要改变自己的偏见了。旅法作家鲁娃把她最新的作品从欧洲发送到了武汉,这样我们便有机会通过《芳草》来欣赏这部作品,并由此感受到海外华人创作的最新成就。鲁娃的小说原作叫《死亡之旅》,作者叙述的是两个年轻恋人如何面对即将到来的死亡的故事。在仔细阅读和商量后,我们把作品改成了现在的名字——《爱的最后舞蹈》。

乔丽和林林是十岁左右一起从中国温州附近一个叫"七都"的地方偷渡到法国的,由此两人成了患难姐妹。林林与乔丽一起在法国读书长大,一起在巴黎街头脱胎换骨。但此后由于林林的父母把中国餐馆开到了马赛,林林也到另一所大学上学去了,姐妹俩的闺房密语才渐渐少了下来。而一个男人却将姐妹俩重新联系起来。法国贵族的后代加缪在乔丽父母开的中国餐馆吃饭时,被在餐馆帮忙的漂亮的乔丽所吸引,很快乔丽就知道加缪是林林的男友,但加缪果断放弃了林林并深深爱上了乔丽。面对加缪以割腕自杀相威胁,乔丽明白他们之间的纠缠已经不可能分开。乔丽硕士毕业后,以精通三门语言加上漂亮的外表和过硬的文凭被一家国际知名酒店录用。加缪也硕士毕业正准备攻读博士。命运似乎对两个不同文化不同背景的年轻人的未来敞开了明亮的大门。此时,乔丽被查出患上脑瘤。由此,原来两个正在憧憬未来的年轻人的中心工作转变为如何面对死亡。

由于医疗体制的不同,法国患者及其家属与我们所面对的情况不同。乔丽与加缪所要面对的不是巨额医疗费用的问题。在法国,像乔丽这样的重大疾病的治疗全部是免费治疗,所以,他们不会因为无法负担治疗费用被医院拒绝或患者被迫放弃治疗,也不会出现我们常说的一人得病、全家贫困的局面。他们面对的是他们二人如何超越他们自己的问题。事实上,无论是欧美医疗体制下的病人还是我国目前医疗体制下的病人,在处于无法医治的前提下时,免费治疗与自己负担治疗对于患者最终的结果而言区别并不大,也就是说在这种情况下,治疗并无实质的意义。因此,他们面临的是如何超越自己这样一个心理和精神的问题,换句话说是一种临终关怀的问题。

尽管加缪因为爱上中国姑娘与父母闹翻,最终被父母断绝了经济来源,乔丽因病也没有上班,即使不需要自己负担医疗费用,二人的日常生活开支也是一个无法回避的问题,但在乔丽父母的援助和好友林林的经济支持下,生活问题并不是一个沉重的负担。那么,他们二人的困难在哪里呢?在于他们都缺乏足够的精神资源来面对这样一种谁也不愿意接受的局面。

由于化疗,乔丽原来瀑布一样的头发变成了枯草,后来干脆剃成了光头,乔丽因为选择不到合适的假发而伤心。加缪开始觉得就是头发全掉了也没有关系,但是很快,加缪就觉得失去了头发的乔丽已经不是他爱的乔丽。随着时间的推移,他无法再有激情抱着乔丽,他对那个光秃秃的女人开始厌恶甚至仇恨。但对时日不多的乔丽来说,她主动放弃治疗要的就是最后的爱。在病魔吞噬她的肌体的同时,她对她所爱的男人更加渴望和不舍,而加缪每次到了激情就要喷发的瞬间却突然受惊一般败下阵来。最后的结果是二人抱头痛哭。而在乔丽病重期间重新闯入他们生活之中的林林为二人既带来宝贵的支持、温暖,同时也带来不可避免的猜疑、嫉妒和矛盾。加缪与林林都不愿意也不可能单独面对、承担乔丽的悲剧性命运,在共同照顾乔丽的过程中,这对昔日的恋人以疯狂的做爱互相支撑对方。加缪不明白,他与林林之间的事情,乔丽是知道的,而且他更不明白的是,乔丽需要的是他的爱。

最终,加缪的老祖父,这个亲手杀死了加缪的祖母的老伯爵告诉了加缪一个道理,即:死是任何一个个体无法选择的,是上帝的选择。要做到生死无怨、要宽恕死亡而不是仇恨死亡,唯一的途径是给即将或不可避免正走向死亡的人予爱,因为他们的幸福是爱、是欲望。因此,给将死的人爱,让他们不是带着爱的遗憾而走,是在世者所能做的最好的事情。老伯爵正是出于这样的考虑给他心爱的被病魔纠缠的女人注射了镇静剂。

加缪被祖父超越生死的爱感动,林林似乎也独自悟透了加缪从祖父那里得来的人生经验,于是一场爱的欢宴在林林的设计下展开。林林把乔丽从医院接出来过生日,林林布置好美酒和佳肴,与乔丽先后洗浴、精心打扮,当加缪在惊醒后忙着给两个女孩拍照的同时，走向他的却是两个赤裸裸的胴体。三个青年人如游动的鱼一样滚烫地纠缠在一起。加缪被一股巨大的力量所裹挟，如英雄一般所向披靡，乔丽也用生命的燃烧放射出最后的激情。银蛇狂舞之后，白花花的三个人身软如泥但面若桃花，乔丽泪花闪烁。一周后，乔丽在阿尔卑斯山下一座小木屋里安静地死在加缪的臂弯里，脸上宁静淡然，没有一丝痛苦的痕迹，而外面是一片银白的世界，小屋里烛光摇曳、壁炉温暖。

这么多年，至少最近几年，我在我们当下的文学创作中，没有读到这么好的中篇小说。生与死是任何人无法回避的问题，更是已经疾病缠身的人们不可能不思考的问题。在我看来，传统的汉文化是很少有关于超越死亡的智慧的。我曾经写过一篇关于土家族跳丧的散文，对土家人在葬礼上进行狂热的舞蹈和爱情的游戏表示敬佩与惊奇，也曾读过一个伦敦的喇嘛写的被称为"藏人的《圣经》"的《西藏死亡书》，但那些智慧都不是汉民族的智慧。庄子虽然可以面对妻子的死而击鼓歌唱，但毕竟是针对他人，是关于如何面对他人死亡的一种态度。

这样说并不是否认汉民族文化没有生死观的积淀和思想，相反，汉民族文化的生死观是博大精深的。尽管儒家伦理一般被认为是一种讲究实用和功利的伦理，但儒家的有些思想确实非常理想化，从孔子说"生死有命，富贵在天"和"朝闻道，夕死可矣"开始，基本上就奠定了儒家文化生死观的格调。这就是在承认"生死命定"的必然性前提下，主张积极努力实现儒家的价值理想"道"。孟子在承认没有什么比死更令人厌恶的同时，强调舍生取义对于生命价值的升华。从一个层面上说，这些对于死亡的看法不无意义和价值，但是，这些思想对一个具体的面对死亡的主体的心理感受和心理需要是忽视的。一个具体的生命个体要追问，除了道，除了仁、义、礼的价值，个体生命还有没有价值？一个具体生动的生命、一个濒临死亡边缘的生命，是不是只要懂得了事物的当然之理，是不是只要没有背弃仁、义、礼，就能够平静、坦然、从容地面对即将到来的死亡？也就是说，生命主体心理的超越是否能够以一种形而上的观念作为基础。

因此，我们要说的不仅仅是一个观念世界的如何看待生死的问题，而是主体如何面对自己的不可颠覆的命运结局——恶性肿瘤、不可治愈的其他疾病、即将走向的死亡。对死的厌恶与恐惧是每个生命与生俱来的。厌恶与恐惧的根源是对在世的留恋，也就是对幸福与欲望的留恋。因此，在现实中，一个具体的主体能否无怨无悔面临自己的死亡更多的可能取决于其心理的充实和丰富程度。要生命个体自己做到没有任何留恋地离开世界，是非常困难的，因为幸福与欲望不仅仅涉及一个单独的生命个体。小说中的乔丽即使付出再多的努力也很难做到没有留恋，因为她的幸福和欲望需要加缪的付出。正因为如此，加缪所要付出的不仅是呵护和照顾，不仅是体力上的搀扶和日常生活上的准备，更多的是要关照乔丽内心深处的需要。只有内心深处的需要得到满足时，乔丽这个生命的个体才不会因为即将到来的命运而恐慌，才会宁静从容，而其他所有的需要对她而言其实已经不重要。对于加缪来说，只有做到了这一点，自己才会宽恕死亡这种"恶"，才能从无可奈何的巨大痛苦中摆脱出来。

很感谢鲁娃为我们叙述了这样一个并不复杂却感人至深的故事，我想对许多中国读者来说，这是一份非常好的礼物。对我们的人生而言，这也许是一种不可重复但却极其宝贵的经验。精神的飞天与生命的飞天原来是这样不可分离地统一在一起。(《爱的最后舞蹈》见《芳草》2007年第1期)

(《文汇读书周报》2007年1月12日)

一个听得见生活心跳的文本
——读熊湘鄂的《蓝色四叶草》

据我观察，大多数小说作者所触及的题材与现实，或多或少都有一段距离，至少缺少真正的当下性。这些作者的创作表现出强烈的对记忆的依赖，对过去生活经验的依赖，甚至对儿时、童年、少年时代的依赖。他们对自己所身处的生活避而远之，我理解为：一是无法摆脱根深蒂固的经验和文化，每个人注定都很难超越自我成长和塑造自我的经验和文化；二是受限于感受生活和世界的方式，无疑，多数人仍然是根据生活固有的模式和节奏感知生活。但也许《蓝色四叶草》做出了某些努力，比如，作者在人们无数次谈论或无数次目睹或无数次经验过的城市日常世界中，看到了城市青年生存和生活的不易察觉之处，触摸到当下生活的心跳。

大学毕业后不断找工作，应聘、试用、离职、再应聘、再试用，这是当下很多青年人的遭遇。《蓝色四叶草》中的钱闪闪是他们其中的一个。钱闪闪有过在银行实习的经历，但却没有把握住机会，于是成为了红酒推销员。钱闪闪与一群推销员集中在写字间，每个人拿着手机，不断添加陌生朋友，然后把他们分成不同级别：可能买红酒的，完全不可能买红酒的，有可能发展为红酒消费客户的，有的只需临门一脚的，有的还需要维持的，有的可能等待一段时间会"苏醒"的。公司会配合推销员编造各种需要的理由以及资料，培训推销员的沟通和销售技巧。这种建立在互联网和新型社交手段上的商业模式，当然是当下生活的一个缩影。类似的商业模式覆盖了很多领域，如保险产品、保健品、化妆品，甚至服装等。这种避开实体店面和中间渠道，利用互联网，针对不特定人群，不见面的销售方式，已经成为常见的销售方式，也是常见的消费方式。

这种看得见、广为人知的生活，并不好描写，原因在于，这些人物的活动和生活空间主要在互联网上、在手机上，在对话和聊天之中。人物生活的时间过程也主要集中在手机的使用过程中。另一个独特的困难在于，这一类依赖聊天、不见面的职业生活，有时得隐藏主体的真实资料——姓名、家族、婚姻、情感、交往以及过往历史，在隐藏的同时，可能还必须编造性别、身份、感受等，以便吸引对方，延续聊天和交往过程，乃至最终达成销售。如果不这样，聊天的终止也就是销售的失败和终止。

但《蓝色四叶草》成功地把网络上的虚拟生活与网络下的现实生活，把钱闪闪作为男人的生活与假扮的女人"沫子"的生活，融合在一起，这种线上线下、真男性和假女性的交叉与区别，既明显又不露痕迹，体现出作者驾驭此种新兴职业生活题材的能力。

作者显然是熟悉这样一种新生活的，因而在作品中恰到好处地通过一系列细节呈现了一个行业的面貌。经理对销售员进行培训，通过一个个成功案例的宣讲和鼓动，让每一个销售员都相信自己可以拿下订单，经理的自信来源于简单的推理，既然"国民资产解冻""重金求子"都有人相信，那货真价实的红葡萄酒，世界一线品牌玛歌酒庄生产的红酒，自然卖得出去。于是，每个人都可以大胆一试，只要能言善骗，会忽悠。这种销售方式无疑留下了被鄙视、被批评的巨大空间，因为它在道德上缺陷太多。钱闪闪所在公司编辑的"聊天指南"，公司所主导的扮演与自己真实身份不一致的假角色，离谱的价格，或多或少带有欺骗、夸大其词、掩盖真相的特征，尽管红酒不一定是假酒。公司经理唆使销售人员从熟人下手，也令人怀疑销售员的诚信度。但寻求就业的大学毕业生、海外野鸡大学回来的富二代、留守农村的裁缝……都纷纷加入这个行业，充分说明了它存在的部分合理性，比如无需复杂的红酒知识，销售方式操作简单，无学历或年龄限制，进出自由等，一系列的低门槛为无数怀抱期望的追梦人，提供了临时的可能。他们把熟悉的人拉入朋友圈，用另一个姓名与熟人聊天，推销红酒；把大量的陌生人加入朋友圈，并以诱惑性的伪装，从日常生活开始设置陷阱，一步一步把红酒引入聊天话题。一群人以高超的聊天技巧维持与另一群人的交往，以同样高超的心理艺术不断应付对方的试探和猜忌，解决尴尬和聊天的危机。开单成功之后的庆祝，长期不能开单的压力和焦虑，以及网络之外短暂的交流和对对方工作的建议、帮助，使得这一切看起来，就是一幅互联网时代的充满勃勃生气的商业生活画面。

作者显然也熟知如何在这样一种带有争议或新奇的题材中，发现令人意外的惊险或闪光之处。比如钱闪闪与鞋匠之间的关系，在钱闪闪推销红酒的经历中，唯一的订单来自这个收入不高的鞋匠，鞋匠之所以支持钱闪闪，部分原因是因为鞋匠的儿子也在外打工，并且五年没有回家，他能感受钱闪闪的不容易。当鞋匠知道钱闪闪如果三个月不开单，就得离开公司另谋职业时，他主动提出买钱闪闪的红酒，但钱闪闪拒绝了，他深知鞋匠微薄的收入来之不易。钱闪闪在拒绝多次未果的情况下，以必须用支付宝为理由，试图难住鞋匠，但本来不懂得支付宝的鞋匠，竟然注册并学会使用支付宝。小说通过鞋匠的锲而不舍、钱闪闪的坚决拒绝，写出了深处谎言、欺骗两端的鞋匠、钱闪闪都有可贵的良知、善良。

小说中另一组人物关系也令人印象深刻。在物业公司打工的邓早九与钱闪闪本来是朋友，钱闪闪同情邓早九的遭遇，父亲患上肺癌，兄弟姐妹都不愿意花钱治疗，但在网络上，邓早九被钱闪闪伪装的"沫子"诱惑得六神无主，他既想花钱给"沫子"一个大单子，讨得"沫子"的高兴，又为父亲的治疗着急，舍不得花钱。在现实生活中，钱闪闪与平常一样，与邓早九喝酒，询问邓早九父亲的情况，并建议邓早九与其花钱为父亲治病还不如给父亲买点好吃好喝的，并且这种聊天和谈话始终不能暴露自己就是"沫子"姑娘。尽管钱闪闪无比渴望邓早九花几万元买红酒，但他知道邓早九需要钱给父亲治病，他理解邓早九的孝心，所以在微信上又以"沫子"的身份赞同邓早九的想法。在自己的销售业绩与良知面前，他清醒且鲜明。

当然，小说对钱闪闪与内蒙古大哥和甘肃小老板之间聊天交往的精彩描写也是作品的成功之处。内蒙古大哥不断以各种方式试探"沫子"是女是男，从希望视频聊天到希望到酒庄来看望，"沫子"以各种不方便拒绝，如孩子在场、闺蜜在场、要出国出差；甘肃老板以学佛为由拒绝谈红酒到最后因为生意希望买酒送人，整个过程一波三折。小说把客户的猜忌、怀疑，与"沫子"为打消对方猜忌、怀疑所做的努力，写得生趣盎然，令人读来手不释卷。

如果《蓝色四叶草》仅仅揭示了在一种欺骗生活中发现了善良，不足以令我们深感兴趣。我之所以对这个作品有超乎寻常的兴味，还在于作品对人格矛盾描写试图做出的探索。人格的自我同一性是一个人健康完善的标志，也是一个人得以成为人的精神层面上的基础。它要求一个人不仅仅是形体上的人，还能在自我意识层面，将过去、现在、将来整合起来，并形成持续性、完整性、统合感。否则一个人尽管外观上是一个完整的人，而其心灵或意识必将处于分裂之中，从而并不能履行一个人的主体责任。

钱闪闪在与邓早九吃饭、与边豫喝酒时，是一个现实的人，但当他以"沫子"的身份与内蒙古大哥、甘肃老板聊天时，他是生活在虚拟社会的一个女人。他必须撒娇、撒谎，必须以女人的心理和态度去生活。尽管有的人出于个人的天赋可以扮演好男女两种角色，但不是所有人都具备这一能力并做到天衣无缝。这样注定不能把自我的时间、空间统一起来，甚至会因为疏忽或本能露出马脚。他在微信上以女人的名义撒娇时就被自己的女友麦子察觉，而他的女友也在微信中不慎露出马脚，暴露出自己有个女儿。

《蓝色四叶草》中的钱闪闪虽然没有在自我意识的分裂中造成极端悲剧或结

局，但我们无疑得承认钱闪闪在两种角色之间的艰难和不易。当对方要看他的胸或身材，当对方不断用暧昧或诱惑性语言勾引时，作为一个男人的他无疑是尴尬的；当他以女人的身份勾引自己的朋友邓早九时，他的内心也是难为情甚至是厌恶的；当一个个男人试图要跟"他"这个丰满性感的少妇见面时，不断编造理由和借口的他是痛苦的。但钱闪闪始终不能以真实的面目，以同一的自我面对这一切，他也不能解释甚至暴露，他必须始终维持这样两面的人格，否则推销就不能继续下去，他的职业生涯也将就此终结。正是这种维持的艰难，凸显出了生活和生存的艰难。

由此也可以说，《蓝色四叶草》从一个特别的角度，切入了网络社会的一种生活世相，并从人格或心理的角度，触摸到了当下生活的心跳，这是一种艺术勇气的证明，也是一种艺术实践能力的证明。

(《芳草》2019年第5期)

城市化进程中的"乡长"
——读江长深的中篇小说新作《水乡长》

乡镇虽然地域不大，乡长也不是大干部，但在中国农村的日常生活、政治生活、社会发展中占有重要的位置。乡长往往是老百姓具体可见可感的官员，所以老百姓关心乡长的一举一动；乡政府是中国行政管理结构中较基层的一级政府，各种政策的落实、各种发展的规划等最终需要乡镇一级政府来组织和动员广大农民。

对以乡长为代表的农村基层干部，当代小说创作中已经积累了数量丰富的叙事实践，当然也沉淀下了一些经典的文本。刘醒龙的《分享艰难》可以说是当代以农村基层干部为对象的经典文本之一。在《分享艰难》中，孔太平是二十世纪九十年代中国乡干部的代表。孔太平时代的农村是中国农村改革最艰难的时刻，农民肩负着哺育城市的沉重负担，各种名目的税费、价格高昂的农业生产资料、微薄的甚至是负数的农业收入等，这些现象共同塑造了那个时代农民的生存境遇和精神面貌。此外，那个时代以孔太平为代表的乡镇干部面对的是如何让"超功能"乡镇机构有效运转的问题。乡级财政的困难、乡镇工业发展举步维艰、乡镇公共事业缺乏、乡镇基础设施落后、乡镇干部待遇得不到保障、干部群众矛盾尖锐，等等，这是当时所有如孔太平一样的乡镇干部的事业和发展环境。这样复杂的时代环境塑造了孔太平这样复杂的乡镇干部。

应该说，《水乡长》中的水乡长处在一个与孔太平截然不同的时代。如果说孔太平是从传统乡干部向现代乡干部转型之中的乡干部，那么水乡长则是现代政府管理理念下的新型乡干部，是构建新农村格局下的乡干部。那么，小说创作如何面对这一新的时代、新的形势下的乡镇干部生活？这是农村题材创作不能回避并且必须以创作实践回答的一个很大的挑战。《水乡长》也许称得上是对如何表现当下乡镇干部生活的一种探索。

《水乡长》的故事情节其实很简单。为了确保完成十万亩晚稻的种植面积，白山县夫子河乡的水乡长必须解决抗旱的用水问题。白山水库并不是没有水，而是不想放水，放水抗旱水库没有任何利益，而放水从事漂流经营，水库可以获得巨大收益。当水乡长费尽周折打通了关节、获得了放水许可时，当所有农民都满怀期望等待水流哗啦啦灌进自己的土地时，水库却突然拒绝放水。水乡长开始以为这只是具体办事人员从中作梗,后来他明白了这是来自县里主要领导的指示,一位省里的领导准备第二天来此地漂流,所以水库的水不能放。在水乡长的策划下,省领导开往漂流出发地的车队被农民堵住了,车队被迫返回,漂流也不得不取消,水库的水终于流进了干渴的土地。可以想象,水乡长这样的干部不可能得到重用和提拔,故事的结局正是如此,在新一轮干部调整中,大家满以为会得到安排的水乡长却出乎意料地原地不动,依然做他已经做了十几年的副乡长。

  作者在叙述这一简单的故事时,首先是定位准确,作者对自己塑造的人物处于什么样的时代环境是清晰的。作品写到水乡长召集各村书记开抗旱动员会时有一段话很典型:"水乡长补充说:'我六点钟在渠道上巡查,你们一个也不能少,不见人就见尸!不是我心狠,老百姓忙了一个季节,也没向我们提出过什么,现在轮到我们登场了,各位牺牲一个晚上总行吧。'"水乡长的这一席话虽然强调的是纪律,但却把当下乡政府机构的职能转变、老百姓与乡政府之间的关系鲜明地描述出来了。水乡长身处二十一世纪的当下,中国农民几千年来第一次破天荒地被免除了一切税费,农民在土地上创造的一切都为农民自己所有,农村的公共设施建设、社会事业发展等都由政府财政承担。乡镇政治体制也发生了实质性的变革,乡镇政权机构的职能由传统体制下的包办一切基本转变成了向农民提供服务。很多过去令乡镇干部焦头烂额的事务,如干部和教师工资、催粮、收费等,已经成为历史。这是水乡长的事业和发展环境。只有在这一环境下,水乡长才可能说出"老百姓忙了一个季节,也没向我们提出过什么"这样的话,因为,就种田而言,今天的农民确实不会向政府提出什么了,种田基本上已经成为农民个人自由安排的事情;也只有在这一环境下,水乡长才可能说出"现在轮到我们登场了"这样的话,在政府职能的改革中,乡一级政府已逐渐形成了科学管理、现代管理的框架,明晰了政府应该向农民提供哪些服务,比如解决农民抗旱的水源问题。另一个烘托当下乡政府特征的是关于选调生时香墨的不多的笔墨。时香墨在乡政府中引人注目不仅因为她漂亮,还因为她是大学生,更因为她开朗活泼,能够适应和承受基层机关中的话语方式,例如基层干部们亦荤亦素、亦雅亦俗的玩笑。这些细节极有说服力地勾勒出了作品中乡政府的当下特征。作者在叙述这一简单的故事时,语言也是极富时代特征的。水乡长在指导灌水时说:"你们村只有四十五分钟的放水时间,水是足够的,所有的稻田都可以灌到,关键是你们要合理安排,不要像两地分居打工族的女人,淹的淹个死,干的干个死,不能干死一棵稻子。"打工族女人的性生活得不到保障,这是一个当下引人关注的问题,也是很多打工农民的深切感受。水乡长用打工族夫妻生活不稳定来提醒农民灌水要均匀,其诙谐和通俗的情调既符合乡镇干部普遍的说话方式,也生动形象,令农民一听就懂,当然这一比喻也带有鲜明的当下时代特征。

当然，更重要的是作品塑造了一个真实可信的当下乡干部形象。水乡长不仅是一个十几年没有提拔的乡干部，而且是一个喝酒出名的乡干部，他喝得多，醉得多，醒得快。水乡长对喝酒有一套理论，面对各种议论和建议，他的回答是，人在江湖不得不喝，但喝酒不能误事，人醉事不醉，为了把事情做成，"一天三喝"也要喝，伤身体也要喝。水乡长也是一个风趣幽默的乡干部。他对时香墨的调侃、对自己喝酒的解释、对村书记们的动员报告，既有"不能失信于老百姓"这样的豪言壮语，也有"我贿赂你媳妇一根屌"这样粗俗的农村生活语言，更多的是引人哄笑的诙谐幽默或者朴实机智的语言，如"'再说你们这些家伙吧，我主持召开过多少次会，不是这个头痛卵子发烧，就是那个婆娘落月媳妇生儿，有几次你们大书记们到齐过，偶尔太阳从西边出来，有那么一次，也是到会议结束时才他妈的凑齐。你看看今天，'他把桌上的那包中华烟拿起来，'二十根烟，我抽两根，到会的书记一人一根，十八根烟没了，说明什么？说明全乡的十八位大书记都到齐了，都到齐了，好！升不升官是小事，都到齐了就好'"这样风格的语言充满水乡长的日常生活，是一个典型的作风扎实、老百姓喜欢但不能进步的乡干部的说话方式。水乡长还是一个有着细腻情感的乡干部，小说中女儿打电话问他别来无恙啊，"水乡长一听是女儿，嘴巴马上乐开花，他冲着话筒说：'宝贝，快来救我，水乡长现在有恙，有大恙啊'"。平常看似满身酒味、从未清醒、粗声粗气、大大咧咧的水乡长，在女儿关于民生的提醒、关于缺水可能引发群体事件的提醒下，迅速反应过来，意识到为全乡百姓找水已经是天大的事。但在这一严峻旱灾和缺水困难面前，水乡长对女儿依然是温柔的，"谢谢女儿提醒，我马上到玉皇大帝那儿求水去，明天一早准会把水求来，你们在家一定要坚持住，千万别等水乡长把水求来了，你们却饿死了，渴死了"。一般情况下，我们会把这种话当成哄幼儿园孩子的话，但它却是水乡长说给读博士的成年女儿的。一个有粗有细、有酒也有百姓、有大事也有儿女情长的乡长形象便性格鲜明地矗立在夫子河乡的土地上了。

尽管水乡长因为组织农民阻扰领导漂流没有得到安排，但水乡长依然是夫子河乡老百姓尊敬的乡长，依然是每天有酒喝的乡长。水乡长不惜牺牲自己的仕途也要兑现自己所作的承诺，不惜冒着冒犯领导的风险也要维护政府信誉，他把这一行为自我理解为服务型政府时代乡镇干部应该为群众提供的基本服务。因此，《水乡长》所塑造的水乡长是一个在农村城市化进行到一定程度后的乡长，也是一个乡镇体制改革后新形势下的乡长。这无疑是对当代农村题材小说中乡长人物谱的一个贡献。

(《文艺报》2011年5月9日)

自然、历史、人文在儿童文学创作中的转化
——读彭绪洛的探险冒险系列小说

彭绪洛有独特性首先是在于他的年龄以及由此而来的在湖北儿童文学代际系列中的位置。作为儿童文学创作的强省，湖北有一支强大的儿童文学创作队伍。大致上可以把以黄瑞云、管用和、杨书案等为代表的看作第一梯队，以董宏猷、徐鲁、凡夫、韩辉光等为代表的是第二梯队，伍剑、张年军、黄春华、萧袤、林彦、童喜喜、冯绪旋等为第三梯队，舒辉波、彭绪洛、陈梦敏、邹超颖、巴布、黄艾艾、叶子、周羽、新月等则可以视为第四梯队。四代作家耕耘不辍，为湖北儿童文学的繁荣打造了持续的人才队伍。"80 后"作家彭绪洛的创作在这个系列中，既传承了湖北儿童文学创作的优秀传统：切近少儿的生活现实，体现天真纯朴的心理，充满生动活泼的趣味……同时，也在题材的系列化与复杂性、独特性、艺术性、可读性以及创作与生活的关系上，作出了可贵的探索并有所收获。

从 2009 年开始，彭绪洛先后徒步行走了戈壁沙漠、古蜀道、神农架、罗布泊、乌孙古道，自驾穿越滇藏线、川藏线、青藏线，攀登哈巴雪山，与这些探险、冒险经历对应，他创作了以写实为主的"虎克大冒险"系列科普探险小说（12 部）、"少年冒险王"系列科普小说（20 部），以表现历史人文为主的"穿越玄奘西游"系列探险小说（4 部）、"郑和西洋大冒险"系列探险小说（4 部）、"楼兰古国大冒险"系列探险小说（4 部），以表现幻想为主的探险小说"宇宙冒险王"系列（10 部）、"重返地球"系列（1 部），以及记录探险经历的日记系列《我的探险笔记》（4 部），此外还出版了中短篇小说集《楼兰姑娘》。尽管儿童文学的中短篇、长篇小说的篇幅与成人文学的尺度不同，一般而言，儿童文学的小说，无论短篇、中篇还是长篇，比成人文学的篇幅要短小，但 60 多部作品累积起来，依然是一个令人惊奇的厚度，以一部 9 万字计算，彭绪洛出版的作品接近 600 万字，这自然称得上成果丰硕。

儿童文学创作首先要求作家热爱儿童，这是毫无疑问的。关心儿童的成长、了解儿童的世界是热爱的具体表现形式。彭绪洛对少儿的热爱，体现在通过一系列有主题的亲历、行走，获得真实的历险、探险感受，然后把自己的体验转化成

少儿喜爱的语言和形象世界。他的主题行走，他的创作态度，就是热爱的一种体现。这些行走并非出于个人的探险欲望，并非简单的个人兴趣、休闲运动，而是为了认识所要表达的对象世界或者对象的生活世界，为了获得真切的感受，从而服务于创作计划。没有戈壁沙漠的深度探险，不可能有《腾格里沙漠之谜》中对漫天黄沙和干渴的真实感受；没有攀登雪山的经历，不可能有《勇登哈巴雪山》中对暴雪的恐惧；没有罗布泊的冒险，不可能有《罗布泊死里逃生》和《楼兰姑娘》；没有青藏线的行走，不可能有《可可西里追踪》；没有滇藏线的行走，也不可能有《神鸟浴血》中的雨林风光……在多年的冒险、探险题材创作中，彭绪洛的足迹从南到北、从森林到沙漠、从热带到寒带，他把丰富的自然知识、真实的体验带给读者，这种认真负责的对待创作的态度，是彭绪洛热爱少儿的特殊表现形式。彭绪洛将自己的探险经历集中记录在四卷本《我的探险笔记》中，每一本按照时间顺序记录行走的进度，介绍路线图、必备工具、注意事项、最佳时间、气候路况等，而且每条线路特地对"行程缘由"作出说明，这些笔记可以视为作家系列探险小说的注释。比如在《西藏生死线》的"哈巴雪山探险笔记"一章，彭绪洛就声明："我因为创作雪山探险小说的需要，必须去攀登一次高海拔的雪山，才能体验到攀登的艰辛和真实的高原反应，虽然危险重重，但我必须亲身经历一次，否则小说的细节没有办法还原真实。"由此我们可以感受到作家对创作的认真、真诚。在小说《勇登哈巴雪山》中，虎克在向大本营攀登的过程中，出现高原反应，卓让立即提醒虎克喝水，并解释每个人初到高原都会有不同程度的胸闷、气短、呼吸困难，只是大多数人一两天就会缓解，少数人如果置之不理就会加剧。这样的细节，以及登顶不成功，在十二级的大风雪中撤退的艰难等，它们的可信度都来自作家冒险的经历。应该说，作家其他主题创作中的一个个生动的野外生活细节，都是作家冒着生命危险亲身体验所得，而不是根据书本知识去虚构或想象。在主题行走、亲身体验基础上进行艺术构思和语言叙述，是彭绪洛探险系列小说的独特创作机制。

  彭绪洛的系列创作的另一个特点是在作品中贯穿鲜明的科普特色，作家不是停留在满足少年儿童的好奇心的层面上，不是满足于讲述个人的惊险经历，而是在故事的进行中，普及对大自然动物、植物的介绍，对地形地貌和气候的介绍，以及有关自然现象的科学原理、特定地域的历史人文知识。如《山狼凶猛》对毒蛇、蛇毒的介绍，《神鸟浴血》对捕蝇花、杀人藤、小叶蛙、蚂蟥、蛇毒等热带雨林知识的介绍，《神农架野人之领地揭秘》对毒蘑菇和岩猪的描写，《罗布泊死里逃生》对雅丹地貌形成的介绍，《灵药谷神奇穿越》对人参的介绍，等等，这些自然、天文、地理知识细节不但增添了作品的趣味性，而且由于作家的语言生动、活泼，切合少年儿童的心理，让少年儿童在阅读之中吸收知识，真正实现了阅读即快乐。同时，作家并不是为了普及而普及，不是以一次虚构过程来图解、解读科学知识，而是把自然、科学知识的细节融入小说人物在大自然的活动之中，融入小说的故事情节发展过程中，是小说中的人物遭遇到了自然及其背后的知识，而非知识笼罩或降临到了人物的活动之上。比如，《山狼凶猛》写虎克的暑假生活，暑假中虎克跟随爷爷虎威重走爷爷的探险之地，遇见驴友李腾飞摔下山坡，救治李腾飞之后三人一起探访岩洞，在去凤飞山墓穴的途中被李腾飞的同伴阿铁下毒，机智的虎克假装中毒，等阿铁离开后用解药及时救醒爷爷和李腾飞，而独自去寻宝的阿铁却因为饮用死水而病倒在水沟边，虎克和爷爷再一次挽救了阿铁，然后加入了考古队。作品把对李腾飞的贪婪、虎克的机智、虎威的宽厚的刻画，与辨别陷阱、寻找水源、野外生火、野生动物等知识，融合得如同水乳。而《腾格里沙漠之谜》则把制止违规向沙漠排放工业废弃物、周明明爸爸的悔悟、周明明的醒悟与普及沙漠知识融为一体，《勇登哈巴雪山》把少华与孙浩两个大哥哥的矛盾纠纷及其和解，穿插在虎克攀登雪山的冒险过程之中。

彭绪洛的许多小说作品，在人物的活动和故事的发展中，不经意间向少年儿童传播和介绍了历史人文知识，这是一种创造性转化的尝试。关于土家族祖先廪君的传说在清江流域有深厚的积淀，彭绪洛作为从清江走出的土家族作家自然对廪君的传说再熟悉不过。传说廪君以柳叶作剑，但作家在《廪君剑传奇》中通过讲述"水桶妹""小机灵""香蕉熊""聪明吴"四个小朋友的土家山寨之行及帮助抓获盗窃廪君剑的犯罪分子的过程，介绍了另一个版本的廪君剑，一把真正的青铜剑。渔峡口是古巴国的中心，在渔峡口的香炉石曾出土过古巴国的文物，清江的古名也就是夷水，但古巴国并不是因为巴氏家族而得名，夷在巴国历史中也并未成为人的姓名。作家把四个小朋友的冒险之地置于渔峡口，并虚构了廪君剑在渔峡口得到保护传承的故事，以及守护廪君剑的巴氏家族和夷婆的故事。让一条河流的名字成为人的姓氏，让巴成为一个家族的姓氏，在这样的虚构和讲述中巧妙地将清江地域文化、土家族文化、巴文化中的主要元素"夷""巴""廪君剑"等转化为社会生活常识，从而更贴近少年儿童的阅读和接受心理。在《千年蜀道之惊心旅程》中对三星堆文化的介绍，《穿越玄奘西游》对玄奘大师西天取经的虚构，《郑和西洋大冒险》对郑和船队在航海、贸易、外交中的经历的重构，以及《兵马俑复活》对秦朝历史的介绍，等等，都是如此，这些作品以历史人文作为主人公活动的背景，作家在研究和熟悉古代历史的基础之上，不拘泥原有的广为人知的历史故事，而是让主人公重新经历一次历史过程，以贴近少儿读者年龄和心理的冒险、探险的情节、细节去重新设计、讲述，玄奘、郑和等历史人物仅仅作为人文历史符号发挥牵引故事的作用。从读者对彭绪洛作品的欢迎程度来看，可以说作家的这一创造性转化是成功的。

彭绪洛的作品在某种程度上来说也是少年成长小说，知识的增长、视野的打开，是少年成长的一个方面、一个标志，但成长更重要的还体现于少年心理的成长，体现于意志、品质的变化以及对世界感受的丰富。显然，彭绪洛也注意到了这一点。在他的每一个系列的作品中，我们都可以发现小说中的主人公不仅年龄在变化、长大，而且在不断的冒险、探险经历中，这些主人公的心理、人格也在成长。比如，在"虎克大冒险"系列中，虎克跟随爷爷虎威每一次历险，在不同的主题、不同的环境中，虎克的表现也在不断变化，从幼稚的、好奇的虎克，慢慢成长为善于思考、勇敢正直的虎克。在《神鸟浴血》中，虎克与爷爷到了非洲，在作品的开始，虎克对雨林充满了好奇，但随着探险的深入，并被野蛮部落的毒贩大当家抓获，虎克的兴奋、好奇慢慢消失，他的整个心智都被如何逃脱野人部落、如何抓住毒贩救出爷爷而占领。这是一种微妙的走向成长的变化。《雪域追凶》通过爷爷对青年时代与好友陈楚华极地遇险的回忆，开始了虎克与爷爷的北极圈之行，在驯鹿、爱斯基摩人、狐狸男、狼人一个个北极元素营造的寒冷氛围中，虎克从对北极的好奇，逐渐转为对爷爷青年时代友情的探询，对成人的友谊开始思考。在《维纳斯号沉没》中，虎克与爷爷流落到大海中的荒岛，被假钞集团控制，虎克与外国小朋友一起救出了被囚禁的苦力，协助抓获了犯罪分子。在这个荒岛上，虎克不再像过去的虎克，不再毛头毛脑，而是本能地通过沉船中每个人的表现，对人的善良与自私、狭隘等品质做出鲜明的判断，并主动带领小伙伴展开荒岛生存，在大人一个个被犯罪集团抓走后，虎克即成为小伙伴们的主心骨，他带领他们与犯罪分子斗智斗勇。虎克自"虎克大冒险"第一部中出现，在经历了四次冒险经历后，从第五部开始作者弱化了作品中的自然分量，人与人、人与社会的分量逐渐加重并成为作品的主要部分。同时，作家把这个创作的变化过程呈现为虎克从12岁成长起来的过程，如同虎克自己所说："爷爷，我已经长大了，是顶天立地的小男子汉。"

无论是偏重大自然色彩的探险、冒险，还是偏重人文历史的探险、冒险，彭绪洛的创作都把知识性、艺术性、趣味性统一在作品之中，将中华民族的优秀文化传统、核心价值与孩子们好奇、幻想的世界有机融合，通过一个个精彩生动、可读性很强的故事，弘扬时代精神和民族的传统美德，如勇敢、正直、友善、求知、刻苦、坚韧等，着力表现出当代少年儿童的希望、渴望以及精神面貌。作者另辟蹊径，选择了少年儿童比较关注的大自然和历史人文话题，又不回避现实矛盾，将历史视野、文化意味、科学视角以一种令人惊奇的方式组合在一起，将幻想的宇宙、神秘的穿越、想象的古代、当下社会、自然界等各种空间交织在一起。这种对大自然、历史、人文多种资源的有效转化，使得彭绪洛的系列创作别具魅力，不仅丰富了湖北儿童文学创作的品种与类型，而且也无比牢固地确立了他的创作在湖北儿童文学创作中的定位与特色。

(《长江丛刊》2019年第1期)

历史焦虑感与独特的叙述
——读党益民的长篇小说《石羊里的西夏》

我相信许多人与我一样对"西夏"不会很熟悉,因为本来就没有多少人熟悉这个在历史上以一种神秘的方式消失了的政权。同时,我也相信许多人与我一样,对西夏以及它的消失抱有浓厚的兴趣。毫无疑问,党益民是这些人中的一个。但是党益民与我们大多数纯粹从好奇出发去了解西夏的人不一样,党益民作为党项人的后裔,对西夏的历史、对党项人的历史,是有一种焦虑感和强烈的认同感。这是我读完《石羊里的西夏》后的一个突出印象。

人类不能没有回忆,民族也不可能没有历史,否则我们的生存和生命也没有意义可言。钱穆先生说过,历史是生命,生命便是历史,也就是说民族的生命便是民族的历史。对于西夏人(或者说党项人)来说,由于战争等多方面的因素,历史线索和历史资料没有得以保存和继承,因此,他们的历史在相当长的时间里是一段神秘的空白。对这个没有历史记忆的民族,如何形成民族的凝聚,这是一个难题。面对这样一个困难,需要该民族的文化人、该民族的精神生产者有一种自觉的追求,努力在现代的条件下根据搜集的各种材料来回忆、填充、完整本民族的历史。党益民先生就是这样的党项人的文化人,党益民先生也是有这种自觉的民族意识追求的文化人。

我的第一个感受是多年来党益民一直醉心于对本民族的历史文化的追寻、挖掘、梳理,他搜集了大量的党项历史文化方面的资料,还勤奋地对本民族的历史文化进行弘扬、保护和叙事。长篇小说《石羊里的西夏》就是党益民对本民族历史文化进行弘扬、保护和叙事的一次实践。从这个意义上说,小说的作者是一个自觉的本民族历史文化的追寻者、叙述者。小说中寻求对"石羊"的解密、与教授一起整理西夏历史的"我"事实上也就是作家"党益民","我"与西夏历史专家所做的解读和保护,就是民族文化弘扬、传承、叙述这样一种实践活动。

另外一个感受是,小说通过一种对历史记录和保存的紧迫感、焦虑感表现了作家对历史进程中野蛮的、恶的一面的思考。文本中的"厮乱"即"阿默尔",是历史进程之中自觉记录和保存本民族历史的党项文化人的代表。如果在历史上有这样的人,那么这种人对于党项族的文化和历史无疑是至关重要的。他费尽心机地把对西夏的历史记录保存在一个极其隐秘的地方,但这些历史文献终究还是在战争中被毁灭了。作为党项人的"巫师",阿默尔是该民族的一个智者。他在历史上的每一次灾难中都表现出非凡的智慧,能够令人难以置信地预料该民族即将发生的重大事件,包括西夏灭国的大概时间。不仅如此,他还很了解汉民族的文化,比如书法、火器等,并把这些介绍和传授给本民族的下一代。阿默尔在记录、保存民族历史中表现出的使命感和焦虑感,从侧面暗示了这个民族消亡过程中的一些难以回首的残酷因素。作品已经告诉我们,蒙古人在消灭这个民族的过程中采取的是"杀光""斩草除根"的方式。在多民族的历史融合进程中,许多民族神秘地消失了。但历史表明,一些种族灭绝式的征服方式是应该作为教训反思和吸取的。

第三个感受是这部长篇小说对叙事艺术特别用心。小说以西夏最后一个国王李睍的独特视角(也就是作品里面的孨娃),重点叙述了西夏灭国前近二十年的历史。这个独特的叙事视角区别了传统的历史题材长篇小说的创作,由于历史题材长篇小说所涉及的时间跨度、生活面的广度、人物形象的数量等诸多原因,其很少以第一人称叙述。但是在《石羊里的西夏》里,作家主要采用"我"(即孨娃、李睍)的视角叙述近二十年来一个王国的内部斗争和外部战争,并且同时,作品中还有另外一个"我",即购买石羊、寻求教授破解石羊秘密的"我",这个"我"实际上是作家的视角。小说把"我"与教授对石羊的不断解密穿插在孨娃对西夏王朝的历史叙述中。在孨娃的叙述中,孨娃既是西夏王朝最后一段时光的见证人,也是西夏历史的追寻人,因为孨娃自身在成长的过程中,不断通过咨询本民族的历史记录人阿默尔来了解西夏的历史。作家与作品中的"我"则是通过弄清石羊的秘密来探寻西夏的历史。作品中这两个叙述层面上的"我"具有某种同一性。作家"我"有时事实上把自己幻化成了历史中的"我"(孨娃),比如作家"我"想象"我"与教授的单身女儿的爱情就是孨娃与阿朵的爱情。当然,作品在叙述过程中,也常常以李睍的梦幻内容、以第三人称来补充叙述一些历史细节。两个层次的"我"对当下与历史记忆的叙述、孨娃与阿朵以及"我"与教授的女儿的爱情的对照叙述、孨娃的梦幻叙述,构成了这部作品复杂而清晰的叙述方式和独特结构。

在作品中,作家叙述了李睍的爷爷李遵项与堂兄李安全、李睍的父亲李德仁与李睍的叔父李德旺等三代人的宫廷内部权力斗争,勾画了西夏政权与蒙古王国、金国等少数民族政权之间的战争与历史图景。在蒙古国对西夏的六次征伐战争中,描述了西夏内部的各种势力的消长起伏,并比较丰富地表现了西夏政权消亡之前的政治、经济、文化等各方面的建设成就与社会文化风貌。从小说文本里，我们可以感受到西夏人不但创造了丰富的文化，而且这个民族是一个不断进取、善于学习其他民族文化的民族，比如他们对汉民族的文化成就的借鉴和学习就是非常成功的。因此，《石羊里的西夏》是西夏国或党项民族的历史文本，对于人们了解这个没有历史记载的神秘王国有重要的人类学价值。

最后一点我个人比较欣赏的是作品里面对李睨与阿朵的爱情的叙述，这里面充满了浓郁的草原风情，这是一种比较美的叙事方式，在历史的腥风血雨中起到了一种缓解紧张感的作用，表现了作家乃至历史当事人对和平美好生活的向往和追求。作品中对尕娃随身携带的羊胛骨的描述我也十分欣赏，在所有大的事件即将发生时，尕娃所带的用于占卜的羊胛骨就会发生声响，而且阿默尔的信鸽似乎也同时兼有这种功能。这些细节的描写我感觉非常引人入胜，非常成功地烘托了一个神秘民族的历史氛围。

（本文系 2008 年 11 月在鲁迅文学院《石羊里的西夏》研讨会上的发言）

传统社会与网络时代之间的过渡性叙事
——陈克海小说创作印象

陈克海是一位在山西工作和创作的土家族青年作家,近年来其小说创作成绩突出。他向本次研讨会提供了十四部中短篇小说作品,大多是2008年以来发表的。我重点阅读了作家的"六记",即《从前记》《折腾记》《还乡记》《寻欢记》《牛皮记》《拼居记》。下面简要介绍作家的"六记"系列小说,并结合阅读,谈谈对陈克海小说的印象。

《从前记》讲述的是一个大山深处的故事。两个小伙伴杨祖献、朱中都机灵、精明、调皮,但成天在大山里转,对学校和学习没有兴趣。一个因为迷恋女孩杨小朵而退学,另一个因为迷恋大山带来的各种便利而退学,最终走上不同的成长道路。《折腾记》叙述的是山区农民的梦想和奋斗。读过初中而且漂亮的小姑一直渴望嫁到一个比家乡渔川好的地方,但几经周折还是嫁到了一个穷地方,并且嫁了一个心高气傲、身体不好的小伙子。大姑爷李治田爱说笑、爱折腾,远走他乡带着人种田,在乡政府旁边盖楼、种菜、种花种草、收购药材、承包饭馆。小姑爷李治武沉默寡言、瘦瘦弱弱,高考填志愿时一门心思填北大清华,几次失败;回乡后梦想种药材,不是亏了就是被盗了;好不容易生了个儿子,居然有软骨症,在儿子做骨髓移植的时候又发现自己的骨髓配不上,大姑爷的却配上了。小姑爷在与大姑爷大吵一架后便出去打工去了。尽管如此,大姑爷历尽辛苦,治好了孩子的疾病,并还清了小姑爷的债务,找回了小姑爷。日子再次回归从前。

《还乡记》通过作品中的"我"的所见所闻、所思所想,叙述了家庭成员的生活,也剖析了自己的成长和成熟。大舅、大姨、小姨因为财产继承问题吵成一团;大哥与强悍的大嫂争争吵吵几十年,倍感疲惫;二哥因为二嫂有红颜知己而闹离婚……作品表面讲述的是送姥姥回乡、与姥爷合葬的过程,实质上是通过这一过程,叙述兄弟姐妹难得的散心、放松、交流,也通过这一过程叙述了包括"我"在内的每个家庭成员对自己的折腾、做派、浪费年华的反思。

《寻欢记》试图从一个爆炸案入手,呈现当代生活中的一种乱象。局长姚明亮退休前力主由副局长陆昊明接手,但私底下却要求陆昊明必须完成一件事——

敲断司机岳博的腿。陆昊明物色了一个从小就四处流窜的惯犯彭加爵挑断了岳博的脚筋。但陆昊明如愿以偿当上局长后就不再买姚明亮的账，姚明亮便向岳博透露了陆昊明打残岳博的秘密。岳博于是出资杀死陆昊明，具有讽刺意味的是他找到的杀手还是彭加爵。

《牛皮记》《拼居记》都以当代都市青年生活为题材。《牛皮记》刻画了一个说大话、要面子，但直率、真实的青年李云飞的形象。李云飞每天想的是找漂亮的女朋友、做大生意，却从未真正找到他描述的女朋友，也从未赚大钱，但他从未心灰意冷，反而不断折腾，充满热情地折腾，甚至是有一些幼稚或单纯的追求。这样一个人，在我们的生活中逐渐被接受，因为他为平静的生活制造了波澜和话题。《拼居记》叙述的是大龄女青年晓艳的租房生活。在北京工作稳定的晓艳因为旅游途中遇到一个老外，于是便从北京跑到撩城工作了。在晓艳租的大房子这个舞台上，当代青年特别是女青年的生活和内心世界逐步显现。晓艳与朱东不冷不热地交往，维持着不咸不淡的情感。夜晚做服务生的大学生王蜜搬进来不久就找到了大十几岁的男人，离婚了的医生于倩住进来不久就又筹备结婚，房东维佳与王丹丹的婚外情日记在晓艳寂寞的单身生活中不断补充刺激和困惑。来自母亲和表姐的相亲压力以及拼居生活带来的各种尴尬，都令晓艳躁动不安，最后只有赶紧以按揭买房的方式结束租房生活。

首先，陈克海的小说创作题材领域广泛。系列小说"六记"并不是完全以作家现在工作和生活的山西为背景地，其中有以恩施（作家称为"渔川"）为背景地的《从前记》《折腾记》，有以山西（作家称为"撩城"）为背景地的《寻欢记》《牛皮记》《拼居记》。陈克海能写的既有大山里的生活，也有大都市的青年生活。在这些作品中，作家塑造的人物有农民，如大姑爷李治田，也有都市白领，如晓艳，还有教师陈民爱；有老人，如杨纯田，也有少年、青年，如朱中；还有职业干部，如陆昊明。这些作品显示了作家对生活的熟悉程度和把握能力。对历史和生活的了解、体验与认知，往往是"80后"以及更年轻的作家所缺乏的。陈克海出生于鄂西山村，又求学工作于大都市，具有对大山生活的经验和历史的积累，也有对现代化都市生活的体验，这是陈克海独具的创作资源。

其次，陈克海的小说创作对人物的选择是有特色的，更是有意味的。他关注的人物一般都是日常生活中的普通人物、小人物，如李云飞、朱中等，而且这些人物中的很多人在社会公众评价体系中，往往处于负面或非肯定的位置，如大龄青年晓艳、从小精明后来沉迷赌博的杨祖献、夸夸其谈的李云飞等。作家所写的事件也都是日常琐事，如《还乡记》中的兄弟姐妹各自的心事，《从前记》中朱中和杨祖献的成长，《折腾记》中大姑的婚姻和大姑爷的折腾、承担，《牛皮记》中李云飞的谋生与奋斗,《拼居记》中三位女性不同的情感归宿。这些人物所置身的事件和生活过程,在当代社会进程中,在每个人的历史中,可能算不上是显著和宏大的,但对作家所写的每个人物来说,却是真实的、深切的历史过程,是贴近每个个体感受的人生体验。当下社会生活复杂多变、斑驳零碎,每一个具体的个人的心理感受和精神生活既面临困惑,也渴望得到解释,每个人都急需解决意义的支撑。在这个角度上说,陈克海所写的这些故事、所刻画的这些人物,无疑具有值得尊重的价值,它让我们对当下生活感同身受,让我们自己的内心和精神世界得以以互文的方式,形象地得到阐释。同时,作家的这一叙事策略,与20世纪90年代以来中国社会的精神生活转变轨迹是一致的、呼应的。在20世纪90年代以前,作为个体的大众基本上没有个人的精神世界,人们的精神生活基本上是政治生活或者是意识形态规定的精神生活。个人的主体性、自我的生活基本上都处于被遮蔽的状态。随着20世纪90年代的现代化进程以及思想解放,个人的独特生活、个人的精神世界才成为可能,才真正属于每一个人的自我历史的一部分。正是在这一背景下,个人无论是农民的奋斗,还是打工族的折腾;无论是女性的情感困惑,还是普通公务员的婚姻危机;无论是道德崇高的英雄,还是境界平凡的草民,等等,才成为文学应该重视的对象。因为这些并非宏大的题材和生活,折射的是一个时代在其发展进程中呈现出来的鲜活真实的精神血肉。也因为如此,陈克海对普通人群生存的关注才值得重视。

其三,值得注意的是陈克海的小说在叙述上表现出鲜明的语言风格,即"过渡性"特征。他的叙事既不是新时期文学以来的传统叙事方式,比如"50后""60后"作家的叙事方式,也不同于当下的网络叙事方式(超越传统语法、口语化、粗俗化、简明、高效、诙谐、随意)。在叙述农村生活时,这一特征非常鲜明,比如《从前记》中的语言:"他连那么滥俗的套路都想得出来","一点都不晓得低调行事","她也许还能说得上身材惹火",这些语言是在叙述大山深处20世纪八九十年代的生活;《折腾记》中写大姑爷在20世纪80年代承包土地种田,说"他竟然举家搬到常德,说起来也挺牛逼的"。当然,陈克海的独特性还在于他既了解山村又了解都市,更主要的是他吸取了当下时尚的、快节奏的、简明的叙述、描述方式,以及网络时代的语言元素,比如在《还乡记》中,作品写母亲苏醒所在的村子:"中原之地,又是晋南富庶的群山之间,不曾发生巨大的迁徙。转眼就千年";以及"在这个冷风横扫的下午,脑子早已找不到北","等到长大成人,发现世人所做的一切可能并不是当初知道的那样,会不会纠结"。在叙述都市生活时,这一叙事艺术上的时尚性更加明显。把陈克海的叙述语言放在当代小说创作进程中审视,可以称为"过渡带的叙事"或者说叙述的过渡性特征。它既不是过去、传统的叙述,也不是当下深受网络时代影响的叙述,但又同时有二者的因素。

当然,我也希望作家要对网络文化尤其是网络时代语言带来的随意性保持警惕,另外,在故事结构的框架上更严谨一些。比如,作家在《从前记》最后一章写到哥哥朱中要回来结婚时突然出现奶奶的声音,小说最后一段突然写到朱中带回了"比我还小的女人",这些人物的出现都显得突兀。

(本文系2012年6月在少数民族青年作家作品研讨会上的发言)

看小说三十七则

温亚军《回门礼》：某些传统是这样改变的

《回门礼》(《山花》2009 年第 12 期)叙述的是艾娅春节回娘家的故事。艾娅虽然在人们的羡慕中嫁给了镇上的雷吉尔，但雷家并不富裕。过了年，雷吉尔就要出去打工，艾娅眼看只能守着既没有男人又没有家当的一个空家。于是她要男人四处想办法借来 5000 元钱，大办回门礼，给父亲买茅台酒、中华烟、鸭鸭羽绒服、三轮摩托车；给母亲买银手镯；给妹妹买高筒皮靴、低腰牛仔裤。艾家人很快明白，艾娅是企图让父亲把手艺传给自己的丈夫雷吉尔。艾娅的父亲是一个骗匠，发不了大财，却能养家糊口。女婿走的时候，父亲说自己老了，要女婿骑着摩托车与自己一起走村串户。由于保留技术和手艺诀窍的需要，传儿不传女的规矩是许多民间手艺传承的传统，也是一种古老的习俗。艾娅没有兄弟，父亲原本打算把手艺传给小婶子的儿子。小女婿雷吉尔的憨厚、踏实、孝敬，打消了父亲不传外姓的顾虑。温亚军在对一个习俗即"回门"的叙述中，完成了对另一个习俗即"传儿不传女"如何变化的叙述，当然这一传艺习俗的改变最终是因为社会生活的变化，女儿与女婿幸福生活的需要。

南侯《最后一个农民》：农村的改变与农民的尴尬

毫无疑问，近年来农村始终处在城市化进程的席卷中，并迅速地发生惊人的变化。《最后一个农民》(《四川文学》2009 年第 12 期)从一个侧面表现了这种变化及其影响。在土地被分割成七零八碎的块块片片之后，大型收割机器就不来村子了，因为成本太大、收益太小；曾经适合在小地块上耕作的小型收割机，由于大型收割机器的冲击也不再生产了，周有福只有重新开始拾起锄头、镰刀等传统工具。周有福没有耕畜，虽然在村长家里找到了驴，但村长养驴是为了卖驴肉，因为卖驴肉的收益远远超过了种田。周有福只好去修理手推车，还要再去买一把新的镰刀、一块磨刀石，找一个光溜的场院、一个轧麦子的碌碡……虽然小说只是讲述农民周有福在如何收获麦子、搬运麦子、脱粒麦子问题上遭遇困惑的一个文本，但它触及了农村变化中的一些重要问题：大量剩余劳动力转移之后，土地荒芜、土地分散耕种效益低下、土地集中经营机制建立等，这些都是当下农村经济社会发展亟待思考和解决的问题。由此，周有福就不是"最后一个农民"，他只是这些有类似境遇农民的代表。

谭自安《一个屋子里的邻居》：如何面对陌生的世界

《一个屋子里的邻居》(《芳草》2010年第1期)叙述的是农民走出封闭的、习惯的世界之后，如何面对打开的、陌生的世界。住在大山里的阿满和老婆本来过着安逸、自足的生活，在被扶贫工作组反复劝说搬回到村子里，并与一个"据说做过村干部"的男人阿远住在一起后，阿满开始感到紧张。他怀疑阿远会透过墙缝偷看自己和老婆；他担心阿远有一天会把自己家的东西偷光；看见枪毙强奸杀人犯的布告后，他担心阿远会对老婆做出不可想象的事情来。阿满求助道公诅咒阿远死去，很快阿远病了，阿满却害怕了。对杀人的恐惧促使他要挖出鸡头，但他开荒似地挖遍一大块地，却没有找到象征阿远生命的鸡头。小说成功呈现了阿满走出深山，特别是与陌生人居住在一起之后极度的紧张和不安，他在变化纷繁的世界里，找不到安全感，无法建立起对世界的信任。有意味的是在整个作品中，阿满的老婆对阿满的这些警惕、怀疑、担心毫不在乎，她认为阿远以及村子里的世界没有阿满想象的可怕。作品最后写到阿满想要回到山里居住，但他的老婆却在阿满寻找鸡头的土地上开始播种了。

(《文艺报》2010年1月4日)

凡一平《幸运的酒徒》：幸运出于自身

《幸运的酒徒》(《广西文学》2010年第1期)中的酒徒是两个人——哥哥韦平山、弟弟陆炳康，他们因为父亲的一次酒后失误而分散。因赌球失利的商人李进决定包装一个酒王参加"挑战酒王"的比赛，从而把赌球变成赌酒。菁盛壮乡的韦平山因为酒量奇大被招进了李进的参赛队伍。陆炳康也被朋友煽动参加了比赛。韦平山参加挑战赛的唯一要求不是奖金而是李进必须帮他寻找弟弟。在总决赛中韦平山最终输给了陆炳康，但他很幸运，要找的弟弟就坐在他的身旁。陆炳康赢得了最后的比赛并把奖金捐献给宽厚朴实的父老乡亲。两个酒徒都是幸运的。陆炳康的幸运不是来自酒量，而是他对喝酒的态度。陆炳康第一次喝酒是被激将，是男人尊严的需要；后来因为踏实、代领导喝酒未能按时登机而避开了空难，救了自己和领导一命；又因为喝酒遇到了他理想的女人苏蕾。在比赛的过程中，陆炳康认识到家乡的父老乡亲都比他能喝，是因为他们的内心纯净、宽厚包容。由此，他才能把旁人聚焦、看重的数百万元奖金全然不放在心上。韦平山的幸运，来自他一直在努力实现要找到弟弟的诺言，是这一信念驱使他去参加比赛并与弟弟相遇。马克·奥勒留说，幸运不是来自外界，而是出于自身。幸运就是灵魂、情感与行为的一种恰当的平衡与好的配置。这句话是对这两个酒徒的幸运的最好解释。

老那《小三通》：阳光不会因为照耀的地方太大而减少温暖

爱情婚姻是文学的母题，在不同的时代都被反复书写。可能从来没有哪个时代的情感像近三十年来这样剧烈而复杂地动荡过。《小三通》(《文学界》2009 年第 12 期)里的幼儿园老师虹、蔓、英，与单位分配来的三个大学生"娃娃""高""黑"先后分别相恋、结婚。虹最先结婚也最先发现"娃娃"有了外遇。"高"下海后迅速发迹，并在外面也有了女人和孩子。"英"认为自己的丈夫"黑"既仕途不顺，也没有财富，是个窝囊废。意外的是，"黑"在外面有个女人徐萍，还有个女儿。作品微妙地描写了三个姐妹从浪漫的女孩到家庭主妇的成熟、承担过程以及相互之间的友情。虹的精明、强势注定了她会采取不惜一切代价的方式处理问题，最终仕途顺畅的"娃娃"以支边的方式逃到了千里之外。蔓的隐忍和宽厚决定了她只能默认"高"提出的"小三通"，即两个家、两个孩子、两个女人互通有无。英的沉稳、恬淡表现在她没有像虹那样发动一场生死大战，也没有如徐萍所期望的一起去阻止"黑"的调动，她甚至都没有质问"黑"。但是英逐渐发现两个孩子从秘密联络变成了公开来往，两个女人也自然地把什么东西都准备了双份。英突然明白，爱就像阳光，温暖的人越多这个世界就越暖和。在情感婚姻的变化中，无疑总会捍卫什么或伤害什么，但有一点是确凿的，每一个当事人都需要大爱，而且每个当事人绝不会因为这一爱的选择和付出而减少了自己得到的爱。

(《文艺报》2010 年 2 月 1 日)

肖勤《霜晨月》：心灵之壑更难跨越

莺闹村新"村官"毛小顺提出要修一条路，老"村官"庄三伯比任何人都明白修这条路的艰难。多年前庄三伯组织修建水渠,他的妻子霜月有了身孕,但在庄三伯的要求下依然到工地参加劳动,最终因劳累倒在水到渠成之前。为此儿子阿哑一直仇恨父亲,认为父亲享受的尊敬是母亲用生命赢来的,因此他把母亲的墓修在村子出山的垭口。经过多年的努力,阿哑把母亲的墓地建设成了村民的乐园。这墓地既是今天新"村官"修路无法绕过的关键,也是庄三伯与儿子之间心灵障碍的象征。儿子阿哑疯狂地阻拦迁墓,并诅咒父亲去死,这让庄三伯明白只有死才能换得儿子的原谅。在庄三伯处于生与死的边缘时,人们发现他的衣箱里装满了不同时期的颜色深浅不一的纸张,它们证明庄三伯为村民做了许许多多的事情,而非阿哑理解的一个女人的生命成就了一条水渠。在漫天风雪中,人们突然发现霜月的墓地旁,一个雪人抱着一只陶罐。

自然的障碍可以用工具、人力排除,心灵的障碍可能需要用生命来沟通。《霜晨月》(《芳草》2010年第1期)没有正面叙述公路的修建,甚至也没有过多地刻画霜月这个女人,它以一对父子之间的隔阂告诉我们,每一条现实的道路并不仅仅是由钢筋、水泥、沙子这些有形的材料构成,构建它们的还有开启心灵壁垒的艰难和智慧。

(《文艺报》2010年2月26日)

东紫《在楼群中歌唱》:把苦难变成歌唱

农民李守志到城里做小区清洁工,捡到了一万元现金。收受礼物的领导以为只是几斤不新鲜的葡萄,没想到葡萄里面有现金。李守志本想有了这笔钱可以帮弟弟盖房子,可以把女儿、儿子都安排在城市里上学,但他最终选择要把钱送还给真正的主人。《在楼群中歌唱》显然不能理解为对农民李守志高尚境界的呈现。它呈现的是贫穷中的李守志的乐观与坚韧,是李守志面对突如其来的财富而萌发的朴实理想,是李守志明白捡来的钱不能用于改善生活困境之后的瞬间失落与平静回归。作品的奇妙之处在于,作家精心刻画的农民李守志只会唱一首歌:《一分钱》,从娶了漂亮老婆到生了儿子再到在垃圾中捡到几个馒头,这首歌总是萦绕在李守志的平凡生活中。在唱这首歌的时候,李守志并没有想到真的会捡到钱,因此,他没有刻骨铭心的道德焦虑。一旦真的捡到巨额现金,问题就出来了。儿子疑惑爸爸为什么捡了钱不交,老母亲宁愿贫穷也不愿意"心里不敞亮"。李守志心中的阴霾散了,而等候钱的真正的主人却是艰辛的,送钱的人不愿意出面、收钱的人也不敢认领、与钱无关的人频繁深夜敲门。但在寒冷和孤独的等待过程中,李守志有漂亮的老婆暖脚,于是便觉得茫然的等待也是有奔头的、幸福的，于是就不再觉得苦。这样，《在楼群中歌唱》也呈现了一种没有内心焦虑、没有惶恐不安，简单清苦而宁静踏实的幸福感。

冉正万《纸摩托》：强劲的摩托与没劲的生活

从叙述上，我感觉到冉正万是一个对生活比较冷静的作家。他的长篇小说《洗骨记》(《芳草》2008年第6期)和短篇小说《天门》(《伊犁河》2010年第2期)都给我这一印象。他把热爱和愤怒、明媚和阴晦都压抑到一个平静的线上来叙述。《纸摩托》的主线是"我(马忠强)"从省城回到故乡给堂哥"马忠生"烧纸货。马忠生因不堪蛮横的老婆几十年的辱骂自杀了。马忠生结实而善奔跑，被人称为"摩托"，所以"我"打算烧一个纸摩托给他。随后展开的却是一件件家族成员之间令人头疼无奈的小事。堂哥的家人嫌拉堂哥去医院的车费贵了二十元、办丧事买来的猪不仅贵了还太肥了、买来做棺材的树值不了五百元……与此同时，同学占昆因为女儿留下的遗嘱而虚惊一场，但占昆的老婆因为找不到办法让女儿专心学习而自杀未遂；还有堂哥辍学的每天专心做弓箭的儿子差点把辱骂不休的母亲掐死。作品中固执、自私、狭隘的家乡人，不断用一些不合时宜的琐事和往事互相伤害，而从未明白这究竟是为什么。这是一种破碎了的生活，没有快乐和生气的生活。作者克制自己的愤懑、焦躁、发狂，在一种近似冷淡的氛围中凸现出传统乡村的碎片化嬗变，而内心深处是一种呼之欲出的对正在丧失的宽容、理解、互爱的渴望，一种对充盈生机和活力的乡村图景的呼唤。

(《文艺报》2010年3月22日)

梅驿《澡堂子的故事》：女人的澡堂与男人的世界

《澡堂子的故事》以三篇相对独立又有联系的短篇小说，讲述了发生在胜利化工厂澡堂里的三个习以为常但值得咀嚼的故事。《你看到张希兰了吗?》让我们通过女工张希兰的命运感受她丈夫老侯的命运。清洁工张希兰的丈夫老侯竞选车间主任以第一名的成绩失败了，这是令人匪夷所思的失败。老侯找金厂长、戚副厂长理论，反而被开除。从此，不管张希兰如何洗澡，老侯都觉得张希兰身上有酸味臭味。这是张希兰无法理解和接受的，她希望老侯像个男人一样去找金厂长算账并给他一把水果刀。老侯果真刺伤了金厂长，被判入狱，张希兰也因此疯狂了。她过去对洗澡的热心是对简单而温暖的现实生活的知足；在老侯被开除后，她对洗澡的认真则是对老侯痛苦的安抚。她很清楚，无论自己怎么仔细地清洗身体,老侯都会说臭,老侯已经对她的身体没有兴趣而且感到厌烦,因为老侯丧失了男人的世界和生活的支柱。在老侯入狱后,张希兰对洗澡的坚持,则是一种无意识的坚持、一种本能,当然也包含一种在恍惚和朦胧中获得的对过去美好时光的温习,她最后就在这种幸福的温习中睡着了。很显然,张希兰是一个内心纯粹的女人,她尽职尽责做好自己的本职工作,然后洗澡,再回家服侍丈夫和孩子。她对自己身体散发的香气十分满意,就如同她对平静的生活一样满意。对生活要求不高的女人其实更不能承受生活的打击,或者说,对生活要求不高的女人更不能承受失去男人。这种从澡堂里溢出来的脆弱就是男人老侯的脆弱。老侯无法承担他的选择以及失败,把失败的压抑转嫁到女人身上,以至于最终付出沉重的代价。当然,我们也不得不承认,老侯的悲剧不仅仅是他个人的悲剧,不公平的机制和环境才是他失败的根本原因,这一机制和环境同时伤害了一个老实的男人和一个朴实的女人。

在《烟囱顶上的鲜花》中,年轻的女大学生黄美被分配到化工厂,原本准备安排她在办公室工作,但当她从锅炉车间的水泵室开始熟悉岗位,转了一圈,所有岗位都熟悉之后却莫名其妙地又回到了水泵室。而锅炉车间里大多数是男人,是一帮调皮捣蛋、无恶不作的坏男人,想尽法子偷看女工洗澡是这些男人的拿手好戏。尽管黄美总是小心谨慎地选择洗澡时间,但还是被随时带着望远镜的方小乱偷看了,很快全厂人连她的胎记长在什么地方都知道了。工人们议论方小乱的身体,传说他与黄美"有事"。小说形象地铺垫了锅炉车间及其坏男人对女人生存的威胁,一个年轻的女大学生要在这样的环境下生存非常不容易。小说也同时委婉地叙述了诸多与锅炉车间坏男人一样危险的人文环境:发现方小乱偷看的"我"为了保护自己而没有告诉黄美;车间主任不但不对年轻的女工予以保护,相反带头传播关于黄美的谣言;作为女性的车间副主任不但不同情黄美,反而怀疑黄美的道德作风……这些因素对女工的伤害并不亚于坏男人的骚扰。黄美在三十多岁时嫁给了一个六岁男孩的父亲,这朵烟囱上的鲜花终于没有被"熏死"。显然,作者不仅仅想揭示"烟囱"(也就是车间一帮坏男人)对一个青年女工生活的影响,作者事实上也想说,很多不是"烟囱"的东西照样影响了一个人的一生。

《干部家属》中的"家属"是陶梨、王喜红。他们的男人——车间主任吴兴、副主任孙广成一起承包车间搞经营,因此,两个女人也亲密无间,共用一个更衣柜。孙广成在一次酒后发泄了对吴兴的不满,透露出两个车间领导在利益分配上的矛盾。酒醒后孙广成不但否认此事而且要求老婆不要瞎掺和,但王喜红一定要出这口气。一次洗澡后,先出来的王喜红明知陶梨的钥匙在柜子里,但还是锁住了更衣柜,让赤裸的陶梨无法穿衣服。被报复后的陶梨利用为孙广成的妹妹介绍朋友的机会,要求王喜红帮她洗头洗脚,由此赢回了面子。小说打开了一扇令人眼前一亮的窗子,对干部之间的关系,可以通过干部家属之间的关系来理解。陶梨与王喜红在澡堂使用同一个更衣柜,共同粉碎外界的议论,即使矛盾到了要杀要打的程度都能隐忍下来,慢慢化解等,这些都是两个男人世界的倒影。正因为如此,吴兴能够与孙广成共同承包,孙广成酒醒后不承认骂过吴兴,也不承认两个人对利益分配有矛盾。陶梨最后趾高气昂地站在澡堂里,享受王喜红为她服务,这一女人之间解决问题的方式可以看作吴兴在孙广成面前保持强势的一个隐喻。

《澡堂子的故事》正如这个文本的题目本身所表明的,都是很普通的故事,人物也都是很普通的人物。但澡堂同样是一个舞台,洗澡是女人表达对世界、对生活的看法、态度的一种有效的"语言",如同在澡堂之外她们的身体语言。女人在这个舞台上的状态和面貌或许正是澡堂之外的生活面貌的镜像。刻意从女人与澡堂的角度来写澡堂之外的世界与男人,这还真是一种角度奇妙的构思。

(《文艺报》2010 年 5 月 19 日)

徐国芳《规矩》:"规矩"与真相的矛盾

十八台的煤矿瓦斯爆炸,18 个矿工罹难。但全部十八台的劳力挖了 3 天只挖出了 12 个人。事故的调查及其处理以一套成熟的程序展开:两名矿工的追悼会、给家属发放赔偿、县乡两级政府的通报批评、对矿主彭庆安的罚款,十八台的煤矿事故就这样了结了。这是彭庆安理解的矿难的真相。但十八台的小学教师张大年有自己的"规矩",他不能容忍彭庆安隐瞒矿难死亡人数。因此他先是提醒记者事故的真相并不是两名矿工私自下井、违规操作,当记者被买通之后,张大年自费到省城举报了十八台矿难处理过程中的弄虚作假。这是张大年认识的真相。

小说《规矩》(《四川文学》2010 年第 4 期)力图在这两个真相的矛盾和冲突之间,塑造彭庆安的悲剧性命运和张大年的悲壮。彭庆安虽然是有名的富户,但他几乎承担了十八台所有的基础设施建设——修公路、开水渠、架电线、盖学校。不仅如此,十八台所有孩子上学的费用、上中学大学的奖学金以及教师校长的聘请报酬等都由他支付。十八台的男女老少都指望着彭庆安,都爱着甚至保护着彭庆安。因此,当张大年固执地要揭出煤矿生产真相的时候,整个十八台的男女老少包括他深爱的女人都会对他警惕甚至敌视,导致本来在十八台乡亲中享有很高地位的教师张大年反而觉得自己是罪犯、是告密者、是背叛者,尽管达到了揭露真相的目的，但他事实上已经悲壮地将自己在十八台的事业和生活断送了。在小说的结尾，张大年依然纠缠在自己的规矩与十八台的规矩的激烈矛盾之中。张大年的矛盾未必不是十八台乡亲的矛盾，他们既渴望乡村有彭庆安这样强有力的财政支持者，从而改变生活，同时他们也希望矿难能够如同事故发生的真实过程一样被揭示、被处理，最终被杜绝。这是一个乡村现代化过程中的悖论，它的消失既不是凭张大年的良知可以做到的，也不是凭彭庆安或者十八台的规矩可以做到的。小说提出了一个令人深思的问题：在十八台的发展中，谁来取代彭庆安？彭庆安并非我们从新闻和现实中看到的那些完全漠视矿工生命、完全不顾地方社会发展和进步的黑心矿主。这两种真相、这两个人物作者无法选择，相信读者也很难选择。这种选择上的困难或许正是这部作品的魅力。

(《文艺报》2010年7月12日)

马步升《革命切片》：复杂历史与丰富个人

如同历史唯物主义所揭示的那样，历史的进步不仅仅表现在一种新的生产关系取代旧的生产关系，它的复杂性还在于历史的进步、社会的发展都是建立在以往历史的基础之上，它要遗传、遗留甚至学习以往的思想、文化资源。而这一点或许与制度的更迭、生产关系的变化并不同步。这正是人类生活的复杂性所在，也正是表现文学魅力的空间。马步升的《革命切片》(《芳草》2010年第5期)试图通过革命转型时期人们对婚姻的态度，表现历史进程中这复杂的另一面。

县长马赶山、县委副书记古里都是抗日战争时期参加革命的老干部，在如火如荼的"土改"完成后，迎来了宣传、落实中华人民共和国第一部《婚姻法》的工作。古里的妻子、县妇联主任柳姿，一个典型的知识分子出身的干部，在宣传《婚姻法》的过程中，她更多的是关注妇女解放，特别是要动员妇女从旧婚姻中解放出来，获得新生活。由此造成大批妇女成群结队赶往县城离婚。戏剧性的是，马赶山的父亲之前因为老婆不能生育便娶了第二个老婆，这与新的婚姻制度相抵触。主管落实《婚姻法》工作的副书记古里与妻子柳姿因为古里在战争年代留下的心理困扰而分居，县长马赶山在战火中的包办婚姻因为温柔多情的饭馆老板荨麻而面临危机。小说在叙述马赶山处理这一系列危机的同时，穿插叙述马赶山与其战友古里、祁如山等在战争时代的共同战斗、深情厚谊、爱情婚姻，不仅塑造了一个革命时期不畏牺牲、浴血奋战，具有英雄主义精神的群体，同时展现了这群过去的战斗英雄在革命转型时期的人格魅力。尽管最后马赶山被下放林场，但他以及他所代表的这一代人对生死的无畏、对事业的忠诚、对情感的坦然和深沉,等等,都如同他们曾经奉献的鲜血和牺牲精神一样,被铭记在历史之中了,并使得历史的进步和个人的命运表现出令人感喟的丰富性、复杂性。

朱晓琳《夜上海波尔卡》:何为都市?

在海外出生、毕业于音乐学院的廖嘉平,来到上海留学学习汉语。这个对汉语一知半解的年轻人想要自己养活自己,从而开始了酒店弹琴、做钢琴家教、为农民工子女普及音乐教学等一段曲折而丰富的谋生经历。朱晓琳的中篇小说《夜上海波尔卡》(《上海文学》2010年第7期),表面上写的是典型的都市青年的漂泊生活,背后却触及一个急迫的话题,这便是迅疾的都市化步伐与都市的精神气质。

与真正的都市相比,我们的都市究竟缺乏何种精神、文化和气质?是对国际通用交流语言的陌生,还是不会弹钢琴?如果说杉杉被逼迫学琴是教育的问题,那么,郭其龙认为只要有钱就能请到更好的钢琴教师、不懂音乐的郭太太大骂廖嘉平乱弹琴、少女钟亭亭做钢琴家教只是要找机会遇到一个有钱的男朋友,等等,就是另外一个问题。小说中这些都懂得汉语的都市人物,其实都不懂得真正的都市语言,真正的都市精神和都市语言应该是懂得音乐和钢琴的,至少是尊重音乐和钢琴的。廖嘉平弹琴是因为他喜欢,是因为他想给听众以享受。廖嘉平的房东——退休中学教师周先生把儿子心爱的自行车借给廖嘉平使用;当廖嘉平被富翁扔在街头时,周先生骑着三轮车接回语言不通、方位不明的廖嘉平。他们为改善进城务工人员学校的教学设施而努力,为孩子们演奏,尽管钢琴是破旧的、琴键是坏的,但孩子们听得津津有味,他们把脏兮兮的脸蛋贴在廖嘉平的肩头。在这里,懂得与不懂得汉语并不重要,沟通他们的是真正的都市化精神。作品通过对廖嘉平谋生的叙述,凸显出都市化进程中的某种都市化精神的缺失。

(《文艺报》2010年10月18日)

向春《牛二虎家的"土改"》:作为生命的土地与作为资产的土地

《牛二虎家的"土改"》(《伊犁河》双月刊2010年第6期)以河套平原几个小人物的命运,再现了"土地改革"这一中国社会进程中的重大事件所曾经具有的震撼性力量。在戏班子唱戏的亲圪旦不堪忍受骚扰,带着弟弟嫁给了牛二虎。蛮横的亲圪旦在鸡叫二遍时就把家里人赶到地里出工,开荒、种地、积肥、喂猪,很快一穷二白的牛二虎家就有了存粮,有了肉吃,并有了800亩田地。不仅如此勤劳，亲圪旦还是精明的。她用身体作为对牛二虎听话的奖赏；冬天腊月只吃槽头肉和猪下水，把猪肉腌制了春夏吃，保证一家一年都有油水；为了避免家产被瓜分，她设计不流血地杀了牛，让牛二虎收留的日本女人"意外烧死"；她把帮工变成自己的家人，增加家庭人口，减少人均土地面积……总之，亲圪旦泼辣、能干，甚至狠毒，善过日子、精于持家，她让牛二虎一家过上了体面生活，让一个只有两个男人的家庭重新充满了生机。

但是，亲圪旦辛勤开辟的800亩田地，从生存的角度来说，她不能舍弃，那是她家的命根子；从生活的角度来说，她不能摆脱，因为如此巨大数量的土地对一个农户而言，是资产也是罪恶。为了证明自己不是地主，亲圪旦耗尽朴素而精巧的智慧，努力辩驳自己没有雇用长工，没有剥削长工，没有放高利贷，没有杀人，但亲圪旦最终还是被划定为地主。亲圪旦在背上奄奄一息的丈夫时仍然坚持不能被批斗，仍然坚持要开荒。亲圪旦不明白她开垦出来的土地，并不属于她自己，更不是她勤劳的证明，相反成了她无法摆脱的漩涡。亲圪旦要承担的不仅是辛勤劳作，还要承担土地在社会进程中的身份重量。作品不仅刻画了一个朴素而钟情土地的农村妇女形象，而且巧妙地勾勒出农民与土地的关系，折射土地权属的变化对农民的巨大影响。

东紫《白猫》：压抑与救赎

东紫是一个心思缜密的作家，她在日常生活的细微之处表现出令人惊奇的洞察力。作家过去的作品如《在楼群中歌唱》(《十月》2010年第1期)有这样的特征，新作《白猫》(《人民文学》2010年第10期)则把作家的这一艺术个性展现得更加充分。

儿子从路边捡回一只受伤的猫，一只讲卫生、按时出去按时回来的乖顺的猫。这只陪伴过主人、给主人带来无数安慰的野猫，为了爱情，在小区一个窗口不吃不喝坚守了四天四夜，最后悄然消失，并安排另一只猫接替它来陪伴主人。作家虽然把猫的生活写得无比真实，但这显然不是作品的目的，作者的动机是通过白猫的生活、通过白猫与主人的交往，来写主人的生活，来写人、写"我"。"我"离婚后开始对爱情变得怀疑，认为女人如同猫一样用情不专，"她们"是我的ABC之一，"我"其实也是她们的ABC之一。即使对张玲，这个朋友的前妻，"我"也是怀疑的、警惕的。尽管她一直把"我"的儿子当她的儿子，一直在日记中记录着"我"儿子的成长，但因为她是朋友的前妻，我在一种压抑和疼痛中保持着和她的距离。对爱情、亲情，我甚至不如白猫，不敢爱也不敢恨，不彻底也不决绝。在"我"离家两个月再次回到家之后,失踪的白猫找来的黑猫又来叫门了。这一刻"我"决定做一个爱的坚持者、传递者,决定去敲张玲家的门……作品把"我"在爱情上的孤独与渴望、怀疑与压抑写得细腻而密致;把猫与猫之间的动物之爱写得合理而动人;把猫与人之间的相处和慰藉叙述得踏实而温暖。当代都市生活除了表面的城市建设、科技发展和社会结构的变化外,还有被强大的都市化潮流裹挟的市民的情感、心理和精神世界的复杂性。《白猫》深入都市日常生活的骨髓,通过"我"单身的孤独、猫的陪伴、爱情上的犹豫以及最后的觉悟,感性地表现出都市生活对人的压抑以及人的自我拯救。

(《文艺报》2010年12月13日)

王祥夫《发愁》:同处一室 中有沟壑

《发愁》(《上海文学》2010年第3期)是一篇简洁、精致的短篇小说,一个女人、一个男人、一只猫构成故事的全部。女人是跑了丈夫的女人、没有了工作的女人,没有丈夫和工作因而就成了喜欢喝酒的女人;男人是一个只能坐着的男人,是一个无法正常站立、无法正常躺下的残疾男人,因此被叫作"废人";猫是一只饥饿的、流浪的猫。小说一开始,女人就被一丝淡淡的愁绪笼罩着。她怀孕了,却不知道孩子是谁的,她最不希望是"废人"的,但无法回忆起来到底是什么时候发生的,因为每次都喝了很多酒。这种愁绪很快复杂起来。一只猫闯进了女人的视线。女人从猫舔大肚子联想到自己的肚子,女人以为猫要生了。男人找各种借口要赶走猫。第二天猫被放走了,这让女人十分沮丧。当猫再次出现时,女人终于按捺不住对猫愤怒起来。作品以简洁的语言、冷静的语调,反复叙述女人与男人始终无法方向一致的思想和对话,比如无论女人说什么,男人总是提醒她水开了;无论男人怎么说少喝酒,女人总是有理由说服自己再喝一口,从而把身处同一个空间的男女之间的深不可测的沟壑表现得无比轻巧而凝重。这是现代都市生活中常见的一种情绪,但也是非常容易被忽略的日常感受。现代人无疑不断需要诸如《发愁》这样的文本来帮助自己唤醒麻木或沉睡的感觉。

(《文艺报》2010年5月10日)

刘益善《向阳湖》:劳动者的本色

向阳湖在当代中国是一个值得纪念的地方。二十世纪六十年代到七十年代,六千余名知识分子曾经在这里劳动、改造自己的思想。它是中国当代知识分子坎圻命运的见证地。中篇小说《向阳湖》(《芳草》2010 年第 3 期)并没有直接叙述这一代知识文化精英在向阳湖的生活,准确地说,它叙述的是大批知识分子来到向阳湖前的准备工作,即十几万农民围湖造田。作品有一个鲜明的动机,就是为向阳湖周边的农民立传。

作品主要刻画的人物"老矮"所在的民兵排只有四个人,其中还有一个是女性,是整个工地上人数最少的民兵排,但是他们要完成的土方任务却非常艰巨,每个人每天必须完成一点八方土。最难克服的困难是在任务攻坚阶段整个工地断了粮食。老矮因为抢渔场的鱼而被混乱的人流踩死。毫无疑问,《向阳湖》叙述的是一个悲剧,但作者跳出了过去书写这一段历史的窠臼。比如,在作品中老矮积极要求去水利工地,甚至不惜花钱买机会去围湖造田工地,并不是他的思想多么先进和高尚,而是他有很实际的计算,一是一个半月的围垦任务完成后,可以积攒二十元钱,好买年货;二是可以每天与他心爱的女人桂桂在一起。但本质上老矮又是个思想纯朴的农民。他半夜三更起来挑土,打着赤脚在雪地里劳动,发高烧时坚持参加挖土,等等,其动机除了早完工可以早回家之外,更多的是老矮觉得自己多挑一担,其他人就可以少挑一担,减轻一些负担。应该说那个时代成千上万的农民都是这样的朴实无华,他们的忘我劳动乃至流血牺牲,都出自对劳动本色的本能坚守,在他们的思想中除了劳动还是劳动。他们不知道什么叫谈判,当然也没有劳动保护或者劳动保障之类的概念,他们宁可赤脚在寒冷的泥泞中跋涉,也不知道去申请一双胶鞋。这种羞于提出任何要求的境界并不是作秀或者虚伪,而是一种真诚的、真实的生命状态。

(《文艺报》2010 年 8 月 2 日)

陈旭红《亲和酒》:人给人带来的幸福

陈旭红的作品有一种雍容的氛围和宽厚的胸怀,并且,她习惯在家庭、家族这个空间里来塑造人物和叙述故事。这从《白莲浦》(《小说选刊》2009 年第 2 期)中可以看出来,当然从《亲和酒》中也可以读出来。《亲和酒》并没有紧密的故事过程,它叙述了陈氏家族三个后人陈世勋、陈世春、陈世廷为让空荡、寂寞、沉闷的湾子重新焕发生机和活力而付出的努力。富裕了的乡村里,乡亲们之间的来往少了;日子好了的乡村里,人口越来越少了,这让"义和陈氏"的两个长辈陈世勋、陈世春很难过。临近中秋节的时候,陈世勋、陈世春召集湾子里的人聚会,商议在中秋节搞活动。中秋节那天锣鼓喧天、乡亲云集,陈世勋、陈世春在众人的欢呼中表演了拳术和节目,远亲近邻聚在一起,谈古论今,无不畅快。重阳节时，陈氏家族漂泊海外的长辈陈世廷带着海外的晚辈回来了。陈氏家族家家户户在外面的儿孙都回到湾子里办"亲和酒"，祭祖认亲、看家谱、聊掌故、追溯家族渊源、叙谈家长里短。在壮观的后辈身影中，长辈们感受到了从未有过的巨大的幸福。这种幸福的况味是很难用语言叙述的，但作者以古朴的语言、从容的节奏、平常的细节烘托出了几代同堂、热闹非凡、幸福悠长的氛围。作品巧妙地对都市化潮流中乡村人的幸福感的失落与建构提出了批评与建议，由此而显得雍容而宽广。

冉正万《纯生活》：来自大自然的报复

冉正万的《纯生活》叙述的故事似乎极不可信。一个家族因为在久远的时候得罪了一只山魈，而被其他的山魈攻击，从此这个家族世代的男人都要患腿疾并截肢，否则就会早逝。《纯生活》中姑父因为腿疼去医院检查，医院诊断为骨癌，并为姑父截肢。姑父并不承认医生的诊断，因为他知道这个家族与山魈结下的仇恨及其历史。姑父的曾曾祖父曾经收养了一只独腿的雌性山魈，当姑父发现山魈与其他雄性山魈约会后，出于嫉妒，姑父砍断了独腿山魈约会时用来依靠身体的树枝，雌性山魈感受到羞辱而自杀，雄性山魈则开始报复这个家族。姑父的父亲因为腿疼而去世，姑父的儿子因为发现得早而悄悄截肢，姑父八岁的孙子决定长大后找一个独腿的女人为妻，以接受山魈的惩罚并使后代得以解脱。尽管在作品中，姑父是乐观的，他觉得自己比父亲幸运，因为父亲没有条件截肢；表哥也是乐观的，因为他只截掉了踝关节以下的部分；表哥的儿子也是快乐的，因为他不惧怕报应的到来并做好了准备；作者的叙述也是轻松的、机巧的……但这仍是一个令人倍感沉重的故事。自然对人类的惩罚我们已经见到很多了，随着时代的发展，随着我们对自然的肆无忌惮的践踏和索取，这种报应和惩罚依然将以各种形式继续，人类也将继续承受，就如姑父这个家族所承受的一样。从医学的角度来说，骨癌并不是遗传性疾病，但自然对人类的惩罚可能会一代遗传一代，由此，这个看似荒诞的故事又具有可以相信的逻辑。

（《文艺报》2010年9月13日）

鲍红志《代表》：寻求表达的权利

进城务工人员曾茂发在应聘途中捡到一张代表证，并顺利地闯入了会场。他没有料到自己先是幸运地被电视台采访，后来又巧遇市长。曾茂发面对记者、面对市长,大胆批评对进城务工人员的歧视,要求改变"农民工"这一称呼。曾茂发最终被发现使用捡来的代表证参会而被赶出会场,当市长在电视中肯定曾茂发的建议,提出关爱弱势群体、尊重他们的价值和心理感受时,尽管没有找到工作,曾茂发还是流下了感动的热泪。

鲍红志的短篇小说《代表》(《芳草》2010年第3期)似乎是用讽刺的笔法叙述了一个农民找工作的奇遇。曾茂发听别人说进城务工人员是边缘一族,应聘时就把"民族"填成"边族";他认为自己不再是农民,便把自己的"职业"写成"工人"……无疑,曾茂发的自以为是受到了城市话语的戏谑。同时,小说也通过曾茂发抱怨城市人把"鲍鱼"做得没有鱼的样子、把"鸡的屁"(GDP)天天挂嘴上、把农民的大喊瞎喊说成"原生态唱法"等细节,从农耕话语的角度挖苦了城市人的自作聪明。在我看来,这些都是表象。曾茂发与城市的冲突的实质是如何从人格、从尊严、从价值上看待进城务工人员这样一个主题,也就是曾茂发自己所说的:"为什么我在城市工作了这么多年,还要把我叫作农民?"小说的叙述中蕴藏着一个耐人寻味的问题,即诸如曾茂发这样的"工人"如何表达自己的意见。在小说中,曾茂发通过捡来的代表证混进会场,并发表了意见。在现实生活中,能够给予他们陈述对社会发展的建议、主张权利和价值的平台在哪里?这才是作者通过作品传达的真实意图。

李晁《完美男人》:迷茫的代价

《完美男人》(《青年文学》上半月刊2010年第6期)在简短的篇幅里讲述了几个问题青年的成长历程,作品中除了叙述者"我"外,还有"余季"和"三条"。余季的母亲跟着货郎跑了,父亲长年在外地工作;三条的母亲早逝,父亲是个老实的电工。吸烟、逃课、偷东西、欺负女生、打架、看黄碟等,这些便是余季和三条成长中的主要生活内容。最终,余季因为盗窃罪被判有期徒刑三年,三条因为强奸罪也被判入狱,其父亲则以自杀的方式了结了他不可改变和主宰的生活。作品以伤感、忧伤的语调展示了叛逆的青春付出的代价。不可否认,余季这样桀骜不驯的青年,其迷茫的青春及代价与其家庭的不完整是紧密相关的。幸运的是,作品在让我们深刻体悟家庭教育、家庭温暖对青少年成长之重要性的同时,也让我们看到了希望的一面,比如余季从监狱中出来后说过一句话:"什么是完美男人?完美不是不犯错误,而是知错就改。"我理解为这不是余季说的一句冠冕堂皇的话,而是发自其内心的认同。小说中一个细节可以证明这一点,余季从监狱出来后,吃饭时总是蹲着吃,对此,他没有觉得不好意思,也没有因此而改为坐着吃,而是坦诚地说"习惯了"。这句"习惯了"是对余季真正地实现了回归社会、回归人生正常轨道的最好说明。

(《文艺报》2010年9月27日)

商略《埋妻》：空气稀薄的人生

对青藏高原的生活，大多数人是没有体会的。即使走马观花似地领略过它的风景，也不会具有在青藏高原生活、工作的人生体验。《埋妻》(《西湖》2011年第1期)所叙述的是堪称独特的人生经验。"我"的车坏在了界山大阪，等待老板请人来修，如果没有人来修，我得在山上过冬等到明年春天才能下山。两天后我等来一辆卡车，卡车带来的消息与修车无关：胡大麻子的老婆死在了鲁猢狲的车上了。胡大麻子在麻扎大阪开了一个小饭馆，他的老婆从四川来西藏找三年未回家的丈夫，却不适应高原气候，因为肺气肿在离小饭馆还有两天路程的地方死在了卡车上。胡大麻子来了后，我陪他一起去埋葬他的妻子，找了无数地方都挖不出一个坑来，到处是石头，在缺氧的高原"我们"都没有体力胜任挖坑的劳动，即将下雪的天气也不允许盲目地挖来挖去。最后"我们"只得用石头将胡大麻子的妻子盖住。小说的故事并不复杂，但作品通过胡大麻子"埋妻"的过程，将女人冒着生命危险到西藏寻找丈夫的艰难，"我们"这些常年在高原跋涉的卡车司机的枯燥、孤独、饥饿、寒冷以及相互之间的友情，胡大麻子的节俭、精明、隐忍等性格，巧妙地表现出来，营构了一个空气稀薄的人生世界，从而丰富了我们每一个高原之外的人的人生感悟。

张庆国《如风》：野猪乱窜与人的突围

张庆国的《如风》(《芳草》2011年第1期)把一个青年男性事业上的困惑、爱情上的迷茫、心理上的压抑、精神上的苦闷，与养狗、打野猪这一古老、浪漫、冒险的消闲生活融合在一起，形成一种强烈的反差并构成一种隐喻。在森林生活中，猎户出身的陈刚具有丰富的狩猎经验。他同时也是一名恪尽职守的警察，每一次打猎，他都力尽可能地避免事故发生，有时甚至不惜冒着生命危险。但在现代生活中，陈刚则如一头闯入闹市的野猪，盲目而缺乏自信。他毫无主宰自己和小丁生活的力量以及经验，任凭时代的狂风咆哮撕扯。在这样一个变化迅速而且深刻的时代，我们每一个人其实都与陈刚一样，有时候就如同大黑山的野猪，处于被猎杀与逃窜之中，惊惶无措、无可奈何，但我们都必须突围。《如风》语言精练、富有诗意；叙述老到、节奏沉稳，堪称一部优秀的中篇之作。

(《文艺报》2011年2月28日)

冉正万《大哥》：无法摆脱的亲情

冉正万的小说里一直有一种萦绕不散的血缘情节，其新作《大哥》(《十月》2011年第1期)是作家家族史创作系列的进一步拓展，试图表达弟弟对哥哥的无可奈何又不能漠然视之的情感困境。大哥是中国农村中的那种典型的精明农民，为了在拆迁中多获得补助，他先是在玉米地中种植树苗，后又利用懂得木工等手艺的优势，巧妙扩大房屋面积。但在拆迁部门的每一次摸底、测量、兑现中，大哥屡次经受挫折。树苗高度不够不作数，种树、房屋面积不在规定的建筑时间内也不作数，大哥巧妙扩大的房屋面积与测算规则不相符……由此，大哥认定了政府欠自己3万元拆迁补助款，并不断上访、告状、投诉、贿赂，但大哥始终没有找到欠他补助款的主体，反而是被骗、被打，无端浪费许多钱财、得罪所有的亲友。这是一种令人同情却毫无逻辑理由的苦难，而"我"就处在这没有终结的帮与不帮、理与不理的亲情与法理的矛盾困境之中。这正是作品传达的一种疼痛。底层生活中有许多真实的苦难，也有许多虚假的苦难，《大哥》所叙述的是后者，并对这一虚假性有着同情之下的批判意识。作品在社会普遍关注底层困苦的潮流中，清晰地认识到这二者的区别，这在底层叙事中是较为少见的，也是小说《大哥》的独特之处。

姜贻斌《我偷了你的短火》：冒失与诱惑都令人感叹

我疑心"短火"是一个很南方化甚至很湖南化的词语，湖南籍作家肖建国2009年曾在小说《短火》中塑造过一群"挎短火"的人。当然，短与长是指枪管的长度，火是枪的另一种说法，所以有所谓的"长猎枪""短火铳"，有所谓"长枪短火"等说法。姜贻斌也是湖南籍作家，也写了一篇与"短火"有关的小说。《我偷了你的短火》(《芙蓉》2011年第1期)不是写打猎的，也不是写剿匪的，写的是一把真正的手枪。王四砣的青梅竹马伙伴罗小红的爸爸罗大军有一把短火，这把手枪让保卫科科长罗大军四面威风、得意非凡。少年王四砣在羡慕、好奇心的驱使下偷走了手枪，并藏在了山上。由此引出找枪、查枪、审查并导致人命案，罗大军最终被撤职、调离。小说的语言诙谐、精到，充满独特的湖南地域文化味道。在这一浓厚的湖南语言文化氛围中，作品把极"左"时代两个少年朦胧、纯洁、美好的情感，王四砣对短火的渴望与得到短火之后的手足无措，罗大军丢失短火之后的焦虑与无神，叙述得有如传说一般，使我们对一个少年浪漫的好奇、一次因抵抗不住诱惑而产生的冒失以及由此引发的几个人的人生转折，发出深深的感叹。

(《文艺报》2011年4月11日)

乔叶《月牙泉》：稍纵即逝的清澈与甘甜

很多时候，姐妹之间要互相表达情感是一件很难的事，尤其在姐妹都成年之后。乔叶的《月牙泉》(《西部》2011年第2期)把"姐姐"与"妹妹"放在两个极端的社会地位、经济地位上，来叙述姐妹之间的情感交往。妹妹生活在省城，工作在一个社会团体，经济条件优越，来来往往的都是文化人；姐姐生活在农村，种地、赌博、生孩子、离婚便是姐姐的全部人生。除了不断补贴姐姐经济上的无底洞，除了从姐姐的衰老中看到自己的未来，妹妹极度不想跟姐姐面对面相处。作品把姐妹的相见设计在一个无法回避、无可奈何的场合，并通过姐姐在自助餐厅中显露的贪婪、土气，在宾馆浴室不断地冲洗，让妹妹充分看到姐姐的衰老、身体变形，以及经济上的穷困窘迫，让妹妹不断地感到尴尬又不得不忍受。可貌似粗俗的姐姐在迷糊中与妹妹的简单问答，从童年回忆到房子，从钱到婚外情，让妹妹对姐姐有了重新的认识。作品的结尾颇有意味，妹妹感到冷，姐姐先是怕妹妹发烧，后又想起妹妹身体弱、顶不住寒气，便把被子抱来与妹妹背靠背睡了。简洁的对话、精准的动作描述，让人禁不住血缘深情的冲击。妹妹突然惊醒，这一姐妹情多么像沙漠中的月牙泉，清澈甘甜，在忙碌的人生中却很容易稍纵即逝，如果你不细细体味的话。

阿满《女生活》：从躁动、恐惧到平和、自养

阿满的《女生活》(《芳草》2011年第2期)如同作者一贯的创作，是一部以刻画女性人物及其生活为主要旨趣的中篇小说。作品首先直接切入女性的生理反应和心理感受。珠宝商夏玉突然意识到自己进入了更年期。沮丧、惶恐、不安、烦躁在她毫无准备的时候，搅乱了她自以为已经安宁的人生。作品对夏玉的这一微妙复杂的心理、精神状态，洞察分明，刻画细腻，真诚而伤感地表现了女性生命的衰老。作品试图通过夏玉如何适应和调整这一突如其来的人生阶段，来传达超越生理和身体的更深的意图。夏玉的朋友陈蓉蓉也是贯穿作品的一个人物。陈蓉蓉爱玩、喜欢打扮，具有超出一般人的胆量。她与夏玉之间既有争吵、妒忌、隐瞒、伤害，同时她们又是互相不能割舍的玩伴，互相都是对方的影子。从某种角

度上说，正是陈蓉蓉教会了有钱的夏玉如何生活、如何发现生活中的趣味、如何通过生活肯定自己以及获得对自己的正面评价，从而战胜生理衰老带来的压抑和恐惧。经历了这一切过程之后的夏玉，重新找到了看待生活、看待年龄、看待衰老的方式。她明白了要平和、宽厚地对待人生已经经历和将要面临的一切，明白了依靠自身，才能保持生命的活力。作品充满着对女性的同情、赞赏，隐藏着对女性独立、自尊、自养的倡导和劝慰，显示出作家独特的艺术感觉和对女性世界的敏锐感悟。

(《文艺报》2011年4月25日)

李亚《玫瑰送终》：太远的世界与太近的生活

为死人洗澡、换衣，背死人下楼，给死人化妆、美容、整容，与死人说话，甚至替死人修剪指甲……《玫瑰送终》(《芙蓉》2011年第2期)所写的是一个极其少见的题材，是一个不为人所知的生活世界。经营包子铺的"八叉"、叛逆女子"顺子"、开大排档的"段宝"以及"糨糊"，这四个年轻人各自放弃了自己的事业，开办起"玫瑰送终公司"。作品以个性化的语言，风趣地刻画了"玫瑰送终公司"中几个性格不同的年轻人。富裕家庭出身、桀骜不驯、常常跳槽的顺子居然经常泪流满面地把为死者美容整容的工作做得那么完美；八叉与糨糊抢着背死人下楼，而从未意识到自己背着的是死人，仿佛背的是自己的父母或者病友；段宝因与父母亲结下冤仇，公开声称一旦他们去世，"玫瑰送终公司"对其的服务价格要提高40%，但他对孤寡老人却分文不取。他不但对公司的具体事务富有管理经验，而且对如何做好"送终"这一事业也有系统性的战略眼光。一群每天与死亡打交道的年轻人，把"死"当作自己生活的一部分，过着与死亡如此接近的生活，他们把人体面地送到另一个世界，甚至替他们安排好在另一个世界的生活，对这些单身青年，这又是多么遥远的生活。作品不仅把一群年轻人在两个世界之间的穿梭忙碌写得生动活现，而且也以此模糊了生死之间的分明界限，使读者获得了对生与死的重新认识。

(《文艺报》2011年5月4日)

江长深《水乡长》：现代管理理念下的新型乡干部

为了确保完成十万亩晚稻的种植面积，白山县夫子河乡的"水乡长"必须解决抗旱的用水问题。白山水库并不是没有水，而是不想放水，因为蓄水从事漂流经营，水库可以获得巨大收益。在水乡长的策划下，水库的水终于流进了干渴的土地，但漂流被取消了。《水乡长》(《芳草》2011年第3期)在叙述这一简单的故事时定位准确，作者对自己塑造的人物处于什么样的时代环境是清晰的。作品写水乡长开抗旱动员会时说："老百姓忙了一个季节，也没向我们提出过什么，现在轮到我们登场了"，这一句话把当下乡政府机构的职能转变、老百姓与乡政府之间的关系鲜明地描述出来了。作者的叙述语言也是极富时代特征的。水乡长指导灌水时以打工女人的生活来暗示浇灌要均匀，这是准确而极具时代特色的言说方式。更重要的是，作品塑造了一个真实可信的乡干部形象。水乡长不仅是一个十几年没有得到提拔的乡干部，而且是一个喝酒出名的乡干部，是一个风趣幽默的乡干部。他对"时香墨"的调侃、对自己喝酒的解释、对村干部的动员报告，既有豪言壮语，也有粗俗的农村生活语言，更多的是引人哄笑的诙谐幽默与机智的语言。水乡长不惜牺牲自己的仕途也要兑现自己的诺言，不惜冒犯领导也要维护政府信誉，他把这一行为自我理解为是服务型政府时代乡镇干部应该为群众提供的基本服务。因此，水乡长是一个乡镇体制改革后新形势下的乡长。这是对当代农村题材小说中"乡长"人物谱的一个贡献。

(《文艺报》2011年5月9日)

东紫《好日子就要来了》：融入都市的漫长道路

东紫是一个对都市生活特别敏感的作家。其新作《好日子就要来了》(《芳草》2011年第6期)进一步体现了作家的这一艺术潜力。农村女孩王小丫为了在都市找到立足之地，先后买过三个假文凭，从端盘子、打小工发展到自己开店，经济上一步一步摆脱贫困，但她希望做一个真正的城市人。她想到了通过婚姻来搭建进入都市生活的桥梁，于是走进了婚姻介绍所。都市男青年王安南出身知识分子家庭，母亲自命不凡、清高独断、说话刻薄。作为大学教师的王安南一直没有得到晋升、没有分到住房，但他没有特别高的追求，只想找一个让自己幸福的老婆。在母亲的逼迫下，他也走进了婚姻介绍所。王小丫与王安南从迅速认识到恋爱、结婚。但一个侦破假文凭的案件，把王小丫的过去暴露了。王小丫多年的人生努力以及未来理想瞬间面临付诸东流的危机。作品把一个农村女孩的苦心经营和脱胎换骨叙述得极富质感，没有渲染农村或者底层的苦难，而是尽量展现王小丫追求城市生活并用智慧和勤奋去实现理想的一面。王小丫需要文凭不是因为她没有能力，事实证明她有极大的创造力，而是社会需要文凭，是王安南的母亲这样瞧不起农村的知识女性需要文凭。王小丫的人生告诉我们，尽管中国城市化的速度异乎寻常，但农民真正被城市接纳还有很多阻力，这种阻力既有体制的，也有文化和心理的。

马竹《戒指印》：回归亲人和故乡

马竹近年来的创作大多与亲人有关，这大约既是年龄的因素，也与经历的人生变故有关。其新作《戒指印》（《长江文艺》2011年第11期）以一个警察抓赌博的故事开始，发展成为一个与案件毫无关系的故事。小说中有两个人物群体，一个是袁明清及其弟弟妹妹，妻子秦媛及其娘家人；另一个是袁明清的哥们儿兄弟；穿插在其中的是袁明清的两个情人陈敏与黎瑛。这些人物因为袁明清与哥们儿兄弟打麻将被抓而行动起来，因为袁明清的妻子做胆结石手术而行动起来。甄亦凡、陈敏在派出所外联络人营救袁明清，习见年、黎瑛在与医院、主刀医生、麻醉师公关，确保袁明清的妻子秦媛的手术，家乡两方面的亲人都闻讯赶到医院轮流守护和看望。当妻子出院时，家乡的亲人等候在村口、路边。袁明清也因此明白了许多，生发出对妻子的愧疚、对弟弟们的亏欠、对情人的抱歉、对家乡和父母本能的依恋……袁明清瞬间感受到自己人生的重与轻。《戒指印》把家乡的灵山，把灵山上如戒指印的阳光作为力量和疗伤的归宿，是作品意味深长的构思。

（《文艺报》2011年12月16日）

杨惠玲《焐脚》：疼爱一个人其实并不难

有时候，已婚男女的交往不仅会令外界警惕，也会令男女当事人紧张，如何缓解这种紧张和尴尬的状态，是两性交往必须面对的问题。杨惠玲的《焐脚》（《芳草》2012年第1期）提供了一个形象的答案。作品叙述了一个勤劳、朴实的中年女人对生活的追求和向往。郭玉芬的男人成天酗酒、抽烟、赌博、打老婆，是一个不但不顾家，而且也不疼爱女人的男人。郭玉芬在打短工的过程中认识了王大贵，王大贵的老婆是一个傻子。在一次偶然的欢愉之后，郭玉芬发现王大贵开始躲避自己。郭玉芬认为王大贵既然可以把傻女人当孩子一样服侍，也理应能关心、同情她。但第二天王大贵找来一个大妈劝说郭玉芬离开，并引来围观。尴尬之下，郭玉芬逃出了王大贵的家。三天后，王大贵在一个破庙里找到冻得发抖的郭玉芬，并把她领回家，郭玉芬与傻女人睡一头，王大贵睡另一头，郭玉芬把王大贵的脚放在自己的腋窝里帮他暖脚，王大贵也把郭玉芬的脚慢慢放到自己的腋窝里，一阵暖流从脚底流进郭玉芬心里。《焐脚》在较短的篇幅里融入了丰富的内涵。在男女的交往之中，双方可能都会在内心默默猜测对方在打什么算盘，都会权衡如何保护自己。这既是一种本能，也是社会交往中缺乏真诚和信任的一种表征。王大贵喜欢郭玉芬，但他有负担，他有老婆，怕人说闲话。因此，虽然他可以照顾、服侍一个傻女人，但却不能温暖郭玉芬。这不仅是他的负担，也是中国文化的负担，是传统习俗和观念的负担。

彭东明《大叔、二叔和三叔》：命运和财富都需要心理支撑

彭东明曾经是一位活跃的作家，在悄无声息十多年后，近来又开始小说创作。其新作《大叔、二叔和三叔》(《小说界》2011年第12期)讲述了父亲的三个弟弟的命运转折，意味深远。二叔是一位手艺精湛的篾匠，走遍天下都有饭吃。大叔有三寸不烂之舌，在计划经济时代贩卖耕牛，在市场经济时代贩卖楠竹、副食。父亲尽管看不起大叔的游手好闲，但还比较放心。三叔当过兵，回乡后当民兵营长，是抓阶级斗争的好手，组织劳力修水库、修公路，但对种田是外行。随着时代的变化，三叔批斗过的地主、富农都富裕起来了，大规模动员、组织农民的活动没有了，三叔在农村没有饭吃了，但他坚决不种田，而是去推销石膏板，经过奋斗后在北京买房买车开厂了。此时，父亲最喜欢的二叔却没有饭吃了，因为乡村基本上已不需要篾匠。小说在叙述几个长辈的命运戏剧性变化的同时，刻画出中国农民典型的性格特征，即对命运的紧张感和对富裕的不安。父亲觉得种田是最为稳当的生活，大叔的机巧、三叔的闯荡，都是不可靠的。在三叔成功后，父亲睡在他的别墅里，彻夜难眠，对他的财富充满了恐惧。这一性格背后是中国文化深厚的小农思维——吃饱饭、睡安稳觉是最踏实的生活。对农民来说，财富也是需要强大心理支撑的。具有意味的是，父亲最放心的篾匠弟弟在失业后，也不得不转为种植柑橘和红薯，经历着市场的变化和冲击，并在其中体验和学习市场经济下的农业种植。对农民来说，承受这一变化也是需要心理支撑的。

(《文艺报》2012年2月3日)

赵燕飞《地下通道》：哭也是一件不容易的事

生离死别是一个人的日常生活中不可回避的重要话题，而正是因为生死的刻骨铭心，反而让与之相关的文字显得无比苍白。赵燕飞的《地下通道》(《广州文艺》2013年第1期)为我们打开了感受这一生活世相的另一种可能。

小说中，母女俩相依为命，在母亲离开人世之后，旁人痛哭流涕，女儿却哭不出来——这无疑需要作家来说明或解释。小说通过女儿过生日时的父母冲突、隐瞒母亲病情、为母亲洗澡等细节，强化了母亲的暴躁、偏激，解释了女儿的冷漠、寡言。母女长期如同哑剧一样没有声音、没有语言交流的生活直到母亲得了胃癌后才开始出现变化。在照顾母亲的过程中，女儿逐渐感觉到自己美丽的身体对枯瘦如柴的母亲来说，是一种残酷的打击，为此，女儿几度流泪。但女儿真正酣畅地痛哭是在母亲去世之后，她在地下通道遇见一个胸前长着肿瘤却急需路费回家的病人，这一契机的出现，冲开了女儿长久以来封闭的感情闸门，使得女儿的大哭具有更复杂的意味：为母亲哭，也为自己哭，更为他人哭。

(《文艺报》2013 年 1 月 23 日)

李贤伟《铜板》：关注进城务工人员生存境遇

进城务工人员领不到工钱已经不是新闻，几乎每一个想兑现自己工钱的进城务工人员都有一段难以书写、不忍卒读的心路历程。李贤伟的中篇小说《铜板》(《当代》2004 年第 2 期)便将视线聚焦于这一社会问题上。三对进城务工人员夫妻在一个砖厂打工，每天运送砖坯、把晒干的砖坯装窑、把烧好的砖运出砖窑，不分白天黑夜，一个月仅能得到几百元报酬。但这区区几百元钱却只有零头可以换成现金，整数部分都要用铜板兑换。尽管每个月他们都祈求老板把铜板换成现金，但直到年关将近，他们手中捏着的仍然是铜板。他们日日饱尝着尴尬的夫妻生活、恶劣的饮食、低廉的报酬……即便如此，朴实的进城务工人员还是对未来充满希冀，他们每个月都在计算离各自的目标还有多远。购买一台彩电、把茅草房改造成砖瓦房、买一辆电三轮车，这是这三对夫妻各自的理想。作品把砖厂超负荷的劳动与恶劣的生存环境结合起来，立体地展示了这一环境下打工者的生存策略与人生理想。

(《文艺报》2013 年 2 月 18 日)

谢友鄞《想山》：不要让相遇轻易变成遗忘

每个人的一生中都会有无数次相遇，这些相遇绝大多数都会最终变成分别，之后便是遗忘。然而，如何从这种习惯性的遗忘中获得令人清醒的见识？谢友鄞的短篇小说《想山》(《山花》2013 年第 1 期)或许提供了一种启发。

《想山》写的是两代人的相遇。马戈代表了当代人的相遇。刚分配到煤炭局的大学生马戈负责山里十几个矿点的技术指导,他在进山下窑的途中遇到了美丽的山里姑娘亦婷。牛老杂的相遇则是上一代人的相遇。窑工牛老杂小时候做过喇嘛,在庙里遇见了一对到庙里祈福的母女,小女孩便是眼下亦婷的母亲。作品既没有明确描写青年马戈的爱情,也没有刻意讲述牛老杂的情感经历,而是通过马戈进山巡视矿山和下山回城的过程,巧妙地把马戈与亦婷相遇、亦婷与女伙伴挑水到矿山卖水、马戈结识牛老杂、牛老杂叙述童年时代遇见亦婷母亲等细节穿插其中。青年技术干部与乡村姑娘突兀而融洽的相遇,使得当下的煤窑生活顿显生气;小喇嘛与小女孩简洁童真的对话,使得历史的大山依旧美好。作品对辽西大山气候、地质等的描写,如同精湛的国画,字字现出山岭的筋骨。当然,更令人难忘的是牛老杂对日常性遗忘的提醒:你现在遇到的下辈子不一定能遇见。

(《文艺报》2013 年 2 月 20 日)

邹君君《爱情原来是请客吃饭》:单调的生活与单调的情感

这是一个无比丰富的时代,然而,在个人生活中,我们却常常感到枯燥与单调。邹君君的《爱情原来是请客吃饭》(《芳草》2013 年第 1 期)观照的正是"80 后"青年生活的狭窄性。一群刚刚考入单位的年轻人每天互相介绍对象,餐厅、歌厅是他们相亲见面的固定场所,喝酒、唱歌是约会的基本方式。"我"对付笛秋一点感觉也没有,但又不拒绝他一次又一次的邀请,甚至把小青拉进来当"电灯泡",等付笛秋的请客热情殆尽时,小青已经成为他的女朋友。在付笛秋的斡旋下,小青很快接替了主管职务,完成了"三级跳"。接着,小青把领导的司机易山竹介绍给"我","我"对这个有着弥勒佛一样面相的司机同样没有好感,可悲的是,在酒精和音乐的迷惑下,"我"最终躺在了易山竹的床上。小说事无巨细地呈现了前卫的音乐、奢华的酒店、精美的食物以及时尚的生活,然而,在这些繁华的表象之下,却是年轻人内心的空虚与无聊。在极富时代特色的语言氛围中,我们不禁感慨当下年轻人生活的单调和情感的脆弱。

(《文艺报》2013 年 2 月 27 日)

曹军庆《家谱学》:历史中的真实与虚构

曹军庆的《家谱学》(《江南》2013 年第 2 期)通过讲述屈小平修家谱的过程,虚构了三个空间:一是现实空间。贺船帆被聘来承担重修屈氏家谱的重任,屈小平唯一的要求是将自己作为屈原后人入谱,而坚持真实原则的贺船帆却决心进行仔细的调查。二是贺船帆的《梁山伯与祝英台新传》中的空间。几十年前,邬向东因祈雨活动被公安局抓起来,平反之后爱上了患有严重肾病的 14 岁学生小芹。小芹去世之后,邬向东坚持几十年为小芹守墓。这个贺船帆认为无比真实的爱情故事却在修家谱的过程中被发现是漏洞百出的。第三个空间是讲述屈氏家族真实来历的空间。屈家祖先姓彭,收养彭氏的屈氏本姓褚,因教书先生的口音不准误写为了屈。几代屈家人都试图掩盖事实、虚构真实。

  小说中的三个层面相互解释、相互反驳、相互补充,意味深长地揭示了虚构与真实之间的界限是如此的模糊不清。你坚信的,不一定如你所信;你虚构想象的,也不一定虚假。

(《文艺报》2013 年 6 月 5 日)

第三辑　读诗文

叶梅对云南民族文化基因的洞察与书写
——读叶梅的散文集《根河之恋》

有52个民族在云南的这块土地上生存繁衍，其中人口在5000人以上的少数民族有25个，他们或大杂居或小聚居，以各具特色的生活方式和民族文化，装点着云南的高原、河谷、森林、大川，为云之南这块土地平添了几分神奇、绚丽的色彩。因此，云南也吸引着来来往往的作家，在书写云南的独特性上不断追求。叶梅的散文集《根河之恋》正是一部努力写出云南独特性的散文集。《根河之恋》收录了31篇散文，其中写云南的有11篇，约占1/3。蒙自小城的湖水，红河的哈尼梯田，保山古城的澜沧江风光，普洱勐朗坝的变迁，滇池的环保，丽江的泸沽湖和玉龙雪山，临沧的佤族舞蹈，边城沧源变幻的图画，楚雄的饮食，昭通的杜鹃，在作家眼中，云南就是一朵花，这花的每一瓣她都写到了。

在叶梅书写云南的每篇散文中，我们都能读到作家对民族文化的独特发现和感受。在《蒙自》中，漫步在蒙自的街头，作家感受的不仅有蒙自明亮的阳光、洁净的空气、清澈的南湖水，更有一个世纪前的异国情调、现代著名作家的足迹以及他们对蒙自"静味"的记忆。但作家发现尽管蒙自也在发展，但它的"静味"依然，现代化和城市化的喧嚣在绿树红果中曼妙地随风飘走。蒙自的明亮依然，街面干净，街上的眼神没有烦恼，门窗没有栅栏，等等，通透、明亮、安静，既是蒙自的生活品质，也是蒙自人的理想价值。对浸透在蒙自人的生活和血液之中，并一直延续到当下的文化气质的发现与书写，是《蒙自》的独特性所在。

在红河哀牢山，作家发现的则是"诗"（《火塘古歌》）。从哈尼人种田的过程，哈尼人在火塘边唱诵的古歌、十月年唱的"哈八"，到当代哈尼诗人群的诗歌，最后回到哈尼人的梯田，都是诗或歌。作家精心编织的这条以"诗"为灵魂的线，串连起梯田、种植、土掌房、火塘、祭龙、对歌、长街宴、民间歌师、当代诗人，穿透耕作文化、民间习俗、历史传说、当代人的创造与情怀。这是一个完整的哈尼人的精神世界，充满传统与浪漫、古老与现代、欢乐与悲悯、知足与奋斗等复杂而丰富的内涵。如此对哈尼梯田的书写，超出了一般写哈尼梯田的格局，在自然而古老的梯田上，描绘出了哈尼人精神的阶梯。在滇池，作家发现的是

"龙"(《风和滇池的水》)。一条是把东海水带回家乡的黄龙,一条是每遇干旱擅自行雨的黑龙。黄龙与黑龙都是传说中的龙,都是热爱滇池和昆明的龙。在现实中还有一条龙,那就是三十年来顽强地保护滇池的白族农民张正祥。张正祥与传说中的"龙"有逻辑上的一致,都是为了昆明有水,都敢于牺牲自我,都是滇池百姓认可、传诵的英雄。当今的农民成为传说中的英雄,传说中的英雄在当代有了自我现实化的具象。这是对云南民族文化一次典型的提炼和建构。

"雪山"是云南的一个广为人知的自然符号,也是叶梅书写云南的一个独特文化代码(《三朵》)。对雪山,免不了都会写到雪山的神秘、圣洁和对它的敬畏感。在《三朵》中,作家写了纳西人尊重自然的习俗、纳西人的日常生活、纳西人的种植、雪山的传说、雪山与人、雪山下的小城,等等,这些表面上也是我们熟悉的对雪山的神圣和敬畏之感,但仔细琢磨,才会发现作家的用心与匠心。作家在对纳西人习俗、禁忌、信仰、日常生活的叙述中,始终把雪山对人的保护与人对自然的尊重联系起来,把北方的雾霾与丽江的自然环境穿插起来,把时下以攀登、征服雪山为自豪的态度与远眺、注视的态度交叉起来,如此,在自然与人的关系层面彰显对雪山应该持有的理性而科学的态度。在《舞动的山冈》中,作家写的是佤族的文化符号"舞"。奇特的动作、野性的风格、阳刚的力量,佤族的舞蹈作为一种民族文化,对每一双眼睛都是一个巨大的磁场,但一个优秀的作家应该挖掘出隐藏在文化符号背后的"有意味的形式"。叶梅通过佤族舞蹈动作与牛的关系、远古崇拜牛的传说、祭祀树神、坝子中央以及巷子深处随处可见的舞蹈场面,把佤族舞蹈与人的生命活动的关系、民族的生存智慧、人与天地自然的情感,细腻地叙述出来,从而让读者深刻地认同舞蹈是佤族生命呈现的一种形式。对生存的渴望、对幸福的向往、对自然生灵的敬畏,都是他们通过舞蹈展现出来的生命的一部分。在昭通,作家发现的是"花"(《昭通记》)。对昭通,作家写了历史上的关口、川滇马帮驿站、豆沙古镇饮食、僰人悬棺、地震与花椒树、昭通的文脉、老人与刺绣,等等,但这一切与"花"如何关联?在作家的笔下,云南的地理是一朵杜鹃花,昭通是东北的那一瓣;豆沙古镇的历史、人间烟火以及饮食,是一幅幅画;花椒树是鲁甸灾区群众的依靠;当地作家的善良播撒着美好的种子;老妇人的绣品抖落的都是花。由此,作家建立了从地理到人文,从历史到当下,从饮食到刺绣,从作家到老妇人与"花"的逻辑联系,令人信服地描绘出杜鹃花上东北角的那一瓣。

在《根河之恋》中,叶梅对云南的"静""诗""龙""雪山""舞""花"等的散文书写,不是单纯的民族文化介绍,不是多民族文化以及风土人情的展览,而是对云南多民族文化基因的深刻洞察和有意味的叙述。作家始终立足个人行走的真实感受，把自然地理、民族历史、习俗传说、生活方式、生命活动、情感命运等水乳交融在一起，并在其中穿插作家家乡的风土人情和云南诗人作家的创作及命运，字里行间充盈着神定、醇和的气韵，在贡献对云南新认识的同时，也处处凸显出作家内在的价值理想，堪称散文创作的典范。

(《中国艺术报》2018年4月13日)

为每一个人生加持力量
——读李修文的散文集《山河袈裟》

李修文的散文往往在酣畅淋漓的叙述中，散发出一种复杂的魅力。这种复杂的源泉很难一目了然，如同寻找一条河流的源头，在崇山峻岭之中大费周章后，却发现自以为必然就是的源头，其实不是，真正的源头还在更远的地方。李修文的散文就是这样一条河流，《山河袈裟》就是这样一条河流。它的魅力之源在于作家选择的人物，在于人物身上曲折的故事，在于作品的叙述技巧，在于文字之间流淌的激情、慈悲、愤懑、大义、柔肠、气节，甚至怒骂、无奈和绝望，在于从作品中我们所能检验的作家与世界的关系。

《山河袈裟》中的不少篇章讲述的都是极其普通的人物及故事，这些人物往往是作家生活中一闪而过的，作家关注他们平凡而充满失败的人生，以及他们对自己人生的确证。《每次醒来，你都不在》写的是一个普通人的不幸。一个战场上的战士、一个转业军人、一个工人、一个电信业的临时工、一个装修工人，这些全是作家所写的"他"的身份。这个潦倒的男人，喜欢读书写字的男人，写下了一个最经典的句子："每次醒来，你都不在。"这个一直被"我"视为失恋后写给女人的句子，原来是写给儿子的，儿子跟着前妻在另外一个城市生活，但已经死了。这个四处漂泊的男人，没有足够的经济实力，没有充足的物质基础，他只能以一种含蓄的方式，以文字的方式表达一个父亲对儿子的思念，而更尴尬的是这份思念还不知道寄往何处。隐忍的态度、曲意的方式，是对一个男人失败的折射，同时也是一个男人不死的意志的表现。这正是《每次醒来，你都不在》所启发的，一个男人在难以启齿的低谷，也不能泯灭生存和爱的勇气。这使我想到作家的另一篇散文《狂野上的祭文》。《狂野上的祭文》说的是在墓地看见一只狗，一只在主人的坟前徘徊的狗。它试图去亲吻坟墓上长出的嫩叶，它似乎明白那嫩芽正是主人的召唤或者启示，但它又怯怯地退了回来。作家看到这一幕，涌起为有过交集的墓中人写几句祭文的念头。尽管这是无用的，但这个世界上有用的东西太多，我们理应让微小的"无用"发出刀和火焰一样的蓝光，证明自己的存在。《每次醒来，你都不在》中的男人在墙上写给儿子的话，是无用的；"我"在风中写给墓中人的祭文是无用的,但它们都闪烁着光芒,在强大的世界和磅礴的时代面前,证明了人的存在、精神的存在。是的,证明自己的"存在",一如《紫灯记》中写到的在东京落魄的男人,回不了家乡,妻离子散,而眼睛也在打工中失明,三盏灯只能看见一盏灯,但也要证明自己的"存在",这便是遇到祖国来的朋友,即使是萍水相逢,也要来一场大醉,而不是默无声息地客死异国他乡。在《在人间赶路》中,作家把不断弄出声响引人注意的祖父与悄无声息消失的朋友放在一起写。祖父是要吸引周围人的注意,证明自己的存在;朋友是在熟人世界中静默,证明自己的失败。一个是"手忙脚乱地生",一个是"接连不断地离开",离开人群、离开朋友和亲人。在短小的篇幅里,在简单的故事里,作家想要对世界大声疾呼的,似乎寄托于上面我们提到的很多作品中,这便是:失败,存在,确证。

与此同时,无望的寻找便是作家反复写到的另外一种证明,这些苦苦的追寻最终必须接近现实的真相。在《火烧海棠树》中有一对无法从厄运中突围的夫妻。下岗的小夫妻分别出门打工,儿子却意外受伤需要截肢,在照顾儿子的过程中,丈夫却在车祸中丧生。对这一连串变故无法接受的女人,把一切归结于医院门口的一棵海棠树。刀砍、火烧,女人铲除海棠树的计划不但没有得逞,反而将自己送进了重症监护室。这个不幸的女人,这个试图从不幸链条中突围的女人,对"反思命运"作了最无奈的诠释。诚然,置身命运的无情摆布中,每个人都会对自己的切身遭遇有所思考:自己的不幸是来自政策的忽略、法律的缺陷、权力的滥用,抑或来自人为的诬陷、构害、阴谋,这是人的本能的一部分。但同时,也得承认,有一些不幸就没有明确的可以追问的合乎逻辑的原因,即所谓"祸不单行""无妄之祸""祸从天降"。这些无端的、飞来的不幸,如果非得找出一个说法,"横祸"或者"无常"是再确切不过的词语。我们的"反思"大多是针对"日常"世界,而非"无常"世界。对"无常"唯一的态度,就是把它视为"日常"或者"普遍",即所谓的飞来,所谓的横祸,是再正常不过的事情。每个人的命运都处于不定的流变之中,没有人可以声称对自己的未来有十足的把握,即使有,也只是一种微小的局部的把握。如此,我们本该坦然面对不可预测或不可意料之事的发生、降临。但这些对"火烧海棠树"的女人来说,毫无意义。《火烧海棠树》在对一个普通女人不幸的叙述中,传达了一个更令人绝望的痛楚:我们很多人在孜孜寻找不幸的根源时,并未意识到自己的努力正与自己的期望背道而驰。找出不幸的根源,从元凶身上获得解释,是每一个不幸者的价值所在。如果没有找到凶手,他们会感到极度的失败和虚无。这也是很多与"火烧海棠树"的女人一样的不幸者,都具有的精神追求。这种看似毫无价值的寻找和追求,对很多普通百姓来说，恰恰就是真实而有意义的，且必需的过程。《穷亲戚》中的表妹也经历过这样的过程，至少在本质上是与"火烧海棠树"的女人一样的过程。对工厂管理的厌恶，对欺骗的痛恨，驱使表妹离开工厂、自杀并寻找她想象中的理想生活。表妹千里迢迢地寻找的结果，是终于承认现实并非由想象构成，而是由被骗、流浪、走投无路这些你拒绝的东西组成。尽管如此，这种寻找依然会在一个个生无所依的生命的成长中不断重复。我们不能说表妹固执的鄂尔多斯之行没有意义，如果没有这一过程，表妹不会学会哭泣，不会学会承认真相。《枪挑紫金冠》写的是看戏，说的却是我们最终需要告诉自己、告诉世界此生的真相。作品由看一场现代的实验性质的戏，折返到秦腔及其戒律，再从戒律追溯到恐惧，以及迷恋和遵守后的安全感。其中艺术世界的规范与人生世界的经验，互为验证。正是有不安全，有恐惧，所以需要规范、戒律和持守，而戏曲对人生经验的再现依赖的是同一个规则，所谓戏如人生，戏最终需要表明人生的真相。

　　但《山河袈裟》并不仅仅停留于对真相的揭示。《旷野上的祭文》就在呈现残酷与不堪的同时，还指出了途径。《旷野上的祭文》中的跛子是一个被乡村歧视和排斥的光棍。因为腿跛，他没有抢到绣球，还被马撞得浑身是血。因为腿跛，他接纳过一个疯女人，但被疯女人的丈夫痛打。很多年后他因为看望疯女人而再次被痛打并被关进派出所。因为腿跛，他少得可怜的亲人都避而远之，拒绝他参加姑妈的葬礼。但跛子并不邋遢，他是爱清洁的。跛子的灵魂也不贫瘠，他有鲜明的良知和深刻的羞耻心。他懂得感恩，他在葬礼现场之外跪拜姑妈，即使与疯女人没有夫妻之情，他仍要去看望。这一切都不是《旷野上的祭文》的旨意，"我"真正要告诉跛子的是，应对命运的滔天巨浪，仅仅有良知和羞耻是不够的。跛子真正需要的是，下辈子不要躲闪和逃避，而是要与命运中的各种刀兵做你死我活的搏斗，即使倒下，也要在笑声中倒下，正面朝向世界和凶险倒下。在《羞于说话之时》中，作家也探讨过解决之道。《羞于说话之时》叙述的并非整体的故事、人物，其中有北海道的雪景、河内的法事、祁连山的宰羊、汶川地震的遭遇，等等，在这些互不连贯的细节中，连贯的是此时此刻的瞬间感受，这个感受是同一的，即害羞。极致的雪景，让人害羞，让人觉得多余；袈裟、绿树、梵唱、夕阳中经历的法事，让人无法说话；祁连山面临屠宰的羊的哀鸣，让人说不出话……更重要的超出这些具体的场景之外，面对生存的艰难与不堪，我们同样会升起"害羞"，同样会无法言语。从北海道雪景穿越到现实的困境，作家在此给出的解决的途径，是要"羞于说话"。《苦水菩萨》在对幼年记忆的梳理中，讲述了一个乡村破庙里的七个菩萨、一只流浪狗与一个小男孩的机缘。一个在被欺负中成长的小男孩，有的只是想象中的报复。但偶然的一次生病，使他从凶神恶煞的菩萨身上获得了勇气,并在下一次搏斗中取得了胜利。在菩萨的面前,也同样上演过一只猛犬与一只流浪狗的搏斗,被逼到庙里的流浪狗居然战胜了一路狂追的猛犬。与其说,菩萨们赐予了小男孩奇迹,赐予了小狗奇迹,不如说,在亲近那些凶神恶煞时,小男孩获得了一种觉悟。尽管人生免不了争斗、失败等种种不幸,但你仍然必须光明正大地亲近这些你时刻怯弱的东西,必须拥抱这些你抗拒的东西,把它们视为"当然"。这也是一个解决之道,与《旷野上的祭文》中对墓中人寄予的希望如出一辙。

《山河袈裟》当然还写到了很多令人"无语"的故事和人物,比如《她爱天安门》中因不能忍受欺骗而杀人的小梅,《鞑靼荒漠》中以歌声证明自己存在的莲生,《一个母亲》中扮作瞎子的母亲来为自己儿子挣钱治病的老人……这些婆娑的人生,上升的、下沉的,有光的、无光的,有望的、无望的,东奔的、西突的,离开的、返回的,颓废的、振奋的……虽然具有不同的姿态和色彩,但都直击人生的要害和痛楚,它们集中指向一个地方:困境,且是永恒的困境。事实上,从某种程度上说,困境就是人生的一种面貌、一种当然和应然。人生从一开始就是建构与解体统一于一生的过程,萧沆说:"生存的真实,就在于它的溃败中。"在萧沆看来,成长看似荣耀,其实都通向失败,生活中唯一大获全胜的是一次残败的春天。深受叔本华、尼采影响的萧沆这样说,并不奇怪。但对人生的理解或许还应看到东方文化的视野,比如佛教。在《山河袈裟》中,作家不仅在叙述中融汇了佛教文化的语言,比如"伽蓝留不住,尘世又住不得","菩萨在上,闲话休提","定有一种物事,它在指引你,抬头见喜,出门遇佛……也照样不被魔障笼罩"……而且作家渴望从中吸取力量,并由文字传布给众生,使得每一个人的人生得以加持,得以光明正大地走路,得以亲近世界,得以持刀迎面……由此我们似乎理解何以用"袈裟"作为书名的一部分,它凸显出作家与世界的关系。袈裟上的方格模拟水田的阡陌形状,象征世田种粮,以养形命,而作为法衣之田,意味着长养法身慧命,堪为世间福田。那么山河既是我们肉身生命的根据,也是我们慧命的土壤。李修文的散文创作既深入色身世界的苦难和困境,又力图发现和彰显通向法身世界的途径,以发自肺腑的深长情意,向每一个人展现自己的内心。

(《长江丛刊》2017年第13期)

大厂内外的情感世界
——读孟大鸣的散文

孟大鸣近年来专心散文创作，先后在全国各地发表了几十篇散文，仅在《散文》杂志发表的就有十篇。这些作品六次入选《新时期湖南文学作品选》《散文2010年精选集》《散文2011年精选集》《散文2013年精选集》《中国散文年度佳作2015》等选本或者被《散文选刊》选载。这个成绩令人羡慕，也令人瞩目。这些作品的大多数，孟大鸣把它们归为"大厂系列"。

孟大鸣熟悉工业、熟悉工厂、熟悉工人，但熟悉是一回事，把握生活和提炼生活是另一回事。孟大鸣似乎善于处理工业题材，他不为宏大、壮观的工业场景迷惑，不为各种金属的、机械的、化学的世相纷扰，而是冷静、清晰地从企业、工业的世界中，发现人的内心和精神世界，如委屈、羞辱、自尊、乡愁、归宿等情感状态或精神特征。比如，他的《偷来的生活》关注普通人的羞辱、委屈。作品写了两个工人的生活，一个工人藏了别人的鞋子被当作小偷处理，另一个工人六年来趁下班之机把油带出工厂。这样的故事对一个企业来说，算得上家常便饭，从中写出新意甚至写出情感并不容易。我们得承认作家的高明。工人C在自己的玩笑被当作案件处理后，人生的面貌瞬间转变，他过去的大嗓门没有了，脸上突然增加了皱纹，面对谁都本能地羞愧，这些都还不是作家要写的重点。作家写出的异彩之处在于，C无数次找过"我"以及很多人辩解，说藏鞋子是玩笑，请大家帮忙解释，帮忙说情。但这些真诚的请求被"我"以及大家义正词严地拒绝了。"我们"的正义、正直，让C的玩笑和辩解毫无力量，也毫无价值。这是对C的最后一击，他不得不离开这个他或许热爱的企业或集体，羞辱、委屈可以轻易地将一个人逼走、击倒，这是令人震惊的，但却又是真实的。毕竟支撑每一个人的，不仅有地位、物质、金钱，更重要的还有每个人的心理的光明、赤诚。而"我"居然因为检查的文笔好，没有被集体歧视或冷落，相反被大家当作人才尊重并一直继续做着下班"偷油"的事情。作品对C与"我"的不同境遇的叙述，对不同境遇对C与"我"产生的影响的叙述，是《偷来的生活》的感人之处。当然精彩的地方还有，"我"一边教育儿子不是自己的东西千万不要拿，一边内心深处深感苍白、虚弱、矛盾。作品从偷油、布鞋、案件这些企业生活中超越出来，深入到 C、"我"的内心以及周围人的目光中，在企业日常生活中发现"人"的命运、情感世界，使《偷来的生活》得以成为有情有意的散文佳作。

与此类似，《认识一个电工》(《湖南文学》2013 年第 1 期)关注的是自尊与尊严。作品写的电工老龚，其实是"我"的同事，当然厂子大了，不一定认识，但"我"是想认识老龚的，因为跟着他可以上俱乐部的二楼看演出。作品并没有专注地写老龚的电工技术，而是将大多数笔墨集中于老龚对自我身份的尊重上，例如，无论什么人都不能看不起工人，不然就翻脸；又如，不管时代如何变化，喜欢穿自己厂子的工作服，等等。作品也没有介绍老龚的创作，只是写他与作家的交往充满热情、真诚。对于文学活动他一呼百应，忙前忙后；作家到厂里来住宿写作，他找各种关系做好服务，等等。作品用三个细节完成了对一个质朴、可爱的工人形象的刻画。一次在酒席上因为某作家对工人不敬，老龚大发雷霆，把作家赶出酒席；另一次，一个老板看不起老龚的工人皮鞋，老龚故意把汽油泼在对方的鞋子上，以显示到底什么样的皮鞋好；最后一个细节是，演出结束后，老龚坐在俱乐部里不停抽烟，心里不踏实，感觉要出事，果然，一只一千五百瓦的聚光灯掉了下来。老龚并不知道到底哪里不对，但长期的职业素质和敏感让他不安。如果他不坐在那里，等待事情发生，不找到原因，一场灾难不可避免。这便是一个合格的电工最高的职业境界。对工人的形象，整个社会是"大而化之"的，仅有一个轮廓或符号，只有通过孟大鸣这样的文字，你才会感受到工人是具体的、生动的，他们自尊、敬业，并怀着追求。

大厂并非孤立的工厂，因此，孟大鸣也从广义的视角，写企业与社会之间的关系，如《围墙》(《湖南文学》2013 年第 1 期)。《围墙》写大厂三次建围墙及每一代围墙的命运。虽然在空间上，一个企业与一个地方并处同一个地理空间，但围墙内外的世界是有别的。在特殊的历史背景和体制下，一个地师级企业的领导和管理是特殊的，它与地方的关系也是特殊的，当然，特殊的还有围墙内的热水、电影、运动场、子弟小学、职工俱乐部，等等。这种自足的优越、幸福对围墙外的世界带有极大的吸引力、诱惑力和冲击力，它甚至可以成为一种理想，营造出一种外部世界对"乐土"的崇拜。此种局面随着改革开放和市场经济的发展有所变化，比如当下企业不再承担所有的社会职能(医院、托儿所、中小学、住房等)，但围墙并未因此而消失，毕竟企业有管理、安全等各种需要，也存在与社会的区别。社会对此的理解并不一致，这注定了围墙的不断修建和不断破坏。红砖砂浆结构的第一代围墙、钢混结构的第二代围墙，都可以说不算结实，钢筋水泥浇铸的第三代围墙虽然结实却挡不住炸药。对围墙的爆破，本质上象征着外界对一个封闭世界的窥探和进入是永远无法阻挡的。正因为如此，当下的围墙都采用穿透式结构，透过栏杆，你可以看到里面的世界，这在一定程度上消除了围墙内部世界的神秘感。这部作品的象征和寓言意味令人过目不忘。其他的如《一张纸的世界》对改革进程中下岗劳模的尴尬进行了描写，《不得而入》描写了大厂的变化和"我"内心深处对企业的怀念，《两个傻妹妹》描写了有着神奇预测能力的"听棒宝"，《造粒塔》描写了刷涂料摔死的工人以及打礁牺牲的小K，《柔软的山谷》描写了坦荡、热情、真诚的师傅……这些作品、这些人物，从不同侧面将大厂的世界，尤其是大厂的主角——工人的生活写得真实、动人，富于质感。

孟大鸣还写了许多非企业或非工业生活的散文，《双众十七队》(《散文》2017年第3期)、《去找浆村》(《湖南文学》2015年第4期)是这些作品中格外引人注目的两部。《双众十七队》通过回忆童年时期的生活，书写乡村的陌生、衰败。关于当今的乡村，已经成为一个社会性的话题。这是城市化进程带来的必然结果和挑战。人口向城市迁徙，城市向乡村延伸和侵袭，乡村的传统文化丧失，等等，如何理解这些变化，如何恢复乡村的繁荣，如何重建乡村文化以及归宿，在相当长的时间内，都会成为社会心理聚焦的重要领域。文学界中的非虚构、小说、散文等各种艺术形式也参与着对这一话题的讨论与建构。孟大鸣的《双众十七队》令人印象深刻的是，他所写的乡村的老人似乎并没有离开乡村的不舍与留恋，而是表情平静地告诉"我"明年要去城里带孙子，谁又去了哪个城市做什么。乡村的晚辈则是哭着要回城里，说自己的家在城里。而且大多数村民盼望着土地被征收，并采用各种办法获得更多的补偿款。这种情绪和心态显然与作家自己所怀的伤感是矛盾的，并显得作家的忧虑是多余的。这种巨大的反差，使得《双众十七队》在切入这个热门话题时凸显出独特的视角。《去找浆村》则是一篇有家族叙事意味的散文，作品围绕寻找父亲的亲生母亲展开，在展开的过程中呈现出由爷爷的婚姻、人生，父亲的人生、命运织成的一张穿越时空且无比复杂的网络。作品最后抵达的是作为儿子的"我"对脾气暴躁的父亲的理解。大致可以说《去找浆村》有两条叙述线索，一条是爷爷的身世，当然，关于爷爷的人生，作家不是一次交代彻底，而是先叙述各种途径的传说，然后叙述由各种渠道搜集的资料，到了浆村再叙述对爷爷青年时代的想象。这既需要耐心，更需要清晰的思维。听说来的信息是，爷爷是反动军官；查资料得来的信息是，爷爷是黄埔军校教官，并且名字有区别，但爷爷的家乡毫无疑问在炎陵。随后，爷爷的两个妻子被引入，两个奶奶的斗争为后代的成长奠定的是隔膜、是骨肉分离。父亲的母亲、一个在门前给父亲送包子的女人某一天消失了，这成为影响父亲一生的变故。父亲从此把寻找母亲作为人生的大事和唯一重要的事情。但事业未竟，他便英年早逝。"我"决心帮父亲弥补他的终生遗憾。在父亲的寻找中，父亲的顽皮、倔强，以及为见母亲付出的各种代价，历历再现。这是作品的第二条叙述线索。"我"的寻找无疑富有收获——孟氏祖先的历史以及迁徙，井冈山山下的森林、细流与残存的青砖建筑，遥远时代的硝烟烽火，一个留着辫子的青年走出大山，做了尼姑的孟家媳妇踪迹全无……作者很清楚寻找的意义，无非是荒冢一堆。但在寻找的过程中，"我"对父亲不懈的寻找，对父亲的性格，对那位民国初年的母亲的煎熬和苦难，对两代人连亡灵都无法团圆的疼痛，一一获得了全新的认识。这种理解从"我"的任何一个部位冒出来，都如江南的梅雨，绵绵于心。作品最后对五十岁的"我"梅雨般的心情的描述，让每一个人感同身受。雨不断地下着，淅淅沥沥，永无停止，提醒我们务必找到并保护好人生至为珍贵的那些东西，不然，灵魂无法安宁。写家族的散文，写长辈人生命运的散文，从不少见，但在平实的文字中，在一次对祖居地拜访的过程中，展现如此刺痛人心的往事，却并不多。在孟大鸣的散文中，《去找浆村》可以视为代表其艺术成就的代表作之一。

无论是写大厂，还是写乡村、家族，孟大鸣都有独到的发现，敏锐的感受，以及富有质感、温暖、细腻的叙述。这种源自个人亲历、打捞自个人生命记忆、发自自我灵魂的写作，必然是创作的正道和明道。他所写的大厂内外的情感世界必然是可信、有效、有力的世界。

（《湖南文学》2017年第6期）

对自我的现实世界的非虚构
——兼评江子的散文《田园将芜：后乡村时代纪事》

人们在艺术生产中以什么方式再现现实世界，并非一个新问题，而是一个无须强调的常识性问题。西方古老的文艺理论认为艺术是对现实的模仿，模仿是人们再现现实的一种经典方式。这种观念有深厚的传统，其内涵也一直处在不断的丰富之中。尤其在艺术以自觉的方式开始了自己的发展道路之后，人们一般不再提出这一问题。这一问题的再次凸现，说明艺术生产的确遇到了困惑，藏策在《小说的虚构与非虚构》中提到了作家们的困惑，即"小说已不如现实本身精彩"。兴安在《真实，让文学回到原点》中也提到，一些作家认为，我们所有的努力不过是在重复前人或拾人牙慧。此外，现实的变化让小说家也陷入了前所未有的困惑中。社会结构、生活方式和价值观念发生了巨大的变化，每天发生的事件，比最精彩的小说还要离奇动人。这些可能不是困惑的全部，但也许是困惑的核心。

模仿发展到最后是在现代科技（如互联网技术、多媒体技术）发展背景下，当代艺术中的无限制复制，复制的结果是离艺术所要反映的现实越来越远。这即是所谓的小说远不如现实生活精彩。另外则是兴安提出的现实的复杂性和难度，这一问题的另一面则是作家、艺术家把握现实的能力遇到了瓶颈。因此，是一个指向创作主体能力和素养的问题，如作家思考现实的能力、分析现实的能力、表达现实的能力以及相应的知识储备和心理状态，等等。正是在这一背景下，非虚构得以成为一个引人注目的话题。

非虚构的作品其实早已有之，藏策列举了杨显惠的非虚构小说，如《夹边沟记事》《定西孤儿院纪事》《甘南纪事》等，材料完全来自作者多年坚持不懈的实地采访和调查，并指出，在贾平凹的小说《废都》里，就已经尝试将大量社会上流行的民间段子通过人物之口植入小说。兴安认为早期"新新闻小说""新体验小说"便是非虚构的尝试，并指出毕淑敏的《预约死亡》是对"临终关怀"的亲历性描述，而梁鸿的《中国在梁庄》、慕容雪村的《中国，少了一味药》无疑是非虚构写作的最具代表性的作品。藏策强调的是"实地采访和调查"，兴安强调"作家主动自觉地切入到一个领域"，比如，梁鸿对自己的故乡梁庄的重新认识和发现，慕容雪村对陌生的世界的冒险和体验。其实，新时期报告文学热潮中还有很多这样的作品。

我以为在非虚构的话题下，应该提到江子的《田园将芜：后乡村时代纪事》。对江子生活的赣江、吉水的两岸乡村，许多人与我一样，可能并无了解。但江子的散文集《田园将芜：后乡村时代纪事》为我们描绘了一幅精细的乡村图景，它分为两部分，第一部分"告别与出走"是现代化背景下的村庄变迁，第二部分"无处安放的老照片"是作者的家族历史。显然作者笔下的乡村不是虚构的乡村和概念的乡村，而是江子的乡村。有着英雄一样传奇色彩的太祖父，读《三国演义》的祖父，坚韧得与竹子一样的篾匠父亲，村庄和家族的其他人物如老艄公、锡匠、货郎、醉酒的人、恩师、追赶彩虹的人、姐姐，甚至历史中的人物如杨万里，等等，这些在不同时期行走在赣江和吉水两岸的人物，如何以他们的人生创造和改变乡村世界，是很难再现的。但江子很成功地呈现出他们的人生现场和过程，这是令人惊奇的。我理解，这一成功的奥秘源自作家的内心，作家的内心与作家所写的乡村世界的漫长历史和过程是真正交融在一起的。此外，作品中写到的虎、龙、银声响彻、野菊花、萤火、船、葬礼、红皮箱、画院，等等，则构成了纷繁的乡村世俗生活景象，奠定了作家所写的各种人物站立起来的坚实基础。

作家写到，被"我"称为故乡的村庄，"我"生活过二十多年的村庄，已经没有哪怕一棵树、一丘田为"我"所有。没有一只鸡或鸭，来自"我"的喂养。没有一头牛，会充满温情地看着"我"，好像看着它的故友。没有一条狗会放心地对"我"摇尾乞怜。但我相信，作家所写的那块土地之于作家的重要性超越一切。当然，我们也得承认江子的创造性，即语言的张力和魅力。如写爹娘进城时在火车站的紧张，"仿佛两块唯恐被潮水冲走的石头"，写爹娘在超市里"仿佛两个胆小的孩子"，等等，都彰显出江子的语言有一种独特的朴实和表现力。江子的创造性还表现在他对所写生活的思考和感受。"我突然感到非常难受。我看到这一对生我养我的人在岁月面前的不堪老态，看到这两个为生活耗尽了精血的老人在人群中的孱弱无助。他们搀扶着我走到了今天，可我对他们的回报除了仅仅作为一个安慰，其实一无是处。""对天下儿女来说，所谓对父母至孝，是几乎不可能完成的事。"这样的感受可能并不新颖，但由江子叙述出来，却给人一种深刻的印象。江子在作品中多次写到父亲以及对父亲的认识。他写自己的父亲不断伤害母亲，一生没有给母亲幸福和爱情，但对水东这个地方超乎寻常地痴迷和热爱。"很多时候，我甚至幻想父亲也如太祖父，与对岸一户善良淳朴的人家结下干亲，使我在这个世界上，孤独的时候有一个排遣消解的地方，想流泪的时候有一个可以放开喉咙号啕大哭的地方。"也许只有男人才能理解男人，江子对父亲的理解与对父亲的埋怨,如此鲜明、如此矛盾,也如此真实。除此之外,作家构思的匠心也是需要提到的。非虚构的作品,很容易被误认为可以随心所欲地纪实和写实,而无须建构一个艺术性的框架,但江子所写的二十世纪五十年代太祖父去世时所唱的遗言,七十年代祖父去世时再次唱出来,以及他的《消失的州》以方言折射宫廷文化和历史,进而得出一个朝代消失、但一个人的血脉和一个村庄留下的结论,等等,都是自然而艺术的叙述。

江子所写的乡村,不是他人的乡村,不是社会调查、采访得来的乡村,不是冒险体验的乡村,而是他骨子和血肉里的乡村,是有江子的童年、青年的乡村,是有江子与乡村来来往往的乡村,是有江子的爷爷、父亲、母亲、兄弟姐妹的乡村。这是江子的《田园将芜:后乡村时代纪事》的特色。我们之所以强调这一点,是因为这样记录的乡村,与一般意义上的非虚构乡村有很大的区别。今天的乡村也是异常复杂的,因为中国的农村从未经历如此深刻的改革和变化,因此,把握当下的乡村也是极具难度的。但为什么江子成功了呢?一个简单的回答是,江子的乡村是"自我的现实世界",不是外在于创作主体的现实世界。它体现了作家非凡的勇气,以及极其真诚的态度和姿态。我想,这是谈非虚构时,我们可以拿出来分析的一个案例。

(《新闻晚报》2013年12月26日)

山水入梦，江流无声
——评何述强的散文创作

在我的印象中，何述强是一位极有文化责任感和使命感的散文作家。他对广西特别是对河池、宜州一带的山山水水充满了深情。他不知疲倦，常年行走在广西大地的山水之间，对那块神秘的土地上的一草一木都力图去清晰地描绘。同时，何述强对广西的文化，特别是河池、宜州的历史文化也充满热情。他兴趣盎然，对那块土地上承载的风土人情、风俗习惯、石刻卷宗、文章诗篇，无一不可信手拈来、铭刻在心。近年来，何述强创作了大量散文并出版了《山城为梦》（广西师范大学出版社2010年1月）、《凤兮仫佬》（广西民族出版社2010年10月），集中展示了作家在广西民族历史和文化历史长河中的游历、思索、描述，其情感真挚、语言独特、观念深邃，在广西近年来的散文中别具风范和格调。

毫无疑问，散文是一种历史悠久的文体，因此散文创作很难创新。但何述强的散文创作是有追求的，在艺术上也是有创新的。对散文文体来说，语言最能体现作者的艺术风格和思想追求。何述强散文创作的创新在我看来首要的是语言的创新，他的散文语言有独特的美学特征。

首先，何述强散文的叙述语言精练、平实。比如《江流无声》写作者自己静坐住所、倾听住所面前的江流："这江岸熄灭了灯火，剩有我这一束"，"那天夜里行文至此，似乎心情已经宁静。我落下了日期。算是打住"。这近乎客观得毫无主观色彩的叙述，鲜明地折射出作者心潮起伏的内心世界。又如他的《青砖物语》写一块青砖的来历，开头的一句是："我每天都得面对一堵普通的墙。不高不矮，毫无异彩。墙是红砖砌成。看它或者不看它，都是一片模糊的红光。有一天我猛然发现这墙里有一块青砖。这是认真观察的结果"，在平静、简朴的叙述中，准确地把一块青砖从一面红墙中凸显出来。接着作品写道："大多数的变迁我是不知道的。这一堵墙静悄悄地横亘在江边。在菜地的一隅。在老屋和老屋的间隙间。在夜晚昏黄的路灯下。在虫子啼鸣的范畴里。"这自言自语的叙述似乎是一位诗人在默默地低吟，一块青砖的沧桑就从这平实的叙述中流淌出来了。其次，何述强散文的描述语言古朴、典雅。比如作者在《山中处子盘阳河》中描述盘阳河两岸不同时间的场景："朝雾中，年轻的壮家女背竹篓在田垌里摸螺；微雨里，宁静的笠翁在古老的榕树下垂钓；夕光下，暮归的老牛悠闲地走在乡村的路上……""朝雾""田垌""微雨""笠翁""夕光""暮归"，这些词语孤立地出现，可能并不值得注意，但当它们有规律地出现，并被组织为一段描述语言时，就成为了作家独特的语言追求，对古朴、典雅的追求。

此外，无论叙述语言还是描述语言，作者都讲求用字、用词，尤为突出的是，作者的散文语言中常常夹杂当代少用或不用的字、词，也习惯使用当下散文中很少使用的造句方式。在《夜访铁城》中，"白天看上去尚且阴风暗雨，夜晚自不必说"，"叹息这空旷的月夜，这无垠的荒野，只我们两个闲人"，"回不了故乡的士卒啊，是否枕着闪亮的刀枪长眠在青山之麓，任尘掩颜容，风蚀骨骼"。这些句子的用字用词和造句方式，都无一不让我们回味起现代文学中那些散文大师的风貌。又如《三门海照见人生的幽境》中描写一条河："水从山里涌出，成一个河口，河口处悬崖峭壁，古树藤萝，极为幽谧"，"舟沿水口入洞，洞门如凿，如石室之门"，"舟人说，在洞里钓鱼线和鱼饵不用放下水，也不用什么巧妙的鱼饵，只用树叶即可"。这里的"成一个河口"是带有作者鲜明艺术个性的造句方式。再如，作者在《七百弄：七百个迷人的传奇》中描述"七百弄"："它们边远、贫穷，充满某种神秘的孤独感"，"遥远而陌生，仿佛一个飘渺的方外世界"，"在路上碰到一群羊，羊群的行进让我体验到七百弄温馨日常的一刻"，"真实近切的羊群图景驱散了我心中那一片苍凉"。在这些描述句子中，例如"它们边远""方外世界""温馨日常的一刻"等造句方式，仔细体会起来，是既熟悉又陌生的造句，但却散发着独特的艺术魅力。

何述强的散文取材广泛，抒情、议论、记事融洽自如，叙述大气简洁、思想朴实深邃。当然，我们也注意到，何述强常常在简洁的叙述和描写中，不动声色地表达自己对事物、对人物、对历史、对人生的议论。例如，他评价东兰韦氏抗倭："他们不断走出大山，视野开阔，眼睛明亮，渐渐也走出一种精神来。他们在抵抗外侮之时体现出来的同仇敌忾和爱国精神是不可遏止的。"（《东兰韦氏抗倭》）简单的词语、简单的句子，既在叙述，也不经意地表达了个人的议论和思考。

以我的观察，何述强在骨子里其实是一个诗人。他的思维方式和行为方式往往出乎人的意料，即使他与你同处在一个时间、一个地点、一个场合，他的意识流动往往与当时当地的话语氛围、话题范围不一致。他的思维里有自己的世界——诗歌的世界，文化的世界。多年来对传统文化、地域文化的热爱使得他的语言文字形成了自己的个性和风格。这是一个作家成熟的标志。作为关注他并与他的兴趣相近的朋友，我衷心祝愿何述强在散文创作中取得更大的成就。

(《中国艺术报》2011年11月14日)

久而远的准噶尔
——评赵钧海的散文集《准噶尔之书》

尽管去过北疆三次，但我对准噶尔盆地仍然没有清晰的概念。天山与阿尔泰山之间的三角地带，就是准噶尔盆地。它长约700千米、宽约370千米。我无法想象这是一个多么辽阔的地方，资料说相当于四个浙江省的面积，并且自史前时期这里就有人类祖先的足迹，此后各民族的迁徙和往来、各种文化的交流和碰撞，使得这块广袤的土地更加神秘和久远。因此，试图把这块如此宽阔的土地及其如此久远的氛围叙述得形象而且深刻，注定是一件困难的事情。

但赵钧海做到了，他的散文集《准噶尔之书》勾画了一个独特的准噶尔。严格地说，在时下的散文集里，《准噶尔之书》并不是一部篇幅很长的散文集。全书收录了作家在不同时代创作的散文20篇，分为"边野记忆"和"心灵潜颂"两辑，仅16万字。但读完之后，内心的感受却丰富而复杂。作家仅用16万字，就构建了一个久而远的世界、一个久而远的准噶尔。

那么，久而远的准噶尔，是一个什么样的准噶尔？

这个久而远的准噶尔首先是作家的准噶尔，是赵钧海的准噶尔：是20世纪60年代初，在惠远古城墙上奔跑的那个小男孩的准噶尔；是70年代初，在古尔图驿站带领几个小男孩掏麻雀的那个少年学生的准噶尔；是70年代中期，在天山北坡的沙漠里下放接受再教育的那个青年小伙子的准噶尔；是80年代在克拉玛依油田办展览、学绘画的意气风发的中年男人的准噶尔；是90年代一次次越过千山万水赶回河北省亲的那个壮年汉子的准噶尔。

这个久而远的准噶尔，也是石油的准噶尔。准噶尔盆地的石油资源丰富，在遥远的古代，当地居民和来往于丝绸之路的商旅人士就采集和利用石油。早在唐代的《北史》中就有对准噶尔盆地原油流出地表的描述："如膏者，流出成川，行数里入地，状如醍醐，甚臭。"可以说，石油的勘探和开发是准噶尔盆地走向现代化的一个标志。在这本散文集中出现的大多数人物、事件，都或多或少与石油有关，与准噶尔有关，如20世纪初最早在准噶尔"掏油"的赛里木；20世纪50年代初最早来到准噶尔，并为克拉玛依油田编制出总体勘探规划方案的地质工程师张恺；1939年就开始从事钻井的老牌石油人肉孜·阿尤甫；1909年即在准噶尔操办石油事业的王树楠；1959年第一批到达准噶尔挖石油的转业军人代表王成吉、范秀英；20世纪60年代初来到准噶尔的留苏学者魏景明；克拉玛依第一个钻井队队长陆铭宝；油田著名摄影家高锐、戏剧家冷凝、作家皋鸣、画家敦煌，等等。这些人或者是如张恺、魏景明等一样找石油的，或者是如陆铭宝、王成吉等一样挖石油的。找石油的、挖石油的人，都是石油工业第一线的人，那么在准噶尔盆地拍摄、记录钻井工人风采和历史的摄影师，以及用色彩和线条表现石油人的敦煌的画家，可以说是石油文化战线上的人，他们的人生不一定直接与石油打交道，但他们与石油人的内心和精神世界交往，他们记录和呈现着石油战线的另一面。

这个久而远的准噶尔同时也是几代人的准噶尔，是西部拓荒者的准噶尔，是几代开拓人的人生之书。一代人是作家及其同龄人、好友，如贺四眼、刘白毛、敦煌、金梅，等等；一代人是作家及其同龄人的父辈、长辈，如王成吉、陆铭宝、魏景明、范秀英、肉孜·阿尤甫、赛里木、高锐、冷凝、皋鸣，等等。一代人在准噶尔盆地出生、成长、成熟，经历与共和国差不多同步的人生；一代人在戈壁滩戍边、找油、打井、结婚、生子，并退休、衰老、离开人世；一代人在更早的时代，在盆地的茫茫世界里传播火种、播撒理想，成为了推动准噶尔大地历史进步和现代化脚步的先行者，如辛亥革命时期在领导伊犁起义中发挥重要作用的杨缵绪，抗日战争时期带领工作团深入到石油小镇独山子的杜重远，等等。这些不同时代、不同年龄的人，在准噶尔大地上书写和经历的生命历程，如同天山上的雪水注入了准噶尔盆地，为这块土地带来新的内涵和生机。他们使得准噶尔不仅是石油的土地，也是人生的土地；使得准噶尔的大不仅是幅员的空旷，也同时与人、与历史亲密无间，它的大是一种博大，一种使我们备感亲切而温暖的大。

饶有趣味的是，赵钧海似乎并没有表现出写自己的人生历史的强烈意图。除了《陪母亲逛街》《享受回家》《我的恍惚的农场光阴》《父亲影像：蛰伏在旧片上》等少数篇章是直接写作家的个人生活或者家庭生活，其他的如《伊犁将军：惠远古城之累》只是想告诉你那些斑驳的伊犁将军们的往事；《古尔图，那个熄灭的驿站》只是叙述一个著名驿站的古旧气息；《1959年的一些绚丽》讲述的是一本淡蓝色布面笔记本；《走路，让嫣红的帽子闪光》写妻子的闺中好友，一个生活在古尔班通古特沙漠边缘小城的白净女人……但在《伊犁将军：惠远古城之累》关于惠远古城300年历史的梳理中，你会发现1962年一个小男孩在惠远古城墙上奔跑的身影，你会发现2007年一个50岁的男人在惠远依旧有马粪的街道上独行；在《古尔图，那个熄灭的驿站》关于千年驿站的寻觅中，你会发现1969年在古驿站捡拾箭镞和喂养麻雀的少年，会发现跟随母亲砍挖梭梭柴和红柳根的少年，会发现21世纪的某一天站在穿越古驿站的铁路边发呆的壮年；《1959年的一些绚丽》写一个热爱美术的油田化验工的笔记本，却传达了女化验工对17岁的"我"的影响；《走路，让嫣红的帽子闪光》写妻子的好友金梅的奋斗和日常生活，最后写到了金梅的去世对"我们"生活观念的影响。作家这种交叉跳跃的叙述在文字与情感的从容行进中无痕无迹，对"我"个人的人生轨迹的叙述与对准噶尔大地的历史活动的叙述，弥合得浑然一体。由此，可以说《准噶尔之书》是一部准噶尔大地的成长之书，是一代人或几代人的生命之书。

这一艺术特色也贯穿在整个散文集中，比如《黑油山旧片》从1905年的黑油山，从俄国人奥勃鲁契夫在黑油山收集原油开始，写到中华人民共和国成立后地质工程师张恺来到黑油山并编制出克拉玛依油田勘探规划方案。作家通过九十高龄的克里玛洪对历史上的掏油经历的讲述，使得作家自己进入历史现场。《回望木井架》并没有真正去写木制的井架，而是写了木制井架时代的几个近代新疆石油开拓者，作家同样通过肉孜·阿尤甫——一个1939年就开始钻井的老牌石油工人——在20世纪80年代对自己的叙述，来完成对新疆近代石油工业的回望。石油在准噶尔盆地是核心词，在准噶尔盆地的社会生活和历史记忆中也是关键词，毫无疑问，经历了漫长纷繁的时代变迁和积淀，石油这个词已经融进了当代每一个准噶尔人的精神深处。因此，每一个企图用文字表达石油与准噶尔人关系的作家，都无疑怀有不同程度的不安和担忧。欣慰的是，赵钧海的表达是独特的。他从外国人在准噶尔盆地周围的徘徊、从准噶尔盆地当地人的早期原始的开采方式、从最早的石油教育和石油勘探、从石油人的家族命运、从几代石油人的交往和渊源、从一个摄影家或一张照片、从一个画家或一幅画作……出发，从这些与石油有关的历史符号、文化符号出发，从容不迫地展开并充实、阐释其中的石油历史和石油文化，当然更重要的是他时刻"在现场"，而不是简单的叙述者和客观的旁观者。他与那些久远的时代及其历史人物一同呈现，并让我们这些千里之外的读者感同身受。从这个意义说，《准噶尔之书》是一部充满宏大历史感和个人情感的石油之书。

赵钧海因为父亲戍边而在准噶尔盆地出生、成长，因为岳父钻井而熟悉克拉玛依的每一座井架，因为当知青卖菜而认识后来成为自己妻子的另一个知青，因为热爱美术而长期在油田的各文化部门迁徙，并因此得以采访和了解许多新疆石油事业的历史当事人……独特的人生酿就了他创作的丰富源泉，多年来在主持克拉玛依油田文联工作的同时，他创作了大量散文和小说作品。他朴实、深沉的文字，如同独山子的石油，在默默的流淌中蕴藏着巨大的热情和温暖；他含蓄、繁复的叙述策略，如同准噶尔的地域，貌似单调、空旷，却充满神迷、诱人的艺术魅力。《准噶尔之书》既是赵钧海个人艺术追求的见证，也是新疆散文创作一次高水准的展示。

(《地火》2012 年第 4 期)

喀纳斯的听众
——读康剑的散文

面对喀纳斯，你会有强烈的欲望，想把眼前的一切看够、看穿，想把眼前的一切紧紧地抱住、刻入胸怀，想把眼前的一切吃下去、化入心脾。但是，即使你有一千双眼睛，也会觉得不够；即使你再宽广，也会觉得抱不下。当你怎么"看"都不能填满欲望的沟壑时，也便是语言无法形容的时刻。

那么，身处喀纳斯的你，会选择哪一种方式深入喀纳斯和叙述喀纳斯呢？康剑选择的方式是聆听和感叹。

印象中，康剑是粗犷、黝黑的，是草原上那种坚硬的英雄，但在喀纳斯的面前，康剑却是细腻的、柔软的、温馨的。他聆听"喀纳斯的原始之美"，聆听"喀纳斯的厚实民风"，聆听"喀纳斯的原本声音"……用耳朵听、用身心听，这样，与世隔绝的喀纳斯便与外面的世界同样丰富；这样，寂静的喀纳斯便与外面的世界一样响亮。在黑格尔看来，所有艺术形式中，最不完善的是建筑和雕塑，最高境界的是音乐，因为音乐不借助、最不依赖有形的媒介，是最具抽象意味的艺术，音乐表现的是无法言说的内容，是无法用造型的方式来呈现的，它达到了人类表现心灵的极限。他说："如果我们一般可以把美的领域中的活动看成一种灵魂的解放，而摆脱一切压抑和限制的过程，因为艺术通过供观照的形象可以缓和最酷烈的悲剧命运，使它成为欣赏的对象，那么，把这种自由推向最高峰的就是音乐了。"(《美学》第三卷上册第337页，商务印书馆1979年11月第一版)。这一观念也得到许多中国艺术家的认可，李苦禅就说："论艺术性，音乐比诗高，诗比书法高，书法比绘画高。"(郝之辉编著，《跟大师学艺》第81页，天津古籍出版社2009年1月第一版)。书法比绘画高，是因为书法只借助线条，而绘画要借助颜色和空间等。这些说法，我想不仅说明了音乐的抽象性和美学上的独立性，更说明了"倾听"的重要性。很显然，如果音乐是最高境界的艺术形式，那么倾听、聆听就是欣赏艺术的最高方式。对喀纳斯，当我们觉得需要倾听的时候，言下之意，是用"看"、用"文字"已经无法言传我们的感受。我想，这正是康剑的困惑以及困惑之后选择的方式。康剑常年与喀纳斯为伴，与喀纳斯的一草一木相处,对喀纳斯他很难用语言来表达,尽管他不得不选择语言来表达。但,与大多数人不同的是,他已经不需要用相机、不需要用视觉来反复审视喀纳斯,他需要在心里回忆那些日日夜夜所倾听到的一切。于是,康剑听到了雪花的声音,听到了霜打在红叶上的声音,听到了一草一木的萌动声,听到了星星冻裂的声音,听到了图瓦人开启木门的吱呀声……听到了整个喀纳斯五彩缤纷、热闹喧嚣的四季。阅读康剑的散文,从静态沉思的《聆听喀纳斯》到行走探险的《仰望友谊峰》,都不难发现,他是喀纳斯虔诚而忠实的听众。如同教室里的一名小学生,他端坐在喀纳斯的湖水草木面前,谦虚而安静地聆听着,内心却奔流着从宇宙到人生的思考,所有的语言以及其他的媒介,都无法取代这一古老的与自然的沟通方式。

聆听之后的感叹,这是康剑的另一种方式。比如在《观鱼台记》中,他感叹人的生命的短暂、树的生命的顽强,"一个人活不过一棵树",由此感叹自然力量、自然能量的伟大;在《禾木星空》中,仰望禾木上空伸手可触的星星,游客们发出的是惊叫、是赞美、是兴奋,而作者却感叹的是,"有的人真的就让自己的一生做了一场梦,甚至临死的时候梦还没醒,而有的人却将稍纵即逝的一生演义成了一场人生大戏,让自己比流星燃尽那一刻还要短暂的生命在历史的长河中留下让后人铭记的英名"。流星和人生都十分短暂,但人生可能如梦,也可能与流星一样灿烂。又如在《仰望友谊峰》中,在经历艰难的行进之后,作者看到的是冰川的消融,希望"大自然能够和我们已经经受了无数苦难的人类一样,有着自我修复、自我保护和不断增强免疫力的能力"。

对自然的美丽、神奇、伟大等,自古以来就不乏精彩的描述和多情的赞美。这些描述和赞美,一部分是仕途坎坷的知识分子,借助自然寄托的志向、发泄的委屈和抱怨;一部分是追求脱离尘世、遁入自然的隐士们的内心流露,他们把自然作为人生的庇护所和精神的故乡;当然这些抒情更多的是作为观光客的观感,此时,他们是典型的旁观者。康剑不是喀纳斯的旁观者,也不是隐士,更不是仕途不顺、志向高洁的哀怨歌者。他是喀纳斯湖边孤独的、沉默的感叹者。

康剑深知语言对喀纳斯美丽的局限,因此,他不费尽心机地寻找语言去描绘喀纳斯的神奇,也不搜肠刮肚地去寻找赞美喀纳斯的角度。康剑知道这一切努力都缺乏创新和力量,他选择做一个优秀的听众。同样,康剑知道对于喀纳斯,那些高昂的歌唱、那些火热的激情,也容易显得苍白无力、无病呻吟。因此,他选择做一个深沉的感叹者。康剑的散文显示出人对自然的尊重,人把自然作为可以表达意见的、与自己平等的主体。这不是一种抽象的尊重与认可,因为,作为听众的康剑已经成为喀纳斯湖边的一根草、一滴水、一只鸟……康剑的散文也体现出作者游离在自然之外，与自然面对面的另一种姿态。他与喀纳斯如同两个男人、两个英雄，仰望宇宙、思考人生、感喟生命。这是康剑的散文给我的最鲜明的印象。

(《新疆日报》2010 年 12 月 2 日)

以文字安抚心灵和灵魂
——读周芳的系列散文《我谈论的不过是死亡》

一个人濒临死亡,就不再是医学事件,而是伦理事件。此刻,医护人员的工作主要不是治疗,因为所有的治疗严格地说是无效劳动,他们提供的更多的是心理和社会服务。但这一切都仍然在医院和病房中发生和进行,所以显得依旧是医院和治疗性质的工作,这是我们长期以来的偏见和盲区。我们没有意识到,事情早已发生变化。周芳长期在重症监护室工作,她对此变化有深入、细微的感受,并把自己多年的感受用文字展现出来,她力图在身处病危阶段的不同角色之间,构建平和、理解、无愧,让所有的人在这一事件中放下沉重的包袱,让我们从中汲取处理类似事件的智慧和力量,当然也让读者对生死获得感性而具体的认识。这是我过去对周芳以《重症监护室》为代表的创作的印象。

但创作是一条不断开辟道路的工作,周芳的创作也是变化的。《我谈论的不过是死亡》是周芳的一组系列散文,或者说是非虚构创作。在这个主题下,有四个副题:《一九九六年的月亮》《世间已无余老头》《我们来打麻将吧》《关于上坟这件事》,每一篇都与死亡有关。与作家过去的《重症监护室》完全不同,《我谈论的不过是死亡》并非直接将事件的背景和现场置于病房或治疗过程,而是在更加广阔的社会空间里接近事件和感受现场,是从死亡的角度去讲一个故事,或者从一个故事开始,来写死亡的结局。

《一九九六年的月亮》所讲述的死亡故事的背景是月亮、道路、矿区,然后是依靠在电线杆上的女人。这是一个开放的背景,给予了作家更多的叙事空间,作家由此可以自由地将男人、女人所属的时代特征叙述出来,比如饺子馆、钟表修理部、刻印图章铺、矿工活动室、采区、满载石膏的货车、播音室、会所、舞厅、酒吧,等等,矿区就是一个社会,一个世界。在这样一个世界里,来写一个叫"小瓷"的女人以及围绕她发生的悲剧,使得故事具有了更丰富的内涵。矿区封闭的世界、三个矿工单调的生活、朦胧的爱情、纠缠、迷茫、张爱玲的美文、汪国真的诗歌,将这一悲剧蒙上凄美、哀婉的色彩。陈、叶、苏三个男矿工,与莲、小瓷两个青春少女,这是那个时代普通而典型的朋友圈,他们是一个朦胧而美好时代的代表。在男人占绝大多数的矿区，每一个女人都是稀罕物，更何况播音员小瓷和有实力社会关系的莲。围绕两个少女，男矿工们的自卑、胆怯、冲动、压抑，发展成一团解不开的纠葛，从而注定他们每个人的爱情都必然遭遇挫折。故事以苏在矿场劳动，被岩石砸死而结束。苏的死亡，不但是一个年轻生命的消失，也是那个时代美好的月亮，美好的如张爱玲之类的偶像，以及一个纯真而忧伤的时代的结束。作者对那个时代的青年人的复杂心理的精准把握，以及细腻而灵动、真切而梦幻的叙述，让这个纯情的时代和故事充满神秘，更让人感喟。这与病房的死亡故事有着天壤之别。它不是一个医疗事件，更不是伦理事件，而是一个真正的爱情事件。

《世上已无余老头》中的死者"余老头"是周余村第一位公办教师，一个老实、本分、迂腐、敬业的小学教师。他被学生嘲笑、戏谑，被同事挖坑、陷于不利，也被泼辣的老婆欺负，被老婆的当村干部的哥哥训斥、敲打。总之，这是一个心中只有学生、教育、教学，别无其他念想，不被人理解的教师、男人、丈夫。作品以小学生的目光，写余老师的人生，充满强烈的真实感。余老师见女同学后软弱的辩解，让原本正常的同学见面，被误解为一定暗藏着情事；余老师留学生补课，多次被家长辱骂，但从不悔改；本不想挤占体音美副课的余老师，往往因态度含糊、语速迟缓，而被当作挤占副课的典型……这样一个一生未得到尊重的教师，在晚上被车撞死了。但历史见证了他的业绩，那些懵懂的孩子几十年后做了军官、企业家或者在各自的行业里成才。余老师为社会所做的启蒙并未随他而去，而是成为社会进步的力量。这也不是医疗事件，不是伦理事件，而是日常生活中的意外，是无常。尽管作者的叙事角度是学生，是不懂事的小学生，但依然可以感受到作者对这一意外的惋惜、对余老师忠诚教育事业的职业操守的敬畏，从校长没有公布的对余老师的调令中，从余老师老婆的痛哭中，从成长起来的学生的记忆之中。与其说这是一个非虚构的教师故事，不如说是一部成长题材的小说。在学生的成长记忆中，成功刻画了一个令人敬佩的普通教师的形象。

《我们来打麻将吧》写的是一群老人，所有的老人都集中在麻将馆，通过打麻将，分析这些老人的性格、身份、地位以及他们的过去、家庭、子女、恩爱、情仇，等等。"色色王""欧阳婆婆""嚼嚼婆""乌龟刘""局长张""杨爹爹"，这些有不同故事、不同性格的老人定期相聚在后湖东路"夕阳红"麻将馆。他们到这里来不仅仅是打麻将，更多的是心理、精神的需要。"局长张"需要继续享受当年的机关干部的心理优越，"嚼嚼婆"需要一个有听众的舞台，可以毫无顾忌地说话，"乌龟刘"需要在麻将馆里消磨空巢的孤独……"色色王"赖在麻将馆不走，却有更多的隐秘。与一群婆婆说说笑笑，趁机摸摸捏捏，这只是"色色王"看得见的一面，看不见的是他惦记着"欧阳婆婆"，担心自己离开了麻将馆，"欧阳婆婆"回来找不到人。

这对青梅竹马的恋人，由于各自的原因，一个嫁人、生子，一个终身未娶。到了风烛残年，两个人都未放弃。"欧阳婆婆"离家出走，刚到"色色王"家，儿子就找上门来，一段夕阳下的姻缘就此了断。这些都不足以导致"色色王"猝死在麻将馆，"色色王"猝死是因为麻将馆里人多嘴杂，将"欧阳婆婆"已死的消息说了出来，"色色王"失去了支撑自己的唯一的稻草，唯一的念想。麻将馆里死人，很多是因为老年人的心脏、血压承受不了过度的兴奋，但"色色王"不是因为心血管，而是因为精神和灵魂的瞬间坍塌。这是一个意外事件，也可以说是一个爱情事件。作家并没有把这一事件简单化，在讲述每个老人的故事时，也叙述了老人背后的社会生活，如棉纺厂倒闭、男人下岗失业、青年人或在深圳做内衣或在西安做建筑业、老人与子女之间的矛盾，等等，可以说，这是一个关于当下老人晚年生活质量的叙述。"色色王"与"欧阳婆婆"的晚年，如果不是子女的干涉，原本可以更加幸福、圆满。但很遗憾，应该说，社会还没有真正重视老年人的晚年生活，尤其是精神、心理、情感生活。

《关于上坟这件事》讲述的不是一个人的死亡，而是与死亡有关的仪式、祭奠、归宿，以及后人对先人的态度，等等，是死亡社会学。作品在"我"与女儿"扣"的对话中交叉叙述，一边是母亲对自己死后的安排、设想，女儿对此安排的否定、女儿的看法，另一边是乡村的上坟，坟外人与坟内人之间的对话、关系，坟内人的人生命运。

女儿"扣"代表新一代人，她反对母亲未来埋在家乡的设想，因为家乡不断在变为城市、工业区、开发区，土地包括坟地不断在征用、拆迁。同时她有很多新奇的想法，如把母亲的骨灰埋在院子里，种上一棵树，以免千里迢迢地烧香上坟；如果没有独立的院子，就把母亲的骨灰放在花盆里，种上鲜花；最后的想法是把母亲的骨灰提炼成钻石，戴在脖子上。这些想法，折射了时代的巨大变化，比如一个母亲只有一个子女，一个子女或许还要天南海北地不断迁徙，土地的减少，公墓的拥挤，等等。当然，其中也有当代年轻人对死亡文化的新认识，比如不再像过去几代人希望的，亲属、家族成员在另一个世界中依然要生活在同一块土地上。这是作家的发现，发自内心的令人心惊的感受。

作家显然对传统的死亡文化持有敬意，并用温软的文字，不断叙述乡村土地上一幕幕坟地的祭奠与对话。比如爷爷在坟地里说给太爷爷太奶奶的话——地里的收成，儿子的仕途，孙子的学业，村里的鸡毛蒜皮，子孙辈的结婚离婚。当然，爷爷同样有自己的计划，他看好了未来自己应该埋在哪里，并把位置告诉晚辈。又如，七十五岁的玉枝婆婆蹲在坟头一边烧纸钱，一边和老伴絮絮叨叨。这些唠叨中意味深长的有两点：一是特地嘱咐埋在一起的兄弟，要互相原谅，互相关照；二是告诉老伴，两个儿子分别在美国和广西为爷爷烧了钱。这些对话，这些交代，这些祭奠，都是亲切的，就如同地下的人还在。显然，如果在大年初一，没有这一过程和仪式，春节将会令人不安，因为"睡在土地深处的人都等着这一天，这是死亡最大的福利"。这是在世的人为故去的人唯一可以做的事，并且也是在世之人安抚自己内心的重要方式。由此，我们可以理解，爷爷参与迁坟的庄严以及迁坟后内心世界的沉重。

20世纪90年代一个青年人的意外死亡，引出一个时代的风貌和纯真爱情；一个教师的意外死亡，凸显出一个乡村启蒙者的迂腐、本分、木讷与伟大；一个老人的意外死亡，折射出当下老年人情感生活的困境和尴尬；一次上坟以及与女儿的对话，呈现传统的灵魂安放与时代发展对未来人灵魂如何寄托的迷茫。周芳以纤细的感受、梦幻般的文字，诉说她观察、体验、思考的世界，这些世界往往不为人注意，但事关每个人的人生和幸福。同时，这些故事的讲述并非柔弱无力，而往往在细流般的流淌中，凸显或挺立着坚硬的石头，它们也是有力量、有质感的文字。如同作家过去的《重症监护室》一样，作家仍然期待读者从中可以获得对生活真相的一种认识，尤其是通过人生的终点即死亡，来反观人生的过程，而不是在过程中认识自己的归属。因此，这些文字依然是安抚心灵和灵魂的文字。

(《长江丛刊》2017年5月增刊"新作家")

繁复与深沉：湖北诗歌创作的新收获
——读车延高的诗集《向往温暖》

车延高是一位在全国有影响的诗人，他的诗歌创作饱含对生活对世界的难以抑制的深情，并充满复杂的艺术和审美特色。在刚刚揭晓的第五届鲁迅文学奖的评选中，车延高的《向往温暖》荣获鲁迅文学奖，这是继田禾之后，湖北省第二位诗人获得鲁迅文学奖。《向往温暖》是诗人的一部选集，分为六辑，共收录117首诗歌，比较全面地反映了诗人近年来的创作和艺术风格。

第一辑可以视为诗人对历史文化的诗歌想象。比如《一瓣荷花》《你是天上的水》是关于洪湖的，《华山有太多的傲骨》《把你劈开的石头缝上》是与华山有关的，《琴断口》《踏响音符的脚印》都是对子期与伯牙琴台知音传说的重新解读，《西安，闯进诗歌的帝国》《人坐在酒香里》是对李白游历松滋的传说的想象……这些与历史、与历史中的人的对话，这些对历史传说的重新发现，呈现了诗人独特的视角与独特的叙述方式。

第二辑集中抒写的是对故土的爱，母爱、女性之爱。其中有"母亲过世后让我记住母爱"的"嫂子"（《让我记住母爱的人》），有没有等到"天天吃上馒头"的"母亲"（《我咬着牙发誓》），有"等我知道回头时/父亲已经把自己埋了"，从此与"我"相依为命的"母亲"（《等我知道回头时》），有"背着我上山"把"喘息"声铭刻在"我"心里的"母亲"（《刻骨铭心的熟悉》），有把一生都纺进子女的岁月的"母亲"（《青春被纺车织成线》）等；还有嫁给残疾军人、走路过日子是"三足鼎立"的"二姐"（《日子就是江山》），有"风韵犹存"却孤苦孤芳的"姐姐"（《姐姐你应该美》），有遍地槐花等待的"姐姐"（《今年的槐花那么好》）等。不同的"母亲"、不同的"姐姐"构成了中国当代女性人物画廊，她们是千千万万女性的代表。可以说，这是诗人集中对当代中国女性性格、品质的抒写，在诗人的笔下，她们的坚韧、悲欢、宽广等，都是美丽的风韵。

第三辑是关于西部的抒情。从大草原、纳木错、贡嘎到珠穆朗玛，从雪莲、雪花到虫草，从塔尔寺到西藏等，前赴后继的膜拜、温暖洁白的雪花、一生低垂着头颅的牛羊、雪山与草地的天堂，以及藏羚羊和虫草遭受的血淋淋的罪恶，诗人醉心于西部独特的地域、独特的环境、独特的文化，诗人以雪花一样冰清玉洁的语言渲染雪山一样高耸的神性和圣洁，同时也把现代化背景下这些神圣的高度所面临的摇摇欲坠、接近轰然倒下的危机传达给每一个聆听的人。

第四辑是对底层生活的关注。其中，有对田园乡村朴实亲切的怀念，如《只有微笑不累》《想你熟了的肤色》；有对普通百姓坚强、顽强、乐观品质的歌颂，如《父亲的庄稼》《回到脐带剪断的地方》《把自己当扁担的人》；有对乡村环境的担忧，如《不去河里洗澡》《为它的病因作一次会诊》等。传统品格的乡村与不断变化的农村之间的紧张、农民的不断追求与不能摆脱的悲苦的矛盾，充分彰显了诗人的人文情怀。

第五辑集中了一组探索诗歌表现艺术的作品。《扶唐婉走出自己的悲剧》《陌生的目光把梦撞醒》《不笑也是回眸》《眼睛里有一座碑》等，显示了诗人对语言与世界、历史表达的极限的追求。第六辑的作品主要是写对女儿的爱、对爱人的爱。《女儿》《提心吊胆地爱你》《疼爱》《熟悉你十八岁的微笑》《路要走一辈子》《想我的女儿》等，情感真挚、语言质朴，平易而深沉、平凡而博大。

总之，《向往温暖》全面体现了诗人的诗歌风格、价值取向，准确反映了诗人的创作面貌和艺术水平，在当代诗坛是极其富有代表意义的诗歌专集，也是一部代表湖北近年来诗歌创作水平的诗歌选集。《向往温暖》的获奖再次凸显了湖北作为有深厚历史积淀的诗歌大省的创作实力。

（《向往温暖》，车延高著，人民文学出版社 2009 年 9 月出版，第五届鲁迅文学奖获奖作品）

对乡村的一种道德意味的呼喊
——评田禾的《喊故乡》

虽然田禾很早就开始诗歌创作,但从我知道他写诗到他的《喊故乡》获得鲁迅文学奖,这中间的时间跨度似乎并不长。我一直认为他热爱的是市场经济,当然现在我明白了,他更热爱的是故乡,可以说,田禾是一个极端的故土歌唱者。因为,他似乎只有一个主题——故乡;而这唯一的主题,光写不行、仅仅吟诵不行、没有声音的回忆和梦见也不行、有声音的没有紧张感的呼唤也不行,必须"喊"、声嘶力竭地"喊"。我想,只有"喊"字才能足以表达诗人对故乡的思念、热爱,正如诗人自己所说:"别人唱故乡,我不会唱/我只能写,写不出来,就喊/……用心喊,用笔喊,用我的破嗓子喊/只有喊出声、喊出泪、喊出血/故乡才能听见我颤抖的声音",这是一种朴实、真诚到极致才能发出的声音,是一种近乎歇斯底里和疯狂的情感。

田禾在诗歌中是重视和偏好描述和叙述的。对于诗歌这种极其讲究语言和抒情并且在篇幅上也极度精练的文学样式,叙述无疑是一种挑战。比如诗人对老邻居"黑土"的叙述,"黑土,我的老邻居。不到半老/门牙就掉光了。他背着柴火/我经常在村庄的矮墙边碰见他/黑土。一个穷单身,长年抽土烟/咳嗽。吐浓痰。多年的支气管和哮喘/那天,他扛着缺了角的铁锹往南走/到园里铲土,种过冬的白菜/园子的草都长荒了/他蹲着身子一棵一棵地把它们拔掉/黑土。黑土。村庄的孩子也这么喊他",诗人不厌其烦、很详尽地描述了单身汉"黑土"的外貌特征、身体状况、生活习性并叙述"他"种菜这样一个细节。总共十一行一百多字,田禾用小说的叙述方式,把"黑土"这样一个农村老单身汉的生存境遇呈现给我们。又如对习惯蹲着或站着的父亲,对没有福气坐下来的父亲,诗人说"父亲喜欢蹲着/蹲着吃饭/蹲着抽烟/蹲着思考/蹲着看地里的豆苗、菜花","也有站着的时候/站着看天/站着说话/站着干活/父亲说,站直了才是人"。

但是诗歌肯定不能停留于描述和叙述,否则就是对诗歌存在的价值的漠视,诗歌肯定有独特于小说的描述和叙述之外的艺术元素。在《黑土》中诗人最后用"黑土戴顶草帽;像个黑锅盖/他的家,穷得只要搬动一口铁锅/也就从前村搬到了后村",把"黑土"的生活境遇形容到极端的程度。在《蹲着和站着》中,诗人对父亲一生站着和蹲着的姿态描述后,在最后一段说:"如今,父亲早已/睡进了黄土/这之前,他仍没有坐过/他一直站着或者蹲着/唯有现在是躺着",当"父亲"可以有第三种姿态面对人生的时候,却已经睡进了黄土。"躺"对父亲来说,已经不是与"站""蹲"一个层次的人生姿势,而是一种结局。在前面的叙述之上,这最后一段超越了叙述本身。在《板车上坡》中,诗人叙述了"王大贵"与"儿子"进城卖菜换取学费的过程。诗人对"王大贵"父子拖着板车上坡的艰难进行了细致的描述,但最后,在板车上坡之后,诗人说"贫穷很大,他很小/王大贵的板车/爬上坡之后,远远看去/王大贵多像一只蚂蚁",这种"王大贵"渺小的背影与巨大的家庭负担(贫穷)之间的对比,最终使这首诗歌超出了纯粹的描述和叙述过程。

在描述和叙述中,超越描述和叙述过程,从而达到一种感染、感动、震撼心灵的艺术效果,这是田禾《喊故乡》的一个艺术特色。

《喊故乡》另一个突出的特色是诗人关注的领域都是贫穷、简陋、压抑的生活,是艰辛的劳动、沉重的命运、被忽视的人生价值等相对冷酷、黯淡的主题。在《喊故乡》中,诗人基本上没有写纯粹的乡村颂歌,而充满了沉重的、嘶哑的忧伤甚至痛苦的"哭喊",这种喊声萦绕在字里行间,并经过读者的阅读而被读者真切地"听"到。第一辑"火车从村庄经过"是一些关于乡村的回忆,流淌着温暖的贫困岁月的回忆。《深夜,我想起了村屯》写的是对故乡乡亲群体的回忆,回忆那些"被忽略的亲人"对"我"的爱。在《桃》中,诗人回忆的是一个叫"桃"的被父母断送了爱情的女子。《简略》不是针对一个特定的乡村事件和人物,而是从乡村的"简略"(贫困)到村民房子财产的"简略"(贫困)到村民生活的"简略"(贫困)到最后无法再"简略"(贫困到虚无),把乡村的贫困用"简略"这个词语描述得淋漓尽致。《泥土中的隐痛》写的是"红薯"与村民生活的关系。在第二辑"偏僻的青草地"中,诗人通过一些典型的乡村风物如"稻草""木屋""芦苇荡"等重新构建了一个记忆中的乡村,当然这个乡村依然不是幸福的、快乐的。在《一粒谷子》中,诗人把"一粒谷子""叫汗水或苦难",叫日子。《一道低低的门槛》写的是生活中有形无形的门槛对人从爱情到尊严到生活的压抑。《在西山村》回忆的是乡村的贫穷。《泥土》呈现的是母亲挖地的疼痛感。在第三辑"夜晚的工地"中,诗人比较集中地反映了乡村人在土地以外、在流浪打工生涯中的生存状况。《路过民工食堂》写的是民工的劳动强度与生活水平的反差。《矿难》里殉难的矿工是"三万块钱/是一亿年以后的煤炭",挖煤的生命价值低廉的矿工却再次成为煤炭,这一戏剧性的命运轨迹让人禁不住潸然泪下。《一个民工从脚手架上掉下来了》同样写的是民工为城市发展付出的生命代价,这种代价不仅是生命的付出,还有生命尊严的被漠视,老板在付出"三万块钱"后可以心安理得地睡觉。《夜晚的工地》《泥瓦匠》《煤黑子》等都关注的是底层民工的艰辛。第四辑"弯曲的树枝"可以视为诗人对乡村日常生活的一种关注和表达。《村庄的炊烟》不是田园牧歌中飘扬的炊烟,而是让你感受到上升的沉重和艰难的炊烟。《大山里》虽然正面写的是山里人对生活的精打细算,"生活在大山里的人/过日子像穿布料一样/一寸一寸地量/一寸一寸地过",但在这种精打细算的背后诗人想表达的是山里人生活的拮据。《土碗》通过土碗里的米饭与生命的关系,揭示了碗的形状对人的命运的象征,当吃饭的人不再吃饭时,土碗倒扣就成为坟墓。在第五辑"表哥从乡下来"中,无论是《去马家坊看二姨》《黑皮媳妇》《父亲的咳嗽》,还是《四阿婆死了》《我的乳娘》《烤红薯的老人》等,都写的是乡村普通百姓的苦难。

可以说,《喊故乡》不是过去通常我们所读到的,对宁静、美好的田园诗式的乡村的诗歌书写,而是对贫穷苦难的乡村的诗歌书写。这种对苦难的书写在中国现代诗歌中也曾经有丰富的作品出现,但是《喊故乡》写的是乡村当代的苦难,在现代化进程中的苦难。一方面有现代化直接带来的灾难,如矿难、脚手架事故等;另一方面,也有在现代化进程中,乡村的被遗忘、乡村发展迟缓而给村民带来的生活的艰辛,如生活的拮据、孤寡老人的无助等。这些是现代化进程中的双重苦难,发展与不发展(落后)的苦难。因此,《喊故乡》在当代乡土诗歌创作中因为其关注的主题而从传统的乡土诗歌中凸显出独特的艺术特色。

从这个意义上说,《喊故乡》不仅仅是诗人对乡村的记忆书写,不仅仅是游子对故乡的思念,更是诗人对当下乡村境况的一种呼吁。在改革开放和现代化建设中,广大的城市在全球化、城市化潮流中,获得了迅猛的发展,但是还有许多乡村的现状是令人堪忧的,还有广大的乡村百姓的生活(无论是在乡村的土地上,还是在城市的工地上、工厂里)是值得关注的。他们的物质待遇、精神生活、人格尊严、社会保障等,都需要在整个社会发展的进程中,给予关注和重视。让每个人享受平等的发展机遇、分享改革和发展成就,是现代化建设的一个要始终追求的伦理目标。建设社会主义和谐社会和社会主义新农村是发展中国当下乡村具有前瞻性意义的战略目标。这一目标的提出,正是《喊故乡》所真正喊出的呼声。诗人在《喊故乡》中声嘶力竭所喊出的正是苦难落后的乡村要发展这一热切的、带血的心声。《喊故乡》由此可以理解为诗人对现实乡村建设的一种道德意义上的呼喊。

从乡土抒情到人生沉思
——读梁必文的诗歌

在20世纪80年代的诗歌运动中，鄂南活跃着一个诗人群体，这个群体后来都被纳入"南方诗派"的旗帜之下。蒲圻纺织总厂的饶庆年、王建渐，咸宁地区文联的鄢元平，咸宁县的刘明恒，蒲圻县的梁必文等都是这个诗歌群体的骨干。这些人或多或少都受了来往大都市与咸宁之间的著名咸宁籍诗人叶文福的影响，而后来饶庆年《山雀子衔来的江南》的得奖又直接鼓舞了这个诗人群体的每个成员，使得鄂南的诗歌风气更盛，以至于嘉鱼县一个棉纺厂里居然也涌现出一个纺织女工诗人群体。这大约是梁必文诗歌创作最早、最原始的文化环境。

鄂南诗风在湖北新时期的诗歌潮流中是有独特的审美特征的，我认为至少以下几个方面是很清晰的：首先是诗歌的意向，鄂南诗人大多对南方的河流和小溪、南方的树、南方的天空等自然风貌给予了无比细致的描写；其次是句式的排比、叠沓和反复，比如"南方的天空是被树撑起来的/树上总是无止无休地滴落着雨/南方的雨把南方下得湿淋淋迷蒙蒙的/迷蒙蒙中的人老在迷蒙蒙的街巷穿来穿去"（鄢元平《南方印象》），这是典型的鄂南诗歌的句式；第三，是语言追求极度的细腻、亮丽、水灵、淡雅。

在鄂南诗风的影响下，作为鄂南诗歌群体的一员，梁必文早期的诗歌作品无疑也具有这些审美特点。在长江文艺出版社最近出版的《梁必文诗选》中，我们可以发现，在2002年之前，梁必文写的、关注的是《小镇》《小舟》《江南，夏日雨后的黄昏》《三月雨》《村井》《野渡》《六月乡村》《古井》《麦黄时候》《插秧时节》等，这些意向的组合就是湿淋淋雾蒙蒙的鄂南，是鄂南的山村、小镇，是鄂南的四季、鄂南的劳作……总之，就是诗人不能割舍的家乡。因此，早期梁必文的诗歌创作是对故乡对鄂南的诗歌重构，是典型的乡土抒情。这可能是每个诗人的必要阶段，因为它是每个诗人的生命成长和人生成熟的必需过程。不同的是，许多人在口述和唠叨中重构故乡，许多人在梦中建构故乡，许多人在画纸和色彩中描绘故乡，而诗人在抒情的句式中以吟诵的方式重构故乡。

在南方，雨是极其平常而有代表性的气候特征，也是最容易勾起南方诗人诗情的意向，几乎南方的诗人都会写到雨。比如，梁必文的《三月雨》以"淅淅沥沥"的方式倾诉了"我"在异乡的思归之情。"又是绵绵细雨，绵绵细雨/绵绵细雨里窝不能归去/那一叶小舟为何不走为何不走"，诗人通过这种叠沓、反复的句式，把一种浸泡在雨中的焦虑淋漓尽致地表现出来。"呵，思绪是走不出屋的柴烟/只异乡的屋檐下悠来荡去/而心却在三月的雨中久立/任滴着那思，滴着那虑/滴着那一个朦胧的归期"，在这一段里，柴烟"只异乡的……"中的"只"，以及后面把"思虑"拆开、用"滴着那思，滴着那虑"来描述，都显示了诗人对语言细腻淡雅的追求。又如《江南，夏日雨后的黄昏》，"黄昏的江南，江南夏日雨后的黄昏/停息了雨的狂暴，雷的轰鸣，仿佛/异常痛苦的分娩复归了它伟大的宁静/于是，广漠的天宇因映出群峰的黛绿/而一抹蔚蓝，稀疏的檐雨因脚下/昏厥的土地而依然滴着幽蓝的清醒/湿濡的晚风抚润炙灼不安的树叶以及/卷曲的稻田，默默舒展着萎缩的信念/透明的蝉声，清凉的鸟语，和/蓝色的牧歌，在田野上，在树梢上，在那些/顶着水珠晶莹的草叶上/轻轻地滚动着乡野的宁静"，在这一节里，语言的淡雅、水灵、细腻达到了极端的程度，诸如"檐雨""湿濡""抚润"等词都是例证。仅这一节出现的意向从颜色到声音、从天空到地上、从树到草到乡野，可以说基本把整个南方描绘尽致。因此，《三月雨》《江南，夏日雨后的黄昏》是比较准确地体现了梁必文前期诗歌创作特色的诗作。这一特色也是当时南方诗歌的主要艺术特征。

2002年后，梁必文的诗歌的确有一种变化，邹建军先生认为其后期的诗歌有更丰富与深厚的生命意识，有叙事成分，更加简朴有力(邹建军《梁必文前后期诗歌的对读》)。我更愿意把他2002年后创作的诗歌看作是诗人对人生的沉思。当然有生命意识，但是不仅仅局限在生命意识范畴中，或者说，生命意识与人生沉思相互渗透、共生互文。

梁必文在2002年之后，的确从诗歌里表现出强烈的对生命的解读。比如《打磨》，"看来，打磨是必要的/就像命运/需要苦难的打磨"，"而一个人的一生/究竟需要多少次打磨/才能闪光呢"。诗人从乌云对月亮的打磨、到石头对刀的打磨，最后上升到苦难对人生的打磨。从自然界到人，这里面首先有生命意识层面的思考，人生的磨炼无疑是对人的肌体生命有所挑战，但是同时也是对人的精神和心智的提升，所以是对"身心"的两位一体的打磨。但是，诗人在这里的人生思考是未完成的思考，因为诗人不仅满足于发现了人生需要打磨，诗人还想更加清楚人生到底需要多少次打磨。当然，我想这是人生无法回答的问题，一个永远处于困惑状态的问题。因为一旦这个问题有了答案，一个具体的人生便处于终点了。

又如，"人的悲哀就是说得太多/而神之为神/是什么都不说"(《石佛》)，诗人由石头"立地成佛"，觉悟到，人之所以不能成佛，人之所以不能为神，是因为人说得太多，而石头永远是沉默的。这一觉悟是诗人对人生哲学层面上的思考，不仅是对个人生命的"俗人"与"神性"的区别。其实，同样的人生思考，诗人在2002年之前的创作中就表现出了，"大海/扬帆的木船在颠簸/簸去一船惊愕/留下欢乐的浪花朵朵"，"风雨中/果园的杏树在颠簸/簸去悒郁动摇的花/留下甜甜蜜蜜的果"，"夕光里/母亲的簸箕在颠簸/簸去点点干瘪的辛酸/留下一片沉甸的喜悦"，"人生有多少颠簸/便有多少痛苦与欢乐的歌"（《簸》，1981年），诗人从船的颠簸联想到树的颠簸、簸箕的颠簸，最后类比到人生的颠簸。"呵，弯下就弯下吧/让童年与幻想留给孩子们/人生本是一条/没有航标的河床/生活，使我们弯下腰去/却不能使我们弯下/正直的思想"（《昨天，你对我说》，1983年），诗人在这里凸显了即使生活的重负将我们的身躯压弯、但是我们不能放弃对正直的思考与追求这样一种信念。很显然，这也是在生命意识与人生哲学双重意义上的沉思。

在2002年之后，梁必文有一些诗歌是直接的人生思考，这些思考甚至不像上面所列举的与具体的生命意识相关，如《启示》（2004年）表达的是对灾难的思考，灾难当然与人类命运相关，但这里的灾难不再是具体的诗人的个人体验，而是一种社会历史的思考。"是的，在灾难面前/人，从来就没有低下过头/洪水、战争、瘟疫/一次又一次……"，"面对一切面对，我忧虑/却不彷徨。唯愿/灾难里长出一排/清醒的诗行"，诗人从历史的视野，洞察出并要呼吁的是，面对灾难可以忧虑，但不能悲观失望、痛苦疯狂，我们应该清醒面对、坚强承担。在《指挥》（2002年）中，诗人通过"一个弱智"指挥一个交响乐团，发现"不正常却可以正常地指挥"的背后，是"指挥者的乐趣/已不在指挥，亦如/欣赏者的乐趣已不在演出"这一具有荒诞意味的现场，但最后诗人发出的是令人震撼的自我拷问，"在生活中，我/是否也这样指挥过别人/抑或也这样被别人指挥？"无论是我这样指挥过别人还是被别人这样指挥，其结论都是滑稽而荒唐的，指挥与被指挥被对方互相置于"弱智"的角色位置上。这首短诗揭示出一个非常深刻的人生疑惑。

梁必文后期的诗作更加精练，语言以及意向不再像过去那样如南方的细雨一样密集，他后期同样有一些诗作写了故土和朋友，比如《故乡》《土地》《远行》《夜路》等，却在句式、语言、意向、情感上都显得更加朴实、精到，而字里行间流露的情感和思考则更加深沉、凝重。

我以为，这是一个诗人走向成熟的标志。也因此，从亮丽的乡土抒情到睿智的人生沉思，让我们得以倾听鄂南歌手的另一种吟诵。

(《文艺报》2008年7月5日)

王新民的诗歌主张及其实践
——评王新民的诗歌创作

湖北及武汉地区诗歌界中不少人认为王新民的诗论比其诗作更出色。我不清楚作这一比较的根据以及这一结论的可信度。我试图将二者联系起来，看看在王新民的诗歌创作中是否有其诗歌主张的体现，而在王新民的诗论中是否有诗歌创作实践作为其总结、抽象、概括的基础。

王新民的诗歌主张集中编辑于其文集第三卷，第三卷收录有王新民的8篇专论、一篇由300段构成的诗话、11篇序言和诗评，共18万字。纵观这18万字的诗论，我以为王新民由宏观到微观，从三个层次谈论或阐发着一个共同的东西。虽然这个共同的东西与诗有关，但我认为它首先是一个诗人或作家理性深处的主张即创作的哲学，具体到诗歌或诗人这一特殊的领域，我以为可称这种共同的东西为诗歌主张。王新民的诗歌主张表现在三个方面：良知、使命感、精神品格，在这部18万字的选集里，有6篇专论、至少50段诗话、11篇诗评直接地表达着王新民的诗歌主张。

严格地说，良知、使命感、精神品格是分属三个层次的概念，良知是最基本的、最接近本能的属于直觉范围的能力。使命感同责任感一样是道德和社会评价范围的概念，因为我们必须把诗人的创作与历史、与人类、与时代相联系才能谈论诗人的诗歌有无使命感和责任感。精神品格我以为是一个更高的范畴，是基于社会、道德评价以及美学评价基础之上的一种综合尺度。诗歌主张是诗人的创作观念，虽然包括了诗人对世界、对历史、对时代生活的态度以及种种抽象思维活动，但它毕竟不是哲学意义上的知识论、认识论及历史观。因此，我们没有必要以近乎苛刻的态度评论王新民的诗歌主张。最重要的乃是寻找诗人的思想脉络及其在诗歌创作中的贯穿。

王新民大约从三个方面展开其上述诗歌主张，即历史层面、人民性层面以及时代生活层面。"历史"当然是一个宏大而抽象的概念，但对历史简单的理解就是：它是逝去的现实、当下、现在，现在则是未来的历史。历史与现实事实上一直就处于这样一种动态的过程之中。因此，历史常常被简单而有效地理解和运用：作为现实的参照，在王新民的诗歌主张中，历史是构成诗歌的多维心灵时空中必不可少的一维。"诗……提供给读者的是一个现实、历史、情感、意识复合而成的动态结构。"另外，历史作为与现实对应的一极，是诗人创作的重要的敏感区位。对历史与现实的思辨，对历史的反思，对历史所折射出来的人类命运轨迹，"都会不同程度地拨乱诗人的心弦，感染着诗人的情怀，使诗人无法沉默"，"于是诗人的富有个性情感的诗篇便悄悄而自然地诞生了"。同时，历史也是诗歌张力的不可缺少的营养，是诗歌形式、风格等审美特征的土壤。诗人只有"把人的生命存在放在历史和文化的海洋中去思索"，"则能增强诗的张力"。我们只有从判断诗歌"是否植根于民族生存和发展的历史与现实的土壤之中"，才能判断一首诗是否"具有民族形式和风格"。历史层面的这三个侧面都直接地与王新民诗歌主张的基本观念相联系。诗歌失去了历史的土壤与营养，诗人缺少了思考人生、命运这一个重要的参考系，使命感、精神品格便无从谈起，或者说将大为逊色。

"人民性层面"或"人民层面"也就是王新民的"人民性"。诗歌要有"人民性"，是因为"诗歌的核心、本质和灵魂，不在于艺术形式……而在于那种对国民的责任……那种对天下苍生的深厚情感和博爱"。诗人应该把握"人民的体温"，应该关注"生命"，应该思考"人与自然永恒美的关系"，应该描写"人类的生存状态"，"单纯地表现自我而忘掉了在这个时代生活的平民百姓，是不能产生艺术感染力的"。因此，王新民的"人民性"就是热爱人民尤其是普通百姓，关注他们的生存状态、情感和命运，并尽力在诗歌创作中表达这一态度、立场及情感。王新民不仅将这一点与诗歌的品质相关联，甚至将其与诗歌的衰荣关联。他批评中国诗坛曾经一度被读者和人民抛弃，正是因为诗歌抛弃和疏远了人民，缺少了"人民性"。"诗歌一旦关注普通人的情感和命运……诗歌的未来就大有希望了"。"人民层面"与王新民诗歌主张的本质和核心是密切关联的。关注民生、热爱人民理所当然是基本的"良知"，描写人民的生存状态、情感，为人民而歌，也是"使命感"的体现，是履行诗人作为人的职责；同时王新民认为"国民意识"是"衡量诗歌审美价值高低的一把尺子"，也是诗歌的灵魂、艺术生命的源泉，"只有真正关注生命……诗人才能使自己的作品具有旺盛的生命力"。因此，"人民层面"也直接影响着诗歌的"精神品格"。

"时代生活层面"是与"历史层面"对应的另一极，它不是纵向的，而是横向的。与"人民层面"不同的是，它的外延涵盖了当代——时下、现实的一切，是未来的"历史层面"。诗歌之所以要有"时代生活"这样一个层面，首先是时代的呼唤，时代呼唤诗人"以最善良的爱心歌唱时代与生活"。诗人生活在时代与生活之中,诗人离不开时代也离不开生活,诗歌同样如此,因而诗人和诗歌都必须与时代同步,与生活在一起。其次,诗歌的生命力、审美价值依赖于它同时代与生活的距离的远近。"真正有生命的诗歌,必须体现时代精神和社会风貌",远离时代,远离现实,远离生活,诗歌不仅将失去生命,同时也将失去读者,诗歌的艺术风格、诗歌的丰厚与丰满等都与诗人对时代生活的态度相关。王新民认为"投身生活的激流,捕捉时代的心声"就能让诗歌与诗人变得博大,诗歌的艺术风格是烙着时代印迹的生命体的成长和成熟"对诗人的催发",强调诗歌的"时代生活层面"也就是强调诗歌的"当代意识","作为当代诗歌,必须体现当代意识",那么什么是"当代意识"呢?王新民的回答很简单,"因为诗人与诗歌都生活在当代,所以必须有当代意识"。似乎看不出它与"时代生活"的联系,但"当代"也就是"现实""时代",诗人生活在当代也就是"生活在现实生活中",这样"当代意识"实际上就是"时代意识"的另一种表述。王新民更为详尽的解释,使这二者之间的联系显得更为清晰,"诗的当代意识,不是某种新观念的演绎……而是关于时代生活的本质和当代人的精神风貌以及心灵世界的层层开掘,是时代向诗人的渗透和诗人向表现对象的渗透,是烛照诗歌的心灵之光"。由此可见,"当代意识"是"当代生活层面"的同义语,这一说法是王新民对诗歌时代精神的一种强调,一种更加急迫焦虑的强调。

"时代生活层面"与"人民性层面""历史层面"一样,它们共同丰富着王新民的诗歌主张,对其诗歌主张给予了进一步扩张与演绎。"诗歌的时代精神是什么?是诗人的良知对于时代荣辱悲喜的关切"。这一观点说明"时代生活层面"与王新民诗歌哲学的基本元素"良知"的关系是极其密切的。简单地说,"时代生活层面"是诗人"良知"的一种体现,至于"时代生活层面"与"使命感"的关系自不待言。诗人与时代的脉搏一起跳动,唱出时代的心声是"使命感"品质的体现。而与"精神品格"之间,除了上述已提到的它们对于审美的影响之外,王新民还强调诗歌的时代感是诗歌的最高境界,是诗人应有的积极入世的精神姿态,这些恰恰是诗歌的"精神品格"的题中之义,是构成"精神品格"的必不可少的元件。

我们简单地勾勒了王新民的诗歌主张及其扩展,由三个最基本的观念到三个不同层面的演绎。我们同时还要审视王新民的诗歌创作实践,以检查诗人的主张与创作之间是否存在一条由此及彼的必由之路,这是更进一步的演绎。

王新民有一篇文章,题为《诗人的两只手》。在这篇文章里,王新民说"一只手写诗,一只手写诗评,才能称为真正意义上的诗人,才有可能成为大诗人"。我们不是从分析王新民是否够得上称为"真正意义上的诗人"这一出发点重视这一观点的,而是从他自己所说的诗"可以折射自己的心声和灵魂"这一观点出发,探索王新民的诗歌折射出了诗人哪些关于诗歌创作的主张。

在浏览了王新民的《美丽的阵痛》和《血染的黎明》之后,"豪情"这个感受便油然而生。王新民曾说,"豪情"脱胎于浪漫主义,是诗人使命感和责任感的弘扬,是一种大襟怀、大抱负,具有一种撼动心魄的力之美。这一说法与王新民的诗歌所表现出来的精神品格是极其吻合的。"你古老的河床沉积了太多太多的障碍物/记载了太多太多悲伤的故事和可怕的阴谋/我现在是有生命有感情有思想的流水了/我现在是能思考能飞翔能载重的流水了/我懂得了要使你纯洁必须首先净化自己"(《长江呵,我来了……》)。诗人把"我"比喻为从冰川、从峡谷、从山岭、从原野奔向长江的一条"小溪"。"我"奔向长江原是为了走向"大海""获得永生",但是"我"知道"长江"已承受得太多太多,因此"我"必须是有"思想"会"飞翔"的流水,我必须"净化"自己,为了"长江"的美丽与活力。这当然是"豪情",但又不单是"豪情",而是负载着使命感与责任感的"豪情"。在《美丽的阵痛》中,共有4首诗是写长江的,它们有诸多共同之处,比如对"长江"这一词语的所指与能指的历史内涵的挖掘,这些内涵与现实生活及社会的关系,它们在诗人这一主体的对象化过程中的联想作用等,而最易感受的当是它们都挟带着一股磅礴大气的豪情和力量。

"豪情"当然不能仅仅理解为一种歌颂之情。王新民有许多写丘陵的诗歌,在《美丽的阵痛》中,有7首诗直接在题目中点明以"丘陵"为主题,比如《丘陵地带》《丘陵的雕像》《山民与丘陵》等,还有诸如《故乡》《山民》《开镰时节》等许多虽不以"丘陵"为题,但事实上是以诗人的故乡——丘陵的生活为题材的诗歌。在这些诗作中,有热情洋溢的歌颂,也有沉重的思索、叹息,但都饱含着一种撼人心魄的豪情,都表现出一种开阔、宏大的境界,如"你像大山一样肩着凄风苦雨用灿烂的奉献装点着不朽的青春/你像蚯蚓一样载着沉痛的压力用辉煌的艰辛雕塑着永恒的生命"(《山民》),"一位山民终于像一棵苍老的古松随着无情的自然规律走向了另一个世界/……他离去时头枕着山峦四肢向着山峰延伸出一个悲壮的象形文字/……他的死除了在山寨掀起了波澜引起了轰动山寨以外的地方谁也不知道"(《山民的葬礼》),"母亲走过的路用尺测算等于围绕地球旋转了二万多个圆圈/但她却没有走出那不到五平方公里的小溪"(《我的母亲》),等等。在这些诗歌中,你能感受到诗人用长句营造的让你沉重得喘不过气来的豪情,能感受到诗人痛苦而焦虑的情感、坚强而深沉的胸怀。可以说,王新民用他所理解的"豪情"实践着他的诗歌主张。

"痛苦的批判"我以为是王新民实践他的诗歌主张的另一种方式。王新民在诗论中曾说"一些诗人用讴歌爱与美的主题来增强人们的生活信念,另一些诗人则以提示鞭笞生活中的丑恶现象为己任"，我不认为王新民属于后一类诗人。王新民对社会当然有批判，但看不出他是以鞭笞为己任的，他的表现给我们更多的是爱与歌，但在爱中、在歌中有批判，一种很明显的"痛苦的批判"。这是一种很复杂的批判和爱，即你既能感受到诗人的鲜明批判，但同时似乎又能感受到他爱的抚摸，二者同样强烈而鲜明。对这种痛苦，诗人有自己的理解，"诗人的痛苦，应当是渗透于一个民族或人类在超越自身局限性而不断追求生命灵光过程中的痛苦。诗人既是一个伤痕累累、痛苦不堪的自然人，又是一个步入理想境界的超人"。这一理解让我们看到了诗人通过"痛苦的批判"对诗歌主张的实践。它依然指向诗人精神领域的对民族、人类命运的关照，依然饱含满腔使命与责任。"多少年了/在那偏僻的山沟里/黑白两种色彩组成的/样式古老的布衣/像悲凉的道具/紧紧地裹着/善良的乡下妇女"（《山沟变奏曲》），"那个苦难的黑夜/虽是一支/含恨的歌/但我不能/在光明的季节里/让痛苦的过去/久久地折磨着我"（《走向明亮》），"我沿着弯弯的流水/我踏着历史的曲线/把落下的太阳拉出/把残缺的月亮拉圆"（《我是纤夫，我拉纤》），"善良的人民呵想唱封条锁住了口想干绳索套住了脚想写棍棒砸伤了手/祖国再也没有天真的歌吟只剩下满腔的愤怒"（《阵痛之歌》），像这样在批判中夹杂着忧虑，在痛苦中夹杂着批判和热爱的诗在王新民的诗与散文诗中随处可见。有时你很难分清诗人究竟是在叙述历史还是在批判历史抑或是在试图讴歌什么，或许这些本来就在诗人的意识里融为了一体。但它们却传达着诗人内心深处对人类、历史命运的思索与关注，渗透着强烈的忧患、祈祷和祝福。这些正是诗人的诗歌主张。

　　诗人还有一个明显的表达诗歌主张的创作特征是明朗而细腻的真挚抒情。一般以为充满阳刚之美、豪放之情的诗人是很难与细腻、明朗、真挚的抒情统一起来的，从王新民的诗歌里我们看到这二者并不矛盾，它们能够同时出现在同一个诗人的创作之中。王新民的少儿诗当然是这方面的例证，除此之外，其他题材的诗歌也同样提供了充分的证据，如"姑娘驾着白帆去了/去追赶远方的渔汛/哎，她竟走得这么匆忙/连我昨夜那个美丽的梦/也来不及挂上白帆的篷顶"（《在湖边》），"成群结队的蜜蜂/在花丛里不停地采撷/可能是深深地爱上桃园吧/不然，与桃花接吻哪会这么热烈"（《桃花开了》），"月亮，看腻了这贫穷的田野/几回圆缺，曾发誓不在这里过夜/今夜，她匆匆打这儿经过/紧锁的眉睫，突然流着喜悦/呵，一望无际的金黄色的田野/层层叠叠，闪着千面弯月/沙沙，沙沙，弯月闪闪/赶走了昨日贫穷的岁月/沙沙，沙沙，闪闪弯月/托起了今朝丰收的季节"（《夜，田野闪着千面弯刀》）。上述从王新民诗作里随意节选的三首诗，第一首表达了一种甜蜜匆忙的爱与思恋，思念中饱含一种爱的嗔怪；第二首由对美丽春天的赞美转到对时代生活变迁的赞美，正是生活的美丽吸引了蜜蜂在这里安家，恋人在这里暗约；第三首借乡村夜晚的变化折射时代的巨变，在农民不能自主经营土地的时代，月亮都不在农村过夜，而今，在乡村的夜晚，田野上却闪烁着千面弯刀，挑灯夜战的农民、勤劳耕耘的农民在一个截然不同的时代里收获截然不同的果实，也装点着完全不同的夜色。对生活的热爱，对普通民众的关注，对时代脉搏的把握及拥抱流露在诗行之间，这种朴素却美丽的感情、大气却细腻的抒情充分反映了诗人对时代生活、对人民大众的态度。尽管我们可以从王新民的诗作里找出许多缺点，但我们可以坚信王新民是"用真心"在写诗，"用真情"在写诗，"用血"在写诗，"用生命"在写诗，这一点较许多华丽玄奥的诗作而言更应得到尊重和钦佩。王新民对此不是没有思考，他有自己的观点："有些诗看似写得白了些，但因有真情贯穿，也就'白'而不白了，直白与浅露是有本质区别的。直白近乎明朗，深入浅出，浅露后面是贫乏，明朗后面是丰富，是美感经验表现后的透明状态。"我认为王新民的这段话并不是为自己辩护，而是对这一问题的独到见解，是经过深思并经过实践而得出的诗歌审美观。这一观点是完全可信的。

总之，王新民的诗歌作品中的特征与其诗歌主张是互相贯通的，王新民的诗歌当然还有其他的特点，包括缺点，但王新民的可贵之处在于其诗歌主张及创作实践的一致性，这是一个真正的诗人在诗歌理论与创作两方面长期不懈追求的可喜成就，这一品质使诗人在诗坛旗帜口号不断翻新、观念主张四分五裂、氛围热情又淡漠的状态下凸显其鲜明的精神品格。这一点对今日诗坛及诗歌今后的发展多少是有启示意义的。

（《芳草》2000年第8期）

一个人的洪湖
——评哨兵的湖泊诗歌创作

在诗歌的历史上，可能很少有人像哨兵这样长期、执着地写一个湖泊；在洪湖的生命史上，它也很少有过这样被一个诗人不断书写的经历。因此，哨兵的湖泊诗歌便有双重的意义和价值，这些诗歌既彰显出一个诗人的情怀，也弘扬着一个湖泊的历史和风貌。

在过去，在相当长的历史时期，"洪湖赤卫队"这个强大的符号以及负载在这个符号上的歌曲和人物——《洪湖水浪打浪》、《看天下劳苦人民都解放》、《小曲好唱口难开》、韩英、刘闯、彭霸天等——构成了大多数公众心中的洪湖形象。这是以洪湖为根据地的革命史，是洪湖在现代广为人知并延续到当代的经典形象。在当代，以"鱼""米""莲藕"等为符号，形成了日常生活中的洪湖形象；以"98抗洪""分洪区""瞿家湾""洪湖湿地保护"等为符号，从社会和经济的视角丰富了洪湖的内涵。这些大约就是我们大多数人的洪湖印象。

当然，这是远远不够的。因为湖泊不仅是水域，不仅是养鱼虾和生长莲藕的水域，也不仅是一个隐蔽英雄和消灭敌人的福地，更不仅是镜头中的风光和飞禽鸟兽的天堂。湖泊与人的生老病死相依存，是与人的精神世界、心灵律动紧密相连的。从这一角度延伸我们的视线，哨兵的以《江湖志》为代表的湖泊诗歌创作，就可以作为洪湖的精神志和心灵史来阅读。

毫无疑问，上述所说的通常的人们熟悉的洪湖印象或者符号，哨兵也都注意到了，如《有关洪湖的野生动物及其他》中所写的"187种禽类""30种兽类"，《对洪湖的十二种疑问》中提到的"65种底栖动物""169种浮游动物"，以及在诸如《洪湖螃蟹的生活史》《夏夜·独坐大水的渔火》《头枕水鸟叫唤入眠或者醒来》《罱船》《航标船》《菱角》《啊·渔村》《湖心岛》《秋夜进湖》等作品中随处可见的"麻鸭""关雎""天鹅""莲藕""菱角""稻菽""芦荡""蒿丛""沼泽""渔村""茶坛岛""张坊村""清水堡""外省渔民""鸭倌""螃蟹""鲫鱼""乌篷""罱船""航标船""渔鼓""三棒鼓""皮影"……对这些平凡而常见的事物，无论是洪湖岸边的洪湖人还是远离洪湖的外乡人，并不陌生，甚至可以说，我们理解这些湖泊的符号或者事实，它们是一个湖泊的自然生态和人文生态，这是一个湖泊社会。

对诗人用一种特有的方式描述自然的知识或生物规律，我以为是有价值且应该得到尊重的，事实上，我们在日常生活中使用的很多语言就是诗的语言而不是知识的或者科学的语言，比如"绿""绿色"即是一个代表，在日常生活交流中我们显然不常常说"绿色是可见光部分中波长为 500～570nm 那部分的电磁波"。"留居鸟的代表/是羞涩内忍的獐鸡，毛色与野蒿完全一致/习惯在大水里老死终生……两栖纲里唯一只有中华大蟾蜍/也叫癞蛤蟆，容貌酷似多年前一部电影里/敲钟的男主角，以麻蚊子和苍蝇为生。但/它的血，可治疗夜半惊哭的童年和尿床的顽疾"，这些通过诗歌表达出来的动物知识显然是诗人湖泊生活经验的积累和转化，相对科学语言，它们更能有效传达洪湖的生态知识。它们是哨兵重建洪湖印象的一个基本的工具。

显然，哨兵意识到了，对于诗歌来说，洪湖或者湖泊，更重要的是中国乡村社会的一个形态。它不仅承载着生物的生命过程的展开及其轮回历史，也承载着湖泊世界的人的存在，包括他们世代繁衍和延续的精神生活、心灵世界的存在。因此，我们注意到，哨兵大多数的湖泊诗歌和后来的湖泊诗歌，不再沉迷于用诗意的语言表达湖泊的植物和动物世界，而是潜心挖掘和精心感受湖泊与人的精神世界的交往。如"多少年了。我一直头枕水鸟叫唤入眠或者/醒来。那耳边藕丝般颤晃的声音，是好姐姐/均匀的呼吸。它在属于我的黑暗里，伸出/一只蓝丝草的手，揪住了梦魇的长发。当我/醒来，一根芦苇的食指，就洞穿黎明的/胸腔，在我即将开始的水路上，埋下/阳光的碎银……"（《头枕水鸟叫唤入眠或者醒来》），作品把女性的呼吸与藕丝的飘忽般的晃动置于互为解释的关系中，作为植物的蓝丝草和芦苇也超越了它们所属的世界，成了手与食指，并且，藕丝、蓝丝草、芦苇均生动地参与了诗人的精神活动。这是一种发现，也是一种创造。在哨兵的诗歌中，这是一首极有标志性意义的作品，它表明诗人对湖泊社会和世界的理解由单一的水域、生态层面上升到人与湖泊交融的层面。

一旦完成这一重要的转型，哨兵的以湖泊为题材的诗歌创作便开始呈现新的面貌。如"春雨夹杂/一个女人的体温和指纹，将万物的冬眠/轻轻摇晃；乌篷左侧突暴新芽，野藕嫩叶/头顶胎绒……然后，在一个人潮湿的体内/湖上春雨浸润、回旋，并催生出内心的/苔藓、蝌蚪、菱角……"（《湖上春雨》），这首诗歌流露出的情感并不令人陌生。值得注意的是，诗人在表达春雨在人的内心滋生微妙情绪时，是用"苔藓、蝌蚪、菱角"来描述的。回想起来，我们曾经阅读过许多关于春雨的诗歌，对春雨如何潜入人间、如何滋润万物、如何引发人的惆怅伤感，等等，我们都似曾相识。但如何用湖泊的元素描写春雨，这是一种新的体验、发现和创造。也就是说，通过诗人的笔端，我们窥见了自然界意义的湖泊（它的一草一木、一蟹一虾）是如何美妙地进入人的精神世界的。

当然，自然、恰当、艺术地把湖泊引入人的生活和精神世界，只是湖泊诗歌创作的一部分。诗人需要更深入地思考的是，如何用湖泊和湖泊的元素构造出完整而自足的有意义和价值的精神世界。我想，哨兵对此是有过努力的。比如，"这样一个事实必须表述：洪湖/这座县级市，只是大武汉的分洪区/我们就这样，守着长江/活着，仿佛守着/自己的灵柩……未曾出世/我们已分担了世界的不幸"（《分洪区》），在这里，"分洪区"这个人们熟知的湖泊意象进入人与洪水抗争的世界之后，它更多地凸显出人的无奈、坚韧以及人的命运的悲怆。又如，"你能放弃五十年前的那场初恋，为什么/不能放弃舌头上江苏丝绸的光泽和细腻/对于你和这段朝向彼岸的水路/我永远是一声陌生的鸟鸣"（《外省渔民》），在洪湖据说有来自七省十八县的数万渔民，他们在不同的历史时期，因为不同的原因来到了洪湖，从此以船为家，依靠洪湖为生，但他们身上刻有磨灭不掉的外省痕迹，如口音、方言、习惯等。诗人在不少诗歌中写到这些人的生存、情感、困惑。诗人在这里用"陌生的鸟鸣"表达自己与外省渔民之间互相理解的困难，这种困难不仅导致了诗人的焦虑，同时也导致了外省渔民自身的焦虑。在《命运》中，诗人写道："这众鸟的/子宫，孕育野禽，也孕育许多漂自外省的渔民。在这里/语言相隔七省十八个县的距离，仿佛/鸟鸣……"显然，"鸟鸣"这一湖泊元素被视为渔民与湖泊社会之间的距离，鸟只能听懂同类的语言，不同种类的鸟的沟通是很难想象的，外省渔民与洪湖的湖泊社会之间的关系同样如此。在《秘密》中，诗人写道："她算得准那对天鹅何日飞到贝加尔湖/可这些年了，她依旧算不准自己的丈夫/是蹲在湖底，还是就立在风雨中"，一个瞎眼的会算命的湖泊上的女人，对湖泊中的动物的把握远远超过对自己和丈夫命运的把握，这种反差当然不是因为经验和智商的缺乏而造成的，而是由于历史和生活的轨迹远远不是个人可以操控的。历史的复杂性通过人对天鹅的认识来反衬。哨兵的湖泊诗歌中还有许多这样的诗作，它们都见证着诗人对湖泊社会意义和价值的探讨。

回顾以往，洪湖一直被我们狭隘地认识着，我们也一直狭隘地和洪湖交往着。哨兵的湖泊诗歌创作首先是自然的湖泊，是用诗歌的语言表达自然的湖泊；其次是用湖泊元素作为语言材料来表达人的社会生活和精神生活；最后诗人在湖泊语言中建构对湖泊社会和历史的思考。如此，其湖泊诗歌中呈现的洪湖既是"一个人的湖泊"，也是文学意义上的大众的湖泊，从而使得我们通过这些诗歌不断丰富和加深对湖泊社会、湖泊世界的认识。这个新的不同于以往的洪湖形象正是哨兵湖泊诗歌的贡献。

（《湖北日报》2013年7月7日）

诗人的山湖在山湖以外
——读《山湖集》

近几年校园诗歌以一种新的方式或面貌出现在诗坛。各地高校不断汇编出版历届校园诗人的作品。武汉地区也是如此,武汉大学、湖北大学、华中师范大学、江汉大学等都出版了校园诗人合集,武汉大学、江汉大学还出版了校园诗人专集。这些成果既是校园文化的一部分,也是一个城市的诗歌氛围,是繁荣诗歌创作的一种手段和方式。

《山湖集》是中南财经政法大学校园诗人的一部合集。诗集收录了不同时代36位校园诗人的作品,其中很大一部分作者是20世纪80年代的校园诗人,当时这个学校叫湖北财经学院,地址在武昌的阅马场。在我印象中,当年与湖北财经学院的校园诗人有过接触,还读过这个学校文学社办的《开拓》杂志,但很多年过去,如今面对这部《山湖集》中的诗人姓名,却回忆不起来见过的那些青春的面孔。但这不妨碍我从他们的诗歌中重新想象一个时代的心灵和精神。当然也有更多的是后来的校园诗人——20世纪90年代,新世纪的校园诗人。这些后来的诗人大约是"70后""80后""90后"。《山湖集》选编的诗歌并非诗人在大学时代的创作,而是不同时代的诗人离开校园以后的作品——新作或代表作,尽管如此,不同时代诗人的不同风貌、不同风格还是清晰可见。

以程峰、刘静、王键、阿毛、程韬光为代表的早期校园诗人的创作保持着一种可感的质疑与批判、锋芒与锐利。程峰的作品就有一种短兵相接的味道,他的每一个短句就如铁棒,敲击着阅读者的心。《冬至》就是这样一首作品。"陌生人,在你迟疑的时候/我已经抢先一步/踏入了夜晚/我必须走得快一点",这种直截了当、简短而迅捷的节奏几乎贯穿在程峰的大多数作品中。诗人接连以"陌生人,在你低头寻找的路上""陌生人,在你沉默的时候"推进自己的思绪,"迟疑""寻找""沉默"既是三个时间点,也是三种空间状态,但每一种都保持着铿锵的速度和节奏,其中蕴含着世界的流转。"我的手心里"没有雪花,"你的手心里"没有寒星,匆忙的行走最后无比接近的是温暖和晚餐,寻找的最终结果是,灵魂原来一直在世俗的寒风里。这种在"冬至"将至发出的感叹,来源于对理想、幸福、爱情、温饱的渴望与失望。应该说，程峰的此类作品既充满理想主义，也分明表达着迷茫与伤感。一盏马灯，一顿晚餐，就可以对青春的热情予以沉重的打击，正如诗人所写："它比理想更靠近幸福/它比玫瑰更靠近爱情/它比饥饿更靠近面包/它比你/更靠近我……越来越接近壁炉边的晚餐。"刘静作为同时代的诗人，无疑也会写到"理想"，这几乎是一种本能，"江山破了/理想活着/敌人死了/而你活着"（《丛林里请忘记你自己》）。这种情感当然不会止于"丛林里"的感受，也会洋溢在男女之间的爱恋中，"请等我/在黄昏的雨后/在青萍浮动的那端/……爱像熟透的果实/不敲也会坠落"，"请一定紧紧拥抱我/像泪水拥抱眼珠/像泥土拥抱荒冢……"这种情感的表达，只属于一个时代的诗人，他们相信未来，他们相信爱以及美好，因此，他们总的来说是理想主义结出的果实。

王键的诗歌与刘静和程峰稍有不同。诚然，他也抒发过壮怀的激情，"越洋的漂泊比起新生/算不了什么/你把它看成是生命的一次拔河/距离的扩大/也在无限扩大/人生的广度与深度"，"在十月风霜染红大地的时候/你将自己燃烧成一片红叶/丰腴成熟的大地/回响着你回家时雄壮的/欢呼"（《一生的远足》），像这样对待人生长短和迁移、漂泊的，如今可能少见。但对于"60后"大学生而言，再正常不过。在他们成长并建立起人生观的时代，这种充实的人生，这种壮阔的胸怀，这种澎湃的豪情，就是时代的脉搏和精神的图画。但王键也是变化的，他的 24 章长诗《夜航》在这种"60 后"惯常的人生思考过程之外，融入了更多的超越自己的内涵。这种超越性表现在视野的宽广和观念的转换上。"我们被那个破损的星球/流放/原因只有一个：我们是那破损的/罪人"，在黑夜里航行，恍如罪人被流放，这种看似并非有根有据的联想，恰恰超出了具体的"罪"，是道德沦丧，技术滥用？还是环境污染？但在"星球"的视野里，一切都是，一切都不是。它的根源在于"罪人"概念产生的地方。这显然是另一种看待人的方式。虽然诗人没有注明诗歌创作的具体时间，但显然诗人探讨了今天已经深入人类生活的大尺度的概念或关系，如空虚与黑洞。同时，诗人也并非始终漫游在星际或天空中，而是不断与人间保持联系，亲密与陌生，北京与纽约，手机信号与邮递员，喀秋莎与炮火，房贷与体检，等等，这些看似纷乱的意向，在飞行过程中，在一场梦魇中，随着空气和飞机的升降动作而不断变化，让一场飞行穿行一生并成就诗人关于一生的思考。有一点我们需要注意的是，诗人的 24 节断章，并不混乱，从开始提出罪人的漂泊和流浪，到最后"我想象着死亡的突然降临"，墓志铭上刻着的是"他死后变成了一个好人"，"如果这是我的最后一日/我宁愿我的肠胃/干净"，渴望从"罪人"到"好人""干净"，避免被星球"流放"，我想是诗人"夜航"最深刻的体验。作为女诗人，阿毛与同时代的刘静有着明显的不同。同样是写诗,阿毛没有如刘静那样的柔情似水,而是以短促、快捷的速度告诉你,"爱我来不及爱的人/因为他,我甚至/爱这个世界的苍凉/和尖锐"(《光阴论》),这种方式有如程峰,但比程峰的表达更理性。我曾经把阿毛的诗歌列为女性怀疑主义的代表,现在也觉得没有必要改变这一观点。她的性别意识是强烈的,如《她传记》《女邮差》,无须审视内容,单看标题就能感受到诗人对世界的警惕和怀疑。她的诗歌,一方面有自觉的女性集体意识,如诗人写到"为了经常望见/或开或闭的门窗/成就个体的情史/或集体的理智/我做了个女邮差",应该说这个"女邮差"的角色并不伟大或光荣,但它体现了一种在男人世界中区别出来的女性意识;另一方面,这种女性意识并不坚定,或摇摆或犹豫或怀疑,"生活从此像施了魔法/成了传奇/千万个她此起彼伏/又形单影只/我揣着她的传记/转身消失在夜幕里",千万个她都是形单影只,这种感受充斥着喜悦与伤感,瞬间就露出了一种貌似强大的女性意识。程韬光多年来研究和传播杜甫的诗歌精神,他的诗歌也折射出深厚的古典诗歌的修养和积淀。但我们仍然能感受到诗人的创新,他的诗歌往往在看似传统的叙述中,突然以惊艳的新奇打住,如"打着呼哨的流星呵/在风中说:就这样了/一生"(《怅望家山》),"秋天,我们是你小小的孩子/在你的果园里/奔跑,月光/把我们洗得干干净净"(《歌唱秋天》),让我们感受到,这位杜甫专家突然转了一下身,并有风吹过,有光闪过。

  佩韦、白政瑜、易春雷、杨波等都是"70后"的诗人,比较起来,这些诗人更关注自我以及内心,如杨波所说:"我只能做一盏灯/坐在内心的缺口里/等待一阵吹拂的风/把心指给你。"(《秋天》)他们对生活的看法和态度毕竟有所不同,"放下入世的蓝瘦香菇/卸下那些自以为是的生活/我们豪饮二十多年前的秋月……万物终会与今宵生离/我们握手挥手钻进各自的车里"(易春雷《聚在四三草堂》),他们放下了前一代诗人放不下的羁绊,在现代都市的日常世界中构造诗意,连暑假的到来,对孩子的等待,都可以散发出前一代诗人以农村为背景的乡愁,"每到七月的深夜/你必须守在窗前成为家的指示/容颜越老/孩子的归期越近"(佩韦《七月的窗前》)。这种旨趣在不同代际的诗人之间是如此不同,以至于年轻的一代可以把中国的生活智慧用于劝导西方女性,"你的青春你的美丽/就这么被烟熏烤/不如我教你打中国麻将"(白政瑜《抽烟的俄罗斯美女》)。对现代日常世界的进入以及诗意的发现,以此安慰处于现代性中极不确定的每个碎片,这何尝又不可以?因此,这些后来者虽然没有宏大的叙事和关怀,仍然在诗歌中建构着个体的体面,仍然值得尊敬。

  湖北财经学院很早就改为中南财经政法大学了,校址也迁到了光谷的民族大道。据说校园内有小山,有南湖,这本诗集才叫《山湖集》,整个诗集中却并不见对学校所在的"山湖"的描写。当年的学校对面就是蛇山,那是一座真正有历史积淀和内涵的山。山上有著名的黄鹤楼和岳飞庙,张之洞在那里办过方言学堂、武昌高师,纪念张之洞的抱冰堂也在学校对面。这些当然也是当时这所学校的一种历史文化依仗。无论是哪一代,我们发现诗人们的山湖都在山湖之外,但最终的结果是明确的,今天的《山湖集》是在一个新的时代,积淀民族大道上这所学校的文化。

姿势与面貌
——读四位青年诗人的诗歌

诗人很少从故事切入现实世界,他们往往从视线所及的某一点、经验感觉的某一瞬、思想情感的某一念,展开对现实或历史的描述、叙述、抒发乃至思考。其中暗含的,是诗歌与世界之间的距离,正是这段无形的距离成为影响诗歌面貌的重要因素。在诗歌与现实世界之间的空间距离之中,站立或行走着众多不同的诗人,他们有不同的气质和风貌,他们的诗歌有不同的美学风格和审美追求。

一、端坐的沉思与匍匐的勘探

毛子是多年来不被注意的一位诗人,但毛子的诗歌是有独特艺术风格的。读毛子的诗歌,感觉毛子是端坐在书房,他的视线穿过窗子和茶杯上袅绕的水汽,一直延伸到窗外虚无缥缈的世界深处。正因此,毛子的诗歌面貌更倾向于诗化哲学的面貌,《独处》是对诗人看待世界姿态和其创作风格的形象说明,"他享受这样的独处/……他在树林里/停顿或走动/……这样想着,他睡了/他梦见自己变成深夜大街上/一个绿色的邮筒——孤单,却装满柔软的,温暖的/来自四面八方的道路"。在此种端坐沉思的姿态下,毛子的诗具有深沉的穿透力量,"从山中下来。我翻飞在云水/和崇岭间/古代山水的秩序,保存一颗汉语的心/我陶游其中,直到那声音/也来为我送行"(《隔山听啸》),诗人的思绪在山水间畅游,并被隐约的"啸"声吸引,"我想起居住其中的隐者,烟云尽收,襟袍放下/他用天地送我/酣畅的赠别之言",乃至于这神奇的声音成为了人生力量的一种积累,"许多年,也许是一辈子/那声音回响,传递/它们带着宇宙的容量,而我也有了/相应的容积……"这一看似虚幻不实的情景,其实传递了一种可以同感他人的人生经验。天地之间的啸声所携带的力量壮大了诗人对命运的承受力。

诚然,毛子也关注现实的人生和社会,比如《赌石人》《我的乡愁和你们不同》《月亮》《树木》《祖父》《清明短章》《生活书:场景》等,但当毛子书写这些题材时,你会发现,即使他描述事情发生的当下,听起来依然会觉得他是在一边喝茶一边自言自语。"在大理的旅馆,一个往返/云南与缅甸的采玉人/和我聊起他在缅北猛拱一带/赌石的经历/当他聊起这些,云南的月亮/已升起在洱海……"而最后"这个黝黑的楚雄人,并不搭理……/他拍拍我的肩说:朋友/我们彝族人/从不和天上的事物打赌"(《赌石人》),赌石人不愿意拿"月球"这块石头打赌,因为它是天上的事物,这一质朴的观念立即凸显了毛子诗歌的基本品格,即更多地专注于精神和生存,而不是具体的人和事。毛子的很多诗歌都保持着这一鲜明的品格,即在世界和事件的背后,展示一种冷静、含蓄的智慧和觉悟。比如,诗人写清明祭祖,"至少是四月,我与大地沾亲带故……/当我指着低矮的坟茔告诉女儿/这是一个人的地理/我们一生都在收复的山河/她似懂非懂,但却点点头"(《清明短章》),女儿显然并不明白父亲的开示,但读者可以领会诗人内心的隐隐疼痛,不是简单的儿子对父亲的纪念和怀念,不是单纯的失去父亲的伤痛,而是对所有人都存在的一个真相,即坟茔是每个人都在逐渐逼近的终点,这一疼痛是永恒的。

但当我们读哨兵的诗歌时,便是另外一种姿态和面貌。我们感觉他匍匐在渔船上,视线不放过水底的一尾鱼、一根水草。他似乎贴着洪湖的水面,如同一位勘探者,目不转睛地透视着湖泊世界。比如,在《有关洪湖的野生动物及其他》中诗人写了"187 种禽类""30 种兽类",在《对洪湖的十二种疑问》中诗人提到了"65 种底栖动物""169 种浮游动物",等等。当然,诗人也会抬起头来,从船头远眺洪湖,把目光所及的事物都摄入自己的诗歌中,如作品中随处可见的"麻鸭""关雎""天鹅""莲藕""菱角""稻菽""芦荡""蒿丛""沼泽""渔村""茶坛岛""张坊村""清水堡""外省渔民""鸭倌""螃蟹""鲫鱼""乌篷""罟船""航标船",等等。因为这一特别的姿态,哨兵不但从动植物或者生态学的角度,描绘了一个丰富的湖泊世界,同时也对每根草、每个湖泊动物如何进入人的世界,有无比精细的感受和发现,如"一只蓝丝草的手,揪住了梦魇的长发。当我/醒来,一根芦苇的食指,就洞穿黎明的/胸腔"(《头枕水鸟叫唤入眠或者醒来》)。应该说,这位视线贴着湖面的诗人,面对扑向自己的纷繁世界,没有一丝散乱,充满彻骨的清净,与湖水一样,诗人没有多余的企图。这也许是对待湖泊生活的最佳叙事方式。

二、飞快的一瞥与无目的闲逛

崔光红、袁磊等,可以看作是另一种姿态和面貌的代表。作为背井离乡的诗人，崔光红的诗歌充满对光怪陆离的婆娑世界的"在场"感受和描述，如《地铁录》中拖着沉重的脚步下班的人群，人与人零距离的接触、无法回避的汗珠和气味、不可回头的路线和方向；《过山车》中对痴迷于恐惧与刺激双重体验的都市人的刻画；《失业日》中对在高楼大厦间飞来飞去、寻找工作的经历的描述，"用一根秒针绑缚鞋带/奔跑，碰撞"，"拖半腔方言，胆怯，陌生，谨慎"；《深圳青年》中对"年轻，热情，头上长着犀牛的角和闪电般的脸颊"，前赴后继奔赴深圳的青年人匆忙生活的描写，等等。这些对生活实相的呈现，折射出一个在现代化世界中紧张、忙碌的身影，这便是崔光红的姿态，一种在现代交通工具上快速、短暂地扫描城市的姿态，是飞快的一瞥。这种姿态的背后是高速度和快节奏的都市生活，如同抓拍，这种姿态需要诗人异常敏感而准确的体验。

同时，崔光红的诗歌也处处散发着对现代化都市生活带来的各种不自在的犀利批判，如对高强度劳动和人性片面发展的批评，"每个窗口都有密集的衣服/随风飘荡/南方的窗口，混乱的拼图/收容多少流浪的脚步与目光/当我想到铁笼，鱼缸，手铐等这些事物/以及他们丢失的童年与乡村/他们却在喧闹的都市中心甘情愿"（《在南方，于某工业区宿舍前》）；对湖泊污染和消失的批判，"实际上，现状看上去有些令人感觉糟糕/或空旷荒芜，或嘈杂，闹哄哄的/布满现代化工业的排泄物"（《青湖论》）；对美丽青春在沉重谋生压力下的消失的痛惜，"必须有足够的/清洁剂与橡皮擦，也需要流下足够的汗水/像时光老人，毁灭朵朵生活的证据"（《在沃尔玛躺着的少女》），等等。这些批判，不是条分缕析，不是柔软舒缓的，而是锤锤重击，急速敲打在都市人心头。现代化不仅意味着生活节奏的紧张，也意味着生存压力的沉重和发展空间的逼仄，意味着诗意和审美的被剥夺。能在快速扫描都市的姿态下，呈现有如此发明的作品，是都市仍然不能缺少诗歌的有力证据。

从袁磊的诗歌中可以读出诗人漫无目标、满街乱窜的脚印。他写小区的《吠声》和《停电》、街边《吹口琴的老人》，写城市密匝的《楼》和《百货大楼》，写青年人《午夜送友至KTV狂欢》的沉沦，等等。总之，在都市行走中耳闻的、目视的、身受的，诗人都写到了。与崔光红的紧张相比，我们能明显感受到袁磊内心的悠闲，如"搬进小区后，每晚睡至凌晨都会听到/窗外传来狗吠。有时是德国牧羊犬孤独的嘶吼……这使我想起在乡下的日子/每当来了异客……"（《吠声》），这节奏分明是从容的；又如"这个吹口琴的老人，没几个信他/比任何人通透凡尘，才能吹出袅袅/梵音。面前的饭钵，能做法器吧/收现世的那点碎银，参着日子/以养后世"（《吹口琴的老人》），这种娓娓道来的叙述似乎已经对世界的生灭变化和广大彻骨的无常，都已经把握具足。当然，这位年轻的诗人也并非始终保持着一颗悠闲之心，相反充满了愤懑和激动，"真想操起家伙与众狗以命相搏/在武汉，我不知要忍受多少折磨/才能听到家乡的吠声"（《吠声》），诗人对都市的狗吠不满，因为都市的狗吠不能让"我"充满对生活的底气；"每次缴完租子……就想起父辈来/……抱起女友踮完房子的角落/称一称这些日子/究竟有多重"（《楼》），这是诗人对房奴心理的曲折表达；"在大城市，我熟知每种霓虹/便以为站在灯火中间。只要有光/总能找到办法和方向，照见自己的来路"（《停电》），这是诗人借光的消失抒发都市人生的迷茫。很容易体会到，袁磊对现代都市的批判是婉转、温暖的，诗人试图为同样迷茫和压抑的都市人加持信心和力量。

　　端坐，也许会忽略大千世界的呼吸；匍匐，也许会痴迷于繁多的细节；急速扫描，也许会过于粗糙；闲逛，或许会显得玩世不恭。每一种姿态都有局限，但每一种姿态都有无疑的价值和魅力。端坐可以沉思遥远的世界，匍匐可以深入细腻的毛孔，急速可以折射当下都市的杂乱和奋斗，闲逛呈现了都市生存的无奈与挣扎。四位青年诗人的不同姿态与风貌，互为补充、互有优势，显示出诗歌创作题材和审美风格的多种可能性，也共同丰富了湖北当下的诗歌艺术成就。

（《湖北日报》2014年8月31日）

武汉报告文学创作的突破
——评田天的长篇报告文学《你是一座桥》

田天的长篇报告文学《你是一座桥》出版后,当即获得了广泛好评。不但创造了湖北文坛近几年来纯文学著作的印数记录,而且在全国范围内得到了较高的评价。这固然与作家选择了一个颇具知名度的人物(吴天祥)有关,但更主要的还是作家创作的作品打动了广大读者的心灵。我们这个时代是个造就各种知名人物的时代,并不是什么人写一本知名人物的报告文学都可以得奖或引起广泛影响的。关键在于作家如何创作并为读者提供了一个什么样的文本。

《你是一座桥》是一个关于心灵、关于精神境界的文本。在报告文学繁荣昌盛的20世纪80年代,评论家们指出,报告文学应该是多样化的。既有关于社会现象的报告,也有关于社会问题的报告,同时还要有深层的报告文学,也就是心灵的报告。《你是一座桥》与其说写了一位信访办干部,不如说写了一名普通共产党员的高尚心灵,描写了一名普通共产党员的崇高精神境界。作品的成功之处在于作家通过对真实对象的描绘生发了一种对信访工作、信访干部的新的认识,升华了一种普通共产党员对人民群众的需求认真负责、乐于奉献的精神,升华了一种普通共产党员对党群关系、干群关系无比珍惜,对党和政府形象衷心维护的朴实而伟大的感情;同时作者创造了一种读者便于接受的叙述报告形式并通过自己对材料的选择和处理、通过自己的思想和认识构成了一部对读者具有强烈吸引力的文本。

A. 真 实 性

常识性的观点是报告文学既有新闻的报告特性又有文学性,但不能简单理解为报告加文学,这已是共识。引起争议的是报告文学既然有报告特性就必须真实,那么真实究竟意味着什么?它如何不与文学性相矛盾?因为文学必须塑形象而不是临摹原形。报告文学当然不能虚构,从这个意义上讲它必须真实可靠。但新闻的真实可靠并不至于排斥报告文学文体的存在。关于吴天祥,曾经有全国150多家新闻机构编发了600多篇稿件。它们的真实性是无可怀疑的,覆盖面比《你是一座桥》广得多,那么为什么读者们还会需要一本报告文学?为什么他们会喜欢这本书并再一次地噙泪阅读它呢?显然仅用新闻的报告功能、真实特性来解释是不够的。在一篇短文里试图讨论这一问题是不明智的。我们可以说的是《你是一座桥》的真实性及形象的感人力量。田天在采访、写作吴天祥的过程中,融入了自己对吴天祥的独到认识和判断。《你是一座桥》中的吴天祥当然是那个武昌区前信访办副主任、后任副区长的吴天祥,但更重要的他是田天认识并理解的吴天祥。这一点至关重要,否则我们难以理解这部报告文学为什么会有如此大的影响。报告文学穿插描写了吴天祥的成长过程,比如吴天祥小时候赶狼救孩子、在湖水里救孩子等,习惯会让人们产生推理:吴天祥做好事的行为在其青少年时代就埋下了种子,吴天祥从生下来似乎注定了就是个"菩萨"。田天不是这样理解的。田天写了吴天祥假期护校田时"瑟瑟直抖";写吴天祥被狼"吓坏了",准备逃避;写吴天祥下农村实实在在地是为了"多打一颗粮食";写吴天祥并不怎么会游泳,他跳下水救人也没什么把握,差点把自己搭进去等。设想一下,将这些细节从报告文学中删去,文本给读者将会造成什么样的阅读效果?也许大多数人就不会说吴天祥这个人物真实可信了。在田天的笔下,吴天祥是一名普通的基层干部、一位凡人,他的所为不是因为他有什么地位、职权,他也没有什么家庭背景,经济上也属于工薪阶层,他之所以能做出一番感人的事迹,全凭他对人民群众的热爱与关怀,对工作的强烈责任感,以及顽强的毅力。这样我们才看到一位到处磨嘴皮子说好话为群众求情的干部,我们才看到一位有时候颇费周折也不一定把事办成的基层干部,才能看到常常尴尬又无可奈何只能自己掏钱办事的吴天祥。他并不是神,但他的心灵和精神境界足以让人们流下泪水。田天对人物的准确认识以及恰到好处的评判奠定了读者对报告文学的信任和肯定的文本基础。

B. 叙 述 形 式

报告文学作家陈祖芬曾说自己的作品是"蒙太奇+意识流+相声+哲理"。回顾20世纪80年代鼎盛时期的报告文学,所谓全景式、综合式的报告文学,充满参与、忧患、批判意识。当时的报告文学不仅在文学样式里拥有独尊的优势,在某些方面它甚至超过了新闻的力量和优势。这些报告文学更注重哲理、议论、思辨,许多作者甚至把报告文学作家学者化视为追求目标。这种模式过于注重借助理性思辨以增强作品的容量和作用。原因在于作家们认为文学与读者的关系发生了一种转换,即读者对故事情节丰富性的要求在不少的时候已被一种渴望理性之光的照耀所取代。在更早一些的年代,抗战时期,司马长风等人推崇一种"史家传记、编年、纪事本末三体"的模式。加上茅盾先生提出的模式,即形象化的新闻性、小说的艺术条件、对社会和政治问题有正确的批评与反映,报告文学典型的模式就有如此之多,当然不同的作家会有不同的叙述方式,细分起来会更加复杂。田天的《你是一座桥》很难纳入这些既成模式之中,它似乎是更传统的一种模式,这样说是因为文本自身呈现了鲜明的文学性,它更像原本意义上的"报告文学"。其中有人物的刻画、环境的描写、氛围的渲染等,并且也蜻蜓点水般地附着几句简短的议论。《你是一座桥》中没有将思辨哲理化的内容,只是充满富有弹性的叙述。全篇把吴天祥的成长过程与吴天祥的信访工作交叉来写,而且最突出的是近20万字的作品里很少有一段话是达到或超过100字的,绝大多数时候是一句话一段,最短的自然段只有两个字。这样的叙述形式达到了一种陌生化的效果,使读者从常见甚至麻木的小事或细节中重新获得了新的认知,感受到吴天祥平凡而伟大的精神。比如作品中写过吴天祥历时8年帮助一青年寻找父母的故事,亲人相见的场面是这样的:"一个月后,云南寻亲者来到武昌/他抱住吴天祥痛哭/吴天祥陪他去拜见父母/……鞭炮便噼噼啪啪炸响/爸!妈!/儿子喊出憋了二十年多年的心声/……父母与儿子抱头大哭/吴天祥极力眯着双眼……/他转身走开。"简短的句子,频繁的分行分段,如诗、散文诗一样构造出一种弹性空间,一种独特的叙事节奏。省略了许多不必要的缜密、繁冗,但又达到了较佳的审美效果,不是小说却有小说的审美特征。这也许是报告文学作家们一直追求的报告文学的独特的审美特征。如果作家用密不透风的语言填补这些句子、句子间的叙事空白,人们将无法感受到从那些琐碎的细节中折射出来的吴天祥的精神境界,文本就只是一堆琐碎小事的文字堆积,审美、感人、对读者的启迪与升华便无从谈起。

报告文学在目前是个受冷落的文体,《你是一座桥》能达到这样的反响与效果,与作家对报告文学的艺术特性的追求是分不开的。以上只是其文本体现出来的两个侧面,但这已足以令我们欣慰。

附记:最早读田天的报告文学是《蒹葭苍苍》,一部反映芦苇种植生产的长篇报告文学。我因此第一次知道芦苇居然还有一个很典雅的名称"蒹葭"。在当年的改革困境中,芦苇种植生产是一个怎么也不可能引起关注的行业,但是田天把这个行业的生存困境写得很感性，文字也极富魅力。可以说，从文学的角度来读，《蒹葭苍苍》并不比《你是一座桥》差。据说，田天还创作过一部报告文学《中国有个葛洲坝》，遗憾的是我没有读到。在此之前，湖北的报告文学创作有徐迟先生的《哥德巴赫猜想》这样经典的作品，也有20世纪80年代极个别作家的教育题材的作品。在田天之后，有刘继明的反映三峡工程的《梦之坝》。应该说与其他的文学样式相比，湖北的报告文学创作，的确在数量上并不丰硕，但这些为数不多的报告文学作品的艺术质量和影响却是值得重视的。据说田天后来想创作一部规模很大的反映清江开发和清江历史文化的报告文学，但是一直没有进一步的消息。如果这个计划能够实现，我想对清江流域的综合性影响是可以预见的，也可能对作家个人也是一个巨大的挑战。期待中。

在艺术审美与思想内涵之间保持张力
——评任蒙的散文创作

我与任蒙过去同在一家报社工作过,他是报社副总编,我是普通记者,但那时我就知道他是一个诗人,他也经常把诗作给我们看,总是很谦虚地说想听听我们的意见。多年前我也曾经写过一篇关于任蒙诗歌创作的文章,但从没有认真阅读过他的散文作品,在很长一段时间里我以为他只是诗人,后来我才知道他其实也是一个散文家,有很丰富的散文作品,著有《海天旅痕》《文化旅思》《绿色的卫士》《历史的路标》《任蒙散文选》等多部散文集。而《任蒙散文选》(武汉出版社2005年10月)我以为基本可以代表他的散文创作面貌,既有关于山水和海外的游历走笔,也有关于历史文化思考的文化散文,当然也有传统的关于家乡和亲人的回忆与思念。阅读这些散文也就是一次徜徉,一次审美与思想的徜徉。

散文创作在中国文学中有着悠久而深厚的传统,大致说来,我以为有三种比较明显的传统或艺术特色,第一种是偏重意识形态的、强调"传道""载道"的散文,无论什么题材,写作者总是凸显出强烈的责任感和使命意识。晚明以前的散文家基本上推崇这种散文。第二种是由李贽启蒙、开始于"公安派"作家的以直接抒写性灵为追求的散文。作家偏重主体的内心感受,无论是喝酒品茶抑或乡情亲情,还是社会观感、山水畅游,都主张公开袒露、直达心灵。应该说"五四"后许多现代散文家都继承了这一传统,并把这一类散文的创作推到了一个很难超越的高度。第三种是当代文学中的散文创作,在延续与兼顾上述两种传统的同时,由于时代和文化等多种因素的影响,许多散文家把关注焦点转移到文化和历史自身,以人文历史为题材,通过对人文历史素材的重新梳理和考证,力图对文化和历史本身作出反思,形成一股所谓的"文化散文"创作潮流。将任蒙的散文置于散文创作的传统中,我们可以看到,任蒙无疑是继承了中国散文创作的优秀传统的。比如他在《放映马王堆》中通过对侯国夫人厚葬与尸体保护的描述折射出封建地主对普通百姓的剥削;在《泸定桥遐思》中通过叙述红军战士抢夺泸定桥的艰难过程,揭示九条铁索与中国革命的关系;等等,字里行间充分彰显了作家的价值立场和道德判断。另外一辑写家乡写亲人的篇什则淋漓尽致地袒露了作家对家乡对亲人真挚深沉的眷念和怀念。

任蒙在坚持发扬中国散文创作传统的同时，也不断追求创新。据我所知，他是散文界较早创作今天被称为"文化散文"的散文的人。通过对人文历史的反思，通过对人文历史素材的叙事与咀嚼，在穿透历史迷雾的过程中，尽可能凸显作家的人文关怀精神。值得欣慰的是，任蒙的文化散文与一味考经论古、旁征博引地炫耀知识和思想的文化散文不一样，任蒙的文化散文最终回到了"人"这一历史的主体和散文的主体。比如《围墙》从长城和皇宫的围墙的颜色，延伸到帝王的统治心理；《悲壮的九宫山》虽然叙述了历史学界关于李自成之死的各种说法，也分析了人们对历史人物评价中的误区，但作者最终要表达的是李自成在历史评判中的悲剧性位置；《放映马王堆》围绕马王堆的出土文物，不仅考证了大量的历史史实，对古代社会经济和技术成就给予了生动的介绍，更重要的是作者表达了马王堆女主人的奢华腐朽与普通劳动人民所付出的代价之间的关联。《草堂朝圣》并不是为了叙述历史上草堂的建设与保护过程而创作，可贵的是作家的焦点集中在杜甫的精神形象与后代知识分子之间的关系中，集中在草堂这个精神圣殿与后来文人的心灵境界之间的交互作用中。如果没有这样一种作家的主体视角，如果作家仅仅叙述草堂的兴废、杜甫的诗歌艺术成就、杜甫的诗人人格，那么，《草堂朝圣》就失去了散文应有的艺术品格。在《历史深处的昭君背影》中，作者并没有如同历史学家一样去深究昭君在历史上民族和解问题中的地位、作用，重要的是作家从一个普通的女性的视角，刻画了远嫁匈奴的昭君在走进大漠深处的时候所满怀的悲怨、无助、茫然、惶恐等复杂的内心世界。"天一阁"是中国著名的藏书阁，对中国历史文化古籍的保护起过重要的作用，但是，任蒙在《清晨，叩谢天一阁》里要表达的不仅有"天一阁"的重要作用，而且还有"天一阁"的主人范氏几代人在古籍保护过程中的辛酸命运，以及范氏几代人在保护古籍的过程中所表现出来的对历史文化价值的坚守。这些从作品中表现出来的兼顾散文创作的历史传统与个人艺术追求的艺术特色，将任蒙的散文与当下流行的文化散文相区别，同时，在客观上给任蒙的散文创作进行了定位。

文化散文沉迷历史考证和思想探索已经成为散文创作中的一个突出现象，对知识考据以及传播，对思想观念的条分缕析已经使散文越来越远离散文的本质。散文是最为倚重主观性、主体性极为鲜明的一种文体，散文更重要的是要关注人，关注人的内心和情感。在历史长河中，借助对人文历史素材的传达和辩证，张扬人本身在历史前进中命运和情感的复杂及其魅力，是文化散文应该自觉追求的艺术境界。令人欣慰的是，任蒙的散文，既能发扬中国散文直抒胸臆的艺术传统，也能在人文历史的叙事中承载中国知识分子的良知和责任，并能在这二者之间保持良好的张力与弹性,从而使作品的艺术审美和思想内涵有机融合,给读者创造一个徜徉审美与思想的空间。

(《文艺报》2007年5月15日)

重建父母权威和家庭伦理
——读彭晓玲的报告文学《空巢》

五十而知天命。五十岁是一个转折点,在这个转折点,人不仅仅身体可以感知天气的变化,如"五十肩",也会改变自己对人生和世界的态度,如更加容易与命运和解、妥协,不再执着于得失。通俗地说,在五十岁的节点上,人们开始留心和思考"老年"的事情:哪些食物不能再多吃、哪些不能再多喝、不能再无节制地消耗生命……这些两千多年前的人生经验,今天依然有效。把视线从我们自身转移出去,面对芸芸众生的泱泱岁月,你看到的不是一个人的人生转折,而是一个海量群体的人生转折。截至 2014 年年底,中国 60 岁以上的老人占到总人口的 15.5%,达到了 2.12 亿。① 据联合国统计,到 2050 年,中国将有近 5 亿人口超过 60 岁,几乎占全球老年人口的四分之一。② 令人深感紧迫的不仅仅是老年人群的剧增和庞大,而是他们尴尬、无奈、辛酸的凄凉境遇。有数据显示,2000 年至 2010 年十年间,中国城镇空巢老人的比例由 42% 上升到 54%,而随着农村进城务工人数的增加,近几年农村空巢老人的比例由 37.9% 上升到 45.6%。2030 年中国的空巢老人将增加到 2 亿多人,占到老人总数的九成。③

彭晓玲的《空巢——乡村留守老人生活现状启示录》关注的正是空巢老人这一群体的生存现状和生活质量。作者跋涉湖南、湖北、江西、四川、重庆、甘肃、河北、广东八个省市,选择有典型性的乡村、乡镇,与 70 多位老人面对面,走进一个个清冷的房间,倾听他们或隐忍或坦直的倾诉,记录和呈现了中国当下空巢老人生动而真实的生活境遇。

《空巢》所写的 70 多位老人讲着不同的方言,述说着不同的命运,但通过作者的叙述,人们会发现这些千差万别的老人的生存现状折射出一些共性的主题,如孝道、子女对父母的赡养。"川渝行"中 80 岁的曾宪昭,在三个儿子的轮流供

---

① 寇江泽. 截至去年年底中国 60 岁以上老年人口已达 2.12 亿[N]. 人民日报,2015-06-12.
② 联和国预测本世纪中期中国近 5 亿人超 60 岁[N]. 第一财经日报,2015-07-22.
③ 人民网:《两会调查:近半网友认为孤寡空巢老人最缺保障》。

养中被小儿子和小儿媳赶出家门，二儿子却因为自己不能做主，不敢擅自把母亲接过去，走投无路的曾宪昭只好住到侄子家中。"庆阳行"中82岁的石志孝，不但找女儿要不到一分钱的生活费，女儿还找老人要钱，还要老人帮着还贷款。"河北行"中80岁的延四太，养大了三个高大壮实的儿子，却只能独自居住在旧院子里，连摔倒在火炉边上都没人发现。同在河北赞皇县的白大爷，80多岁了不仅要自己劳作，帮衬女抚养两个外孙，甚至连住处都没有，只有借邻居的旧房子住。在《空巢》所写的70多位老人中，类似这几位遭遇老无所养境地的老人当然还有，且各有各的困境。他们都曾信奉养儿防老的教条，但最后不管有无儿子，不管有几个儿子，都没有过上他们想象中传统的衣食无忧、精心呵护、几代同堂、其乐融融的老年生活，甚至连一个干净、温暖的住处，一顿热气腾腾的可口饭菜都成为了妄想。

这些老年人的故事表面上看起来是养老问题，是人口老龄化的社会问题，从道德上可以追问子女的赡养责任，从学术上可以探讨社会养老保障机制的完善问题。但《空巢》却向我们表明，事实远非如此，在复杂而严峻的养老形势背后是中国社会的转型与重建问题，尤其是父母权威的家庭伦理的重建。《空巢》提供了许多佐证这一点的细节。上述提到的曾宪昭已经80岁了，她的小儿子却可以在大庭广众之下辱骂母亲，并将其赶出家门。这不是单纯的养老问题，而是父母权威的丧失。在传统社会和文化中，由于宗族秩序、祭祖、乡村舆论以及相关信仰的维系，作为子女，对父母的权威和地位是不敢也不能挑战的，至少是不能殴打或辱骂的。但在近半个世纪的社会进程中，祖先的神圣性、父辈的权威、民间信仰、宗族社会等，或者被解体，或者被批判，或者被抹平。总之，父母不再神圣。河北赞皇县80岁的延四太"只能依靠儿子们的接济，按儿子们的意愿办"，能活一天就活一天。这个曾经在当地叱咤风云、颇有威信的基层干部，因为不再具有价值，失去了在子女面前的权威。而且，随着时代的发展和社会的转型，父母与子女关系中原有的浓厚的伦理属性不再存在。在传统的社会里，子女对父母应该是无条件地感恩、孝敬。但现在，子女在思考和履行赡养义务时，会更加理性，更加关注自我利益。庆阳82岁的石志孝的女儿就跟他算账，说他田里的收入足够了，不需要再给钱。像石志孝的女儿一样，每一个不积极赡养父母的子女都会找出恰当的理由为自己开脱，比如自己很困难，自己很忙，自己也有子女，等等。他们已把父母子女之间的伦理关系，转化为经济利益关系来考量。这正是社会转型特别是市场经济深入社会生活的结果。

由市场机制推动的社会转型不仅摧毁了传统的父母权威，也摧毁了父母建立权威的经济基础。父母的权威不仅来自血缘和宗族，同时也来自父母给子女所能奠定的经济基础和发展能力。比如，无论是农村的父母，还是城市的父母，在计划经济时代，都不可能为子女创造和留下任何财产。而当时代进入市场经济后，这些父母已经进入老年。子女从父母和家族、宗族那里很难得到人生发展所需要的基础和准备，他们大多数需要靠自己的努力，重新开始。在人口可以自由流动之后，在市场经济影响到每一个家庭、每一个个体之后，子女们不可能继续固守在传统的家庭范围生活，而是必须投身市场的汪洋大海，自己寻找职业，自己解决住房乃至后代的教育和成长问题，等等。这些巨大而本质的变化，注定传统的社会结构及其赋予家长的权威、神圣等，都将失去效用。在子女看来，他们完全是靠自己开辟了自己的人生，他们无法顾及或很难顾及父母的老年生活。

费孝通在《乡土重建》(1947年)中对中国传统社会的结构有过精辟的概括："夫妇、父子间的分工合作是人类生存和绵续的基本功能所必需的"，在他看来，完整的社会应该是个人自觉与团体的结合，个体从团体中获得高度的满足。在宗族和亲属的集体中，个体是可以获得生活所必需的满足的。但随着工业化和现代技术对"社会完整"的破坏，"社会解组"过程开始，他们赖以生存和发展的亲属关系和社会结构已经不再能提供可靠的保障。江西高安市的朱英歌就是一个典型的例子。朱英歌的二儿子、三儿子夭折，大儿子溺水身亡，后来老伴又生病撒手人寰，一个家庭只留下她与小儿子相依为命。这样的家庭结构无法实现家庭成员的合作与互利，小儿子在家庭和家族框架内无法获得任何人生的支撑，因此他初中毕业后便辗转全国各地打工，30多岁还不能解决生存和婚姻问题，更难在家陪伴和照顾年老的母亲。湖北公安县的罗贻斌，老婆病逝，儿媳妇因家庭贫困，离家出走，儿子心灰意懒、游手好闲，他只得独自打工抚养孙子。65岁的罗贻斌无法为儿子提供任何开启人生的东西，他唯一能做的就是让孙子吃饱饭、能上学。罗贻斌的儿子更无从看到方向和希望，索性什么也不管。这是社会结构坍塌和失去效用的生动记录。尽管如此，在半个多世纪中国社会的急剧变革和转型中，大多数父母都力尽所能为子女创造点什么，以此确定父母的价值和地位。比如，江西高安市的邓寿春，"有钱舍不得吃用，连病都舍不得治，省来的钱都给儿子在城里买房子去了"。他们从未懈怠，一直将要奋斗到生命的最后一息。

当然，作为一个影响全局的重大社会问题，养老问题和空巢现象并不都是因为子女不孝和子女无力赡养老人，还有许多纯粹是因为疾病和贫困；有许多老人并不存在物质和经济上的困难，仅仅是精神、情感、心理上的孤独、寂寞。无论是哪一种因素，都说明无数老人梦想的养儿防老、居家养老模式已经被无情打碎。老年化社会快速发展亟须尽快完善社会养老保障机制，在《空巢》中，作者介绍了各地养老院床位紧张、收费超过老人的承受能力、饮食服务水平低、专业护理和文化娱乐项目欠缺等令人堪忧的现状，发现和披露这些现状既体现出作家的社会责任，也是对政府和社会履职尽责的警醒。

　　老年人群是整个人群当中最脆弱、最需要照顾、最需要关爱的人群，无论是个体，还是社会，在时代急速变革和迅速发展的脚步声中，我们都没有做好面对老年社会到来的准备。在精神上、心理上，我们觉得自己还年轻，还没有到考虑老年问题的时刻。在物质、技术层面上，我们还有很多问题没有着手处理，我们还不是很富裕、很发达，我们仅仅才全面解决温饱问题不久。五十而知天命。中国当代的现代化进程已经持续了几十年，《空巢》以其20余万字的凄凉描述提醒我们，是该严肃思考"老年"问题的时候了，特别是如何在社会急剧转型的关头，重建父母的权威和家庭伦理。要让每一个人都建立起一种神圣的信念，在年老力衰的父母面前，我们没有任何借口，无论时代如何发展和变化。否则，《空巢》里叙述的每一位老人的晚景，就是未来我们自己的现实。

（《湖南文学》2017年第1期）

一部反映中小河流治理历史的开创性文本
——读刘抗美的报告文学《中国有条黄柏河》

中国的河流很多，中国的治水历史也很悠久，但不是每条河流及其历史，都能留下不可磨灭的印象。黄柏河本来是长江的一条并不知名的支流，是典型的峡谷性河流，她发源于宜昌市夷陵区黑良山，于葛洲坝电厂大坝上游注入长江，承载着经济、社会、环境和生态等多种功能，是宜昌市主要的工业和生活用水的水源地，是沟通宜昌市北部山区与长江联系的生态走廊。但这样一条重要的河流过去并不为人所知，或者说人们对她知之不多，直到宜昌籍作家刘抗美集多年心血打造的长篇报告文学《中国有条黄柏河》进入读者的视野。

《中国有条黄柏河》是一部讲述中国中小河流流域综合治理的代表作。中国超过一千平方公里流域面积的河流有一千五百多条。黄柏河流域面积为一千九百多平方公里，是三峡地区有代表性的中小河流。《中国有条黄柏河》第十章提供了一组数据：黄柏河供水区域经济总量占宜昌市的百分之八十，东风渠灌区占宜昌粮食产量的百分之六十，水稻占百分之五十，油料占百分之四十，商品粮提供量占百分之七十。这几个关键的数据足以说明这条河流的重要，显然她是一条值得关注和书写的河流。过去的文学以及社会关注得更多的是大江大河以及大江大河上的水利工程，如长江、黄河、汉水、丹江口水利枢纽、荆江分洪、南水北调、葛洲坝、三峡大坝，等等。关注大江大河并无不妥，但我们也不能忽略那些毛细血管一样布满大地的中小河流。这些涓涓细流，如针线一样把一个个村、一个个乡镇、一个个县、一座座山、一片片农田紧密地缝补在一起，从某种意义上说，中国乡村大地正是由无数的细流连缀起来的。正因为如此，中小河流应该得到文学的充分关注，更应得到社会的广泛关注。据统计，中国的水灾损失百分之八十来自中小河流，中小河流水灾死亡人数占全部水灾死亡人数的三分之二以上。有鉴于此，在河流的开发和治理上，黄万里等人一直主张重视中小河流的开发治理，在江河的支流上多建小型坝。尽管如此，历史地、全面地反映一个中小河流流域综合治理的文学文本并不多见。从这一角度来看，《中国有条黄柏河》无疑具有开创性、示范性的意义和价值。

《中国有条黄柏河》写了黄柏河开发、治理、管理三个层面的历史，比如，天福庙水库及其一级、二级水电站，西北口水库及水电站，尚家河水库及水电站。作品大致按照工程的进展、时间的推移以及河流治理工作的发展，来叙述并刻画人物。当然，作家也常常打破这一叙述逻辑，穿插叙述主要人物的命运，在大量的专业技术资料、工程术语中，作者用公共性的语言讲述了河流的干旱、涝灾、老百姓的期盼、水库大坝施工、水质保护、库区移民、综合执法、后期持续的加固和维护以及当地百姓生活、生产方式的变化。整个作品既具有专业性特色，又是开放性的；既是全景式的，又有聚焦的焦点。通过作品的讲述，大众对流域与土地、与社会的有机联系的理解有了更深的认识。没有黄柏河五十年综合治理的成就，也就没有当下宜昌这块土地的发展和变化。可以说，《中国有条黄柏河》生动彰显了黄柏河这一中小流域治理的典范及其价值。

《中国有条黄柏河》同时也是一部流域治理技术和管理机制的发展史。在黄柏河流域的开发治理中，有着许多的发明、创造、创新。从肩挑人扛到中国试验坝，每一步都有农民、技术员、专家以及管理者的智慧。从炸石、打条石、运输、测量、搅拌混凝土、治理漏水、面板堆坝中，积累了丰富的经验教训，其中许多经验为各地中小河流治理吸收、借鉴，许多经验总结成为科研成果并获得奖励，当然其中的三边施工模式所带来的长期修修补补也成为教训。这一过程折射了中国社会的历史进程，特别是生产力、科学技术、施工水平的历史进程。黄柏河治理初期只有二十台抽水机，四台拖拉机，两台柴油机，几台搅拌机、振动机、卷扬机，到了二十世纪八十年代水利二团进入工地，挖掘机、载重车才登上施工的舞台。黄柏河有的只是几十万农民和他们的双手，他们在原始落后的技术条件下，创新和创造了历史。

历经三十多年的建设，黄柏河的流域治理的主题也在不断深化，并不总是修大坝、建水库，还有移民、水质保护、环保执法、发电经营，等等，这些治理和管理上的变化和丰富，既是社会发展提出的要求，也是黄柏河水利事业自身发展的必然，是黄柏河流域治理历史的延续和新的篇章。

毫无疑问，《中国有条黄柏河》也可视为宜昌水利史和水利人的历史。在作品中，作者书写了大量的宜昌水利战线的知识分子，如颜邦殿、秦诗华、黄峰、周烈铭等，他们中有的背着历史的包袱、委屈，有的刚走出校门，面对巨大的风险和压力，他们秉持忠诚和责任，毅然投身黄柏河的治理生涯。作为知识分子的代表，他们身上体现出的品质、风骨，不仅是历史积淀给宜昌水利事业的财富，也是一笔巨大的社会财富。

作品花费大量篇幅描写了以昌鹏、叶枝、刘均为代表的农民工，在作品中，这三者的爱情婚姻一直贯穿叙述到"保卫天福庙",这一类似小说结构的构思使得作品绵延推进、感人至深。这些农民中的少数后来成为黄柏河的管理者,他们见证了、参与了这个流域的新生和发展,并付出了一生;他们中的一部分如秦星等永远地长眠于黄柏河的两岸,更多的则是在工程结束后带着疾病和记忆重新回到了自己的乡村。没有他们的豪情、奉献、牺牲,也就没有今天黄柏河的美丽,他们的奉献和牺牲已经成为宜昌历史的一部分,神圣的一部分。正如后来阎锦华坚决抵制对黄柏河的收购和上市,黄柏河不是一条河、一个水库,而是有人的生命、有人的爱情、有人的记忆融入在其中,这是不可以抵押的,也是不能买卖的,坚守这一点,是对几十万参与黄柏河工程的农民、干部、技术员的尊重,是对历史和情感的呵护。此外,《中国有条黄柏河》也描写了五十年中不同时代干部的精神风貌,如阎锦华、马杰、张中民、阮楚善、郭德民、王群等,他们对知识分子竭尽所能地关心和保护;他们在关键时刻敢于担当,在困难时刻率先垂范;为改变一个地方社会经济发展的基本环境,他们持之以恒、坚持不懈。这些理应是宜昌水利历史的不可忽视的有机组成。

《中国有条黄柏河》从1957年的勘探开始写起,一直写到2013年,用半个多世纪的历史跨度、一百多个人物、三十万字的篇幅,全面展示了黄柏河与宜昌人的命运、宜昌农村农业的发展、宜昌社会进步之间紧密而深厚的关系。正是《中国有条黄柏河》用报告文学的方式标识了黄柏河的身份,用文学书写了黄柏河独特的当代史,从而使得黄柏河成为一条不可忽视、不可遗忘的河流。

(《湖北日报》2017年9月24日)

李鲁平 著

李鲁平文集

❸

武汉大学出版社

图书在版编目(CIP)数据

李鲁平文集:全三册/李鲁平著.—武汉:武汉大学出版社,2021.6
芳草文库
ISBN 978-7-307-22153-6

Ⅰ.李… Ⅱ.李… Ⅲ.中国文学—当代文学—作品综合集
Ⅳ.I217.2

中国版本图书馆 CIP 数据核字(2021)第 038062 号

责任编辑:杨　欢

出版发行:**武汉大学出版社**　（430072　武昌　珞珈山）
　　　　　（电子邮箱:cbs22@whu.edu.cn　网址:www.wdp.com.cn）
印刷:武汉中科兴业印务有限公司
开本:720×1000　1/16　印张:56.75　字数:1046 千字　插页:9
版次:2021 年 6 月第 1 版　2021 年 6 月第 1 次印刷
ISBN 978-7-307-22153-6　定价:148.00 元(全 3 册)

版权所有,不得翻印;凡购我社的图书,如有质量问题,请与当地图书销售部门联系调换。

《芳草文库》序

刘醒龙

　　武汉有一批年纪不算太老，但肯定不再年轻的作家，既往作品每出无不风行江汉，后来平淡了些。二〇一五年年初，恰逢一场小聚，其间有老朋友提议给这些在文学创作上颇有成就的作家出版文集，且当场做出关键决策。老朋友提及的作家也是我的朋友，他们的处境很有代表性。

　　世事流逝到今天，说一点不残酷是不真实的，说太残酷似乎也不科学。值此宁翔雁前羞跟牛后世风，普天之下莫不借口追求日新月异，其实是乡下俗语说的，人人都想一锄头挖出一口井。宁肯臭名远播，哪管丑态百出。忘却不该忘却的，强化不该强化的，是世情中一大不敬。这几年为一位已故作家出版文集，好不容易才成，一来二往之间，见识了足够多的现世生态。似这等才华出众的作家，若非上苍失察，弃之英年，敢不是当今文坛大旗一帜？同理，那些在喧嚣背后悄然尘封的作品，谁能说不是日后人有所诵的典范？天地同根，不是没有高下之分，而是天有天的高度，地有地的厚重。

　　常住武汉三镇之人，最能体会大江东去、流水落花深意。也是体恤的缘故，又于旷野之间留下高山流水千古知音，以为勉励，兼作念想。朋友提议，饱含诗情，深藏灵性。没有太多商量，三言两语之间，就达成共识，以《芳草》杂志名义，逐年排选，将这批作家的代表性作品编成文集出版。只是由于执业所限，本套书只能以《芳草文库》相称，名头虽小，相信分量不轻。

　　哲学教会人们认知正确与错误，自然科学是要让人懂得成功与失败。然而，短短人生，包罗万象，其善其美，何止兴衰胜败！文学的存世与流传，其意义正是超然前二者，不以成败对错为目的，也不以卑微尊贵定价值。人非草木，却如同草木，这是文学理由之一，生命不能永恒，却绝对永恒，这是文学理由之二。文学根本理由是，协助芸芸众生在庞杂得无可把握的宇宙间，在神与鬼、灵与欲、虚与实等一切冲突与对立之间，寻找适合每一个体的美妙平衡。

二〇一五年十月十五日

李鲁平文集

③

目 录

策划时代	/591
走向秋天	/615
追寻祖父的踪迹	/638
沉船	/657
亚姑	
——《百里洲纪事》之四	/678
沙洲泽地	/687
渔舟唱晚	/701
筑巢引凤	/732
水到渠成	/758
社会调查	/785
心雨	/808
夜色朦胧	/842
荒凉河边的少年	/852

策 划 时 代

哲学硕士张语很长时间没有在下午静心读书了。在听认识论专题讲座时，张语曾经被一个困扰哲学界几千年的主题迷住了。人类的意识究竟是如何产生的？一个受精卵、一个普普通通的细胞，通过分裂发育成胚胎，然后从母体内分娩出来就成了有意识的人。这究竟是怎么回事？在那段时间里，张语每天下午都要在校园里的石桌子上阅读莱布尼茨的单子论、洛克的白板说以及皮亚杰的发生认识论。高大浓密的樟树林，蔽日而不见全影，摇风则有半凉。在这样的读书生活中，张语不止一次认识到，自己脱离新闻界而重新攻读硕士是个无比正确的选择。

可是这种宁静的状态很快就被从江北开来的一辆凌志车扰乱了。豪华凌志车在研究生楼前的排球场上优雅地划了条弧线，停在宿舍楼前的一片树林边。几个从图书馆回来，抱着一大摞书的研究生看见一个拿大哥大的漂亮小姐从树林里把张语拉上了凌志车。

现在，在江北德善街的一栋欧式建筑的二楼，张语的主要工作是帮椭圆集团的罗娜总经理撰写两万余字的硕士论文。在这之前，对张语的几篇论及企业文化的文章，罗娜大为折服。作为张语的同系同学（她比他高一级），罗娜知道张语有的是时间，缺的是钱。

张语第一次走进企划部办公室时，并不知道他是被罗娜请来写硕士论文的。虽然张语本科读的是经济管理专业，毕业后又因为职业的缘故，在企业界跑了多年，写一篇企业文化的论文不是太难，但他对企业文化的兴趣远不像罗娜那样浓厚。论文的进展相当缓慢。张语常常花大量的时间站在临街的窗口，凝视眼前的一片繁忙景象。那时候，他根本不会想到摊在桌子上的论文。也就在那时候，下午的阳光便被街对面即将封顶的玫瑰广场高大的身躯挡住了。

张语怅然若失地转过身来，桌子上的寻呼机叫了。电话另一头的声音显得十分陌生、遥远而且又带着一些温情。"嗨！是张语君吗？你这大记者真难找啊！听说你放着记者不做又去捞学位了。这可真是不好理解啊！喂！喂！张语君你还在听吗？"

"我在听，可还是没听出来是谁。"张语很平静。哲学已使他不像八年前刚揣上记者证那会儿稍有动静便全身冲动了。

"好啊！真想不到张语君会连我的声音也听不出来！我是雷蒙。从日本回来一个月了。我到处找你，现在好了，总算找到你了。下午五点半我在环球大酒店门口等你。张语君不会拒绝吧？说好了。待会儿见。"雷蒙挂了电话，张语却走神似地握着话筒站在桌子面前。雷蒙找我会有什么事呢？她不是在日本定居了吗？听说找了个华侨的后代，在日本开了家什么公司。

张语看了看桌子上的电子台历，时间正逼近五点。企划部的几个小姐已收拾好背包，一边讨论今晚到哪家迪士高舞厅，一边拿眼睛瞟张语。"你们先走吧。"张语说，然后他自己收拾好桌子上的资料也朝楼下走去。

张语走出一楼来到街面上时，一辆黑色小车突然在他面前戛然而止，罗娜笑着打开车门，扬起一只纤长的手臂。"哎，张语！等一会儿。"罗娜关好车门，把张语拉到路边，说，"你明天到蒋教授那儿去一趟。一是把论文的进展替我汇报一下，二是告诉他椭圆发展研究中心已获民政局通过。请他到椭圆集团来商量商量中心的成立事宜。"

雷蒙看着时光一点一点从环球大酒店对面证券公司高大的身躯上移走。在焦急的等待中她忽然想起来张语是个极不守时的人，就像他的那些自由散漫的诗歌一样，张语的行为乃至情感都无章可循。

在雷蒙不安的来回走动中，先后有三个人上前搭腔。头两个人是街头"油子"，他们问雷蒙："有换的吗？"手里捏着一沓人民币弹得直响。第三个人问雷蒙："小姐，晚上有人陪吗？"雷蒙下意识看了看自己的胸口，恼怒地吼了声："就你这样子也配陪我？"

张语到达环球大酒店门口时已经六点过五分了。雷蒙毫不掩饰自己的焦急和喜悦，她几乎是跳了起来扑向张语的："你可真是恶习不改啊！害得我等了近一个小时。你不知道他们都把我当妓女了。"雷蒙搂着张语一个劲地诉说着委屈。张语一边应付雷蒙一边向左右紧张地看那些拥挤的下班人群，果然每个从他俩身边匆匆走过的人都要在百忙中向他们投来好奇的一眼。他知道那不是在看他，而是在看身边那个美丽的女孩。"有病吧！撒娇到床上去撒，横在路上闹个什么事？"一个头发凌乱、满眼红光的火市人说。他嘴里的酒气迅即使雷蒙的绵绵温情中充满了酒精味。"火市人怎么还这样说话？"雷蒙问。"因为大多数企业不景气！"张语说。雷蒙听完又开心地笑了起来，然后他们朝电梯走去。

张语与雷蒙是大学同系同专业同年级同学，但不同班。大学二年级时，张语在大学生诗坛中已崭露头角。在张语偶尔参加的年级文艺活动中,他已注意到能歌善舞的雷蒙。那时雷蒙犹如一朵初开的鲜花,本系以及外系的男同学都在雷蒙的周围像蜜蜂一样殷勤地飞翔。张语决心不赶这一热潮。

张语并不知道那时雷蒙正迷上他的诗歌。他的那些写南方的雨、南方的树、南方的河流以及收获季节的开镰场面的诗歌萦绕在一个南方少女十八岁的天空中。大学三年级的上学期,全年级在大操场上举行中秋晚会。出乎意料的是,平常免不了要唱歌跳舞的雷蒙,在漫天月光下朗诵了张语的一首长诗。张语至今仍记得那个晚上的篝火、桂花的馨香以及明月如奶的华光。配诗的音乐显然是精心选择的,它就好像是专门为一首诗而谱写的。雷蒙的朗诵情韵交融,时而激情澎湃,时而如低语般地倾诉。张语从未被自己的诗歌如此强烈地撞击过,而这一次,雷蒙让他感受到了自己的语言和情感如何震撼自己的心灵。

"你就这么忙吗?"雷蒙坐下来后一面心不在焉地看菜谱,一面娇嗔地问。

"不是我忙,是交通太忙。你知道这座城市的人都在建设国际大都市。以前是车不够多,现在是路不够用。"张语现在才有机会审视面前这个几年不见的女孩。"还是抓紧时间说说你有什么事吧!这么心急火燎的。"张语接着说。

"从哪儿说起呢?先说目前我最棘手的事情吧。我现在是一家日本企业驻火市的代表,正在为该企业在火市落户开辟道路。在这之前,我的事情没遇到什么障碍,现在为购买一片旧厂房却陷入泥潭之中。"雷蒙的情绪突然低落了下来。在她忧郁的叙述中张语惊奇地发现这位当年天真活泼的少女眼下似乎有些苍老了。

对雷蒙所提到的耶湖化工厂张语并不陌生,作为一名经济记者,张语曾经几次去耶湖化工厂报道由金副市长主持的现场办公会,如同一个垂死的生命,耶湖化工厂这个衍生于城市版图上的恶疮一天天腐烂下去。前后四任厂长,一个被就地免职,一个因挪用工厂本来不多的货款炒股票而锒铛入狱,一个见风使舵早已挪窝,最后一任两个月前已称病没来上班了。在报纸上每每关于耶湖化工厂的新闻中,张语总是能闻到它散布于厂区的腐烂油漆味以及其他刺鼻的化学气味。

"你能帮我吗?"雷蒙恳切地问。张语的目光从雷蒙的肩上穿过,落在他们右边的一个餐桌上,一个头发油亮的中年男人正一边说话一边用大哥大在一个小姐的胸脯上指指点点。雷蒙也转过头去。"有什么好看的!现在女孩的乳房发育得比中国的经济增长速度还快。"雷蒙说。

"你想怎么个买法呢?"张语问。

"我一片空白,你知道我的脑子不是干这个的。只知道现在有几家公司想把那地方买下来盖商品房。"雷蒙说。

"噢——"张语很有耐心地喝着杯中的饮料,并不急于替雷蒙出谋划策。

"你说话啊！我听说在八年的记者生涯中，你给许多企业家出过点子。如果你愿意，从现在开始，我让日本方面每月付你一千元工资。"雷蒙说。她有些急切地把椅子移了移，坐到了张语的身边。

"钱的事先不谈。"张语很不愿意涉及钱这个字眼。回想起他与雷蒙共同度过的那些美好的岁月，他们在耶湖里划船，在天兴岛上狂欢，在长江边的长滩上漫步，那纯洁神圣的感情难道就不复存在了？难道这次重逢竟要从钱开始？

"我会给你方案的。"张语最后站起来说。雷蒙似乎没听见这句话。她的眼里充满了留恋和温存。"你晚上要走？"雷蒙问，"还记得毕业前那个冬天吗？"

"我必须走，今晚还得替别人构思硕士论文。"张语说。

"替谁？"雷蒙依然低垂着头和眼睛。

"罗娜。"张语淡淡地说。

"罗娜？"雷蒙吃惊地抬起了眼睛。

蒋教授(准确地说，是蒋副教授)在退休期限愈来愈近的时候却忙碌起来了。蒋教授最近的忙碌主要来自两方面的原因，一是系里来了位青年学者要招收企业文化的研究生，但因为没有硕士点所以只好挂靠在哲学点上。他这位哲学硕士培养小组的组长理所当然要管事。二是罗娜作为企业文化专业在职研究生曾经多次拜访蒋教授，在交谈中罗娜提出要组建一个以蒋教授为核心的发展研究中心。这一想法当场获得蒋教授的赞许。

张语不是初次踏进蒋教授的家门。第一次是张语在校报当兼职记者期间。那时蒋教授虽然清贫但因为正处于事业的巅峰期，所以人的精神面貌仍是激昂抖擞的。蒋教授说："有什么好写的呢？省报、市报以及省市电台电视台该写的、该播的都写了、播了，还有什么好写的呢？"蒋教授红润的脸色以及自负至极的微笑给张语留下了无比深刻的印象。第二次是张语在晚报工作期间，因为需要找几个学者座谈市场经济下教育改革的情况。那时张语不知道蒋教授已转向研究易经八卦那神秘而深刻的学问，蒋教授正处于一生中至为尴尬的困境之中。当张语说明来由后，蒋教授便滔滔不绝一口气谈了四个小时。他甚至谈到了文凭贬值、社会办学混乱以及学生中间的同居现象。其间张语多次试图打破一人谈一人记录的格局，但他没有成功。

这次却有了天壤之别。在张语踏进蒋教授家的一瞬间，他立即感受到了这个大都市怦然跳动的脉搏。改革开放的浪潮从这个家庭的各个角落向他袭来。蒋教授及夫人、蒋教授的孙子都穿着同一种品牌的T恤衫。张语知道这是椭圆集团出口的，上面印着美国芝加哥市有代表性的建筑物。罗娜曾告诉他，这是椭圆集团的经营策略之一。既配合市里某些领导力图把火市建成东方芝加哥的理想，又体现出椭圆集团生产经营所贯穿的独特的文化理念。当时罗娜微笑着对张语说："我要让市民在东方芝加哥与椭圆集团之间建立一种条件反射似的联系。"

张语站在明亮的石英地板上不知道下一步是向前迈还是向后退，抑或是原地不动。因为站在他面前的教授夫妇除了幸福的微笑之外似乎没有请他进去坐下的意思。

"是罗娜总经理让我来的，有点事情要跟您谈。"张语说。

"哦，是罗娜。是椭圆集团的那个老板吗？哦，坐下来说，坐下来说。这天气到了秋天还这么热！"蒋教授说。

"蒋老师最近忙吧？"张语小心地问。

"忙！忙！忙啊！"

张语从蒋教授凉爽的客厅里出来时，突然感到大街上的空气炙热得似乎要使鼻子冒烟。无论如何，这不是个有人情味的城市，连空气都想杀人，张语心想。

张语本想回寝室睡一觉，下午再赶到环球大酒店找雷蒙，但腰间的寻呼机叫了。屏面上显示：罗总找你，急回。陈小姐。电话另一头的陈小姐似乎很紧张："张经理，罗总发火了！开经理碰头会到处找你找不着。罗总要你回个电话。"张语沉默了一会儿，拨通了罗娜办公桌上的电话。"你找我，罗总？我今天到蒋教授家去了。""噢？谁说的？明明是我叫你去找蒋教授的嘛。放心吧，没什么。办你的事吧！"罗娜在电话里却表现得十分从容和平静，似乎什么都没有发生。这使张语感到自己打电话给罗娜是个愚蠢到极点的做法。

哲学硕士张语在这一天即将结束的时候，感到思维混乱，情绪颓废。晚上当他走进寝室，同室的小周告诉他，下午来了一个非常漂亮的小姐，小坐了一会儿便留下一张字条离去了。

雷蒙在上午十二点差十分时被一阵电话铃声叫醒了。睁开惺忪的睡眼，经过厚重的窗帘的过滤，阳光显得柔和宜人。她初以为自己还躺在北海道的函馆，放下电话后她试图把刚才的幻觉重新连接下去。

北海道，那是个多么美丽的地方！春天，雷蒙在函馆的饭店里常透过窗子凝视一只只起锚出海的渔船。那壮观的场面比北海道最大的港口小樽也逊色不了多少。冬天北海道的北见山地和日高山脉是一片银色的海洋。它们与蔚蓝的日本海两相辉映，倍加令人赏心悦目。来自世界各地穿着五颜六色的防寒服的滑雪爱好者像一群群鸟儿飞翔在那片广袤无边的皑皑雪野上。明亮而寒冷的阳光照在茫茫的针叶林上，又给人无限的暖意。难道这一切真的永远不属于我？日本群岛那众多的港湾或者那支离破碎的地形就没有一点点容纳我的空间？雷蒙在房间里伫立了很久，直到空调的响声戛然而止她才记起来，今天她必须想办法弄清楚自己的竞争对手究竟是哪个公司。

一个国营企业要破产涉及的机构和部门之多远远超出了雷蒙的想象。就耶湖化工厂而言，除涉及化工局、市政府、体改委、国资局外，还有银行、税务、人事、劳资、法院等诸多机构。缺少其中任何一家，耶湖化工厂的破产就不是合法有效的。

雷蒙在钻进的士后便立即决定今天不进任何机关的大门，直接去找耶湖化工厂的现任厂长。这也正是张语的意思。只要把法人代表捏在手中，另外两派的意见就显得无足轻重了。

处于静养之中的耶湖化工厂厂长似乎比平常在办公室里更加繁忙和紧张。这种复杂的操劳使得原本只是称病的厂长在各种人士看来似乎真的病了。

雷蒙的到来犹如一阵春风拂过一个被恶魔折磨得奄奄一息的病人脸上，厂长的萎靡不振、烦躁不安以及过度紧张在雷蒙踏进门说"您好"的一瞬间烟消云散、化为乌有。厂长甚至感到，客厅都更加明亮和清新了。这是怎么回事？这位少女不就是极有分寸地微笑着说了句"您好"，顶多也就是比其他小姐多了一个动作，稍稍地颔首弯了一下腰。漂亮当然只是一个方面，其他的又是什么呢？厂长开门后站在客厅里陷入了繁琐而愉快的思想之中，脸上生动而微妙地变幻着各种表情。

雷蒙发现企业的倒闭并未导致厂长家境的衰败。这真是一件幸福的事情，在日本就不一样。在厂长家豪华舒适的客厅里，雷蒙呷着厂长亲自冲调的咖啡，始终表现得像一个天真好奇的观光客。在诸如耶湖化工厂的厂房怎么这样俏啊之类的轻松话题中，雷蒙不仅弄清楚了几家觊觎耶湖化工厂的企业的名称、地址，而且还意外地知道了这几个企业为什么对该厂感兴趣。厂长兴致勃勃地从火市城市格局的变化、城市规划的未来蓝图、产业布局的调整等多个角度分析了耶湖化工厂所处的区位、地价优势。雷蒙不断微笑着点头，对厂长精辟的分析给予肯定和赞赏，而她的内心却正翻腾着汹涌的波涛。她所触及的原来是一块极其敏感的地区，她知道，自己已经踏上一段危险的旅程，充满了地雷和荆棘。

厂长在结束长篇分析报告后，才意识到还不了解这位迷人的小姐究竟是来干什么的。"雷小姐刚才说是哪个公司的？"厂长问。雷蒙随口说了句："是惠普公司火市办事处的。""噢！雷小姐今天来是……"厂长试探性地把话只说一半。"厂长不必多心，我来只是想了解一下您对火市的办公自动化市场有什么见解。"雷蒙笑着说。"噢！是这样。"厂长突然丧失了谈话兴趣，说："这问题我想得比较少。""那我改日再来，也许那时您的考虑就会多起来了。"雷蒙起身说。

张语到达德善街2号椭圆集团时，集团办公会刚刚开始。罗娜的发言着实令张语大吃一惊。罗娜说："耶湖化工厂我们已经盯了一年多，但是现在却冒出个日本公司，他们想购买耶湖化工厂的厂房。我想大家明白这意味着什么。"

罗娜停顿了一下，冷峻的目光从每个部门经理的脸上扫过，然后在张语的身上停止了移动。她接着说："企划部目前的主要工作是积极筹备椭圆发展研究中心的成立。在今年的研究项目中要围绕本集团兼并耶湖化工厂大做文章。"会议的节奏简明快捷，是典型的罗娜式的风格。这是张语进入椭圆集团以来第一次听说椭圆集团也加入了"吃"耶湖化工厂的竞争者之中。同样，张语也初步领悟到了罗娜组建椭圆发展研究中心的用意。张语对罗娜突然感到非常陌生了。

会议结束后，秘书小陈说："张经理，罗总叫你过去汇报工作。"张语急忙拟了关于椭圆发展研究中心进展的汇报提纲，忐忑不安地走进总经理办公室，罗娜正在接一个电话。张语以为她会用眼神或者用手势示意他坐下。遗憾的是，她显然把全部注意力都集中于电话上了。张语于是便踱到罗娜身后的一排书架前，他想罗娜放下电话后肯定会叫他的。罗娜放下电话后，又用一支铅笔在纸上迅疾地写着什么。"罗娜，那本《浅浅阙歌》是不是我们系那个跑到天山去了的才子肖皓写的？"张语问道，手心有一点潮湿。罗娜仍在纸上沙沙地写着。忽然，在张语毫无准备的情况下，罗娜抬起头来，说："噢！张语你来了！怎么样？"张语原想他们之间在说正事之前肯定会先聊一些无关紧要的话题，比如新上演的香港大片啦，母校哪个年轻讲师又英年早逝啦，等等，但是看起来罗娜完全没有这种想法。

张语汇报完后，罗娜并没有立即表态。这使张语觉得这种纯属工作性质的商讨过于玄虚和沉闷。

"你认为成立大会该邀请哪些人？"罗娜理了理头发问，似乎这是个很头疼的问题。

"民政局社团处的领导，省内社会科学界老专家，市委市政府研究室领导，出版界有关人士等。"张语说。

"我建议补上化工局领导、体改委领导、火市知名的企业改革专家以及耶湖化工厂的实权派领导。"罗娜不动声色地说。

张语的头顶仿佛受到了一次重击，强烈的震撼使他意识到，这才是椭圆发展研究中心成立的现实意义。

"你手下的那几位小姐天天都在干什么？"罗娜继续问道。

"前几天我让她们起草一份美食城重新开业的宣传方案，但几天之后稿纸上仍旧只有一行标题。这几天我安排她们做本集团服装业、饮食业的市场调查。不过，我总觉得她们的脑海中只有化妆、衣服、卡拉OK和迪士高舞厅。为什么要花钱养这样一些热衷于享受的小姐呢？"张语说。

"如果确实没什么事情，可以让她们去做你刚才讲的市场调查。但你要明白，这些人不是用智慧来创造财富的。我招聘她们，自然有用她们的时机和场合，比如派她们去接触认识化工局和耶湖化工厂的各路人士，甚至可以安排她们去接触银行、税务、城建等各行各业的关键人物。那时候你就会明白她们的脸蛋、乳房、大腿、歌声、服装会像一部机器的各个部件一样高度协调配合而创造出和谐美满的效果来。为什么一定要她们有思想和大脑呢？企划部也要公关，不能仅仅停留于构思方案。"罗娜开始微笑了。办公室里僵滞的空气开始舒缓地流动。张语也笑了，出于对老同学智慧的佩服。

罗娜打开音响，尽量把音量调得只有身处办公室才能感受到的幅度，说："这天气真是闷得难受！"接着她在有关椭圆发展研究中心的另外一些事情上与张语展开了讨论。她的声音和音乐一样柔和，丝毫没有老总的严厉和冷漠。有时甚至还开个玩笑："你说蒋教授警告我再不交作业就没成绩，过几天我派人去看望他一下，你看两个月内他会不会催我交作业。"

总而言之，张语觉得这个下午并非他先前想象的那样难受，尽管开始时局面确实有些尴尬和窘迫。在阳光从总经理办公室的窗口撤退时，他们在一系列关键问题上都统一了意见。张语明白，这只是一个序幕，重头戏仍有待于中心成立后才能展开。真正施展他的策划才能的机会指日可待。他不必着急，尤其是现在，他将要同时为罗娜和雷蒙策划企业行为。这正如一副象棋摆在面前却只有一个棋手，他必须既下红棋，又下黑棋。这样的角色将会给人带来怎样的滋味，张语现在还体会不到，所以他劝慰自己："慢，不急！"

红色夏利出租车几乎成了这个城市的一个标志。现在，雷蒙就漂浮在一片红色的夏利海上。她终于体悟到了那个被称为时间之箭的东西。有段时间从北海道到九州攻读哲学和文化的中国青年都以谈时间为时髦，他们说时间是个不可逆的过程。不像有一些女性，她们对艰深晦涩的东西往往不惜竭尽青春也要学懂弄透，否则她们便不会有快乐。雷蒙永远不会这样，雷蒙对时间的领会是一种顿悟。重返火市一个多月的生活中，她出入饭店，上车下船，拜访政府机关，在火市三镇以这种千篇一律的节奏奔波忙碌，她深深地感到自己是一个孤单的外地人。这并不是说火市人把她当成了外人，而是她自己切身体会到自己不能融入这座正在急剧膨胀的城市。几年前，在这城市里她感到幸福、温馨、快乐，就像生活在她熟悉的故乡小镇，短短几年，这座城市与她之间便有了隔阂。她就像流浪在举目无亲的北海道，也许这就是时间之箭的作用吧！

自环球大酒店与张语分手后，雷蒙已有好几个星期没有张语的音信，在张语离开后，雷蒙在环球大酒店自己房间的阳台上伫立了许久，凝视眼前那条永不暗淡、流淌不息的车灯之河，雷蒙感到无比伤感。一个与自己在感情和肉体上都曾水乳交融的伙伴，在钻进一辆的士后便成为眼前这河流里的一朵浪花，不知流向了哪里。

大学毕业后她主动提出与张语分手，去海角天涯争当时代的弄潮儿，完全不顾痴情的张语痛苦和憔悴得像个饥寒交迫的乞丐。在海南她轻率地跟着日本商人平野去了北海道。而那个口口声声不离责任、义务、良知的平野却在三年之后抛弃了她，并告诉她，她所持的护照等证件都是从黑市买来的。整天提心吊胆的雷蒙揣着这几份假文件就像揣着命根子一样漂流到香港。她想待在香港总能感受到祖国的体温和气味，从语言、文字，从服装、风俗等，总算能找到一些慰藉。在北海道、香港，她读过语言进修学校，当过营销小姐、陪舞小姐、桑拿按摩小姐，洗过盘子，当过公司的打字员、接待小姐，最后她成为一家日本企业香港分公司的市场主管之一。回想起过去八年的人生旅程，雷蒙常想这段不短的人生道路就像日本国由于过多的地质褶皱和断层运动而弯曲蜿蜒的国境。这一切的一切，张语都一无所知，他要是知道了又会怎样看待我呢？雷蒙没有把握。

雷蒙感到快慰的是，张语仍在真诚地帮助她，他仍是以前那个张语。这从张语留在大酒店的策划书就能看出来。这份策划书至少目前对与耶湖化工厂有关的机构和领导都是一个不算小的冲击和震动。

雷蒙看完策划书立即觉得豁然开朗。前一段时间混乱纷杂的头绪一下变得条理分明。她长长地吐了一口气，轻松了许多。眼前茂密的荆棘丛林中隐隐约约能看到一条羊肠小道干硬发白的痕印了。

她迅速着手按照张语的意见，四处搜集几家竞争企业的情况。反馈的信息无疑是令人振奋的：椭圆集团是以饮食、娱乐、服装、房地产、金融及进出口业务为主的集团企业，提出的口号是全资购买或至少购买耶湖化工厂80%的资产，另外几家中有两家是以房地产开发为主营的企业，他们提出的是完全或部分购买耶湖化工厂，以将其开发成商住区。最后一家性质上是与耶湖化工厂相近似的化工厂，只是产品类型相差甚远，耶湖化工厂以涂料为主，而该企业却是生产各种化学试剂溶液的。这一家提出与耶湖化工厂合并，但要国家在财政税务等方面给予支持。

可以想象当雷蒙将这几家企业的情况对照分析时，心情是怎样的舒畅。雷蒙压抑住内心的激动,起草了一份简单的合作意向建议书传真到香港,很快这份建议书就被打印成英、日两种文字,并盖上了香港公司的英日双语的印戳。

雷蒙第二次敲开耶湖化工厂厂长的家门时,厂长惊喜地问:"雷小姐是来听我对办公自动化市场见解的?""是的,也不是的!"雷蒙神秘地说,"我知道目前许多企业对耶湖化工厂有兴趣,我们也有兴趣。与别人不同的是,我们不搞化工产品,不搞房产开发,也不购买贵厂。"厂长这一次是感到惊奇。他再次把雷蒙从头到脚扫视了一遍,仿佛他才认识这个漂亮迷人的小姐。"那你们要干什么?"厂长问。"您慢慢看建议书吧!反正也不长,过几天我再来。今天我还要拜访几位企业主管。"雷蒙说着将建议书递给厂长,便起身站了起来。出门时,厂长追了上来说:"另外几家正在下功夫呢!就这张纸你就想把这么大的事办成?"雷蒙笑了笑,说:"我们当然也要下功夫,但最终得看厂长、职工和市里对哪家的方案有兴趣,看哪家的方案对贵厂更有利。您是看重后面这一点呢,还是更看重前面几家所下的那种功夫?"厂长的视线被这个丰满而神秘的女人牵着走了很远。当他缓缓转过身来时,电话铃声扑了上来。是一个熟悉的声音,由于雷蒙的相貌在他的脑海里挥之不去,厂长觉得有些陌生。"喂,是大哥吗?怎么不说话呀,把我这个小妹妹忘了?最近心情还好吧!喂!我是罗娜啊!口口声声哥们哥们的,几天不见声音都听不出来了……"

雷蒙在金市长和化工局长的办公室里接收到的反应是冷静而谨慎的。"好吧!我们考虑考虑,这当然是值得认真对待的一个想法。同时,我们也将对贵公司作必要的考察。"金市长没有像前几次那样把话题扯得漫无边际。他的冷静和认真说明他的态度像冰一样要融化了。

这是值得庆祝的,应该 Call 张语。请他共进晚餐,陪他跳舞,为他唱歌。如果他愿意,就留他住下来。我们从前只是在大学里那张狭窄的单人床上享受过人间乐趣,还没有在豪华宾馆、大酒店里共度过良宵,这是不公平的。看着从车窗外一掠而过的打桩机、脚手架以及将要竣工和拆得凌乱不堪的房子,雷蒙美好地计划着。

椭圆发展研究中心成立庆典按期举行。环球大酒店邻近的主要路口、立交桥上都悬挂了热情洋溢的祝词。罗娜甚至说服环球大酒店的老总允许其在酒店的楼顶上放了两只大汽球。

张语在成立大会开始后受命到一张餐桌上起草新闻稿。在这篇不足八百字的消息里,张语概括了椭圆发展研究中心的人员和知识结构,它致力于推动企业改革和现代企业制度建设的宗旨,它对于当前本市经济工作以及对建设东方芝加哥的现实意义和远期效应。在撰写这篇新闻稿的时候，张语决心不能让罗娜再次失望。要让她认识到，硕士就是硕士，并且还是个当过多年记者的硕士。

在冷餐会接近尾声时，张语找到了罗娜。罗娜经过精心选择的服装在人头攒动的大厅里十分夺目。她优雅地端着高脚杯频频冲缓缓流动到她面前的嘉宾们举杯。张语走近罗娜时，她似乎与金市长在商量一件重大的事件。她微红的脸庞在秋天的阳光照耀下生动迷人。

"哦，张语，你跑到哪儿去了？还没吃饭吧！"罗娜关切地说，"来，我给你介绍一下！这是金市长。"罗娜又像向导引路式地把正感迷茫的金市长轻轻地拉了过来说："金市长，这是我的大学同学，哲学硕士，以前当过很长时间的记者，名记，是咱们市的才子。"

张语窘迫地笑了一下，本想说几句谦虚的话却找不到词，只好说："罗总，耽搁你一下。"罗娜迟疑了一下，转过头向金市长说了句什么就跟张语走出了大厅。

"什么事？"罗娜问。

"新闻稿，记者们吃完饭就要开路，你审一下。"张语说。

罗娜接过稿纸，一目十行扫了一眼，将稿子递给张语。"你写的我当然满意，没什么好审的。"罗娜拍了拍张语的肩说。张语感到极不自在，她的语气就像处长局长对待一个文秘或什么小科长似的。张语希望她说："我看可以，辛苦你了。"可这毕竟只是张语的希望。

张语在一片狼藉的桌子上夹了几块蛋糕，要了一杯饮料。他总算想到该为自己做点事情了。他一边吃一边欣赏企划部几个公关小姐的服务。她们在大厅里像鸟儿一样散步，悠闲移动的大腿和高耸的胸部经常扰乱了学者们及嘉宾们的视线。无疑，这是比学问和工作好得多的东西，张语想着禁不住笑了起来。

张语美好的想象很快被罗娜斩断了。"下午你唱主角，我坐一会儿可能就得走！"罗娜说，"注意你以后跟任何人打交道都不要畏畏缩缩。现在你是老板了，有时虽然是你找他们办事，但要知道他们也依靠着你，嗯？"罗娜像教学生一样指点道。张语含着一口蛋糕，不置可否地点了点头。

在下午的椭圆发展研究中心第一次工作会议上，罗娜果真讲了个开场白就全部推给了张语。虽然椭圆发展研究中心的大盘子定了，但事实上今年做些什么事罗娜跟张语并没有通气。这导致在罗娜离开后，会场内很长一段时间都沉默着。张语决定按他自己的思路来操作这个中心。

学者们对张语的补充讲话评价之好是出乎意料的。反馈意见是由企划部三个小姐分别带回来的。在教师节期间，她们受集团委托分别看望了这些学者。她们在向罗娜汇报时提到了这一点。那时候金市长与蒋教授的文章已经在火市日报的理论版上刊出。金市长在文章中呼吁全社会都来关心国营大中型企业的改革,调动一切力量推动本市主力军的前进步伐。蒋教授则从哲学的深度剖析了传统思维方式在大中型企业改革中的阻碍作用,指出要允许多种探索包括购买亏损企业。张语一边在日报与学者之间沟通联络,一边与《东方芝加哥报》商谈合办征文事宜。《东方芝加哥报》是本市新创办的一家报纸,以创建东方芝加哥城市形象为宗旨,被誉为继日报、晚报之后的第三主力报纸。

合办征文一事进行得极为顺利。罗娜在经理会上对企划部的有效工作给予了充分的肯定。她说:"有了舆论的大力支持,我们兼并耶湖化工厂就成功了一半!"

在耶湖化工厂苟延残喘的挣扎中,有关各方面都感受到了问题的紧迫和严重。在家养病的厂长曾经试图借养病之机给厂内明争暗斗的几派改革者们以充分的时空展示其雄才大略。现在他觉得这场戏已演得差不多了,该收场了。在设计这场戏的结尾时,厂长又一次比较了几个竞争者的方案。雷蒙简短而层次分明的建议书莫名其妙地竟成了他思想的主宰。她说什么来着?她让我仔细考虑一下"控股"意味着什么。他不得不承认在翻阅了一本词典后,才明白如果让椭圆集团购买超过50%的股份,罗娜的企业就成了 Controlling Company。这样椭圆集团就可利用投票权对他的企业进行经营控制。也就是说,那时他这个厂长和法人代表的权力将神秘地转移到罗娜手中了。罗娜虽声明决不搞房产开发,但到了那个时候还不是她说干什么就干什么。这显然比其他几个集团直截了当提出购买工厂开发房地产要高明得多。搞邪了!罗娜就是每天陪我睡觉,我都不能同意。厂长愤愤地想。

厂长在这种富有思辨色彩的遐想中逐渐倾向于雷蒙的建议,虽然这个神秘的女人并没有向他透露具体设想。厂长想打一个电话,但一下记不起来将雷蒙留的名片放什么地方了。

在耶湖化工厂的问题上,化工局是最早主动找雷蒙商谈合作意向的。化工局之所以愿意主动出击,是因为如果处理得好,这个从法律上正在被削弱的"婆婆"的地位会得到提升。化工局详细分析了雷蒙的建议后,觉得与她所代表的香港企业合作既可以使五百余名职工妥善安置,又可以使耶湖化工厂目前缺乏凝聚力的领导班子得以稳定,雷蒙的建议不偏向厂内几班人任何一方。

化工局打到酒店的电话对雷蒙来说是个巨大的鼓舞。但在对方约定了会谈时间后她突然改变了主意。雷蒙对对方说:"真是对不起!这几天的事情安排得太紧，我将尽快安排时间。"她要寻找张语，再策划策划。

雷蒙给张语打了寻呼机，突然觉得有一阵凉意，是秋天才有的那种凉意。走到阳台上，雷蒙看见这个天气反复无常的城市顿时变得阴暗了。北风进了这个城市后立即迷失了方向，它们急于冲出毫无规则的楼群和街道。飞扬的纸屑，路边腐烂的瓜果皮，暗淡的天空下一张张满腹心事的脸……在雷蒙的视野里像倒放的胶片奇异地运动。

张语会来吗？雷蒙不相信地问自己。

张语在大雨和黑暗笼罩环球大酒店的时候出现在雷蒙的房间门口。仿佛身处危险和孤独的深渊，终于盼来了期待已久的救星，雷蒙的双眼充满了幸福和感激。

"我以为你仍忙于替罗娜写硕士论文。"雷蒙说。

"大致是这样的。"张语坐了下来。雷蒙递给他一听饮料，又动手去解他的衬衣。

"干什么？难道你要我光着上身坐在这里？"张语神秘地眨了一下眼睛。

"穿湿衣服会着凉的。我给你买了一件衬衣，正好可以穿上让我看一看合适不合适。"雷蒙说，她的语气一下子将他们分别了几年的时光省略了，似乎他们一直就这么熟悉而亲密。

"有一天晚上我回酒店时听说椭圆集团在这里开了个发展研究中心的成立大会，近几天又看到该中心的人到处发文章谈企业改革。罗娜像个救世主似的，她的责任感这么强？"雷蒙一边帮张语穿衣服一边说。

"是野心和参与意识强。"张语说。他有一种生活在家庭里的温馨感，他们就像下了班回到家里的夫妻交换着各自耳闻目睹的信息。雨越下越大，整个都市似乎变小了，小得像个偏僻的山野小村，没有欺诈，没有压抑，一切属于现代快节奏的东西都不复存在。张语在黎明醒来时眼睛红肿。这个幸福而短暂的晚上他没有睡好。张语不停地根据雷蒙的疑问和罗娜的动作为雷蒙设计各种应付策略，而且在思考的间隙还要与雷蒙重温过去的快乐时光。在激情高涨的时候两个人又撇开与耶湖化工厂有关的一切，沉浸到疯狂的爱抚之中。

雨早已停了，污浊的城市被洗涤干净。各种车辆匆忙而悄悄地为城市新的一天拉开了序幕。雷蒙决定今天去会见化工局领导以及耶湖化工厂厂长。张语赖在床上给人将要再次入睡的表象，其实他内心里早已做好了准备，雷蒙的行动将会迅速反馈到罗娜的办公室。在昨晚替雷蒙策划方案的同时，张语也替罗娜预备好了对策，随时应付罗娜的质疑。

事实上罗娜不等与张语通气,就已走得更远了。张语一上班,罗娜便请他去总经理办公室。

"这几天你忙于和新闻界打交道,所以没跟你商量我已做了一些调查。目前对我们威胁最大的是一家日本企业在香港的分公司。他们派了一位市场主管来火市专门办这个项目。这个人是你的大学同年级同学雷蒙。所以企划部下一步要对具体操作性的东西做点研究。"罗娜说。

"雷蒙?那个会唱歌跳舞的雷蒙?"张语故作惊讶地说,"她似乎不是干实业的料啊!"

"现在的人一跑出去就不清楚了。这几年她在日本、香港究竟在干什么?就凭她那点本事怎么在国外混得下去?除了卖笑卖身她还能干什么?她不知道火市是什么样的城市,居然跑到这里来浑水摸鱼。说说看如何合法地不通过任何她以前的熟人把她目前的情况搞到手。"罗娜的思维节奏比一般女孩快十倍。

张语陷入了一种痛苦的沉思。他必须谨慎行事,要不然就可能会给雷蒙酿成灾难。凭直觉他也不相信雷蒙有本事混入日本或香港企业的高层。"我想可以把环球大酒店的服务部经理请来,就说我们的美食城需要安排几个小姐去他们那里实习培训,这样实习小姐在打扫房间之类的服务过程中或许能摸到一些情况。除此以外的方法都将涉及她过去的熟人。"张语说。尽管说这番话时他十分犹豫和小心,但话一出口他便开始后悔。他知道她们在房间里可能会找到对雷蒙很不利的资料。

"很好。这件事由办公室主任和美食城夏经理去办。你给我起草一份给金市长的汇报材料,汇报的目的是说明我们有能力把耶湖化工厂的事情处理好。并且分析一下其他几方的致命弱点,以及社会各界的反应。"罗娜吩咐道,随后从椅子背后提出一个包装袋,说:"这是我给你买的一套衣服,昨天才从香港带到火市,正宗的进口货。我知道你清高,但作为老同学老朋友送你一套衣服不过分吧,况且是按你的身材买的。"张语说不出话来,罗娜把衣服递给他时脸上的笑容使他感到恐惧和难受。走出总经理办公室,张语仿佛觉得手中拎的不是衣服而是一包石头。

呈送金市长的报告在下午上班后被打印出来。张语捧着散发油墨清香的报告,禁不住又细细玩味了一番。对于这份精心制作的报告,每一句话每一个字眼,张语都反复推敲了几遍。

张语把重点放在批评对日资香港公司介入持宽容态度的行为上。为什么要日本人的公司来解决耶湖化工厂的问题呢?难道这么大一个城市,这么多企业家、专家就不能对一个五百多人的小工厂有所作为?张语通过几个典型例子表明了本市民族工业受到的严重冲击,并指出如果放任这种形势的迅速发展必将使一个七百多万人口的大市场尽为外资企业所占领。张语在肯定国际合作对促进本市工业发展所起的作用的同时,提出疑问,难道我们要让下一代火市人在商场里买不到火市产品吗?我们忍心让他们的生活中到处充满 Made in USA 或者 Made in Japan?

罗娜在看张语的报告时露出了微笑,在张语的印象中,这是罗娜第一次当着他的面露出满意的笑容。

在雷蒙前脚走出化工局大楼的时候,罗娜派去送报告的小姐后脚已踏进化工局大楼。这使化工局那位就要打定主意跟雷蒙合作的老局长变得犹豫起来。这正如拍卖公司的拍卖员正要一锤定音的时候,突然站出一个人来报了个不甚清晰的价钱,他只得将槌子停留在空中,等听清楚了再做决定。

张语的这份报告不仅在化工局起到了缓冲作用,还在耶湖化工厂和金市长那里起到了同样的作用。这当然是张语事前没料到的。可以想象雷蒙在了解到这种变化后心情是多么沮丧。她手握电话听筒几乎难以相信线路那端所耐心解释的一切。那位平易近人的老局长说什么来着?我们不愿让后代的生活中到处是 Made in Japan。

气候渐渐变得凉爽宜人。在时间的无情流逝中,雷蒙愈来愈清醒地认识到,那个隐藏在背后与自己周旋较量的强劲对手正是椭圆集团。对椭圆集团的雄厚实力她已间接地有所了解。椭圆美食城的每张餐桌每餐要换二至三次台布,每个月净赚几十万甚至上百万元。椭圆服装有别于一般服装生产程序,它是在看准了某种流行样式后,立即购进布料分别在郊县一些业务不足的小厂加班加点仿制生产,然后像这个城市夏天的蚊子一样无孔不入地深入每条大街小巷。它的价格由于布料和做工的原因往往比同品牌的真品要便宜十到几十元。对于现代化进程中爱赶时髦的城市人来说,这无疑是划算的。穿了名牌的款式和颜色但比买名牌节约钱。如同盗印畅销书,每一次这样的行动后,椭圆集团的财务部便忙得不可开交。雷蒙是在逛精品店时从一个店主口里获知这些的。那位女店主十分欣赏雷蒙的身材和服装品位。在渐渐开阔和深入的交谈中,她说她是椭圆服装的分销商之一。雷蒙并不奇怪椭圆集团的强大,因为这个缺乏秩序的淘金时代本质上就是一个诞生神话的时代。

雷蒙从来没有像现在这样迫切想见到张语。她先是打寻呼机,在半个多小时的等待中,她的视线没有从电话机上移开过半步。雷蒙像一个潦倒的流浪者四处寻找食物一样搜寻着可以利用的一切手段。最后她想到了蒋教授。

蒋教授初以为这是个越洋电话，所以十分惊喜。他热情地询问雷蒙北海道的秋天怎么样，大片大片的金黄色针叶林是不是很壮观。雷蒙不愿意往蒋教授快乐的想象上泼凉水，所以就说她常常在梦中想起故乡山一样高的草堆和发白的小路。当然，雷蒙说，她最思念的是祖国的亲人和朋友，于是就问张语现在怎么样。蒋教授高兴地说："张语不错！现在一边读硕士，一边在罗娜的椭圆集团任企划部经理。喂！喂！"蒋教授忽然听不到对方的声音了。他不知道雷蒙在听说张语是椭圆集团的企划部经理后，大脑像一台性能不良的电视机，屏幕上突然一片雪花。她的鼻子和眼眶里突然发酸。张语怎么会变成了这样一个人呢？"喂？雷蒙吗？你要是找他我可以告诉你他办公室和家里的电话。"那头蒋教授仍在热心快肠地说着。"噢！不了。我只是问问。"雷蒙把电话搁好后，从眼里一片模糊的泪光中她发现这个城市更加朦胧和陌生。

雷蒙在房间里抱着头静静地坐了一会儿，大酒店舞厅里魔幻般的音乐像雾一样飘进她的耳朵。她站起来，给耶湖化工厂厂长拨了个电话。我要接近这个城市，我要它重新接受我！雷蒙在心里对自己说。十分钟后她走出了大酒店，在城市街道两边五光十色的霓虹灯广告牌中，她困难地辨认着"今日世界夜总会"的店名。当她看见夜总会把 Today's World Night Club（今日世界夜总会）翻译成了 To Day's World Night Club（到白天世界夜总会）时，她高昂起头不无鄙视地对站在门口的两个迎宾小姐说了句："没文化的城市！"然后她在两个小姐的困惑中进了那个扑朔迷离的世界。

罗娜对这个秋天是非常满意的，这不仅仅是因为她那两套从香港买回来的纯毛呢高级时装有了充分展示的舞台。张语被罗娜很正式地请进办公室对这两套衣服加以评论。一套是乳白色毛呢上装配棕绿色毛呢长裤，另一套上装相同，下装是乳白色毛呢短裙。这两套衣服之所以值得骄傲，布料倒是其次，首要的是因为它出自香港目前最有才华的设计师 Jane Steven 之手，他被称为不断给香港服装界吹进新鲜风气的青年设计师，事实上罗娜的体形和职业女性气质与这两套衣服确实融合得天衣无缝。

这个秋天使罗娜更为惬意的是，在椭圆美食城中举行了一系列的晚餐会。从化工局到耶湖化工厂到体改委，方方面面的人都先后被邀请到美食城的包房里进行商务性的娱乐活动。她的不同凡响的服装发挥了"征服性"的作用。在她高贵、冷峻而不乏温情的声音语言和体态语言中，客人们减少了怀疑，增加了信任，与耶湖化工厂的合作进展得出乎意料的顺利。尽管耶湖化工厂厂长说，既然称病在家如频繁外出活动怕引来不必要的攻击，但厂内其他几派干部仍被邀请到椭圆美食城。

　　这一系列举措的成功实施当然离不开企划部的策划及三位公关小姐的积极努力。张语每天晚上看见她们像三只欢乐的鸽子在美食城里尽情地展翅和歌唱。

　　雷蒙给张语打寻呼机时，张语正在包房里同罗娜一起陪同耶湖化工厂技术副厂长、厂办主任商谈合作意向。罗娜事先向张语打招呼说，这是个重要的谈判活动。"谈判是一门艺术"，张语是这个晚上才理解这句话的。谈判进行时企划部两个公关小姐便机智地离开上厕所或者去把空茶壶灌满，当某个细节谈得差不多时两个小姐又悄然回到了座位并分别拉着客人唱《纤夫的爱》《迟来的爱》或者《夫妻双双把家还》。厂干部们毕竟是见过世面的，所以并不拘束而是自然地搂着小姐们的腰一丝不苟地唱，唱得真诚动人，似乎都沉迷在纯情的世界里。这时罗娜往往就拿着手提电话带上门出去了。在这种如旋律般流畅的过程中分不清谈判与娱乐，只有做记录的张语不断提醒自己要区分谈判与调情或者娱乐。他似乎像个傻瓜似地坐在包房里听他们唱，记录他们所谈或明天必须起草的文件。

　　张语走出办公室来到大楼门口，罗娜笑着说："基本上搞定了！我送你回去。"张语说："算了，不麻烦了。""什么话！反正我也要过江的。晚上我还要去找个人。"罗娜责怪地说着，人已经打开了车门。这是罗娜第一次送张语回家。"你以为我真的是要把耶湖化工厂买过来生产油漆？"罗娜像玩玩具一样扭着方向盘问。"是的！"张语说。"你错了！那块地方是黄金宝地，生产油漆岂不是浪费了。我要建房子，建六栋商住楼，一楼全是门面，有草坪、停车场。还有，现在有人发明了一种在楼顶放自行车的办法，用一种升降机，像电梯一样把每个人的自行车送到楼顶。我要在每栋楼中安装一套这种设备。火市这么多小区，这么多的自行车，这么多的盗车案，却没有人想到使用这种成本不高的设备。这可是真正替买房人着想哦。"罗娜兴奋地说。凌志车在大桥上像只小船一样漂行着。在这里张语可以看见这座正走向繁华的大都市的夜景。在那些赤橙黄绿青蓝紫的霓虹灯下，该有多少计划在萌芽在诞生呢？说不准明早日报上的头条消息可能现在就在这些闪烁的灯下面构思着。当然在这桥上也可以不断听到从城市各个方向传来的警笛声，它们又在干什么呢？有人倒在血泊中，有人在吸毒，有人正在进行肮脏的交易，有人正在用老婆的身体下赌注……罗娜又是哪一种人？今晚她的行为该划入哪一类？是交易、赌博，抑或是别的自己还没想到的？张语一声不吭，思想如同屁股下的汽车一样在五彩斑斓的世界里奔驰如飞。

　　"张语！论文做得怎么样了？"罗娜问。

　　张语无动于衷地靠在车门上。

　　"张语！怎么走神了？"罗娜又问。

"噢！什么事？"张语坐正身子。

"我听说你给那帮教授布置了个作业，做企业文化的课题。"罗娜的脸上闪过一丝不易发现的笑。

"是的！"张语平静地说。

"也没什么，反正是花了钱的，总得给他们找点事做。他们做完了课题，你就要拿把剪刀裁剪我的硕士论文了！你这家伙没几天就学贼了。"罗娜开心地笑了起来。

"不过，你还是到蒋教授那儿去一趟，盯紧点。"张语下车时，罗娜伸出头叮嘱他说。

雷蒙和耶湖化工厂厂长在今日世界夜总会待到凌晨三点才分手。她感到自己又在重复日本和香港生活经历的一些片段：陪老板或客人跳舞、唱歌、吃夜宵，有时甚至还要容忍对方在接触她身体时不可遏止的野心。

无论如何雷蒙仍认为这一晚上的辛苦是值得的。张语虽然指明了大致方向但由于新出现一些微妙变化致使这条道路更加迷茫，她多么希望张语能够及时地给予指点。在这个晚上她固守张语所制定的策略而对新情况的扰动要么逃避要么干脆不作回答。所以总的来说还算是成功的。她说服了厂长将化工厂转向搞现代办公设备生产。一个在中国中部举足轻重的城市在这方面却是空白，这是多么遗憾！

厂长当然相信有日本的技术和设备，未来的新企业将把现在的兼容机以及由沿海购进的器材、硬件产品等统统挤出中国中部。这种高利润的生产企业无疑将是前景辉煌的，而且没有化工厂那种污染。但他担心的是现有的设备、债务和引进技术的资金。雷蒙觉得得意的是张语早已为她设计了这方面的答案。

在夜总会梦幻般的舞厅里，灯光像纷飞的树叶一样在他们身上移动，雷蒙在一曲音乐结束后对厂长说："我能解决你的心病。"她自信的神情令厂长十分喜爱。

"说吧！我乐意听。"厂长说。

"现有的设备和债务原则上由合资合作双方共同承担，但日方愿意在协议中承诺设备由日方处理，比如折价购回。至于合资企业所需设备由日方负责解决并作为合资的股份。"雷蒙说。

"真能这样？"厂长半信半疑地问。

"要是你愿意现在就可以写入协议里。"雷蒙说。雷蒙没有把张语所设计的方案全部说出来，现在不能也许将来也不能说出来。

在与厂长分手前，厂长握着雷蒙的手说："销售副厂长、党办主任、工会主席都是跟我站在一起的，生产副厂长是个中立派，不轻易表态。我将尽快与他们商量，然后我们再碰头。"

雷蒙一觉醒来才发现房间里似乎少了什么东西。坐在床上警惕地巡视房间的每个角落后，她发现少了一个公文包。这一发现令她背上立即渗出冷汗来。她所有重要的东西几乎都放在这个包里，包括那几份被她视为命根子的假证件。雷蒙的思想瞬间高度混乱，后来这种混乱渐渐分化为几个交织在一起的疑难问题。

如果报案，被盗证件找到后假设被鉴定为假证，岂不是自己出卖了自己？如果不报案，如何在必要时证明自己的日本国民身份？如果顺水推舟说自己本身就不是日本公民，那么又如何解释在火市几个月的活动中自己对自己的介绍？这和证明自己有诈骗嫌疑的区别在哪里呢？

雷蒙披头散发地坐在床边，双手痛苦地揪着头发，泪水无声地流淌着。几年前在北海道被人抛弃的那个下午她坐在小樽海港的一个码头边上也是这样的痛苦。在她深陷痛苦的边缘就要坠落毁灭的时候，她看见了一个菲律宾女佣模样的少女。她似乎以为码头工人做针线活为生。在七月耀眼的阳光的照射下，她看见菲律宾姑娘跪在地上给一个戴着头盔的强壮男人缝补裤裆部位的裂口。那个男人突然双手抱住菲律宾姑娘的头往自己的裆部拉，他前后耸动身体的猥亵画面深深刺痛了雷蒙的心。这个画面拯救了雷蒙，她要活下去！现在，雷蒙同样深刻地渴望这个大酒店中突然演绎一幅能深深震撼她心灵的画面，以挽救她更加脆弱和沉沦得更快的生活信念。

张语在这个时候敲响了房门。张语在拜访蒋教授时听说雷蒙打"越洋电话"提到了他，他想雷蒙找他找到了蒋教授那里肯定有什么无法应付的难题。

雷蒙号啕着抱住了张语。张语知道女人在号啕大哭时不会有任何逻辑性思维，她们甚至连最基本的思想都表达不清。张语就任凭雷蒙搂着他放肆地哭，直到雷蒙最初的火山爆发式的委屈、痛苦释放殆尽，只剩下抽泣时，张语才说："好吧，好受些了？那就说说出了什么事。"

雷蒙没想到隐瞒了如此长时间的秘密居然就这么轻易地说给了张语。当然她只说了假证件的事。张语把雷蒙安顿好之后赶到椭圆集团，已是吃午饭的时间。罗娜正同办公室、企划部的几个职员打扑克。见了张语，罗娜抬起头说："你快上。看来如今的男人都不行了，连打扑克都是一而再、再而三地输。"张语一边找碗一边说："那是你没遇上真正的男人。换句话说，如今女人的各种胜利大多是用不公平竞争手段获得的。"罗娜的脸色迅即由晴转阴，语气冷漠而带着嘲讽的声调，说："是吗？那你来试试看！你以为你聪明过人，别人都是被不公平的竞争手段打倒了。"

张语在食堂买了饭，干脆不上楼，坐在椭圆美食城里看风景。这个上午确实糟糕透了。他不明白怎么随口就说出了那句让这个时代众多冒险女性仇恨的话。

秘书小陈不知什么时候坐到了他的身边。在椭圆集团内，张语只对这个娇小玲珑的小陈稍有好感。小陈是个内心平静的活泼女孩。

"张语，你今天哪根筋不舒服要跟老板斗嘴？"小陈笑着问。看着她的笑，张语就有种美好的感觉，他真想把她搂在怀里。

"我怎么了？"张语故作什么都没觉察到的样子。

"你说你怎么了？老板今天跟耶湖化工厂签了合同。她高兴想拉你玩扑克，你不但不给面子反而当众让她出丑。你没听见你走后她说了句什么吧！"小陈说。

"她说什么？"张语问，他很想知道罗娜内心深处怎么看待他。

"要听原话？"小陈问。

"你就说吧。"张语有些不耐烦了。小陈说："怎么'抛'还不是个怂坏子！"小陈把罗娜的话模仿了一遍。

"噢！不说这了。说说那合同是怎么签的。厂长不是没表态吗？"张语转移话题，再说下去他就会被罗娜的那句火市话抹杀掉仅有的一点自信。

"厂长不同意，有副厂长啊，厂办主任手里有公章啊！"小陈说。作为罗娜创业后的第一任秘书，小陈经常参与或单独办理一些涉及机密的事情。

"化工局领导和市政府的意见呢？也可以不管？"张语问。

"这就如婚姻，假如你我相爱，办了结婚证，父母双方不同意能怎么样？同样的道理，工厂有经营自主权，主管机关不能强制性干涉。你是记者该知道去年那起厂长告局长的案子吧！"小陈说。他终于明白在耶湖化工厂的事情上为什么化工局和市政府不积极主动拍板了，原来是怕落个"包办婚姻"的名声反被推上被告席。

而现在他想得更多的是雷蒙。这个在火市苦苦奔波了几个月的雷蒙，难道就这样提着行李落荒而逃？这真是个多么凄惨的结局！

在稍晚些的时候，雷蒙与厂长二人在今日世界夜总会的一个包房里也拟出了合同草稿。现在厂长建议他们把这件事暂搁到一边，而开始唱歌或者跳舞或者进行其他较为轻松的活动。厂长根本不知道技术副厂长、厂办主任几个人已代表他与椭圆集团签订了一份协议。有关协议的内容将由厂办主任组织印刷一份"告职工书"发到各个职工手里。在雷蒙与厂长以轻歌曼舞的方式庆祝他们的初步成功时，这份"告职工书"正在一家街道小印刷厂里印刷。

罗娜对协议的签订保持着一种惯有的谨慎。她认为目前还不能说在这一竞争中取得了决定性的胜利。按计划她将安排张语尽快组织椭圆发展研究中心的全体专家对这一协议提供强有力的辩护性论证，并将这一论证材料，连同专家们最近所写的关于国营企业的文章及针对亏损破产企业出路而写的征文汇集成册呈送给市政府和主管机关。当然最好在即将举行的征文颁奖大会上将这些材料广为散发。最后，她觉得便可对媒介公开椭圆集团购买耶湖化工厂这一爆炸性新闻了。

就在《东方芝加哥报》与椭圆集团将联合在著名的富豪花园举行隆重的颁奖仪式之际，蝴蝶现象发生了。张语以前对蝴蝶现象是不甚了解的，但现在他觉得自己在现实生活中见证了这一现象。

蝴蝶现象的较为详细的描述是，亚马逊丛林里的一只蝴蝶随意振动一下翅膀可能导致千里之遥的北极地区刮一场大风。这似乎风马牛不相及的比喻说的是，整个宇宙是相互联系的一个整体。一些事物看上去似乎相距甚远、毫无关联，但其间的联系机制是复杂而巧妙的。从罗娜与耶湖化工厂签订协议到消息泄露、报纸追踪、工人静坐、调查组进入、通报下发，罗娜的计划破产包括张语辞职这一系列的有机演变也是如此。它生动地说明了一只蝴蝶由于心血来潮、见异思迁扇动了一下薄羽，如何引起千万里之外的一场地震、一场风暴甚至泥石流什么的。

耶湖化工厂的厂办主任将"告职工书"丢在筷子街一家小印刷厂后便匆匆赶到技术副厂长家打牌去了。印刷厂一位责任心很强的女工在临走前把车间打扫了一遍。在把门关上的时候，她发现桌子上有几张红色的印废了的"告职工书"。显然它们是几张并不值得重视的废纸，但女工走进去拿走了这几张废纸。

在晚饭即将端上桌子的时候，女工的儿子提着几瓶啤酒进来了。儿子是日报记者，参加工作不到一年。同行们认为这个憨厚的年轻人虽然才气平平却钻研劲十足。年轻人在换鞋子的时候看见了那几张印废了的"告职工书"。在读完了那份红色的"告职工书"后，年轻人非常激动。他感到自己抓住了一条很有价值的新闻线索。他甚至想到这条新闻可能会使他登上全国或者省级党报好新闻的领奖台。

年轻人早上一上班就赶到了耶湖化工厂。接待他的厂办主任说，厂长病了，技术副厂长在办公室。年轻人说，只要是厂长就行。技术副厂长对记者的拜访表示了热烈的欢迎。回想起过去有厂长上班的岁月，哪能轮到他这个副厂长接受采访呢？年轻人十分详尽地了解了椭圆集团与耶湖化工厂的合作经过。副厂长将一本椭圆集团汇编的材料送给了年轻人，并说，这些作者都是专家和学者。

当这位青年记者坐在办公室里写稿子的时候，罗娜正在打电话询问有关领导是否收到了参加征文颁奖仪式的请柬。印刷厂那位女工的行为所引起的一场震动与椭圆集团近在咫尺,但罗娜却浑然不知。早晨,耶湖化工厂一名被车间主任列为吊儿郎当之流的工人照例去菜场买菜。在耶湖化工厂停产后,这位以往以跋扈著称的工人承担了买菜做饭的任务,这主要是因为他要依靠老婆支撑全家。他一只手提着菜篮,另一只手拿着报纸。他想今天应该有足球甲级联赛的新闻。首先映入他眼帘的当然不是足球和绿茵场的消息,而是"椭圆集团挥笔著新文,耶湖化工快刀斩噩梦"这样一行醒目的新闻标题。工人仅仅读完新闻的导语便明白耶湖化工厂将不复存在。他最担心的是这一变化意味着他自由散漫、轻松自如的生活将告结束。他的未来将如同一团泥巴任一个女中豪杰用有力的手掌随意搓揉。她难道不会开除我?她说中秋节给耶湖化工厂的退休工人和困难工人发了补助金和慰问品,这不是蛊惑人心吗?工人没立即回家,他提着菜篮直接去了耶湖化工厂。在传达室他打了一大串电话。不一会儿,厂门口便聚集了上百名很久不来工厂了的工人。他们一边吃着热干面和面窝,一边讨论怎么办的问题。思路很快形成,一路去市政府市委大院,一路去报社大楼,要求对话,要求澄清事实真相,坚决反对椭圆集团强行购买工厂,让罗娜出来对质,报社要登椭圆集团的道歉等。浩浩荡荡的队伍于是分头出发。

  罗娜上午九点钟的时候开着凌志车到椭圆集团。她一边开办公室的门,一边对在接待处做清洁的小陈说:"今天会有一些单位打电话回复我的邀请,一律转到我的办公室。"遗憾的是这一天打往罗娜办公室的电话无一例外都是告诉她不能来参加颁奖仪式了。罗姗立即意识到,发生了她未意料到的重大事故,说不定会是一场暴风雨。事情很快就明了了。市政府办公室、化工局办公室都打电话到椭圆集团:"请小陈转告罗总,椭圆集团与耶湖化工厂的协议内容我们根本不知道,怎么就在报纸上说我们对此很赞成呢?希望你们罗总迅速阻止事态发展,挽回影响。"

  罗娜让小陈Call张语,她显得极为暴躁:"张语到哪儿去了?怎么几天不见人?给我Call,一遍一遍地Call。从现在开始打来找我的电话一律说我不在!"罗娜站在走廊里,愤怒的脸上一片苍白。中午,市政府市委的电话又打到了办公室,说耶湖化工厂的工人一批在政府门口静坐,一批到报社去了,要求罗娜与耶湖化工厂双方迅速将事情妥善处理。罗娜坐在椅子上一动不动,如同一尊雕塑,僵硬的脸上没有任何表情。小陈在汇报完市里的电话内容后不知所措。"静坐!对话!挽回影响!收回协议!堂堂的政府还怕几个闹事的不务正业的刁民?"罗娜突然从椅子上站起来,母狮怒吼般地叫了起来。"难道任何改革都得满足每个人的意愿?改革的含义是什么?改革本身就意味着要牺牲一部分人的利益。"罗娜就这么不停地厉声叫着,似乎是在发表改革演说,又仿佛是在给站在她对面的小陈上课。

当张语赶到椭圆集团时,罗娜已经冷静了。她似乎已经构思出一套应急对策。她平静地对气喘吁吁的张语说:"你去查一查,消息是怎么泄露出去的。还要起草一份给报社、市政府、市委和化工局的汇报材料,写什么、怎么写我想你已经很熟悉了。"罗娜说完,拿起电话,头也不抬地按了起来。张语明白,此时他最好什么话也不说。

整个椭圆集团在这个秋高气爽的下午显然十分紧张和沉闷。企划部平时叽叽喳喳争个不停的小姐们如同冬天的小鸟都缄默不言。

当椭圆集团上下忙于因购买耶湖化工厂引起的"火灾"而四处"扑火"时,雷蒙和厂长抓住机遇,加快了合资步伐,协议初稿传到香港后早已修改并在一番讨价还价之后获得了厂长认可。雷蒙和厂长分别代表合资双方草签了协议。由厂长亲自拟定的赴港考察名单也已获通过。双方商定在考察团实地考察香港方面的实力后,即可正式签订协议。对雷蒙来说,秋天真正象征着收获。在几个月的紧张工作后,她觉得轻松无比。在电话中,她深情地对张语说:"我经常在出租车上或在街道上赶路时想起家乡的萝卜和红薯,又大又白的萝卜,又甜又香的烤红薯,这个时候我就会不明不白地流泪。"

张语对"扑火"工作的策划显然不在行。在与报社的对话中张语处处被动,在代表椭圆集团起草的致耶湖化工厂全体职工的道歉信中他达不到罗娜要求的言真意切、既打动人心又不失面子的要求。罗娜很快便发现了张语的工作质量下降的症结。她对张语说:"我看出来了,你不想得罪报社那批领导和朋友,因为你不愿承认你是个商人。每当谈及你的身份时,你总是不好意思地说是在我的集团里暂时帮忙,你害怕别人说你不是文化人,说你堕落到企业里去了,你对企业没有真正的感情,所以你最近的工作简直是应付。你的道歉信像个娼妇哭丈夫似的,那是真情吗?你不替我和我的集团的生存着想,你只要想想椭圆有可能马上就变成扁圆,变成线,你就会有激情,可是你不,因为你想到你终会回到文化的海洋。"罗娜像个在争吵中败下阵来的世俗妇女操起手头有的一切朝对方扔了过去,现在是投向张语,张语在沉默中对自己说,现在是回学校去的时候了。

市联合调查小组结束了一个星期的调查后,有关方面联合下发了一个通报,对椭圆集团与耶湖化工厂的部分领导提出了严肃的批评,指出双方所签协议无效。通报号召企业家不断加强学习,自觉地提高政策水平和经营管理素质,为本市的经济发展再立新功。通报表示,有关方面正在为耶湖化工厂的妥善处理不懈努力,欢迎社会各界为本市的改革开放事业献计献策……

张语是在阅读这篇通报的时候收到雷蒙的寻呼的。在汗臭气熏人的车厢里，张语逐渐感到一只手在他的屁股上游动。起初，他认为在如此拥挤的空间里，人与人之间的身体摩擦是不可避免的。后来他感觉不对劲。他转过身子，抓住了那只未来得及缩回去的手。"借你们火市话说，你他妈的有病！"张语恶狠狠地骂道。在后来的争吵中，张语显得力不从心、狼狈不堪。因为他只能偶尔借用一两句火市话。结果在下一站，张语就被打下了车。

张语于是走到江边，散发身上的霉气，然后买了一份日报，在一大片枯草中坐了下来，就在这时候他看到了那篇通报。

雷蒙在电话里说："我到椭圆集团找你，才听说你辞职了。我有几个消息告诉你，一是我的包和钱找到了，二是警方说我的护照是假的，三是今天晚上……"

张语放下电话，重新回到江边那块草地上。长江从这个城市浩浩荡荡地穿过，似乎从很早的时候开始，一些外地人主要是一些船帮便开始在这一带的两岸抛锚拴船，筑石为埠。后来城市长出来了，原始的船帮消失了。他们的后代或许又漂泊到长江的下游去了，或许仍生活在这个城市，但更重要的是人们又以别的形式在这一带的两岸拓展生活的码头。奇怪的是，我脚下怎么还会有一块似乎不属于这城市的草地呢？它更像故乡的古老的堤岸，这是怎么回事呢？怎么没有人在这里建个装卸搬运公司或者激光投影厅，再或者办个摩托车训练场……总之，张语想不出。

（《长江文艺》1996 年第 8 期）

走 向 秋 天

在读了三年硕士重回报社上班后,郝燕突然发现记者这职业对她来说已经非常陌生了。尽管她在成为一名文学硕士之前曾经有过八年的记者生涯。

就目前的情形而论,一个叫许范的人加深了郝燕的这种陌生感。上班后的第三天,郝燕决定去冷柜厂拜访许范工程师。虽然这只是一种礼节性的拜访,但郝燕对此却寄予了厚望。她相信许范将改变她在采访火市工业经济中茫然无措的困境。

"我找许工程师。"郝燕站在冷柜厂技术科门前,她已经掏出记者证并且打开了它,随时准备出示给对方看。

"搞么事的?"一个中年妇女随便问了句。火市人的这种问话语言很难让人分辨这是一种严肃的审问和高度的警惕,抑或还是生活中一种非正式的、习惯性的搭腔。郝燕已经习惯了火市人的语言,经验告诉她面前这位中年妇女并非要把她的身份、来历查清不可,随便给予一种回答如"采访""有事"都会令对方感到满意。

中年妇女很快从隔壁办公室带来一位干瘦的老头。老头说:"我是舒工程师,有什么事?"

"我找许工程师!"郝燕说。

"他就是许工程师!"中年妇女坚定地说。显然郝燕忽视了火市语言中一个重要的习惯用法:虚与舒、许在发音上不分。

"许工程师比他年轻多了。"郝燕说。

"冷柜厂就一个许工程师!"中年妇女生气了,很不耐烦地走进了办公室,看起报纸来。

"我明白了,你找许范。"舒工程师露出了一点微笑,样子很像是跟一个表达不清、交流困难的外地人讨论了半天,终于恍然大悟似地明白了什么。郝燕点了点头。舒工程师马上说:"他已到局政研室工作了。"

从冷柜厂出来,郝燕直奔二轻局大楼而去。二轻局办公楼郝燕是非常熟悉的。在企业改革最火热的几年里她常常应邀到局会议室参加各种新闻发布会。那是一栋过去俄租界的大楼,它门前高大坚实的圆柱和楼顶上的尖顶给郝燕留下了深刻的印象。

郝燕按照自己的记忆没有找到二轻局办公楼,记忆中有大圆柱和尖顶的房子上分明悬挂着"大峡谷娱乐城"的招牌。窗明几净的玻璃门前,两位迎宾小姐正在向前来娱乐享受的客人们鞠躬欢迎。

"欢迎光临!"两位小姐异口同声地说道。

郝燕停住了脚步,对两位小姐问道:"二轻局在几楼?"她以为局里一定是把一楼租出去,搬到了其他楼层。

"对不起,小姐,这里只有大峡谷,没有什么局。"小姐回答道。郝燕只好犹豫地从台阶上退了下来。迎宾小姐立即小声地议论了起来。郝燕心想,她们无非是说我乡巴佬罢了,这算什么呢?想当年我在这城市当名记者,风光一时的时候,这些打工的姑娘还不知在哪里戴红领巾呢,甚至戴过红领巾没有都说不定。

郝燕一边安慰自己受刺激的心灵,一边四处询问。又转了几趟车,终于在上午下班之前找到了二轻局。它现在位于火市外环线边上的一块空地上。

政研室的一位科长首先认出郝燕。他热情而激动的话语一下打乱了郝燕设计好的采访计划。郝燕还未来得及说明来意便被科长拉出去吃快餐了。

"我私人请客!现在搞廉政建设,也不好请你到这城那店的,尽管招待你郝记者是应该的。现在的人说不清楚,很明白的事情被人一搅和就说不清楚了。"科长拉着郝燕一面向外走,一面无休止地说着。郝燕急不可耐地打断了他,说:"到哪儿吃?这周围一片草地。我下午真有事。"

"都市新干线!知道吗?这是本市最新而且最好的快餐店,就在这附近。因为靠近外环,所以叫'新干线',日本化的名字。其实这外环线跟日本的新干线哪能相比呢?瞎叫唤。知道你要办事,所以才吃快餐嘛!"科长热情洋溢,总有说不完的话。

郝燕总算搞清楚了许范的新去向——耶楼家用电器制造有限公司。郝燕听了科长对许范调动的介绍,表现出对耶楼家用电器制造有限公司一无所知的样子。科长就说:"以前的耶楼电扇厂你总该知道吧!"郝燕淡淡地一笑,不以为然,说:"咱们怎么也免不了赶潮的本性?以前的厂改公司,以前的公司改股份公司,可实质效果在哪儿呢?大多数企业名字不是改得很响很超前吗?可效益不还是上不去吗?前几天我住处附近的一个小发廊居然改名叫维纳斯发廊集团!还有满街的广场和花园,你能看到一个广场和花园吗?中国人现在开娱乐城都必须叫外国名了,什么芝加哥、银座等,咱们就不能叫个中国式的名字?"科长说:"郝记者,我真不能同意你的观点,公司和股份制是现代企业制度基本的东西,现在全球经济发展更趋于互相依赖和渗透。哪个国家和城市都不可能封闭地发展自己的经济,所以至少企业公司化、股份制化是势在必行,否则怎么可能跟上整个亚太地区和全球经济发展的步伐呢?"郝燕听了,有几秒钟没说话,也没吃东西,就端起杯子喝了口饮料,说:"我吃饱了,你慢慢吃吧!我急着要办事。"说完,拿起包就要走。科长急忙站起来,一边抹嘴,咽下刚刚夹进的一块炸猪排,一边说:"哎!哎!郝记者,么样搞的你那个脾气还是没改。"郝燕仍然往外走,回头说:"就像你们城市人的方言一样,永远改不了。什么时候你们这些土生土长的城市人不说'么样''冇',而说普通话或者稍微动听一些的语言时,我的脾气可能也就改掉了。"

郝燕所在的青年报现已更名为"东方芝加哥报",这个名称洋气十足且有些哗众取宠。伫立在团市委办公楼前,郝燕对报社新做的豪华而气派的大木牌有一种矛盾的感觉。它冗长且让人看了后很迷茫。大多数人毕竟未去过美国的芝加哥,所以往往不知东方芝加哥的深刻含义。另外,站在这块牌子面前,她又能清晰地感觉到全市七八百万人民力争在本世纪末把该市建设成为东方芝加哥的雄伟气魄不断拍击着她的胸膛。

郝燕走进办公室的时候,几名女记者正围着刚参加工作的女大学生小邱,议论小邱的一条裙子。小邱两手提着裙子转着圈儿,介绍说穿这种裙子秋冬不冷而且最大的优点是让你的体形和大腿在漫长的寒冷季节里也能显露出诱人的魅力。小邱抬起头就看见了郝燕,她希望郝燕也对这条裙子讲几句看法。

郝燕说:"我要打电话。找耶楼家用电器制造有限公司的许总。"

小邱说:"你先看看裙子吧!电话等会儿打。现在是午休时间,找不到人的。"

郝燕说:"午休时间我也要找。"

小邱说:"我找过他了,他让我们等几天再去。还是先看看裙子吧!"

郝燕说:"不!我今天就要采访他。他凭什么要记者听他的摆布?我可不是那种被采访对象牵着鼻子走的记者。"

说完,郝燕就走到墙角打起电话来。小邱两手提着裙子和一群女记者互相看了一眼,朝背对她们的郝燕吐了吐舌头,大家都嗤嗤地笑了起来。郝燕拿着话筒朝同事们看了一眼,又转过身去,打她的电话。

在电话中郝燕没找到许范。她决定立即去耶楼家用电器制造有限公司"突然袭击"许范。郝燕具有女记者身上少有的执着。从平淡无奇和看似渺茫的现象中挖掘出有价值的新闻是郝燕感到最刺激和兴奋的事情。郝燕走进耶楼家用电器制造有限公司大门时,看到了一片繁忙的景象。工人们正把一台台电扇从包装箱里取出,换上新的商标,然后进行最后的检验后重新包装。一些人正往几辆东风大卡车上装货。看起来这个曾经濒临死亡的企业奇迹般地又恢复了生机。这些对厂门外来来往往的行人、车辆而言十分平常的现象却使郝燕激动不已。

这不是一件很普通的事情,郝燕心想。在公司里面,几个男男女女正在兴奋地议论一件大事。郝燕只听见了最后几个字,似乎是关于发钱的事。郝燕说:"我找许总。"几个人放下手中的事,说:"许总出去了。"郝燕笑了笑,说:"我知道。我跟他约好了,他让我在他办公室等他。"一个年轻姑娘抬起头打量了一下郝燕,很犹豫地拿出钥匙,说:"跟我来。"年轻姑娘把郝燕领进了总经理办公室,临出门时她回头问:"你是他什么人?""我是东方芝加哥报的记者郝燕!"郝燕慎重地说。姑娘"哦"了一声,脸上的疑虑烟消云散。

郝燕拿不准许范什么时候回来,就在办公室里来来回回荡了几圈,最后职业习惯使她在许范的办公桌前停了下来。她随手从桌子上拿了一份文件,仔细一看是关于耶楼家用电器制造有限公司的商标注册工作的。从文件中郝燕很快捕捉到几个闪光的地方。许范已将原耶楼电扇厂的"夏季风"商标废弃,而将"泠泠世界"注册。"泠泠世界"却是本市一家乡镇企业与广东某电扇厂联营生产的电扇商标。

郝燕坐在沙发上很快将这份文件的关键语句抄录了下来,然后走出总经理办公室对外面的人说:"我不能再等了,请转告许总,我改日再来。"说完就径直回了家。郝燕现在对当初作出的从许范着手打开工作局面的决定感到十分满意。她相信自己从许范的办公室里窃取的信息将在读者和同行对她逐渐麻木的记忆网膜上给予重重一击。

耶楼家用电器制造有限公司的前身是耶楼电扇厂。对这座有火炉之称的特大城市来说,电扇制造业显然有无比广阔的潜力和远景。遗憾的是本市家电制造业在这个大市场里并没有什么作为。这使许范经常想到一件事,一个丰满的女人、一个蕴含着强大生育能力的女人,在跟一个阳痿的男人结婚后却没有结出一个"果实"来。结果是这个满腔委屈和压抑的女人被外乡人占有了。这个城市的家电制造业就是这样一个阳痿的男人。

工学硕士许范在冷柜厂工作五年后被调到局机关从事调研工作。处于停产状态的冷柜厂已不再需要工学硕士。开始的时候,许范对工作调动采取了顽强的抵制措施,他对局里派来找他谈话的人事干部说:"我不去!"说完继续在铣床上加工一个磨具的曲面。"你有什么理由?"人事干部问。"专业不对口!"许范头也不抬地回答道。"我看我们还是坐下来谈!"人事干部心平气和地建议。"没什么好谈的。我怎么能搞政策研究呢?我是学工的!"许范关了车床,吹了吹模具上的金属屑。人事干部绕着许范转了一圈,说:"我学的专业也不是人事管理,似乎大学里还没有人事管理专业。但我认为为党工作,这就是我们的专业,我们的专业就是工作。我给你举个例子,这个厂的前任劳资科长,现在在街上踩'麻木'(人力三轮车),难道这是他的专业?社会发展需要每个人能胜任和适应不同的工作,一个人不可能一辈子只做与他大学学的专业对口的工作。你说对不对?"许范听了,很长时间不做声,最后他说:"无论怎样,我认为社会发展的目标,应该是让每个人都能在自己选择的专业领域里充分发展。"人事干部说:"也许你是对的,那你就等着每个月拿八十块钱的生活费吧!当然你也可以按你的想法在车床上做你的金属模具,在目前的形势下,你做的这些东西还不如一件简陋的玩具有价值。"人事干部说完,转身就走了。

过了几天,局机关主管人事工作的一个领导来了。他听说了人事干部与许范谈话的经过和结局,决定亲自找许范谈。他说:"小许啊!据我所知,你大学学的是自动工程,虽然都在工学这个大框架之下,但跟车工总不是一回事吧!可你仍然把车工这门活做得很好。专业不对口,要辩证地看。依你看政研工作需要学什么专业的人才能做好呢?哲学的、政治的、经济的?当然这些人都可以搞政研,但他们并不一定懂企业。他们懂技术革新、技术引进与企业经营的关系吗?不一定。生产线上的每一个环节对生产效益究竟意味着什么,他们不一定懂。你对这方面就熟悉多了。跟他们相比,你只缺乏总结分析、撰写报告的能力,可这并不是最关键的。对一个写企业调查报告的人来说,最重要的倒不是报告写得如何漂亮,而是看你是否找到了企业之所以如此的症结所在。"

许范坐在厂办公室内的一张旧沙发上,还是显得犹豫不决。领导笑了笑,站起来,说:"你之所以担心胜任不了,我看最主要还是没有被推到舞台上,一旦上了场,你就不会担心和犹豫了,你硬着头皮都会撑着把自己的角色演好。现在我们就准备给你这个舞台,并且要强制性地把你推到台子上去。小许啊,你就不要徘徊不定了。局里的有关人事文件明天就发下来,打点行装走路吧!嗯?"领导说完,做了个手势,让许范回去考虑。许范出去后,领导微笑着对厂里几个负责人说:"你们放心,他会到局里报到的。"

许范离开冷柜厂那天,老厂长来送行,工厂才停产两个月,工资和职工安排两件事就把一个精力旺盛的中年人困扰得精疲力竭了。老厂长心情沉重地说:"小许啊,你终于想通了,这是件好事。我在这个厂当了七年的厂长,算是个老厂长了,一直想把它搞好。当初把你要到我们厂里,我还跟局里的办事人员吵了一架,也是想把厂搞好。我使出了浑身解数,七年中厂子死不死活不活,现在它终于死了。我算是一颗提着的心落到了实处,像是一桩不冷不热的爱情,现在它冷了。它告诉我,我没必要再死去活来缠着它不放。这婚姻搞不成,但当初我不信。你走了,替我减少了一个安置人员。我要是把全厂的人都安顿了,就圆满完成了任务。你在局里留点神,看看有没有合适的机会比如兼并、收购什么的,就优先考虑冷柜厂。这几天有一些来谈的,都是市政府政研室介绍的,条件太苛刻,也不能解决实质问题,我都拒绝了。"

许范站在厂门口,听着老厂长的话,觉得心里挺不是味道,就扭过头看传达室里正在打扑克牌的一群工人。传达室里的工人们没有看到许范和老厂长,他们都没有抬头。许范认得其中的两个女工,一个穿一身连衣裙,打扮得像个学生似的,是搞产品质量监督检验的。许范从心里喜欢她,当初好心的团支部书记曾把她介绍给许范,但许范嫌她文化水平太低。这意见不知怎么传达到这姑娘的耳朵里,从此姑娘一见了许范就要挖苦几句。另一个穿超短裙的姑娘是供销科的。许范知道她读过一所走读大学的大专班,学的是市场营销专业。在不多的接触里,许范曾经力图唤起姑娘对他的好感,但她似乎非常的清高和玩世不恭。幸而许范后来发现了她身上的诸多缺点,比如穿很开放的衣服,在厂区里昂首挺胸、目中无人地来来往往;常常与男工人打情骂俏、打牌喝酒等。许范想不开的时候就用这一点安慰自己,这种女孩算什么呢?有什么值得清高?又有什么理由为得不到她而郁闷不快呢?

打扑克的都带了彩。许范纳闷,工厂停了产,工人还有钱打牌。他看得很清楚,供销科的姑娘掏了钱给一个男工人和一个穿牛仔服的女人,男工人还找了钱给供销科那姑娘。老厂长见自己说完话许范半天没反应,就看了许范一眼,又顺着许范的视线跟踪到传达室,然后才回过头来,说:"小许,我就不送了。"许范赶紧收回视线,对厂长说:"厂长,送什么呢!您的话我都听进去了。"许范的话还没说完,一辆卡车按着喇叭开进了厂门。喇叭声惊动了传达室内打扑克的工人们,一行人抬头就看见了厂长和许范,于是都笑着走出来打招呼。

穿连衣裙的姑娘说:"到底有文化好,什么形势下都有上等饭吃,不是说怕自己不行,不想去吗?怎么思想工作这么快就做通了?"穿超短裙的姑娘接过话又说:"你没听过前几年一句老话:说你行你就行,不行也行!什么上等饭下等饭,你太传统了!在办公桌前坐一个月拿六百块钱就上等了?我每周在街上卖两天服装,一个月拿八百块钱就下贱了?"许范听了,一阵窘迫,显得难为情地说:"哪里的话。我确实不懂政策研究这一行,我不一定适应得了。我是没办法,没办法。上面非要调,没办法,只好去试一试了,弄不好也许会再回来的。"许范支支吾吾地还想解释下去，老厂长上来解了围。老厂长说："你走吧，你哪能说得过她们呢？她们不把你吃了才怪。"许范就一边装出笑的样子，一边出了厂门。

　　许范在政策研究室上班后，读了两天的材料。这些材料虽然来自本系统各亏困企业，但与耶楼家用电器制造有限公司有关的材料占了大多数。许范庆幸关于冷柜厂的材料还没有达到如此之多的程度。第三天，政研室一位主任找许范谈话，实际上是分配工作。主任大意是说，目前各种调研活动针对冷柜厂进行的较少，因此，他建议许范从冷柜厂这块调研的处女地着手，很快就能出成绩。至于其他厂子有的都调研数遍了，再搞怕搞不出新意。许范没有听出主任的一番话事实上是在教他如何迅速在党政机关站稳脚跟的真谛。许范说："我想调查耶楼家用电器制造有限公司。"主任以为自己没听清楚，又问了一遍，然后面露不悦之色，说："你执意要去耶楼家用电器制造有限公司，就去吧！年轻人嘛，是应该多跑一跑，哪怕别人跑过多遍了！"

　　两周后，许范呈交了他的第一份也是他在政策岗位上唯一的一份调查报告。许范就耶楼家用电器制造有限公司所写的调查报告在今天看起来仍然是一份颇具分量的报告，正是这份报告改变了工学硕士许范的人生道路。对于被耶楼家用电器制造有限公司这块恶性肿瘤折磨得精疲力竭的主管领导们来说，许范的报告如同一服新挖掘出的祖传秘方，给他们带来了一线希望的光芒。许范突然被任命为耶楼家用电器制造有限公司的总经理，这是本市改革开放近十年来的一件颇具新闻价值的事件。本市日报、晚报以及电视台都不惜用大量版面和时间，介绍了这个长江桡夫子的后代如何在改革开放的年代成为一家国营企业的经营管理人才的动人事迹。

　　郝燕在许范办公室里抄录文件时，许范刚刚到达电视台大楼。作为一个工学硕士，许范当然知道电视台大楼顶上那些张牙舞爪的天线是如何把这栋楼内的信息发送出去的，又是怎样让市民们在瞬间就知道哪儿有人在吸毒、哪儿有人在控告劣质产品、股市怎么又跌了等。他现在期望的是在他走出这栋楼的五个多小时后，这些天线将发挥其控制市民购物意向的特异功能，让他们明天一大早波涛汹涌般地汇聚在伊斯得乐商厦，购买"泠泠世界"电风扇。

　　许范是提着一把八磅锤走进电视台大楼的。许范回到工厂后，办公室的一个工作人员转告他，一个很胖的中年妇女，自称是个记者，在等了他半个小时后匆匆离去了。许范没把她的话放在心上，他放心不下电视新闻的事。进了办公室，他便急着打电话给伊斯得乐商厦的家电商场经理。"我是许范。电视台说要在晚间新闻中才能播，会不会有效？"许范担心地问。"会的！你放心吧！电视台半夜打个屁第二天火市人民就可能全知道。况且你这一招很高明，绝对出人意料。"对方安慰他说。

许范放下电话，又打电话给市政府研究室二处处长王辉，询问他对这件事的看法。王辉的意见比前一位更乐观，并表示还要组织几个亏损企业的厂长经理到现场学习。

"这就不必了。"许范说。

"没关系。把声势闹得更大些，效果会更好。这也是给你捧场打气嘛！"王辉说。

许范不好再说什么，就挂了电话。

许范坐在办公室的沙发上，一边喝咖啡一边拿着铅笔在材料纸上乱涂乱画，直到十点钟"晚间新闻"的几个立体字从屏幕里翻滚出来时，他的心才开始平静下来。主持人在预告晚间新闻的内容提要后，说："今天本市耶楼家用电器制造有限公司总经理许范提着一把八磅锤走进了我们新闻部。他告诉我们他明天将在伊斯得乐商厦的家电商场里举着这把锤子，如果顾客发现该公司的哪台电扇不合格，他将当场捣毁这台电扇并奖励一台价值相当的新电扇，品牌由顾客选择。无论明天的结局将会怎样，这件事情都使我们感受到了从处于困境的耶楼家用电器制造有限公司里吹出的一丝新鲜空气。本台明天将在现场作跟踪报道。"

在主持人的右上方，许范手持铁锤的毅然决然的形象被定格了数秒钟。听着主持人富有挑战性的语言，许范的心里怦怦直跳，他对明天将会怎样也没把握。不过，既然王辉和商场经理都认为效果将会不错，他也就没有必要担心了。否则，这样担心下去，他就不知道今晚该不该睡觉了。

郝燕在看完晚间新闻后，庆幸自己今天没白去耶楼家用电器制造有限公司。她认为电视新闻虽比报纸新闻迅速，但毕竟时间有限，遗漏了许多重要的东西，比如商标问题根本就未提及。郝燕没有来得及报道许范的上任，对错过那场热烈的宣传运动她一直感到惋惜。后来，她仅仅凭着读硕士前几次到冷柜厂采访助理工程师许范的印象，写了一篇散文《我认识的许范》。文章从许范童年帮助父亲做事、到大学写诗及至在冷柜厂搞工艺改革等一系列细节，分析指出许范是一个缺乏自信的人。他有知识、有文化、有水平，但这一切依赖于他周围的人以肯定的评价支撑他。这种支撑除了有一般的评价系统外，有时必须是强制性的命令，比如"许范，你必须完成这个任务，并且我们相信你能完成这一任务"。这是一篇非传统的散文，它是郝燕对许范内心世界的透视，但不会被大多数读者注意，除了心理学家和哲学爱好者之外。这一次，郝燕感觉自己抓住了一个只属于青年女记者郝燕的机会。她预计明天报纸一出即将产生掩盖电视新闻效果的轰动性效果。这无疑将会对信心脆弱的许范起到强大的舆论支持作用。

耶楼家用电器制造有限公司举办的主题为"有一台砸一台"的促销活动按时进行。伊斯得乐商厦的大门口挂了两条醒目的横幅，顾客一进大门就能看到两块设计新颖的广告牌。一块广告牌上有一幅漫画，画的是许范一手持放大镜观察电风扇的某个部件，另一手扬着大铁锤，嘴里说着："好了，让我看看你的运气怎么样！"另外一块广告牌上公布了此次促销活动的宗旨、细则。

八点半许范准时赶到家电商场，工作人员已在专门设置的展销柜台前忙碌起来了。几个披绶带穿短裙的礼仪小姐见许范提着一把锤子走了过来，都偷偷地笑了起来。许范低下头看了看锤子也难为情地笑了起来，他真想丢了那把锤子。许范不断给自己打气：没什么不好意思的，没什么不好意思的！

顾客们渐渐进入了商场。许范提着一把锤子站在搭好的桌子前，一边观察工作人员忙碌地穿梭，一边不时提几点并不在点子上的意见，就是不爬到桌子上把锤子举起来。销售科一个姓别的女孩就走过来对许范说："这边的事情我们会布置好的，您就不用操心了。您该站到桌子上去，而不是站在下面瞎搅和。"许范笑了笑，说："我会站的，我会站的。"说着又看了看不断进来的顾客和身后的桌子。小别又说："我看您是不好意思，胆小了。不要紧，您要是一个人站在上面腿发软，我也站上去，站在您的旁边，怎么样？"说完，很有意味地笑了一下。许范想，站就站，有什么好瞻前顾后的？总比耍猴把戏高雅多了。就是猴把戏今天也玩定了，反正就玩这一次。许范摸了摸桌子，准备上去，小别却敏捷地先上了桌子，并伸出一双手来拉他。许范立即感到一股暖流在身体中奔腾起来。许范站稳后，小别微笑着下去了，姿态优美大方。许范举着锤子，想着小别这简单而美好的一上一下，脸上就情不自禁地充满了生动的表情。"许经理，您挺着，我们就站在您的后面。"小别和销售科三个年轻女孩并排站在他面前，做了个鬼脸，然后又一同绕到后面去了。许范"哦哦"了两声，脸上轻松生动的表情一下子消失了。

开始是三五成群的涟漪，不一会儿就发展为几十成群的波涛汹涌了。到电视台赶到时柜台前已经水泄不通。许范双手握着铁锤，站在桌子上，像一尊雕像一动不动。王辉处长带着几个厂长经理也挤了进来。王辉脸上带着满意的微笑，他不断地向顾客询问这电扇怎么样。

"什么怎么样？这又不是'夏季风'电扇！怎么耶楼公司卖起别人的'泠泠世界'了？"一个顾客说。

"这比真正的'泠泠世界'便宜多了！"另一个顾客对王辉说。

王辉挤到柜台前，发现一排排电扇上全换成了"泠泠世界"的商标。他有点儿摸不着头脑。这个许范怎么搞的,假冒名牌了?这时候科室里的一个科员挤进人群递给王辉一份报纸。王辉瞟了一眼标题——"耶楼电扇一夜成名牌——'泠泠世界'商标被抢先注册",就立即明白了。他看了一眼伫立在桌子上的许范,许范抢着铁锤如定格了一样依然面无表情。他又左右看了看自己带来的一帮厂长经理,发现他们在人群中窃窃私语,都露出不屑一顾的神情。

王辉本想与厂长经理们交换一下看法,突然腰间的寻呼机显示出"要事、急回办公室"的字样,他只好对各位厂长经理说:"今天的活动就到此为止,各位有什么想法我们回头再议。"说完,就急匆匆赶回办公室去了。

许范站了一个上午,他手中的铁锤没有发挥任何作用。他感到他和锤子只是两件道具摆在这里,任来来往往的顾客品头论足。有时候他也感到自己就要从桌子上倒下去了,甚至只要有人在后面用手指轻轻点一下他就会哗然崩溃,像一面经年的疏松的土墙。特别是当他想到如果"泠泠世界"商标的第一使用者知道了这件事情后,结果将不堪设想,他就更加支持不住了。

接近中午十二点的时候,商场里突然冲进几十个打工仔模样的青年人。他们气势汹汹地闯入人群。五个打工仔纵身一跃就跳到了许范的身旁。他们先是夺掉了许范手中的锤子,然后像批斗走资派一样把许范架成了飞机。另外几个人就站在桌子上大声呼吁顾客不要上当,耶楼家用电器制造有限公司假冒"泠泠世界"品牌,欺骗顾客。说完他们就把许范从桌子上拎了下去。另外的人挤进柜台将电扇像推墙一样推倒。几个青年人趁机将几个礼仪小姐逼到柜台边缘在她们的胸前和大腿上乱摸了一阵,然后将她们身上的绶带一把扯掉。

一群人把许范架到商场大门外,举起铁锤轻而易举地毁了广告牌。商场里一片混乱。几个保安迅速从人群中冲出去解救许范,等保安挤出门时许范已经挨了一阵拳脚躺在了地上。

王辉回到办公室,一个秘书告诉他主任有事找他谈,让他先等一等。王辉踱到窗前,夏日毒辣的阳光正好直射在对面体改委大楼上。这座缺少绿色的城市在夏季的阳光中就像一个光头泛着青烟,这就使那些伫立在高楼大厦的窗口前俯视着这座城市的公务人员们常常感到遗憾。但王辉擅长用改革思维看问题,就眼前的情形而言,他觉得那些进进出出体改委办公楼的性感女性也是一道令人心旷神怡的风景。

本市近几年股份制改革和证券业如火如荼地发展,使并不怎么起眼的体改委办公楼热闹非凡起来。申办股份制企业的、申请股份制改造的、经营证券期货的、股票要上市的、企业要面向社会集资的等人无不要上这栋楼。王辉印象最深的是进出这栋楼办事的大多数是女性，且她们一律都是高耸胸部、短裙长腿的女性，秋冬也不例外。她们是城市中最不怕冷的一个群体。王辉常常凝视她们拾级而上，臀部在绷紧的短裙后面左右有韵律地转动，然后又看见她们夹着流行的公文包出来，随着高跟鞋一级一级地向下走，高耸的胸部摇晃不已。这时王辉就会想，她们是这座城市中最有特权的人，凭着她们的胸和大腿，走到哪里哪里就得给她们让路放行。王辉自己虽是个处长，可许多事情办起来和父亲到县城买农药化肥一样难。父亲不能主宰他的几亩农田，王辉也不能主宰自己的生活和命运。世界难道只属于那群长腿高胸的女人？王辉痛苦地问自己。他近乎是愤怒地把窗帘扯上了。

　　回到办公桌前，王辉重新坐下来，觉得也不能过于焦虑。几年来自己卓有成效的调研工作深得有关领导的赏识，这从自己生存状态的每一次改善可以一目了然地得到说明。副科提正科，是因为自己提出了一套确保城市蔬菜供应的方案。由正科提副处是因为自己通过详细调查和反复思考，提出了如何处理位于市中心的亏损倒闭企业耶湖化工厂的最终方案。从副处到正处则是因为自己力排众议提出了长江大桥广告开发的宏观策略。后两件事社会反应不一，比如大多数人反对把耶湖化工厂卖给房地产商，认为这是急功近利的做法，不考虑工人的长远利益。但王辉的理由也很充分：世界上很多国家在城市建设中都不允许在市中心建设大型工厂，更不用说化工厂。又比如大多数司机和文化人认为长江大桥如果被花花绿绿的广告牌占满了，不仅影响司机的注意力而且也破坏这一独特的景观。对此王辉反驳说，如果司机的注意力会被广告牌扰乱，那么该司机在市区街道上就根本开不了车。显然市内街道上花花绿绿的广告和花枝招展的小姐更容易扰乱视线，而科学规划、高水平创意的广告牌不会损害大桥这一景观，只会使之更添光彩。再说国内把大桥作为载体用于做广告的早已有南京长江大桥的先例，市民不必顾虑重重、犹豫不决。

　　王辉相信，只要今年在国营企业扭亏为盈的调研工作中，再出几个好点子，压在胸口的房子问题说不定就能得到解决。现在，从许范在耶楼家用电器制造有限公司颇有成效的工作中，王辉似乎看见了这套房子的封闭式阳台。它在夏日强烈阳光的照耀下反射着深蓝色的光芒。许范的此种状态能持续三个月，王辉就准备建议他兼并一个亏损企业。他已经为许范选择好了恰当的兼并对象。

　　电话突然响了起来，王辉只好暂时搁下正在头脑中勾画的未来前景。主任告诉他自己现在正随市长陪几个外国客人参观开发区，只好在电话里把要谈的事情告诉他。事情脉络并不复杂。许范抢先注册了"泠泠世界"的商标后，与长庆乡机械厂联营的广东的电扇厂已经找了市政府有关领导人，长庆乡领导也正四处汇报。广东人提出要么归还商标，要么他们中止与长庆乡的合作。长庆乡领导当然不愿中止合作。该乡这几年来乡镇企业之所以有所起色完全依靠电扇生产支撑，广东人如果拍屁股走路可以想象长庆乡的乡镇企业将受到何种打击。他们的要求和广东人一样：返还商标。主任希望王辉深入几方面调查一下，向市政府提出详尽报告和解决方案。

放下电话，王辉叫来一个科长，安排他先去作初步的调查。科长走后，王辉找出上午没有细看的报纸新闻，郝燕的名字继标题之后闯入他的视野。这个只顾抢新闻、当名记的女人可能还不知道自己所作所为的严重后果吧，该提醒提醒她了，她毕竟是自己的前妻。总不能看着她瞎闯禁区，引火烧身。王辉想着，就拿起了电话。

许范住进了一家市立医院的集体病房。郝燕是从王辉的电话中得知许范被人殴打一事的。尽管她认为这件事和自己的稿子之间没有必然联系，但还是决定来看看许范。她想，说不定还可以带回去一篇好稿子。

"这件事不要放在心上，迟早会发生的！"郝燕对许范说。

"可能吧。"许范有气无力地说。

"不过，你是对的。许多企业家没有认识到商标的价值，你的行为体现了现代企业家的敏感素质。一开始我就认定这是条轰动全市的新闻，现在看起来没有搞错。"郝燕自信地说。

"但是现在事情复杂了！许多人说对方的诉讼材料已经送来了。市政府也在派人调查这件事。"

"都怎么说的？"郝燕敏感地问。

"一言难尽。对方的'泠泠世界'电扇因为价格太高已经滞销，要我赔偿损失。商标要么归还，要么我有偿使用。长庆乡说我的行为严重阻碍了乡镇企业的发展，此次事件的出现又给消费者一个我假冒名牌的印象。我们电扇的销售刚刚起步又停滞不前了。"许范很伤感。

"对这次的商标事件你怎么看？"郝燕以一种职业语气询问许范。

"我怎么看？我注册的'泠泠世界'是受商标法保护的。对方应当停止使用这一商标，更无权利向我索取什么赔偿。我也没有义务承担诸如影响乡镇企业发展的责任。"许范的精神忽然振作起来了。

"太好了！你在病床上的讲话肯定会给耶楼公司广大职工以极大的鼓舞。"许范闭着眼睛，没有注意到郝燕已经掏出采访本，飞快地记录了许范的讲话。

"不过，你说，我能赢吗？"许范转过身来，睁开眼睛。郝燕已经合上了采访本，将它放在腿上。

"我记得你曾经给我讲过你过去的几件小事。小时候你看父亲刨木板,你父亲说:'儿子,你会刨得跟我的一样光滑。'你就高兴地接过了刨子,细心地刨啊、刨啊,果然跟父亲刨得一样光滑。你看父亲给船刷桐油,父亲说:'儿子,你一样会刷得很漂亮。'你就接过一桶桐油,站在那条小木船边上像描红一样刷呀、刷呀,果然桡夫子们分不出哪是你刷的哪是你父亲刷的。上高中时语文老师说,理科学生也能把作文写得超过文科学生。你就把优秀范文一遍一遍地读啊、背啊,每天记啊、写啊,后来高考的时候你的作文比学校所有的文科考生都写得好。这几件小事是你讲给我听的。你那时当助工,正在设计一个小小的工艺改革。工程师病了,厂长说你会干得比他还好,你果然干得很好,所以我去采访你。这些事说明你有潜在的能力和知识,但你对什么都没把握。你需要别人不断地说,你会干得很好。如果他们都是哑巴或者不表态,你就没把握了。现在你又等着那句话了。可我不能说,我说了就是不负责任。如果你已经有决定了,我当然从舆论上支持你。"郝燕说。许范又闭上了眼睛。

"你在想什么?"郝燕见许范不说话就问。

"我在想我自己。"许范说,仍然没睁眼,郝燕坐了一会儿就离开了病房。第三天,换班陪护许范的女工带给许范一份报纸,二版头条竟是专访《我在想我自己——与病榻上的许范一席谈》。文章以流畅的语言通过对发生在许范身上的几件小事的回忆,分析了许范的人格缺点。最后作者"欣慰地"看到了许范的变化,"他在自己拿主意"。当然文章也陈述了许范对这起商标纠纷的坚决态度。许范看完文章后觉得对文章内容没什么好说的,只是对郝燕这种不打招呼趁人不备的采访方式有些意见。她更像是 FBI 或者 CIA 的一名女特工,许范心想。

中午的时候,主管销售的副总来看望许范。许范从他心事重重的脸上猜测又出了什么事情。果然,副总坐了片刻就说:"各商场都接到了通知,在这一纠纷了结前暂不销售我们的'泠泠世界'电扇了。"许范突然想到一句歌词:"伤痛的心,一片空白。"他苦笑了一下,说:"不卖就不卖。你去通知一下,下午上班时我准时在会议室召集中层以上干部开会。"

下午两点半,王辉处长赶到病房就扑了空。

王辉自上次打电话给郝燕后就开始注意《东方芝加哥报》这份小报了。郝燕在病房里对许范的访谈已使王辉深信她真的"要追踪到底"。这个胖得丑陋不堪的女人执迷不悟,而许范似乎对报界完全没有警惕,这无疑将使这两个人陷入难以挣脱的漩涡之中。

在初步调查的基础上,王辉又亲自出马深入到长庆乡与乡党委一班人、企业联营双方以及有关职能部门的领导座谈,从一些空洞体面的谈话中窥探各方的意图。第二次走出长庆乡政府办公楼时,他已经很有把握地说服自己了,房子仍然有希望。在这件事陡然激化的开始,他曾经对许范丧失了信心。他本希望许范这颗国营企业的新星迅速升起在城市的上空,然后推行他的扭亏方案,从而为自己本年度的调研和参谋工作画上一个圆满的句号。剩下的事就是主管市长在年终总结会后把他叫到办公室,说:"小王这几年工作干得很不错,住房条件还没改善?"事情后来的发展差一点毁灭了自己这一精心设计的方案,幸而经过深入调查研究,他发现此事不必对簿公堂就能让多方满意地解决问题,更重要的是能够让市长们听到满意的答案。王辉在满面红光地走出长庆乡政府办公楼时,又看到了新房的封闭式阳台正向他闪着深蓝色的光芒。

想到住房,王辉自然要想到妻子那所日益垮掉的中专。妻子单位分的住房是套不到三十平方米的危房。四排书架、一张床、一套沙发、一组衣柜就把房子全塞满了。房子虽小,门却很多。儿子两岁半后王辉决定教儿子数一下究竟有几扇门,儿子报告说,九扇门。两个大房之间有一组四开式的门,两个大房分别有进出的单扇门,一个小房又有两扇门,通向公用厕所的走廊还有一扇门。将近六年时间里,王辉只能在房子的一角就着缝纫机写材料或看书,而这种被挤得不能喘气的伏案工作又常常被夜间的奇怪声音干扰。二楼从早到晚咚咚不停的脚步声震得窗玻璃直哆嗦个不停不说,对面宿舍里每晚传入的荡人心魄的声音令王辉更难平心静气。住在王辉对面一栋的是学校领导的一个亲戚、一个强壮的青年男人,职业及配偶情况不明。这个强壮的男人白天在家里练哑铃,每到晚上从他家昏黄的电灯泡下便传来强烈感人的呻吟声。开始的时候,王辉以为他的妻子有气喘毛病,因为她是一个丰满而蜡黄的女人。后来王辉发现这个女人在白天从没气喘过,那么晚上的呻吟声是叫床无疑了。弄懂了这一奥秘,王辉晚上再也坐不住了。他只得停下笔、合上书等喘息声平静为止。那时候他总要回头瞧一瞧自己的妻子,她睡得正香。可那个年轻的男人并未疲倦,又下床练哑铃了。他清晰地听见男人发力时恶狠狠的"吭哧"声。解一次大便就必须捅一次的公用厕所就更不必提了。王辉极不愿意想到每次上完厕所他就要放满水用秃头的拖把狠劲捅,每捅一次他就恶心得不想饮食。他真的不想提那个厕所。他的心灵已被狭窄的房子压迫得没有一点生气了。想到那房子他就气短,像一条缺氧的鱼,痛苦得直摆头。

现在王辉把希望寄托在许范身上。他想一般人怎么懂得许范总经理的改革和王辉处长的住房有关呢?就是自以为聪明的郝燕都不会懂。真不知那个胖得叫人想到"愚蠢"一词的女人离婚后怎么又找到了丈夫。王辉坐在车里想了许多,直到司机说到了才记得眼下是来说服许范不要把事情弄僵的。

　　许范召集的干部会议此时已经开始。许范开会的风格以简洁为特色。开始的时候，有干部说许总怎么还没学会开会？到底是年轻了一点。可后来他们发现许范确实只能开简短的会。许范要求各部门不要因为目前的商标纠纷而坐等观望，当然也希望各部门不要忙于为打官司的事献计献策。许范先是问了一下厂里现有的原材料库存情况，然后说："电扇生产立即停下来，改为生产电取暖器、电热水壶、电火锅。分别注册'火鸟''即时开'和'火沸腾'三个商标。设计部门在一周内拿出产品外观、包装及原理设计方案，第二周开始生产。商标纠纷的事由我一个人应付，大家安心组织管理生产。各位有什么意见现在开始说吧！"

　　"电扇呢？不生产电扇我们还算是电扇厂吗？"有干部问。

　　"我们早就不叫电扇厂了！大家应该清楚我们叫耶楼家用电器制造有限公司。家庭里需要的电器我们都可以生产。"许范说。

　　"一个中型国营企业生产什么电火锅，岂不让人笑话？现在又是大热天的，大家忙得黑汗直流还不知到了冬天卖不卖得出去。"另一个干部说。

　　"电火锅不是电炉。一个电火锅并不比一台电扇便宜。如果这种小东西我们没必要生产，电扇就更没必要生产了。大家应该看到，这么大一个城市，冬季这么冷的城市，电取暖器、电火锅的市场比电扇更大，因为它们的生产历史短、竞争厂家少，产品处于成长期。"许范说。

　　"我们就等到冬天卖了火锅再发工资？"有干部又问。

　　"不会的。我们还有电扇要卖，还有大量的电扇在夏天要卖出去。工资大家不必担忧，会有的。"许范轻松得似乎有些心不在焉。他一边说，一边四处张望，仿佛有人在等他赴宴或回电话。

　　"大量的电扇？"一个干部感到惊讶。

　　"是的！"许范说。

　　"在哪儿？"干部紧接着问。

　　"官司打完了就知道了！"许范的答案很缥缈，人们对缥缈的东西只能半信半疑。许范目前还不想花太多的时间精力做说服工作。许范答完，就显得不耐烦了。他急于结束这个他并不想延长的会议。这时，总经理办公室一个文秘走过来递给他一张条子，上面写着"我在你办公室恭候，王辉"。许范将条子揉成一团，扔到一个烟灰缸里，站起来对还要提问题的干部们说："会开完了。大家分头行动吧！有什么问题再说。"

　　王辉见许范推门进来，忙放下手中的茶杯，从沙发上站了起来，伸出手，说："许总逃出医院召集会议，肯定是成竹在胸了。"许范握了握王辉的手，放下

629

手中的诉讼材料,很担心地问:"你看我会不会赢?"

"打官司的事很玄,很多我们看起来必赢无疑的官司最后却输了,这已是司空见惯的现象。法律真正体现了辩证法,它不是数学规则。我的感受是它更像一种卦辞,怎么说都有道理。"王辉兴致勃勃,还想充分发挥他对法律的看法,许范却做了个手势,打断了他,说:"不!我赢定了。我把商标法看了两遍才得出这个结论。"

"是的,是的,从法律条文上说你是赢了。可你是企业家,企业家并不只是生活在法律条文中,至少我们今天的企业家的生存环境还没有发展到这一点。就是律师和法官也只是在某个特定时间、特定空间的范围内才生活在法律条文中。生活的空间多么大啊!其余的时间、空间你生存在什么之中呢?你能在那部分时间、空间中也赢了?"王辉停住话,喝了口热茶,见许范的眼睛睁得大大的,又说:"优秀企业家的每一个举措都应该有利于企业和企业家生存发展的综合环境的营造。上法庭你是赢了,你得到了商标,同时你也为自己和企业的发展道路插满了荆棘。不上法庭你依然可以得到商标,当然你也必须承担一些、牺牲一些。"

"不上法庭可以捍卫商标权,这正是我希望的。我为什么要承担和牺牲呢?"许范在王辉面前坐了下来。

"你不承担和牺牲,长庆乡、机械厂、乡镇企业局、主管农村工作的领导怎么会轻易罢休呢?"王辉只用简单的一句话就让许范明白了看似很难的问题。

"看来你还真是个书生。此事要和平解决而各方都满意你必须听我的。"王辉神秘地笑了笑。

"好,你说吧!"许范正了正身子。他就希望有人说"听我的"这句话,然后他便努力地去实行。许范的创造力往往就是实施过程中显露出来的。许范不擅于在自己作决定时说"你听我的"。说这句话需要一种自信,一种建立在主宰能力而不是自觉能力和经验基础上的自信。

王辉说完,起身拍了拍屁股,端上茶杯,就向门外走。"你先考虑考虑,晚饭前回个电话给我。"王辉出门时向许范嘱咐道。许范在王辉离开后,关上门,他决定把这个下午剩下的时间都用于思考王辉的方案。许范在回电话给王辉时突然意识到自己根本就没想这件事,整个下午他的大脑究竟想了些什么他完全没有印象。只是身体上某个地方隐隐作痛时,他才意识到,应该想一想王辉的方案了。可大部分时间里他坐在那里就像一个植物人,到了五六点钟的时候,他本能地拿起电话。"你想通了?"王辉在电话里问。"可能吧!不过我不太清楚。"许范模棱两可地说。他真的不愿意含糊其辞,但他只能真实地描述自己的想法。

郝燕没想到深夜十二点会在火凤凰娱乐城门口遇上许范,她以为许范仍躺在病床上思考"他自己"。"许总!怎么会在这里遇见你?"郝燕吃惊地问。"我怎么知道,我们刚刚在这里了结了商标纠纷。"许范轻松地说。"还有人呢?"郝燕敏感地问。"王处长陪他们洗桑拿去了。"许范朝四周望一望,说。"了了?"郝燕问。"了——了!"许范似乎叹了口气,又说,"我拥有商标,对方的乡镇企业跟我联营,今年对方原联营方应得的利润按以前的合同由我兑现。就这么简单!大家都高兴了。""你还高兴?商标本来就是你的。就像你去买烟,现在别人却搭给你一大包火柴和一打肥皂,你还高兴!"郝燕又吃惊地睁大了眼睛。"这是应该的,就因为我要买烟,况且火柴和肥皂又不是没用。这事你就不要管……"许范说着拉开车门,钻了进去。郝燕仍站在那里自言自语地说:"不行!我要为你主持公道。"

许范不同凡响的承担责任的能力马上就显示出来了。他将人员、资金、原材料重新组合。原来自己生产电扇的技术、设备、人员一律充实到长庆乡机械厂,生产主导产品"泠泠世界"电风扇。本厂灵活应变,加紧生产冬春销售的电火锅、电取暖器以及电开水壶。两边的销售人员经过重组,实力也大大增强。许范专门组织销售人员开会,制订了一个主题为"让泠泠世界之风吹入每个都市人心里"的促销活动方案。许范分析,将现有两家的电扇以及正在生产的电扇的百分之七十销售出去,加上本厂生产的新产品在秋冬季节登台亮相,耶楼家用电器制造有限公司在来年春天可望实现扭亏为盈。当然这必须把前任厂长的债务除开,这是惯例。他用不着担心人们在衡量他的业绩时会把二者扯到一起。

有关"泠泠世界"商标之争的各方联合举行新闻发布会是早已明确了的,这一活动对各方都有好处。耶楼家用电器制造有限公司可以洗清不白之冤,为电扇的销售工作再造舆论声势。长庆乡机械厂也可借此机会向社会宣布自己仍然是"泠泠世界"电风扇的生产厂家,只不过换了合作方。原联营方广东的电扇厂可以自豪地证明自己不但得以抽身,而且经济上没有丝毫损失。这个意义重大的新闻发布会在王辉处长的具体策划下很快举行了。前来参加新闻发布会的嘉宾、领导们对这一纠纷的圆满解决给予了高度评价。王辉在午餐时举着酒杯频频向客人们碰杯,但他丝毫不提自己在这一问题的解决中所起的作用。王辉在新闻发布会之前,已经把对这一纠纷的调查、建议、解决过程、所产生的综合效果等写成一份详细的材料呈交给主任了。说不定材料已到市长的办公桌上!王辉一边喝酒一边这样想。

王辉绝对没有想到在这顿充满和平、友善气氛的午宴即将结束的时候,他的桌子上已经摆放了一张报纸。郝燕在经过短暂的多方采访后,撰写了一则报道:

《是市场行为还是政府行为——透视泠泠世界商标纠纷》。文章刊发在一版，标题醒目。作者纵观这一事件的全过程，指出表面上圆满解决了的商标纠纷并不圆满，它是政府行为，有悖于市场经济秩序和规律。文章说，在企业经营自主权倡导了多年的今天把一个乡镇企业借商标之争强加给国营企业，表明要遏制行政对企业经营的干预是多么的艰难。这件事也从一个侧面说明了国营企业的改革为什么步履维艰……

读完郝燕的文章，王辉的背脊上莫名其妙地渗出一层冷汗。他确信自己的前妻已经无可救药了。如果说几年前，郝燕只是为了证明一个女人完全有可能在事业上和丈夫匹配而要成为名记者，所以她把丈夫置于竞争位置上，那现在的郝燕则走得太远了。她把政府职能、行政行为纳入自己的对象性关系，以挑剔甚至偏激的眼光反复审视它、评论它，其动因似乎已超出了"要当名记者"，"让读者记住自己的名字"之类。就算其初衷未改，那么以市场经济中的政府行为这个敏感话题来哗众取宠也无异于玩火自焚。王辉已顾不上分析这篇文章对许范以及他自己的住房将要产生的后果了，他必须挽救郝燕。眼见前妻走到了这样一个极端，他的心里真有点悲凉了。

王辉赶到报社时，有关方面对此事的处理文件已经下达到了报社。这样快的速度足以说明此事的严重性以及上面对此事的重视。报社总编辑正在反复推敲自己的检查。郝燕已从采编一线被调离，到二线做清样校对工作。郝燕对王辉的看望没有表示丝毫的感谢，也没有对王辉脸上的担忧和关切给予足够的重视。她很委屈。

"我有什么错？怎么能这样对待一个敢于反映现实问题的记者？我只不过真诚地想帮助一个企业家，我不愿看到他戴着沉重的镣铐跳舞。他的所作所为难道真的是他心甘情愿、自我认同的吗？是他自己想画一个圆还是你们叫他画一个圆？是他相信自己能画好一个圆还是你们说他肯定能画好，然后他就趴在桌子上一遍又一遍地画？你说、你说，你能说我的话没有道理？"郝燕情绪激动、目光渺茫。王辉不知道她究竟在看什么。

"许范是自愿与对方达成协议的，这中间没有任何政府行为。"王辉坚定地说。

"政府行为不仅仅是政府下文件、发通知、打电话，还有其他的，一种说不清的东西，或者说叫政府意识氛围。"郝燕说。

"你太偏执了，我以曾经爱过你的前夫的名义担保，这次商标事件的处理没有丝毫政府的暗示、干预。"王辉诚恳地说。他真想用双手抓住郝燕的双肩把她从迷茫中摇醒，可郝燕依然目光缥缈地看着不知哪个方向。

"你的名义？这些年你搞的那些调查研究，你提的那些方案都是出自你的良知？有没有为了讨好或其他功利目的而不得不违背理智的方案？你也很难、很尴尬，但不值得同情。因为你是自觉而为的，许范是不自觉的。"郝燕嘲讽地说。

"我只是希望你面对现实，不要走得太远。你真的走得很远了，很危险。离深渊只差一步了。"王辉不打算与郝燕争论下去，马上换了一个话题。

"你放心！我现在的工作是校对。"郝燕苦笑了一下。王辉这时才看到了真实的郝燕。她的目光已从迷茫的远方收回来，低头专注地看着自己发胖的手指。她的沉默和颓废，已使王辉明白，她感受到了王辉的关心，她已经意识到了命运的巨大力量。那是一股难以抵抗的湍流。

许范办公室里的电话像一只春天里发情的猫叫个不停。他接到的第一个电话是长庆乡一位领导打来的。"什么事？"许范问。"我倒要问你呢！签字前你屁都没放一个，现在却在背后喊冤叫屈。装着一副被胁迫的样子，你什么意思？"对方很不客气。许范以为对方中午酒喝过量了。"你没事吧？"许范关心地问。"什么有事没事的！你找份《东方芝加哥报》看看再说！"对方突然发现许范没领会到自己在说什么，干脆恼火地挂了电话。许范这下有点明白了，他叫来秘书，说："你坐在这里接电话，说我不在。"秘书小姐像个总机接线员，一个下午便不停地拿起电话，记录，放下电话，马上又拿起来。

许范坐在沙发上一连喝了两杯茶，脑子仍处于一边烧得发热一边胀得晕眩的状态。他想自己真的醉了，就躺在沙发上睡了。下班时秘书叫醒了他，现在许范感觉好多了。秘书递给他记录本，一长串单位、姓名和电话号码按先后顺序排了两页。"我不看了！说吧，都是些什么电话？"许范问。"都是关于一篇文章的，发表在《东方芝加哥报》上。"秘书说。"好了，你把报上与我有关的文章都找出来。"许范木然地坐在椅子上吩咐，他似乎还没有完全从酒精的麻醉中醒来。许范接过秘书找出来的报纸，装入一个大信封，掏出汽车钥匙往外走。"许总，不能开车。"秘书提醒他。"为什么不能？"许范认真地问。"你喝醉了酒！"秘书说。"那是中午的事情。"许范狡辩。"可你还没完全清醒，会出事的。"秘书担心了。"不会的，我想开就不会出事。"许范调皮地笑了一下。秘书发现许范今天像变了个人似的。以往这种情况，稍加提醒许范马上就会把车钥匙装进口袋。今天却固执起来了，并且很自以为是。"他以往不这样的，以往他总是先问别人这样好不好，可不可以，今天倒怪了！"秘书一边整理桌子上的材料一边自言自语。

开车出了厂门，许范才意识到今天居然像个孩子似的和秘书争了一回嘴。怎么突然这样了呢？还有点儿顽皮、天真、狡黠、固执，印象中以前的自己完全不是这个样子。许范开车在闹市区转了几圈后，突然笑了起来，因为自己竟忘了开车出来究竟是要干什么的。人有时的变化是没有原因的，许范现在相信这一点。读硕士时，导师讲到有些哲学家对传统的拉普拉斯决定论不以为然，他那时还有些困惑不解。现在就不同了。人的有些突如其来的变化不一定就有原因，当然可能是内分泌的变化所致。如果是这样，岂不又陷入了心身还原论？

在一个路口等红灯时，许范向车窗外瞟了一眼，看见了一个报摊，这时才记起要买一份《东方芝加哥报》。"他妈的！转了大半个城市才想起来要买份报纸。"许范骂了自己一句。

许范的车像蚂蚁一样爬出了闹市，上了一条通往耶湖的小路。许范不知道怎么就上了去耶湖的路。真是一种冥冥然的行为，完全找不到解释。看了看表，许范才知道自己竟在市内蜗行了两三个小时。耶湖似乎是另外一重天，在绿树密林的遮掩中已经呈现出一片很浓的夜色了。汽车开到耶湖边上时，沿湖一溜儿排开的豪华娱乐船竞相闪耀着各具特色的霓虹灯广告。透过车窗看过去，一扇扇橘红色的玻璃正散发着荡人魂魄的气息。许范把车停到湖边的一块空地上，立即就有两个小姐走到车旁。"先生！需要服务吗？"一个小姐问。

"需要！什么文化水平？"许范关上车门问。

"大学，不过是自修的。"小姐谨慎地说。"我也是，函授的。"另一个小姐马上主动介绍。

"好！不管是自修的还是函授的，能把报纸读通就行。"许范说完，迈开步伐朝前走去。两个小姐赶紧上去，一左一右把许范的胳膊挽起来。

"我还经常看杂志。"一个小姐补充说。

"上哪条船？维多利亚还是上海滩？"许范突然停住脚步问，两个小姐互相看了对方一眼，说："当然是听先生的啦！"许范怔了一下，又立即站住，惊奇地看着两个小姐。两个小姐不知所措，很犹豫地松开了许范的胳膊。

"你们刚才说什么？"许范问。

"我们说上哪条船得您自己做主。我们只是听从您的吩咐，尽量让您玩得开心，这有什么错吗？"一个小姐说。

"很好！这话说得在理！"许范似乎自言自语。两个小姐如释重负，重新挽起许范的胳膊。许范和两个小姐各喝了一瓶啤酒，很潦草地结束了晚餐。两个小姐左右靠在许范的肩上轮流唱了几首歌，然后问许范有什么吩咐。许范说："你们在这里等着，我洗个澡再来，这里有几份报纸，你们先看一下。"两个小姐先是惊奇地睁大了眼睛，可马上就笑了起来，说："可以啦！"许范在船上的桑拿中心冲了半个小时的澡，干蒸湿蒸又花去半小时，回到包房时，两个小姐居然还在等他。

"好了！开始吧！一个读文章一个按摩。"读完一篇文章后，两个小姐交换了位置。"文章不读好，不给小费。"许范躺在沙发上说这句话时有一种强烈想开怀大笑的欲望，可他忍住了，只是神秘地微笑了一下。

"我认识的许范。"小姐用蜜一般的声音报了第一篇文章的标题。

"不行！严肃认真地读，不要用勾引客人的腔调。"许范俯卧在沙发上，头朝下，说。

"我认识的许范。"小姐重新开始。

两个小姐轮流把郝燕写许范的文章全读了一遍，按摩的手也停住了。许范睁开眼睛，两个小姐问："先生还有什么要求？"许范笑了一下，说："再来一遍。"两个小姐一个读文章一个按摩，开始了第二轮。到凌晨四点钟时，所有的文章已经读完了五遍。小姐读文章的嗓音渐渐显出呆板和倦意，按摩的手指似乎越来越乏力，变成了抚摸。许范起身说："好了，辛苦二位了。"给二人付了小费后，许范坐到汽车里睡了一觉。

上班高峰期一辆大车发动时激动的吼叫声把许范惊醒了。听了一夜郝燕写的文章，许范感触颇深。他一直认为郝燕只是个为了当名记者不择手段获取材料的肥胖女人。她丑陋不堪，显得极为愚笨，却像个间谍似地到处钻营。为了出名她频频利用许范及其公司大做文章，使他屡屡被动。现在，许范不这么看待郝燕了。他相信她是在帮助他，无论这些帮助的时机选择得当与不当，策略高不高明。郝燕的诸多文章表面上似乎关注着企业改革，字里行间却流露出对他脆弱人格的委婉批判。在她看来，许范实际上是一个缺乏经验而又勤于探索的人。路边上的人说往南走于是他就往南走。虽然在往南的旅途中不乏创新、勤勉、智慧等，但毕竟他自己都不知道该往南走还是往北走，也不知道他自己能否走好、走完往南的旅程。他只是在过程之中才建立起在过程开始时就应该有的自主和自信。许范继续想下去就有些悲凉了，郝燕的所作所为最终将被人嗤笑为神经质、妄想狂，或许会被剥夺继续写稿的资格。这对于这个以写稿支撑自己自信的肥胖女人来说，无疑是个沉重的打击。那时她将会怎样呢？许范不敢设想。

许范揉了揉眼睛，掏出手提电话。他拨了王辉处长办公室的电话，电话很快就通了。许范说了句"你帮我联系一下冷……"就挂了电话。"我还是自己去。"许范自言自语地说。车子一溜烟朝冷柜厂驶去，许范决定做件让郝燕既震惊又欣慰的事情。冷柜厂厂长见到许范可谓是喜出望外。从自己厂里出去的工程师如今已是本市闻名的扭亏专家，老厂长当然很高兴，于是就说："你这小子长胖了还贪心不足，该不是折回来要一口把我吃掉吧！"话自然是被老厂长说中了。许范在老厂长的办公室里一直坐到下午三点。一老一少将冷柜厂在嘴里翻来覆去嚼了数遍，终于就几个框架达成了一致。都觉得细节无关大局，待起草兼并协议时再议。老厂长把许范送出办公室时说："我已被折磨得不行了，你还有几十年够折腾的。我就等着看戏了！"许范说："您放心，哪用得着几十年折腾呢？顶多两年见效果。"

老厂长说："唷，你小子什么时候开始吹牛了！以前可不是这样的。"许范顽皮地眨了一下眼，笑了笑，钻进了汽车。

许范回到办公室，秘书小姐焦急地说："许总！你跑哪儿去了？市长领着一群人在厂里转悠了大半天了，我四处打电话找啊找——"秘书小姐突然不说了，因为她看见平常总是心事重重、沉默寡言的许范正对着她笑，很顽皮地笑。

许范在会议室里等到了市长一行。市长说："小许啊！你快把整个城市变成一个大火锅城了，你这个火锅城的老板比我这个老板还要大啊！"许范说："市长不必担心。我虽是火锅城的老板，但只是制造火锅，至于火锅里是放豆腐、萝卜还是放财鱼、羊肉，得看市民的钱包丰不丰满，所以您这个老板怎么说担子也重大一些。"市长听了就哈哈笑了起来。

"这么大一个企业为什么不生产块头大一些的家电呢？"市长笑完后又问。

"许总是准备——"王辉接过话头说了起来，许范毅然地打断了他的话。许范说："块头大的家电对原材料、技术、流动资金的要求更多一些、复杂一些，市场也很复杂，当然说起来好听，叫起来很响，利润也大。但就目前我厂的状况而言，还不能适应这种生产模式。我们的重心是扭亏为盈，什么有把握、操作易行，就生产。这样便于更快扭转形势，安定职工情绪，积累和增强实力。等条件成熟了，当然也要生产大家电。"

许范刚说到"生产大家电"，王辉的兴趣又上来了，急忙补充说："许总分析到明年春季就可能再兼并一个大家电企业——"这次市长做了个手势阻止了王辉的介绍。

市长说："我到这里来，当然要看第一手材料，听当事人介绍。你们搞调研的总有个职业病，免不了在材料中揣摩一下领导的心态，然后决定怎么写。"市长说完，许范接着说："我分析本公司在今年年底明年年初时即可扭转被动形势。明年电风扇通过改革产品外观、增加品种，进一步扩大市场。电火锅、电取暖器、电开水壶的大批量生产和上市将使本公司的经济实力得以增强。因此我们想与冷柜厂进行合作，开始大家电的生产。这一合作的协商工作已经在一定范围内取得了进展。"

许范说完，注意到王辉脸上表现出一种对许范非常陌生甚至有些恼火的神情。王辉似乎不认识眼前这个许范了，他再次审视了眼前的许范，似乎在一瞬间目睹了一个人从长久的浑噩或愚笨状态突然回到了清醒状态的全过程。

　　转眼，秋天就来了。火沸腾电火锅、火鸟电取暖器和即时开电开水壶像火市夏天的西瓜，无孔不入地出现在城市的街头巷尾。在强大的广告声势的配合下，耶楼家用电器从秋天开始便刮起一阵阵火热的风。到了冬季，市民们便感到置身在一股股强劲的暖流之中。也是在秋季开始，许范在本市家电市场上点燃第一把火时，耶楼家用电器制造有限公司与冷柜厂的兼并协议也正式签订。市长履行了他的诺言，亲自出席了签字仪式，并且讲了一番意味深长的话。他说："企业家要自觉为社会经济发展分忧解难，政府号召并希望有更多的企业家这样做。这绝不是干预企业经营的政府行为，如果说是，也是市场经济和社会发展需要的政府行为。"

　　许范看见王辉第一个鼓起了掌，然后大家都鼓了掌。

　　许范在秋天渐往深处的时候去报社看望了郝燕。当脸形消瘦却充满自信、精神面貌焕然一新的许范站到郝燕面前时，这个肥胖、忧郁的女人吃惊地张大了眼睛。许范兴奋地说："你看没看报？我兼并了冷柜厂。"

　　郝燕说："我现在不看报，从事稿件分类工作，办公室设在门房。这件事也要有才华才行，不然该给四版的稿子可能就给到一版了。"

　　许范很自豪地又说："有一天我想到了冷柜厂，于是就自己找上门。现在终于把它——"许范用双手做了个卡脖子的手势。

　　郝燕说："我不信！难道上面就没人动员你、指示你或者建议你兼并它？"郝燕神情郁闷却语气坚定。

　　（《芳草》1996年第11期，《中篇小说选刊》1997年第2期）

追寻祖父的踪迹

一

"祖父"或者说"爷爷",无论是作为一种称呼,还是作为一个家庭的祖辈,对于我来说都是同样陌生的。因为在五十一年前,祖父和他的淘金船队,在上荆江密集的洲滩水渚中神秘地消失了。这样,每当人们津津乐道地谈论他们的祖父或爷爷时,我就免不了有些妒忌,更多的时候是感到一种深刻的缺憾。

几年来我一直渴望搜寻到我与祖父间的某种联系,即便是一鳞半爪、残缺不全的线索都会使我兴奋,一连几个晚上睡不安稳。

去年夏天,很久不跟我联系了的阮晴突然给我来了封信,希望我能回百里洲度过暑假。我和阮晴从小学直至高中始终坐在同一个教室里。以后,我们又同在武汉读大学。影响我们的友谊朝爱情发展的因素并不是她毕业后回了宜昌,而我却留在了武汉继续读硕士。在信中,阮晴提到她爷爷写过一本书,并记载了有关我祖父及淘金船队的事情。阮晴的笔调十分平静,我的心情犹如一石击起千层浪,关于祖父的音容笑貌及命运归宿的种种联想搅得我心神不宁。

我决定回百里洲一趟。我相信阮晴不是在设置圈套,引诱我回百里洲陪她度假。在离开武汉之前,我打算把这一重大发现告诉我的女朋友珞珈。但她总是不在寝室,她的书桌上堆满了各种资料和手稿,显得一片忙碌。我留下一张字条,便逃出了热浪汹涌的武汉。

二

现在正是长江中下游一年一度的主汛期。川江的暴雨季节和长江中下游的梅雨季节很巧妙地相遇在一起。长江河床的宣泄能力在两个雨季的同时夹击下,显得捉襟见肘。百里洲的百里长堤上屯集了数万防汛大军，日夜守卫着这个方圆百里的沙洲。

阮晴的祖父——一个孤僻的老头，从吃了晚饭到现在，一直躺在凉床上听收音机。从收音机传来的水文公报说自重庆到上海各港口的水位都是"涨"。在我与阮晴同窗的岁月里，我只知道她的祖父熟读"四书""五经"，但不知道他竟受命编修过本县的县志。阮晴说，那县志是他祖父一生中最伟大的业绩。

我已把县志中有关祖父那次事故的记载翻来覆去看了好几遍。在被虫子蛀得千疮百孔的"逸闻趣事"一章中，关于我祖父的竟是这样一段含混不清的文字：

民国三十二年腊月，洲民李模祥率乡里十五人往百里洲下滩群淘金，至次年麦黄未归，时日军沿沙市兵分两路溯江而上，沿途各地尽遭蹂躏。是年，百里洲下滩群河床活动频繁，常有渔民为抢沙陷没之听闻。又，一说李模祥等人遭遇常年活跃于诸洲滩上的虎群。是而李模祥等十六人失踪之因难辨，遂成本县数十年来之怪事。

我反复揣摩这段文字，仿佛看见眼前这个孤僻的当年本县才气横溢的才子，正提着毛笔在砚台的边缘捺了又捺，不知如何下笔的犹豫样子。尽管现在看起来他对这件"逸闻"作了十分完美的文字处理，但我依然能从中感觉出，老头当年在李模祥等人之死与日军、抢沙、虎群的关系上表现得十分油滑和徘徊不定。

联想到阮晴对她祖父轻描淡写的介绍，我甚至觉得，他在县志中对我祖父及其船队失踪一事的处理，是极其"浪漫"和"不负责任"的。

夏天傍晚的江风很快将白昼的炎热稀释得无影无踪。远处一望无际的棉田摇曳着愈来愈远的波浪。沙洲背后来来往往的船只的顶层清晰可见，像一间间移动的做工精细的小房子。阮晴的祖父在躺椅上进入了梦乡，嘴角渗出的一线涎水从脖子上不断滴落到地面。

老头醒来后，认真地审视了我一番。他的精神似乎比上一年强多了。我很高兴，这之前他根本没有注意到这个家庭里的饭桌旁突然多了一个人，现在他开始对我感兴趣了。我想这是个良好的开端。我祖父的事情还得求助于他才能理清楚。几天来我之所以不急于到上荆江那片洲滩去实地考察，正是因为我在老头的身上寄予了厚望。阮晴一开始就提醒我："跟老头打交道是特别需要耐心的！"时间正在锻炼我的耐心。

第二天早上，我改变了主意，决定立即去羊角洲（我的祖父正是在这个洲上和他的淘金船队神秘失踪的）。这一决定不是我心血来潮，主要是因为阮晴的祖父头天晚上在看电视时受到了某种刺激。当时,电视里正在播放寻人启事——"寻找失散多年的亲人"。我们突然发现阮晴的祖父呼吸急促,喉管里发出类似破旧柴油机摇动时汽缸发出的那种声音。他差不多要从椅子上滑下去了,我们迅速把老人扶到床上,让他躺下。

显然,在老人健康状况好转和稳定之前,我们不可能讨论我祖父的那些"玄之又玄"的事情。

上午九十点钟光景的时候,我终于到达了下百里洲最大的集镇:八亩滩。这里是百里洲的最东端,从这里可以依稀看见长江中那些绿色的沙洲。它们看起来非常小,似乎就是一块从上游流来的草皮,在这里被什么东西搁浅了。

在八亩滩江边的一个边滩附近,我发现了一只正在收网的渔船。当我走到它的跟前时,那个渔民已经把船固定在水中,坐在船头清网。看上去他的年龄早过了花甲,但将鱼从网上抖落的动作仍然干脆利落。

我请求他把我送到羊角洲,他似乎没听清,岁月的风雨可能使他的耳朵生了一些锈。于是我又重复了一遍,说我想到对面几个洲子上去。他仍未听清我的意思,所以放下网站起来,很负责的样子。他的身体朝岸边倾斜,我真担心他会扑到水里去。网中有几条鱼在挣扎,在阳光的照耀下,它们白得耀眼。

"五十一年前,百里洲有一个淘金的,叫李模祥,他和他的三只船、十几个兄弟在那些洲滩上莫名其妙地不见了。这事你听说过吗?"

之后,老渔民很长一段时间没有说话。他坐在船头一边抽旱烟,一边慢条斯理地剖那些刚收上来的鱼。然后他扭头朝江里吐了口涎水,用手背揩了揩眼角,几点鱼肚子里的脏物粘在了他白色的睫毛上。

"年轻人,你上来吧!"他把船撑到岸边,"那种事长江边上到处都有,像那些芦苇一样,到处都有。"老渔民在屁股上擦了擦手,掏出火柴,点燃半截叶子烟。

"哪些事?"

"一个纤夫、一个淘金汉子在外面遇上一个女人,然后便没音信了。"老渔民说。

"你是说李模祥带着一个女人跑了?"我觉得老渔民离题太远了,也许他说的是另外一件事。如果我爷爷带着女人跑了,又如何解释另外十几个男人的失踪呢?我爷爷不至于把他们都杀了吧!我想一定是老渔民的记忆有些混乱了。我的怀疑引起了老渔民的不快,他激动地说对那些过去的事就像瞎子吃汤圆,他"心中有数"。

"你看它像不像羊角?"老渔民指了指江中间那个最大的沙洲,他浑浊的眼睛犹如两团泥水一样被什么东西搅动了一下。

"看不出来,它更像武汉街道上卖的面窝。周围厚实,越往中间越薄,最中心处则完全是空心。"

"五十多年了,它已经走样了!原先两个羊角并未连在一起。北面住着河南人,南面住着从湖南、江西来的十几户人家。两个羊角相连的地方画了一条界线,挖了陷阱。当年李模祥和他的淘金帮就驻扎在南羊角洲上。"老渔民说完,再次强调他虽然老了,但"脑子还管用"。

老渔民开始在小铁锅里煎鱼。浪柴在铁皮灶膛里噼啪直响,油烟和柴烟迫使他眯缝着眼。我感到他并未用心地回忆往事,而是在惬意地欣赏铁锅里那些香嫩的鲦子鱼。

"喝酒?"老渔民递给我一个杯子。

"不、不。"我说。

"五十多年来我只喝一个槽坊的酒,就是这种酒。我爹在的时候,每个月我都要划船到江口打一坛子这种酒。那时候,我学会了喝酒。"老渔民的脸上渐渐红润起来。

那真是一个寒冷的日子,老渔民说他的父亲打发他去江口买酒,因为他的第一个孩子快要降生了。他打了酒,又买了些杂货,便在一家小馆子里坐了下来。

中午,天空中浮出了一轮太阳,尽管阳光放射着寒冷的光辉,但老渔民感到这比没有阳光还是暖和多了。他记不清五十余年前的那个中午他究竟喝了多少酒。等他醒来时,寒气已在馆子外面的枯草上结了一层白霜。

他在黑暗的江面上吃力地辨别着航道。因为过度紧张,汗水湿透了他的褂子。酒意早已消失得无影无踪。他划着小船靠近羊角洲时约莫是晚上九十点钟的样子。这时候他看见了一点昏黄的亮光。在他确认那亮光是灯光而不是鬼火之后,他便毫不犹豫地穿过浓密的杂草和苇林朝灯光走去。

"那是我第一次迷路,因为我从未这么晚回家。"老渔民说,"幸好那时苇林都是枯的,不然我就被划得不成样子了。"

不久,他辨认出灯光是从一个淘金棚的壁缝漏出来的。在快要接近棚子的时候,他异常谨慎,因为脚踩到枯芦苇的声音太清脆了。

他把肩上的杂货和酒坛子放了下来,在壁上扒开一个小缝,看见棚内六七个淘金汉子都还没睡觉。他们显然也喝了不少酒,一张张脸红得放光。冰冷的空气中游荡着酒味。他屏住气息,听见棚子里的几个人正在商量什么事情。

"你们俩先去,一个对付李老大,一个对付那个女的。"腿上搭着被子的大胡子说。

"对付李老大,一个人拢不了身。"一个手握木棒的汉子看起来有些担心。

"李老大晚上喝了半斤多酒,回去肯定又跟那女的逍遥了一通,早已睡得像头死猪了。"大胡子又说。

"你们说,他会把金子藏在什么地方?"一个手握铁锹的汉子问。

"不管它。先把人搞死,然后过细找,天亮前总能找到。"大胡子说。

"会不会藏在那女人的身上。"握铁锹的汉子的脸上绽开一片灿烂的淫笑。

"瞎扯淡。放那地方,李老大一折腾,金子不掉了?"握木棒的汉子一说完,几个汉子都笑起来。这时大胡子突然恼怒地制止了他们:"别他妈的让那两个棚子里的人听见。狗娘养的!你们个个尽想歪心思,不想正事!"

男人们脸上的笑立即凝固了。"好了,完事后装两声野鸭子叫,然后我们马上离开羊角洲。"大胡子吩咐完毕后,两个淘金汉子分别提着木棒和铁锹出了淘金棚,大胡子也跟着钻出了被窝。他一直站在淘金棚门口,等待着那两个人的信号。

"那时候,"老渔民说,"我已经憋不住了,喝了酒,我一直没屙尿。时间就像枯水季节的江水一样流动得很慢。"

他只好捏住那东西,趁大胡子不注意时朝面前的芦苇秆上放一点。后来,他确实控制不住了,枯草间顿时发出一种雨水流动的响声。大胡子紧张地瞟了一眼,没发现什么异常,又回到先前的样子。"我想,他一定以为是老鼠弄出的声响。"老渔民说。

三

阳光移到了我们的头顶。一只渔船朝我们划了过来,它的形状与我坐的这只一模一样。"老不死的,又喝猫尿!"渔民是个中年妇女,在她俯仰身体划桨的时候,两个硕大的乳房便像两个葫芦一样在褂子里滚来滚去。"是啊,还是母猫尿呢。把你那两个葫芦砍一个下酒吧!"老渔民兴奋地说。他的眼睛像是得了急性而严重的结膜炎,红得令人畏惧。"老不死的!葫芦咬不动了。"女人说。"我的牙齿还能咬豌豆呢。"老渔民对这个话题兴趣深厚。

我对老渔民的这种心不在焉的叙述方式很不耐烦。所有的老人都一个样:注意力极易分散,并且对时间的感觉变得迟钝。我给老渔民递上一支烟,希望他尽快结束这个冗长的故事。"我不吸那个,没口劲。"他说着从一捆报纸包着的烟叶中抽出两片,用心地卷起叶子烟来。"那女的是个遭孽人。她男人在赣江跟一个女的私奔了，一晃快二十年了！"他一边裹烟一边感慨地说。

"跟淘金的李老大一样？"我试图让他回到主题。"是啊！跑船、淘金的男人都一个样。"老渔民点燃了烟，又沉入到往事之中。

他说他当时已经完全明白了方位，于是他把杂货搭在肩后，把酒坛子抱在胸前，准备一有机会就逃命。但是等了很久，他期望的野鸭子叫声没有传来。由于蹲的时间过长，他的脚冻得像铁块一样，并且麻木得几乎没有知觉了。他想站直身体，让血流到脚板，但大胡子双手缩在袖筒里，两个耳朵竖着，警惕地观察着周围的动静。

最后，他决定冒险站起来。开始一切都很顺利。在他站直了的时候，一根被压弯的芦苇弹起来，打在酒坛子上，发出一声沉闷的响声。尽管声音并不洪亮，但在万籁俱寂的沙洲上，至少在淘金棚的周围仍无异于一声爆响。

"有动静！"大胡子对淘金棚里面喊了声。

"我也听到了，好像一颗石头砸在铁锅上的声音。"

"提盏马灯来！"大胡子命令道。

老渔民说他惊恐万状，背脊上霎时渗出了一层冷汗。这个可怜的年轻人已做好了奋不顾身的准备。就在这时，那边棚子里传出了两声洪亮的声音。老渔民说他听到的是"两声惊天动地"的虎啸声。

"老虎！老虎！"淘金棚里的男人们顿时乱作一团。此刻一直等待逃跑机会的他像一支射出的箭向丛林深处狂奔。他的身后不断传来大胡子的声音："别他妈的瞎慌！快把马灯提来！""是人！背了个袋子，胸前抱了什么东西！""快追！别让李模祥逃了！"……

几个汉子提着马灯，在草林里呼啦呼啦地乱窜。沙洲上如同刮起了一阵北风，掀起一片飒飒声。

"他们追上你了？"我问。

"没有！"老渔民露出一副得意的微笑。

"我比他们熟悉羊角洲。我躲在一个土坝下，他们从我旁边跑过去了，一直朝羊角洲南北交界处的陷阱处追去。"老渔民脸上得意的笑容还未消失殆尽。

可怜的小伙子第二天早晨还沉浸在恐惧之中，他的弟弟也一夜未归。太阳爬上树梢的时候，他决定出去打听消息。突然一群"大鸟"向羊角洲上空飞来，它们一边飞，一边屙屎。"那些黑乎乎的东西落到水中或沙洲上发出巨大的炸响，"老渔民说，"我媳妇紧紧抱住我，一刻也不敢松懈。一个上午就这样抱着。"可怜的小伙子生怕媳妇用力过猛，把孩子压伤了，他那个挺着大肚子的媳妇似乎并不关心这一点。下午，他听见村中有人议论，淘金的十几个男人全不见了。

四

事实上，从老渔民所讲的并不能得出结论：我爷爷带着女人逃跑了。我想大多数关于我祖父失踪的说法可能类似于老渔民的这种方式：纯粹是捕风捉影，甚或是一种讲述过程中的创造。

傍晚，我到了羊角洲。实际上它比我想象的要大得多、坚实得多。空气中充满了芦苇和水草淡淡的腥味。由于长江的主流移到了江北，羊角洲凭借江南众多的滩群，出乎意料地无须敷设水底电缆，仅靠几座输线塔就通了电。

对于我的到来，除了当代的年轻人表现出好奇和热情外（他们开始以为我是推销洲梨树苗的，因为百里洲盛产一种上好的梨子。后来他们把我当成了收购虎皮的小贩），大多数人的态度是羊角洲对外人那种惯有的冷漠和警惕。

一连几天，我发现，这个已有近四十户人家的村子白天几乎见不着人影。大多数人划船出去了，一部分人在一望无际的芦苇和水草掩映下的农田里。

我见得最多的是一个男孩，他的上身从颈子往下布满了黑色的鱼鳞。其次是几只肥壮的本地狗。我原以为它们见了我会狂吠不止，而事实上它们只是抬头瞟了我一眼，之后便伏在树荫下继续打盹。

在村子东头一棵粗壮的杨树下，我遇到一个操外地口音的中年男人，他正在修喷雾器。烧红的铬铁在喷雾器的铁皮外壳上嗞嗞冒烟。他抬起头眯缝着眼睛问我："要修喷雾器？"我摇了摇头。"哦，你是外地人！"他一边说，一边用手拍了拍那个铁皮桶子。

"你是来收虎皮的？"

"不是，"我说，"怎么这村子里的人见了我就问我是不是收虎皮的？"

"是啊，我初次来这里修喷雾器时，他们也是这样问我的。"中年男人放下手中的活计，"这话说起来太长了，因为要从四十多年前说起。"

这个忙碌的修补匠一边锉喷雾器上的铁锈，一边向我描述他在羊角洲的一些经历。铁锉刺耳的声音使我听得非常费力。

在修补匠第一次踏上羊角洲开辟市场时，他遭到了一群年轻人的围追打骂。他们以为他是来收购虎皮的。几天前一个收购虎皮的小贩拐走了沙洲上一个年轻媳妇。

后来一个"德高望重"的长辈把那一群鲁莽的年轻人训斥了一顿，他骂他们是"二百五"。长辈把修补匠扶起来后，感叹地说："都是李模祥造的孽。"因为自从民国三十二年（1943年）李模祥和他的淘金队伍上了羊角洲后，这村子就再也没安宁过。长辈颇为自豪地向修补匠介绍了在那之前这个村子里的妇女是如何的"单纯"和"知足"。她们不与外人接触，连与外人搭腔都被斥为"不自爱"，当然她们也从不与外人有过感情上的交往包括婚姻。她们热爱羊角洲胜过任何一个地方。不幸的是，李模祥上洲淘金后情况就变了。隔几天就有一些年轻女人去看他们是怎么从洲里淘出金子的，有一些"不知羞耻"的女人甚至借故砍柴来到淘金棚的周围。在李模祥勾走了一个流浪艺女后（他们实际上已经接纳了她，长辈把她的悲剧归罪于她自己"不争气"），村子里的女人更是躁动不安。

渐渐地，跟着来往船只上的小伙子私奔的姑娘多了起来。作为这个村子里为数不多的长辈中的一个，更令他坐立不安的是，近些年一些打着收购虎皮旗号的商人隔三岔五就要带走一个姑娘。这些商人总是随身带着一些城市里"乱七八糟"的衣服和小商品，如削萝卜的小机器之类。

"村子里的风气越来越坏了，年轻人整天想着谈论着发生在远隔几十里、几百里、几千里外的事情。李模祥叫老虎吃了也算是报应吧。"那个满脸忧虑的长辈最后对修补匠说。走之前，他一再安慰修补匠"放心"，"以后他们不会惹你了"。

修补匠吹了吹那些散落在铁皮桶子上的锈尘，脸上浮现出得意的微笑，他对自己的手艺十分满意。

"李模祥不是死于虎口。"我肯定地告诉他。

"是吗？"他感到非常惊讶，"可那长辈……"

两年前，由于创作的需要，我在查阅有关上荆江风土人情的资料时，非常偶然地发现，在上荆江一带的沙洲上曾有虎群的活动。据郦道元考证，百里洲由于白虎成群出入，洲民尊其为神，为表达他们对老虎的"顶礼膜拜"之情，他们甚至建造了一座"白虎庙"。

我把这一发现告诉父亲时，他向我提供了一个带有"迷信色彩"的证据。父亲说，百里洲的敬虎仪式非常普遍，只是后来才逐渐淡化了。祖父在带领十五个男人上羊角洲之前，曾经在白虎庙的废墟上举行过盛大的敬虎仪式。父亲向我描述了他听说的有关那次敬虎仪式的一些细节，面对废墟上一只纸扎的"腾空飞跃"的大白虎，祖父跪在最前面，在族长催眠般的歌声中，祖父和淘金男人们一次次举起双手虔诚叩拜。

鼓声和乡民们的"虎叫声"轰然响起，此起彼伏。十二个身披各种动物毛皮的少女围绕着祖父载歌载舞。祖父必须蒙着眼睛辨认出哪个少女代表白虎。当他"认出"后，便用尖刀在胳膊上划一条口子，"白虎少女"用碗接住祖父的鲜血并把它一饮而尽。最后，祖父与"白虎少女"被送到一个只有族长才知道的地方度过出发前的那个晚上,父亲解释说,这叫人与虎"结为同类"。"不过,"父亲的脸色阴沉了下来,"那个白虎少女似乎是你爷爷淘金队伍中一个男人的妹妹。按规矩,十二个少女谁也不能向任何人透露这件事。"

百里洲许多老人相信这群老虎并未绝迹,它们可能转移到了百里洲下面的其他沙洲。有的老渔民自称他们目睹过老虎横渡长江的场面。这样,同情我祖父的老人总是说:"他们十有八九是遇到了老虎。"

但是,对这种分析我一直持怀疑态度。它的证据太脆弱了,以后的事实证明,我的谨慎是对的。

五

随着时间的流逝,祖父的故事对我的吸引力正在衰减。我不是那种意志力坚定的男人。对一个既定目标的追求如果屡遭挫折,我会放弃它。在我徘徊不定的时候,素芸重新煽起了我内心深处对祖父失踪一事的好奇心。

我在去河边的路上碰见了她。她正用一盆绿色的溶液擦洗一个长着一身黑色鱼鳞的男孩。

"喊什么?没得用的东西!"女人说,伸出指尖又抠了一下。

"疼啊。"孩子眼泪巴巴,像只受伤的老鼠。

"疼,疼,让你护着这东西,以后像你爷爷一样找不到媳妇。"女人说完,将那盆绿色的水泼了出去,它们刚好在我的脚尖前停止了流动。这样,本来准备转身进门的她,这时便有些迟疑了。

"收虎皮的?"

"不!我对你儿子身上的蛇皮有些兴趣。"

"把话说明了些,我文化水平不高。"她放下脸盆,朝我走了过来。她大概跟我差不多大年纪,显然早婚早育已经消耗了她最富活力的青春岁月,使她看起来比我年长一截。

"你儿子的病叫鱼纹病,也有人叫蛇皮癣。它是由于皮肤缺乏某种元素而引起角质层代谢异常造成的,其后果是在皮肤上形成黑色或其他颜色的鱼鳞纹。这种病可以遗传。也就是说你儿子的父亲或爷爷一定有这种病,但也许没有表现出来。这就是遗传学上的隐性与显性遗传。"

"你是医生?"女人又朝前迈了一步,她似乎放松了警惕,眼睛里流露出迫不及待的求知欲。

"不是。我认识一个医生,他是专门治这种病的,名气很大。顺便问一句你刚才说的虎皮是怎么回事?"

"哦!原来你还是——"她可能感到上当受骗了,惊愕的神色里掺杂着嘲讽和鄙视。

"不、不、不,我是想知道一件事。五十年前,从百里洲来了十几个淘金的人,后来他们在羊角洲失踪,在他们失踪的头天晚上听到了虎叫声。"

她正要开口,从芦苇林里隐蔽的小径上钻出一个戴草帽的老头。他把肩上的一捆棉花空枝扔在屋前的空地上,那动作夸张得有如从肩上卸下一袋百来斤的麦子。

"坎上那块田该打药了!"老头说。

"我晓得了。"女人的脸上闪过一丝不易察觉的厌弃。当老头消失在黑暗的堂屋后,她转过头来对我说:"晚上你再来,我知道一些事也许对你有用。"

她说"晚上"两个字的声音小得我几乎听不见,她的眼睛很巧妙地暗示了什么,这种暗示使我的心跳突然加速。我尽量克制自己的冲动,因为在这个沙洲上任何一个陌生人的轻率和浪漫,都有可能重蹈我祖父的覆辙(我初步相信我祖父是在女人问题上犯了错误)。

六

在夜色笼罩羊角洲之前,我决定到靠近一片梨园的小路上散散步。一个中年男人正在给梨树绑撑子,丰硕的果实将许多梨树压弯,有的树枝不堪重负已经折断。他的动作看上去像一个熟练的梨农。

"这梨子长势不错,但枝干上的果子太多,跟主干上的果子争抢养分。"我说。我对梨子的知识全来源于父亲的信。我的那位性情暴躁的父亲经常从百里洲写信到武汉,诉说梨树栽培中的种种技巧以及把握不住这些技巧而产生的无限烦恼。

"你也懂栽培梨子?看见你在村子里逛来逛去,我还以为你是城里人呢!"当他抬起头时我发现所谓的中年只能局限于他健壮的身躯和背影,他的额角分明是一个五十来岁的男人才可能拥有的。

在绑完最后一根撑子后,他站起来,问我能不能帮他和一些泥巴。他想在天黑之前将已经砌了一半的小屋完工。沙洲上几乎每家都在梨园里搭了看守梨子的小屋。他的请求非常诚恳,我不忍心拒绝。但我对这种工作很不内行。

"你打算晚上住这里?"我问。

"是啊!不看住梨子会被偷的。"他说。

"不怕?"我问。

"怕?"他似乎觉得我的问题有些奇怪。

"我的意思是指老虎。"

"那是几十年前的事情了。我叔叔常给我讲他打老虎的故事,故事一开始他总是说,他是羊角洲最好的猎人。事实上,除了他,别人都没见过老虎。"他拾起一块砖,在墙上比画了一下,用瓦刀削掉多余的一截。也许,他干瓦匠更合适,我想。

"我叔叔说,老虎的叫声太吓人了,羊角洲都动了起来。他说老虎冲进一个淘金棚,把一个男人的屁股舔了一块就跑了。我叔叔接连开了三枪,老虎窜进了芦苇林,还叼了一个女人跑了。据说那女人就是那个打三棒鼓的沔阳姑娘。她是我叔叔的相好,可被一个淘金老大骗走了。我叔叔说他那天是准备去找淘金老大报仇的。"

"那个屁股上掉了一块肉的男人呢?"

"当晚就死了。我叔叔说他该死。"

西边落日的余晖已经消褪得不留一丝痕迹。轻纱一样的暮霭从棉田、梨园、芦苇以及屋顶上升起。中年男人在我走出十几米远后突然记起来应该告诉我一件事,他大声地说:"你还不认识我叔叔吧!他的颈项上有蛇皮。"

七

晚上我又一次来到了那个年轻女人的家。她的家与大多数民居不同,它像一个游离人群之外的古怪老人,蜗居在一个土坝后面。大片的芦苇和杂树林子将其遮掩得严严实实,在稍远的地方只能看见屋顶和门楣。

她正在屋后的凉床上乘凉,与白天不同的是她没有穿长裤,修长的腿在月光的照耀下显得格外刺眼。羊角洲的女人在这一点上很开放,她们认为穿短裤没有什么不妥。她说她叫素芸,并请我到凉床上坐。她自己则坐到我对面一把矮小的椅子上去了。她叙述以下这个漫长故事的声音和语气好像来自一个遥远的地方,在朦胧的夜色下我无法审视她的表情。

1984年夏天,素芸说"那真是一个黑暗的夏天",她第三次高考落选,望女成凤的父母已经背负了一笔巨债(她说在当时看来那确实是一个数目不小的负担)。于是,她请求一只湖南籍小船带她到羊角洲"走亲戚",从此踏上了离家出走的痛苦历程。

素芸坐在羊角洲的江边冥思苦想。夜色愈来愈浓的时候,她感到从未有过的恐惧和空虚。饥饿、烦躁和无可奈何把她的大脑搅得更乱,她开始昏昏欲睡。朦胧中一种沁人心脾的清凉渐渐深入她的肌肤,那种冰凉使她安静了下来。但不久,她觉得被一双有力的臂膀抱得愈来愈紧。"在那之前,我还没被男人拥抱过。我以为羊角洲的坏人要强奸我。"素芸说。

素芸极其恐怖地睁开双眼,"眼前的情景,"她说,"是任何一个十九岁的少女都无法承受的。"一条茶杯粗、两米多长的蟒蛇缠在她的身上。素芸尖叫了一声就昏了过去。

当素芸醒来时,发现自己躺在一间简陋的壁子屋里。一个六十来岁的老头站在她的面前。"我是羊角洲最好的猎手,"他说,"四十多年前我就打死过老虎。"说完,老头端来一碗米饭,一个沸腾的铁锅里清香四溢。素芸说:"我不知道那是蟒蛇的肉。"

素芸吃完饭,老头劝她洗个澡,他便带上门蹲在外面等着。素芸感到确实需要痛痛快快地洗个澡,她觉得老头慈祥得像她的父亲。

在昏黄的电灯光下,素芸第一次发现自己竟有一副美丽丰满的身材。她承认"在抚摸欣赏自己身体的过程中,我获得了对生活的自信",她"对自己的轻率感到后悔"。这时老头突然闯了进来,素芸惊恐地用一只手遮住下身,一只手臂遮在胸前。

"你是百里洲的?"老头问。

素芸点了点头。

"是百里洲的就不要怪我不客气了!"老头对百里洲怀有一种素芸当时不能理解的仇恨。

"你不能!别,别,别……"像一只可怜的小兔子,素芸的眼睛里充满了绝望和哀求,泪水已经淌了出来。老头如同走向一个落入陷阱的猎物一样向素芸扑了过去。在床板吱吱哑哑的呻吟声中,素芸看见一块蛇皮在她的身上蠕动。

几天后,素芸在经历了最初的愤怒、仇恨和痛苦之后,不得不接受失身这一现实。她为自己美丽的身体被一个满身蛇皮的老头玷污而悔恨不已。更为残酷和无法挽回的事情是:在她决定离开羊角洲继续出走的时候(她说她无脸回家了),她发现自己有了怀孕的症状。而她对那个卑鄙的老头还一无所知,甚至连他姓甚名谁都不清楚。

月光将院子照得一片明亮。当素芸停下来的时候,我发现她已将头深深地埋入了两腿之间,她的身体在轻轻地颤动。一只受惊的蝉带着一声惨叫从院子上空飞过,那声音被露水浸染了,听起来有一种湿意。

"一天晚上,"素芸说,"当他洗了澡走进门时,我用猎枪对准了他。"蛇皮老头并不怎么吃惊,他似乎知道迟早会有这一天。

"你为什么要害我,就因为我是百里洲的?"素芸对毫无表情的蛇皮老头说,"你要是不开口,我就打断你那根作恶的'老根'。"素芸说她不是威胁老头,她真的准备那样干。她端起枪做了个瞄准的姿势。这时,蛇皮老头的脸抽动了一下,他终于开了口。"他讲的故事可能才是你感兴趣的。"素芸说。她伸了伸腿,调整了一下坐姿。我意外地发现,一个丰满的女人坐在一把矮小的椅子上也是一幅美丽的画。

其实素芸并没有直接引述蛇皮老头在枪口的威慑下所作的"交代"。她综合了这些年来她对蛇皮老头零零碎碎的了解,然后用自己的语言组织并叙述了有关蛇皮老头的一些事情。这或多或少影响了历史事件的真实性,但我愿意相信这个美丽而不幸的女人向我倾诉的一切。

在李模祥带领淘金船队上洲的那一年夏天,长江中下游洪水泛滥,一个沔阳姑娘逃难来到了羊角洲,沿途她以打三棒鼓为生。羊角洲人都不知道这个陌生姑娘是怎么上的岸。

沔阳姑娘好像是迷路的羔羊,她可能对这个仅有十几户人家的村子感到失望。在她踟蹰再三时,蛇皮青年扛着猎枪走了过来。羊角洲人看见她朝蛇皮青年迎了上去,谁也不知道他们说了些什么。后来,一个放牛的孩子看见蛇皮青年拉着沔阳姑娘朝他的窝棚走去。沔阳姑娘边走边回头,因为蛇皮青年把她的三棒鼓扔到了江里。放牛的孩子说他只看见蛇皮青年的手挥舞了一下,一件东西朝河面飞了过去。

羊角洲人都没有料到,那个沔阳姑娘竟与蛇皮青年情投意合、十分恩爱。他们都因为过去对这个蛇皮"怪种"的嫌弃而感到内疚。前前后后至少有七个相亲的姑娘都被他一身黑色鱼鳞状的蛇皮吓跑了。与蛇皮青年同族的大小姑娘见了他扭头便走,甚至绕道走另一条路。蛇皮青年成了羊角洲无法摆脱的灾星。他们十分感谢沔阳姑娘让幽灵般飘浮不定的蛇皮青年安定了下来。

他们说蛇皮青年与沔阳姑娘像两只蜜蜂一样开始营造他们的小窝。秋天的时候,他们把简陋的窝棚改造成了很不错的三间土墙屋。在野味清香四溢的屋子里,沔阳姑娘的三棒鼓小调送走了一个又一个夜晚。

月亮升上了我们的头顶,素芸的声音在月光中飘流得很慢,她那修长的腿似乎在牛奶中洗过,圆润光洁,经常扰乱我的注意力。

"女人的变化是迅速而不可捉摸的,"素芸说,"这是真的!"

李模祥淘金船队的到来打破了"三间土墙屋"里的宁静。那个傍晚,"蛇皮"打猎还未回来。那个在羊角洲上出没无常的放牛孩子正为一头小牛掉了队而焦急。当他穿过一片枯芦苇林子的时候,看见上羊角洲淘金的李老大走进了那"三间土墙屋"。过了很长时间仍不见李老大出来,孩子说他"感到很怪",便蹑手蹑脚走到土墙屋的跟前。在门边上,孩子听见沔阳姑娘"上气不接下气"的喘气声。后来他看到李老大满脸红光地走出来,他一边走一边系裤子。

"蛇皮"对沔阳姑娘情绪上的微妙变化无所察觉。一天晚上他起床屙尿的时候,惊骇地发现床上的女人不见了。几天后的一个夜晚,"蛇皮"提了一把斧头砸了李老大的淘金床。不幸的是他在返回的途中被李老大的人马打得死去活来。李老大威胁"蛇皮",要是"蛇皮"第二次闯进淘金场,他们就剥掉他身上那层黑皮。沔阳姑娘自此就没回"蛇皮"的被窝了。"蛇皮"发誓今后只要百里洲的女人踏上了羊角洲,他就要报仇,要把她占了。

"那个晚上,他对我说那句话时仍旧咬牙切齿。"素芸说,"我真恨不得扣动扳机,打断他那根罪恶的'老根'。"

素芸终究没有开枪,她的双手无力地垂了下来。她说她肚子中的胎儿就如同奴隶额头上的标记……她无法摆脱命运中注定的劫数。"有时候,我似乎也恨李模祥,虽然我说不出十足的理由。"素芸的话使我猝不及防,窘迫至极。但我尽力装作若无其事的样子,我不想替祖父作任何辩解。

在素芸生下孩子不久后的一个晚上,几个陌生青年冲了进来。他们说他们是来买虎皮的。那时候,一个身上有蛇皮的老头当年打死了一只白虎的传说正经久不息地到处传颂着。

"没有这事。"蛇皮老头说。素芸躺在床上,她看见一个青年的长腿扬了一下,老头立即捂着肚子蹲了下去。

"没有这事。"老头咬着牙说。长腿青年划了一个弧线,老头向后腾起。素芸说老头像一条死鱼平躺在地上。

"没有——这——事。"他艰难地重复了一遍。长腿青年正准备再次起脚的时候,另一个人拦住了他。"他们向我围过来。"素芸说。

"没想到,你这个蛇皮老头还有福气,从哪里弄来这么标致的姑娘,啊?"素芸说一个小胡子青年伸手扯掉了盖在她身上的被子。

"你说不说,老头子?这么年轻的姑娘睡在你的床上太可惜了啊!"小胡子青年又说,但老头仍没有反应。这时几个青年一拥而上将柔弱无力的素芸脱得精光。

"你们看吧！我没有虎皮！"蛇皮老头突然怒吼了一声。几个青年转过身来，看见老头赤身站在他们面前。他精瘦的屁股上少了一块肉，他的身体像垂死的老牛一样剧烈起伏。

"我冲进淘金棚里，两个血淋淋的男人已经躺在那里。这时老虎向我扑来，我来不及开枪就被扑倒了。它咬住了我的屁股，慌忙中我开了三枪，老虎窜进了芦苇林。你们听到的全是假的，都是我编的。"老头说完后倒在一堆干麦草上，浑身筛糠似地乱抖。"我把他扶到床上，半个月后他才有了一点精神，但他已彻底垮了。"素芸说。

现在，素芸显得十分平静。月光静静地流淌着，羊角洲如一只渔船浮在月光的河流上。她美丽的大腿、高耸的胸部似乎都沉浸在漫长的往事回首中。我想，继续为那些含混不清的历史事件去引诱她，将是不能宽恕的罪过。

"你要是觉得那样坐着很累，不妨也坐到凉床上来。"我说，她犹豫了一下，随后缓缓移动了身体。

八

素芸的故事几乎动摇了我的初衷。几天来我在羊角洲一个富裕梨农的两层小楼里坐立不安。我很少想到祖父，倒是常常被素芸的影子搅得寝食不安。

我回到百里洲，决心调节一下目前这种混乱的心态。当我见到阮晴时，她变得十分忧伤。在短短的几天里，这个平静的家庭经历了一场痛失亲人的动荡，阮晴的祖父去世了。

"我们不让他看电视，他偏要看。同上次一样，又是在播放寻人启事的时候，他呼吸急促，全身痉挛。这一次没上次幸运，他死了。"阮晴说，她的一只手一直在摩挲、翻弄那本发霉的县志，"这本书看来也没有多大用处了，用得着你就拿去吧！"记得我和阮晴在老头那间黑暗、潮湿的房间里找到它时，它被当作一块厚度适中的砖头，垫在一张老式大木床的一只脚底下。显然老头在暮气苍茫的晚年并不怎么看重这本他唯一值得骄傲的文字成果。

阮晴的家在这个燥热的夏天里笼罩着死寂一样的冷清和阴森。对我来说，待在这里似乎很不合时宜，幸而，从阮晴的家到我的家并不太远，抄近路只需两个小时。

回家之后，我又一次随意翻了翻那本县志。在我合上书，准备将它搁置在床头一角的时候，很意外地，从县志里掉下来一块丝织手绢。开始我还以为是岁月的风雨使书中的一些纸张脱了线。这块做工精细的手绢已经开始泛黄,有几处被虫子蛀食过了,露出星星点点的小孔。令人不解的是,手绢的一侧绣有半个红桃。对这半个红桃我颇费脑筋琢磨了很长时间,但始终没有一个令人满意的解释。

不过,在内心深处我还是反复安慰自己:这不会是阮晴故意夹在书中送给我的。在我们多年的交往中,曾经有多次机会将我们的友谊发展成为爱情,但终究都没有这么做。她过于自卑,而我总觉得她身上缺乏少女的青春气息。

在洪水有节奏地拍打堤岸的涛声中,我渐渐沉入了梦乡。

九

几天后,我到八庙滩镇上看望一位中学老师。在穿过一个冷清的小集贸市场的时候,我被一个卖鱼姑娘哼唱的民间小调吸引住了。很快我便记起来,这种曲调就是流行于天沔一带的三棒鼓道情。

卖鱼姑娘和她的歌声一样美丽动人。她正专心地用一些青草把鱼盖住,以抵挡上午暴烈的阳光。我注意到,在唱到有关男欢女爱的地方时,她故意省略了歌词而只哼曲子,给人一种模糊不清的印象。

"你唱得很好。"我说。

"买鱼吗?"她抬起头来问,一片鱼鳞在她的脸上已被阳光晒枯。

"你唱的好像是三棒鼓的调子!"我说。

"买条鱼带回去?"她又问。她的思想几乎全部集中在鱼的身上。

"我想买你的歌。"我说。

"你真会笑话人,我的歌是奶奶教的。这种歌还能卖钱?"姑娘说道。

"一些陈旧的东西往往更值钱。"我说。

姑娘若有所思地点了点头。我猜想她的奶奶说不准就是当年唱着三棒鼓踏上羊角洲的沔阳姑娘。这一想法给我疲倦的身心注入了一支兴奋剂。

我们在北羊角洲找到老太太时(卖鱼姑娘的奶奶),她正在草甸子上翻晒一大片鲦子鱼。清一色的鲦子鱼在阳光的照耀下泛出刺眼的白光。浓烈的腥味使我联想到自己已经变成了一条鱼并与这些鱼一起正被摊晒在阳光下。

她说一口纯正的沔阳话,但几十年前的动人风韵连同那些美丽的三棒鼓民谣都已消失得无比遥远了,她干瘪的乳房如同两条枯丝瓜在胸前可有可无地晃动。

"我老了,早记不住词了。"她翻完了鱼,在一团草上坐下来。她悲哀的语气在闷热的草丛里散布得十分缓慢,使我立即感到空气有些凝滞。

"那就说说李模祥吧,民国三十二年他在羊角洲上淘金,有人说他带着你私奔了。"我肯定她就是当年那个事件的当事人之一:流浪艺女。

她枯萎的脸闪动了一下(使人想起秋天的一片树叶),呈现出因毫无准备而被人推入深渊才有的那种绝望和痛苦。她从口袋里掏出一些细碎的卷烟叶,抖动的双手卷起烟来极端困难。

"那天天快黑了的时候,我洗了澡坐在屋里等待他打猎归来。他总是回来得很晚。在火盆暖烘烘的气氛中我开始打盹,后来我感到宁静的空气被什么东西搅动了。我睁开眼睛的时候,淘金老大已经站在我的面前了。我望着他手足无措。他迟疑了片刻,然后像拎一只小鸡一样把我抱了起来。在他的怀抱里我就像一只羊羔,他的身上洋溢着一种无比强大的力量。我感到被一种法力无边的魔力罩住了,只能听从他的摆布。在那张简陋的木板床上我懂得了人生最畅快的事情。跟他比起来,'蛇皮'就像是一个混沌未开的孩子……"

老太太的叙述很不幸被一群啄食小鱼的水鸟打断了。她挥起一根芦苇,"啊希、啊希"地呵斥了几声,鸟群极不情愿地盘旋了几圈后才往远处飞去。她又重新坐了下来。这时候南羊角洲的屋顶上已经升起一炷淡淡的炊烟。

"后来,每天晚上在'蛇皮'睡死后,我就悄悄溜到李老大的淘金棚。我们并不在淘金棚里做那事,李老大说在船上更好些。他有使不完的力量,睡在他的身边用不着担心天塌下来。事实上,族长派他带人来淘金正是为了支撑因饥荒快要坍塌的天空。"

"出事的那个晚上,李老大扶着我走下小船。在穿过了一片浓密的芦苇林之后,他突然把我按倒在地,紧紧地抱着我。我以为他又来劲了,正要开口骂他,可他宽大的手掌像一面扇子堵住了我的嘴。这时,我听见芦苇林里有人踩断芦苇的声音。借着从淘金棚泄漏出的碎光,我看见两个人影提着家伙,强盗一般地向淘金棚摸去。"老太太突然停止了讲话,大口大口地吸烟。

老太太说,她猫着腰跟着李老大慌不择路,拼命往小船上跑。他们的后面是一片混乱:虎的叫声、枪声以及一群人杂乱无章的叫喊和奔跑声。李老大一口气将船推到北羊角洲的岸边。"他满头是汗。在马灯昏黄的灯光下,他的脸色惨白。"老太太说。

李老大解开棉袄,撕开一个用线缝死了的暗荷包,他把那个装着金子的小玻璃瓶交给了她。"等着我回来。"李老大说着,从船舱里取出一壶酒咕噜咕噜喝得直响,他的身体一直在抖动。老太太说她至今仍能感觉到李老大剧烈颤抖的身体。

他扔掉酒壶后开始脱衣服，然后把衣服捆成一个小包顶在头上。"我得过去，不知道他们怎么样了。"李老大说。她死死抱着李老大赤裸的身体不放。"在冬天，从北羊角洲到南羊角洲的水面并不宽，但我担心他会冻死在水里。"老太太说，"他是个固执的男人。"

"我必须过去！"李老大狠狠地说。女人的手臂像条坚韧的缆绳捆住了他。他不得不打了女人一个耳光，推开了她。但女人立即又扑了上去，他们在冰冷的河边作了最后的告别。老太太说她不顾羞耻地亲遍了他的全身，然后她看见李老大赤裸的身体在河面上一寸寸地缩下去，最后只剩下一颗黑乎乎的头。

她叹了一口气，浑浊的目光从草林、水荡上一直向南羊角洲延伸。许久，她回过头来，眼睛里一片迷茫。落日的余晖将她的白发染得金黄。

第二年春天的一个夜晚，一个强壮的男人闯进了她的小船，她以为是李老大回来了。第二天早上她醒来一看，原来是北羊角洲的一个光棍，那时，他还睡得正香。

"他是个老实人。他说他是认错了船，他原本是想上村里一个寡妇的船。不过，那时我已经怀了⋯⋯"一个高个子的老头朝我们走来，他的肩上背着一个喷雾器，满身的农药味迅即向我们弥漫过来。老太太在强烈的刺激下显得十分难受。

"老婆子！这鱼还不收，留着上露水？"高个子老头说。

"就收！"老太太艰难地挪了挪屁股，直起身来朝草甸子走去⋯⋯

我在北羊角洲逗留了两天。那位老太太在两天中并未对自己的故事增加什么新的信息，相反在一些细节上她似乎更加糊涂了。我唯一印象深刻的是，她不断地叹气，以至于我也感染上了那种颓废情绪，对祖父失踪的亢奋的好奇心似乎又一次降到了冰点。这真是一件徒劳无益的事情。我似乎在一个空荡荡的山谷里寻找那些本来就是空荡荡的东西。正如珞珈所说，我连祖父身上的一块破布片都未找到。这无疑令我感到悲伤。

十

当我回到武汉这个因炎热和拥挤而四处充满臭气的城市时，书桌上已蒙上了厚厚的灰尘。我刚刚坐了下来，尚未完全适应室内光线的时候，值班室薛师傅走进了我的寝室，他递给我两封信。

一封是素芸从羊角洲寄来的。信密密麻麻地写在一张小学生作文纸上。她告诉我，蛇皮老头在棉田打药时由于天气炎热而中毒，在卫生所躺了两天后终于闭上了眼睛。临死之前，老头除了请求素芸宽恕他的罪过之外，还告诉素芸他曾在南北羊角洲交界处的陷阱里发现五具男尸。素芸说，她十分困惑的是这个古怪的老头为什么要告诉她这件事。素芸请我放心，她感到"从未有过的轻松"，"一团长期笼罩着她生活的阴影终于被驱散了"，但她"并非对蛇皮老头的死感到幸灾乐祸"。

另一封信寄自北京出国人员语言培训中心。在这封长信里，珞珈第一次称呼我为"平"。眼下她正在北京参加短期培训，不日将赴美国。珞珈说她偶然从一家报纸上看到一份有关人群失踪的资料，因此抄录给我，希望我能从中找到答案，尽快放弃以前不切实际的想法。

这份资料说，全世界每年都有几百万人失踪，如某国每年约有十万人下落不明，某地区每年神秘失踪人数也达六千人之多。

这份引人入胜的资料最后说，1988年巴西一个科学家在巴西与玻利维亚交界处的森林里，发现了一群来自世界各地的"失踪人员"，据称，他们都是从几十年前至今，被"不明飞行物"掳掠到这里来的。后来当美国考察人员赶到现场时，再也未能找到这群人，只发现了一些帐篷和用具……

珞珈说她将这份资料也抄给了她的父亲，因为她听说她父亲花费了本来不多的积蓄在电视上播放寻人启事，她认为这是得不偿失的。这是我第一次间接听说珞珈的家庭里有人出走或失踪。在我们同窗多年的生活中，她对此事只字未提。这使我感到珞珈的城府远远超出了我的想象。

在信中，珞珈夹带了一块薄薄的丝织手绢，上面绣有半个红桃。她的父亲在火车站把这块手绢交给了她，说是带在身上，身处异乡，睹物思人，意义尤重。珞珈却认为，把这块手绢送给我，"意义更重"。她这种表达感情的"晦涩"方式又一次使我联想到她的高傲和过分的自尊。

晚上，我从行李中找出阮晴送给我的县志中夹着的手绢。当我把两块大小完全一样的手绢拼起时，我惊奇地发现，那两半桃子竟然弥合得天衣无缝。我久久地凝视着那个象征一颗红心的桃子，大脑处于极度的亢奋状态。遗憾的是最终我什么都没想出来。这有些类似于解方程，脑细胞在积极地奔忙，好像找到了许多种方法，而最后你发现每一种方法不但不能解开方程，反而使方程更加复杂化了。

(《芳草》1995年第12期)

沉　　船

引　　子

　　关于百里洲，目前的说法很不统一。许多常年在荆江一带跑船的外乡人议论百里洲就像议论一个可望不可即的女人，态度极不严肃。

　　最新的说法来源于1994年版《荆楚风物记》，这本由本省著名历史学家、文化史及民俗专家共同编撰而成的巨著，以确凿的证据表明，百里洲是一百多个小洲渚的总称。三十年河东、四十年河西，在河床反复无常的变化中，大多数洲渚已经淤积成为今天的长江第一洲——百里洲了。不过，在百里洲的周围依然点缀着几十个小洲渚。它们像星星一样飘忽不定，时隐时现，时聚时散，时大时小。

　　奇怪的是，百里洲的历史上有许多在我看来非常重要的风土人情，在《荆楚风物记》里却只字未提。似乎很早的时候，百里洲的洲民就开始炼丹了。直到今天，那些在百里洲一望无际的芦苇林或沙石滩上出没无常的淘金人，仍可见到百里洲先民炼丹的痕迹：一座鼎炉或一座丹坊的遗址。董滩顶上那座倾圮的仙丹祠据说是百里洲炼丹技术发展到极致的间接证据。唐肃宗至德元年，一李姓炼丹师于七七四十九天中炼出一副奇丹，受到皇帝赏识。此事之所以在炼丹界引起强烈震动倒不是因为皇帝赐修仙丹祠，而是因为这副丹本身，因为它是当时炼丹界炼出的第一副水丹。绝大多数炼丹师都深居名山，只有百里洲的炼丹师们蛰居水边，如同孵蛋的野鸭耐心地注视着时间从江面流逝。

　　我对百里洲这些过去的了解无一例外都来自幺佬的回忆。他的曾祖父首先把祖传的炼丹技术用于淘金，自此以后百里洲就没有安宁过。如同一个漂亮女人逃脱不了一次又一次被折磨、被踩躏的命运，年复一年，百里洲在淘金帮的翻挖、淘洗之下，已经变得惨不忍睹。

　　十八岁以前，我一直跟着幺佬辗转于百里洲的大小洲渚淘金捕鱼。十八岁那天，他慎重地对我说："要做个好金客，须记住两点，一是不要让陌生人轻易上你的船，二是不要轻易上女人的床。"这两点我都未能做到，并因此对我的人生（我的职业及婚姻）产生明显而深刻的影响。

1994年春，我为躲避痛苦的婚姻踯躅在清江边上的一个小镇。我儿时的朋友，现在清江上一只驳船的二副带来一封信给我。信是幺佬托人写来的，大意是，一到秋天的时候，白水苏就变得不安分了。这个固执的年轻人每年都要发起一次淘金活动而从不考虑能否淘出金子来。大多数小伙子都成群结队到大城市做工去了，只有白水苏像过节一样忘不了淘金。他的古怪行为总让人们想到，他是在担心那套破旧的淘金床会生锈。不过，幺佬说，今年淘金有了变化，一只挖石船带着机器与白水苏的淘金帮合作淘金。幺佬抱怨他听不惯嘈杂的声音，把握不住烧金子的火候。他忧伤的语调使我一连几个晚上不能宁静，事实上我仍为未能听他的话而落到现在四处流浪的境地而感到内疚。

我决定回到幺佬的身边，但早来的春汛使我的行程耽搁了一个月。我到百里洲后没有见到幺佬，只见到了白水玉和白水苏。

……

一

砂石场毕场长的儿子毕拨四到达董滩时，西边远山顶上仅有的一线阳光已被傍晚的寒风吹得无影无踪。近水的滩涂蜿蜒曲折地堆积着小山丘似的砂石，这些墓冢似的砂石堆已经泛白。深浅不一的坑穴渗出一汪汪清水，在北风的吹拂下兴起一层层寂寞清冷的波浪。两张淘金床躺在一个新挖的坑洞边上，看起来像两个无所事事的傻瓜，沉默不语。北风扫过董滩上一望无际的芦苇林时，沙沙的声音显得异常遥远和凄凉。

在双腿踏上董滩的时候，毕拨四便感到一种虚软和莫名其妙的恐怖。现在，他觉得自己更像一个置身古战场的游览者，而不是准备和洲民们合作推行机械化淘金的经营者。

夜色渐暗的时候，滩顶上的一个淘金棚开始透出一些炊烟，不过，它们很快就被晚风吹得杂乱无章。这使毕拨四有些伤感。通常当风吹乱金铃子那一头美丽的长发时，他总会有这种伤感。他相信开始的时候他是因为金铃子美丽的头发而喜欢上她的，并不是因为她的父亲是县黄金开采管理局局长。

在淘金棚前，毕拨四举起的手犹豫不决。他听见姑娘们像小鸟一样在冬天的傍晚窃窃私语。在水的搅动声中，他闻到了肥皂和水蒸汽的气味。

在毕拨四的手落下后,一声尖叫迎面扑了上来。当然,毕拨四并没有因此退缩而是不可阻挡地走进了淘金棚。

后来,白水玉告诉我,那天她的哥哥去董市镇卖金子没有回来。百里洲的资深淘金人幺佬肯定在哪个饭馆里喝醉了,另外一些沉不住气的男人到另外一个洲子寻找金场去了。因此,她们几个姑娘决定烧水洗澡。

她说:"那个戴旧军帽、身穿一身黑呢子的家伙开门时,真把我们吓死了!"因为当时她正坐在大木盆里洗澡。"我妹妹大叫了一声,我顾不得回头看看发生了什么事就赶紧钻进了被窝。"白水玉一边别有兴致地玩弄一把精巧的小锤子一边向我讲述过去的事情,"事后他说我像只老鼠一样机敏。"现在,她已经是董市镇一家金银首饰加工店的老板了。

毕拨四在白水玉藏进被窝后,面对几个惊恐不安的姑娘说:"这么冷的天,你们还讲卫生?"白水玉认为这句话证明毕拨四是个不平凡的人,所以她很快原谅了他的鲁莽。她的妹妹则认为城市人太无耻了,明知道别人在洗澡,还偏要进来。

"那一夜,我们兴奋得——"白水玉的话被一个满脸横肉的汽车司机打断,"水玉妹,你该没有把我的金子吞了吧?"汽车司机说这话时脸上闪过一丝不易察觉的坏笑。"恶心!你老婆才吞你的金子。"白水玉说着,将一个纸袋甩给司机,"拿去吧,你的金子!"司机"嘿嘿嘿"地讪笑了两声,爬上了一辆笨拙的卡车。

我在天快要黑的时候离开了白水玉的首饰加工店。事实上,白水苏第一次到董市镇卖金子也正是这个时间才揣着沾满污垢的四百元钱从银行大门走出来。当时,董市这个喧闹的小镇上已经人迹稀少,西边远处朦胧的山顶上仅存一线清冷的阳光。

冬日傍晚的寒气愈来愈重,白水苏不由自主地缩了缩脖子。在苍茫的暮色中,他发现一个身穿短大衣裸露着膝盖以下匀称小腿的少女正注视着自己。她站在一间发廊的茶色玻璃门前。白水苏经过她的面前时,少女朝他迎了上来,说他应该洗洗头发了,顺便也可以烤烤火,暖和暖和身子。这是一个令人感到幸福的建议。在白水苏的生活中,从来还没有人关心过他是否该洗头发或者剪一下头发了。少女的语气温柔体贴,她的目光中闪烁着一些朦胧不清的含义。白水苏在她的引导下走进了那扇暗淡无光、充满各种洗发用品气味的小屋……

二

白水苏醒来时,已经是第二天上午。屋子里依然和夜晚一样漆黑无边。发廊里的那位少女见他醒来就说："大哥,你睡得好死啊,河里的渡船都来回跑两趟了。"白水苏猛地一惊,一脚蹬掉被子,胡乱笼上衣服,趿着鞋子就往门外冲。当他推开那扇茶色玻璃门时,一群在门外大道上卖菜的百里洲人不约而同地回过头来,以意味深长的目光审视他,其中有几个还会心地笑了一下。另有一个卖球白菜的中年人甚至说:"伙计,鞋子趿反了!"

在一片被雾打湿的芦苇林里,白水苏遇见一个从董滩收鱼回来的中年人,他提着一串形状奇怪的小鱼。"看样子,你们淘金的时来运转了!"中年人说,白水苏觉得他的话和那些鱼一样奇怪。他下意识地往董滩瞟了一眼,发现滩边的水域里停泊着一只挖石船。开始他以为这可能是例行的疏通航道或者砂石场的挖砂作业,他对已经发生和将要发生的淘金生活的变革完全没有思想准备。

在逐渐明朗的光线下,白水苏发现一群人正用两只小划子把滩顶上两个淘金棚里的东西往挖石船上搬。两个强壮的小伙子用白家祖传的淘金床装满沉重的物品,然后漫不经心地向河边走去。在接近河边时,一个小伙子似乎虚晃了一步,淘金床连同物品砸在一块尖锐的毛石上。白水苏听见淘金床发出了似乎要裂断的声音。在相当长的岁月里,白家将淘金床视为一个家族生存与繁衍的传家宝。

"你们这是要干什么?"白水苏的突然出现使两个青年工人吃了一惊。

"淘金帮与我们挖石船合作,到船上淘金,农民变工人,拿工资。"一个工人阴阳怪气地说。

"这是谁的主意?给我放下来!"

"放下来?你算老几!在这地方毕船长说了算,他说搬老子就搬!"

"给老子放下来,这是我的家业!"白水苏带火药味的语气立即引起两个青年工人的强烈反感。

"你的家业?这破玩意儿值几个钱?老子费力搬到船上还派不上用场呢。你去看看我们的淘金设备,你这几块破木板老子准备冬天烤火的!"

"你敢!"白水苏吼道。

"老子现在就做给你看!"一个青年工人抢起斧头,白水苏看见在斧头轻轻落下的一瞬,淘金床就像鸡蛋在石头上炸开一样裂成了几块。

白水苏再也忍受不了对他的公然蔑视和侮辱,他的愤怒像火山一样猛地喷发出来。他看起来像一只逼急了的野狗,操起一根木棍朝两个工人扫了过去。两个工人在躲过白水苏的第一棍后,也各自抄起一根木棍迎向白水苏。董滩顶上正在帮助拆淘金棚的白水玉立即放下手中的活路,一边奔跑一边大声制止。遗憾的是,两个工人挥舞着木棍犹如脱缰的野马,谁也制止不了。混乱中白水苏挨了两棍,身体向后一仰,从坡上滚了下去。

白水苏从沙滩上挣扎着站了起来，并将伸手去扶他的白水玉顺手推了出去。白水玉坐在沙滩上顿时委屈得呜咽起来。白水苏在苦萃的搀扶下一面往滩顶上的淘金棚走，一面呵斥搬东西的工人："你们都听着，这里只有我才能做主！哪个搬上去的，哪个给我搬回来！"

整个下午董滩上一片死寂。

其他的姑娘都上了挖石船，苦萃一直坐在淘金棚里陪着白水苏。在白水苏的怒气渐消后，苦萃将毕拨四昨晚闯进淘金棚，与白水玉策划用改装了的挖石船淘金的过程作了详细的描述。苦萃说："那个姓毕的眼睛一直在水玉妹的胸前寻找着什么。"白水苏知道，妹妹白水玉自高中毕业以来就一直向往过一种类似于工人的生活（她很清楚她身上的农民烙印是磨灭不了的，所以只是想过一种与以前农民不同的农民生活）。对这种生活，白水玉曾向白水苏描述过，就是江浙农民过的那种生活：虽然是农民，但跟工人一样上下班，过早，旅游，赚钱。白水苏担心白水玉会因为这种不切实际的理想而葬送自己。他的观点是，工人都很坏。他曾经听一个颇有学问的中学教师说，工人实际上都是农民养活的，整个城市都是农民养活的。工人和城市离不开农民，但他们都看不起农民。白水苏的几个外出闯世界的朋友告诉他，农民在城里干的都是最脏最累而报酬却最少的活，还被城里人骂为"乡巴佬"，"下车都不会倒像下飞机似的"。

白水苏也为自己的无所作为而自责。当初他发起这次淘金活动时曾充满自信地许诺，一个季度下来，保证每个人的荷包都是鼓鼓囊囊的，像坝洲那个骚寡妇的乳房。踏上董滩后，他才认识到自己犯了不可原谅的错误。开始的时候，他和么佬几个人在董滩上像地质勘探师一样转来转去侦察了好几天，但没发现一个新的金场。沙洲就像被抄过家似的，每个角落都被淘金帮翻了个底朝天。后来，万不得已，只好吃别人嚼过的饭。两个星期下来，他跑了一次银行，反倒被银行一个胖得流油的姑娘奚落了一顿。白水苏后来对我说："那个不知艰难辛苦的肥妞说我们淘的不是金子而是狗屎。"七扣八折，快到银行关门时，白水苏总算拿到了两个星期全部人马风吹雨打淘来的四百元钱。

苦萃说完话后就低头纳鞋底不再言语。在苦萃手上针线穿过鞋底的摩擦声中，白水苏似乎听见蜜蜂在春天的花朵中嗡嗡振翅。一种奇怪的痒痒的感觉在白水苏的体内蠢蠢欲动，他情不自禁地想起了发廊的那个少女。

"女人的心真是精巧。"白水苏自言自语。

"你说什么？"苦萃突然停止了动作，惊奇地问白水苏。白水苏立即意识到了自己的走神，难为情地说："没说什么，没说什么。"当他悄悄地摸衣服口袋时，突然感到一种强烈无比的空虚。那口袋什么时候变得如此空荡了呢？这一发现使他的背上立即渗出一层冷汗来，刚刚勃起的冲动瞬即萎靡了，整个身体犹如一只泄气的皮球软了下来。

三

白水苏与两个工人厮打时，毕拨四正与牛茎、金铃子商量如何给淘金帮定报酬。毕拨四的意见是除幺佬每月五百元外，其余的人一律每月四百元。

"高了，"牛茎说，"工人一个月才拿多少？"

"再低，怕他们不愿干。"毕拨四说。

"不愿干？你去问问那些三峡修公路背石头的农民一天多少钱？背一天石头得十元钱高兴得恨不得给你作揖。"牛茎说。

"那就都降一百元？"毕拨四问。

"三百元可以了。农民一个月到哪儿去弄三百元钱？有些在城里打工的还拿不到三百元。"牛茎仰头吹出一线烟雾，不以为然的样子。

"哼！"一直没吭气的金铃子吐出一粒瓜子壳，鼻子里突然发出一个令毕拨四、牛茎大感不解的声音。"你们的心也太黑了！"金铃子说，瓜子壳恰好落在毕拨四起草的劳务报酬合同书上。

"你什么意思？"毕拨四问。

"什么意思？你肯定算过账啦。在好的淘金场，一个淘金客平均一个月可得一千元。现在你的机器转动一天，相当于人工挖掘淘金一个星期。一千元，四天就可得到。一个月你应付给淘金工七千元，而你只打算付三百元。你当然划得来！百里洲这地方明末清初时就是全国最好的淘金场子，那个时候的淘金客都算得上现在的小款。一天一斗米，一个男人养几个女人。虽然董滩这几年鬼气重，但淘金船却不受限制，可以四处游动，绝对能找到一流的金场。这个中道理要我挑明？"金铃子的嘴如同她的身材，小巧玲珑，机敏无比。

毕拨四没有想到眼前这个纯粹的城市人竟对农民抱着深厚的同情和爱心。与金铃子交往以来，毕拨四想既然自己曾经那么轻易地得到了她，她就不会有什么藏而不露或者他不可能把握的东西。现在看起来这想法过于乐观。毕拨四觉得一丝悲哀正从心底升起来。

"你不会因为你的善心，而把这笔账算给淘金帮的农民听吧？"毕拨四讥讽地问。

"你要以为农民很傻就错了。他们很聪明，只是他们一般都忍着，因为无法改变被人支配的命运。但如果他们忍受不了了,他们可能会把你连同这船毁了,他们从不计较后果!"金铃子的语言像铁一样冰冷,使人感到这个冬天格外严酷。

"他们敢!"牛茎吐掉烟屁股,"看老子怎么收拾他们!"

"那你们就等着吧!"金铃子说完起身离开了船,毕拨四觉得世界陡然变得空虚了。

金铃子刚出舱门,一个工人进来告诉毕拨四,董滩上两个工人跟淘金帮的一个农民打起来了。毕拨四和牛茎同时露出了惊异的神情。

四

幺佬的行踪与白水玉的叙述有些出入,在白水苏去银行卖金子的那个下午,幺佬突然记起了一件很遥远的事情。1941年,他的兄弟李模祥率领一些村民在下百里洲的羊角洲上淘金,后来奇迹般地一夜之间在羊角洲上消失了。但是在这件事发生并成为百里洲历史上少有的奇闻之前,他的兄弟李模祥曾经回过一次家。在那个少有的雨夜里他隐约记得兄弟在与嫂子的絮絮叨叨中几次提到一个叫"溪步"的地方。他猜测"溪步"就是李模祥和他的淘金船队所选择的金场。在李模祥和淘金船队失踪后,幺佬奇怪地把"溪步"这个地方也遗忘了。

所以,在白水苏上路后,幺佬决定带几个年轻人去下百里洲寻找"溪步",他希望"溪步"能给他们在这个淘金季节带来丰硕的收获。

这件事进行得没有幺佬想象的那样顺利。时光像沙洲上大片大片的梨树叶子一样悄无声息地飘走,年轻人渐渐失去了耐力和信心。有时候,他们怀疑羊角洲是否真正有过一个叫"溪步"的地方。其他的时候,他们则怀疑幺佬的听力和记忆力。人们终生追求的可能恰好是记错了的东西。一个年轻人对他的同伴说,在羊角洲,他们遇到了一个给梨树刷石灰水的老人。老人说只有一个叫"七步"的地方,从未听说过什么"溪步"。"七步"那地方纯粹是个陷阱,因为只要人在上面向前迈七步就必然会陷进沙子而不能自拔。

幺佬则依然信心十足,他唯一不满意的是羊角洲人对李模祥仍然怀有陈见,新一代羊角洲人对过去的关注消退得太快。他相信即使找不到"溪步",随便在羊角洲的什么地方淘金,收获肯定比在董滩那块别人淘了一遍又一遍的地方要强。他对羊角洲有一种执着。

晚上,幺佬和随行的几个年轻人在羊角洲一个看守梨园的草棚里遇见一个走乡串户的货郎。在昏黄的油灯光中,这个干瘦的货郎惊讶地对幺佬说:"你们还活着？我发现董滩顶上的淘金棚好像是被劫匪毁掉的样子，还以为你们都死了呢！"

在几颗星星清冷的光辉下，幺佬一行急急忙忙的脚步声格外清脆。对幺佬一行在羊角洲的明察暗访，羊角洲人后来向我形容，说"他们完全像日寇时期的'探子'"。

五

一连几天，白水苏像一只搁浅在孤洲上的小船，焦躁不安却无可奈何。

白水苏花了整整一个上午，敲敲打打试图使那张被毁的淘金床复原，这张百里洲独一无二的淘金床在白家一代遗传一代，经历了三四百年的风风雨雨，现在它像一个腐朽的老人支离破碎了。它的独特并不在于材料，而在于其做成的工序。据幺佬说，与一般淘金床不同的是，它曾在一种秘而不宣的药水里煮了四十九天，对砂金有一种神秘的粘附力。一般的淘金床在使用一段时间后便再也留不住金子，而它却在几百年的淘金生涯中从未失去夺目的魅力。历史上关于争夺这张淘金床的血腥故事，百里洲许多老人至今仍记忆犹新。

"看样子你是有了电灯还坚持用油灯的人。"白水苏抬起头来，一个娇小玲珑、时髦而富于热情的姑娘站在他的面前。她的光彩使白水苏联想到一望无际的沙滩上突然盛开了一束鲜花。

"我是说你喜欢这陈旧的东西，现在已经有了机械的淘金床。"金铃子发现白水苏并未领会她的幽默，只好再次解释自己的意思。

"这是无价之宝，机械的东西很多人做得出来，这张床并不是每个人都可以做出来的。"白水苏仍不明白突然从什么地方冒出来个漂亮姑娘。也许她是城里来沙滩上游玩的，他这样猜测。在白水苏疑惑不解的时候，金铃子像风一样飘走了。她对白水苏的话回赠了一个深不可测的微笑，这让白水苏很长时间如坠云里雾里，心神不宁。

挖石船深深吸引了淘金帮里的几个姑娘，她们从上了船后就很少回到滩上来。坐在淘金棚里白水苏能听见她们清脆的笑声像泉水一样从船上流淌下来。苦萃在给白水苏送饭时说，她们总是看电视，常常看见电视里的男女衣服都不穿，疯赶打闹。不看电视的时候，那些工人就把姑娘们请到船舱里打扑克算命。姑娘们总是输，工人就要刮她们的鼻子。这些消息在白水苏的心里迅速滋生出大片尖硬的刺来，锥扎着他的心。

开始的时候,苦萃送来了饭总要陪白水苏坐很长时间。后来,苦萃把饭一放就回挖石船了,她似乎也很忙碌。这个白水苏唯一的慰藉化为了烟云。

白水苏被打伤的第二天早上,一个腰阔体壮的中年男人拉开了淘金棚摇摇晃晃的门扉,说他代表毕船长来看望他,欢迎他到船上参观、详谈合作事宜。中年男人临走之前,满脸堆笑地拿出四百元钱塞到白水苏手上,说是赔偿淘金床及医药费用。白水苏矜持地推开他的手说,他的淘金床只值四百元钱?中年男子说,一块旧木板嘛,啊,一块旧木板嘛!这时候苦萃进来了,她对白水苏的虚荣心毫不留情地给予了揭露:"有什么了不起啊!一张淘金床要多少木料,又要多少钱买,你心中没数?还值个千儿八百的不成?死要面子。"苦萃说完替白水苏接过了钱。白水苏骂了句"你懂个狗屁!"就不再做声。"你没看看,什么时代了,别人的机械淘金床做得几巧妙。淘一天不相当于我们淘个把月才怪呢!"苦萃仍在唠叨着。凝视着苦萃丰满的胸部,白水苏突然想笑,"女人他妈的尽长肉不长心眼!"他心里骂着。

晚上,白水苏一个人在河边沙滩上徘徊。淘金棚里昏暗的油灯光似乎将要熄灭,挖石船上却灯火辉煌。在电视机喧闹的声响中,姑娘们的嬉笑声仍然清晰可闻,间或也能听见男子粗俗的调情玩笑。白水苏感到胸前被一块石板堵住了,憋得难受。他一次次把目光投向挖石船,自己也不清楚究竟为什么要这样做。明天毕拨四将要亲自与他商谈细节,这是苦萃早上带来的消息,他觉得十分无奈。在返回淘金棚之前,白水苏捡了一块石头,用力掷向挖石船。在咣当咣当的脆响中,一个人影从船舱里跳了出来:"谁?"看见那人犹豫、张皇的样子,白水苏几天来第一次开心地笑了。

##

对于与白水苏的谈判,毕拨四只关心幺佬这个关键人物的工作由谁来做的问题。事实上,谈判进行得十分顺利,这也是毕拨四预料之中的事情。白水苏这个精疲力竭的农民看起来的确像只注重食物的饥饿的动物,在谈判过程中他只提了报酬的事情。毕拨四说:"报酬的事好说,我们应该实事求是。不让你们吃亏,但也不能让国家吃亏,做得太出格。你能否告诉我你们两个星期下来的收入情况?"白水苏痛苦地闭上了眼睛。

"好!你不说,我来说,我估计你们十个人两周的总收入也就是四五百元,这还不包括吃喝的费用。这样算起来,一个月下来,十个人的总收入是一千元,平均每个人一百元报酬。对不对？"

白水苏仍沉默不语。

"现在，我给你们翻三倍。每个人一个月给三百元，幺佬给四百元，因为他德高望重，有经验。这个标准不仅比你们目前淘金的利润高出几倍，而且也与现有工人阶层的收入情况差不了多远。你知道许多工厂发不出工资，许多背井离乡的农民打工辛辛苦苦一个月不一定拿得到三百元。更不说，在地里做事的农民拿不到这个数。"毕拨四的一席话让白水苏找不到一丝缝隙，如同一个没有任何辩驳意见的被告，白水苏只好任人宰割。他没有丝毫的反击机会，只能接受。

"还有，我是与你们这一帮人合作。既然你做主参与谈判，其他的人，尤其是幺佬的工作必须由你来做，你要保证他们都加入进来。"白水苏点了点头，他感到头如一座山一样沉重。

在决定承包挖石船，并实行机械化淘金后，毕拨四在百里洲的果园、麦田里四处寻访收金子的高手，最后他了解到幺佬是为数不多的健在的收金子高手。当毕拨四光顾幺佬的那间破烂不堪的茅草棚时，这位孤独了一生的老人正挑着一担箩筐在长江边上捡江水冲来的塑料纸、玻璃瓶。他的前半生同大多数百里洲老人一样，在江面上漂泊：淘金，贩运桐油、川盐。他的后半生几乎就这样在江边来来往往跟破烂货打交道。毕拨四第二次敲茅草棚的门时，隔壁的一个寡妇告诉他，幺佬到董滩淘金去了。现在，这位能从砂里提炼出黄金的高手已经通过白水苏牢牢地被掌握在毕拨四的手中了。

在解决了几个主要问题之后，毕拨四又宣布了一些细节上的决定：免费中晚餐、八小时工作制、劳动纪律考勤、女的一律住船上、淘金帮男性暂住董滩上的淘金棚，以及人员分工。白水苏全权负责舱面上的淘金工序，包括洗砂、运砂及跑银行出售金子。幺佬专门负责烧炼金子，金铃子负责财务，牛茎负责机器挖石、筛石及运输砂石到建筑工地。

毕拨四带领白水苏参观过船上所有运转环节并与有关人员见面之后，问他对安排有无意见。白水苏摇了摇头，说："只要该给的钱一个子不少就行！""那好，我们现在就开工。"毕拨四说。

百里洲的淘金历史上第一次充满了机器的轰鸣声。当挖石机巨大的挖斗将第一斗砂石从江底掘出江面倒入机械筛石装置时，白水玉等几个姑娘发出了孩童般的叫声。在机器淹没一切的喧响中，大家发现白水苏沉默不语，他似乎极为不自在。白水玉说："他可能有些眩晕，因为他习惯了以前的宁静生活。"

七

幺佬和几个年轻人在暮色四合的时候走进了董市镇。在凛冽的寒风中有关三十五岁的强奸犯毕拨四承包挖石船、勾引白水玉、拉拢淘金帮的传说像街面上的沙子一样四处飞舞。

在一个街角,他们遇见了两个无所事事的算命瞎子,双手插在袖管里,正津津有味地议论着这件事。

"前些年百里洲车船厂那个有名的造反派毕跛子,还记得吗?"

"记得,他整过船队会计张客宜,百里洲谁人不知呢?"

"他儿子十八岁那年到羊角洲插队。那个热天,嘴上没长毛的小子竟强奸了老实巴交的尹林的老婆,被判了十三年。当时尹林还在一望无涯的棉田里打六六六药粉。"

"好像听说过。毕家的小子后来似乎做化肥和柴油生意,发了横财。"

"现在不同了,人家承包了挖石船,搞了台淘金的机器。前几天把一些姑娘勾上了船,又把白水苏打了一顿,现在合伙淘金了。"

"现在的姑娘只要钱。"

幺佬身边一个鲁莽的年轻人不动声色地走到一个瞎子的面前,在棍棒折断的声响中,一个瞎子惊惶地叫了一声:"哎呀,我的探路棍。"

这时候,幺佬等人已走进了一家酒馆。在酒馆昏黄的电灯光下,几个工人模样的青年人打着酒嗝,满脸醉意地谈论着一些令人兴奋的事情。

"那个叫苦萃的乳房大、屁股大,在床上做起事来,肯定也够味。"

"你打了她的男朋友白水苏,又打她的主意,怕白水苏不会放过你呢。"

"狗屁。白水苏又没在她身上写上自己的名字,凭什么说苦萃就是他的!"

"告诉你们,开工前一天晚上,我好像看见白水玉跑到毕船长的舱里去了。我一直等到深夜一点钟,没见她出来,后来太冷了,我就没等下去。奇怪的是金铃子晚上似乎划船到董滩去了。"

"这有什么稀奇,没听说过毕船长过去的英雄业绩?玩女人,他可是能手了。哎,有人说你也瞄了一个,进展如何?"

"可金铃子晚上到董滩——"

"你他妈的老提她干什么?她现在是心向着淘金帮,我听说她主张给淘金帮多发些钱,可他们农民怎么能跟我们拿一样多呢?这女的有神经病。"

一阵冷风刮到酒馆,将一个工人肚子里的脏物掀了出来,在满屋酒气和呕吐物的恶臭气味里,幺佬一行推开了玻璃门。站在堤上,漆黑江面上一只铁甲虫似的东西通体光明,他们想,那就是挖石船了。

八

现在,毕拨四躺在船长室里,感到无限疲倦。对于他来说,不知疲倦、意气风发的年龄阶段在禁闭森严的监狱里度过了。对于到目前为止的工作,毕拨四自认为是满意的。他不仅处理了白水苏这块"顽石",勾上了文静而有气质的白水玉,而且他相信百里洲著名的炼金老人幺佬也会按着他的计划上船开展他的提取黄金的工作。下面的路似乎已经铺满了金碧辉煌的光芒。在挖石船洪亮的轰鸣声中,他毕拨四踌躇满志,把握着通向财富和成功的航向。

毕拨四本打算顺着这条思路继续想下去,但他很快意识到这种思想活动难以维持。男人在疲惫和空虚时除了女人可能什么都无法思考,这种体会毕拨四插队时有、蹲监狱时有,现在也有。这似乎是一个人一生都有的心理。

毕拨四认识金铃子纯粹是因为一次偶然的"搭腔"。同以往对待女孩子一样,毕拨四对这个时髦漂亮、观念开放、行为大胆的姑娘只是抱着调戏、玩弄的态度,一旦他得手之后,他便发现甩掉金铃子没有以往甩掉女人那样容易了。对桀骜不驯的金玲子,她的父母伤透了脑筋,只好听之任之,而她那个当刑警队长的哥哥却十分呵护她。有一次,刑警队长在一家个体旅店例行检查时巧遇毕拨四。这位威严的警官把毕拨四带到一个单间。警官没有涉及别的话题,只是警告毕拨四,如果他抛弃金铃子,必将自食其果。

毕拨四多年的生活经验告诉他,金铃子不是他理想中的恋人或妻子。她的古怪行为和思想令毕拨四时刻处于不安之中。比如当她和她的朋友们从县政府门口路过并看见县长或其他县级领导时,她的朋友们顶多只是窃窃议论一下哪位是县长,县长如何如何。而金铃子则可能落落大方地向县长走去,毫不犹豫地打断县长与周围人士的谈话。"我想单独跟您谈三分钟。"金铃子提出要求。事后朋友们好奇地问:"那天你跟县长说了些什么?"金铃子平淡地说:"什么也没说,只是请他有时间来看我们的时装表演。"而且金铃子的整个身心似乎是一个"黑洞",它需要源源不断地吞噬一些它认为属于自己的东西,来填补那个无穷无尽的虚空世界。金铃子常常在毕拨四的一个隐蔽住处翻出一些带色彩的录像带来,一边津津有味反复地欣赏,一边在毕拨四毫无准备的情况下要求按录像中的方式试一下。如果毕拨四反对，她会不屈不挠地纠缠他，直到他屈服为止。令毕拨四尴尬的是，在这些情爱游戏中，金铃子极为认真和投入，并拼命与他争夺上风和主宰地位。这使三十五岁的毕拨四有些力不从心，忧伤无比。

毕拨四更喜欢白水玉。开始的时候，毕拨四并没准备真心对待白水玉，只是那次闯进淘金棚目睹了白水玉的肌体，就涌起了一种占有她的冲动。后来，他是想牢牢把白水玉抓在手里，控制白水苏及淘金帮。在那个晚上，白水玉到他的舱里为白水苏打架阻拦搬迁一事向他道歉时，毕拨四便明白了怎样把这个单纯的姑娘牢牢抓住。果然，一心想促成与挖石船合作、体验淘金工人生活的白水玉很快进了毕拨四的圈套。

她几乎以哭泣的方式抱怨了白水苏的顽固不化、一贯专制、不讲道理。她告诉毕拨四白水苏曾把她们姐妹的胸罩丢给了收破烂的老头，原因是他认为戴着那东西"太招摇了"，"丢人现眼"。在白水玉激动得抽噎的时候，毕拨四轻轻搂住了她，并用一只手在她的胸前抚摸⋯⋯

接下来的日子里，毕拨四感到白水玉的身影老是在他眼前晃动，像一个摆脱不了的梦一样缠着他。

毕拨四不清楚自己什么时候睡着了，醒来时，发现金铃子的衣服上沾着许多稻草屑，像是从什么地方捡回来的。

毕拨四推开舱门，牛荃说："我正要找你。""发生了什么事？"毕拨四注视着江面滚动的雾气。"昨晚，四个工人在董滩上被打伤，船上炼金子的九鼎炉被偷走。"牛荃说。

"整个董滩上就只有白水苏一个人，怎么会突然出现几个来历不明的人？难道有江匪不成？"毕拨四试图透过江雾看清董滩上的什么东西，但不绝如缕的浓雾使他什么也看不见。

"有人说甲板上来了一个神秘的老头子，看样子像是幺佬。说不定那些到羊角洲找金场的农民都回来了。"牛荃不安地说。

"这是好事，你他妈的好像有些害怕。告诉那些愚蠢的工人，不要得罪了老头子。他会炼制伪金，要害我们对他来说再简单不过了。"毕拨四说完，转身进了船舱，他觉得有些头痛。

九

上午八点半，挖石船甲板上已堆积了四五十桶砂石。由于白水玉等几个女工未能按时上工,铁桶未能及时腾出来,挖石机只好暂时停下来。

五分钟后,牛茎带着一脸恼怒来到甲板上。"怎么啦?机器出了故障?"牛茎问。"没有,装砂的桶子没有了!"轮机工回答。"洗砂工呢?"牛茎踱到白水苏面前。白水苏一副睡眼惺忪、无精打采的样子,对牛茎的提问充耳不闻。他的衣服上沾满了稻草屑,看样子刚从稻草堆里钻出来似的。"你们现在不是农民了,办事要按作息时间,懂吗?不跟你们合作吧,你们一把鼻涕一把泪地求;跟你们合作,你们自己又不争气!"牛茎的声音拖得很长,挖石船的每个角落都响彻着他的阴阳怪气的声音。船上的人都围到甲板上听牛茎如何训斥白水苏这个"妄想过工人生活"的农民。头一次上挖石船的幺佬在一旁不动声色。白水苏看见幺佬冷漠的表情,他想幺佬心里一定非常难受。

"你们还想当工人?还妄想过工人的生活?这不是种田,想什么时候挖一锹就挖一锹,想回家睡老婆就睡老婆……"从牛茎嘴里流出来的话如一条一泻千里、汹涌澎湃的河流。围观的人群不时为牛茎的话发出哄堂的笑声,白水苏的心理堤坝终于承受不住了。就在牛茎为自己的训斥而洋洋得意时,白水苏一拳对着他的嘴角径直冲过去。牛茎仰面摔倒在甲板上,人群中一片骚乱,几个人立即扑上来,密集的拳头劈头盖脸地落在白水苏的身上。

在打斗开始的时候,幺佬想以农民传统的解决问题方式平息这场冲突。他用近乎哀求的语气和眼光恳求那些工人"不要打了",他甚至小心翼翼地拉了一个打得正投入的工人的衣服,这个工人当即返身给了他一拳头。幺佬一个跟跄扑倒在一个氧焊钢瓶上,这位忍气吞声了一辈子的农民终于找到了一个解放自己的契机。他点燃焊枪喷嘴,挥舞起一条喷着蓝色火焰的长蛇在人群中疯狂地窜动。"来呀!狗×的,你们上啊!"在蓝色火焰的照耀下,白水苏脸色苍白,蜷曲身体呻吟着、抽搐着。

后来,人们看见白水玉像一片树叶一样飘向她的哥哥。那一瞬间她优美悦耳的声音消失得无比遥远,她的声音悲怆而沉重,"这究竟是怎么回事啊?"她一次又一次重复这句话。

十

白水苏躺在董市镇一家医院的一间简陋病房里,他的头上缠满了白色的纱布,看起来像是刚从战场上抬下来的伤员。

"早上我听有的工人议论昨天鼎炉被人偷跑了,还有几个人被打伤了。我想肯定是你们干的。"白水苏对淘金帮的几个农民说。

"什么时候了,你还操心他妈的九鼎炉,老子还想把那只船炸了呢!"一个农民说。那个晚上他们从董市镇回淘金棚时,恰好白水苏不在淘金棚内。所以他们决定偷回炼金炉并伏击酒馆里的四个工人。对此计划,幺佬不置可否,只是抽他的叶子烟。

"你们还是去上工吧!我在合同上按了手印,误工是要扣钱的。"白水苏说。

这时候,金铃子提着一袋子水果走进来。她时髦的服装、热情的笑脸并未引起房间内农民的注目,他们冷漠地互相看了看,都低下头去。

"牛茎的人从淘金棚里搬了件东西上船,像个古怪的炉子。"金铃子说,"你们坐在这里不是徒劳吗?还是上船去做事吧!我来照顾就行了,你说呢?苦萃。"

"那怎么敢当!"苦萃毫无表情地回答。

"白水苏是你的心上人,哪个也夺不走,我是替你们着想。都坐在这里像个傻瓜,你们斗不过毕拨四的,违反了合同还要赔偿钱呢!"金铃子说。

下午,淘金帮除了白水苏外都上了挖石船。当这几个散漫的淘金农民踏上甲板时,立即被眼前转动轰响的一切深深震撼了。

一条宽阔的传动带上固定着一个个巨大的铁挖斗。在机器的驱动下,传动带如一条巨龙不断潜入江底,又把从江底挖掘的一斗斗砂石倒入一个巨大的铁制筛盘中。在筛盘的摆动中,石头自动流入挖石船边上的铁驳船,砂则落入筛盘下面排列整齐的铁桶内。

铁桶里的砂经过三次冲洗过滤,最后留下来的砂则送入炼金炉高温处理,析出金子,抽出水银,去掉杂质。

幺佬的九鼎炉摆在甲板的另一头,这只笨拙的炉子与甲板上轰轰作响的机械作业极不相称,它就像一个西装革履的男人却留着明清时的长辫子。毕拨四曾设想过如何将这只丑陋的炉子改装成现代化的锅炉或炼铁厂的炉子,不幸的是县机械厂负责改装淘金船的工程师完全不懂炼金术的原理,因而只提出了将原来烧柴的坩埚改为烧液化气。

整整一个下午,淘金帮的几个农民在甲板上来回穿梭运送装砂的铁桶。筛盘的工作效率之高是他们从未料到的。往往他们才把一桶砂倒入过滤冲洗的铁网,另一桶早已盛满了。吃晚饭时,这些常年从事体力劳动的农民竟捏不稳筷子了。晚上在淘金棚昏暗的灯光下,一个农民说:"无论如何得把铁筛子弄得慢一些,像现在这样转下去,我们都吃不消。"另外几个农民当即表示同意。第二天,一个农民在上工之前找到了一把扳手悄悄爬上了铁筛子。当他面对一系列机械传动装置时,这个大胆的农民心虚了,因为他不知该从什么地方下手。后来担心被人发现,他潦草地紧了几个螺丝松了几个螺丝,便溜之大吉。一个上午,筛盘似乎没有发生变化,这个农民有些沉不住气了。上午收工,当他正准备收拾几件工具时,那个阴险的铁筛子竟一声不响地砸了下来。几天后从医院传来的消息说,他的左臂废了。

幺佬不可思议地病了,这是件令整个挖石船上的工人农民感到奇怪的事情,前几天他们都还羡慕和赞扬过他的"精神矍铄"。幺佬曾认为无论是机器淘金还是人工淘金都不会对他大半辈子形成的生活习惯有什么干扰,因为他的工作仅仅是从砂里面把金子烧出来。事实上,那种干扰自他一上船就笼罩在他头上。在呼啦呼啦燃烧的液化气炉子前,他不可能像以前那样悠闲地卷叶子烟了,即使嗓子发痒,他也没时间做那件惬意的事情。他的注意力常常不能集中,对火候和分离金子与杂质的药水配方掌握得不如从前准确了。幺佬恍惚的神志还可追溯到另外一件小事。在他的生活中每天必须要用一定的时间回忆和讲述他的过去,比如在三峡一带行船如何在过滩之前烧香拜佛,在回忆中他才能安宁。现在,他每天必须在烤火的炉子前坐上八小时,胸前流汗、背上冰凉。到了晚上,他已没多大情绪梳理往事了。另外,他的那些听众和信徒一到晚上就累得呼呼大睡了,他无法自己跟自己讲故事。

毕拨四来看幺佬时,幺佬津津乐道谈起了"细步"。他说,羊角洲除了一个叫"七步"的地方,还有个叫"细步"的小滩。他猜测他兄弟说的"溪步"极有可能就是"细步"。毕拨四不屑一顾地说:"老人家,不管七步八步,都淘不到金子,那些地方淘金帮都可能去过。只有从水里挖,才能淘到别人淘不到的金子。"幺佬用浑浊的眼光看了看这个年轻人,不再做声。

晚上,在枯冷的北风中,幺佬迷迷糊糊听见收工回来的年轻人在议论石头砸伤人的事情。

"天下哪有这样巧的事呢?昨天那个尖嘴猴腮的工人缠着六英陪着他看电影,六英没干。今天六英就在他的面前被砸碎了额骨。"

"六英去提那桶砂时,我似乎看见那个尖嘴猴腮的家伙怎么动了一下铁筛子,然后一个石头就滚了下来。他似乎想吓一下六英,六英没理。"

"唉,可惜了,坝洲最漂亮的女高跷手毁了,今年过年高跷没看头了。"

十一

在白水苏出院前夕,毕拨四作出了赔偿白水苏医药费、营养费及误工损失总共两千元的决定。金铃子事先将这一消息透露给了白水苏,并告诫他千万不能同意这个处理意见。"要他赔一万元。"金铃子说得很干脆。白水苏觉得一万元太离谱了,"这些费用都是可以算出来的,怎么能信口开河呢?"白水苏没有把握地说。金铃子娇嗔地捏了一下白水苏的鼻子,说:"你的大脑袋还不如小脑袋顶用呢!费用都是人写的,也就是可以改变的啊!"白水苏一阵脸红。与苦萃的脉脉含情相比,他更喜欢金铃子的开朗大方、直截了当。当毕拨四走进病房宣布完他的决定后,白水苏递给他一份检查报告。报告称,白水苏的伤有可能导致脑震荡等多种后遗症,并极有可能让他丧失部分机体功能。在毕拨四看完后,白水苏说:"按这份报告,所有赔偿加起来一万元不算多吧!"毕拨四顿时觉得他大脑中的智慧火花已经黯淡得只剩下一些灰烬了。"我怎么没提防他这一手呢?"毕拨四问自己,他知道有人在帮白水苏对付自己。

出院前几天,医院频频停电。不知疲倦的金铃子往往情意绵绵地偎依到白水苏的身边,问他冷不冷。在金铃子的熏陶下,白水苏逐渐学会了理解女性的声音及身体语言。在这之前,要是有人问他冷不冷,他肯定会坦率地说:"不冷!"而现在他会说:"是有些冷,这天气怕是要下雪了!"金铃子对与白水苏之间的默契感到十分欣慰。他体力充沛而对男女之事知之甚少,她可以像英雄一样主宰他、征服他,这是从毕拨四身上得不到的。找这样一个愿意成就她争强好胜本性的男人很不容易。

在火热的拥抱中,白水苏感到金铃子的小嘴似乎在寻找他的耳朵。"出院后,你还应该要毕拨四赔另外两个受伤农民的钱。"金铃子说。"嗯!"白水苏简单地回答道。"还有——""还有什么?"白水苏被金铃子撩拨得不安起来。"你想过自己办个淘金企业没有?""自己办企业?"白水苏惊讶地问。"对,现在鼓励办私营企业。""可我是个农民啊!""你忘了我爸是什么了,他是管黄金的局长啊!"金铃子骄傲地说。

白水苏出院后第一次上工,发现甲板上的作业现场极不正常。甲板的一边,一大群工人在谈笑风生地议论关于白鼠的故事,另外一边,白水玉等几个女工却像风火轮子一样转个不停。苦萃的憔悴令人感到震惊。白水苏走到发动机边上,对轮机工说:"把机器停下来!"轮机工正在看一本武打小说,在机器的轰鸣声中只能感到自己的心跳,其他的什么也听不清。"你说什么?""把机器停下来,让他们歇会儿!"白水苏指着机器说。轮机工仍未理解白水苏的意图,他以为白水苏在向他请教柴油机的知识,于是以十分鄙夷的眼光看了白水苏一眼,又退回到自己的位置看书。

白水苏决定自己动手让那堆不知疲倦的东西安静下来。他伸手拨动了机器身上的一根似乎可有可无的铁杆,柴油机吃力地喷了两股浓烟后继续转动着。白水苏认为机器跟先前相比转动得一样快,只不过放了两声响屁。他没发现身后带动挖斗的传动带转动得更快了。

白水苏准备尝试第二次的时候,金铃子找到了他,把他拉了出去,说:"跟我来!"白水苏跟着金铃子离开甲板,爬上舷梯,向舱铺走去。开始的时候,白水苏以为金铃子又异想天开,想出了什么新花招。这个第一次见面就使纯朴农民白水苏迷失了方向的现代女性,在开工当晚竟跟跄到淘金棚要白水苏带她去仙丹祠,那个晚上他们就没从仙丹祠出来。在这个大胆姑娘的带领下,白水苏始终处于冒险的兴奋之中。

白水苏的目光从金铃子的肩上穿过去,看见一群人围在毕船长的房间门口,他们像是在讨论一件令人幸福的事情。金铃子把门打开后人群突然蜂拥进来,白水苏看见白水玉慌忙拉被子往身上遮掩,双眼默默地流淌着泪水。围观的人越挤越多,白水苏一时找不到任何适当的话语。对白水玉与毕拨四之间的事他早就有所耳闻,只是不太相信。"你们他妈的看什么,嗯?"白水苏抄起一把扫帚,把围进来的工人轰了出去,随后下船找毕拨四去了。

毕拨四在牛荃的机驳船上与牛荃商量如何提高挖砂速度,如何提高淘金效率以及如何对付白水苏提出的赔偿要求等一系列问题。在这一过程中,砂石运输个体户出身的牛荃显得极为不耐烦,不断声言要好好收拾白水苏这小子。正在这时,有关白水玉赤身裸体躺在毕船长床上的消息迅速传到了机驳船上。

毕拨四摁灭了烟头从机驳船上走出来,正好碰上气势汹汹的白水苏。毕拨四张了张口,像是要说什么,但又没说。白水苏抡起拳头砸向毕拨四,并一鼓作气直把毕拨四打得无力动弹才住手罢休。白水苏扬长而去后,牛荃把毕拨四扶回机驳船。晚饭后,牛荃对毕拨四说:"还记得我给你讲过的白鼠吗?我今晚就捉回来,让你开开心。""别他妈的气我了,这十里董滩我从未听说过有什么白鼠,倒是听说过有白虎,但那是过去的事了。"毕拨四有限的知识告诉他,白鼠是某些有钱人的玩物或科学家的实验动物。"你别管有没有,反正说好的,母的归我,公的归你。"

十二

入冬后第一场雪下得很突然,纷纷扬扬的大雪迅速把十里董滩盖住了。从船舷上望董滩浑圆起伏的雪景时,毕拨四意外发现白雪覆盖下静卧的董滩极像一个女人的身体。他很想告诉白水玉,那个女人就是她。

深夜,毕拨四的舱门上响了几下沉重的拍门声。牛茎带着四个人抬着两件被棉被裹着的东西闯了进来。"什么事?"毕拨四问。"我把白鼠捉回来了。"牛茎说着,让人把被子打开。金铃子和白水苏赤裸的身体暴露在明亮的灯光下。"说好的公的归你,母的归我!"牛茎说完,毫不关心毕拨四的反应就撇下白水苏,让两个人抬着金铃子往机驳船上去了。

看着眼前极度窘迫和尴尬的白水苏,毕拨四有一种说不出的快感和得意。他的神态使人想起一些伟大的沉思者在散步途中往往花很长时间饶有兴趣地观察一只四脚朝天的蚂蚁如何焦急地翻身爬起来。

白水苏此时想到自从上了挖石船,他和他的淘金帮就一直在那台快速转动的机器前不知所措、晕头转向、无可奈何,所以他把这两种窘迫状态视为同一类事情,因而此时表现得极为淡然,静待毕拨四开口和处置。

"我们扯平了!"毕拨四把衣服扔给白水苏就像扔给乞丐食物一样,脸上露出一丝阴险的笑意。"不,没完。"白水苏说。他从眼睛里流露出来的坚毅和仇恨让毕拨四一个晚上没有安宁。

在牛茎的舱里,金铃子已经清醒地认识到自己陷入了一个早已设置好的陷阱之中。她看见牛茎的眼睛里放射着两团红火,他喘着粗气,一边手忙脚乱地扒掉身上的衣服,一边向她走来。"我知道你想干什么,只要你满足我一个条件,我让你心满意足。"金铃子镇静地说。"好吧!你说吧!臭×子,跟农民搞得蛮好,跟工人搞就讲条件。"牛茎骂道。"你拿一支笔、一张纸,把以下的话写下来,然后写上你的名字,交给我。"金铃子说。"写就写,算个球。"牛茎说。

十三

白水苏回到淘金棚后,发现幺佬并未像往常那样龟缩在被子里抽叶子烟。一个淘金工告诉他收工后就没见着幺佬。

第二天上午,白水苏没看见金铃子的影子,倒是从苦萃的眼睛里,他看到了一种忧伤和怅惘。他主动上前,帮助苦萃提一桶堆得太满的砂石。可苦萃果断地拒绝了他的帮助。"滚开,你去帮金铃子铺床吧!"苦萃推开他就像城市人躲避肮脏的乞丐一样。白水苏闷闷不乐地站在旁边,周围的青年工人不约而同地都笑了起来。在笑声中,苦萃奋力举起的铁桶仿佛一只沉重的梨从空中落了下来。在砂石向四周蔓延的过程中,白水苏看见苦萃痛苦地弯腰去摸自己的脚。白水苏的心被深深地刺痛了，他感到心里的血正努力穿透他的身体向外喷射。"把那该死的机器关掉！"他对四周的人吼道。人们都很茫然，似乎不知道白水苏究竟在说些什么。轰鸣和喧闹仍然统治着挖石船上的一切。

中午休息时，一个农民告诉白水苏，关于另外两名农民受伤，索赔的调解书下来了。法庭认为，该二位农民是因为不遵守安全规则、违章操作而导致自己受伤的，因而索赔的法律依据不足，但从道义上法庭建议挖石船承包人给一定的生活补助。淘金帮的另一位青年农民则冷冷地说："老子要让他们付出代价。"他的语气使白水苏有些不寒而栗。白水苏知道，这个农民在卖菜时曾经因为几角钱的事砍伤了一个工人的手。果然下午上工后，炼金炉边上就打了起来，几个工人说他们看见那农民偷了几颗未去杂质的金子。在双方的厮打中，这个农民用铁棍打昏了一个工人，牛茎纠集了一群人于晚饭前将这个农民送到了派出所。

晚上加班时，苦萃没有上工，她的脚趾受到了严重的挫伤。金铃子依然没有露面。幺佬杳无音信，白水苏估计他可能去下百里洲寻找"细步"了。甲板上的空气比往常凝重多了。

除了机器的轰鸣，听不到任何人类的声音。白水苏代替幺佬在九鼎炉前析出一颗颗金子微粒，他突然觉得那些金子颗粒比老鼠屎还要恶心。收工前，他又一次看到小妹白水芸疲劳得摇摇欲坠的样子，他担心她会随时跌倒并永远不会醒来。"小妹，你去休息吧，我来！"白水苏说。"快收工了，我能坚持，免得被那些工人瞧不起。"白水芸说完，继续支撑着去提另外一桶砂石。当白水芸走近铁筛子时，一声巨响从铁筛子上面的传动带传来。白水苏抬起头时，看见妹妹白水芸被断裂的橡胶传动带裹挟着向甲板的另一头飞去。

"当时，水芸就像急流带走一片树叶那样轻易地被皮带抽打得飞了起来。"白水苏坐在田埂上对我说。在我们的对面，一群身穿咔叽囚服的犯人正设法把一根抽水用的粗铁管推上卡车。粗重的铁管一次次滑下来，犯人们又一次次把它往上推。"我去帮他们一把。"白水苏说。

"哥，那皮带的力量真大！"白水芸说完这最后一句话后便永远闭上了眼睛。那个时候，金铃子正在工商局找他父亲的朋友，请教如何办私营机械化淘金公司的执照。几天来，她先是向劳动局送了份关于挖石船上工伤事故不断的报告；后又向人大递交了挖石船工伤事故中受伤农民权益得不到保障的报告，报告中她列举了毕拨四等人加快机器运转速度，延长工作时间等证据；最后，她去看了当刑警队长的哥哥。

金铃子赶到医院时，白水玉已将一床洁白的单子从白水芸的脚尖一直盖到她的额头。痛苦已使她没有了语言。

在把白水芸送回百里洲后，白水苏撇下饱含悲痛的白家亲人，一个人独自划了条船向董滩驶去……

十四

白水芸出殡那天下午，百里洲人争相传播着这个冬天百里洲最大的新闻。停泊在董滩浅水里的挖石船因为铁锚"神秘地"升出水面而向下游流去，并在马店附近的江面上与一艘上行的千吨级铁驳船相撞。船长毕拨四落水被救，但其双腿在两船相撞中当场折断。船上其余五人包括一名女性（后据尸体辨认为苦萃）失踪。

在挖石船神秘跑锚并被撞沉三个月后，法院以故意毁坏财物罪判处白水苏七年有期徒刑。不久，牛荃以强奸罪被判处五年有期徒刑。毕拨四对挖石船翻沉一事负有不可推卸的责任，但不构成刑事犯罪，依据法律有关规定被责成赔偿财产损失十万元人民币。

在检察院提起公诉后，由于此事故涉及几条人命，白水苏极有可能被以过失杀人罪判处死刑。截肢后正在医院治疗的毕拨四安排人以重金从省城请来一流的辩护律师。

白水玉后来告诉我："那位律师真是伟大！他在简短的发言中有力反驳了说我哥有杀人嫌疑的观点。"那位律师辩护说，白水苏的动机不是杀人，而是破坏那台伤害了农民身心的机器。因为白水苏并不知道船上有人，以及是哪个人，他没有逐个船舱核实以判断谁在谁不在。并且，如果他意图杀人，他不会置恋人苦萃的生命于不顾。最后，他把铁锚绞起来让船顺流而下的做法更说明他不想杀人。

白水玉说，那位律师的发言在旁听席上引起了一阵骚动，人们的眼睛里流露出赞许和佩服的目光。

半年后，在董市镇宽阔的主干道上，一家金银首饰加工店举行了隆重的开业典礼。目睹过典礼场面的人们说，在鞭炮的硝烟和鼓乐的鸣奏中，担任剪彩的"官员"是一个坐着轮椅的中年人。他们记忆犹新，当那个中年人手持大剪刀咔嚓一声剪断红绸子时，站在他身后的白水玉的脸上洋溢着灿烂的幸福。

（《芳草》1995年第8期）

亚 姑
——《百里洲纪事》之四

坝洲人把民居迁到江堤以内是近几年的事情。在这之前，整个坝洲人实际上都居住在长江边的滩涂上。夏天的清晨，坝洲的男人们会裸露着上身从窗子里眺望在河边捣衣服的女人。女人们蹲在河边的毛石上来回摆动衣服的时候，腰部丰腴的肌体常常会暴露出来并左右男人们的视线。有时候江边会散布着一些朦胧的薄雾，男人们就只能听见女人们在交换各自男人的种种意见时发出的嬉笑声。这时候窗子里的男人们往往会咒骂一句："×子养的，一早晨下这么大的雾！"然后他们又回到床上继续那些残留在记忆中的美梦。坝洲的男人们对这一不怎么光彩的习惯心照不宣。即使洪水漫上了门槛，坝洲人也不会把家迁走，他们把必需的物品搬到大堤上，住进临时搭的棚子里，等待江水退下去。他们对祖先奠定的那块住宅地有一种根深蒂固的信仰。

坝洲二十五岁的青年朱毗子在一个偶然的机会发现了大多数男人其实早就从中获益匪浅的窥探的奥秘。那个早晨，朱毗子懒惰的母亲提醒他起床看看河水涨了没有，有无浪材可捡。朱毗子只打算从窗子瞭望一下江边，以便敷衍母亲令人心烦的唠叨。这样，朱毗子惊奇地看见了蹲在江边石头上曲身摆弄衣服的妇女们背后裸露的肌体。他的心情突然激动起来。二十五岁的朱毗子曾经在一些心情烦躁的日子对女人的身体作过丰富的想象，但在这之前他还未目睹过女人衣服遮掩之下的任何身体部位。在这个早晨朱毗子的思想随着江水流淌了很远。开始的时候，他设想过那些捣衣服的女人们的衣服如果再向上收敛一些或者向下褪掉一些又将是什么样子，后来他甚至设想一天早晨醒来，他站在窗子前将看到一个几乎没穿衣服的女人。不过，他对后一想法给予了否定。"这是不可能的！"他自言自语地说。"你说涨水是不可能的？"朱毗子的母亲问，接着又说："不怕一万，只怕万一。你怎么还不起床去河里看看呢？"

坝洲人对"毗子"一词的用法极为随便，这使得人们很难理解坝洲人把一个人称为"毗子"时究竟是指哪一种含义。但大致说来，坝洲人观念中的"毗子"一般指该人游手好闲、反应灵活、夸夸其谈，也兼有顺手牵羊、惹是生非等之类的品质。按照这种宽泛的解释，常年戴一顶旧军帽，四处传播各种大小消息并在闲谈间隙也露一手绝技（比如修补喷雾器或用金属皮子做个炊壶等）赢得女人们欢心的赖子卢根当然也属毗子之列。不过在大多数场合，坝洲人还是叫他卢赖子。他的头发据说因为过于聪明或用脑过度而一年比一年荒芜，令好几个女人扼腕叹息。

卢赖子从未参加过具体的耕耘事业，这个中年光棍的大多数时间都花在了不断寻找更加容易赚钱并且更加舒适的生活方式上了。他利用自己的一间房子开展金属加工，打制各种金属用具，如水壶、喷雾器、铝锅、铝脸盆、水桶等。在与家庭妇女讨价还价的过程中，卢赖子常常会情不自禁地伸手捏一把女人的胸或者大腿。"哎哟，你把我捏疼了！"女人娇嗔地说。这时卢赖子会机智地为自己的冲动找到借口。"噢，你还知道疼？你杀我的价我的心就不疼？"卢赖子说。其实卢赖子知道她们叫疼一般都是在为自己买到了件便宜的东西而暗自高兴。

朱毗子出家门的时候，河里的女人一个个都已从毛石上站起来，转身回家了。这就意味着坝洲的早晨就要结束了。朱毗子在从毛石上跳跃着前进时，闻到了从江面刮来的潮湿的气息，这气息里夹杂着一种特殊的腥味。江边滩涂的曲折边缘上聚积了许多泡沫。朱毗子漫不经心积累的一些生活经验告诉他，洪水就要从上游下来了。他想把这个消息告诉卢赖子。说不准坝洲人又要发财了，朱毗子想。每年洪水都要为坝洲人馈赠一些财富：从上游林场冲来的整木、被冲毁的上游居民的家具等。

朱毗子到达卢赖子的屋前时，门口已经聚集了一些人。看起来，他们正严肃地议论着什么重要的新闻。不久他就弄清楚了事情的大致经过，昨晚卢赖子与天柱的媳妇在凉床上双双被天柱抓获。天柱的媳妇是来取定做的水壶的。在夏夜晶莹的月光的流逝中，天柱逐渐感到媳妇取水壶的时间过于漫长了。在各种猜测的驱使下，他带领几个堂兄弟实施了这次偷袭。众多叔兄的棍棒威慑，使得天柱媳妇流下了恐惧的眼泪，她说她是被迫的。这样，第二天早上在朱毗子激动地窥视江边捣衣服的妇女时，卢赖子正好被治保主任带领的几个背着"汉阳造"的民兵押往派出所去了。目睹过这一历史性时刻的几个放牛孩子说，卢赖子没戴帽子，他的稀少而柔软的几根长发被清晨的风吹得歪七竖八。他几次请求他们把绳子松开一些，以使他能把盖住眼睛的几根头发理一下。但他的要求遭到了严正拒绝。

朱毗子的心情一下子糟透了。他对女人的一些美好的想法动摇了。"妈的×，女人都不是好东西。"朱毗子一边走一边骂。他一直认为卢赖子是坝洲不可多得的聪明人才。卢赖子曾提出建立一个村办金属加工厂的计划，他认为自己的计划将使近三十名无所事事的青年人安心在他的工厂工作并每个月得到三百多元的工资。遗憾的是村主任不假思索地否定了他的计划。村主任劝告卢赖子："把你的田种好，农民就要踏实地侍弄好牛和田，不要一天到晚想花心思。"朱毗子对卢赖子的手艺技术是有所见识的。他在与卢赖子逛县城的时候，卢赖子对一家铝制品加工店的东西不屑一顾，并当场讽刺正在敲打铝制品的工人"连猪不如"。他说："你没吃过猪肉，也没见过猪怎么走路？"鉴于店老板自高自大，卢赖子现场熟练地敲打出一件天衣无缝的铝制用品。那位看似傲慢和狡黠的老板仔细端详了几分钟后叹息地说："在县城里恐怕找不到第二双这样的巧手了。小伙子，你瞧得起我就到我这里来，包吃包住一个月四百元。"老板说着一手就要把卢赖子拉进店子里去。卢赖子却以流氓的方式对老板说："不行，除非你把两个女儿都嫁给我。"老板沉默了一会儿说："小伙子，说来丢人啊，我是个无后的不孝之子……"

　　整整一天，朱毗子对坝洲人有关卢赖子的议论保持着沉默。

　　第二天，心情郁闷的朱毗子没有睡懒觉。他不由自主地打开窗子，希望昨日见到的一幕能够再现于眼前，可扑入他眼帘的是滔滔的洪水。一夜之间，江水上涨得离屋台子近在咫尺了。江边没有一个人，在晨雾的滚动中，各种菜叶、死猫、死猪、柴棍、玻璃瓶等垃圾在岸边不经意地游荡着。"妈，涨水了！"朱毗子喊。"江里有没有东西？"母亲问。"有浪柴渣子！"朱毗子说。母亲含混地支吾了一句便不再关心了。

　　在接下来的观察中，朱毗子发现江中心一字排开流下来许多大小不一的圆木，这是林场被冲或木排散架了的迹象。朱毗子的心猛地一缩，马上惊呼一声："妈，有木筒子！"说完，就风一样向江边奔去了。他的懒惰的妈妈则一边穿衣服一边嘱咐朱毗子："快点，快点。"

　　朱毗子跑到江边试了一下水温，夏天的江水依然凉得使他的心抽缩了一下。他把脚从水中提出来，再次注视那群木筒时，江面已多了一只小型机驳船，机驳船正开足马力向那群木筒追去，船头的两个人手持长篙跃跃欲试，准备打捞。

　　"你个苕东西，还在等神来请你！"母亲一边骂一边急匆匆地走来。朱毗子仍在迟疑，过了一会儿，他不再犹豫了，果断地扑进水里，向江中游去。他的母亲一直在岸边关注着朱毗子的游动路线。"对，往前。好了，现在往下斜一点点。"不久他母亲便发现儿子的游向逐渐偏离了她的指导和希望。她用手在嘴前构成一个话筒的形状，继续朝儿子喊话。令她伤心的是朱毗子似乎已经坚信了自己的目标，他正朝一块木板游去。"×子养的苕不苕，放着粗筒子不捡，去捞块板子！"她的母亲一边骂一边朝下游走去。

　　坝洲人从梦中惊醒后，一下子全涌到了江边。江面上的船只渐渐多起来，人们忙碌地上下奔跑着，相互叫喊和应答着。

最后人们发现朱毗子游回岸边，抱起一个人来。那块木板他并没有要。第二天人们才得以有时间议论朱毗子"捡人"这件事情。他们一边清点各自从江中捞到的木材根数，一边兴味盎然地谈论朱毗子救上的那个女的如何没穿衣服、两个乳房长得如何大（他们笑着说她可能已经生过孩子了）。在评价那个女人后，他们又开始推测朱毗子这一古怪行为的动机和目的。那个女的据说是四川的。"如果她要回去，朱毗子会怎样呢？"有人问。"回就回呗，但她回去前要怎么报答救命之恩呢？朱毗子说不准早就跟她睡到一张床上了。这种事，要是你估计也不会拒绝的，肯定是半推半就把大恩大德报了。"另外的人似乎考虑得更加深刻和全面一些。

事实上，在此后的一个多月中，朱毗子并没在意坝洲人如何愈来愈玄地议论他（在一个月之中这种议论甚至深入到朱毗子的母亲如何唆使他占有那个姑娘的程度）。一个月中朱毗子很少在坝洲人眼中出现。他和他的母亲一直在了解那个陌生姑娘的身世和来历，他们的反复询问曾经使那个叫亚姑的姑娘委屈得哭了起来。

"好吧！我们不问了，你说你打算怎么办呢？"朱毗子的母亲问。

"我们全家的家产就是那个木排，现在家毁排散，我孤零零的一个人，就请大妈、大哥指条路吧！"亚姑说。

"亚姑，我们现在是关在屋里说话，也就不论家丑不家丑了。毗子他爹几年前跟着一个女的跑了至今没有音信，撇下我们母子二人，生活也不容易。毗子又不争气，一天到晚游手好闲、不务正业。我们把你留下来吧也没好日子过，要说劝你走，我们也不知道往哪边走才好！"朱毗子的母亲说。

"我看大哥是个好人，也是个能干人！"亚姑说着抬起头目不转睛地注视着朱毗子。朱毗子第一次发现这双眼睛原来如此的令人心旌摇荡。实际上在朱毗子把亚姑抱回家时，他对亚姑的身体没产生任何激情，后来他母亲让他帮忙替亚姑换衣服使得他几乎看见了亚姑的整个身体，但他也没有想过亚姑会在他的心里产生某种程度的波动。随着亚姑元气的恢复，他逐渐被她吸引了。所以在母亲的反复询问中，朱毗子显得极为不耐烦。

"妈，算了！你问这么多又起什么作用呢？"朱毗子说，不过他的习惯唠叨的母亲并不会因此放弃这种审查，她的想法是，如果亚姑的来历不明，就坚决不能接收她，更不能把她作为未来的儿媳妇留在坝洲。那样，她会受到整个坝洲人的鄙视和指责。

可事情并非如朱毗子的母亲所想。在亚姑彷徨徘徊的时候，朱毗子作了决定："妈！就让亚姑留在我们家里，其他的管那么多干啥？"朱毗子的话一落地，亚姑明亮的眼睛便流淌出感激的目光,她无言的脸分明闪烁着幸福的光彩。几年后,朱毗子仍记得这一幕。他对去监狱探望他的亚姑说:"你当时为什么那样看我?你的眼睛和脸能勾走人的魂,所以,我很不放心。"

朱毗子和亚姑在秋天结了婚,这使整个坝洲人陷入了恐慌之中。他们想就算朱毗子是个不清白的东西,至少朱毗子的母亲应该懂得这个婚姻是不妥当的。他们从亚姑的胸部和屁股分析她曾结过婚或跟别的男人有过那种事情,况且,坝洲人对与异乡人结婚向来是嗤之以鼻的。

在鞭炮的火药味和硝烟还未散尽的时候,中秋节来临了。朱毗子一下子想起了许多与卢赖子一起四处游荡的日子。去年的中秋节前夕,朱毗子和卢赖子里在深夜把一个农民的几分花生地翻了个遍,正当他们每人扛着一袋花生准备撤出花生地的时候,守地的农民一边喊抓贼一边向他们跑了过来。卢赖子说:"我们是摸秋,你不能把我们当贼抓。"守地的农民恼怒地说:"二黄,中秋还差两天怎么能摸秋呢?""那好,摸秋的时候不摸你的了,算我们提前摸了!"朱毗子说。然后两个人像老鼠一样消失在百里洲秋夜的田野上⋯⋯

朱毗子在回想这些往事的时候,新婚这件大事就淡淡地退向很远的秋空了。"我们去看卢赖子。"朱毗子对亚姑说。"卢赖子是什么亲戚?"亚姑问。"不是亲戚,是个中秋节应该有人看望的人。"朱毗子说。"可按风俗,刚结婚两天怎么能去看一个没名分的人呢?"亚姑还是很疑惑。"很简单,今天我们看了他,他结婚时也会来看我们。我们也不是他新婚后必须要看的人,但规矩就这样不知不觉变了。"对于朱毗子这一类人来说很少有问题能难住他们,他们生来能言善辩。当然,这种答疑和反驳的能力准确地说是油嘴滑舌、哗众取宠。在朱毗子看来,真理只存在于一瞬间的语言表达。

卢赖子显然受到了极大的感动。他剥开一个粽子,很长时间只吃了一小口。他思考了很长时间终于说了一句话:"毗子!你媳妇是坝洲最标致的。"亚姑的脸立刻就红了。朱毗子慷慨地安慰卢赖子:"等你出来了,我把她送给你!"这本是社会游荡人士间表达义气的一种常用语言,而亚姑对此毫无准备,她十分惊讶地看着朱毗子,此时朱毗子无暇顾及亚姑的反应,他显然找到了一个他与卢赖子共同感兴趣的话题。

卢赖子觉得狱中的这一天过得太快。在会见结束的时候,卢赖子对亚姑说:"弟媳妇,握个手吧,只当是我也去闹了新房。"亚姑用眼光征求了朱毗子的意见后(朱毗子的表情使人看起来他真的把那间会见犯人的屋子当成了新房),羞涩地把手伸给了卢赖子。在被对方握住的那一瞬间,亚姑的脸上起了一些微妙的变化。她感到卢赖子握住她的手似乎在告诉她什么,就像电影中的某些角色用握手来暗示对方、传达信息一样。

朱毗子和亚姑的婚姻不久就出了些小问题。一个隐秘的问题是，在亚姑的面前，朱毗子觉得坝洲数一数二聪明的人物竟成了一个小学生。这主要是指在新婚后的那些夜晚，朱毗子几乎是在亚姑的指导下享受了一次又一次的快乐和疲倦。在他从疲倦中醒来后，就想弄清楚亚姑对这一切为什么这样熟悉和老练。

"你怎么知道这么多？"朱毗子玩弄着她的一个硕大的乳房。

亚姑闭着眼睛不做声，脸上的肌肉突然痛苦地抽动了一下。

"你是怎么知道的呢？"朱毗子又问。

"我妈告诉我的！"亚姑生气地说。她想这是不可能回避的了。对这一答案朱毗子半信半疑。

"那，第一夜怎么没见红？"黑暗中亚姑感到整个身体开始颤抖了。朱毗子正暗暗地用力，她觉得有个乳头似乎就要被朱毗子掐掉了。

"你到底说不说？"

"我不知道。"

朱毗子折磨了亚姑一个晚上，亚姑仍没有将她最隐秘的东西说出来。这个秘密可能是她一生中最重要的东西了。

另一些问题是坝洲人都知道的，朱毗子又恢复了游荡生活，这使亚姑常常一个人睡在床上寂寞难受。在朱毗子到处赌博、吹牛、聊天甚至偷鸡摸狗不回家的那些日子，亚姑想得非常离奇。只要从窗子里随便爬进一个什么样的男人，她都会接受他。亚姑认为自己的想法并非没有伦理。"我凭什么要因为朱毗子而忍受一天又一天、一年又一年的痛苦呢？难道和他结婚就必须承受这种没有道理的寂寞和煎熬？"亚姑问自己。

朱毗子在浪迹百里洲的生活中倒也十分自在和快乐。有时候他从河边某个渔船上赊几斤鱼，转身便在哪家门口以较高的价钱卖了。他就用卖这几斤鱼所得的钱作本连续打几天几夜的麻将。朱毗子在开始的一天或两天里会不断地赢钱，但在散场的前一夜或前一天里，朱毗子又会输得只剩下卖鱼得来的那点钱。

更多的时候，朱毗子是昼伏夜出。朱毗子毕竟不是大盗，一般只是做些小规模的事情，比如偷一笼子鸡、一头猪、几十斤梨子等。对朱毗子的恶劣行径，坝洲人已经习惯了。他们很少指责他或问他"是不是偷了我家的鸡"。如果这样，他们认为势必使朱毗子因为仇恨而偷得愈多愈大，因为朱毗子不是为了发财，而是为了混日子。在他过着悠闲的浪人生活时，亚姑却在含辛茹苦地支撑一个家庭。有人问朱毗子："这么标致的老婆怎么不好好过日子？"朱毗子则愤怒地说："老子一想到那件事心里就不舒服，她活该。""哪一件事呢？"旁人又问。朱毗子哑口无言，突然怒视对方，骂一句："×子养的，跟你相干？"于是旁人都各自散去。朱毗子在众人离去后感到自己又陷入了很深的虚空里。"妈的，我到哪儿去呢？"他问自己。

朱毗子被抓住是在婚后的第三个年头。

那时候是春天。连续几天一只公猫彻夜的叫声令亚姑躁动不安，她觉得全身都被一种无形的东西撩拨得奇痒难受。她不能准确地说出这种难受到底来自何处，怎么搔也找不准那个地方。这真是件令人痛苦的事情。一连几个晚上，亚姑盯着漆黑的窗子，希望有个黑影越窗而入。遗憾的是除了夜行船只的探照灯光偶尔从窗上一掠而过外，她什么也没等到。

天亮的时候，亚姑刚刚进入梦乡。朱毗子懒惰的母亲依然躺在床上嘱咐儿媳妇："亚姑，亚姑！还不起床把那些菜籽摊开晒？"母亲问。"嗯，知道了！"亚姑不愿从慵倦的梦中醒来。不久，亚姑在蒙眬中听见有人问朱毗子的家是不是在这里。朱毗子的母亲大概不认识问路的人，就说："亚姑，来了稀客！"亚姑一边懒散地穿衣服一边听来人与母亲对话。

"怎么开口呢？大婶娘！反正这事您也不要往心里去。不管怎么说，您作为大人也是对得起伢们的！"来人谨慎地寻找着措辞。她的不着边际的话使得朱毗子的母亲既紧张又摸不着头脑。

"你还是直说吧！有什么大不了的事呢？"朱毗子的母亲说。于是那人迟疑了一会儿就说："朱毗子昨晚在我们队里偷耕牛，今早被公安局抓去了，同他一起的还有坝洲的歪嘴。"

亚姑穿衣服的手突然停止了动作。在朱毗子长期夜不归家的日子里，她毕竟还有所指望，她至少还能肯定自己有个男人，他一定在百里洲的哪个村子里神出鬼没。现在这唯一的寄托破灭了。她就那样呆靠在床上，似乎什么也没有想，什么又尽在思想之中。隔壁房间沉默了一会儿后，爆发了朱毗子母亲咆哮般的声音："这怎么可能呢？我的毗子会偷别人的牛？他偷牛做什么呢？他从不耕田。他偷牛什么作用也没有。这我不信，我要跟他们问个明白……"朱毗子的母亲就这样反复地为儿子辩护了很长时间。报信的人早已上路了。

一个月后，朱毗子的母亲离开了坝洲。临走的时候，她流着伤心的泪水，说她原来以为可依靠毗子和亚姑挨到百年，现在看起来这是个错误。就这样朱毗子的母亲提了个包袱投奔董市的大儿子去了。坝洲人说，那个懒惰的妇女依然一边往船码头走一边絮絮地列举朱毗子的不是和自己的苦难。更有新意的是坝洲人从朱毗子母亲的话里找到了一些可以谴责亚姑的内容。几个在河边扳罾的青年人说，朱毗子的母亲似乎抱怨亚姑不让朱毗子脱她的短裤头。这句话被用来解释朱毗子长期夜不归宿的原因。坝洲人在谴责亚姑的同时，也批评了朱毗子的轻率，因为他们早就提醒过他，亚姑看起来不是那种没有开苞的姑娘，她是那种很熟悉男人的女人。

坝洲人对亚姑的成见随着朱毗子的判刑而加深了。他们在与亚姑擦肩而过时会表现出公开的鄙夷。亚姑在农田种植和技术上的失误，他们视而不见，漠不关心，有时甚至暗地里幸灾乐祸。

在孤独空虚的长夜里，亚姑家的门和窗子会受到一些来自不明方向的飞行物的袭击。亚姑通常会趿着鞋子开门出来巡视一番，她高耸的胸部因为电灯光的照射投下令人异常激动的影子。

在长江边阴雨连绵的日子里，亚姑会拿着一双鞋底，主动窜到隔壁与坝洲人搭讪。"这雨还会下吗？大婶娘。"亚姑边纳鞋底边问，她的脸上挂着一副期盼得到回答的表情，她不在乎这答案的对与错。她的生活里缺少的是声音而不是真理和知识。

"噢，谁说得准呢？看吧。"大婶娘显然是在无可奈何的情况下做出应付的姿态。

在亚姑带着满足的微笑移步到另一家门口后，大婶娘说："你看她那个假样子，鞋底是那样纳的吗？她拿针的姿势都是错的。"大婶娘说完仍不愿从脸上移走那副不屑一顾的神态。

初夏的一个傍晚，亚姑听着屋后一洼雨水里发出的蛙鸣声，梳理着杂乱无章的思绪。蛙群一唱一和的演奏经常由于个别蛙的注意力不集中而产生混乱，在蛙群重新协调的过程中，亚姑的思想更加零乱了。天气似乎正在酝酿着一场大雨，所以有一些奇怪的燥热。

夜渐深的时候，亚姑感到窗子被什么东西重重地摔了一下。她想不是刮风就是那些闻到了腥味又不敢进来的胆小男人。可接下去，她看见一个人影挟着一股风向她扑来。蚊帐发出了扑扑被扯破的声音。

亚姑很镇静，她想如果这个人不是杀人犯那就是救星，果然，黑暗中的人并没带凶器，他急于在亚姑身上寻找到什么东西。他沉重的喘息声让亚姑很快回忆起过去一些愉快的夜晚，她小心地捉住他的手帮他理清了头绪。对于亚姑来说，这是很久以来她第一次如此轻松和满足。坝洲人在久旱后淋到第一场雨也是这种感觉吧！亚姑想。

"你是谁？"在风平浪静后亚姑问黑暗中的人。

"你一直在等的人！"低沉的声音似乎是从江底传来的。

"你怎么知道我等的就是你？"亚姑问。

"我知道。我是坝洲少有的聪明人。"亚姑听着便觉得这声音很熟悉,但她在脑海中对照过每一个她认识的坝洲人后仍未找到这个人。

天亮的时候,亚姑看清了睡在身边的人竟是卢赖子。他稀少的几根长发随意地躺在枕巾上。几年的狱中生活似乎使他白而胖了些,但并未磨平他脸上所体现出来的智慧和灵气。亚姑相信他仍是聪明的坝洲人之一。

九十点钟吃早饭的时候,队长来通知亚姑开会。亚姑却不见了,门还是半掩着,并未锁上。队长走进屋里,他发现床上一片零乱,这说明亚姑至少昨晚还在屋内。在出门之前,队长对着床单上的一滩新鲜潮湿的印迹凝视了很久,随后他的脸上浮现了一丝阴险的笑意。

此后,坝洲人就没见亚姑回来。有几个早上收网的渔民说,他们在船上看见一男一女朝渡口去了。那男的头戴一顶旧军帽,似乎是卢赖子。至于那女的,他们说当时一团雾刚好飘过江面挡住了他们的视线,等雾散开后,他们只能看见两个人的背影了。几个据队长看来极有可能重蹈卢赖子和朱毗子道路的"小游子"则说,他们在马店看见了卢赖子,他似乎是一家金属制品加工厂的老板。他们说,当他们从那间临街的门面前经过时,发现一个胸部丰满的女人正往卢赖子口里喂什么东西吃,她很像是亚姑。

总之,在亚姑奇怪地失踪后,坝洲人渐渐安静了下来,他们偶尔为正在狱中服刑的朱毗子叹息。"好好的一个家就这样散了。"坝洲人说。坝洲的男人仍保持着从窗子偷看在河边捣衣服的妇女的习惯,遗憾的是他们再也看不到那个令他们常常激动不安、想入非非的后背。

(《当代作家》1996年第5期)

沙洲泽地

一

板车是大约九十点钟从上百里洲出发的。雾越来越稠。

整整一个晚上，汪珍烦躁不安。她似乎竭尽了一个四十三岁的农妇所有的智慧和生活经验，而那个她想要明白的真理仍然模棱两可，含混不清。

"还没想明白，嗯？"细栋问，伸手摘了一个棉花桃子，在汪珍白得刺眼的大腿上扎了一下。

汪珍下意识摸了摸大腿，没有那种被尖锐器物锥扎的疼痛。她极力想理出一条清晰的思路。她去下百里洲那片沼泽地，究竟是出于希望，要在那片杂草丛生、水网稠密的荒凉土地上，实现春天绿油油、夏天麦浪滚、秋天棉如云的理想？还是因为她与细栋之间，那一直潜行于地下的感情激流已经压抑不住立刻就要喷涌出来？春天里，哑巴扎了一只玲珑的鹞子风筝，在沙洲上空飘浮着竟有四十九天没落下来。哑巴把风筝拴在碾子上，有时又移到篱笆或小树上，一连几天，看都不看一眼。汪珍意识到这种回忆有利于梳理杂乱的思想。细洲病了两年，死也有六年了，这八年间她就像随便拴在什么地方的一只风筝，空虚和孤独吞噬着她旺盛的生命。现在有人解开了线团，正强有力地把她往坚实的地面上拽啊。

"明天我还来打枝，我们再商量商量。"汪珍坐起身子，弓着腰把裤子穿好，又三把两下将一堆棉花空枝闲叶装好。

"你还犹豫？"细栋问。

汪珍对下百里洲那片土地能有多少收获并没思索多少。她想一分耕耘总有一分收获，况且那里地多人少，国家也不收提成什么的。她担心的是细栋的小儿子三元能不能容纳下他们。三年前，二秀暴死在沙洲后面的芦苇林里。有人当天中午看见哑巴从芦苇林里提着那把日本马刀慌慌张张跑出来，紧跟着，二秀死了的消息就像山洪暴发的预报一样迅速传遍沙洲。尽管二秀已入土两年,但三元一直对哑巴与他母亲之死的神秘风闻耿耿于怀。

"今天该下决定了吧!你一家老小六口,总共才两亩多地,说句你要多心的话,这地还没你两块屁股大。"细栋粗糙的手掌在汪珍臀部拍了一下,转而滑向大腿沟之间。

汪珍突然觉得全身气血咆哮,身心完全失去控制。宣泄的气血随即溢出热量,均匀地弥漫了她的身体。她想,这天气是不是又要下雨了?都快扯棉梗了,连一层被单都盖不住。她索性脱了短裆,两只饱满浑圆的乳房便脱颖而出。

汪珍有些情不自禁地抚摸着生机勃勃的身体。八年来,她一个人支撑着丈夫过世后几乎坍塌的天空。春夏秋冬,含辛茹苦,一年一年,周而复始。但她那令妇女们嫉妒的胸前高耸的山峰以及整个身段并没因岁月的风雨剥蚀而摧垮,依然满怀着活力和妩媚。"我说汪珍硬是生来的苦命,一个女将成天挑水抗旱、担粪肥田,肩上就沉重得不得了啦。偏偏胸前还要挂两团圆滚滚的肉,这不是额外的负担?"汪珍感到那些上了四十岁胸前就平荡如板的女人似乎真的对她充满了同情。"你没见那些男将,眼里恨不得射出火把汪珍的裆子烧了。你问问他们,看汪珍胸前那两团晃荡的东西时他们还晓不晓得自己姓甚名谁。你说人家那叫累,人家心里不知几得意。男将被她勾得大白天都要脱裤子。""你的男将呢,他也想脱?""你的男将才脱呢!"说完,女人们便举着扁担在田野上追逐起来。

汪珍也觉得,四十多岁的人了,有这样一副肌体似乎就是罪过,多少给人一些不正经的印象。她也想不出这究竟是谁的过错。有一点,她曾经认为这几乎是唯一值得骄傲的人生经验。这就是从女人们的议论和男人们的眼光中,她感觉到了自己的真实存在,她甚至觉得细栋首先是对她的身体感兴趣,其次才可能有其他的一些动机。"你要真不去也行,只要你把这两个东西让我带去。"细栋说,双手又伸到她胸前揉摸。

"好啊,你拿去,只要你有本事。"汪珍故意遮住胸部躲闪起来。顿时棉秆里犹如窜进了两只发情野狗,掀起了一阵骚动。一只正准备捕获一条肥硕棉铃虫的鸦雀,被眼前乍然兴起的波浪惊飞……

天一亮,汪珍就乒乒乓乓往板车上装锄头、镰刀、铁锅,包了一床垫的和盖的棉絮,带了几十斤大米。"不要把锅瓢碗灶都搬来,我那儿都有。"细栋说。汪珍想,你有是你的。再说,又不是一家人,没点界线,人家还说我真是那种没骨气的风流女人呢。

二

中午的时候，细栋绑完最后一根篾。他绕偏厦审视了一圈，脸上掠过一丝满意的笑容。临近秋天了，太阳并没收敛它那毒辣的锋芒。在阳光的蒸烤下，沼泽地上到处散布着一种腐烂的臭气。远处，茂密的苇林和各种杂草都低垂着头颅，水在阳光的照耀下反射出一种烫人的亮光。四周一片死寂。"太静了，我怕别人听到了。"汪珍说。她有些恐惧地抱着细栋。

"有风的时候，我们就动。风一息，我们就这样抱着。"

"你忍得住？再忍一会儿只怕又蔫了。"汪珍说着扑哧笑出了声，细栋觉得她脸上的每一粒汗珠都妩媚动人。

"等干完了，他才蔫了呢，像这些棉花叶子。"一阵风刮过棉田，掩盖了那片茂密的棉叶下面发生的一切。细栋抓起褂子擦了下身上的大汗，"还没想明白，嗯？"说完，伸手摘了一个青皮棉花桃子在汪珍的大腿上扎了一下。汪珍躺在地上，脸上的红潮还未褪尽。她闭着眼，显然还没有从刚才剧烈的娱乐中平静下来。阳光透过棉花枝叶在她丰腴的身体上筛下星星点点明暗不一的斑块。"你把我弄瘫了！"汪珍说。细栋正通过棉花枝叶的一块缝隙，注视天空中一团白得令人视觉模糊的云块。

细栋擦了身上的汗，在偏厦前的一堆麦草上躺下来。偏厦的阴影正好罩住他和麦草堆，细栋很惬意。细栋想那团云似乎在哪儿见过。云的下面是沼泽地的边缘地带，到处是水折射出的太阳的金光，芦苇上都结了深黄的穗子。外面就是长江，与长江相连的是一条人工河。那里可挖一片面积可观的鱼塘，细栋想。他又看了那团熟悉的云，冥冥中有一种感应，汪珍要来了。

"爹，是盖猪圈还是搭牛栏？"三元从棉花地里出来，身上沾着几片枯萎的叶片。细栋听得出来，三元有所警惕。

"少管大人的事。下半天不要下田了，帮我把偏厦的壁子糊起来。"细栋说。三元没有反应，扭头进屋舀了一碗冷水咕噜咕噜喝得直响，水从嘴角冒出，又流入脖子。

三

百里洲似乎一夜之间从长江上消失了，有的只是一片雾的海洋。田野、树林、房屋都不复存在。能够帮助汪珍肯定他们一家三口还行走在沙洲上的，是鸡叫和车轮碾在大堤上发出的沉闷呻吟声。哑巴在出发半个钟头后突然停住牛车，对着汪珍比画了一阵子跑回去了，返回时手里提着那把日本马刀。汪珍很埋怨地看了哑巴一眼，哑巴就羞愧地笑了，转身拿起鞭子挥舞了一下，一家三口又在雾海里漂浮行进了。

车轮在堤面上印出两条新鲜的辙痕。妮儿靠在旁侧的挡板上补偿昨晚没有睡完的瞌睡，隆起的胸脯把褂子的衣襟撑出一条裂缝。汪珍这才认真地计算了下妮儿的年龄，没想到姑娘转眼就吃二十二岁的饭了。有条件的姑娘，二十二岁已经添生了。

车轮的辙印开始充满湿意，不久细雨就浸润了沟边每一条板车上坡的通道，辙印模糊成一条条滑道。"中午我在堤上碰到二秀了，她在找你。"汪珍说。"你拉紧，我要滑下去了。"细栋用肩顶住板车，双腿一用劲，脚却溜了。

"我拉不住了。"汪珍在上面喊。

"二秀说了什么？"

"她说你这个×子养的不知又野到哪儿去了！"

"我拉不住了。"汪珍弓着腰，肩上的背带突然炸鞭似地响了一声，板车脱缰般朝沟底冲了下去，"躲开，细栋哥！"

细栋的腿上发出一串撕布的声音，板车底朝天卧在沟底，两个轮子仍在转动。汪珍把细栋扶起："不要紧吧。算了，这水利工分我不要了，让他们去扣。"雨越下越密，天色似乎要黑了。

离沟几百米处的麦田里有一个草棚，是夏天守瓜人过夜的，现在人去棚空只剩一地麦草。

"她一天到晚都找你，是恨不得把你拴在她的裤腰上吧。"汪珍坐在麦草里解衣服扣子。

"汪珍妹，你是想……"细栋问。

汪珍继续解她的扣子。细栋想，这期望已久的幸福是不是来得太直截了当了？"二秀没别的，就是疑心太重。"细栋又听到扑扑的撕布声。抬头一看，汪珍的胸前裸露无余，贴身的褂子被撕成一块花布。"你的腿撕开了一块皮，我给你包上。"汪珍跪在细栋的腿边，细栋感觉到那两团柔软的东西所散发的温暖。

"细栋！细——栋！你个×子养的会野！"二秀的喊声随一阵冷风传来，汪珍不由自主地抱住细栋。"完了，她会找到我们的。""不会，你千万别动。"汪珍感到细栋的嘴在黑暗中寻找什么。

"细——栋，老子今天晚上跟你算总账！"二秀的声音愈来愈清晰，透过草棚的缝隙能看到二秀提的马灯在蒙蒙雨雾中发出的昏黄的亮光。

"鬼火!"汪珍的身体颤抖了一下。

"是马灯。"细栋感到两堆烈火烘烤着他的胸膛,他的左手蛇一样地滑到汪珍腰部的裤口。

"我们还是出去吧!"

……

"妈,妈,还有多远?"妮儿醒来了问。雾在她的发尖上结成一颗颗水珠。"四五十里!"汪珍说。雾渐渐稀薄,堤边大片大片的棉田里稀稀拉拉起伏着几个拔棉秆的人影。一头老牛吭哧吭哧吐着白气耕一块收了棉秆的坟地。一大块坟地越来越清晰地映入汪珍的眼帘。"给二秀净身的四婆婆说二秀的怀里揣着件东西!"妮儿一边用棒头捶衣服一边说。"什么东西死的时候还舍不得?"汪珍把妮儿捶了的衣服在水里来回摆动。"一块花布。"妮儿说,棒头捶出来的水沫溅湿她的裤子。汪珍发现女儿什么时候成熟得像个女人了。"是祖上传下来的绸子吧?"汪珍问。"四婆婆说,是一件裪子撕成的。"妮儿说。汪珍立即感到一种蹲茅坑时间过长而引发的强烈的眩晕,眼前浩浩荡荡的江水似乎要把自己席卷而去。"妈,您的那件花裪子呢?二秀那人好像有精神病,生怕细栋伯有二心。她时刻盯着细栋伯,还不是怕细栋伯和别的女的来往。妈,妈,衣服流走了,妈。"妮儿丢了棒头,从石头上跳跃着去追衣服。汪珍叹了口气。"你不要放在心上,三元跟他妈一样,心眼窄,哑巴我看是个忠实人,不会跟二秀的死有关。"细栋说,"事情也过去几年了,三元也许想通了。"细栋的手已经插到汪珍腰部的下面,"这地还没你两块屁股大。"细栋说。汪珍感到那只手又从背后转移到前面隐秘的深处。

雾散尽的时候,牛车已到了羊子庙,离下百里洲的沼泽地就不再遥远了。妮儿和哑巴的脸上都表现出一种对新生活的兴奋和喜悦。

四

八亩滩原是一块与下百里洲隔水相望的荒洲。一九五四年下百里洲炸堤蓄洪,绝大多数农民套牛架车举家插入上百里洲肥沃土地的一块块间隙之中。只有十来户老者居多的农户顽固不化,恋恋不舍这块即将化为泽地的故土,遂扎排乘舟迁到八亩滩这块处女地上开荒种粮,捕鱼度日。几十年一晃就过去了。八亩滩和下百里洲已经因为河道变迁连成一体,经过青年男女的繁衍和勤劳耕作,呈现出人丁兴旺、六畜肥壮、生活富足的景象。

八亩滩与沼泽地上三元一家的麦草屋相距十五里之遥。三元一家所需的大如化肥、农药、犁铧，小如肥皂、盐和饭碗都必须到八亩滩上的小商店添置。麦子、棉花也得拖到八亩滩上的供销分店才能变成现钱。尽管每次交易所得，那一叠满是油垢和汗渍的纸币，总会勾起三元内心深处的不满和恶心，但这里却是他们可到达的最近的小集市。"爹，我看那个收麦子的姑娘，故意给脏钱我们。"三元说。"真的？"细栋一边把麦子往仓子里倒，一边朝磅秤边那女的身上打量。女人拨秤时小手指一侧巧妙地压着秤杆。"×子养的，她以后生不出伢的！"细栋很气愤，趁那女人正忙于计账点钱，就将没倒完的麦子包成一团夹在腋下："走。"

三元放了碗筷，对细栋说："爹，我们在这块狗屙屎都不来的野地上烧荒开地，辛辛苦苦也积攒了一两万块钱。明年我们回上百里洲做栋楼房，都不来了，您也用不着下田了。要清闲有清闲，要享福就享福。您是哪根肠子不舒服，要把汪珍一家跟我们扯到一块儿？"

"你放屁！大人有大人的想法。下午跟老子把偏厦的壁子糊起来。"细栋吼道，怒火把额上几根青筋充得暴胀起来。三元似乎没有觉悟到丝毫的威慑。细栋顿时感到一种深刻的沮丧正在吞噬他的精血，双腿一阵虚软，他立刻想找堆麦草躺下来。

"你今天要是敢去八亩滩，明天就不要进老子家的门！"细栋恶狠狠的警告迅速被沼泽地上扇起的一阵热风吹散。

"怎么啦，今天一个人来？"收麦子的女人问。

"都差不多要间苗、治虫了，谁还有多少麦子卖？"三元说。

"你要是不忙，来帮我装船。明天我要把这些麦子运走。"女人说，三元看女人拨秤的手指。

"一天五块钱，中午饭我管。"女人又说。

"我不赚那个五块钱。你这根手指轻轻一压，不晓得赚了我几个五块。"三元冷冷地说。女人开始是一惊，转而脸上现出一丝轻蔑和嘲笑。"好啊，你还揭我的短。你的麦子湿得能捏出水来，我没在价钱上打折扣已经是便宜你了，扣了几斤秤你还挖苦我。一百斤麦子卖几块钱？哼！"女人说完，又很有意味地看了三元一眼。三元稍稍体会后发现女人的神情似乎在戏弄一个无知单纯的孩子。

"她不是个姑娘了。"细栋的话跟刚才绊疼自己的石头一样坚硬，三元想。回过头一看，沼泽上的麦草尾只剩下一个小黑团了，像一团女人的头发。"你的头发——"三元一下子不知道该选个什么合适的词。"我的头发怎么啦？"收麦子的女人娇柔地问。"我想起一只毛发光亮的母狗。"三元说。

三元到达八亩滩时，从四处门窗里射出的灯光正与萦绕在村子上空的炊烟编织出一种温馨的家园氛围。三元突然意识到自己是一只流浪的野狗,踟蹰在村口,不知走向哪一扇门窗。

三元最后决定先去听渔鼓,听完渔鼓再找收麦子的女人。在百里洲这座孤岛上,除了看电影,听瞎子渔鼓就是高档的娱乐了,因为电视毕竟还是极少数殷实人家的享受。

三元挤进人群时,显然瞎子已拍了惊堂木,道过了开场白,简板撞击、手掌拍打渔鼓蒙着的蛇皮,两根手指夹着的筷子敲击铜钹,三者错落有致、铿锵声声:"一夜夫妻百夜恩,百夜夫妻百载情。弟啊,你喝杯茶来过烟瘾,金莲注定是个苦命人。你慢慢听我把话讲——分——明。"瞎子嘶哑悲伤的声音立即感染了三元。"你不会把我当潘金莲吧?告诉你,我不是那种轻浮风流的女人。"三元抚摸着收麦子女人的头发,女人说。"潘金莲是谁?"三元问。女人又一次狡黠而温柔地笑了。三元再次感到自己是个单纯无知的孩子。"她不是个姑娘了。"细栋的声音犹如一根擀面杖敲在他的头上,运动中的手在她的头上突然止住了。

一种酥软的感觉从背上传向周身,三元没有立即回头弄清楚这一感觉的源头。他想让这种美好的接触保持下去,很快他回忆起今年麦收季节在八亩滩一只装麦子的船上度过的那个夜晚。他断定是一个女人的高胸压迫了他背上的某根神经。"俗话说,'看戏不怕台高',你是看戏不怕路远啊!"女人在背后说。不用回头,他已经想起了收麦子女人那令人心旌摇荡的语调。"对潘金莲感兴趣了?"女人又问,并且继续贴向三元,三元感到重心倾斜,就挤出了人群。

"你以为我是你沼泽地上的那块菜园子,想进去扯一把就扯一把,想挖个洞就控个洞?"女人跟了出来。"她不是个姑娘了。"细栋说。

"我想请你找个卖肉的。"三元说。

"我还以为是什么婚丧嫁娶的大事呢。找个卖肉的?我小看了你,以为你不懂男女之事,没想到几天不见口味就变了。"

"不,不是那个意思。是找个卖肉的。"

"卖牛肉的是个公的,你也要找?"

"老子要杀一头牛。"

……

五

沼泽地上现在又增添了一种新的气息。汪珍母子三人到沼泽地的第二天,细栋就指挥他们开割出二十亩荒地。满地杂草摊晒了一天,哑巴和妮儿四处点了几把火,浓烟在沼泽地上盘旋不散。经过半天的耕耘,二十亩地已耕出了三分之二,灰烬被新耕起的泥土压在了下面,依然青烟不绝,所以柴薪的烟味与泥土被烘烤出的新鲜气息已经使人察觉不出沼泽地的腐朽气息了。

一切都在播种和萌芽。

"你看这块地明年有没有收成?"汪珍问。妮儿在新搭的偏厦里看金庸的《天龙八部》。动摇不停的油灯光将她身体侧面的轮廓在蚊帐上反复投映,犹如一张制作粗糙的黑白幻灯片,放来放去有头部和高耸胸部的剪影。屋外铺上两个大人的对话不时扰乱了她的注意力。

"瞎操些心。这块地就像你,浑身透着熟得一沾籽就会发芽的香味。只要播了种,不愁不怀伢。"男的说。

"田耕深了,今年秋天雨水少,风旱多,怕跑了墒。"女的说。

"先人有话,秋耕要深,春夏宜浅。初耕宜深,转地要浅。那些大土块一经风雨就会粉解的。湿土块背后叫哑巴赶牛多耙几转。不要看到这一段时间没下雨,俗话说,'八月十五云遮月,来年元宵雨打灯'。不会很旱的。"男的又说。

"你们那头老黄牛是不是要下儿了?以后靠一头牛不把它拖死?"女人停了片刻又说:"三元几天没回来,你也不去找?"

"他在八亩滩那个女人的店里。一个大小伙子在这荒野里憋了三年,连女人的头发都看不到一根,他心里也难受。哎,哑巴那把刀真是日本人掉在长江里的?可能还很值钱呢!"

……

天破晓前黑得像锅底的时候,草屋后面一束亮光幽灵般来来去去晃荡了一会儿,接着牛栏里便骚动起来。沉闷的声响持续了十多分钟后,一切又复归宁静。亮光如蛇一般飘向细栋和三元扳罾时遮阴避雨的寮棚。

六

整个冬天沼泽地上都很平静。

大雪把茅草屋掩盖得不露一丝缝隙。只有草屋上每日几次渗出的淡淡的炊烟,还证明着这茫茫雪地上仍有人生活。

细栋的老牛下了一头漂亮的小牛。细栋与汪珍在牛栏里生了一堆火,两人三天三夜围着火,守护着老牛和小牛。哑巴终日提着那把日本马刀在雪地上追赶无处藏身的兔子。三元除了三天两头往八亩滩跑就站在草屋门口发愣,他对汪珍一家依然没有好脸色,眼睛里充满了仇恨和失望。"哪个叫你舍不得我这个热被窝的?我提醒过你,回去迟了,耕地耙田就差不多收尾了,杀了她的牛还顶屁用!"收麦子的女人一边把麦子推开透气一边说。那个早晨,三元从寮棚回家看到一片新整出的耕地时,立即意识到自己犯了一个大错误。

细栋坐在火塘边打盹,"我有了!"汪珍似乎有些激动。"有了?"细栋像被什么东西电了一下,脸上马上就充满了生气,在火光的照耀下更显出一副欣喜的样子。"我早说过,你这身体男人只要挨一下就会怀上的。你看我们开出的二十亩地上不也都露出几公分长的绿芽了?一个道理,一个道理。"细栋搓了搓手,嘴里絮絮地念叨着。

"还有机会的,"收麦子的女人拍了拍沾满麦灰的手说,"春天来了,施肥的时候做点手脚,叫她们母子三人空欢喜一场。""施肥有什么脑筋可动?""笨蛋!"女人用手指狠劲戳了一下三元的额头,三元感觉那动作里有爱怜的成分。"上面的脑袋不顶用,下面的脑袋倒还机灵。"女人说完,又诡秘地一笑。三元发现女人又成功地调戏了一个单纯无知的孩子。"她不是个姑娘了,你要提防点。"细栋说。三元看见哑巴在雪地上哇哇叫着,手中的长刀优美地挥舞着,突然那长刀翻滚着飞了出去,正击中一只走投无路的动物。三元的胳膊兀自弹了下,一阵钻心的疼痛又勾起他心中不断膨胀的仇恨来。

七

"三元哥,你的胳膊还疼?"妮儿问。

"疼不疼,跟你有什么关系?"三元说。

现在是春天。三元赶着牛车,沼泽地上一片青绿。新开辟的二十亩耕地上早已铺上了一垄一垄的麦苗。相反,他和细栋的那块熟地却稍显逊色了些。麦尖上星星点点泛出了枯黄。

"我们家的牛真不是你杀的?"妮儿问。三元的背上有一丝冰凉闪过。"你跟老子说清楚,牛是不是你杀的?"细栋的脸上凶气腾腾。"他们一家什么时候来的只有你知道,他们自己知道。这把刀是谁的,放在什么地方,你们不知道,我更不知道。我进门时你们都起了床,我怎么知道牛是谁杀的。"三元内心充满了恐惧,更令他失望的是,秋耕已用不着牛了,那二十亩地已经耕完耙完了。

细栋、汪珍、妮儿于是都把目光转向哑巴,哑巴无疑猜出了什么,脸上写满了深刻的焦急和无可奈何。"你们看他的样子，牛不是他下的手还能是谁？他肯定是想杀我们的牛，晚上看不清楚，杀错了方向。我妈死的时候，他正好提着这把刀从芦苇林跑出来。旧账没算清，新账又欠下了。今天我非要跟他算清。"汪珍、妮儿难过地低下了头，泪水已在脸上泛滥出沟壑。

三元觉得必须做得还要逼真些，否则细栋他们不会放过他。于是他便冲向哑巴，举起手电筒砸了下去。哑巴痛苦地号叫了一声，轻轻地抽出那把日本马刀。那刀好像仅仅才从刀鞘里抽出来，三元就感到一阵强烈的疼痛将自己击倒。他是倒了之后才开始大声呻吟的。哑巴丢了长刀，一阵风似地出了草屋，消失在沼泽地的芦苇林里。

"哑巴不会做那件事。他做错了事向来是羞愧地笑，只有受了委屈才急得难受。"妮儿说。三元猛抽了老牛一鞭，牛车碾过一块石头，妮儿差点被颠了出去。

"你坏，你坏。你还从壁子缝里偷看我洗澡。你以为你做得巧妙，别人不知道。"妮儿幸福地埋怨着三元，手里正忙着把一根垂柳枝剥开细皮，向柳枝的尖上轻轻一褪，柳枝褪成了一束嫩绿的花朵。三元的心理防线悄悄松动了几分。她还是个姑娘，没想到，二十二岁的姑娘还像个孩子，这样的年龄有的早就生了几个孩子了。

"这车肥料就算抵了那头牛的钱。卖牛的风险和请人帮忙的费用都算我的啦！"收麦子的女人的笑总令三元感到置身在沼泽地上那个深不可测的潭里。"也不能让你吃亏，差你的钱以后还。"三元一边说一边准备出门。

"哎，你往哪儿走？让那姑娘先回去，等他们把肥下到田里了你再回去。"女人以一种不容商量的命令口气说。

三元真切地感到了春天的暖意。不像冬天女人抱着他的时候半天没有感觉，现在女人的体温很快就透过单薄的毛衣传到他的胸口。"你知道吗？私自杀牛是犯法的。但你放心，我和丈夫结婚三天他就进了监狱，我不会让你也进去的。"三元已经发烫的情绪突然被一场冰雹似的东西浇得噼啪直响。"你怎么了？像打摆子似地抖动？""她不是个姑娘了。"细栋的话有道理，三元想，八亩滩才是真正的沼泽地，他似乎陷入得仅剩一颗脑袋了。

八

从八亩滩回来时，茅草屋里已亮了煤油灯。屋内空无一人，三元静了一会儿，听到偏厦里有水的哗哗声。"你坏，你坏。你还从壁子缝里偷看我洗澡。"妮儿说。妮儿让三元回忆起学童时代与他同坐在第一排学拼音的梳两个小辫穿花棉袄的女孩。每发一个音后，他们就对视一次，然后那女孩又带着甜蜜的微笑转向黑板读下一个音。

三元如蛇一般溜到那面他熟悉的壁子跟前，扒开他熟悉的那个窗口。妮儿裸体站在大木盆里，双手一上一下斜拉着毛巾洗背。盆里迷雾样的热气缭绕着、升腾着，灯光已经稀释成淡黄的一片。妮儿坚挺、浑圆的乳房富有弹性地颤动着。"你好像对那个姑娘有意思？"收麦子的女人问，双手在三元的身上摩挲着。"我只是恨哑巴和汪珍。"三元说。"总不能你爹跟当妈的结婚，你又跟当女儿的结婚。父子娶母女？"三元又感到一阵冰凉。"你坏，你坏。你还从壁子缝里偷看我洗澡。"三元又想到那个纯洁的小姑娘，高耸着胸脯，幸福而羞涩地微笑着，似乎在等待着他去占有和收割那块成熟的土地。三元的血液一下子涌上头顶，膨胀得要爆炸不可了。

"哗！"三元撞开那扇并没有闩上的芦苇门，一阵旋风似地把妮儿席卷到铺上。他急不可耐，感到从未有过的酣畅和快悦。妮儿并不惊奇，也不抗拒，而是顺从地听其野马般地驰骋……

"舒服吗？"妮儿的嘴唇如羽毛般轻轻地拂在他的脸上。"舒服！"三元就像一个辛勤耕耘者第一次收获了属于自己的果子，无限自豪和满足。

"那你喜欢我？"妮儿的脸上又烧起一片彩霞。

"是的！"

"你不恨我妈和哑巴了？"妮儿翻身骑到三元的背上，"我知道你今天要回来的，我也知道你回来了，还在壁子缝里偷看。你就是想偷懒，等我们把肥下完了才回。"妮儿的手轻轻击打三元的背。"肥下了？"三元的神经紧张了一下，发热的头脑已经渐渐平静了。

"下了。我妈说，肥是你们出的钱。你们的麦子缺肥都开始黄了，所以先把你们的二十亩地下了。"三元顿时头皮发麻，混乱的思绪又搅成一团高速地旋转起来，四面敲打起来，似乎要撕开他的头皮。"我的衣服呢，我的衣服呢？""你怎么啦？这是我的褂子。"

三元胡乱地笼上衣服，正要拉门，就听见细栋绝望的号哭声："天啦，老子这辈子做了什么亏心事你要下我的毒手啊——啊！"接着，汪珍嘤嘤的哭声也传了进来。

"妈，妈，出了什么事？"妮儿拉开门冲出来抱着汪珍。

"二十亩麦子全——死——了。"汪珍哽咽着说。

妮儿一阵眩晕。她隐约记得拉肥回来那天三元所说的话："这肥，先撒你们的二十亩地,我们那二十亩还有肥料。过几天我自己来拖。"妮儿看见店子里那女人脸上露出一副神秘得意的笑。妮儿没在意,她高兴的是三元开始关心他们了。

"三元哥,你出来说清楚,这化肥是怎么回事?"妮儿一瞬间失落了天真和纯洁,成熟得火辣和刚毅了。

细栋突然停止了号叫,明白了什么似的,抓起一条扁担,冲进偏厦。屋里立即传来细栋和三元脚步的咚咚闷响以及扁担砸在家具上的乒乓声。"老子早就叫你提防那个女人。你说,这肥料是你故意算计汪珍大婶的还是那女的骗了你?"又是一阵叮咚乱响。细栋一边喘着气骂,一边狠劲地挥舞扁担。三元既没有呻吟,也没有为自己争辩。妮儿只觉得一片空虚,对着眼前漆黑的夜色发呆。

"您不要打了,我已经是他的人了。要是他落了个废人的结果,我又有什么好日子过呢?"妮儿走到屋里平静地说。

细栋挥舞的手臂凝固在天空中,眼睛似乎成为一种摆设或者装饰,以一种震惊的状态被安放在一件工艺品的头部。良久,细栋撕心裂肺地长嘶一声,把扁担在大腿上折成两截,然后拖着沉重的脚步出了偏厦。

壁房里,汪珍的痛哭声越来越大。

九

三元在床上躺了一个多月,直到春天快要走出沼泽地了才出门,初夏的阳光使他感到特别炫目。那二十亩麦地已经分别种上了红苕、油菜和芝麻。眼下,红苕开始爬藤,油菜开始大片大片开花了。

春天里下了一场连绵的大雨,沼泽地里的水沟水坑连成了一片。鱼就在沼泽地四处游荡,哑巴每天坐在寮棚里搬罾,草屋里因此总弥漫着鲜鱼的香味。

细栋、汪珍、妮儿在沼泽地的高处打营养钵,装棉籽。对于春天里那段痛苦经历的一些细节,似乎因为三元的遍体鳞伤大家就没有追究和纠缠下去。但细栋和汪珍心里都明白,沼泽地上那些隐藏的陷阱并没有排除。

汪珍的肚子一天天大起来。"收了麦子,我们就做砖瓦屋,两家人就正式住到一起。其实,现在不就是一家人嘛。"细栋摸着汪珍隆起的肚皮说。汪珍的眉头紧锁着。"细栋,细栋,你个×子养的会野!"二秀的喊声常常在阴雨天的晚上回响于她的耳边。为此,三月三,九月九,汪珍都要烧些纸钱送给二秀。"我们出去吧!"汪珍说。她很后悔那一年和细栋躲在瓜棚里没有走出来。她想当时就是出来了顶多不过是被二秀指着脸骂一顿。

汪珍担心的还有妮儿的个人大事。她已经察觉妮儿身体的变化，脸色蜡黄，走路姿势也有些异样。

"妈，我把这担营养钵挑到田里了，就烧火做饭去。"妮儿说。

"少挑几个，妮儿。"汪珍心疼地说。

妮儿起了肩，走了十来步，突然坐倒在地上，营养钵滚了一地。"这姑娘，叫少挑几个还是挑了一大担。"细栋体贴地责怪妮儿。

汪珍发现妮儿站起来显得很吃力，声音就变了调："妮儿，是不是有了？"妮儿脸上红一阵白一阵："就是双腿酸软无力。""越是这样越是要多吃点。"汪珍教导妮儿。

妮儿很快就只能卧床休息了，肚子也悄悄隆起。细栋建议赶快让三元与妮儿回上百里洲办结婚证，汪珍却犹豫不决："这怎么能行？女儿与妈差不多时间怀孕，差不多时间生伢。""还能管得那么多？法律上又没规定，父子不能娶母女。"细栋说。

一个晴朗的中午，沼泽地上唯一的草屋里来了位客人。细栋和汪珍开始以为是过路人来讨水喝讨饭吃。近了，才认出是八亩滩收麦子的女人。女人进了门，板着脸说要找三元。当发现三元正在服侍妮儿吃饭时，女人立即跑过去，夺过饭碗，扔了出去，饭碗触地开花。"我说怎么会几个月见不着你一根毛，原来是把她的肚子搞大了脱不了身。我早就跟你说过你是我的，你敢跟她结婚，除非我掉到那边沼泽地里爬不出来了。"女人气势汹汹，三元沉默不语。"她不是个姑娘了。"细栋说。三元知道这一天迟早是要来的。他已经不能支配自己的命运了，他似乎是一个被剥夺了理智的动物，谁都可以牵着溜一圈。细栋运足了气，正要发作，女人却扬手阻止了他。

"您听着，是他要我弄的假化肥想要烧焦他们的麦子。"女人用手指了指汪珍，"也是他要我找熟人卖了他杀的那头牛。要是这两招都不灵，他就准备强奸她的女儿。我没想到她的女儿对他动了真感情。"女人说着竟然流了泪。"我丈夫跟我结婚三天后就进了监狱。我真是把他当弟弟、当丈夫一样待。如果他不跟我结婚，我随时都可以报案。"女人又指着三元说："看你是愿进监狱还是愿跟我结婚。我早就告诉过你，私杀耕牛是犯法的，你的命握在我的手里。"女人说完，便撇下一屋子沉默无言、不知所措的人，独自走了。

晚饭时一桌子人都没张口说话。妮儿上床时对汪珍说了句："妈，您叫三元哥放心，他要是坐牢我等着他。"说完，母女二人都簌簌落了泪。三元一直喝酒，汪珍告诉他妮儿的意思时，他一个人坐在桌子边还是闷着头喝酒。

第二天，大家都没见着三元。细栋和汪珍商量把妮儿送到医院检查一下，反正这也不是什么丑事。于是哑巴和细栋套了牛车送妮儿去医院。汪珍说自己挺着个大肚子很难为情,还是不去的好。等了大半天,一个上了年纪的医生对细栋说:"你这个人啦,看年纪不小,糊涂得很。"细栋自然有些羞愧:"是啊,是啊,孩子们的事情,当大人的不好问。"医生继续说:"有什么不好问的?这孩子的血吸虫病很严重了,要是前些年,这姑娘的命就丢了。赶快办住院手续吧!"医生说完,转身穿过了长长的走廊。细栋依旧立在走廊里,目瞪口呆。

细栋他们走后,汪珍决定到田里转转。她扯了一根麦子,放在手里搓了搓,吹了麦芒,又拣了一粒放在口里咀嚼,看看麦浆老了没有。放眼一望,尽管春夏多事,焦头烂额,但眼前的丰收景象多少又能给她一些慰藉。突然,她怔住了。麦田边上的沼泽里似乎浮着一具尸体。她仔细看了看,更坚定了自己的想法,心跳得也更快了:不会是三元吧!不会的,肯定不会是他。

尸体面朝水下,背上全是泥巴,看不清衣服的颜色和式样。汪珍想,这一片全是浅浅的水荡子怎么淹得死人呢?她开始用一根棍子捞,棍子太细,根本拨不动尸体。初夏的水并不太凉,她想不至于对胎儿有什么影响。当年她怀妮儿时,挺着六七个月的大肚子还下到冰冷的水里参加人工河的清淤会战。她慢慢朝尸体一步一步靠近,水不深,但很快她感到脚底下的地面在下沉,速度之快令她惊恐万分,而且她愈是动愈是下沉得快。她想这真是一个陷阱无疑了。在没入水面前一秒钟,她喊了一句:"妮——儿!"惨烈的声音惊动了几只暗藏的水鸟。

掌灯时分,细栋到了八亩滩,哑巴留在了医院。细栋找了个小馆子,想坐下来消停喝几杯酒了,再回沼泽地告诉汪珍那个好消息。的确,医生开始讲话时他有些紧张,而当"血吸虫病"这个词振动他的耳膜时,他松了口气。这是个比"怀孕"更好一些的消息。他想,这样一来许多问题便迎刃而解了。他和汪珍可以结婚生伢。即使三元坐牢,如果妮儿真愿等,几年后,他们照样可以结婚。那个收麦子的女人握着把柄也无所谓。汪珍也不用担心女儿和母亲同年结婚同年添生会让别人笑话了。

细栋一边津津有味地喝酒,一边无边无际地想,"今年还是个好年成咧!"他灌了一杯酒,对开饭馆的老头说。"是啊,好年成!"老头应了声。

(《芳草》1994年第8期)

渔 舟 唱 晚

　　大年初一，我去坝洲给二伯拜了年，在父亲、二伯、大伯三位长辈中，我对二伯一直保持着一种特别的尊重。大伯自1949年后就成了我们这个家族唯一的工人，一直在国营的航运公司工作。虽然他的大半生也漂泊在水上，但我认为他是国家工人，对长江两岸的民生不太关心。父亲很小便当兵，后来当干部，接着在"文革"中被整回老家，终于又变成一个述而不作的农民，故而对长江上下的风俗、人情世故缺乏深入的了解。而二伯一直是个渔民，他以一种个体行为同长江、同渔船、同其他的渔民以及两岸的村落打交道。正是这种原因，二伯在我的生活中有特殊的地位。

　　父亲不满四岁就被一条船送到百里洲南边的老城，在这个与百里洲隔江相望的区里，被一户张姓人家收养。虽然不过三十里地远，却因为一水穿过，跨了两个府界。老城属荆州府，而百里洲却是宜昌府的一个区。大伯跟随一个船帮在三峡一带贩运油、川盐和稻谷。爷爷在董滩淘金遭遇虎群，惊吓过度，英年早逝。二伯一边帮工，一边靠逢年过节、红白喜事踩高跷、跑旱船、舞龙弄几吊赏钱，与奶奶相依为命。

　　民国三十五年（1946年）正月，二伯踩着高跷出了门。二十天后，他和戏班子到了姚家港。姚家港这个地方以烧制青砖、青瓦和坛坛罐罐闻名遐迩。姚氏家族把持着一个个大大小小的窑场。当晚在一个新窑的开场仪式上，二伯喝了一斤苞谷酒。火把烧亮窑场空地时，二伯头扎一条老太婆常用的青黑袄子，手持一杆长烟枪，踩着高跷，一步三晃悠，演起了蔡家姨妈。蔡家姨妈是我们那儿跷子戏中的一个固定角色。

　　二伯吸了一口叶子烟，把烟枪横握在背后，弓着腰唱道："三十把儿牵啊，明日是新年啊，萝卜豆腐餐餐炖啊，儿们！叫花子过年也要过三天。"

　　二伯在戏中津津有味、循循善诱地告诉"年轻人"要能忍受贫苦的时候，他的母亲、我的奶奶却因不堪饥饿上了一个淘金光棍的渔划子。说起来，这个淘金光棍比我还低一辈。可以想象，这件事在坝洲李姓人家引起的反响。二伯在桃花流水的三月底四月初才结束客串的艺人生活，回到百里洲。族人对这件事最初的激动和愤怒已经过去。他只是从他们冷冷的目光里感受到他们当初的情绪。

二伯一生都是挺要脸面的人。母亲不止一次对我说："在坝洲没哪个比你二伯更讲面子，也没哪个有你二伯玩得开。"我相信母亲的话。二伯面对坝洲人的鄙视目光说："我们的老人（他这样称呼我奶奶）肯定是想过淘金的生活了。她一生都随着淘金船漂荡，上了岸不习惯。"他扔掉半截叶子烟，很感慨而且嘲讽地又说："其实，淘金船上的生活、水上的生活比岸上要苦得多。坐在屋里几安逸呢！"母亲评价这几句话说："你二伯说话几有水平！既不承认你奶奶是没饭吃才跟轩武上船的，又鄙薄轩武这些淘金客过的流浪日子。其实那时候，不说你奶奶，就是全坝洲的人，哪个不晓得淘金的生活呢？虽是水上漂，却总有饭吃。坐在屋里的，有几个把肚子填饱了的？"

二伯的几句话，像是开春时节的料峭风，暗暗地抽在那些试图拿眼光让二伯难受的坝洲人脸上。黄昏的时候，二伯沿堤望了董滩上下，发现轩武的淘金船还只是个朦胧的黑点，就回了家。掌灯时分，淘金客收工，淘金船陆续返回了坝洲。二伯提了一盏马灯，找了一根带铁矛的长竹篙，朝河边而去。二伯将马灯搁在一块大毛石上，双手握住竹篙瞄准轩武的淘金划子的肚子，奋力将竹篙投掷出去。铁矛插进木板的声音使轩武最初以为是船撞在了石刃上，后来他感觉到江面并没有起大风，才认识到事情的严重。轩武从船篷里一露出头，二伯就说话了。"狗×的！原来是个划子，我还以为是根木头呢！"二伯说。轩武没有立即接话。他点亮了一盏马灯，照了照船的侧身，发现铁矛已经深深扎进船板，就说："格老子的！是哪个插筒子的？你眼睛长哪里了？还插筒子！再插深一寸就插到你祖宗的腿上了！"二伯沉默了一会儿，把马灯举到自己的脸前说："老子是没长眼睛，你要是长了眼睛也睁开看看，在坝洲有几个人敢在我面前称老子？你是不是那几个中的一个？如果不是，老子今天就还要扎几下。看看哪个是老子，哪个是孙子！"二伯说完，放下马灯，奋力抽出竹篙，扛在肩上，就要再扎。轩武在船头慌忙跪下："二老爹！二老爹！不能再扎了，不能再扎了！您不能毁了我的家当啊！"二伯放下竹篙，提着马灯，转身回去了。从这件事中，我感觉到了辈分的尊严和力量。我们这个家族在整个坝洲的李姓当中可以说是最高的辈分了。就我今天这个三十出头的年龄走在坝洲的长堤上，常常遇到四五十岁的乡亲"爷爷、太公"地叫个不停。我能感受到二伯那时候高大的人格和轩武卑微的内心。因为那时候，人们对家道和长幼尊严比现在更加重视。

第二天，天还未亮，轩武就把我奶奶送了回来，随后在薄雾中匆匆消失了。那时候，光棍轩武已有四十大几的年纪了，而二伯还是个未成家立业的小伙子。轩武自然忍不下这口气。况且即使轩武打算就此罢休，他的几个同族兄弟轩喜、轩敏也不能同意。三兄弟谋计了一番，揣了几颗金子，跑了几趟衙门，官司就打到了县大人的公堂上。轩武状告二伯蓄意毁坏他的渔船，要求二伯赔条新船。对二伯而言，这当然是很大的一笔钱。二伯辩来驳去，最终被县大人压上了赔偿五斗大米的沉重包袱回到坝洲，二伯望着家里堆的几担谷子和麦子发呆。这是他从年头腊月到次年二月，三个月踩跷子玩龙船得来的收获。每年他就指望这三个月的所得与母亲度过一年中的其他九个月，并应付各种人情苛派、天灾人祸、里外四季的穿戴以及家业添置等。百里洲无遮无挡的夜风从壁子缝里灌进来，星点灯光摇摇欲坠。他多么不愿意把这些东西拿出去抵债啊！

总而言之，二伯总算是个幸运的人，特别是在他的青年时代。在此后的一次坐茶馆听渔鼓经历中，二伯发现生活又向他奉献出新的机遇。董市镇是百里洲对岸的一个小镇。镇小却极有小镇风味，茶馆便是一例。那时候董市镇的茶馆业颇兴隆。二伯作为一个社会闲杂人员，经常光顾。这种习惯他一直保持到晚年。茶馆里的谈客们为二伯带来的新情况是：董市尹氏家族和百里洲淘金客特别是李姓家族正为夹在董市与百里洲中间的董滩究竟属董市还是属百里洲而争论不休，大有械斗的可能。

百里洲四面环水，方圆百里。渡过其南边的长江就到了老城，那是荆州府的辖地。我父亲在那里放牛放了好多年。渡过百里洲北面的长江就是董市，这中间必须绕过一个比百里洲小得多的小沙洲即董滩。从空间上看，董滩离董市更近。从董市坐木划子上董滩只有两百来米的距离。在枯水季节就更近。橹桨咿咿呀呀几声，船头就抵上了董滩。

从百里洲上董滩有四五里的路程，或许更远。主航道在百里洲与董滩中间。在这个意义上，董滩属董市是没有异议的。有争议的在于董市这片江北的人民世代生活在一块平原略带丘陵的土地上。他们可以种水稻，有大棵大棵的松树、杉树以及柴火林子。而百里洲的洲民世代都不务农，他们实际上是渔民和船民。对董滩，他们认识得更早，开发得更早。在董滩上淘金已经是百里洲渔民的生活中不可分割的一部分，就像董市这边的人民在自己的地里栽秧割谷。一方从没想要过百里洲渔民的漂泊生活，另一方也从没想要过日出下田、日落上床的田园生活。矛盾就出现在其中一方似乎对淘金生活有了兴趣，也许仅仅是想干预一下对方的生活方式。因为董滩除了生长野草和芦苇，根本不适合当作农田种植庄稼。一年之中的大半年，它在长江洪水的覆盖之下。它从水中露头的时间，往往就是冬天三四个月。等你播下种子，长出叶芽，开春的江水就开始一截一截地将董滩吞没了。

"董滩只能是个淘金的地方，捕鱼的地方。"二伯说。

"说话儿啊？董滩只能淘金捕鱼？就是只能搞这两样，百里洲的人也得交点抽头给我们。"此人话音一落，二伯就明白他必是尹氏家族中的一个。百里洲人从不说"说话儿"，而说"说话子"，只有江北片的人才把"什么"说成"话儿"。

"抽头？笑话！你以为你们尹姓家族就是衙门了，就是政府了？要说抽头，我们哪年没交税？但我们不能承认董滩是董市的，更不能说董滩姓尹。"一个淘金客说，长年的风吹雨打在他脸上刻下了道道沧桑。

"董滩不是董市的？那你说百里洲为什么在付家坡修个矶头？还不是因为江水到了董市上头就扭头朝付家坡急冲。连河水都晓得把董滩往董市这边护着。还说不是董市的。"

"河水懂个屁！我爷爷在董滩淘金的时候，滩上就有上百条百里洲的船，几百号人的队伍。那时候，县城马店还只有三个供过路人拴马喝茶的草棚子，董市还是块没人毛的野地。怎么就因为冒出了你们几个姓尹的，董滩就要改主？"满脸沧桑的中年人站起来，嘴角的肌肉激动地抽动了一下。

对面立即站起两三个人往中年人这边移动过来，中年人身边也站起几个青年挡在中年人前面。二伯见势不妙，就插在他们两队人的中间，说："都退一步，退一步海阔天空。稻多能打出谷来，人多可不一定讲出理来。我看你们争来争去、打来打去也了结不了董滩这块屁股大的沙滩到底归哪个管辖。不就屁股大点地方吗？没必要。这哪是老百姓想的事呢？咱们不就是种田、淘金、捞鱼、砍柴、生儿育女吗？其他的事都不该咱们管，在座的哪个是县长、区长，或者是乡长、保长呢？恐怕连甲长都没有呢。我看都是户长，所以把各家各户的事做好倒是值得这样认真。"

二伯说完话，又走进来五六个陌生人。他们见了茶馆里的几个尹姓人，就说："刚才在一家金银首饰加工铺打了几个淘金客，很过瘾。"又问："你们都站着干什么？"二伯立即悄悄拍了拍几个百里洲淘金客的肩，示意他们跟着自己迅速离开。二伯带着几个淘金客折进另一条巷子，在一间狭小的茶馆里坐了下来。二伯说："你们先别说话，抬头看看中堂再说话。"那中堂写着：手长衫袖短，茶淡情意浓。

日中闲游走四方，晚来熬油补裤裆。前几年的夏天我应邀回百里洲，去参加一个关于"梨子"的什么会议。中间我抽空回了坝洲。我到二伯家时两扇大门开着，屋里空无一人。我是在河边发现了二伯拴在毛石上的渔划子，知道他没有出门，才来看望他的。我喊了一声"二爹"，果然屋后就传来"嗯"的回答声。我循声找去，我的二伯正在一棵大槐树下补一件褪色的裰子。他戴着老花眼镜，午后的阳光斑斑点点洒在他古铜色的脸膛上。不同的是，他比往年消瘦多了。我很惊奇二伯怎么会需要自己动手补衣服。二伯说："儿啊，自己不补就没有穿的。哪个顾得上我们老家伙，哪个又能照顾得着呢？"我听了觉得有一些凄凉，就感到一个人的智慧和能力在老年显得多么捉襟见肘。当年二伯在那间小小的茶馆说服了百里洲的几个淘金客，不但亲自出面平息了关于董滩的争论和冲突，而且趁此整治了轩武几兄弟，还发了一点小财。一介草民，运筹操持了这样一件轰动百里洲和董市的大事，却在晚年真的落得"熬油补裤裆"的境地。

二伯育有五子，按长幼顺序分别命名宏大、宏强、宏刚、宏满、宏超。到宏满出生时，二伯觉得家大口阔，难以为继，心已知足，无意再要，所以取名"满"。未料又生了一个，二伯只好取了个"超"字，意在这一个儿子是超出自己的愿望和能力之外的，并不怎么看重。五个儿子就像插在坝洲沙土上的柳树，并不怎么需要精心照理，却刷刷几年就都"冲"出来了，个个人高马大，才艺出众。坝洲不少人为二伯有五个英俊的儿子而嫉妒、羡慕。二伯自己也安慰自己，打虎还要亲兄弟，上阵还须父子兵。其实二伯心里并不这么轻松。古人早有教导："子多爷难做，官多好题诗。"这感觉随着儿子们的成长，便愈来愈分明了。

轰轰烈烈的"文化大革命"浪潮席卷到百里洲时，老大宏大正在读中学。那时，我的这位一表人才的大堂兄别着红卫兵的牌子，穿着灰卡其裤子和解放牌球鞋，背着红书包，意气风发地从坝洲的长堤上走过，满脑海里全装着远大的理想和抱负，完全是坝洲人民心目中一头骄傲的小牛犊。二伯一生是个谨慎人，这是他长期生活经验积累所致。他那时就反复叮咛宏大只管读自己的书，不要费心思考虑大人物所考虑的事情。可宏大的心早已飞到了北京天安门，他要去见毛主席，当面聆听主席的教导。可以想象，二伯是极力反对的。他甚至把宏大吊在堂屋里打了一顿。青年的理想，一颗火热的心，怎么可能会屈服于一顿吊打呢？宏大找来了校长和大队革委会主任，他们严厉批评了二伯阻拦宏大上北京的行为，说这是在扼杀一个革命接班人。二伯没读过书，但也是能体会到那个时代的脉搏的，就不再做声。宏大欢天喜地地和他的同学们登上了轮船，又在枝城上了火车，从此就天南海北地爬火车、扒汽车。在他回来以前，二伯收到过一张宏大寄来的照片，一群稚气可爱的小伙子，都戴着像章、拿着毛主席著作，他们幸福地倚靠在金水桥的栏杆上。

宏大是跛着一条腿回到百里洲的。宏大独自一个人拄着一根竹棍回来，他没要同学们搀扶他。当他一跛一跛闯入坝洲人的视线时，人们最初的感觉就是：一队雄赳赳、气昂昂的队伍开到前线,一阵硝烟过后,就只剩下这一个身负重伤的小士兵,然后他便开始了漫长而艰难的返乡旅程。

二伯那时和社员们正在为新建队里的仓库打夯。二伯并不是一个擅稼穑的农民,他的农业活动一般只限于喊劳动号子,做一些指指点点的事情。母亲说,他从没拿过镰刀和锄头。二伯那时正唱:

耶扬耶幺呵呵哩呀(众人将石夯一落,齐合:幺呵呵哩呀),养儿要防老,栽树就要乘凉啊(众人又落夯,齐合:嗨哟),耶扬耶幺呵呵哩呀(众人又落夯,齐合:幺呵呵哩呀),您还须记满堂儿女不如半路夫妻(众人又落夯,齐合:嗨哟)耶扬耶——

八个打夯手突然都停住了手脚,说:"二老爹!二老爹!您的相公回来啦。"二伯扬起的手停在空中,半晌才落下来。

"我回来了!"宏大说。

二伯不做声。

"妈,我回来了!"宏大又对走过来的母亲说。

二妈也不做声,但眼泪就流出来了,扁担从肩上无故地滑落了。

人们看不出宏大内心深处有任何沮丧和气馁。他只是显得有些疲倦和消瘦,宽大的旧军装和污黑的球鞋以及没有了形状的帽子,使他看起来更像个长途跋涉的乞丐。除此之外,大家什么也看不出。他依然保持着当初离开坝洲时的兴奋和纯真。

他说:"妈,你哭什么?你应该高兴啊!我见到了毛主席他老人家。你看这竹子,是井冈山的!你再看这——"

宏大丢掉竹棍,又去书包里寻找给坝洲人民带回来的纪念品。他的母亲极不耐烦地推开宏大,痛苦地说:"我什么都不看,什么都不看!你的腿呢?你以前那条好好的腿呢?"宏大无言地低下头。

二伯其实心里也一直压抑着痛苦,这时却走上前来劝慰妻子:"有什么好哭的?他的腿是献给了毛主席,毛主席会给饭他吃的。你操什么心?等着看吧!他不用我们管,会有人管的。"

在场的人都明白,二伯这句话是自我嘲讽的话,可很多事情并不是按平常百姓的思维逻辑发展的。宏大回到坝洲仅仅睡了几天觉,刚刚恢复,就被公社革委会请了去,到处作报告,介绍他们红卫兵所到之处的革命形势。宏大就跛着一条腿在方圆百里的沙洲上搞了一轮巡回讲演。讲演期间,公社还专门为宏大发通知：所到各地生活上要尽量给予照料，交通上要尽量关心。宏大轮流在沙洲上的大队部吃饭，坐牛车或者拖拉机，从一个报告点到下一个报告点。

在结束这段生活后，大队接到通知，要培养宏大这样的好青年当接班人。宏大虽然跛着一条腿，不能参加劳动却照样拿工分，还跟着大队书记到平整土地的工地、修水利的工地检查工作，锻炼能力。

一年后，宏大加入了党组织。那时候，他十八岁还差三天。书记说，差三天不算什么，关键是思想上不能差半天，然后宏大就和一个老资格的大队干部进入了贫协班子，全称是贫下中农协会。贫协其实只管学校，学校的重大活动，如开门办学、忆苦思甜等都必须请贫协出面。

宏大命运的转机，使他赢得了广大社员同志们的关注。他们对他给予了比通常给一个残疾人多得多的注意和关心，介绍人纷纷登门证明了这一点。百里洲的媒人叫介绍人，这种称呼显得比一般农村的叫法更有文化，更能说明这一类人的工作性质。对此，二伯的头脑是冷静的。他教育儿子要选择一个本分、勤劳、健康的姑娘，不要太关注其出身和背景。宏大的想法恰恰相反。他像一个老练的组织干部审查每个介绍人提供的每个细节，特别是其家庭背景，如家庭成员的政治面貌、社会关系等。

事实上，二伯心目中已经对未来的儿媳有了一点点意向。在董市的一个茶馆与淘金老大赫娃子的交谈过程中，二伯了解到，赫娃子有一个女儿，年龄与宏大相差几天，虽不漂亮，但五官端正，勤劳能干，心灵手巧。她做的布鞋、棉鞋，赫娃子说在中心洲一带颇有名气。遗憾的是，姑娘小时候一次发高烧损伤了听力，但后果并不严重，只是有些特殊的时候才能显出来。比如有时候，她正专心致力于某项事情你就可能需要喊两声，她才能听清。二伯听了介绍，说："这算什么呢？这没有影响。"就表示很满意。后来二伯又到董滩上的淘金棚里特意拜访了赫娃子，其目的当然主要是为了眼见为实。赫娃子就叫女儿端茶、备饭，让女儿亮了亮相。二伯高兴，多喝了点酒，出淘金棚时就抑制不住内心的想法，说："赫老大，这事情我看我们俩就说定了。"赫娃子也爽快，说："定就定吧！"

过门那天，二伯没有跟宏大打招呼，直到赫娃子带着女儿上了门，二伯才说："宏大，今天哪儿都不能去。你给我坐着，看看这姑娘怎么样。"说完，又把姑娘的基本情况介绍了一下。宏大问："他爹是干什么的？"二伯说："跟你爹一样，淘金、捞鱼的。""他的伯伯呢？"宏大问。"据说是守堤的，抗美援朝下来的，受了伤，国家照顾的工作。"二伯说。"那他的叔叔和其他亲戚呢？"宏大又问。"不清楚！反正没有'地富反坏右'，也没有做官的。我查别人的十八代干什么？"二伯说。

宏大把火钳一丢，跛着一条腿就要出门。

"你给我站住！"二伯把怒火压在心底，狠狠地说。

"我不同意！你满意，就留着吧！反正你还有四个儿子。"宏大说。

"狗×的！你再横，老子打断你那条腿！"二伯威胁道。

"打死我也不同意！我现在是大队干部，不是那个时候的学生，你想打就打，想吊就吊。"宏大说着，真的毫无畏惧地一跛一跛地走了。

这件事伤透了二伯的心，不仅使二伯在赫娃子父女面前尽失面子，也使二伯在坝洲人心中的地位陡降了三分。二伯宣布，从此与宏大断绝关系，自己也从此不再在家里住。

赫娃子就是当年二伯在董市茶馆里遇见的那个满脸沧桑的中年人。他与二伯一样育有五个孩子，不过都是姑娘。他要嫁给宏大的是第四个姑娘。赫娃子跟着二伯转移到另外一间茶馆坐下来后，赫娃子先是按照二伯的规定，看了中堂，然后问二伯："你是姓尹还是姓李？"二伯说："我姓李，坝洲人。"赫娃子一行几个人才松弛下来，端起茶杯。

在接下来的时间中，二伯分别谈了自己对尹李二姓争滩的看法和处理办法。他力尽游说才能，让几个淘金客听得如痴如醉。

"打架能解决问题吗？杀人都不能！没有一世的威风，只有一世的名声。这件事不能斗狠。"二伯说。

赫娃子说："对，对，对！"

"这件事能对簿公堂吗？也不能！打官司首先要钱。俗话说，'生意钱三十年，汗钱万万千'。我们淘金的谁不明白手中几文钱是怎么来的？风吹雨打、挖砂淘石、起早摸黑，容易吗？再说当官的都是什么人什么心肠呢？当今世人目光浅，只重衣装不重人。穷人打官司，屁股朝前，先挨打！穷人就不要打官司。钱官司，纸道场。况且这官司有钱也未必能赢，哪朝皇帝都不可能把这大的河、这大的沙洲判给私人。为什么堤有官堤、私垸之说呢？长江是官河，这堤是官堤，河中间的沙洲当然也姓官。"二伯说着端起茶杯，呷了一口。

"对，对，对！"赫娃子说着，递给二伯一根叶子烟。

"但是，这件事能不能顺其自然、坐视不管呢？肯定不行。尹家不会轻易放弃对董滩的念头，也不会停止隔三岔五的闹事。至于制造各种说法，混淆视听，更是情理之中的事情。所以，要做点事情，不打不杀不骂的事情。"二伯说着，放了一个响屁。

淘金客都笑了起来，二伯不动声色地吸叶子烟。赫娃子也笑了一下，但马上就严肃下来，其他几个也收敛了笑容。

"那你说该怎么个做法，别像鸡肠子转他妈的几百个弯。"一个小青年目中无人地说道。

二伯先拿一副鄙视的态度给几个小青年看，见他们都不好意思，才清了清嗓子，继续说话。

"在董滩淘金的大约有几条船?"二伯问赫娃子。

"四五十条吧!"赫娃子说。

"有几条船是你的帮的？其他的帮听不听你的?"二伯又问。

"我这个帮有十几条，其他的几帮都姓李，就是不听我的，只要是搞尹姓的事都会拥护的。"赫娃子很有把握地说。

"嗯，如果是这样，事情就好办多了。"二伯说，"你回去到其他几个淘金帮鼓动鼓动，就说只要每条淘金船出一石谷子，我李某人担保姓尹的一年半载后不为董滩的事惹是生非。你要知道，我的爷爷曾教育我，不做媒人不做保，一生无烦恼，但我也姓李，为争一口气，打个保证，当回保人。事情不成，五十石谷子奉还。如果不能奉还，我有名有姓有母，你们到坝洲找我，怎么处置悉听尊便。我今天打保条可是背叛了祖训啊!"二伯说。据我所知，就像我从未见过我爷爷一样，二伯也从未见过他爷爷。但我还是佩服二伯的勇气和胆量。

"五十石谷子可不是个小数字啊!"赫娃子比较犹豫地说，语气中还夹杂着一丝感叹和遗憾。又说："是不是自己也要发点财?"

二伯听了这话，很不高兴，把茶杯往桌子中间一推，说："赫老大可不怎么大气！我刚才说了，事情办不成由你们处置，这可不是说着玩的。五十石谷子是不少，但你们可以拿五十石谷子到县府，或者送到尹家湾，看看这件事又是什么结果。说到发，我不敢奢望。富贵在天，谋事在人。但有句话你当听说过，'人无三分为己，天也容'。所以说办这件事，我当然要抽头的。"二伯说。接着又说："你们不愿干，也就算了。至于我自己，古人说'讨饭三年懒做官'，我还没到讨饭的地步，更不愿意充当处理这件事的头人。"

赫娃子端着茶杯，听得直瞪眼睛，表现出一副丢了魂的样子。二伯话说完了，赫娃子仍然端着茶杯，热气打脸边直冒，就是忘记了喝茶。良久他才醒悟过来，说："李谋士，我听你的。五十石谷子的事，我去筹办，保证七天以内筹齐。"赫娃子把茶杯往桌子上一放，茶水就四处迸溅出来。

"好，爽快！我可是不见兔子不放鹰，今天的茶钱我来付，大家交个朋友。"二伯说着，吐掉烟屁股，喝了口茶水，漱了漱口，扑的一声将一口茶喷到地上。

我奇怪的是，二伯的这种谈判才能和大家风范在后来处理家政事务中怎么发挥不出来。

宏大的人生道路在几年后出现了一个十字路口：是当坝洲中小学的校长，还是当一个小队的队长。二伯极力主张宏大当校长。他说："十年教书不富，一年不教就穷。就你这跛一条腿的样子，还是教书可靠。当队长，搞农业，你绝对搞不长的，你能当一辈子的队长？"

宏大说："您就欺负我一辈子只能当队长？说不准哪天我当上了大队的书记呢！"

宏大"呼哼"了两声，又一跛一跛地出了门。二伯明白，宏大早打上了大队书记的三姑娘的主意。大队书记的三姑娘是个"軥包"，用医学专业术语描述，可能就是哮喘。她一年四季喉管里发出一种"咝咝"的声音，上气不接下气，并且咳嗽不断。这种女人在农村是没有多少魅力的，简直就是一个废人，比某些有轻微残疾的人都不如。那姑娘比宏大大三岁，居然没有说上婆家，足见这种类型的女人在农村的地位。宏大喜欢上书记的軥包姑娘当然是另有打算，比如说哪一天书记要下台了，让宏大接班。接班作为一种人事制度在那时候是很流行的，什么都兴接班。老子当炊事员，要退休了，可以按政策让儿子接班去食堂；老子驾船，死了或退休了也可让儿子上船当工人。大队书记当然没有想到中国会在几年内发生翻天覆地的变化。话说回来，如果他有这种先知，自然也早就不是大队书记了。因此，大队书记对宏大的未来政治前途是充满信心的，宏大年纪轻轻就入了党，还到北京见过毛主席。想想看，一个县委书记一生也不一定能见到毛主席。并且他在整个公社巡回作了报告，每场报告都有公社领导陪同。眼下又时兴培养青年人当接班人，说不准哪一天这个跛腿就混到公社革委会去了呢！大队书记就暗示宏大说："咱们家里的人包括三姑娘都把你当贵人啦。你每次来，她妈都要煮石滚蛋放糖啊！这可是过去对待女婿的待遇呢！"

宏大听了一阵脸红，说："只要书记一家不嫌弃，我愿意和三姑娘建立革命同志关系。"

书记听了，双掌一拍大腿，说："好嘛！志同道合，互相爱慕。我们还有什么可说的呢？"说完，就发出一阵哄堂的笑声。

二伯听说了此事的进展后，亲自登了书记的门试图阻拦此事。二伯走进书记的三间大瓦屋时，书记正在烧火屋炒花生。二伯就又折回到烧火屋。

二伯说："我们家穷，家大口阔，条件不配娶书记的姑娘。不是对姑娘有什么意见，主要是不敢高攀，怕书记的姑娘将来受苦遭罪。"

书记却说："受苦也好，遭罪也好，都是他们年轻人自愿的。再说，他们都年轻，都还有奔头嘛！谁能说他们将来一定会很苦呢？至于条件嘛，你就不必多说了，都是贫下中农，都是公社社员，只有公社和大队集体条件好了，咱们的小家才能好。这不是你一个、我一个的问题，是广大贫下中农要共同克服的困难，要共同建设我们的人民公社嘛。我们现在不是说要一年建成大寨大队，三年变成大寨县吗？到那时就不存在这问题啦！要有大家都有，没得大家都没得。"书记说完，递过一颗花生，说："亲家，您尝尝，老不老？"

二伯从书记家走出来的时候，活像个傻瓜。后来二伯认识到，他不能与官家打交道，他的那一套在官场上根本用不上，他只能同江湖上的人打交道。这也是二伯多年来把茶馆视为唯一的交际、娱乐场所的原因。

宏大办喜事的那天，二伯摔了酒杯，当杯子在地上开花的瞬间，二伯赶忙对客人说："我喝醉了。"其实明白人都知道，二伯一生喝酒都没醉过。二伯摔了酒杯后，就借故出了门。

二伯的船是他从调解李尹两大姓氏的纷争过程中"巧夺"来的。赫娃子联络了董滩上所有的淘金船，准备好谷子后，带信给二伯说请他指教。二伯说，在董滩上淘金的轩武三兄弟是坝洲人，希望赫老大吆喝一声，把谷子装上轩武三兄弟的船直接运到坝洲。二伯请了几个同族的堂兄弟在坝洲河边接船。那一天，全坝洲人都知道了轩武三兄弟给二伯送谷子这件事，当轩武三兄弟吭哧吭哧把谷子往二伯家扛时，一些坝洲人便站在大堤上窃窃私语。

"二老爹是个人精啊！你看轩武打官司要他赔五斗米，他却要轩武还了五十石谷子。"一个辈分低的妇女说。

"聪明不过帝王，伶俐不过光棍。这轩武怎么就——唉，窝囊啊！"一个看起来知书达理的先生感慨地说。

二伯安顿好了谷子和母亲，就到江北尹家湾去了。尹姓人集中居住在尹家湾，说是大姓，也不过三四十户人，外加几十条本地狗。尹家湾人种水田，男女老少都会犁耙耕耖，但其他的就不怎么擅长了。比如说，尹家湾人不会踩高跷，只会踩地跷子，其高度跟穿木屐子差不多。说到尹家湾人扎的旱船，二伯直摇头。"小气、粗俗，跟水稻区的农妇穿的衣服一样。"二伯说。百里洲的采莲船就不同了，高大华丽，做工十分讲究。至于龙船和旱龙，尹家湾人就更外行了。尹家湾由于历史、地理的原因，既不出和尚、道士，也没有像样的戏班子。红白喜事逢年过节，都是从外面高薪聘请艺人，吹拉弹唱热闹一番。有时候就只能请到附近的瞎子拍一夜渔鼓，听几段牛头不对马嘴的传奇故事。

二伯对江北一带的民间艺人一一拜访。二伯与这些人或是在茶馆或是在间歇性的流浪生活中混熟的。二伯对他们说，踩跷子的、跑旱船的、舞龙的都应该联合起来，搭成班子。有饭大家吃，有钱大家分。就是打丧鼓的和尚、开场的道士也应该走这条路，否则饥一顿饱一餐，日子过不均匀。

二伯在踩跷子这一行当的名气，江南江北都或多或少知道一些，他们只是不清楚那个著名的"蔡家姨妈"姓甚名谁。这使二伯的鼓动工作十分见效。二伯先说动了几个艺人，后来他就把这几个艺人接到坝洲，让他们看家里堆放的五十石谷子，说："我可以先拿十石谷子出来，大家不必担心喝西北风。"几个艺人就傻了眼，头像鸡啄米似地点个不停。

"既然这样，我们就分头邀人吧！"二伯说。尹家湾附近的只要平时会玩一两手的艺人很快就被召集到二伯的旗帜下。这些人很少姓尹，这是二伯非常满意的。江南坝洲附近的跷子手、吹鼓手，二伯决定暂不邀请，因为这些人大多姓李，用不着组织起来，他们都与尹姓人不来往。

人员齐整后，有人就说："国无良将莫兴兵，是不是就请二老板出头扛旗帜？"他们把二伯称为二老板。

二伯说："千万莫说扛旗帜，兴兵的话更不能说。我们是什么人，大家还不清楚？只不过相互有个照应，混起饭来容易些。"二伯说着，喝了口茶，清了清嗓子。

"既然大家都请我出头，我也不客气，不过官有官条，民有私约。我就把我们这些人今后怎么接活路，接了活路又怎么收工，收工后又怎么发工钱——讲清楚。"二伯很严肃地说。

按今天的说法，二伯搭的这个班子是个草台班子，是个大杂烩。但在二伯的率领下，这个草台班子很快就在百里洲活动起来了。

这一年，尹家湾的抓周、洗九、过生、嫁娶等大的活动都找不到戏班子，连一个吹鼓手都请不到，负责出去请客的人得到的回答都差不多。

秋天的时候，尹家湾的富户尹大财的父亲死了。尹大财的父亲在尹家湾无论是从辈分还是从功德上讲都是值得尊重的人物。尹大财先后派出四拨人分别请和尚道士和响器班子，他们给尹大财带回来的消息都是毛没见着一根。

尹大财坐在父亲的床前。整个尹家大院除了孩子们的嬉戏和锅碗瓢盆的声音，听不到一点办丧事的响器声，也看不出一点隆重气氛，想到几天后冷冷清清地出殡，尹大财更加焦急。找不到响器班子的痛苦深深地压在尹大财的心头，对他而言，这是一件比失去父亲还要伤心的事情。他想，这怎么对得起德高望重的父亲呢？又怎么对得住整个尹家祠堂呢？知情的人倒可以理解我的一番孝心，不知情的人岂不说我尹某视财如命，出不起价钱？

这时候，尹大财的老婆上来劝他。

"听说近一段时间尹家湾办事的都没请到戏班子，连个吹鼓手都没请到，这不是我们一家的遭遇。请不到就算了，三亲六戚哪个不知你是个孝子呢？"老婆说。

"放屁！自古以来，办丧事打丧鼓、吹响器、和尚设场子、道士开路，哪有这样冷冷清清、偷偷摸摸的？这不但坏了祖宗的规矩，还叫我的儿子姑娘怎么看？他们以后也会这样待我们的！叫人出去找！找不到就买套乐器来，我们自己来打！"尹大财怒气冲天。

派出去的人刚走，就有人向尹大财通报，外面有人自称他有戏班子，问尹相公要不要谈一谈。"还谈七谈八干什么？马上请进来！"尹大财激动地站了起来，转身到院门外迎接。

二伯见了尹大财，说："惊闻令尊大人仙逝，还请节哀。"说着就要进门。尹大财让过了二伯，伸出头朝院墙两头张望，然后追上二伯，问："就你一个人？"

二伯说："人多呢！我们俩先说会儿话，他们就到。"

尹大财说："还说什么话？马上把鼓、锣摆出来，吹的吹、打的打、唱的唱，工钱你尽管开口。"

二伯说："我不是来谈工钱的。"

尹大财吃惊地问道："那你要谈什么？"

二伯说："董市对面的董滩，听说过吧？"

"听说过。"尹大财说着，心就沉下去了。

"你们尹姓人一直说它是尹姓人和董市的。这件事我有个观点，说给你听听。河里的沙洲不能说是哪个姓的，既不是姓尹的，也不是姓李的，是官家的。那么它该属于董市管辖，还是应由百里洲管辖呢？这也不是尹姓人、李姓人所操心的事。因此，我想请你出面，跟尹姓几十户打招呼，今后不要为这块巴掌大的地方到底姓什么、到底归谁争论。尹姓人可以同百里洲的李姓人一样去董滩捞鱼、淘金，但不要争地盘，更不要械斗闹事。"二伯说着，指了指尹大财的背后，又说："那边百里洲姓李的，我也打了招呼，今后不提这件事。大家种田的种田，淘金的淘金，该干什么，就干什么。"

尹大财吞吞吐吐地说："这件事我不能打保证。"

二伯立住步，轻蔑地笑了一声，说："这件事你必须保证，否则尹家湾就不仅仅是今年办事听不到响声了，以后每年都会如此，你可以想一想那事情办得是什么滋味。不相信的话，可以试一试，看看今年过年尹家湾有没有踩跷子和跑旱船的班子。我会让你连放铳的都找不到一个，过个清静年。更不说你眼下的丧事了。"

尹大财先是表现出一副深仇大恨的样子，见二伯没有一丝一毫的妥协，尹大财马上就无可奈何了。

"好吧！这事我答应。"尹大财说。

"如果这样，今晚我们的响器一开场，你就把尹家湾几十户每户请一个当家人来，在这里公开表明你们的立场。你要亲口对他们说，以后有谁提到董滩的归属问题，你尹大财就让尹家湾听不到响声。"二伯说。

"你这不是把恶人我做？"尹大财为难地问。

"这是把威风你抖。你是这方的富户，有号召力，大家相信你能说到做到。再说此事并不是件坏事，是固邦安民的好事嘛。"二伯皮笑肉不笑地说。

"好！你们给我吹吹打打闹五天，我现在安排人去通知各户来做客。"尹大财说罢，转身就要派人的样子。

"我们还没谈工钱呢。"二伯说。

尹大财只好转身回来。"这话好说，只要你开口！"尹大财说。

"真只要我开口？"二伯笑着问，尹大财一副摸不着头脑的状态。

"您到底要什么？"尹大财已经不耐烦了。

"不多。我听说你家有一条破船，多年不用了，能不能送给我。另外五天收工后送斗米给我们的班子。其他的都是老规矩了，比如抬重的有孝袱子，我们当然得有。是不是？"二伯说。

尹大财听了，不表态，却问出一句莫名其妙的话来，"怎么称呼贵人？"尹大财问。

五天后，当二伯回到坝洲时，呈现在眼前的是一副陌生的景象：房前屋后碗口粗的树一律被伐，小小的茅草屋里又多了一口灶膛。二伯被告知：他的哥哥回来了。

大伯的突然归来，似乎给二伯愉快的生活蒙上了一层阴影。二伯对大伯不打商量就把所有的小树砍光尤为不满，因为在大伯过着多年不归的洒脱水手生活的过程中，是二伯经营操持着这个家。而且，大伯把二伯在外面一担一担挑回来的各种物质的一部分当聘礼送出去了，另一部分拿去变成钱，准备他的婚事。很多年后的一个暑假，当我领着刚结婚的妻子去见二伯时，他对这件事依然记在心间。

二伯说："大老板对不起我，我那个时候不容易啊。"

大伯毕竟是老大。

老大的事情，老二当然得全力支持。二伯请了戏班子和轿夫，把嫂子接到了坝洲。嫂子的进门，给这个简陋的家庭无疑带来了许多生机。女人在家庭中的位置是很奇妙的。在百里洲，到了吃饭时间，屋顶还没冒烟的家庭，一般都缺少一个会操持、有条理的女人。同样，一个房前屋后鸡毛找不到、猪叫听不到的家庭，很可能也缺少一个能干的女人。我的看法是，大妈是个能干的家庭妇女，但心眼太小，个性太强。

大伯的婚姻给这个家庭带来的明显的影响是空间更狭窄了。四口人拥挤在一间茅草屋里，二伯觉得不方便，提出到船上睡，实际上从那时起，二伯一生中的大多数光阴就在船上度过了。尹大财送给二伯的船，其实并不破。要造一条这样的船，在当时的物价水平下，可能就需要几十石谷子。二伯说那是条破船，实际上是想贬低其价值，让尹大财心里好想。尹大财却不是愚人，他知道这条船仅需要小修几处，刷一道桐油，便可焕发新船的光彩，但这条船无论怎么好，对尹大财都无多大用处。尹家湾是个不挨河的地方，尹大财一家也没人能将船派上用场。二伯在次年春天便把船拖上岸，刮了一遍灰，上了一道油。这条船就一直陪伴二伯到他病重上岸。

二伯上船后，大伯也离家前往宜都继续他的水手生活。尽管家里只剩下嫂子和母亲，二伯仍觉得住在家里不方便。在他偶尔回家后，嫂子开始抱怨二伯不务正业，游手好闲。二伯很清楚，嫂子实际是批评他白吃白喝，未能为这个大家庭作出应有的贡献。

我的大妈那时虽然年纪轻轻、刚刚结婚，但浓厚的农业文化传统早就赋予了她在二伯面前母亲一样的角色。长兄如父，长嫂如母。大伯既然不在家，大妈当然就要当家做主了。大妈说："你一年到头的收成呢？都吃了、穿了？怎么没有一点积攒呢？"

二伯说："河里打鱼河里了，船上赚钱船上用。这年月能糊口就不错了，还积攒？"

大妈说："你要考虑婚事，你弟弟在外面寄养这么些年，总有一天是要接回来的。这个家里有母亲有兄有嫂，把弟弟送给别人是件没有面子的事。不能你糊你的口，我饱我的肚子。"

二伯听完，没有做声。我猜测从那时起他就打自己的算盘了。所以后来，我父亲三兄弟三个家庭都不能兴旺是有根源的，根源在这时候就埋藏下来了。大伯无牵无挂地四处漂泊，喝他自己的酒，从来不操心两个弟弟的荣华富贵、衣食住行。二伯年轻时就常耍嘴皮子四处混饭，不想担负更多的责任，他们三兄弟似乎到了老年都不能沟通和交流。即使三个人坐到了一起，也都是相对无言，各自抽烟喝酒。这便是根本所在。

　　果不其然，二伯在第二年的腊月就告诉我的大妈，说他要结婚了。我的大妈当时正在剁萝卜煮饭，听到这话，手就被刀砍了一下。

　　二伯对待自己的婚姻的观点，也就是他后来力图灌输给五个儿子，并希望他们接受的观点。一代娶矮妻，三代无高人。二伯是希望找一个既漂亮又能干的老婆。考虑到自己的散漫和疏懒，二伯同时也希望自己的老婆任劳任怨、健康贤德。

　　二伯担保的一年之中解决李尹二姓纷争由于尹大财父亲的去世，提前得到了实现。这一交际工作的成功使二伯在董滩淘金帮中的威望大增，当二伯划着自己的船登上董滩时，淘金客们用最隆重的礼节接待他。轩武几兄弟公开表示，那五斗谷不要了。二伯基本上就过着吃百家饭的日子。在董滩几十条淘金船上，二伯走到哪里，把酒就喝到哪里。原先跟着二伯到处踩跷子、玩响器的，仍然纷纷找到二伯，要求他继续带着他们四处谋生。二伯说："没我你们照样可以吹吹打打，吃东家走西家。"有几个响器班子似乎跟定了二伯似的，还是不走。二伯就说："我现在最想做的事情是要找个女的结婚，我已没有心思带着你们走乡串户了。"几个人突然亮了眼睛你看看我，我看看你。后来一个就说："二老板，我有一个妹妹，人怎么样我先不说，你自己去看。"另外几个人也接着说了同样的话。二伯便笑了，说："既然你们都有妹妹，我就挨着来，一个接一个地看，再挑一个出来成婚。"几个人都说行。二伯说："我们先到姚家港。"

　　二伯在三个地方各住了一个星期后，后来挑中洲林的一个姑娘。腊月，二伯要结婚的消息便长了翅膀，连尹家湾都传到了。

　　婚礼的场面和热闹气氛都出乎二伯的意料之外。董滩上淘金的五十条船都来了，在坝洲的河边排成一条长龙。二伯亲自划船到江北去接新娘。响器班子都是二伯的朋友，其中还有一个是新娘的哥哥。尹家湾的尹大财也赶来祝贺，并且送来一份不薄的礼金。这位江北的富人在酒席上不断夸奖二伯的为人和才能。二伯用尹大财送来的礼金在不久之后就盖了一间壁子屋，与大伯分家立业。

　　结完了婚，二伯依旧上了自己的船，不同的是，这时候他已经有了自己的渔网、鱼钩，船上还有鼎锅和碗筷。他一个人过着自由自在的生活：打鱼卖鱼、喝酒、坐茶馆。有时候也把船随便靠在一个什么地方酣睡。宏大生下来的时候，二伯就在玛瑙河边的一棵大树下酣睡。

　　公私合营的时候，坝洲船民拥有的大木船都交给了国家。二伯的渔划子很幸运地不属于这个行列，因此就作为如同桌子椅子一样的家具被搁置了起来。划成分的时候，轩武等人就提意见，说二伯至少可以划个"地主"。

二伯没料到轩武这号人竟如此卑鄙，就说："划地主可以。哪个划我地主，就先分我几十亩地，总不能说我一个地主居然没有一分地吧！"二伯的话一出口，惹得开会的人一场大笑。轩武又说："那可以划为'富农'吧。二老板解放前家里堆满了一屋子的谷子呢。"很多人就以为二伯这次被套住了，不划个"富农"脱不了身。二伯却并不急着和人辩白。

他说："我屋里是有几天堆过几十石谷子，可其中有六石是属于轩武的，其他的为了不让江北尹姓人与里百洲李姓人斗，都做人情派上了用场。当然我自己也吃了，不吃，也许就没有人要送顶帽子给我了。我要不是活到今天，要划我富农的人可能早就被尹姓几十上百号人割了鸡巴。轩武，我问你是不是有这么回事？你不会忘了吧！在董市十几个尹家人把你们兄弟打得屁滚尿流，要割你们的鸡巴。"

二伯说完，会场又是一场大笑。主持会议的就说："二老板不是地主，也不是富农。还是往下开会吧。"二伯就过了这一关，他被纳入了广大贫下中农的行列。贫下中农就应该早上出工，晚上收工，渔船上逍遥自在的生活过不成了。

离开了水和船的二伯，精神萎靡不振。在短短的一年多的农业劳动中，二伯完全从事着鼓动宣传的工作。这地方上堤坡的牛车上不去了，二伯就跑过去，站在旁边喊几声号子。牛车走了，二伯就又闲着没事了。过了一会儿，哪个地方系花包的累了，二伯又跑过去，喊几声"咳呀左"。队里建房子了，二伯的任务就是给打夯的人喊节奏、喊号子或者讲几句笑话，日白打荤。总之，在轰轰烈烈的农业生产中，二伯的作用仅限于此，那时候田间地头，总能听到二伯悠扬的嗓音，单调的劳动气氛很快就改变了。二伯后来被派到外面，先是修铁路、水渠，然后是炼钢铁。那几年二伯围着一条又粗又长的毛巾，仍然显得潇洒自如，等一切平静下来，再回到坝洲时，二伯似乎又成了一个病人。他对田间劳动从来没有过一丝热情，当然更说不上有什么经验。

有一天，二伯憋不住了，从屋梁下放下划子扛到河边，重新体会了一番渔民生活，顿觉神清气爽，百般惬意。当晚二伯就没有回来，宏大在船上找到他时，他已经睡着了。此后，二伯就三天打鱼、两天晒网。记工员的本子上，二伯的出工率最低。又过了一些时，二伯干脆不出工了，划着船出去了。他的这种懒散习性对后来当上了队长的宏大来说，是个不小的难题。不过，坝洲人似乎没有对这件事过于计较，大家似乎把二伯忘记了。

我想轩武一家与咱们这一家必定是上辈子就结下了冤仇。在一次小队群众揭发资本主义尾巴的会议上，轩武激动地站起来，说："二老板不出工，在外捞鱼算不算是条尾巴呢?"那时轩武的双腿差不多有三分之二入土了,按说这把年纪的人什么事都想得开了,可偏偏这个打了一辈子光棍的老人火气旺,一石激起千层浪,会场上当时就叽叽喳喳说开了。

我那小小年纪就当上队长的堂兄宏大也坐不住了。他就说:"尾巴是指搞副业的,有副业当然就有主业。比如搞农业劳动的,养鸡养鸭就是副业,这个尾巴要割。我爹他的主业并不是农业劳动,大家都知道他连什么季节播什么种,什么季节收割什么谷都搞不清。他的主业就是捞鱼,这种情况,他不记工分就行了。如果以捞鱼为主的人又去养鸡养鸭什么的,那他就有副业了,就要割。"宏大的几句话蒙骗了大多数人,却仍哄不过轩武。

轩武又说:"那我们都去划船捞鱼呢,换个主业行不行?"

宏大没话说了。他恶毒地盯了轩武一眼,说:"这事我跟大队书记说说再回答社员同志们。"

宏大一肚子的怨气在二伯回坝洲后得到了发泄。二伯是回来拿米的,宏大说:"没米!你不参加队里的劳动,一连几十天不见人影,还回来拿米。你的鱼呢,用鱼去换米啊?你带头搞副业,叫我这个队长怎么当?"

二伯说:"我早就叫你不当队长,是你自己要当的。"

"现在别人要割你的尾巴,你知道吗?"宏大像一个干部做群众思想工作那样跟父亲说话。

"你少给我来这一套!割尾巴?你,看看我的尾巴在哪儿?老子不是猿、不是猴,不是牛、马、羊、狗、猪,老子是人!哪个人有尾巴?嗯!你还当干部,做出这种荒唐事。"二伯说。

宏大把桌子一拍,说:"告诉你,爹,割尾巴不是割身上的尾巴,就是不准搞副业。"

二伯忍着儿子的一副盛气,邪笑着说:"那好,你割吧!哪个割老子的尾巴,老子就削他的鸡巴!不准搞副业,只准搞主业,我的主业呢?"

"你的主业是种棉花、麦子。"宏大说。

"狗屁!"二伯说,"谁说的?老子的主业只有老子才晓得!种棉花、麦子?那江北的人为什么不种棉花?那海边的人种什么?"

宏大说:"江北人的主业是种稻谷,海边人的主业是捕鱼。"

二伯高兴了。"说得好!"二伯说,"没有人说哪个地方、哪个人只能搞哪种主业。主业是祖先定的,我们的祖先都不会种棉花和谷子,他们只会划船,不信去问你婆婆。"

宏大被二伯说糊涂了,很长时间不能从迷糊中回到现实中来。直到二伯骂了他一句，他才醒悟。

二伯说："狗×的，还拍老子的桌子！你亲娘老子都不分了。"二伯骂完，摸了摸米坛子，一颗米没带，还是划船出去了。

大队书记并没有因为找了个思想落后的亲家，因而就反对宏大和他姑娘的婚事，但在宏大结婚后大队书记不止一次开导宏大，说："江山易改，本性难移，你爹虽然固执，但只要耐心地做工作，他会上岸的。"并且警告宏大，如果任父亲这样下去，将影响到自己的前途。总不能把一个搞资本主义尾巴的人的儿子推举出来当书记吧。

宏大听了，就很感动，一方面表示要努力做父亲的工作，另一方面又感谢组织的信任和培养。从这次谈话后，二伯每回坝洲一次，就要丢几套网。开始的时候，二伯以为是他回家后，船上没人照看被偷了。后来，回坝洲后他晚上仍睡在船里，网还是不见了。二伯下定了决心，牺牲一个晚上不睡。

二伯抓住了强盗，而且轻而易举地就把那个强盗抓住了，因为强盗的腿脚不灵活。二伯点亮了马灯一照，吓得往后退了一步。

"你说，宏大，为什么要偷？"二伯问。

"不想让你出去。"宏大说。

"苕儿子，再怎么也不能偷啊！"二伯苦口婆心。

"我拿自己家里的东西，怎么算偷？我是在救你！"宏大说。

"听着，宏大，我们父子吵架不是一次两次了，也许要吵一辈子。老子上辈子可能欠你的债，阎王派你来讨。但我要告诉你，你就是把这条船都偷走了，老子还是不会去种田。"二伯顽固地说。

"那我就找人把你捆起来，拖上岸！"宏大真的请求民兵连长带人把正要解缆撑船的二伯捆到了会场。那一天宏大亲自上主席台发言，他深刻地批判了自己的父亲自私自利，屡不悔改。

宏大从他妈生他时，父亲就在外面放荡喝酒酣睡说起，一直讲到父亲轻视田间劳动，不知农时，简直可以说是四体不勤，五谷不分。

宏大批判道："他说我们都是人，怎么会长资本主义的尾巴呢？他说我是阎王派来讨债的，他把一个共产党员污蔑成阎王的虾兵蟹将。他还说他死都不种田。这不是死不悔改，不是瞧不起劳动人民，又是什么呢？……"

坐在第一排的轩武听得直流口水。这个一年四季裹一身长衫的老头子在宏大批判父亲时，显得精神抖擞，兴趣盎然。在宏大的发言结束后，这个苍老的家伙居然还喊了声"打倒二老板！"不过，大家对他的喊声反应很冷淡，反而在他挥臂险些摔倒的时候笑了起来。轩武有些难堪地坐了下来。大队书记对宏大的觉悟和勇气给予了高度的肯定。

当天晚上，二伯浑身发热、焦躁不安、口吐白沫。除了宏大外，一家人都围在他身边团团转，不知所措。后来，我的父亲，这位刚刚从公社被整回坝洲的年轻人来了，二伯一家像见到了救星似地对我父亲述说了全过程。我的父亲说，还是把他送到他的船上去，弄碗热汤喝，让他安静地在船上休息。

时代的变化给人的命运带来的影响是深刻而耐人寻味的。我觉得与其说不断跟踪社会的些微趋势以便调整自己的生活和价值观念，还不如认准自己的本性，放任生命的原始追求，否则，一个时代抛弃另一个时代的人该是多么的悲惨啊！我从我的堂兄宏大身上看到了这一点，它像一部经典影片的镜头一样时刻萦绕在我对自己命运的思索之中。

宏大曾经有过他自己追求的充实而幸福的生活。他早早起床，洗漱完毕，便跛着一条腿到队里的田野上转一圈。他会艰难地弯下腰来，抓一把泥土，把泥土搓散，然后走到一位早起的老人面前，询问土壤的墒情。他也会突然走进田里，把几根很扎眼的野草扯掉，很有风度地把它们丢到路边的沟里。他常常会发现麦田里有大群的鸟和关押不严的鸡鸭，这时他会跛着腿迅疾地冲上前去，拾起一团土块，朝它们掷去，口里还发出"啊喊啊喊"的声音。他自言自语地说："这是哪家的鸡，啊？这又是哪家的鸭，啊？这么早就放出来吃队里的麦子！"这些责备完全是他个人的习惯，他从没有希望有人立即回答他的话。

八点多钟的时候，宏大在队里的一棵老枫杨树下，用一根铁棒敲响了上工钟，说是钟，其实是块破犁铧片。宏大喊："都上工了啊！都上工了啊！"社员们就陆续走到稻场上，听宏大派工。宏大派工之前总要很有见识地发表一番对当前农业生产的看法。他说："今天早上我看了人民坑那片地，干得很，要准备抗旱。前面那块地呢，草长得比麦子还高。啊！有几家鸡鸭关得不严，常常早上跑出来吃麦子，这不好。"发表完诸如这样的议论，宏大就开始分工，然后男男女女便散去。宏大则跛着腿，这里看看，那里站站。日头当顶的时候，宏大又站在了枫杨树底下，敲了钟后，就喊："打方了！打方了！"我们那儿把中午休息叫打方。此后下午宏大还要敲一次钟，喊社员们收工。

并不是每天都有事做。没事做的时候，宏大照样敲钟，组织社员们在仓库前坐下，学习报纸，开会，讨论工分和分红等大事。实际上，这时候往往成了男女打情骂俏、疯赶追逐的时机。宏大有时候会严厉制止，有时候也任几个妇女去脱男人的裤子。

宏大是不会感到这样有规律的生活也会变的，在他看来没有理由要改变它。

事实上那时候安徽一个叫凤阳的地方，还有四川一个什么地方的农民就偷偷分田分地了。比较起来，我认为我们那里的农民悟性太低了，他们居然觉得那种生活很美好，还过得有滋有味。很多年后我想过这问题，其根源在于百里洲是一块富庶的土地。分田也好，不分田也好，大家都还没饿死。有吃有穿了，人们可能就不再花心思去想怎么换个活法。宏大也从未感到过有什么危机。

但是分田到户的风气就像毛主席的指示一夜吹遍了神州大地。尽管宏大没什么准备，但他还是热情地宣传和执行农村改革的政策。田都分到手后，宏大发现生活有了本质的变化。首先是用来当钟敲的犁铧被人偷跑了。他再次走到枫杨树下时，感到生命中有种真空。一个放牛的人问："队长，你是在找那口钟吗？它早就被人卖了，嘻嘻。"宏大还是像往常一样转了一圈，发现社员们都还没起床。有几个学生要去上学，见了宏大，说："队长，您还起这么早！"到了打方的时间，他才看见田野里有三三两两的人影。

虽然宏大暂时还是队长，但大队正在酝酿选举新的队长，大队也准备改为村，而小队则改为组。即使他被选上，称呼也得改为宏大组长。组长！这是什么官？宏大心里就纳闷。

通知开会的事仍然是队长的工作，还有诸如收取各种费用的事情也是队长的本职工作。除此之外，宏大就只能在家里带小孩子。田里的事宏大一条腿也插不上手，心有余而力不足，而且多年来他并没有亲自种过田，属于耕耘事务之类的，他没有一项精通，他简直被土地抛弃了。能够体现队长身份的还有兴修水利这一项。兴修水利的任务下达到小队后，宏大就跛着一条腿通知："各户派一个人到——"宏大想了一下仓库、稻场都分了，开会也没地方，幸而每户只来一个人。宏大就说："到我家里开会了！"每次开会，宏大家的堂屋里就坐或站满了几十户的代表。宏大说："今年我们队的任务是抬毛石，垒险段。明天选队长，后天会战就开始。"宏大说着说着就觉得说话没以前顺畅了。以前开会他噼里啪啦一会儿说一大串，现在总是找不到词。

选队长很简单，三个候选人，要社员们在名字上画圈圈。宏大在修水利的工地上知道了选举结果，他落选了。一个老队长说，他还想为党工作几年。村里和管理区的领导说："你年龄大了。"老队长又说："我年龄再大也比一个跛子的身体强壮。说句你们不信的话，我这个年龄还非得和老婆每天玩一次呢！不玩就不舒服。"管理区的同志笑着说："真有这好的身体，干工作当然没话说。"老队长又给一个在乡里工作的远房侄子送了两只鸡，事情就这么定了。

这些事宏大不知道，二伯后来才知道这些内幕。他说："老子早就说过，朝中无人不做官。世上钱多赚不完，朝廷里官多做不了。"

以宏大的体力，兴修水利无疑也是好手，但一条腿的宏大就是有力也使不上了。百里洲修堤是从石头堆上抬石头，走石头坡，筑没有石头的堤段。健全人抬着几十上百斤重的石头从一块块高低不平的毛石上穿过都是很要技巧的，而且也免不了脚失衡摔一跤。

宏大的老婆说："宏大，你就不要抬了。"

宏大说："任务都是按田亩分到各家各户了，我不抬你一个人背？前几年修堤你看我抬过石头？那时候我才是真正的队长啊！现在的队长你看到了，跟社员有什么两样了？抬吧！早抬早完工。"

宏大的老婆一想也有道理，这种重体力活，请人帮忙都不好意思开口。

"那我们就慢慢抬吧！"宏大的老婆解开绳子捆石头。

宏大和老婆抬着一块石头在毛石上跨了几步，迎面就碰见已经抬一趟返回来的秀芹。秀芹的丈夫以一副关怀的样子问宏大："怎么搞的，听说队长这次没选上？他们怎么选了一个老家伙当队长？看来还是要朝中有人啊！"

秀芹的丈夫说完，宏大的脸上直冒虚汗。宏大说："我还不知道呢！还不知道！选上了也只是一个组长，组长跟过去的队长不能比啊！"说着两腿一发软，就像滑落的石头朝河里滚了下去。宏大的老婆惊叫着紧跟着宏大赶了下去。宏大的后脑勺正抵着一块毛石的尖角，锋利的石刃像切西瓜一样把他的头几乎要分成了两半。秀芹和她的丈夫也赶了下去，一起把宏大抬上堤来。

当晚，宏大就在乡卫生院停止了呼吸。宏大的老婆哭着说："都怪秀芹的丈夫！是他害死了我们宏大啊！"二妈见人多嘴杂，连忙阻止媳妇说："今宵脱下鞋和袜，不知明早穿不穿。这都是命啊！人都有一死，不怕早死三十年，只要死得有名。宏大也是阳寿到了，不要再怪这怪那。"

二伯得到宏大的死讯后，很长时间脸上毫无表情，最后他说了一句话："人强命不强啊！有什么办法呢？"

二伯从来不曾料到有人会关心他的政治信仰和思想状况，事情虽然发生得有些蹊跷和荒唐，但同样因为它发生在那样一个时代，也是可以理解的。

二伯坐在船头织网的时候，心里并没有装满全球，甚至连坝洲和百里洲发生的事情他都没有关注过。在午后温暖阳光的照耀下，织网的二伯有些想睡觉。这时候从堤上走下来一群人，二伯以为是买鱼的，就说："没鱼了！"领头的就问："你捞鱼？"二伯说不是捞鱼的。领头的又问："你对当前的革命形势怎么看？"二伯说："什么革命形势？我只知道现在鱼势不行了！"旁边的人插话说："王主任是问你站在哪一边，是保皇派还是造反派？"二伯说："看我们打鱼的人能知道站到哪边呢？"

"你怎么什么都不懂，什么都不知道？好像是从水里钻出来的。"领头的很纳闷，又问："你学过毛主席语录和《纪要》吗？"

二伯难为情地摊了摊手，说："我们平民百姓怎么看得到毛主席的东西呢？皇帝万万岁，小人日日醉，我们就是捞鱼、喝酒、睡觉。"二伯说完，一行人中有几个畅怀笑了起来。领头的马上回头制止了笑声，对手下的人说："把这条船扣起来，让他住几天学习班。怎么坝洲群众的革命觉悟这么低，这不行嘛。"

二伯很多年后听说我要住党校，很神秘地问我："你怎么要住学习班呢？学习班我住过，天天读毛主席的指示！"我说："二爹，我住党校是要拿结业证、涨工资的。"二伯不以为然，说："老子从学习班出来时，他们一张揩屁股的纸都没发给我。要说你这待遇我们当年住过的人也要享受啊！怎么就因为我是农民，就什么都没有？"说这话时的二伯已显出了老态，除了声音和微笑的样子还能唤起我对他当年的记忆外，其他的都俨然是另外一个人。

二伯从学习班出来，直奔公社找我父亲，请他帮忙把船要回来。父亲多方打听，才知道船早已由公社革委会作为没收物处理了。

"处理了是什么意思？"二伯问。

"可能卖给别人了，也可能放在什么地方被人弄走了，也可能当柴火烧了。"我父亲说。

二伯深感困惑，说："我怎么办？这条船是我从江北尹姓大家尹大财手里弄来的，不容易啊！这么多年没出事。你大嫂子曾起心把它沉入水底都未得逞，居然这么简单地就处理了！"

"唉！"二伯只有叹气。

没有了船，二伯也离不开水，他以一种独特的方式接近水，融于水。二伯在撑船的长篙一端装上铁矛，沿江上下捅筒子。每年长江的汛期来临时，上游的山洪总要冲一些圆木下来，百里洲把圆木叫筒子。沉重厚实的圆木并不漂浮在水面，它们是同泥沙一起被挟带到下游的。汛期过后，它们就淤积在泥沙之中，有经验的船民和渔民才知道用带铁矛的长篙子去找这些筒子。二伯就是这样的一位渔民。

他每天都扛着这根长篙，站在毛石上，狠劲地往石缝或沙里面捅。他凭声音和手感判断铁矛触及的是石头、沙或是木材。有些圆木可能是很多年前冲下来的，所以埋藏得很深。捅着了这种圆木，要想把它挖出来是件非常艰苦的事情。一般而言，埋在沙表里的圆木只需刨开沙即可浮上来，这时候只需请几个人挽上裤腿去挖就行。寒冬腊月的江水一脚下去，冻得卵蛋缩得都摸不着。就是这样的劳动条件，二伯都从来没有抱怨或者动摇过。每次他都第一个下水，还要开一些玩笑。

"老子捅啊捅，今天终于捅着你了吧！"二伯一边摸索着在水里行走，一边咒骂该死的筒子。年轻人边卷裤子，一边打尿惊。

"二老汉子，水下如果有女的，我也每天陪你来捅。"年轻人踩着冷水，想着些温暖的事情。

"水下真有女的，像二老汉子这种捅法怕早就捅稀烂了。"年轻人又说，他们不说粗话就不能对付冰冷的江水。

二伯有一次捅到了一个埋在深处的筒子。他把竹篙子狠劲地捅在筒子上，然后就丢在河边，回去了。他找了四个年轻力壮的小伙子，请他们先到河边看一看。小伙子们都知道这回肯定要脱衣服了，不然二老汉子不会这么慎重地请他们先来看地形。二伯让他们每人用篙子试一下，感受一下，而后说："这根筒子周围没有毛石，有半截埋在河里，半截露在沙外头，肯定是个大家伙。"四个小伙子一边点头表示同意一边全身发抖。

二伯说："你们像筛糠的，没卵用。"

四个小伙子不置可否地互相看了一眼，最后说："那就捞吧！我们只希望您老今后不要捅得太勤勉了，否则我们背不住啊。"

二伯说："老子捅到足够做条船的木头了就收篙子。"

他们先潜下水，把圆木露出的那端拴上绳子，然后使劲拉，使另一端能够在沙里活动，并最终把它撬出来。五个人折腾了一个下午，筒子像个沉睡的女人翻了个身又不动了。第二天上午，有两个小伙子在床上就起不来了，捂着三床被子直叫冷。二伯同剩下的两个小伙子终于把那家伙弄了出来。那筒子像条黄鱼，呼的一声从水底蹦了出来。在众人惊讶的一瞬间，二伯无力地瘫在了毛石上。在一刹那，二伯已经看清圆木只有半截，就像一个水货木匠把一只水桶稍做高了一尺。这对四五个男人两个半天的忍冻劳累是个不小的打击。

对二伯来说，这次打击似乎更为沉重，从此他发现自己有了关节炎。在关节炎最严重的日子里，他穿着厚厚的棉裤，在自己家的后院里来回走动，反复打量他捅起来的那几根筒子。在这样的情况下，他免不了会接二连三地叹气。

第二年腊月，有人从百里洲带信到坝洲，请二伯去把自己的船划回来。二伯那时候完全是一副病恹恹的样子，缩着脖子，双手筒在袖子里，头都抬不起来，直往底下栽的样子。二伯有些惊喜，说："唉，这算是，这算是稀奇啊，丢了三年的船还找到了。"二伯走了二十四里的旱路赶到公社，又划了几十里的上水，在摸黑前把船划到了坝洲。他一进门就问二妈饭熟了没有，其精神的振奋、脸上的光芒、嗓音中充满的热情使二妈突然感到仓皇和诧异,她差点把手中的一只碗掉在了地上。

寒冬腊月里二伯兴奋地推着船出了门。他解开棉袄,敞着胸,嘴里吭哧吭哧冒着白气。在小船渐渐朦胧的时候,坝洲河边捣衣服的妇女还听到了二伯唱的一首跷子歌,他唱:

  三十把儿牵啊,想起了"大跃进",那个时候我们也学过炼钢啊,儿们!日日就吃食堂哎嗨哎嗨哟……

这是命!二伯命里注定要跟船和水搅在一起。

二伯不知道他身后的那块土地正孕育着一场新的变革。一年后二伯从宏大命运的跌宕中隐约地感受到了这一点,最初他把宏大的死还仅仅归之于某种冥冥然的东西,从后来他从宏强、宏满的婚姻中真实地感受到了什么叫时代不同了。

说百里洲是块怎么好的宝地是件轻而易举的事情,因为只需要举一个例子便足以达到目的。二十世纪八十年代以前,百里洲南边的老城,北面的董市、姚港、马店,母猪配种都要到百里洲,百里洲把猪与猪之间的这件事叫"赶猪子"。那时候我常常见到一个个身背一个布挎包、手拿一根细棍的外乡人牵着或驱赶着一头头母猪游荡在百里洲的大道小路上,他们常常眯缝着小眼睛、带着一副谦恭的表情四处打听:"这里有脚猪吗?"我们是从来瞧不起江北江南那些种水稻的人的,他们把牛屎捏成圆锅盔的形状贴在土墙上,他们用一个很小的水缸作茅厕,他们把谷壳子装在布套里做枕头……这些都让百里洲人受不了、看不起。百里洲的女人从不嫁到百里洲以外的地方,百里洲的男人也不需要到洲子以外的地方做上门女婿。倒是反过来,这些外地的女人以嫁到百里洲为荣,外地的男人也以到百里洲倒插门自豪。原因很简单,百里洲适合种棉花,农活轻松、干净,生活富足。

一切都是悄悄改变的。

先是江北的黄泥巴土地被柏油路取代。我曾经为走黄泥巴土路大伤脑筋,这种有黏性的土壤一遇阴雨就像泡泡糖一样黏在你的鞋底上,然后像滚雪球似地越黏越厚,越厚越重。江北人喜欢这种土,它能烧砖、烧瓦,烧包括尿壶在内的各种容器。土路的改造,使江北沿江的城镇连为了一体,他们从一个镇到另一个镇就只要划船撑一篙子的工夫。这种便捷给江北人的自由发展创造了条件,他们把能够得到的一切都运到城里销售,从大米到糠麸子,从青蛙、鱼到田螺,从白菜萝卜到茼蒿、豌豆尖子,从红砖机瓦到水泥、预制构件等。他们贴着公路修楼房、办餐馆、开发廊，请一些花枝招展的姑娘站在路中间拦车招客，提供食宿，洗发吹头还按摩，从头到脚只要有钱，都按。

在通往四川的国道改建和一条高速公路通车后，江北的人民更是如虎添翼，像过去向国家卖定购猪之前催膘一样，没几天一个个都不同程度地发了，百里洲人是瞪着一双惊奇的大眼睛注视这一切的。他们惊讶而好奇的样子就像是一个刚发蒙的学生观看一个老练的魔术师把几张废纸变成一百元的钞票。当百里洲人花几个小时上船下船把水产鲜货、各种蔬菜运到城镇的市场时，江北人就准备收拾秤杆篓子打道回府了，那时候城里的居民已经坐在屋里把刚买回来的小菜摘洗干净了。

一条河把百里洲与时代的发展阻隔了。"隔山容易隔水难"这句话在这个时候才深深地刺痛了百里洲人的自尊。

宏强是百里洲的青年人中比较早地认识到百里洲的地理劣势的。宏强高考落榜后，二伯说："我看你搞农业不行，拈轻怕重，敷衍塞责。但你能说会道，花言巧语，随机应变，在场面上混也许还可以。所以你是个在外面吃饭的人，不如先跟着我在船上漂几年。"宏强说："好。"宏强跟着二伯上了船，但在董市靠岸后，宏强借二伯坐茶馆的当口溜了。二伯把船靠在董市等了三五天没见宏强回来，心里想，这么大的儿子不会丢了吧！一天，一个常在二伯船上买鱼的人带信说："你二儿子不会上船了。"二伯骂道："个╳子养的，不上船也该回家做事啊！难道去讨饭了？"买鱼的人说："他在一个发廊做事。"

我的宏强兄弟虽生于农村，却长得出众，并且能紧跟潮流。那时候的宏强兄弟穿一条破旧的喇叭裤，留一头长发，跳笨拙的霹雳舞，很容易跟外面游荡的小青年混熟，也很容易引起少女的好感。他在一个发廊修了半个小时的头发，就能借发廊的那种破旧的卡式录音机拉着美发小姐跳舞了。二伯也有所耳闻，但从不加以制止和管教。他对二妈说："有交际能力不好？"实际上他心里对几个儿子吸引女人的本事是颇为得意的。

儿孙自有儿孙福。二伯并未强迫宏强跟他学捕鱼或者淘金，也没有劝他务农。他的这种放纵和宽容除了加重二妈的劳动负担外，也没有带来其他的恶果。因此，他仍然坐在船头抽叶子烟、喝散酒，但他对儿子们的婚姻还是要管的。宏强在外面混了一年之后，告诉二伯，他要倒插门跟江北一个开发廊的姑娘结婚。这个消息狠狠地刺激了二伯的尊严，他的表情犹如得知一个富贾的儿子要讨叫花子的姑娘一般恼怒。

"这不行！自古以来，百里洲人就不到江北倒插门做女婿。这样做祖宗不骂，百里洲人也要骂。我们这家人在坝洲是有脸面的，怎么能做这种下贱事？"二伯教育宏强。

"我管不了，我就是要上门做女婿。"宏强说。

"×子养的，上门非要到江北，到百里洲找个地方上门不行?"二伯火了，把桡片子在船帮子上敲得直响。

"她家有楼房，有电视，有席梦思床，还有发廊一年赚的钱比捞一辈子的鱼赚得还多。"宏强理直气壮。

"老子一辈子住船舱没哪个瞧不起，老子不看电视里那些乌七八糟的东西照样过日子，老子不赚钱照样喝酒抽烟，哪一样比别人差?"二伯把烟锅在船板上猛敲，烟锅就从烟杆上脱了下来，二伯又掏出一根竹签子捅烟锅。

宏强不再做声。第二次他同二伯谈婚事时就换了一种方式，他的女朋友出钱给二伯买了一台三匹半的机器，宏强请了一个三轮车拖到了河边。

"爹，现在很多渔船上都装这种小机器了。"宏强说。

"我知道，那是有钱手痒的人才干的事。"二伯瞟了机器一眼说。

"您年纪大了，有时推上水推不动，又没有人帮您，遇到风大浪大，一家人都担心。我看也装一台吧!"宏强说着，一挥手，几个来帮忙的青年把二伯撇到一边，就装了起来。

二伯说："装了还不是个摆设？老子从来动不了机器，它要是不转了，老子怎么办?"

宏强说："这东西用一根绳子一扯就响了，不转了一般都是没油了，万一坏了您就推，推了一辈子推几步就不行了？带个信我就找人来修。"然后宏强嬉皮笑脸地对二伯说："我们准备结婚了。"

二伯一听脸色就变了，"老子不要这个机器，这桩婚事是搞不成的。"二伯说。

"不，不是这样。我不上门，在坝洲安家，她过来，但生意我们还得做。这该可以吧!"宏强说，二伯不做声了。

宏强和姑娘结婚后，除逢年过节在坝洲住几天，其他时间新房就成了摆设。知道内情的弟弟宏刚说："这新房是我的。"二伯要了名声和脸面，宏强实质上倒插门做了女婿。二伯一直不了解宏强在这桩婚事中采取的策略，他满以为是自己家娶了一房媳妇。

一年后，二伯到江北吃喜酒，宏强生了一个姑娘。宏强提前带信说，两边都接客，二伯认为有道理。到了亲家屋里二伯高坐上方，抽着叶子烟。姑娘娘家里的客人提着厚礼，一群一群络绎不绝地进了屋，并且一个个都向姑娘的父母送恭贺。

"恭贺您做了婆婆啊! 恭贺您做了爷爷啊!"客人们说。

客人们转身又向二伯二妈说:"恭贺您做了家公啊!恭贺您做了家家啊!"二伯二妈听着发现事情不对,只有自己的儿子做上门女婿,才能有这种称呼。二伯站起来对客人们说:"酒还没喝,大家就好像醉了啊!我自己也还没喝酒,趁还清醒告诉各位,我们才是爷爷、婆婆,那边才是家公、家家。"二伯指着亲家笑着介绍说。亲家母听了就急了,忙把二伯拉到一边,说:"亲家,您怎么这样糊涂啊!您儿子做上门女婿一年多了,按我们的规矩,是把他当媳妇看的哩,难道百里洲就没这规矩?"

二伯向来是教训人的,哪受得了别人的讽刺和教训呢?他把宏强叫出来,当着满屋客人的面扇了一巴掌,然后一拍衣服上船去了。这件事给二伯的打击不仅是受了亲家母的几句挖苦,而且后来坝洲人都知道了这桩婚姻的内幕,便一个个嘲笑二伯聪明了一生,被儿子卖了一回。对二伯这样一个过去有名声和形象,又讲究品德的人物,这是个非同一般的打击。它损坏了二伯在人们心目中的地位和影响,使一个在场面上玩了一辈子的备受称道和尊重的人物从此腰杆不硬了、嗓门不粗了。

1998年夏天,我回百里洲路经董市,在河边搭船时看见了二伯的船。他对我的回乡向来没有表示过惊喜或者欢迎。这之前我有三四年没有回百里洲,尽管如此,他仍然只是很冷淡地说了句:"你回来了。"他的情绪随着年龄的增长更加低落了,我关心地问他的身体状况。

"身体?格杂的,我们一能吃二能喝,还要怎样?就是被几个不争气的儿子气得吃不香睡不着。×子养的,这几个儿子会把我搞成神经病的。"二伯说。

我转身向渡船走去,听见他还在骂几个儿子,"他们毁了我一生啊",语气中充满了悲凉和失望。回到家里我才知道二伯的老四宏满,才二十出头的年龄,居然跟江北一个开电麻木(电动三轮车)的嫂子搞上了。在我家乡的县城,开麻木车的以下岗或无业的女子为多。开始发现这一现象时我有点羞愧,以为女子开电麻木是件很丑的事情,但我每次招手坐电麻木时没发现哪个女子有些微的害羞或难为情的迹象。在她们看来,开电麻木跟卖小菜、开店子、种梨树一样,并且赚钱轻松快速。

老四宏满就是坐电麻木时认识他的女朋友的,宏满后来才知道这嫂子比他大两岁多。他一直以为她没结婚,却不料她已经有孩子了。宏满没把这些东西看成他们之间的障碍,有了这种思想准备,事态的发展就比较快了。这姑娘是江北人,并且还是尹姓家族的一员。宏满虽年纪轻轻,也略为知道尹姓人和百里洲李姓人历史上的隔阂。在向二伯汇报时,他忽略了许多关键的细节:比如尹姑娘是个临时工，其身份仍然是尹家湾的农民，比如尹姑娘比宏满大两岁多等。但在二伯眼里仅姑娘姓尹这一条就是个大问题。二伯明确答复宏满："姓尹的不行，上门也不行。"坝洲人谁都知道，宏满是五兄弟中脾气最坏的一个。宏满听了二伯的话，把一个茶杯砸在地上站起来，双手往腰间一叉："姓尹的不行？上门不行？我还没告诉你，她结过一次婚，还带着一个孩子呢！这件事我已经作了决定，不行也得行。征求你的意见是尊重你，你以为你没点头我跟这女人就成不了了？"

二伯开始还在吟他的家长味。百里洲人把玩味叫吟味，这是一个非常高明的创造。他一边听一边笑，似乎在告诉老四，老子看你今天能翻出来什么新花招。吟着吟着，二伯的脸上呈现出一种剧痛的表情，宏满的话还没说完，二伯已经支撑不住了。他想，几个儿子，一个儿子比一个儿子漂亮，一个比一个会说，但一个比一个在婚姻等大事情上走得更离谱。

宏满以为他爹会跳起来骂他揍他，但他听到的是一句有气无力的声音："只能男大女十岁，不许女大男一岁。记住，我的儿子，这是其一。有钱切莫娶后妻，一张床上两条心。记住，我的儿子，这是其二。家中有贤妻，夫不吃淡饭。我这一辈子，别的没有，找了你们的妈，啊，这样一个贤妻，一生该说没有端下贱饭碗。以前是想养儿防老，人人都说儿子是个宝。现在看起来，你们一个都不能作指望。九子十三孙，独自造孤坟。儿子很多，没有教好，这是我一生的总结。你要上门，要找尹家姑娘，还要找个已经结过婚的，都可以。我这个家门在坝洲已经败尽，也没指望了。明天就把门关上，这扇门再不打开了。对不起人啊。"

二伯像一个临终的病人，有气无力地说完这些话，就回了自己的房间。二妈一直没做声，她似乎一生都不对家庭的事情发表看法。她只顾种田、喂猪、做饭、洗衣服。她的双手很少停下来，每天就是不断地做这做那。但二妈抽烟，这是大妈和我母亲都没有的习惯。二妈在娘家做姑娘时就抽烟，有时我觉得这是件值得称道的事情。她抽烟的姿势显得很内行，我小时候就敬佩她这一点，现在依然敬佩。

二伯家的大门真的从此关上了，来来往往都从后门走，这说明二伯在坝洲还是讲究门风的人物。每次上船或从船上回来，他都是快步且目不斜视地穿过坝洲农家的院子。一些不知深浅或许是有故意奚落心态的青年人见了二伯，总忘不了拦住二伯搭几句腔。他们说："二老板哪，今天我上街坐的是您儿媳妇的电麻木哩！"二伯就粗野地骂一句："老子没有开电麻木的媳妇！开电麻木的是司机不是媳妇，那是老子儿子的司机！"二伯说话从不放过挣面子的机会，依然是说自己的儿子好。我母亲就这句话也作过评论，她说："你二爹说话比你爹有水平吧！说那尹姑娘是他儿子的司机。你看看,不输志气,还贬低别人。"坝洲人无聊的时候对话不会这样短,有时候,听话的人会接着说:"白天是您儿子的司机,晚上您儿子是她的司机哩!"田里或者院子里的人都会哄笑起来。二伯会为自己找台阶:"是咧,现在会开车的多,都是司机,晚上的事哪个去管呢?随他们哪个是司机。为人要面子都是白天,不是晚上。我只管白天,晚上老子喝酒。"

二伯的这种调子一定,人们便不再说下去,各自散了。

宏满结婚后,二伯大病一场,显得气血丧尽的样子,二妈劝二伯回到家里住下来。"这样的身体哪天栽在河里也说不准。"二妈说。加之那一年百里洲的江面出了两件怪事,二伯也有些动摇。一件怪事是,靠在董滩边的一只渔船一天下午迎来了几个问路人。董滩上只在寒冬腊月的淘金季节有人,其他时间都是块没人烟的沙洲。那渔民也觉得奇怪这几个人是怎么上董滩的呢?问路怎么问到这里来了呢?第二天早上,另外一条渔船经过董滩时就发现那条渔船上没人了。船仍拴在芦苇上,人却不见了。一连好几天都是如此。董市水陆派出所接到报案后,把船拖到了董市,但渔民的尸体都没找着。另一件怪事是,渔民李德桂晚上起来屙尿,从船头栽到河里就没爬起来。知情人说李德桂在渔船上生活了一二十年,平常喝半斤八两,晚上照样站在船头屙尿,况且那天他根本就没有喝酒。这么清醒、这么老练的渔民怎么可能从船头掉到河里呢?这是件怪事。渔民以船为家,即使有风有浪也是不容易掉进水里的。对他们来说,行走在船上与平常人走在陆地上是一回事。

这两件事在百里洲越传越神秘,弄得许多渔民的家人坐卧不安。他们在百里洲的长江上下到处寻找亲人的渔船,找到后便动手要把人弄上岸,弄不上岸就反复叮咛:"晚上不要喝酒啊!爹。"渔民听了笑,往岸上回一句:"哪个渔民不喝酒?你去问问看。"

二妈说:"我听了你一生的话,现在你只听我一句。"

二伯说:"好!先睡几天吧!"

二伯一睡,一二十天不能起床了。二妈赶快叫宏超用板车拖到卫生院,打了几天吊针,有些好转。医生嘱咐宏超:"你爹的病速到县医院检查,问题很大。"宏超遵医嘱,把二伯送到了县医院,初步检查的结果是肺结核。医生说,这种病对于今天的医疗技术来说,不是什么大问题,只要有钱。宏超听了不做声,把二伯拖回了坝洲。宏超是家里最小的儿子,他没有成家,平常帮二妈照看二百棵梨树。他想爹是否住院得由妈做主。二妈心里一盘算,左右为难。大儿子死了,大媳妇自己也不容易。老二老四两个儿子嫁出去了,当不了家、做不了主。老三宏刚结婚后便和三媳妇到外地打工去了。二伯知道二妈的难处,说:"你别挖空心思了。人在家里坐，祸从天上来。你还是让我到船上去吧！三十寿材不早，四十结婚不迟。我早想好了，那几根筒子就拿来做寿材算了。"二妈听了，泪水就流出来。她不抹眼泪，马上点一根劣质香烟。

我在外流浪了多年，虽然与大伯、二伯的游荡有所区别，毕竟也算一种"流浪"。我对李姓大家庭的稳定和繁荣一直都很关心，这是我作为一个"流浪"者与长辈们的不同。我一直希望大伯、二伯和我父亲三兄弟能在晚年坐下来，时常沟通和交流，为家族的团结和发达做一点事情。今年春节我想把大伯、二伯请到我家，以了却我这一愿望。

我说："大爹，您去不去？"大爹像他几十年来形成的风格一样，眼睛盯着脚前的空地，动都不动，也不做声。

我去请二伯。"二爹，您去不去？"我问。二伯穿一件旧的军大衣，一副病入膏肓的样子。

"您还讲这大的礼性！您小时候，我既没抱过也没背过，什么照料都说不上，连一颗糖都没买过。您现在有出息了，要表这份心，这倒是很好！可我们哪受用得起呢？"二伯说。他口口声声称我"您"，句句都有事实、有理论，拒绝得高明。仍然是他几十年一贯的风格，不卑不亢，要骨气，讲面子。

我带着无限的遗憾回到家里，我的母亲正在准备做菜。

"他们不来了。"我说。

(《三峡文学》2001年第2期)

筑 巢 引 凤

　　仙女庙主管经济工作的副乡长杨代华晚上十一点的时候决定告别他的几位同学回乡政府。他们分别是工商银行副行长焦光荣、工商局副局长李作凤(女)、县委办公室副主任胡健和开发区办公室主任姚亮。在王副县长主持召开的全县招商引资工作会议上，这几位平常忙碌得互相打招呼的时间都没有的老同学撞到了一起。

　　按惯例在这样的会议期间，老朋友们都要轮流做东，请客吃饭，互通信息，交流感情。杨代华在老同学们中间是唯一在基层工作的干部，更觉得应该趁这样的机会加强与老同学们的联络和沟通。乡镇经济的发展既离不开银行、工商局的支持，也离不开县委办公室和开发区的关照。他想过，只要开发区的姚主任给仙女庙乡引进一个外商，仙女庙就可能真的能像仙女一样俏起来。当然现在还不行，现在的仙女庙还是个十分土气粗俗的村姑。这样想来，杨代华便把请老同学们吃饭的事提到了工作的议事日程。况且大家都是局级副局级干部，一个不请，其他几个人都会有看法。

　　县里把此次会议的会期定为三天，可见对招商引资工作的重视。前两天，四位老同学都分别做了东道主，晚上的娱乐活动也安排得丰富多彩。到了第三天，工商局的李局长就说："杨乡长是不是准备开完了会就溜？"焦行长说："杨乡长怎么会开溜呢？除非是和李局长有约会要溜。"杨代华和李作凤在省城火市读中专时曾经有过一段缠绵的爱情故事。听了焦行长的话，杨代华就拍了胸，说："老同学聚会比个人的感情私事更重要。我和李作凤约会什么时候不可以？不一定非得今天。"李作凤听了，虽是三十出头的人，还是有些不好意思。她很有分寸地在杨代华的胸前擂了一拳，说："仙女庙是不是个仙女窝子？你下去一年多，把这个'庙'没怎么修漂亮，倒是把自己调情的胆量练粗了。"

　　杨代华说："玩笑到此为止，今天晚上五柳树啤酒屋，我请客。"说完，大家就收拾起会议材料，端起茶杯，回各自的房间做散会前的各种事情了。李作凤出了杨代华的房间又立即回来。杨代华以为她遗漏了什么东西，就问："是不是给我留了什么条子又要收回？"李作凤就用一种温柔的语气批评他："你就不能往正经事上想一回？我听说焦行长最近结识了一个港商，还是仙女庙出去的人，他和姚主任计划把这个人拉到开发区来投资。前几天姚主任找我打听办执照的事我才套出点内幕来。说了你不相信，这个港商还不想到开发区投资，他说更想到故乡仙女庙做点事情。"

杨代华听了，一副心不在焉的样子，说："到底还是过去打下了深厚的感情基础啊，什么时候都忘不了关照老情人哪。"李作凤一脚把地板跺得直响，生气地"哼"了一声便扭头出去了。

五柳树啤酒屋是县啤酒厂投资兴办的一个集饮食、歌舞、住宿为一体的中档酒店。说是中档，当然是用火市人的眼光来看。在县城的酒店中，它仍然是屈指可数的。五柳树原是城关镇一个村的名字，历史上这里曾有五棵大柳树，它们支撑起一大片浓密的荫凉供来来往往的商人歇脚喝茶。随着县城的膨胀，五柳树逐渐被纳入城镇的版图。原来的农田上已长出一栋栋高低不一的楼房，土路已在开发区的建设热潮中全部水泥化。卖了土地的村民或者进厂或者做生意或者待业以出租房屋为主，五柳树如今已是城关镇一个街道的名称。

杨代华选择五柳树啤酒屋请客自然是因为这里比政府招待所要开放、自由，硬件设施、环境也可以，更重要的原因是啤酒屋的总经理以前是五柳树村的团支部书记。在五柳树村的土地被城市开发占用殆尽的时候，这位村团支书找到了团县委副书记杨代华，请求其帮助找个单位就业。

杨代华没想到，当年拿着一张刚刚领到的商品粮户口证明和一张待业证四处找工作的青年团干，居然会发达到现在的地步，只觉得当年自己身为团县委副书记帮助基层团干是分内的事情。

在李作凤十分不快地离开房间之后，杨代华觉得必须仔细考虑一下晚上的吃饭和娱乐事项。他还是第一次听说香港有位本乡籍贯的商人，并且还对故乡怀着如此深厚的感情。在李作凤把这一消息透露给他后，他的第一直觉是要削尖脑袋插入此事，并把港商拉到仙女庙。但在这件事八字没一撇的初始阶段，他必须让旁人感觉到他对此事并不怎么在意。从李作凤的反应中杨代华证实了自己的策略是十分有效的。

焦行长、胡主任、姚主任和李局长一进啤酒屋最大的雅间"五柳荫"就傻了眼，大圆桌上摆了四个炉子、四瓶白酒，四个炉子分别炖着甲鱼、财鱼、狗肉和土鸡子，酒是一色的五粮液。焦行长说："杨乡长！老同学吃顿饭用不着这样吧！既不贷款、不办营业执照，也不谈生意，更不是你要提拔挪窝，这样不好！"胡主任、姚主任也同时接过话说："这样不好，简单些、简单些。"只有李作凤站在旁边微笑而不说话。

杨代华说:"老同学见面照说要搞隆重一些,但仙女庙是个穷乡,我也是个穷乡长,只好让各位县里的领导将就了。就四个炉子、四瓶酒,希望能加强大家对仙女庙的感情。"杨代华说完,见大家并没有落座的意思,又说:"没得意思!我既不找大家要钱,也不找大家要官,你们一个个顾虑重重的,难道瞧不起我们乡里的干部?"杨代华说着朝门外喊了声"小姐",四位小姐面带微笑走了进来。

杨代华先把几位男性向小姐们作了介绍,说:"现在这三位先生都不想坐下来,你们做一下工作。"三位先生只好一一坐了下来。杨代华又走到李作凤面前说:"这一位女士我来请。"李作凤就挨着杨乡长坐了下来。

两瓶酒见底后,杨代华便觉得有些晕乎。杨代华出去上了个厕所,啤酒屋总经理按计划出场了。总经理一进雅间,先是对几位县级干部光临啤酒屋居然事先招呼都不打表示不满,然后就对一行领导的光顾表示欢迎,每人敬一杯。喝完后,总经理出门一招手,餐厅部的经理就进来了。总经理说:"这么多县里的领导都来了,你不表示一下?"餐厅经理说:"应该!希望各位领导多提意见。"说完,每人敬一杯。餐厅经理出去了,舞厅经理又进来了。舞厅经理是位小姐,一身白领丽人的气质,不用总经理暗示,就把酒瓶一提,说:"各位领导只光顾餐厅不光顾舞厅,我们的小姐是不会答应的。这里我先代表舞厅的职员对大家的到来表示欢迎,等一会儿我派小姐们来请各位领导。"说完,每人敬一杯。几位经理退出去后,杨代华抱着一个西瓜进来了。几位就说:"你狡猾地逃了几杯酒,要补上来!"杨代华说:"我这不是为大家找解酒的东西去了吗?不是逃酒,是想领导之所想,急领导之所急嘛!"

开第四瓶酒时,杨代华就很随意地说到了招商引资工作。"王副县长说过,仙女庙,首先要有仙女;没有仙女,也至少要有跟仙女差不多的女子。还要有庙。最后的目的是要把外商请到庙里来,烧香拜佛,掏钞票。这一席话既通俗又深刻啊!"杨代华说。

李作凤一直很少说话,这时就不失时机地插话说:"杨乡长的庙还没修好,仙女也没下凡,现在不就有香客一定要往仙女庙送钱吗?我看他们也不一定非要等你修好了庙才来,他们可能更有兴趣参加修庙呢!"

"真有这种香客?"杨代华一边跟焦行长、姚主任、胡主任斟酒,一边故作惊讶地问。

开发区办公室的姚主任打了一个酒嗝,一边抹嘴一边愤愤不平地对焦行长说:"狗×的!我开发区修这好的庙,你说那个香港的曾先生为什么不想来?"姚主任几乎有些管不住自己的嘴巴了。焦行长却还清醒,他说:"哪个曾先生?"姚主任说:"你狗屁记性!再喝几杯酒恐怕你就不记得银行金库的钥匙放哪儿了。就是前天在火市耶湖宾馆见的那个曾先生。"焦行长用责备的目光盯了姚主任一眼,姚主任没有感觉到,他的注意力正集中在面前的酒杯里。他很有兴趣地看着晶莹闪烁的酒液,似乎要从中发现什么深刻的东西。

县委办公室的胡主任则站出来做和事佬,说:"焦行长是不是怕这只凤凰飞到别人的巢里去了?"焦行长一听,立即轻松地笑起来。"说些稀奇话!只要在本县这个大巢里,我都支持!这点觉悟你老同学都不相信我有?"焦行长说。姚主任这才抬起头来,似乎意识到了刚才几句话的重要性。

姚主任说:"什么这巢那巢?凤在哪棵树上都还是一抹黑呢!"大家一听都觉得姚主任说话前后矛盾,并且给人此地无银三百两的印象。李局长、胡主任和杨乡长就笑了起来。焦行长本以为说了句度量大的话,挽回了面子,不料又被姚主任这句话弄得尴尬起来。

杨代华担心这场宴席不欢而散,于是立即扭转谈话的导向。"今天我们就不要谈巢谈凤了。"杨代华说完,到门外招了招手,三位穿超短裙的小姐就款款走了进来。杨代华说:"咱们都是老同学,难得五个人聚在一起,平时不是缺这位就是少那位。今天放开,轻松、彻底轻松!"又对李作凤说:"我就不要小姐了,我和你的事情也不是什么秘密了,难得有这样的机会,我们可以公开地重温旧梦。"说完,就首先把李作凤挽起来。李作凤故意往旁边让了一步,最终还是让杨代华挽着胳膊走进了舞厅。

杨代华回到乡政府,先给乡长打了个电话。

乡长听出是杨代华的声音,就说:"我刚跟老婆做完功课,累得很。鸟大的事,非得今天说?"

杨代华说:"这么热的天,乡长还坚持做功课,刻苦啊!"

乡长显得不耐烦了,说:"我挂电话了!"

杨代华才转入正题,扯到引资的事情上来。又介绍了焦行长和姚主任极力想把港商曾先生往开发区拉,而曾先生却有自己的想法,看中了仙女庙。乡长听了几句后睡意全无,在电话里说:"别浪费公家的电话费了,我马上下来。"

乡长穿着一条短裤、打着赤膊走进办公室。杨代华正用一个小功率的电炉子烧开水。杨代华说:"你稍等片刻就有茶喝了。"话刚说完,电话就响了。五柳树啤酒屋的总经理在电话那头说,几位县里的干部都玩得很开心,杨代华打断总经理的汇报,说:"我只关心小姐从他嘴里套出点有价值的东西没有。"总经理说:"你明天直接去火市耶湖宾馆三号楼203房,保证能碰个正着。"

杨代华说："这就行了！其他的我都没兴趣。"杨代华说完话，回过头，乡长不在办公室了。电炉上的茶缸里水开得直冒气。

乡长一手抱了个西瓜，另一手拿了两把蒲扇，进门就对杨代华说："你为仙女庙招商引资可是不择手段啊。"杨代华喝了口热茶，全身直冒汗，就接过乡长递来的扇子。杨代华说："现在是港商看中了仙女庙，又不是我想尽心思连蒙带骗把港商弄来。他要是不来，咱们就是组织一千个仙女抬都抬不来，我们只不过是主动成全别人的一番情意罢了。我明天就去火市找他。"乡长一把把西瓜捶得七零八落，一边吃西瓜一边说："你妹妹今天来过了，似乎还是那件找工作的事。你忙没时间，这事我替你办了，刚好乡苎麻厂的新班子定下来了，我打个招呼，让她去先干着，以后再调。"

杨代华说："我妹妹不适合干这个，她这人拈轻怕重，好高骛远，心大，命不好。她看那些白领丽人的电视剧太多了，中毒深，整天梦想能成为一个白领阶层。"

乡长说："苎麻厂现在效益不好，但并非没有前途，一不缺原材料，二不缺市场，只是产品质量和产品品种有问题。我今天看电视，美国的服装模特都穿苎麻织的衣服，好看得很哪！她们那些模特都不戴胸罩啊！"

杨代华说："难怪这么热的天你还做功课，是不是看了电视里的模特，就来劲了？"

乡长听了，一口西瓜水就呛出来。

杨代华在吉普车里睡觉一直睡到车入火市。醒来后他就思考曾先生究竟对仙女庙乡的什么感兴趣呢？乡里的棉纺厂垮了；罐头厂没做出一听合格的罐头；轧花厂虽还可以，只是因为有国家棉花收购加工政策的保护；纸箱厂生产的箱子恨不得装几斤棉花就变形；锁厂生产的老式弹子锁用块石头轻轻一捶就报销了，谈防盗安全都是哄农民……总之，副乡长杨代华在吉普车开到了耶湖宾馆门口仍没有找出港商曾先生所能感兴趣的投资方向。杨代华只好叹了口气。

尽管如此，杨代华进了曾先生的房间后，还是讲了一段令曾先生听得津津有味的故事。杨代华指着他从仙女庙带来的三个大西瓜，说："曾先生祖籍仙女庙当然可能听说过该地女人天生丽质，但曾先生可曾想过仙女庙的女人为什么会有冰清玉洁的身体呢？"杨代华说到这里就打住，看曾先生的反应。

曾先生仰头看着杨代华，不说话，只是笑。见杨代华不往下说了，曾先生就站起来，说："乡长抽烟、抽烟。"杨代华接过烟继续说："仙女庙的女人的皮肤与仙女庙所产的西瓜是有关系的。她们祖祖辈辈生活在仙女庙，吃这种西瓜，皮肤便捏得出水来。这种西瓜在本省乃至全国都有名气,我们每年都要举办一次西瓜节。西瓜许多地方都有,但仙女庙的西瓜与其他地方的西瓜就截然不同,一吃就能体会。它给人的感觉就如同一盆水淋下去,浸入到内心深处,并把整个人体清洗得干干净净。当年的皇帝从仙女庙选走了一个妃子,修了座仙女庙。其实真值得修庙的是这西瓜,没这西瓜就没仙女,也就没仙女庙。"

曾先生听完,兴奋地叫了起来,说:"乡长讲得好!这故事我只是从家父那里耳闻过一丝一点,今天算是对家乡有了一次很大的了解。好啊!西瓜,仙女,仙女庙。"

杨代华听了,心想,曾先生难道是对仙女庙的瓜有兴趣,投资搞生态农业?还是仅仅对仙女庙的女人有兴趣,花点钱寻求一点浪漫刺激?

曾先生平静下来,慎重地说:"我想到仙女庙这地方投点资,既不是因为西瓜、仙女、仙女庙,也不是看中了什么厂子,只是因为这地方是我的根。办厂子最好的地方应该是广东,离香港近,公务员办事效率高,公正。当然广东还有许多其他的好处啰!"

杨代华没有料到,曾先生轻而易举地将自己苦苦思考的答案透露了。既然曾先生纯属是一种感情投资,就不在乎仙女庙乡的工业基础和条件了,那应该请曾先生尽快拍板,决定启程的时间。

曾先生对杨代华说,要不是火市还有些应酬,他愿意立即就跟乡长踏上寻根的旅途。杨代华记了房间的电话号码就往回赶。一路上,他莫名其妙地思考起"凤"与"凰"的关系来。按说"凤"是雄性,"凰"是雌性,这样筑巢的目的从生物学的意义上讲,应该是引"凰",怎么能叫引"凤"呢?难道在鸟类中是雌性追求雄性?进而,杨代华又想到,曾先生既然离了婚,就该是个单身汉。仙女庙的美人们面对引来的单身"凤",岂不成了凤寡凰多的局面!那时,对仙女庙的美人们来说会不会是引来了一场灾难呢?但愿这只"凤"是只道德"凤"!杨代华在破旧的吉普车里想着这件想不清楚的事情,甚至有些无聊的事情,就又睡着了。

此刻,在通往省城的高速公路上,在与杨代华相向而行的方向上,一辆桑塔纳2000急驰而过。开发区办公室主任姚亮在空调营造的凉爽气息中回味着五柳树啤酒屋的那位小姐。

姚主任到现在为止仍不相信那天晚上对舞池中的小姐透露了在焦行长看来是非常机密的内幕。他唯一有印象的是当小姐丰满的胸部贴近他时,他感到胸口上如同压着两座大山一样既沉重又闷。

在杨代华安排的那场难忘的舞会中,姚主任一上场就把小姐死往怀里抱,小姐用一只手撑在姚主任的胸前，说："姚主任，不要这么急嘛！"姚主任红着眼睛、喷着酒气，焦急地说："说得好听，不急，你当回男人，站在跟你一样妖气的女人面前试试，我保证你比我还急。"小姐依然用一只手臂撑住姚主任，不让他贴到身体上。姚主任看着近在咫尺的美好前景却触摸不到，心里十分痛苦和压抑。姚主任抬起头扫视了一下舞池，发现焦行长搂着小姐，两个人像两根缠在一起的垂柳树枝在风中摇摇晃晃。美中不足的是那小姐矮了一些，使得在姚主任看来，焦行长更像是抱着宝贝女儿摇她入睡。胡主任和小姐则像两只贴在一起的蝴蝶在舞池里迅疾地四处翻飞。

　　姚主任说："你是担心我不给小费吗？"一只手就要去触摸小姐的胸。小姐说："小费算什么呢？我倒希望姚主任替我换个工作，我不想在这儿做了，听说县里有个合资企业要开业了。"小姐若无其事的表情令姚主任疑虑顿消。

　　"原来你是心里装着这件事，可这件事像你我一样，可以望得见，但还没有深入地触及，才开始呢，八字一撇都没有。"姚主任说着，又使了一把劲，小姐撑在面前的手臂似乎在收缩。

　　"骗我吧！我听说港商已到县里住下几天了呢。"

　　"说些稀奇话！我刚从火市回来还不知道？不信我明天带你去火市耶湖宾馆，看看是不是骗你。我怎么会骗这么漂亮的小姐呢？于心不忍哪！"

　　姚主任说完，又使了一点劲，小姐的手臂就垂下来。姚主任还想用力，小姐像棵倒了的树靠上来，堵得他喘不过气。姚主任搂着小姐，闭上眼睛，说了句醉话。他幸福地说："背不住啊！"语气充满了感叹和心满意足。

　　姚主任当然没有带这位小姐去火市核实曾先生的住处，他带了另外两位小姐去火市拜访曾先生，她们现在就坐在桑塔纳的后排。这都是焦行长亲自安排的，其中一位小姐还是焦行长的妹妹。

　　焦行长在这次聚会的中途发觉杨代华别有用心，焦行长心里就想必须马上采取措施，不能让曾先生跑到仙女庙。这件事焦行长曾经在董副县长和化工厂唐厂长面前打过保证。本县化工厂主要生产碳铵和复合肥，这个在二十世纪七十年代"小化肥"热潮中建起来的化工厂在八十年代后期开始走下坡路，成为银行和政府的一大包袱。作为本县举足轻重的国有企业，其生死直接关系到全县工业的大局。董县长上任后，决定到化工厂蹲点，亲自抓"大块头"的改革振兴工作。董县长下厂不久，化工厂的唐厂长就拿着一份有县长"请予支持"批示字样的报告找焦行长。唐厂长说："在董县长的领导下，我们经过反复调查研究，认为化工厂要扭转滑坡的局面，需要银行给予七八百万元资金的支持。"

　　焦行长就问："要七八百万元干什么？"

唐厂长说："一是要技术改革，购买一套生产线；二是要搞第三产业，弥补企业效益的滑坡。"

焦行长说："设备就不要购买了吧！"

唐厂长说："县长和我们认为目前化工厂没有效益，主要原因是规模太小，块头不大。"

焦行长不说话。七八百万元到了化工厂后，化工厂就紧锣密鼓地装了一条生产线，还改造了一个宾馆。其生产量可以超过包括本县在内的四个县农业生产所需要的碳铵、复合肥。奇怪的是这些肥料连本县农民都不愿买，周围的邻县也几乎都有自己的小化肥厂。化工厂的效益仍不见有起色，而七八百万元的贷款却成了一笔死款。这笔焦行长亲办的贷款已经影响到了他的威信。

焦行长心想，如果曾先生与化工厂合资，这件事情就变得有前景了。一是促成了此事，算是帮了县长的一个大忙，对自己的仕途不无益处。二是曾先生的港币到账后，银行可以灵活的方式逼工厂还贷，解决这笔死账。三是按照县里的招商引资政策，此事如能成功可解决三个人的户口和就业问题，还有一笔可观的信息费。

焦行长当晚想了很多，但他认为眼下的娱乐也很重要，其他事情应留待明天去办。第二天一上班，焦行长叫来了姚主任。

焦行长说："你狗×的昨天晚上说漏了嘴。"

姚主任说："说些稀奇话！我根本没说什么话，我一直抱着小姐在唉哟，那个小姐你不晓得，几大的——"

焦行长打断了他："别一天到晚小姐小姐的！既要玩，也不能误正事、大事。你现在就出发，找到了曾先生要向他力陈到仙女庙投资的风险以及到开发区投资的保障。让他动摇，犹豫不决，就算成功了一半。另外，给你安排两个小姐一起去做工作。"

焦行长的妹妹焦吉和另一个小姐坐在桑塔纳的后座上，一路议论着本县刚刚开业的最大的服装市场。焦吉抱怨服装市场里的几百个服装摊贩缺乏基本的审美眼光和潮流意识，对国内外的布料品种和剪裁技巧形式更是一无所知，导致服装市场里的服装老气横秋，品牌单一，种类贫乏。比如，焦吉说："晚装和睡衣根本就没有。人家大城市的姑娘，白天到公司上班，穿庄重大方的职业女性服装。下班后和情人逛街、跳舞、泡酒吧、看电影等穿晚装，尽量显露女性的身材。回到家，淋浴后穿睡衣。而我们县城呢，一个女人从早上上班到晚上上床前，始终如一，呆板乏味，没得意思！"另一个小姐听了焦吉的长篇大论，说："这不能怪摊贩，如果他们把大城市里的从高级胸罩到皮楼子都一包一包拖到县城，哪个有钱买呢？不亏本才怪。"

姚主任从高速公路上悬挂的指示牌上发现车快要进入火市市区了，就打断两位小姐的热烈讨论。他先是问焦吉："你倾向于把曾先生拉到哪里投资呢？"焦吉说："要我说真话吗？"姚主任说："当然！"焦吉说："我内心最大的愿望是把曾先生拉来跟我个人合作，搞服装生产和销售。这可能是梦想，比较现实的想法是他愿往哪儿我就支持他到哪儿。最后才是做我不愿做的事，劝他到他不愿去的地方投资。"姚主任听了，心里一阵发毛，又不动声色地问另一个小姐的看法。"我不在乎他把钱丢到哪里，反正不是我的钱，只要能把他拉到我们县，我的户口能转，就行！"另一个小姐说。

姚主任身上直打冷惊，一点自信心都没有的样子。"怎么焦行长没跟你们交代？"姚主任问。"交代了，他要我们跟着你到火市来玩，顺便帮你一点忙。"两位小姐同时说。

杨代华一回到仙女庙，人还未进门，甚至汗都没来得及擦一把，乡党委纪检委员就叫住了他。凭杨代华的经验，纪检委员找领导只有两种可能，一种是找领导说话、办事，另一种是接到了什么检举材料。

"杨乡长！嘿嘿，回来了！嘿嘿，辛苦了！嘿嘿！"纪检委员一副难为情的样子，站在杨代华面前一时找不到合适的语言，就直"嘿嘿"。

杨代华说："有话你就说吧！别吞吞吐吐，老子尿都来不及屙。"杨代华猜测纪检委员找他是第二种情形。

"也没什么，就是你回来之前，有人说你在把港商拉到仙女庙这件事情上，收了港商的四五万元好处费，现在乡里都知道了这件事。"纪检委员鼓足勇气说。

"拿了又怎么样？"杨代华的脸气得像块纶布。

"我当然不相信有这回事，消息是从上而传来的。"纪检委员见杨代华很气愤就更不好意思了。

"你不要这副难为情的样子，好像你家里的什么人做了见不得人的事。对招商引资工作有贡献的人县里如何奖励是有文件的，你怕什么？要调查你就叫他们派人来调查，你可以带路嘛！"杨代华不无讥讽地说。

"杨乡长尽说些稀奇话，我怎么会去给调查组领路呢？您那间十平方米的窝哪个不晓得？我倒希望杨乡长真把港商拉到仙女庙来办厂。我姐姐有个儿子，高中毕业后一直不务正业，也无事可做，还望厂子办起来后，杨乡长关照关照。"纪检委员谦恭地说。

"我要屙尿了！不能说招商引资不成，人就不屙尿了。"杨代华说完，往办公楼一角的厕所跑去。

乡长正蹲在厕所里大便，手里拿一张报纸扇风，见杨代华进来就很高兴，说："你回来了？狗×的好快啊！"说着立即把报纸撕一块揩了屁股，提裤子起来。又说："事情怎么样？你他妈的人还没回来，影响却像一夜春风吹遍了城镇和乡村。"乡长很急切地走到杨代华的旁边，等待他的回答。杨代华丝毫不急，专心地做他的事情。一旁的乡长只好耐心地等杨代华把事情办完。

杨代华系好皮带，朝乡长笑了一下。

杨代华说："屙尿的时候汇报工作不文明礼貌。"

乡长说："你他妈的像几十年没屙尿，屙起来没个止尽！"

杨代华说："这叫厚积薄发，一鸣惊人。"

乡长说："你这下子已经一鸣惊人了。"

杨代华明白乡长指的是什么，却并不解释。

杨代华说："曾先生一周左右到仙女庙来。"

乡长说："好！好！老子不相信他们谣传的什么你拿好处费的事情，这件事你也不要放在心上。我担心的是这件事越传越真，抵消了你引资的功劳。我五十大几的人了，已经在仙女庙扎了根。你迟早会挪窝升迁，现在就说不准了。"

说完，乡长问杨代华："你是不是先回城关灌溉一下老婆那块旱田？不要熬不住了，害我仙女庙的仙女。"

杨代华开心地笑了起来，说："到底是老干部，时刻懂得关心下属。是该下场雨了，等过了这几天再说吧，个把星期不至于得冒烟吧！"

说完，两人又都笑了起来。

姚主任和焦行长招商引资的方式比杨代华的做法显得富有现代气息。他们广泛运用了现代通信工具，比如手提电话和传真机；他们也借鉴了许多西方的谈判风格，比如请曾先生去火市的圣地亚哥娱乐城喝外国的酒、听外国的音乐、洗外国人发明的桑拿；重要的是他们还大量地采用了时下国内流行的公关经验，比如安排焦吉等二位小姐反复陪曾先生跳舞、唱歌。姚主任亲自陪曾先生去洗头发、洗面、踩背、按摩；同时姚主任还从火市伊斯顿娱乐城一个妈咪那里包了个漂亮小姐，为曾先生提供无微不至的服务。

在姚亮第一次邀请曾先生吃晚饭的时候，曾先生就被焦吉的容貌和气质吸引了。曾先生落座后很长时间不愿把目光从焦吉身上移开，这使焦吉很羞涩。

"曾先生先吃点菜，垫垫肚子吧！"在姚主任把酒杯一一斟满后，焦吉以本县人常用的劝酒语言礼貌地说。

曾先生急忙操起筷子，一边夹菜一边问焦吉。

"小姐，贵姓？"曾先生问。

焦吉一边从容地吃菜一边笑。

"小姐，贵姓啊？"曾先生又问。

焦吉停住筷子，羞涩地说："您真要我说？"

"这有什么真假嘛！是不是，姚先生？"曾先生说，看了姚主任一眼。

"那我说了，免费，姓焦！"焦吉脸上一团红晕泛起。焦吉一家人都不是本地人，把"贵"总念成"费"。有几次，焦吉回答类似的问题，都因为"免费姓焦"四个字引起了误会。曾经有个老板事后问过仙女庙的乡长："这么漂亮的姑娘，做那种事都免费？"

曾先生听了，以为自己没听清楚，就把话重复了一遍："免费姓焦？"焦吉说："对的！"曾先生惊奇地问："这是真的？"焦吉说："曾先生怎么不相信人呢！认识我的人都知道。"曾先生还是有些迷惑，但不好刨根问底，从这句话开始，曾先生对焦吉的兴趣更浓了，这倒是事实。

晚饭后跳舞时，曾先生乘机问焦吉："你对我此次回家乡投资有无好的建议呢？"焦吉说："当然有！最好是跟我合作，我们搞服装生产。"

"这想法真新奇，很有意思！"曾先生说。

"不说咱们县，您看看火市大街小巷的服装，从里到外，从上到下，有几件是火市生产出品的呢？咱们县更不用提了，一提我就烦。针织内衣厂只能生产几种老人和孩子穿的汗衫，现在发不出工资，每个职工就抱几捆汗衫回家四处找亲朋好友推销换米钱。一个服装厂还惨些，职工早回家了，几个裁剪师干脆在县城租门面做寿衣，厂里就留几个保安守门。床单厂只能生产几种大大小小的毛巾，一洗就褪色，再洗就成了抹布。怎么说呢？没得意思。"焦吉叹了一口气。

"焦小姐这么漂亮，一定是仙女庙人吧！"曾先生说。

"不！仙女庙是个穷地方，漂亮的姑娘都流落四方了，当然大多都涌到县城做工去了。曾先生要是到了仙女庙就看不到几个漂亮的了，所以还是就在城关做事好。"焦吉说。

"我还是个单身！"曾先生又说。

"漂亮姑娘到处都有，不一定要到仙女庙。"焦吉说。

这时候一曲舞结束了。

姚主任在桑拿中心的休息间里明确地向曾先生表达了他和焦行长的建议。在姚主任看来，曾先生执意要把钱丢到仙女庙，还不如捐给希望工程和扶贫办。希望工程可用这些钱修学校、资助失学少年儿童，扶贫办可用这些钱为贫困地区提供农药、化肥、农机具等生产资料。在这两种情况下，广大少年儿童和贫困农民将感动得热泪盈眶，永远铭记曾先生的恩德。但是如果把钱投到仙女庙，无异于把它丢到水里，一点浪花和响声都没有。这既有悖于市场法则，也没有感情和道德上的根据。只有疯子才会做这种荒唐的事情。

曾先生听了姚主任的意见，先不发表看法。他一边喝饮料，一边看休息间放映的一部好莱坞新片。姚主任以为曾先生根本没有听他说话，就躺在沙发上吸烟，这样曾先生冷不防地同他说话时把他吓了一跳。

曾先生说："仙女庙是我的老家，在那里投资寄托了我对故土的厚情，怎么没有一点根据呢？"

姚主任欠起上身解释道："从表面上看，这样做是有理由，但仙女庙是一座废庙，工业没一点根基，完全是手工业社会。劳动力素质、管理水平、通信、供电、供水、厂房设施等，一切的一切都得一件一件从头做起。需要花大量的钱和时间，才能将其改变，达到县城目前的水平，而获利当然是更为遥远的事情。经营就要讲究效益，您把钱丢到仙女庙显然就不能有任何的效益，很可能会越亏越多，这是符合市场法则的投资吗？并且这样做连公益事业都说不上，公益事业也得讲个'益'字吧！您投进的钱成了一堆废铁，账上的钱不是亏了就是这挪用那吃喝玩乐或者被贪污了。企业没有效益，农民得不到好处，就会想法子吃企业。今天偷一件工具，明天搬一车半成品，总之会像当年土地承包的情景一样。那时候公家的一辆牛车都被拆得七零八落，你分一个轮胎，我分一个车轴，他分几块板子。这样的情形您当然没见过，等您把钱投到了仙女庙就会见到。"

曾先生不做声了，他看着姚主任的表情十分沮丧，然后他泄气似地躺到靠背上。姚主任朝领班小姐打了一个响指，小姐走了过来。姚主任对小姐耳语了几句，小姐会意地笑了一下。这个晚上，曾先生进了按摩房，依然打不起精神。但姚主任事前对领班说的话起了作用。姚主任小声说的几句话是："请安排一位小姐，她必须能把一个完全没有激情的男人调动起来，并让这位先生十分投入地参与双向交流。达到了这个效果小姐可以拿一千元的小费，否则只拿一百元的小费。"

从桑拿中心出来，回到房间后，姚主任明显感觉到曾先生的心情又恢复到了正常状态。他在手提电话中很肯定地对焦行长说。

杨代华几天来忙于检查各方面准备工作的落实情况。

仙女庙乡的乡镇企业几乎处于停滞状态，因此给准备工作带来一定难度。罐头厂厂长问杨代华："我们把机器开起来空转，听响声？还是去拉几车梨子来继续生产?"杨代华想,本地百里洲的梨子还没成熟,要生产则要到外地去找原料。罐头厂没有冷藏设备,长途奔波拉几车梨子回来,几天内可能就发酵成果酒了。杨代华找不出什么好办法,只好说:"先把厂区内外的清洁卫生做一做,把机器都擦洗干净,即使不生产也要有个看相。"罐头厂厂长听了,说:"也只能这样了。"苎麻厂的情况大同小异。关门不久后,几个农民就把苎麻厂的设备租下来,纺绳子,俨然成了一家绳子厂。杨代华问苎麻厂厂长:"以前生产的麻袋还有没有?"苎麻厂厂长说:"多的是,还有几万个!"杨代华弄不明白怎么每年农业都在丰收,麻袋却用得越来越少。"是不是麻袋太经久耐用了?"杨代华问。苎麻厂厂长感到很好笑,看来杨代华对工业并不怎么了解,就说:"是蛇皮袋子太多了。"杨代华若有所思地点了点头,看来这个厂也只能做做清洁卫生给曾先生一个好印象了。

杨代华从苎麻厂出来时碰上了正往厂里走的妹妹。杨代华问妹妹怎么才上班,妹妹告诉杨代华:"焦吉回来了,她们在一起聊天。"

妹妹问杨代华:"你到这里来干什么?有贷款来了?"

杨代华说:"看看厂里准备工作的情况。"

妹妹笑了起来,说:"你还自作多情地等香港老板送钱来?他决定不来了。"

杨代华听了,批评妹妹:"作为一名职工不要干涉乡政府和工厂的大事,特别是不要一张婆婆嘴四处瞎说,一个女孩子有这种毛病就让人讨厌了,会找不到男朋友的。"

妹妹轻蔑地看了杨代华一眼,说:"你去问焦吉,他们陪港商玩了好几天呢,还有你的那位高中同学姚亮,他也清楚。"

杨代华把自行车横提过来,掉了个方向,朝乡政府猛踏。他上车的时候因为着急一脚没踩着踏板,差点摔倒。妹妹在后面笑他说:"你急什么呢?还怕把副乡长弄掉了不成!"

杨代华把破自行车往墙上一靠,进乡长的办公室打长途电话。全乡就乡长的那部电话可以打长途。乡长说:"你来得正好!两个材料我看还加点佐料就差不多了。"杨代华说:"还加佐料!客人被拉到另外一个桌子上去了,你做得色香味俱全只有自己吃了。"乡长说:"什么话?老子听不明白。"

电话通了,杨代华说:"我找曾先生。"对方说曾先生不在。杨代华又问:"先生您贵姓?"对方说:"我免费姓焦,你有什么事?我能否转告?"杨代华说:"不必了!晚上我再打。"对方继续说:"听你的口音我们好像是老乡啊!你是不是——"杨代华不等对方说完就挂了电话。

"曾先生不来了?"乡长问。

"姚主任和焦行长轮流住在火市做引资工作。"杨代华说。

"那就等他们把菩萨请到了县城,我们再去拜。"乡长说。

"说些稀奇话!曾先生到了县城咱们还能插得上手?"杨代华说。

"干脆向县委县政府打个报告,由书记县长出面做协调工作。"乡长建议道。

"我再跑一趟火市,当着焦行长的面向曾先生陈述我们的想法。"杨代华说。

七月的太阳把两位乡长烤得像两颗冒气的红苕,乡长干脆解了衬衣,拉着两个衣角扇风。杨代华一边抹汗一边说:"不装空调也该装几把吊扇了,否则就是把曾先生拉拢过来了,这条件也会把他逼跑的。"说完二人就说了一些下一步的打算。杨代华带着起草出来的文字材料去火市,乡长组织材料亲自到县委县政府汇报,其他的负责同志仍按原计划检查落实各项准备工作。走出办公室时,乡长安慰杨代华,谋事在人,成事在天。既不能灰心气馁,要积极争取,也不要抱过高的期望,港商不来,仙女庙的经济依然要发展。

乡长带着汇报材料走进县政府办公楼时,主管经济工作的董副县长一手提着手提电话,一手端着茶杯正好走出来了。董副县长说:"是啊!我也正在找你呢!"乡长一边从包里找材料一边说:"董县长啊!咱们乡招商引资的事情还要您多多指导和关照啊!"董副县长听了,脸色变得很严肃,说:"一提你们乡招商引资我就上火。你们那个杨代华,跑省城好几趟,花了不少钱。外商的一根毛都没带回来,却拿了人家几万块钱的好处费,这是损害我县干部形象、破坏引资环境的事情,也是法律和党章不容许的事情。"乡长的手从包里就没抽出来,很惊奇地对董副县长说:"没有这回事!绝对没这回事!"董副县长摆了摆手,示意乡长不要辩解,说:"调查组刚刚往仙女庙去了,找杨代华调查情况。大多数证据都已经有了,只是看杨代华承认不承认的问题。不承认也没关系。"乡长一脸委屈挂不住了的样子,说:"我以一个老党员的名义担保,杨副乡长不会做这种事。"董副县长喝了口茶,清了清嗓子,说:"你还不算是老党员,即使是,也不能说明什么问题。老党员不坚持党性原则甚至腐化堕落的大有人在。"乡长听了,惭愧和尴尬得无地自容,只好红着脸小心翼翼地把手从提包里抽出来。乡长说:"那么这件事我们就等待组织的调查处理吧!这份材料是专门送给您的,汇报我们近段时间的招商引资工作,您抽空看看吧!"乡长的语气里包含了一种祈求和无奈。董副县长接了材料向车门走去,说:"好了!我看了再说。"乡长直到小车驶出了政府大院的铁门,才松弛了僵硬的身体,朝县委办公楼走去。他提着提包,步履沉重,完全像一个农民上访的样子。

主管工业口的张副书记不在。胡健主任告诉乡长,张副书记到福建去了。一问才知道,开发区一家私营饲料总公司的厂房和办公楼竣工在即,需要瓷砖。这家企业是张副书记亲自抓的,贷款也是张副书记批的字,所以张副书记决定亲自带队去福建选购瓷砖,原因是本地市场水货太多。乡长听了,就感慨地说:"原来以为仅仅是乡长不好当,没想到县长、书记也不好当,大事小事都要抓。"乡长又问到管干部人事纪检监察的副书记。胡主任说:"也不在家。组织部的老干部活动中心重新装修一新,缺几个景泰蓝大花坛,宋副书记和组织部长等人去景德镇办这件事了。"

仙女庙的乡长听了胡主任的介绍,像个没见过世面的农民吃惊得瞪着眼睛。胡主任说:"你这样看我,是什么意思?好像我在编故事骗孩子似的。"乡长才意识到自己的失态。良久,乡长感叹地说:"都不容易啊!"胡主任听了,说:"是不容易啊。一个大花坛不是几块几百块钱的东西,是几千几万块钱的东西。若把关不严,那好不容易为老干部争取来的几个钱就花冤枉了。再说,一个工厂装修也不是几块瓷砖的事,是几卡车几卡车的东西。领导不亲自过问一下,从银行借来的钱不又打了水漂?都有责任哪!"

乡长又把话题扯到杨代华拿港商好处费和引资这件事上。胡主任说,对前一件事他也不相信,杨代华绝对不会为贪几万块钱而断送自己的政治生命。胡主任以自己对杨代华的了解担保杨代华不会目光短浅。其实,组织部早就有计划,等时机成熟便把杨代华调回县里,搞个正局级。乡长说:"这我也能料到。"胡主任笑了笑,说:"但你肯定料不到组织部曾经想把杨代华往哪儿放。"胡主任的笑很复杂,反映出一种对自己位置优越的得意,也夹杂着一丝对乡长这些基层干部的瞧不起。

胡主任根本没有给乡长考虑一下的时间,紧接着说:"你肯定不会想到,组织部计划让杨代华到开发区管委会当副主任。主任是县长,副主任当然就是副县级干部。这个内幕姚主任从焦行长那里听说了。当然,乡长,我并不是暗示姚主任和焦行长在引资问题上与杨代华的分歧是由这一人事安排设想造成的,更无意说目前关于杨代华的一些检举、谣传是姚主任、焦行长等人所操纵的。毕竟都是同窗好友,不至于为了某种利益和目的而将朋友落井下石。"

乡长听完胡主任的一番话,大热的天却感到从头到脚全身冰凉。他将一叠材料交给胡主任,请他转交给几位书记。胡主任告诉他,书记们这几天都将回来,材料他保准一见书记就递上。"但是,"胡主任说,"很难相信书记、县长们看了材料后,会站在你们这一边,把港商拉到仙女庙。"乡长这时来了精神,说:"我自己有个观点,我们不希望曾先生到仙女庙投资了,只希望曾先生能够帮助有关部门搞清问题,使杨代华清白地摆脱出来。杨代华就是不能回县里当什么局级、副县级干部,仙女庙照样欢迎他。即使县里要调这个人,我们还要留。"乡长说这话时，心里作了决定，立即去火市，向曾先生表明这一立场。

杨代华坐依维柯快巴到火市时，火市的象征性建筑物、著名的世纪广场大厦的大电子显示屏上正在播《新闻联播》。出门时，乡长把吉普车让了出来，让他用。杨代华说："坐快巴走高速公路一泡尿没屙完就到了。吉普车留在家里，家里事多头绪多。再说，吉普车一颠一颠地我受够了。"乡长说："好吧！车留家里，我们颠习惯了，那些椅子软得像女人身体的车我坐多了还腰疼。"杨代华狡黠地一笑，说："不对吧！是睡多了腰疼吧！"乡长瞟了一眼杨代华，又扭过头招呼司机把杨代华送到县城坐车。杨代华在长途汽车站门口站了一会儿，看看手表才上午九点。计算了一下时间，到火市时刚好是曾先生的午睡时间。杨代华觉得这个时间没衔接好，与其在宾馆里等曾先生睡醒，不如迟一点出发。杨代华喊了一辆电麻木决定先回家一趟，妻子正在门边换鞋子，看样子她才准备上班。

杨代华就问："现在还没上班？"

妻子说："嚯！杨乡长回来了！是出差路过，开会，还是探亲？"

杨代华看见妻子冷漠的眼睛里有一种很深的哀怨。

妻子低下头继续换鞋子，然后拿上包。走到杨代华面前时见杨代华站在门口不让路，妻子便停下脚步，低着头整理裙子。杨代华盯着从妻子衬衣里呈现出的胸部，突然手就从身后关上了门。杨代华双手把妻子的脸抬起来，妻子闭着眼睛，泪水早已流出来了。杨代华抱起妻子朝卧室走去。

妻子说："你今天不走了？"她正用纤细的手指揩杨代华身上的汗珠子。

杨代华说："要去火市。"

妻子又默不做声了。良久，她起身给杨代华找了一套衣服丢到床上，说："你洗个澡吧！全身汗臭。"

杨代华没动。妻子在浴室拧开水龙头，水哗哗地响着。妻子走过来，把杨代华拉到了浴室，帮他洗头。妻子在他身上抹肥皂的时候，杨代华又激动起来，干脆把妻子也拉到了水龙头下面，两个人沐浴在水帘子里互相抚摸、亲吻、游戏，最后又各自进入了对方的身体和心灵。这一次，杨代华才感觉到妻子的热情、主动和激动。杨代华做完这一切回到床上就睡到了下午，下午一个找妻子的电话惊醒了杨代华。

杨代华匆匆穿上衣服朝车站赶。直到坐上了下午两点半发往火市的快巴，杨代华心里才稍微好受了一些。刚起床时，他像一个修士一样谴责自己从车站溜回来与老婆幽会。乡长和乡里其他领导都还以为我现在已经到了火市，正在苦口婆心地劝曾先生坚定走自己的回故乡之路，杨代华想。当然，他们也可能想到，我现在正在与焦行长据理力争。他们甚至可能设想,我深刻地揭露了焦行长和姚主任在这件事上的阴谋诡计,并且因此和焦行长激烈地争吵起来,曾先生从我们俩的争吵和我的揭露中醒悟过来,坚定了对仙女庙的投资决策。但是他们怎么会想到我却正沉迷于与老婆的热情爱抚之中呢?他们不会想到我们居然还做了两次爱。他们以为我在为仙女庙竭尽所能吸引外资。杨代华就这样想着,觉得一个副乡长不应该这样,偷偷摸摸借出差机会与老婆上床。这样很不光明,很令人羞愧,简直对不起仙女庙广大人民群众的信任。杨代华这样想着就恨不得把自己身上那东西剁了。

杨代华在看到了火市世纪广场大厦上的电子显示屏时才停止了关于这件事的胡思乱想,《新闻联播》里正在播浙江一个村主任招商引资的成功经验。播音员说,这位村主任首先带领父老乡亲靠勤劳发展壮大村级经济实力,把一个账上只有五千元的穷村改变成产值过亿元、利税过千万元、村级财政收入超百万元的富裕村。继之,村主任带领富裕起来的农民修路、铺自来水管、装电话、安闭路电视、修建学校幼儿园养老院等。最后村主任率领自己的厂长们装着自己的产品,带着一本本一张张本村印制的精美画册和图片资料,四处寻求港台商人参与合资合作。播音员最后说,筑好了巢,才能引来凤。

杨代华听完支吾了一句:"为什么不能引来凤一起筑巢呢?"司机说:"你到底下不下车?"杨代华说:"下、下。"司机还在驾驶室里牢骚满腹地说着什么,杨代华已经跃入了火市锅炉一般的热浪之中。杨代华走进耶湖宾馆一楼大厅时,曾先生、焦行长刚刚坐车外出。杨代华在大厅沙发上坐了下来,先是无所事事地浏览进进出出的小姐和门外的汽车,然后才把那几份带来的材料找出来细读一遍。

乡长在材料上用铅笔写了意见,指出材料没有挖掘出仙女庙乡的潜在优势,比如丘陵地区有温泉、小溪流、水库,加上仙女庙的传说具有可开发的旅游价值,可投资兴建小型度假村、疗养院等。又比如苎麻厂虽目前效益欠佳但如能投资引进设备,将现在的粗加工(麻袋)改为纺织麻类布料(如亚麻),也是有前景的,本地可依企业需要种植大量的麻类植物。说到罐头厂,乡长提醒杨代华,生产罐头不行,只要有投资,能否改为生产什么爽?比如市场上有马蹄爽、椰奶、橙汁、粒粒橙等听装饮料,贵得很。罐头厂转向除设备外,急需一个冷库,为工厂贮藏梨子。

杨代华边看边想,觉得乡长虽然是一副木讷的样子,心里装的还是有货。他要是能说会道、投机钻营,再加上一点吹牛拍马的功夫,只怕是当个县长也没问题。杨代华叹了口气,在沙发上打起盹来。醒来时,大厅里依然灯火通明,外面依然车辆如梭,时间已经是晚上十点半,杨代华在服务台打了个电话,曾先生看来还没回来。

杨代华站在三星级宾馆门外的台阶上又等了一会儿,一位小姐向他走来,问:"先生要不要人陪?"杨代华当然想,但他没有钱。他对小姐说:"等我吃了晚饭再决定。"小姐转身时很厌恶地瞥了他一眼。她以为这位先生要么是洁身自好,要么是拿她开心。当然住星级宾馆的先生像这样的毕竟是少数,小姐也没当回事便匆匆去捞生意了。杨代华突然觉得肚子饿得有些难受。在宾馆的左边两百米处就有一条街,晚上经营大排档。杨代华很谨慎地朝这条街走去,因为据说这条街充满了各种陷阱,诸如假装掉了一叠人民币的,装着跟你量身体尺寸后强迫你买布料的等。

杨代华吃了几串羊肉串,喝了一瓶啤酒,又吃了一碗炒粉。回到宾馆再打电话,没有人接。杨代华便找出笔和纸,综合乡长的意见,把汇报材料修改了一遍,并在茶几上抄好。显然经过这番修改后的材料更有分量。之前打印的材料,杨代华就决定不呈送给曾先生了。

当曾先生红光满面地走进宾馆大厅时,已是凌晨两点半钟。他初以为坐在大厅沙发上的杨代华是个值班人员,当杨代华冲着他走过去时,他感到十分奇怪。后来他认出了杨代华,脸上的困惑便被惊讶和兴奋代替。

"杨乡长怎么会在这里?"曾先生问。

"我等您已经有好几个小时了,从不到八点开始到现在。"杨代华说。

曾先生便感到抱歉,同时也为杨代华的精神感动。

杨代华请曾先生在沙发上坐了下来,把材料交给他,说:"虽然您曾表态不管仙女庙有什么、没有什么,都不在乎,我们仍觉得有必要把仙女庙的优势、潜力以及急需解决的问题等一一坦陈出来,我们也知道本县开发区以及银行等人也与您有深入的接触。主动权在您手里。"

曾先生一边翻阅材料一边"嗯、嗯"地点头,表示自己同意杨代华的意见。杨代华把曾先生手里的材料合上,说:"您现在不必急着看。给我十分钟,我的介绍将比这份材料更加全面和深入。"杨代华在十分钟内简介了仙女庙乡的基本情况和企业情况,详细介绍了现有可供开发的各种优势和资源,提出了投资建议,预计了投资后的结果,然后比较了到开发区与到仙女庙投资的不同之处。杨代华说:"开发区内现在一家企业都没有。化工厂是家老企业,因靠近开发区才归入开发区管辖范围内,化工厂却是块难啃的骨头,弄不好会掉牙齿,骨头味都尝不到。而仙女庙是块处女地,是张白纸,可以画最新最美的图画。"

曾先生说:"我现在很为难,一个都不愿得罪。搞企业的离不开银行,到仙女庙投资,焦行长今后就不会支持咱们了。度假村也好,冷库也好,麻织布料及听装饮料也好,都需要银行在资金上的扶持。到开发区,伤害了故土父老乡亲的感情,我内心也过意不去,可能还会让我背上一笔感情上的债务。"

杨代华说:"那你总得给个说法我好回去汇报吧!"

曾先生说:"这样,你回去说,我哪方都不去。"见杨代华的情绪很低落,曾先生又说:"过一段时间等这件事冷下来后再说。当然今后如资金充足,一边投一点,大家都高兴,也是可以的。"

说完,两个人都沉默了。曾先生抽起烟来,大厅里墙上挂的一排钟,有一只这时敲了几下,发出很深沉的声音。杨代华抬头一看都三点半了,就起身要告辞。曾先生也站起来,说:"杨乡长今天就住下来,明天我请你吃饭,晚上娱乐娱乐,散散心。"杨代华谢绝了,说乡政府里还有许多事情,外商不来,经济还得照样抓。说完,不管有车无车就走了。

杨代华沿着火市著名的解放大道往汽车站走。几辆的士先后在他身边放慢速度,按喇叭,杨代华没理。他心想这么快赶到汽车站也是等,不如慢慢走。大街的两边一字排开了许多凉床,男男女女盖着被单,蒙着头大睡。一些女人穿着短裤睡,蹬掉了单子,雪白的大腿在夜晚的路灯下很刺眼睛。杨代华几次想把掉到地上的单子捡起来,替女同志们搭上,又怕女同志们突然醒来,说他耍流氓,神经病,就压抑住了内心的冲动。

长途汽车站候车大厅空无一人,大厅外的台阶上睡着一个乞丐模样的人物。杨代华在大厅里闲逛了一遍,其实也没什么好逛的,这个大厅他很熟悉。从县城往火市,从火市返回县城都要跟这个站打交道。尽管如此,杨代华还是把墙上的本省地图、公路交通图以及里程票价表都详细地看了一遍,最后实在找不到可以消磨时光的东西了,杨代华才在躺椅上睡了下来。他想,反正天就要亮了,兴许一觉醒来,第一班车就要发动了。

乡长赶到火市耶湖宾馆时,杨代华已坐第一班车回到了县城。曾先生第一次见到祖籍地的乡长大人,按过去的说法,这是真正的父母官。曾先生显然昨晚没有睡好,但是充满热情,他对乡长说:"杨乡长三点多才从这里离开。我对他说暂时仙女庙和开发区都不投资,都不得罪。"乡长说:"我们不希望曾先生到仙女庙投资了。"曾先生听后一惊。乡长把话又重复了一遍,他慎重的表情使曾先生很尴尬。乡长说:"这件事没料到会搞成这个样子,我们只希望您配合县里的调查组把杨乡长的问题弄清楚。"

曾先生听了更加吃惊。"杨乡长犯了什么错误吗?"曾先生问。乡长答道:"说些稀奇话!我们相信杨乡长是个好干部,但有人说他从你这里拿了几万块钱的好处费。"曾先生表示不可理解。"没有这回事情嘛!我没有理由送钱给他嘛!"

曾先生反复说。

杨代华一到县城就感受到了移动电话在现代社会的重要性。他先打电话到乡政府,政府办公室主任说,乡长不在家,去向不明。他很想知道乡长到县里汇报的结果,同时,他准备先到县委县政府把曾先生的动态汇报一下。如果有手提电话,他现在就可以与乡长在电话中交换意见,并且达成一致,开展下一步的工作。尽管没有手提电话,杨代华还是打算先去县委县政府办公大楼。

县委办公室副主任胡健没有想到在上午快要下班的时候,遇见老同学杨代华。几位副书记回家后,迅速对仙女庙乡长的汇报材料作了批示,要求开发区办公室姚亮、工商银行副行长焦光荣以及仙女庙副乡长杨代华立即回到各自的岗位上正常工作,不要为引资的事情互相竞争、互相排斥、互相贬低甚至互相损害形象。县委办公会讨论了这一事情的处理方案,决定由胡健带队,把曾先生请到县里来参观考察,由曾先生自己决定投资地方、企业及项目,任何人不得从中拉拢,更不得以卑劣手段损害本县任何乡镇、企业的名誉。

胡健所领队的班子由工商局、税务局、财政局、邮电局、供电局等机构的副局长组成,其任务是向曾先生介绍各局为招商引资出台的各项优惠政策、办事程序,增强投资方的信心。曾先生到县城后,胡健还将组织乡镇企业局、农业局、工业局、轻工局等单位的负责人介绍本县各行各业的具体情况。有了上述活动,在实地考察后,胡健想曾先生就能拍板决策了。这对开发区、仙女庙都是公平的,并且透明。

胡健站在县委办公楼前扼要地向杨代华介绍了这些情况。胡健没有告诉杨代华,驻扎在仙女庙的调查组还没有撤回,正等待着杨代华自投罗网。杨代华听了胡健的介绍,觉得没有必要再找领导汇报了。

杨代华回到乡政府上班后,才知道调查组的事情。调查组住在本乡一家个体旅社,一个暴发户的四层楼房里。一大早调查组打电话让政府办公室主任转告杨代华,一上班就到调查组住处去。杨代华听了政府办公室主任的传话,没有做声。过了一会儿,乡长出来了。杨代华是到了办公室才知道乡长也去过火市。乡长说:"你不要去,我去对付他们。"杨代华说:"他们找的是我,你能把他们怎么样?"乡长说:"搞了几十年革命,看过许多人整别人。别的没学到,不敢吹,对付整人的人我还是有办法的。"乡长说完,骑车走了。

乡长出示了一张有曾先生亲笔签名的"郑重声明",又放了一盘乡长与曾先生谈话的录音。调查组的同志就傻了眼,说:"您怎么不早拿出来呢?害得我们在这里白住了几天,有几个还把胃病搞发了。"乡长就说:"那肯定是不胜酒力,这种胃病复发的现象很普遍,是富贵病。"调查组的同志听完乡长的话,收拾包包和茶杯,带上乡长提供的材料准备开路。乡长拦住他们,说:"材料我复制后交给你们,这原件得留下。"调查组的同志一笑,说:"没必要这么严重吧!"乡长"哼"了一声,说:"没这么严重你们能在这穷地方住几天?办事讲求个稳妥嘛!材料我派人送来,放心!"调查组的同志相互看了一眼,也没什么好办法,就说依乡长的意思办。

乡长回到办公室,看见杨代华在一张破沙发上睡觉,说:"大热的天,你居然像什么事没有一样,睡得像猪,是不是昨晚被老婆折磨了一通宵?"杨代华没情绪地说:"心里无事就睡得香。我相信你能把调查组搞定,曾先生来不来我早已抛到九霄云外了。先睡一觉,明天再说。""先不要想得轻松,那几个破厂你还得给我弄出点水响来。不然,我交不了差,你也别做到县府做官的梦。"

说完,找杨代华的电话就来了。乡长把电话递给杨代华,得意地说:"一个女的!我看你还睡得着!"杨代华一听便知道是工商局李局长的电话。杨代华说:"好像几年没见面了,还真想死人哪!"李作凤在那边说:"我打的是公用电话,自费的,这样调情恐怕我还调不起。"杨代华说:"那你就简单下指示吧!"李作凤说:"我要是你老婆,就真要下指示了,现在还只能提建议。曾先生今天听了我们的汇报,他明天就到县里来。你还是做点准备,甚至应该火上浇油,在背后做点小动作。"杨代华听了表示不感兴趣,也不对李作凤的一番好意表示感激,只是说:"再浇点油我就烧着自己了。我不浇油,也不搞小动作。要是你愿意,我还是希望在你身上做点小动作。"李作凤听了十分焦急,说:"你怎么这个样子!把自己的事业、前途总与个人感情扯在一起,还很不严肃,就是调情也不能神圣一点吗?像个痞子!"她一气之下便挂了电话。杨代华握着听筒,站了一会儿,才放下听筒来。

杨代华坐下来,对乡长说:"要不要再争取一下曾先生?"乡长说:"你还有什么好点子?"杨代华坦率地说:"没有。"这时电话又响了起来,乡长觉得奇怪:"今天怎么回事?到了吃中饭的时间了,电话还这么忙。"等了很长时间乡长不去接,后来还是接了。胡健主任在电话里说:"曾先生提出到县城的条件,你怎么也猜不着。"乡长说:"别跟我来这一套了!老子猜都懒得猜!你愿说就说,不说我挂电话了。"胡主任在电话里犹豫了几秒钟,还是说了:"曾先生要求先撤回调查组,挽回对杨乡长的名誉影响,然后才启程到县城。"乡长听了介绍,说:"调查组已被我轰走了,挽回影响的事,是你们考虑的事情。我们并不要求曾先生一定要来仙女庙烧香拜佛。"乡长说完硬邦邦的几句话,把听筒往机器上狠劲一拍。

事情转变之快是杨代华没有料到的。调查组很快就送来了结论，声明杨代华同志拿港商好处费一事纯属子虚乌有。曾先生在县城没住上一天就主动要求到仙女庙参观考察，并且很快就下定了决心。

杨代华想到仙女庙是个农村乡镇，晚上没有什么好娱乐的，就带曾先生到镇上的一个熟悉的发廊洗头。开发廊的小姐是地道的仙女庙农村人，很漂亮，与杨代华也很熟。曾先生对这种农村小镇的发廊很感兴趣，第一次就给了小姐一百元的小费，说了许多小姐爱听的好话。曾先生第二天一大早又去了发廊，请小姐刮胡子、洗头发。曾先生说，这几件事做生意的人从来都不亲自做，请发廊做既可欣赏小姐的人和小姐的手艺，还是一种休息和享受，一举多得。小姐谦虚地说："曾先生高兴可以常来。"曾先生果然这一天之中就去了五次。第二次去洗面，第三次去踩背，第四次去搞理疗按摩，第五次去又洗头发、按摩。每次曾先生都慷慨地给了小姐一百元小费，算起来一天收入五百元的小费相当于小姐半个月的营业额了。每次小姐都不好意思收，曾先生坚持要给。一男一女推来推去，就免不了身体上的碰撞。有一次曾先生几乎是把小姐抱住了，塞进小姐的衬衣领口的。晚上曾先生居然找到了杨代华的单身宿舍，明确表示不回县城搞什么参观、讨论了，就在仙女庙把投资的事定下来。杨代华觉得事情十分突然，恐怕不能这样急，该走的程序还得走。

杨代华建议道："曾先生还是正式地向县委县政府通知一下为好。然后，我们双方坐下来尽快讨论解决合作的前期事宜。"

曾先生说："真有必要，那我就通知一声，这很简单嘛！"

曾先生到县城时就把发廊的那位小姐带上了。很快三十万元港币电汇到了工行仙女庙办事处的账上。曾先生对投资项目没有杨代华思考得那样复杂，他对杨代华说："你把县城已废弃不用的冷库租一个，然后我们共同解决一套灌装设备，就开始试生产洲梨爽听装饮料。"杨代华想了想，冷库恐怕只有食品公司有。一打电话，食品公司刚好有一个冷库，但很小，并且制冷机器多年不用，都坏了。曾先生说："赶快组织人抢修，梨子一上市，可能就要用了。"乡长听说租冷库，赶紧找到杨代华说："租什么冷库？仙女庙不是有个山洞吗？深得很，夏天能把人冻感冒。"

冷库问题解决了，并且省下了一笔钱。曾先生说后面广告还要投入大量的钱，都像二位领导这样精明就好了。余下问题是灌装设备和生产所需的流动资金。曾先生说，他总共只能出资五十万元港币，希望仙女庙这一方能出资八十万元人民币，并且最好能同期到位；就是这样一笔钱也只能勉强生产，所以至少还得贷款一两百万元。杨代华和乡长商量，这件事得汇报，请县政府领导出面，找工商银行开口。县政府特事特办，很快有了回音。焦行长派了几个股长到仙女庙调查。按常规，这样大的事情请客是免不了的，并且格调和档次还不能太低。曾先生说："这是小意思啦！"于是就请杨代华点地方，由曾先生埋单。

杨代华当然首先提了五柳树啤酒屋。大家都没有什么意见，有意见的是请什么人陪，大家说来说去都没提出合适的人选。曾先生突然感叹地说："像上次姚先生带去的焦小姐那样的人物是最合适的陪酒人选。"杨代华和乡长马上意识到，这是个好主意！焦吉虽是焦行长的妹妹，但也是本乡罐头厂的一名会计。请她作陪，既给了焦行长的面子，也活跃了气氛，又是工作需要。于是大家你一言我一语，又提了几个名字，事情就这么确定了。

请银行人员吃饭那天，一个股长端着杯子，热情地向曾先生介绍说："这是我们焦行长的妹妹。"曾先生说："我们早已认识了，我和焦小姐有缘分。她既是我们要求助的焦行长的亲妹妹，又是将要跟我合资的罐头厂的职工。尽管后面一点我才知道这些，但我们实际上已是老朋友了，做生意缘分很重要。"

股长说："那么为二位的缘分干杯！"大家纷纷响应都干了杯。

焦吉却端着杯子做了个假动作，没有喝。她很慎重地解释说："其实我们也就只是一起吃过几次饭、跳过几次舞、唱过几首歌。"

一个股长马上打断她的话，说："后面还有什么就不要说给大家听了。我们可以想象得到，一边是风度翩翩的富翁，一边是漂亮而有追求的小姐，在一起还能有什么结果呢？很自然嘛！"

焦吉听了，急于辩白，说："其实论年龄曾先生都可以当我的父亲了！大家刚才的话越说越远，让人背不住。"

几个股长听了，几乎一起说："那你就拜个干爹，我们都同意啊！"

这个建议一提出，桌子上的人一片支持声，并且不断鼓励焦吉"拜啊、拜啊、拜啊"。焦吉红了脸，运了一口气，说："曾先生您要给我面子啊，我要叫了，干爹！我敬您一杯！"曾先生听了，完全没有心理准备，很惶恐的样子，赶快起身端起杯子，嘴里却表示不能接受。大家就奉劝曾先生不必难为情，这么漂亮的干姑娘，应该很高兴，与干姑娘同饮了这杯酒。一杯酒起起伏伏闹了几个回合，终于喝了下去，桌子上的人才歇了口气，似乎完成了一桩艰难的使命。

待曾先生坐了下来，一个股长很认真地提醒曾先生，"认干姑娘总要有所表示，干爹不是好当的！"他别有用心地说。曾先生开始没听清楚话的含义，经过他旁边的人的解释，终于说："那是自然！那是自然！会办的！三五万是该给的。"说完就显出一些醉意。几个股长还不放心，又给这桩事钉了一道钉子，他们说："曾先生这话大家可都听到了，我们是要看行动的。曾先生有些词不达意了。杨代华和乡长一直没有心思掺和这些事情，但考虑到有求于银行，也不好出面阻止，怕银行的干部丢了面子。只好见大家喝得差不多了，及时提出散席，开展下一个节目。

在等待工商银行贷款到位的过程中，曾先生在另一件事情上花费了大量精力和时间。他带着在仙女庙发廊认识的小姐逛街、购衣服，到百里洲参观梨园等。更重要的举措是曾先生替小姐在县城物色了一间大门面，并且亲自出资租门面、搞装修、雇美发小姐，把小姐的发廊从仙女庙搬到了县城。小姐则变成了一个小老板。

曾先生把小姐带到宾馆时引起了服务员的注意。服务员先是向总经理汇报，总经理又向公安局长汇报，公安局长又向主管县长汇报。县长在电话里说："不能影响招商引资的大事，这件事你们看着办。"公安局长当时在开发区现场办公，解决开发区派出所的办公用房问题。局长当着参加现场办公会的姚亮主任的面，把县里的这一模棱两可的意见告诉了宾馆总经理，总经理听了，便想大家都把这件事不当回事我还认真干什么呢？住就住吧，只要不是跟我的女儿就行。

曾先生和他的小姐凌晨二时被几个开发区派出所的公安人员现场抓获。等他们穿好衣服后，一个公安人员问曾先生怎么办，曾先生完全丧失了他在生意场上的英雄气概，说："你们要什么？"另一个公安人员说："我们什么都不要，按规矩罚款。"曾先生说："罚吧！"先前的那个公安人员提着一把手铐来回荡了荡，说："少罚点，五万你看怎么样？"曾先生睁大了眼睛，不相信地问："五万？你们有没有搞错？在深圳也罚不了这么多！"另一个公安人员说："那就八万！加上我们今天的加班费、夜宵费等。"曾先生坐在床上直摇头。一个公安人员说："这不是深圳，是内地。我们明天还得把这姑娘送回她家里，还要用车用油。"

杨代华接到电话后初步了解了事情的大致面貌。电话是胡健主任打来的，他在电话中要杨代华迅速来县里解救曾先生。仙女庙那位小姐的父母亲带来一帮农民要跟曾先生算账，她父母的报案材料已送到派出所。杨代华越听越没头绪，不知从哪里着手。后来，杨代华想，乡长可能擅长处理这种事情，便把事情推到乡长身上。乡长说他也没良策，最简单的办法是花点钱算了。于是乡长去做农民的工作，杨代华去做派出所的工作。派出所给杨代华的答复是，除非姑娘的父母撤回报案，否则就是县长出面，他们仍要按照程序办。乡长对姑娘的父母亲说："你们说要回清白是放狗屁！睡都睡了，还要得回清白？你们说是强暴，要有证据！去问问你们的姑娘是不是强暴？是强暴他给钱她干什么？给她买衣服干什么？给她在县城租门面开发廊干什么？这是想强奸你姑娘的人干的事情？老子不信到法院你们就打得赢官司！"乡长懂得如何对付农民。他骂了几句，农民不做声了。他要走的时候，姑娘的父母亲就拉住他非要他出主意。

"说吧！你们说个数字我跟人家去商量。"乡长直截了当地说。

"十五万！"姑娘的父母亲说。

"干脆要二十五万，你们怎么只要十五万呢？你们当找到了金矿？"乡长说。

"那至少十四万！"姑娘的母亲说。

曾先生最后以十二万元了结了这桩情债。这件事极大地伤害了曾先生对仙女庙的好感，他初来仙女庙时那种火一样的故乡深情化为乌有。他像一个患了重病的老人，有气无力地对前来看望他的杨代华说："你和乡长都是好人，仙女庙是个好地方。"

"但它不是香港！"杨代华有意识地提醒他。

"是的！它不是香港，甚至连广东都不是，它只是我梦中的一个家乡。"曾先生说。

"小事一桩，没必要放在心上。你可以说是商场上的老手了，什么风浪没见过？不过，这种事你该先跟我打个招呼。老子叫老婆搬出来，把那套房子让给你。"杨代华给曾先生打气。

曾先生苦笑了一下。

"你能否帮我从仙女庙的银行里借一万块钱？"曾先生突然说。

杨代华不假思索地说："我想问题不大，曾先生这样的人找银行，哪里的银行都会欢迎的。"

曾先生又勉强地笑了一下。

曾先生带着一万元人民币离开本县的时候，谁都没有注意到。他像一个普通小商贩到省城进货那样坐上了一趟本县开往火市的快巴，然后从火市上了飞往香港的班机，此后便没有音信。杨代华预计曾先生将一去不复返，但他对谁都不吭声。

焦行长亲自到仙女庙工行办事处追查这笔一万元借款的下落，最后查到了杨代华的头上。很快银行送来一份通知，请杨代华十五日内偿还一万元借款。杨代华拿着这份通知径直找到了县委书记，县委书记听取了杨代华的汇报后，在杨代华递交的文字报告上作了大意如此的批示：此款项的责任似不在杨代华同志身上，为改善和加强本县投资环境的建设，为了吸引更多的外商和外资，投入这一万元也有必要。一只凤飞走了，还有更多的凤要飞来。最后，县委书记建议工行寻求更加妥当的解决办法。

县委书记放下笔，感叹地对杨代华说："亲不亲家乡人，美不美家乡水。我们给曾先生解决一万元的路费是应该的，不解决路费，别人今后怎么来嘛！"

书记又问:"你对下一步的引资工作有什么打算?"

杨代华说:"下一步的筑巢引凤工作,我们首先将建一个小型的只住几个人的宾馆。设施可能差一些,但绝对隐秘、安全。"

(《长江文艺》1998 年第 9 期)

水 到 渠 成

百里洲人从来不担心哪一天会遇上吃水的困难。想想看，百里洲四面都是长江，许多年前涨大水时，百里洲人站在堤上就可以洗脚，腰不需要弯一下。那种感觉就好像百里洲是只大木盆，洲民们就生活在这只木盆里。你要喝水伸手就可以从江里舀了上来。滔滔的江水日夜不停地流啊流啊，流进百里洲人的心里；波浪日夜不停地拍啊打啊，拍打在百里洲人的身上。百里洲人这几年才觉得有必要考虑吃水问题。连续好几年长江的水位上不来，像个患低血压的病人。即使在汛期，百里洲人也很难见到当年汹涌澎湃、气势磅礴的长江了。到了枯水季节，长江就表现得像条小河，河床裸露、沙滩漫长。行船的困难也折射出长江水势的低迷不振。近几年由于河床抬高、水量太小，在枯水季节已经发生了好几起搁船事件。开往重庆的客轮阻隔在百里洲下游的洲渚之中，航务部门不得不采取紧急措施，将乘客改用大巴转运到宜昌，从宜昌换船进入三峡。

吃水困难还以这样一种方式表现出来。在大多数青年外出挣钱后，挑水重担落在了年老力衰的留守人员肩上。由于妇女和老年的长辈不堪重负，打井的生意在百里洲红火了一阵子。一年之后，有可靠证据表明，百里洲的井水硝重，常年饮用易患结石类病，于是大家还是愿意到长江里挑水。百里洲方圆百里，离长江稍远的农民，挑一担就得走好几里路，这是一项比较繁重的体力活。

吃水的问题就以这样错综复杂的方式摆在了百里洲人的面前，也摆到了县乡两级政府的领导们面前。百里洲的乡党委书记侯德道在全县村镇文明建设达标会上就对李副县长说："村镇文明建设要抓出特色来，得从本地情况出发。拿百里洲来说，吃水的问题已经是个大问题。我们的村镇文明建设达标活动就从这一点入手。准备实施村村建水塔、户户通水管的工程。"

李副县长说："百里洲人吃水也有困难了，这是个笑话。坐在长江的肚子上还有吃水困难，但现在确实有困难了！这困难怎么形容呢？啊！我看不怎么好形容——"这时侯德道站了起来。

侯德道说："李县长，我来形容。这情况好比一个妇女开始妈子大，奶水也足，后来大概吃了什么退奶的东西，乳房瘪了，奶水也枯了。怎么吸、费劲吸，也只能——"侯德道话没讲完,会场开始乱起来。有人就说侯书记这比方也不怎么样,有的可能找到了更好的比方,几个人私下地笑了起来。李副县长喝了口茶,挥了挥手打断了侯德道的话。

李副县长说:"侯德道同志,你还搞什么村镇文明建设达标,我看你首先要把自己的文明建设搞达标。会前明文规定中午不准喝酒,看你这样子中午没喝到八两也至少有半斤。"李副县长见侯德道很难为情,就换了个话题。他说:"侯德道同志,你既然想讲话,咱们就先听你讲。百里洲的村镇文明建设如何搞?"

侯德道就说了一番想法。说完后他就等着县里的领导和各乡镇代表发表意见,补充完善。乡镇代表们都不出声,他们一边注视来来往往为会议代表倒茶的服务小组的旗袍,一边心里骂:"狗×的,百里洲的侯书记能喝酒,搞工作也有想法。想想看,让农民都用上自来水,这是几绝的点子呢!文明建设达标的第一块牌肯定是百里洲的了。"其他一些乡镇代表就不好意思说出他们的打算了。

下午的会议在各乡镇提出设想之后便结束了,李副县长宣布晚上的会议就围绕下午的发言讨论。

晚上的饭桌上照例摆上了酒。羊角洲乡的副乡长杨伟对侯德道说:"侯书记,晚上酒还得喝啊!"杨伟是李副县长的内弟。侯德道说:"杨乡长拿我开心啊!还想看我掉底子?"杨伟说:"会议没有规定晚上不能喝酒。"杨伟说完又移到侯德道旁边坐下,贴着侯德道说:"你不趁晚上这机会跟李县长喝一杯,难道还等到下一次?"侯德道听了觉得有道理,就主动拿起瓶子,给桌子上的各位倒酒。还没端杯,牛尾洲镇的副镇长金国端着杯子过来了。金国对侯德道说:"咱们俩先喝一杯再说话。"金国是县委姚书记的侄子,二十大几的年龄就当了副镇长。他年纪虽轻、资历也浅,来势却不小。听说不久后组织部要送一批年轻干部到省委党校学习,其中就有金国。全县局级干部不论年龄大小都对这位副镇长不敢马虎。

两杯酒下肚后,许多乡镇干部开始轮流到李副县长所在的雅厅里敬酒。侯德道捏着杯子,很犹豫,错过了好几次机会。后来他终于瞅准了一个空当。李副县长一见侯德道过来了,脸上兴奋的神情就收敛了起来。

侯德道说:"李县长,我来给领导们敬一杯。中午我违反了纪律,也当着领导们的面作个检查。"

李副县长听了就想,不如把晚上准备说的话现在就说出来。李副县长便很和气地说:"侯德道啊!修水塔、铺水管是个好事情,可你要算笔账,搞这样一项工程又要加重农民多少负担。据我所知,你们乡里干部的工资、民办教师的工资都发不出了吧,啊?"

侯德道不管李副县长说什么,喝他的。李副县长端起酒杯又说:"这酒我喝了,你那自来水的事情先给我搁住。"侯德道心里一阵冰凉,百里洲的村镇文明建设达标活动看来也只好搞普法、科普、改炉灶、修修乡村小路了。

侯德道沮丧地从雅厅里退了出来,他忧伤的目光引起了金国和杨伟的注意。杨伟首先上前关心地问侯德道:"怎么回事?李县长没喝,还是又批评你了?"侯德道不做声,杨伟看了一眼侯德道,端着杯子进了雅厅。

杨伟敬李副县长酒时,就坐在李副县长旁边耳语了一阵子。杨伟出来后,拍了拍侯德道的肩膀,说:"你放心喝你的酒,文明达标的奖牌肯定是你侯书记的了。说错了,到时候我请你洗桑拿,说对了你请我。"杨伟说完,又跟金国坐到一起嘀咕了一阵子。然后,侯德道看见金国端着杯子朝雅厅走去。

晚上的讨论会上,李副县长的讲话就不像吃饭时那样强硬了。李副县长说:"百里洲人吃水困难是事实,把解决这一困难的思路与村镇文明建设达标活动统筹兼顾也是一个好点子,原则上是可行的。下面的任务是如何把这件事抓落实、抓妥当。"

侯德道听到这里有些大惑不解。他把头转向杨伟,发现杨伟和金国正朝他笑。

讨论会也没讨论出什么具体明确的东西。李副县长说:"大家回到下面后马上动手搞吧!有问题及时汇报,咱们及时处理。"说完,讨论会结束了。会场上立即一片混乱,有人在大声喊坐谁的车走,有人则在敲竹杠要喝夜酒。侯德道一看表,赶快叫了麻木往汽车轮渡飞奔。

百里洲乡有人口十万。这样大的乡,其党委书记就比那些只有几千、万把人口的乡党委书记要玩味得多。侯德道放个屁,百里洲十万人民不用几天都能闻到。曾经有两个农民争地界,村里处理不下来。两个农民的三亲六戚都来帮忙,争得火药味刺鼻,一场械斗就要发生。侯德道听说后骑了一辆破自行车赶到了现场。侯德道把自行车往田里一倒,对两方农民说:"都把家伙放下,把铁丝网拆掉。"农民听了不但没有动,反而问侯德道:"你是干什么的?连你一起打!"侯德道听了,趁着酒劲,大喊一声:"你狗×的搞邪了!老子是管百里洲十万人民的侯德道!"农民们没见过乡党委书记,但经常从广播和告农民书、慰问信之类的渠道知道侯德道的大名。侯德道这一喊那些来帮忙打架的人就丢下家伙跑了,余下的人也乖乖地把铁丝网拆了。

侯德道踏上百里洲,百里洲都能感觉到他的脚步。侯德道上坡路没走完,迎面驶来一辆摩托车把他截住了。开摩托车的人关掉发动机,说:"侯书记散会了!"侯德道以为是本乡的什么青年干部或者个体户,说:"散会了。"继续爬上坡。摩托车又从后面跟了上来。"侯书记，我送您回去！"青年人说。侯德道说："自己走算了。"青年人紧追不放。"是乡长派我来接您的！"青年人说。侯德道一听，犹豫了，心想，狗×的"周剥皮"学聪明了？该不是又在外面拉了屎要老子去给他揩屁股？侯德道还是不自觉地坐到了摩托车的后面。百里洲的乡长周国祺，一九四九年国庆日出生。父亲有点小文化，给他取了个不落俗套的名字。周乡长近五十岁的人，一直没得到提升，除了作风上的小问题外，还因为本乡农民负担太重。常常有农民背着行李到县政府甚至到省里上访告状，农民在背后称乡长为"周剥皮"。上面派调查组查了几次，也未发现什么大问题。该收的都是上面要求收的，或者总有收的理由。"剥皮"之说自然靠不住，但名声都传出去了。侯德道在几个节骨眼上都替周乡长解了难，周乡长心里有数。但周乡长这个人把感激放在心里，从不搞吹牛拍马之类的事情。侯德道是第一次感受到周乡长的特别关照。

摩托车一路掀起漫天尘土。侯德道坐在后面睁不开眼，干脆闭上眼睛。等睁开眼时，面前一片明亮的灯光。摩托车停在乡里唯一有点样子的招待所面前。侯德道问："周乡长在这里？"青年人摘了头盔，侯德道抬眼一看，根本不认识。青年人说："我是受羊角洲的杨乡长之托，接您的。"

侯德道才明白搞错了码头。但细一想，杨乡长怎么这么快到了百里洲呢？侯德道更迷惑了。侯德道跟着青年人走进了餐厅，一张桌子已经坐得差不多了。一行人见侯德道进来了，都站起来表示欢迎，其中一个自我介绍是羊角洲塑料管厂的杨厂长。侯德道说："这些就不用介绍了，我知道都是你们厂的。"杨厂长说："有几个是的，还有几个是牛尾洲镇建筑公司的。"侯德道说："不管是哪里的，我都不能陪。我还没回家报到呢！"说完就往门外走。杨厂长急忙拉住侯德道，说："侯书记，您家里我们已经替您报到过了。嫂子说了，把您交给我们了。当然您现在也可以打电话跟嫂子说几句枕头边上的话，有些事情我们当然不能代表您做。"杨厂长说着，就把手机递给侯德道。侯德道接过手机，并没有往家里打，他把电话打到了周乡长家里。周乡长不在家。杨厂长说："侯书记是想把周乡长也请出来一起坐坐？这一点我早已想到了，接他的摩托车马上就到。"

侯德道惊讶得瞪大眼睛。

侯德道问："你们搞什么阴谋？"

杨厂长说："在百里洲搞阴谋？哪个有这大的胆子！我是没有的。您一声令下，十万人马可以把我们几个人踩得粉碎。"

侯德道说："我量你们也不敢！"侯德道说这话时有些得意，仿佛自己真的有十万人马，随时等着他下命令。

杨厂长说："喝酒吧！喝酒吧！搞阴谋的是狗×的！"

侯德道说："喝酒老子不怕！只要没得附加条件。"

杨厂长说："今天喝酒只有一个附加条件。"

侯德道听了，紧张了一下，问："什么条件？"

杨厂长笑着说："必须喝好！"侯德道听了释然一笑，轻蔑地说："难道你们想把我放倒不成？告诉你，除了女人和子弹，这世上还没有什么东西可以把我放倒。"

摩托车在外面响了几声喇叭。杨厂长把侯德道往椅子上一按，说："侯书记，女人的事喝完了酒再说，您坐着，我去接乡长。"

周乡长一看桌子上的架势，问侯德道："我以为侯书记找我有什么要事，原来是赴鸿门宴？"侯德道说："坐着再说吧！我也是不明不白被骗到桌子上的。"

大家端起杯子后，侯德道说："这酒还是不好喝啊！没名目啊！"杨厂长反应快，马上接过话说："也没什么理由，就为预祝百里洲乡年底获得村镇文明建设达标先进单位喝吧！"侯德道把举到嘴边的杯子放了下来，怀疑地问杨厂长："你刚才的话什么意思？"杨厂长被问住了，知道自己的话说漏了嘴，便轻描淡写地说："没什么意思！随便说说。如果您觉得不妥，我罚自己三杯。"说完就连干了三杯。其他人这才将举起来的一杯酒喝了下去，桌子上的气氛又活跃起来。

杨厂长不提村镇文明建设的事情，侯德道也不提自来水的问题，周乡长往常喝酒免不了要说些荤故事这次也不说。但酒是不能闷着头喝的，喝酒总要找些话题。杨厂长、侯德道、周乡长其实都在搜肠刮肚寻找素材。

侯德道问杨厂长："听说你们乡织布厂几个女工开了个发廊，搞按摩，被抓了，还供出了几个党员和干部？"

杨厂长说："侯书记怎么这样灵通？是不是去按摩的时候看到门口贴了封条？"

侯德道说："你还跟我打埋伏。这几个女工的丈夫带着孩子在公安局门口静坐，闹得县长书记们开会都不安宁。"

杨厂长说："企业停产，工人无事可做，总不能闲着吧！别人解放思想，放开胆子自救，这有什么错呢？你不让搞这，又不让搞那，那你就给工人发工资让别人上班嘛！抓人的事哪个不会？只要你给我弄套衣服穿上，我就是一个叫花子都可以给你抓几个人出来罚款。"

侯德道说："杨厂长到底是企业家，思想开放啊。"

杨厂长端起酒杯，跟侯德道碰了碰，一饮而尽，侯德道也一仰脖子，两只杯子都见了底。

杨厂长说："光企业家思想开放不行！我们塑料管厂的管子不错，可没门路卖出去。这样下去，我也准备去开歌厅，开发廊，可杨乡长不同意啊。"

侯德道说："你的意思是我们这些大大小小的干部保守了！"

杨厂长说："侯书记不保守，侯书记的观念进步得很！学大寨的时候我们当时只想着楼上楼下、电灯电话，还没想到自来水。那时候团结大队做了一排两层的楼房，让农民搬进去住，一家一户搞得像单身宿舍，还是点煤油灯挑水吃。现在农民住楼房的多了，电都通了。但农民毕竟是农民，他们都还是要挑水。"

周乡长就打断话说："杨厂长想喝自来水？"

杨厂长笑了笑，说："不是我想喝，是百里洲的农民想喝。"

侯德道说："农民当然想喝自来水，农民还想开自己的小车呢！"

周乡长说："好东西哪个不想？漂亮女人、山珍海味哪个不想？可农民没钱。没钱就得把裤带系紧，把嘴巴管住。"

周乡长的话一出口，桌子上的一位小姐就红了脸，周乡长也很不好意思。杨厂长马上介绍说："这是杨伟乡长的妹妹，我们两人承包了塑料管厂。"

杨小姐站了起来，端起酒杯给侯德道、周乡长敬酒。杨小姐很矜持地说："希望二位领导多关照。"

酒喝到半好的时候，坝洲村的村主任胡必高闯了进来。侯德道和周乡长都十分奇怪。胡必高说："侯书记、周乡长都在啊！"侯德道说："胡必高，你狗×的会找啊！"胡必高嘿嘿地笑了两声，说："好找！好找！"

杨厂长正愁怎么把酒喝出个高潮来，就热情起身把胡必高安插到了自己的身边。杨厂长说："胡主任来得正好！先喝三杯再说话。"胡必高毫不推辞喝了三杯。

然后胡必高说话了。

胡必高说："周乡长，坝洲的金树准备到省城火市上访。"

周乡长说："全国有许多人都在上访。有一些人常年以上访为职业，有一些人上访了几十年也没有访出结果来。这点小事值得你星夜跑几十里路来乡里汇报？"

侯德道在一旁听了，脸色变得很严肃，端着酒杯不停地把玩。

侯德道问："为什么事要上访？"

胡必高说："一些小事。民办教师的工资、村小学改造、村里的招待费、十好家庭的牌子费、田里的提留、等等，没有一项他缴清了的。"

侯德道不做声了。杨厂长见场面冷清，又煽动胡主任少说公事，敬两位乡领导喝酒。胡必高恍然大悟，轮番跟周乡长、侯德道喝了起来，后来杨厂长、杨小姐又趁势逼侯德道、周乡长喝了一轮。酒总算喝出了醉意。

侯德道对杨厂长说:"感谢你!祝你们厂兴旺发达!"

杨厂长说:"感谢两位领导赏光!祝百里洲的自来水工程早日建成。"

侯德道听了,打了个尿惊,全身缩了一下,感到很不舒服。杨厂长认为侯德道醉得快要吐了,就赶快把他往摩托车上扶。周乡长和杨小姐见状,也草草地告别。胡主任灵活地抢先把周乡长也扶到自己的摩托车上了。

百里洲乡让村民吃上自来水的重大工程很快就有声有色地开展起来了。告农户书由侯德道亲自从县广播电台请来的一位记者操刀。广大农民从这份措辞讲究、煽动性极强的广告中知道了自来水工程的意义和目的,同时也感受到了自己的责任。"你有责任减轻自己的体力劳动,更有责任使自己喝到干净清甜的自来水",告农户书这样说。但告农户书并不告诉农民应该交多少集资费。集资费的事情由乡里召集村干部,后由村里召集组长,最后由组长召集各户,一层一层传达下去。经过预算,乡里估计每户须缴纳两百元,自来水工程才能勉强拿下来。侯德道与周乡长商量款项时说,不够的部分由乡政府想办法解决。周乡长对此工程并不热心,但也礼貌性地点了点头,算是默认。

组长们把集资搞自来水的精神传达后,百里洲的田间地头就议论纷纷了,有关"周剥皮"又要拿刀子剥皮的说法迅速传开并汇集到乡镇政府。周乡长还收到了几封抗议这项工程的信,信都写在劣质烟盒上。坝洲一个署名"歪嘴"的农民威胁周乡长,自来水管铺到哪里他就挖到哪里。周乡长看完信便交给了侯德道,侯德道看了,马上就把它们揉成一团上厕所去了。上完厕所,侯德道打电话叫来派出所所长,让他查一下坝洲的这个"歪嘴"。所长很快有了结论,原因是"歪嘴"这个人几进班房,知名度大,材料很齐全。侯德道听了,安慰周乡长说:"老周,这种地痞流氓的威胁不能当回事,他挖水管就把他抓起来嘛。"周乡长又沉默地点了点头。

收费工作展开后,县委组织部突然通知周乡长到地委党校学习。侯德道开始有些担心,集资款未到位,建设工程尚未展开,乡长就被抽走了,而且一去就是两个月。侯德道不能不考虑这项事关重大的工程的领导工作。周乡长多年来几次因为作风问题坐冷板凳,得不到县委县政府的重视。这几年来百里洲的工作他其实抓得不错,十万人民的大乡没有一个农民出去讨米,没有一个因为缺少衣裤而受冻露体,这就不错了。跟国家的情况一样,尽管其他方面与别国相比,还有差距,但十几亿人的吃穿问题解决了就是了不起的成就。现在上级通知周乡长去培训,肯定是有所考虑的,说明上级组织部门对周乡长的态度发生了变化,这也是可喜的。考核人的观念解放了嘛。

侯德道说:"你收拾一下,交接工作,去报到吧。机会难得啊。"

周乡长却说:"我不去!学了又怎么样?我的年龄早已过了提拔年龄,这不外乎是个安慰,顺便给党校作份贡献。"周乡长的认识和态度令侯德道吃惊。其实周乡长担心的是他走后收费工作的深入开展问题,弄得不好,那些本来对周乡长有意见的农民说不定真会干出什么愚蠢的事情。比如把周乡长家的窗玻璃砸烂,把周乡长的宝贝女儿绑架、强奸等,这些都不是不可能的事情,外地也不是没有先例。近几年来,乡里不论布置什么收费项目,农民不管是不是乡里的意思,都把怨气往周乡长身上出。周乡长虽然很委屈,却同时也尽力把农民的工作做通、做深入、做仔细,以减少不必要的对抗情绪。

侯德道见周乡长态度坚决,也不勉强他去党校,说:"那你就同羊角洲塑料管厂的杨厂长谈谈塑料管的事情。他们来了好几次了,这是第四次,再敷衍下去也不好跟杨乡长见面。"

周乡长想了一下,说:"这件事你亲自去谈吧!我下乡去抓集资的事情,这可是重头戏啊!没钱,你还买塑料管?"

侯德道听了,说:"老周,说话不要这样大的火气,我知道农民稍有不满就骂你老周。你也确实做了一些事情,却没得到承认,但心里的怨气不要外露。我们共事多年我了解你,遇到一个不了解你的,开口闭口骂脏话,别人怎么看你这个十万人民的乡长呢?好吧!下乡就下乡吧!"

侯德道说完,很理解地握了握周乡长的手,弄得周乡长很不好受。

周乡长理所当然地把坝洲定为了下乡的第一站。坝洲村经济实力十分脆弱,说脆弱可能还意味着村里的账上有点钱,事实上可以称为积累和收入的一分钱也没有,仅有的一点钱是从农民手里收上来供村干部、民办教师发工资以及招待客人用的。

胡必高接到周乡长要来村里检查集资情况的通知后,立即组织了几班人马,分头到各小组催进度。

胡必高问民兵连长:"一组到火市上访的金树回来没有?"

民兵连长说:"他没去成,半路上在车站被小偷扒了包,把路费弄走了。"

胡必高又说:"四组的那个不好对付的歪嘴也是块硬骨头,要坚决啃下来。我奇怪他怎么进了几次班房,胆子不是变小,反而更粗了。"

安排完毕,几班人分头摸夜出发。他们像一群地下工作者蹑手蹑脚、竖起耳朵、东张西望地活跃于坝洲熟睡的居民之间。

周乡长骑一辆八成新的跑车,行驶在百里洲的江堤上。乡政府唯一的一辆桑塔纳一般专供侯德道使用,另外两辆老式吉普,一部坏了停在修配厂,一部被借出去办婚事去了。周乡长的女儿嫌这辆跑车的样式不好看,于是周乡长又买了辆女儿喜欢的样式，便把这部腾给了自己。

许多年不骑自行车了，周乡长觉得骑着跑车沿堤巡视百里洲这个十万人口的王国，心里有一种说不出的舒心，更何况沿途不断听到人们"周乡长好""周乡长下乡"的招呼声。周乡长觉得虽然在乡长位置上待了多年未能晋升，但拥有这个十万人口大乡的乡长座位也是人生中的一件幸运的事情，只要乡里工作不出什么大的差错，这个位置对他而言，仍是牢固的。这样想，周乡长就下了决心，一定不能让这次的集资工作有什么闪失。

周乡长这一天没能赶到坝洲村。

沿江村村主任傅胖子从河里挑水刚刚爬上堤，就看见周乡长。周乡长也看见了喘粗气的傅胖子，周乡长先开口讲了话。

周乡长说："傅胖子挑水不是滋味吧？赶快把钱收上来，收上来了马上就开工铺管子。"

傅胖子说："我说是谁一把年纪了还学年轻人骑跑车追姑娘呢！原来是周乡长。"

周乡长最见不得别人把自己跟姑娘、小姐、妇女扯在一起，大约是吃了作风问题的亏，这一辈子都恨这几个指称女性的字眼。

傅胖子又说："唉！我今天他妈的肯定是发了神经，一大早说胡话。周乡长，不是我吹嘘，我村里的集资工作今天就可以结束。村民们的积极性调动起来了，妇女主任都主动参加工作，我们日夜都在搞工作啊！农户交公粮似地往村里送啊！您干脆下车到我们那里参观参观。"傅胖子说着，看见了一个熟人。

傅胖子说："喂！和尚！把车子给我，把这担水给我挑回去。我带周乡长到村里去一下。"叫和尚的人就下了自行车，挑着水下堤去了。周乡长也只好临时改变了计划。这一天，周乡长被傅胖子缠得没法脱身。傅胖子以最朴实的方式化解了周乡长对他早晨在堤上讲的那句话的忌恨。傅胖子说："就你周乡长的水平，早就可以当个把县长了。不就是为几个女人，这就是罪过？就不能当县长？就只能当个乡长？什么道理！"傅胖子把周乡长接到家里，两个人一边对饮，一边发泄牢骚。周乡长第二天中午才醒过来。

跟沿江村的进展相比，坝洲村的集资工作就缓慢多了。胡必高领导的几个工作组连夜突击的结果是上缴户数不足百分之五十。在进展最慢的四组，胡必高现场指示村里管电的电工，从现在开始把四组的电断了，上缴达到了一半再送电。歪嘴在围观现场跳出来指着胡必高的鼻子说："老子们以前没有电也过了，你断吧！断了也不交。"

胡必高吼了一声，说："歪嘴！你再煽动群众阻碍革命工作，老子要你的嘴歪到耳朵！"

歪嘴说："你敢！否则老子要你的姑娘开花结果。"

胡必高听了双腿一阵虚软，他真有点害怕哪天自己的姑娘惨遭毒手。胡必高沉默了一阵，看见许多人都幸灾乐祸地微笑着。他突然对民兵连长使了个眼色，压低声音说："把歪嘴带走！"说完他便悄悄从人群中溜了出去。民兵连长带着十几人一拥而上，人群中不断传来歪嘴绝望的叫骂和一些说情劝解的声音。

一组的金树也同样态度恶劣、出言不逊，被带到了村委会。

胡必高没有睡觉，他轮番把歪嘴和金树叫到简陋的办公室里询问："到底交不交？什么时候交？"胡必高躺在一把三只脚的躺椅上问。

"不交？真的不交？好！老子看你有几张嘴！"胡必高一挥手，几个民兵把歪嘴拖了下去。

金树从歪嘴的号叫声中感受到了恐惧，金树说："我要先找几个亲戚去借，得挨几天。"胡必高说："我给你三天时间去借，不然就把你家里的财物拖来抵。"

胡必高说完，打了个哈欠，说："狗×的好累啊！你们以为村主任都是好当的，嗯？不晓得村主任的难处！老子这是为了自己？好吧！不说了，你回去吧。"

周乡长骑在车上感到头重脚轻，以至于好几个喊他周乡长的人他都没搞清楚是谁。直到被一个挑水的人拦住，他才清醒了一些，挑水的人正是坝洲村一组农民金树。金树从河里吭哧吭哧挑了一担水爬堤坡，五十多岁的人了，挑水不如年轻的时候，像无风的日子拉纤行船，若脚下稍微一滑，人和水桶就会朝河里滚了下去。

金树在堤脚就听有人喊周乡长，他抬头看了一眼骑跑车的中年人，自己加了一把劲。到底不如从前了，两桶水就像两座山压在肩头。金树把一担水挑到堤面，周乡长悠悠地刚好骑到他跟前。金树一个踉跄，一担水横栏在了堤中间。周乡长紧急捏了一把刹，从车上跳了下来。

周乡长说："老哥！这担水歇得好啊，横歇在路中间呢！"

金树说："乡长说对了，就是横歇着的！"

周乡长很困惑："就是要横歇？"

金树说："横歇。"

周乡长说："哦！是这样，有话你就说吧。"

金树说："自来水是个好东西。"

金树又说："我没钱交。要我交钱，自来水就是个坏东西。"

周乡长说："没钱自来水搞不成。"

金树说："谁有钱谁搞。我没钱，愿意挑水，挑死也愿意，我还有点力气。

钱是一点都没有。"

周乡长说："我知道你困难，你还经常上访告状。"

周乡长又说："我能体会，我以前也是农民。"

金树把扁担往地上一砸："你能体会个屁！你就会剥农民的皮、剥女人的衣服。"

周乡长听了，心里一阵刀割似的难受。周乡长心想，我就是不了解农民的困难，也不是只会剥皮、剥衣服吧！难道我周国祺就是这样一个人？周乡长脸色难看了，腹部也不舒服起来，他停住自行车，替金树把扁担捡起来。

周乡长说："老哥！我还会挑水！"周乡长说着把绳子挽在扁担上挑着水就要走，金树拉住了他。

金树说："乡长给我挑水，我付不起工资。"

周乡长说："工资你早就付过了。"

金树坚决地说："我还是不能让你挑。"

周乡长恳切地说："你让我挑一回。"

金树说："我们讲个条件，讲好了我让你挑。"

周乡长说："你说吧！"周乡长已经没有什么意志力了，他感觉眼下随便一个农民随便提个什么要求他都会同意。他感到乡长的腰杆硬不了了。

金树说："你给我减免两百元的上缴费，我让你挑这担水。"

周乡长说："没问题。"

金树又说："就一担。"

周乡长就把自行车搁到堤上，挑水下了堤。金树在前面带路，周乡长流着虚汗挑着一担水走在后头。

周乡长从金树的屋里出来后，上了堤就发现自行车没影了。周乡长朝堤的两头望了一下，除了几头懒洋洋的牛在堤坡里睡觉，人毛都没见着一根。

周乡长骂了一句，便一步虚一步实地朝村委会走去。

侯德道走进办公室，杨厂长和杨厂长带来的一个姓马的公关小姐很礼貌地起身站了起来。侯德道说坐下，杨厂长和马小姐就笑着坐了下来。

侯德道端起杯子喝茶，还叹了口气。

杨厂长说："什么事都不好搞啊！"

杨厂长对马小姐说："你说怎么搞法，干脆你跟侯书记商量。"

侯德道笑了，又喝了口茶。

侯德道说："跟小姐就不能说'搞'字了啊，杨厂长！"

马小姐说:"没关系,侯书记,'搞'字朴实,一听就懂。"

侯德道说:"马小姐,能不能先办事再给钱?"

侯德道很放荡地看了一眼马小姐,说:"现在包房里的事情都实行先办再把钱的办法,难道这件事就不行?"

马小姐含混地笑了一下。

侯德道不屑地看了一眼马小姐,说:"就这样定了,先办事再付钱,价钱嘛可以再商量。"

马小姐急了:"侯书记!这样不行!这样不行!"

杨厂长在外面游荡了一圈,悄悄回到办公室门口,听到马小姐焦急的"这样不行"的声音后,既高兴又很为难。突然又听到侯书记说:"事后把钱!不就几根管子吗?"说完一拉办公室的门,贴在门上偷听的杨厂长失衡地扑了进去。

侯德道说:"怎么了?站都站不稳了!这两天是不是太频繁了?要注意养肾。你们坐会儿,我问问周乡长什么时间回。"

杨厂长说:"是要养!是要养!"杨厂长又观察了马小姐的全身衣服,很整齐的样子,没有被动过的痕迹,他不好意思地笑了一下。马小姐见杨厂长这样怀疑地看自己,也难为情地笑了一下。

周乡长进了村委会,见门口几个民兵戴着"值勤"字样的袖章,坐在门口打瞌睡。他想,胡必高不会因为我的到来还安排人做保卫工作吧,如果这样就太过分了。县长书记出门都不要保卫,不能因为我是十万人口的大乡的乡长就这样讲排场。周乡长拍醒了几个民兵,说:"你们都回去。"民兵们睁开惺忪的睡眼,说:"回去?""是的,回去!"周乡长又说。"不行!我们有任务,值勤是可以抵上缴费的。"一个民兵说。另一个民兵问周乡长:"你是谁?"

"老子是百里洲十万人民的乡长!叫你们回去就回去!通知胡主任到这里来见我!"周乡长火气又上来了。

几个民兵极不情愿地挪动了屁股,像散兵游勇各自散去。周乡长就走进村委会的礼堂。这是一座二十世纪七十年代修建的大礼堂,墙外还有"无产阶级专政下继续革命"的标语和三面红旗的标志。在当时的坝洲大队,这个礼堂是百里洲村一级组织的代表性建筑物。当然在今天看起来,它充其量就不过是一间破烂不堪的大教室,室内室外的墙壁斑斑驳驳。

周乡长走上主席台,主席台背后有几间房子,现在是村委会的办公室,当年周乡长还在这里出席过公社批"两个凡是""两个估计"的大会。那时候,周乡长还只是个队长,不过是队长中的佼佼者。周乡长走在主席台的木板上,木板吱吱呀呀的声音很刺耳。

周乡长又狠劲踢了一脚木板，看看它们结不结实。

突然从一个办公室里传来几声号叫："放我出去！放我出去！"

周乡长紧张了一下，就根据声音找人。人被锁在中间的办公室里，周乡长从门上的一个洞里看见一个人被捆在办公室里的椅子上。

周乡长问："你是谁？"

歪嘴说："你个狗×的问老子是谁？老子是你爷爷！"

周乡长说："你怎么开口就骂人？"

歪嘴说："老子不搞你的姑娘就不是歪嘴。"

周乡长明白了一半，他来回踱了几步又凑到门上对歪嘴说："歪嘴，我是乡长周国祺！我马上叫人放你，但你若要打我的姑娘的主意，老子就看你有几个脑袋。"

歪嘴在里面惊讶得睁大了眼睛，但他看不到门外的周乡长。歪嘴说："不搞你的姑娘，老子要搞胡必高的姑娘。"

周乡长说："歪嘴，你是个苕，为什么偏要害胡主任的姑娘？"

歪嘴说："他收老子的钱，捆老子的人，我就要搞，不搞心里不舒服。"

周乡长说："你害了他姑娘上缴费就不缴了？上缴费还是跑不了！你还得坐牢，你的妈你的爹照样要上缴，这件事不能瞎搞。捆人的事我来处理，但你不要巷子赶猪转不过弯来，否则你要害了你的一家。"

歪嘴说："你快把我放出来吧，我要吃饭！我要喝水！"

周乡长说："你听清楚我的话没有？"

歪嘴说："我——听——清——了。"接着是一阵绝望的哀号。

周乡长到门口看了看，还不见胡必高的人影，就找了一块石头，三把两下把锁砸了。周乡长进去时，歪嘴歪着头靠在椅子上，泪流满面，一副完全不行了的样子。周乡长解开了绳子，歪嘴立即从椅子上溜了下来。周乡长以为歪嘴挺不住了，又把他扶起来，歪嘴又溜了下去。歪嘴双膝着地，头也着了地。

歪嘴说："我跟你磕两个头，我爹死了我也只磕了三个。"

周乡长说："我不要你磕头，只要你不去害胡主任的姑娘。"说完，周乡长的心里有一些难受。

周乡长说："你坐着，我去附近弄碗水你喝。"

周乡长像个要饭的人在大礼堂附近转圈圈，他鬼鬼祟祟的样子引起了几个老年人的注意。他们问："你找什么？"周乡长说："我找碗水喝！"一个老人就端了碗水来，周乡长接过水又看见了老人篮子里的几个鸡蛋。周乡长说："这鸡蛋和这水我买了。"老人犹豫了一下，说："好吧！我还以为你是要饭的，看来你有钱啊！"

周乡长回到村委会的办公室，歪嘴已不见人影了。周乡长就想，歪嘴这样子还能挺着走回去？不倒在路上才怪。

胡必高一进来看见周乡长手里端着水、拿着鸡蛋发呆，就有点惊慌失措。"乡长您还没吃饭？我赶快安排，马上就好！马上就好！"胡必高不断地说。

周乡长说："等你来安排饭我就饿得差不多了。"

胡必高说："乡长受罪了！受罪了！我没准备好，工作没做好。"胡必高习惯性地朝办公室看了一眼，发现锁没了，一推门，歪嘴也不见了。但他决定暂时不去追问这件事，以免周乡长的情绪受到影响。胡必高装着什么事没似地对周乡长说："办公条件简陋！办公条件简陋！您看这门是破的，一把破锁挂在上面做摆设。这房子有一二十年了，老样子，一直没翻修过。"

周乡长说："是有些破！"说完周乡长似乎没情绪说话。

胡必高就领着周乡长朝吃饭的地方走。

饭席安排在礼堂附近的一个农民家里，事实上就是周乡长讨水买鸡蛋的那一户。饭菜还未做好，大家坐在屋里喝茶。受命到农民家里安排饭的几个年轻人没有说客人是乡长，所以出来给茶杯加水的老人见了周乡长就问："你是不是贩梨子的？"又转身对胡必高说："胡主任有大生意可做了？我指望那几亩田的梨子能抵得过一年的上缴费和人情苛派，别的就不指望了！"老人叹了口气，提着水壶走开了。胡必高拉了拉老人的衣角，悄悄地说："老人家，别瞎说，坐在堂屋的是乡长大人！"老人听了心神不定，差点把茶壶掉在地上。

大家坐拢后，胡必高忙着倒酒，周乡长抓住瓶子，说："我来倒，你亲自去把歪嘴找来，让他来吃饭。"

胡必高听了，摸不着头脑。"把歪嘴叫来喝酒、吃饭？还跟我们坐一张桌子上？"胡必高问。

"是的，你快去！这是任务，是命令！"周乡长严肃地说。

"好！我去把那个狗✕的弄来。"胡必高说。

歪嘴在周乡长出门后，想了一下，才跟跟跄跄地从礼堂逃出来。夜长梦多，他怕胡必高来了，又把他关到另外一个地方。再说自己也不了解周乡长，他说是去弄水，哪能说又不是阴谋呢？歪嘴走在路上头晕脚发飘，像一个酒鬼东窜几步西晃几步。后来他看见了骑自行车迎面而来的腊狗，腊狗跟歪嘴是裤裆朋友，他们经常一道昼伏夜出、偷鸡摸狗。

腊狗跳下自行车，一副受了打击的样子。"他们把你弄成这样子？"腊狗问，歪嘴不理他。腊狗又问："你怎么逃出来的？"歪嘴还是不理他。腊狗没办法，只好掉转车头,把歪嘴扶上后座。歪嘴坐上车后才发现腊狗骑的是辆不错的自行车,心想腊狗这狗×的这两天手又痒了。

歪嘴的妈见了歪嘴歪歪倒倒的样子,对不争气儿子一肚子的仇恨化作了同情。她让歪嘴坐在椅子上,在歪嘴身上这看看、那摸摸,问:"这儿疼不疼?这儿呢?这儿不疼?"歪嘴心里烦,就去锅里找东西吃。歪嘴的妈赶快拉住儿子,她说:"儿啊!饿久不能暴食,先吃点稀饭!"说着就从隔壁借了碗稀饭。歪嘴端着碗就喝,他妈把筷子还未递上来,一碗稀饭已见了底。歪嘴抹了一下嘴,又喝了一缸子水,就倒在床上睡了起来。

歪嘴睡得正香,他妈忽然把他拍醒:"快点起来!快点起来!胡主任带了两个人正往我们这里走过来。"歪嘴这一睡还不如先前有劲了,他全身酸疼,软弱无力。"我不躲!"歪嘴说。他已经不能动弹了。"您给我拿把刀来!妈!"歪嘴说。歪嘴的妈犹豫了一下,还是找了把刀递到了歪嘴手上,自己躲了起来。

胡主任进了门,看不见一点人影,他叫了起来:"人呢?人都哪儿去了?歪嘴!歪嘴!狗×的死了?"

"我在这儿!"歪嘴说。胡主任循声找去,歪嘴站在一间屋子里面,手里提把刀,两眼闪烁着凶光。

胡主任退了两步,双手直摆。"不要乱来!不要乱来!歪嘴!我不是来收集资款的,也不是来捆你的,是乡长派我来请你吃饭去的。"胡必高说。

"真的?"歪嘴挥舞了一下刀,问。

"真的!骗你,是狗×的!"胡必高又退了两步。

歪嘴丢了刀,泄气地说:"我不吃饭,我要睡觉。"

"不行!这是乡长的指示。要睡也要等吃了饭,乡长走了后再睡。"胡必高往前迈了两步。

"我不去!我要睡觉。我妈说饿久了不能吃得太多。"歪嘴打了个哈欠。

"不吃不行!"胡必高说着一挥手,身边两个人把歪嘴的胳膊一边夹一个拖出了房间。

"老子不去!老子不吃!"歪嘴两只脚拖在地上,像个被押赴刑场的犯人。

"敢不去!敢不吃!"胡必高走在后面恶狠狠地说。

侯德道几天来没有收到周乡长的音信,他感到有些焦急。周乡长会不会又在哪个村里播撒爱情种子呢?每次周乡长下乡,侯德道就有这种猜测。前些年蹲点很时髦,周乡长在扶贫帮困蹲点时被村里安排住在了一个寡妇家里,村里的理由是寡妇家房子大人少。蹲点结束时,周乡长和寡妇就难舍难分了。回乡政府后,县委组织部一张处分决定很快印发下来了，周乡长的老婆为这事气得血往上直冒。后来社教蹲点，周乡长又和房东家里的女儿搞上了。事情张扬出去后，周乡长还没转户口的老婆正在菜园里跟人闲聊，血压往上一冒，当场就倒了。等送到县医院，人已断了气。侯德道一直弄不清楚，周乡长对女人来说究竟有什么魅力。

侯德道焦急还不仅仅是担心周乡长弄出感情事件，更重要的是羊角洲的杨乡长专门打来电话，为塑料管的事疏通关节。牛尾洲的副镇长金国也打来电话，希望能把几十座水塔的工程交给该镇的建筑公司。这些事都需要商量、作决定，若拖下去惹恼了杨乡长、金镇长，恐怕百里洲今后的工作更不好做，他们两个人的书记、乡长也更不好当，方方面面、细枝末节都得兼顾。侯德道这时才明白当年读书时老师为什么说领导工作是一门艺术，那时他觉得老师在日白。领导工作是艺术？狗屁！能喝酒，镇得住人，就行！现在他不这么看了。

自从本乡村镇文明达标工程领导小组成立以来，侯德道这个兼任组长的党委书记似乎就没干过别的事情。他有时感受不到自己是乡党委书记了，而仅仅只是一个工程的项目负责人，小组办公室主任由党政办主任小胡兼任。侯德道一进办公室小胡就跟了进来。

小胡把几张汇报集资进展的材料放到桌子上，退了出去。

侯德道把汇报材料草草翻了一下，很得意地自言自语道："这下有点把握了。"侯德道的打算是自来水管先铺，铺完了付一部分钱，剩下的钱以后再付。对水塔工程也照这个原则办事。这样就不会给本来紧张的乡级财政增添多少压力。

侯德道还想打自己的如意算盘，桌子上的电话响了，他以为是周乡长的电话。侯德道拿起电话就说："狗×的！你是不是又在外面广撒种子？"电话那头却说："百里洲人总文明不了啊！"侯德道一听，心里直打颤，急忙说："李县长！李县长！对不起，我不是骂您的，我以为是——"李副县长打断侯德道，"你以为是谁？谁在外面乱播种子？难道种子都不要钱？"李副县长严厉地问。

侯德道嘻嘻哈哈地说："我以为是我老婆……是我老婆的弟弟，这家伙种不好田，把好端端的几亩田整得像一团乱头发。"

李副县长说："噢！那你是该骂一骂。"

随后李副县长询问了自来水工程的进展并通知侯德道两周后他要带一批人到现场参观，希望侯德道抓两个村做试点。侯德道在电话中不停地说"好、好、好"，一直说到李副县长挂断电话。

侯德道放下电话，轻松了许多。但想到两周内要搞出两个村的工程让领导们参观，侯德道的屁股便从椅子上烧得弹了起来，仿佛屁股底下是个电炉，或者有几颗钉子。侯德道对着门外大喊:"小胡!小胡!小胡!"

小胡听到侯德道这种紧急的召唤还是第一次,他一边回答"来了",一边跑步进了侯德道的办公室。

侯德道站着给小胡下指示,让他立即派人找羊角洲的塑料管厂杨厂长,另外把牛尾洲的建筑公司的经理也请来。另外立即派人到坝洲村找周乡长,让他在坝洲村成立一个工作组,从乡政府党办抽调两名干部去协助周乡长。自来水工程第一个实施地就选坝洲村和沿江村。

小胡在本子上胡乱地记录着侯德道的指示。在他退出办公室后侯德道又补充了一点:"告诉周乡长,李县长两周后要来检查,还要带一队参观人马。"

小胡走了之后,侯德道亲自通知有关人员到他办公室开了个紧急办公会议。他要求党委和政府紧张起来,为在两周内建设两个村的自来水工程努力奋斗。几位副书记副乡长受命分别负责材料物资保障、施工协调监督,农民的发动、组织思想工作等。乡政府办公楼从来没有过这样紧张的气氛,现在这栋楼俨然成了一个战地指挥所。全体干部和各个办公室在侯德道的指挥下像一台沉睡醒来的机器,高速地运转起来。侯德道仿佛是一个指挥千军万马的指挥员,布置完毕后,他在办公楼的走廊里踱来踱去,一边看着忙碌的各部门,一边似乎在努力检视各个环节是否有什么遗漏的地方。

侯德道自言自语:"两个星期、两个星期啊!"在这样短的时间内要把这样大的事情办成,他似乎有种受命去强奸一个陌生女人的感觉。

杨厂长和杨小姐在公关工作屡受挫折的情况下,商量了一个新的对策。杨伟乡长告诉杨厂长,塑料管道的事情可能障碍在周乡长。周乡长这个人仕途不顺,年龄也大了,对什么事不在乎,所以他极有可能从中作梗。但周乡长此人又是多情之人,要攻破此关也并非难事。杨厂长听了心领神会。

杨厂长和杨小姐分了工。杨小姐驱车到坝洲把周乡长诱骗到塑料管厂。杨厂长驱车进县城,干什么他不跟杨小姐说。他只跟杨小姐说了句:"老子这次非要把周乡长这个碉堡炸平!"他咬牙切齿的样子让杨小姐看了感到好笑。

杨厂长认识一个洗头女,身材苗条,却十分性感。杨厂长第一次与这个洗头女接触,便被她势如破竹的媚劲撩拨得不能控制自己。他清楚地记得他从发廊出来时已经筋疲力竭。现在回想起来,他感到那件事就仿佛发生在昨天。

杨厂长对叫小华的洗头女说:"我给你介绍一笔生意,陪一个大老板,事情搞定后可能有五六万块的提成。"

小华说:"就一次?"

杨厂长说:"你一次成功当然就一次,两次搞定就两次。反正提成是固定的,一百次也是五六万。"

小华犹豫一下，说："我同意。"

晚上，在羊角洲的一栋别致的小楼房里，塑料管厂销售科副科长小华就坐在了周乡长的旁边。周乡长是应杨小姐的热情邀请来塑料管厂现场审查产品质量的。周乡长想，反正这管子是要买的，看一看质量也是应该的。更何况厂方主动请用户到厂里参观、检查，说明厂方是有诚意的。周乡长就坐上杨小姐的车到了羊角洲的塑料管厂。

杨厂长带着小华从县城先一步回到羊角洲。小华在车上对杨厂长说："我对塑料管一窍不通！"杨厂长说："你没必要通！你该通的是别处！"小华一笑，说杨厂长流氓本性难改，说着当着司机的面给了杨厂长一拳。杨厂长感叹地说："好大的劲啊，这劲留到晚上用。"小华听了索性又在杨厂长的身上猛捶一阵。

杨厂长先带小华参观了企业的各机构、各车间，亲自解说一些简单的常识性内容。当他们从厂的试验室走出来时，杨小姐和周乡长乘坐的吉普车如野马一般闯进了厂区大门，挟进一股漫天尘土。小华本能地用手捂住了鼻子，周乡长一下车当然就看见了穿着那种袖子盖住手背的无领T恤和一条露大腿超短裙的小华。

杨厂长简单地介绍说："这是销售科副科长小华，这是我们的周乡长！"周乡长就和小华握了握手。小华只伸出四个手指，不让周乡长握住整个手掌。这使周乡长于匆忙中感受到了一种失落。

杨厂长很快领着周乡长朝试验室走去，让周乡长观看塑料管受压和受腐蚀试验。杨厂长说："这种加入特别添加剂的高分子化合塑料在纯酸或纯碱性溶液中要经过七八年时间才能腐蚀。百里洲土壤的酸碱度我们是了解的，要腐蚀这种管子起码得二十年。二十年后是什么样子呢？可能百里洲的自然村都变成了城镇的街道和居委会了。"

周乡长说："狗屁！"

杨厂长笑了一下，说："好吧！我说的是狗屁，您听技术员的汇报吧！"杨厂长不做声了。

周乡长观看了百里洲土壤酸碱度的测试、材料腐蚀实验、塑料管受压实验，也看了一些权威的文件，比如有关部门对该厂塑料管道的合格鉴定，定点生产厂家的资格证书等，但是周乡长的脸上依然没有满意的表情。杨厂长从周乡长的脸上没有捕捉到任何令人放心的信息，于是他沉不住气了。

杨厂长说："周乡长，您给句话！"

周乡长说："价格太贵了吧！农民承受不起。"

杨厂长说："价格的问题由小华跟您协商。"周乡长听了后认真地看了小华一眼，小华则朦胧地笑着点了点头。

周乡长说："价格谈不成，这笔生意就做不成。老实告诉你，我对自来水工程没有兴趣，更不在乎这笔生意成不成。"周乡长语气冷漠。

杨厂长赔着笑说："我知道，要不怎么非要把您请进来呢？"

小华这时插了一句话。小华说："周乡长就算帮我们厂几百号工人的忙吧！工人几个月都没发工资，您心里肯定不会好受，我们杨厂长已经受不了了！"

周乡长说："农民一生都不发工资，还要养乡里村里的干部、村里的教师，上缴各种费用，他们心里好受？我的心里受得了？"周乡长说完，掏出一根烟来，小华敏捷地以娱乐城服务小姐那种把打火机在手心转一圈的方式替周乡长点燃烟，周乡长乘机看了看小华修长而涂满红指甲油的手指。

周乡长这个晚上没有回百里洲，也没按计划返回坝洲。百里洲至羊角洲之间的汽渡晚上九点不到就收了班，周乡长只好第二天早上往回赶。但在这个晚上周乡长饮酒有些过量。在酒精的作用下，冷漠的周乡长热情勃发。他和小华说了许多话，这些话他差不多忘记得只剩一两句。在第二天醒来后，周乡长真的只记得他与小华的说话是从"指甲油"这个词展开的，他回忆不起后面他们说了些什么。早晨，周乡长在熟睡的小华身上拍了两下就匆匆离开了羊角洲，周乡长没有意识到他与小华、与杨厂长的这次会见收尾工作过于草率了。

羊角洲塑料管厂的小车司机等周乡长上车后问他："周乡长，咱们的管子还可以吧！"小车司机故弄玄虚的微笑使这句很平常的话变了味。周乡长谨慎地回答："我对塑料管并不内行。"小车司机就闷笑着开车。

周乡长一进乡政府大院，侯德道提着个茶杯正好走过来。侯德道说："你回来了？"周乡长觉得侯德道的问话有点儿奇怪。"我就不能回来？我一乡之长，回来看看不行？"周乡长反问侯德道。侯德道说："我不是这个意思。我是说工作组昨天才派下去，你就回来了，他们几个怎么弄得开？这么大的工程，这么紧的工期，你老周就耐得住性子？"周乡长听了后一副很茫然的样子。"我没见到什么工作组！"周乡长说，气冲冲地往自己的办公室走。侯德道拧开杯盖正准备喝茶，听了周乡长的话，也愣住了，到了嘴边上的茶就没喝进去。他拧紧了盖子紧跟在周乡长的屁股后头喊："老周！老周！"周乡长的前脚已经迈进了办公室。

侯德道费了一番口舌才说清楚李副县长视察和派工作组的事情。周乡长听了后叹口气，说："太急了吧！集资的工作不好做，过于着急会把事情弄糟的。"侯德道说："不按期弄两个村出来让李县长看一看，事情会更糟。"侯德道把道理说得简单明了。"搞就搞吧！大不了让百里洲人民叫阵子周剥皮。"周乡长低沉地说。侯德道听了一笑，说："老周，你不要悲观嘛！村镇文明达标先进到了手，说不定你又会升一级呢!"周乡长阴冷地"哼"了一声。侯德道迅速转移话题说:"牛尾洲一个建筑公司的经理来了,是金国镇长介绍来的。病急乱投医,我看眼下两个村的水塔就交给他们建算了。"周乡长说了句:"我们乡不是有个建筑队吗?"说完了便不再出声,把一个空烟盒颠来倒去地玩。"据说这家建筑公司是比较正规的,有建筑管理部门颁发的等级证书。"侯德道解释说,他显得小心翼翼。周乡长仍不出声。侯德道只好站起来,说:"你去见见吧!也顺便审查审查这个公司的实力。"

周乡长当然知道所谓见见、审查都是礼貌话,但他不知道牛尾洲建筑公司把队伍都已拉到了百里洲。经理一见到周乡长就说:"乡长,我们上路吧!我的队伍等在大堤上呢!"周乡长见了这副局面显出了几分狼狈,他犹豫了一下,还是跟着经理上了堤。堤上两辆东风卡车装着搅拌机、脚手架之类的东西。周乡长爬进了驾驶室,经理又补充说:"我们今天还得跑一趟,拖水泥和砖。"周乡长装着没听见,抽自己的烟。

尽管没见着周乡长,工作组的同志们依然把工作开展得有声有色。农民都被发动起来挖沟埋管子,每天五元钱。胡必高忙乎得像个乡长,骑着辆破自行车,带着民兵连长、治保主任,几个人四处巡查,并时不时地停下车子,指手画脚地叫喊一阵子。

周乡长奇怪塑料管怎么这么快就开始埋起来了呢!乡党办派来协助周乡长工作的两个干事正围绕金树做思想工作,金树说:"我家不要自来水,我挑水。"一个干事说:"如果坝洲有一户不要自来水,就会有第二户不要自来水,有第二户就会有第三户。这样自来水的普及工作就搞不成了。"金树说:"我不管别人要不要,我不要。"另一个干事说:"不要也得要。"周乡长插进话对金树说:"我表过态了,给你减免两百元的上缴费。交自来水集资款就免别的上缴项目,不交自来水集资款就算免了你的这一笔上缴费,别的就不能免了,但自来水管还得照装。"两个干事发现乡长来了,都主动上前打招呼,把金树撇在了一边。周乡长却只是礼节性地向几个干部点了点头,进一步地问金树:"您想通了没有?"金树沉默了一会儿,无可奈何地说:"装就装吧!"周乡长回过头问乡里来的干事:"管子这么快就运来了?"干事们说:"一大早厂方就送来了,说是跟您说好了,还让胡主任现付了首批款子。"干事们说完看着周乡长,见周乡长正纳闷,便都掉头干自己的事去了。

下午,周乡长把胡必高的破车征用了。沿江村的铺管进度比坝洲村还要快,傅胖子见了周乡长就说:"怎么样?周乡长!沿江村的工作就像我傅胖子说的,干脆利落,我把管子的钱都付清了。管子厂那个送货的杨副厂长我看是个很能干的女人哪！她该跟我傅胖子结婚。"

"狗屁！凭什么她该跟你结婚？"周乡长问。

"她凭什么不能跟我结婚？我大小是个村主任，她那个厂长比村主任大些？不就是两个奶子好看吗？在我沿江村像她那种东西多得很，只不过晒黑了，颜色差些。"傅胖子邪乎地笑着。

"傅胖子！你还自以为不得了，她跟你村里的那些女人比区别大得很！不然你怎么把管子钱一次付清了？看你拿什么钱修水塔、买抽水机！"周乡长指着傅胖子，语气跟教训学生差不多。

傅胖子跟着自行车紧追了几步，说："周乡长，钱不够用，我们再收一点。"

周乡长猛踩一下车子，说："你敢！"

晚上，周乡长在坝洲召集工作组的年轻干部开了个会，傅胖子、胡必高也列席了会议。周乡长在会上说，钱不够用，管子钱、水塔的费用都只能暂付一半；还提出沿江、坝洲两个村共用一个水塔，共用一台抽水机，抽水机可买大一点的。会上有人提出异议："一个水塔、一台抽水机是不是供应不上两个村的用水？"周乡长说："想办法。"傅胖子说："把水塔建在沿江村吧！"胡必高马上反对："工作组驻扎在坝洲村，水塔当然要建在坝洲村。"胡必高说。周乡长看他们还想争下去，就说："水塔建在坝洲、沿江两村交界处，这下没意见了吧！"大家都没意见了。

晚上，沿江、坝洲两个村的农民还在挑灯夜战。挖沟埋管子的任务分到了各户，大多数农民都想早点完工，不少农户把全家老少都动员出来帮忙。周乡长开完会，决定到两个村再看看情况。胡必高劝周乡长不必加班了，早点洗了睡。傅胖子横了胡必高一眼，说："胡主任当然希望早点洗了睡，你有老婆，你老婆从天亮开始就在屋里盼着天黑。人家周乡长呢？"胡必高嬉皮笑脸地说："傅主任想得细致！傅主任水平高！"周乡长摆了摆手，说："你们都他妈的瞎操心！把各村的进度抓紧！我晚上有散步习惯。"

周乡长走到金树家的门前时，一个穿着时髦的少女打开大门，端着一盆洗脚水出来。倒水的少女没有看到周乡长，一棵大树和一个柴火堆的阴影罩住了他，水就溅到了他的脚上。周乡长抬头借着从屋里射出的灯光，发现这少女很面熟。他想了一会儿，没能记起来这少女究竟是谁，他们在哪里见过面。少女进屋后关了门，周乡长继续往前走。

挖沟的工作似乎并不难。一家老少动手，一天挖几百米长的沟是比较简单的事情，何况分到每户头上的段面还没有几百米。周乡长想，一户挖一百米就够了。坝洲村许多人都已经挖完了沟，沿江村则绝大多数都挖完了，这样看来挖沟埋管子的事情两三天就可以竣工。大头是修水塔、装抽水机,即使工期紧,两个星期也差不多了。农民的积极性只要调动起来了,奇迹是可以创造的。周乡长记不清这句话是否有伟人讲过,如果没有,他周国祺就是讲这句话的第一个人。周乡长想了半天又想到一个成语可以概括这件事,他认为"水到渠成"比较恰当。

塔的施工很快开始了,而且建筑公司经理还没有找周乡长要第一笔款子,周乡长觉得这件事难以理解。他专门到工地去巡视,实际上是想了解建筑公司经理的内心想法。工地上很热闹,与挖沟埋管子相比,这里才像个工程的工地。搅拌机很夸张地发出沉闷的响声。才做了一人多高的塔身,脚手架已经架起来了。周乡长看了这阵势抑制不住想笑,不就是个装水的池子吗?从农民中找几个瓦匠都可以砌起来,偏要弄个建筑公司来。

经理在施工现场装着一副紧张忙碌的样子,他见了周乡长就主动走了过来,说:"周乡长,不用十天我保证这塔立起来。"周乡长说:"怎么没见你找我要钱呢?"经理很大度,说:"这几个小钱不怕您周乡长赖账,就是您躲了,还有侯书记嘛!总有一个会认账。"周乡长说:"我要出差几天,买抽水机。水塔的施工我就不来看了,如果验收不合格,重建仍要由你承担。"经理随意地笑了一下,很不在乎的样子,说:"这个规矩十年前我就懂了,那个时候我还是个瓦匠学徒。"

秋天的百里洲没什么看头。梨子已经下树,顶多也只剩下几个怎么也长不熟的小混蛋挂在光秃秃的树枝上,像几颗驴蛋,十分恶心。大片的棉田也只留下枯秆,死不死、活不活地站在田里。风一吹,几片残叶摇出点秋天的响声。周乡长极讨厌百里洲的秋天景象,他毫不留恋地往回走。建筑公司经理这时从后面迅速地穿过棉秆林子赶上来。"周乡长,晚上不想活动一下?我们有车,很方便!"经理说。周乡长犹豫了一下,终究拒绝了经理的建议。"人多嘴杂,本来什么事都没有,七嘴八舌一说,事情就复杂了。"周乡长说。经理点了点头,认为周乡长说得对,便回到了施工现场。

周乡长的话无疑提醒了经理。晚上,经理就亲自开车,不带任何随行人员,去乡政府找侯书记。既然周乡长胆子小,他想就把侯书记弄出来安排一下。

建筑公司经理把施工队安置在一片枯萎的棉田后觉得很无聊,他想到两个村子里走一走。他在漫无目的的闲逛中遇到在大堤上闲逛的小华。那时候,小华站在秋天的江堤上眺望县城的朦胧灯火,她的双眼充满了对繁华社会的向往,经理就这样认识了小华。他当时就想到把周乡长、侯书记都带到小华打工的发廊里洗头、踩背、按摩。经理想,这比送礼送钱给领导要好一些。领导们舒服了,开心了,更多的水塔就会交给他来建,这是顺理成章的事情。经理想得很美,他发现远处的城市的灯火也很美。经理赞美了一句县城夜色的美丽,回过头他发现小华怅然若失地叹了口气。

吉普车过了汽渡码头像一头熬急的公牛往岸上猛冲，车上的几个人都从吉普车的情绪中感受到了一种紧张和兴奋。

周乡长还没离开火市就听说了坝洲一个农民在县政府大门前自杀未遂这件事。周乡长在本县驻火市办事处的餐厅里吃晚饭时，一个刚刚从县里探亲回办事处上班的服务员逢人就讲农民自杀这件事，周乡长听了后恼怒地看了服务员一眼，然后一口气将一瓶啤酒灌进肚子里。

他对司机说："今天晚上就走。"司机怀疑地说："开玩笑吧，周乡长！不是说晚上出去活动一下，明天过了早出发？"周乡长不耐烦了。"还活动个屁！收拾好今晚就走！"周乡长说，他的眼睛停留在对面一家酒店鲜艳的霓虹灯广告上。火市没有秋天，女人们都穿着超短裙。这样的天气在百里洲一定要穿长裤，不然要得关节炎，周乡长心里想。

吉普车上了百里洲的大堤，周乡长就看见萧疏的百里洲平原上耸立了一栋炮楼似的建筑物。司机兴奋地说："看！周乡长，水塔起来了。"周乡长情绪低落地说："丑得像个炮楼。"司机接着说："周乡长，现在不是战争年代了，炮楼这个词有了新意，可不能乱用。"周乡长不理他，命令他把车开到坝洲村委会。直觉告诉他，自杀未遂的农民肯定是坝洲的金树。侯德道可能也下到了坝洲，这么大的事，他当然要亲自出马。

周乡长没见到侯德道，甚至连胡必高都没看见。村委会门口有两个人像上次周乡长来时的情形一样，抱着双手打盹。在吉普车挟来的尘土和轰鸣的包围下，打盹的两个人极不情愿地站起身来。两个农民向周乡长汇报说他们奉命看守金树，以免金树乱说乱动。周乡长问金树为什么要乱说乱动，一个农民说，胡主任带人上门收上缴费，他不交，胡主任在他家里没发现什么值钱的东西，就派人把两头半大的猪牵走，卖了抵上缴费。金树要跟胡主任拼命，胡主任带的几个民兵把金树打了一顿。这家伙就跑到县里寻死，但没死成。

周乡长听了，对两个农民说："把人放了！"

两个农民都不动，周乡长重复了一遍。

两个农民还是不动。一个农民说："胡主任说人跑了，我们两个人的报酬泡汤不说，还要罚钱。"

"你们的报酬是多少？"周乡长问。

"一天二十块，从上缴任务里减。站五天岗就少交一百块的上缴费，人跑了每人罚一百块。您说我们怎么会放人呢？"两个农民都很快活地笑了起来。

"把人放了吧！"周乡长说，"金树不会乱说乱动的。"

"我们的报酬和罚款呢？"

"报酬我付，罚款我出。"

"真的？"

"老子是百里洲十万人民的乡长！说话可以算数的！"

两个农民准备去开门，他们一边走一边回头，不放心的样子又让周乡长感到农民的心眼确实精巧。

"你说话算数？你抽了东西就不认人！你还十万人民的乡长，乡长已经改姓了！"大家都吃了一惊，两个农民也停住了脚步。周乡长发现那个叫小华的姑娘一边停自行车一边大声嚷嚷，小华停住了自行车又径直朝周乡长面前走来，她指着周乡长的鼻子不断地说："你还是个乡长！你还是个乡长！你说话算数，我的那笔钱怎么兑不了现呢？你向我爹许诺减免二百块钱的上缴费怎么也没兑现呢？"

周乡长哑口无言。小华的大声叫喊引来了许多人围观，周乡长只有摸出一根烟来抽。他的打火机很不争气，打了多次连一点火星都没冒出来。这时候旁边看热闹的一个老头赶忙把叶子烟递给了他，他点上烟，猛吸了一口，才出了口气。他突然记起来，在塑料管厂度过的那个夜晚，自己许诺销售科副科长小华，第一笔管子钱很快就会到位，小华可以拿到一笔提成。隐约中他似乎想起来小华是要用这笔钱转户口的。但周乡长也记得坝洲村的管子钱是一次性付清了的，按说小华早就该拿到了提成。

"小华科长，小华科长！"周乡长喊小华。

"小华科长，小华科长！"两个看守金树的农民模仿周乡长的语调，笑了起来。

"你们笑什么？"周乡长吼了一句。

"她叫金小华，不是科长，是在县城开发廊的。"农民告诉周乡长。周乡长不理他们，但他突然意识到在金树家门口看见的那个少女就是小华。

周乡长扭过头对农民说："把人放了！"农民只是笑，并不行动。金小华说："别听他的，他说话不算数！"

周乡长恼怒地对金小华说："你究竟要干什么？这不关你的事！"金小华说："我要我那笔钱，你堂堂的乡长怎么说话不算数？"

"我没搞错的话，金树是你的父亲，现在你是要你爹还是要钱？"周乡长阴险地问。

金小华被问住了，很快她便作出了决定。

"你先把钱给我，我就让你把我爹放出来。"金小华说。周乡长很痛苦地摆了摆头。

周乡长说："我没钱。你既然不在乎你爹的死活，我也无所谓。"周乡长说完，转身要走。

金小华突然大吼了一声："你站住!"然后她对几个农民说："你们的报酬和罚款我交了，把我爹放出来，我现给你们付钱。"几个农民答应了，去放人。金小华几步上前把周乡长的衣角抓住，不断地说："你不能走，你不能一走了事!"说着说着哭了起来。

金树出来后，发现金小华拉着周乡长的衣角哭个不停，便冲着她喊："哭!哭!哭!有什么好哭的？他们不就是会找农民收钱，怕什么？老子没得钱!"

旁边的人就解释说："是你姑娘找周乡长收钱。"金树听了，十分困惑。周乡长既不能否认也不好承认，只好对金树说："我听说他们又找你收钱，赶猪子抵，我都知道，都会退给你。"

金树不理他，反而走上前来，抓住周乡长的胳膊，很理直气壮地说："猪子我不要了，你欠我姑娘的钱非还不可。"周乡长沉重地摇了摇头，说："我不欠她的钱。"金树就对金小华说："说，他怎么借你的钱的？说出来大家评评理。"

金小华却哭得更厉害了。旁边的人似乎都明白了原因，金树看着大家无言的笑脸，也明白了几分。他随手就抽了周乡长一巴掌，周乡长正准备还手，金树干脆上前跟他扭在了一起。

侯德道和代乡长金国很及时地赶到了村委会。他们刚刚送走李副县长，李副县长是专程到百里洲来处理由自来水工程派生的一系列问题的。侯德道把二人解开，对金树说："组织上已调周乡长担任其他职务，百里洲的乡长暂时由牛尾洲金镇长代替。这里的事情大家都可以跟金乡长反映、交流，不必动武。"

金小华松了手，又拉着金国说："金乡长，你说，你说，你了解情况。你说他是不是该我的钱？"

金国向旁边移了一步，巧妙地让金小华的手滑落了。金国说："你们之间的事，我只是道听途说，怎么好下结论？"金国看了看周国祺的眼神，周国祺的眼睛里透出一股轻蔑的光芒。金国只好又说："这样吧，小金，改日你到我办公室里谈。"旁边的人都说："算了!算了!"金小华头都不回地从人群中走了出去，她优美的身材和走路的神韵使得在场的人不得不目送着她骑上自行车从大家的视线中消失。

金树的上访、周国祺的调动并没有影响自来水工程的进展，相反，这项工程似乎进展得相当顺利和迅速。金国代乡长命令胡必高退还了金树的猪钱，同时他也亲自做了金小华的工作，使得周国祺从难以摆脱的纠缠中脱身。但周国祺因作风问题而降职并调到所谓乡工业委员会当主任是无法改变的了。周国祺没有料到他出差购买抽水机的短短两天里，金小华已把他的承诺、他们之间发生了的事情、她对他的抱怨统统都倒给了金国。这是安排侯德道和金国晚上出去活动的建筑公司经理也没料到的，他最初的想法仅仅是想让侯德道他们轻松轻松。

坝洲和沿江两个村的自来水很快就通了。喜讯很快传到了县城，李副县长说百里洲的工作做得不错，半个月就完成了两个村的改水工程。他在电话中与侯德道、金国商量视察时间，金国建议顺便搞个竣工验收暨通水典礼仪式。侯德道说好，李副县长也说好。

举行仪式那天，坝洲、沿江两个村的江堤上排满了汽车，这是百里洲历史上少有的事情。大家都记得很清楚，还是二十世纪八十年代那场大洪水期间上级领导检查防汛工作时，堤上才排满了车。李副县长在坝洲村委会礼堂外面的桌子上合上了一把闸刀，河边上的人们就大喊："抽水机抽水了！"离抽水机近的农民很快就看到水龙头里流出了浑浊的江水。李副县长等领导接着发表讲话。金国代乡长介绍了本乡村镇文明达标工作的做法，以及自来水工程的经验教训。周国祺也参加了仪式，但没有讲话，这是金国亲自安排的。金国说："工作主要是周乡长做的，他不去，这个仪式就不完美。"侯德道和李副县长思考片刻后都同意了。

整个讲话结束时就到了中午，胡必高向金国建议，请各位领导吃了午饭，然后到远处的几个组看看。金国说可以。胡必高一招手，几个人就紧跟着匆匆忙忙去地准备午饭。饭还未吃完，金国和胡必高就接到举报，歪嘴把他家门前的水管子挖了出来，切断了一截，他下面的十几户都接不上水。同样的信息也从其他组里汇报上来。金国急了，对胡必高说赶快叫人把管子接上。胡必高说，铺管子的技术人员早已撤走，手头也找不到管子。金国又问侯德道，侯德道说，就选几个有水的地方看。金国又担心如果参观视察的人万一走到哪块没水的地方呢？金国把胡必高叫到厕所后面狠劲批了一通，胡必高像个挨斗的地主，不断点头应声。"是我没做好！是我工作没做好！"胡必高说。"现在说没做好还顶个屁用！"金国骂了一句，走到桌子前继续喝酒。

胡必高溜到周国祺的旁边，小声地请教周国祺如何对付下午的事情。周国祺说："喝酒！"胡必高说："喝完了酒呢？"周国祺说："喝酒！"胡必高说："我的老人家，您就指明一条路吧！我胡必高对周乡长什么时候有不到位的地方以后会弥补的。"周国祺还是说："喝酒！"胡必高抬头严肃地问："就是喝酒？"周国祺说："喝！一直喝到下午三四点。"胡必高恍然大悟，说："周乡长高明，我胡必高高个屁，充其量只能齐您的肚脐眼！我保证让大家喝到五点钟。"胡必高招手叫了几个人，安排他们把村组干部中凡能喝酒的都叫来给领导敬酒。沿江村也不甘落后，精心挑选的干部们迅速到位。胡必高干脆对来陪酒的干部表态，村干部每人年终发工资时加五十元钱，组里的干部减五十元钱的电费。

金国很快看出了胡必高的意图，他对胡必高流露出了赞许的目光。在胡必高过来敬酒时，金国特地说了句中听的话。"胡主任办事水平高，有头脑！"金国说。胡必高憨厚地笑了笑，一口喝干了杯子中的酒。

全县文明村镇达标先进工作会议在年底召开。由于沿江、坝洲二村的水管子又不断被切断，使得真正用得上自来水的农户寥寥无几，并且其他村对自来水工程采取了强硬的抵制，所以自来水工程并未在全乡铺开。但仅有的一座水塔的高大身躯和一台抽水机的马达轰鸣，使得百里洲依然被评上先进单位。李副县长高度评价了金国代乡长在上任短短的几个月中卓有成效的工作。

百里洲的工业底子薄，工业委员会只不过是个象征性机构，周国祺到任后主要的工作便是看报纸、喝茶。一个寒冷的日子，周国祺在办公室里生上炭火，打开一份刚到的报纸，正准备耐心地读下去。门开了，坝洲的歪嘴推来一辆自行车，跟周国祺丢的那辆一模一样。歪嘴说："我听说您丢了一辆车子，看看是不是这辆？"周国祺毫无兴趣地说："记不清了。"歪嘴说："那就是这辆，放您这儿了。"说完就匆匆消失在漫天雪花之中。周国祺丢下报纸，冲到门边，问歪嘴："坝洲的管子里能接到水吗？"歪嘴回了句："接尿！"

说完人就看不见了。

(《芳草》1998年第7期)

社 会 调 查

政治系的大学生在三年级的时候都要开一门课：社会调查。

给我们开"社会调查"这门课的教师叫周贻公。周老师是我们都熟悉的，因为大学二年级时他给大家讲授过《法学概论》。周老师讲课大家印象比较深，每届学生都知道周老师讲法学中的"民法"一节时会带一个玻璃杯到讲台上。

周老师说："大家看，这是一只茶杯，对不对？"

同学们说："对！一只茶杯。"

周老师突然动了一下腿，他的腿有点跛，同学们都以为周老师站不稳了，做出要惊叫的样子。这时候，杯子落在了地上，我们全都听见了那清脆的破裂之声。

周老师问："杯子现在怎么了？破了不是？"

同学们说："是的，破了！"

周老师狡黠地笑了一下："好！我告诉大家这杯子是我从李老师那里借来的。"然后他停下来看我们的反应。

我们没有反应。

周老师很高兴我们没反应。他问："现在发生了什么？"

同学们说："杯子碎了！"周老师摇了摇头，但还是很高兴，因为我们悟不出的正是他要教授的。

他说："有一种法律关系产生了，这就是债权债务关系。李老师是债权人，有权要求我赔偿。调节这种法律关系是民法的职能之一。"

他在黑板上写下"民法"两个大字，然后说："我们今天就开始讲'民法'。"

同学们这才恍然大悟，都觉得周老师讲课有技巧，引人入胜。作为大学三年级学生的我们已不是当初刚刚踏进大学那般迟钝和愚笨，因此，我们都作好了准备，看周老师第一节社会调查课如何开头。

周老师仍然使用启发式教育方法。"大家知道现在有一种妇女用的产品叫丰韵丹，号称丰胸不丰腰，当然类似这种产品的东西还有'俏娇娃'魔力胸罩等。火市耶楼区红山花村已有妇女购买和使用这种产品，那么，要知道有多少农村妇女青睐并使用这种产品有什么办法呢?"周老师说。不过,现在周老师不再抱以狡黠的笑意,他相信大家是能够回答的。

果然大家都知道:"调查!"

周老师说:"当然喽,是调查。"

"但这不全是我们所说的社会调查。"周老师说着,又得意地笑。

"这是市场调查,其目的是查明某一产品的潜在市场和已有市场。"周老师继续说。

"我们能不能用红山花村妇女对丰韵丹的偏好来代表大多数农村妇女的偏好呢?当然不能!因为红山花村妇女和红山花村已经不是通常意义上的农村妇女和农村了,他们都空有一个'村'字而已,红山花村实质上已经是一个街区。20年前是可以的,那时候的红山花村从里到外都是典型的农村。当然喽,20年前的红山花村妇女不会使用丰胸产品,也没有丰胸产品。这中间的变化及其原因以及给我们的启示才是社会调查要解决的任务。"周老师说完,就跛着腿,走向黑板,写下四个大字:"社会调查"。我们的"社会调查"课程就正式开始了。

大家像当年一样对周老师的讲课技巧表示了钦佩。

课时是60个课时,其中20个课时分配给实地调查。讲授课时结束,周老师宣布实地调查选在红山花村进行。有的同学问:"调查丰韵丹还是俏娇娃?"周老师笑了,却不做声。

红山花村位于火市西南,交通车在繁华的街道上穿行40多分钟后驶进村委会。村委会办公楼不高,只有四层,里外装修得却极其讲究,给人一种星级宾馆的错觉。

整整21年前,红山花村叫红山花大队,是耶楼区跃进公社最小的一个生产大队。21年前3月的一个上午,大队党支部书记刘德富正在巡视一大片菜地,暖融融的阳光晒得刘德富背上渗出了一层细汗,他一边解春装一边向藜蒿地深处走去。在一阵痒痒的春风的吹拂下,菜地里发出了一阵窸窸窣窣的声响。阳光又一次从菜叶上抚摸而过,刘德富就感受到一阵尿意,便干脆站在地里屙尿。一队队长陈贵生这时突然出现了。陈贵生说:"刘书记的桄杆竖起来了,今年又要丰收啊!"刘德富记起了一句歌谣,说:"丰收个屁!一月泥,二月篙,三月四月当柴烧。你们全队连藜蒿都没收起来,过几天就成柴火了。"陈贵生说:"就这块没收,这是知青的试验田。现在人都散了,既没听说回城也没来出工。"

刘德富还想说点什么,民兵连长和妇女主任一前一后朝地里横冲过来。刘德富说:"马金,你个狗×的,把菜都踩了。"马金不理他,把藜蒿踩出一片清脆的声音。"马金，你个狗╳的疯了！"刘德富又骂了一句。

马金拖着一双被露水打湿的裤脚，说："周贻公才疯了，把你家三姑娘四凤搞了！"刘德富在支部书记中是那种既精于农业生产技术又精于政治权术的人物，这样的人处理问题有自己的方式。他首先骂了一通马金："你狗╳的嫌晓得的人少了，恨不得架高音喇叭！"马金说："我没对别人说，我就只告诉了你。"一旁的队长陈贵生和妇女主任就闷笑。刘德富狠狠地用脚踩烟头，直到把烟头踩进一个深坑才回头问马金："人呢？"马金说："我把他捆起来了，关在大队部里，这就送公安局？"刘德富说："先不送。"说完朝大队部走去，马金等人则默默地跟着刘德富走出了菜地。

下乡知青周贻公的父亲周政此时是火市耶楼区委副书记，正是因为这一点，本来应该下放到鄂北岗地的周贻公便改到了本市本区内的红山花大队。周贻公报到的当天，跃进公社党委副书记刘德贵及其弟——红山花大队支书刘德富分别接到了上级传来的指示，要对小周多多关心和帮助。刘德富当然明白，什么叫关心和帮助。

刘德富在支委会上说："奶牛场的奶牛这些年为什么总挤不出奶？原因是咱们农民的文化水平不高，不懂得养牛的知识。看看建国大队的奶牛，奶子鼓得像气球，不就是因为有个胡癫子？胡癫子不就是读了几年高中吗？胡癫子凭什么事一天到晚摸了奶牛的奶子还可以摸建国大队几个标致媳妇的奶子？不就是因为他会养奶牛吗？"刘德富还想讲下去，马金打断了他，说："刘支书，你别骂下去了，你说你到底想干什么？是不是要亲自去养奶牛，像胡癫子那样在奶牛的乳房上打滚？"刘德富不满地瞪了马金一眼，说："我是要告诉你们，大队分来了几个知青，我想让他们去奶牛场，因为他们读过高中。"支委们一下子明白了刘德富的用意，都点头说："这蛮好！只怕时间长，这些年轻人打奶牛的主意。"刘德富对此不屑一顾，只从鼻子里哼了一声。

奶牛场有奶牛200头，挤奶的事全由熟练农民操作，刘德富只要求周贻公这些知青在饲养技术上发挥作用。于是在周贻公和十几个知青来到红山花大队最初的几个月，红山花大队的社员们常常看见周贻公和几个吊儿郎当的知青躺在草场上晒太阳，嚼草根，他们像草原儿女一样凝望蓝天，唱着自编的知青歌曲和歌颂毛主席的歌曲。他们过着和奶牛一样悠闲自在的生活。

当然细心的人也发现周贻公常常花很长时间蹲在挤奶农民身旁观察他们捏奶牛的乳房。这时候，周贻公的脸上充满一种激动的潮红，双眼放射出兴奋和惊奇的目光。社员们说，这小周真是个好青年，勤学好问。刘德富说，要是红山花大队每个青年都像周贻公，红山花大队就会变成大寨大队。

没过多久，周贻公突然闯到了刘德富的家里。当时刘德富家的大门敞开着，刘德富的三女儿刘四凤正为母亲不给她买的确良衬衣暗自忧伤。读高中二年级的刘四凤已经发育得让人冲动了，让人容易冲动的刘四凤上身只穿了一件弹力的无领汗衫。

刘四凤问："你找我爸？"周贻公点了点头，刘四凤就把还在睡懒觉的刘德富叫起来。

"我不想在奶牛场干了。"周贻公说。

"为什么？那里很轻松！"刘德富说。

"轻松也不干了。"

"为什么？"

"我怕。"

"你狗×的还是区委副书记的公子呢！怕几头母牛？"

"反正我怕。"

"那是母牛，不是女人，你怕什么？怕它们发情？"

"不是！"

"要是把你放到田里跟社员一起上工，那些女人不把你们几个吃了才怪。"

"……"周贻公想说什么，却没说出来。

"究竟怕什么？你说给老子听。"

"怕、怕奶牛、怕奶牛的奶子。"

"哈、哈、哈。"刘德富的眼泪都要笑出来了，他用手在周贻公的肩上拍了一下，周贻公没准备，身体歪了一下。

"不是怕。"周贻公红着脸为自己辩护。

"是受不了！"周贻公这才找到准确描述自己心理的词语。

几天后周贻公被安排到大队农科所，这也是一个舒适的地方。农科所只是空有几亩试验田，基本上没有科研项目，也没有技术人员，试验田里的农活大队安排社员做，周贻公只是跟着凑凑热闹。

刘德富心里明白，周贻公在农科所里待不长。果然，没几天，周贻公坐在菜地里，用一个青椒在一个西红柿上钻洞。西红柿本身长有一个小洞，周贻公就用青椒使劲往里钻。这时候，刘德富从他身后冒出来，说："狗×的戳得蛮舒服吧！"周贻公摇了摇头。周贻公说："农科所没意思，我不想在农科所搞科研了。"

刘德富说："那你就去渔场。"

周贻公在渔场划了几天船，钓了几天鱼，又找到刘德富，说："你闻，我骨头里都有鱼腥味了，我天天都想吐。"

刘德富不耐烦了，说："你只有跟女社员下地种菜了。"

此后，在叽叽喳喳、花花绿绿的女社员队伍中总夹杂着一位白面书生的步履。有时候，你会觉得眼前的景象就如同一窝成熟的母鸡中混进了一只半大的公鸡。周贻公的加入使这群本来就不安分的女人们更加骚动不安。

"周贻公，你看，是奶牛的奶大，还是妇女主任张金芳的奶大？"

周贻公不做声，但心跳却快了许多。

"周贻公，听说你这只公猫还娇气得不得了，闻不得鱼腥？"

"周贻公，听说你尽拣有洞的西红柿用青椒往里戳，没洞的你戳得进去吗？"

……

周贻公的脸涨得通红，胸口闷得慌。每天一下地他就感受到一种莫名其妙的紧张，但当妇女们在紧张的忙碌中忘了他时，他又感到一种空虚和渴望。一旦女人们用目光把他泡在里面，他又觉得窘迫和恐惧。每天晚上他都要把女人们说的话、开的玩笑详尽回忆和体会一遍，这时候他感到有一种空前的幸福和满足，并且对新的一天充满了憧憬。

第二天，女社员发现，周贻公又是第一个站在了田间地头。

刘德富想不通，平时文文静静，怕奶牛，怕闻鱼腥，女人一开口就脸红的周贻公怎么会有胆量强奸刘四凤。望着被捆在椅子上的周贻公如惊弓之鸟的样子，刘德富更不敢相信。

"我，我没想搞。"周贻公像一只被猎人捏在手中的兔子，充满了哀求。

"你搞都搞了，还说没想搞？"民兵连长马金问。

"我确实没想搞。"马金挥了一下手中的步枪，周贻公本能地躲了一下。马金摇了摇头，叹了口气。

马金说："周公子，我下跪求你好不好，你就老实交代了吧。你说，是不是报复刘德富派你下菜地劳动？"

周贻公肯定地说："不是。"

马金感到周贻公是要顽抗到底、无可救药了。

"你再抗拒下去，马上就送你到公安局。"马金恼火地说。

可怜的周贻公哭了起来，并交代出一串不连贯的事实：

"奶——奶牛——奶——奶子——西红柿——柿——青椒——奶——奶牛——的——的确——呜——呜——"

马金突然把桌子一拍，说："狗×的胡说八道什么？送公安局！"

刘德富一直在旁边观察周贻公，虽然他也不明白周贻公说那些互不关联的词语究竟想告诉他们什么,但他并不主张将周贻公送公安局。对这件事如何处理,他认为有必要请教当公社副书记的哥哥刘德贵。

刘德贵听了汇报,绷着脸,沉思了片刻,脸上突然绽出一片灿烂的微笑来。

一个阳光明媚的上午,跃进公社党委人事发生了一丝悄悄的变化。公社副书记刘德贵因工作需要调往耶楼区任主管农业的副区长。又一个月后,红山花大队支书刘德富被调到跃进公社任党委副书记。红山花大队支书一职暂时空缺,大队工作由民兵连长马金临时负责。

知青周贻公在被抓的第二天即被释放,刘德富仍将周贻公安排到奶牛场。与前一次不同,这次周贻公被安排了具体劳动,即挤奶。在这一安排上许多支委持不同意见,但刘德富坚持自己的观点。

半年后,高中毕业才一两个月的刘四凤在红山花大队的防汛堤段上火线入党,防汛结束后,被授予"抗洪铁姑娘"称号的刘四凤提升为红山花大队党支部书记。

就在刘四凤被任命为大队支书的当天晚上,周贻公被一头奶牛踩断一条腿。有人说,刘德富把周贻公安排去挤奶就是要母牛代替他惩罚周贻公。这么说,刘德富早料到了会有这一天。事发的当晚,守奶牛场的社员听见牛栏里骚动不安,不久便听到有人惨叫了一声。提了马灯一看,周贻公已躺在地上疼得不省人事。大队派了一辆手扶拖拉机把周贻公放在一车菜里拖到了耶楼区人民医院。第二天早上,一个挤奶的社员发现一头奶牛的屁眼里插着一只胡萝卜。但这名社员一直没有把这件事汇报给刘四凤,她觉得这位新支书年龄太小,有些事情不一定懂。

所幸的是,周贻公的腿只留下了一点点残疾。当年秋天,他居然考进了火市的一所大学的政法系。耶楼区副区长刘德贵、跃进公社副书记刘德富都接到了区委副书记周政的邀请,参加周贻公考上大学的庆贺酒宴。刘德富临走之前突然想到把刘四凤也带上,但刘四凤不愿意去。

"你现在是一级干部了,去一下为好。"刘德富劝女儿。

"我不去!我恨不得杀了他!"刘四凤说。

刘德富不做声。

"为什么不把他送进监狱?"刘四凤问。

"把他关进监狱,你大伯能当副区长?你爸爸能当公社副书记?你能当大队支书?再说,即使送进去了,你能保证他爸爸不会找人把他放出来?"刘德富发现女儿在政治上还相当幼稚。

"我去了要把他的另一条腿打断。"刘四凤的仇恨在胸前颤动。

"你是一名党员，一名党支部书记，要把问题考虑得复杂一些，全面一些。你这样子，能把支书当好、当稳、当长？能当更大的书记？搞政治就不能太计较眼前和自己，听到没有？别像你妈，永远是一副菜农的小算盘！"刘德富训斥女儿。

刘四凤不做声了，刘德富知道女儿犹豫了。

刘德富和刘四凤是最后到场的两位客人。刘德富一进馆子门，周政便一步上前，伸出双手热情地把他拉进去了。刘四凤就与站在门口迎客的周贻公四眼相对，相对的一刹那，周贻公的另一条腿就软了。但刘四凤却发现即将上大学的周贻公真的变了样子，本来就长得白净、清秀的周贻公，戴上一副近视眼镜后，更显得有学问气，而周贻公本就有的腼腆则使刘四凤生活中的那些男社员显得愈发粗俗。刘四凤想，周贻公怎么可能强奸自己呢？不说我刘四凤这样丰满健壮的身体，就是比我刘四凤瘦弱的姑娘他周贻公也不见得有胆量伸手。

刘四凤说："我来祝贺你考上大学，也来问你一件事。"

周贻公不敢说话。

"你当初为什么要对我动邪念？"刘四凤直截了当。

周贻公仍旧不做声。

"你哑巴了？还大学生呢，话都不敢说！"刘四凤鄙视他。

"我敢说！"周贻公突然开了口。

"那你说，你说给我听，为什么？"刘四凤一步步紧逼不放。

"因为的确良。"周贻公说。

"什么话？的确良？的确良怎么了？"

"你穿的确良的衬衣，你的那个更好看，像奶牛。"

"就因为这？就因为这你就要害我？"

"我受不了！我受不了那样大的奶！"周贻公有些痛苦地扭过头。

刘四凤相信周贻公说的是真话，但她仍然很困惑，的确良与乳房与强奸怎么会有必然的联系呢？刘四凤没想到，这一疑问在困扰她几年后最终会云开月朗。

周贻公是政法系学业成绩最优秀的学生。每个学年他都是全校的三好学生，他的论文《论火市郊区农村产业结构的调整》获得过火市高校大学生论文大赛一等奖。这篇论文在火市社科院的杂志《理论阵地》上发表后，引起火市郊区干部的热烈反应。

大学三年级下学期，周贻公对班上一名瘦弱的女生产生了浓厚的兴趣，这名女生来自农村，家境贫寒。与此同时，长得丰腴漂亮的年级文艺部长对优秀大学生周贻公也产生了兴趣。

周贻公抓住各种集体活动的机会接近瘦女生。在一次系际排球赛中,周贻公和瘦女生都是啦啦队员,而文艺部长则是系女排队员。周贻公趁瘦女生拼命鼓掌的时候,悄悄挤到了她的旁边。周贻公对瘦女生充满了兴趣,他问她:"你对小说《飞天》怎么看?"瘦女生回过头发现那个令她厌恶的跛子正挨着自己的肩膀,这令她十分惊讶。她不耐烦地说:"什么升天入地,我不感兴趣!"周贻公很有耐心并且也很有胆量,他拍了拍瘦女生的肩膀,说:"你一定要看看《飞天》,还有《晚霞消失的时候》以及《苦恋》。"瘦女生在自己的肩上揩了揩,仿佛被什么弄脏了似的,说:"我都不想看,没时间!"正在场上拼搏的文艺部长察觉到了观众中的这一幕。她想,我哪一点不比瘦女生强,他一个跛子居然还傲气十足。文艺部长一想到周贻公并不是来看她打排球的,心里就气愤,带着这种心情扣球的文艺部长就几次把球扣出了界。

晚上,文艺部长洗了澡,来到周贻公的寝室,借口一同去找班主任商量社会调查选题,把周贻公叫了出来。周贻公问:"选题不是都定了吗?"文艺部长说:"我准备换一个题目,你是年级的高才生,帮我参考参考。"周贻公说:"随便选一个吧!晚上我有事。"文艺部长问:"什么事?是不是有约会?"周贻公紧张了一下,否认说:"没有。我到图书馆写篇文章,那里有工具书。"文艺部长说:"骗人!图书馆今晚停电。"周贻公不好另找借口就跟着文艺部长走进了一片桂花树。

月亮圆圆地浮在沙滩一样的天空上,桂花的清香把气氛熏染得令人神往。文艺部长看了看月亮,又深深地吸了一口气,说:"好香啊!"周贻公沉默不语。文艺部长问:"你看过《晚霞消失的时候》吗?"周贻公摇了摇了头。文艺部长又问:"那么《飞天》呢?"周贻公还是摇头。

"你,你故意!"文艺部长说。

周贻公不做声。

"你说,那瘦女生瘦得还像个女生吗?"

"就因为她瘦,我才——"

"她有胸吗?女人能没有乳房吗?"

"我就是怕看你的胸,太吓人了。"

"你摸摸看,它会吃人吗?它会吃人吗?"文艺部长说着抓过周贻公的一只手将自己的胸部按住。周贻公像一个受到威胁的俘虏,哀求着说:"不,不,不。"他一只手使劲地挣脱,然后受伤似地拖着一条腿逃走了。那个夜晚,文艺部长委屈的哭泣感动了每一朵桂花,使它们芬芳的绽放都饱含了潮湿和忧伤。

文艺部长第二天一起床便作出了一个十分狠毒的决定:要拆散周贻公和瘦女生。文艺部长在中午吃饭的时候把年级里说话泼辣而又习惯四处传播小道消息的短跑冠军叫住，在操场边她一边看球一边吃饭，装着漫不经心地实施着自己的计划。

"我听说那个瘦女生的家族有麻风病史。"文艺部长说。

"啊！这太可怕了！"短跑冠军惊讶得差点把一块排骨吐出来。

"这有什么大惊小怪的，我看一份报道说，他们那地方历史上就是麻风病重疫区。"文艺部长仍然装着漫不经心地说道。

"周贻公本来就残了一条腿，如果跟她结婚再摊上个麻风病的孩子，那才叫惨咧！"短跑冠军感叹地说。

计划实施的效果马上就显现出来了，整个年级似乎一夜之间都知道了瘦女生的秘密。他们见了瘦女生就躲避，上课谁也不挨着她坐；在食堂排队买饭，瘦女生的前后总空着一个人的位置；在寝室里，其他几个人都不跟她说话，连毛巾、脸盆都顷刻间移到很远的地方。瘦女生一夜之间就被孤立得剩下一个人了，连周贻公也不理她了。

在政法系为调查基地的选择反复斟酌的时候，跃进公社主管农业的党委副书记刘德富驱车来到了系主任办公室。副区长刘德贵不久前向弟弟透风，公社这种东西可能要撤销，改为乡或者镇，一些不称职、不适应形势、没有文化的领导可能在此次改革中被换下来。刘德贵要刘德富抓紧时间做点有影响的事情来，他特别提醒弟弟："要小心，这次周书记可能借机把我们搞下台。"刘德富听完哥哥的话后第一个反应是去拜访离本公社不远的火市师大。

刘德富对系主任说，跃进公社是火市郊区农业的一面旗帜，现在承包责任制也搞得不错，社队企业正雨后春笋般地兴起，是大学生了解社会、锻炼能力的理想地方。如果系里有意到跃进公社搞调查，学生的吃住公社全包了。系主任发现天上一块馅饼正往自己手心落，高兴得不知如何表达，只好不断感谢公社的支持，反复说"抱歉，要添麻烦"。刘德富很大气，说："跃进公社和师大相距不远，你们是公社事业发展的智力资源，跃进公社就是你们的试验田。以后就不要一家人说两家话了。"

社会调查的事就这样定了，政法系四年级学生便纷纷议论起跃进公社。消息灵通的人马上就知道了周贻公曾经在红山花大队插过队，有人就开周贻公的玩笑，说："这下子可以和当年的情人见面了，可以同生产、同学习、同生活了。"周贻公听了一脸冷漠。

刘四凤不愿这批时代骄子到红山花大队来散心，她特别反对周贻公来红山花大队。"他们来调查就跟当年插队接受锻炼一样，只会做坏事，还能做什么？不就是走马观花看看,他们能挤奶、能种菜吗?"刘四凤对刘德富说。刘德富等女儿平静了,才说话。"你还是老毛病。这些学生虽然不懂种菜,但他们能看到我们看不到的东西。他们有思想有观点,未来的红山花大队光靠种菜不行,还得会别的。他们了解我们就像医生了解病人一样。"刘德富很有哲理地说。"医生也有把病人治死的,红山花大队不种菜不养奶牛还去造汽车不成?"刘四凤丝毫不让步。

刘德富最后拍了板:"这些学生就放在红山花大队了,以后你会明白的。"刘四凤却在背地里给区委周书记写了封信,说:"你儿子又带领一批大学生到红山花大队采花了,小心红山花人民打断他们的腿。打断一条腿不解恨,还要打断第二条腿。打断第二条腿还不解恨,最后要打断第三条腿。"

学生在红山花大队住下来后,刘德富接到区委周书记的指示,要大学生全部转移到邻近的九岭公社。刘德富没有表态,径直来到了区委周书记的办公室。周书记说:"你来得正好,你看看你女儿写给我的信。"刘德富说:"我女儿从不写信。"周书记说:"那你看看这是哪个俨写的。"刘德富简单地把信浏览了一遍,问:"就因为这个?"周书记说:"这个还不够?"刘德富踱到窗前,地里正逐渐变得枯黄,瑟瑟的风抽打着城市也同样抽打着跃进公社。对蔬菜来说这是一个严酷的季节,对人也同样如此。刘德富心想,我还不老,我女儿正年轻,我们父女一定要度过这个艰难的季节。到了春天,一切都会好起来。

刘德富转过身,对正暗自得意的周书记说:"我女儿的工作我来做,但你不能把已经住下来的大学生调走。"

周书记说:"你要拿党纪政纪作担保。"

刘德富说:"我担保!但如果强制性地把大学生调走,你儿子当年在红山花大队干的那件事就会成为火市师大家喻户晓的新闻。我女儿无所谓,反正就是一个农民。"

回到红山花大队,刘德富对女儿说:"你不该写那封信。"

女儿说:"写了就写了!"

父亲说:"这不像个支部书记的水平。"

女儿说:"不像就不像。"

父亲说:"不行,这样下去不行!我跃进公社的菜薹就是比九岭的好,我当支书时红山花大队就是比别的大队分值高。你是我的女儿,就应该称得上是我的女儿,不能让别人说你不配做刘德富的女儿。你是红山花大队的支书就应该有红山花的水平,要永远使红山花比别的大队强。过去周贻公干的那件事,他已经得到了报应,应该忘记。如果忘不了也只能利用它。光有恨,你能做出什么呢?除了打断腿还是打断腿,能把红山花大队打出名堂来?"

刘四凤说:"我、我……"话没说完就哭了起来。

父亲等女儿哭完,说:"你今晚跟我到周书记家,你跟他道歉,收回你说的话。"

刘四凤没做声,望着门外一条在秋风中发呆的跛狗出神。父亲对狗吼了声,狗便可怜地拖着一条残腿离开了。

文艺部长的调查题目是《郊区农村农民法律意识的变化》。周贻公的调查仍然围绕经济这个中心,选题是《从城市的经济发展看郊区农村产业结构的调整》。瘦女生的题目则涵盖了政治与经济两方面的内容——《从体制变革看郊区农村的社会及经济新格局》。为节约和高效,系里规定凡选题中有相近内容者一同行动。周贻公和瘦女生因为都涉及经济这一主题,所以当周贻公所在的经济小组深入实地时,瘦女生可以参与其中,瘦女生也可以同政治小组一同行动。但文艺部长就只能随法律小组行动。

这一行动方案宣布的当天,文艺部长找辅导员,要求换题目。辅导员说:"为什么现在才提出来?迟了。"文艺部长坚决要求换,辅导员十分困惑,说:"这有什么必要呢?你的法律学得很好,又对法律感兴趣,现在换什么选题都有风险。"文艺部长说:"我对经济感兴趣。以前在学校不了解中国经济所发生的深刻的变化,现在才有所了解。"辅导员还是不同意。文艺部长说:"这样,我做两个题目,一个经济的,一个法律的。"辅导员说:"那该有多紧张多辛苦啊!"文艺部长说:"我愿意。"

大学生在红山花大队所开展的社会调查进行得异常顺利。调查期间,文艺部长不放过任何机会在周贻公与瘦女生之间制造误会。周贻公是经济小组组长,瘦女生每次来找周贻公,文艺部长就说不在。事实上,瘦女生刚走,周贻公就从厕所出来了。一次,经济小组去参观大队办的饼干厂。周贻公接到通知后,瘦女生在外走访还没赶回驻地,等瘦女生向文艺部长打听经济小组的去向时,文艺部长说:"周组长到公社去了,让你们自由安排。"作为经济小组的成员,瘦女生老是见不着组长,这样的事情多了,瘦女生便多了一份心眼。她干脆哪里都不去,一心一意待在驻地守周贻公,终于,让她抓住了一次。这次,瘦女生看见周贻公陪系主任去拜访大队支书刘四凤。瘦女生同周贻公和系主任打过招呼,然后装着什么也不知道的样子,去经济小组碰头的地方问文艺部长,文艺部长说:"周组长回学校取资料书籍了。"瘦女生一切都明白了,鼻子里"哼"了一声。文艺部长说:"你'哼'什么?难道你没想过为什么变着花招找周贻公却总找不着吗?不是你们没缘分就是他故意躲你!"瘦女生反问文艺部长:"你们有缘分吗?他不躲你吗?"

两人正准备吵下去，年级团总支书记进来了。两人都不想让系里知道这件事，所以都埋头翻阅起自己的采访记录。

在经济小组第一次碰头会后，刘四凤打算与周贻公建立一种客观上的互利合作关系，把过去的恩怨情仇先搁置一旁。她清楚地记得周贻公曾经说过，因为的确良他才起邪念。要与周贻公建立起信任和合作，必须先解开这个谜。苦恼的是刘四凤一时找不到任何办法，她只有求助于文艺部长，她发现这个女大学生很丰满，身材体形与她自己也相似。在法律小组的碰头会上，文艺部长说了她对自己选题的理解和调查方法。文艺部长说她设计了一系列问题，通过群众对这些问题的回答可以分析出时代变化对群众法律意识的影响。

文艺部长说："有这样一个问题：如果三年前被人侮辱或强奸，你会不会想到要告他？如果这件事发生在今天，你的态度又会如何？"刘四凤听了心里一阵猛跳，神色也变得极不自然。

没想到洋洋得意的文艺部长乘机将发言进一步发挥。

文艺部长说："今天，红山花大队的支书刘四凤同志在场，她也是我这份问卷调查的对象之一。作为一种极不正规的方式，我想问刘支书，您怎么回答这个问题？"

刘四凤心想这女大学生真是毒啊！幸亏在座的没有大队其他干部和群众。刘四凤顿了一下，说："今天如果发生这种事，我会告他；三年前发生这事，我也会告他。"文艺部长听了很兴奋，说："刘支书真是新时代的青年支书，但还有更多的普通妇女呢？她们会不会有刘支书这种自觉的法律意识呢？不一定。问卷发放下去后一收回来，我们便能知道三年前和三年后妇女的法律意识的变化。"

刘四凤既讨厌文艺部长的卖弄、炫耀，又佩服这些比自己更幸运的青年女性。若不是周贻公害自己一下，说不准现在自己也坐在某所大学的图书馆里读文学名著呢！自从被周贻公暗算后，刘四凤一颗平静的心便再也平静不下来。她坐在教室里，眼睛盯在黑板上，思绪不知飘向何方，高中时代的最后一段日子就这样打发了。人真是一种奇妙的动物啊！刘四凤常常发出这样的感叹。

文艺部长做完经济调查就回到了法律小组。她把问卷发下去后就守在住处写经济调查报告，坐等问卷回收上来。这个时候，她看到刘四凤闯进了她的住处，还夹带进来一种蔬菜的气味。

"哟！是刘支书！"文艺部长说。

"我是来向你请教的。"刘四凤说。

"坐吧！聊聊，请教什么？"文艺部长说。

"你说一个男人忍受不了丰满的胸脯这是什么讲究？"刘四凤说。

文艺部长一听丰满的胸脯就想到了周贻公,难道刘四凤在周贻公面前也吃了败仗?文艺部长决定先静听刘四凤的心里话。

"我不明白你说的受不了是什么含义,受不了总有些具体的表现和行为。有些大学生到菜地受不了粪的臭味,他们总是一边说一边捂着鼻子并做出难受的表情。你看,这样的受不了就不抽象了,很具体。"文艺部长说。

刘四凤当时不知道文艺部长的用意是套她的话,反而从内心深处佩服这个自己的同龄人的才华。过去自己以为文艺部长有点卖弄和炫耀,原来别人确实有思想有水平,这样一想,刘四凤便又感受到自己的狭隘和小气。刘四凤在心里对自己说:"我还拐弯抹角搞么事?干脆全告诉她算了。"

"他受不了我的乳房,说太大了,于是他就把我强奸了。"刘四凤说。她觉得与一个开朗、大气的才子说话,即使说的是隐私也很轻松。但刘四凤发现文艺部长的身体被震动了一下。

"你怕什么?他强奸的是我不是你,并且是几年前的事了。"刘四凤安慰文艺部长。

"我不怕!"文艺部长说。

"那好,你告诉我,为什么会这样?"

"为什么你几年后还想知道他的犯罪动机和根源?"

"因为我想接近他。"

"他在监狱你怎么接近他?"

"你别管,你只告诉我有什么办法让他不再怕。"

文艺部长很想说她也遇到过同样的情形,但她没有说出来,因为她的确没有认真想过。周贻公为什么对自己丰满的胸部表现得那样恐惧?刘四凤的遭遇倒是提醒了自己,是应该想想这件怪事。文艺部长对刘四凤说让自己想两天,两天后告诉她。她已接到校团委的通知,回学校一天,商量毕业生文艺演出的事情。她想,刚好借机会去找教育系的心理学教授请教。

心理学教学在二十世纪八十年代初还没有在高校普遍开展。但在耽误了十多年之后,心理学家正努力搞清楚这门科学已发展到什么地步了,不少学者对人格心理已有令人欣喜的研究。心理学副教授王业田孜孜不倦地追踪心理学的前沿,并在国内这一领域里已经遥遥领先。

现在,文艺部长就坐在王教授的对面。

文艺部长说:"我在社会调查期间,一位农村妇女告诉我,她曾经被强奸。强奸犯说受不了她的乳房,太丰满。我真不明白,男人怎么会这样?"

王教授说:"对那个强奸犯的成长经历我不了解,所以就不好回答你的疑问,要回答也是假设性质的而且是泛泛而论。假设这个青年的母亲有比较丰满的乳房，但她却没有用母奶哺育孩子，想想看，这对孩子的成长会带来什么后果？"王教授把话停下来，目不转睛地看着文艺部长。

文艺部长说："会带来什么后果呢？"

王教授说："你没回答我的问题，我看我还是自己回答吧。在孩子成长的过程中他渴望亲近母亲的乳房，因为大多数孩子与母亲的乳房至少有一年时间的亲密接触，有的孩子在断奶后还要摸着乳房才能睡觉，否则他们就不能入睡。乳房与孩子的成长有某种微妙的关系，如果这种关系被人为阻断或割裂，孩子对母亲乳房的态度就将向畸形方向发展。"王教授再次停下话，想试探文艺部长的领悟能力。

文艺部长说："朝哪方面畸形发展呢？"

王教授遗憾地摇了摇头，说："比如你说的那个男青年，若他在哺乳期内未能与乳房建立起自然亲近的关系，当他稍大一点，他有抚摸乳房的渴望，这时候，如果母亲在孩子即将触摸到乳房时给他一巴掌，并且加以严厉斥责，说这很丑，这样的情况重复几次后，孩子会恨那对丰满的乳房，恨母亲，也就是恨有丰满乳房的女性。长大成人以后，此种恨即潜移默化为一种恐惧。强奸只是他报复幼童时代所遭受压抑的一种表现。"

文艺部长说："哦！"

刘四凤听完文艺部长从王教授那里获得的解释，也说了声"哦！"她接着问："不过，我该怎样改变他呢？"文艺部长被问住了，因为她忘了问王教授如何矫正这类人的心理。

"我想，我们应该让他们吃奶，习惯了吃奶也许就不怕了！"文艺部长突发奇想。

"吃奶！天啦！我们怎么可能有奶呢？"刘四凤觉得难为情极了。

"管它有没有，就让他们吮嘛！"文艺部长也很难为情，但她现在是导师，她不能表现出犹豫或者手足无措。

公社副书记刘德富把周贻公请到了办公室。刘德富希望能在郊区工作中抓出成绩走出一条新路，最终定型为一种经济模式，让城郊都向跃进乡学习。这样刘德富将在领导岗位上向上升一步，至少也会长期而稳定地坐在副书记的位置上。

刘德富说："小周啊！过去在红山花大队插队期间不愉快的事就不要记在心里了。你现在是天之骄子，正是风华正茂、大有作为的时候，希望你抛开包袱，为跃进公社、为红山花大队的发展献计献策。至于刘四凤，你不要跟她计较，女人嘛，总是这样的，目光短浅。"

周贻公感到最近刘德富对自己还是尊重的，脸上虽没有看得见的热情，但也没有过去那种仇视了，能够平常地对待自己了。

"刘书记不用绕弯子了，直接说吧，请我来干什么？"周贻公心情不错。

"你的调查报告初稿我读了，你能不能简单扼要地说几条我们可以实施的东西？不要抽象的。"刘德富谦虚地说。

"城市在膨胀，土地在减少，因此郊区农业要搞高效农业，提高单位面积的产量和经济效益，这是其一。"周贻公说完，突然问刘德富："刘四凤结婚没有？"

刘德富显然没有关心刘四凤的婚事，仓促之间不知如何回答，只好转移话题，说："这样吧，我安排你去参观一个大队搞的大棚，要说提高单位面积的产量，这是我们正在尝试的一种方法，你给参谋参谋。"说完，就叫司机把周贻公送到长丰大队去。

文艺部长和刘四凤两人站在田垄上。虽是深秋，地里的秋播菜才寸把高的样子，但刘四凤的心里却有一种春天才有的兴奋和不安，文艺部长心里也重新燃起了蓄谋已久的热情和希望。两人面面相对时，丰满的胸脯都抑制不住地起伏，但都不知道对方的心里究竟在想什么，所以只好无比善意地一笑。

文艺部长说："刘支书，看田？"

刘四凤说："你看什么呢？"

文艺部长说："你看见周贻公了吗？"

刘四凤说："不知道，我正要找他呢！"

文艺部长露出一丝紧张："你也找他？"

刘四凤说："找他！"

文艺部长说："哦！"

等了一会儿，两人发现各自都没有兴趣说话了，文艺部长就找借口先离开了菜地。

刘四凤也回过头，骑车往大队部去，大队长马金告诉她，上午，公社刘书记来过了。"我爸来过了？"刘四凤问。"是的，他把周跛子接走了。"马金说，"我不明白，你老爸怎么对他那样好，怎么好得起来呢？"刘四凤横了马金一眼，说："你少管闲事。"马金不做声了。他奇怪平常对周贻公恨之入骨的刘四凤，今天却表现得云淡风轻，一脸漠然。

刘四凤打电话到公社，刘德富说："是四凤啊，我正有事找你。周贻公为公社的发展谈了几点看法，我看是符合实际的。我想把他说的要点转述给你，你给我记住，别任性，也不要婆婆妈妈似的头发长见识短。啊？"刘四凤不耐烦听下去，说："你告诉我他到哪里去了。"刘德富说："不要一天到晚跟他过不去，先听着……"刘四凤又打断他的话，说："我不听你的，我找他，要听他亲口告诉我。"

刘德富在电话那头愣了一下，说："原来是这样。我安排他去参观大棚种菜了，在长丰大队……"刘四凤听完这句就挂了电话，刘德富还在那头"喂、喂"地叫个不停。

在跃进公社，长丰大队的高支书是有名的种菜能手。高支书扯了一撮香菜放在鼻子前贪婪地闻了几遍。刘四凤看见他陶醉的样子十分可笑，说："你闻进去了？"高支书说："闻进去了！"刘四凤说："你像个抽鸦片的。"高支书说："这香菜上面有你头发的气味。"刘四凤的脸阴沉了一下，说："放屁！"高支书马上更正说："是跟你头发的气味差不多。"刘四凤说："莫扯远了，你看见一个大学生了吗？"高支书显然对这个人没兴趣，说："你说那个跛子？刚走！你老爸也是吃了饭没事，弄个跛子到我这里来指手画脚。"刘四凤陡然间就变了脸，在塑料大棚上踹了一脚，高支书大叫一声："你把薄膜弄破了！"刘四凤得意地扭头走了。

出了菜地没走多远，刘四凤的自行车车胎便叫一个钉子扎破了，刘四凤只好推着走。秋天的夜来得早，夜幕一降寒意就涌上来，看样子还有雨要下。

雨下起来的时候，刘四凤开始后悔。周贻公肯定是坐爸爸的吉普车走的，自己肯定赶不上，不如在长丰大队吃了晚饭，消停地回去。这下可好，又饿又冷又是雨。走到红山花大队的地上后刘四凤就把自行车扔掉了。红山花大队一个社员给刘四凤找了个塑料袋子，刘四凤顶着就走了。

刘四凤顶着塑料袋子在雨水里瞎跑，有时面前一汪亮光，她以为是浅水，可一脚下去，刚好踏进一个大坑，她只好一边跑一边骂。快到农科所时，刘四凤决定到路边平常社员守地的草棚子里躲一阵，这时候她看见前面有一团模糊不清的黑影在雨里东倒西歪地挪动着。

"前面是谁？"刘四凤警觉地喊了一声。

"是我！"

"你是谁？"刘四凤又问。

前面的人不再回答她，只顾自己东倒西歪地拖着一条腿走路。

"周贻公！"刘四凤惊叫一声。

前面的人被这声极不自然的尖叫吓了一下，差点摔倒。刘四凤赶紧上前，把差点倒下去的周贻公拉住，然后扶着他向前走。

"你没坐我爸的车回去？"

"你爸的司机说他要去丈母娘家接老婆，一出长丰大队就把我扔了。"周贻公垂头丧气。

刘四凤虽然有些同情也暗自庆幸,这可是老天有眼,故意安排我俩走过这段雨路。刘四凤一只手绕过周贻公的后背,在周贻公的那边扶住他,另一只手则在这边架着周贻公。这样,周贻公的后背能够完全感受到刘四凤丰满的胸脯紧紧地贴着他的身体。刘四凤早已扔掉了塑料袋子。

"前面有一个棚,我们先躲躲雨。"刘四凤说。

周贻公没表态。

"这雨下不太长。"

……

"这段时间田里也确实需要有点雨水。"

……

两人在棚子前站定,刘四凤摸索着找到门并一脚踹开了门。刘四凤把周贻公扶进去时,感觉他的身体在发抖。

"我知道,你有些冷。"刘四凤说。

"我还知道,你的腿在打颤,站不住。"刘四凤说。

"来,我把你扶着,靠在棚子上。"刘四凤说。

"门被我踹倒了,有风灌进来,你站我这边,我给你挡住风。"刘四凤说。

在秋天的凉风凉雨里,浑身湿透的周贻公感到被一团火包围着。从刘四凤的胸脯散发出的温暖从背后环绕着他,周贻公感到喘不过气来,他只想哭。一想到哭,眼泪就从周贻公的脸上淌下来。刘四凤知道周贻公在流泪,便把周贻公的头托起然后放在自己的胸前,周贻公便把头埋在刘四凤的双乳之间。

"不要哭,不要哭,你已经长大了,你是个大学生了。"刘四凤一边说一边抚摸周贻公的头发。后来,刘四凤悄悄解开了胸前的衣扣……

文艺部长在驻地到处打听周贻公的去向,所有的人都说不知道。后来她碰到大队管电话的张老头,张老头说:"周贻公不在大队,但他接到过公社刘书记的电话,好像刘书记要派人来接他到公社去。"公社离红山花大队还很远,文艺部长于是决定不去公社了,但她很快就有了另外的办法。她从辅导员手里要来公社副书记刘德富的电话,把电话直接打到了公社,告诉刘德富,年级有事要跟周贻公商量。刘德富就说,周贻公到长丰大队参观去了,晚上会回驻地的。

文艺部长就在驻地门口等周贻公。晚饭的时候,大家都吃饭去了,文艺部长仍坐在门口等。后来,她干脆请人把饭打来坐在门口吃。晚饭后,同学们纷纷出去散步或者洗衣服,文艺部长拿了本书坐在门口看。在暗淡的天色中,文艺部长合上了书本。随后，凉风夹着秋雨连同蔬菜的新鲜气息一同涌进驻地，扑向文艺部长的胸口。同学们最后看见文艺部长失望地捧着书回到了房间。

但文艺部长的房间这个晚上一直亮着灯光。

文艺部长第二天碰见周贻公洗衣服，他疲惫的样子引起了文艺部长的关注。

文艺部长问："你昨天到哪里去了？"

周贻公低头洗衣，说："昨天我感冒了。"

文艺部长生气了："我是问你到哪里去了，不是问你身体怎么了。"

周贻公放下衣服，抱歉地笑了一下，说："我可能是烧糊涂了。"文艺部长向前迈了一步，把高耸的胸部逼到周贻公的面前，但周贻公又把头低了下去洗衣服，文艺部长从他的脸上没有找到惊慌和恐惧。

晚上，例行的小组讨论结束后，文艺部长故意等待其他人都陆续走出去后才起身，这样她就始终走在腿不方便的周贻公的后面。文艺部长拉了周贻公一下，周贻公回头正要张嘴说话，文艺部长把两根手指放在嘴边，"嘘"了一声。文艺部长把周贻公领到一棵偏僻的大树下。

周贻公说："什么事？神秘兮兮的！"

文艺部长说："你不是怕我的丰……丰满的……的那个吗？"

周贻公很快就明白了，回答说："是的，怎么了？"

文艺部长说："我有办法能让你不害怕，就不知道你愿不愿意试一下。"

"我不试！"周贻公突然肯定地说。

"你说你不试？你根本不知道我会用什么办法。"文艺部长惊讶了。

"是的！"周贻公还是那样肯定。

"你问都没问我是什么方法，怎么就肯定地说不试呢？这太不公平了，你是故意回避我！"文艺部长用手捂着脸不停地抱怨、批评周贻公。

周贻公突然打断了文艺部长的思路，说："你别这样喋喋不休好不好？老实说吧，有人已经治好了我的毛病，过程其实很简单。"

"是谁？"文艺部长睁大了眼睛问，但周贻公看不清那双失望而警觉、忧伤而热情的大眼睛。

"我不能告诉你。"周贻公冷冷地说。

"哼！我会知道的！"文艺部长一甩辫子，扭头走了。

远处，随着一盏白得刺眼的大灯泡的点亮，打桩机在红山花大队第一块被征用的土地上重重地夯下了第一根钢桩。周贻公明白，这根钢桩正打在红山花这块古老土地的心脏上，一场悄悄的变革才刚刚拉开序幕。更重要的是，他自己也正悄悄地发生着某种变化，这都是令人欣喜的。

社会调查随着秋色愈深而接近尾声，打印调查报告、收拾整理材料成为尾声中的主要工作。区委、公社党委的领导们隔三岔五地来驻地看望三中全会后首批进农村搞调查的大学生，红山花大队一时间热闹非凡。在一次区妇联主任主持的座谈会上，她要求同学们谈谈近几年来农村妇女身上发生的一些可喜变化。文艺部长首先发言，说红山花大队的妇女几年来在法律意识方面增强了许多，广大妇女姐妹懂得了要用法律武器维护自身利益。她说，在被问及如果你被强奸，三年前会怎样处理、三年后又会怎样处理时，回答"告他"的人数三年前占妇女总人数的54%，而三年后却占妇女总人数的79%。区妇联主任对文艺部长的发言给予了充分肯定，并且要了一份文艺部长的调查报告。中午，区妇联主任在食堂里遇到了文艺部长。

　　"你的报告写得很不错！"区妇联主任说。

　　"请主任多多指教！"文艺部长谦虚地说。

　　"不过，你的报告提到红山花大队三年前发生过一起强奸案，受害人没有起诉，这件事是怎么回事？"区妇联主任关切地询问。

　　"噢！噢！是有这回事，当时……"文艺部长一时不知怎样回答。

　　"你看看，这么重要的事你都没弄清楚！小姑娘啊，社会调查可不能太马虎，你们马上都要毕业了，今后在工作中可不能这样。"区妇联主任语重心长地说。

　　文艺部长红了脸。午饭后，文艺部长在一堆回收的问卷中，心急火燎地查找那份提及强奸案的问卷，只有她才能体会找到那份问卷时的快乐和兴奋。大队妇女主任张金芳在回答对待强奸的态度时，提及了本大队几年前发生的一件强奸案，但没有任何其他的线索，只是指出这起案件的受害人当时没有起诉，强奸犯至今仍逍遥法外。

　　文艺部长匆匆找到张金芳，她希望张金芳能够提供详细的细节。张金芳吞吞吐吐，最后说："这个案子其实对你的调查没有多大意义。你只需要知道有多少人会告状，有多少人不会告状，是不是？至于细节对调查结果一点影响也没有。"

　　文艺部长说："看起来这件案子的过程不属于社会调查的范围，但作为一个学法律的学生，我希望能了解案件当事人的态度以及造成这样结果的原因。"

　　张金芳仍不想说，张金芳的丈夫在旁边急了，催促她："你就说了吧，说了我们还要去菜地拔草呢。"张金芳望了望丈夫，又看了看文艺部长，文艺部长焦急地说："你就讲了吧！你就讲了吧！"张金芳叹了口气，"讲就讲吧，但你不能对别人说。"张金芳嘱咐文艺部长。

　　"一定！"文艺部长保证道。

张金芳正准备开口，这时刘四凤在门外大声叫嚷起来。"金芳！金芳！区妇联主任要走了，我们去送送吧！"张金芳很高兴找到一个借口逃了。

文艺部长空手而归的时候有一些郁郁寡欢，同样郁郁寡欢的瘦女生在驻地周围一个人散步。自文艺部长策划让短跑冠军散布关于她家族的病史的谣言后，瘦女生总是一个人独来独往，在沉默寡言中旁人却看出了瘦女生身上的清高。文艺部长在很远的地方就看见了瘦女生，这个瘦弱的女生身上有一种东西总叫文艺部长自卑。文艺部长总结那种东西叫病态美加才华，这种东西使得健康丰满活泼的文艺部长反而显得很肤浅。

有些东西可以让两个人互相敌视和疏远，同样这些东西又可以使得这两个人迅速靠近。在文艺部长走回驻地时，瘦女生迅速向她迎了过来。瘦女生说："我想告诉你一件事。"文艺部长开始并不热心和领情，但瘦女生却强调说："这件事你会感兴趣并且会大吃一惊。"文艺部长这才有了一点点感动的意思，她说："我听着呢！"瘦女生平静地说："刘支书和周贻公似乎在谈恋爱。"文艺部长的脸上果然露出极其夸张、惊讶的表情，她说："这不可能！这绝对不可能！"但瘦女生又说："我没要你相信，你自己可以去观察，反正我是相信的。"文艺部长沉默了，分手之前，作为回报，文艺部长也承认了是自己指使人散布关于她的谣言，希望瘦女生能够原谅自己。

文艺部长说："几个月后我们就毕业了，大家天各一方，不应该让这些事情腐蚀我们四年的同学情。"

瘦女生说："那件事我早猜出来是你干的，但我早已把它淡忘了，你也用不着内疚，因为我并不在乎别人的议论。"

文艺部长已没有心思去感激瘦女生的大度，也没心思去自责自己的狭隘。她在想，一个村支书和一个区委领导的儿子结婚意味着什么。她恨周贻公没有自信，因为自己残疾就找一个农村妇女结婚，这是多么的自卑！

在公社和大队定下为大学生送行暨表彰的日子后，文艺部长提前一天坐车找到了区委大院，在区委周书记的办公室里，周书记对一位女大学生的突然来访感到迷惑不解。

文艺部长问："您觉得我长得怎么样？"

周书记说："没话说。"

文艺部长问："在您看来我没文化吗？"

周书记说："绝对不是这样！"周书记不知道这个女大学生究竟要干什么。

文艺部长问："您看我能否配得上一个残疾青年？"

周书记说："没问题，绰绰有余。"

文艺部长再问："您看我能否配得上您的儿子周贻公呢？"

周书记一阵喜悦，说："这是周贻公和我们全家的福气。"

文艺部长说："可您知道吗？他却故意回避我跟一个农村妇女好上了。"文艺部长说完，眼角就流出了两行泪水。

周书记显然没想到这次谈话的结果竟会给他这样一种刺激。在他看来自己的儿子是残疾人，因此不能挑剔，但还不至于找不到媳妇非要娶一个农村妇女不可。这小子也太糊涂了！

文艺部长回驻地时再次来到大队部，大队长马金正指挥人把红山花大队的牌子摘下来。文艺部长问："这是为什么？"马金说："马上就改名为红山花村了，以后叫就叫我马主任吧！"

文艺部长当即就叫了一声"马主任"，马金高兴得差点把一杯茶摔在地上，他马上热情地问文艺部长："你这么晚到这里来有事吗？"文艺部长说："村妇女主任张金芳原准备告诉我一件强奸案的始末，一直没机会找到她。"马金把文艺部长拉到大队部一个办公室，压低嗓音说："这件事不要乱调查，它涉及我们刘支书和周书记的儿子周贻公，传出去了可能会影响许多人。"文艺部长还要问，马金推了推她，说："到此为止，到此为止。还问么事呢？"文艺部长也觉得心满意足了。不过，她在路上一直想不通，刘四凤曾表态她遇到强奸肯定要诉诸法律，那么强奸她的那个人早进监狱了，怎么会跟周贻公有关呢？如果跟周贻公有关，他们怎么会谈上恋爱呢？

为大学生举办的表彰暨欢送会还没开，驻地就乱成一团了。先是刘四凤和周贻公在村渔场边谈心被人发现并转告文艺部长。文艺部长当时正带着一批人布置会场，她正为找不到会场横幅而大发雷霆。会场横幅是周贻公写的，但周贻公却不见了。文艺部长知道周贻公正在跟刘四凤谈心后便干脆罢工不干了。

刘四凤和周贻公在鱼塘边坐了一会儿便看见一条死鱼。刘四凤说："用不着大惊小怪。"周贻公说："这说明水质被污染了。"刘四凤说："换一个地方，换一个只有我们两个人的地方。"周贻公就被刘四凤拉走了。

会议开始前，刘四凤和周贻公同时想到了会场的事情，两个人大惊失色，赶快往会场跑。文艺部长组织的一班人都静静地坐在会场，刘四凤和周贻公看见大家都不做声，并盯着他俩，顿时觉得尴尬无比。还是文艺部长先打破僵局，文艺部长缓缓地从座位上站起来，向他俩走去。

"周贻公，你的社会调查调查得好啊，调查出个女朋友来了，还是个农村妇女。"文艺部长说。

刘四凤受不了文艺部长对周贻公的讽刺和对自己的侮辱。

"农村妇女么样了？农村么样？农妇就比你差点什么？"刘四凤的嗓门一扯起来，文艺部长注定要败下阵来。幸亏文艺部长觉悟得早，她马上改变了策略。

"我也调查出一个意外的收获，刘支书曾被强奸过，你知道吗？"文艺部长的话一出口，几十个大学生面面相觑，他们第一次听说刘四凤曾被人强奸过。

"而且，据说这件事跟你有关？"文艺部长一步步紧逼周贻公。文艺部长没有把握这件事跟周贻公有多大关系，但听话的大学生们却一下得出了周贻公强奸刘四凤的结论。

周贻公的嘴角剧烈颤抖起来，他想说什么嘴却不听使唤，双腿摇晃起来。"我——我——我——"周贻公最后只说了三声"我"，便哭泣起来。刘四凤从他手中夺过横幅向文艺部长扔了过去，扶住周贻公，说："这事关你屁事！"文艺部长像一只骄傲的母鸡，昂首挺胸。"这个事我要查个水落石出。"文艺部长说。刘四凤丢下周贻公向文艺部长扑上去，说："我愿意的！我愿意的！你调查！你调查！你查！"在她的手抓住文艺部长之前短跑冠军站了出来挡住了她。

短跑冠军一边把刘四凤往周贻公身边拖，一边回头斥责文艺部长："你太小心眼了！你怎么不调查自己？你指使别人散布谣言，说某某家族有麻风病史，你为达到自己的目的，故意拆散别人，你比别人好多少？"

突然外面传来一阵汽车喇叭声，有人叫："区委书记来了！公社刘书记来了！"文艺部长立即指挥人慌忙去挂横幅，所有观战的人也瞬间恢复了安静，装出一副什么也没发生过的样子。一行领导都不知道刚刚发生的事情，周书记坐在台上一直朝文艺部长微笑，公社刘书记也朝大家微笑。

散会后，周书记专门找到文艺部长，说："你好像有点不高兴？不要这样嘛，小丫头！我相信周贻公会喜欢你的，传说的那些事不要轻易相信，今晚我就找小周了解情况。"

"你不要了解了！"文艺部长说。

"那怎么行呢？不了解就不能乱发言嘛！你们搞调查不也是为了掌握更多的情况吗？"周书记微笑着拍了拍文艺部长的肩膀。

第二年春天，周贻公被决定留校。他未能与刘四凤结婚，为此事，他与父亲闹翻，并一直未回他父亲的家。作为不支持刘四凤与周贻公恋爱的回报，刘四凤的父亲刘德富被提升为跃进乡党委书记，刘四凤继续任红山花村支部书记。文艺部长被分配到省直机关某处并迅速与一大龄青年结婚，该青年的父亲是机关某处处长。瘦女生则考上北方某校研究生，从此步入治学教学生涯。

不久，周书记退居二线到区政协任副主席。此时的周书记突然感到前所未有的空虚与失落,在浇花钓鱼之余,周主席不断给在大学任教的周贻公写信,请求原谅他对儿子过去的选择作出的武断干涉。

我们在红山花村的调查即将结束,在调查过程中,作为任课教师的周贻公老师仅仅来过三次。这三次之中,红山花联合总公司的总经理刘四凤每次都因业务谈判未能与周贻公见面。红山花联合总公司就是红山花村,叫总公司是因为红山花村基本上已不是一个以种蔬菜为主的农业大队了,而是一个有几十家企业的联合总公司。

周贻公老师有次问我:"你调查了些什么?"我回答说:"原想调查一些村里的妇女在观念上的变化,后来发现没什么变化,就半途而废了。"周老师满腹狐疑:"怎么会没有变化呢?"我说我问了一些妇女,他们都不用丰韵丹、俏娇娃。周老师说:"怎么可能呢?据我所知,刘四凤总经理就在用。"周老师怎么知道刘总经理用这些东西呢?我不敢问他。

(《广州文艺》2000年第11期)

心　雨

　　许多年前，我非常羡慕那些有小汽车和开小汽车的人。有一段时间我花了很多精力去辨识和记忆各种小汽车的标志、出产厂家和款型。由于当记者的缘故，那些年火市街面上跑的各种小汽车我都坐过。我还是火市最早坐那种加长"林肯"汽车的少数几个人之一。那时候一个电视台的记者下海办了一个万里马医疗集团，他有一辆这种车。

　　但是现在，我极端讨厌小汽车，讨厌开小汽车和坐小汽车的人。我对那些从小汽车里出来的人有一种强烈的敌视。我也不坐小汽车，我宁愿坐公共汽车。在火市有时候我也愿意以步行代替坐车。

　　我对小汽车的这种恶意可能有一点偏激和过分，但我希望你能理解。不过，我决定暂时不再想小汽车的事情，我要回到我写的这个标题"心雨"。很显然，它是一首流行歌曲的名称，这首歌是男女对唱的，特别适合在娱乐场所唱。

　　事实上，它已成为一首很普及的歌。在每一个茶馆、歌厅、舞厅、娱乐城，在娱乐城或者餐厅的每一间包房、包厢，甚至在露天的歌棚里，你都能很容易地找到这首歌。

　　当然，现在我也决定暂时不议论这首歌了。

　　我和火市奥格玛广告营销有限公司的杨柳终于接到了一份单子，为本省老资格的白酒乌水曲酒代理广告及进行市场营销的策划及实施。我和杨柳是大学同学，但不是一个专业，他学中文，我学哲学，大学毕业后他去了电视台，我去了报社。我们在火市都无根无底，都可以称为"盲流"。事实上我们与"盲流"也没多大差别，盲流就是瞎流。几年之中我从一家报社换到另一家报社，前后换了四家报社，而最终什么也没得到。每当我从一家报社跳到另一家报社时，前面几家报社不是分房子就是评职称了，而我今天既没房子又没职称。杨柳的情况跟我差不多。

　　有一天，杨柳告诉我他辞职了，并且办了一个广告公司，执照上注册资金为500万元。我知道这都是假的，但我同杨柳一样自信。凭我们8年的记者经历，用这个执照每年赚点钱是没多大问题的。

杨柳说:"你也辞职算了。"于是我就辞了职,他当总经理,我当副总经理。

事情进行得并不如我们设想的那样顺利。我们在贫困中希望和幻想,同时也在贫困中煎熬和挣扎。

有一天,杨柳说:"我搞到了一份单子,保证我们一年内可以把小车买到手。"我们听我们的朋友说,他们这个那个买了小车,耳朵都听出茧了。你可以想象我当时的兴奋。就这样,我们来到了乌水县。乌水县曲酒厂把我们安排到一座水库边的一栋小楼里住宿。按计划我们可能要住上一个月,因为有大量的基础工作要做:该厂的历史、设备、职工素质、酒的品质、过去的广告宣传和销售策略、市场份额、销售量下降的原因、企业文化、周边地区对该酒的认知态度、现有的资金情况,等等,不搞清这全盘情况,我们就不能把这件事办好。首项业务的成败直接关系到我和杨柳今后的业务拓展。

我们俩都很慎重,在这种心情下,我们就没有注意水库和水库周围的环境。

乌水县曲酒厂的宣传科长有一天晚上打电话来,问我们在干什么,我说在看材料。

"天天晚上都看材料?"他问。

我说:"是的!天天晚上看。"

"太遗憾了!太遗憾了!"宣传科长似乎非常惋惜,我仿佛看见他正在电话那头不断地摇头叹息。

"把你们安排在橘园山庄就是为了让你们吃橘方便。"宣传科长叹息了一番,接着说。乌水人把橘的音读成 ji,并且把音调发成第一声。我已习惯了这种读法,我的家乡也不说 ju,而说 ji,只是音调发第二声。

"橘园里有几个橘子?能随便吃吗?"

"看着给几个钱。"

"哦!还是算了吧!吃多了上火。"

"太遗憾了!"我想宣传科长还在电话那端摇头。

与橘园山庄相邻的是碧园山庄。第二天我们在橘园后面的草坪上晒太阳,就看见了碧园山庄的霓虹灯招牌。它被架在建筑物的顶上,十分醒目,然而我们还是第一次看见它。

杨柳问:"现在还有多少人喜欢喝高度白酒?"

我说:"在南方估计不多了,但北方可能还无法改变这一传统,因为天气太冷。"

这时候,我们看见几个躺在草坪上晒太阳的小姐,她们似乎睡着了,听到我们的脚步声都爬起来,然后默默地躲开我们,绕到草坪的另一边。我们往回走的同时，看见她们又回到了原先晒太阳的地方。她们流露出一种我们无法理解的微笑，故意跟我们躲躲藏藏。

杨柳问："你认为她们心里在想什么？"

我说："我不懂，可能我们是生人，她们怕我们。"

对女人，杨柳比我了解。他经常向我解释如何从女人的服装颜色、坐姿、站姿以及化妆分析女人的内心世界。他说，一个穿超短裙的女人坐着的时候，如果不是无意，而是故意张开腿让你看见里面的三角裤，一般来说这个女人就是那种躁动不安的女人，绝对是可以上手的。每当我听到他的这类精辟见解时，总会惊讶得瞠目结舌。开始的时候，我是不相信杨柳的理论的，后来亲眼见他实践过几次，才接受了他的观点。但我必须承认，我的胆量比杨柳小得多。

晚饭的时候，宣传科长来了。

"看来，我得把地方上的一些情况介绍一下。"宣传科长说。他边吃边介绍橘园山庄和碧园山庄。他对"碧"字的发音再一次令我们尴尬，但他马上安慰我们说："这地方的方言就把'碧'字发成了第一声，男女老少都是这样念的，你们不要不好意思。"

"这食堂的上面一层有一个舞厅和一个大餐厅，下面一层是舞厅小姐和食堂工作人员的住处以及食堂的伙房。"宣传科长说，"你们来了一天没听见歌声吗？"

"没有！我们的房间刚好在那一面，背朝这面。"我说。

"噢！也没看见小姐？"

"没有！噢！看见过两个。白天晒太阳的时候，还看见很多女人的内衣。我正在想，晒这么多的内衣怎么会没女人呢？"杨柳说。

晚饭间，来来往往的汽车、摩托车不断。宣传科长说，玩的人都来了。吃完了饭，我们在楼前的空地上聊天。我特地留意了车牌号，基本上都是公车、官车，有的车号一看就知道是政府领导的车，因为号码前面几个数字都是"蛋"。

站了一会儿，宣传科长说："我不是来陪你们聊天的，我是来安排你们放松一下的。"话未说完，就把我们往舞厅里推。

这个晚上，我们认识了小玫和大梅，我是说我和杨柳分别认识了小玫和大梅。我们上楼梯时，大梅正好在舞厅的门口，她当时斜倚在走廊的栏杆上。杨柳一眼就看上了这个有双多情的大眼睛而且身材颀长的女孩。杨柳走上前双手环抱住大梅，说："陪我跳舞吧！"大梅说："好啊！"大梅就跟着我们进了舞厅。

杨柳一进舞厅总是先点歌，一般都是港台流行歌曲，总是几个天王唱的歌，他把这些歌唱得远超出我们这些人的水准。杨柳唱歌时也要做一些动作，如同周华健、张学友、刘德华一样，把话筒甩一甩，把手挥一挥，把上肢扭一扭，结束时还要做个造型,在麦克风里大声喊"谢谢"。一般来说,杨柳一上场,舞厅里的气氛就会热烈起来,即使只有几个人,即使只有杨柳一个人,他也会这样,他跟我们唱歌不同,他是在表演。

大多数时候,杨柳唱完两首歌,顶多也就十分钟的工夫吧,在场的女人都会把目光聚集到他身上。我常想杨柳是跨世纪最受女人青睐的男人,除男歌星、男影星、男足球明星外。

唱完两首歌,杨柳开始跳舞,一般是探戈。在短短的一首曲子里,杨柳会变换各种姿势,充分与舞伴产生接触。他的扶在女人背后的那只手会不断移动位置:腰、臀、背,像手扶拖拉机手一样,通过这只手暗示和指挥,女人会靠近他,贴向他,与他并肩,与他交相错位,与他背道。一般来说,跳完一首曲子,杨柳会对面前这个女人的一些基本情况有所了解,而且女人对杨柳也会有所感觉,手心开始出汗,心里开始荡起涟漪,双眼充满了某种希望,脸上则洋溢着兴奋和骄傲。杨柳大概就只需要十五分钟,其余的事就会顺着他的想法发展。我常想拿一把刀子把杨柳"沙哒",有我这种想法的男人一定还有很多。"沙哒"是小玫的语言,这里的人念"沙"不念"杀",说"沙哒"不说"杀了"。这样会使你听起来有一种戏剧效果。

十五分钟后,宣传科长接到了寻呼机,厂长要他连夜赶回。我想,东道主要走,大家干脆都走。我不知道杨柳是怎么想的,他一定恨我。杨柳对大梅说:"等我一下,我办点事还来跳舞的。"大梅说:"不搞!"她说"不"也是第一声,她们似乎只会发第一声,其他声调都不会。杨柳说:"会来的。"

当然,回来后我们就没再去。

杨柳说:"我们还是再想想,乌水曲酒为什么销售量会陡然下降,并且仅一年就把市场丢了。"

我说:"那就想吧!"

十二点多钟的时候,我下楼去服务台买打火机。舞厅门口一大群人说说笑笑地走出来,不一会儿,摩托车、小汽车带着小姐们消失在漆黑的夜色中,大楼门前下水道的水泥盖子被车轮辗得不断发出空洞的声响。

第二天,小楼的经理,他们称为庄主的人,找我们商量,说有一个领导要来,问我们能不能把房间让出来,搬到朝北的房里去。我们只好把套房让出来,庄主给我们一个人一个单间,但必须共用走廊里的卫生间和浴室。现在我们房间的窗口正好面对舞厅和食堂。

上午九十点钟开始,陆陆续续就有人开车到橘园山庄。从车上下来的都是些农民不像农民、干部不像干部、大款不像大款的人，但他们确实都是干部，只是从长相到发式到穿着到谈吐到唱功都没档次罢了。他们确实也不需要像款爷那样有现钱，都是记账的。他们一下车就直奔舞厅，唱的第一首歌就是《心雨》。你可以想象，这些人怎么可能把《心雨》唱得动听？

杨柳说："乌水大曲、小曲用的都是乌水河里的水，这条河没有污染，但也从来没有人研究过用乌水河水酿酒与用其他的水源会有什么区别。"

杨柳又说："能否在水源上做点文章，在广告中强调这条河水水质的与众不同，引起消费者对乌水曲酒的重新认识？"

杨柳再说："乌水曲酒过去的广告里只有一首诗，一首诗能说明什么呢？"

杨柳最后说："你他妈的没听我说话？"

我说："他们这么早就出来玩乐了，这些干部不上班？"

杨柳起身走到窗前，我们看见老板正忙着招呼小姐们上楼陪客人。那个老板长得很瘦，尖瘦，是那种很坏很黑心的尖瘦。

杨柳说："我们也去看看？"

杨柳要找的大梅不在，说是回家休息去了。杨柳找上次跟我跳过舞的小玫，小玫穿超短裙、连裤袜。杨柳就是这样想的，再漂亮的女孩不穿超短裙、连裤袜，他就没兴趣。我知道这个叫小玫的女孩也逃不过杨柳的手心，这句话在我心里，我不会说出来。我与另一个长得小巧玲珑的女孩子跳了两曲，我们就出来了，我们只是想晃一下，并非真正要跳舞。

杨柳说："我要小玫今晚来陪我。"

这是我意料中的事情，我一点也不奇怪。

杨柳说："你为什么不要那个女孩子来陪你？"

我说："我怕不卫生。"

吃了晚饭，我看见杨柳下楼梯后走进了舞厅老板和小姐们的房间。房间是一个大间，用木板隔成许多封顶的小间。老板和老板娘睡在靠近门口的第一间，其余的则为小姐们的房间。我站在门口，杨柳轻推开老板和老板娘的那个小间的木门，然后是一阵低语，杨柳很快就出来了。

晚上，我只好一个人阅读酒厂送来的厚厚一叠近年来的销售材料。这个厂的销售科可能没有一个真正懂得市场营销的销售人员，所有的材料都是千篇一律的销售数据，哪年哪地方销售多少，收回销售收入多少，欠多少，哪年哪地方因销售用去多少花销，等等。全是一堆原始材料，没有任何处理和分析。我得从最基础的做起，先设计一张表，从这张表上可以看出每年每季度每个地区的销售情况，并且可以比较销售量的上升和下滑以及销售成本的增减情况。我打算把这张表的数据工作做完后,再向销售人员有针对性地提问,如为什么1998年5月至8月该酒在火市的销售量突然上升,比其他几个月的平均量多出几倍?最后才接近我们需要的结论。

然而,在我做如此枯燥和艰巨的工作时,杨柳总经理,杨柳先生,我的同学却把事业抛到了九霄云外,在享受,在快乐。

我只听到了小姐敲门的声音,后来我什么声音都没听见,我希望我能听见什么。我工作到很晚,但进度很慢,经常在想杨柳和小玫究竟在做什么之类的问题。我决定明天早上吃早餐时审问他,要他如实交代。我想象他会眉飞色舞地谈论他这一晚的快乐。

第二天我醒得很早,我睡不着,就起来到水库边练荒废了多年的气功,一种很简单的气功。练完气功沿水库岸边看了看雾,看水中的野鸭,最后,我想杨柳先生也该起床了,我爬上草坪,看见小玫小姐正在晾衣服。我想今天杨柳先生肯定有许多要对我讲的细节,我还决定先不问他,让他等我问他,让他等得不耐烦,最后他会主动讲给我听。所以整个早餐中,我没有问他昨晚的事情。杨柳先生看过我几眼,我也不问他。后来他便无精打采,我想他要开口讲了,他真的开口了。

他说:"这稀饭他妈的是用铁锅煮的!"

我有一丝失望,但我想他这句话可能是穿针引线,先说点别的,然后再说昨晚的事。

他说:"几多年没喝过这样好的稀饭了哦!"

我还是很失望,但我劝自己耐心听下去。

然而,他再也没说下去了。吃完早餐他只是说,今天把销售这一摊子的事全搞完。

吃午饭的时候,我终于忍不住了。

我说:"你他妈的讲不讲!"

"讲什么?"杨柳装作不知道。

"昨晚的事!"

"噢!那事,没搞成。"

"怎么可能呢?"

"真的!她说她是因为要躲那些她讨厌的地方干部才答应到我这里来的。"

"真的?"

"她说她恨不得拿把刀把他们'沙哒'!"

"她恨他们,怎么会到这种场所来?"

"被骗来的，老板开始说的是当服务员。"

"有意思！"

"她已经把昨天我付给老板的一百块钱还给我了。"

"还了就走了？"

"不，还说了我是好人。"

"是的，你是个好人！"

这时候，对面歌厅里又传来《心雨》，杨柳听了直摇头。我说："算了吧！还是等你的那个大梅回来吧！我们还有许多事要做，我把我对近几年的销售所作的分析给你审阅。"杨柳是总经理，对总经理你就得这样说话。哪怕是同学，也要这样说话。

"小玫跟我说他们天天唱《心雨》，天天唱《心雨》，恨不得把他们'沙哒'！"杨柳接过我的分析报告，说。

杨柳还要说什么，我先退了出去，让他一个人去说。

整个下午，杨柳关在房间里没出来。我很高兴他在研究我的分析报告，而我整整一个下午却没安宁过。我这个人就是这样一个容易浮躁的人，但你从表面是看不出来的。从表面看，你一定以为我适合做学问，事实上我坐不下来，外面有一点动静就会吸引我，我就会过去看看。即使坐下来，我的思绪也会四处游荡，就像我这个人一样。

我先是听到摸麻将的声音，就坐不住了。我不会搓这种大家都说很简单的东西，但我喜欢看。我经常看杨柳同他的一些朋友玩麻将，一看就是一通宵。我体会到看也有一种快感。

我下楼看见舞厅老板同他的几个小姐在草坪中间的石头桌子上打麻将。

陪我跳过舞的小巧玲珑的小姐抬头瞟了我一眼，那一眼瞟得我心慌意乱。你明白有些女人的眼睛是会说话的，特别是风月场上的女人。

她打出一个一条，说："鸡伢子！"说完她笑了一下。

老板尖瘦的脸动了一下，打出一张八万，说："za倒！"我估计他要说的是"张"，这里的方言说za，叫你把腿za倒，就是叫你张开腿。老板笑了一下。

另外两个人也笑了一下。

另一个小姐，一个高大丰满的小姐打出一个二筒，说："奶子！吃不吃？"

老板尖瘦的脸动了一下，说："不吃！我自己摸！"

四个人都笑了一下，牌桌上的情绪越来越温暖，如同橘园山庄上空秋日宝贵的阳光。

老板对小巧玲珑的小姐说："放你一炮，打棍子（二条）你和牌。"

小姐说:"我不搞!我自己摸!"

老板又说:"你要自己摸?摸个什个呢?"这里的人说"什个",不说"什么"。

小姐说:"摸——"

"是的呢!一个摸鸡伢子,一个摸洞打棍子,又是张倒又是放炮!舒服吧!×子养的,把生意丢了不管,跑到这来摸啊搞的!"老板娘突然出现在牌桌前,大骂起来。牌桌上肯定会热闹起来,但这只是我的想法,老板和小姐们却都含着笑仍旧摸牌。

"客来了?来了我们都上去!"老板一边打牌一边说。

"来了我们都上去!都去陪客!"老板对小姐们说。

然后小巧玲珑的小姐就把牌推了,说:"和了!"还高兴地叫了一声。老板把牌一推:"你和的什么?"小姐说:"你管我和什么呢?"老板说:"上去!陪客!"小姐不依,说:"开钱,开钱!"老板说:"开个么×钱!"小姐就去老板的口袋里摸,老板说:"你摸什个呢?摸鸡伢子?"就把小姐抱起来,往坡上推。老板娘的弟弟,一个头发像枯草、牙齿生黄垢的叫癫皮的家伙也趁机把高大丰满的小姐往坡上推。

我想不通这些年纪轻轻的女孩子怎么会容许这样恶心的男人随意抱啊推啊拉啊扯的。一边是花一样的青春,是像露水一样动人的年龄,另一边呢?你尽可以想象:比如说老气横秋,比如说酒气熏天,比如说肥胖如猪,比如说干瘦如柴……想到这种极不协调和对称的男女却可以那样亲密,我就要呕吐。

我上楼时杨柳的房间门仍然关得紧紧的,我想他正在研究我的报告。杨柳是一个情感丰富、极易冲动的人,这与他长期在电视台这个行业工作有关。他今天能够坐下来,我很高兴,对这笔生意我看得比他重,原因很简单,我比他贫穷。

乌水河发源于一座叫天云峰的大山,蜿蜒流到乌水县时已历经了三百多公里的坎坷水路。在乌水水库修建之前,乌水河附近的三县人民饱受了水患之苦。于是,在1958年的全国兴修水利的热潮中,三县人民战天斗地,开始修建乌水水库。由于政治、经济的原因,其间修修停停,历时二十多年。今天,一座水电站、一个风景区管理局、一座亚洲著名的人工土坝、两个分别设有六孔泄洪闸的泄洪管理装置以及大大小小的养殖场已经陆续展现于三县人民面前。水利部门在此建立了一个叫乌水水利工程管理局的机构,负责发电、灌溉及水库的日常管理。

我想乌水水利工程管理局一定清楚这条河含些什么矿物质和微量元素,我没跟杨柳打招呼就下了楼,副总经理应该多做些具体事情。

"你他妈的躲到哪里去了?"回来时杨柳问我。

"调查!"

"你肯定跑到那边别墅去泡小姐去了。"

"报告怎么样?"我没回答杨柳的话,反问他。

杨柳沉默了一刻,我比较紧张。老板不说话的时候,下属都会紧张。

"我有一种预感,大梅今天要回来。"杨柳说。

"第一次我拥抱她的时候,我感觉她全身在颤抖。"他说。

"那次,我一只手轻轻地贴在她的腰部,我的另一手呢——"他看了我一眼,继续说,"放在我和她紧贴的大腿之间,我感到她全身在颤抖。"

"那次,哦,那次你在场!狗×的很少有人能抵挡住我的这双手和眼睛。当时我看着她,她的那双眼睛,生来就是做情人的眼睛,呈现出一种动人的幽怨和渴望。"他说。

"你猜我对她说了句什么话?"杨柳问我。

我没猜。

"我说,看我的眼睛,不许看别处!因为我要跟你讲话。"她就看着我,用长长的睫毛遮住那诱人的幽怨和渴望。"我说,今天我要你陪我,不许谈钱!"他继续说,但似乎不是在跟我谈话,而是自言自语。

"老子最反对女人跟我谈钱!"杨柳这次似乎是对我讲话,因为他看着我。

"她全身的那种颤抖啊——哎,你不做声,他妈的想什么?"

"你没看我的报告?"

"没看!现在哪还有心思看狗屁的分析报告。一门心思把大梅弄到手,而且不花钱,然后再看我搞事的效率和质量,绝对是一个飞跃。那几个×酒厂领导你看我不把他们策划得跟老子跑得屁股直颠!"

杨柳掏出一根烟甩给我,自己也点上一根。

"时间到了吧?"杨柳望了望食堂。

"没有,还差半个小时。"

"走!吃饭。"杨柳朝门外大跨了几步,见我没动静,又说:"吃饭!没听见?"

"还差半小时。"

"差半小时我也要吃饭。"说完,杨柳一个人在前面急匆匆地走了。

抽完了烟,我想还是下去为好,领导干什么作为下属你都要陪着,否则就是让领导难堪。当然,领导泡小姐时,你最好离得远远的,假装什么都没看见,什么都不知道。这是跟着领导出差最基本的技巧。如果你做不到,下次最好不要跟着他们出差。当然对在这方面犯过一次过失的人来说,就没有下次了,下次是另外一个人跟着领导出门。

我还没有锁上房门,杨柳的歌声已经从阳台外飘进来。杨柳这次唱的是童安格的《一世情缘》。尽管还没有喝酒,杨柳同样发挥得很出色,杨柳不是那种要喝酒后才能唱歌的男人。

杨柳唱完歌搂着旁边的小姐踏着曲子尾部的旋律走了几步,结束的一刹那他转过身说:"谢谢!"这时他挥了挥话筒对站在门口的我说:"进来啦!徐总!你看这是谁啊?"然后他把小姐拉到我的面前,说:"这是我的梅啊!"说着把大梅耳边的几根头发牵到了脑后。其实当他跳完几步舞转头谢幕时我就发现了大梅,她今天真回来了!有时候你不得不佩服杨柳这种人的直觉。

杨柳给我点了一首歌,他自己准备与大梅跳舞。过门刚放完,小玫就走到我面前,几乎是扑到我肩上要我跳舞。

"老板要我们今天全部去包夜。"小玫说。

"你愿意吗?"

"不搞!"小玫说不搞就是不想去。

"不愿意就直接跟老板说不去。"我这样说,因为我认为这是个很简单的道理。

"哎呀!"小玫在我的肩头动了一下,整个身体也扭了一下,似乎既不想去又不能摆脱。我不理解,这种事的主动权全在女人手里,怎么处理起来这么难。

跳完一曲,我就想去餐厅。尽管小玫的这句话弄得我倒胃口,但我还是要去餐厅。我有种恨铁不成钢的难受和着急。

"我要吃饭去了!"我说。我感觉小玫很不情愿地放了我的手,她似乎还等着我说下去。我还有什么好说的呢?

杨柳的胃口倒特别好,还要了一杯药酒,他一边喝一边吃一边说:"能吃能喝的人性欲才强。那些在饭桌子上愁眉苦脸、东挑西拣的人老子最讨厌,这种男人没一个有本事。"

表面上看我是个极理智的人,其实内心深处我极情绪化。我简单吃了一点东西就坐在一旁听杨柳发表各种看法。他兴致勃勃地谈了广告,谈了白酒产业,谈到了女人,最后又回到了男人和吃饭的问题。

他突然停下筷子,问:"你吃完了?"

"早吃完了!"

杨柳把头摇晃了几下,并且苦笑了一下。他肯定想说,这个一天到晚跟我在一起的男人原来也是不能吃不能喝不能玩的男人。

"你个×也是这种男人?"杨柳果然这样说了并且又摇了头。

我的心情低沉到极点。我冷漠地说："你慢慢吃，我回房间了。"我想我凭什么要陪一个心情比我好的人有滋有味地吃这么长时间的晚餐呢？回到房间我反锁了门，关上窗子，看电视，但我仍然能听见杨柳的歌声穿过一片橘园飘进房间。

后来，在闷闷不乐中我居然睡着了。

我醒来的时候，杨柳在走廊里哼歌。透过窗玻璃可以看见秋天迷蒙的早晨，山庄前的水泥地上有一汪一汪的水痕，昨夜一定下了场小雨。

杨柳说："你睡得好死啊！"

我点了点头。我还看了看杨柳的眼睛，那充满血丝、有些浮肿的眼睛。

"你昨晚一定很辛苦。"

"是的！"

"一整夜没睡？"

"差不多！"

"一定很舒服！"

"准确地说是难受！"

"你还对付不了她？我不信。"

"我们说了一夜的话，你说难不难受。"

这是我第一次听杨柳说他和一个女人躺在床上说了一整夜的话，而没做别的。我不想证明杨柳的话有多少真实，我要吃早餐了。

今天，杨柳的食欲似乎没我强，他仅仅喝了几口稀饭就坐在那里不动了，我只顾吃我的。

"这两个孩子都没有母亲了！"杨柳坐在桌子边玩筷子。

"我是说大梅和小玫，没有母亲的女儿最容易走上这条路。"杨柳的声音越来越低沉。

"我过去遇到过一个情人，怎么样都可以就是不允许那个。"杨柳说。我知道他说的那个是什么意思。

我一直没理他，我想不能继续沉默了，否则他会生气。"这次又是不允许那个？"我问。

"这次不同。她不想以目前的身份同我那个，她说这不好，可能连累我，也可能侮辱我。"杨柳很高兴我开始说话了。

我已经吃饱了，准备认真听杨柳的心事。杨柳很高兴我这样，我看得出来。

"她们陪客人唱歌跳舞，老板收五十元台位费，陪客人过夜老板至少收一百元以上的点费，而她们全靠客人的小费。我告诉她，老板在剥削你们。她问我什么叫剥削，你猜我怎样回答她？"杨柳说到这里等我猜。

我当然猜不着。

"一只黄鼠狼有一天突然明白了一个道理，它们不能祖祖辈辈偷农户的鸡吃，它想在即将跨入一个新世纪的年代里应该有一些合乎潮流的活法。于是它找来一些木棍做了一个大鸡笼，把那些无家可归或想离家出走的小鸡统统收容起来。每天黄鼠狼撒给鸡一些糠壳或剩饭，也带着鸡到田间地头觅食，但时时刻刻或远或近地跟着鸡群。不久，黄鼠狼便每天能从鸡窝里捡到不少鸡蛋。黄鼠狼卖了鸡蛋后日子比过去专靠偷鸡摸狗过得好多了。而每一只鸡都对黄鼠狼给它们带来的安宁和归宿感激涕零，它们便更加努力地生蛋。它们永远不明白黄鼠狼为什么给它们做笼子，为什么养着它们，为什么在远处监视着它们。"

"我给她讲了上面这个故事。"杨柳说。

"这不是故事！"

"对！也许该叫寓言，管它呢。"

"后来呢？"

"后来我想起了旧社会的妓院。"

"我们还是抓紧时间吧，今天我想继续找有关部门了解乌水的水质。"我说。杨柳很不情愿地起身离开了餐桌。

我们穿过连接舞厅和食堂的走廊下楼，大梅一个人在房间门口洗衣服。她修长的手臂从热气腾腾的脸盆里抓出一件衣服，我清楚地看见那是杨柳的衬衣。杨柳悄悄地绕到大梅翘起的臀部后面，一只手把大梅垂到盆沿的长发牵到背后。大梅回头妩媚地一笑，杨柳便从后面抱住了大梅。我不习惯看别人亲热，但我常和杨柳在一起，常常有这种他当着我的面同女性亲热的场面。我只好装作无所谓，其实我心里别扭。

我一个人先走了。

我泡了一杯茶，杨柳就回来了。他坐到我的床上，说："我们把大梅和小玫弄出去！"

这个想法很大胆、很侠义、很善良，但到目前为止我还没有这种想法，我只好尽量让他感觉到这不是我的想法，而是他的想法，我只是配合和帮忙。

杨柳的小眼睛轻蔑地斜了我一下。我明白他恨我不义气，鄙视我的胆小和软弱，在这方面我的确不如杨柳，我总要为自己的瞻前顾后找许多借口。

"大梅说小玫昨晚在别墅那边陪客，被一个客人折磨了两个小时。"杨柳说。

"我怀疑那个狗✕的涂了印度神油。"杨柳说。

"小玫受不了就打电话给老板，在电话里哭。你猜老板怎么说？"杨柳问。

"老板说客人没同意就不能走！"杨柳答。

"两个小时啊！这么小的孩子！"杨柳说。

我一直没做声，但我的心里难受，眼睛一阵发酸，我知道我要流泪了，如果他继续说下去，幸好他没有继续说下去。我想帮他把大梅小玫弄出去是应该的。

"你去看我那份关于营销的分析报告吧！"我提醒杨柳应该言归正传了。我们不能每天谈论这两个女孩子，我们是来做广告生意的。

杨柳关上了他的房门，我不知道他是不是很快就进入了工作状态，我只知道我的情绪坏透了，怎么也无法进入工作状态。我的眼前和脑海里只有这两个女孩子，乌水曲酒连同广告生意已经全部挥发了。

"我还是出去走走。"我对自己说。

秋日的阳光把房子后面的草坪晒得一片枯黄，我能闻到草茎渐渐干枯的气息。水库碧蓝碧蓝的水面上有两只野鸭子在孤独地流浪。晒衣绳上挂满了胸罩、三角裤之类的女性服饰，杨柳的衬衣也夹杂在其间迎风飘扬。小玫和那个只有十五岁的女孩子手挽手在水库边漫步。

我试图靠近她们，但她们总躲着我。

大梅说："老板有规定，不能跟这里的客人私下接触，不能跑到客人的房间。"大梅又端来一盆洗好的衣服。

大梅说："老板这样做是不想让点费漏了。"大梅把杨柳的衬衣扯平整。

大梅说："老板正在物色人给那个女孩开苞，下周那个人就来看人。"大梅把脸盆里的水泼出去。

大梅说："我要走了，被老板看见了要挨骂。"

大梅就提着脸盆走了。

我想大梅可能有二十二三岁，她是这里唯一成熟了的女孩，从心理到身体。这么好的女孩为什么没有正当的工作，没有幸福的家庭呢？

我正在犹豫是否还要尝试接近小玫她们时，老板把摩托车骑到了草坪。老板喊："小玫，回来，来客了！"他就像家长把自己的孩子喊回来给客人端茶递水那样坦然。但我明白，他说的客不是像我们家中来的亲戚朋友，他要小玫她们提供的服务也不止于端茶递水。但他装得就那么像，就好像这些孩子是他的孩子，他就是家长。他一天到晚就等着家里来客。

我知道他实际上就是一个妓院老板，歌舞厅只是一种伪装或者说形式，是一个过程的一个小环节。

我不想回房间，干脆朝橘园山庄外面走去。几辆国产面包车开了进来，后面还跟着一辆外地的双排座小车，车门上印着某地棉花公司的字样。我就这样走到了乌水水利工程管理局。

我回来时，杨柳打开了房间门，正坐在床上看《新闻30分》。杨柳问我哪里去了，我给他看了我买回来的羽毛球拍和球。

"吃了饭我们锻炼一下。"我说。

杨柳笑了一下，杨柳的这种笑可以叫作冷笑。但杨柳在女人面前和麻将桌上发出的笑，是那种极富感染力的笑，那种笑是紧闭嗓门后漏出的一股气发出的低沉的声音。

吃完饭，我强迫杨柳同我在舞厅老板和小姐们住处的外面打起了羽毛球。老板娘、老板和小姐们都站在墙边观战。我看见老板跃跃欲试，就把拍子交给他，我站在了小玫的旁边。

我的这一举动让小玫有一些惊喜，她主动地向我靠拢。

"怎么没看见大梅？"我问。

"老板打了她！"小玫的声音像蚊子的声音。

"你喜欢这里？"

小玫摇了摇头，很痛苦地说："恨不得把他们劈哒！"

"那为什么？"

小玫似乎没听见，我知道她听见了。

"那为什么不走？"

小玫又没听见，我知道她实际上听见了。

小玫突然笑了起来，因为杨柳把一个球正好扣在了老板的裤裆，老板赶忙用手一捂，做出一个滑稽的动作。大家都笑了。

小玫是个不善表达或者说很内向的女孩，这一点我已经感觉到。我不想再与她谈下去，就劝她去打球，她点了点头。我让杨柳把拍子交给她，我从老板手里要过拍子。

跟小玫打球我不扣球，也不吊球，就像跟一个孩子打乒乓球，你最好跟他推过来推过去，不要让他不断捡球、发球。在固定的你来我往中，小玫流露出了孩子般的快乐。十六岁应该是快乐的年龄。

羽毛球突然落在一辆桑塔纳车的轮子边，小玫捡起球时仇恨地踢了轮胎一脚，汽车猛地发出报警的怪叫声，小玫惊恐地跑到我身边躲起来。从一楼餐厅出来一个端着酒杯、满脸红光的男人。他看了一眼汽车，发现了小玫的恐惧，笑着说："是你吧？小玫，没事。"然后他举起杯子抿了一口酒又进去了。

我把小玫拉到我面前。

"不打了！"我说。

"嗯！"小玫扭了一下身体，不愿意。

"把球拍放你这里，下午或者吃晚饭后再打。"

"吃了晚饭又有客人来就打不成了，恨不得把那些客人劈哒！"

大概看见我不想打了，那个十五岁的女孩急忙跑过来抢球拍，我顺势给了她，自己抽身走了。

我不知道杨柳到哪里去了。

房间里没有杨柳，杨柳到哪里去了呢？在草坪上我碰见老板娘，她一个人在看蓝水在晒太阳。她问："你不打球了？"我说我在找杨柳。她笑了一下，问："你们想不想开苞？"我问："你看到杨柳先生了吗？"她脸上的笑就消失了，冷冷地说："在大梅的包房里。"

大梅的包房就是大梅睡觉的那个格子房间。我不能到包房里去找杨柳，我想还是算了，不找了。老板娘想跟我谈风景。

"你去过水库那边的大溶洞吗？"老板娘问。

"没去过。"

"不好玩。可以说好玩的没哪个地方我没去过，什么三峡、广州、峨眉山，反正那几年把钱不当数到处玩，那时候我老公开发廊。"老板娘一边用脚踩草一边说。

"他开发廊赚了一点钱就跟一个十六岁的姑娘好上了。我坐月子的时候，他正在跟那几个小姐打麻将。有人打电话告诉了我，我跑去把桌子掀了。"老板娘说。

"发廊不开了，单位的一个舞厅要他去承包，没搞多久，他又跟一个十五岁的小姐混上了。他经常借口小姐不够要出去找小姐，却去跟那个姑娘幽会，也被我抓住了。"老板娘说。

"我这老公就是这样子，喜欢玩姑娘，不过，后来我想他们只要不当着我的面睡觉就行，其他的是他的本事。"老板娘说。

"我想要他离这些东西远一点，就买了一辆小面包车，国产的，让他跑出租。他开着车装着小姐到处观光不说还撞伤一个人，这下连出租也不跑了。不过，我还是坐他的车旅游了好多地方。"老板娘说。

"后来，我们就在家里玩，打麻将。有一天这里的经理，那个庄主对我们说，反正我们没事，把他的那个舞厅承包算了，我们才到这里来。我想这是命，命中注定我老公一生离不开歌厅、舞厅、包房、发廊，命中注定他要跟小姐们住在一起、玩在一起，只要他和她们不当着我的面睡觉，我想通了。"老板娘说。

"那个大一些的叫大梅的坏得很！"老板娘转移话题，神秘地说。

"噢!"

"不晓得几坏!"老板娘强调说。

"噢!"

"那个十五岁的女孩,我们已经跟她谈好了,找一个好人给她开苞。没几天她告诉我们说大梅叫她不要开苞。你不知道并不是什么人只要有钱我们就让他开苞,我们还要了解情况,要找正经人,会疼人的人,年纪还要大一些的。费了很大的劲,她却从中坏了事。"老板娘说。

"你们想不想开苞?我看你们各方面都还不错。"老板娘突然问我,并把我上下打量一番。

"大梅还带坏了小玫,弄得小玫在这里很不听话,不陪夜、不陪客人唱歌、不陪舞,时刻想走。"老板娘说。

老板娘突然又问:"你们想不想开苞?"

我没回答她,对这个问题我很恶心。老板娘不知道我对她的厌恶,继续谈自己的生意。

"春天、夏天我们的生意不知几好!现在冷了,但是有人来,都是些当官的和有钱的。都是搞那个事的,现在有几个人不搞那个事?县里开放政策,供销社垮了,我和他都没事做,几年都没事做,还是开放好!"老板娘说,脸上露出知足的笑容。秋天的阳光照在老板娘的脸上和身上,她在阳光的照耀下似乎憧憬着更有钱的未来。

我说:"我得走了!"

老板娘说:"晚上来玩,钱都好说。"

回到房间,我着手起草一个方案,如何从水质着手宣传乌水曲酒。我很快又推翻了自己的想法。白酒不像啤酒那样依赖水和水质,如果在水上面做文章那不成了广告界的笑料?我为自己在广告界混了几年居然弄出这么荒唐的创意而内疚和惭愧,把写好的方案撕了之后我就沉浸在这种惭愧之中。杨柳回来了,他悄悄走近我,神秘地说:"大梅要走!"

我没理杨柳,我仍在想白酒广告的创意。

"大梅要走!"杨柳点上一根烟。

"大梅说离开了舞厅就可以天天陪我。"杨柳弹了弹烟灰。

"大梅说小玫喜欢你,我们两人中她最喜欢的是你。"杨柳看了看我在稿纸上写的一行标题。

"你以为你这样愁眉苦脸创意就出来了?我坚信人的智慧的激发必须靠女人、

情感和性。我每一次幸福的爱情都促使我成就一件大事，这次也会这样。"杨柳那种顽固的自信又显露出来了，有时候我不知道对他的这些理论到底信还是不信。

杨柳把我桌子上的东西胡乱一收，把写有标题的第一页纸撕下来扔进垃圾桶，说："创意个×，我们去找大梅小玫玩，先给我玩好！"

我朝舞厅走去的时候，杨柳就开始唱《一世情缘》了。尽管没有麦克风和音乐伴奏，杨柳仍然唱得很出味。他洪亮的嗓音我相信大梅小玫早已听到，我甚至能想象她们听见这歌声后的激动和兴奋，因为我知道她们喜欢他。她们平常见到的那些人虽然有权有钱但却人不像人鬼不像鬼，更不用说魅力。她们也从来没有听见别人把歌唱得这样感人动听，看电视听录音放碟子那是另一回事。

我一踏进她们住的寝室就听见大梅喊杨老师。

"杨老师！"大梅的声音带着一种忧伤。

杨柳的歌还没唱完，就听见了大梅的叫声。

"杨老师，徐老师来了没有？"小玫问杨柳。

杨柳的歌就要唱完了，我也走到了她们的格子房间前。小玫住在大梅前面一间房。杨柳的歌声和脚步声同时停在了小玫的房间前。小玫从房间里闪出，把杨柳拉了进去，我只好先等一下。小玫发现了我，并且发现我没有进她房间的意思之后，又从房间里出来，生气而强制性地把我推了进去。她要求我和杨柳坐在她的两边，我们都坐在床上，小姐们的房间里似乎从来没有凳子，只有床。

"你这是什么意思呢——"杨柳问，故意把"呢"字拖得很长。小玫不做声，脸上没有任何表情，就那样坐着。"你这是什么意思呢——"杨柳又问，同样把"呢"字拖得很长。小玫忍不住笑出声来，撒娇一样用两只手去打杨柳。然后又那样呆坐着，突然变成雕像，什么表情也没有了。

"哎，说真的，你不说话我就走了！"杨柳站起来，小玫拼命把他往床上拖，但杨柳不坐下来，小玫就手捧脸哭起来。这就是小玫，十六岁的小玫，心里有许多事却说不出来。

"这样，我出去，你劝她。"我站起来对杨柳说。小玫突然从床上跃起来抱住我，不让我出去。杨柳就悄悄地走到隔壁大梅的房间去了。

我说："小玫，不要哭了！"

"小玫，不要再哭了，啊？"

"小玫，我跟你说，在我面前谁也不准哭，我老婆、儿子都不能在我面前哭！"

"小玫，我弟弟妹妹也不准在我面前哭，你要是我妹妹我早就动手打你了！"

小玫却哭得更厉害了。这就是小玫，十六岁的小玫，只知道哭的小玫。你简直拿她没有办法。

"你应该尽早回去。你既不能保护自己又不能承受,你应该回去,小玫,哭能解决什么呢?只能耽误时间。"

在小玫的抽泣声中我听见了隔壁传来杨柳和大梅的嗡嗡声,既听不见大梅说什么也听不清杨柳说了什么,只能听见杨柳低沉的男中音和大梅纤细女声的交汇。

"你听他们在说什么?"我小声对小玫说,小玫果然认真听了起来,之后她就没有兴趣了,说:"不搞!"我明白她的意思是不偷听别人的谈话。小玫不再哭了,她真是个孩子,仅需要这样简单的技巧,而不需要道理。

杨柳突然推门进来,他走到我身边俯头说:"你看大梅的两条腿几漂亮哦!我只轻轻抚摸了一下她就全身颤抖啊,我从未见过内心情感这样丰富的女人!"杨柳幸福地笑了一下。我明白他的意思。我起身,他在前我在后进了大梅的房间,大梅还躺在床上,她没有抬头看看谁进了房间,她似乎始终就那样躺着。杨柳躺在她身边后,一只手抱住她,大梅就把头埋进杨柳的胸前。我看见杨柳的手指轻轻地提起被子的一角,然后朝我神秘地笑了一下,放下被子。我能理解杨柳的得意或者说幸福。

"走吧!时间长了老板有意见。"我提醒杨柳。

杨柳要起来,大梅却用手臂死死抱住他。

"哎哟!你箍死我了啊!"杨柳快乐地叫着。

"哎——哟!你把我的脖子勒断了耶!"杨柳是会表演的男人。

大梅不但没有放了杨柳,反而将他抱得更紧。

"哎哟!哎哟!哎哟!我的梅啊!"杨柳的呻吟让我觉得他是故意不挣脱大梅的。

我对杨柳说:"今天晚上我们该做点正事了吧!"

杨柳说:"你的观点不对。"

"我们已经浪费了很多时间。"我说。

"你的观点不对。"杨柳是很有耐心的。

"你他妈的还研究了几年哲学,这哪像一个学哲学的人说的话!这就不是正经事?这就叫浪费时间?会玩的人才会赚钱,因为他快乐和幸福。"杨柳又开始教育我了。在生意所涉及的领域里,杨柳听我的,这与我在火市最早研究广告理论和传授广告学有关,但在生活里,在对人的问题上他压抑我。正是因为这样的互补,我和他得以成为拆不散的朋友。

我们的谈话不欢而散，我开始看电视，来这里几天了《新闻联播》都没看。我听见杨柳带上门出去了，他用很大的声音喊着一首歌走了。我之所以这样说是因为杨柳是一个非常情绪化的人，他高兴的时候会很抒情地唱歌，不高兴的时候会扯着嗓子喊歌，他要发泄得精疲力竭才会平静自己。我当然还是看我的电视，看完新闻我去洗澡，我喜欢洗了澡躺在床上看电视，这样容易入睡。

洗澡的时候，我再次想到了小玫，我边洗澡边设想如何把她营救出去。白天，老板为防止她们逃跑，总是安排她们两个或三个一起在外边玩耍，互相监视。老板在她们出去的时候总要问明去什么地方，一旦有客人来他就骑着摩托车到处找。出山庄两里路有一个"麻木"集中地，走到这里可以搭"麻木"到镇上，但"麻木"都认识这个尖瘦的舞厅老板，况且到了镇上得等很长时间的班车，这样逃走风险很大。我想到可以请人出面把她领出去，比如派出所的朋友、工商局的朋友、税务局的朋友，都可以。除此之外，就没别的办法了，就只能靠小玫的运气了。

这样想着问题，我洗澡花了很长时间。出了浴室我便明白，只有思想是不够的，必须行动，这也是杨柳的一贯主张。我打了一通电话，派出所的同学出差了，工商局某科长的家庭电话总占着线，税务局的朋友搬了家，我的计划眼看要泡汤了，一位老朋友却从我的脑海里浮现出来。我当报社记者时，这位老朋友是乌水乡乡政府的一名通讯报道员，常给我写稿子，现在是乡里管政法的副书记，真是天无绝人之路。老朋友很快回了我的寻呼，说明天来看我。我想乌水风景区在他的地盘上，弄一个人出去应该不成问题。我搁下电话看电视。

我说过躺在床上看电视是容易入睡的，我就这样入睡了。我醒来时，杨柳和大梅、小玫都站在我的房间门口。

我用脸色和眼神向他们表示了我的困惑，杨柳和大梅马上明白了。杨柳说："是我叫她们来的，老子不想让那些人沾她们。"大梅解释说："我们俩愿意陪徐老师和杨老师，我们是自愿的，不要钱。"杨柳为了让我放心，说："我已经把点费给老板了。"大梅就责备杨柳："叫你不给钱，你马上就把钱给他了。"小玫说："把钱要回来！把钱要回来！凭什么给他钱？"小玫说着就气冲冲地走到床边坐了下来，大梅也跟着进来坐在小玫旁边，杨柳则直接坐到了大梅身边并抱住了大梅。大梅把头靠在杨柳的肩上，又痛苦地抽泣起来。"我们愿意陪你们，不要你们的钱。"大梅说。

"我们不要钱，也不想让你们出钱给老板。"大梅说。

"我们愿意天天陪着你们。"大梅说。

"把他劈哒！把他劈哒！"小玫说。

杨柳站起来，始终带着一种笑意，不知道他是不是觉得大梅小玫的话很无知很单纯还是因为别的原因，反正他就那样笑。杨柳这样笑时一般都是因为对方的言行很可笑。

"你们啊！"杨柳说，"老是个×钱钱钱！不就是两百块钱吗？老子给他不就行了，紧说个么东西呢！钱是个王八蛋，用完了再赚。难道你们准备今天一个晚上就谈钱？"

"我们不想让你们给老板出钱！"大梅说。

杨柳听了还是那种笑，后来就摇头，一种无可奈何或者失望灰心的摇头。他是想，这两个女人的观念真是固执啊！

小玫说："我们把两个床拼起来，四个人睡！"说完她就抱着她的梅姐。大梅则像姐姐一样把小玫揽在怀里。我真的被这种姐妹情感动了，但我没做声。

杨柳听了小玫的话，笑得直在床上擂拳头。小玫不会想到，在杨柳看来，这样的睡法不如让她们姐妹俩单独睡一个房间，我想大梅、杨柳肯定不希望按小玫的意思办。小玫毕竟是个孩子，她把世界想得还很简单。

我无所谓，我明白杨柳的用意。但我不能，对小玫我真的不能。

所以我就一心一意地看电视，杨柳只有轮流跟大梅小玫开玩笑。

"小玫，你去问问徐老师在做什么。"杨柳说。

小玫朝我看了一眼，不做声，也不动。

杨柳拥抱了一下大梅，又说："小玫，去问问徐老师在做什么。"

"看电视！"小玫说。

"问都没问怎么知道呢！"杨柳伏在大梅身上仰着头说。

小玫知道杨柳在故意逗她，就扑过去打杨柳，杨柳低下头跟大梅抱在一起。

其实，杨柳并不是在故意逗小玫。我知道他是想把小玫往我这边推，但小玫太小，真的还不懂事。我心里很酸，我不想配合杨柳的计划。但大梅直接跑到我的旁边，说："徐老师，你陪陪小玫。"

我还是看电视。

我说："小玫，看电视吧！"小玫没做声，她其实一直在看电视。

大梅生气了，她站起来，说："你们看电视的机会有的是，我们今后也有机会看电视，但我们不是每天都有机会陪你们。"

我有一点感动，我看见杨柳也坐在旁边默不作声了。我不明白的是大梅明知道小玫还是个孩子，为什么还要故意把小玫往男人身上推呢？难道就因为我们在她看来是好人？

大梅没等我说话，拉着杨柳进了杨柳的房间，把小玫丢在了我的房间。大梅出门时说:"你们的动作小一点,不要让我们听见了。"大梅说这话时还意味深长地笑了一下。大梅这是在怂恿我去伤害一个十六岁的女孩,而她自己却表现得那样高兴。小玫也没有任何逃避和害怕,就因为我在她们看来是个好人?这世界什么时候已经变成了这个样子?我在火市生活了近二十年,在媒体工作了十年,从来没有觉察到这世界的这一面已变得如此让人陌生和惊异。

我与小玫现在睡在一张床上,这单间只有一张床。在矛盾和犹豫中我把电视频道换过来换过去,小玫就一直坐在床边。后来小玫说:"你要是不喜欢就说。"小玫说着就哭了起来。

小玫哭着说:"我回去!我回去!"

"我不愿意你回去,小玫,我不愿意那些人折磨你。"我说。

"但我又不愿伤害你。"我说。

"是我自己要来的。"小玫哭着说。

"我还是不能伤害你。"我说。

"我愿意陪你过夜。"小玫哭着说。

"那还是叫伤害,在我看来,你还太小。"我说。

"那我就回去。"小玫哭着说。我知道要她回去等于把她推向另一个男人的怀抱。

"那好吧,你就睡这儿。"我说。小玫不哭了。

"你同意了?"

"同意了!"

"哎唷!"小玫像孩子似地高兴得笑出声来。

现在小玫就睡在我的旁边。

我说:"小玫,有些话我要问你。"

小玫没有做声。

"我有话问你。"

小玫说:"不搞!"她说不搞就是不同意我问她。

"你不说话也可以,你只需要点头或者摇头。"

"你还有弟弟、妹妹?"小玫点了点头。

"你读过初中?"小玫点了点头。

"你家里人肯定不知道你在做什么。"小玫点了点头。

"你是怎么从家里跑出来的?"小玫摇头。小玫摇头并不是说她不知道,而是她不想说,但我想知道。

"你是被哄骗出来的?"小玫点头。

"他们肯定是说要你来当服务员。"小玫点头。

"但你不知道服务员是来干这个的。"小玫又点了点头。

"但你怎么会相信他们的话呢?"

"老板的姐姐住在我们家附近,她介绍的。"小玫破天荒地开了口。

"你怎么会同意干这个呢?第一次就可以拒绝,难道还敢强奸你不成?"

小玫突然痛苦地呻吟了一声:"哎呀!"她不耐烦了,不想听也不想回答这个问题。小玫又不做声了。

"你怕老板和那些客人,是不是?"小玫点了点头。

"你知不知道如果你不同意,老板强迫你接客,如果你不同意,客人要你做那个,你是可以告他们的?"

小玫摇了摇头。这一次的摇头让我从头到脚一阵冰凉,我一下子陷入无限的失望与沮丧之中。我明白老板和那些客人正是利用了少女的软弱和无知。这些少女以为老板是至高无上的,以为客人是至高无上的,她们不知道自己有什么权利。她们就像是牧羊人放牧的一群羊羔,随时可以任人宰割。我第一次知道这世界上有这么温顺的女性,她吃了你的饭就成了你的财产,你可以随意支配,而她认为她只能服从,没有别的选择。

我不需要小玫点头或摇头了,我也不问她任何问题了。我只告诉她一句话,我说:"小玫,你的身体在任何时候都属于你自己,任何人都无权剥夺你的这个权利,这是一个女人一生中最大的权利。你要记住这一点,小玫。"

但小玫已经睡着了。她像一个孩子一样蜷曲着身体,在我旁边睡着了。她的手很规矩地放在自己的身旁,生怕挨着了我,偶尔挨着了我,她也会下意识地赶紧移开。对男人她其实没有要求和渴望,即使是最朦胧的冲动都还没有。

"她真是一个孩子!"我对自己说。然后我听见杨柳那边卫生间有冲水的声音,不多久又听见了一次,后来,我睡着了。

现在我知道那个小巧玲珑的女孩子叫小黄了。每天午饭、晚饭后我和杨柳都要到舞厅唱一两首、跳一两曲。老板不收钱,这个时间也是舞厅闹气氛的时间,需要有人唱一唱,跳一跳,闹一闹,有客人来我们就走了。这相当于饭后的几分钟散步。

杨柳一进舞厅就伸出手向老板娘的弟弟——那个头发像枯草、牙齿生锈的家伙要话筒。这个家伙每天中午和晚上把一些经典的流行歌曲唱得像古代武夫提着大刀在山路上哼出的小调,粗俗难听不说,离谱离得不着边际。

我就拉小黄跳舞。小黄问："小玫昨晚陪你们打了一夜牌？"我说："是的。"小黄不做声了，一边跳舞一边跟着杨柳唱歌，眼睛向四周乱扫，飘忽不定。一曲结束后，老板娘说："我陪你跳，免费。"她接着又说："小黄心里有气，你和杨老师都瞧不起她，你们不点她。"我说："没有这事，这些孩子都可爱，我都喜欢，因为她们小。正因为她们小，我们不能那样。"老板娘沉默了一会儿，说："现在哪个人不玩？都玩！"

老板娘突然兴奋地告诉我："那个十五岁的小李还是处女。"

"那个开苞的昨天来了！"老板娘说。

"多大年纪？"我问。

"给了小李一千块钱。"老板娘说。

"多大年纪？"我问。

"但小李还是处女，那个人不行。"老板娘说。

"那个人是什么人？"我问。

"小李说她还是处女，她说她不接客了，只唱歌跳舞。"老板娘说。

"那个人是干什么的？"我问。

"不能说。你们想不想开苞？小李还是处女。"老板娘说。

"不忍心。"我说。

"他妈的大梅太坏了！"老板娘说。

"她还好！"我说。

"但是她太聪明了。我老公那天为什么打她？客人给她一百块钱点费，她给我们五十，说客人只给了五十。她赚我们的钱。"老板娘说。

"真的？"

"这几个女孩中她最大，客人也最喜欢她，但她太聪明太坏。小玫开苞后不愿意陪客，就是她暗中唆使的。小玫听她的不听我们的，每次包夜都……唉！差不多要拉才行。她叫小李不要开苞，这也是我老公恨她的原因，你不知道我老公脾气坏得很。"老板娘似乎有一肚子的话要说，很苦恼的样子。

"你老公呢？"

"接儿子去了，儿子在家不做作业，他妈的考试总不及格。"

"儿子学习辛苦了，周末接来安排个小姐让他放松放松？"

老板娘提起脚要踢我，她知道我在戏弄她，很生气，说："不跳了！"

我只好不跳了，小玫就跑上来说："徐老师，我陪你跳。"

小玫今天的精神好多了，换了一身新衣服，长大了一些。小玫说："大梅姐要走！你们过几天也要走！"小玫说这话时透出一种孤独和依恋。我说："我们还有一二十天。"

"但你们总是要走的。"小玫强调说。

"是的!"

"不走就好了,"小玫说,"我去唱一首歌。"

小玫唱的是《我只在乎你》。

"所以我求求你,别让我离开你……"

杨柳走过来说:"小玫特地唱给你听的。"

"我受不了!"我对杨柳说。

"大梅要走。"杨柳说。

我看着杨柳不说话,因为我已经知道大梅要走了。

"大梅说她离开了舞厅就可以天天陪我,并且不需要给老板钱。"杨柳说。

"到哪里找这么好的女人啊!"我感慨地说。

"是的,到哪里找!在灯光下,她的眼睛她的身体都会说话啊!说哭就哭说笑就笑,柔情似水,我一生还没有几个晚上有这样强烈的幸福感和愉悦感。"杨柳说。

"我可以想象。"我说。

"真的舒服,可我的腰今天疼起来了,整整一个晚上她让我不得宁静,始终亢奋,受不了!"杨柳说。

"我恨不得拿刀把你劈哒!你该死!"我说。杨柳却酣畅淋漓地笑了起来,我看见他的眼角都笑出了泪水。

下午我还在睡午觉的时候,小玫敲门进来了。她是帮大梅送东西来的,大梅把行李搬进了杨柳的房间。

我问:"小玫,你想不想走?"

小玫点了点头。

"我正在想办法,在成功之前先不要向任何人透露,在老板面前要跟往常一样,不能让他有所察觉。"我告诫她,她又点了点头。

小玫似乎怕待长了引起老板怀疑,很快就跑了。大梅从下午起就藏在了杨柳的房间里。我有很多事情要和杨柳商量,总不好意思进去。我想这笔生意肯定要泡汤了,我们等待了很长时间的一份单子就要化为乌有,我们又要重归贫穷。也许我的命就这样苦。

在餐桌上我向杨柳谈了我的担心。杨柳很严肃地沉默了片刻,说:"一点都用不着担心,是你的就永远跑不了,不是你的24小时盯着也会跑掉。"这就是杨柳的性格,他从来不相信我们通常相信的一些东西,但有时候他又那么守旧、宿命甚至迷信，而这些东西恰好是大多数凡人的思维方式。

晚饭后我们在舞厅遇见了小玫。小玫问："徐老师，大梅走了吗？"我说："没有吧！"小玫说："我要去！"我认为她不该向我提这个要求，她可以向杨柳可以向大梅说这个要求。

"我要去！我要去！"小玫说。

"你跟杨老师说，大梅又不在我那里。"

"不搞！不搞！"小玫说。

"你也可以跟大梅说。"

"不要！不要！"小玫说。

"不要，那就不去。"

"我要！我要！我要！"小玫一边说一边简直疯了似地抱着我瞎晃瞎扯，我想这舞跳不下去了。我对杨柳说："你跟小玫跳曲舞，她似乎有话对你说。"杨柳抬头看了看低头坐在卡座一角的小玫，她似乎在那里流泪，不断用手擦眼角。

杨柳向小玫走去的时候，我趁机离开了舞厅。

后来，我听见了杨柳一边唱歌一边回房间的脚步声，听见了杨柳关上房门的声音。深夜，我也听见了杨柳那边卫生间里几次冲水的声音。

蒙眬中我听见有人敲门，我不知道当时几点钟了。我问了一声"谁"，门外没有回答，并且敲门声又响起来。我起身，深秋的深夜还真的很冷。我开门发现杨柳站在门外，他穿着背心和短裤头。

"我冻得发抖，你他妈的还谁谁谁。"杨柳一进来就钻到被子里，发出一种冻得打哆嗦的呻吟。

我很奇怪他的这一行为。"你怎么了？"我问。

"我身体吃不消了！这女人真是可爱，她让你无法不冲动，但我的身体受不了了。"杨柳在被子里感叹。

"我以为你会要小玫来陪你。"杨柳说。

"怎么会呢？她还是个孩子。"

"但她希望来。"

"我理解，她需要的不是性爱，她渴望的是一种安全、归宿，一种关爱，不是别的。我感觉她对男人一无所知。她既不懂得煽情、调情，也不懂得男人的声音语言和身体语言。她是想和我们大家待在一起，有一种温暖和欢乐。跟大梅不同，大梅有身体的需要。"

杨柳说："你什么时候可以不谈哲学呢？动不动就一大堆让人讨厌的分析，像你的那些市场调查报告。"

杨柳又说:"不过市场调查还是要分析和思辨的。"杨柳又笑。

杨柳很快睡着了,我却睡不着。我听见对面的房门开了一下,又听见里面传来低沉的抽泣声,我想一定是大梅在哭。

小玫今晚会不会哭呢?

在大梅红着眼睛走了之后,杨柳整整一天萎靡不振。他睡觉,每餐吃饭前喝药酒,他希望他的身体能尽快恢复起来。但我知道这件事并未因此而结束,我在杨柳的房间里看到了大梅的行李,这说明大梅还会再来。

杨柳说大梅找工作去了,大梅向他保证这一生就算饿死也决不做这一行。我对女人不是很懂,不知道这一承诺有多大实现的可能性。但我希望大梅找到工作后尽快把小玫接出去,这可能比哪种营救方法都好。我记得跟大梅说过这事。

乌水县曲酒厂对我们的初期工作还比较满意。宣传科长代表厂长打来电话,希望奥格玛公司的主创人员尽快进驻乌水县,开始具体操作。文案人员、三维设计人员、客户部人员、媒体部人员都要参与这一重大策划活动。我想至少应该有十人从火市来到乌水县,形成一种阵容齐全、实力强大的氛围。但奥格玛公司目前只有我和杨柳两个人,当然外面的人并不了解这一点。杨柳说:"人员的事你去定,打电话临时招聘,现印名片,所有费用算我的。"凭我们在火市新闻界这么多年的工作经历,组织一个十人的公司是个小问题。但小问题办起来却仍然很繁琐,并不是每个人说找就能找到,说来就能来的。

打了一个晚上和一个上午的长途电话后我也觉得累了,我说我要到外面走走。橘园山庄管电话的服务员说:"把你们的球拍拿来,我们打球吧!"我觉得这个主意好,于是想都没想就去找小玫她们要球拍。

"大梅还住你们那里吗?"老板娘问。

"没有,"我说,"我来拿球拍。"

"大梅坏,我老公说看见了她要打她!"老板娘说。

"我来拿球拍。"我说。

"大梅自己走了不说,还煽动小玫走。她走了不说还在橘园山庄接客,抢我们的生意。"老板娘说,一边说一边扯自己的上衣。

"大梅没接客。"我说。

"她陪杨老师过夜就是抢我们的生意。"老板娘说。

我说:"我走了!"

老板娘突然叫住我:"你不是拿球拍的吗?"

"我不拿了!"我说。

"也好，等小玫回来了来拿。"老板娘说。

在草坪上我碰见了躺着晒太阳的杨柳，我在他旁边坐了下来。"这太阳晒得舒服，晒太阳可以吸其精啊，当然不是在夏天。"杨柳眯着小眼睛说话，我不知道他此刻的注意力是否回到了乌水曲酒的广告策划上。这个家伙变幻莫测，可以因为极小的一个细节，放弃一个宏大的目标。

我说："十个人已找拢，一周内赶到乌水县。"他没有表态，因为他已把这件事全部委托给了我，他相信我能办好。

"这条晒衣绳上再也见不着大梅的小三角裤了。"杨柳说。

"第一天我看见这根铁丝上晒满了女人的三角裤，当我见了大梅之后我就能认定哪条三角裤是她的，我真有这种奇怪的本事。"杨柳沉浸在他的那个世界里。

"一周内我要把小玫弄出去。"我说。

这次杨柳注意到了我说的话。

"再等几天，现在弄出去老板会嫁祸于大梅。"杨柳认真地说。

"等大批人马来了，这件事就不好做了。"我很注意这种影响，我骨子里是非常刻板的。

杨柳不再做声，太阳开始晒得我全身发热。"我有预感大梅晚上要来。"杨柳翻了个身，说。

乌水乡党委管政法的副书记打电话来，说他立即过来看我。我回到房间等他，并想了一下如何把小玫的事告诉他。我的这一计划杨柳还不知道，我打算把事情做得干净利落，尽量不让其他人知道。

我送走了当副书记的朋友后，杨柳仍没有回房间。杨柳在夜幕降临的时候显得异常不安，他在水雾茫茫的湖水岸边，在湿润的草丛上徘徊，后来我看见杨柳在小楼与舞厅之间的水泥小路上心烦意乱地来回晃荡。

我说："杨总，吃饭了。"

"还早吧！"

"时间已经过了开饭时间。"

"好像不饿！"杨柳说，杨柳说的时候还朝食堂和舞厅那栋楼望了一下。

我和杨柳心事重重地吃完了晚饭，这是到目前为止我们吃得最沉闷的一顿饭。杨柳可能不知道，我的心情同他一样，希望大梅晚上来，还要早一点来。

在舞厅里，小玫问我："大梅来了吗？"

我说："没有。"

小玫不相信，焦急地说："来了！来了！来了！肯定来了！"

我说："我也希望她来了，但她没来。"

"你也想大梅？"小玫问。

"大梅来了，你就可以去见她，我就可以把我的方案告诉你，还要把许多你出去后要注意的事交代给你。"

"你现在就说，现在说。"小玫几乎抱住我的肩恳求，但我知道老板在看着我和杨柳的一举一动，我不会在这里和小玫谈太多的话。

"现在不说，晚上我就到您的房间来。"小玫说。

"不行！"在这一点上我是坚定的，我不能让老板让杨柳感到我对小玫有主动的要求。事实上到现在为止，我仍然是被动的，我采取的是那种随意的、可有可无的方式。我喜欢这种态度，这种态度可以减轻自己对自己的拷问，也减少社会和他人对自己的追问。

小玫马上就要哭了，小玫已经哭起来了。我多么希望大梅现在已经来了啊！我知道我必须马上离开舞厅。我对小玫说："我去看看大梅来了没有。"说完了就撇下了小玫。

杨柳的房间里当然没有大梅，但乌水县曲酒厂的宣传科长却坐在杨柳的房间里。我进去的时候他正坐在桌子前一边抽烟一边像大人物那样有模有样地看桌子上的材料。

"杨总呢？"宣传科长微笑着问，"又潇洒去了？"

我说："没有。"我说"没有"的同时，杨柳在房间门口大声问："哪个？哪个找我？"

杨柳显然不喜欢这种不期而遇的见面方式。宣传科长马上解释说，他到乌水乡办完事后想顺道过来看望我们二位。杨柳对场面上的这种应酬话一般持怀疑态度。"你肯定有什么事吧！要不就有什么话要说！"杨柳说。

"没什么，其实都很正常。但这种事是不能动感情的，第二天就应该把所有的尾巴都砍了。"宣传科长说完又笑，一种老于世故的笑。

"你说的什么？"杨柳沉着脸问，我知道他明白宣传科长说的是什么，他是故意装作不知道。这种深沉有时候多余，有时候也是必要的。

"我是说你们同那两个小姐的事，舞厅老板我熟，他告诉我的。我是为你们着想。老板对我说你们在策反，他的小姐都不愿意接客了，你们还叫别人经营不经营呢？"宣传科长的语调有一点语重心长的味道，我却觉得滑稽。他的沉重是因为我们影响了一个舞厅老板的生意，而我们都明白这个老板做的是什么生意。

在为自己乃至为杨柳辩解的场合，我往往比杨柳要冲动。经常是这样，当有人指责、批评杨柳时，我会比他更迅速地跳出来反驳。杨柳从来未感谢过我，但我仍然这样。

"我知道你说的是什么意思,你是想说×子无情吧!但我坚信不是所有这种人就没有一点点儿女情长,我不相信这种人就没有一丝一缕的真情实意。并且,造成这一现象的原因很大程度在男人身上,是许多男人的无情使她们学会了无情,她们要保护自己。这是一种恶性循环。"

我的话一下子刺激了宣传科长,他也冲动起来。他说:"这种事哪个男人没有?哪个男人不想?但有了情就有了麻烦,你懂吗?你们真是无知、幼稚!"

"你说得对!"我说,我已经不冲动了。

"是吧!你终于明白我对了吧!"宣传科长也不冲动了,他似乎发现我们达成了一致。"但是,关键的原因在于这些男人怕惹麻烦,怕麻烦就只有无情,给她们的印象也就是别人都是玩她们,最终使这种事情变成了一种肮脏的交易。"我平静地说。

宣传科长惊奇地问:"原来你还是没想明白?"

"我可能不会太明白。"我说。

"算了!争明白了又有什么用?"杨柳的这种态度出乎我的意料。

"不!我说的情与他说的情不是一回事。我说的是一种真情,一种人格平等基础上的尊重、同情、关心等,并不是说非要……"我还想说下去,杨柳武断地制止了我。"算了!宣传科长大老远来说明他还记得我们,还关心我们。目前我只知道在乌水县就你这个科长还记得我们这两个来拉广告的。我请客,去舞厅玩。"杨柳说,杨柳很擅长这种马上让人感动的公关工作。到了舞厅我就更加理解了杨柳的这种方式,他压制我是担心得罪了宣传科长,把广告也争得没有了。杨柳事后告诉我,他同意我的观点,但当时不得不考虑宣传科长的面子和尊严。争论即使再正常也容易让争论的人互相反感,对方不能宽容你的观点也就不能接受你这个人,不能接纳你还想谈得上广告合作?屁!

宣传科长唱了《心雨》,又唱了《迟来的爱》,后来就不见了。我发现这一点时,杨柳会意地一笑。"你看我今天怎么安排他,"杨柳说,"我让那个丰满的姑娘陪他到包房去了。大梅告诉我,那姑娘有病。"杨柳说着又发出那种从气管里发出来的笑,没有笑声只有气声和笑容。

有时一想到杨柳的这种损人方式我也害怕。想想看,你身边有这样一个朋友,你会不会担心他随时这样让你吃闷亏呢?会的,好在我对杨柳对我的支使都要三思而行。

离开舞厅时,小玫又恋恋不舍地问:"大梅来了吗?"我知道她也希望大梅来,大梅来了小玫就好来陪我,她知道我不会在这个舞厅里主动点小姐。

"老板说今天晚上要我去陪夜!"小玫无可奈何地说。

"你不想去就不去,除非他捆你去,那叫强奸,是可以判刑的。"我说。

"哎——呀!"小玫还是无可奈何。我感到这个女孩在这个世界上不会反抗任何人,尽管她说话倔强,并且骨子里恨那些男人。

"我晚上自己来!我给老板钱,不要你出钱!"小玫说。

"不行!"

"不搞!不搞!"小玫说不搞就是说不接受我说的"不行"。

晚上在房间里我还担心她真的会给老板一百元钱,然后来敲我的门。后来我坚信了我的判断,她不会反抗任何人。我在庆幸小玫没来的同时,心里涌上一阵悲凉。在舞厅的灯光暗淡后,谁知道小玫又被带到了哪里呢?在那些男人快乐的发泄中是不是伴随着一个少女孤苦无助、诉求无奈的伤心泪水呢?

大梅在一个浓雾迷蒙的清晨敲开了杨柳的房门。深秋我喜欢睡懒觉,在清冷的早上偎依在温暖的被子里,做一些或远或近的梦,这是一件我喜欢的事情。

敲门声响了三遍后杨柳没有动静,杨柳可能以为是我,不想开门。我只得拉开门,大梅背对着我低头在那里抽泣。我替她敲开了门。大梅一进去就扑到了杨柳的身上,她浓密的长发浪一样卷起来,又盖过去,我就看不清他们两人的脸了。

我关上门时只听见杨柳笑着说:"别慌啦!哎哟,我真受不了!"

我也受不了。我又回到了被子里,但被子已经凉了。等我把被子焐热后,杨柳却兴奋地在叫:"徐老师,过早啊!徐——老——师,过——早——了!"杨柳高兴时就成了表演艺术家,可以像话剧演员一样拿腔说话,让你也跟着兴奋和感动起来。

在桌子上我仍然不想开口说话,我不想让杨柳觉得我一天到晚要讨他喜欢、要跟他套近乎。

"你怎么不问我大梅过不过早?"杨柳问。

杨柳高兴时是很有耐心的,这种耐心有时会变成一种调侃。

"你怎么不问大梅找到工作没有?"杨柳又问。

我说:"不想问。"

"你不想知道早上我和她的事情?"杨柳再问并且笑得不行了。

我说:"不想知道。"

"好!现在我一条一条地告诉你,当然喽,你就不必问了!"杨柳说。

"大梅不来过早。她说就是跟我做一天的爱也不需要过早,中午、晚上也不需要吃饭,那个傻姑娘把做爱当饭吃啊!不仅自己不过早,差点也不让我过早。

我说我要过早，她说不行！不能走！时间太宝贵了。我就骂她，她就哭。我说我五分钟过完早，过完早就来陪你，她就笑起来看着表计时间。真是个傻姑娘啊！生来就是折磨人的。大梅没找到工作，她说等送走我之后再去找。最后一条是关于早上我和她的事，刚才我实际上已经回答了。"杨柳很得意，把稀饭喝得直响。

果真，大梅一天就没出过杨柳的房门。我开门关门时故意把声音弄得很夸张，也不见杨柳有什么动静，我只好也不敲他们的门了。晚饭依然是我与杨柳两个人吃，杨柳和早上一样高兴，只是不断地叹气，说："好累！"

我说："告诉小玫吧，大梅来了让她们见一面。"

杨柳听了，慎重地说："千万做不得。小玫在等大梅接她出去、帮她找工作，见面只会让小玫很失望。如果小玫要逃，又没逃出去，岂不更糟？"

我明白，杨柳首先要保护的还是大梅，人类的自私在我们身上都有，也没什么好谴责的，事实上都是可以理解的，如果你真的想理解的话。

关上房门前，我对杨柳说："明天我去乌水县城关，我要在酒厂住几天，详细了解一些情况，不然的话，我们的队伍过来后会被动的。"

你猜杨柳怎么说，你会以为他会很高兴，因为我走了之后他和大梅没有顾忌了。不！你不了解杨柳，杨柳是希望朋友同他一起享受，否则我们早就不是好朋友了。

杨柳说："你好像有神经病，为什么不让小玫来陪你玩几天？我还计划我们四个人租一条船到水库去玩，据说水库中间有很多岛，我们可以在上面玩一整天。"

杨柳又问："你是不是不喜欢小玫？"

我不做声，杨柳叹了口气。

我在房间里看电视，一场中韩足球对抗赛，我要观察霍顿这个人，他到底怎么样我还不知道。

杨柳悄悄拧开了我的房门，他神秘地对我说："一个电话！"

一个电话有什么了不起呢？我没理他。

杨柳晃了晃手机，又说："一个电话！我冥冥中感觉要来的电话。"我习惯了杨柳的说话方式。

"她的电话！你不知道她有半年不给我打电话了。"杨柳说。

"那你还不接？"

"让她等一会儿，我要让她等得焦急。"杨柳说，然后带上门站在走廊里听电话，这样的电话当然不便在大梅面前接。这时我听见舞厅老板的声音一声比一声近地传来："小玫！小玫！"后来我听见他的声音停住了，大概人也在楼梯口站住了。我拉开门，看见小玫风似地钻进了杨柳的房间，杨柳则站在楼梯口跟老板说话。

"我给了老板一百块钱，他要小玫去接客，我说小玫今晚陪我。"杨柳说着，继续接他的电话。我不想去杨柳的房间,我还是不想让小玫错误地认为我需要她陪或者说我想她陪。但杨柳不让我这样,他进来对我说:"小玫在哭!"我点头表示知道了。他又说:"小玫伏在大梅身上哭得很伤心。"我同样点头表示知道了。杨柳耐心而认真地说:"大梅劝不了小玫,你去看一看。"我不能再仅仅点头了事了,只能到杨柳那边去。

我对小玫说:"你不能像个孩子遇事就哭。"

小玫继续哭。

"你有什么事?你想些什么?你想说什么都要说出来!"

小玫继续哭。

"我恨那些爱哭的人,特别是女人!"

小玫干脆放开来哭。

我第一次遇到这样执着地把话不讲给别人听却只愿意痛哭的人。我的心情糟透了,我只有不做声。我不做声了小玫却不哭了,我的心里有了一丝的轻松。大梅对小玫说:"你坐着看电视,我要去洗澡,我正在放热水,等会儿水要漫出来的。"但小玫不放她。大梅说:"徐老师,你陪小玫坐。"我没反应。大梅就贴近我的耳朵说:"徐老师,我求你陪陪小玫,不然的话我今天跟杨老师不就……"我明白大梅的意思。看见我笑了一下,大梅不说下去了。我挨着小玫坐下,我们都看电视。小玫突然对杨柳说:"你到徐老师房里去,我跟大梅姐住你这间。"我理解小玫这姑娘的心理也复杂,她见我没有主动请她过去的意思就这样说。

杨柳苦笑了一下,说:"我和大梅不就……"杨柳把话的后半句也留住不说。

我回房间看电视,大梅后来推门问我:"小玫呢?"我反问她:"不是在你们那边吗?"大梅说不在。我就奇怪了,问杨柳,杨柳很不严肃地说:"我跟大梅在里面洗澡,出来后就不见小玫了。"大梅很急,怪我没把小玫陪好,我不好申辩,说我不想这样,小玫还太小,我不好说,但杨柳很好说。杨柳漫不经心地说:"她肯定回舞厅那边去了,不要急,急顶个屁用!"说着搂着大梅回了他们的房间。

球赛快结束了,也没什么好看的。想抽一支烟,想想小玫的事情,却没有烟了,我拖着鞋子下楼买烟。服务台有几个长相野蛮、穿着肮脏的男人正在打电话,是跟舞厅老板打电话。他们说是打炮的,水库那边打炮的,现在到了橘园山庄,要小姐陪。

"我们三个人,不要三个小姐,我们从公路边上带来了一个,我们还要两个。"那个粗野的人在服务台上的电话里说。

买了烟,我问服务员:"他们是干什么的?""在那边山里放炮炸石头的!"服务员说。

我大概说了句粗话，服务员说："小心点！他们有雷管！"

舞厅尖瘦的老板骑着辆摩托车冲到大门前，两个小姐紧跟着老板走了进来。老板说："徐老师，小玫喜欢你啊！又来了吧！"我很严肃地告诉他："小玫不在这里，不信可以去看。"老板把两个小姐交给炸山的男人后说："真的？"我严肃地点了点头。老板似乎也着急起来："这个小玫啊！都是大梅教坏的！"老板客气地笑了一下，跨上摩托车走了。

我起得很迟，要不是外面有争吵声我还不会起来。我透过窗子看见老板和老板娘拦住了大梅，杨柳跟在大梅后面提着大梅的行李。老板不想让路，叫嚷着要打人。大梅说："你凭什么打人？"尖瘦的老板什么不凭就开始打人。我看见老板踢了一脚，大梅躲了。老板又跟上一步挥了一下手臂，杨柳伸臂拦了一下，一道白光在我眼前闪了一下。老板娘说："你把杨老师划伤了！你还不去找创可贴！"老板说："你去找！"我听不见杨柳那低沉而有威慑力的男中音，因为尖瘦的老板已经收起了双臂，退到一边站着不动了。

我穿好衣服下去时，四个人都散了，看来纠纷解决了，我庆幸没闹出大事情来。我一个人吃完早餐后回到房间，曲酒厂宣传科长打电话要杨柳赶过去，据说省里今天有客人来酒厂考察，要我们参与策划。我只好给杨柳留了张条子，一个人先往酒厂赶。

宣传科长说："今天晚上热闹，这些客人都要住到橘园山庄去，我陪你们玩一玩！"

我说了声"谢谢"，我告诉宣传科长，晚上不想回橘园山庄。他问："为什么？"我说："贵厂有位老师傅，据说是这个酒厂的前身——一个酒坊的后人。我想听听他对乌水曲酒历史渊源的介绍。"

宣传科长摇了摇头，表示遗憾。他相信，奥格玛公司有这种敬业精神，我们的合作会很成功。

"不过……"他说。

我说："不过什么？"

"你们要是在女人的问题上有如此操作本领就好了！"宣传科长说。

我说我们已经有了。我没告诉他，我留在城关还有一个重要原因，我的那位管政法的乡干部准备今晚同我去找一个警察。

晚上我与杨柳通了手机，他说他没事，手被划了一个口子，那老板心黑，要破大梅的相。我听见电话里有歌声，知道杨柳与厂领导们都在舞厅陪客。

我庆幸一切还算顺利，我们总算把什么事情都操作得还可以。

我可以轻松地睡个觉了。我特地洗了个很长时间的淋浴，洗得很舒服，全身泛红、热气腾腾，这样我很快就睡着了。

第二天一早，政法朋友叫醒我。

"起来！起来！"他说。

我说："还早！"

"起来到橘园山庄！"他又催我，说，"警车在外面等我们。"

"我们不是计划今天接小玫啊！"我说。

"快点！橘园山庄出事了，酒厂的一辆车被炸了。"他说。

我问："谁炸的？"

"我知道谁炸的？还没去现场怎么知道？"他焦急地说。

我又问："死人了吗？"

"我说了没去现场我怎么知道？"他说话时简直要愤怒了。

我说："你下去，我就来！"

我打杨柳的电话，杨柳似乎也很紧张，并且茫然。

杨柳说："小玫不见了。"

"不见了就是嫌疑人之一了。"我说。

而且小玫昨天陪了一个炸山的男人。

我没与杨柳说下去就挂了电话。我拿着洗脸毛巾在房间里呆站了很长时间，我一直站到政法朋友在楼下等得不耐烦了，他等不来了就按喇叭，按了喇叭又上楼来叫我。

我还那样站在那里。

他问："你是不是不想洗脸？"

他说："不洗就走吧！"

我告诉他，我不走了。

他很恼火："你为什么不走了？"

我说："我恨汽车，也讨厌坐汽车！"我是恶狠狠地对他说的。

"你真怪！昨天还坐了小车。"他说。

"你什么时候恨汽车了呢？"他又问。

我不想回答他。

我的泪水止不住流了下来。

(《广西文学》2000年第2期)

夜 色 朦 胧

我一直把我居住的这座城市称作"火市",几乎没有什么特别的原因,只是我同大多数外乡人一样讨厌这个城市、讨厌这座城市的市民的语言,进而也就不愿意听到它的名字。但是,作为一个还年轻的记者,一个还有点事业心和好奇心的年轻人,我并不讨厌火市的夜生活。由于贫穷的缘故,我对灯红酒绿、朦朦胧胧、歌舞升平的都市夜生活还存有一种渴望,或者说羡慕,这样说也许好听一些。作为一名记者,我也一直试图弄清夜幕底下、包房里面、按摩房的床上等场所正在发生、已经发生的一切事情。

这样说就更好听一些!

我的上司、记者部主任听了我的建议,先是微笑着把我上下打量一番,然后他说:"看不出来,你土里土气,书里书生,还想泡娱乐城。你不怕哪一天要当了裤子才能付清点钱?"

部主任1米78的身材,中年人。过去当钳工,当工厂通讯报道员,后来报社扩大队伍理所当然就调了进来。部主任站在我面前像一棵大树,说话的时候,有一条腿不断地以一种固定的节奏弹着。他微笑的神态使我想到一些权威者对不知天高地厚的后生常常采取的嘲笑和漫不经心的品头论足。

我说:"为了预防出现这种局面,我会在包里带一条裤子的。"我的这句话其实细想起来有一些愚蠢。部主任听了似乎没有怎么推敲,还笑了起来。

他说:"狗×的!乡里人其实都蛮聪明,就是口音乡里乡气。"部主任说着,坐了下来,在一张纸上写了几行字。"你拿着我的字找马总经理,他会给你提供方便的。"部主任现在是比较认真地对我说话的。

"今夜不寂寞"夜总会位于火市法兰克福路。明白人一听夜总会名便会想到这条路,这条路上的建筑与德国存在着一些日益模糊的关系。许多年前,当这条路还是德租界的中心地带时,这种关系却是非常明晰的。比如说街上的语言文字充满了日耳曼气氛,一些带尖顶的房子按时传来沉闷的钟声,有时候也能听到唱诗班的合唱,街上的教会学校里孩子们朗朗背诵一些德国诗人豪夫描写巴伐利亚风光的诗作。那时候,在德国贵族或商人家里当佣人的火市妇女或太婆上街都能说一两句德语,比如 Der wievielte ist heute?（今天几号）,Hans ist gestern bei wns gewesen(汉斯昨天来过我们家),等等。

现在的法兰克福路已经被改革开放的浪潮冲刷得面目全非。除了马路边上的路牌和公共汽车站的站牌以及一些古老的建筑物还能使你想到德国或者欧洲之外,你就找不到什么有说服力的痕迹了。酒店、保龄球馆、饮食娱乐中心、超级市场、房地产公司、发型设计中心、汽车及配件商场等纷纷占领了当年德国人昂首挺胸、进进出出的日耳曼风格的建筑。当年德国著名商人冯·古德曼的一栋两层楼的别墅,现在是一家颇有规模的电子游戏机室。据说某房地产商正计划把这栋别墅买下来,推倒并再建一栋高级写字楼。

当然,我现在对这条街的巨变还暂无兴趣。我漫步在这条古老而又充满现代气息的街道上时,并未忘记我此刻的职责和目的。

我很幸运。马总见到我后也这样认为。他说他一般不在公司,只是因为今天有几个乐队要来试演,他才未外出。马总决定让我坐在他的旁边,一起看看这几个乐队的水平怎么样。我很荣幸。

试演在二楼舞厅举行。第一个上场的是由几名法兰克福路上的小青年组成的 Bohn 乐队。主持小姐首先欢迎大家光临"今夜不寂寞"夜总会,然后介绍了乐队的成员及其特色节目表演,最后希望大家在夜总会度过一个难忘的夜晚。第一首歌是一首劲歌。唱歌的小伙子虽清瘦,但声音却很洪亮。在他的含糊不清的歌声中,四个露着大腿和肚脐的小姐在舞台上做着健美操一样的舞蹈动作。我对这个节目没有兴趣,因为它实际上是让观众欣赏小姐的胸、大腿和肚皮,而不是听歌。在几首水平一般的流行歌曲之后,服装表演开始。

这个节目同样不是让人欣赏服装,而是引导人们注意表演者的身体。由于露得太多,使观众对小姐们并不标准的身材产生呕吐心理。到目前为止,我对这个乐队的演出水准很不满意。我侧转过头,发现马总的脸上既没有满意的表情,也没有什么不满的迹象。我想可能是他看得太多的缘故,感到麻木或冷漠,就没有做声。

舞厅休息时间,在一阵刺耳的迪斯科音乐中,那个唱劲歌的瘦小伙子走到马总身边,征求他的意见。马总似乎没有理睬他,而是转过身来问我。

我说:"很一般!"马总听了,笑了一下。瘦小伙子则显得焦急起来。他首先解释了舞厅有些音响设备不怎么样,又说,他们需要的几种关键的器材舞厅没有,最后他又一一介绍了哪个歌手得过什么奖,哪个乐手参加过什么电吉他大赛,等等。他还慎重地介绍了与他们搭档的模特队。

"您要是不信,我把小姐叫来,您亲自量她们的三围,标准得很!"瘦小伙子见马总没反应，说。

马总脸上仍然没有轻松的表情。他说："还有几个乐队也等着试演，都听听再说。"瘦小伙子无奈地退了下去。

我觉得当这种考官无助于我的采访目的实现，就谢绝马总的一番好意，提前离开了夜总会。我决定找个晚上再来。

我第二次光临"今夜不寂寞"夜总会当然是个晚上。我在一间名为"慕尼黑"的包房里找到了马总，他把我热情地介绍给他的客人———一家银行的几个处长。那时服装表演节目刚刚结束，马总对服务员打了个招呼，四个穿着皮短裙、皮短裤的小姐就走进包房，一个人找了个处长，挨着坐了下来。他们像认识多年的情人一样，很快亲密起来，有的干脆搂抱在了一起抚摸起来。我感到我的身份对这种场合有一些或大或小的障碍，就起身拉门出去。正好，外面服务员依次在通知每个包房，人妖表演开始了。

顾客们对人妖的兴趣，就像农民见到了送戏下乡的文工团。他们蹲着、站着、挤着，整个舞池被逼得只有一个桌子大小的空间。一个打扮得极像女人的"小伙子"正在表演舞蹈，唱歌的则是从客人中随便请出来的一位挺着肚子的大款模样的男人，看样子他的年龄在五十岁上下，他唱的一首歌是《十五的月亮》。人妖挥舞着一条红纱巾，尽量把一个妻子思念丈夫又支持丈夫的复杂感情表现出来。"她"时而捧着纱巾、缓缓以碎步的方式贴近唱歌男人的肩膀，时而围着他痛苦地旋转，时而匍匐在他的脚下，然后又慢慢顺着他的双腿站立起来。最后"她"居然以一个拥抱他的方式结束了舞蹈。

全场许多人鼓起了掌，我却感到十分恶心。在紧接着的人妖表演中，我看见一些男客人借与人妖一起唱情歌的机会，故意搂着人妖，并捏"她"胸前的胸罩，抚摸"她"的头套和臀部。人妖则一边投入地唱歌，一边忸怩地扭着身体，回避男客人们的动手动脚。"她"始终面带微笑，即使阻挡或拍打对方不规矩的手的动作，都与一个真正女人的动作十分逼真。

我看不下去了，就回到包房。马总及时地替我也找来了一位小姐，小姐长得很丰满，一进来就挨着我坐下来。见我没什么反应，小姐有些强制性地拉我出去跳舞。小姐靠上我身体的最初几秒钟，我简直喘不过气来。

我说："我们不如说说话。"

"说话有什么意思？你有病吧！跑到这里来说话。"小姐很不耐烦地说。

"说说人妖怎么样？"我向小姐建议。

小姐突然松开抱着我的手，很气愤地说："你今天真是不想玩了？无聊！"小姐一边整理自己的上衣，一边做出要走的样子。这时候，我主动把她的手牵起来，重新把她拉到我的怀抱。

"你怎么这么不愿意提到人妖?"我可以说绝对是以一种温存的口气问她,并且我的双手也尽量给她一种温柔的抚摸。我认为这样可能比想直截了当得到我所要的东西更有效果。

果然,小姐伏在我的肩头,也似乎进入了一种情意绵绵的状态。

"哪怕你只给50块钱的小费我都愿意陪你,但人妖给50块,我碰都不愿意让他碰一下。"小姐在我的耳边说。

"真的?"我问。

"有一次有个人请我陪他,说出500块,当时我不知道他就是人妖。一曲舞跳完后,我的一个姐妹告诉我他就是人妖,我头都不抬地就从他身边走了,还吐了一口涎水。"小姐说。

灯光突然变亮,就在男男女女松开双手的瞬间,舞池里突然响起一声响亮的耳光。小姐悄悄地对我说,那个被打了一耳光的人就是人妖。我回过头看时,人群已经散开。灯光忽然又变得暗淡起来,只听到一个小姐一边往台位上走,一边委屈而愤怒地骂着。她说:"倒霉!恶心!背时!"

舞会散场后,马总请我们吃夜宵。同桌的有服装表演队的队长、一位小姐,Bohn乐队的瘦小伙子,我现在认为他其实是乐队的领头,再加舞厅经理一共五人。

大家坐下来后,马总笑着问我:"人妖表演好不好看?"我回答:"只有同性恋者才会觉得好看。"

"你可能有所不知,法兰克福路可以说是火市同性恋的发源地之一。许多年来,由于这条路与德国的关系,又由于居住在这里的火市人与德国人的千丝万缕的关系,一些西方的生活方式特别是富有德国特色的生活方式,总是从这里发轫。"马总侃侃而谈。看得出来,在来这条路上经营娱乐业之前,他对这条路已有过许多深刻的思考。

"不论怎样,男人着力把自己变成一个女人是件羞耻的事情。"我说。我说完后问坐在我旁边的乐队队长、瘦小伙子。

乐队队长点头说:"对!对!就如火市人常说的这叫有病!"

马总接过话说:"我们乐队队长的父亲留过德,是研究精神分析的专家,所以队长有发言权。"

乐队队长马上谦虚起来,他笑了一下,并没有发表意见。我就讲了一个高级知识分子搞同性恋的故事。故事中的老教授经常窜到学生宿舍,把那些刚刚入学的健壮的小青年抱着接吻、抚摸。讲完故事大家都表示不屑一顾,说这件事早就听说了。我就问:"大学校园里那么多丰满、漂亮的女孩子,他为什么就一点兴趣都没有呢?那他还留着男人的那件东西干什么?为什么不割了?"

乐队队长说:"应该!应该割了!"

"人妖有女朋友吗?他的妹妹以及其他的家人知不知道他们的家里有个人妖呢?"我问。

舞厅经理和服装表演队的队长都抬起头来,先看看我,然后又看看我旁边的乐队队长。这时候,餐厅的服务小姐把各种小吃推过来了,马总很得意地扫视了大家一眼,说:"管他有没有女朋友,也不管他家里是不是知道,我只要客人感到新奇、好看。吃夜宵!吃夜宵!"大家都动手吃起来,乐队队长犹豫了一下,也吃了起来。

我得承认我是一个极有发表意见欲望的人。我在吃所谓的皮蛋粥时,因为感到这种据说富有营养的东西确实无味,我就想到另外一些有味的事情。比如说男同性恋者、人妖以及那些女人气十足的男人,他们的成长经历和背景是怎样的?我想到这个问题,就说:"对人妖这类人可以从两方面理解,一方面他们特别羡慕女性的美丽……"说到这里我还是吃了一口皮蛋粥,虽然我已说过这东西没什么滋味。

乐队队长说:"是的!这个世界上最美的还是女性,她们身上的一切都是美丽的。男人的头发、脸、眉、眼、鼻子、嘴、耳朵无论怎么样都不如女人的美丽,更不用说胸、臀、大腿了。女人纤长的手指、修长的大腿、浑圆的胸、令人头晕的眼神,让人一看就想亲吻的嘴唇……一切的一切都充满着魔幻般的美丽。很难想象世界上还有比女人更美的动物,不然,为什么再伟大的男人都会拜倒在女性的石榴裙下呢?克林顿不爱美丽的女人?历史上的伟人有哪一个蔑视过女性的美丽呢?"

乐队队长端着碗和勺子没动,他投入的讲话使我也忘记了吃东西。只有服装队的那个小姐似乎几天没吃饭了,一点儿不顾忌体形,吃得呼啦啦直响。我就看着乐队队长,看着他鼻梁边上的一颗黑痣,直到他结束对女性的陶醉般的赞美。

待他说完,我就接着说第二个方面。我说:"人妖这类人还有一个重大的心理特点,就是瞧不起女性中的丑女。他们认为,虽然他们投错了胎,但相对那些丑女而言,他们已经够美了……"我还来不及发挥我的思想,乐队队长又把话抢了过去。

"是的!"乐队队长说,"岂止是瞧不起,那些丑女简直是玷污了女性这个名称,浪费了一个做女人的宝贵机会。她们的手指又粗糙又短,她们的腿像柱头,她们的眉像绿林好汉的眉,她们的嘴恨不得能吞下几个人……怎么说呢,这些人还不如不是一个女人，就当一个男人算了，当男人再丑没人追究和苛求。"

我还想把我的话归纳总结一下，没想到这次马总打断了我们的对话。马总说："他妈的！你们两个人说得神乎其神，是不是你们自己有这些心理？"马总说完，目光从我和乐队队长的脸上扫视而过。我突然发现乐队队长痛苦地捂着肚子，脸色煞白。我猜想可能是饮食的卫生质量不过关，就建议他不要再吃了。乐队队长似乎很困难地说了句："我吃饱了！"说完，又勉强地笑了一下。我和乐队队长都又说了一遍："我们吃好了。"

时间不早了，大家起身纷纷告别。我上了个厕所出来，马总与舞厅经理正在商量解决一件棘手的事情。大意是一位顾客在包房里对小姐的动作太大了一点，而那小姐背后又有一帮黑社会人员撑腰。小姐对顾客给的小费不满意，顾客对小姐也不满意，双方就吵了起来。在这种情形下，我决定悄悄离开"今夜不寂寞"夜总会。

夜总会的旁边是一长条的大排档摊点，烧烤的油烟扑面而来，呛得人直打喷嚏。我酝酿了几次，终于打了一个痛快的喷嚏。就在这时我看见了乐队队长，那个瘦小伙子。此刻，他一个人坐在一个摊位前，贪婪地吃着烧烤鹌鹑。看得出来，他很饿。此后，我有一段时间没有去这家夜总会。在这期间我读了许多报纸上的纪实和大特写文章，也读了一些生活杂志上的快餐文章。我的脑海里充满了发廊女、按摩女、坐台女的各种故事，她们的高胸和玉腿搅得我心神不定。说真的，我有点立即想去夜总会的渴望。我甚至希望这个城市只有霓虹灯闪烁的夜晚，而白天不再来临。

我相信马总与我之间有缘分。他似乎了解我目前的心理状态，不失时机地打来电话，邀请我去洗桑拿，并声明在桑拿中心重新装修开业后，他这是第一次进去轻松。

到了桑拿中心后，我感到这位总经理所谓的第一次轻松轻松不起来了。桑拿中心的一个领班小姐正向躺在按摩床上的马总诉苦。

"马总，您那位瘦瘦的朋友不地道。"领班小姐说。

"什么瘦瘦的朋友，那是我们舞厅乐队的队长！"马总纠正了小姐的错误后，问："他怎么了？"

"他第一次来洗桑拿，就把两个小姐带走了！"领班小姐说着，把自己的衣领紧了紧。

"嗯！出了钱吧？"马总问。

"他付了一张两千多块的单子。"领班小姐说。

"你这个人啦！他只要出钱，你管他带几个走。小姐到处都有，你还怕她们不回来了？这就不地道？"马总嘲讽地笑了一下。

"第二回他说单子太重了，没有优惠，其实我们已经给他打了折。"领班小姐很委屈。"嗯！"马总还是不动声色，又说，"单子重了，肯定是跟小姐做了什么事，洗个澡单子就那么重？"

马总顿了一会儿，又问："还有吗？"

"有！前几天他又来了，我给他安排了一个小姐，过了一会儿小姐出来了，说他要换一个。另一个小姐再进去时，他自己就脱光了衣服。后来到点了，小姐出来了。他突然从门外把小姐又拉了进去，抵在墙上。又过了一会儿他才出来，把单子上的小费又改了。"领班小姐看样子是个新上任的，她喋喋不休地叙述着这个过程。

马总听了就笑，等领班小姐说完了，才问："是改多了还是改少了？"

领班小姐说："加了200块！"

马总又笑。领班小姐很认真地说："我觉得他有病。"马总还是笑。我有些等不及了，马总就说："好了，你安排这位先生放松一下，账记在公司账上。"说完就很抱歉地对我说，他下去处理几件事就上来。但一直等我完成桑拿的一整套程序，马总都没有上来。

从桑拿中心出来后，我的身体感觉无比轻松，内心却有几分内疚。因为到目前为止，我还未能为马总和他的夜总会写一个字。马总却从未提过这件事，我想他是在等我自己觉悟后主动去写，他是个聪明人。

我决定找一下马总，桑拿中心的领班小姐说马总可能在舞厅。舞厅里的光线不是很好，我先仔细审视了散座上的每一位男性客人，发现他们都不像马总。后来我就去包房找，每间包房外都站着一位服务小姐，大多数时候，她们实际上是在欣赏客人们跳舞，她们应该知道马总在不在包房。果然，一个小姐指了指后台，说，马总往那边去了。后台是歌手、乐队和服装表演队的地盘，我不好直接闯进后台的房间，因为担心遇着服装模特正换衣服的尴尬场面。

我在靠近后台的一个卡座上坐下来。卡座里显然有两个黑乎乎的人影，我坐下来后就听见一个人的说话声。

"我看见人妖染指甲。他的手指和指甲真像女人的，好长啊！"说话的是一个女的。

"别恶心好不好！我还看见过他穿超短裙的镜头哩。他的腿长，可夹的那个东西可大。我真担心那裙子要是再短一寸，那东西就露出来了。"另一个也是女的。

"你这才叫恶心呢。"先前那个女的笑了起来，笑完了后又说："你看人家那地方没负罪感?"

"负罪感？他穿女人的裙子、戴女人的胸罩，没负罪感？"另一个女的说话尖刻，"我想他没有，因为他的乐队正因这人妖才挤走了别人，得以签了一张合作几年的协议。"

"我不信！他有一次借芳芳的粉饼盒化妆。芳芳不好拒绝，就借了。他还给芳芳时，芳芳故意不接，让粉饼盒掉在地上，并借故一脚把粉饼盒踢飞了。芳芳说他用过了，她觉得翻胃，才这样。别人对他这个样子，他内心就没反应？"

"对！我记起来了，还有一次他要试一下小莉的一条裙子。小莉没做声，他倒穿上了。后来小莉把那条裙子撕了，那时候他正在描眉毛。他肯定知道小莉在做什么，还故意问了句小莉在撕什么东西。说起来他真是不要脸。"

听到这里，我挪了个位置，坐到了说话的两个小姐的旁边了，两个小姐像受惊的蝉突然都不出声了。这时舞厅里突然一片骚动，一个小姐提醒另一个小姐说："看，人妖出场了。"果然那个打扮得像女人的男人，扭着腰肢、说一口娘娘腔、用两根手指夹着话筒，边说边走，站到了舞台的中央。

这个时候，一位服务小姐找到了我，说马总在一楼餐厅等我。

我走向马总时，他正坐在桌子面前，端着茶杯微笑。我坐下来后，他还笑了一会儿。直到我也端起茶杯喝茶，他才开始说话。马总其实大不了我几岁，他这样做实际上有一点浮夸，故意装出一副有城府的样子，我想企业家可能需要这种形象手段待人接物。"怎么样？桑拿还可以吧？"马总问。

"还可以！"我也很平静地回答了一句。我的这种答话往往给人一种真诚的印象，因为我说这话时的感情状态很客观。"其实，你要写'今夜不寂寞'夜总会，最好的材料是乐队。"马总说。

"乐队？"我问。我想他肯定要我写写人妖的表演，就说："人妖很恶心！我还是这种观点。"

"你错了！看来你还不了解情况。"马总很遗憾地摇了摇头。接着他说："整场舞会三分之二的音乐、四分之三的歌都是德国音乐、德国歌曲，你知道吗？来的客人大多数是德资企业、中德合资企业的雇员、主管、老板以及跟德国有这种或那种联系的人员。"马总停顿了几秒，又说："至少可以说大多数人都是对德国文化有所了解、有浓厚兴趣的，当然要除开一些例外，比如客人唱歌时总不能不准别人唱其他的歌，不了解德国、对德国没有兴趣的人总不能将其拒之门外。"

马总说完，叹了口气。看来我从一开始就不是个合格的记者。按说，在"今夜不寂寞"夜总会的舞厅里，我也用去了不少时间，可我根本没有留心他们放的曲子、唱的歌名，我只记得 Bohn 乐队试演时的情况。马总的灰心很快导致我对自己也丧失了信心。"这一点是可以写!"我试图恢复马总对我的信心,但我仍然很谨慎。"什么叫可以写一写?应该写!值得写。"马总像跟老朋友争论问题似地激动起来。他说:"就是人妖都可以写,只是看你从哪个角度写,不能说你这个记者讨厌就不写。你能代表几十万的读者?你不喜欢,大家为什么都要鼓掌?像你这样办报纸就完了,我们只能看你喜欢的东西了。"马总的一席话彻底摧毁了我对自己从事新闻职业的仅有的一点自信,我得承认马总是个比较聪明和敏捷的企业家。看来,他的城府并不是装出来的,是真的有一些东西值得他以微笑的态度面对时间和空间的。

我准备开口说两句,Bohn乐队的队长下来了,他似乎刚刚洗过面,精神很好。马总站了起来,跟乐队队长握了握手,说:"来得正好!我正跟记者说要把你们乐队写一写。"他又回头对我说:"这样吧,你跟咱们乐队队长先谈。"马总说完,挪开椅子就走了,像一位领导安排工作似的,把我搁在位置上了。看来这乐队还非写不可。

我很固执地对乐队队长说:"人妖我不能写,因为我讨厌这类人和他们的荒唐行为。"乐队队长听了,沉思了片刻,很难为情地说:"上一回我们谈得很投机。不管你讨不讨厌人妖,人妖在不在大众面前表演,你都得承认这种人和他们的心理是一种客观存在。"乐队队长的嗓音有点女人味,上次我没注意,这次我听出来了。我几乎没有听他的观点,而只是在关注他的音质。大约是发现了我这个注意焦点后,乐队队长马上清了清嗓音,很不自然地憋出一副沙哑声腔来。乐队队长说:"刚才喊了几首歌,嗓子哑了。"于是他就憋着嗓子说话,大约是憋得困难,又不断咳嗽。"人妖的出现和表演一是发泄了这类人的心理期望,使得他们得以以一种公开的形式实现自己的错位,二是满足了一部分人的好奇心。事实上他们也很痛苦,我觉得舆论界不能嘲笑他们,只能理解他们。"乐队队长沙哑地说,又咳嗽了几下。

随后我放弃了自己对乐队队长嗓音的关注,高效率地结束了采访。我想就现有的材料是足以勾画几笔法兰克福路时下的夜生活的,并且很富有一点异国情调。文章里面可能会充斥一些德国音乐家和德国歌曲的名字,也会顺便提及火市前租界地带的夜生活与外国文化的关系。我有信心把这篇文章写好。我对马总汇报了我的采访和想法,他很高兴地在我肩上拍了一巴掌,并安排车送我回家。我没有拒绝,临上车时,我握着马总的手悄悄地问:"人妖到底是乐队中的哪一个?"马总很认真地摇了摇头,说:"我不知道,也不管。只要有一个是人妖,他的表演有人看就行了。我就关心这点。"

部主任看了我的稿子,他很奇怪我对火市的夜生活依然一无所知。他说:

"你的文章与你的初衷相去甚远。'今夜不寂寞'夜总会使用的音乐和歌曲不管是哪个国家的,都不是什么内幕。所谓内幕就是一般人不容易搞清真相和本质的东西,所以才需要记者去夜访。"部主任很感慨地说:"你连火市夜生活的皮毛都没摸着。人妖倒是可以做文章的一个现象,可你却像个哲学家似的在文章里大放理论厥词。你没有提供诸如某男为什么会成为人妖的原因,他的童年、少年,他的内心世界,他怎么与女性和男性打交道,社会和他的家人对他怎么看待等之类的东西,这才是读者感兴趣的内幕。"部主任发完议论,叹了一口气,还是在发稿签上写上了"发"字。我像一个面临留级的学生似地受了半天训,终于又看见老师在成绩单上写了"升级"二字,也松了口气。

报纸出来了,文章《从"今夜不寂寞"夜总会看法兰克福路的文化生活》刊发在二版的社会文化专栏里。文章的长标题使文章占了一些便宜,它被安排在版面的上半部,并且位置居中。马总看了报纸很高兴,他特派了一名女秘书,到报社购买了200份报纸,并且亲自打电话请我去洗桑拿。他说这一次绝对陪我到底,不受任何事情干扰。

我当然应邀去了。这一次马总说话果然算数,我一到就被他拉着去了桑拿中心。他要了两个号牌,我们就走进了那扇神秘的门。马总特意安排了一位很主动并很会煽情的小姐给我按摩,我禁不住小姐的几番按抚就涌起一些尿意。我走到桑拿中心的卫生间,卫生间的门却锁了,门上贴了一张"已坏停用"的条子。我只好穿着桑拿服跑到二楼舞厅的卫生间。

我走进去时一位"女士"正在埋头洗脸,近了才发现她是在洗脸上的化妆品。我解完小便出来时,"女士"抬起了头。我十分震惊地发现卸了妆后的"女士"竟是乐队队长,他脸上鼻梁旁边的一颗痣我记得很清楚。乐队队长也认出了我。有一瞬间我们都忘了说话,后来他突然像遇到了坏人的女人那样提着裙子惊叫了一声跑了出去。

我走到卫生间门边时,门口站着的几个人就在议论。

"这些男人在包房里动手动脚不过瘾,还跑到卫生间瞎闹。"一个少妇说。

"你才瞎闹!在卫生间里能做什么事呢?男男女女进进出出,女的不能进男卫生间,男的不能进女卫生间。除非是女的和女的、男的和男的,否则不早被人发觉了?"站在她旁边的男人说。

我像做了件坏事似的,缩着头,夹着尾巴迅疾地溜出了卫生间。

(《三峡文学》1998年第7期)

荒凉河边的少年

　　天空还是锅底黑的时候天虎就醒了。天虎知道自己是饿醒的。昨晚小妈炖了一只鸡，说早稻要开镰了，给叔叔补补身子骨。鸡一端上来，叔叔的两个儿子就迫不及待地一人一只鸡腿啃了起来，然后又一人找了一只翅膀捏在手里。那时候天虎还在剁猪草，猪圈里的四头猪快要把猪圈拱倒了。小妈一边骂猪是饿死鬼，一边骂天虎剁得太慢。事实上，在炖鸡诱人的鲜香气息中，天虎的手脚更迟缓了。

　　"一头是急得要造反，一头像打丧鼓的，快两棍子慢两棍子！"小妈说。小妈坐在灶门前喝鸡汤。叔叔此刻还蹲在门前耐心地磨一把生了锈的镰刀。

　　天虎快刀斩乱麻似地加快了节奏，整个魏家洲顿时都能听见天虎急切的砍剁声。天虎的想法很简单，早一分钟剁完，多吃一块鸡肉。一心想着吃鸡的天虎就没有注意刀法，挥起来、砍下去都有些打飘，而且力量也失了分寸，似乎不是在剁猪草，而是在砍柴。垫在猪草底下的木板每次都被砍得跳了起来。最后一刀天虎本来不想剁了，用手一抄，发现有几根草太长，他决定补一刀，这一刀飘得更远，擦着了大拇指。天虎本能地惊叫了一声，正要大哭的时候突然意识到自己没有爹妈就忍住了。天虎想，有爹妈就好，就可以号啕大哭，他天虎就不能大哭，因为他的爹死了，他的妈跑了。

　　天虎用一条布片紧紧地缠住伤口，一只手把猪草倒进了猪槽。扰人心烦的猪叫声没了，整个魏家洲一下子安静了下来，剩下的声音都是恬静而美好的——猪们满足的哼哼声，叔叔磨刀的声音，小妈和她儿子吃鸡喝汤的声音。天虎走到叔叔身后，叔叔仍旧有滋有味地磨着镰刀，偶尔用手指试一下刀刃的锋利程度。

　　"叔！猪喂了。"天虎说。

　　"喂了？喂了就吃饭去。"叔叔说。叔叔说话永远是这副不温不火、不阴不阳的语气。

　　天虎上桌子时堂兄堂弟已经擦了满是油腻的嘴巴，准备下桌子了。天虎伸出筷子捞了一下，捞着了一块硬硬的东西，心里一阵激动，涎水就流了出来，放到嘴里一嚼才知道是块姜，辣得天虎直流眼泪，天虎依然很高兴，姜也有鸡的味道。第二次，天虎夹上了一块肉，天虎认得是鸡头，肉不多，嚼起来也有味道，毕竟是鸡，什么都好吃。没有鸡了，天虎就吃鸡汤泡饭，一碗吃完了盛第二碗时，小妈进来了。

"一辈子没吃过鸡？把碗里捞得干干净净！是你们栽秧割谷还是大人？你们会吃，你们明天都下田！"小妈说。

天虎拿锅铲的手软了，锅铲落了下去，泪水在眼睛里打转。天虎放下碗，睁眼一看，堂兄堂弟早已不见踪影，院子里只有黑暗中磨刀的叔叔。叔叔似乎没有听见小妈的骂声，也许他已经习惯了。天虎默默走到叔叔身后，他希望站在叔叔的后面获得一种踏实和安全感。天虎明白，眼前这个黑影是他爹的弟弟，现在爹不在了，他应该保护好自己。

天虎不知道在叔叔身后站了多长时间，最后他听见叔叔说："睡去！"

天虎就默默地去睡觉了。

天虎的爹魏祖因为大脑有毛病一直娶不上媳妇。弟弟魏宗结了婚，有了第一个儿子，第一个儿子满了周岁后，魏祖沉不住气了。几年来，魏祖已积攒了一些钱，在魏宗儿子周岁的酒宴上，魏祖向村里能说会道的媒人黄英透露了买一个媳妇的想法。这想法很快让魏宗知道了，他很快帮魏祖买来一个女人。魏祖开始有一些吃惊，但也没说什么，这个人后来成了天虎的妈妈。一年后魏祖和魏宗之间漫长的争吵开始了。天虎四岁时，魏祖在和弟弟吵了一架之后，喝了一瓶农药自杀。天虎五岁那年，他的妈妈带着妹妹离家出走。天虎便只能跟叔叔了。

饿醒了的天虎躺在床上想一些想不明白的事情，比如，爹和叔叔为什么吵个不停？爹为什么要喝农药？农药是多么难喝的东西啊！小妈为什么那么凶？妈妈为什么抛下他不管？她和妹妹现在在哪里呢？天虎没想明白这些天色就放亮了。今天有一次单元测验，县里有一个检查组要到学校来。天虎想，反正睡不着，还不如早点去学校。天虎窸窸窣窣地准备好书包后，小妈突然从房后钻出来，看来她刚刚上过茅房。

"跟我割谷去。"小妈说。

"今天有考试。"天虎说。

"考试能给饭吃？"小妈说。

"还有检查组要来。"天虎说。

"怎么不来检查你有没有饭吃？"小妈说。

"我下午回来割。"天虎说。

"等你下午回来谷就又长成秧苗了。"小妈说着递给天虎一顶草帽。草帽太大，把天虎的头连同那双充满委屈和忧伤的眼睛一起罩进去了。

县教研室王主任带队的检查组不是检查考试情况的。王主任搞语文教研，在作文教学上颇有心得。王主任到魏家洲，是来听小谢老师的语文教学公开课的。

小谢是王主任在师范学校任教时的学生，是王主任教师生涯中最古怪的一个女学生。那时候，女同学们都津津乐道于席慕蓉、琼瑶、三毛这些港台文人的作品，而小谢却对那些被时尚潮流、物质潮流冲得无影无踪的唐诗宋词着迷。小谢对《唐诗三百首》《宋词一百首》《千字文》《增广贤文》可以倒背如流，尽管如此熟悉，小谢每天还是要读要背。王主任不知道这个女孩子这样背下去是不是有什么打算。

"写古典诗词已经不时兴了！"王主任找到小谢后告诉她。

"我没想写。"小谢知道王主任的担心。

"那你每天背，为什么呢？"王主任问。

"我喜欢古人的意境和智慧。格与律虽然束缚了古人，但在这样的束缚下，他们却把汉字的魅力发挥到了极致，真令人惊叹，汉语言的魅力是古人通过唐诗宋词发挥出来的。我们今天的作家们没有展现出这种魅力。"小谢说。王主任不知道这女孩子还想得挺多、挺深，他教了这么多年书，第一次碰上这样有自己观点的女学生。但王主任还是担心小谢把自己变成了一个与时代格格不入的古代女孩。

小谢虽然古怪，但成绩却在班上名列前茅，王主任希望她毕业后到县一中教书。小谢对王主任的建议不以为然。王主任说，县一中的住房条件好、福利好，学生基础和质量都比其他学校好。

"我要找一个学校，按我的美学观点。"小谢说。

毕业后，小谢比较了全县各所学校，选中了魏家洲这个地方。在小谢看来，这所学校虽然穷了一点，但靠近虎渡河。小河逶迤而过，沙滩如圣母的身体一样浑圆，洲上金黄的油菜、葱绿的麦苗让她心旷神怡，孩子们带着浓重乡音的读书声，老艄公的山歌，又给这块宁静的沙洲平添了文明的生机。

很多人不理解小谢的选择，包括王主任，但小谢坚定地走上了魏家洲这块土地。当魏家洲的田埂上第一次出现了一个典雅女子的美丽身影时，全洲都轰动了。那时，天虎的妈妈带着妹妹刚走，天虎还沉浸在无限的伤心之中。在小谢老师优雅地走过田野时，天虎擦了一把眼泪，还以为是妈妈又回来了。

王主任在小谢毕业后便调到了县教研室。这中间他打听过小谢的情况，学校说，小谢老师的工作没什么说的，全县语文考评她班上的平均成绩不是第一名就是第二名，任何时候检查卫生，她的班也是最清洁的。就是她有些事情做得大家不理解，比如说吃药要先看里面有哪些化学成分，不安排学生值日打扫卫生，而要求教室要像铺了地毯一样干净,每个学生要把自己周围的空间整理得一尘不染。家长说这样要求学生不是苛刻而是刻薄,如此等等。王主任听了就笑,深有感触地自言自语,唐诗宋词的意境到底还是影响了一个人啊!

昨天,他看了小谢老师班上学生的作文,对一个叫魏天虎的学生有了兴趣。

魏家洲地处长江与虎渡河的交汇处。虎渡河从这里流入洞庭湖,长江在这里拐弯之后继续东流,一路还会遗留下许多如魏家洲一样的半岛或岛,全是一个模样:沙滩、芦苇、民垸以及垸子内令人心旷神怡的葱绿和金黄。

黎明的魏家洲安静地浸泡在奶一般的晨雾里,空气清新得使初来乍到的外地人感到鼻子不舒服。王主任在校园里走了几圈,鼻子湿润得发痒,打了几个喷嚏之后,回到房间把天虎的作文拿出来又读了一遍:

我的习惯

不知为什么,我总是喜欢站在叔叔身后。在我爹死了之后,在我妈妈走了之后,我就开始站在叔叔身后。

吃饭的时候,我站在叔叔身后。叔叔跟别人讲话的时候,我站在叔叔身后,其实我并不是要听他们说什么。叔叔洗脸的时候,我站在他身后,我也并不是为了给他倒水。叔叔有时蹲在地里,我也站在他身后,我不想知道他在干什么,也不想要他教我农业知识。小妈骂我的时候,发火的时候,用眼睛盯我的时候我也站在叔叔身后。我就像一只小狗,总是站在大狗的后面。

我站在叔叔后面的时候,他也没说什么。他做他的,我站我的。有人说我爹是被叔叔气死的,叫我不要跟在他身后。可我还是改不了,我就是要站在他身后,我不知道为什么要这样,别人也不能告诉我为什么会这样。反正这就是我的习惯。

王主任看重的不是这篇作文的文字、构思什么的,他看中的是作文背后的东西。一个孩子对父爱的渴求,对安全和保护的渴望刺激了他。王主任想告诉天虎,他为什么要站在叔叔的身后。

上课的预备铃声响过之后,语文老师小谢来找王主任。

小谢老师说:"天虎没来。"

王主任知道,家境不好的学生迟到是常事。

"等一会儿,他可能还在路上。跟着叔叔过免不了要多做点家务。"王主任说。

小谢老师笑了一下,她知道天虎不会来了,但她没有说出来。

十点钟的时候，太阳开始逞威了，天虎在地里也干了三个小时了。开始一阵子天虎不断喝茶，以为装满了水，肚子就不会饿了，但喝了几次后，小妈就埋怨了。

"小小年纪就有了茶瘾。你看，一壶茶还剩多少？只怕你叔叔连嘴都打不湿了！"小妈说着，狠劲割了几把稻子。

叔叔的稻田边有别人的一块菜地。菜地从斜坡上开出，屁股大小，菜却长得出奇好。叔叔和小妈割到前面去了，天虎贴着菜地慢慢地看着，等小妈埋头的时候，迅速挥舞镰刀，一条黄瓜落了下来，天虎在身上擦几下，埋头啃了起来，啃几口，割几把，再啃几口，再割几把，始终不离菜地。小妈没有发现天虎的企图，但感觉天虎在磨洋工。

"你在绣花？几亩田的谷子还准备割到明天？"小妈直起身子说。

天虎只好加快速度往前赶，菜地一会儿就被天虎抛在身后。

天虎吃了黄瓜肚子疼了起来。他想起妈妈说过生黄瓜不能吃，但不吃黄瓜肚子也会饿得疼，反正要疼，还不如吃点东西让它去疼。天虎没有想到的是，吃了生黄瓜肚子疼得更厉害了，头上虚汗直淌，心里慌得魂不守舍，镰刀不听使唤，看得再清楚不过的位置，镰刀却砍在了别处。

"你这是割谷吗？留这长的蔸子！人不大，腰倒粗，弯不下去吗？"小妈说着，镰刀一阵翻飞，将天虎留下的稻桩子削平。小妈还想说下去，叔叔走了过来。

"回去做饭！屁股大块地方，都守在这里凑热闹！"叔叔抹了一把汗，说。

小妈听了，丢下镰刀，头也不回，提着茶壶回去了。天虎心里一阵轻松，犹如搬走了一块大石头。他拾起小妈扔下的镰刀，站在叔叔身后，等着叔叔发话。

"到树荫下看书去吧！"叔叔说。

天虎幸福得差一点叫起来。要是爹在，是不是天天都有这样的幸福呢？天虎想。天虎靠在一棵楝树上，打开语文书。他想翻到今天要上的那一页，可手指似乎没有知觉了，始终翻不到那一页。天虎干脆不找了，随便找一页看了起来。

叔叔喊天虎吃饭的时候，天虎不知道自己睡了多长时间了。他感觉自己像脱胎换骨一样又找回了生命，睡觉真舒服。小妈把饭搁在田埂上便去捆谷子了。

"哪个不想睡？没饭吃看你睡得着！"开始，天虎还能听见小妈一边捆一边发出的抱怨，后来天虎什么也听不见了。一个如饥似渴的人面对一碗饭一盘菜，他还能听见什么呢？天虎把掉在身上的、粘在嘴上和碗边的每一粒饭都放进嘴里，最后他把菜盘里的汤也倒进了肚子里。

天虎吃完饭，站在叔叔身后，看叔叔也快吃完了。

叔叔说:"你把谷子从地里搬出来。"叔叔说完,就去一边抽烟歇着了。天虎很高兴,觉得这比割谷轻松多了。谁知他搬第一捆就跌倒了几回,身上糊满了稀泥,最后只好把谷子拖出来。

"你把谷子都拖掉了,让我们挑几担光秆回去?你就准备吃秆子?"小妈这次似乎特别有道理,嗓门也扯得特别高。

"你看你侄儿做的事!谷子都拖掉了,我们还挑什么?"小妈说完,看叔叔的反应。叔叔瞪了天虎一眼,天虎背上直冒汗。

"我抱,叔叔!"天虎胆战心惊地说。

叔叔没吭声。

"你干脆在路边守着。"过了一会儿叔叔说。

天虎躺在湿答答的谷垛上看着西边火红的夕阳。天虎奇怪太阳沉下去时怎么这样红,红得让人心里热血直流。天虎这样想着就做起梦来,原来孩子是可以说做梦就做梦的。天虎梦见自己驾驶着一艘又高又大的轮船航行在一片红色的海洋上,数不清的鸥鸟围绕着他的船优美地划行,有几只鸟竟然飞进天虎的驾驶室落在天虎的肩头……突然一阵刺耳的轰鸣声传来,天虎开始以为是自己的大轮船发出的声音,醒来后天虎觉得这是不可能的,因为自己的大轮船是无声地航行的。难道自己做梦的时候有拖拉机经过?

天虎睁开眼睛一看,小路上没有拖拉机,也没有汽车,身边的稻子已所剩无几,难熬的一天终于就要结束了。虎渡河边摆渡的孤老头子么佬的歌声此时也顺风飘过来:

妹在田里放黄牛,
哥在山上丢石头,
石头砸在牛背上,
牛不抬头妹抬头。

么佬总是在收渡时开始唱山歌,歌声虽沙哑,却也婉转,显得悠闲自在,无比幸福。天虎曾经很纳闷,这个一辈子没结过婚、无儿无女的老头子怎么会这样快乐?天虎当然找不到答案,后来也就不想了,但么佬照旧唱他的歌。

再看西边的天空,夕阳已消失得无影无踪,连一丝红色的痕迹都没留下。暮气四合的田野上,轻烟又开始弥漫了。

魏家洲有名的精明女人秀英早晨起来去菜园摘菜。路过魏宗家时,秀英对正在铺晒谷子的天虎的小妈笑了起来。秀英的笑神秘而诡谲,小妈感到奇怪,问:"你笑什么呢?"

"我笑你的稻子。"秀英说。

"稻子有什么好笑的?"小妈说,继续用扬叉把稻子戳散,铺在地上。

"你没发现稻子少了吗?"

小妈紧张了一下,手里的扬叉停了下来。

"昨天我看见一辆手扶拖拉机从你的谷垛经过时带走了几捆。我朝他们喊了几声,他们却朝我做了几个流氓手势,气得我恨不得追上去扇他们几嘴巴。"秀英说完,一步一扭腰地朝菜地走去。

"天虎这个苕猪!老子等他回来算总账!"小妈气得咬牙切齿。

不一会儿,还在翻晒稻谷的小妈就听到了秀英在菜地里的骂声。

"哪个短阳寿的?哪个没爹娘教的?哪个无心无肝无肺的?吃了我的黄瓜你下辈子就要做饿死鬼的!哪个短阳寿的……"秀英站在菜地那片斜坡上对着整个魏家洲骂。小妈在自己门前窃窃地笑了起来。她心里想,你刚才不是笑我丢了稻谷吗?你现在不也丢了黄瓜?看你还幸灾乐祸!

小妈最后一扬叉撒出去的稻子刚好落在秀英的脚边,她抬起头很吃惊,秀英什么时候又回到了自己的门前。

"我说怎么听不见高音广播了呢!你什么时候站在这里的?"小妈笑着问。

"你沉得住气,骂不还口,我只好到你门前来呀!"秀英脸色阴沉着。

"我凭什么还口?你又不是骂我!"小妈说。

"不是骂你?昨天从早到晚就你们一家三口在那里割谷,难道还有别人?"秀英说。

小妈被这句话呛住了,一下子不知如何回答才好。

"昨天晚上、今天早上呢?你的黄瓜就不能是这两个时间被偷的?"小妈反问,问过之后她就发现底气不足。

"我的菜园子这么多年来就没有在晚上和早上被偷过!"秀英理直气壮地说。

"这次也许就是晚上和早上被偷的呢!"小妈说。

"你承认也好,不承认也罢,我认定了,就是你们一家三口中的一个。吃了我的黄瓜,要烂心烂肺烂肝烂一切的。"秀英恶毒地说。不等小妈还口,秀英气势汹汹,扭着腰肢走了。小妈心里像吞了苍蝇似的恶心,她想如果真是天虎和他叔叔摘了黄瓜,面子就被秀英剥光了。不说秀英在背后会说三道四,全魏家洲的人都会斜着眼睛看这一家人,不说是奇耻大辱,也算得上见不得人吧!小妈越想心里越烦,干脆把扬叉横甩了出去,一屁股坐在门槛上生闷气。

王主任原计划今天去魏天虎的家里看看，一大早小谢老师却告诉他，天虎来了。

"天虎要么不来，要来就来很早；要么不迟到，一迟到就是第三节课才来。"小谢老师说。

"噢！"王主任若有所思。顿了一会儿，王主任对小谢老师说："第三节课我到你班上去，见见这孩子。"

课间操的音乐放了一半的时候，小谢老师突然闯进王主任的房间，王主任正在思考作文教学的问题，小谢老师让他吓了一跳。

"你是故意吓我的吧？"王主任开玩笑地说。

"天虎做操时晕倒了，他们把他送到村卫生室去了。"小谢老师紧张地说。

王主任起身和小谢老师去村卫生室。村卫生室是过去村里的赤脚医生承包的。王主任同小谢老师走进去时，那个臃肿富态的赤脚医生正往天虎的嘴里喂糖水。

"你怎么不给他打吊针？"王主任问。

赤脚医生不理王主任，继续往天虎嘴里喂糖水。

"你怎么不给他打针呢？"王主任又问。

赤脚医生抬头瞟了王主任一眼，大概意识到从未见到过这张脸，估计是个什么领导，才停住了手里的活。

"你懂什么？我知道这孩子是什么病，他没病。这魏家洲的老小谁不知道，自没爹妈后这孩子是饥一顿、饱一顿长这么大的，他是饿昏的。"赤脚医生冷漠地说，然后又从厨房里端出一碗米汤冲蛋花。

"看着吧，不出半个钟头，他就会活蹦乱跳的。"赤脚医生边喂天虎边自信地说。

果然，一碗蛋花汤喂完，天虎就睁开了眼。他看见这么多人围着他，一下子窘迫得不好意思起来，溜下床就准备往外跑。小谢老师就叫周围的人全回学校，由她同王主任陪天虎慢慢走回去。

"你为什么不吃早饭？"小谢老师问。

"不吃！"天虎说。

"为什么不吃？"小谢老师觉得天虎没有回答自己的问题。

"就是不吃！"天虎说。

"你还是没回答老师，说说看，为什么？"

"因为没饭吃！"天虎突然大声叫了起来，随后是一阵呜咽，泪水决堤般淌了下来。王主任、小谢老师面对突然而至的变化都不知所措。

"那,那你叔叔的孩子也不吃?"小谢老师小心翼翼地问,顺便抚摸了一下天虎的头。天虎对这母亲般的疼爱太陌生了,开始还习惯不了,让了一下,小谢老师再次将手搁在天虎的头上时,天虎才接受了。

"吃。"天虎哽咽着说。

"这么说你上学从未吃过早饭?"

天虎点了点头。

到了下午,王主任和小谢老师准备出发去天虎家看看时,县教委打来一个电话,要王主任赶回去参加一个会议。小谢老师就说:"王主任,您先开会,去天虎家我随时都可以。"

王主任说:"也只好这样了。"

天虎跨进门,书包还没来得及放下,小妈就一棍子打在了天虎的腿上。

"跪下!"小妈说。

天虎不知又犯了什么错,他还在反思的时候,小妈又打了一棍子。

"跪下!"小妈说。

天虎只好跪下。

"昨天是不是有人从你眼皮底下偷了谷子?"小妈举着棍子问。

天虎摇头,小妈手中的棍子迅捷地落了下来。

"是不是有个开手扶拖拉机的人偷走了几捆?"小妈手中的棍子又扬了起来。

"我只听见了拖拉机的响声。"天虎说。

"狗×的还只听见了响声!要你坐在那里观风景的?"小妈说着,又朝天虎抽了一棍子。

"还有,你昨天偷了别人的黄瓜没有?"小妈问。

"没有!"天虎肯定地说。

"想清楚!割谷时你是不是偷了秀英家的黄瓜?"

"摘了,没偷。"天虎说。

"狗×的,你没吃过黄瓜?老子没给饭你吃?你丢姓魏的脸!你偷!你再偷!"小妈一边骂一边不停地抽打天虎。天虎实在忍受不住了,一个前扑滚倒在地,小妈追上去又打了几棍子才住下手来。小妈丢了棍子,走进厨房,端起饭碗呼啦呼啦地喝起来,任天虎在地上滚来滚去号啕大哭。

晚上,哭得精疲力竭的天虎在叔叔身后站了很长时间。叔叔不说话,闷头抽叶子烟。天虎后来就抱了一床被子从叔叔家里走了出来,他下定决心再也不进叔叔的家门了。对天虎而言,这是他人生中最艰难的一次抉择。从此以后他将自己驾驭人生之舟,在虎渡河边,在长江边迎接一个人成长历程中必须经受的风吹浪打、雨雪风霜。在这样一个特殊的夜晚,魏家洲出奇的宁静,只有魏家洲的老艄公么佬在酒气熏天的迷醉中,模糊地听见渡口附近的草垛里有一阵阵抽泣声传来,时大时小,忽隐忽现。么佬翻了个身,鼾声便盖过了低沉的抽泣声。

"过河!"

"过——河!"

天虎在对岸悠长的喊船声中醒来。拍打完身上的草屑,天虎才发现自己竟然在河边的草垛中睡了一夜。天虎看看河对岸,几个等船的人热情地向他打着手势。天虎跑到河边,解了缆绳,却发现河水比以往湍急得多。天虎只好下船去喊么佬。

"么佬,有人过河呢!"天虎在门缝里说。

"嗯!"天虎听到么佬翻身的吱呀声,声音过后又是一片安静。

"么佬,有人过河!"天虎又说。

"嗯!"么佬还没醒来。天虎在门边站了一会儿,见屋里仍然没有动静,便径直下河推船去了。

游泳和划船是长江边上的孩子必须会的基本生存技能。同许多江边长大的孩子一样,天虎也会推船、泅水。但天虎从来没有在汛期的洪水中推过船,在洪水中划船既要技巧又要体能。瘦得像猴子的天虎当然不可能有多大的体能。

天虎明白这一点,他把船沿岸牵到上游,然后顺流而下,横渡过程中稍加用力,船便可以在对岸离渡口不远的地方靠岸。客人上了船,天虎又拉着缆绳把船牵到上游,再次顺流而下又回到河的这一边。虽然时间长了些,但是毕竟安全地把客人接了过来。客人上岸后,天虎数了数手中的钱,竟然收到了五元钱。天虎摸着五元钱就像摸着自己的命脉一样,激动与紧张、幸福与兴奋、担心与恐惧都摸在手心里。天虎趴到么佬的门边,如雷的鼾声仍然震荡着芦苇做成的墙壁。天虎害怕惊醒么佬,蹑手蹑脚地离开了么佬的棚子,然后一阵狂奔。到了镇上的时候,天虎的心还在狂跳不止,他不得不用一只手按在胸前。么佬不会发现的,么佬还在打鼾,天虎不断地安慰自己紧张的心。天虎在一个早点摊子面前坐下来,吃了平生第一碗牛肉面。摊子上的几个中年妇女一边看天虎吃面一边赞扬他。"男孩子就要吃得!什么东西都吃得!"妇女们说。妇女们见天虎狼吞虎咽,满头大汗,便告诫他,不要吃得太快,要一口一口地吃。天虎擦了一把汗,憨厚地笑了一下。妇女们的脸上又露出了欣赏和满足的表情,似乎面前这个呼啦啦吃面的憨小子就是她们自己的儿子。一个妇女甚至情不自禁地伸出手来替天虎擦汗。要是她们是我的小妈就好了！天虎在心里假设着。等那个妇女替他擦了汗，天虎端起碗，一仰脖子，把汤汤水水全灌了进去，然后擦了擦嘴，满足地叹了一口气。旁边的妇女们的眼睛里都放射出惊奇和兴奋的光芒。她们想，自己的儿子什么时候能像眼前这个孩子一样酣畅淋漓地吃顿早餐给自己看看，而不再是吃药一般的痛苦模样呢？她们当然不懂，一个对饥饿没有切身体会的人，决不会把一碗面当作团年饭！对天虎来说，这碗面已胜过了几个团年饭。这样的区别，这样的机会，只有天虎才有。

小谢老师两年来第一次看见天虎的脸上充满了儿童的生机和活力。

"天虎，今天吃早饭了？"小谢老师问。

"吃了！"天虎语气里洋溢着自豪和满足。

小谢老师心想，天虎的叔叔和小妈还是有良心的，上次天虎昏倒了，这次就给孩子吃早饭了。有些家长就是不见棺材不掉泪，非要酿成了恶果才会清醒。一直为天虎吃饭问题担心的小谢老师终于舒了一口气。待小谢老师回过神来，天虎已经向教室走去。小谢老师突然记起了什么事，把天虎叫住。天虎看着小谢老师向自己走来，他喜欢这个漂亮的女老师。他之所以喜欢语文课，喜欢作文课，某种程度上应归功于他对小谢老师的喜欢。敏感的天虎发现有几门课的老师特别讨厌他，他明白他们嫌他身上脏，衣服破，就像人们讨厌乞丐一样。

"这是上次来咱们学校的王主任寄来的报纸，上面有你的作文，也有王主任女儿的作文，她跟你一样大，也喜欢作文。"小谢老师说着，交给天虎一个大信封，然后就用一种慈爱的目光看着他。天虎把信封塞进书包里，说："谢老师，没事我就走了。"

小谢老师终于看见了另一个天虎。

上完语文课，天虎便悄悄溜出了校门。小谢老师下午放学时才知道这件事。放学前，校长的爱人、上自然课的陈老师问小谢老师："你班上的魏天虎怎么又旷课了？"

"没有啊！上语文课我还见着他了。"小谢老师说。

"你去问班长，我明明发现少了一个人，班长说是天虎。"陈老师说。

班长正指挥几个同学搞卫生，看见小谢老师来了，便主动汇报天虎旷课的事情。

小谢老师再次迷惘了，这个孩子究竟是怎么回事呢？

天虎用早上吃牛肉面剩下的钱买了两个烧饼，其中一个他预备晚上吃。吃了烧饼天虎盘算着如何去弄明天的生活费，自然课可以不上，美术课可以不上，音乐课也可以不上，甚至数学课都可以不上，但明天还有小谢老师的课啊，语文课一定要上。

坐在小镇上的马路边，天虎胡思乱想着。这时一个拖板车收破烂的老爷爷对着天虎的背后大声吼了一句，天虎惊得跳起来。

"你这个伢子！背着书包不上学坐在马路中间挡路！"老爷爷气喘吁吁，板车上堆满了纸箱、塑料、破铜烂铁。

天虎闪到马路一边，看着老爷爷拉得吃力的样子，就赶到车后帮老爷爷把车推上了坡。老爷爷歇下板车，脸色变得和蔼多了。

"你这个伢子，还算有良心，晓得帮老家伙一把。"老爷爷说。天虎不说话，傻乎乎地盯着板车上的破烂货。

"您要拖到哪里去？"天虎问。

"废话！还能拖哪里去？废品收购站。"

"这能卖几角钱？"天虎很奇怪。

"几角钱？我就靠卖这给两个儿子各造了一栋楼房！"老爷爷自豪地拍了拍纸箱。

收破烂还能造楼房？天虎头一次听说。楼房对自己来说就像天上的月亮，暂时可以不想，但如果收破烂能解决温饱，那就是一个好门路。说是好门路，是因为天虎觉得这件事做起来不难，连一分钱的本钱都不需要。

天虎捡了一根绳子、一个蛇皮袋子，便开始了工作。天虎很快学会了做这一行的基本诀窍和技巧，比如餐馆门前的易拉罐多，小副食品店和水果摊前的纸箱多，建筑工地上的牛皮纸多。易拉罐要像踩鱼泡那样踩一脚，各类包装纸箱必须折叠起来用绳子捆紧。这个下午，天虎在菜场、沿街商店门口走了一圈，收获还算不小。十个纸箱天虎必须背着，手里还得提着蛇皮袋，不断把路边的塑料袋、橡胶鞋底装入袋中，背上的书包还装着十几本书。天虎走到江边的草垛时，汗水像蛆一样在他黑乎乎的脸上爬出道道白印。

摆渡收工的么佬唱完了山歌，拴好了缆绳，抬头就看见天虎靠在草垛上吃烧饼。

"烧饼好吃？"么佬走上前来问。

"嗯！"天虎点了点头，又问："你为什么要唱歌呢？"

么佬犹豫了一阵子，说："伢！草垛里睡不得，将来会得风湿病的。我跟你叔叔说过了，要把你接回去。你这是在丢魏家人的脸！"

"我不回去！"天虎嘴里像含了根胡萝卜似地吐词不清。

"我又没睡你的草垛,"天虎又说,"你还没回答我呢,为什么要唱歌?"

"伢!你以为我赶你回去?我一个孤老头子,在江上漂了大半辈子,在这渡口又住了小半辈子,巴不得有个人跟我做伴。有时候,想找个人听我说话都难啊!"么佬说。

"我不回去不更好?"天虎说,"你像个神经病,为什么总是唱那首歌?"

"驾船的人都唱歌,不会唱歌就驾不好船。"么佬只好先回答天虎,然后才说,"你还小!不该过这种日子啊!"

"这洪水眼看就涨起来了!"么佬说完,叹了口气。天虎朝河岸上下扫视了一下,他想他得找个地方躲起来,以免被叔叔抓住。堤防管理段在下游又修了一个砖瓦的哨棚,旧的哨棚便废弃了,这是个好地方,虽然墙壁是芦苇糊起来的,屋顶盖的还是稻草,但好歹是一间房子。

天黑下来前,天虎把捡来的破烂货放进了哨棚,又用稻草把被子盖起来,自己则背着书包藏到河边一块大石头后面。魏家洲晚饭前后惯有的喧闹过去之后,天虎的叔叔提了一盏马灯朝河边走来。叔叔先是在草垛周围细细地察看了一圈,又朝哨棚走去。天虎伏在大石头后面,叔叔的一举一动尽收眼底。糟了!不该把纸箱和破烂货放在哨棚里,天虎心里想。幸亏叔叔没想到天虎会捡破烂货,不然天虎就露了马脚。叔叔在哨棚里踢了踢蛇皮袋子,没发现天虎的痕迹又退了回来,直接敲么佬的门去了。天虎听不见叔叔和么佬说什么,不过,他感觉么佬的嗓门很大。叔叔的马灯在黑暗中又向堤前飘去,然后一寸一寸矮了下去。天虎从草垛里刨出被子,然后爬到堤上时,看见那盏马灯的光愈来愈小,最后像鬼火一样消失在黑夜之中。天虎摸黑走进哨棚,将被子铺在几根木棍搁的床架上,小心翼翼地躺了下来。

后半夜,天虎从两根木棍的缝隙中漏下去,重重地摔在地上。蒙眬中天虎听见有人喊"过河",他挣扎着坐起来,困倦重又将他卷到被子里,他就在地上睡到天亮。

明天一定要把床搁稳,天虎想。

天虎坐在废品收购站门前等开门。一个个戴着红领巾,拿着肉包子、油条的学生坐在爸爸或妈妈的自行车后座上,迅速奔向新的一天。天虎时而朝上学的伙伴们瞟一眼,时而又深深地埋下头去,他不能让同学们认出来。上学的学生如鸟一样飞过一阵后,变得愈来愈稀疏,最后很长时间也见不着一个学生了。天虎有些着急起来,今天第一节课是语文课。

天虎向路边一个卖发糕的人打听收购站几点开门。

"你买不买发糕？五角钱一个。"卖发糕的人说。

"你先告诉我几点开门。"

"八点半。"卖发糕的人说完就催天虎，"你说买发糕的呢？"

"你把收购站的门叫开了，我就买。"

"小流氓！你敢耍我？"卖发糕的人抓住天虎的衣领，轻而易举地把他拎了起来。

"不哄你，不骗你，不耍你，我卖了废品就买发糕。"

卖发糕的人这才明白，天虎还等着卖了废品买早点。他指着收购站门前的一捆纸箱，问天虎："真是你的？"

天虎点点头。

"不骗我？"

天虎又点点头。

"好！我给你喊门。你要是骗了我，我会打断你的腿！"

卖发糕的人拍了拍门，里面传出一阵拖鞋拖在地上的声音。

"他们说我是流氓，其实我不流。我是恨别人骗我，骗了我，我就要报复，懂吗？报复多了，他们就说我是流氓，懂吗？其实是骗我的人太多了。"卖发糕的人说。

天虎点了点头，他相信这个满脸凶相的人是恨别人欺骗他。

卖了废品后，天虎就买了两个发糕，一边往嘴里塞一边往学校跑。

"你从小说话算数，长大会有出息的！"跑了很远，卖发糕的人还在后边夸他。

小谢老师准备骑车回家时，陈老师拦住了她。小谢老师发现陈老师的脸色不对劲，料到班上又出事了。陈老师的女儿也在自己的班上，班里出个什么事，不出半小时就会传到陈老师的耳朵里，然后就传到校长的耳朵里去了。陈老师一直不太习惯小谢老师的穿着打扮。有一次陈老师耐心地向小谢老师推荐一种护肤用品，当陈老师像个标准的推销员介绍完产品后，没料到小谢老师却说："我不喜欢它的名称！"陈老师大感不解。陈老师虽然也知道小谢老师古怪，如买衣服要看品牌，主张少而精；在寝室里挂许多西方画家关于圣母的裸体油画等，但她没想到现在的年轻人居然可以因为不喜欢一种商品的名称而拒绝它。此后，陈老师有意无意地总把小谢老师班上出的毛病当作很大一回事。

"陈老师，您有事？"小谢老师谦虚地问。几年的工作经历让她明白，对资历比自己深的同志不尊重，实际上就是跟自己过不去。

"我女儿的零花钱被偷了，上语文课时还在口袋里，下了课就没有了。怪的是下课后天虎又不见了，天虎就坐在我女儿后面。"陈老师的话显然是针对天虎的。

"你怀疑是天虎？天虎虽然家境贫寒，但还没听说有过什么不轨行为。"小谢老师说。

"你说他家境贫寒？我女儿说，最近有人经常看见他买零食吃，比我女儿吃得还好！"陈老师越说证据越确凿。

"你调查过了？"小谢老师觉得不能被陈老师的思路牵着走。

"我女儿已经问过他了，全班的同学都认为是他。"

"天虎承认了？"

"小谢老师，你才工作几年，不了解差生，天虎怎么会承认呢？他哭了，只哭，不说话。你说这不是承认是什么？"陈老师说。

小谢老师用一只脚踏着自行车的踏板，说："我这车子得修一下，这件事我调查清楚后给你答复。"然后她不等陈老师反应，便骑着车子走了。

"现在的年轻人比我们那时候狡猾多了！"陈老师望着小谢老师的背影，自言自语地说。

河水说涨就涨，天虎站在堤面上都能感觉到洪水猛兽那排山倒海的气势。堤在发抖哩！天虎在心里感叹。回哨棚时，天虎发现要做的事还很多。锅瓢碗灶筷子油盐柴米都没有，最起码的照明工具——灯，也没有。不过，眼下要把床弄稳当，不能每天都睡地上。

走进哨棚，眼前的景象让天虎吓呆了：床架四散八落，被子卷成一团，易拉罐、塑料袋、纸箱等杂物铺满一地。天虎很快想到抢劫和抄家，是谁呢？谁会抢一个狗窝呢？天虎最后想到堤防管理段，因为哨棚是他们的。他们有砖砌的哨棚，为什么还要在乎一个芦苇棚子呢？天虎不明白。

么佬走进哨棚时，天虎正捏着断了腿的床架，流着伤心的眼泪。

"堤防管理段都不是人！"天虎骂道。

"伢啊！我就晓得你会乱点鸳鸯谱的。"么佬放下一条破板凳和几块板子，说。

"堤防管理段的人砸了我的东西。"天虎不明白么佬的意思。

"堤防管理段的人防汛都忙不过来，哪顾得上你这堆破烂货！是你小妈！她说砸了这些东西你就无处落脚了，就得乖乖回家。"么佬说。

"她坏！我不会回去，我永远不会回去！"天虎的眼睛里放射出坚定的光芒。

么佬拖过破板凳，说："这条破板凳绑一下可以做床架。"天虎很快从蛇皮口袋里摸出一圈铁丝和一把铁钉来。

"哪来的？"么佬问。

"帮木匠割谷，他给的。"

"就这点报酬？"

"过去帮别人割谷只管饭，这次既管饭又给东西，还划不来？"

一老一少很快就将床架绑好。天虎铺上被子，爬上去躺了一会儿，嘴角露出无比幸福的微笑来。

"你缺的东西长江和虎渡河都有！"么佬对躺在床上美美享受的天虎说。

"锅也有？灯也有？"天虎天真地问。

"有！一方水土养一方人。你住在河边，它不会亏待你的。"么佬神秘地说。

天虎似懂非懂地点了点头。

天一黑哨棚就黑了。天虎本想借着日落时的余晖看看那份从县城寄来的报纸，但把报纸展开看了几行，棚子里就黑了，他就拿着报纸睡着了。

睡梦中，坐在天虎前排的马兰忽然回过头来对天虎说："你偷了我的钱！"天虎说："没偷！"全班同学都把目光投向天虎，天虎感到有千万条射线恣意地烧灼着自己。"你没偷，哪来的钱买东西吃？前天我不见了一块钱，中午就见你啃烧饼，一个烧饼刚好一块钱；昨天我不见了两块钱，有人见你中午在街上吃牛肉面，一碗牛肉面刚好是两块钱。你说巧不巧！以前怎么没见你买东西吃？你叔叔连饭都不给你吃，怎么会给钱你买东西吃呢？"

"我没偷！没偷！"天虎说着抓过书包就跑，一边跑一边喊"没偷"。

小谢老师和县教研室的王主任走进哨棚时，天虎正挥舞手里的报纸喊"没偷"，天虎以为手里摸着的是书包，直到被人捉住了手才睁开眼睛。

"我做了一个梦。"天虎不好意思地笑了起来，再看看外面，刺眼的阳光已从芦苇间的缝隙里投射进来。天虎明白睡过了头。

"自己的床睡着真舒服！一睡就忘记起床了！"天虎说。

"比叔叔家的小，但比他的舒服。"天虎又说。

"谢老师，你们怎么不说话？"天虎这才发现面前的两个老师像石头一样站在那里，一动也不动，一个字也不说。天虎不知道发生了什么事。

"谢老师！"天虎小心翼翼的样子，既像是叫她，又像是问她。

突然，两行泪水顺着小谢老师的眼角淌下来，王主任的眼眶也湿润了。

"谢老师，出了什么事？"天虎很难懂得老师的内心世界。

"哦！是这样的，马兰的钱不是你偷的，我调查过了。"小谢老师转移话题。

"刚才在梦里我还对她说过没偷！"天虎说。

"以前我没想到你艰苦到这种程度！"这时，王主任接过话茬说。

"我比过去好多了!"天虎高兴地扳着手指历数他现在的生活,可小谢老师的哭声越来越大。天虎不知道,他的每一个成就,从捡破烂到帮别人割谷等,都像一把把锋利的刀子割着老师的心。

"期末考试快到了,这段时间你要专心复习功课,知道吗?"王主任说。其实王主任知道自己是在欺骗自己,一个吃了上顿不知道下顿的孩子怎么可能专心复习功课呢?但王主任想说,说出来舒服。两位老师一前一后退出了哨棚。天虎坐在床上,依然一副未从睡意中醒来的糊涂样子。他觉得刚才两位老师就像从另外一个星球来的两个人,走进他的哨棚,叽里呱啦说了一阵大家都听不懂的话,立即又走了,让天虎云里雾里摸不着头绪,他们为什么来?说的是什么意思?

天虎的小妈在学校门口焦急地等着天虎。快8点了,这个小害人精怎么还不来?天虎要是今天不来呢?小妈在学校门口寻思着怎么办。开始她想去哨棚找天虎,马上发现这个办法不妥。天虎像条泥鳅,溜起来谁也抓不着。在上学途中拦截更不可能,四面八方没遮没拦,都是路。最后她觉得在校门口找他是最妥当的,学校人多,有天虎的同学和老师,碍于面子,天虎是不会跑的,除非天虎首先发现自己,暗中溜掉。

上课铃响的时候,小妈终于发现一个天虎的同班同学正往学校冲来。小妈迎上去问:"看见天虎了吗?"

"第三节课他才会来!"学生一边跑一边回答。

小妈见时间还早,就到附近一个熟人的商店里打麻将。农民打麻将一般不是因为钱多,而是因为时间太多。当五十元钱输得只剩十元的时候,小妈下了桌子,说找侄儿有事,要先走。

为了不被天虎发现,小妈故意躲在校门口一个冷饮摊子的遮阳伞下。听到了广播体操的音乐声,天虎加快了脚步,到校门口时他犹豫了,现在进去不是叫大家都看见了吗?天虎想。正要后退,小妈拦住了他。

"天虎!第三节课才来?"小妈第一次以关切的语气跟天虎讲话。

天虎不做声,慢慢退到墙角。

"你不要怕!我再不打你了,也不会砸你的东西了。"小妈说。

天虎还是不做声。

"我今天来找你,是跟你商量事情。"小妈故意不把话说完,等待天虎的反应。

天虎半信半疑地看了小妈一眼,然后就用脚在地上逗一只蚂蚁。

"你要么回家里来,不让别人看我们的笑话,要么你就改姓。"小妈严肃起来。

"我爹姓魏,你叫我改姓什么呢?"天虎问。

"姓什么都可以,就是不能姓魏,要姓魏你就回家。"小妈说。

天虎又用脚去玩蚂蚁。

"我可不可以姓江？姓江不行就姓河。"天虎说。

"随便，你喜欢什么就姓什么吧！"小妈说完，抓过天虎的手，塞给天虎十元钱，转身就走。天虎想，不要白不要，就接住了。小妈走了几步又说："现在家家户户都没有活钱，不要嫌少。"

当天，做一张语文单元测验试卷时，天虎不知道怎么写名字了，做完了卷子，他想了半天，就在姓名处写下了"✕天虎"三个字。几天后，好几个任课老师都反映魏天虎的卷子上写着"✕天虎"。老师们说，调皮的学生与别人就是不一样，调皮到拿自己的名字戏弄老师，这样下去还得了！干脆把老师的名字也改成"✕老师"算了！小谢老师听了只好悄悄地从老师们中间退出来。此后几天，小谢老师一直想找机会问天虎为什么要把名字写成✕天虎，可接连几天天虎根本没有来学校，连他最喜欢的语文课都没来上。

教导主任也听到老师的反映，说魏天虎几天没有上课。教导主任找小谢老师了解情况，小谢老师说："我知道的大家都知道。他没有父母，小妈虐待他，现在一个人住在哨棚里，没有固定的经济来源，也没有稳定的生活保障。就这些，大家都知道。"

"还是要去看看！"教导主任说。

"是要去看看！"小谢老师说。

"他怎么能把自己的名字写成✕天虎呢？"教导主任问。

"我也奇怪，怎么能开这样的玩笑？"小谢老师说。

天虎的同学很快就把✕天虎的名字告诉了各自的家长，家长们又很快把这件事传开了。么佬在船上听几个人聊天聊到了这件事。

"你怎么能随便改姓呢？"么佬坐在船头抽叶子烟，天虎在河边洗几片白菜叶子。

"小妈给了十块钱，叫我改，我就改了。"天虎洗完菜，捡块薄石片，在河面上打了一个水漂。

"十块钱换个姓？姓是祖宗给的，哪能瞎改？"么佬说。

"我没改！我写的是✕天虎，✕代表某某呢！"天虎轻描淡写地说。天虎在一个从河里捡来的破铁锅里炒白菜。湿柴在铁皮灶膛里鞭炮一样乱炸，一颗火星溅出来，刚好落在天虎的胳膊上，天虎手忙脚乱地在胳膊上乱抓。这时，他的叔叔走了进来。

魏宗是在粮管所看今年的稻谷收购价格时听人议论这事的。魏宗看到告示上说，对粮食继续采取保护价格，敞开收购。魏宗心里很高兴。看告示的人其实都很高兴，关键是有的人一高兴就谈天说地。魏宗正要从人群中挤出去，这时有人说魏宗不是东西。

"魏宗两口子先是不给侄儿饭吃，后来把侄儿赶出来，现在干脆不让侄儿姓魏了。他哥哥魏祖要是知道这些事，肯定要从坟里爬出来，半夜把魏宗两口子带到阴曹地府。"一个人说。

"我看关键还是魏宗那女人太厉害。"另一个人说。

"为什么魏宗怕那女人，还不是自己有把柄握在老婆手里。"这边又有人说。

魏宗偷偷瞟了一眼周围的人，幸亏没有认识的，否则他就是挖洞钻进去都来不及。

天虎抬头就看见了叔叔，天虎没有跟叔叔说话，他也不怕叔叔了，在他心目中已经没有了叔叔。

"你没姓？不姓魏？那也该有个姓吧！"叔叔说。

"你说姓什么好？"天虎壮着胆问叔叔。要是过去，他是不敢这样跟叔叔说话的。

"姓什么还用问？你就是烂成了骨头还是姓魏！"魏宗严厉地教训着天虎，至少他认为眼前这个倔强的小子还是他的侄儿。

"小妈叫我不要姓魏。"天虎冷静地说。

"小妈说的？"

"是的！"

叔叔不做声了。叔叔在哨棚里踱了几步，环顾一下四周，叹了一口气，走了。

叔叔前脚才走，小谢老师的女式自行车就停在了哨棚前。天虎喜欢看小谢老师骑女式自行车的样子，很优雅，很潇洒，不骑就是推车子的样子也好看。天虎不喜欢看女性骑载重的男式车子的模样，很丑，就像一个文弱的女生骑在一只大老虎身上。骑在老虎背上的一定要是武松那样的鲁莽汉子才协调，天虎跟几个人说过这个想法。他还跟过河的漂亮小姐说过这句话，那次是他把她渡过河的，么佬那天病了。那个漂亮小姐也推着一辆漂亮的女式自行车。天虎记得，那天过河的漂亮小姐给了他五元钱，他不要，小姐一定要他要，后来强行把钱插进他裤子口袋里了。天虎当时很尴尬，因为他的口袋是漏的。小姐插钱时手从口袋里滑了出去，直到摸到他的雀雀才发现这一点。他还记得那瞬间，小姐也很不好意思，飞快地骑着自行车跑了，像一只美丽而受了惊的羊。

小谢老师说："天虎有出息啊！自己会做饭，我都不会做呢！"

"谢老师讽刺我！"天虎傻乎乎地笑了。

"这么晚谢老师还不回去?"天虎说。

"反正骑车子快,弯过来看看你。"

"谢老师,吃我炒的白菜!"天虎说。

小谢老师吃了,点点头,说:"不错!"

"天虎,你这么聪明、能干,为什么总要给别的老师留下调皮捣蛋的印象?"小谢老师问。

"那是他们看不起我。"天虎说。

"不一定吧,比如你为什么把名字写成×天虎?"

"因为小妈要我改姓,没想好,就用×代替了。"天虎又憨憨地笑了。

小谢老师若有所悟地"噢"了一声。

天虎快要期末考试的时候,么佬又病了,这次比上次更加严重,虎渡河两岸都能听见从老艄公的棚子里传出来的痛不欲生的咳嗽声。

天虎是在读王主任的女儿王伶依的作文时听见这声音的。

天虎用易拉罐做了两盏点柴油的灯。几年来,这个废弃的哨棚第一次有了光明,天虎特别快乐。他想,在这个特别的晚上要做一件特别有意义的事情。思考了半天,他把那份从县城寄来的报纸找出来,他要看看那个跟他同龄的女孩写的作文。

我的同龄人

每个人都有同龄人,但是,我们了解我们的同龄人吗?我不知道别人会怎样回答这个问题,我的回答是:不了解。

过去,我以为我的同龄人都跟我一样过着幸福的童年生活。每天早晨,妈妈会提前把早餐做好并送到我的面前,妈妈帮我收拾书包,帮我整理衣服,然后,爸爸用自行车驮着我去学校。下午放学时,爸爸或者妈妈又会准时等候在学校门口。晚上,一家三口围在一起,在欢笑中一边看电视一边吃晚饭。过生日的时候,在我吹灭蜡烛后,爸爸妈妈会拿出我怎么也猜想不出的礼物。

爸爸妈妈不会骂我,更不会打我。他们像爱护蚕宝宝、小羊羔一样爱着我,怕饿着我,怕凉着我,怕冻着我,怕床太硬,怕饭不软……在我的成长中,他们手忙脚乱,不知所措,都是因为一个字:爱。

可最近爸爸下乡回来讲了一个同龄人的故事,我才明白,我的同龄人并不都这样幸福。还有不知道幸福是什么滋味的同龄人，就像我不知道什么是痛苦一样。故事的主人公叫天虎，他的爸爸早死，妈妈出走。孤苦伶仃的天虎只好跟着叔叔，可叔叔一家不会像他的父母那样爱他。天虎不仅要做很多的家务，还要去田里干活；不仅要劳动，而且还吃不饱饭。最令人伤心的是他现在从叔叔家里跑了出来，过起了流浪生活。在这样的条件下，天虎哥哥还尽量上课。他特别喜欢语文课，作文写得也出色。

我想天虎哥哥也希望像我一样按时吃饭，按时上学，但他做不到，因为他还要为吃住穿烦恼。据说，天虎哥哥的同学瞧不起他，不喜欢他，但我尊重他，敬佩他。我为能认识和理解一个同龄人而骄傲。我不能帮助天虎哥哥克服一切困难，但我能够做一点事情。但愿我所做的能为天虎哥哥增添一份快乐。

这个叫王伶依的同龄人的作文让天虎花费了半易拉罐柴油去看。天虎看了一遍，又重新读了一遍，然后赶快吹灭油灯，静静地坐在哨棚里，泪水不知不觉落了下来。与过去每次流泪的感觉不同，这次天虎感到特别的轻松和愉悦。

就在这时，老艄公剧烈的喘气和咳嗽声传了过来。么佬不会出什么事吧？天虎心里有些担心，站了起来。

老艄公的棚子从来不闩门的。天虎拉开门，看见么佬的床前积了一地的黑色痰液。天虎恶心了一下，么佬抬起头来，用一双浑浊而仁慈的眼睛看他。天虎咬咬牙，用一把铁锹把床前的污秽铲出去后才坐了下来。

"伢，不要怕，人都是要死的。我已经死过一次了，三十年前我们的船在洞庭湖遇到风浪，我被掀到水里去了，是一个湖南人救了我。在虎渡河我摆了几十年的渡，湖南人我都不收钱。因为要不是那个湖南人，在这里摆渡的就不是我了。这句话我跟你叔叔讲过。他要是听懂了，你将来不会太苦的；他要是没听进去，你就得靠自己。不过，你还得姓魏，这跟你叔叔不相干。"么佬安详的脸上透射出一种宽广深厚的力量，天虎去过虎渡河南无寺，他想么佬就像南无寺里的大佛。

"你死了，谁来摆渡呢？"天虎问。

么佬没做声，他的眼角和脸上却绽开一丝笑意。

"我来摆，行吗？"天虎又问。

"你还小！"

"我不小了，我会推船，还会唱你唱的那首歌，我唱给你听。"天虎说着，就唱了起来：

妹在田里放黄牛，
哥在山上丢石头，
石头砸在牛背上，
牛不抬头妹抬头。

"你看怎么样？"
"行啊！不过，你不能一辈子摆渡啊！"
"长大了，有工作了，就不摆了。"
"从小摆渡，将来肯定找不到工作。"
"那，就摆一辈子的渡算了。"
么佬本来想笑一下，发出的却是一阵咳嗽声。

暑假中，天虎没有捡破烂，也没有去帮别人干农活，他在渡船上度过了一天又一天的愉快时光。虎渡河换了新艄公，一个孩子艄公，引起了来来往往的过河人的兴趣。

"你是么佬的孙子吧？"有人问。
"不是，他姓么，我姓魏呢！"天虎一边推一边说。
坐船的人一阵开怀大笑。
"那你说么佬凭什么把船交给你摆啊？"
"因为我和他都住在河边。"
"不对吧？看来么佬是要把遗产交给你咧！"
"他从不搞鱼，没渔场哩！"天虎说。
过河的人又一阵大笑，天虎觉得他们笑得莫名其妙。

天虎在渡船上经常看见三三两两的人拎着水果和点心走进么佬那低矮的棚子里，大多数是姓魏的，他的叔叔也在其中。船上的人有时议论，说乡政府的人也来看么佬，是商量"渔场"问题的。

开学的前一天夜里，天虎在睡梦中听见有人在喊什么，他以为是么佬不行了。老人说人死之前要回光返照，常常大喊大叫。天虎在梦中听见的声音沙哑、急促，令人心里发紧。他揉了揉眼睛，细细辨别了一会儿，原来是对岸有人在叫。对岸的人不喊"过河"，喊的似乎是"救我"，不仔细听就分不出来。

天虎没有思索便飞身下河，解缆推船。黑暗中一块石头绊了天虎一脚，他摔了个狗吃屎。

"老子明天一定要把你这绊脚石挖了!"天虎满腔仇恨地对石头说。

船还没靠岸,岸上的人便迫不及待地跳了上来。马灯下天虎看见一个腿像藕节一样圆滑的女子站在自己面前。

"快开船!"年轻女子紧张地说。船到了河心,年轻女子才松弛下来,天虎估计她也就十五六岁。

年轻女子问天虎:"你这么小就驾船?"

"么佬病了,我替他。"

"么佬是你什么人?"

"老艄公,他病得很重。"

"你爹妈放心你?"

"我跟你差不多大了。"天虎说,他不愿别人把他看成孩子。

"我一个人,没爹没妈。"天虎又说。

"噢!"年轻女子叹了一口气,沉默了一会儿,说:"咱们都是苦命人。"

"你也是一个人?"天虎问。

"不!你比我幸运,因为你不是女的。"

"不懂。"

"以后你就懂了。"

年轻女子不等船靠岸就跳了上去。天虎不紧不慢,系好船,提了马灯,下船。

"这五百块钱你给老艄公买点药,这一百块钱你拿着。"年轻女子对天虎说。

"过河只要一块钱。"天虎说。

"不推了!我还急着赶路。今天晚上任何人喊过河你都不要过去,否则,我就等于还在河那边。"

"不懂!"

"记住就行了!"年轻女子说完,清风一样飘走了。

天虎捏着六百元钱,强盗逃命一般冲向么佬的芦苇棚。

"么佬!我明天给你抓药去!"

"么佬!我从来没见过这么多钱!"

"么佬!我长大能赚这么多钱就好了!"

可么佬没有回答他,么佬躺在床上动都没动一下。

天虎举起了马灯,在么佬的头上照了又照,晃了又晃,么佬已经如铁一样冰冷了。

当魏家洲的坟地传来阵阵鞭炮声时,天虎正摆渡到虎渡河的河心。在炒豆似的噼啪声中夹杂着爆竹强大的轰响。爆竹每隔一段时间发出一声闷响，天虎推船的双肩就抖一下，仿佛有一把刀，每隔一段时间割一下，他的心也就收缩一下。天虎不怕爆竹，但他知道，在最后一声轰响之后，么佬在仪式上就彻底从这个世界上消失了。这是他所害怕的。

天虎突然想唱山歌。他不明白自己怎么会有如此强烈的欲望，感觉到那首歌就要从嗓子眼里像山泉一样迸溅出来。天虎唱着：

  妹在田里放黄牛，
  哥在山上丢石头，
  石头砸在牛背上，
  牛不抬头妹抬头。

坐船的人都用一种怪异的眼光打量天虎。他们不理解小艄公这时候为什么要唱山歌，而且唱得那样投入。天虎唱完山歌，心里似乎好受一些了。

"老艄公就这样去了啊！"船上有人感叹。

"也不知道他把财产都留给谁了！"

天虎现在知道了，他们说的"渔场"就是财产，财产这词他明白。

这时，大家都把目光转移到天虎身上。

"伢子，你是不是姓魏？"

天虎点了点头。

"老艄公是不是把财产给你了？"

"没有！"

"说咧！我们给你介绍个漂亮姑娘做媳妇。"

"哨棚就是我的财产。"天虎说着朝哨棚努了努嘴。

一船人再不做声了。

但关心财产的并不仅仅是过河的人。晚上，天虎在堤坡上看洪水。九月了，洪水不但不退，反而还在上涨。听说川江还在下暴雨，看来这汛期一下子还不会结束。叔叔的大儿子这时候上堤，他比天虎大两岁，天虎叫他哥哥。哥哥坐在天虎旁边看了一会儿洪水，问："天虎，么佬给了你多少钱？"

天虎没理他。

"天虎，可不可以买一辆小轿车？"哥哥又问。

"还可以买架飞机哩！"天虎挖苦地说。

"这么说，真的一分钱都没给？"

"你说呢?"

"给了!"

"没给!"

"我妈说给了。"

"我说没给,你妈太狠了!"

"你说我妈的坏话?"

"说了,怎么样?"

哥哥先站起来逼到天虎面前,天虎也站了起来,他们像两只红了眼的小公鸡互相敌视着对方,然后就抱住对方扭打起来。两个人在混战中抱成一团都滚到了洪水里,接着又迅速爬上堤面,坐在一起,各自脱下衣服拧各自的衣服。

"天虎,要是有很多钱你会干什么?"哥哥一边拧衣服一边问。

"你呢?"天虎也埋头拧衣服。

"我要买一辆汽车,分洪时,把全家装上,一溜烟跑了,水退后,一溜烟又回来了。"

"你呢?"哥哥说完后又问天虎。

"我要挖一条沟,让洪水流到沙漠去。"

"你有病吧?就么佬那点钱还想把洪水引到沙漠?"

一阵风吹来,兄弟俩都直打尿惊。天虎说他要回去了,哥哥也只好怏怏地走了。不久,风越刮越猛,掀起的大浪把大堤拍得直抖。天虎很担心大风会把哨棚刮倒,整整一个晚上,他是听着阵阵风声度过的。

天亮的时候,风停了。天虎走出哨棚,眼前的情景却让他大吃一惊。一夜之间,堤上竟然不声不响冒出许许多多的解放军。在电影里一出现大规模的解放军时,电影里和电影外的小朋友都懂了,有大仗、恶仗要打。从解放军上堤,天虎意识到了防汛的严峻形势。难怪哥哥想要买一辆汽车准备分洪时逃跑哩!看来他早就感觉到了洪水挟带来的紧张气氛。看看不动声色滔滔南流的洪水,看看堤上严阵以待的军人,再看看一处处指挥所里三五成群的人围着地图在大声喊叫争吵,天虎的血液便如洪水一样奔腾了,周身的筋骨都在向外膨胀。急于找事做的天虎在大堤上来来回回逛了好几趟,他那匆匆的脚步,焦急的神情,没有引起任何人的注意。相反不少人纳闷,这孩子怎么又不上学了?一位自称乡政府的人通知天虎,渡口从今天起封渡了,他叫天虎把小船拴好。

急躁得像一头关在笼子里的小豹子的天虎终于等来了时机。突然,堤上哨子声四起,民工和军人都集合起来听取各自的指挥长的分工。天虎在一队民工的后面站住,等待派遣。可那个胡子拉碴的干部将民工都分配完了之后,并没有给天虎安排任何事情。天虎又走到一支军人队伍的末尾。天虎发现军人分工更来劲，在明白了各自的任务后，他们都要喊几句口号，什么"保证完成任务"，什么"人在堤在"。这些气壮山河的口号使洪水看起来并不可怕了，因此，天虎决定跟军人一起干。解放军军官没有注意到站在队伍后面的天虎，他喊了声"向后转"之后，军官连同士兵都一起整齐地走了。天虎在原地站了一会儿，才意识到这次又没自己的份。

无事可做的天虎终于决定还是上学去。开学好几天了，因为么佬的丧事，天虎一直没去报名。要不是堤上无事可做，他真的不会想到去上学。

开学后学校的热门话题是么佬的遗产和洪水。古怪的老艄公把遗产留给了天虎是绝大多数人的看法，陈老师在好几个办公室与同事们讨论过这个话题。她提醒大家，天虎可能比学校别的学生的经济条件都要好。

"想想看，天虎没有任何负担，却拥有一条渡船和几万块钱。我们中间谁的孩子有这样的环境？我估计天虎结婚的钱都不用愁了，我们还在担心人家的学费！"陈老师一说完，许多老师就默默地点头，陈老师还意味深长地看了小谢老师一眼。

"既然是这样，学校就不应免他的学费了。"有的老师就建议。

"要免也不是不可以。我们老马跑了几趟乡政府，提出由学校负担天虎的学习和生活费用，但他得把渡口和渡船交给学校。"陈老师说。

"这倒是个好办法！"老师们都点头。

小谢老师只好出去。无论陈老师谈的话题与天虎有无关系，她都不想听了，她觉得陈老师什么时候说话都有一点咄咄逼人的气势，总以为自己是校长夫人，什么事情、什么场合都要出风头。

校园里没有办公室里的压抑气氛，也没有大堤上的紧张氛围。走出办公室，小谢老师的心情就轻松多了。天气依然炎热得难受，没有一点走向秋天的迹象。

天虎发现学校里除了几条欢迎解放军的标语外，其他一切依旧。天虎在办公室里没有找到小谢老师。小谢老师仍然是他的语文老师和班主任，这是学校一条不成文的规矩，老师跟着学生升级，直到把学生送毕业。

天虎正要走出教学楼的时候，小谢老师回来了。一个夏天没见，天虎觉得小谢老师更漂亮了，脸上多了一层迷人的黑色。

"天虎！我们还准备去哨棚接你呢！"小谢老师说。小谢老师就是会体贴人，天虎心想。

走到小谢老师的办公室门口时，天虎准备掏报名费，小谢老师把他的手按住了。

"我有钱。"天虎说。天虎把么佬死之前那个小姐给的六百元钱一直保存着。

小谢老师把天虎拉到外面，说："这几天学校都在传说么佬把遗产留给你了，学校可能不免你的学费了，除非你把渡口渡船都交给学校。"

"都是瞎说！"天虎说。

"那渡船呢？"

"在河边。"

"老艄公的钱呢？"

"么佬死的时候我还在摆渡呢！我怎么会知道呢？"

天虎一副委屈的样子站在小谢老师的面前，小谢老师知道天虎说的是实话，便不再为难他。

"我先给你报名，钱的事以后再说。这两天学校准备迎接解放军，可能要放假，交钱的事就更不用急了。你要是掏了钱以后，别的老师还真的认为你接受了什么遗产，懂吗？"

"懂！"天虎说，感激的泪水在眼睛里打转。

天虎回哨棚的时候，一队队的解放军正朝学校的方向开来。堤上只留了几个军用帐篷。短短一天的工夫，堤面上横空码出了一道几尺高的子堤。

天虎用煮饭的钢精锅烧了一锅茶，茶叶是从小谢老师那里要来的。一个看起来像干部的军人喝了茶之后，同天虎拉起了家常。天虎不愿谈过去的事，只问解放军要不要他跟他们一起抗洪，问了几次，解放军都不理他的话，最后天虎说："你们随便安排个什么事都可以，反正我没事可干。"

"你安心读书吧！抗洪是大人的事。"军人说。

"你们怎么一点情面都不讲？茶喝了，话也说了，正事就不谈了？"天虎说。

"噢！你小子是想贿赂我。你以为这是栽秧？是割谷？这是战争！"军人说。

天虎还想说什么，军人手中的对讲机叫了起来，天虎就不说了。等军人在对讲机里说完话，天虎已闷闷不乐地出了帐篷。

天黑前，一阵狂风夹着大雨向魏家洲上空扑来。天虎只好点了油灯，早早地偎在床上看书。没有电视，没有广播，也没有报纸，天虎对汛情的把握完全来源于堤上防汛的阵势。人多嘴杂的时候，防汛人员紧张叫喊的时候，天虎就明白形势不妙。这天晚上，天虎有几次听见堤上一片骚动，手电筒光、马灯光急速地晃动，狂风大雨中还伴有焦急、恐惧的呼喊，天虎的心提到了嗓子眼。

天一放亮，从洲子中心地带就不断有人拖着板车载着生活用具向堤外撤退，搬家的队伍到了晚上仍不间断。天虎没有伞，只有站在哨棚里观察这一切。

夜幕再次降临的时候，一个穿着雨衣的放鸭人赶着一群鸭来到哨棚前。天虎以为他要躲雨，连忙替他让出立足之处。放鸭人揭下雨衣露出头脸，讨好地对天虎笑了一下。

"雨真大！"放鸭人说。

"洪水才叫大呢！"天虎说。

"预报说还要下一天一夜啊！"放鸭人说。

"我没听过预报。"天虎说。

放鸭人朝哨棚里大致瞟了一眼，似乎明白了。

"我也是从别人的电视里听到的，嘿嘿。"放鸭人说。

"他们说电视里的预报没有收音机准。"

"是不准，嘿嘿。"放鸭人说着朝鸭子看了一眼。几百只鸭子在雨点的打击下晕头转向，不知向何处去。

"哦！哦！哦！"放鸭人朝鸭子喊了三声，鸭子就乖多了，一律朝喊声的方向站着，任大雨抽打。

天虎觉得这现象很有趣，也喊了三声"哦"，鸭子也乖乖地站着，不乱叫，不瞎跑。

天虎满意地朝放鸭人看了一眼，放鸭人又讨好地笑了两声。

"小兄弟，打个商量。"放鸭人犹豫了很长时间终于开口了。

"我还是个孩子哩！"天虎说。

"那就叫小朋友，好吧？"

"可以。"

"小朋友，我请你把这群鸭子看一个晚上，要多少钱？"放鸭人说。

天虎不回答。天虎没看过鸭子，他没把握。

"十块钱怎么样？"

"我不会看，万一它们要跑怎么办？"

"很简单，你只要喊'哦、哦、哦'，他们就不会跑。嘿嘿，很简单。"

"那你呢？"

"我还要搬家，还要把几个孩子送到他们的姨妈家。雨这样下下去，谁敢说不会出大事呢？"

天虎这才意识到这件事不是闹着玩的。

"这群鸭子是我们家的支柱，要不是万不得已，我不会请别人看的。"天虎越来越觉得这件事严重。

"你看再加十块钱怎么样？"放鸭人说。

"再加十块！"放鸭人又说。

879

"你把这件雨衣送我，钱不要了。"天虎说。天虎没有伞，他想有件雨衣是件很好的事。放鸭人很高兴，因为雨衣很便宜。放鸭人豪爽地说："行！就这么定了！"说着，他把雨衣脱下来交给天虎，自己顶着大雨出去了。

　　天虎正想把雨衣披上，看见放鸭人像鸭子一样身上淋得放水光，就对他叫了起来。放鸭人以为天虎反悔，不理天虎，继续往前走。天虎只好追上去，把雨衣塞到他手里。

　　"你先穿着，来领鸭子时给我！"天虎在雨里对放鸭人说。放鸭人用手在眼睛上抹了一把，不知是雨水流进了眼睛还是有泪水流出来。

　　鸭子是种爱起哄的动物，一只鸭子叫，所有的鸭子都叫起来；一只鸭子做出要走的姿态，所有的鸭子便都准备走；一只鸭子朝天虎看，所有的鸭子都抬起头来朝天虎看着，似乎等待天虎分发点什么东西给它们。天虎慢慢明白了鸭子的特性，鸭子时刻要感受到有人在指挥它们，如果感受不到这一点，鸭群就会骚动不安。

　　鸭子们以哨棚为中心，挤在一起。天虎喊"哦、哦、哦"的时候，他面前的鸭子们很快发出轻声的应答，表示它们听到了并且很安心，而远处的鸭子由于雨声太大，听不见天虎的呼唤，不时就有鸭子焦急而大声地乱叫，如同与母亲走散的孩子一样，一边大声叫唤一边四处乱跑。天虎为鸭子的这种他说不太清楚的行为暗自感动，并且有一种莫名其妙的酸楚。这样，天虎便搬了把椅子站在上面大声唤着"哦、哦、哦"，远处的鸭子便朝声音发出的方向聚拢并轻声地应答着。

　　鸭群渐渐安静下来，天虎趁这空隙赶快爬到床上打个盹。很快，一阵狂风刮来，鸭群又不安地叫起来。天虎迷迷糊糊溜下床，便往椅子上爬，因为迷迷糊糊，他从椅子上摔了下来，头砸在脸盆上。鸭群大动起来，天虎慌了神，先走到哨棚门口大唤"哦、哦、哦"，后又走到哨棚两侧用手把芦苇壁子扒开一个口子，张大嘴巴大声唤"哦、哦、哦"，如此折腾了一阵，鸭子才安静了下来。天虎重又扶起椅子，坐上去打盹，但风和雨却从他扒开的口子里灌了进来。

　　这晚，虎渡河两岸的防汛棚里，魏家洲烟雨朦胧中的田野和村舍，都能听见天虎"哦、哦、哦"的唤声，都能在天色渐亮时，听见这"哦、哦、哦"的唤声是如何沙哑下去直至消失的。

　　放鸭人到家了吧？放鸭人现在正在送他的孩子吗？放鸭人现在送到了，又在往回赶？现在呢？他肯定在搬东西，他一定是先搬粮食和衣服，电视机肯定要用塑料袋套起来再装进纸箱。天虎在对放鸭人行动的一连串推测中迎来了黎明。

　　天虎估计是上第三节课的时间了，放鸭人仍没来领鸭子。现在，天虎也差不多是一只鸭子了。幸好在白天的光线下鸭群能够看见他，他也能够看见鸭群，声音就是次要的了。天虎想，到了中午自己肯定就是一只标准的鸭公了。

放鸭人赶来时，天虎已发不出任何声音。放鸭人说："小兄弟，辛苦了！许多地方被水冲了，泡了，我只得走弯路。"

天虎点点头。

"小兄弟，给你雨衣。"

天虎点点头，接过雨衣。

"小兄弟，这篓鸭蛋你收下。"

天虎摇了摇头，把篓子推了回去。

"几个蛋算什么？有了鸭子还愁没蛋？"

天虎固执地把篓子推了回去。

"小兄弟，你是嫌少了？我再加点钱！"

天虎还是摇头。

"你是嫌我小气！你不做声不是嫌我小气是什么呢？"放鸭人说着也摇了摇头。

天虎只好开口说话。天虎费了很大的力，把嘴张得可以一口吃进一个大桃子，但没有发出任何声音来。放鸭人很奇怪，怎么开口又不说呢？于是，天虎又重复了一遍刚才的动作。放鸭人明白了，急得不知如何是好，先是两只手狠劲地搓，然后双手在自己身上到处抓。天虎知道他心里着急，难过。天虎像哑巴一样对放鸭人做手势，叫他不要这样，过几天就会好的。放鸭人可能没听懂天虎的意思，还是那副样子，天虎被放鸭人的举动感动得自己先流泪了。

因为感冒和失声，天虎在床上躺了一个多星期。天虎能够重新发出声音时，虎渡河惊心动魄的防汛战斗已接近尾声。学校向学生发了通知，让学生迅速回学校上课。虎渡河的封渡取消后，又有人在河对岸喊过河了。天虎想去上课，但渡口却没人管。

天虎突然想起乡政府那个通知他封渡的干部来。他们肯定计划过这事，天虎对自己说。到了乡政府办公楼，天虎犯难了，这么多干部，这么多办公室，在哪里才能找到那个连姓名都不知道的干部呢？天虎正不知怎么办时，看见学校的马校长从一个办公室退了出来。天虎在马校长看见自己之前，闪到楼梯口躲了起来。等马校长出了办公大楼，天虎就朝马校长刚刚出来的那个办公室走去。办公室门上贴着"民政室"三个字。

进去之后，天虎发现坐这个办公室的干部参加过幺佬的葬礼。这个民政干部似乎也认得天虎，他喊他小艄公。

"小艄公，有事？"

"渡船。"天虎说。

民政干部笑了起来,好像有点明白了。

"你们马校长刚才又来了,要我们把渡船交给学校经营,学校有富余职工可以安排,同时学校免掉你的学费并负担你的生活。你叔叔也要求我们把渡船交给他,说他是你的监护人,你的学习以及生活都由他负责。前段时间防汛太忙,没征求你的意见。今天你来得正好,你的意见呢?"民政干部说完就盯着天虎看。

天虎糊涂了。他不明白渡船由谁来经营跟他有什么关系,为什么要征求他的意见。

"为什么要问我?"天虎说。

"渡船是你的。"民政干部说。

"我的?"天虎不相信。

"么佬死之前对我们口述了遗嘱,委托我们把渡船交给你,它是你的财产了。"

"我就不上学了吗?"

"你要上学!"

"那我怎么管我的船呢?"

"这就是问题,你要读书,又有条船。"

从乡政府出来,天虎一路跑到学校,他的双腿似乎有使不完的劲。他高兴,他有了一条船。要知道住在河边的人都希望有一条船啊!可有船的人毕竟是少数。

重新上课的这天中午,天虎的小妈破天荒给天虎送来了午饭,饭里面埋着一只肥硕的鸡腿。晚上,马校长让他的女儿马兰邀请天虎去他家吃饭,天虎没答应。马校长又派马兰的妈妈陈老师来请,天虎还是没答应。最后,马校长请小谢老师出面,天虎才答应去,但只吃了一碗饭。

"吃就吃饱,怎么只吃一碗就走?"小谢老师说。

"吃多了他就要我的船了。"天虎说。

"你不吃,他不照样要你的船吗?"小谢老师拍了拍天虎的头。

天虎一下子明白了,傻乎乎地笑起来。一阵清风扫来,满校园的树叶都瑟瑟抖动起来。凉意更浓了,秋天很快就要来了。秋天也很快就会走的,而冬天接着就来了。然后,就是过年。天虎想着一天比一天冷的日子,就不自觉地贴着小谢老师的衣服走,这样,他便真切地感受到了什么叫温暖。

一周后民政干部召集学校、天虎、天虎的叔叔开了一个小小的协调会。民政干部通告了么佬的遗嘱:渡船送给天虎,积攒的钱六年后取出来按他对民政干部口述的方案分配。民政干部说:"我们现在不能公布这个方案。方案由民政室三位同志记录并签字,保存在我们的档案柜里。"

然后,民政干部公布了乡政府关于渡船经营的方案。天虎照样上学,渡船承包给他人,经营者负担天虎的学习和生活费用,但要一次付清。为公正起见,乡政府决定公开招标承包经营人,以负担天虎的学习、生活费用为标准。底价一年一千五百元,中标者交清钱后即可领船经营。

听到这里,天虎就溜出去了,后面的事情跟他无关,他没多大兴趣听了。天虎在街上逛了一圈,捡了几个纸箱子背回了哨棚。天虎突然记起了王伶依,那个给他寄过铅笔和作业本的学生。天虎想这么长时间了,应该写封信给她,起码应该写篇作文表达一下自己的谢意。天虎拿出作文本,想了半天,写了起来:

从哨棚向外看

我住在虎渡河边的一个哨棚里。从这里可以看到魏家洲,这是我的家乡。从这里可以看到我们学校的旗杆,能听见小谢老师自行车的铃铛声;从这里可以看到河对岸的洞庭渔村;可以看到星星点点的渔火;可以听到幺佬摆渡的桨声和山歌声;从这里可以看到更远的地方,比如县城,在那儿我有一个没见过面的同龄人,她叫王伶依。

天虎信手写到这里,河对岸又传来"过河"的喊声。天虎放下笔,走出哨棚,河对岸的一群人不断向他招手。天虎看了看静静躺在那里的渡船,向河边走了几步,又折回哨棚,最后还是朝渡船走去……

在寒冷笼罩虎渡河两岸之前,渡船招标结果公布了,放鸭人以每年付给天虎二千六百元学习和生活费用中标,学校、天虎的叔叔都因为出钱太少而落选。小谢老师首先把这个消息告诉了天虎。小谢老师站在哨棚里看天虎没写完的作文,然后就说:"你现在终于有了稳定的经济来源了。"天虎听了不发表意见,最后却说:"我倒想自己当艄公!"小谢老师就抿嘴笑,然后递给天虎一摞本子和书,说:"这是王伶依寄来的,她邀请你去县城她家过年。"天虎摇了摇头。小谢老师理解天虎的自尊心,就邀天虎到自己家过年,天虎还是摇头。小谢老师不知道天虎心里想些什么,缓了缓口气,说:"过年的事再说吧!"

突然,天虎说:"我能不能去你寝室看那些画?"小谢老师紧张了一下,陈老师曾经告诫她,这些油画不要让学生看见了,校长在教师会上也含蓄地提醒过小谢老师。小谢老师虽然有自己的想法,但对于涉及教书育人的事,还是不敢太固执,所以,她总是进了寝室就迅速关上门,出了寝室马上锁上门,生怕有学生看见了油画。幸好从来没有哪个学生提出来要看她的油画。现在天虎却提出来了,小谢老师完全没有心理准备,没有准备的小谢老师只好说:"你来了再说吧!"

寒假放假前,天虎来找小谢老师,还提了一袋子地菜。天虎说:"这些地菜是我从田埂上挖来的。听说城里人喜欢吃,下火锅里烫了吃。你带回去过年。"

小谢老师坚决不收,天虎急了,说:"你是看不起我?"

小谢老师说:"天虎,不能瞎说。"

"那你是不想让我看画?"

"也不是。"

"那你就收了。谢老师爱干净,这些菜我都洗了好几遍哩。"天虎说。

小谢老师想说什么,嗓子眼一哽,就什么也说不出来了。

看了油画,小谢老师问天虎有什么体会。天虎说:"圣母很漂亮,心肠一定很好,像小谢老师。"小谢老师感动得说不出话来。过了一会儿,小谢老师拿出几件新衣给天虎,对天虎说:"过年一定要穿新衣服,要干干净净。"天虎说:"知道,我妈也说过。"

放鸭人在么佬的棚子边围了一个鸭棚,把鸭子赶到了渡口。放鸭人还带来一个女儿,比天虎小一岁。父女俩把么佬的棚子里里外外清扫、粉刷一遍后,就住进去了。

"你为什么不带一个男孩来?"天虎问。

"我有三个女儿,就是没儿子。"放鸭人说,又朝天虎嘿嘿笑了两声。他的女儿也朝天虎羞涩地笑了一下。

"摆渡的人一定会唱歌,你会不会?"天虎说。

"唱什么歌?谁定的规矩?"放鸭人问。

"么佬说的,那首歌我可以教你唱。"天虎说着唱了一遍,放鸭人没跟着学,他只是笑。他的女儿朝天虎又羞涩地笑了一下。

在寒冷的渐进中,春节也渐近了。魏家洲荡漾着一股祥和的气氛。有的孩子等不及,提前放鞭炮了。放鸭人建议天虎跟他一起过年,天虎拒绝了。"我明天来给你拜年,我爹说团年是不能到别人家去的。"天虎说。放鸭人想了一下也觉得对,就不再勉强了。

天虎煎了一条鱼,炒了白菜,又把哨棚里外打扫干净,把几件衣服清出来洗了。明天是初一,初一是不能洗衣服的。这时,一阵惊天动地的鞭炮声宣布了魏家洲家家户户团年的开始。之后,此起彼伏的鞭炮声响彻了虎渡河两岸。

吃团年饭之前,天虎朝叔叔家的方向望了望,他发现叔叔也在朝哨棚这边望。天虎朝堤坡走了几步，叔叔也向哨棚这边走了几步。后来，叔叔似乎听见屋里有人叫，就进了屋。

晚上，生了火的放鸭人让女儿过来叫天虎去烤火，哨棚里却没人。放鸭人走到堤上朝四下远望，看见魏家洲的坟场里有一点火星在闪，有一个小小的人影在晃动。

"天虎哥呢？会不会一个人过年太闷，跑了？"女儿问放鸭人。

"不会！天虎想他爹了。"放鸭人说。

"想爹了怎么办？"女儿又问。

"想爹了他就会去找，去跟他说话。"放鸭人又说。

(《巨人》2000年第6期)